böhlau

Veröffentlichungen
des Kölnischen Geschichtsvereins e. V.
fortgeführt von der Historischen Gesellschaft Köln e. V.

herausgegeben von Ulrich S. Soénius

Band 53

Markus Schwering

Kölner Literaturgeschichte

Von den Anfängen bis zur Gegenwart

BÖHLAU

BEATRIX LICHTKEN STIFTUNG
FÜR MENSCHEN IN KÖLN

LVR
Qualität für Menschen

Gedruckt mit freundlicher Unterstützung durch die Beatrix Lichtken Stiftung, den Landschaftsverband Rheinland und Jörg Will

Bibliografische Information der Deutschen Nationalbibliothek:
Die Deutsche Nationalbibliothek verzeichnet diese Publikation in der Deutschen Nationalbibliografie; detaillierte bibliografische Daten sind im Internet über http://dnb.d-nb.de abrufbar.

Umschlagabbildungen:
Jürgen Becker © akg-images / Bruni Meya; Hans Bender © Brigitte Friedrich/Süddeutsche Zeitung Photo; Heinrich Böll © akg-images / picture-alliance / Heinz Wiesele; Rolf Dieter Brinkmann © akg-images / Bruni Meya; Hilde Domin © akg-images / Keystone / GHISLENI; Ulla Hahn © Johannes Schröer; Navid Kermani © akg-images; Irmgard Keun © ullstein bild; Thomas Kling © akg-images / Susanne Schleyer; Friedrich Spee von Langenfeld Kölner Gymnasial- und Stiftungsfonds. © Foto: Thomas Schindler; Melanie Raabe © Caterina Kirsten; Georg Weerth © Lippische Landesbibliothek Detmold, B 12 W; Frank Schätzing © akg-images / picture-alliance / Anke Fleig / SVEN SIMON; Dieter Wellershoff © ullstein bild - B. Friedrich

Korrektorat: Sara Horn, Düsseldorf
Einbandgestaltung: Guido Klütsch, Köln
Satz: Michael Rauscher, Wien
Druck und Bindung: Hubert & Co, Göttingen
Gedruckt auf chlor- und säurefreiem
Printed in the EU

Vandenhoeck & Ruprecht Verlage | www.vandenhoeck-ruprecht-verlage.com

ISBN 978-3-412-52976-5

Inhalt

Meiner Frau Heidemarie und dem Andenken meines Vaters Max-Leo Schwering
(1924–2016)

Einleitung

Die Kölner Literaturgeschichte von den Anfängen bis zur Gegenwart als Gegenstand einer Darstellung – das hört sich auf Anhieb unproblematisch an, ist es aber nicht. Jeder der drei begrifflichen Bestandteile – Köln, Literatur, Geschichte – wird bei näherem Hinsehen diffus, undeutlich, wirft Fragen vielfältiger Art auf. Vergleichsweise selbstverständlich scheint noch der Teilbegriff »Geschichte« zu sein – abgesehen davon, dass hier stets ein möglicher Doppel-, wenn nicht gar Dreifachsinn zu bedenken ist: »Geschichte« kann eine historische Abhandlung und ihren Gegenstand meinen, ein Schul- oder akademisches Fach und seinen Gegenstand. Grundsätzlicher Natur hingegen ist ein erkenntnistheoretisches Problem: Es gibt keine Geschichte »an sich«. Geschichte – verstanden als eine überindividuelle bzw. überindividuell bedeutsame oder als bedeutsam erkannte Vergangenheit – ist stets ein lediglich gedachter Zusammenhang. Nachträglich wird Geschehenem durch ihn eine Sinnstruktur gegeben, die auf der Kategorie der Kausalität, dem Prinzip von Ursache und Wirkung beruht. Dies aber ist keine Eigenschaft der Sache selbst. Das gilt für die »allgemeine« Geschichte genauso wie für die Kultur-, die Kunst-, die Literaturgeschichte.[1]

Auch im vorliegenden Buch drängt sich dieses Problem auf – etwa angesichts der nicht weiter hinterfragten Verwendung der eingefahrenen Epochenbegriffe. Humanismus, Barock, Aufklärung, Empfindsamkeit, Klassik, Romantik etc. – diese Einteilungs- und Zuordnungsetiketten werden auch im Zusammenhang einer Kölner Literaturgeschichte so gebraucht, als verstünden sie sich von selbst. Das ist aber nicht der Fall – vor allem dann nicht, wenn sich mit ihnen die implizite Annahme einer bündigen chronologisch definierten Sequenz verbindet. Sich salvierend merkt der Autor an, dass er die Epochenformeln lediglich als heuristische Hilfsbegriffe benutzt, die einer provisorischen Verständigung mit dem Leser dienen.

Ebenfalls nicht so einfach, wie es zunächst scheint, verhält es sich mit der adverbialen Bestimmung »von den Anfängen bis zur Gegenwart«. Relativ problemlos ist die »Gegenwart« – der Geschichtszeitraum des Buches endet um die Wende zum dritten Jahrtausend. Wann aber beginnt eine Kölner Literaturgeschichte? Die Anfänge sind ungewiss aus dem einfachen Grund, dass der Beginn einer schriftlichen Überlieferung nicht identisch ist mit dem Beginn von Literatur. Es gibt Hinweise auf ein literarisches Leben im römischen Köln, von dem sich aber keine schriftlichen Quellen – ganz gleich ob als Tradition oder als Überreste – erhalten haben. Hinzu kommt die für große Teile des Mittelalters relevante Frage nach Umfang und Intensität einer

1 Gedanken- und perspektivenreich ist zu diesem Thema immer noch Hans Robert Jauss: *Literaturgeschichte als Provokation der Literaturwissenschaft*, in: H. R. J.: *Literaturgeschichte als Provokation* (= *edition suhrkamp*, Bd. 418), Frankfurt/M. 1970, S. 144–207.

mündlichen Literaturtradition. Ihr Begriff bringt es mit sich, dass sie in einer auf Schriftlichkeit fixierten Literaturgeschichtsschreibung kaum einen Platz finden kann. Wenn mündliche Literatur die Schwelle zur Schriftlichkeit überschreitet, ist sie keine mündliche Literatur mehr – auch wenn sie noch Spuren ihrer Mündlichkeitsvergangenheit an sich tragen mag, etwa Hinweise auf einen ehemals mündlichen Vortrag.

Noch erläuterungsbedürftiger aber ist der Begriff »Literatur«. Die traditionelle Textsortenlehre[2] unterscheidet zwischen fiktionalen und expositorischen Texten. Der gebräuchliche Literaturbegriff gilt fiktionalen Texten – Drama, Lyrik, Epos, Roman und Erzählung. Wird er auf expositorische ausgedehnt, geschieht das zumeist mit einer erläuternden Spezifizierung. Dann ist z. B. von »Sach-« oder auch »Sekundärliteratur« die Rede. Was den Gegenstandsbereich dieses Buches anbelangt, so ist nachdrücklich festzustellen, dass die moderne Textsortenlehre für weite Zeiträume einer Kölner Literaturgeschichte ins Leere greift. Auf Mittelalter und frühe Neuzeit etwa lässt sie sich kaum anwenden. Welcher Sorte sollen die mittelalterlichen Geschichtschroniken angehören (von denen in Köln einige wichtige entstanden)? Und ist Meister Eckhart ein Forschungsgegenstand der Theologie, der Philosophie oder der Literaturwissenschaft? Oder können sämtliche drei Disziplinen Anspruch auf ihn erheben? Tatsächlich dürfte Letzteres der Fall sein. Dennoch sah sich Autor veranlasst, auf eine Ausleuchtung des »Kontinents Meister Eckhart« zu verzichten – aus Gründen fehlenden Metiers genauso wie aus Furcht vor dem Ausufern seines Projekts.

Hier wurde eine jener – nach strengem Verständnis zweifellos unbefriedigenden und auch konkret kritisierbaren – pragmatischen Lösungen fällig, an denen dieses Buch angesichts einer Vielzahl von sachlich fehlenden Abgrenzungen und fließenden Übergängen überhaupt reich ist. Wo genau z. B. hätte man – bei Autoren wie Georg Weerth und Ferdinand Freiligrath – die Grenze zwischen Literatur und Journalismus zu ziehen? Hinsichtlich des 20. Jahrhunderts etwa stellte sich die Frage, ob der in Köln gebürtige Literaturwissenschaftler Hans Mayer zur Kölner Literaturgeschichte gehört – schließlich ist er nicht als Autor fiktionaler Literatur hervorgetreten. Angesichts von Mayers zentraler Bedeutung aber für das literarische Leben in den beiden deutschen Teilstaaten nach dem Zweiten Weltkrieg und seiner fortwährenden Präsenz auch in der Kölner Literaturszene fiel der Entschluss, ihm in dem Kapitel »Literatur und Exil« einen längeren Absatz zu widmen.

Die heikelsten Probleme einer Kölner Literaturgeschichte aber wirft die Ortszuschreibung Köln auf. Sie beginnen mit der Frage, ob und inwieweit es überhaupt legitim ist, eine lokale Literaturgeschichtsschreibung zu etablieren. Der Hinweis, dass es angesichts eines boomenden Regionalismus[3]

2 S. dazu Walter Hinck (Hg.): *Textsortenlehre – Gattungsgeschichte* (= *medium literatur*, Bd. 4), Heidelberg 1977.

3 Regionalismus wird hier nicht als neuartige Eigenschaft der Literatur »als solcher« verstanden, regionale Literatur – also eine, in der die Darstellung einer bestimmten Region zum Strukturmoment der Dichtung wird – hat es schließlich schon im 19. Jahrhundert gegeben. Vielmehr meint der Begriff ein gedankliches Konzept zum Verständnis und zu einer adäquaten Erschließung dieser Literatur. Die »Wiederentdeckung« der Region

bereits eine Vielzahl solcher Geschichten gibt[4], kann begründende Argumente nicht ersetzen. Tatsächlich ist eine Kölner Literaturgeschichte ein voraussetzungsreiches Projekt. Es geht von der Annahme aus, dass es möglich und sinnvoll ist, aus einem nicht nur zeitlichen, sondern auch räumlichen Kontinuum literarischer Produktion, das sich über Regionen, Kulturräume, Länder, Staaten und Kontinente mit zahlreichen wechselseitigen Beziehungen und Beeinflussungen erstreckt, eine denkbar kleine lokal definierte Einheit herauszuschneiden und sie als eben das, als literarisch definierte Einheit (»Köln als Literaturstadt«) darzustellen. Begründet wird diese Möglichkeit (meist implizit) mit einer weiteren, aber ihrerseits begründungspflichtigen Voraussetzung: dass es die kollektive mentale und sozialkulturelle Prägung einer Stadt ist – ihr wie auch immer beschaffener »Geist« –, die eine mit ihr identifizierbare Literatur hervorbringt. Wie umgekehrt eine am Ort entstandene und auf den Ort bezogene Literatur ihrerseits auf die kollektive Imago eines Gemeinwesens zurückwirken mag.

Was Köln anbelangt, so käme es darauf an, solche Interdependenzen zwischen Literatur und Raum konkret nachzuweisen. Dass dies in jedem Fall gelingen kann, ist keineswegs ausgemacht. Unstrittig ist ein Autor wie Heinrich Böll durch die Stadt seiner Herkunft geprägt – wie er umge-

als Kultur- und Literaturraum in diesem Sinne fiel in die 70er und 80er Jahre des vergangenen Jahrhunderts und zeitigte eine intensive einschlägige Theoriebildung, in der es u. a. um die Klärung und die Wechselbeziehung der Grundbegriffe »Heimat«, »Provinz« und »Region« ging (s. dazu auch Norbert Mecklenburg: *Verfremdete Nähe – Aspekte des Problemfeldes »Literatur und Region«*, in: *Diskussion Deutsch*, Bd. 120 (1991), S. 337–347, hier: S. 337 ff.). Angesichts der ideologischen Vorbelastung der »Heimat« (die sie allerdings dank energischer Rehabilitierungsinitiativen wieder losgeworden ist) und der eine problematische (zumal in der Adjektiv-Ableitung »provinziell« offenkundigen) Abwertung signalisierenden »Provinz« (die aber inzwischen ebenfalls wieder demonstrativ aufgewertet wurde) gewann damals, wegen ihrer neutralen Anmutung, die »Region« im literaturwissenschaftlichen Mainstream-Diskurs das »Begriffsrennen«. So oder so bleibt die Konstellation zwischen »Heimat«, »Provinz« und »Region« komplex: Zunächst scheint die »Region« gegenüber der »Provinz« insofern im Vorteil zu sein, als sie nicht nur ländlich-agrarische, sondern eben auch urbane Räume umgreift. Dieser Unterschied aber droht angesichts der fortschreitenden diffusen Verflüssigung der Grenzen zwischen den Sozialräumen »Stadt« und »Land« seine Bedeutung zu verlieren. Außerdem ist selbst eine Großstadt nicht davor gefeit, einen »provinziellen« Status attestiert zu bekommen – gerade die lange Tradition der Köln-Kritik ist dafür ein starkes Beispiel. Stark beteiligt an besagter Theoriediskussion war der Kölner Germanist Norbert Mecklenburg, u. a. mit seinen Büchern *Erzählte Provinz. Regionalismus und Moderne im Roman* (Königstein/Ts. 1982), und *Die grünen Inseln. Zur Kritik des literarischen Heimatkomplexes* (München 1986). Weil es in der vorliegenden Abhandlung nicht um eine Theorie oder Phänomenologie regionaler Literatur (oder gar des Regionalromans), sondern um eine lokale Literaturgeschichte geht, muss es bei diesen knappen Bemerkungen zu einem zweifellos belangvollen Themenbereich bleiben. Eine Brücke zwischen der Regionalismus-Diskussion und der Thematik des vorliegenden Buches schlägt Jürgen Hein: *Literarischer Regionalismus und Dialektliteratur. Eine Bestandsaufnahme*, in: Eva-Maria Schmitt/Achim Thyssen (Hg.): *Einstellungen und Positionen zur Mundartliteratur. Internationales Mundartarchiv »Ludwig Soumagne« des Kreises Neuss 1992*, Frankfurt/M. 1993, S. 53–73.

4 Eine herausragende Pionierarbeit, in diesem Fall für den westfälischen Raum, lieferte Renate von Heydebrand: *Literatur in der Provinz Westfalen 1815–1945. Ein literarhistorischer Modellentwurf*, Münster 1983.

kehrt entscheidend dazu beigetragen hat, Köln auch in der überregionalen Wahrnehmung überhaupt als eine Stadt der Literatur zu etablieren. Dennoch ist eine grundsätzliche, der Frage nach der Beziehung von Region und Literatur sogar noch vorgelagerte Skepsis angezeigt:

> Gewiß, Mentalitäten haben als sozialgeschichtliche Größen immer auch eine territoriale Dimension, regionale Mentalitätsgeschichte ist eine sinnvolle Aufgabe historischer Kulturraumforschung. Aber eindeutige Zuordnungen von Mentalität und Region sind so gut wie nie möglich.[5]

Diese Einsicht rät auch zu einem reservierten Umgang mit den *dem* Kölner stereotyp bescheinigten Mentalitäts- und Charakterhabitus, wonach er »fröhlich«, »gesellig«, »gemütlich«, »humorvoll« und »tolerant« sei. Diese Zuschreibungen haben wenig mit dem Kölner »an sich« zu tun, sondern sind Konstrukte einer Innen- und Außenwahrnehmung, deren »naturalisierende« Zurichtung zu einem zugkräftigen Exportartikel zweifellos eindrucksvoll gelang.

So oder so lauern auf dem Weg des Versuchs, Beziehungen zwischen Raum und Literatur zu ermitteln, ideologische Fallen – jedenfalls dann, wenn diese Beziehungen mythisiert und mystifiziert werden. Immer noch berüchtigt im Sinne einer »negative[n] Repräsentativität«[6] wegen ihrer unleugbaren Nähe zu völkisch-nazistischen Konzeptionen ist die Poetik des Germanisten Josef Nadler[7], der die Besonderheiten literarischer Landschaften aus den Traditionen der »deutschen Stämme« erklärte. Anklänge an diese sich einerseits positivistisch verzettelnde, andererseits raunende, empirisch haltlose Literatur»wissenschaft« muss eine aktuelle regional und lokal orientierte Literaturgeschichtsschreibung unter allen Umständen vermeiden – was allerdings auch ohne großen Distanzierungsaufwand möglich ist.[8]

Jenseits der Frage nach der grundsätzlichen Triftigkeit einer lokalen Literaturgeschichte ergeben sich erneut gravierende Abgrenzungsprobleme. Was kann und soll zu einer Kölner Literaturgeschichte gehören – und was nicht? Strittig könnte bereits die Definition des Stadtraums Köln sein. Das gilt selbst für das Mittelalter und die Neuzeit bis zum Ende des 18. Jahrhunderts, als sich die politische Entität Köln gegen Umfeld und Umland markant abgrenzte – äußeres Zeichen dafür war die im Lauf der Jahrhunderte massiv ausgebaute Stadtbefestigung. Trotzdem

---

5 Mecklenburg: *Verfremdete Nähe*, S. 343.

6 Ders.: *Literaturräume. Thesen zur regionalen Dimension deutscher Literaturgeschichte*, in: Alois Wierlacher (Hg.): *Das Eigene und das Fremde. Prolegomena zu einer interkulturellen Germanistik* (= *Publikationen der Gesellschaft für interkulturelle Germanistik*, Bd. 1), München 1985, S. 197–211; hier: S. 202.

7 Josef Nadler: *Literaturgeschichte der deutschen Stämme und Landschaften* (4 Bde.), Regensburg 1912–1918.

8 S. die unabweisbare Kritik von Norbert Oellers: *Geschichte der Literatur in den Rheinlanden seit 1815*, in: Franz Petri/Georg Droege (Hg.): *Rheinische Geschichte* (3 Bde.), Bd. 3: *Wirtschaft und Kultur im 19. und 20. Jahrhundert*, Düsseldorf 1979, S. 555–696; hier: S. 563; Mecklenburg: *Die grünen Inseln*, S. 253–263; Volker Neuhaus: *Köln als literarische Provinz* (= *Universität im Rathaus. Eine Schriftenreihe der Stadt Köln und der Universität zu Köln*, Bd. 2: Veranstaltungen im akademischen Jahr 1993/94), Köln 1993/94, S. 68–85; hier: S. 70 f.

konnte »Cöln« in dieser Zeit dreierlei meinen: die Stadt, das Erzbistum und den weltlichen Herrschaftsbereich des Erzbischofs, das spätere Kurfürstentum. Seit dem 19. Jahrhundert, da die Stadt teils diffus in ihre rheinische Umgebung hineinwuchs und neue Mobilitätsoptionen die Menschen horizontal immer stärker in Bewegung setzten, war die Frage, wo Köln »beginnt« und wo es »aufhört«, zusehends schwerer zu beantworten. Ein Autor, der heute 200 Meter von der Stadtgrenze entfernt wohnt, in Hürth-Efferen oder in Bergisch Gladbach-Refrath – gehört er zur Kölner oder zur Hürther bzw. Bergisch Gladbacher Literaturgeschichte?

Unabhängig davon hat das Zugehörigkeitsproblem auch einen gewichtigen biografischen Aspekt. Welche plausiblen Kriterien gibt es, die es gestatten, jemanden als Kölner Autor zu bezeichnen? Ist, wer 15 Jahre lang in Köln lebt und arbeitet, ein Kölner? Und muss dieser Status jemandem, der nur zehn Jahre am Ort wirkt und vorher und nachher anderswo zu Haus war oder sein wird, verweigert werden? Grundsätzlich lässt sich diese Causa gut als Quadrantengrafik samt Über-Kreuz-Paarbildungen darstellen. Vier im Sinne Max Webers idealtypische Konstellationen sind möglich. Die erste: Ein Autor hat über längere Zeit seinen Lebensmittelpunkt in Köln und macht Köln in seinen Büchern zum Thema. Das ist etwa bei Böll, aber auch in der Mundartliteratur der Fall. Zweite Konstellation: Ein Autor hat lebensgeschichtlich keine oder kaum Verbindungen zu Köln und schreibt auch nicht über die Stadt. Dies trifft auf nahezu hundert Prozent aller Schriftstellerinnen und Schriftsteller weltweit zu. Was die Zugehörigkeit zu einer Kölner Literaturgeschichte betrifft, so sind die Fälle eindeutig: Der Autor des ersten Typs ist Teil der Kölner Literaturgeschichte, der des zweiten nicht.

Komplex wird es bei den beiden anderen, den »gemischten« Zuordnungen. Dritte Konstellation: Ein Autor hat seinen Lebensmittelpunkt für eine gewisse Periode in Köln, traktiert aber literarisch Themen, die mit Köln nichts zu tun haben. In der Vergangenheit wäre da Friedrich Spee von Langenfeld zu nennen, in der Gegenwart Volker Kutscher, dessen Kriminalromane bekanntlich im Berlin der Weimarer Republik und beginnenden Nazizeit spielen (wenngleich die Hauptfigur, der ermittelnde Kommissar, aus Köln stammt). Vierte Konstellation: Jemand hat seinen Lebensschwerpunkt definitiv nicht in Köln, schreibt aber über Köln und/oder situiert seine Literatur in Köln. Ideale Beispiele dafür sind die zahlreichen Köln en passant besuchenden Literaten, die – von Petrarca bis Paul Celan – die Stadt in Prosa und Lyrik zum Thema machen. Fast überflüssig scheint der Hinweis, dass die Grenzen der Quadranten gegeneinander wieder einmal fließend sind.

Der Leser wird feststellen, dass der Autor sich zu einer großzügigen Lösung des Quadrantenproblems entschlossen hat, genauer: dass auch die dritte und vierte Konstellation vergleichsweise ausführlich berücksichtigt werden. Kutscher findet also in dieser Kölner Literaturgeschichte genauso seinen Platz wie Petrarca. Wiederum aber gilt: Die jeweilige Entscheidung wurde, weil ein Beharren auf Prinzipien angesichts der Beschaffenheit der Materie zweifelhaft, ja unmöglich schien, pragmatisch getroffen. Aufs Ganze gesehen machte die Stofffülle unweigerlich eine auf Exemplarisches zielende Auswahl nötig. Dass dieser Leser etwas vermisst, jene Leserin anderes überflüssig findet, ist absehbar und ein Umstand, mit dem der Autor wohl oder übel leben muss.

Das gilt besonders mit Blick auf das Kapitel über die Kölner Literaturszene der Jahrtausendwende. Diesbezüglich ist die Stoffmenge frustrierend groß, ja nahezu unüberschaubar, so dass eine strikte Selektion mit nur wenigen »Tiefenbohrungen« unabweisbar war.

Eine Kölner Literaturgeschichte dieses Umfangs und dieses Aufbaus gibt es bislang nicht. Der Autor konnte allerdings auf Vorarbeiten zurückgreifen, obwohl diese sich auf bestimmte, wenngleich wichtige Zeiträume beschränken. Dankbar hebt er an dieser Stelle zwei seiner »Wegbereiter« hervor: Gertrud Wegener mit ihrer dreibändigen Darstellung über *Literarisches Leben in Köln 1750–1850* (Köln 2000, 2005 und 2008) und Enno Stahl mit seinem zweibändigen *Kölner Autoren-Lexikon 1750–2000* inklusive der jeweils sehr kenntnisreichen und instruktiven Nachworte (Köln 2000 und 2002). Bei beiden Publikationen handelt es sich um unerschöpfliche Fundgruben – für jeden an der Kölner Literaturgeschichte Interessierten.

Trotzdem konnten sie für das vorliegende Buch nur sehr begrenzt Vorbilder sein: Während eine »durchgeschriebene« Literaturgeschichte von der Anlage her etwas notwendig anderes ist und anderen Imperativen der Darstellung und Dramaturgie gehorchen muss als ein Lexikon, wollte der Autor auch nicht Wegeners Arbeit in einem weitergefassten Rahmen fortsetzen – und das nicht nur, weil Literaturgeschichte und Literarisches Leben Unterschiedliches meinen. Was Quellenrecherche und -reichtum sowie Materialfülle anbelangt, ist Wegeners Dreibänder respektheischend und in diesem Metier kaum zu toppen. Allerdings leidet das imposante Werk an einer gewissen Begriffs-, Theorie- und Interpretationsarmut, die sich paart mit einem positivistischen Vollständigkeitsdrang auch dort, wo Mut zur Lücke angezeigt gewesen wäre. Die Darstellung gerät darüber auf Strecken zu einer etwas ermüdenden Aufzählung dessen, was es zu besagter Zeit so alles in Köln gegeben hat.

Diesen Weg also wollte der Autor des vorliegenden Buches nicht einschlagen. In der Gliederung des Stoffes verfährt er, wie ein Blick ins Inhaltsverzeichnis zeigen kann, flexibel, legt er sich nicht auf ein starr durchgehaltenes Prinzip fest. Etliche Kapitel im ersten Teil folgen der Chronologie – was nicht verhindert, dass es in dieser immer wieder »Löcher« gibt, in die Jahrzehnte und auch Jahrhunderte fallen können. Das hat seinen einfachen Grund in der Tatsache, dass es für die entsprechenden Zeiträume Nennenswertes nicht zu berichten gibt, in ihnen, salopp gesprochen, Kölner Literaturgeschichte mehr oder weniger nicht stattfand.

Andere Kapitel gruppieren sich um einen in der jeweiligen Überschrift formulierten systematischen, durch ein Sachthema und ein spezifisches Erkenntnisinteresse definierten Fokus. Zu diesen gehören die Ausführungen über Köln im Unterhaltungsroman, Kölns literarische Institutionengeschichte, das Mundart-Kapitel sowie dasjenige über die Köln-Literatur von Besuchern der Stadt. Ohne diese Teile hätte, davon ist der Verfasser überzeugt, Wesentliches in einer lokalen Literaturgeschichte gefehlt. Für den Leser hat die hier ins Werk gesetzte Stoffgliederung die Folge, dass er mitunter Autoren, nach denen er suchen mag, nicht an der vermuteten, sondern eben einer anderen Stelle im Buch findet. Der Autor räumt ein, dass diesbezüglich zum Teil auch andere Zuordnungen und »Gruppenbildungen« möglich gewesen wären und seine jeweilige Entscheidung als beliebig kritisiert werden kann. Er ließ sich, wenn er z. B. auch im Kapitel »Literatur institutionell« Autoren und ihre Werke bespricht, von der Intention leiten, aus einem eintönigen Aufzählungsmodus herauszukommen. Im Kapitel über die Literaturszene vor und nach 2000 mag ihm das nicht vollends gelungen sein.

Grundsätzlich setzt ein jedes Kapitel neu an, so dass sich das Buch tendenziell als eine Folge von jeweils für sich genommen zugänglichen und in sich verständlichen Essays darstellt. Für den Leser mag dies den Vorteil haben, dass er Kapitel, die ihn nicht interessieren, relativ problemlos überspringen kann. Dennoch hängen alle Teile zumindest subkutan zusammen und sind insofern auch aufeinander bezogen. Das verbindende Motiv ist das nämliche zentrale Erkenntnisinteresse, das gelegentlich artikuliert wird, unterschwellig aber stets präsent ist. Es wird umrissen durch die Frage, wie es geschehen konnte, dass, und was passieren musste, damit ein Gemeinwesen, dem für Jahrhunderte alles andere als grundlos »A-Literarizität« bescheinigt wurde, ausgerechnet in der zweiten Hälfte des 20. Jahrhunderts einen nahezu spektakulären Take-off als Literaturstadt hinlegen konnte. Diesem bemerkenswerten Phänomen wird im Schlusskapitel noch einmal fokussiert nachgegangen.

Zu bewältigen war das Projekt nur durch Konzentration und durch eine Rhythmisierung in der Folge von Ausführlichkeit und kursorischer »Abfertigung«. Auf diese Weise entstand auch der Freiraum für etliche eingehendere, sozusagen exemplarische Textinterpretationen. Sie erschienen angezeigt, weil eine Kölner wie jede Literaturgeschichte, die anschaulich und begründungsstark sein und nicht ihren Gegenstand in der Präsentation oberflächlicher Allgemeinheiten verfehlen will, diesen am konkreten Detail aufsuchen muss. In seiner Methode versucht der Autor dogmatische Einseitigkeit zu vermeiden. Kultur-, Mentalitäts- und Sozialgeschichte werden einbezogen, wenn es zur Klärung bestimmter Sachverhalte notwendig scheint. Obwohl die Kölner Literaturgeschichte stark mit der allgemeinen Stadtgeschichte verwoben ist, kommt diese nur sporadisch in den Blick. Der Leser wird diesbezüglich zumeist auf die – noch nicht abgeschlossene – 13-bändige, im Kölner Greven-Verlag erscheinende *Geschichte der Stadt Köln* verwiesen; diesem editorischen Mammutunternehmen kann und soll hier auf keinen Fall Konkurrenz gemacht werden.

So oder so bekennt sich der Autor dazu, eine »kritische« Literaturgeschichte geschrieben zu haben. Literarische Texte werden hier nicht nur beschrieben und interpretiert, sondern eben immer wieder auch kritisch gewürdigt. Der Autor weiß um die theoretischen und praktischen Probleme einer jeden literarischen Wertung, die, wenn sie einen Anspruch auf intersubjektive Zustimmbarkeit erheben will, ihre Kriterien und Maßstäbe nicht nur darlegen, sondern grundsätzlich wie im Zuge ihrer Anwendung auf den konkreten Text auch begründen muss. Weil dies hier nicht durchweg in der wünschenswerten Ausführlichkeit geschehen konnte, tat sich – der Autor ist sich dieser Tatsache bewusst – eine offene Flanke für mögliche Gegenkritik auf. Allerdings wurde er diesbezüglich ein Stück weit auch der Gefangene einer früh getroffenen prinzipiellen Entscheidung. Das Kapitel über das literarische Köln im späten 18. und frühen 19. Jahrhundert etwa enthält zahlreiche wertende Bemerkungen über die seinerzeit verfassten Texte, und es wäre schlicht inkonsequent gewesen, in diesem Geschäft z. B. ausgerechnet im Kapitel über die aktuelle Kölner Literaturproduktion Enthaltsamkeit zu üben. So oder so sollten die literaturkritischen Anteile des Buches als Diskursangebot verstanden werden, nicht als Sentenzen mit Anspruch auf Unfehlbarkeit.

Nicht verleugnen kann der Autor, obwohl er einen Großteil seiner Berufszeit als Journalist arbeitete, seine Sozialisation in der universitären Literaturwissenschaft. Stil und Anlage der Arbeit sind durch sie geprägt, auch die gelegentliche Theorieorientierung und die Neigung zur Reflexion des eigenen Schreibens. Für die Leserinnen und Leser hat dies zur Folge, dass sie hier kein im engeren Sinn »leichtes« Buch in Händen halten, sondern eines, das ein gewisses Komplexitätsniveau nicht unterschreitet (und schon gar nicht dürfen sie auf lokalpatriotisch forcierte »Köln-Seligkeit« rechnen). Trotzdem hofft der Verfasser, dass er seinem Vorsatz treu bleiben konnte, auch schwierigere Dinge gut lesbar zu präsentieren.

Diese Arbeit wäre nicht entstanden ohne die Unterstützung, die dem Autor – in Gestalt von Auskünften, Hinweisen und Ratschlägen, Ermunterung und Kritik teils in ausgedehnten, um nicht zu sagen: ausufernden Gesprächen und Mailkontakten – von vielerlei Seite zuteilwurde. Die so verdienstvollen wie dringend benötigten Helfer waren – in alphabetischer Reihenfolge – Anne Burgmer, Mareike Dam, Hans Dierkes, Carl Dietmar, Rudolf Drux, Werner Eck, Hejo Emons (†), Gabriele Ewens, Bettina Fischer, Winfried Gellner, Leo Kreutzer, Reinhold Neven Du Mont, Martin Oehlen, Petra Pluwatsch, Friedhelm Sarling, Helmut Schanze, Helmut Schmiedt und Irene Wellershoff. Dankbar für die stets geduldige praktische Hilfe bei der Quellenbeschaffung und -sichtung ist der Verfasser weiterhin den Mitarbeitern des Historischen Archivs der Stadt Köln, vor allem Thomas Deres und Max Plassmann, den Mitarbeitern der Universitäts- und Stadtbibliothek und der Präsenzbibliothek des Historischen Seminars der Uni Köln, hier besonders Ruth Bernds und Andreas Vollberg, den Mitarbeitern der Bibliothek der *Akademie för uns kölsche Sproch*, hier zuvörderst Ingeborg Nitt, sowie Petra Schwarze vom Archiv des *Kölner Stadt-Anzeigers*.

Zu danken hat der Verfasser schließlich Kirsti Doepner, der Leiterin Programmplanung, und Julia Beenken, der Leiterin Projektmanagement des Böhlau-Verlags, für die professionelle, konstruktive und engagierte Betreuung seiner Arbeit sowie Ulrich S. Soénius für die spontane und unkomplizierte Bereitschaft, das Buch in die Reihe *Veröffentlichungen des Kölnischen Geschichtsvereins e. V.* aufzunehmen. Widmen möchte er es seiner Frau Heidemarie, die in der Entstehungszeit die ausgeprägte familiäre Abstinenz ihres Ehemannes ertragen musste, und, im Gedenken, seinem Vater Max-Leo Schwering (1924–2016), dem er mehr Kenntnisse zur Kölner Stadtgeschichte verdankt, als dieser selbst es seinerzeit vielleicht für möglich hielt.

1. Antike und Mittelalter

1.1 Dunkle Anfänge

Die Anfänge liegen – erwartbar – im Dunkeln. Was die Geschichte Kölns anbelangt, so darf, obwohl es bereits vorher bestand, das Jahr 50 nach Christus als ein wichtiges Datum in der historischen Formierung des Gemeinwesens bezeichnet werden. Damals setzte Agrippina die Jüngere – Urenkelin des ersten römischen Kaisers Augustus, Schwester Caligulas, Mutter Neros und im Jahr 15 im Oppidum Ubiorum geboren – bei ihrem Ehemann, dem Kaiser Claudius, die Erhebung Kölns zu einer Kolonie römischen Rechts durch. Fortan führte die frühere Ubiergemeinde den Namen Colonia Claudia Ara Agrippinensium (CCAA).

Wann aber begann die Kölner Literaturgeschichte? Korrekter gefragt: Wann begann *eine* Kölner Literaturgeschichte? Denn ein moderner Begriff von »Literatur« im engeren Sinne, der diese institutionell an Schriftlichkeit und Fiktionalität (»schöne Literatur«) bindet, lässt sich auf die Antike wie auch – darauf wird zurückzukommen sein – auf lange Zeitstrecken des Mittelalters kaum anwenden. In Werner Ecks so voluminöser wie materialsatter und perspektivenreicher Gesamtdarstellung des römischen Köln[1] kommt »Literatur« in welcher Gestalt auch immer nicht vor. Mit einem – vielleicht zu vermutenden – Desinteresse des Autors an diesem Sujet hat das nichts zu tun: Aus dem Köln der Römerzeit, das dann im Zuge der Völkerwanderungsstürme in der Mitte des fünften Jahrhunderts von den Franken eingenommen wurde (die allerdings die kirchliche Organisation unverändert übernahmen), haben sich keinerlei »literarische« Quellen erhalten, die Rückschlüsse auf die Existenz einer einschlägigen »Szene« innerhalb der römischen Stadtmauern wie überhaupt in der Provinz Germania inferior (bzw., seit der Spätantike, Germania secunda) zulassen.

Nun verwehrt die insgesamt schlechte Quellensituation für die betreffenden Jahrhunderte nicht grundsätzlich die Annahme, dass das römische Köln sehr wohl ein Ort der Literatur war. Was deren Produktion anbelangt, so ist Eck allerdings mehr als skeptisch: Der stark militärisch geprägte Charakter der römischen Grenzregion und auch ihres städtischen Zentrums sei der Entwicklung eines autochthonen literarischen Lebens »sicher nicht förderlich« gewesen.[2] Die intellektuellen Zentren des Imperium Romanum lagen in Rom, Athen, in kleinasiatischen Städ-

1 Werner Eck: *Köln in römischer Zeit. Geschichte einer Stadt im Imperium Romanum* (= *Geschichte der Stadt Köln* (13 Bde.), hrsg. von W. E., Bd. 1), Köln 2004.

2 Werner Eck im Gespräch mit d. Verf. am 4. Dezember 2022 – d. Verf. dankt Werner Eck für seine bereitwilligen Auskünfte und gibt an dieser Stelle zugleich der Erwartung Ausdruck, dass rasch eine auf den aktuellen wissenschaftlichen Kenntnisstand gebrachte Neuausgabe seines für die sachgerechte Diskussion dieses Gegen-

ten wie Ephesus oder Smyrna, in Jerusalem, Alexandria und in Nordafrika, mithin im Mittelmeerraum, nicht aber in den Rhein- und Donauregionen. Bezeichnenderweise hätten, so Eck, diese auch kaum Mitglieder für den römischen Senat gestellt, »in dem gerade Mitglieder aus dem Osten einen intellektuellen Touch pflegten«.

All das heißt nicht, dass man Literatur in Gestalt von klassischer Dichtung – etwa Horaz und Vergil – nicht auch im römischen Köln gelesen hätte. 2018 wurde im Zuge der archäologischen Grabungen im Antoniterquartier ein 20 Meter langer und 9 Meter breiter Raum mit Apsis gefunden. Die Bodendenkmalpfleger identifizierten ihn als eine zwischen 150 und 200 nach Christus errichtete Bibliothek – die älteste auf deutschem Boden.[3] Nischen in den Wänden wurden als Aufbewahrungsorte für Kisten oder Schränke erkannt, die ihrerseits Papyrus- und Pergamentrollen enthielten. Aus der Lokalisation in der südwestlichen Ecke des römischen Forums schloss man, dass es sich um eine öffentliche und öffentlich zugängliche Einrichtung gehandelt hatte: »In einer Zeit, als Köln in wirtschaftlicher Blüte stand, ließ die Stadt an ihrem zentralen Platz einen Kristallisationsort der antiken Bildung errichten.«[4]

Generell war Schriftlichkeit im antiken Köln weit verbreitet – wie mehrere tausend Zeugnisse aus dem Territorium wie aus dem städtischen Zentrum zeigen. Außerdem fand man in Köln metrische Grabinschriften aus der Spätantike – was bedeutet, dass mindestens entsprechende Sammlungen vorhanden waren und gelesen wurden.[5]

1.2 Eingeschränkte Teilhabe

Das frühe Mittelalter zeitigte – nicht überraschend angesichts einer insgesamt chaotischen geschichtlichen Umbruchsituation – keineswegs bessere Bedingungen für eine Überlieferung literarischer Quellen. Dies gilt ganz allgemein, aber eben auch für die Kölner Literatur jener Zeit. Diese weist allerdings einige Spezifika auf; sie haben ihren Grund in den politischen, sozialen und institutionellen Besonderheiten, die die Entwicklung der Stadt begleiteten.

Generell hat man sich den tiefen Graben zu vergegenwärtigen, der die damalige Literatursituation von den heutigen Üblichkeiten und Selbstverständlichkeiten trennt. Literatur des Mittelalters nicht nur, aber auch im deutschen Sprachraum war Literatur in einer weithin anal-

---

standes schlicht unverzichtbaren, aber mittlerweile vergriffenen Buches über das römische Köln erscheinen wird.

3 S. dazu Marcus Trier/Friderike Naumann-Steckner (Hg.): *BodenSchätze. Archäologie in Köln*. Begleitband zur Ausstellung im Römisch-Germanischen Museum 20. Juli bis 31. Dezember 2018, Köln 2018; Martin Oehlen: *Die Nischen im Saal sind der Clou. Bibliothek aus der Römerzeit, die bei Bauarbeiten im Antoniterquartier gefunden wurde, ist die älteste nördlich der Alpen*, in: *Kölner Stadt-Anzeiger* vom 25. Juli 2018, S. 21.

4 Dirk Schmitz: *Ausgrabungen an der Antoniterstraße – Neues zur Stadtentwicklung Kölns in römischer Zeit*, in: *BodenSchätze*, S. 80–91; hier: S. 89.

5 Eck: *Köln in römischer Zeit*, S. 695 (mit Anm. 10).

phabetischen Gesellschaft. Die Entstehung von Literatur konzentrierte sich an Orten, an denen die wenigen »gebildeten« Menschen wirkten. Das waren – naheliegend angesichts der sozial dominierenden Stellung der Kirche und kirchlicher Institutionen – vor allem die Klöster. Dort lebten und arbeiteten Mönche und Geistliche, die an Dom- und Klosterschulen die lateinische Schrift und Grammatik gelernt hatten. Dies wiederum bedingte, dass ein Großteil der im Mittelalter entstandenen Literatur sich nicht nur geistlichen Inhalten widmete, sondern auch lateinisch verfasst war.

Für die Kölner Literaturgeschichte gilt dies in besonderem Maße: Angesichts der nach Zahl, Ausdehnung und Bedeutung überwältigenden Präsenz der Kirchen und Klöster in der Stadt kann es nicht verwundern, dass jene über Jahrhundert hinweg durch die lateinische Sprache geprägt war. Weil Köln nach der Reformation katholisch blieb und seit dem 16. Jahrhundert zu einer starken Bastion des neugegründeten Jesuitenordens im Deutschen Reich wurde, erhielt sich hier die kulturelle Dominanz des Lateinischen weit über den Beginn der Neuzeit hinaus – de facto bis ins 18. Jahrhundert, als es unter dem Einfluss der Aufklärung allmählich zurückgedrängt wurde.

Für die Volkssprache – mithin das »Deutsche« in seinen unterschiedlichen regionalen Ausprägungen – ergab sich daraus ein schwerer überlieferungspraktischer Nachteil: Die in ihr verfasste Literatur wurde bis ins Hochmittelalter hinein weithin mündlich tradiert, vorgetragen in einem wie auch immer zusammengesetzten Zuhörerkreis. Auf diese Rezeptionsbedingung verweist der immer wieder anzutreffende Begriff »Lied«, der sich nicht nur auf eine Texstgestalt bezieht, sondern vielmehr eine starke performative Komponente im Sinn eines gesungenen, auf jeden Fall darstellerisch angereicherten Vortrags hat. Er stellt insofern ein Paradox dar, als die Literatur, in der er auftaucht, schriftlich fixiert wurde – sonst läge sie uns heute nicht als Quelle vor –, also irgendwann die Schwelle von der Mündlichkeit zur Schriftlichkeit überschreiten konnte. Generell gilt für das frühe Mittelalter idealtypisch die Verbindung von Mündlichkeit, Volkssprache, weltlichem Inhalt und Laizität auf der einen, von Schriftlichkeit, Latein, geistlichem Inhalt und Gelehrsamkeit auf der anderen Seite.[6] Schriftlich fixierte volkssprachliche Literatur trat seit der Mitte des elften Jahrhunderts – in Gestalt eines dritten Neuansatzes »nach einer karolingischen Phase und Notkers isolierter St. Galler Schulschriftstellerei«[7] – in voneinander weit entfernten Regionen des deutschen Sprachraums auf, um dann als Strom allerdings immer noch geistlicher deutscher Literatur nicht mehr abzureißen.

Diese Konstellation änderte sich ein weiteres Mal seit der Mitte des 12. Jahrhunderts, »als die weltlichen Fürsten begannen, als Gönner und Auftraggeber auf die Auswahl und Darstellungsweise der Literatur Einfluss zu nehmen, und als an den Höfen dieser Fürsten eine neue Literatur

6 Dieter Kartschoke: *Geschichte der deutschen Literatur im frühen Mittelalter* (= *dtv-Taschenbuch*, Bd. 4551), München 1990, S. 19.

7 Ebd., S. 53.

entstand, die von den gesellschaftlichen Interessen des Laienadels geprägt war«[8]. Jetzt durchdrangen die vormals getrennten Sphären einander insofern, als auch die Entstehung der neuen weltlichen und verstärkt volkssprachlichen Literatur auf die einschlägigen Fähigkeiten von Hofkaplänen und Klerikern angewiesen war.

Diese Rahmenkonstellation legt die Annahme nahe, dass Köln als Literaturraum an der beschriebenen Entwicklung wiederum nur eingeschränkt teilhaben konnte – der Stadtherr, der Erzbischof, war kein weltlicher, sondern ein geistlicher Potentat. Sie beruht allerdings auf falschen Voraussetzungen: Als Territorialfürsten waren Bischöfe und Erzbischöfe im Hochmittelalter sehr wohl auch – und zwar teilweise außerordentlich machtvolle – weltliche Herrscher. Und tatsächlich traten sie als Auftraggeber nicht nur von geistlicher, sondern auch von weltlicher Dichtung in lateinischer wie in deutscher Sprache in Erscheinung.[9] Das berühmteste Beispiel ist das *Nibelungenlied*, als dessen Auftraggeber mit stichhaltigen Gründen der Passauer Bischof Pilgrim angenommen wird. Der Kölner Erzbischof Rainald von Dassel war nachweislich ein Gönner des Archipoeta.[10] So oder so »schwieg« in dieser Zeit die Stadt Köln als »bürgerliche Community«. Das »Bürgertum«[11] wird – das ist allerdings keine Kölner Besonderheit – hinsichtlich der Produktion, Rezeption und Distribution von Literatur bis zum Spätmittelalter nicht kenntlich.

Im Vergleich zu heutiger Buchherstellung war die Verfertigung von Literatur im Mittelalter – genauer: bis zur Etablierung des Papiers im 14. und der Erfindung des Buchdrucks im 15. Jahrhundert – extrem aufwändig und teuer. Pergament, Schreibutensilien, schließlich auch der Lebensunterhalt während der Schreibarbeit – all das beanspruchte erhebliche materielle Ressourcen. In den Klöstern standen diese in der Regel zur Verfügung, aber vor allem »freischwebende« Autoren – das bekannteste Beispiel für eine solche Existenz dürfte Walther von der Vogelweide sein – konnten nur dann tätig werden, wenn die Finanzierung eines Schreibprojekts seitens potenter Auftraggeber gesichert war (die dann selbstredend auch den Inhalt und die »Tendenz« des Auftragswerkes bestimmten).

Dieser Tatsache verdankt die Mediävistik zahlreiche Gönnererwähnungen und -preisungen, die die Autoren jeweils direkt in ihre Dichtungen montierten.[12] Für die historische Situierung der Texte und ihrer Verfasser liefern diese Gönnerzeugnisse immer wieder wertvolle Anhaltspunkte. Schwierig wird es andersherum, wenn solche Quellen fehlen und besagte Situierung mehr oder weniger aus internen Textkriterien erschlossen werden muss. Die für den Leser moderner Literatur selbstverständliche zweifelsfreie wechselseitige Zuordnung von Text,

---

8 Joachim Bumke: *Geschichte der deutschen Literatur im hohen Mittelalter* (= *dtv-Taschenbuch*, Bd. 4552), München 1990, S. 37.

9 Ders.: *Mäzene im Mittelalter. Die Gönner und Auftraggeber der höfischen Literatur in Deutschland 1150–1300*, München 1979, S. 256–265.

10 S. dazu unten S. 29–32.

11 S. zur grundsätzlichen Problematik dieses Begriffs unten S. 33–35.

12 S. dazu grundlegend Bumke: *Mäzene*.

Autoridentität und geografischem Raum – *Gruppenbild mit Dame* ist ein Roman von Heinrich Böll, der als empirische Existenz auch außerhalb dieses Textes »nachweisbar« ist und seine Bücher vorzugsweise im Kölner Raum verfasste – funktioniert für mittelalterliche Literatur oft genug nicht; sei es, dass der Autor als Zeitgenosse seiner Texte nicht recht greifbar wird, sei es, dass sich deren Entstehungsort und -umstände einer eindeutigen Identifizierung entziehen.

Von diesem Phänomen ist auch die Kölner Literaturgeschichte in nicht unerheblichem Ausmaß betroffen – wie hier an einem exemplarischen Fall aufgezeigt werden soll. Der einflussreiche Mediävist Edward Schröder hatte 1928 entschieden für Köln als Entstehungsort des *Alexanderlieds* aus der Feder des Pfaffen Lamprecht plädiert[13] – unter anderem mit Hinweis auf ein von reichster urbaner Kultur geprägtes Umfeld, das diese Dichtung zwingend voraussetze. Schröder imaginiert sogar das Kölner »Patriziat« als Auftraggeber. Diesen Überlegungen ist wirkungsvoll widersprochen worden.[14] Tatsächlich gebe es, so wurde argumentiert, keinerlei konkrete Anhaltspunkte für eine Lokalisierung der Dichtung in Köln. Die Sprache weise den Text nicht dem Kölner, sondern dem mittelfränkischen Sprachgebiet zu; ein städtisches Publikum sei für das 12. Jahrhundert noch kaum vorauszusetzen, und es sei unwahrscheinlich, dass der Anstoß zur ersten Übertragung eines auf einem antiken Stoff basierenden französischen Epos ausgerechnet von einem geistlichen Fürstenhof – dem des Kölner Erzbischofs – gekommen sei. Angesichts der nach wie vor unklaren geografischen Platzierung des *Alexanderlieds* verzichtet diese *Kölner Literaturgeschichte* denn auch darauf, das Werk zu besprechen.

Hinter Schröders Mutmaßung mag auch die Einschätzung gestanden haben, dass der unbestrittenen Bedeutung Kölns als der seinerzeit größten Stadt nördlich der Alpen und eines weithin ausstrahlenden Zentrums der Wissenschaften und Künste eine entsprechende literaturgeschichtliche Bedeutung entsprochen haben müsse. Tatsächlich war der Niederrhein insgesamt im 12. Jahrhundert eine äußerst aktive und produktive Zone der Vermittlung zwischen der französischen und der deutschen Literatursphäre. In der Gestalt Heinrich von Veldekes personalisiert sich diese Vermittlungsfunktion, ohne die die höfische Epik der Zeit um 1200 und vor allem die deutschsprachige Artus-Epik nicht denkbar ist. Die Rolle aber, die ausgerechnet Köln dabei einnahm, ist schwer einzuschätzen – um es zurückhaltend zu formulieren.

Ein weiterer beträchtlicher Unterschied gegenüber neuerer Literatur, aber auch dem Modus der Beschäftigung mit ihr besteht darin, dass die moderne Trennung von expositorischen und fiktionalen Textsorten für das Mittelalter nicht funktioniert. Genauer: Es erweist sich immer wieder als unmöglich, zwischen »Sach«texten und »Dichtung« zu unterscheiden. Beispiele dafür gibt es zum einen in der Geschichtsschreibung, die sich von Geschichtsdichtung kaum sauber abgrenzen lässt.[15] Das Kriterium wissenschaftlicher »Zuverlässigkeit« etwa wäre im Fall der weit

13 Edward Schröder: *Die deutschen Alexander-Dichtungen des 12. Jahrhunderts*, in: *Nachrichten von der königlichen Gesellschaft der Wissenschaften zu Göttingen. Phil.-hist. Klasse* 1928, S. 45–92.

14 S. zusammenfassend Bumke: *Mäzene*, S. 75 f.

15 S. dazu Manfred Groten: *Volkssprachliche Geschichtsdichtungen im deutschen Reich im späten 13. Jahrhundert.*

Abb. 1 Bei Grabungen gefundene römische Bibliothek unter dem Antoniterquartier.

verbreiteten Welt- und Universalchroniken des hohen Mittelalters fehl am Platz (obwohl Details der Darstellung auch Ereignisse der zeitgenössischen Realgeschichte aufnehmen, spiegeln und die Chroniken solchermaßen durchaus als Geschichtsquellen taugen). Entscheidend aber ist das ideelle Framing dieser Chroniken, das irdisches Geschehen stets und immer schon auf ein Heilsgeschehen nach christlichem Verständnis bezieht, es solchermaßen überformt und in seiner »objektiven« Eigenständigkeit entwertet. Das Allgemeine hat Vorrang vor dem Besonderen.[16] Vieles in diesen Chroniken – etwa die jeweiligen Passagen über die Weltentstehung – ist nach unserem

Melis Stoke und Gottfried Hagen, in: Johannes Laudage (Hg.): *Von Fakten und Fiktionen. Mittelalterliche Geschichtsdarstellungen und ihre kritische Aufarbeitung* (= *Europäische Geschichtsdarstellungen*, Bd. 1), Köln/Weimar/Wien 2003, S. 281–308; hier: S. 303 ff.

16 S. dazu Anna-Dorothee von den Brincken: *Der universalhistorische Rahmen der ›Koelhoffschen Chronik‹ und die bis 1499 im Druck zugängliche Chronistik*, in: Georg Mölich/Uwe Neddermeyer/Wolfgang Schmitz (Hg.): *Spätmittelalterliche städtische Geschichtsschreibung in Köln und im Reich. Die ›Koelhoffsche‹ Chronik und ihr historisches Umfeld* (= *Veröffentlichungen des Kölnischen Geschichtsvereins*, Bd. 43); Köln 2001, S. 79–89; hier: S. 79 – S. zum Genre dies.: *Geschichtsschreibung*, in: Ursula Liebertz-Grün (Hg.): *Aus der Mündlichkeit in die Schriftlichkeit. Höfische und andere Literatur 750–1320* (= *Deutsche Literatur. Eine Sozialgeschichte* (10 Bde.), Hrsg. von Horst Albert Glaser, Bd. 1 [= *rororo*, Bd. 6250]), Reinbek 1988, S. 304–313.

Verständnis selbstverständlich »Fiktion«. Und war dies nach dem der zeitgenössischen Autoren und ihres Publikums – der Hörer und wenigen Leser – möglicherweise ebenso.

Für die Kölner Literaturgeschichte sind das Thema und die anhängende Frage der Genreproblematik insofern belangvoll, als am Ort mehrere bedeutende Geschichtschroniken entstanden,[17] von denen in diesem Buch vier exemplarisch vorgestellt werden sollen: die *Kölner Königschronik* samt ihrer im Pantaleonskloster entstandenen Fortsetzung, Gottfried Hagens *Buch von der Stadt Köln*, das *Neue Buch* und die *Koelhoffsche Chronik*. Mit Hagens Arbeit begann de facto eine eigenständige städtische Geschichtsschreibung in deutscher Sprache, die tendenziell aus den universalhistorischen Kontexten der alten Weltchronik hinausführt. Im Fall seiner Chronik zeigt sich der literarische Anspruch, damit aber auch der Wille zur künstlerischen Stilisierung und Überformung, nicht zuletzt auf der Ebene der Darstellungsform: Es handelt sich um eine Chronik in Reimpaaren, die unter dem Aspekt »reiner« Sachinformation redundant sind. Inhaltlich kehrt auch in den eindeutig stadtgeschichtlich orientierten Chroniken das Gattungsproblem der Universalchronik wieder, also das der verschwimmenden Grenze zwischen Geschichtsschreibung und -dichtung. Die Chronisten entwickeln zum Beispiel von Gegenwartsinteressen induzierte Gründungsmythen und -legenden, die eindeutig als Fiktion und damit, wenn man so will, als Poesie anzusprechen wären.[18]

Bespiele für die beschriebene Textsortenproblematik gibt es zum anderen in der geistlichen Literatur. Ein prominentes Beispiel dafür ist das – deutschsprachige und lateinische – Werk Meister Eckharts (um 1260–1328, eigentlich Eckhart von Hochheim). Der Dominikaner gilt als Begründer der Mystik – wobei Fachgelehrte die Triftigkeit dieser Klassifizierung bestreiten.[19] Unter dem Aspekt seiner Lebensstationen gehört Meister Eckhart, obwohl er in Thüringen geboren wurde, in Avignon starb und außerdem Erfurt und Paris zentrale Orte seines Wirkens waren, unstrittig zur Kölner Geschichte. Eckhart wirkte von etwa 1323 bis 1326 als Prediger seines Ordens in Kölner Kirchen, inwieweit er am Ort mit Lehrtätigkeiten betraut war, ist umstritten.[20] Anders als die Kölner Geschichtsschreibung zeitigten Eckharts Predigten allerdings keine lokalen Bezüge. Mit Köln verbindet sich vor allem der spektakuläre Häresieprozess gegen

17 S. dazu Volker Henn: *Städtische Geschichtsschreibung in Köln und im Hanseraum*, in: Mölich/Neddermeyer/Schmitz (Hg.): *Geschichtsschreibung*, S. 29–55.

18 S. dazu Robert Meier: *Die Darstellung der Gründung Kölns in Kölner Quellen des Spätmittelalters. Methodenwechsel in der Geschichtsschreibung?*, in: Peter Engels (Hg.): *Aus Überrest und Tradition. Festschrift Anna-Dorothee von den Brincken*, Lauf 1999, S. 128–140.

19 Der Bochumer Eckhart-Experte Kurt Flasch schreibt in seiner Monografie, sie habe »nichts Authentisches« (in: K. F.: *Meister Eckhart. Philosoph des Christentums*, München 2010, S. 32) und plädiert dafür, Eckharts Werk eine »Philosophie des Christentums« zu nennen (ebd., S. 30 ff.).

20 S. dazu Kurt Ruh: *Zu Meister Eckharts Kölner Predigten*, in: *Zeitschrift für deutsches Altertum und deutsche Literatur* 128 (1999), S. 42–46; Walter Senner: *Meister Eckhart in Köln*, in: Klaus Jacobi (Hg.): *Meister Eckhart: Lebensstationen – Redesituationen* (= *Quellen und Forschungen zur Geschichte des Dominikanerordens*, N. F., Bd. 7), Berlin 1997, S. 207–237.

Eckhart, den der Kölner Erzbischof Heinrich II. von Virneburg nach der einschlägigen Denunziation seitens zweier Ordensbrüder einleitete. Die Causa, die schließlich beim Papst in Avignon landete, brachte Eckhart in eine potenziell lebensgefährliche Lage.

Inwieweit aber gehört Meister Eckhart zur Kölner *Literatur*geschichte? Tatsächlich ist er, wenngleich er als Theologe und Philosoph in die einschlägigen fachlichen Zuständigkeiten zu fallen scheint, immer wieder Gegenstand auch der Literaturgeschichtsschreibung gewesen.[21] Für diese Berücksichtigung könnten im Wesentlichen zwei Argumente vorgebracht werden: Insoweit Eckhart seine Predigten mit einem aus der Antike stammenden rhetorischen Ornat ausstattete, werden sie auch zu Sprachkunstwerken, die eine entsprechende Würdigung erheischen. Nämliches betrifft das Gott-Mensch-Verhältnis, das Eckhart nicht nur ontologisch, sondern vor allem sprach- und worttheologisch begreift. Der Anfang des Johannesevangeliums, wonach Gott Wort sei, führt zum Kern seines Denkens. Immer wieder umkreist Eckhart das Geheimnis des Gott-Wort-Analogons in der Menschenseele und der Einheit des Menschen mit Gott – mithilfe einer mystischen »Sondersprache«[22], die letztlich den Unsagbarkeitstopos in vielfältiger Variantenbildung entfaltet und sich damit, in moderner philosophischer Terminologie, in einen performativen Selbstwiderspruch begibt. Gerade der Unsagbarkeitstopos aber ist geeignet, eine »heilig«-verschworene Gemeinschaft auch zwischen Autor/Sprecher/Schreiber und Rezipient/Hörer/Leser zu stiften.

Eckharts Sprache und Denken lassen sich nicht voneinander trennen, die Sprache ist bei ihm kein dem Denken Äußerliches, sondern das Medium, in dem dieses sich entfaltet. Für die Darstellung hat das zur Folge, dass von Eckharts Sprache nicht die Rede sein kann, ohne dass es gleichzeitig um Philosophie und Theologie geht. Eine Ausleuchtung des philosophischen und theologischen Meister-Eckhart-Kontinents kann allerdings im Rahmen dieser Kölner Literaturgeschichte nicht geleistet werden – weshalb sie es bei den spärlichen vorstehenden Anmerkungen belassen muss.

1.3 Frühe Höhepunkte: Vom *Annolied* zum Archipoeta

Nicht die Kölner Literaturgeschichte – mit Sicherheit sind, wie gesagt, viele Quellen untergegangen –, wohl aber die Überlieferungsgeschichte des literarischen Köln beginnt mehr oder weniger mit zwei Texten, die Kölner Bischofsgestalten verherrlichen: mit Lobgedichten des irischen Autors und Gelehrten Sedelius Scottus auf den Erzbischof Gunthar aus dem 9. Jahrhun-

---

21 Ein Beispiel ist Alois Maria Haas: *Deutsche Mystik*, in: Ingeborg Glier (Hg.): *Die deutsche Literatur im späten Mittelalter. 1250–1370*, 2. Teil: *Reimpaargedichte, Drama, Prosa* (= De Boor-Newald: *Geschichte der deutschen Literatur*, Bd. III/2), München 1987, S. 234–305; hier: S. 254–268.

22 Kurt Ruh: *Altdeutsche Mystik. Ein Forschungsbericht*, in: *Wirkendes Wort* 7 (1956/57), S. 135–146, 212–231; hier: S. 144.

Abb. 2 Büste des Erzbischofs Rainald von Dassel, Gönner des Archipoeta, am Dreikönigenschrein im Kölner Dom, frühes 13. Jahrhundert.

dert und, ungleich prominenter, dem um 1080[23] möglicherweise in Köln, sehr wahrscheinlich aber in der Benediktinerabtei Siegburg von einem Anonymus verfassten *Annolied* auf deren Gründer, den verstorbenen Erzbischof Anno II. Diese Themenzentrierung ist alles andere als zufällig, allgemein verweist sie auf den starken Einfluss jeweils spezifischer Lokalverhältnisse auf die Literaturproduktion, im Besonderen auf die Bedeutung des frühmittelalterlichen Köln als Bischofssitz. Wie Karl Ubl in seiner einschlägigen Monografie[24] überzeugend darlegt, gelang es bereits zu Beginn des 9. Jahrhunderts, den äußerst langlebigen »Markennamen« eines »heiligen Köln« zu entwickeln, der die Stadt unmittelbar an die Seite von Jerusalem und Rom stellte. Instrumentiert wurde dieser Mythos mit der Konstruktion zahlreicher Köln-bezogener Heiligen- und Märtyrerlegenden, praktisch unterfüttert durch die Ingangsetzung eines ehrgeizigen Programms zur Errichtung zahlreicher neuer (Stifts-)Kirchen sowie des Alten Hildebald-

23 S. zur komplexen Datierungsfrage zusammenfassend Ursula Liebertz-Grün: *Zum Annolied. Atypische Struktur und singuläre politische Konzeption*, in: *Euphorion* 74 (1980), S. 223–256; hier: S. 225–231.

24 S. dazu Karl Ubl: *Köln im Frühmittelalter. Die Entstehung einer heiligen Stadt 400–1100* (= *Geschichte der Stadt Köln*, Bd. 2), Köln 2022, S. 169–178.

Domes und eben die spirituelle Profilierung der jeweils aktuellen Kölner Bischöfe, darunter Hildebalds in der Karolinger- und Annos in der Salierzeit.

Eine vergleichsweise dichte Reihe von lateinischen Lobgedichten zeitigte Gunthars Episkopat. Sechs von ihnen gehen auf das Konto des genannten Sedelius, der auf seiner Flucht vor den Wikingern nach Köln gekommen war und dort offensichtlich eine enge Beziehung zum bischöflichen Hof aufbauen konnte. In diesen Texten wünscht der Autor seinem Mäzen Reichtum, lobt ihn für die Stiftung einer Prachtbibel und preist sein Mäzenatentum.[25]

Erzbischof Anno II. (um 1010–1075) war insofern eine zentrale Figur der frühmittelalterlichen Kölner Literaturgeschichte, als sich mit ihm, wie erwähnt, die Niederschrift des *Annoliedes* verbindet (es ist übrigens nur in Gestalt eines Teildrucks von 1597 sowie der vollständigen Veröffentlichung durch Martin Opitz 1639 überliefert). Das *Annolied*[26] ist nicht nur die erste Bischofsbiografie in deutscher Sprache, sondern auch der früheste (erhaltene) Text, in dem die Begriffe »diutischemi lande« und »diutschi man«[27] erscheinen. Köln wird übrigens – »das erste Städtelob in deutscher Sprache«[28] – als »sconistir burge«[29], als schönste Stadt, bezeichnet, die je in »diutischemi lande« entstand. Nur wenige Zeilen später heißt es: »Köln ist der heristin burge ein./ sent Anno braht ir ere wole heim.«[30] Figur und Stadt (sowie beide in Bezug auf »Land« und »Reich«) treten in eine zukunftsträchtige Konstellation wechselseitiger Begünstigung und Verherrlichung: Köln »gewinnt« durch Anno und Anno durch Köln.

Das *Annolied* entstand im Kontext einer »beispiellosen Kampagne«[31] zur Heiligsprechung des Bischofs, die dann 1183 erfolgte. Zu ihren Hervorbringungen gehören auch die *Annalen* des Lampert von Herzfeld und eine *Vita Annonis* des Abts Reginbert von Siegburg.[32] Besagte Kampagne ist zweifellos auch in der unbändigen Tatkraft begründet, mit der der ehemalige

---

25 Ebd., S. 225.

26 S. den Überblick von Eberhard Nellmann: ›*Annolied*‹, in: *Die deutsche Literatur des Mittelalters. Verfasserlexikon* (14 Bde.), hrsg. von Gundolf Keil/Kurt Ruh/Werner Schröder/Burghart Wachinger/Franz Josef Worstbrock, Berlin/New York ²1977–2008, Bd. 1, Sp. 366–371; ders.: Nachwort, in: *Das Annolied. Mittelhochdeutsch/Neuhochdeutsch*, hrsg., übersetzt und kommentiert von E. N. (= *Reclams Universalbibliothek*, Bd. 1416), Stuttgart ⁷2010, S. 185–196; weiterhin Mathias Herweg: *Ludwigslied, De Heinrico, Annolied. Die deutschen Zeitdichtungen des frühen Mittelalters im Spiegel ihrer wissenschaftlichen und Erforschung (= Imagines Medii Aevi. Interdisziplinäre Beiträge zur Mittelalterforschung*, Bd. 13), Wiesbaden 2002; Susanne Bürkle: *Erzählen vom Ursprung: Mythos und kollektives Gedächtnis im Annolied*, in: Udo Friedrich/Bruno Quast (Hg.): *Präsenz des Mythos. Konfigurationen einer Denkform in Mittelalter und Früher Neuzeit* (= *Trends in Medieval Philology*, Bd. 2), Berlin/New York 2004, S. 99–130.

27 *Annolied*, S. 12, 32, 38.

28 Ubl: *Köln im Frühmittelalter*, S. 422.

29 Ebd., S. 12.

30 Ebd.

31 Ebd., S. 421.

32 Die Beantwortung der Frage nach der wechselseitigen Abhängigkeit der drei Texte hängt ebenfalls von der Lösung der Datierungsprobleme ab.

Bamberger Domscholaster die Belange seines Bistums wie der Stadt Köln gefördert hatte – beim Kirchenbau, mit der Gründung von Abteien und Stiften. Dass gerade die Abtei Siegburg daran interessiert war, die Kanonisierung ihres Gründers voranzutreiben, liegt auf der Hand – womit auch die Frage nach der hinter dem *Annolied* stehenden »politischen« Intention zu einem Gutteil beantwortet wäre.

Das Urteil späterer Zeiten über den historischen Anno fiel hingegen zwiespältig aus – woran sich bis heute wenig geändert hat.[33] Anno war der Anführer jenes Staatsstreichs von 1062 gewesen, bei dem der unmündige nachmalige Kaiser Heinrich IV. auf ein Schiff gelockt und nach Köln entführt wurde. Als Erzieher des jungen Heinrich stieg Anno – ehrgeizig, umtriebig, macht- und besitzgierig, von religiösem Eifer angetrieben und gewalttätig – zum Reichsregenten auf. Schließlich war da die Demütigung im Konflikt von 1074 mit der Kölner Kaufmannschaft, in deren Verlauf er aus der Stadt fliehen musste. Nach seiner Rückkehr nahm er an den Aufständischen blutige Rache – ein Ereignis, das sich dem kollektiven Gedächtnis der Stadt tief einschreiben sollte.[34]

All diese Dinge verschweigt das *Annolied* nicht, codiert sie aber im Sinne einer Heiligen-Vita entschieden positiv. Der – als solcher nicht erwähnte (gerühmt wird nur Annos Erziehungsleistung an Heinrich) – Staatsstreich von Kaiserswerth gerät zu einer Tat im fundamentalen Interesse des »riche«; heute spräche man wohl von einem Fall von Staatsräson. Die Vertreibung aus Köln verurteilt der Verfasser als schmähliche Handlung Undankbarer, stellt sie dem biblischen Verrat Absaloms an seinem Vater David an die Seite. Auf Anhieb verträgt sich diese Schelte schlecht mit dem (oben erwähnten) penetranten Lob, das der Autor der Stadt wiederholt spendet. Der vermeintliche Widerspruch löst sich auf, wenn das *Annolied* insgesamt als »Ausgleichsangebot«[35] der Siegburger Anno-Partei an die widerspenstigen Kölner verstanden wird.

Denn immerhin bleibt auch die unversöhnliche Feindschaft gegenüber den Stadtbewohnern ein »vlekke«[36] auf Annos sonst untadelig weißer Brust. In einer nächtlichen Vision von seinen Amtsbrüdern aus dem Jenseits darauf als auf einen möglichen Hinderungsgrund für den eigenen Himmelseintritt hingewiesen, tilgt Anno ihn durch ein gesteigertes Wohlwollen gegenüber den Stadtbewohnern. Generell wird dem Erzbischof ein Höchstmaß an Gottesfurcht, Weisheit und Mildtätigkeit zugesprochen – was ihm auch den Vorrang unter den Reichsfürsten gesichert habe. Allerdings legte das Framing der Heiligen-Vita die Akzentuierung dieser Tugenden nahe, die solchermaßen auch nicht zu einer historischen und personalen Spezifizierung der Figur beiträgt.

---

33 S. etwa die Studie von Georg Jenal: *Erzbischof Anno II. von Köln (1056–1075) und sein politisches Wirken. Ein Beitrag zur Geschichte der Reichs- und Territorialpolitik im 11. Jahrhundert* (2 Bde.) (= *Monographien zur Geschichte des Mittelalters*, Bd. 8), Stuttgart 1974/75.

34 S. zu den erwähnten Ereigniskomplexen Ubl: *Köln im Frühmittelalter*, S. 395–402, 428–437.

35 Herweg: *Zeitdichtungen*, S. 509.

36 *Annolied*, S. 56.

Aber ist das *Annolied* überhaupt eine Heiligen-Vita? Ein genauerer Blick auf den Aufbau legt auf Anhieb eher eine negative Beantwortung der Frage nahe – weil es auf den rund zwei ersten Dritteln des Textes gar nicht um Anno geht. Erst im 33. von insgesamt 49 unterschiedlich langen Abschnitten (die sie bezeichnenden römischen Ziffern übernahm Opitz mutmaßlich aus der ihm vorliegenden Handschrift, sie werden weithin als Einheiten eines möglichen gesungenen Vortrags aufgefasst) beginnt die Erzählung seines Wirkens. Dieser Einsatz wurde immer wieder zahlsymbolisch interpretiert: Anno war nach der Zählung des Liedes der 33. Kölner Bischof, außerdem bezeichnet die Zahl die Lebensjahre Jesu.

Der Vita des Bischofs voran geht zunächst ein Abriss der Heilsgeschichte von Gottes Weltschöpfung über den Sündenfall, Christi Erlösungstat und den Anbruch des sechsten Weltalters, die Missionierung der Welt durch die Apostel und die Heiligen Kölns, zu denen auch Anno gezählt wird. Genauso wie die Heilsgeschichte läuft auch die Profangeschichte, die in einem zweiten Cursus rekapituliert wird, auf Anno zu, in dessen Gestalt somit beide verklammert werden. Im Zentrum der Darstellung steht die Abfolge der vier Weltreiche. Der Übergang vom römischen zum deutschen Reich, das das römische allerdings nicht er-, sondern fortsetzt, vollzieht sich dergestalt, dass Caesar die vier, mit besagten Weltreichen angeblich in Verbindung stehenden, deutschen Hauptstämme – Schwaben, Bayern, Sachsen und Franken – zunächst unterwirft, sie dann aber zu zuverlässigen Stützen seiner Alleinherrschaft macht. Von dort führt der Weg zu den römischen Städtegründungen im späteren Deutschen Reich, damit auch zu deren vornehmster, der »Colonia Agrippina«, schließlich zu ihrem ersten Bischof Maternus und seinem Nachfolger Anno.

Der folgende Lebensbericht entspricht dann tatsächlich weithin dem Schema der Heiligen-Vita. Annos Heiligenstatus erweist sich an Wundern und Zeichen, die sich nach seinem Tod ereignen. Ein Teufelsverbündeter namens Volprecht schmäht Anno und erblindet daraufhin. Erst die reuevolle Bitte um die Hilfe des Heiligen gibt ihm das Augenlicht zurück.

Die Verschränkung von Heils- und Weltgeschichte sowie Heiligen-Vita gilt heute nicht mehr wie noch im 19. Jahrhundert als Kompositionsfehler – unerachtet der Tatsache, dass die Arbeit des Siegburger Mönchs in Versbau und Reimtechnik große Freiheiten und insgesamt einen noch geringen Grad an artistischer Durchgestaltung nach der Maßgabe etwa der volkssprachlichen Dichtung des Hochmittelalters zeigt. Davon unabhängig orientierte sich der Verfasser offensichtlich an dem Vorbild von Bistums- und Klosterchroniken aus dem Rhein-Maas-Gebiet – in welcher Tradition das *Annolied* allerdings nicht aufgeht. Das Motiv der Verbindung Caesars mit den deutschen Stämmen zum Beispiel – eine eigenwillige Version der seit dem 11. Jahrhundert mit der Weltreiche-Lehre verbundenen Vorstellung einer »translatio imperii« – scheint eine originale Erfindung seines Verfassers zu sein.

Bemerkenswert ist auch dessen politische Eigenständigkeit: Die Nichterwähnung des Papsttums (von einer Ausnahme abgesehen) und seiner universalhistorischen Rolle ist auffallend angesichts einer Entstehungszeit, die zusammenfällt mit dem Höhepunkt des Investiturstreits. Ein Parteigänger Gregors VII. war der Autor also erkennbar nicht. Königen und Kaisern – darunter den aktuellen Salierherrschern Heinrich III. und IV. – widerfährt ein ebenso ausgeprägtes Desinteresse, das, so muss man hinzufügen, den Stern des heiligen Anno umso heller strahlen lässt. Tatsächlich scheint das *Annolied* als Lehr- und Exempeldichtung die Überzeugung verbreiten zu wollen, geistliche Fürsten – oder zumindest deren herausragende Repräsentanten – seien »die eigentlichen Exponenten von Heils- und Weltgeschichte«[37].

Die enge, ja es überhaupt erst ermöglichende Beziehung des Kölner Literaturgeschehens zum erzbischöflichen Hof setzte sich im Hochmittelalter fort. Die zentrale Bischofsgestalt der Mitte des 12. Jahrhunderts war zweifellos Rainald von Dassel (gestorben 1167)[38], der nicht nur die Position der Kölner Erzbischöfe als der mächtigsten Reichsfürsten am Niederrhein ausbaute, sondern als Erzkanzler für Italien auch starken Einfluss auf die Politik des Stauferkaisers Friedrich Barbarossa und die Formulierung einer spezifisch staufischen Reichsideologie hatte. Von den acht Jahren seines Episkopats (davon leidglich die letzten beiden mit Bischofsweihe) verbrachte er – weil persönlich stark engagiert in den kriegerischen Auseinandersetzungen Barbarossas in Reichsitalien – die geringste Zeit in Köln, das dennoch in seinem Selbstbild als »sancta Colonia« von dieser Herrschaft in beträchtlichem Maß profitierte. Die Überführung der Gebeine der Heiligen Drei Könige, der Kriegsbeute aus dem zerstörten Mailand, in den Kölner Dom im Jahr 1164 markiert einen Höhepunkt seines Engagements für die Bischofsmetropole.

Seine Bedeutung für die Literaturgeschichte besteht darin, dass er der Mäzen des Archipoeta war, der ihn in seinen lateinischen Langzeilen verherrlichte:

> Archicancellarie, viris maior ceteris
> Splendore prudentiae, qua prudentis preateris.
> Iuba es ecclesie, sicut sol es etheris.[39]

Diese massiv und kalkuliert (und auf eine heute blasphemisch anmutende Weise, dem mittelalterlichen Ordo-Denken gemäße) Christus-Attribute (»aller Herren größter«, »hell erstrahlende Weisheit«) einsetzende Panegyrik stammt von einem Dichter, der als empirische Person kaum zu fassen ist. Bezeichnenderweise wurden versuchsweise mehrere teils mehr, teils weniger plausible Identifizierungen vorgenommen: Einmal wurde der wohl in terminologischer Analogie zu seinem Gönner, erst in späteren Abschriften als »Erzpoet« bezeichnete Autor als kaiser-

37 Liebertz-Grün: *Annolied*, S. 249.

38 S. dazu zusammenfassend Hugo Stehkämper/Carl Dietmar: *Köln im Hochmittelalter. 1074/75–1288* (= *Geschichte der Stadt Köln*, Bd. 3), Köln 2016, S. 68–73.

39 *Die Lieder des Archipoeta. Lateinisch/Deutsch*, Übersetzung und Nachwort von Karl Langosch (= *Reclams Universalbibliothek*, Bd. 8942), Stuttgart 1965, S. 7. – S. zu Autor und Werk grundlegend, wenn auch in literaturtheoretischen Grundannahmen überholt, Günter Bernt: *Archipoeta*, in: *Verfasserlexikon*, Bd. 1, Sp. 423–430.

licher Notar in Barbarossas Kanzlei identifiziert[40], dann mit einem Kölner Domschulmeister Rudolf[41], schließlich mit einem Schulmeister Gottfried von St. Andreas[42].

Letztlich bleibt man bei der Konturierung der historischen Person Archipoeta auf die Auskünfte in dessen Texten verwiesen, die diesbezüglich allerdings mit einigen Stolpersteinen aufwarten. Folgendes lässt sich den lediglich zehn erhaltenen »Liedern« (unwahrscheinlich ist, dass sie das Gesamtschaffen repräsentieren) mit einiger Sicherheit entnehmen: In dem Gedicht *Erste Bitte* (I [III]) steht der Vers »Et Transmontanos, vir Transmontane, iuva nos!«[43] Wiederholt ist er als Anspielung auf die gemeinsame deutsche Herkunft Rainalds und des Archipoeta verstanden worden. Sie ist allerdings nur unter der Voraussetzung sinnvoll, dass sie im »transalpinen« Ausland – sprich: in Italien – gemacht wurde. Dies wiederum spricht dafür, dass der Autor selbst den Erzbischof bzw. dessen Hof auf seinen zahlreichen Italienzügen begleitete – und damit für eine in der Tat sehr enge Beziehung zwischen Dichter und Gönner. Der Umkehrschluss legt nahe, dass der Archipoeta sich wie sein Herr selten in Köln aufgehalten hat. Immerhin scheint das Lied Nr. IX (V) *(Nocte quadam sabbati)* tatsächlich in einer Zelle des Kölner Klosters St. Martin entstanden zu sein. Rainald wird hier aufgefordert, sich mit dem heiligen Martin zu versöhnen und dafür zu sorgen, dass das Kloster ihm entrissene Weingüter zurückerstattet bekommt.[44]

Auch zeitlich lässt sich die dichterische Produktion des Archipoeta in Rainalds Diensten einigermaßen exakt fixieren. Bemerkenswert ist, dass in sämtlichen zehn Texten der Erzbischof als »electus«, »presul« oder »archicancellarius«, nicht aber als »archiepiscopus« apostrophiert wird. Dafür gibt es nur eine Erklärung: Die Lieder müssen vor Rainalds bereits erwähnter Bischofsweihe 1165 verfasst sein. Somit ergibt sich Entstehungszeitraum von lediglich sechs Jahren – von 1159 bis 1165.

Zum sozialen und geistigen Profil des Archipoeta lässt sich so viel sagen: Die Verfassersprache Latein und die Durchsetzung seiner Texte nicht nur mit Bibelwissen, sondern auch mit dem antiken Bildungskanon setzen eine gründliche, möglicherweise universitäre Ausbildung voraus – eine Ausbildung, wie sie damals nur Klerikern mit Aussicht auf eine entsprechend gesicherte soziale Position ermöglicht wurde. Sich selbst nannte der Achipoeta »scolaris«[45], Scholar mithin.

40 Rudolf Schieffer: *Bleibt der Archipoeta anonym?*, in: *Mitteilungen des Instituts für Österreichische Geschichtsforschung* 98/1–2 (1990), S. 59–79.

41 Johannes Fried: *Der Archipoet – ein Kölner Scholaster?*, in: Klaus Herbers/Hans Henning Kortüm/Carlo Servatius (Hg.): *Ex Ipsis Rerum Documentis. Festschrift für Harald Zimmermann zum 65. Geburtstag*, Sigmaringen 1991, S. 85–90.

42 Peter Landau: *Der Archipoeta – Deutschlands erster Dichterjurist. Neues zur Identifizierung des politischen Poeten der Barbarossazeit* (= *Bayerische Akademie der Wissenschaften. Philosophisch-historische Klasse. Sitzungsberichte*, Jg. 2011, H. 3), S. 3–45.

43 *Archipoeta*, S. 4.

44 S. dazu Bumke: *Mäzene*, S. 377, Anm. 488.

45 *Archipoeta*, S. 32.

Dies tritt allerdings in Widerspruch zu der Tatsache, dass er in seinen Gedichten wiederholt, ja hartnäckig Bitten um materielle Zuwendungen an seinen Gönner richtet. Da geht es um einen Mantel, ein Gewand, auch um Wein. Erst der Wein werde ihm, so lässt er in Lied V (IV) mit der Geste einer spielerischen Erpressung verlauten, die dichterische Zunge lösen.

Dass solche Belohnungen nicht unüblich waren, können wir der einzigen zeitgenössischen Quelle entnehmen, in denen Walter von der Vogelweide als empirische Person auftaucht. Jedoch kann der Archipoeta nach allem, was wir wissen, gerade kein armer Schlucker gewesen sein, ein Fahrender, angewiesen darauf, von der Hand in den Mund zu leben. Dieser Widerspruch lässt nur eine Erklärung zu: Der arme, bedürftige Hungerleider ist eine Fiktion – da dichtete jemand wie ein Vagant, ohne selbst einer zu sein. »Vielmehr ist hinter ihm«, so Wilhelm Weise, »ein mit einem Amt am Hof des Kölner Erzbischofs wohlversorgter *notarius* zu vermuten, der nur nach Art der Vaganten dichtete, um mit dieser literarischen Fiktion, die der Mode entsprach, den Unterhaltungswert seiner Lieder zu steigern.«[46]

Der Archipoeta tritt uns in unterschiedlichen thematisch-künstlerischen Profilen entgegen, die allerdings nicht starr gegeneinander abgegrenzt sind. Da ist zunächst der Verfasser politischer Lyrik, der in seiner Hymne auf Barbarossa (VI [IX]) in Verlängerung der Lobpreisungen des Archicancellarius als dessen wichtigstem Parteigänger unter den Reichsfürsten die staufische Reichsidee in eine bündige, ja berückende poetische Form bringt. Sie überzeugt auch heute noch durch die Suggestivität der Bilder und Anspielungen und nicht zuletzt durch die elegant-geschmeidige Handhabung der lateinischen Versifikation. Möglicherweise war der im Schema der Vagantenstrophe (vier endgereimte Langzeilen aus jeweils einem Vier- und einem Dreiheber) verfasste *Kaiserhymnus* der Ersatz für ein von Rainald gewünschtes Heldenepos auf Friedrich I. und seine italienischen Feldzüge, das abzufassen der Archipoeta sich allerdings nach eigener Auskunft (s. das Lied V [IV]) aus Gründen der Überforderung nicht in der Lage sah.[47] Auch im Hymnus ist die Häufung der Gottes- und Christus-Attribute auffällig: Der »Cesar noster« der ersten Zeile alludiert auf das *Vaterunser*, und der Hinweis auf das »süße Joch« in Vers 2 greift Matthäus 11,30 auf. Seine irdische Herrschaftsgewalt wurde dem Kaiser, so der Archipoeta, unmittelbar von Gott zuteil, und er übt sie aus als Beschützer der Christenheit, als Bewahrer von Friede und Gerechtigkeit und als Promotor einer *renovatio imperii*, einer Erneuerung des römischen Reiches aus Machtlosigkeit und Anarchie.

Weil es um nichts Geringeres geht als die seit dem Investiturstreit virulente Auseinandersetzung um die rechte Ordnung in der Welt – also die Suprematie des Kaiser- oder des Papsttums –, gewinnt Barbarossa beim Archipoeta nirgendwo und sei es andeutungsweise persönliche Züge. Sie sind im Namen des Herrschaftsprinzips, das er verkörpert, vollständig eliminiert. Der Papst wiederum – vielleicht besser: das Papsttum – findet sich im Hymnus als mächtigster Gegner die-

46 Wilhelm Weise: *Der Hof der Kölner Erzbischöfe in der Zeit Kaiser Friedrich Barbarossas* (= *Studia humaniora. Düsseldorfer Studien zu Mittelalter und Renaissance*, Bd. 38), Düsseldorf 2004, S. 171.

47 S. dazu Karl Langosch: *Anmerkungen* zu *Archipoeta*, S. 71.

ser staufischen Reichsidee oder auch -ideologie mit keinem Wort erwähnt. Das ist insofern bemerkenswert, als die (tatsächlichen und potenziellen) Feinde sonst mit wünschenswerter Deutlichkeit beim Namen genannt werden: der lombardische Städtebund, die Normannenherrscher auf Sizilien, der oströmische Kaiser. Der Grund für diese Zurückhaltung dürfte kaum die Maxime »Erledigung durch Beschweigen« gewesen sein. Die mutmaßliche Entstehungszeit des *Kaiserhymnus* – Herbst 1163 – legt vielmehr die Erklärung nahe, dass angesichts des aktuellen Schismas zwischen dem kaiserfeindlichen Papst Alexander III. und Victor IV. als dem Exponenten der kaiserfreundlichen Partei an der Kurie eine pauschale Kritik an Papst und Papsttum als solchem einstweilen nicht opportun erschien.

Dank der Übernahme seiner »Vagantenbeichte« (VII [X]) in die berühmte Anthologie der *Carmina Burana* ist der Archipoeta heute als maßgeblicher Vertreter der mittellateinischen Vagantenlyrik ungleich berühmter denn als politischer Autor. »Meum est propositum in taberna mori«[48] (später verändert zu »Mihi est propositum ...«), also: »Mein Vorsatz ist es, in der Schänke zu sterben« – dieser Vers ist auch vielen geläufig, die den Verfassernamen noch nie gehört haben. Der Clou der Vagantenbeichte besteht darin, dass hier das Schema der sakramentalen Reue- und Bußübung benutzt und zugleich humorvoll-ironisch zersetzt, ja zum Gegenstand einer Attacke der Subversion wird.[49] Der lyrische Sprecher (der nicht mit dem empirischen Ich des Archipoeta umstandslos gleichgesetzt werden kann) »beichtet« dem Gönner seine höchst weltlichen Gelüste nach Frauen, Glücksspiel und Wein, die er im Unterschied zu seinen ihn denunzierenden Feinden unumwunden zugibt. Und er bittet ihn um Gnade und Erbarmen ob seiner inbrünstig bekundeten Reue. Diese ist jedoch offensichtlich ein taktisches Zugeständnis, denn tatsächlich ist die ganze »Beichte« ein flammendes positives Bekenntnis zu einer lustvollen, epikureisch-paganen Lebensweise, die von kirchlich oktroyierter Askese, von Leib- und Sinnenfeindschaft nichts wissen will. Vitale Impulse setzen sich hier gegen eine obwaltende Gesellschaftsmoral durch, behaupten ihr Recht gegen alle »geistliche« Bevormundung. Ein »anderes« Mittelalter leuchtet hier auf, und dies verdient auch dann hervorgehoben zu werden, wenn der Archipoeta unübersehbar bereits etablierte und damit zu überpersönlichen Topoi geronnene Motive der Vagantenlyrik aufgreift.

Um es zu wiederholen: Dank seiner Machtstellung war der Kölner Bischof bzw. sein Hof im Früh- und Hochmittelalter zwangsläufig nicht *ein*, sondern *der* Kristallisationskern einer möglichen literarischen Produktivität am Ort. Wenn in dieser Hinsicht Interesse und Förderbereitschaft bestanden, konnte sich eine literarische Tätigkeit entfalten; wenn nicht, dann unterblieb sie. Indes weisen das *Annolied* und die Lieder des Archipoeta beträchtliche Unterschiede hinsichtlich ihrer Entstehungsbedingungen auf: Das *Annolied* entstand nach dem Tod des Erz-

---

48 *Archipoeta*, S. 48.

49 S. dazu Thomas Cramer: *Das Genie und die Physik. Zu ›Estuans intrinsecus‹ des Archipoeta*, in: Silvia Bovenschen/Winfried Frey/Stephan Fuchs u. a. (Hg.): *Der fremdgewordene Text. Festschrift für Helmut Brackert*, Berlin/New York 1997, S. 1–10.

bischofs in einem von ihm gegründeten Kloster, das Werk des Archipoeta in einem mutmaßlich engen Kontakt mit dem noch sehr vitalen Rainald von Dassel.

1.4 Die »Stadt« tritt auf den Plan

Tatsächlich waren die Klöster – im frühen Mittelalter – die zentralen Orte von Literaturentstehung, während die weltlichen und geistlichen Fürstenhöfe sich erst später als solche etablierten. Gleichzeitig zeigt das Beispiel Köln wie auch das anderer Bischofsstädte etwa für die Zeit um 1200 eine charakteristische Durchdringung beider Sphären in der urbanen Lebenswelt: In diesen Städten gab es neben dem Domstift samt Kanzlei, Schule und Bibliothek oft – vor allem in Köln – mehrere Klöster, die das literarische und überhaupt künstlerische Leben mitprägten.

Unstrittig trat im 13. Jahrhundert ein spezifisch städtisches Patronat für Literatur in Erscheinung – in herausragender Weise bekanntlich in den oberdeutschen Städten Straßburg, Basel, Konstanz und Zürich. Auch in diesem Zusammenhang verbietet sich ein Denken in wechselseitigen Ausschließungen im Sinne etwa der Opposition »höfischer vs. städtischer Literaturbetrieb«. Viele Landesfürsten hatten ihre Residenzen seit dem 12. Jahrhundert in die Städte verlegt – Stadt und Fürstenhof traten dabei in eine enge Beziehung.[50]

Besonders problematisch ist die früher verbreitete Kurzschließung des Codes Land vs. Stadt mit demjenigen von Adel vs. »Bürgertum«. Sie, die inzwischen hinlänglich infrage gestellt wurde,[51] krankt zum einen daran, dass es im Hoch- und Spätmittelalter sehr wohl eine Stadtaristokratie gab, zum anderen und überhaupt an einem willkürlichen, jedenfalls unklaren Gebrauch der Begriffe »Bürger« und »Bürgerlichkeit«. Zwei Fallen lauern auf dem Weg ihrer unreflektierten Verwendung als soziologische Ordnungskategorie: Ein zwischen Adel und Unterschichten angesiedeltes, aber – wie auch das Beispiel Köln zeigt[52] – in sich äußerst heterogenes Bevölke-

50 S. dazu Bumke: *Mäzene*, S. 283–294.

51 In diesem Sinne einleuchtend Ursula Peters: *Literatur in der Stadt. Studien zu den sozialen Voraussetzungen und kulturellen Organisationsformen städtischer Literatur im 13. und 14. Jahrhundert* (= *Studien und Texte zur Sozialgeschichte der Literatur*, Bd. 7), Tübingen 1983, S. 7–16. Thomas Cramer (*Geschichte der deutschen Literatur im späten Mittelalter* (= *dtv-Taschenbuch*, Bd. 4553), München 1990, S. 237 f.) versucht, mutmaßlich in Auseinandersetzung auch mit Peters, den Begriff des »Bürgerlichen« für die spätmittelalterliche Stadtliteratur zu »retten«: Ihre »Bürgerlichkeit« bestehe darin, »dass sie zum Instrument wird, eine historisch noch nicht vorhandene bürgerliche Identität zu entwerfen oder Widersprüche auf dem Weg dorthin zu ihrem Thema zu machen« (S. 238). Dass die beschriebenen Definitionsprobleme sich mit dieser Auskunft nicht erledigen, liegt auf der Hand.

52 S. dazu Stehkämper/Dietmar: *Köln im Hochmittelalter*, S. 158–180; s. zum Spätmittelalter Wolfgang Herborn: *Bürgerliches Selbstverständnis im spätmittelalterlichen Köln. Bemerkungen zu zwei Hausbüchern aus der ersten Hälfte des 15. Jahrhunderts*, in: Werner Besch u. a. (Hg.): *Die Stadt in der europäischen Geschichte. Festschrift Edith Ennen*, Bonn 1972, S. 490–520. Auch dieser materialreiche Aufsatz liefert ein Beispiel für einen

rungssegment wird mit einem Begriffsetikett versehen, das die führenden »großbürgerlichen« Familien der Stadt (die »Geschlechter«) genauso umfassen soll wie eine aus Kaufleuten und Handwerkern bestehende und damit ein ganz anderes Sozialprofil aufweisende »Mittelschicht«. Sodann sind Begriffsverschiebungen in Rechnung zu stellen: Die in den Quellen des späteren Mittelalters vielfach auftauchenden »burgere« oder »burgaere« haben nichts mit einem Begriff von Bürger und Bürgertum zu tun, wie er zur Erfassung der sozialen Verhältnisse und ihrer Veränderungen im 18. und 19. Jahrhundert entwickelt wurde.[53]

Weiterhin nahm die einschlägig orientierte Forschung die Auftraggeber wie die Produzenten der einschlägigen Literatur für eine »bürgerliche« Mentalität in Anspruch, die durch »nüchternen Pragmatismus, Zweckrationalität und Erwerbsdenken«[54] gekennzeichnet sei. Diese Lebensmaximen müssten sich dann auch, so die voraussetzungsvolle Grundannahme, in den Texten selbst identifizieren lassen – immer unter der Maßgabe, dass das Spätmittelalter eine Periode des »bürgerlichen« Aufstiegs und, komplementär, des feudalaristokratischen Niedergangs war.[55] Tatsächlich kann aber zumindest von Letzterem für die entsprechende Periode keine Rede sein.

Jenseits der Kategorie »Aufschwung und Niedergang« erscheint die Opposition von adlig-höfischer und bürgerlicher Lebenswelt und -gestaltung unstrittig in den Texten der Zeit selbst. Sie muss allerdings keineswegs zwingend eine soziale Wirklichkeit »abbilden«, sondern könnte auch zu einer literarischen Denkfigur, zu einem eigenständigen, Realität bereits deutenden Topos geronnen sein.[56] Literatursoziologie, die sich am Widerspiegelungstheorem aus der Schule

---

unklaren, soziologisch nicht exakt ausbuchstabierten Begriff von »Bürgerlichkeit«. Herborn kontrastiert beschreibend zwei Kölner Familienbücher aus dem genannten Zeitraum: eines aus der Feder des »Patriziers« Werner Overstolz, ein weiteres aus der des zugewanderten niederländischen Kaufmanns Johann Sloesgin. »Bürgerlich« wirkt hier allenfalls die Mentalität des Kaufmanns, während der Overstolz-Text gerade kein »bürgerliches«, sondern ein ausgeprägt »aristokratisches« Bewusstsein des städtischen »Patriziats« dokumentiert.

53 S. dazu jetzt auch den ausgezeichneten analytisch-quellenkritischen Aufsatz von Carl Dietmar: *»Bürger« und Bürgerrecht im spätmittelalterlichen Köln, insbesondere im 14. Jahrhundert. Eine Spurensuche: Fragen und Überlegungen zu einem Forschungsproblem* (erscheint als Beiheft der Zeitschrift *Geschichte in Köln*).

54 Ebd., [S. 13].

55 Oft genug wirkte, wenn auch unterschwellig, bei dieser Deutung das marxistische Periodenschema der Geschichtsepochen als kategoriales Framing, das sich allerdings im Themenzusammenhang »bürgerliche Emanzipation im Spätmittelalter« selbst ins Abseits stellt. Denn solchermaßen dehnte sich der Durchbruch des Bürgertums als herrschender Klasse diffus aus vom Spätmittelalter über die Reformationszeit als die Periode der »frühbürgerlichen Revolution« bis zum 18. Jahrhundert samt seiner *Verbürgerlichung der deutschen Literatur, Kunst und Musik*. Letzteres ist der Titel eines 1936 erstmals publizierten, 1973 von Gert Mattenklott neu herausgegebenen und seinerzeit trotz seiner vulgärmaterialistischen Ausrichtung vielgelesenen Buches von Leo Balet und E. Gerhard [d. i. Eberhard Rebling] (= *Ullstein-Buch*, Bd. 2995). Wenn sich die Kultur erst im 18. Jahrhundert »verbürgerlicht« – welchen Sinn, die Frage drängt sich auf, soll es dann haben, nach »bürgerlicher« Kultur und überhaupt nach »Bürgerlichkeit« im Spätmittelalter zu suchen?

56 S. Peters: *Literatur in der Stadt*, S. 36.

eines Georg Lukács orientiert, wird gerade im Fall der mittelalterlichen Literatur den komplexen und vor allem indirekten Beziehungen zwischen der materiellen und der Kunstsphäre offenkundig nicht gerecht.

All diese Probleme einer validen literatursoziologischen »Entschlüsselung« zeigen sich wie in einem Brennglas an einem Text, der allenfalls in einem sehr weiten Sinn zur Kölner Literaturgeschichte gehört, hier aber wenigstens kurz berücksichtigt werden soll, weil seine Hauptfigur explizit ein in Köln ansässiger Kaufmann ist: an dem Versepos *Der guote Gêrhart*, das als erste erhaltene Dichtung des Rudolf von Ems wohl um 1220 entstand.[57] Es kann hier nicht um eine Interpretation der komplexen narrativen Strategien des Autors zwischen auktorialer Rahmen- und Binnenerzählung in der Ich-Form sowie deren wechselseitige Spiegelfunktionen gehen, auch nicht um eine Erörterung der Gattungszugehörigkeit und Modellorientierung. Das Augenmerk soll sich vielmehr – im Horizont der oben dargestellten generellen Probleme – auf Fragen nach dem sozialen Ort der Dichtung und ihrer Quellenqualität mit Blick auf die zeitgenössische gesellschaftliche Wirklichkeit richten.

Ein Repräsentant des Kaufmannsstandes erscheint im *Guoten Gêrhart* zwar nicht zum ersten Mal in der deutschen Dichtung, wohl aber in einer exponierten Position, die sich zugleich mit einem Höchstmaß an moralischer Vorbildlichkeit verbindet. Es geht um einen zwar reichgewordenen Mann von vergleichsweise niedriger Geburt und geringem Stand, der – in einer charakteristischen Überkreuzstellung – den ihm in der sozialen Hierarchie hoch überlegenen Kaiser Otto I. am Exempel der von ihm erzählten eigenen Lebensgeschichte die Tugend der Demut lehrt. Genauer: einer »stillen«, also sie nicht zum Zweck des Selbstlobs ausgestellten Wohltätigkeit, die ganz wesentlich die Aussicht auf Gottes Gnade begründet.

Angesichts dieses Designs liegt auf Anhieb die Vermutung nahe, der Dichter bediene hier die Selbstdarstellungsinteressen der betreffenden Klientel, eben des gehobenen, möglicherweise zum städtischen »Patriziat« gehörenden Kaufmannsstandes. Sie ist allerdings falsch: Rudolf von Ems schrieb seinen Text wenn nicht im Auftrag, sondern doch auf Anregung eines Rudolf von Steinach, der als Ministeriale des Konstanzer Bischofs wirkte.[58] Damit aber zeichnet sich die Situierung der Dichtung in einem aristokratischen Umfeld ab – was sofort die Frage provoziert, warum Adlige ausgerechnet einen »bürgerlichen« Kaufmann zu einem Objekt der Identifikation machen sollten. Zur Lösung des Problems führt genaue Textanalyse: Mit der Darstellung

---

57 S. zu Autor und Werk grundlegend Wolfgang Walliczek: *Rudolf von Ems*, in: Verfasserlexikon, Bd. 8, Sp. 322–345; ders.: *Rudolf von Ems: ›Der guote Gerhart‹*, in: Horst Brunner (Hg.): *Mittelhochdeutsche Romane und Heldenepen. Interpretationen* (= *Reclams Universalbibliothek*, Bd. 8914), Stuttgart 1994, S. 255–270. – Die reichhaltige Forschungsliteratur zu diesem Werk ist verzeichnet in folgender Neuausgabe: Rudolf von Ems: *Der guote Gêrhart. Mittelhochdeutsch/Neuhochdeutsch*, hrsg., übersetzt, kommentiert und mit einem Nachwort versehen von Norbert Kössinger und Katharina Philipowski (= *Reclams Universalbibliothek*, Bd. 19589), Stuttgart 2022, S. 499–509.

58 Zum Verhältnis der beiden Rudolfs s. Bumke: *Mäzene*, S. 274 f.

des guten Gerhard verbindet sich nicht die eines ambitionierten, die etablierten Standesschranken sprengenden sozialen Aufstiegswillens. Der Kaufmann lehnt vielmehr massive Angebote einer Standeserhöhung ab, will sozusagen »bei seinem Leisten bleiben«. Sein Verhalten ist darauf gerichtet, politisch quietistisch »die feudale Ordnung zu bewahren und wiederherzustellen«[59], nicht sie – als Angehöriger einer vermeintlich oder tatsächlich »aufsteigenden Klasse« – herauszufordern oder gar zu überwinden. In diesem Sinne konnte die Figur des Kaufmanns als vorbildlich gerade von jenen aufgefasst werden, denen an der Verteidigung dieser Ordnung im eigenen Interesse gelegen war.

Zur Kölner Literaturgeschichte im engeren Sinne gehört *Der guote Gêrhart* auch deshalb nicht, weil die Dichtung weder in Köln entstand noch es irgendwelche Hinweise darauf gibt, dass der schwerpunktmäßig am Alpenrhein und am Bodensee lebende und schaffende Verfasser jemals in der Metropole am Niederrhein weilte. Daher wird man, wenn im Werk, und sei es im fiktiven Kontext, die Stadtwirklichkeit selbst in den Blick kommt, deren Authentizität eher gering zu veranschlagen haben. Wiederholt wurde, teils mit bemerkenswertem quellenkritischem Scharfsinn[60], der Kölner Kaufmann und Fernhändler Gerhard Unmaze, der in den 1180er Jahren in situ als Zöllner, Schöffenmeister und Grundbesitzer nachweisbar ist[61], als Realmodell für den guten Gerhard geltend gemacht. Beweisen ließ sich dieser Zusammenhang aber nicht. Der Hinweis, dass der Geschichtszeitraum der Dichtung in der Regierungszeit von Otto dem Großen liegt, also rund 300 Jahre vor ihrer Abfassung, taugt als Gegenargument allerdings wenig: Die für den historischen Roman des 19. Jahrhunderts konstitutive Differenz zwischen erzählter Vergangenheit und Autorgegenwart spielt für Rudolf von Ems und sein Literaturverständnis noch keine Rolle.

Die Frage, warum der Autor ausgerechnet die Stadt Köln zu einem zentralen Ort seiner Verserzählung machte, ist relativ leicht zu beantworten: »Köln war im Hochmittelalter Marktzentrum und exportierte Waren wie Pelze, Tuche und Goldschmiedearbeiten ins In- und Ausland.«[62] Das wusste auch Rudolf von Ems, dem die Stadt daher auch ohne eigene Kenntnis als geeigneter Ort für die Platzierung seines Epos erscheinen musste. Als allgemein geläufig kann auch die Kenntnis der intensiven Handelsbeziehungen der Stadt zu England vorausgesetzt werden, die als »Realmotiv« ebenfalls im *Guoten Gêrhart* auftauchen. Diese British Connection hatte die Kölner Kaufleute teils im Widerstreit mit dem Erzbischof im staufisch-welfischen Thronstreit, der zum Zeitpunkt der Niederschrift höchstens zehn Jahre zurücklag, an die Seite der welfisch-angiovinischen Koalition geführt.[63]

59 Ders.: *Geschichte der deutschen Literatur im hohen Mittelalter*, S. 245.

60 S. Sonja Zöller: *Kaiser, Kaufmann und die Macht des Geldes. Gerhard Unmaze von Köln als Finanzier der Reichspolitik und der ›Gute Gerhard‹ des Rudolf von Ems* (= *Forschungen zur Geschichte der älteren deutschen Literatur*, Bd. 16), München 1993.

61 S. zu Unmaze Stehkämper/Dietmar: *Köln im Hochmittelalter*, S. 159 f. und passim.

62 Kössinger/Philipowski: *Nachwort* zu: *Der guote Gêrhart*, S. 511–542; hier: S. 533.

63 Stehkämper/Dietmar: *Köln im Hochmittelalter*, S. 90–120.

Wie auch immer: Mit einer Kenntnis der zeitgenössischen Kölner Lokalverhältnisse dürfte es im Fall des Rudolf von Ems nicht weit her gewesen sein. Deshalb verbietet es sich auch, die »Ratsszene« im *Guoten Gêrhart* als aussagekräftige Quelle hinsichtlich der Sozialgeschichte der Stadt im 13. Jahrhundert heranzuziehen. Wenn überhaupt, dann müsste man Konstanz als konkreten Erfahrungshintergrund des Dichters in Betracht ziehen.

Besagte Szene, die die Übernahme des Kaufmannssohnes in die »genozschaft«[64] der bischöflichen Ministerialen[65] nach der Zustimmung der »graven, vrien, dienestman [...] korherren und [...] burgaere«[66] schildert, hat wiederholt eine Rolle in der Diskussion gespielt, ob und inwieweit das Buch eingedenk des Interessenstandpunkts des Verfassers (bzw. seiner Auftraggeber) zeitgenössische soziale Wirklichkeit – genauer: den sich in vielen Bischofsstädten abzeichnenden Kampf zwischen Stadtherren und »Bürgerschaft« (genauer: der städtischen Führungsschicht) um die Ratsverfassung und letztlich um die Stadtherrschaft – abbildet oder »verfehlt«. Um die geht es allerdings im Fall der Ratsszene gar nicht.[67] Es geht vielmehr um die Entscheidung eines (offensichtlich informellen) bischöflichen Beratergremiums über eine Personalie, die schließlich exklusiv den Bischof, seinen Hof und seine »dienestman« betrifft.

Auffallend ist die harmonische Beziehung, die im *Guoten Gêrhart* zwischen Stadtherrn und »Bürgern« (inklusive der Titelfigur) herrscht. Tatsächlich gab es eine solche im politischen Köln des fortgeschrittenen Mittelalters kaum. Vom späten elften bis zum 13. Jahrhundert – genauer: bis zum Jahre 1288, da der erzbischöflichen Stadtherrschaft in der Schlacht von Worringen definitiv das Ende gesetzt wurde – gab es immer wieder teils erbittert und mit kriegerischen Mitteln geführte Auseinandersetzungen zwischen dem Stadtherrn und der sozialen Führungsschicht.

Einem anderen Motiv im *Guoten Gêrhart* lässt sich durchaus ein historischer Realbezug nachweisen. Auffallend ist, dass der Kölner Kaufmann trotz seiner Demut und Bescheidenheit einen »höfischen« Lebensstil führt, einen Lebensstil, der sich bis zur Kleidung und zur Ausgestaltung von Festen (Turniere!) an dezidiert aristokratischen Vorbildern orientiert. Dass diesbezüglich auch keine Kosten gescheut werden, ist ein weiteres Beispiel dafür, wie wenig im konkreten Fall der »Bürgerlichkeit« immer wieder zugeschriebene Attribute greifen, hier die sprichwörtliche Sparsamkeit.

64 *Der guote Gêrhart*, S. 226 (V. 3481).

65 Bischöfliche Ministerialen gab es, erwartbar, auch in Köln (s. Stehkämper/Dietmar: *Köln im Hochmittelalter*, S. 175 ff.).

66 *Der guote Gerhart*, S. 226 (V. 3473 f.).

67 So zutreffend Peters: *Literatur in der Stadt*, S. 43.

1.5 Zwischen Literatur und Geschichtsschreibung: Köln als Zentrum der Stadtchronik

Tatsächlich lässt sich anhand der ein halbes Jahrhundert nach dem *Guten Gerhard* entstandenen und nun dezidiert vom Interessenstandpunkt des »Patriziats« aus geschriebenen Reimchronik Gottfried Hagens feststellen, in welch hohem Maße die Angehörigen der Geschlechter ein aristokratisches Selbstverständnis entwickelt hatten, das sich zum einen gegen den Erzbischof wandte, zum anderen aber auch im Sinne einer Ausschließungsstrategie gegenüber Zünften und »Neureichen« ausgestellt wurde.[68] Besagter Realbezug im *Guoten Gêrhart* würde sich nur unter der Voraussetzung herstellen lassen, dass man sich entschließt, der Titelfigur überhaupt einen »Patrizier«status zuzubilligen.

Die Hagen'sche Chronik gehört zur reichhaltigen Tradition der Geschichtsschreibung/-dichtung, die das mittelalterliche Köln hervorbrachte. Weil die einschlägigen Werke auch, wie gesagt, »poetische« Aspekte aufweisen und sich an dem in ihnen vollziehenden Gestalt- und Themenwandel sowie an den Bedingungen ihrer Entstehung, Rezeption und Verbreitung literar- wie allgemeinhistorische Veränderungen über in diesem Fall 300 Jahre hinweg darstellen lassen, seien exemplarisch vier von ihnen im folgenden Abschnitt, der zum Ende dieses Kapitels führt, genauer in Augenschein genommen.

Zu den bedeutendsten Geschichtswerken des Hochmittelalters gehört die lateinische *Kölner Königschronik*[69], die von unbekannten Autoren, deren Beiträge sich in Stil und Tendenz deutlich voneinander unterscheiden, in mehreren »Fortsetzungsschüben« verfasst wurde. Der Berichtszeitraum reicht von etwa 1174 bis nach 1220. Für den Geschichtszeitraum von der Weltschöpfung bis zum Jahr 1144 folgt sie eng bereits vorliegenden chronikalischen Werken, während sie für die Zeit nach 1145 – unter Verwendung ihr zugänglicher zeitgeschichtlicher Quellen – freier, selbständiger und auch ausführlicher wird.[70] Strittig ist nach wie vor der Entstehungsort der Chronik. Während früher lapidar ein »Kölner Domherr« als Verfasser genannt wurde,[71] machte

---

68 S. dazu Horst Wenzel: *Aristokratisches Selbstverständnis im städtischen Patriziat von Köln, dargestellt an der Kölner Chronik Gottfried Hagens*, in: Gert Kaiser (Hg.): *Literatur – Publikum – historischer Kontext* (= *Beiträge zur Älteren Deutschen Literaturgeschichte*, Bd. 1), Bern/Frankfurt/M./Las Vegas 1977, S. 9–28.

69 *Chronica regia Coloniensis* (*Annales maximi Colonienses*), hrsg. von Georg Waitz, in: *MGH SS rer. Germ. XVIII*, Hannover 1880, S. 1–299.

70 S. dazu grundsätzlich Franz-Josef Schmale: *Chronica regia Coloniensis*, in: *Verfasserlexikon*, Bd. 1, Sp. 1255 f., der sich in der Darstellung der komplexen Quellensituation im Wesentlichen stützt auf Norbert Breuer: *Geschichtsbild und politische Vorstellungswelt in der Kölner Königschronik sowie der »Chronica S. Pantaleonis«*, Düsseldorf 1966. Breuers Darlegungen wurde hingegen, gerade in der Frage der Autorenwechsel, gut begründet widersprochen von Manfred Groten: *Klösterliche Geschichtsschreibung: Siegburg und die Kölner Königschronik*, in: *Rheinische Vierteljahrsblätter* 61 (1997), S. 50–78; hier: S. 50–52.

71 Schmale: *Chronica regia Coloniensis*, Sp. 1255.

sich Manfred Groten 1997 mit scharfsinnigen Kombinationen für das Kloster Siegburg stark[72] – das damit, nach dem volkssprachlichen *Annolied*, ein weiteres Mal als Ort der Niederschrift eines bedeutsamen mittelalterlichen Geschichtswerks in Erscheinung träte. (Der Titel *Kölner Königschronik* könnte insofern beibehalten werden, als die Arbeit immerhin auf dem Territorium des Erzbistums Köln entstanden wäre.) Beweisen im engeren Sinn lässt sich die Siegburg-These allerdings nicht. Und merkwürdig mutet immerhin an, dass der Klostergründer Anno im Text keineswegs auf eine Weise herausgestellt wird, die man erwarten könnte, wäre er tatsächlich in Siegburg verfasst worden. Aus der Anno-Vita ist – wie im Fall anderer Erzbischöfe auch – lediglich das Todesdatum vermerkt.[73] Erst unter dem Jahr 1183 wird vergleichsweise ausführlich über die Heiligsprechung berichtet.[74]

Universalgeschichtlich konzipiert, nimmt die Königschronik »die ganze Welt in den Blick«[75]. Dennoch bringen sich die Stadt und die »Region« Köln als der geografische und politische Nahbereich der Autoren immer wieder relativ markant zur Geltung.[76] Das hat auch damit zu tun, dass im 12 und 13. Jahrhundert und in der Zeit des staufisch-welfischen Thronstreits zwischen 1198 und 1215 Kölns reichspolitische Rolle in der Tat erheblich war und die *Königschronik* diese – genauer: das komplizierte gegenstrebige Wechselspiel von Stadtherr, »civitas« und Reichsebene – auch nach heutigen Urteilsmaßstäben zutreffend abbildet.

Die Darstellung der frühen Regierungszeit Friedrich Barbarossas zeigt den damit befassten Autor als Anhänger der staufischen Reichsidee, also der Identität von staufischem Imperium und Imperium Romanum. Es sind die deutschen Fürsten, die durch die Königswahl die vom Papst in Rom zu vollziehende Kaiserkrönung präjudizieren. Und es ist das Charisma des Gekrönten, der 1155 anlässlich seiner Rückkehr nach Deutschland aus Rom die Unruhestifter und Friedensstörer allein durch den Schrecken seiner Ankunft in die Schranken weist.[77] Diesbezüglich wie auch im uneingeschränkten Lobpreis der Tätigkeit des für Reichsitalien zuständigen Erzkanzlers Rainald von Dassel zeigt sich die (partielle) Nähe der Königschronik zum *Kaiserhymnus* des Archipoeta. Das ist alles andere als verwunderlich, und es spielt in diesem Zusammenhang auch keine Rolle, wo die Königschronik entstand: Der Verfasser mag ein Kölner Domherr gewesen sein oder als Mönch im Auftrag des Siegburger Abts Nikolaus gearbeitet haben (der über engste Beziehungen sowohl zu Rainald als auch zum staufischen Hof verfügte[78]) – es ist kaum vorstellbar, dass unter

72 Groten: *Klösterliche Geschichtsschreibung*, S. 56–71.

73 *Chronica regia,* S. 38.

74 Ebd., S. 133.

75 Groten: *Klösterliche Geschichtsschreibung*, S. 61.

76 Die Köln-Bezüge werden ausführlich aufgelistet von Carl August Lückerath: *Coloniensis ecclesia, Coloniensis civitas, Coloniensis terra. Köln in der Chronica regia Coloniensis und in der Chronica S. Pantaleonis*, in: *Jahrbuch Des Kölnischen Geschichtsvereins* 71 (2000), S. 1–41.

77 *Chronica regia*, S. 92.

78 Groten: *Klösterliche Geschichtsschreibung*, S. 56–63.

der Ägide dieses Erzbischofs eine Staufer-feindliche oder übertrieben Papst-freundliche Chronik hätte entstehen können.

Naheliegend ändert sich der »Ton« der Königschronik mit den Episkopaten der Rainald-Nachfolger, beginnend mit Philipp von Heinsberg, in dessen Amtszeit sich das vormals enge und ausgezeichnete Verhältnis des Kölner Bischofsstuhls zu den staufischen Herrschern verschlechterte. Über die doppelte Königswahl von 1198 berichtet der nunmehrige Fortsetzer »unverkennbar aus welfischer Sicht«[79]. Die Wirren des damit anhebenden Bürgerkriegs kündigen sich übrigens an in einer gespensterhaften Erscheinung Dietrichs von Bern an der Mosel, die Unheil und Elend für das ganze Römische Reich vorhersagt.[80] Hier wird, typisch für diese Weltchronistik, der Bereich der Profangeschichte verlassen. Die Sphäre der »Wunderzeichen« öffnet sich, und für einen Moment wird die Sphäre der Heilsgeschichte als einer »Geschichte über der Geschichte« sichtbar.

Die politischen Entwicklungen des 13. Jahrhunderts stellten das überkommene Konzept der Universalchronik vor Herausforderungen, denen es letztlich nicht mehr gewachsen war. Das zeigt sich auf der letzten Strecke der *Königschronik*, vor allem aber an der nun unstrittig in Köln – genauer: im gleichnamigen Kloster – entstandenen *Pantaleonschronik*.[81] Ihre Niederschrift überschneidet sich zeitlich mit der der jüngsten Schicht der *Königschronik*, der Geschichtszeitraum einer Fortsetzung reicht bis 1249, also bis in die Zeit des Erzbischofs Konrad von Hochstaden und der beginnenden Errichtung der gotischen Kathedrale. Von der zweiten Hälfte des 12. Jahrhunderts an bis 1200 war die *Königschronik* allerdings der »alleinige Leitfaden«[82] der *Pantaleonschronik*.

War das Imperium Romanum, begründet in der Vorstellung einer »translatio imperii« im Rahmen der Vier-Weltreiche-Lehre und zuletzt noch überragend personifiziert in der Gestalt Friedrich Barbarossas, dem voraussetzungsreichen Design der Weltchronik kompatibel gewesen, so erodierte das Fundament dieser Übereinstimmung spätestens seit 1220 unaufhaltsam. Die Schwerpunktverlagerung der kaiserlichen Herrschaft unter Friedrich II. nach Sizilien und die dadurch verursachte Randstellung der deutschen Reichsteile, die Schwächung des deutschen Königtums im und nach dem Thronstreit sowie die Machtentfaltung der Territorialfürsten induzierten bei den Geschichtsschreibern den Perspektivenwechsel vom verblassenden »Imperium Romanum« hin zum »regnum Teutonicum«. An der *Pantaleonschronik* etwa ist er deutlich abzulesen.[83]

---

79 Ebd., S. 67.

80 *Chronica regia*, S. 159.

81 Rez. B. und C. der *Chronica regia Coloniensis* in der Edition von Waitz.

82 Franz Josef Schmale: *Chronica* (Annales) *S. Pantaleonis*, in: *Verfasserlexikon*, Bd. 1, Sp. 1251–1253; hier: Sp. 1252.

83 Breuer: *Königschronik*, S. 130–134.

Generell widerfuhr dem zeitgeschichtlichen Bewusstsein »eine Horizontverengung«[84], die den Blick des Chronisten auf den geografischen Nahbereich lenkte. Im Fall der *Pantaleonschronik* war der definiert durch das Kloster St. Pantaleon und durch die Stadt Köln samt ihren »Bürgern«. Der Mönch von St. Pantaleon interpolierte in die Königschronik Lokalnachrichten und den wiederholten Preis der Stadt und ihrer Bürger, die etwa 1106 Köln »viriliter«[85] gegen das Heer des späteren Kaisers Heinrich V. verteidigt hätten. Es ist dieser signifikante Lokalpatriotismus, der die *Pantaleonschronik* bereits auf dem Weg zur Kölner Stadtgeschichtsschreibung des Spätmittelalters zeigt.

Mit Gottfried Hagens *Reimchronik der Stadt Köln*[86] – der Verfasser selbst nennt sie im Prolog »dat boich van der stede Coelne«[87] – begann recht eigentlich eine eigenständige städtische Geschichtsschreibung in deutscher Sprache, hier im Kölner Dialekt mit engen Bindungen an das Mittelniederfränkische und Mittelniederländische. Hagen[88], der sich in Vers 6291, dem drittletzten der Chronik, selbst als deren Verfasser bezeichnet,[89] stammte vermutlich aus Xanten, verfügte über ein abgeschlossenes Studium und ist seit 1262 als Schreiber von Urkunden in Köln nachweisbar. 1270 wurde er zum Pfarrer der Kirche Klein St. Martin gewählt – mutmaßlich mit starker Unterstützung der Overstolzen, einer der führenden Geschlechter-Familien der Stadt. Die zeitliche Nachbarschaft zur Entstehung der Chronik – sie wurde wohl 1269/70 verfasst, ein Jahr später folgte ein Nachtrag – legt einen Begründungszusammenhang zwischen beiden Vorgängen nahe: Das Werk, das immer wieder auffällig Partei für Mitglieder der Familie Overstolz ergreift, war mutmaßlich eine Dankesleistung für die Unterstützung bei der Pfarrerwahl. Spätestens seit April 1271 hatte Hagen dann zusätzlich die einflussreiche Position eines Stadtschreibers inne. 1299 starb er in Köln.

Darin der Tradition hochmittelalterlicher Weltchronistik verbunden, stellt auch Hagen seine Arbeit in einen heilsgeschichtlichen Zusammenhang, unter anderem durch »chronologische Rückgriffe in die Frühzeit des Christentums«[90]. Von Anfang an ist allerdings die neue Schwerpunktbildung erkennbar: Am Beginn der Chronik steht nicht die Erschaffung der Welt, sondern die Christianisierung der Stadt Köln, deren Name erstmals bereits in Vers 7 fällt – die Schöpfung

84 Groten: *Klösterliche Geschichtsschreibung*, S. 69.

85 *Chronica regia Coloniensis*, S. 44.

86 Gottfried Hagen: *Reimchronik der Stadt Köln*, hrsg. von Kurt Gärtner, Andrea Rapp und Désirée Welter unter Mitarbeit von Manfred Groten. Historischer Kommentar von Thomas Bohn (= *Publikationen der Gesellschaft für Rheinische Geschichtskunde*, Bd. 74), Düsseldorf 2008.

87 Ebd., S. 5.

88 S. zu Biografie und Werk Hartmut Beckers: *Hagen, Gottfried*, in: *Verfasserlexikon*, Bd. 3, Sp. 384–387; Manfred Groten: *Gottfried Hagen*, in: *Rheinische Lebensbilder*, Bd. 17, hrsg. von Franz-Josef Heyen, Köln 1997, S. 41–56; *Einleitung* zu Hagen: *Reimchronik*, S. IX–XXI. Diese Edition enthält auch eine gründliche Bibliografie mit der älteren Forschungsliteratur (S. XXXV–XLVIII).

89 »Meister Godefrit Hagene maichde mich allein, […]« (ebd., S. 245).

90 Bohn: *Kommentar*, S. 277–374; hier: S. 277.

in einem universalen Sinne wird beziehungs- und folgenreich durch die spirituelle Neugründung Kölns ersetzt. Der heilige Maternus und die Ursula-Legende stehen am Anfang der Geschichte Kölns, das auf diese Weise, in Fortschreibung des im Frühmittealter etablierten »Markenkerns«, noch einmal nachdrücklich als »heiliges Köln« herausgestellt wird.

Zur merklichen Verschiebung der Proportionen gehört, dass Hagen diese Frühzeit relativ schnell verlässt und große Bereiche der Stadtgeschichte mehr oder weniger auslässt. Bereits mit Vers 687, der vom Tod Friedrichs II., des letzten Stauferkaisers, im Jahre 1250 berichtet, befinden sich der Autor und der seinerzeitige Leser oder Hörer in der unmittelbaren Vorgeschichte der eigenen Gegenwart: Nicht mehr als 20 Jahre trennen das Datum von der Zeit der Chronik-Niederschrift. Solchermaßen wird das Buch zur Zeitgeschichtsschreibung in einem modernen Sinne – es will Auskunft darüber geben, warum besagte Gegenwart das geworden ist, was sie ist.

Dieser Absicht entspricht die Konzentration der Erzählung auf den Nahbereich der Stadt, des Erzbistums und des Erzstiftes, also des weltlichen Herrschaftsbereichs des Erzbischofs. Dieser gehört bereits bei Hagen zum elitären Kreis der Königswähler, die 1356 in der goldenen Bulle als Kurfürsten namhaft gemacht wurden. Es geht um Ereigniskomplexe, die der Berichterstatter zum größten Teil aus unmittelbarem eigenem Erleben kannte. Er konnte für sich im Unterschied zu seinen Chronistenvorgängern Zeitzeugenschaft beanspruchen.

Bezeichnenderweise, geradezu in leitmotivischer Fokussierung setzt die Erzählung ein mit einer sich rasch kriegerisch ausweitenden Auseinandersetzung zwischen Kölner Bürgern und Konrad von Hochstaden, dem bischöflichen Stadtherrn, über dessen Plan, eine neue Münze schlagen zu lassen. Der immer wieder von kurzlebigen Ausgleichsversuchen und Stillhalteabkommen unterbrochene Streit wird nahezu zum Dauerthema, nicht nur in der Zeit von Hochstadens Episkopat, sondern auch dem seines 1261 gewählten Nachfolgers Engelbert II. von Falkenburg. Unter Engelberts Nachfolger Siegfried von Westerburg führten diese Konflikte schließlich zum faktischen Ende der bischöflichen Stadtherrschaft, und naheliegend ist die Reimchronik bis heute trotz ihrer Parteilichkeit eine außerordentlich wichtige Quelle bei der Bemühung um ein angemessenes Verständnis dieser Entwicklung.

Die Frontstellung »Patriziat«[91] vs. Erzbischof ist allerdings nur eine in einer insgesamt unübersichtlichen und von Positions- und Konstellationswechseln geprägten Kampfzone. Zu behaupten hatten sich die Geschlechter nicht nur gegen den Stadtherrn, sondern auch gegen die »Gemeinde« der Zünfte und Bruderschaften (seit der Mitte des 14. Jahrhunderts dann: Gaffeln), die je nachdem auch Allianzen mit dem Bischof schmiedeten. Schließlich gab es blutige Auseinandersetzungen innerhalb des »Patriziats«, insbesondere zwischen Overstolzen und Weisen.

91 Der Begriff ist problematisch und wird daher auch hier nur mit beträchtlichen Vorbehalten verwendet. Herborn (Herborn/Dietmar: *Köln im Spätmittelalter*, S. 36) macht zu Recht geltend, dass er sich zu Beginn des 16. Jahrhunderts in deutschen Städten einbürgerte, aber gerade in Köln nicht benutzt wurde. Der alternative Terminus »Führungsschicht« ist wahrscheinlich adäquater.

Entsprechend definiert sich die dem Geschlecht Overstolz verbundene Position des Chronikverfassers negativ durch gleich mehrere Feinddefinitionen und -erklärungen. Besonders drastisch fällt Hagens Schmähurteil über die neuen Schöffen aus, die Hochstaden 1259 im Bündnis mit Vertretern der Gemeinde und gegen den Widerstand der Geschlechter ernennt:

> nu hort vort, ich sal uch numen:
> Geirlaich den Wever ind Coinrait Blumen,
> Lewe den Vischer ind Hermanne
> den Keilsticher, Monich ind Johanne,
> ouch was ir ein der Bruwer Bode
> ind Teilman, der Becker, by Gode,
> her Willem van der Hundesgassen.
> entweir't neit sunde, ich solde it hassen,
> da von Coelne die hilge stat
> mit sulchen eselen was besat.[92]

Ein Exklusionsdiskurs der besonderen Art, der die angebliche soziale Inferiorität von Webern, Brauern und Bäckern mit intellektueller Unzurechnungsfähigkeit (»esele«) umstandslos kurzschließt. Zwei »Botschaften« gibt Hagen den Hörern oder Lesern seiner Chronik mit auf den Weg: Er stellt die Bewahrungswürdigkeit der bereits im Gründungsmythos beschworenen städtischen »Freiheit« als eines hohen Gutes heraus. Tatsächlich handelt es sich ausschließlich um die »Freiheit« des tonangebenden »Patriziats«, dessen Position u. a. mit der ruhmreichen Rolle seiner Ahnen bei der Christianisierung Kölns gerechtfertigt wird. Und er beschwört die Einigkeit der Stadtbewohner als das beste Vademecum gegen der Civitas drohende Gefahren. Solchermaßen steuert auch eine didaktische Warnabsicht die vorgebliche Faktizität der dargestellten Geschehnisse.[93]

Der Lektürereiz für den heutigen Leser besteht nicht zuletzt darin, dass die mittelalterliche Stadt und ihre Umgebung in ihrer Topografie als Text – und sei es wie bei einem Palimpsest – lesbar werden. Das liegt auch an konkreten lokalen Benennungen. Da geht es, innerhalb der Stadtmauern, um Kirchen und Straßen sowie, extra muros, um Orte wie Frechen und Rodenkirchen. Die äußere Form der Chronik, die erstmals 1834 von dem Kölner »Romantiker« Eberhard von Groote (in einer aktuellen wissenschaftlichen Erfordernissen naheliegend nicht genügenden Gestalt) veröffentlicht wurde, mag mit ihrer unregelmäßigen und ungeschmeidigen Versbildung hohen artistischen Ansprüchen nicht genügen. Aber sie besticht immer wieder durch Hagens Fähigkeit, Konfliktsituationen nicht in abstracto vorzustellen, sondern mit vitaler Dramatik auszustatten. Das betrifft die Kampf- und Schlachtszenen, die die Reimchronik dezidiert nicht in

92 Hagen: *Reimchronik*, S. 46.
93 S. Groten: *Hagen*, S. 49.

der Tradition der höfischen Dichtung, sondern eher in derjenigen der Heldenepik zeigen. Und es betrifft die Engführung der Konfrontation etwa zwischen dem Erzbischof und seinen Widersachern in wörtlicher Rede und Gegenrede.

Unerachtet ihres Ranges als Geschichtsquelle stellt sich Gottfried Hagens Reimchronik im Kern als Legitimationsschrift zugunsten einer sozialen Gruppe im rigiden stadtkölnischen Machtkampf dar. Einen solchen Legitimationsdiskurs, wenngleich aus sozialpolitisch entgegengesetzter Perspektive, liefert auch das wohl 1396/97, also mehr als hundert Jahre später entstandene *Neue Buch*[94], die erste deutschsprachige Geschichtsdarstellung in Prosaform. In diesem spätmittelalterlichen Werk entfällt die heils- wie die universalgeschichtliche Perspektive, die in Hagens Reimchronik in wenngleich abgeschwächter Form wirksam war, zugunsten einer – parteiischen – Darstellung der innerstädtischen Auseinandersetzungen in einem zeitlich eng limitierten Rahmen von 36 Jahren (1360–1396). Diese Konflikte endeten 1396 mit dem Sturz der Geschlechterherrschaft und dem Sieg der »Gemeinde«, also der genossenschaftlich organisierten Zünfte und Gaffeln. Diese schufen mit dem Verbundbrief sogleich eine durch sie dominierte neue Ratsverfassung, die im Prinzip bis zur Franzosenzeit die Grundlage der städtischen Selbstverwaltung bilden sollte.[95]

Der Verfasser des *Neuen Buchs*[96] ist nicht bekannt. Die Autorschaft Gerlach van Hauwes wurde mehrfach vermutet, kann aber nicht als gesichert gelten. Träfe die Annahme zu, ergäbe sich die literaturgeschichtlich interessante Konstellation, dass zum zweiten Mal nach Gottfried Hagen ein Kölner Stadtschreiber als Chronist in Erscheinung träte (Hagen trat das Amt allerdings erst nach der Vollendung seiner Chronik an). Als Beauftragtem der politisch – konkret: im Rat – herrschenden Partei wäre dem Stadtschreiber die Funktion zugefallen, »historische Berichte offiziellen Charakters«[97] zu verfassen, mithin solche Berichte, die das Geschichtsverständnis der jeweils herrschenden Richtung in eine verbindliche Form brachten. Bewiesen werden kann die Konfiguration für das 14. Jahrhundert allerdings nicht: »Gesicherte Belege für diesen Typ ratsöffentlicher literarischer Tätigkeit von Stadtschreibern haben wir [...] erst aus dem 15. Jahrhundert.«[98]

---

94 *Dat nuwe boich*, hrsg. von Hermann Cardauns, in: *Die Chroniken der niederrheinischen Städte. Cöln* (3 Bde.), Bd. 1 (= *Die Chroniken der deutschen Städte vom 14. bis ins 16. Jahrhundert*, hrsg. durch die historische Kommission bei der Bayerischen Akademie der Wissenschaften (36 Bde.), Bd. 12), Göttingen 1968 [unveränderter Nachdruck der Ausgabe Leipzig 1875], S. 272–309.

95 S. dazu zusammenfassend Wolfgang Herborn/Carl Dietmar: *Köln im Spätmittelalter. 1288–1512/13* (= *Geschichte der Stadt Köln*, Bd. 4), Köln 2019, S. 94–156.

96 S. zu Werk und Verfasserfrage Hermann Cardauns: *Einleitung*, in: *Dat nuwe boich*, S. 267–271; Johann Bernhard Menke: *Geschichtsschreibung und Politik in deutschen Städten des Spätmittelalters. Die Entstehung deutscher Geschichtsprosa in Köln, Braunschweig, Lübeck, Mainz und Magdeburg*, in: *Jahrbuch des Kölnischen Geschichtsvereins* 33 (1958), S. 1–84, und 34/35 (1959/60), S. 85–194; hier: Jahrbuch 33, S. 22–42; Peters: *Literatur in der Stadt*, S. 237–241.

97 Peters: *Literatur in der Stadt*, S. 239.

98 Ebd., S. 240.

Unabhängig von der Frage nach der Person des Verfassers und seinem Auftragsverhältnis bleibt für das *Neue Buch* festzuhalten, dass es de facto eine Begründung für die Unausweichlichkeit der »Revolution« von 1396 liefert und diese damit als eine Aktion zur Rettung des Gemeinwesens rechtfertigt. Der Grund ist der »grose unverwinliche[.] schaden«[99], den die Stadt Köln und die Gemeinde durch die skrupellos ausgeübte Geschlechterherrschaft erlitten habe. Auf weite Strecken ist die Darstellung eine Aufzählung der Sünden, die die Angehörigen der vornehmen Familien in den mehr als 30 Jahren des Geschichtszeitraums zulasten des Ganzen begangen hätten. Es geht dabei um Ämterpatronage, Korruption, intrigantes Paktieren mit dem Erzbischof und überhaupt die institutionelle wie personelle Unfähigkeit zu einer effizienten, Output-orientierten Stadtregierung. Und es geht um den lähmenden Streit der Geschlechter-Familien untereinander.

Der Eindruck von Glaubwürdigkeit und Authentizität, den der beharrliche Rekurs auf amtliche Dokumente vermitteln soll, wird allerdings dadurch gemindert, dass der Autor vieles mit Schweigen übergeht, so zum Beispiel den Gewaltaspekt des Weberaufstandes zwischen 1369 und 1371 und die »Weberherrschaft« von 1370/71. So wie es sich im *Neuen Buch* darstellt, riss den langmütigen und leidensbereiten Zünften und Gaffeln erst 1396 endgültig der Geduldsfaden. Dieses Narrativ – es ist dasjenige der Sieger in den Auseinandersetzungen – hat mit der Geschichte jener Jahre, wie sie sich heutigen Historikern darstellt, wenig zu tun.

Der Folge von *Kölner Königschronik*, Hagen'scher *Reimchronik* und *Neuem Buch* scheint auf Anhieb eine nahezu geschichtsphilosophische Determination insofern innezuwohnen, als, wie erläutert, dem fortschreitenden Abbau heils- und universalgeschichtlicher Rahmensetzungen eine sukzessive Hinwendung zur kleinteilig-konkreten lokalen Geschichte korrespondiert. Schaut man jedoch auf das letzte große historiografische Werk, das das mittelalterliche Köln hervorbrachte – die 1499 im Druck erschienene *Koelhoffsche Chronik*[100] –, dann erweist sich eine solche Konstruktion als unhaltbar. Die von einem Anonymus in rheinischem Dialekt verfasste und nach dem Verleger Johann Koelhoff d. J. benannte Arbeit, die im Umfang von 368 Blatt im Folioformat publiziert wurde, restituiert nämlich noch einmal das Prinzip der mit Adam und Eva beginnenden Universalchronik.[101]

---

99 *Dat nuwe boich*, S. 272.

100 *Die Cronica van der hilliger stat van Coellen*, hrsg. von Severin Corsten, Köln 1972 [Faksimile der Ausgabe Köln 1499] – Zitiert wird nach dieser Edition, die von Hermann Cardauns besorgte Version in: *Die Chroniken der niederrheinischen Städte. Cöln* (3 Bde.), Bd. 2 (= *Die Chroniken der deutschen Städte vom 14. bis ins 16. Jahrhundert*, hrsg. durch die historische Kommission bei der Bayerischen Akademie der Wissenschaften (36 Bde.), Bd. 13), Göttingen 1968 [unveränderter Nachdruck der Ausgabe Leipzig 1876], S. 253–638, stellt lediglich eine teils stark kürzende Textauswahl zur Verfügung und verhindert so einen authentischen Gesamteindruck.

101 Von den Brincken: *Der universalhistorische Rahmen*, S. 80 – S. zur *Koelhoffschen Chronik* außerdem Cardauns: *Einleitung* zu *Die Cronica van der hilliger stat van Coellen*, S. 211–252; Hartmut Beckers: ›*Koelhoffsche Chronik*‹, in: *Verfasserlexikon*, Bd. 5, Sp. 7–10; Severin Corsten: *Die Kölnische Chronik von 1499*

Allerdings ist damit keine Rückkehr zum Aufbau der hochmittelalterlichen Genrevertreter verbunden. Ausweislich seines Titels ist das Werk eine Stadtchronik und fügt sich damit ein in eine seit dem 14. Jahrhundert aufblühende Literaturtradition, als deren erster Vertreter, wie ausgeführt, ebenfalls eine Kölner Arbeit figuriert: Hagens Reimchronik. Eine Weltchronik als Stadtchronik? Tatsächlich geht beides keineswegs bruchlos ineinander auf, und der Versuch einer Verbindung zeitigte sowohl im Fall der *Koelhoffschen Chronik* als auch ihres unmittelbaren Vorläufers, der noch handschriftlich verfassten und überlieferten *Agrippina* des Heinrich van Beek, schwerwiegende kompositorische Probleme.[102] Hier Weltalterlehre und Papst/Kaiser-Geschichte, dort die örtliche Nahgeschichte in ihrer Kleinteiligkeit – der Bogen, der diese Gegenstandsbereiche überwölbt, droht immer wieder einzuknicken.

Indes gibt es in der *Koelhoffschen Chronik* eine unübersehbare ideelle Klammer, die Stadt- und Heilsgeschichte zusammenfügt: die »Heiligkeit« Kölns im Sinne einer Sakralgemeinschaft, die bereits der Titel beschwört und die die beharrlich hergestellte Verbindung mit dem christlichen Rom unterfüttert.[103] Die Kölner Stifte, Kirchen, Klöster und Kapellen werden aufgezählt, und eine der zahlreichen dem Buch beigegebenen Holzschnitt-Illustrationen weist die Stadt suggestiv-nachdrücklich als Sakralraum aus: 36 – drei mal zwölf – Kölner Stifte, Klöster und Kirchspiele sind einer Dornenkrone gleich um ein Kruzifix angeordnet.[104] Der im Frühmittelalter geschaffene Markenkern Kölns als einer »heiligen« Stadt erfährt hier jene überhöhende Bestätigung, die auch die durch die Erfindung des Buchdrucks bereitgestellten grafischen Optionen möglich machten. Das ultimative Städtelob der *Koelhoffschen Chronik* – »Collen eyn kroyn. Boven Allen steden schoyn«[105] – hat in diesem Sinn eine starke spirituelle Dimension. In der Forschung wurde wiederholt die Auffassung vertreten, dass es dieses verfestigte Selbstbild war, welches – dies ein Statement aus jüngerer Zeit – »die Einführung der Reformation in der Stadt

[Kommentarband zur Faksimile-Ausgabe], Hamburg 1982; Volker Henn: *›Dye historie is ouch als eyn Spiegell zo underwijsen dye mynschen‹. Zum Welt- und Geschichtsbild des unbekannten Verfassers der Koelhoffschen Chronik*, in: *Rheinische Vierteljahrsblätter* 51 (1987), S. 224–249; Robert Meier: *Die Darstellung der Gründung Kölns*, S. 133–139; sämtliche Aufsätze in Mölich/Neddermeyer/Schmitz (Hg.): *Geschichtsschreibung*; Danielle Buschinger: *Die ›Cronica van der hilliger stat van Coellen‹ oder Koelhoffsche Chronik‹* in: Claudia Wich-Reif (Hg.): *Strukturen und Funktionen in Gegenwart und Geschichte. Festschrift Franz Simmler*, Berlin 2007, S. 465–486.

102 S. zur Beziehung der beiden Werke und ihrer beider Verhältnis zur Gattung der Universalchronik Robert Meier: *Zeitgemäßes und Unzeitgemäßes. Die ›Koelhoffsche‹ Chronik und ihre Vorgängerin ›Agrippina‹ im Vergleich*, in: Mölich/Neddermeyer/Schmitz: *Geschichtsschreibung*, S. 69–77.

103 S. dazu Klaus Militzer: *›Collen eyn kroyn boven allen steden schoyn‹. Zum Selbstverständnis einer Stadt*, in: *Colonia Romanica. Jahrbuch des Fördervereins Romanische Kirchen e. V.* 1 (1986), S. 15–32; Gérald Chaix: *Köln im Zeitalter von Reformation und katholischer Reform. 1512/13–1610 (= Geschichte der Stadt Köln*, Bd. 5), Köln 2021, S. 8 f.

104 *Koelhoffsche Chronik*, fol. 146r.

105 Ebd.

letztlich unmöglich machte«[106]. Das war und ist ein prononciert zuspitzender und damit einseitig-unterkomplexer Befund, der aber als Teilerklärung ernstgenommen zu werden verdient.

Im Unterschied zu Hagens *Reimchronik* und zum *Neuen Buch* kann die *Koelhoffsche Chronik* auch nicht mehr mit einem Stadtschreiber in Verbindung gebracht werden. Vielmehr gilt heute als Autor ein Angehöriger des Kölner Augustinerkonvents – womit als Entstehungsort wie im Fall zahlreicher hochmittelalterlicher Geschichtswerke ein Kloster nachgewiesen wäre. Auch hier aber darf nicht übersehen werden, dass sich die Produktions- und Verbreitungsbedingungen von Literatur mittlerweile stark verändert hatten: Besagter Augustinermönch schrieb nicht mehr im Auftrag seines Klosters, das ihn von sich aus für seine Aufgabe freigestellt hätte, sondern in dem eines externen Verlegers. Dieser erhöhte mit einem umfangreichen Register und Seitenüberschriften den »Gebrauchswert« der Chronik für historisch interessierte Kölner »Bildungsbürger«, um auf diese Weise auch am sich entwickelnden Buchmarkt einen Verkaufserfolg zu erzielen. Nach allem, was wir wissen, wurde daraus allerdings nichts, das aufwändige Unternehmen scheint Koelhoff vielmehr in den finanziellen Ruin getrieben zu haben. Hinzu kam, dass die *Koelhoffsche Chronik* drei Monate nach Erscheinen von einem städtischen Zensuredikt erfasst wurde, hinter dem als treibende Kraft Angehörige des höheren Klerus in Köln vermutet werden.[107] Verantwortlich dafür mochte die reformtheologische Kritik des Verfassers an der verweltlichten Geistlichkeit seiner Zeit sein, verbunden mit dem Lobpreis des durch den Buchdruck ermöglichten Aufklärungseffekts.

Während Koelhoffs Publikation heute als »die bedeutendste Chronik der Stadt Köln« bezeichnet wird, »die das Mittelalter hervorgebracht hat«[108], galt sie früher als unselbständige, unkritische und auch in sich widersprüchliche Kompilation.[109] Der Vorwurf mutet merkwürdig unhistorisch an, unterschlägt er doch den generell kompilatorischen Charakter mittelalterlicher Geschichtschroniken. Dieser beruht auf dem Respekt vor der Autorität des Vorhandenen, der Korrekturen und Neudeutungen allerdings nicht ausschloss. Und diesbezüglich setzt die *Koelhoffsche Chronik* sehr wohl traditionskritische Akzente – indem sie etwa gegen mehrere konkurrierende Gründungsmythen die auch heute noch prinzipiell als solche anerkannte geschichtliche Faktizität setzt: die Ansiedlung der Ubier auf dem linken Rheinufer durch den römischen Feldherrn Marcus Vipsanius Agrippa.[110]

Auffällig ist der didaktische Grundzug der Chronik: Die Leser – virtuell nicht eine kleine Gruppe, sondern dank der durch den Druck möglichen Breitenwirkung die gesamte Stadtbevölkerung – sollen aus Kölns Geschichte lernen. In diesem Sinne wendet sich der Verfasser in der Vorrede an »die vernoemden und verstendigen Burger« mit der Aufforderung, aus der »be-

106 Meier: *Zeitgemäßes und Unzeitgemäßes*, S. 73.
107 Beckers: ›*Koelhoffsche Chronik*‹, Sp. 9.
108 Henn: *Dye historie*, S. 224.
109 Cardauns: *Einleitung*, S. 238.
110 *Cronica*, fol. 37v. – S. dazu Meier: *Gründung Kölns*, S. 134 f.

kentnisse und vervarenheyt der historien und geschichten er vergangen zijt«[111] Lehren zu ziehen. Demzufolge hat die behauptete »Heiligkeit« Kölns einen appellativen Charakter: Die Bewohner müssen die göttliche »Gnadenwahl« durch ihr eigenes Handeln stets aufs Neue rechtfertigen und bestätigen – indem sie Frieden und Eintracht wahren und das Gemeinwohl dem Eigennutz unterordnen. Diese Aufforderung ergeht an »die burgere ind die gemeynde«[112], also wohl an Regierende und Regierte gleichermaßen. Eine aggressiv-einseitige Parteinahme für eine bestimmte soziale Gruppe erfolgt in der *Koelhoffschen Chronik* nicht mehr. Die im Verbundbrief von 1396 niedergelegte neue Stadt- und Ratsverfassung und auch das kaiserliche Reichsstadtprivileg von 1475 hatten einstweilen zu jener Beruhigung der innerstädtischen Konfliktlagen geführt, die sich – möglicherweise – auch im Darstellungsdesign des Werkes zur Geltung brachte.

Schaut man von der Epochenschwelle um 1500 auf das Ausmaß und die Qualität der Literaturproduktion im mittelalterlichen Köln zurück, so muss das Urteil differenziert ausfallen. Weil, wie dargetan, die moderne Textsortenlehre diesem Zeitraum unangemessen ist, empfiehlt sich die Anwendung eines »engeren« und eines »weiteren« Literaturbegriffs. Was den Umkreis des letzteren anbelangt, so wurde exemplarisch Meister Eckhart erwähnt. Carl August Lückerath verweist generell auf die beachtliche Anzahl der in Köln entstandenen einschlägigen Werke:

> [...] von den *Kölner Klosterpredigten* (ca. 1270–1340), über die *Kölner Jahrbücher* (1276–1434), die *Kölner Legendare* (13. Jahrhundert und 1463 ff.), das *Kölner Kochbuch* (Mitte 15. Jahrhundert), das *Kölnische Paternoster* (nach 1462), die *Kölner Memoriale* des 15. Jahrhunderts (1400–1463), das spätmittelalterliche *Gedicht vom Kölnischen Krieg* (1475), bis hin zu den *Kölner Sermonen* (*Dornenkranz von Köln*, Druck 1490), anonym überlieferte Werke neben solchen, welche einzelnen Autoren der Theologie, der Philosophie und der ›Naturwissenschaften‹, Medizin und Jurisprudenz zuzuordnen sind.

Diese Textsorten repräsentierten »vom Liturgischen über das Profane des Alltags bis zum historiographischen Genre einen großen Teil des mittelalterlichen literarischen Gattungsspektrums.«[113]

Auf der anderen Seite räumt Lückerath ein, dass »das mittelalterliche Köln angesichts seiner sonstigen Bedeutung hinsichtlich der literarischen Produktion nicht überbordete, [...]«[114]. Dieses Statement dürfte sich – nicht nur, aber auch – auf Literatur im »engeren« Sinn beziehen, also auf jene Genres, die nach heutigem Verständnis im Zentrum der Dichtkunst während der mittelhochdeutschen Blütezeit um 1200 stehen: Heldenepik, höfische Epik und Lyrik (mit Minnesang), Legendenepik, Kleinepik, Spruchdichtung. Tatsächlich kommt Köln in der Gesamtdarstellung der deutschen Literatur im hohen Mittelalter aus der Feder des Kölner (!)

111 *Cronica*, Bl. 2.

112 Ebd., Bll. 234, 265.

113 Lückerath: *Chronica regia Coloniensis*, S. 58.

114 Ebd., S. 57.

Germanisten Joachim Bumke[115] kaum vor. In Thomas Cramers Nachfolgeband zum Spätmittelalter[116] sieht es nicht besser aus. Diese »Defizite« sind nicht solche der schreibenden Mediävisten, sondern verweisen auf die Sache selbst. Der Befund, der immerhin der mittelalterlichen Hochzeit der Stadt gilt, verdient mit Blick auf eine diachrone Gesamtwürdigung des literarischen Köln festgehalten zu werden.

115 Bumke: *Geschichte der deutschen Literatur im hohen Mittelalter.*

116 Cramer: *Geschichte der deutschen Literatur im späten Mittelalter.*

2. Von der Reformation bis zum 18. Jahrhundert

2.1 Stadt ohne Reformation

Köln war die einzige große Reichsstadt, die sich im 16. Jahrhundert nicht der Reformation öffnete. Über die Gründe dafür gab es seit einem Aufsatz von 1976, in dem der australische Religions- und Kulturwissenschaftler Robert W. Scribner[1] die einschlägigen Fragen zu beantworten suchte, eine lebhafte wissenschaftliche Diskussion; sie bestätigte einen Teil von Scribners Thesen und Begründungen, andere modifizierte sie oder verwarf sie.[2] Inzwischen wird weithin ein multifaktorielles Geschehen geltend gemacht, in dem sich politische, wirtschaftliche (hier handelspolitische), soziale sowie Aspekte der Geistes- und Mentalitätsgeschichte verbanden; in dem es um die inneren Zustände des Gemeinwesens ging, aber auch um die Positionierung Kölns im Machtdreieck von Stadt, Erzbischof/Kurfürst und Habsburger Kaiser. Eine Schlüsselfrage der Debatte ist, ob und inwieweit es in Köln an jenen institutionellen Voraussetzungen für eine Durchsetzung der Reformation mangelte, die diese in anderen Städten begünstigten.

Die Diskussion kann hier nicht weiterverfolgt werden, wichtig für die Kölner Literaturgeschichte ist allein der Tatbestand der ausgebliebenen Reformation. Warum? Auch wenn sich Verallgemeinerungen – und schon gar polemisch grundierte – verbieten, kann kein Zweifel daran bestehen, dass *ein* Ausbleiben das *andere* nach sich zog: Die kaum zu beschönigende Dürftigkeit der Kölner Literaturproduktion in den folgenden Jahrhunderten ist auch auf das Fehlen jenes intellektuellen Inputs zurückzuführen, den die Reformation für die von ihr erfassten Städte und Regionen darstellte.[3] Es war die »sola scriptura«-Maxime der lutherischen Orthodoxie, die insgesamt das schriftlich niedergelegte »Wort« zu einem starken Prinzip der sich entwickelnden protestantischen Lebenskultur(en) machte. In einer teils institutionengeschichtlich orientierten

1 Robert W. Scribner: *Why was there no reformation in Cologne?*, in: *Bulletin oft he Institute of Historical Research* 49 (1976), S. 217–241; in deutscher Übersetzung als *Warum gab es in Köln keine Reformation?*, in: Georg Mölich/Gerd Schwerhoff (Hg.): *Köln als Kommunikationszentrum. Studien zur neuzeitlichen Stadtgeschichte* (= *Der Riss im Himmel. Clemens August und seine Epoche* [8 Bde.], Bd. 4), Köln 2000, S. 89–109.

2 S. dazu Manfred Groten: *Die nächste Generation. Scribners Thesen aus heutiger Sicht*, in: Mölich/Schwerhoff Hg.): *Köln als Kommunikationszentrum*, S. 110–113; Chaix: *Köln im Zeitalter von Reformation und katholischer Reform*, S. 1–5 (Vorwort). Die Frage nach der ausgebliebenen Reformation in Köln kann sogar als eine gar nicht mal subkutane Leitfrage von Chaix' Epochendarstellung bezeichnet werden.

3 Chaix versucht in seinem materialreichen Buch beharrlich, das Köln des 16. Jahrhunderts vom Odium geistiger Immobilität und lebensweltlicher Erstarrung in einem doktrinär-intoleranten Katholizismus reinzuwaschen. In Einzelfällen mag dies zur berechtigten Korrektur überkommener Stereotype führen, vollends überzeugend ist es nicht.

und bis heute nicht überholten Untersuchung wies der Germanist Albrecht Schöne bereits 1968 anhand einer von Gryphius bis Benn reichenden Reihe von Autoren sowie deren geistigen Biografien die kaum zu überschätzende Bedeutung des protestantischen Pfarrhauses für die Entwicklung der deutschsprachigen Literatur nach.[4]

Dass das katholische Pfarrhaus in diesem Sinne nicht fruchtbar werden konnte, liegt angesichts des priesterlichen Pflichtzölibats auf der Hand. Dabei war das katholische Deutschland zwischen dem 16. und dem 19. Jahrhundert durchaus keines ohne (große und großartige) Kunst – der gegenreformatorische Kirchenbarock ist dafür genauso ein Beispiel wie die Musik der Wiener Klassiker. Aber es war – tendenziell, d. h. stets mit Ausnahmen – eines ohne große Literatur. Nicht von ungefähr zeigen gerade die beiden deutschen »Klassiken« hinsichtlich der von ihnen bevorzugten Kunstsparten ein komplementäres Verhältnis: Im Vergleich zur zeitgleich entstandenen Musik war die Literatur im katholischen Wien des ausgehenden 18. Jahrhunderts bedeutungslos, während es sich im protestantischen Weimar umgekehrt verhielt.

Noch unmittelbar vor der gemeinhin mit dem Jahr 1517 (Luthers Thesenanschlag an der Wittenberger Schlosskirche) verbundenen Zeitenwende wurde dem intellektuellen Köln aus Gefilden jenseits der Stadtmauern ein wenig schmeichelhaftes Zeugnis ausgestellt, in dem bereits einige Motive jener notorischen Köln-Kritik aufscheinen, die sich in wechselnder Instrumentierung bis ins 19. Jahrhundert und darüber hinaus durchhalten sollten. Noch war in dieser Konstellation der Gegner des katholischen Köln nicht die Reformation, sondern der Humanismus. 1515 und 1517 erschienen – ohne Nennung von Herausgeber, Verlag, Druckort und Erscheinungsjahr – zwei Bücher, die, an einer Epochenschwelle situiert, in der Geschichte der literarischen Satire ihrerseits Epoche machen sollten: die *Epistolae obscurorum virorum*. Zu Deutsch: *Dunkelmännerbriefe*.[5] Das Werk gehört nicht zur Kölner Literaturgeschichte im engeren Sinn, aber es beleuchtet ein Stück weit – wenngleich in parodistischer Übertreibung und Verzerrung – das Feld, auf dem sich damals und dann für lange Zeit in Köln Literaten bewegen mussten; wo Literatur entstand oder eben auch nicht entstand. Deshalb sei hier kurz auf die *Dunkelmännerbriefe* eingegangen.[6]

Als Empfänger der insgesamt 110 fiktiven und in Rollenprosa verfassten Briefe, als deren »Erfinder« die Humanisten Crotus Rubeanus (1480 bis um 1545) und Ulrich von Hutten (1488–

4 Albrecht Schöne: *Säkularisation als sprachbildende Kraft. Zur Dichtung deutscher Pfarrersöhne* (= *Palaestra*, Bd. 226); Göttingen 1968.

5 In deutscher Übersetzung leicht zugänglich in folgender Ausgabe: *Dunkelmännerbriefe. Epistolae obscurum virorum an Magister Ortuin Gratius aus Deventer*, hrsg. von Karl Riha (= *Insel-Taschenbuch*, Bd. 1297), Frankfurt/M. 1991 [der Text folgt der 1904 in Gera erschienenen ersten deutschen Übersetzung von Wilhelm Binder].

6 S. dazu Erich Meuthen: *Die Epistolae obscurorum virorum*, in: Walter Brandmüller/Herbert Immenkötter/Erwin Iserloh (Hg.): *Ecclesia militans. Studien zur Konzilien- und Reformationsgeschichte. Festschrift für Remigius Bäumer* (2 Bde.), Paderborn 1988, Bd. 2, S. 53–80; Riha: *Nachwort*, in: *Dunkelmännerbriefe*, S. 323–338; Chaix: *Köln im Zeitalter von Reformation und katholischer Reform*, S. 156–158.

1523) ermittelt wurden, ist der Kölner Theologe Ortwin Gratius (ca. 1480–1542) angegeben, dem sich die vielfältigen Rat suchenden Absender in peinlicher Unterwürfigkeit nähern. Bereits die Namen der Schreiber – Konrad Dollenkopf, Franz Gänseprediger, Gindolf Holzhacker, Heinrich Schafmaul, Simon Wurst – zeigen den satirischen Textcharakter, der übrigens von den zeitgenössischen Lesern nicht durchweg auf Anhieb wahrgenommen wurde.

Klar musste ihnen allerdings, so sie einschlägig orientiert waren, von vornherein der Kontext sein, in dem die *Dunkelmännerbriefe* standen. Johannes Pfefferkorn (1469–1522/23), ein in Köln sesshafter und dort konvertierter Jude, hatte zwischen 1507 und 1509 vier antijudaische Schriften verfasst, an deren Übersetzung ins Lateinische Gratius mitwirkte. Zwischen Pfefferkorn und dem Tübinger Hebraisten Johannes Reuchlin (1455–1522), der sich für religiöse Toleranz aussprach, entspann sich darob ein in wechselseitige Verleumdungen ausartender Streit, der noch dadurch an Fahrt gewann, dass den Kontrahenten jeweils namhafte Gleichgesinnte beisprangen.

Während Pfefferkorn von Gratius, dem Kölner Theologieprofessor und Inquisitor Jakob van Hoogstraten sowie den Kölner Dominikanern unterstützt wurde, sicherten Humanisten wie Hutten, Philipp Melanchthon, Georg Spalatin, Willibald Pirckheimer und Konrad Peutinger Reuchlin Hilfe zu. 1514 veröffentlichte dieser eine Auswahl ihrer Briefe als *Clarorum virorum epistolae* – als »Briefe berühmter Männer«. Sie waren unschwer als der Hintergrund auszumachen, vor dem die im Folgejahr publizierten *Epistolae obscurorum virorum* zu lesen sind.

Deren Attacke richtete sich gegen eine in Formalismen verknöcherte, allen neuen Denkwegen fanatisch abholde, sich selbst tendenziell ad absurdum führende universitäre Spätscholastik. In einem der – wie im Fall der übrigen in ungelenk-fehlerhaftem Latein geschriebenen – Briefe wird zum Beispiel die sexuelle Libertinage der Geistlichen in »strenger« Beweisführung mit Obersatz, Untersatz und Schlussfolgerung, tatsächlich aber auf der Basis fadenscheiniger Syllogismen aus der Bibel gerechtfertigt. Der lokale Bezug stellte sich dadurch her, dass der Angriff personalisiert wurde: Gratius, Pfefferkorn und Hoogstraten waren Kölner Repräsentanten ihres jeweiligen Metiers: Die Polemik »beschädigte«, so Chaix drastisch, »das Ansehen Kölns und seiner Universität nachhaltig – teilweise bis heute«[7].

Indes ging es hier nicht (nur) um eine aggressive Denunziation. Die Reformation scheiterte in Köln, aber tatsächlich hatte es dort auch der Humanismus schwer.[8] Als sein bedeutendster Repräsentant gilt Hermann van dem Busche (1468–1534), der Begründer der neulateinischen Lyrik, der sich Buschius nannte. Seit 1494 hielt er in Köln Vorlesungen über die *studia humanitatis*, die er gegen Gratius' Widerstand im Curriculum zu verankern vermochte. Im Unterschied zu den Verfassern der späteren *Dunkelmännerbriefe* sah er sich veranlasst, seinen Wirkungsort Köln inbrünstig zu loben. In diesem Sinne verfasste er, der sich auch um den Erhalt der Altertümer in

7 Chaix: *Köln im Zeitalter von Reformation und katholischer Reform*, S. 157.

8 S. zum Kölner Humanismus Cramer: *Geschichte der deutschen Literatur im späten Mittelalter*, S. 405–408; Chaix: *Köln im Zeitalter von Reformation und katholischer Reform*, S. 12–15, 156–160, 188–191.

Köln verdient machte, ein lateinisches Gedicht, das er 1508 in der Universität öffentlich vortrug. Darin geht es nicht nur um die ihr von alters her zugewachsene Sakralität der Stadt, sondern auch um den aktuellen Wohlstand ihrer regsamen Bürger, die Vielfalt des geistigen Lebens und die – von den humanistischen Kollegen in Erfurt ja gerade bestrittene – Anziehungskraft der Universität.

Im Verlauf des Pfefferkorn-Reuchlin-Streits stellte sich Buschius dann dezidiert auf die Seite Reuchlins – und im Kampf um die Durchsetzung der Reformation auf diejenige Luthers. An ihm bestätigte sich einmal der seitens der Kölner Obrigkeiten allgemein und notorisch gehegte Argwohn, die Humanisten seien nicht nur das, sondern auch Parteigänger der gerade von der Kölner theologischen Fakultät früh bekämpften neuen Glaubensrichtung. Dieses Klima des Verdachts – sei er nun berechtigt oder nicht – vertrieb auch solche Gelehrte aus der Stadt, um deren Berufung man sich zuvor seitens der Universität engagiert bemüht hatte: den Erasmianer Gisbert Longolius, den Juristen Johannes Strubbe, den Mathematiker Johannes Bronchorst, den Juristen Johannes Oldendorp.

In das Umfeld des Kölner Humanismus gehört auch der Universalgelehrte und eigenartige »Querdenker« Heinrich Cornelius (1486–1535), der sich den Namen Agrippa von Nettesheim zulegte.[9] Er stammte sogar aus Köln und hatte hier studiert. Später kam er nur noch sporadisch in seine Heimatstadt, unter anderem als Gast des Kurfürsten und Erzbischofs Hermann von Wied, der vergeblich versucht hatte, in Köln die Reformation einzuführen. Agrippas Hauptwerke – die drei Bücher *De occulta philosophia* (Köln 1510, 1531, 1533) und *De incertitudine et vanitate scientiarum* (Köln 1527) – spannen einen weiten, konträre, ja gegensätzliche Positionen überwölbenden Bogen. Auf der einen Seite etablierte er einen für die frühe Neuzeit typischen Wissenschaftsbegriff, der auf der Basis einer neuplatonischen Weltlehre auf das Erkenntnispotenzial einer »wahren« und »heiligen« Magie ausgreift. Chemie und Alchemie fügen sich zu einer Einheit – ein Vorstellungskosmos, durch den sich Goethe zu seinem *Faust*-Drama anregen lassen konnte. Auf der anderen Seite hegt Agrippa einen radikalen Wissenschafts- und Erkenntniszweifel, der sich mit ebenso radikaler Kritik an den kirchlichen und sozialen Verhältnissen seiner Zeit verbindet.

2.2 Literatur im katholischen Köln: Friedrich Spee und andere

Etwa seit der Mitte des 16. Jahrhunderts war Köln ein Bollwerk der Gegenreformation im deutschen Sprachraum. Diese Position wurde verstärkt durch die Anwesenheit der Jesuiten – Angehörige des neugegründeten Ordens waren 1544 erstmals in der Stadt aufgetaucht und schafften es in den folgenden Jahrzehnten, ihre Stellung teils auch gegen den hinhaltenden Widerstand

9 S. zusammenfassend Cramer: *Geschichte der deutschen Literatur im späten Mittelalter*, S. 406–408.

des Rates sukzessiv auszubauen.[10] 1555 übernahmen sie das Gymnasium Tricoronatum, eine Burse der Universität, und seinen propädeutischen, für die Studenten der Artistenfakultät zuständigen Lehrbetrieb. 1564 wählte der Provinzial der Ordensprovinz Germania inferior Köln zu seinem Sitz. Eng mit der Tätigkeit der Jesuiten in der Stadt verbunden war das Aufblühen der katholischen Publizistik, überhaupt der gegenreformatorischen geistlichen Literatur am Ort – die hier ansässigen Drucker nahmen diesbezüglich eine »Führungsrolle [...] innerhalb des katholischen Deutschlands«[11] ein.

An der militanten Intoleranz, mit der die Jesuiten an ihrer neuen Wirkungsstätte Andersgläubige jedweder Provenienz verfolgten, als Prediger die Bevölkerung auf unbedingte Rechtgläubigkeit einschworen und selbst gegen katholische Priester, die nicht dem Orden angehörten, rasch mit dem Häresieverdacht zur Hand waren, gibt es auch im Abstand der Jahrhunderte nichts schönzureden. Dennoch darf der wissenschaftliche und künstlerische Output, den der instrumentell definierte Bildungsauftrag der Jesuiten zeitigte, nicht gering veranschlagt werden. Was den Literaturbereich anbelangt, so »kaperten« die Ordensmitglieder zum Beispiel das humanistische Schultheater in lateinischer Sprache, bereinigten die Texte und rüsteten sie im Sinne der Gegenreformation moralisch auf. Auch schrieben sie in dieser Tradition selbst neue Stücke, die dem »Seelenheil und der Ordnung in den Städten« verpflichtet waren.[12]

Schließlich verbindet sich mit dem Jesuitenorden die glanzvolle Erscheinung Friedrich Spees von Langenfeld, der nicht nur als unerschrockener und argumentationsstarker Kämpfer gegen den Hexenwahn, sondern auch als bedeutendster katholischer Lyriker der Barockzeit in die Geschichte eingegangen ist. In diesem Metier hatte er allerdings auch nicht viel Konkurrenz. Wie auch immer: Spee gehört zur Literaturgeschichte Kölns – und sprengt zugleich unstrittig diesen Rahmen.

Naheliegend hatte der größte Teil der im 16. und 17. Jahrhundert in Köln geschriebenen »poetischen« Literatur geistlichen Charakter. Aus diesem Feld ragt Caspar Ulenberg mit seinem Psalter heraus, den er 1582 in Köln unter dem Titel *Die Psalmen Davids in allerlei Teutsche gesangreimen bracht* veröffentlichte.[13] Ulenberg (1548–1617)[14] ist allein insofern eine bemer-

10 S. dazu Chaix: *Köln im Zeitalter von Reformation und katholischer Reform*, S. 144–147.

11 Wilfried Enderle: *Die Buchdrucker der Reichsstadt Köln und die katholische Publizistik zwischen 1555 und 1648*, in: Mölich/Schwerhoff (Hg.): *Köln als Kommunikationszentrum*, S. 167–182; hier: S. 168; s. außerdem zusammenfassend Hans Wolfgang Bergerhausen: *Köln in einem eisernen Zeitalter. 1610–1668 (= Geschichte der Stadt Köln*, Bd. 6), Köln 2010, S. 193–195.

12 Chaix: *Köln im Zeitalter von Reformation und katholischer Reform*, S. 380 f.

13 S. dazu Michael Härting: *Das deutsche Kirchenlied der Gegenreformation*, in: Karl Gustav Fellerer (Hg.): *Geschichte der katholischen Kirchenmusik* (2 Bde.), Kassel/Basel/Tours/London 1976, Bd. 2: *Vom Tridentinum bis zur Gegenwart*, S. 59–63; hier: S. 63; Konrad Groß: *Der Liedpsalter des Kaspar Ulenberg (1582)*, in: *Der Kolumbapfarrer Kaspar Ulenberg und die Geschichte der Kolumbapfarre. Eine Ausstellung der Diözesan- und Dombibliothek Köln vom 5. September bis 15. Dezember 2007 (= Libelli Rhenani*, Bd. 20), Köln 2007, S. 125–158.

14 S. zur Biografie Heinz Finger: *Kaspar Ulenberg – Lebensweg, Persönlichkeit, historische Bedeutung*, in: *Der Ko-*

kenswerte Gestalt, als er im Zeitalter der Reformation antizyklisch den Weg vom Protestantismus zum Katholizismus zurückging. In Lippstadt geboren, das, obwohl dem Erzbistum Köln zugehörig, 1531 als eine der ersten westfälischen Städte mehrheitlich protestantisch geworden war, studierte er als 20-Jähriger in Wittenberg, der »Hauptstadt« der Reformation, Theologie – offenbar nicht zu seinem uneingeschränkten Vergnügen, denn die sektiererischen Konflikte innerhalb des sich formierenden Protestantismus scheinen den Lutheraner abgestoßen zu haben. Nach Lippstadt zurückgekehrt, erhielt er von der Familie den heiklen Auftrag, einen in Köln zur katholischen Kirche rekonvertierten Cousin zum evangelischen Glauben zurückzuführen. Das gelang Ulenberg dann auch in kurzer Zeit, verhinderte aber nicht, dass er seinerseits im Herbst 1572 zum Katholizismus wechselte. Die näheren Umstände dieser Konversion liegen im Dunkeln – nach allem, was man weiß, verzichtete er jedenfalls darauf, seine ehemaligen Glaubensbrüder fortan mit dem eifernden Hass des typischen Renegaten zu verfolgen.

Ulenberg studierte dann noch einmal in Köln mit Richtung auf das katholische Priesteramt und wechselte gleich nach der Ordination auf ein mit der Pfarrerposition verbundenen Kanonikat in Kaiserswerth (übrigens der Geburtsstadt Friedrichs Spees). 1583 war er wieder in Köln, wo er ein Jahr später Pfarrer an St. Kunibert wurde. Nach weiterqualifizierenden Studien übernahm er 1605 das Pfarramt an St. Kolumba, von 1610 bis 1612 amtierte er als Rektor der Kölner Universität. In Köln verstarb er auch ein Jahr vor dem Ausbruch des Dreißigjährigen Krieges – und kurz nach der Fertigstellung seiner dann stark verbreiteten Neuübersetzung der Bibel auf der Grundlage der Vulgata.

Der Psalter, Ulenbergs in der Wirkungsgeschichte ebenfalls außerordentlich einflussreiches und bis heute bekanntestes schriftstellerisches Werk, war noch in Kaiserswerth entstanden. Er stellt sich in eine lange Tradition der Psalmendichtung, die sowohl im katholischen als auch im damals jungen protestantischen Bereich wurzelte. Ein entscheidendes Motiv, in diesem Metier selbst tätig zu werden, dürfte die intime Kenntnis gewesen sein, die der ehemalige Lutheraner vom reichen Kirchenliedschaffen Luthers und der ersten postreformatorischen Generationen sowie seiner begeisternden und einigenden Wirkung auf die frühen protestantischen Gemeinden hatte. Eingängige Texte in der Volkssprache und »zündende« Melodien waren dafür in gleicher Weise maßgeblich.

Ulenberg gelang mit seinem die 150 Psalmen umfassenden Kompendium nicht weniger als das erste ernstzunehmende Konkurrenzunternehmen zu den beliebten protestantischen Gesangbüchern seiner Zeit. Dabei trat er wie viele der »ketzerischen« Kollegen als Dichter und Komponist (besser wohl: Melodist) in einer Person auf. Hinsichtlich der insgesamt 81 Melodien bediente er sich allerdings sogar – nach offensivem Bekenntnis zu diesem Verfahren im Vorwort – bei besagter Konkurrenz, wenngleich er deren Erfindungen gegebenenfalls bearbeitete, anpasste, veränderte. Einen besonders ergiebigen Vorrat stellte diesbezüglich der reformierte Genfer Lied-

lumbapfarrer Kaspar Ulenberg, S. 97–124, sowie die von Claudia Croé und Werner Wessel erstellte *Zeittafel* im selben Band (S. 193–194).

psalter bereit,[15] dessen Singweisen Ulenberg allerdings einer im katholischen Sinn »nicht verfälschenden« Psalmdichtung dienstbar machte. Wie im Fall der Vorgänger fügte Ulenberg die einzelnen Psalmen in vielförmige Strophenlieder mit jeweils durchrhythmisierten Reimzeilen. Inwieweit Einzelheiten der Übertragung durch das spezifische Bibelverständnis der katholischen Theologie »erzwungen« wurden, ist hier nicht weiter zu verfolgen.[16] Als Beispiel für Ulenbergs poetische Leistung sei der Beginn des auf Psalm 23 basierenden Liedes zitiert – das seine Zeitbeständigkeit allein dadurch erwiesen hat, dass es, neben etlichen weiteren Ulenberg-Liedern, auch noch im aktuellen katholischen Gesangbuch *Gotteslob* steht.[17]

> Mein hirt ist Got, der herr,
> Er thut mich immer weiden,
> Darum ich nimmermehr
> Mag not und mangel leiden;
> Er wird mit treuem mut,
> Auff grüner auen gut,
> Mir rast und weide günnen
> Wird mich hinfüren fein
> Zum wasser still und rein,
> Zu frischen külen brunnen.[18]

Die Strophe besteht aus zehn regelmäßigen jambischen Dreihebern und adaptiert in ihrer Form, naheliegend bei Ulenbergs genereller Orientierung am Genfer Psalter, französische Muster. Genauer handelt es sich dabei um den im 15. und 16. Jahrhundert gebräuchlichen Dizain, der sich bei den Dichtern der Pléiade um Pierre de Ronsard und Joachim du Bellay häufig mit dem von Ulenberg aufgegriffenen charakteristischen, weil verschiedene Typen (Kreuz-, Paar- und umschließender Reim) kombinierenden Reimschema ababccdeed verbindet.

Unabhängig von den technischen Details entwickelte Ulenberg für seine Psalmenbearbeitung eine dichterische Form, die sich durch ihre metrische Eleganz und Geschmeidigkeit (Übereinstimmung von Wort- und Versakzent!) genauso auszeichnet wie durch die lapidare Kraft und Einprägsamkeit der Bildersprache. Diejenige des Psalm-Originals verschmilzt dabei mit der To-

15 S. dazu Dieter Gutknecht: *Die Rezeption des Genfer Psalters bei Caspar Ulenberg*, in: Eckhard Grunewald/ Henning P. Jürgens/Jan R. Luth (Hg.): *Der Genfer Psalter und seine Rezeption in Deutschland, der Schweiz und den Niederlanden, 16. – 18. Jahrhundert* (= *Frühe Neuzeit. Studien und Dokumente zur deutschen Literatur und Kultur im europäischen Kontext*, Bd. 97), Tübingen 2004, S. 253–262.

16 S. dazu Christoph Krummacher: *Denken und Fühlen. Theologie im Kirchenlied – Kirchenlieder als Theologie*, online unter: https://www.herder.de/hk/hefte/archiv/2014/5-2014/denken-und-fuehlen-theologie-im-kirchenlied-kirchenlieder-als-theologie/

17 Im *Neuen Gotteslob* (erschienen 2013) Nr. 421 (im *Alten Gotteslob* Nr. 827).

18 Ulenberg: *Die Psalmen Davids*, S. 85 f.

pik des alteuropäischen *locus amoenus*. Auffällig ist die Häufigkeit der Aufzählungen unter Verwendung der Konjunktion »und« (»not und mangel«, »rast und weide«, »still und rein«). Dabei handelt es sich nicht etwa um ein ungeschicktes Leiern; vielmehr bildet Ulenberg mit gezielt eingesetzten Sprachmitteln jenen Überfluss an göttlicher Güte ab, um den es in diesem Psalmlied inhaltlich geht.

Ulenberg war mit seinem Psalter, der katholische Theologie in die Schlichtheit des Volksliedtons überführte, so erfolgreich, dass er – gerade in Köln – viele Nachfolger und -ahmer fand. Zu ihnen gehörte der Jesuit Wilhelm Nakatenus (1617–1682), der 1664 in Köln das Andachtsbuch *Himlisch Palm-Gärtlein* veröffentlichte, das auch Gebete und Lieder zu allen Themen des geistlichen Lebens enthielt. Nakatenus, im späteren Mönchengladbach gebürtig und in Aachen gestorben, hatte einen Teil seiner Ausbildung am Kölner Jesuitengymnasium erhalten und blieb als Hofprediger des bayerischen Kurfürsten und Erzbischofs dem Kölner Erzstift eng verbunden.

1637/38 bereits hatte Johannes Heringsdorf (1606–1665), auch er Jesuit mit Kölner Theologiestudium im Gepäck, ebendort das *Geistliche Psälterlein* herausgebracht, ein deutsches Liederbuch, in dem u. a. erstmals der Text des Weihnachtsliedes *Zu Bethlehem geboren* erscheint. Obwohl er keine Verfasserangabe aufweist, gilt heute ausweislich der Stilmerkmale wie der dichterischen Qualität Friedrich Spee als sein Autor. Auch von den bereits genannten Psalmen-Bearbeitern können Verbindungen zu Spee gezogen werden: Dieser ließ sich von Ulenberg zu Nachdichtungen in seinem *Güldenen Tugent-Buch* inspirieren, und Nakatenus verfasste während seines Kölner Tertiats 1648/49 das Widmungsgedicht für die Erstausgabe von Spees *Trutz-Nachtigal*.

Zweifellos steht Friedrich Spee (1591–1635) aus heutiger Sicht im Zentrum dieses vergleichsweise dicht gesponnenen Beziehungsnetzes. Sein Name bezeichnet einen Höhepunkt der Kölner Literaturgeschichte, dem sich über Jahrhunderte hinauf und hinab nichts an die Seite stellen lässt.[19] Dabei erübrigt sich auch diesmal – angesichts der Tatsache, dass Spee den größten Teil seiner Lebenszeit außerhalb von Köln verbrachte – nicht die Vorabfrage, ob er überhaupt zur Kölner Literaturgeschichte im engeren Sinne gehört. In Kaiserswerth als Sohn eines kurkölnischen Beamten und Spross einer niederrheinischen Adelsfamilie geboren, trat er mit 19 Jahren in Trier in den Jesuitenorden ein, absolvierte sein Noviziat in Fulda und studierte anschließend, bis 1615, Philosophie in Würzburg. Es folgten Unterrichtstätigkeiten in Speyer und ein vierjähriges

19 S. zu Spees Biografie und Werk u. a. Emmy Rosenfeld: *Friedrich Spee von Langenfeld*, in: *Rheinische Lebensbilder*, Bd. 2, hrsg. von Bernhard Poll, Düsseldorf 1966, S. 125–141; Karl-Jürgen Miesen: *Friedrich Spee. Pater, Dichter, Hexen-Anwalt*, Düsseldorf 1987; Theo van Oorschot: *Zwischen Zorn und Zärtlichkeit. Friedrich Spee* (= *Persönlichkeit und Geschichte*, Bd. 140), Göttingen 1992; ders. (Hg.): *Friedrich Spee (1591–1635). Düsseldorfer Symposium zum 400. Geburtstag. Neue Ergebnisse der Spee-Forschung*, Bielefeld 1993; Gunther Franz (Hg.): *Friedrich von Spee zum 400. Geburtstag. Kolloquium der Friedrich-Spee-Gesellschaft Trier*, Paderborn 1995; *Friedrich Spee. Priester, Mahner und Poet: Eine Ausstellung der Diözesan- und Dombibliothek Köln vom 11. Juni bis 9. Oktober 2008* (= *Libelli Rhenani*, Bd. 26), Köln 2008 – Unerquicklich macht einen Gutteil auch der neueren und sei es wissenschaftlich seriösen Spee-Literatur (Rosenfeld, Oorschot, Miesen) der aufdringliche Erbauungston.

Theologiestudium in Mainz mit anschließender Priesterweihe. Die Jahre 1623 bis 1626 sahen ihn in Paderborn, u. a. als Domprediger. 1627/28 unterrichtete er am Kölner Tricoronatum, wurde vom Orden aber schon gegen Ende des zweiten Jahres ins norddeutsche Peine mit dem Auftrag geschickt, den Ort zu rekatholisieren.

1629 bis 1631 wirkte Spee als Professor für Moraltheologie in Paderborn und kam dann erneut nach Köln, weil das Paderborner Kolleg dorthin wegen der Bedrohung der Stadt durch Truppen des mit Schweden verbündeten Landgrafen von Hessen-Kassel verlegt wurde. In Köln unterrichtete er an der Universität ein Jahr lang gleichfalls Moraltheologie, ehe ihn der Ordensprovinzial Goswin Nickel mit einem Lehrauftrag nach Trier schickte. Das geschah offenkundig, weil es in Köln für Spee nach der verschärften Neuauflage[20] der *Cautio Criminalis*, seiner erstmals 1631 anonym in Rinteln erschienenen Schrift gegen die Hexenverfolgungen, zu gefährlich geworden war und ihm der Ausschluss aus dem Orden und seinerseits potenziell lebensgefährliche Verfolgung drohten.[21] Drei Jahre später starb er, 44-jährig, in Trier, wo er sich bei der Betreuung und Versorgung verwundeter Soldaten eine tödliche Infektion zugezogen hatte.

Zur Kölner Geschichte gehört Spee auf jeden Fall, weil zu den Erfahrungsmotiven, die dann zur Niederschrift der *Cautio Criminalis* (der Text ist lateinisch verfasst) führten, auch ein berüchtigtes und skandalöses Ereignis der Stadthistorie zählt: Spee wurde anlässlich seines ersten Kölner Aufenthalts Zeuge des Justizmordes an der Postmeisterin Katharina Henot, die 1627 als angebliche Hexe auf Melaten hingerichtet wurde.[22] Die *Cautio Criminalis*, die sogleich unter Befürwortern wie Gegnern eine beachtliche Breitenwirkung entfaltete, führte dazu, dass die allgemeine gesellschaftliche Akzeptanz der Hexenprozesse noch im 17. Jahrhundert im katholischen

---

20 Als Druckort der Zweitauflage wurde Frankfurt/M. angegeben, tatsächlich brachte sie aber der Kölner Verleger Cornelius ab Egmondt heraus. Das geschah mutmaßlich nicht nur mit Billigung einiger von Spees Ordensoberen, sondern auch mit derjenigen des Rats, der damit ein Zeichen gegen Versuche des Erzbischofs und Kurfürsten Ferdinand von Bayern setzten wollte, mit dem Hebel der Hexenprozesse seine Rechtsprechungsbefugnis in der Stadt auszudehnen. S. dazu Gunther Franz: *Die Druck- und Editionsgeschichte der Cautio Criminalis*, in: Friedrich Spee: *Sämtliche Schriften. Historisch-kritische Ausgabe* (4 Bde.), hrsg. von Theo G. M. van Oorschot, Tübingen/Basel ²2005, Bd. 3: *Cautio Criminalis*, S. 497–557; hier: S. 513 ff.

21 Inspiriert wohl auch durch die insgesamt dürftige Quellenlage, verfasste der Autor und Schauspieler Wolfgang Lohmeyer (1919–2011) eine vielgelesene Romantrilogie mit Friedrich Spee als heldenhafter Zentralfigur (*Die Hexe* [München 1976], *Der Hexenanwalt* (München 1979), *Das Kölner Tribunal* [München 1981]), die die Lücken der Überlieferung fiktional füllt. Die Bücher kranken an Langatmigkeiten und absehbar platzierten Trivialmotiven; jedoch gelingt im dem »Tribunal« gewidmeten dritten Teil die dramatisch sinnfällige Verschränkung einer fiktiven Gerichtsverhandlung gegen Spee (der sich in teils wörtlicher Anlehnung an die *Cautio criminalis* verteidigt) mit der realhistorisch »korrekten« außenpolitischen Bedrohungslage, genauer: der Einnahme von Deutz durch schwedische Truppen samt der Kölner Rückeroberung des rechtsrheinischen »Vorpostens« am Ende des Jahres 1632.

22 S. zusammenfassend zu den Kölner Hexenverfolgungen im 17. Jahrhundert Bergerhausen: *Köln in einem eisernen Zeitalter*, S. 213–220.

wie im protestantischen Deutschland nachhaltig erschüttert wurde, ehe ihnen die Aufklärung dann endgültig das Ende setzte.

Mit Köln entstehungsgeschichtlich eng verbunden ist auch Spees dichterisches Werk, vor allem das dort erstmals 1647, also zwölf Jahre nach dem Tod des Verfassers, gedruckte *Güldene Tugent-Buch*, das auf Bitten einer an der Kölner Kirche St. Ursula situierten Frauengemeinschaft zum Zweck der Bildung und Glaubensunterweisung der weiblichen Jugend entstand.[23] Es handelt sich dabei um einen jesuitischen Katechismus mit Anleitungen zu Andachts- und Gebetsübungen, der aber auch zahlreiche Lieder enthält. Von ihnen kehren viele, und sei es in überarbeiteter Gestalt, in Spees bekanntester poetischer Arbeit wieder: der *Trutz-Nachtigal*, deren Erstausgabe gleichfalls, 1649, in Köln herauskam und an der Spee auch während seines zweiten Kölner Aufenthalts 1631/32 gearbeitet haben dürfte. Sie soll im Folgenden mit Blick auf seine literarische Kunst exemplarisch gewürdigt werden.[24]

Tatsächlich hat *Trutz-Nachtigal oder Geistliches Poetisch Lust-Waeldlein. Als noch nie zuvor in Teutscher Spraach auff recht Poetisch gesehen ist* – dies der vollständige Titel des Trierer Autografs von 1634 – eine komplexe Entstehungsgeschichte. Einzelne Lieder entstanden schon 1629, und Spee schrieb in den Folgejahren immer wieder an der Sammlung, baute sie planvoll aus. Selbst nach Vollendung der Trierer Reinschrift (es gibt noch ein zweites, nach dem Aufbewahrungsort als »Straßburger Handschrift« bezeichnetes Autograf), also in seinem letzten Lebensjahr, feilte er weiter an dem Werk; das zeigen etliche Rasuren.[25] Einen lokalen Bezug im Inhaltlichen wird man nicht erwarten dürfen – ganz gleich, ob man bei Spee nach Peine-, Köln- oder Trier-Spuren sucht. Das hängt mit seinem grundsätzlichen Verständnis von geistlicher Dichtung sowie den durch Traditionen der Emblematik und der Allegorese geprägten poetischen Darstellungsmitteln zusammen. Dabei geht es, modern gesprochen, um die »conditio humana«, im Kontext des 17. Jahrhunderts historisch korrekter: um die raum- und zeitenthobenen Fragen der Mensch-Gott-Beziehung.

Den ungewöhnlichen Titel *Trutz-Nachtigal* erläuterte Spee in »Ettliche Merckpünctlein für den Leser«, dem Vorspruch seines Werkes, der auch als eine rudimentäre Poetik aufgefasst werden kann:

---

23 S. dazu Theo G. M. van Oorschot: *Nachwort* zu: Friedrich von Spee: *Trutz-Nachtigall. Kritische Ausgabe nach der Trierer Handschrift*, hrsg. von T. G. M. v. O. (= *Reclams Universalbibliothek*, Bd. 2596), Stuttgart 1985, S. 341–355; Anton Arens: *Friedrich Spee und die ›Jesuitinnen‹ von Köln. Zur Entstehungsgeschichte des Güldenen Tugend-Buches*, in: Karl Hillenbrand/Medard Kehl (Hg.): *Du führst mich hinaus ins Weite. Freundesgabe Georg Mühlenbrock*, Würzburg 1990, S. 405–436; van Oorschot: *Friedrich Spee*, S. 35–50.

24 S. zur *Trutz-Nachtigal* van Oorschot: *Friedrich Spee*, S. 64–79; Hans-Georg Kemper: *Bann-Strahlen der Poesie. Magie und Mystik in Spees ›Trutz-Nachtigal‹*, in: Gunther Franz (Hg.): *Friedrich von Spee*, S. 197–212; Cornelia Rémi: *Philomela mediatrix. Friedrich Spees Trutznachtigall zwischen poetischer Theologie und geistlicher Poetik.* (= *Mikrokosmos. Beiträge zur Literaturwissenschaft und Bedeutungsforschung*, Bd. 73), Frankfurt/M. u. a. 2006.

25 Van Oorschot: *Spee*, S. 64.

> TrutzNachtigal wird das Büchlein genand weil es trutz allen Nachtigalen süß, und lieblich singet, und zwar auff recht Poetisch. Also daß es sich auch wol bey sehr guten Lateinischen, und anderen poeten dörffe hören lassen.[26]

Spee betonte hier – vor dem Hintergrund der alten allegorischen Bedeutung der Nachtigall als der Lehrmeisterin der Dichtung und des Dichters – die Poesiewürdigkeit der deutschen Sprache. Das war angesichts der Dominanz des Lateinischen in der deutschen Bildungswelt und gerade in Spees jesuitischem Umfeld alles andere als eine Selbstverständlichkeit, sondern vielmehr geradezu verpönt.

Dennoch mussten – auch dies geht aus den »Merckpünctlein« hervor – auf dem Weg zur Poesietauglichkeit des Deutschen in Spees Sicht einige Hindernisse aus dem Weg geräumt werden:

> Was aber die Art deren ReymVerß betrifft, seind es theils Jambische, theils Trochäische Verß, wie es die gelehrten nennen: Dan sonst keine andere art sich im Teutschen recht arten, noch klingen wil. Die Quantitèt aber, das ist, die Länge und Kürtze der Syllaben, ist Gemeinlich vom accent genommen, also daß dieienige Syllaben auff welche in gemeiner außspraach der accent fellt, für Lang gerechnet seind, und die andere für Kurtz.[27]

Übereinstimmung von Wort- und Versakzent sowie die dichtungspraktisch folgenreiche Zusammenführung von antiker Quantitätsmetrik und dem Deutschen eigener Akzentrhythmik – immer wieder und berechtigterweise hat man diesbezüglich die Nähe von Spees »Merckpünctlein« zu Martin Opitz' 1624 erschienenem *Buch von der Deutschen Poeterey* festgestellt.[28] Diese Nähe besteht sogar im Fall der ausschließenden Bevorzugung der zwischen Längen und Kürzen bzw. Hebungen und Senkungen regelmäßig alternierenden Versmaße von Jambus und Trochäus. Es gibt keine konkreten Hinweise darauf, dass Spee Opitz' bahnbrechende Arbeit kannte – wobei in Rechnung zu stellen ist, dass er sich, selbst wenn dies der Fall gewesen wäre, mitten im Dreißigjährigen Krieg als Jesuit wohl kaum explizit zustimmend auf die »Vorarbeit« eines Protestanten hätte beziehen können. Auf jeden Fall sind die Übereinstimmungen frappant.

In der *Trutz-Nachtigal* setzte Spee seine Poetik konsequent um – wobei die »Nachteile«, wenn man sie überhaupt als solche bezeichnen will, nicht zu übersehen sind. Die Beschränkung der Versmaße auf Jambus und Trochäus setzte den Möglichkeiten der Versgestaltung enge Grenzen, Spee musste immer wieder auf dieselben Muster zurückgreifen – etwa die Folge von kreuzreimenden Drei- und Vierhebern mit abwechselnd klingenden und stumpfen Kadenzen im Rah-

---

26 Spee: *Sämtliche Schriften*, Bd. 1, S. 11.

27 Ebd.

28 S. dazu zusammenfassend Georg Kühnen: *Die Poetiken von Martin Opitz und Friedrich Spee. Versuch einer Gegenüberstellung*, in: *Friedrich Spee. Priester, Mahner und Poet*, S. 171–184.

men einer achtzeiligen Strophe. Staunenswert ist allerdings der Reichtum des Sprachklangs, den der Autor diesen Limitierungen abtrotzen konnte.

Zurück zum Nachtigallenmotiv. Im ersten programmatischen Gedicht – *Eingang zu disem Büchlein Trutz-Nachtigal genandt* –, das autoreferenziell das Werk zum Gegenstand seiner selbst macht, wird es in einem metonymischen Prozess weiter ausgebaut:

Trutz-Nachtigal mans nennet,
Ist wund von süssem Pfeil:
In Lieb es lieblich brennet,
Wird nie der wunden heil.[29]

Das Oxymoron des mit der Pfeilwunde verbundenen »süßen Schmerzes« gemahnt an die Zeichnung, die Spee dem Straßburger Autograf der *Trutz-Nachtigal* voranstellte: Das Zentrum des Emblems bildet eine Dreiecksfigur aus dem an einen Alleebaum gekreuzigten Jesus, dessen Liebesblick wie ein Pfeil in das Herz eines links vor ihn hingelagerten Menschen trifft. Darüber befindet sich ein Brunnen, aus dessen fünf Düsen, wie aus den Wundmalen Jesu das Blut, das Wasser schießt. Über dem Brunnen »thront« ein Vogel – naheliegend eine Nachtigall –, dem seinerseits ein Pfeil in der Brust steckt.[30] Die Kraft seines Gesangs »entspringt aus dem Leiden und Tod Jesu.«[31]

Die Nachtigall – das Geschöpf wie das nach ihm benannte Buch – sucht, wie es am Ende der anzitierten Strophe heißt, »nur den schönen Gott«. Diese Suche ist schmerzvoll, weil sie einen Trennungszustand voraussetzt. Zugleich ist sie lustgesättigt, weil sie sich dem Getrennten in Liebe verbunden weiß. Tatsächlich steht die Sehnsucht der Anima nach der Vereinigung mit dem Gekreuzigten, die immer wieder in enger Anlehnung an die Braut/Bräutigam-Mystik des Hohen Liedes sowie seine Bild- und Motivsprache beschworen wird, im Zentrum der *Trutz-Nachtigal*. Die Bildmotive der Bibel verschränken sich dabei auf eine den heutigen Leser tendenziell merkwürdig berührende Weise mit solchen der antiken Mythologie, deren in seiner Dichtung ausgebreitete Kenntnis den Autor als einen *Poeta doctus* par excellence ausweist: Jesus wird assoziiert mit dem seinerseits Pfeile schießenden Cupido, in den zahlreichen Hirtengedichten (Eklogen) der *Trutz-Nachtigal* in der Vergil-Tradition figuriert er als Daphnis.

Die Eklogen markieren im Gesamtzusammenhang der insgesamt 52 Gedichte der *Trutz-Nachtigal* einen relativ abgeschlossenen Sektor, genauso wie der Sponsa-(Braut Jesu-)Zyklus der ersten Lieder, die Lieder von Vergänglichkeit, Buße und Trauer sowie die Leben-Jesu-Gedichte

---

29 Spee: *Sämtliche Schriften*, Bd. 1, S. 18.

30 Die Geschichtstiefe der Emblem-Bestandteile kann an dieser Stelle nicht ausgeleuchtet werden. S. dazu Ralf Stefan: *Missverstandene Sinnbilder?*, in: *Friedrich Spee. Priester, Mahner und Poet*, S. 141–170; Rémi: *Philomela mediatrix*, S. 28–40.

31 Oorschot: *Nachwort*, S. 343.

zu Geburt, Leiden und Auferstehung. Inwiefern diese Konfiguration auf die *Geistlichen Übungen* des Jesuiten-Ordensgründers Ignatius von Loyola zurückgeht,[32] muss hier offenbleiben. Ein weitaus intrikateres Problem ist ohnehin das Verhältnis von Theologie und Poesie, Spiritualität und Ästhetik in der *Trutz-Nachtigal*. Offenkundig ist, dass es sich bei diesen Liedern aller guten Singbarkeit[33] zum Trotz nicht um Kirchenlieder im engeren Sinn handelt, wie sie Spee zuvor geschrieben hatte. Dafür sind viele der Gedichte schlicht zu lang, außerdem sprengt ein Poem wie *Anders Liebgesang der gespons Jesu. Zum Anfang der Sommerzeit* mit seiner großräumig konzipierten Antithetik die Faktur des liturgisch gebundenen Liedes, dessen Strophen einen zentralen Gedanken lediglich zu variieren pflegen. Nämliches gilt für die zahlreichen Dialoggedichte, in denen die einzelnen Strophen Rede und Gegenrede markieren.

Da die *Trutz-Nachtigal* also überwiegend nicht aus Kirchenliedern besteht, sondern unstrittig aus geistlicher Dichtung, wird die Frage nicht gegenstandslos, wie sich positive Glaubensaussagen und genuin poetische Darstellungsmittel zueinander verhalten und, vielleicht, miteinander verbinden. Am Ende ihrer ausgreifenden einschlägigen Untersuchung kommt Cornelia Rémi zu diesem erwägenswerten Urteil:

> In der Dynamik poetischer Transformationen und der Vielfalt möglicher Blickwinkel und Rollenmodelle, die die TN [sc. *Trutz-Nachtigal*, d. Verf.] dem Leser anbietet, leitet sie ihn zum selbständigen, stets neu erkundenden und hinterfragenden Denken an: Als Geliebter und Vater, Schöpfer, Kind, Hirte und Erlöser erscheint Gott immer wieder in einem anderen Licht. In der Rede von Gott und der Rede der Sprecherfiguren, ihm näherzukommen, öffnen sich Brüche und bauen sich Spannungen auf, die die Annäherungs- und Kommunikationsversuche einerseits problematisieren, andererseits immer wieder antreiben und erneuern. Spees Poesie verzwirnt ihre sinnlichen, affektiv wirksamen Darstellungsmittel mit irritierenden Momenten der Vermittlung und Reflexion, die den Rezipienten allerdings nicht verwirren oder abschrecken, sondern die fokussierte Mitte auch in der Distanz stets gegenwärtig halten sollen. Zirkelnd, vertiefend und meditativ kreisend skizziert die TN Denkbewegungen an der kritischen Grenze zum nicht mehr Fassbaren, ohne dass sich diese poetische Kinetik klar als negative Theologie charakterisieren ließe.[34]

---

32 So Oorschot: *Nachwort*, S. 353 f.

33 Spees Autografe erhalten keine Melodien, in einigen Exemplaren des Erstdrucks hingegen finden sich solche zu 24 Liedern. Dennoch kann kein Zweifel daran bestehen, dass man sich Spees Lyrik gesungen vorzustellen hat. Die später beigegebenen Weisen dürften zum Teil aus weltlichen Quellen stammen, die ihnen unterlegten neuen Texte sind somit Kontrafakturen. Inwieweit die Melodien in welcher Form auch immer als von Spee autorisiert gelten können, ist unklar. Genauso schwierig ist die – sich auch jenseits der *Trutz-Nachtigal* stellende – Frage zu beantworten, ob und in welchem Umfang der Dichter selbst als »Melodist« infrage kommt. S. dazu Michael Härting: *Das deutsche Kirchenlied der Barockzeit*, in: Fellerer: *Geschichte der katholischen Kirchenmusik*, Bd. 2, S. 108–118; hier: S. 111.

34 Rémi: *Philomela mediatrix*, S. 495.

Weil sich aber diese Konstellationen abstrakt nur unbefriedigend beschreiben und erörtern lassen, sondern vielmehr am konkreten Beispiel aufgesucht werden wollen, sei im Folgenden ein sehr bekanntes, aber wegen seiner internen Spannungen und (vermeintlichen) Brüche für Spees Denkwelt und ihre so überaus kraftvolle poetische Gestaltwerdung auch sehr bezeichnendes Lied aus der *Trutz-Nachtigal* näher in Augenschein genommen: das bereits erwähnte, unter der Nummer 8 verzeichnete *Anders Liebgesang der gespons jesu.*[35] Seine Länge erzwingt hier eine stark gekürzte Wiedergabe mit Konzentration auf einige zentrale Strophen.

1
Der trübe Winter ist fürbey
Die kranich wider kehren;
Nun reget sich der Vogelschrey
Die Nester sich vermehren:
Laub mitt gemach Nun schleicht an tag;
Die blümlein sich nun melden.
Wie Schlänglein krumb Gehn lächlend umb
Die Bächlein kühl in wälden.

2
Der brünnlein klar, und quellen rein
Vil hie, vil dort erscheinen
All silberweisse töchterlein
Der holen Berg, und Steinen:
In großer meng Sie mitt gedreng
Wie pfeil von Felsen zihlen:
Bald rauschens her, Nit ohn gepleer,
Und mitt den Steinlein spielen.

3
Die Jägerin *Diana* stoltz,
Auch Wald- und Wasser Nymphen
Nun wider frisch in grünem holtz
Gan spielen, schertz, und schimpfen.
Die reine Sonn Schmuckt ihre Cron
Den kocher füllt mitt pfeilen:

35 S. zur Interpretation Urs Herzog: *Geistlicher »Augenblick«. Zu Friedrich Spees ›Liebgesang der Gesponß Jesu, im anfang der Sommerzeit‹*, in: Volker Meid (Hg.): *Gedichte und Interpretationen* (7 Bde.), Bd. 1: *Renaissance und Barock* (= *Reclams Universalbibliothek*, Bd. 7890, Stuttgart 1982), S. 271–280.

Ihr beste Roß Läst lauffen loß
Auff marmerglatten meilen.

[…]

6
Wo man nur schaut, fast alle welt
Zun freuden thut sich rüsten:
Zum schertzen alles ist gestelt
Schwebt alles fast in lüsten.
Nur Ich allein, Ich leyde pein
Ohn end ich wird gequeelet
Seit ich mitt dir, Und du mitt mir,
O JESU, dich vermählet.

[…]

10
Was hilfft all freud, und spiel, und schertz?
All trost, und lust auff Erden?
Ohn Ihn ich bin doch gar in schmertz,
In leyd, und in beschwerden.
Groß hertzen brand Mich töd zuhand,
Weil JESU dich nitt finde;
Drumb nur ich wein, Und heul, und grein
Und seufftzer blaß in winde.

[…][36]

Die äußere Form des Gedichts ist unauffällig: Es besteht aus zwölf Strophen mit jeweils acht Zeilen aus alternierenden jambischen Drei- und Vierhebern, wobei zahlreiche Binnenreime den Eindruck eines überquellenden, ja überschießenden »Poesiewillens« anzuzeigen scheinen, auf jeden Fall aber einer Darstellungsintensivierung auf engstem Raum dienen.

Auffällig aber ist die radikale und auf Anhieb verstörende Zweiteilung des Werkes in der sechsten Strophe, hervorgerufen durch die abrupte Wendung von der Außenwelt, deren Betrachtung emphatisch die Wunder des Frühlings oder beginnenden Sommers preist, hin zur desolaten, von tiefster Trauer erfüllten Innenwelt des berichtenden Betrachters (»Nur Ich allein,

36 Spee: *Sämtliche Werke*, Bd. 1, S. 42–44.

Ich leyde pein«). Die motivische Kontrastbildung – Frühling/»Auferstehung« der Natur vs. Winter/»Passion« der Seele, »alle welt« vs. »Ich allein«, »freuden« vs. »pein« etc. – ist so absolut wie planvoll durchgeführt. Der Bruch wird noch dadurch verschärft, dass Spee eine mögliche Symmetriebildung – diesbezüglich hätte der Neuansatz mit der Antithese bei einem zwölfstrophigen Gedicht exakt *nach* der sechsten Strophe zu erfolgen – zugunsten einer minimalen, aber gerade deshalb genial zu nennenden Verschiebung vermeidet: Er platziert ihn, damit rücksichtslos gegen die von ihm selbst dem Gedicht verordnete Anlage verstoßend, in der *Mitte* der Strophe. Man könnte auch sagen: Der übermächtige Schmerz lässt sich nicht zurückstauen, er kann nicht »warten«, bis er – mit der siebten Strophe – »dran« ist; vielmehr sprengt er seine ihn bändigende formal-motivische Integration in das Gedichtganze.

Dessen gedankliche Konstruktion ist, vom Ende her gesehen, folgerichtig, gibt vor dem Hintergrund der die gesamte *Trutz-Nachtigal* durchwaltenden Jesusminne und Braut/Bräutigam-Mystik keinen Anlass zur Beanstandung. Der lyrische Sprecher kann sich über die von ihm selbst beschworene Frühlingsherrlichkeit nicht freuen, weil sie von einem fundamentalen, überaus schmerzvollen und von jener sogar scheinbar paradox noch verstärkten Trennungsbewusstsein konterkariert wird: der ungestillten Sehnsucht nach Jesus, ihrem erotisch hoch aufgeladenen »Objekt«. Die durch den (von Cupido-Jesus abgeschossenen) »süsse[.][n] Pfeil«[37] verursachte »Wundheit« der *Trutz-Nachtigal*-Poesie, programmatisch beschworen im eröffnenden Gedicht, wird hier – in Umsetzung von Spees erwähnter Emblem-Zeichnung auf dem Titelblatt der »Straßburger Handschrift« – verschoben auf das Rollen-Ich des lyrischen Sprechers.

Der Pfeil taucht übrigens auch im Gedicht hintersinnig auf, allerdings nicht im Zusammenhang mit Jesus. Pfeilbewehrt ist hier vielmehr – in der zitierten dritten Strophe – die römische Jagdgöttin Diana. Sie gehört zu jenem dezidiert heidnischen Motivkomplex, der auch durch die »Wald- und Wasser Nymphen« aufgerufen wird und zum Arsenal des antiken *locus amoenus* gehört.[38] Tatsächlich wartet der komplette erste Gedichtteil mit einer paganen Bildersprache auf, christlich im Sinne eines katholischen Barock wird diese Lyrik erst im und durch den zweiten Teil.

Trotzdem werden diese – Spees vermeintliche Widersprüche auflösenden – Erklärungen einer Kunstleistung nicht gerecht, die erneut mit einem im Einzelnen nur schwer beschreibbaren »Überschuss« aufwartet. Spee feiert, so scheint es, die Herrlichkeit des Frühlings mit einer Vorbehaltlosigkeit und glutvollen Intensität, nur um sie dann um so gnadenloser zu entwerten, in die Nichtigkeit zu stoßen – bei hellem Licht wird ein Schlagschatten umso schwärzer. Der Leser jedoch – auch und gerade der heutige – dürfte sich so rasch nicht von dem Eindruck des sprachgewaltigen Daseinspreises in den ersten fünf Strophen befreien können. War da wirklich, sub specie aeternitatis, »nichts«?

37 Ebd., S. 18.

38 S. Herzog: *Geistlicher ›Augenblick‹*, S. 272, 277.

Wer auf diese Frage mit Ja antwortet, könnte sich auf den im »vanitas«-Gedanken verdichteten Topos barocker Weltverachtung berufen. Die »Eitelkeit« ist allerdings eine Eigenschaft der von Krieg und Gewalt, Herrsch- und Prunksucht erfüllten Menschenwelt, nicht der von Gott geschaffenen und durchwalteten Natur. Tatsächlich ist auch die *Trutz-Nachtigal* voll von Varianten jenes physikotheologischen Gottesbeweises, der nicht erst in der Aufklärung erscheint – etwa bei Gellert als »Ehre Gottes aus der Natur«. Spee überantwortet die »natura naturata« und die Begeisterung über sie nicht der »vanitas«-Sphäre, sie werden allerdings eingeordnet und relativiert, genauer: »übertrumpft« durch die ungestillte Jesus-Sehnsucht. Als sündhaft lehnt das ästhetische Subjekt wie die empirische Person des Dichters die »conversio ad creaturas« ab, die darüber den Schöpfer – genauer: die Differenz von Schöpfer und Geschaffenem – »vergisst«.[39] Bemerkenswerterweise nimmt Spee hier Denkfiguren vorweg, die dann in der katholischen Romantik auftauchen – etwa bei dem engagierten Spee-Rezipienten Eichendorff.

Überhaupt war die Romantik die Zeit einer intensiven Wiederentdeckung des rheinischen Barockdichters[40] – allerdings unter ideellen wie dichtungspraktischen Maßgaben, die mit dem 17. Jahrhundert kaum mehr etwas zu tun hatten. Das lässt sich nicht nur, aber auch an der aktualisierenden Rezeption des *Anders Liebgesang der gespons Jesu* beobachten. In Arnims/Brentanos *Des Knaben Wunderhorn* (1805–08) etwa erscheint es unter dem neuen Titel *Frühlingsbeklemmung*[41], der die religiöse Dimension von Spees Dichtung vollständig kupiert. Dem entspricht, dass Brentano die Wiedergabe nach der sechsten Strophe abbricht und damit die innere Architektur des Liedes zerstört. Auf derselben Linie liegt, dass das Poem jetzt umstandslos als »Volkslied« in Anspruch genommen wurde. Zweifellos hatte Spee auf eine breite Wirkung seiner Lieder gesetzt, sie – das zeigt allein die Wahl der deutschen Sprache – im Sinne der Gegenreformation »volksnah« gehalten. Aber mit dem »Volkslied« als einem Konstrukt romantischer Ästhetik hatten solche Intentionen wenig gemein.

Auch Friedrich Schlegel gab in seiner Spee-Edition – von ihr wird unten noch kurz die Rede sein – dem Gedicht einen neuen Titel *(Im Frühling)*, unterwarf die Sprache modernisierenden Retuschen und kürzte das Lied »von hinten weg«, allerdings nicht so brutal wie Brentano.[42]

---

39 Ebd., S. 276.

40 S. dazu Gerhard Schaub: *Friedrich Spee: ein Dichter mehr als mancher Minnesänger – Zur Wirkungsgeschichte der ›Trutznachtigall‹ in der deutschen Romantik*, in: Georg Dröge/Wolfgang Frühwald/Ferdinand Pauly (Hg.): *Verführung zur Geschichte. Festschrift zum 500. Jahrestag der Eröffnung einer Universität zu Trier. 1473–1973*, Trier 1973, S. 323–346; Eckart Grunewald/Nikolaus Gussone (Hg.): *Von Spee zu Eichendorff. Zur Wirkungsgeschichte eines rheinischen Barockdichters* (= *Schriften der Stiftung Haus Oberschlesien: Literaturwissenschaftliche Reihe*, Bd. 3), Berlin 1991.

41 Achim von Arnim/Clemens Brentano: *Des Knaben Wunderhorn. Alte deutsche Lieder* (3 Bde.), Bd. 1, Heidelberg/Frankfurt/M. 1806, S. 142 f.

42 Friedrich Schlegel: *Trutznachtigall. Eine Auswahl geistlicher Volkslieder nach Friedrich Spee und einigen andern*, in: *Kritische Friedrich-Schlegel-Ausgabe* (35 Bde. geplant), begründet von Ernst Behler, Paderborn 1958 ff., Bd. 5: *Dichtungen*, hrsg. von E. B., S. 431–481; hier: S. 439–441.

Eine terminale, im Ergebnis aber sehr ergreifende Säkularisierung wird dem Gedicht in Mendelssohns *Altdeutschem Frühlingslied* zuteil – der Komponist schrieb es als letztes Werk im Oktober 1847, einen Monat vor seinem Tod. Spees Poem ist hier auf einen Extrakt von zwei Strophen – die erste und die sechste – reduziert, und an die Stelle von Jesus wird die »Liebste« gesetzt. Mendelssohn, auf dessen Konto diese Bearbeitung gehen dürfte, machte hier die Metaphorik der barocken Jesus-Anima-Rede zugunsten einer realen Liebesbeziehung rückgängig, nahm sie sozusagen wörtlich. Der biografische Kontext des Klavierliedes legt nahe, dass mit der »Geliebten« Mendelssohns kurz zuvor plötzlich verstorbene Lieblingsschwester Fanny gemeint war.

Köln spielte in der romantischen Spee-Rezeption übrigens keine unwichtige Rolle. Die Veröffentlichung von 23 Spee-Liedern (davon 13 aus der *Trutz-Nachtigal*), die Schlegel in seinem *Poetischen Taschenbuch für das Jahr 1806* (Berlin 1806) vornahm, fiel in seine Kölner Zeit.[43] Auf die Suche nach der *Trutz-Nachtigal* auf dem Kölner Buchmarkt dürfte Schlegels Ehefrau Dorothea gegangen sein, während der Anstoß zu einer näheren Befassung mit Spee wohl von Friedrichs Bruder August Wilhelm kam.[44] Der Befund, den der Vergleich zwischen Original und Bearbeitung im Fall von *Anders Liebgesang* gezeitigt hatte, lässt sich mit Blick auf Schlegels Auswahl verallgemeinern: Sein Hauptinteresse fiel auf das Gotteslob im Angesicht der Schöpfung und die Jesusminne. Die Passionsgedichte verschwanden nahe vollständig aus dem Blick. Spees Sprache wurde modernisiert und im Sinn eines anvisierten »Volkstons« gefälliger gemacht: »Schlegel wollte seinen Lesern religiös motivierte Lyrik präsentieren, nicht aber katholische Erbauung und Belehrung in barockem Sprachgewand.«[45] Ideologisch verband sich damit die Suche »nach dem Romantischen in der Vergangenheit«[46], genauer: in einer ungebrochenen, von den Subjektivierungsschüben einer unheilvollen Gegenwart noch nicht heimgesuchten katholischen Lebenswelt.

Auch eine zweite Bemühung um Spee in diesen Jahren verband sich mit Köln: 1812 publizierte der Kölner »Romantiker« Peter Ludwig Willmes am Ort eine Gesamtausgabe der *Trutz-Nachtigal*. Er bearbeitete ebenfalls großzügig die Originaltexte, soweit er nicht unverändert die Schlegel'schen Übertragungen übernahm.

Mit Spees Tod war die Phase intellektueller Produktivität gerade der Kölner Jesuiten noch nicht vorbei. Sein Schüler Jacob Masen (1606–1681)[47] trug die Fackel weiter, wenn auch auf an-

---

43 S. dazu die Ausführungen in Kapitel 3 dieses Buches (S. 90–97).

44 S. dazu den dichten und gedankenreichen, gelegentlich etwas spekulativen Aufsatz von Rudolf Schlögl: *Friedrich Schlegel, Friedrich Spee und das katholische Köln um 1800. Zum Verhältnis von Romantik und katholischer Religiosität*, in: Grunewald/Gussone (Hg.): *Von Spee zu Eichendorff*, S. 61–82; hier: 74 f.

45 Ebd., S. 75.

46 Ebd., S. 77.

47 S. zu Leben und Werk Barbara Bauer: *Jesuitische ›ars rhetorica‹ im Zeitalter der Glaubenskämpfe* (= *Mikrokosmos. Beiträge zur Literaturwissenschaft und Bedeutungsforschung*, Bd. 18), Frankfurt/M./Bern/New York 1986, S. 319–545; dies.: *Masen, Jacob*, in: *Neue Deutsche Biographie* (28 Bde.), hrsg. von der Historischen Kommission bei der Bayerischen Akademie der Wissenschaften, Band 16, Berlin 1990, S. 353 f.; Thomas Neukirchen:

deren Feldern als der Lehrer. Masen, in (Rhein-)Dahlen geboren, besuchte das Kölner Tricoronatum und trat 1629 in Trier dem Orden bei. Nach der Priesterweihe 1648 wirkte er als Lehrer für Rhetorik und Poetik an unterschiedlichen Kollegien seines Ordens – meistenteils in Köln, wo er verstarb, aber auch u. a. in Düsseldorf, Paderborn und Trier. Seine geistige Produktivität galt drei Bereichen: der Religionspolitik – er bemühte sich um eine Wiedervereinigung der christlichen Kirchen (unter katholischem Vorzeichen, der Autor war alles andere als ein konfessionspolitischer Ireniker) und referierte zu diesem Thema auch vor dem Frankfurter Reichstag 1658; der Regionalhistorie – er verfasste z. B. zwei bedeutende Schriften zur Geschichte der Bistümer Trier und Paderborn; schließlich der Poetik und Dichtungstheorie, der er mehrere lateinisch geschriebene und allesamt in Köln erschienene Bücher erheblichen Umfangs widmete.[48]

Masen war ein »klassischer« jesuitischer Schulmann, und diese Prägung bedingte den stark didaktischen Zug seiner Arbeiten. Diese waren Lehrbücher, hinter denen die uns heute fremde, aber über Jahrhunderte hinweg verbreitete und selbstverständliche Überzeugung stand, dass die Verfertigung guter Poesie erlernbar sei. Masen hatte an der Aufführung lateinisch-jesuitischer Schuldramen am Kölner Kolleg – genauer: in der Himmelfahrtskirche – teilgenommen und dann bis in die 40er Jahre hinein selbst solche Stücke unterschiedlicher Gattungszugehörigkeit verfasst. Seine Platzierung in einer Kölner Literaturgeschichte rechtfertigt sich also aus der hier gegebenen Personalunion eines Theoretikers und Praktikers der Poesie – einer Doppelrolle der Art, wie sie im 18. Jahrhundert dann prominent von Gottsched und Lessing versehen wurde.

Von Masens Stücken, die ihn zu einem gewichtigen Vertreter des Jesuitendramas machten, sei hier exemplarisch das Lustspiel *Rusticus imperans* genannt, das das Thema des »Königs für einen Tag« traktiert.[49] Das dann noch über Jahrzehnte an Jesuitenbühnen aufgeführte Stück spielt im Brügge des Burgunderherzogs Philipp des Guten und führt in drastisch-bühnenwirksamen Szenen einen höfischen Scherz vor: Zum »Tageskönig« wird dort ein Trunkenbold, der seinen Knecht schindet. Die moralische Nutzanwendung ist sein unabdingbarer, weil gerechtfertigter Sturz, der das Publikum auch allgemein über die Unzuverlässigkeit der Welt und die Launenhaftigkeit des Glücks belehrt.

Masen ließ, selbstbewusst genug, die eigenen Dichtungen (darunter auch *Rusticus imperans*) als Musterexempel in seiner zwischen 1654 und 1657 erstmals publizierten Poetik mit dem Titel

---

Inscriptio. Rhetorik und Poetik der Scharfsinnigen Inschrift im Zeitalter des Barock (= Studien zur deutschen Literatur, Bd. 152), Tübingen 1999, S. 26–52; Peter Orth: *Jacob Masens Übungsplatz für die gebundene Beredsamkeit – Die ›Palaestra eloquentiae ligatae‹ (1654–1657)*, in: *Analecta Coloniensia*, Bd. 6 (2006), S. 171–196; Thorsten Burkard: *Moralisierender jesuitischer Klassizismus. Jacob Masens ›Palaestra eloquentiae ligatae‹*, in: Beate Hinzten/Roswitha Simons (Hg.): *Norm und Poesie. Zur expliziten und impliziten Poetik in der lateinischen Literatur der Frühen Neuzeit* (= *Frühe Neuzeit*, Bd. 178), Berlin 2013, S. 81–110.

48 Sie sind, teils als Digitalversionen der Erstausgaben, online zugänglich unter: http://mateo.uni-mannheim.de/camena/AUTBIO/masen.html.

49 Harald Burger: *Jacob Masen, Rusticus Imperans. Kritische Edition*, in: *Literaturwissenschaftliches Jahrbuch* N. F., Bd. 10 (1969), S. 53–94.

Palaestra eloquentiae ligatae abdrucken (zu übersetzen etwa als »Übungsplatz der gebundenen Beredsamkeit«, was zugleich bedeutet, dass die Rhetorik Bestandteil der Poetik ist). Ihr seien im Folgenden einige Bemerkungen gewidmet. »Gebundene« meint bei Masen »metrisch gebundene Beredsamkeit« – das Metrum reicht ihm zunächst einmal als Kriterium für Poesie in einem äußerlichen Sinn. In seiner Dichtungstheorie geht er vom Mimesis-Begriff der aristotelischen Poetik aus, die er allerdings charakteristisch umdeutet.[50] Zu Masens zentralen Begriffen gehört der der »verisimilitudo«, der »Wahrheitsähnlichkeit« oder auch »Wahrscheinlichkeit«, die für die jeweilige »fabula« als normativ verbindlich behauptet wird. Dabei unterscheidet Masen – unaristotelisch – zwischen einer »verisimilitudo« der ersten (»historica«) und der zweiten Ebene (»figurata«). Letztere bezeichnet eine verborgene Wahrheit hinter der Ebene der planen Darstellung. Antike Rhetorik, als deren Leuchtturm bei Masen immer wieder Vergil erscheint, und mittelalterliche Allegorese (die Lehre vom mehrfachen Schriftsinn) gehen bei ihm eine originelle Verbindung ein.

Tatsächlich ist die »verisimilitudo figurata« sozusagen das Einfallstor, durch das bei Masen die entschiedene Verchristlichung der antiken Traditionen im Sinn eines jesuitischen Barock erfolgt. Eine Dichtung, die der verborgenen transzendenten, d. h. auf Gott verweisenden Wahrheit entbehrt und in diesem Sinne keine religiöse oder moralische »Botschaft« transportiert, ist für Masen auch dann keine Dichtung im eigentlichen Verständnis, wenn sie auf der Darstellungsebene den bewunderten Vorbildern auf vollendete Weise folgt. Dies schränkt dann auch das Ausmaß antiker Vorbildlichkeit ein, insbesondere unter dem Aspekt aktueller Themenwahl. Masen muss aus seiner Sicht diese Einschränkung vornehmen, weil er weder versucht, die römischen Autoren zu »verchristlichen«, noch ihnen – was offenkundig unsinnig wäre – vorwirft, keine Christen gewesen zu sein. Aber er verlangt die konsequente Verbannung heidnisch-antiker Gegenstände wie etwa des paganen Götterhimmels aus der Poesie seiner eigenen Zeit.

»Masens philologisch-pädagogische Leistung besteht«, fasst Barbara Bauer als genaue Kennerin seiner Bücher dessen literaturgeschichtliche Bedeutung zusammen,

> in einer Synthese des Schulciceronianismus, der traditionellen Grundlage für das Disputationswesen und die theologische Kontroverse, mit den neuen Stilmoden attizistischer »breviloquentia« und manieristischer »argutia« in der Nachfolge von Emanuele Tesauro und Justus Lipsius. Mit einem Programm von Musteranthologien, Stilanalysen und Übungsaufgaben eröffnete Masen den Jesuitenkollegien die Chance, im Sprachenstudium und in der dichterischen Produktion Anschluss an die neuen ästhetischen Normen der überkonfessionellen respublica literaria sowie der Höfe zu finden.[51]

Dieser Einschätzung soll nicht widersprochen werden. Sie wäre allerdings zu ergänzen durch den Hinweis auf Masens rigorose Indienstnahme der (ausschließlich lateinischen) Dichtung

50 S. dazu und zum Folgenden Burkard: *Klassizismus*, S. 91 ff.

51 Bauer: *Masen*, S. 353.

für die Religion – genauer: eine gegenreformatorische Katholizität – und damit die Absage an jeden systemischen Eigenwert der fiktiven Literatur. Man mag einwenden, dass die Autonomieästhetik ein geschichtlich späteres Phänomen ist und es generell unhistorisch wäre, entsprechende Ideen von Autoren des 17. Jahrhunderts zu erwarten. Andererseits ist die militante Rechtgläubigkeit schon auffällig, die hinter Masens funktionalistischer Literaturkonzeption steht – vor allem vor dem Hintergrund der jenseits von Ausnahmen kaum zu bestreitenden Zweit- und Drittrangigkeit des literarischen Köln zwischen Reformation und Franzosenzeit. Nun war Masen nicht mit Köln identisch, dessen intellektuelle Szene die Jesuiten gerade im 17. Jahrhundert entscheidend prägten. Immerhin sei die Frage aufgeworfen, ob nicht das Klima eines verbreiteten religiösen Fanatismus und der mit ihm einhergehenden Unduldsamkeit – das alles bei Masen verbunden mit einer starren Normativität in Fragen des poetisch Erlaubten – zu den Faktoren gehörte, die der Entwicklung einer vitalen lokalen Literaturszene nachhaltig im Weg standen.

2.3 Zögernd ins Aufklärungszeitalter: Lindenborn und Hüpsch

Tatsächlich stellte sich Köln gerade in den Jahrzehnten des späten 17. und frühen 18. Jahrhunderts aus literaturgeschichtlicher Sicht, wieder einmal, weithin als Wüste dar. Das änderte sich graduell im zweiten Drittel des neuen Jahrhunderts, als – zögernd und durch Umstände vielerlei Art behindert – auch in der niederrheinischen Reichsstadt die Aufklärung Einzug hielt. Für eine frühe »Kölner Aufklärung« – die Statthaftigkeit dieser Begriffswahl sei dahingestellt – sollen an dieser Stelle exemplarisch zwei Namen stehen: der des Publizisten, Zeitschriftenherausgebers und Autors Heinrich Lindenborn und der des Barons Johann Wilhelm Carl Adolph von Hüpsch, der sich, vielseitig und umtriebig, als Sammler, Verfasser von naturwissenschaftlichen und medizinischen Beiträgen, Bildungsreformer und – wie Lindenborn – Zeitschriftenherausgeber einen Namen machte.

Lindenborn (1706–1750)[52] stammte – hier ergeben sich übrigens einige Parallelen zu Ferdinand Franz Wallraf – aus einer alteingesessenen Kölner Handwerkerfamilie und konnte dank

52 Zu Lindenborns Leben und Werk s. die neueren Arbeiten von Karl Beckmann: *Heinrich Lindenborn, der Kölnische Diogenes. Zu seinem 250. Geburtstag am 26. Juli 1956*, in: *Jahrbuch des Kölnischen Geschichtsvereins* 31/32 (1956/57), S. 280–286; Birgit Boge: *Clemens August und seine Zeit im Spiegel der Zeitschriften des Kölner Satirikers Heinrich Lindeborn*, in: Mölich/Schwerhoff (Hg.): *Köln als Kommunikationszentrum*, S. 211–226; Gertrud Wegener: *Literarisches Leben in Köln 1750–1850* (3 Bde.), Köln 2000–2008, Bd. 1: 1750–1814 (= *Beiträge zur kölnischen Geschichte, Sprache und Eigenart*, hrsg. vom Heimatverein Alt-Köln, Bd. 74), S. 39–47, 256–258; *Das Kölner Autoren-Lexikon 1750–2000* (2 Bde.), nach Vorarbeiten von Gertrud Wegener und unter Mitwirkung von Heribert A. Hilgers bearbeitet von Enno Stahl, Köln 2000–2002, Bd. 1: *1750–1900* (= *Mitteilungen aus dem Stadtarchiv von Köln*, hrsg. von Everhard Kleinertz, 88. Heft), Bd. 1, S. 156, 267 f., Christian Schlöder: *Heinrich Lindenborn. Schriftsteller (1706–1750)*, in: https://www.rheinische-geschichte.lvr.de/Per

Abb. 3 Baron von Hüpsch, 1789.

finanzieller Förderung das Tricoronatum in der Marzellenstraße besuchen. Dort scheint er sich, wie seine einschlägig gesättigten späteren publizistischen Arbeiten zeigen, ein breites humanistisches Bildungswissen angeeignet zu haben. Anschließend studierte er Rechtswissenschaften, schlug dann jedoch die – finanziell prekäre – Laufbahn eines freien Schriftstellers ein. 1738 trat er als »Concipist« in die Redaktion des neugegründeten politischen Wochenblatts *Eilfertiger Welt= und Staats=Bothe* des Druckverlegers Balthasar Wilms ein und blieb dort vier oder fünf Jahre lang. Als Artikelschreiber für den Inhalt des Blattes mehr oder weniger verantwortlich, sah er sich ob seiner kritisch-ironischen Berichte wiederholt den Beschwerden der Kölner Residenten auswärtiger Mächte konfrontiert. Sie beschäftigten sogar den Kölner Rat und führten zu strengen Verwarnungen Lindenborns.

Zeitweise parallel zum *Bothen* brachte er bei seinem Freund, dem Verleger Gereon Arnold Schauberg, von 1740 bis 1742 unter dem Titel *Der die Welt beleuchtende Cöllnische Diogenes* eine

soenlichkeiten/heinrich-lindenborn/DE-2086/lido/57c941b21771b1.81099619; Gerd Schwerhoff: *Heinrich Lindenborn (1706–1750). Der kölnische Diogenes*, in: Werner Eck (Hg.): *Für Köln. Leben für die Stadt. Gedenkschrift für Hanns Schaefer*, Köln 2014, S. 99–112.

eigene Wochenzeitschrift heraus, die noch im selben Jahr als *Der die Welt beleuchtende Diogenes* nachgedruckt wurde. Dies ein Indiz dafür, dass das Diogenes-Debüt auch ökonomisch ein Erfolg gewesen war. 1743 folgte noch mit *Des Diogenes seltsame Erscheinungen in dem Reich der Narren* eine kurzzeitige Fortsetzung. Damit endete Lindenborns Kölner Publikationsperiode, die näheren Gründe für den Abbruch sind unbekannt. 1746 weilte er in Düsseldorf, wo er panegyrische Lobsprüche auf den pfälzischen Kurfürsten Karl Theodor anlässlich von dessen Einzug in der niederrheinischen Residenzstadt erstellte. Sie waren vom Magistrat der Stadt in Auftrag gegeben worden. Zwei Jahre später wohnte er mit seiner Familie in Bonn. Dort übersetzte er im Auftrag des Kölner Kurfürsten Clemens August Metastasios italienisches Opernlibretto *Artaserse*, das der Vizekapellmeister Francesco Zoppis vertont hatte, mit Blick auf eine Aufführung im Poppelsdorfer Theater ins Deutsche. 1750 setzte die Schwindsucht seinem Leben frühzeitig ein Ende.

Die Auftragsarbeit für fürstliche Potentaten war durch persistierende materielle Notlagen erzwungen, Lindenborns nicht nur, aber auch gegen den Absolutismus und seine Vertreter aus der Perspektive der bürgerlichen Aufklärung gerichtete Sozialkritik hat man seinen Kölner Publikationen zu entnehmen. Der *Diogenes* vertrat das Genre der »Moralischen Wochenschrift«, die, als eine zentrale publizistische Institution der Frühaufklärung, ihrem bürgerlichen Bildungspublikum die Botschaft einer vernunftgegründeten Tugend verkündete.[53] An britischen Vorbildern orientiert, schossen diese Organe in Deutschland seit den ersten Jahren des 18. Jahrhunderts wie die Pilze aus dem Boden. Bemerkenswerterweise war die Wochenschrift übrigens wie die Barocklyrik ganz überwiegend eine Erscheinung des protestantischen Deutschland, der rheinische Katholik Lindenborn war da – wie seinerzeit Friedrich von Spee in seinem Metier – eine Ausnahmeerscheinung.

Charakteristisch für die Moralischen Wochenschriften war die Vielfalt der Textsorten zwischen fingierten Gesprächen, Briefen, Fabeln, Liedern, Traumerzählungen und anderen Geschichten. Die Einführung fiktiver Verfasserfiguren, überhaupt die Virtualisierung der Autorenegos ermöglichte die Einführung genuin literarischer Genres, die über die etablierten journalistischen – d. h.: expositorischen – Formen hinausgingen. Dies trifft auch für den »Dichter-Journalisten« Henrich Lindenborn zu.

Dessen aufklärerischer Anspruch tritt schon in der zeittypischen Lichtmetapher des Zeitschriftentitels deutlich zutage. Eine längere Tradition in der Geschichte der Wochenschriften hat auch die Figur des Diogenes als Rollenmodell.[54] Diogenes von Sinope, antiker Prototyp des philosophischen Kynismus, figuriert zum einen, insofern er eine Laterne trägt, als aufklärerischer Lichtspender. Zum anderen und vor allem ist er der Vertreter einer ethisch gespeisten Skepsis gegenüber aller etablierten Gesellschaftsmoral. Wissend, dass er selbst unabhängig ist und nie-

53 S. Wolfgang Martens: *Die Botschaft der Tugend. Die Aufklärung im Spiegel der deutschen Moralischen Wochenschriften*, Stuttgart 1968.

54 S. dazu Heinrich Niehues-Pröbsting: *Der Kynismus des Diogenes und der Begriff des Zynismus* (= *suhrkamp taschenbuch wissenschaft*, Bd. 713), Frankfurt/M. 1989, S. 287 f.

mandem zu Diensten sein will und muss, praktiziert der im Lebensstil anspruchslose Tonnenbewohner den bösen, respektlosen, entlarvenden Blick »von unten« auf die ihn umgebende Welt und ihre vermeintlichen Wahrheiten, die in seinen Augen lediglich Machtinteressen maskieren. Eine Literatur in der Nachfolge des Diogenes wählt naheliegend bevorzugt ein Genre als Vehikel ihrer Moral- und Sozialkritik: die Satire. Genau dies ist bei Lindenborn der Fall – er wurde, mehr als 200 Jahre vor Heinrich Böll, zum ersten Satiriker von einigem Rang, den das literarische Köln hervorbrachte. Wobei ihm selbst durchaus bewusst war, dass er damit die Rolle eines einsamen Vorkämpfers einnahm und die Laterne seines Diogenes nicht überall in der Stadt willkommen geheißen wurde – »[...], besonders weil ich durch die Umwendung der Welt in ein Land gerathen bin, wo man der duncklen Wegen also gewehnet ist, daß sich noch niemand um dergleichen Leuchtenmacherey bekümmern gewolt«[55].

Der satirische Angriff ereignet sich nicht im Nirgendwo, und er hat üblicherweise ein klar definiertes Ziel in Gestalt von kritikwürdigen Verhältnissen und Personen. Andernfalls büßte er seine Wirkung und damit seinen Daseinszweck ein. Irritierenderweise fällt es allerdings schwer, in Lindenborns Satiren solche Ziele stets konkret auszumachen. Der Abgleich mit der anderweitig objektivierbaren Kölner Lebenswelt um 1740 scheint diesbezüglich oft ins Leere zu laufen. Es ist in Rechnung zu stellen, dass die Allgegenwart der Zeitungszensur davon abriet, besagte Attacken zu offen zu reiten. Aber gerade weil das so war, hatten die zeitgenössischen Leser, die mit dem Autor dieselbe städtische Erfahrungssphäre teilten, gelernt, mit Anspielungen, Assoziationen, indirekten Hinweisen produktiv-verstehend umgehen. Für den heutigen Leser hingegen sind diese Satiren immer wieder Rätselbilder, deren Entschlüsselung nicht mehr ohne weiteres gelingen will.

Dass sich Lindenborn sehr wohl von ihm als solche erkannte Missstände aus seinem unmittelbaren Umfeld vorknöpfte, zeigt der Fall des Apothekers Reiner Uedesheim, der 1743 vor dem Rat gegen eine Ehrverletzung durch Lindenborn klagte.[56] Dieser hatte die sinistren Geschäftspraktiken eines Hofapothekers aufs Korn genommen – ohne einen Namen zu nennen. Allerdings konnte sich Uedesheim durch die Formulierung »Rüdesheimer Wein-Hefen-Spiritus« angesprochen fühlen. Lindenborn verteidigte sich vor dem Rat mit dem Hinweis, Uedesheim könne für sich ja wohl kaum den Titel eines Hofapothekers in Anspruch nehmen.

Als Zielpunkt der satirischen Kritik identifizierbar ist der Kölner Erzbischof und Kurfürst Clemens August von Bayern, in dessen direktes Umfeld Lindenborn, wie erwähnt, erst 1748 trat. So hat man davon auszugehen, dass der Autor der *Diogenes*-Schriften die kritisierten Verhältnisse nur aus einem verbreiteten und auch detaillierten Hörensagen kannte. Die Jagdleidenschaft des

55 Heinrich Lindenborn: *Der die Welt beleuchtende Diogenes. Die Fehler und Thorheiten der Menschen in Biblisch-Historisch-Poetisch- und Sittlichen Lustig- und ernsthaften Sin- und Traum-Bildern etc. darstellend* (2 Bde.), Köln 1742, Bd. 1, S. 6.

56 Die Quellen dazu befinden sich im Wallraf-Nachlass des Kölner Stadtarchivs: HAStK Best. 1105, Handel 305; s. außerdem Schwerhoff: *Lindenborn*, S. 109 f.

Potentaten und seine Passion für Maskenbälle nimmt er genauso beharrlich aufs Korn wie die Verschwendungs- und Prunksucht und die exzessive Mätressenwirtschaft am Bonner Hof. So beobachtet in der 28. der *Beleuchtungen* das Rollen-Ich des Diogenes zusammen mit Molière (!) einen fürstlichen Zug auf einer Schaubühne, den er folgendermaßen kommentiert:

> Dieser dem Nahmen nach geistliche Fürst schiene es auch in der That zu seyn. Seine Hof-Staat liese einem Frauen-Closter gleich, worin der Fürst die Abtißin abgabe, und das Frauen-Zimmer die Closter-Frauen. Nur waren die Aemter darin ein wenig anders beschaffen: Denn an statt der Priorin, Kelnerin, Scheiben-Meisterin und dergleichen gabe es daselbst eine Hof-Hur, Cabinets-Hur, Finantz-Hur, Ober-Leib-Hur und Huren en quartier.[57]

Jenseits der Person des Kurfürsten gerät die Struktur in den kritischen Blick, die diese Zustände begünstigte, vor allem die Erhebung von »Kindern, welchen die Papp noch ums das Maul hängt«[58], zu hohen geistlichen Ämtern. Bemerkenswert genug ist, dass Clemens August ob solcher »Vorleistungen« jenes Maß an Duldsamkeit aufbrachte, das die Indienstnahme Lindenborns an seinem Hof wenige Jahre später gestattete. Erleichternd mochte diesbezüglich wirken, dass der Autor sich immerhin persönlicher Gehässigkeiten enthalten hatte.

Und nicht zu vergessen: Lindenborn war ein treuer Sohn der Kirche – was er unter Beweis stellte, als er 1741 sein Gesangbuch *Tochter Sion* in Köln veröffentlichte. Die dort publizierten Liedtexte stammen von ihm, die Melodien von nicht genannten Komponisten, die er wohl beauftragt hatte. Einige dieser Gesänge – z. B. das Passionslied *Heb die Augen des Gemüthe* – haben sich, in diesem Fall mit leicht verändertem Text, im katholischen Gottesdienst bis in die Gegenwart hinein erhalten.

Unverkennbar wirkt in Lindenborns aufklärerischer Sozialkritik ein älteres Erbe nach. Bereits der Titel einer weiteren Diogenes-Zeitschrift aus seiner Feder, *Des Diogenes seltsame Erscheinungen in dem Reiche der Narren*, knüpft unübersehbar an barocke *theatrum mundi-* und »Die Welt als Narrenhaus«-Vorstellungen an.[59] Wobei sich der Autor, insofern er sich als Mitspieler auf der Bühne der ubiquitären Unvernunft bezeichnet, in die Falle eines performativen Selbstwiderspruchs tappt: Kritik an der Narrheit ist logisch nur denkbar von einem Standpunkt außerhalb. »[...] denn so balde wir nur durch den gewöhnlichen Weg in die Welt eintreten, sind wir«, heißt es in der ersten *Erscheinung*, »schon Bürger in selbigem Reiche [sc. der Narren, d. Verf.], ohne daß selbiges Recht uns etwas anders, als unsre Thränen, gekostet hätte.«[60] Tatsächlich werden

57 Lindenborn: *Diogenes*, Bd. 2, S. 435.

58 Ebd., S. 665.

59 So bereits Martens: *Botschaft*, S. 86 (Anm. 118), 163. – Eine Diskussion um die »Epochenzuweisung« Lindenborns ist einigermaßen unfruchtbar (so auch Boge: *Clemens August*, S. 221). Es handelt sich dabei um ein Problem epochenfixierter Literaturwissenschaft, nicht um dasjenige Lindenborns.

60 Lindenborn: *Des Diogenes seltsame Erscheinungen in dem Reiche der Narren*, Köln 1743, S. 3.

die *Erscheinungen* von Allegorien der Narrheit bevölkert, wobei es um Modertorheiten und Verirrungen wie die der zeitgenössischen Alchemie geht, um Erbschleicherei und die heuchelnde Habgier von Kirchenvertretern.

Auch der schematisch durchgehaltene dreiteilige Aufbau der einzelnen Texte mit Einleitung, Begebenheit und Nutzanwendung orientiert sich an der Struktur des barocken Emblems mit inscriptio, pictura und subscriptio. Desgleichen teilt Lindenborn nicht den anthropologischen Optimismus vieler Moralischer Wochenschriften: Die Narrheit, die moralische Defekte einschließt, ist bei ihm eine *conditio humana*, die noch so gutgemeinte Erziehungsmaßnahmen nicht aus der Welt schaffen. »Barock« ist nicht zuletzt noch Lindenborns teils altertümlich-umständlicher, dann wieder drastisch-direkter Sprachstil. Und immer wieder integriert der Verfasser Partien in kölnischer Mundart. Hier zeigt sich auch der Widerstand der rheinischen Provinz gegen den normierenden Anspruch und den Normalisierungsdruck der sich aus dem protestantischen Osten ausbreitenden deutschen Hochsprache.

Im Unterschied zu dem als eigenbrötlerisch und ungesellig beleumundeten Lindenborn war Johann Wilhelm Carl Adolph Freiherr von Hüpsch (1730–1805)[61] ein umtriebiger Netzwerker. Er verdient es daher, eine zentrale Figur im aufgeklärten Köln der zweiten Jahrhunderthälfte genannt zu werden – teils als eine Art Vorläufer von, teils als Konkurrent zu Wallraf. Hüpsch trat kaum als »Dichter«, wohl aber als Zeitschriftengründer und -autor hervor und förderte damit auch die im weiteren Sinn literarische Aufklärung. Vor allem aber betätigte er sich, dank eines nicht unbeträchtlichen ererbten Familienvermögens, als Sammler von Naturalien, Altertümern, Kunstgegenständen und Handschriften. Das Kabinett von Hüpsch war europaweit berühmt, für den Köln-Besucher am Ende des 18. Jahrhunderts war seine Besichtigung – wie die von Josef Bayer gesammelten Reiseberichte[62] in der Übersicht zeigen – ein Muss. Gehörte Hüpschs Interesse zunächst literarischen und philosophischen Themen, so verlagerte es sich später auf die Naturwissenschaften und besonders auf die Medizin. Anerkennung für seine einschlägigen Publikationen wurde ihm durch die Aufnahme in mehrere auswärtige wissenschaftliche Vereinigungen zuteil. Der teils zweifelhafte Erfolg mit selbstverfertigten und -verschickten Arzneien brachte ihm in Köln aber auch den Ruf eines Scharlatans ein.

Diesen hatte er sich bereits durch sein merkwürdiges Versteckspiel mit dem eigenen Namen erworben. Hüpsch hieß eigentlich Jean Guillaume Fiacre Honvlez und war als Sohn eines Schöffen in Vielsalm südlich von Lüttich geboren worden. In Köln besuchte er das Tricoronatum, danach vielleicht die Universität, war jedenfalls seit der Mitte der 50er Jahre dauerhaft am Ort ansässig. Damals erst wurde aus Honvlez der Baron von Hüpsch.

61 S. zu Person und Werk Wegener: *Literarisches Leben*, Bd. 1, S. 59–62, 252–254; Stahl: *Kölner Autoren*, Bd. 1, S. 129–131; Gerd Schwerhoff: *Köln im Ancien Régime. 1686–1794* (= *Geschichte der Stadt Köln*, Bd. 7), Köln 2017, S. 259–261.

62 Josef Bayer (Hg.): *Köln um die Wende des 18. und 19. Jahrhunderts (1770–1830). Geschildert von Zeitgenossen*, Köln 1912.

Etwas unseriös ging es auch zu bei der Publikation zweier Aufsatzsammlungen, die Hüpsch 1766 und 1770 in »Rhenopolis« (selbstredend Köln) publizierte: Dem *Niederrheinischen Zuschauer*, einer *Sammlung Moralischer, Historischer und Dogmatischer Schriften*, und der *Niederrheinischen Zuschauerin*, einer *Sammlung von Schriften über das Reich der Sitten*. Erweckten die anonymen Veröffentlichungen den Eindruck, hinter ihnen stehe, modern gesprochen, ein Autorenkollektiv, so ist tatsächlich davon auszugehen, dass der Baron die Beiträge vollständig oder doch nahezu vollständig selbst verfasste. Sinister war auch der Hinweis im Untertitel, der *Zuschauer* werde von einer *niederrheinischen gelehrten Gesellschaft* herausgegeben. Die Suche nach einer solchen in den fraglichen Jahren in Köln situierten Vereinigung blieb erfolglos, so dass man von einer Fiktion – besser vielleicht: von einem Wunschtraum – auszugehen hat. Das gab Hüpsch selbst dann auch im zweiten Band, der *Zuschauerin*, unumwunden zu:

> Das dritte Mittel, um die Blühe der Gelehrsamkeit in unseren Staaten zu befördern, wäre vorzüglich die Errichtung einiger gelehrten Gesellschaften oder Akademien der Wissenschaften und Künste. Dies gehört aber noch bey uns unter die andächtigen Wünsche.[63]

Keine Frage: Hüpsch verstand sich – und zwar ausdrücklich und dezidiert in der Nachfolge Lindenborns, anders ist die erneute Einführung der Diogenes-Figur als Führer in der eröffnenden Erzählsatire des *Zuschauers* kaum zu verstehen[64] – als einsamer Rufer in der Wüste, als Fackelträger, der das Licht der Aufklärung an den in dieser Hinsicht weithin unerleuchteten Niederrhein tragen wollte:

> Wir sind von der wahren gelehrten Welt abgesonderte Insulaner. Bey uns herrschet eine uralte Gelehrsamkeit, ein alter trokner Geschmack, der beynahe so alt ist, als unsre Städte sind. Wir lesen und hören, daß bey unsren benachbarten Völkern die Künste und Wissenschaften aufgeklärt werden, emporsteigen und eine ganz andre Gestalt erhalten; dagegen wir in einem tiefen Schlummer der Unwissenheit zu leben fortfahren. Nicht einmal geben wir uns die Mühe die Ursachen der bey uns verfallenden Gelehrsamkeit zu untersuchen. Wir verabscheuen so gar diejenigen, die nicht mit uns auf eine dumme Art denken oder die uns auf die Bahne der Wahrheit leiten wollen.[65]

63 *Die Niederrheinische Zuschauerin. Eine Sammlung von Schriften über das Reich der Sitten*, Rhenopolis 1770, S. 172.

64 »Aus derselben [sc. einer Wohnung, d. Verf.] kam ein belebter Mann mir entgegen, dessen schneeweisser Scheitel und besonders seine Kleidung mir genugsam zu erkennen gab, daß derselbe nicht von unsrem Jahrhunderte sey. Ich hielte ihn Anfangs für den alten heydnischen Weltweisen Diogenes.« (*Entdeckung der versteinerten afrikanischen Stadt Biedoblo. Ein satyrisch-moralischer Traum, mit Zusätzen und Anmerkungen, zur Verbesserung der verdorbenen Sitte, vermehret*, in: *Der Niederrheinische Zuschauer. Eine Sammlung Moralischer, Historischer und Dogmatischer Schriften*, Rhenopolis 1766, S. 1–53; hier: S. 3.)

65 Ebd., S. 26 f.

Hüpsch wurde hier so ausführlich zitiert, weil seine Kritik ein scharfes Licht auf das tatsächlich weithin deplorable intellektuelle Kölner Klima in der zweiten Hälfte des 18. Jahrhunderts wirft.[66] Der Autor machte dafür, als engagierter Vertreter eines aufgeklärten Katholizismus, nicht generell den Katholizismus verantwortlich und verwies in diesem Sinn beharrlich auf die Blüte von Wissenschaften und Künsten im zeitgenössischen katholischen Frankreich. Verantwortlich für die geistige Zurückgebliebenheit des katholischen Niederrheins und damit auch der Reichsstadt Köln waren in Hüpschs Augen vielmehr eklatante Missstände der schulischen Erziehung, genauer: das Bildungsniveau wie das Curriculum an den unteren und den höheren Schulen (»Trivialschulen« und Gymnasien). Eine knöcherne und überholte aristotelische Scholastik und eine aus der Zeit gefallene Bevorzugung des Lateins zulasten eines dringend benötigten modernen Kanons mit Deutsch als Unterrichtssprache und -gegenstand sowie Fächern wie Philosophie, Mathematik und experimenteller Naturwissenschaft werden hier geltend gemacht. Hinzu kommt die Kritik an einem auf weite Strecken ungenügend qualifizierten oder schlicht unfähigen geistlichen Lehrpersonal.

Der Autor machte die von ihm diagnostizierten Bedingungen auch als Grund dafür geltend, dass sich Köln damals nicht zu einer Literaturstadt entwickeln konnte:

> Hieraus folget auch [...], daß, wo in einer Gegend die Lehrart trocken und pedantisch ist, die sogenanten Liebhaber der Wissenschaften nur neidige Tadler, unbesonnene Schriftrichterund geschwüllstige Halbgelehrten seyn. [...] Wir haben wenige Schriftsteller. Dieser Mangel wird uns aber durch eine Menge von tapfern Schriftrichtern ersetzet. Sie beurtheilen alles auf eine hämische oder auf eine ungeschickte Art. Was für eine innerliche Quaal haben sie nicht, wenn sie eine rühmliche Bemühung mit dem Munde gutheißen müssen. [...] Wir würden auch in einigen unsren deutschen catholischen Staaten weit mehrere grosse Männer in der Gelehrsamkeit erziehen und es unsren andern catholischen Staaten in vielem vorthun, wenn nicht mancher witziger Kopf durch die beherrschende Macht immer in ein knechtisches Stilschweigen gehalten, ja durch eine despotische Gewalt unterdrückt würde.[67]

Das ist deutlich genug: Wo sich unreflektierte Traditionsfixierung und Immobilität mit Schlendrian und obrigkeitlichem Autoritarismus verbinden, kann sich, so der Verfasser, ein literarisches Leben, das diesen Namen verdient, nicht entwickeln.

Hüpsch stand auch im Hintergrund eines Zeitschriftenprojekts, das der gebürtige Bonner Johann Peter Eichhoff (1755–1825) als Redakteur 1778 in Köln an den Start brachte. Mit seiner bunten Mischung aus Geschichten und Sentenzen, Abhandlungen zum Agrarwesen und zur Medizin, historischen Beiträgen sowie Gedichten und Epigrammen in Versform repräsentierte das

66 Bekanntlich wurde diese Kritik von vielen »aufgeklärten« Köln-Besuchern geteilt. Dieses Thema wird noch einmal ausführlich, aber im Horizont eines übergreifenden Erkenntnisinteresses im Schlusskapitel dieses Buches (S. 433–447) aufgegriffen.

67 Ebd., S. 38 mit Anm., S. 40 f.

Kölnische Literarische Wochenblatt oder Abhandlungen und Anzeigen aus dem Reiche der Gelehrsamkeit von einer Gesellschaft Literaturfreunden den Typus der bereits von Lindenborn gepflegten Moralischen Wochenschrift.[68] Das im Vorbericht formulierte Ansinnen, »zur Aufklärung und Aufnahme der Wissenschaften in unserem Vaterlande beytragen zu wollen«[69], gab Intention und Richtung des Ganzen vor. Die Riege der Beiträger lässt sich nicht mehr durchweg erschließen, viele Artikel dürften wohl von Eichhoff und Hüpsch stammen. Genrehistorisch gesehen, war das *Wochenblatt* fast ein Anachronismus – die Hochzeit der Moralischen Wochenschriften war um 1780 schon lange Vergangenheit. Auch ein solches Detail offenbart die relative kulturelle Rückständigkeit Kölns in der ausgehenden reichsstädtischen Zeit.

Bezeichnenderweise musste Eichhoff nach einem knappen Jahr das Unternehmen einstellen – das nicht zuletzt von der Abonnentenzahl her hoffnungsvoll gestartet war. Auch das Nachfolgeorgan mit dem Titel *Kölnisches Encyklopedisches Journal* erreichte nur zwölf Ausgaben. Mit dem Hinweis auf das frühe Erlöschen ist zugleich die Frage aufgeworfen, ob es die im *Wochenblatt*-Titel genannte »Gesellschaft Literaturfreunden« überhaupt gab, oder ob sie nicht doch, ähnlich wie Hüpschs »niederrheinische gelehrte Gesellschaft«, »gefaked« war. Konkret greifbar ist sie jedenfalls in den Quellen nicht. Eichhoff, der sich mit Hüpsch überworfen hatte, ging nach Bonn zurück, um sich dort weiteren publizistischen Aktivitäten zu widmen. In Köln kam es in reichsstädtischer Zeit übrigens auch nicht – anders als in der benachbarten kurfürstlichen Residenz und in anderen Städten des katholischen Rheinlandes seit 1780 – zur Gründung einer Lesegesellschaft. Wenigstens glückte dem Buchhändler Johann Arnold Imhoff im Oktober 1784 die Gründung einer ersten Kölner Lese- und Leihbibliothek.[70]

68 S. dazu Karl Gutzmer: *Johann Peter Eichhoff. Ein rheinischer Republikaner (1755–1825)*, in: Edith Ennen/Dietrich Höroldt (Hg.): *Aus Geschichte und Volkskunde von Stadt und Raum Bonn. Festschrift Josef Dietz zum 80. Geburtstag*, Bonn 1973, S. 233–251; Wegener: *Literarisches Leben*, Bd. 1, S. 62–68, 242ff; Schwerhoff: *Köln im Ancien Regime*, S. 297–301.

69 Johann Peter Eichhoff (Hg.): *Kölnisches Literarisches Wochenblatt oder Abhandlungen und Anzeigen aus dem Reiche der Gelehrsamkeit von einer Gesellschaft Literaturfreunden*, Köln 1778, S. 4.

70 Joseph Hansen (Hg.): *Quellen zur Geschichte des Rheinlandes im Zeitalter der französischen Revolution 1780–1801* (= *Publikationen der Gesellschaft für Rheinische Geschichtskunde*, Bd. 42 [4 Bde.]), Bd. 1, Bonn 1931, S. 77 (Nr. 27).

3. Ferdinand Franz Wallraf und sein Umfeld

3.1 Der Schneidersohn als Netzwerker

> In Köln war ich, wie du schon weißt, mit Stein und Goethe zusammen im Dom. Arndt hatte uns auch begleitet. Es war mir höchst interessant, Goethe kennen zu lernen. [...] Sein Gespräch war nicht lebhaft, vermutlich weil die unerschöpfliche Redseligkeit unseres Führers, des Kanonikus Wallraf, über jeden Stein, was er bedeutet, ist, und nicht ist, ihn zu einer unwillkürlichen Passivität des Hörens zwang.[1]

Dieser hier auszugsweise zitierte Brief des preußischen Ministerialbeamten Johann Albrecht Friedrich Eichhorn an seine Frau vom 15. August 1815 unterrichtet uns über Goethes (nach 1774) zweiten Köln-Besuch vom 25. bis zum 27. Juli desselben Jahres[2] – zusammen mit dem Reichsfreiherrn Heinrich Friedrich Karl vom und zum Stein und dem Publizisten Ernst Moritz Arndt. Und er beschreibt das Zusammentreffen des bedeutendsten lebenden deutschen Dichters mit dem Kölner Bürger Ferdinand Franz Wallraf, an den heute nicht nur, aber auch der Name des ältesten hiesigen Museums erinnert. Schenkt man Eichhorn Glauben, ließ sich Wallraf von dem illustren Besuch nicht einschüchtern, sondern legte, als Goethes Cicerone in Köln, beim gemeinsamen Besuch des Dom-Torso unbefangen seine in der Tat überragenden Kenntnisse der Kölner Stadt-, Architektur- und Kunstgeschichte aus – offenkundig kaum bekümmert darum, ob der andere sie hören wollte oder nicht.

Auf Goethes zweiten Köln-Besuch, seinen Kontakt mit Wallraf und dessen Weiterungen wird zurückzukommen sein. An dieser Stelle weist er den Weg zu einem scheinbaren Paradox: Wallraf (1748–1824)[3], ein Jahr älter als Goethe und acht Jahre vor ihm gestorben, kam im Unterschied zu diesem nicht weit in der Welt herum, blieb seiner Heimatstadt, von wenigen Reisen abgese-

1 *Goethes Gespräche. Eine Sammlung zeitgenössischer Berichte aus seinem Umgang* (5 Bde.), aufgrund der Ausgabe und des Nachlasses von Flodoard von Biedermann ergänzt und hrsg. von Wolfgang Herwig, Bd. 2: *1805–1817*, Düsseldorf/Zürich 1969, S. 1018 (Nr. 4158).

2 S. zu Goethes Beziehungen zu Köln zusammenfassend Hugo Stehkämper: *Goethe und Köln*, in: *Jahrbuch des Kölnischen Geschichtsvereins* 71 (2000), S. 113–132.

3 Zu Wallrafs Leben und Werk s. *Ferdinand Franz Wallraf.* Katalog der Ausstellung des Historischen Archivs der Stadt Köln vom 5. Dezember 1974 bis 31. Januar 1975, bearbeitet von Joachim Deeters, Köln 1974; Wegener: *Literarisches Leben in Köln*, Bd. 1, S. 83–90, 128–135, 265–269 und passim; Klaus Müller: *Ferdinand Franz Wallraf. Gelehrter, Sammler, Kölner Ehrenbürger*, Köln 2017; Schwerhoff: *Köln im Ancien Regime*, S. 264–268 und passim; *Wallraf im Fokus. Wallrafs Erbe. Ein Bürger rettet Köln*. Katalog der Ausstellung im Wallraf-Richartz-Museum & Fondation Corboud, Köln, 22. März bis 8. Juli 2018, hrsg. von Thomas Ketelsen, Köln 2018.

Abb. 4 Ferdinand Franz Wallraf von Johann Anton de Peters, 1792.

hen, zeitlebens engstens und in passionierter Zuneigung verbunden, ohne dass allerdings diese lokale Fixierung zu jener mentalen Enge und Starre geführt hätte, die ein forcierter Lokalpatriotismus tendenziell mit sich bringt. In unterschiedlichen Ämtern, Funktionen, Zuständigkeiten prägte er das intellektuelle Leben der Stadt über Jahrzehnte hinweg – als Priester und Kanoniker, als akademischer Lehrer und Administrator, als Kunstsammler und Literat, als Stadthistoriker und Naturwissenschaftler. Dabei agierte er initiativ, umtriebig, versatil, vorausschauend – etwa im Fall der mittelalterlichen Kunstschätze aus den infolge der Säkularisation aufgelassenen Kirchen und Klöster, die er vor Verschleuderung und Untergang bewahrte. Darüber hinaus verbanden ihn, der seit der Franzosenzeit Mitglied zahlreicher gelehrter Gesellschaften wurde, weitläufige Kontakte mit dem geistigen Deutschland. Und wer aus der einschlägigen zeitgenössischen Szene Köln besuchte – Goethe war nur einer von vielen –, für den war der Kontakt mit Wallraf »gesetzt«. Der brauchte nicht zu reisen, die »Welt« kam zu ihm.

Zweifellos wurde diese Wirksamkeit in die Weite und Breite auch durch einen für die damalige Zeit ungewöhnlich langen produktiven Lebensweg ermöglicht. Zugleich überspannt der Bogen zwischen den biografischen Eckdaten, die »Ära Wallraf«, auf faszinierende Weise historische Umbrüche, einen markanten Epochenschnitt, eine atemberaubend beschleunigte

Geschichtsbewegung – all das, was sich mit der von Reinhart Koselleck als solche bezeichneten »Sattelzeit« um 1800 verbindet. Dies betraf in besonderer Weise Wallrafs Wohnort Köln. Von Wallraf gibt es zwei Bildporträts, die den Zeitenwandel eindrucksvoll dokumentieren. Das frühe Bild, das der aus dem revolutionären Paris in seine Geburtsstadt Köln zurückgekehrte Maler Johann Anton (de) Peters 1792 anfertigte, zeigt den 44-Jährigen als Gelehrten über einem Buch mit botanischen Zeichnungen. Die weißgepuderte Perücke mit Seitenlocken weist ihn als sozial arrivierten Zeitgenossen der Rokokoperiode aus. Auf dem letzten Bildnis, 1824 von Egidius Mengelberg gemalt, erscheint der würdige Greis als Zeitgenosse des fortgeschrittenen 19. Jahrhunderts – sozusagen als jemand, der nur knapp die Erfindung der Daguerreotypie verpasst hat.

Zwischen diesen Gemälden lagen der Untergang der Freien Reichsstadt und damit der »alten Zeit« in einem emphatischen Sinn, die Umkehrung der überkommenen Machtverhältnisse im Zuge der Französischen Revolution und der Napoleonischen Ära, eine soziale Mobilisierung und Dynamisierung, die zur Durchsetzung der modernen bürgerlichen Gesellschaft führte und die frühe Industrialisierung beflügelte. Sie machte die Rheinprovinz zum fortschrittlichsten Teil des preußischen Staates, dem sie seit 1815 zugehörte. Auch Köln wurde in die Moderne katapultiert. Und aus Sicht des etablierten literatur- und philosophiegeschichtlichen Epochenschemas war Wallraf – wie Goethe – sukzessiv ein Zeitgenosse von Aufklärung, Anakreontik und Empfindsamkeit, von Klassik, Romantik und Spätromantik.

Er absolvierte übrigens gerade die politischen Umschwünge mit bemerkenswerter Wendigkeit und Umstellungsbereitschaft: Von Haus aus einer gemäßigten katholischen Aufklärung zuzurechnen, die Reformen bejahte, aber der Revolution abhold war, arrangierte er sich trotzdem mit der Franzosenherrschaft und dichtete zu Napoleons Köln-Besuch 1804 huldigende lateinische und deutsche Inschriften im Lapidarstil, die sich an Horaz, Vergil und Claudian anlehnten und den Franzosenherrscher in die Tradition der römischen und fränkischen Kaiser stellten.[4] Als die Franzosen 1814 abzogen, bedachte er sie hingegen mit Spottversen, den neuen preußischen Herren und ihrem König Friedrich Wilhelm III. empfahl er sich als antifranzösischer Patriot. Die darob naheliegende Alternativfrage »Opportunist oder Kölner Lokalpatriot?«[5] dürfte falsch gestellt sein: Wallrafs unstrittig stark entwickeltem Lokalpatriotismus war der Opportunismus strukturell eingeschrieben. Er versuchte, in politisch stark kontrastiven Situationen – sei es im Deutschen Reich oder im Französischen Kaiserreich oder im preußischen Königreich – für »sein« Köln jeweils das Beste herauszuschlagen. Köln bezeichnete er übrigens bevorzugt als die »Stadt der Ubier«, also »freier Germanen« vor der römischen Eroberung. Nicht gering zu veranschlagen neben den ideologischen Aspekten und Motiven sind materielle: Die Napoleo-

4 S. dazu Henrike Stein: *Der Besuch Napoleons in Köln im Spiegel der Inschriften Ferdinand Franz Wallrafs*, in: *Geschichte in Köln* 66 (2019), S. 177–200.

5 Klaus Pabst: *Franz Ferdinand Wallraf. Opportunist oder Kölner Lokalpatriot?*, in: *Geschichte in Köln* 23 (1988), S. 159–177.

nischen Epigrafen, von städtischer oder privater Seite bestellt, waren gut bezahlte Arbeiten, die dem finanziell notorisch klammen Wallraf über die Runden halfen.

3.2 Wallraf als Literat und Literaturförderer

Im Tableau der vielfältigen Aspekte seiner Persönlichkeit und seines Wirkens nimmt Wallrafs poetische Produktivität, in der Gelegenheits- und Auftragsarbeiten dominieren, zumindest aus heutiger Sicht eine Randstellung ein. Zu einiger Berühmtheit brachte es seinerzeit der *Hymnus an die Natur*, der erstmals 1779 in Johann Peter Eichhoffs *Kölnisches Enzyklopedisches Journal* veröffentlicht[6] und später – bis hin zum von Wallraf herausgegebenen Almanach *Ubiens Musentafel* von 1799 – wiederholt nachgedruckt wurde, und sei es in vom Autor revidierter Form. Hier sind die ersten drei Strophen:

> Du, o Natur, o große Mutter der Dinge,
> Sey Du mein Hymnus!
> Ach! reiße mich in Entzückungen hinauf,
> Mit Harmonien, Dir ähnlich,
> Zu singen Deinen erhabnen Gesang!
> In jedem Punkt, da Dich ein Ausfluss der Allmacht
> Zum Dasein weckte,
> Ward Feuer Dein Blut und Sonne Dein Blick,
> Dein Umdunst träufelnder Äther,
> Und heilsam wallender Zephir Dein Hauch.
>
> Da keimte schon der Welten ew'ger Samen
> In schwangerer Hülle –
> Die Hülle brach auf – warst Mutter, begannst
> Mit Trieben kreisender Gährung
> Der Wesen dauernde Quelle zu sein.

Angesichts dieser Verse ist die Einsicht unabweisbar, dass das dichterische Vermögen des Kölner Universalgelehrten begrenzt war. Der erhabene Ton des Genus sublime verweist auf das offensichtliche Vorbild der Klopstock'schen Ode, deren Anforderungen sich Wallrafs Produktion aber weder in formaler noch in inhaltlicher Hinsicht gewachsen zeigt. Die Versform legt die Suche nach (auch von Klopstock benutzten) Vorbildern der griechischen Antike nahe. Diese

6 Eichhoff (Hg.): *Kölnisches Enzyklopedisches Journal*, Köln 1779, 5. Stück, S. 69 f. – S. zur Interpretation *Ferdinand Franz Wallraf* (Deeters), S. 25; Wegener: *Literarisches Leben*, Bd. 1, S. 85 f.; Müller: *Wallraf*, S. 32 ff.

Suche bleibt allerdings erfolglos.[7] Wallrafs metrisches Schema entspricht weder der asklepiadeischen Strophe noch irgendeiner anderen Form – nicht nur deshalb, weil die »klassische« Strophenform der Ode vier und nicht fünf Zeilen erheischt (die fünfzeilige Strophe kommt auch bei Klopstock so gut wie nicht vor). Weiterhin fordert jene die metrische Identität der jeweils ersten beiden Zeilen. Wallraf platziert als zweite Zeile einen Zweiheber – manchmal, aber nicht durchgängig einen Adoneus (Daktylus plus Trochäus), der üblicherweise die sapphische Ode beschließt. Der Regelpoetik zufolge sind auch drei unbetonte Silben nacheinander wie an der Stelle »in Entzückungen hinauf« unstatthaft. Nun können (beabsichtigte) Verstöße gegen etablierte Regeln auch produktiv werden – nicht nur im Sinne Kants, demzufolge es die Natur selbst ist, die durch das Genie »der Kunst die Regel gibt«[8], sondern, angesichts des Entstehungszeitpunkts näherliegend, der Produktionsästhetik des Sturm und Drang. Auf jeden Fall müsste der poetische Mehrwert des Regelverstoßes auch für den Leser des 21. Jahrhunderts erkennbar sein. Das aber ist er nicht.

Wallraf strickt sich seine Strophenform in einer antikisierenden Manier selbst, ruft die alten Versformen in freier, aber missglückter Kombination assoziativ herbei. Inhaltlich wiederum, in Bild- und Metaphernwahl, ist das Poem alles andere als originell. Motivisch erinnert der *Hymnus* an Klopstocks 1750 entstandene Ode *Der Zürchersee*.[9] Weder Klopstock noch Wallraf geht es um Naturbeschreibung im engeren Sinn, aber während jener auf die Empfindungen und Gedanken zielt, die das Landschaftserlebnis im lyrischen Sprecher auslöst, stehen bei dem Naturwissenschaftler Wallraf die stufenförmige Naturgeschichte und ihre Erkundung durch den Forscher bzw. die Aufforderung dazu im Mittelpunkt. Nun wäre beim Priester Wallraf zu vermuten gewesen, dass er auf der Spur der Aufklärungstheologie und des teleologischen Gottesbeweises, wie er etwa gedanklich Gellerts berühmter Ode *Die Ehre Gottes aus der Natur* (1757) zugrunde liegt, aus der Sinnhaftigkeit der natürlichen Ordnung auf einen persönlichen Gott schließt. Dies ist aber bemerkenswerterweise nicht der Fall. Weder ist Wallrafs Naturbegriff erkennbar pantheistisch eingefärbt noch – und erst recht – gibt es irgendeinen Hinweis auf einen hinter der schaffenden Natur stehenden Schöpfergott.

Über die Gründe dafür kann nur spekuliert werden. Denkbar ist, dass Wallraf das ästhetische Subjekt seines Gedichts als Rollen-Ich entwarf, in dem er einen Aspekt der eigenen, durchaus multiplen empirischen Existenz isoliert zur Geltung brachte: eben den des leidenschaftlichen Naturforschers. Der Theologe – der er in der Tat auch war und den er sonst auch keineswegs verleugnete – brachte sich zur Geltung in seiner 1786 entstandenen und wiederum an Klopstock

7 Für die folgenden Ausführungen verdankt d. Verf. Rudolf Drux wertvolle Hinweise.

8 Immanuel Kant: *Werkausgabe* (12 Bde.), hrsg. von Wilhelm Weischedel, Frankfurt/M. 1977, Bd. 10: *Kritik der Urteilskraft* (= *suhrkamp taschenbuch wissenschaft*, Bd. 57), S. 241.

9 Müller: *Wallraf*, S. 34.

orientierten Ode an den Heiligen Chrysostomus. Hier erscheint der Kirchenvater »als Kämpfer für die Religion in der dekadenten Umgebung des antiken Konstantinopel«[10].

Die in Stil, Versbau, Bildwahl, Grammatik und Rhetorik beflissen-unselbständige Orientierung am Vorbild Klopstocks und seiner »Bardendichtung« im *Hymnus an die Natur* ist übrigens in der rheinischen Literatur der Zeit notorisch.[11] Sie ist bei Wallrafs Bonner Kollegen ebenso anzutreffen wie in der Revolutionslyrik, die in den 90er Jahren am französisch besetzten linken Niederrhein grassierte.[12] Klopstock lieferte hier noch die Modelle zu einer Zeit, als er vielleicht nicht außer Kurs gekommen war, aber längst durch Autoren der ihm folgenden Generation spektakulär Konkurrenz bekommen hatte – darunter Goethe, später auch Schiller. Auch in Wallrafs Bibliothek[13] ist die damals neueste deutsche Literatur nur spärlich vertreten – Goethes Roman *Die Leiden des jungen Werthers* etwa, der nach seinem Erscheinen 1774 europaweit Furore gemacht hatte, sucht man dort vergebens.[14]

Bei der Suche nach den Gründen für die obsessive Klopstock-Fixierung stellt sich der Eindruck ein, dass die Rezeption des mitteldeutschen, übrigens aus einem pietistischen Umfeld stammenden Dichters wesentlich dafür verantwortlich war, dass die rheinische und kölnische Literatur in der zweiten Hälfte des 18. Jahrhunderts überhaupt das Laufen lernte. Die Entwicklung einer deutschen Literatursprache im rheinisch-katholischen Westen des Reiches war zuvor massiv auch dadurch behindert worden, dass in der kirchlich geprägten Schul- und Bildungswelt das Latein dominierte – worüber bereits, wie erwähnt, Baron Hüpsch beredt Klage geführt hatte.[15] In diesem Schullatein wurde nach den Maßgaben einer starren handwerklichen Regelpoetik auch »gedichtet«. Auf breiter Front drängte die sich etablierende Aufklärung das Latein gegen massiven kirchlichen Widerstand dann in den 70er und 80er Jahren zurück. Immerhin sorgte noch für Aufsehen, dass Wallraf 1786 das erwähnte Festgedicht auf den Heiligen Chrysostomus zu dessen am Gymnasium Montanum begangenen Feiertag erstmals nicht mehr, der Tradition folgend, in lateinischer, sondern in deutscher Sprache verfasste – dabei übrigens erneut auf die alkäische Odenstrophe zurückgreifend. Johann Maria Nicolaus DuMont, Kölner Ratsherr, späterer Bürgermeister und Gelegenheitsdichter, feierte Wallraf daraufhin in seinem Gedicht *Auf Wallrafs Chrysostomus*: »Erstaunend seh ich's: heut in der Muttersprach

10 Ebd.

11 Einen Überblick gibt Elisabeth Charlotte Zeim: *Die rheinische Literatur der Aufklärung (Köln und Bonn)* (= *Deutsche Arbeiten der Universität Köln*, Nr. 5), Jena 1932, S. 44–60.

12 S. dazu S. 116–119.

13 Sie befindet sich in den Beständen der Kölner Universitäts- und Stadtbibliothek, ihre dringend erforderliche Sanierung und Restaurierung ist in die Wege geleitet. S. dazu https://ub.uni-koeln.de/sammlungen-und-schwerpunkte/wallraf.

14 S. dazu Paul Berthold Rupp: *Die Bibliothek Ferdinand Franz Wallrafs (1748–1824). Entstehung und Fortbestand*, in: *Jahrbuch des Kölnischen Geschichtsvereins* 47 (1976), S. 47–114.

15 S. S. 76f.; generell zu diesem Thema Zeim: *Die rheinische Literatur*, S. 27–32.

geschildert, glänzt das Bild von Chrysostomus [...] Apollens Sprachton schreckt die Lateinerlein [...].«[16]

Das Ansinnen, dem Deutschen in den Bildungseinrichtungen der Stadt mehr Raum zu geben, war auch Teil der umfassenden Vorstellungen, die Wallraf hinsichtlich einer Reform des Gymnasialwesens und später auch der Universität unterbreitete.[17] Im Geist der Aufklärung[18] zielten sie auf eine stärkere Verbreitung naturwissenschaftlichen Wissens und auf eine allgemeine Hebung des »Geschmacks«, von der nicht nur die Künste, sondern auch Handwerk und Gewerbe profitieren sollten. Das Lehrpersonal sollte statt mit Stiftungsgeldern mit festen Gehältern finanziert werden. Die Pläne scheiterten größtenteils am zähen Widerstand einer konservativen Klientel, die Wallraf auch sonst das Leben schwer machte. Seine Kritik am rückständigen kölnischen Erziehungswesen dürfte auch der Grund dafür gewesen sein, dass ihn das Montanergymnasium, an dem er seit 1769 als Professor wirkte, aus dem Lehrkörper ausschloss und ihm auch die Wohnung in der Schule nahm. Als offizielle Begründung musste der Hinweis herhalten, dass Wallraf bereits (seit 1786) Professor für Botanik, Naturgeschichte und Ästhetik an der Medizinischen Fakultät war und eine derartige Doppelprofessur unstatthaft sei. Eine Scheinbegründung, denn es gab andersgelagerte Präzedenzfälle.

Wallraf erhielt mehrere Angebote, an die Bonner Universität zu wechseln, denen er aber widerstand. Der mit schneller Intelligenz, Lern- und Wissbegier, mit Fleiß, Ehrgeiz und Gönner-Unterstützung unterfütterte soziale Aufstieg des Schneidersohns führte ihn dann gegen alle Widerstände 1793 noch für kurze Zeit auf den Posten des Kölner Unirektors. Bonn blieb allerdings für Wallraf auch ohne die Übernahme einer dortigen Professur ein Anziehungspunkt.[19] Johann Peter Eichhoff – in den 70er Jahren, wie bereits ausgeführt, Herausgeber und Redakteur der von Hüpsch initiierten Kölner Zeitschriften, Mitglied des Bonner Illuminatenordens und Mitbegründer der dortigen Lesegesellschaft –, führte ihn in die dortigen Intellektuellen- und Aufklärerzirkel ein. Selbst wenn er Köln, anders als sein Vorgänger, nicht verließ, so wiederholte sich in Wallrafs Fall ein Stück weit die Lebenssituation von Heinrich Lindenborn und auch diejenige Eichhoffs, der sich ebenfalls aus Köln frustriert in seine Geburtsstadt Bonn zurückgezogen hatte: Die Residenzstadt des von Vertretern des aufgeklärten Absolutismus – Maximilian Friedrich und Maximilian Franz – regierten Kurfürstentums war dank ihres aufgeschlossen-liberaleren Klimas entschieden attraktiver als das im Vergleich rückständige Köln.

Zu Wallrafs Bonner Freundeskreis gehörte auch Konrad Josef Bachem (1760–1830), der von 1775 bis 1777 daselbst Jura studierte. Ihm schickte Wallraf am 3. Oktober 1775 einen launigen

16 HAStK: Best. 1105, Nr. 124, Bl. 1–16.

17 S. dazu Müller: *Wallraf*, S. 22–29.

18 S. Joachim Deeters: *»Der Weg aus der Sklaverei zur Aufklärung« am Beispiel Ferdinand Franz Wallrafs*, in: *Rheinische Vierteljahrsblätter* 54 (1990), S. 142–163.

19 Ebd., S. 149; Müller: *Wallraf*, S. 41 ff.

Brief,[20] der auch das folgende Gedicht enthält. Es ist ein humoriger Autobiografie-Entwurf in Versform – privat in der Geste, ohne poetischen Anspruch und damit jenen steil-verkrampften Griff nach »Höherem«, der den *Hymnus an die Natur* so problematisch macht.

Wie glücklich dies Jahr-Hundert war,
als ich in seinem vierzigachten Jahr
Des Tages Licht zum erstenmal erblickte,
Und wie der Dummheit Finsternisse flohn,
als Schneider Wallrafs zweeter Sohn
Beim festlichen Geräusch der Elle und der Schere
Dadurch zu seines Vaterlandes Ehre
Sein hohes Haus, den Staat und den Parnaß beglückte.

Wie auch immer: Wallrafs eigene dichterische Hinterlassenschaft dürfte kaum ausreichen, ihm einen unangefochtenen Platz in einer »Kölner Literaturgeschichte« zu sichern. Aber als Kommunikator, Förderer, Integrator war er über Jahrzehnte hinweg – vor, in und nach der Franzosenzeit – in seiner Heimatstadt außerordentlich einflussreich. Wenn sich in Köln zwischen etwa 1775 und 1824 intellektuell etwas »tat« – Wallraf war »dabei«.[21] In dem Netzwerk, das sich um ihn herum am Ort und darüber hinaus aufbaute, waren immer wieder auch Schriftsteller aktiv, deren Niveau jedoch in keinem Fall ausreichte, um Köln in jener Zeit zu einer »Literaturstadt« zu machen. Ganz unabhängig von der Qualitätsfrage aber bleibt festzuhalten: Wallraf füllte auch in der Literatenszene seiner Heimatstadt eine Mittelpunktposition aus – jener vergleichbar, die dann, unter jeweils stark veränderten Rahmenbedingungen, Wolfgang Müller von Königswinter im Nachmärz, Johannes Fastenrath an der Wende vom 19. zum 20. Jahrhundert und Hans Bender in der Zeit nach dem Zweiten Weltkrieg spielen sollten.

Naheliegend beschränkte sich seine einschlägige Aktivität nicht auf gelegentliches »Dichten« – das ohnehin mit fortschreitendem Lebensalter in den Hintergrund trat. Als der Deutzer Verleger Haas & Sohn gegen Ende des 18. Jahrhunderts beschloss, die damals beliebte Publikationsform des Musenalmanachs oder »poetischen Taschenbuchs« auch in Köln zu etablieren, konnte er Wallraf als Berater und Herausgeber gewinnen.[22] 1799 erschien unter dem – bereits erwähnten – Titel *Ubiens Musentafel oder Kölnisches Taschenbuch auf das VII Jahr der Republik*

20 HAStK: Best. 1105, Nr. 1, Bl. 65.

21 Wallraf sei, urteilte ein jüngerer Zeitgenosse »der belebende Mittelpunkt« gewesen, »von dem die geistige Lebenstätigkeit im damaligen Köln ausging«. (Ernst Weyden: *Köln am Rhein vor fünfzig Jahren. Sitten-Bilder nebst historischen Andeutungen und sprachlichen Erklärungen*, Köln 1862, S. 163); s. den knappen Überblick bei Enno Stahl: *Nachwort: Bausteine zu einer Kölner Literaturgeschichte*, in: *Kölner Autoren-Lexikon*, Bd. 1, S. 271–274.

22 S. zu diesem Projekt Wegener: *Literarisches Leben*, Bd. 1, S. 128–135; Müller: *Wallraf*, S. 65 ff.

1799 des übrigen Europa ein erster Band. Das Unternehmen wurde – nicht durchweg mit Wallraf als Herausgeber, aber stets als einem Hauptbeiträger – bis 1804 fortgeführt und dann offensichtlich wegen ökonomischer Erfolglosigkeit eingestellt. Auf jeden Fall bieten diese Almanache einen guten Überblick über die damalige Kölner Literaturszene und dokumentieren auch die Erwartungen, die die Macher hinsichtlich der Leserpräferenzen hegten. Zugleich zeigt der wohl von Wallraf selbst verfasste Prolog im Pilotband nachdrücklich, dass nicht nur auswärtigen Besuchern, sondern auch kritischen und nicht von stadtkölnischer Selbstzufriedenheit berauschten Gemütern die kulturellen Defizite sehr wohl bewusst waren: Die »schönen Künste«, die ehedem, so gerne, so lang unter den Ubiern« wohnten, werden inbrünstig zur Rückkehr eingeladen: »Findet ihr hier euere alten Tempel unkenntlich, entweiht, zerstört; sehet, es erwarten Euer itzt der Hände viel. Ihre Kraft und Arbeit für Euch! Sie errichten Euch einen neuen …«[23]

Inhaltlich weist der erste Almanach eine heute merkwürdig anmutende Themenvielfalt und Textsortenheterogenität auf: Er beginnt mit einer Zusammenfassung der 1794 in Wien uraufgeführten und dann an mehreren europäischen Opernhäusern erfolgreich nachgespielten Oper *Der Spiegel von Arkadien* aus der Feder des Mozart-Schülers Franz Xaver Süßmayr (mit dem Text des *Zauberflöte*-Librettisten Emanuel Schikaneder), der zugleich die dem Jahreskalender beigegebenen Monatskupfer erläutert. Es folgen zahlreiche Gedichte unterschiedlicher Stillage zwischen Anakreontik und Genus sublime, zumeist von Wallraf selbst (der sich einiger Pseudonyme bedient), aber auch von dem bereits genannten Kölner Gelegenheitsdichter Johann Maria Nicolaus DuMont (1743–1816)[24]. Der steuerte mit seiner *Ode an Gott* erneut ein schwülstiges Exempel des Klopstock-Epigonentums bei. Abgedruckt wurde zudem, neben einer Folge von Anekdoten, Rätseln und Sinnsprüchen, das von Karl Anton Zumbach verfasste und das aufgeklärte Menschheitsglück feiernde Romanfragment *Der Naturjüngling*. Das ist insofern bemerkenswert, als dies die Arbeit eines ausgewiesenen Republikaners war. Ein DuMont und ein Zumbach traut vereint zwischen zwei Buchdeckeln – das scheint darauf hinzudeuten, dass sich frühere politische Gegensätze zwischen den Franzosenfreunden und dem stadtkölnischen Establishment gegen Ende des Jahrhunderts abgeschliffen hatten. Oder vor dem Hintergrund einer »liberalen« Konzeption des Almanachs von vornherein keine Rolle spielten.

Aufs Ganze gesehen vermittelt die Kompilation durchaus nicht den von Wallraf intendierten Eindruck eines Kölner literarischen Aufbruchs. Die Themen- und Formenwahl bewegt sich in eingetretenen Pfaden, und das künstlerische Niveau der publizierten Arbeiten bleibt auf eine klägliche Weise provinziell. Das ändert sich teilweise in den Folge-Almanachen. Im zweiten Jahrgang findet sich immerhin ein Joseph Görres mit der Parodie auf eine Horaz-Ode, der Jahrgang 1802 enthält einige meist unpolitische Gedichte von Arndt, und in der letzten Edition von 1804 – die frühere *Musentafel* hieß jetzt *Taschenbuch für Kunst und Laune* – wurde mit Tiecks

23 *Ubiens Musentafel oder Kölnisches Taschenbuch auf das VII Jahr der Republik 1799 des übrigen Europa*, Köln 1798, S. 9.

24 S. Wegener: *Literarisches Leben*, Bd. 1, S. 76–83, 240 ff.

Kunstmärchen *Der Runenberg* ein zentraler Erzähltext der deutschen Frühromantik erstveröffentlicht. Dessen Qualität macht die nachrangige Güte des zeitgenössischen einheimischen Literaturschaffens allerdings umso fühlbarer.

Eine führende Rolle spielte Wallraf auch bei der Gründung eines literarischen Zirkels durch seinen Schüler Johann Caspar Schug um 1809, an dem sich (auch protestantische) Wirtschaftsbürger, Professoren, Lehrer, Künstler, Literaten und Geistliche beteiligten und der sich von 1811 an »Olympische Gesellschaft« nannte.[25] Treffpunkt war zunächst die »olympische« Höhe eines nahe St. Kunibert stehenden Turmes der Stadtbefestigung. Für den Winter hingegen stellte Wallraf die Dompropstei zur Verfügung, wo er seit 1794 wohnte. Auf den Samstagsabend-Versammlungen der rund 25 Mitglieder lasen diese einander literarische Neuerscheinungen und auch eigene Texte vor, erörterten Gemälde und Gemäldebeschreibungen, diskutierten über politische Tagesereignisse.

Geistes- und mentalitätsgeschichtlich spiegelt sich zumindest bei einem Teil der Gruppe, die bis 1819 bestand, die und sei es zögerliche und zaghafte Verbreitung der Romantik auch im intellektuellen Köln.[26] Für diese Tendenz steht zum einen der Dichter, Maler und Kaufmann Matthias Joseph de Noël, der im Verein mit Wallraf einer der wichtigen Promotoren der Kölner Mundartdichtung wurde – wir werden im einschlägigen Kapitel dieses Buches auf ihn zurückkommen.[27] Zum anderen wird die »Kölner Romantik« durch den Juristen, Politiker, Historiker und Literaturwissenschaftler Eberhard von Groote (1789–1864) repräsentiert, der seit 1814 bei den Olympiern Mitglied war.[28]

Aus einer Mitte des 16. Jahrhunderts aus Flandern nach Köln gezogenen katholischen Adelsfamilie stammend, hatte Groote in Heidelberg studiert, sich dabei auch im Umfeld der Heidelberger Romantik bewegt und dann als Freiwilliger an den Befreiungskriegen gegen Napoleon teilgenommen. Diese frühe Biografie zeigt übrigens deutliche Parallelen zu der des nur ein Jahr älteren Joseph von Eichendorff. In Unterschied zu diesem allerdings blieb Groote als literarischer Autor unbedeutend. Immerhin zeigen seine Gedichte und Balladen, die er u. a. in dem von ihm und seinem Freund Friedrich Wilhelm Carové herausgegebenen und in Köln publizierten *Taschenbuch für Freunde altdeutscher Zeit und Kunst auf das Jahr 1816* platzierte, wie weit man sich

25 S. dazu Hubert Ennen: *Die Olympische Gesellschaft zu Köln. Ein Beitrag zur Kölner Literaturgeschichte der Neuzeit*, Würzburg 1880; Wegener: *Literarisches Leben*, Bd. 1, S. 150–178; Müller: *Wallraf*, S. 68 f.

26 »Zwischen 1815 und 1818 versagte Köln an der Aufgabe, eine – vielleicht die – Hauptstadt der Romantik zu werden«, urteilt Pierre *Ayçoberry* pointiert in seinem lesenswerten Buch *Köln zwischen Napoleon und Bismarck. Das Wachstum einer rheinischen Stadt* (= *Kölner Schriften zur Geschichte und Kultur*, Bd. 20), Köln 1996, S. 82. Das trifft sicher zu, kann aber nicht zu dem Urteil führen, in Köln habe die Romantik sozusagen nicht stattgefunden.

27 S. S. 342–344.

28 S. zu Leben und Werk Wegener: *Literarisches Leben*, Bd. 2: *1815–1840*, S. 24–35, 289–292; Willi Spiertz: *Eberhard von Groote. Leben und Werk eines Kölner Sozialpolitikers und Literaturwissenschaftlers (1789–1864)*, Köln/Weimar/Wien 2007.

mittlerweile von jenem Klopstock-Ton entfernt hatte, der in den lediglich ein gutes Jahrzehnt zuvor publizierten Wallraf-Almanachen vorwaltet. Im Mittelpunkt des Taschenbuches stehen huldigende Betrachtungen des berühmten »Dom-Bildes«, jenes spätmittelalterlichen dreiteiligen Flügelaltars, als dessen Schöpfer ein ominöser »Meister Wilhelm« galt. Stefan Lochner war damals noch nicht als Autor identifiziert. Wallraf, der seinerseits zum Taschenbuch eine Werkbeschreibung beisteuerte, hatte 1810 den Transfer aus der 1798 profanierten Ratskapelle bzw. aus dem Rathaus in den Kölner Dom veranlasst – wo es bis heute zu besichtigen ist. Groote und Carové bedachten es, vielleicht auf der Spur von Dorothea Schlegel, die das Bild in ihrer Kölner Zeit ebenfalls mit (drei und damit die Dreiteiligkeit des inneren Altarbildes in der Sprachform nachvollziehenden) Sonetten gefeiert hatte,[29] mit insgesamt neun panegyrischen Sonetten. Das vierte von ihnen – es stammt von Groote – sei hier zitiert.[30]

Es öffnen sich die Flügel weiter Pforten,
Die Jungfrau sitzt von goldnem Duft umwoben,
Sie ist zur Himmelskönigin erhoben,
Denn Gottes Sohn ist Mensch durch sie geworden.

Sie senkt den Blick voll göttlicher Akkorden,
Von Lieb und Demuth zu dem Kind, und oben,
Müh'n zarte Engel sich, das Kind zu loben
In himmlischen, geheimnisreichen Worten.

Sie singen: »Gott sei in dem Himmel Ehre,
»Und allen Guten, die mit uns verkünden
»Des Ew'gen Lob, sey Friede auf der Erde!«

Maria kann das Wunder nicht ergründen.
In frommer Einfalt spricht sie: »Kindlein lehre
»Mich, wie ich deiner Gnade würdig werde!«

Die handwerklichen Defizite dieser Verse liegen auf der Hand: Einmal stolpert eklatant der Reim (»Pforten« – »geworden«), und es hapert auch, bedingt durch den Reimzwang, an der Grammatik (»voll göttlicher Akkorden«). Weniger als dieser Mangel soll hier die Aussageintention des Gedichts interessieren. Ausgehend von einer Beschreibung, die von Maria zu den musizierenden Engeln und wieder zurück zu Maria mit dem Kind geht, will es zugleich mehr als Beschreibung, sondern vielmehr Verkündigung sein. Dieser Verkündigungsaspekt

29 S. unten S. 97–103.
30 *Taschenbuch für Freunde altdeutscher Zeit und Kunst auf das Jahr 1816*, Köln 1815, S. 4.

stellt sich nicht durch das Bild »von sich aus« ein, sondern durch die Perspektive des seine Beobachtungen mitteilenden Betrachters. Die Botschaft, mit der er das Bild auflädt, schiebt sich zwischen dieses und den Leser des Gedichts. Es ist die Botschaft des nicht nur bibelkundigen – das erste Terzett paraphrasiert die Geschichte von Christi Geburt aus dem Lukas-Evangelium (Luk 2:14) –, sondern auch von ihr zutiefst überzeugten Gläubigen. Diese Überzeugung überformt die »sachliche« Kenntnisnahme dessen, was auf dem Bild selbst der Fall ist: Maria zum Beispiel »spricht« dort nicht – besser: allenfalls in einem übertragenen Sinn –, sondern hält den Mund geschlossen.

Aber es geht eben nicht um die pure Faktizität des Bildinhalts und schon gar nicht um die spezifische Kunstleistung des Malers, sondern um das, was jener in einer spirituellen Perspektive »bedeutet«. Die Wurzeln solcher Kunstanschauung, genauer: der kunstreligiösen Transformation unter dem Produktions- wie dem Rezeptionsaspekt, sind unverkennbar: Groote griff hier Wackenroders *Herzensergießungen eines kunstliebenden Klosterbruders* (1796) und Wackenroders/Tiecks *Phantasien über die Kunst* (1799) auf, zwei Gründungsschriften romantischer Ästhetik und Kunstphilosophie.[31] Dass Groote sich damit auf ein heiß umkämpftes Feld begab, wird noch zu zeigen sein, wenn es um Goethes Köln-Besuch von 1815 geht.[32]

3.3 Illustre Besucher – Friedrich Schlegel und Goethe

Tatsächlich wäre die Kölner Literaturgeschichte der Wallraf-Ära unvollständig ohne eine Würdigung der teils kurzen, teils längeren illustren Besuche – man könnte auch sagen: der von außen erfolgenden »Einträge« –, selbst wenn man deren Nachhaltigkeit für das intellektuelle Leben der Stadt bezweifeln kann. Von Goethe war bereits die Rede, ihm voran gingen Friedrich (1773–1829) und Dorothea Schlegel (1764–1839). Zunächst also das Ehepaar Schlegel, das nahezu vier Jahre lang, von 1804 bis 1808, in Köln lebte und arbeitete.[33] Den Weg an den Rhein

31 S. dazu Verf.: *Kommentar*, in: *Wilhelm Heinrich Wackenroder. Werke – Herzensergießungen eines kunstliebenden Klosterbruders, Phantasien über die Kunst*, hrsg. von M. S. (= *Taschenbücher zur Musikwissenschaft*, Bd. 153), Wilhelmshaven 2007, S. 275–348.

32 S. unten S. 97–103.

33 S. zu Schlegel in Köln Wegener: *Literarisches Leben*, Bd. 1, S. 136–149; Hans Dierkes: *Einleitung* zu Schlegel: *Kritische Ausgabe*, Bd. 15/2: *Vorlesungen und Fragmente zur Literatur*, 2. Teil: *Über Deutsche Sprache und Literatur*, hrsg. von H. D., S. XIII–XCIII; Harro Zimmermann: *Friedrich Schlegel oder die Sehnsucht nach Deutschland*, Paderborn 2009, S. 213–241; Helmut Schanze: *Erfindung der Romantik*, Stuttgart 2018, S. 252–256 und passim; Thomas Ketelsen: *Wallraf im Kontext 1805, oder: »Die Anschauung eines höchsten ästhetischen Urbildes«*, in: *Wallraf im Fokus*, S. 198–209 – D. Verf. dankt an dieser Stelle Helmut Schanze dafür, dass er sich beim Folgenden auf einen von ihm verfassten Beitrag mit dem Titel *Friedrich Schlegel in Köln* stützen konnte. Er ist bislang lediglich in stark gekürzter Form unter der Überschrift *Leben und lehren im »deutschen Rom«* im *Kölner Stadt-Anzeiger* vom 27. August 2012, S. 24, erschienen.

Abb. 5 Friedrich Schlegel von Franz Gareis, 1801.

hatte dem Mitbegründer der deutschen Romantik und seiner Partnerin und (seit 1804) Ehefrau, der Tochter des jüdischen Philosophen Moses Mendelssohn, das Brüderpaar Sulpiz und Melchior Boisserée geebnet. Die beiden Söhne aus einer begüterten Kölner Kaufmannsfamilie und ihr Freund Johann Baptist Bertram hatten den seit 1802 in Paris lebenden und arbeitenden Schlegel ebendort aufgesucht und sich von ihm gut bezahlte Privatvorlesungen zur Geschichte der europäischen Literatur und der griechischen Philosophie halten lassen. Im Zuge dieser Bekanntschaft machten sie ihm Köln als möglichen Wirkungsort schmackhaft, eröffneten Aussichten auf eine akademische Karriere in ihrer Heimatstadt. Dabei ging es um eine Professur an einer perspektivisch wieder zu errichtenden Universität, zumindest aber an der von den französischen Behörden eingerichteten »Sekundärschule«, einem »Zwitter zwischen ›Gymnasium‹ und ›Universität‹«[34]. Diese war der Nachfolger der zunächst etablierten »Zentralschule«, an der mehrere Professoren der aufgelösten Uni, darunter auch Wallraf, untergekommen waren. Tatsächlich bewegte sich Schlegel mit dem Wechsel von Paris nach Köln innerhalb eines Staatsgebiets – der Rhein markierte seit 1795, endgültig dann seit 1801 die Ostgrenze Frankreichs.

34 Dierkes: *Einleitung*, S. XXXIII.

Und er kam mit Unterstützung und Protektion der Pariser Zentralbehörden, ohne allerdings »französischer Professor« im engeren Sinn zu werden: Der Lehrplan der Sekundärschule war französisch, aber die Institution befand sich in kommunaler Trägerschaft.

Anfang Mai 1804 also reiste Schlegel mit den Boisserées über Brüssel, Aachen und Düsseldorf nach Köln, wo er zunächst im Hause Boisserée auf dem Blaubach wohnte. Später zog das Ehepaar in das Haus der Äbtissin von St. Maria im Kapitol in der heutigen Kasinostraße – eine Tafel über der Eingangstür verweist seit langem auf den illustren Bewohner von einst. Die Erlebnisse des Paris-Köln-Umzugs sowie einer Reise an den Genfer See zum Bruder August Wilhelm verarbeitete Schlegel in seinen 1806 publizierten *Briefen auf einer Reise durch die Niederlande, Rheingegenden, die Schweiz und einen Teil von Frankreich*. Bemerkenswert genug sind die Sätze, mit denen das Köln-Kapitel dieser Schrift eingeleitet wird:

> Diese alte Stadt pflegt den Fremden mehrenteils zu mißfallen; wie dann jede große Stadt, die in Verfall geraten ist, keinen angenehmen Eindruck machen kann. Doch fehltes nicht an schönen, großen Plätzen, oder solchen, die mit geringen Veränderungen verschönert werden könnten. [...] Doch dem sei wie ihm wolle, Köln möge den Forderungen des jetzigen Geschmacks so wenig oder so schlecht entsprechen als möglich; für den Freund der Kunst und der Altertümer ist es eine der wichtigsten und lehrreichsten Städte Deutschlands.[35]

Schlegel konterkariert an dieser Stelle geradezu programmatisch das historisch wirkmächtige, von Aufklärungsschriftstellern etablierte und von Autor zu Autor weitergereichte Narrativ vom verfallenen, trostlosen und (im Real- wie im übertragenen Sinn) finsteren Köln. Dieses Klischee hatte soeben noch der Berliner Theologe Friedrich Daniel Ernst Schleiermacher in einem Brief an den Neu-Kölner bedient[36]. Schlegel weist die Kritik nicht rundum ab, aber er nimmt eindringlich in den Blick, wofür die Kritiker offensichtlich keinen Sinn gehabt hatten: das überragende kulturelle Erbe der Stadt in Gestalt ihrer architektonischen Denkmäler. Große Teile des Köln-Kapitels sind dann auch dem unvollendeten Dom und den romanischen Kirchen gewidmet (beide Baustile fasst der Autor unter dem Begriff »gotisch« zusammen). In den Briefen von Dorothea und Friedrich Schlegel führte diese zuerst durch die Brüder Boisserée entfachte

35 Schlegel: *Briefe auf einer Reise durch die Niederlande, Rheingegenden, die Schweiz und einen Teil von Frankreich*, in: F. S.: *Kritische Ausgabe*, Bd. 4: *Ansichten und Ideen von der christlichen Kunst*, hrsg. von Hans Eichner, S. 153–204; hier: S. 174 f.

36 »Warum und wozu ihr gerade nach Kölln geht, dem finstersten und schlechtesten deutsch-französischen Orte, das ist mir überhaupt unbegreiflich.« (Schleiermacher an Schlegel am 26. Mai 1804 in Schlegel: *Kritische Ausgabe*, Bd. 26/1/1: *Friedrich und Dorothea Schlegel: Pariser und Kölner Lebensjahre I: Juni 1802 – Dezember 1805*. Text, hrsg. von Hans Dierkes, S. 196–198; hier: S. 196. – Das Köln-Bild, wie es auswärtige Besucher an der Wende vom 18. zum 19. Jahrhundert entwarfen, und die Frage seiner realhistorischen Wertigkeit werden, im Sinne einer exemplarischen Fallstudie, noch ausführlich im Schlusskapitel dieses Buches (S. 433–436) erörtert.

Begeisterung wiederholt zur Charakterisierung Kölns als »deutsches Rom«[37]. Dies ist insofern bezeichnend, als jetzt gerade nicht mehr der durch Rom repräsentierten heidnischen Antike, sondern eben dem christlichen Mittelalter eine – in dieser Form neuartige – ästhetische wie spirituelle Orientierungs- und Modellfunktion zuwuchs.

Angesichts dieser Erfahrungen und Erkenntnisse gewannen Schlegels Kölner Jahre in seiner intellektuellen Biografie tatsächlich den Charakter einer »Verwandlungszone«, einer lebensgeschichtlichen »Achsenzeit«. Um es plakativ zu formulieren: Sie trennen den »kritisch-ironischen« Früh- vom »positiv-gläubigen« Spätromantiker. Friedrich und Dorotheas Konversion vom Protestantismus zur katholischen Kirche kurz vor der Abreise nach Wien im April 1808 in St. Maria im Pesch, einer Nebenkirche des Kölner Doms, war der äußere Abschluss eines Weges, der sich aber schon länger abgezeichnet hatte. Inwieweit dabei strategische Überlegungen im Spiel waren und in welchem Maße die Erfahrungen mit der katholischen Kölner Lebenswelt den Entschluss beförderten – die Gewichtung dieser Aspekte in einer insgesamt zweifellos komplexen Entscheidungssituation muss offenbleiben.

Im Zuge dieser Entwicklung büßt dann bei Schlegel auch die Kunst ihren erst im 18. Jahrhundert errungenen Autonomiestatus wieder ein – sie wird allerdings nicht mehr, wie in der Aufklärungsästhetik, an Moral zurückgebunden, sondern gewinnt ihre Existenzberechtigung aus der Fähigkeit, religiöse Inhalte und Überzeugungen zu transportieren und zu vermitteln.[38] Markant zeigen diese Umstellung die Gemäldebeschreibungen, die Schlegel in seiner von 1803 bis 1805 veröffentlichten, von der Erscheinungszeit die Paris/Köln-Zäsur somit überwölbenden Zeitschrift *Europa* platzierte. Im auf den Sommer 1804 datierten *Dritten Nachtrag alter Gemälde* kommt Schlegel neben anderen Kölner »Schätzen altdeutscher Malerkunst«[39] auch auf Lochners nachmaliges Dom-Bild zu sprechen – er selbst sah es in Köln weder im Dom noch an seinem ursprünglichen Ausstellungsort, der Ratskapelle, sondern in einem Versteck im Rathaus.

»Das religiöse Gefühl, Andacht und Liebe, und die innigste stille Begeistrung derselben war es«, so Schlegel im Kontext der Bildbeschreibung, »was den alten Malern die Hand führte, [...]«.[40] Und, in Neucodierung eines zentralen Begriffs frühromantischer Ästhetik: »Eine Hieroglyphe, ein göttliches Sinnbild soll jedes wahrhaft so zu nennende Gemälde sein; [...].«[41] Im so verstandenen Begriff der Hieroglyphe – das Kunstwerk als Andachtsbild verweist auf ein Höheres, Göttliches, das es selbst (noch) nicht ist – vollzieht sich bei Schlegel

37 S. als Beispiel den Brief von Dorothea Schlegel an Simon Veit vom 28. August 1804, in: Schlegel: *Kritische Ausgabe*, Bd. 26/1/1, S. 240 f.; hier: S. 240.

38 Schlegels Bruder August Wilhelm brachte diese Intention auf die treffende Formel »Der Bund der Kirche mit den Künsten«.

39 Schlegel: *Kritische Ausgabe*, Bd. 4, S. 147.

40 Ebd., S. 149.

41 Ebd., S. 151.

die Ablösung der klassischen Symbolkonzeption durch die der romantischen Allegorie, definiert durch die Trennung von Sache und Bedeutung, Signifikant und Signifikat.[42]

Worum es hier geht, zeigen sehr deutlich auch die drei bereits erwähnten Sonette, in denen Dorothea das Dom-Bild pries. Hier sie das letzte Terzett des ersten zitiert:

Und wie die Männer dort in Einfalt schauen
Die Englein jubilieren in den Lüften,
Blüht Hoffnung auf und seliges Vertrauen.[43]

Wie später bei Groote geht es auch hier nicht mehr um die spezifische Kunstgestalt, um das Gelingen oder Misslingen eines von artistischen Imperativen gesteuerten Wollens, sondern darum, ob der Maler im Betrachter »Hoffnung« und »Vertrauen« zu wecken vermag. Was selbstredend nur dann der Fall sein kann, wenn er selbst von der als solche definierten religiösen Botschaft seines Bildes ergriffen, von »Hoffnung« und »Vertrauen« erfüllt ist. Die Produktion unterliegt somit denselben Voraussetzungen wie die Rezeption, Maler und Bildbetrachter sind, wen es mit rechten Dingen zugeht, in einem geschlossenen Kreislauf situiert.

Begriffspolitisch lässt sich Schlegels fundamentaler Positionswechsel in mehrere Gegensatzpaare fassen: Zu den Antithesen Heidentum vs. Christentum und Antike vs. Mittelalter mitsamt den damit verbundenen wertenden Parteinahmen tritt die Opposition von Paris und Köln, von Westen und Osten. Darüber hinaus mag man Schlegels Weg von Paris über Köln nach Wien einige topografische Bedeutsamkeit zuerkennen.[44] Es ist der bekenntnishafte Weg aus der nachrevolutionär-napoleonischen, klassizistischen, immer noch heidnisch-republikanisch geprägten und zweifellos eminent »modernen« französische Metropole über das katholische Mittelalter am Niederrhein in die Hauptstadt der untergegangenen Habsburgischen Universalmonarchie. Dies verband sich mit einem – jedenfalls bis zu Napoleons endgültiger Niederlage 1815 – gegen Frankreich gerichteten deutsch-katholischen Reichspatriotismus. Und im »Osten«, nicht im »Westen«, lag für

42 S. dazu Verf.: *Symbol und Allegorie in der deutschen Romantik*, in: Helmut Schanze (Hg.): *Romantik-Handbuch*, Stuttgart ²2003, S. 367–380.

43 Ebd., S. 141. – Schlegel nahm die drei Sonette seiner Ehefrau erst in die erneute Publikation der Gemäldebeschreibungen aus der *Europa* in dem Band *Ansichten und Ideen von der christlichen Kunst* auf, der 1823 im Rahmen der ersten, zehnbändigen Gesamtausgabe (Wien 1822–1825) erschien. Er ist Grundlage von Bd. 4 der Kritischen Schlegel-Gesamtausgabe. Allerdings sind die Gedichte, wie ein mit »Köln, etwa 12. September 1806« datierter Brief Dorotheas an Friedrich (Schlegel: *Kritische Ausgabe*, Bd. 26/2/1: *Friedrich und Dorothea Schlegel: Kölner Lebensjahre II: Januar 1806 – Juni 1808.* Text, hrsg. von Barbara Otto, S. 111–113; hier: S. 112) nahelegt, bereits im dritten Jahr des Schlegel'schen Köln-Aufenthalts entstanden, also noch im zeitlichen Umfeld der *Europa*. Ob und inwieweit sie ungedruckt in Köln zirkulierten, kann nicht mehr zuverlässig eruiert werden. Dass zumindest Wallraf sie seinerzeit zu Gesicht bekam, ist allerdings mehr als wahrscheinlich. Für wertvolle Hinweise dankt d. Verf. herzlich Hans Dierkes.

44 S. dazu Schanze: *Erfindung*, S. 295–205.

Schlegel der Ursprung Europas – sein »Orient« war der Ausgangspunkt der europäischen Kultur. Insofern er von dort die Heilung des zerrissenen und depravierten Europas erwartete, legte sich über die erwähnten binären Figurationen das Schema einer triadischen Geschichtsentwicklung: Die Überwindung des Gegenwartsdesasters sollte aus dem Geist des Uranfänglichen kommen.

An Thematik und Ausführung des immensen wissenschaftlichen und publizistischen Outputs, den sich Schlegel in den Kölner Jahren abtrotzte, lässt sich dieses ausgreifende Denkmodell ein Stück weit ablesen. Zu den am Ort entstandenen Arbeiten gehört die *Kölner Enzyklopädie*, »eine historisch orientierte Allgemeinwissenschaft, die Schlegel erstmals im Schulzusammenhang in Vorlesungen vorträgt«[45], vor allem aber die 1808 veröffentlichte Schrift *Über die Sprache und Weisheit der Indier*. Im Zuge der Vorbereitungen legte sich der Verfasser Sanskrit-Kenntnisse zu und betrieb in Paris (!) umfangreiche Manuskriptstudien. Damit wurde er zu einem Begründer der wissenschaftlichen Orientalistik, allerdings nicht zu einem Fachgelehrten im engeren Sinn. Dies verhinderte die geschichtsphilosophische Konzeption des von ihm entworfenen »Indiertums«, das er aus der Perspektive einer allfälligen europäischen »Renovatio« in eine Nahkonstellation zu seinem Bild eines katholischen Mittelalters rückte. Das war selbstverständlich problematisch genug:

> In der Tat ist in dieser Konkurrenz der beiden der beiden großen Alternativen, der christlichen und der indischen, die Schlegel in seinen Reflexionen immer wieder zu vereinigen trachtet [...] der Vorwurf einer undifferenzierten Konzeption eines »Elefantenmittelalters« erwachsen.[46]

Allerdings sollten solche Überlegungen nicht dazu führen, Schlegels Weg von Paris über Köln nach Wien zu mythisieren und mystifizieren. Diese Wechsel des Wohn- und Arbeitsorts spiegelten eben nicht (nur) eine geografisch wirksam werdende intellektuelle Entwicklung, sondern auch kontingente Umstände, Notlagen, die vor allem durch einen notorischen Geldmangel und die dadurch bedingte und nie abreißende Suche nach einem auskömmlichen Beschäftigungsverhältnis definiert waren.[47]

Die erste Zeit der Schlegels in Köln ließ sich dabei offensichtlich noch gut an. »Die Stadt ist«, schrieb Dorothea an Karoline Paulus in Würzburg,

> wegen ihrer Lage am Rhein nichts weniger als häßlich, oder finster; die Gegend ist angenehm, die Ufer des Rheins sehr freundlich und belebt; [...], auch fehlt es gar nicht an gelehrten Männern, [...] deren Umgang auch gewiß sehr interessant ist.[48]

---

45 Schanze: *Schlegel in Köln*, S. 2.

46 Ders., *Erfindung*, S. 203.

47 S. dazu Günter Peters: *Das tägliche Brot der Literatur. Friedrich Schlegel und die Situation des Schriftstellers in der Frühromantik*, in: *Jahrbuch der Deutschen Schiller-Gesellschaft* 27 (1983), S. 235–282.

48 Schlegel: *Kritische Ausgabe*, Bd. 26/1/1, S. 210–212; hier: S. 211.

Eine zentrale Kontaktadresse neben den Boisserées war wieder einmal Wallraf, zu dem die soeben Etablierten nach Auskunft der Quellen ein nicht nur professionell ergiebiges, sondern auch belastbares Verhältnis im persönlichen Austausch aufbauen konnten.[49] »Möchte doch«, rühmte Schlegel in einer Anmerkung zu den erwähnten *Briefen auf einer Reise*,

> der in den Kunstaltertümern und der Geschichte des Mittelalters gelehrte Professor *Wallraff* [...] Zeit und Muße finden, den Schatz seiner Kenntnisse in diesem Fache bekannt zu machen, und die Geschichte der gotischen Baukunst auszuarbeiten, wozu wohl schwerlich jemand so mit allem Erforderlichen ausgerüstet sein dürfte, als er! Den mancherlei Hülfsmitteln, die er mit auf das freundschaftlichste mitgeteilt, so wie seinem belehrenden Gespräch, verdanke ich vieles für die nachfolgenden Bemerkungen.[50]

Und am 18. Juli 1805 ließ Dorothea an Wallraf diese Einladung ergehen: »Wollten sie heute Abend gütigst zu Ehren des heil: Friedrich mit seinem Namensverwandten eine Glas Wein zu trinken, so werden wir es als ein Zeichen ihrer Freundschaft ansehen.«[51]

Trotz wiederholter Belobigungen ihres Kölner Aufenthalts mischten sich in die Anfangseuphorie zunehmend Äußerungen des Unbehagens, der Frustration, auch eines fundamentalen Einsamkeitsgefühls aufseiten Dorotheas, die sich vor allem während Friedrichs teils monatelanger Abwesenheiten – er reiste in der Kölner Zeit mehrmals nach Paris und nach Coppet am Genfer See zu seinem Bruder, der dort als Erzieher der Kinder der Madame de Staël tätig war – ihrer relativen Isoliertheit in Köln bewusst wurde. Hinzu kamen Klagen über die Trägheit des Kölner Buchhandels, der gehobenen Ansprüchen offenkundig nicht genügte. Dass Köln es als intellektuelles Zentrum tatsächlich mit dem zeitgenössischen Berlin, mit Halle oder Heidelberg nicht aufnehmen konnte, seine Randlage im äußersten Osten des Französischen Kaiserreiches durchaus auch eine im übertragenen Sinn war und die Musik der Romantik einfach anderswo spielte – den beiden Köln-Residenten wurde es auf die Dauer schmerzhaft bewusst. Bezeichnend der folgende Stoßseufzer Dorotheas aus dem Jahr 1807:

> Hätte Friedrich seinen Endzweck hier erreicht, so würde er sicherlich auf lange Zeit hier vergnügt haben leben können; da die aber nun fehl geschlagen, so hätte bei der ängstlichen Ungewißheit seiner Lage, die Einsamkeit und die große Abgestorbenheit zu Kölln, seinem Geiste und seinem Gemüthe drückend, und seinen Werken schädlich werden müßen; der Aufenthalt bei Ihnen und Ihr schönes Zusammenleben ist also für ihn ebenfalls erwünscht; [...].[52]

---

49 S. dazu Hans Dierkes: *»... sein belehrendes Gespräch ...«: Friedrich und Dorothea Schlegel im Umgang mit Franz Ferdinand Wallraf in Köln*, in: *Neue Zeitung für Einsiedler. Magazin der Internationalen Arnim-Gesellschaft* 15 (2020), S. 12–32.

50 Schlegel: *Kritische Ausgabe*, Bd. 4, S. 176, Anm. 1.

51 Schlegel: *Kritische Ausgabe*, Bd. 26/1/1, S. 359.

52 Schlegel: *Kritische Ausgabe*, Bd. 26/2/1, S. 179–181; hier: S. 179. – S. zum geistesgeschichtlichen Ort von

Essenziell verursacht und gesteigert wurde das »Leiden an Köln« zweifellos durch das Scheitern von Schlegels Bemühungen, im höheren kölnisch-französischen Erziehungswesen dauerhaft und mit erträglicher Verdienstperspektive Fuß zu fassen.[53] Zunächst hatte man ihm unter Vorbehalt eine Professur für Geschichte zugewiesen. Die war schlecht bezahlt, so dass Schlegel bereits im Januar 1805 von Paris aus bei der Kölner Schulverwaltung um eine Verdopplung seines Gehalts nachsuchte – kombiniert mit dem Vorschlag, ihm eine zweite Professur für Literatur und Philosophie zu gewähren. Die Schulkommission antwortete darauf zunächst hinhaltend, dann schroff ablehnend.

Eine zweite Chance ergab sich, als im Oktober 1805 an einer weiteren, neu errichteten Sekundärschule, einer höhergestuften École supérieure, eine Logik-Professur freiwurde, die Schlegel auch annahm – bis August 1806 las er am ehemaligen Tricoronatum über »Propädeutik der Logik«. Weil er seine Gehaltsforderung nicht widerrief, sondern vielmehr seine Pariser Verbindungen aktivierte, um auf die Entscheidungsträger in Köln Druck auszuüben, kam es zu weiteren Auseinandersetzungen. Sie führten zunächst zum Ende seiner Logik-Professur. Die dabei vorgebrachten konfessionellen Gründe – Schlegel war damals noch Protestant – waren wohl ein Vorwand, tatsächlich war man über Schlegels Vorgehen in hohem Maße verärgert. Das Ersatzangebot, eine Professur für »Schöne Wissenschaften« zu übernehmen, lehnte dieser dann vor dem Hintergrund des aus seiner Sicht nach wie vor nicht zufriedenstellend gelösten Gehaltsproblems im Februar 1807 definitiv ab.

Seine in der Tat desaströse finanzielle Situation, über die er in seinen Briefen an den Bruder notorisch Klage führte, wurde dadurch absehbar nicht besser. Seit ihm ein öffentliches Lehramt in Köln nicht mehr offenstand, waren die fortgesetzten Privatvorlesungen für die Brüder Boisserée und ihre Freunde seine einzige regelmäßige Einkommensquelle. Unter diesen Umständen nimmt es nicht wunder, dass ihn in Köln nicht mehr viel hielt und er sich beharrlich nach auswärtigen Wirkungsmöglichkeiten umsah – in Würzburg, Düsseldorf, Freiburg, Münster, Bonn, München und Brüssel. Die Stellungssuche war in keinem Fall von Erfolg gekrönt. Und auch der Umzug nach Wien im Frühjahr 1808 wurde nicht durch eine konkrete Stellenzusage ausgelöst, sondern durch die Absicht, am Ort für ein geplantes Drama über Karl V. literarisch zu recherchieren.[54] Erst im März 1809 erhielt er dort einen Posten als Sekretär bei der Armeehofkommission. Für das literarische Köln blieben die knapp vier Jahre folgenlos, und der Autor selbst dürfte an diese Zeit mit sehr gemischten Gefühlen zurückgedacht haben.

Schlegels Köln-Aufenthalt den bereits erwähnten Aufsatz von Schlögl: *Friedrich Schlegel, Friedrich Spee und das katholische Köln um 1800*.

53 Die entsprechenden Vorgänge können hier nicht in extenso dargestellt werden, zumal sie bereits durch Hans Dierkes unter Auswertung zahlreicher Originalquellen penibel rekonstruiert wurden (*Einleitung* zu Schlegel: *Kritische Ausgabe*, Bd. 15/2, S. XXX–XLVI und passim).

54 Dierkes: *Einleitung*, S. LIX.

Im Unterschied zu Friedrich Schlegel weilte Goethe, wie erwähnt, während der »Wallraf-Ära« nur für anderthalb Tage in Köln – am 26. Juli und 27. Juli 1815.[55] Wie im Fall Schlegels hatte auch diesmal Sulpiz Boisserée den Weg des Dichters an den Niederrhein gebahnt. Goethe kannte Boisserée persönlich seit 1811, war durch wiederholte Besuche in Boisserées Heidelberger Sammlung (etwa im Herbst 1814) erneut – oder besser: in dieser Intensität zum ersten Mal – auf »altdeutsche« Kunst aufmerksam geworden. Die Reise nach Köln im Juli 1815 erfolgte dann allerdings nicht mit dem Kölner Kaufmannssohn, sondern zusammen mit dem Freiherrn von Stein, der die Kriegsverwaltung in den wiedereroberten und soeben preußisch gewordenen Gebieten westlich und östlich des Rheins leitete. Nach der endgültigen Niederlage Napoleons in der Schlacht bei Waterloo lud er Goethe ein, ihn auf seinem alten Familiensitz in Nassau zu besuchen. Von dort aus begaben sich beide dann rheinabwärts nach Köln.

Dennoch war und blieb Sulpiz Boisserée der entscheidende personale Bezugspunkt bei Goethes Annäherung an die altdeutsche Malerei. Diese Annäherung war zugleich mit nicht unerheblichem Konfliktpotenzial gesättigt:

> Nur zögernd und nach langem Werben Boisserées findet sich Goethe bereit, sich auf die ihm seit der Italienischen Reise ganz fernstehende und zudem seit den Wackenroder/Tieck'schen Kunstschriften und Friedrich Schlegels *Europa*-Aufsätzen ideologisch verdächtige Welt der altdeutschen Kunst einzulassen, ja sie recht eigentlich erst kennenzulernen.[56]

Anders formuliert: Goethe wollte sich besagter Malerei nähern, ohne dabei seine eigene entschieden säkularistische Kunsttheorie aufzugeben bzw. sich durch die katholischen oder katholisierenden Romantiker in seinem Umfeld nötigen zu lassen, mit der – möglichen – Anerkennung künstlerischer Meriten sich zugleich die durch die einschlägigen Werke transportierten positiv-christlichen Gehalte zu eigen zu machen. Was Friedrich Schlegel ausweislich der eigenen Gemäldebeschreibungen in der *Europa* und sein Schüler Boisserée in eine substanzielle Verbindung gebracht hatten, in der das eine ohne das andere nicht zu haben war – Kunst und Religion –, das sollte nach Goethes Verständnis strikt getrennt bleiben.

Bevor dieser Konflikt mehr oder weniger offen ausbrechen konnte, war die Begegnung mit der altdeutschen Kunst in Köln zu absolvieren. Jeweils unter Wallrafs Führung sah Goethe am 26. Juli 1815 Lochners Altarbild im Dom und am Folgetag Wallrafs umfangreiche in der Dompropstei untergebrachte Sammlung. Es war die erste persönliche Begegnung Goethes mit Wallraf, nicht aber der erste Kontakt überhaupt. Man hatte bereits Anfang des Jahrhunderts im Zuge der

55 S. zu Goethes zweitem Köln-Aufenthalt Müller: *Wallraf*, S. 66 f., 92 f.; Harald Tausch: *»Wo Liebhaber und Künstler patriotisch kunstverständig zusammen gewirkt«. Wallraf – Goethe – Boisserée*, in: *Wallraf im Fokus*, S. 210–219.

56 Ernst Osterkamp: *Im Buchstabenbilde. Zum Verfahren Goethescher Bildbeschreibungen* (= *Germanistische Abhandlungen*, Bd. 70), Stuttgart 1991, S. 229.

Teilnahme des Kölner Malers Joseph Hoffmann an den von Goethe und Johann Heinrich Meyer ausgelobten Weimarer Preisaufgaben für bildende Künstler in Deutschland korrespondiert.

Der Besuch von Wallrafs Sammlung löste bei Goethe ein für die Öffentlichkeit bestimmtes und ein eher privates Echo aus. Das eine war positiver als das andere. Hier zunächst die Würdigung, die Goethe Wallrafs Person und Wirken im 1816 erschienenen ersten Band seiner Zeitschrift *Kunst und Altertum* zuteilwerden ließ:

> Forschen wir nun nach dergleichen Schätzen gegenwärtig in Cöln, so werden wir zuerst auf die Sammlung des Herrn Professors und Canonicus *Wallraff* gewiesen, der, seiner Vaterstadt leidenschaftlich angeeignet, sein ganzes Leben, Habe und Gut verwendete, ja die ersten Bedürfnisse sich öfters entzog, um alles ihm erreichbare Merkwürdige seinem Geburtsort zu erhalten. Vorzüglich aufmerksam auf Römische Alterthümer, Bildwerke, Münzen, geschnittene Steine und Inschriften, hat er zugleich neuere Kunstwerke aller Art, Gemälde, Handzeichnungen und Kupferstiche, Bücher, Handschriften, selbst sehr bedeutende Mineralien, an sich gebracht. Dieser, wegen Mannichfaltigkeit und Verwicklung, schwer zu übersehende Vorrath konnte weder zu eigenem Genuß, noch zum Unterricht anderer jemals geordnet werden, weil selbst die dem Sammler späterhin gestattete freye Wohnung nicht Raum hat, so viel zu fassen, geschweige gesondert aufzustellen. Wünschenswerth wär' es daher, wenn man baldmöglichst dem gemeinen Wesen diesen Schatz zueignete, damit die Jahre, welche dem würdigen Besitzer gegönnt sind, benutzt werden können, diese kostbaren Gegenstände mit Genauigkeit zu übernehmen, zu ordnen, genießbar und nutzbar zu machen.[57]

Mit Recht hat man in dieser Äußerung immer wieder die ideelle Initialzündung für ein Projekt gesehen, aus dem später das Wallraf-Richartz-Museum erwachsen sollte. Prinzipiell in dieselbe Richtung zielte ein Brief Goethes an den preußischen Staatsminister Caspar Friedrich von Schuckmann, in dem allerdings Wallrafs leidenschaftlich-rücksichtslose Sammlertätigkeit wesentlich skeptischer beurteilt wird:

> Der zweite Punkt betrifft die Sammlung des Herrn Canonicus *Wallraf*, mit welchem man baldmöglichst eine Unterhandlung zu eröffnen hätte, um die von demselben aufgehäuften Schätze dem öffentlichen Wesen für die Zukunft zu sichern, und auch schon gegenwärtig auf diesen wunderlichen Mann einigen Einfluß zu gewinnen. Er gehört nämlich zu den Personen, die bei einer grenzenlosen Neigung zum Besitz, ohne methodischen Geist, ohne Ordnungsliebe geboren sind, ja die eine Scheu anwandelt, wenn nur von weitem an Sonderung, schickliche Disposition und reinliche Aufbewahrung gerührt wird. Der chaotische Zustand ist nicht denkbar, in welchem die kostbarsten Gegenstände der Natur, Kunst und des Altertums über einander stehen, liegen, hängen und sich durcheinander umhertreiben. Wie ein Dra-

57 Johann Wolfgang Goethe: *Kunst und Alterthum in den Rhein und Mayn Gegenden, Köln*, in: J. W. G.: *Sämtliche Werke, Briefe, Tagebücher und Gespräche* (40 Bde.), Frankfurt/M. 1986–2013, Bd. 20: *Ästhetische Schriften 1816–1820: Über Kunst und Altertum I – II*, hrsg. von Hendrik Birus, S. 17–29; hier: S. 20 f.

che bewahrt er diese Schätze, ohne zu fühlen, daß Tag für Tag etwas Treffliches und Würdiges durch Staub und Moder, durch Schieben, Reiben und Stoßen einen großen Teil seines Werts verliert.[58]

Stieß also Wallrafs praktischer Umgang mit den gesammelten Altertümern auf Goethes Befremden, so musste dessen Rezeption und Interpretation der christlich-altdeutschen Malerei auf seinen entschiedenen Widerspruch stoßen. Der entzündete sich exemplarisch an Wallrafs ausführlicher Beschreibung des Lochner-Bildes in Grootes oben bereits erwähntem *Taschenbuch für Freunde altdeutscher Zeit und Kunst auf das Jahr 1816*. Nachdem Wallraf sein Deutungsdesign bereits mehrfach platziert hat, fasst er es am Schluss noch einmal griffig zusammen:

> Was wäre von diesen Monumenten der altdeutschen Kunst und Ehre, die wir jetzt so bewundern, noch übrig, wenn die Religion sich und sie selbsthier nicht bisheran erhalten hätte, [...]? Denn nur die Religion hatte sie auch so seelenvoll, so reich und so ewig geschaffen.[59]

58 Brief an Caspar Friedrich von Schuckmann vom 4. November 1815, in: Goethe: *Sämtliche Werke*, Bd. 34: *Napoleonische Zeit II. 1812–1816*, hrsg. von Rose Unterberger, S. 542–545; hier: S. 542 f.

59 Ferdinand Franz Wallraf: *Das berühmte Gemälde der Stadtpatronen Kölns, ein Werk altdeutscher kölnischer Kunst von 1410, in der hohen Domkirche daselbst*, in: *Taschenbuch auf das Jahr 1816*, S. 349–389; hier: S. 389 – Dieser Aufsatz wartet übrigens in einer Anmerkung zur Vertreibung der Juden aus der Stadt im Jahre 1424 mit einem üblen judenfeindlichen Exkurs auf, den man dem katholischen Aufklärer Wallraf auf Anhieb nicht zugetraut hätte. Weil es bei der Interpretation und Bewertung dieses Ausfalls auf jedes Wort ankommt, sei er hier zur Gänze zitiert: »Die Juden wurden nicht nach der märchenhaften Erzählung von überall vergifteten Brunnen etc. aus Köln vertrieben, sondern wegen ihres, den Handel und die Familien zerrüttenden, überschwenglichen Wuchers, wegen ihrer, die christliche Moralität verpestenden, falschen, oft eidmäßigen Versicherungen, besonders aber wegen ihrer Partheilichkeit für den, sie mit ungebührlichen Privilegien gegen die Stadtfreiheit begabenden, kurfürstlichen Hof, dem sie dafür mit Verrätherei, mit Ränken und Aufruhrstiften zwischen Obrigkeit und Bürgerschaft etc. dienten.« (*Taschenbuch*, S. 350, Anm. 2.) In der Zurückweisung archaischer judenfeindlicher Motive wie der angeblichen Brunnenvergiftung als »Märchen« kommt tatsächlich der Aufklärer Wallraf durch. Seine »aufgeklärte« Judenfeindschaft ist allerdings um keinen Deut besser: Ohne Quellenbelege und historische Recherche betet er hier das ebenfalls sattsam bekannte Narrativ vom Wucherjuden nach, der die die christliche Gemeinschaft zerrüttet. Eine Reflexion darauf, dass es die Gesetzgebung und die Verbotsagenda der christlichen Mehrheit gewesen war, die die Juden dazu gezwungen hatten, bevorzugt im Kreditwesen ihr Fortkommen zu suchen, unterbleibt vollständig – im Schnellverfahren werden aus Opfern Täter. Insofern fällt Wallraf eklatant hinter den Stand zurück, den die aufklärerische Befassung mit dem »Judenproblem« erreicht hatte, etwa in Christian Konrad Wilhelm Dohms Schrift *Über die bürgerliche Verbesserung der Juden* (1781). Selbstverständlich bedarf Wallrafs judenfeindliches Statement – dahingestellt bleibe hier, ob es sich um Antijudaismus oder Antisemitismus handelt – einer genauen Situierung. Es dürfte sich auch um eine historische Selbstrechtfertigung, ja ein Rückzugsgefecht des engagierten Kölner Patrioten angesichts der Tatsache handeln, dass im Zuge der französischen Besatzung Protestanten und Juden die rechtlich-bürgerliche Gleichstellung zuteilgeworden und dadurch die traditionelle konfessionelle Intoleranz des reichsstädtischen Köln noch einmal in das schlechte Licht hoffnungsloser Rückständigkeit geraten war. Akzeptabler wird Wallrafs Invektive durch diese zu vermutende Motivation nicht.

Die solchermaßen gestiftete Begründungsbeziehung zwischen Kunst und Religion erinnert nun stark an Friedrich Schlegels Beschreibung des Lochner-Bildes in der *Europa* – so dass es auch nicht verwundert, dass sich Wallraf mehrfach positiv auf Schlegels Aufsatz bezieht. Er verwendet allerdings nicht Schlegels theoretischen Zentralbegriff der »Hieroglyphe«, wie überhaupt neben den Übereinstimmungen auch Unterschiede zwischen den beiden Befassungen mit dem berühmten Kunstwerk auffallen.[60] Wallrafs Beschreibung ist genauer und historisch fundierter als diejenige von Schlegel – wobei ihn seine akribische Fahndung etwa nach der Identität des Malers allerdings auch auf Abwege führt. Vor allem bringt sich bei ihm seine massive Köln-Leidenschaft ein, die bei Schlegel fehlt: Es war in diesem Sinne (ausschließlich) die Lebenswelt des spätmittelalterlich-katholischen Köln, die die Gipfelleistungen solcher Malerei substanziell möglich machte.

So oder so musste Goethe von seinen kunsttheoretischen Prämissen her nicht nur die offensichtliche Schlegel-Wallraf-Connection, sondern überhaupt die Richtung des Taschenbuchs zuwider sein, das, wie gesagt, auch Grootes und Carovés nazarenische Sonette enthielt. Ein Brief an Boisserée, in dem Wallraf namentlich nicht genannt wird, lässt an Deutlichkeit nichts zu wünschen übrig:

> Nicht ganz ein solcher [sc. ein Talisman, d. Verf.] scheint mir das cölnische Taschenbuch, in welchem wohl hie und da ein Amulett steckt, im Ganzen kann ich jedoch trotz aller Frömmelei keine wahre Frömmigkeit, d. h. nicht Ernst noch Kritik noch Methode darin finden. Behalten Sie diese Meinung für sich, wir überlassen billig das Uebrige einer geliebten Lesewelt, so wie barmherzigen und unbarmherzigen Recensenten.[61]

Erwähnt werden Schlegel – den Ernst Osterkamp zu Recht als Goethes »impliziten Gegner« bezeichnet[62] – und Wallraf auch nicht im *Heidelberg*-Kapitel von *Kunst und Alterthum in den Rhein und Mayn Gegenden*, worin sich Goethe selbst dem Bild des angeblichen »Wilhelm von Cöln« ausführlich widmet. Trotzdem lassen sich die Adressaten seiner Kritik ohne weiteres ermitteln:

Weitläufiger über diese reiche Zusammensetzung und die Verdienste derselben wollen wir uns hier nicht aussprechen, indem das *Taschenbuch für Freunde altdeutscher Zeit und Kunst* uns eine sehr willkommene Abbildung dieses vorzüglichen Werkes vor Augen legt, nicht weniger eine auseichende Beschreibung hinzufügt, welche wir mit reinerem Dank erkennen würden, wenn nicht darin eine enthusiastische Mystik waltete, unter deren Einfluß weder Kunst noch Wissen gedeihen kann.

---

60 S. Tausch: *Wallraf – Goethe – Boisserée*, S. 214 f.

61 Brief an Sulpiz Boisserée vom 21. Dezember 1815, in: Goethe: *Sämtliche Werke*, Bd. 34: *Napoleonische Zeit II. 1812–1816*, hrsg. von Rose Unterberger, S. 551–553; hier: S. 552.

62 Osterkamp: *Im Buchstabenbilde*, S. 232 ff., 308 ff.

Bereits zu Beginn der Besprechung, die das Bild ausschließlich aus historisch-kunstgeschichtlicher Perspektive und als »Resultat künstlerischer Formung nach erkennbaren immanenten Gestaltungsprinzipien«[63] würdigt und auch belobigt, scheibt Goethe unmissverständlich:

> Nun aber wird der Meister *Wilhelm von Cöln* ausdrücklich genannt, welchem in Nachbildung menschlicher Gesichter niemand gleichgekommen sey. Diese Eigenschaft tritt nun in dem Dombild zu Cöln auf das bewundernswürdigste hervor, wie es denn überhaupt als die Achse der niederrheinischen Kunstgeschichte angesehen werden kann. Nur ist zu wünschen, daß sein wahres Verdienst historisch-critisch anerkannt bleibe. Denn freylich wird es jetzt dergestalt mit Hymnen umräuchert, daß zu befürchten ist, es werde bald wieder so verdüstert vor den Augen des Geistes dastehen, wie es ehemals von Lampen- und Kerzenruß verdunkelt den leiblichen Augen entzogen gewesen.[64]

Eine Ross und Reiter nennende Abrechnung mit der von ihm grundsätzlich zurückgewiesenen »religionsenthusiastischen« romantischen Kunstbetrachtung enthielt dann aber erst der unter Goethes »Aufsicht« von Meyer verfasste Aufsatz *Neudeutsche religios-patriotische Kunst* von 1817. Er darf als eine späte Folge auch von Goethes Köln-Besuch angesehen werden.

Ist die Kaskade der Dom-Bild-Besprechungen von Schlegel über Wallraf zu Goethe hinsichtlich einer Bestandsaufnahme grundsätzlicher kunsttheoretischer Positionen im frühen 19. Jahrhundert aufschlussreich genug, so gibt in dieser Konstellation lediglich die Position von Sulpiz Boisserée Rätsel auf. Als Schüler von Schlegel, Vertrauter von Wallraf und dem Kölner Katholizismus tief verbunden, hätte er in der beschriebenen Auseinandersetzung konsequenterweise Partei für Schlegel/Wallraf und gegen Goethe ergreifen müssen. Das tat er allerdings nicht, sondern geißelte vielmehr das *Taschenbuch für Freunde altdeutscher Zeit und Kunst* mit harten Worten – etwa in einem Brief an Goethe: »Was mich am meisten an der Sache freut, ist, daß ich zu der erbaulichen Bruderschaft keinen Beitrag gegeben habe.«[65] Über Wallrafs Beitrag fällte er, ebenfalls brieflich, dieses Urteil: »Aber von der Unwissenheit, die sich in der Beschreibung des Dom-Bildes offenbarte, haben wir noch keinen Begriff gehabt.«[66] Die Vermutung, Wallraf habe den zentralen »Zusammenhang von Religion und Kunst« in Boisserées Augen nicht ausreichend berücksichtigt[67], geht fehl: Genau dies hat Wallraf, darin die Schlegel'sche Linie fortsetzend, sehr wohl getan. So wird man als Grund für Boisserées auf Anhieb merkwürdige Attacke als solche

---

63 Ebd., S. 312.

64 *Kunst und Alterthum in den Rhein und Mayn Gegenden*, in: Goethe: *Sämtliche Werke*, Bd. 20: *Ästhetische Schriften 1816–1820: Über Kunst und Altertum I – II*, hrsg. von Hendrik Birus, S. 15–98; hier: S. 84 f.

65 Brief vom 21. Dezember 1815 an Goethe, in: Sulpiz Boisserée: *Briefwechsel* (2 Bde.), hrsg. von Mathilde Boisserée, Stuttgart 1862, Bd. 2: *Briefwechsel mit Goethe*, S. 89–92; hier: S. 91.

66 Brief vom 6. Dezember 1815 an Dr. Schmitz, in: *Briefwechsel*, Bd. 1: *Lebensbeschreibung (Selbstbiographie bis 1808, Tagebuchauszüge, Briefwechsel)*, S. 297–304; hier: S. 303.

67 So Müller: *Wallraf*, S. 67.

wahrgenommene sachliche Fehler Wallrafs vermuten können, die ganz unabhängig von Fragen der prinzipiellen Kunstauffassung bestanden. Zu erwägen wäre allerdings auch schlicht und einfach eine opportunistische Anbiederung an Goethe – Boisserée war immerhin Mitherausgeber von *Über Kunst und Altertum* und wollte möglicherweise diese Stellung durch eine unverhohlene Parteinahme für die »neudeutsche religios-patriotische Kunst« nicht gefährden.

In Goethes Dichtung fand der Köln-Besuch von 1815 keinen unmittelbaren Widerhall, wohl aber der 1824 als eine Zeiterscheinung der Romantik wiedererstandene Karneval. Heinrich von Wittgenstein, der erste Präsident des »Festordnenden Comitées«, lud Goethe Anfang 1825 zur Teilnahme am Kölner Karneval ein und verband dies mit der Bitte, dem Ereignis ein »Lied« zu widmen. Der betagte Dichter hatte entweder kein Interesse oder wollte die Strapazen einer Reise nach Köln nicht mehr auf sich nehmen, aber das erbetene »Lied« in Gestalt des Gedichts *Der Cölner Mummenschanz* schickte er nach Köln. Die geläufigsten Verse aus den insgesamt sechs Strophen lauten:

Löblich wird ein tolles Streben,
Wenn es kurz ist und mit Sinn;
Heiterkeit zum Erdeleben
Sei dem flüchtigen Rausch Gewinn.[68]

Gerade diese Strophe lässt sich gut in den Kontext von Goethes genereller Befassung mit dem Phänomen Karneval stellen, wie sie am nachdrücklichsten wohl der 1789 erschienene Aufsatz *Das römische Carneval* zeigt – er wurde dann Jahrzehnte später in den *Zweiten römischen Aufenthalt* der *Italienischen Reise* integriert. Goethes Verhältnis zum Karneval war ausweislich dieser Stellungnahme zutiefst ambivalent, zum prekären Lusteffekt trat das Erleben von Entgrenzung und Anarchie.

Dürfen wir fortfahren, ernsthafter zu sprechen, als es der Gegenstand zu erlauben scheint, so bemerken wir, [...], daß Freiheit und Gleichheit nur in dem Taumel des Wahnsinns genossen werden können, und daß die größte Lust nur dann am höchsten reizt, wenn sie sich ganz nah an die Gefahr drängt, und lüstern ängstlich-süße Empfindungen in ihrer Nähe genießet.[69]

Die vitalitätssteigernde Intensität einer Ausnahmesituation war Goethe zufolge nur produktiv und vorteilhaft, »wenn sie kurz ist und mit Sinn«. Diese Erfahrung aus »seinem« römischen Karneval gedachte er offensichtlich den Kölner Karnevalisten mit auf den Weg zu geben.

Die dritte auswärtige Prominenz, die während der Wallraf-Jahre in Köln »aufschlug«, war Ernst Moritz Arndt (1769–1860), der sich zwischen dem Mai 1815 und dem Frühjahr 1816 in Köln niederließ, dann nach Bonn wechselte, wo er 1818 Professor für neuere Geschichte

68 *Der Cölner Mummenschanz. Fastnacht 1825*, in: Goethe: *Sämtliche Werke*, Bd. 2: *Gedichte 1800–1832*, hrsg. von Karl Eibl, S. 539 f.; hier: S. 540.

69 Goethe: *Das römische Carneval*, in: Goethe: *Sämtliche Werke*, Bd. 15/1: *Italienische Reise*, T. 1, hrsg. von Christoph Michel und Hans-Georg Dewitz), S. 518–552; hier: S. 552.

wurde.[70] In Köln stand er in engem Kontakt zu Wallraf und nahm, wie dem eingangs zitierten Bericht zu entnehmen ist, an dessen Domführung mit Goethe und Stein (dessen Privatsekretär er war) teil. In dieser Zeit, von Juli 1815 bis März 1816, gab er *Der Wächter, eine Zeitschrift in zwanglosen Heften* heraus, mit der er den antifranzösischen Nationalismus angesichts von Napoleons in Waterloo endenden »hundert Tagen« befeuerte, darüber hinaus aber auch die nationale Einigung Deutschlands und – von den Fürsten – die Einlösung ihrer demokratischen Verfassungsversprechen forderte. Hatte Arndt sich noch in seinen 1804 erschienenen *Reisen durch einen Theil Teutschlands, Ungarns, Italiens und Frankreichs in den Jahren 1798 und 1799* ganz auf der Linie des bekannten Köln-Bashings nahezu vernichtend über die Stadt geäußert, so widerrief er bei seinem zweiten Köln-Aufenthalt zu Wallrafs Freude diese »oberflächliche und unreife Jugendarbeit«[71].

Dennoch wahrte der eingefleischte Protestant auch jetzt eine von Abneigung grundierte Distanz gegenüber der »Lebensform Köln«, in der er ein partikularistisches Hindernis für eine eben im protestantischen Geist zu erstrebende deutsche Reichseinheit erblickte. Entsprechend begründete er auch seine Ablehnung für die – von Wallraf betriebene – erneute Universitätsgründung: »In Köln wird sie ein unserem jetzigen teutschen Streben widerwärtiges Ding: der alte Katholicismus wird sich ihrer unrettbar bemeistern; also wird sie ein todter Hund für die jetzige Zeit.«[72]

Literarisch trat Arndt noch im letzten Heft des *Wächters* mit romantisch inspirierten Naturgedichten hervor, die einen bemerkenswerten Abstand zum Eiferertum seiner politischen Publizistik markieren. In dieser mischen sich aus heutiger Sicht diffus fortschrittliche und reaktionäre Züge, frühdemokratische Impulse und ein glühender Nationalismus und Franzosenhass, der sich auch mit antisemitischen Ausfällen verbindet.[73] Mit diesem Ideologie-Amalgam stand Arndt seinerzeit bekanntlich nicht allein, aber genauere Überprüfung hat in den vergangenen Jahren berechtigterweise dazu geführt, dass seine Vorbildfunktion als die eines Vorkämpfers demokratischer Freiheit im deutschen Kulturgedächtnis nachhaltig infrage gestellt wurde.[74]

70 S. zu Arndt und seinem Kölner Aufenthalt Wegener: *Literarisches Leben*, Bd. 2, S. 56–64, 266 f.

71 Ernst Moritz Arndt: *Briefe* (3 Bde.), hrsg. von Albrecht Dühr (= *Texte zur Forschung*, Bde. 8–10), Darmstadt 1972, Bd. 1, S. 450.

72 Ebd., S. 484.

73 S. dazu Clemens Escher: *Ernst Moritz Arndt*, in: Wolfgang Benz (Hg.): *Handbuch zum Antisemitismus. Judenfeindschaft in Geschichte und Gegenwart* (8 Bde.), Bd. 2/1, Berlin 2009, S. 33–35.

74 S. etwa die Diskussion um die Umbenennung der Universität Greifswald: https://www.deutschlandfunk.de/der-streit-um-den-schrifsteller-ernst-moritz-arndt-100.html.

3.4 Bescheidenes Niveau der örtlichen Szene

Das Produktionsniveau der autochthonen Literaturszene in Köln blieb in der späten Wallraf-Ära bescheiden. Das betrifft auch die beiden Wallraf-Schüler Peter Ludwig Willmes (1790–1867)[75] und Johann Peter Balthasar Kreuser (1795–1870)[76]. Während Willmes sich in zwei Lyrikbänden und den in epischen Hexametern gehaltenen *Gedanken und Betrachtungen auf der Wanderung von Köln am Rheine nach Göttingen* (Göttingen 1817) als Adept klassizistischer Verskunst zeigt, repräsentiert Kreuser – literarisch sozialisiert während seiner Studentenzeit im Umfeld der Berliner Romantik und zugleich Bewunderer von Jean Paul – am ehesten die bereits erwähnte Kölner Romantik. Seit 1820 als Professor am Marzellengymnasium angestellt, veröffentlichte er vier Jahre später einen Band mit *Dichtungen*. In den dort versammelten »Liedern«, Balladen, Sprüchen und Sonetten klingen – in stilisierter Volkstümlichkeit – erzromantische Motive auf: Fernweh und Heimatsehnsucht, unglückliche Liebe, Schifffahrt als Allegorie der Lebensreise, Frühling, Trauer, Verlust, der poetische Gesang, der die Welt seinerseits zum Klingen bringt. Es fehlt trotz der motivischen und stilistischen Nähe die Abgründigkeit der Eichendorff'schen Lyrik. Das Gedicht *Das Horn* etwa wartet mit einem schon an Spitzweg gemahnenden Humorappeal auf:

> Und wann gar das Posthorn klinget
> Zu der gottesweiten Welt
> Und die Magd das Ränzchen bringet
> Und die Mutter Reisegeld;
> Freudig ziehn wir in die Weite,
> Bleibt Süßliebchen auch zu Haus,
> Nun wir sind ja brave Leute,
> Suchen uns nichts andres aus![77]

Kreuser wurde auch vom seit den Befreiungskriegen virulenten Deutsch-Patriotismus – um nicht zu sagen -Nationalismus – erfasst, in dessen Zeichen sich übrigens auch ein Stück weit die konfessionellen Gegensätze zwischen den protestantisch dominierten preußischen Kerngebieten und der katholischen Rheinprovinz nivellierten. Das sollte dann wenige Jahre später auch anlässlich des Projekts der Kölner Domvollendung der Fall sein. Besagter Nationalismus äußert sich bei Kreuser in einem dezidierten, Wagners *Meistersinger* vorwegnehmenden Bekenntnis zur »deutschen Kunst«:

---

75 S. Wegener: *Literarisches Leben*, Bd. 1, S. 119 f., 272.

76 Dies.: *Literarisches Leben*, Bd. 2, S. 71–92, 298–300.

77 Johann Peter Balthasar Kreuser: *Das Horn*, in: J. P. B. K.: *Dichtungen*, Köln 1824, S. 32–34; hier: S. 33.

Es ist ein eitel lachlich Wesen,
Auf fremdes Zierwerk stolz zu sein.
Das war der Teufel alles Bösen,
So fing er stets die Schwachen ein.
Die deutsche Kunst muss uns erlösen
Von all dem fremden Flitterwesen.
Auf deutschem Boden nur gedeiht
Ihr innig Lied in Freud und Leid
Und stillverschämter Züchtigkeit.[78]

Auch in den späten 20er und 30er Jahren änderte sich an der Kölner Literatursituation wenig. Glanz musste weiterhin von außen kommen. Und er kam. Mehrmals, zuerst im Winter 1825/26 hielt sich die westfälische Autorin Annette von Droste-Hülshoff (1797–1848) in Köln auf,[79] wohin sie ihr ortsansässiger Stiefonkel Werner von Haxthausen eingeladen hatte. Droste wurde in der Kölner Gesellschaft herumgereicht, auch unter den Literaten und Intellektuellen, genoss den Karneval und schloss sich eng an die lesbische Bankierstochter Sibylle Mertens-Schaafhausen an.[80] 1828 weilte sie erneut im Rheinland, diesmal in Bonn, dann aber 1830/31 und 1837 auch wieder in Köln.

Droste-Hülshoff hat den 1842 begonnenen Weiterbau am Kölner Dom aus eigener Anschauung allerdings nicht mehr erlebt. Wohl aber war sie eine wache Zeitgenossin der einschlägigen Diskussionen und Initiativen. Zwei ihrer Gedichte kreisen um den Torso der Kathedrale und das eine Zeitlang noch utopisch wirkende Vollendungsprojekt – und zeigen im Vergleich einen deutlichen Einstellungswandel. In ihm artikulieren sich auch die konträren Positionen, die der Dombau in der der öffentlichen Debatte zeitigte.[81] Das erste, die berühmte Ballade mit dem Titel *Meister Gerhard von Köln. Ein Notturno*, wurde 1842 in Levin Schückings Werbeschrift *Der Kölner Dom und seine Vollendung* publiziert – womit zugleich die Position der Autorin kenntlich wurde: Droste war damals eine überzeugte Anhängerin des Projekts. In der Ballade wird der Geist des sagenhaften, einst im Zuge einer verlorenen Wette durch Selbstmord geendigten mittelalterlichen Dombaumeisters Gerhard lebendig, der, durch die nächtliche Ka-

78 Ders: *Kunstpredigt*, in: *Dichtungen*, S. 247–250; hier: S. 250.

79 S. dazu Wegener: *Literarisches Leben*, Bd. 2, S. 35–50.

80 Die Kölner Autorin Angela Steidele widmete Mertens-Schaafhausen ein Porträt im Rahmen einer Doppelbiografie: *Geschichte einer Liebe. Adele Schopenhauer und Sibylle Mertens*, Berlin 2010.

81 S. dazu Jochen Stremmel: *Der deutsche Dom und die deutschen Dichter*, in: Hugo Borger (Hg.): *Der Kölner Dom im Jahrhundert seiner Vollendung*. Katalog und Essays zur Ausstellung der Historischen Museen in der Josef-Haubrich-Kunsthalle 16. Oktober 1980–11. Januar 1981 (2 Bde.), Köln 1980, Bd. 2, S. 169–181; Walter Hinck: *Geschichte im Gegenlicht. Zur historischen Ballade der Droste, Heines und Fontanes*, in: Winfried Woesler (Hg.): *Ballade und Historismus. Die Geschichtsballade des 19. Jahrhunderts* (= *Beihefte zum ›Euphorion‹*, Bd. 38), Heidelberg 2000, S. 82–99.

thedrale spukend, von Drostes Zeitgenossen energisch die Vollendung dessen fordert, was er einst visionär begann.

Das Werk zeigt sich dem Genre der Gespensterballade und der populären Schauerromantik verpflichtet, der es aber originelle Züge hinzugewinnt. Meister Gerhard ist hier sowohl der fordernde Geist der Geschichte als auch – das erinnert an Victor Hugos Roman *Notre Dame de Paris* (Der Glöckner von Notre Dame) von 1831 – der Geist der Kathedrale selbst. Ruhelos streift er, eine moderne Variation des Ahasver oder des Fliegenden Holländer, durch das Bauwerk, Erlösung kann ihm nur dessen Vollendung bringen.

Eine spektakuläre Pointe, die man auch ironisch lesen kann, setzt die letzte Strophe. Bei Tagesanbruch verschwindet der Geist von Meister Gerhard, und eine ganz andere Manifestation des Unheimlichen erscheint:

> Ein rauchend Ungeheuer, schäumt
> Das Dampfboot durch den Rhein, den blauen –
> O deutsche Männer! Deutsche Frauen!
> Hab' ich geträumt? – [82]

Erwachte in der Nacht das untergegangene Mittelalter zu seinem Geisterleben, so lässt Droste mit der »rationalen« Tageshelle in äußerster und dabei sehr genauer Antithetik die ebenso »ungeheure« technische Moderne auf ihrem neuesten Stand erscheinen: in Gestalt des Dampfboots auf dem Rhein. Den Stapellauf des Schiffes *Friedrich Wilhelm* hatte sie bei ihrem Köln-Aufenthalt 1825 selbst erlebt. Der implizite Appell liegt auf der Hand: Einer Zeit, die ein Dampfschiff auf den Rhein bringt, muss auch die Domvollendung möglich sein.

Nur zwei Jahre nach dem *Meister Gerhard*, in ihrem Gedicht *Die Stadt und der Dom. Eine Karikatur des Heiligsten,* zeigte sich Droste von einer völlig anderen Seite. Die Dombau-Begeisterung ist verflogen, hat einer tiefen Skepsis, ja Ablehnung Platz gemacht. Den Weg vom Enthusiasmus zur ernüchterten Abwendung erinnert an den Einstellungswechsel des Zeitgenossen Henrich Heine, indes war bei Droste nicht Widerstand gegen das sich ankündigende deutsche Nationaldenkmal mit seinen fragwürdigen ideologischen Implikationen am Werk, sondern ein religiöser Impuls der tiefgläubigen Katholikin, der sie ähnlich hellsichtig machte wie den Kollegen: Er führte zu scharfer Kritik an den glaubensfremden Imperativen, die den Dombau steuerten, am Nationalismus genauso wie an der Kommerzialisierung des ganzen Unternehmens. Der Dombau geriet darüber zu einem neuerlichen sündhaften Turmbau zu Babel.

82 Annette von Droste-Hülshoff: *Meister Gerhard von Köln. Ein Notturno*, in: A. v. D.-H.: *Sämtliche Werke* (2 Bde.), hrsg. von Bodo Plachta/Winfried Woesler, Frankfurt/M. 1994, Bd. 1: *Gedichte*, S. 248–252; hier: S. 252.

Wohlan, ihr Kämpen denn, wohlan
Du werte Kreuzesmassonei,
So gebt mir eure Zeichen dann
Und euer edles Feldgeschrei!
Da, horch! Da stieß vom nächsten Schiff
Die Bootsmannspfeife grellen Pfiff,
Da stiegen Flaggen ungezählt,
Kantate summte und Gedicht,
Der Demut Braun nur hat gefehlt,
Jehovas Namen hört' ich nicht.[83]

Im Kreis von Sibylle Mertens lernte Droste auch Johanna Schopenhauer (1766–1838), erfolgreiche Erzählerin der Biedermeierzeit und Mutter des Philosophen, sowie ihre Tochter Adele kennen – beide wohnten von 1829 bis 1837 erst in Unkel, dann in Bonn. Für Johanna leistete sie während ihres Bonner Aufenthalts 1830/31sogar literarische Zuarbeit.[84] Sie lieferte eine Beschreibung der Kölner Kirche St. Kolumba samt der »Stimmung« während einer Frühmesse plus Lageplan, die Schopenhauer dann teils wörtlich in den Eingangsteil ihrer Novelle *Der Bettler von Sankt Columba*[85] montierte.

Der Inhalt der Erzählung: Gisbert Neumann, ein junger Angestellter aus Köln, hat beim Spiel sein eigenes und auch ihm anvertrautes fremdes Vermögen verloren und will sich deswegen in den Rhein stürzen. Am anderen Morgen hält er sich in der Kolumbakirche auf, wo ihn ein geheimnisvoller Bettler von dem Suizidvorhaben abbringt mit der Zusicherung, die verlorene Summe zu ersetzen. Die Bedingungen: Er muss seine Tochter heiraten und darf nie mehr um Geld spielen. Da die Tochter Anastasia eine Schönheit ist, fällt es Gisbert nicht schwer, die Konditionen zu akzeptieren, wenngleich er sich sehr schnell wegen der niederen Herkunft seiner Ehefrau zu schämen beginnt. Deswegen siedelt das Paar nach ein paar Jahren – man befindet sich in der Zeit der französischen Rheinlandbesetzung – nach Frankreich um, wo Gisbert es zu Reichtum bringt, während Anastasia in ihrer Ehe zusehends unglücklich wird. Das sich akkumulierende Potenzial eines tragischen Konflikts erreicht einen Zündpunkt, als – nach der Rückkehr des Paares nach Köln – Anastasia in einem auf der Straße zusammengebrochenen und sterbenden Bettler ihren Vater erkennt.

83 Dies.: *Die Stadt und der Dom. Eine Karikatur des Heiligsten*, in: *Sämtliche Werke*, Bd. 1, S. 13–16; hier: S. 14.

84 Die einschlägige Recherche ist Bernd Kortländer zu verdanken: *Annette von Droste-Hülshoff und die deutsche Literatur. Kenntnis – Beurteilung – Beeinflussung* (= *Veröffentlichungen der Historischen Kommission für Westfalen*, Bd. 34), Münster 1979, S. 342–358.

85 Johanna Schopenhauer: *Der Bettler von Sankt. Columba*, zuerst in: *Penelope. Taschenbuch für das Jahr 1832* (Jg. 21), hrsg. von Theodor Hell, Leipzig 1832, S. 211–273.

Insofern das Geheimnis um die rätselhafte Bettlergestalt im Binnenraum der Erzählung nicht aufgelöst wird[86], eignen dieser auf Anhieb »realistischen«, motivational in das Schema von Verfehlung und Nemesis eingespannten Erzählung durchaus noch Züge der romantischen Schauernovelle. Diesbezüglich setzt bereits die Schilderung der Frühmesse in St. Kolumba eindeutige atmosphärische Akzente. Die Synopse von Drostes Zulieferung und Schopenhauers Erzähltext[87] zeigt sehr genau, wie hier vergleichsweise nüchterne Information in einen durch starke Ingredienzien der Gothic Novel geprägten Kontext gebracht wird. So widerfährt zum Beispiel dem Kirchendiener, der in noch völliger Dunkelheit die Eingangspforten öffnet, Folgendes:

> Seit vielen Jahren war der gute Mann gewohnt, das seiner Obhut anvertraute Heiligthum, zu jeder Stunde des Tages wie der Nacht, mit großem Gleichmuth zu betreten, ohne dass seine ohnehin nicht sehr erregbare Phantasie ihm dabei einen bösen Streich gespielt hätte. Doch diesmal schauderte er doch unwillkührlich zusammen, und leises Grauen rieselte ihm kalt und unheimlich den Rücken hinab. Ihm war, als sei beim Oeffnen der Pforte eine lange dunkle Gestalt mit unhörbarem Tritt seitwärts an ihm vorübergeschlüpft.[88]

Der Grund von Drostes Hilfestellung für die Novelle liegt auf der Hand: Die Protestantin Johanna Schopenhauer benötigte, um – vor dem Hintergrund eigenen Erfahrungsmangels – das in der Sache wie in der Atmosphäre authentische Bild einer katholischen Frühmesse liefern zu können, Unterstützung durch jemanden, der von Herkunft und Sozialisation in dieser Sphäre selbstverständlich zuhause war. Gerade für den Eingang der Erzählung, der deren »Tinta« festlegen musste, waren die einschlägigen Informationen unverzichtbar. Hier wirkte der ästhetische, der »poetische« Reiz einer fremden katholischen Lebenswelt mit ihren Riten und Glaubenspraktiken, die sie für protestantische Autoren attraktiv machte. In der damals gerade vergangenen Romantik gibt es dafür zahlreiche Beispiele – Wackenroders Berichte von einem Gottesdienstbesuch im Bamberger Dom, Tiecks Roman *Franz Sternbalds Wanderungen*, Kleists Novelle *Die heilige Cäcilie oder die Gewalt der Musik* und E. T. A. Hoffmanns Roman *Die Elixiere des Teufels*.

Dass Schopenhauer ausgerechnet Köln zu ihrem Erzählraum machte, ist bezeichnend genug – »katholischer« ging es auch seinerzeit kaum, also im ersten Drittel des 19. Jahrhunderts, in das die Geschichts- und die Berichtszeit der Novelle fallen. Und unübersehbar ist, wie stark das traditionelle Köln-Bild – mit dem Dreiklang aus Düsternis, Katholizismus und Bettlertum – in der

86 In einer Anmerkung am Schluss kündigt die Autorin (?) allerdings Aufklärung über die Lebensgeschichte des Bettlers in einer weiteren Geschichte an, die sie aber offenkundig nicht mehr geschrieben hat – es sei denn, die Annonce ihrerseits ist auf der Fiktionsebene der Novelle angesiedelt.

87 Kortländer: *Annette von Droste-Hülshoff*, S. 348–357.

88 Schopenhauer: *Der Bettler*, S. 211 f.

Motivbildung der Novelle nachwirkt. Wenn auch jetzt nicht mehr ausschließlich in der negativen Codierung von ehedem.

Einen Platz in der Kölner Literaturgeschichte nimmt Johanna Schopenhauer vor allem aber dank ihrer ausführlichen nicht-poetischen Beschreibung der Stadt ein, die sie im Zuge einer ausgedehnten Reise kennenlernte. Die Veröffentlichung des einschlägigen Berichts unter dem Titel *Ausflug an den Niederrhein und nach Belgien im Jahr 1828* erfolgte in zwei Bänden 1830/31. Bekannt wurde eine Passage, die das seit der Aufklärungszeit obstinate Köln-Bashing fortzusetzen scheint:

> Die Stadt Köln macht, wenn man ihre Straßen betritt, keinen besonders freundlichen und erheiternden Eindruck, sie ist eine seltsame Zusammensetzung von Schön und Häßlich, von Alt und Neu, wobei ersteres immer noch das Uebergewicht behält, von beklemmender Düsterkeit und freundlicher Helle. In steter Furcht, überfahren zu werden, betäubt vom Lärmen der Lastträger, der Karrenschieber und aller Unlust, eines in sehr beschränkten Räumen allerlei Gewerbe treibenden Volkes, windet man sich auf schlechtem, schlüpfrigem Steinpflaster durch düstere, enge Straßen, von hohen, die Luft beengenden Giebelhäusern umgeben.[89]

Jedoch ist Schopenhauers Blick auf Köln bei näherem Hinsehen differenziert und ambivalent (»Schön und Häßlich«) bis freundlich. Besucht werden der Dom und etliche romanische Kirchen (nicht allerdings St. Kolumba, sonst wäre Drostes Hilfestellung nicht erforderlich gewesen), gerühmt die Kunstschätze der Stadt und die einschlägigen Sammlungen. Dem vier Jahre zuvor verstorbenen Wallraf ist ein lobendes, in etlichen biografischen Details fehlerhaftes Porträt gewidmet. Im Karneval scheint die Autorin sich wohlgefühlt zu haben, der Kölner Dialekt wird amüsiert beschrieben. Von einem literarischen Leben in der Stadt, das diesen Namen verdient, wusste aber auch Johanna Schopenhauer nicht zu berichten.

89 Dies.: *Ausflug an den Niederrhein und nach Belgien im Jahr 1828* (2 Bde.), Leipzig 1830/31, Bd. 1, S. 147.

4. Aufbruch, Revolte, Revolution

Die Kölner Literaturszene um 1795, 1848/49 und 1918/20

4.1 Heiße Zeiten – gut für Literatur?

Über das Verhältnis von allgemeiner und Kultur-, im vorliegenden Fall Literaturgeschichte auch im Sinn einer möglichen wechselseitigen Einflussnahme lässt sich trefflich diskutieren. Plausibel scheint, dass Phasen einer erkennbaren Beschleunigung der Geschichtsbewegung, von politischen und sozialen Umbrüchen und Umschwüngen ihre Wirkung auf Literatur haben, dort ihren wie auch immer gearteten Widerhall finden. Dies einfach aus dem Grund, dass Autoren eben nicht nur Autoren, sondern politische Zeitgenossen sind und auf entsprechende Geschehnisse und Entwicklungen in ihrem Medium reagieren. So könnte sogar ihre dezidierte Weigerung, zu Zeitproblemen Stellung zu nehmen, politisch gedeutet werden – ganz unabhängig davon, dass sich Außerliterarisches hinter dem Rücken ihres Bewusstseins den Texten einschreibt und seiner Entschlüsselung im Interpretationsvorgang harrt. Dies hat die literaturtheoretisch folgenreiche Konsequenz, dass alle Literatur »politisch« ist, es eine im engeren Sinn »unpolitische« gar nicht geben kann.[1] In diesem Sinne würde dann auch ein Begriff wie »politische Lyrik« ein Stück weit obsolet, verstünde sich jedenfalls nicht mehr von selbst und bedürfte einer genauen Definition.

Das Feld dieser Theoriedebatte kann hier nicht ausgeschritten werden. Was die Kölner Literaturgeschichte anbelangt, so lässt sich empirisch belegen und darstellen, dass allgemeine historische Umbruchlagen, die sich zumeist erst im Nachhinein als Epochenzäsuren darstellten, auf sie durchschlugen, auch im lokal und regional umgrenzten Bereich Entwicklungen zeitigten, die ohne sie kaum denkbar wären. Dies soll im vorliegenden Kapitel anhand dreier Ereigniskomplexe analysiert werden: an den Reaktionen von Kölner Literaten auf die Französische Revolution in den 90er Jahren des 18. Jahrhunderts, am politisch-literarischen »Aufbruch« der örtlichen Szene im Kontext der Revolution von 1848/49 und an den Auswirkungen der Revolution von 1918/19, verbunden mit dem Ende des Kaiserreichs und dem Übergang zur Weimarer Republik.

Selbstredend reicht für solche »Literaturbewegungen« der dezidierte Wille von Autoren, sich als politische Zeitgenossen zu verstehen, ihre einschlägigen Überzeugungen öffentlich zu artiku-

1 Folgenreich wurde diese Denkfigur entwickelt von Theodor W. Adorno in seiner *Rede über Lyrik und Gesellschaft* (1951), in: T. W. A.: *Gesammelte Schriften* (20 Bde., hrsg. von Rolf Tiedemann unter Mitwirkung von Gretel Adorno, Susan Buck-Morss und Klaus Schultz), Frankfurt/M. 1970–1986, Bd. 11: *Noten zur Literatur*, S. 49–68.

Abb. 6 Georg Weerth, 1851.

lieren und für die Durchsetzung politischer Projekte auch »mit der Feder« zu kämpfen, nicht aus. Begünstigend hinzukommen muss eine in der Regel plötzliche, ja schockhafte Umstellung der äußeren Ermöglichungsbedingungen. Vor allem, aber nicht nur an der 1848er Situation in Köln lässt sich zeigen, wie die Implosion etablierter Herrschaftsverhältnisse von eben auf jetzt ungeahnte Freiräume entstehen lässt, in die auch genuin literarische Energien hineinstoßen. Die Aufhebung von politischer Verfolgung und Zensur machte im Frühsommer 1848 in Köln nicht nur die Gründung der *Neuen Rheinischen Zeitung* um ihren Chefredakteur Karl Marx möglich, sondern führte auch dazu, dass mit Georg Weerth und Ferdinand Freiligrath zwei der bedeutendsten politischen Autoren des Vormärz wie der Revolutionszeit für kurze Zeit als Redakteure des Organs in Köln ansässig wurden. Das Scheitern der Revolution im Folgejahr und der Sieg der Reaktion mitsamt eines politisch-gesellschaftlichen Rollback zu einem Status quo ante hin beendete dann naheliegend auch diesen Kölner Literaturfrühling. Die *Neue Rheinische Zeitung* musste wie ihre Vorgängerin das Erscheinen einstellen, Marx und Freiligrath gingen ins Exil. Insofern könnten diese Autoren auch einen Platz in dem Kapitel »Emigration und Exil«[2] finden. Allerdings waren sie

2 S. 144–166.

anders als Irmgard Keun, Hans Mayer und Hilde Domin von Haus aus keine Kölner Autoren und die Existenzform Exil für sie kein Ausnahme-, sondern nahezu ein Normalzustand.

Nachdrücklich sei darauf hingewiesen, dass die Geschichte der Kölner Revolten, Aufstände und Revolutionen – die drei Phänomene sind nicht identisch, aber auch in diesem Fall kann die einschlägige Begriffsbildung hier nicht verfolgt werden – reichhaltig und vielgestaltig ist und weit in die Vergangenheit hinter die Französische Revolution bzw. deren Auswirkungen zurückreicht.[3] Die immer wieder auch gewaltsame, im Jahr 1288 terminierende Emanzipation vom erzbischöflichen Stadtherrn durchzieht die mittelalterliche Geschichte der Stadt als Leitmotiv genauso wie der Kampf unterschiedlicher sozialer Gruppen – Stichwort: »Geschlechter« gegen »Gemeinde« – um Positionen, Macht und Einfluss.[4] Im Unterschied zu den durch die Jahreszahlen 1795, 1848/49 und 1918/20 bezeichneten Ereigniskomplexe handelte es sich dabei meist auch nicht um »Importe«, sondern um autochthone Reaktionen auf spezifisch lokale Entwicklungen. Viele davon sind durch die Quellen gut belegt, wurden aber damals nur selten nicht zu Gegenständen einer im engeren Sinn literarischen Bearbeitung. Dies ist der Grund dafür, dass sie in dieser Literaturgeschichte allenfalls eine marginale Rolle spielen.

4.2 Im Gefolge der Französischen Revolution

Die Folgen der Französischen Revolution von 1789 bekam die Stadt Köln in unterschiedlicher Weise zu spüren.[5] Zunächst mittelbar in Gestalt durch- oder zuziehender Emigranten, dann direkter, als der Habsburger Kaiser Leopold II. den ersten, zunächst lediglich von Preußen und Österreich bestrittenen Koalitionskrieg gegen das revolutionäre Frankreich zu einem förmlichen Reichskrieg umzuwandeln trachtete und in diesem Sinne von den Reichsständen, zu denen Köln als Freie Reichsstadt gehörte, die Bereitstellung von Truppenkontingenten für eine Reichsarmee forderte.

Der Kölner Rat lavierte, suchte für die Stadt – wie andere Reichsstände auch – einen Neutralitätsstandpunkt zu behaupten, der absehbare Lasten zu verringern versprach, gerade bei Leopolds Wiener Nachfolger Franz II. allerdings schlecht ankam. Kölns reichspolitische Positionierung schwankte zudem mit dem Wechsel des Kriegsglücks bei den Konfliktparteien: Bereits Ende 1792 schien die französische Eroberung unmittelbar bevorzustehen, jedoch verschaffte die Niederlage der Revolutionsarmee in der Schlacht von Aldenhoven am 1. März 1793 den linksrheinischen Reichsgebieten noch einmal eine Galgenfrist. Die war nach dem Sieg der Franzosen über die Koalition in

3 S. dazu immer noch erhellend Karl Griewank: *Der neuzeitliche Revolutionsbegriff. Entstehung und Geschichte* (= *suhrkamp taschenbuch wissenschaft*, Bd. 52), Frankfurt/M. 1973.

4 S. dazu Toni Diederich: *Revolutionen in Köln. 1074–1918.* Katalog der Ausstellung des Historischen Archivs der Stadt Köln 25. April bis 13. Juli 1973, Köln 1973.

5 S. dazu zusammenfassend Schwerhoff: *Köln im Ancien Regime*, S. 434–455.

der Schlacht bei Fleurus am 26. Juni 1794 definitiv vorbei. Bis zum Oktober zog sich die kaiserliche Armee auf die rechte Rheinseite zurück, eine Kölner Deputation überließ am 6. Oktober den bei Melaten kampierenden Franzosen die Stadtschlüssel. Die zerlumpten Soldaten der Revolutionstruppen besetzten Köln, ohne dass ein Schuss fiel. Damit war das unheroische Ende der jahrhundertelangen reichsstädtischen Ära gekommen (de iure endete sie erst mit der Aufhebung der reichsstädtischen Verfassung drei Jahre später), und es begann die 20 Jahre währende »Franzosenzeit«.[6]

Die politischen Entwicklungen im Nachbarland seit 1789 waren auch in Köln aufmerksam verfolgt worden, führten wie vielerorts zu Parteiungen zwischen »Aristokraten« und »Demokraten«. Amtliche Berichte bereits vom August 1791 erwähnen die Existenz politischer Clubs, die allerdings von anderen Beobachtern der Szene bestritten wurde.[7] Auch Sulpiz Boisserée betonte in seiner fragmentarischen Autobiografie zum Zeitraum »Köln Herbst 1792 bis Oktober 1794«, dass es in Köln organisierte Revolutionsfreunde gab.[8] Jedoch schwenkte die öffentliche Meinung am Niederrhein wie überhaupt in der deutschen Intellektuellenszene nach der Hinrichtung des französischen Königspaares 1793 zu großen Teilen auf eine antirevolutionäre Linie ein, so dass es revolutionsfreundlichen Stimmen schwerfiel, sich überhaupt Gehör zu verschaffen. Hinzu kam die Wirksamkeit einer Zensur, die gerade in Köln auf – jetzt ins Gewand eines revolutionären Republikanismus gekleidete – kirchen- und obrigkeitsfeindliche Äußerungen traditionell empfindlich reagierte.[9]

So verwundert es nicht, dass sich republikanisch-revolutionäre Positionen in Köln publizistisch intensiver erst artikulieren konnten, als mit der französischen Besatzung des Rheinlandes und seiner drei Jahre später erfolgten Integration in das französische Staatsgebiet die früheren Behinderungen entfielen. Das verweist auf einen strukturellen und, wie zu zeigen sein wird, auch literaturgeschichtlich relevanten Unterschied zu den revolutionären Konstellationen der Jahre 1848/49 und 1918/19: Revolutionäre bzw. die Pariser Politik unterstützende Bestrebungen der 1790er Jahre in Köln wurden praktisch erst möglich infolge der Besetzung.

Dieser Umstand löst auch Vorbehalte aus, besagte Positionen schlicht als »jakobinisch« zu bezeichnen.[10] Schließlich hatte der Sieg der Revolutionsarmee bei Fleurus gerade wesentlich

6 S. Gerhard Brunn: *Franzosen in Köln. Ein Überblick*, in: *Geschichte in Köln* 26 (1989), S. 19–41; Klaus Müller: *Köln von der französischen zur preußischen Herrschaft. 1794–1815* (= *Geschichte der Stadt Köln* (13 Bde.), Bd. 8), Köln 2005.

7 Joseph Hansen (Hg.): *Quellen zur Geschichte des Rheinlandes im Zeitalter der französischen Revolution*, Bd. 1, 923 f. (Nr. 424) – Besonders hellhörig und misstrauisch mit Blick auf ein geheimes revolutionsfreundliches Clubwesen in Köln war der kaiserliche Resident Franz Josef von Bossart. S. seine Berichte an den Reichsvizekanzler Rudolph Joseph Fürst von Colloredo, etwa vom 6. bis 13. September 1792, in: Hansen, *Quellen*, Bd. 2: *1792–1793*, Bonn 1933, S. 343 f. (Nr. 166).

8 Sulpiz Boisserée: *Fragmente einer Selbstbiografie* in: S. B.: *Tagebücher 1808–1854* (5 Bde.), hrsg. von Hans-J. Weitz, Darmstadt 1978, Bd. 1, S. 1–41; hier: S. 9.

9 S. Schwerhoff: *Köln im Ancien Regime*, S. 301–304; s. außerdem Isabel Heitjan: *Zur stadtkölnischen Bücherzensur am Ende des 18. Jahrhunderts*, in: *Gutenberg-Jahrbuch* 42 (1967), S. 204–207.

10 Axel Kuhn: *Jakobiner im Rheinland. Der Kölner konstitutionelle Zirkel von 1798* (= *Stuttgarter Beiträge zur Ge-*

zum Sturz von Robespierres jakobinischem Terrorregime beigetragen – im Juli 1794, gut zwei Monate vor dem Einzug der Franzosen in Köln. Als Jakobiner wären die Kölner Revolutionsfreunde also deutlich »verspätet« auf den Plan getreten. Wie die Dinge lagen, konnten sie sich seit jenem Zeitpunkt nur noch als Parteigänger der neuerrichteten Pariser Direktorialregierung verstehen. Diese war keineswegs mehr »jakobinisch«, sondern markiert vielmehr den Übergang von der »heißen« Phase der Revolution zur Herrschaft Napoleons, die mit dem Staatsstreich von 1799 begann; damit aber auch, in außenpolitischer Perspektive, den Wechsel vom Prinzip eines revolutionären Freiheitsexports hin zu imperialer Eroberung.[11]

Nicht nur, aber besonders im damaligen Rheinland wurden diese Veränderungen selbstverständlich wahrgenommen, diskutiert und kritisiert, genauso wie die konkreten, lebensweltlich belangvollen Folgen der Besetzung: die hohen Kontributionsbelastungen, das autoritäre Auftreten der neuen, angeblich die »Freiheit« bringenden Herren und, gerade auch in Köln, der Raub und Abtransport der jeweils am Ort anzutreffenden Kunstschätze. All das führte langfristig zu jenem Einstellungswandel breiter Bevölkerungsschichten gegenüber dem Nachbarland, der schließlich in den Nationalismus der Befreiungskriege mündete. Auf der anderen Seite wussten viele Rheinländer, und dies erst recht seit 1815, die französischen »Implementationen« zu schätzen, vor allem ein fortschrittliches Verwaltungs- und Rechtssystem im Zeichen des von Napoleon eingeführten Code civil.[12] Nicht zuletzt waren es die dadurch ausgelösten Modernisierungseffekte, die nach 1815 die nunmehr preußische Rheinprovinz zur fortschrittlichsten Region des Hohenzollernstaates machten und für einen signifikanten frühindustriellen Takeoff sorgten.

schichte und Politik, Bd. 10), Stuttgart 1978; Walter Grab: *Ein Volk muss seine Freiheit selbst erobern. Zur Geschichte der deutschen Jakobiner*, Frankfurt/M./Olten/Wien 1984, S. 167–272. – Berechtigte Kritik an einem unscharfen und ausufernden Begriff von »deutschem Jakobinismus« hatte, im Nachgang zum Aufschwung der hiesigen literarischen Jakobiner-Forschung um 1970, bereits Gerhard Kaiser geäußert: *Über den Umgang mit Republikanern, Jakobinern und Zitaten*, in: *Deutsche Vierteljahrsschrift für Literaturwissenschaft und Geistesgeschichte* 49 (1975). Sonderheft 18. Jahrhundert, S. 226–242.

11 Kuhn spricht, des Begriffsproblems wohl gewahr, in seiner Studie über den Kölner konstitutionellen Zirkel von einem dort anzutreffenden »Neojakobinismus«, dem es wie im zeitgenössischen Frankreich um eine demokratische Gestaltung des politischen Lebens, Kontrolle der Beamten und soziale Gerechtigkeit mit progressiver Einkommenssteuer gegangen sei. Ein weiteres komplexes sozialhistorisches Problem ist die Überschneidung von vorrevolutionärem und revolutionärem Protest im dann französisch besetzten Rheinland; s. dazu Klaus Müller: *Studien zum Übergang vom Ancien Régime zur Revolution im Rheinland. Bürgerproteste und Patriotenbewegung in Aachen und Köln*, in: *Annalen des Historischen Vereins für den Niederrhein* 46 (1982), S. 102–160.

12 Diese Ambivalenzen beschreibt nachdrücklich Franz Dumont: *Befreiung oder Fremdherrschaft? Zur französischen Besatzungspolitik am Rhein im Zeitalter der Revolution*, in: Peter Hüttenberger/Hansgeorg Molitor (Hg.): *Franzosen und Deutsche am Rhein 1789–1918–1945*, Essen 1989, S. 91–112; überholt hingegen in der einseitig prorevolutionären und profranzösischen Sichtweise ist Manfred Windfuhr: *Die unzulängliche Gesellschaft. Rheinische Sozialkritik von Spee bis Böll* (= *Texte Metzler*, Bd. 19), Stuttgart 1971.

Gerade in Köln schlug der allerdings nicht oder kaum auf die literarische Szene und Produktion durch – auf die Gründe dafür wird noch zurückzukommen sein.[13]

Für die kurzlebige Blüte demokratisch-revolutionärer Literatur in Köln, die mit dem Einzug der Franzosen anhob,[14] stehen im Wesentlichen diese Repräsentanten: Theodor Mathias Biergans, Maximilian Blumhofer, Johann Heinrich Frambach, Johann Baptist Geich, Christoph Sommer und Karl Anton Zumbach. Sie stammten übrigens bis auf Geich allesamt nicht aus Köln. Wenn die Autoren auch sehr unterschiedlich und teils untereinander verfeindet waren, so lassen sich doch gemeinsame Merkmale des sozialen Typs und Profils feststellen. Auffällig ist, dass mit Biergans, Geich und Sommer gleich drei entweder eine theologische Ausbildung erhalten hatten oder zum Priester geweiht worden und/oder einem kirchlichen Orden beigetreten waren. Die »Bekehrung« zum radikalen Flügel der deutschen Aufklärung, zum weltlichen Republikanismus und zur entschiedenen Parteinahme für die Revolution verband sich dann tendenziell mit einer scharfen antiklerikalen Wendung, die mitunter auf tiefsitzende lebensgeschichtliche, durch die ursprüngliche Sozialisation verursachte Traumata schließen lässt. Die Kölner Republikaner waren übrigens diesbezüglich keine lokalen Besonderheiten. Einen berühmten Parallelfall stellt der Bonner Literaturprofessor, Lyriker und frühere Franziskanerpater Eulogius Schneider dar (mit dem ein Teil der Kölner Republikaner in Verbindung stand), der 1793 als Prokurator des Straßburger Revolutionstribunals zu einer Schreckensfigur wurde.

Des Weiteren repräsentieren die Genannten meistenteils den Typus des »Dichter-Journalisten«, der, literatursoziologisch außerordentlich signifikant, in dieser Form tatsächlich ein Geschöpf der politisch erhitzten Revolutionsperiode ist. Vor allem als Verfasser von Flugschriften und als Herausgeber und Mitautoren diverser von ihnen aktuell gegründeter Zeitschriften stellten sie sich in Leitartikeln, Analysen, Berichten, Aufrufen, Reden und Polemiken in den Dienst der »französischen Sache«.[15] Da ging es dann auch um sehr Köln-spezifische Belange. Leidenschaftlich diskutiert wurde etwa die Frage, ob die besetzten linksrheinischen Gebiete sich zu einer stark an Frankreich orientierten »Cisrhenanischen« Republik formieren oder gleich dem französischen Staatsgebiet eingegliedert werden sollten. Letzteres tat die Besatzungsmacht dann, ohne auf die Ansichten in der Kölner Bürgerschaft Rücksicht zu nehmen, 1797 im Nachgang zum Friedensschluss von Campo Formio zwischen Frankreich und dem deutschen Kaiser. Öffentlich bekannt wurden die entsprechenden Artikel 1801 im Frieden von Lunéville, der den Zweiten Koalitionskrieg beendete.

---

13 S. in diesem Buch S. 443–446.

14 Wegener: *Literarisches Leben*, Bd. 1, S. 105–127; Klaus Müller: *Köln von der französischen zur preußischen Herrschaft*, S. 341–348.

15 Einschlägige Quellen in: *Linksrheinische deutsche Jakobiner. Aufrufe, Reden Protokolle, Briefe und Schriften 1794–1801*, hrsg. von Axel Kuhn (= *Deutsche revolutionäre Demokraten: Darstellung und Dokumentation* (5 Bde.), Bd. 2), Stuttgart 1978.

Sodann wandten sich vor allem Geich und Biergans aggressiv, wirkungsvoll – und im Übrigen durchaus berechtigt – gegen das vom Kölner Rat vertretene Narrativ, die Stadt verfüge bereits seit Jahrhunderten über eine demokratische Verfassung. Mit einer einschlägigen, von Wallraf mitverfassten Denkschrift war der Bürgermeister Johann Maria Nicolaus DuMont 1795 nach Paris geschickt worden, um dort vor dem Nationalkonvent für den Erhalt der Kölner Verfassung und eine Erleichterung der Kontributionslasten zu werben. In den Augen der Kölner Republikaner zeugte die offiziell gerühmte Verfassung von Willkürherrschaft, Fanatismus und einer grundständigen Verletzung elementarer Bürgerrechte.

All diese Positionen wurden nicht nur in diskursiver Form, sondern auch im engeren Sinn literarisch vertreten. Die Autoren frönten dem »Tyrannenhass«, feierten »Freiheit, Gleichheit, Brüderlichkeit« immer wieder in flammender Revolutionslyrik. Ein prominenter Vertreter dieses Genres war Franz Theodor Matthias Biergans (1768–1842)[16], der im Folgenden etwas ausführlicher gewürdigt sei. In Aldenhoven geboren, hatte er bereits 1789 das Kreuzherrenkloster Schwarzenbroich bei Jülich verlassen, um am österreichischen Krieg gegen die Türken auf dem Balkan teilzunehmen. Er desertierte jedoch aus der Armee und kehrte aus Schutzgründen vorübergehend ins Kloster zurück. Auf dem Heimweg hielt er sich eine Zeit lang in Stuttgart auf, wo er mit Christian Friedrich Daniel Schubart und Gottfried August Bürger maßgebliche Vertreter einer antiabsolutistisch-vorrevolutionären Dichtung kennenlernte. Im April 1795 siedelte er – nunmehr entschiedener Parteigänger der Französischen Revolution bei fortgesetzter Bewunderung für den aufgeklärten Nichtrevolutionär Wallraf, dessen Wahl zum Rektor der Kölner Universität 1793 er noch mit einer Ode gefeiert hatte – nach Köln über, wo er bis zu seiner Verhaftung und Abschiebung nach Aachen Anfang 1796 eine *Zehntagsschrift* mit dem für sich sprechenden Titel *Brutus oder Der Tyrannenfeind* herausgab. Bereits 1794 hatte er in Köln einen *Musenalmanach auf das Jahr 1795* herausgegeben, der seine eigenen, noch im Kloster verfertigten Gedichte enthielt.[17]

Als Beispiel für Biergans' revolutionäre Lyrik folgt hier ein Auszug aus seiner *Ode an die Freiheit*[18], die er im ersten Stück des *Brutus*, also in der Debütpublikation, platzierte:

---

16 S. zu Biergans den Kommentar in Hansen: *Quellen*, Bd. 3: *1794–1797*, Bonn 1935, S. 501–513, teils mit unreflektierten, ideologisch aufgeladenen Negativwertungen: »Sein Brutus ist angefüllt mit plumpen und geschmacklosen Angriffen auf das katholische Kirchenwesen und seine Vertreter, in denen er die unverbesserlichen Feinde politischer Freiheit und Gleichheit sieht.« (S. 504); Cornelius von Grumbkow: *Franz Theodor Mathias Biergans (1768–1842). Zu Leben und Werk eines rheinischen Jakobiners*, in: *Jahrbuch Demokratie und Arbeitergeschichte* 2 (1982), S. 108–119; Wegener: *Literarisches Leben*, Bd. 1, S. 106–114, 229 f.; Enno Stahl: *Nachwort*, in: *Kölner Autoren-Lexikon*, Bd. 1, S. 269–271.

17 S. dazu Joseph Gotzen: *Der erste Kölner Musenalmanach von 1795 und sein Verfasser Franz Theodor Matthias Biergans*, in: *Jahrbuch des Kölnischen Geschichtsvereins* 6/7 (1925), S. 153–172.

18 Franz Theodor Biergans: *Ode an die Freiheit*, in: F. T. B. (Hg.): *Brutus oder Der Tyrannenfeind. Eine Zehntagsschrift um Licht und Patriotism zu verbreiten*, Köln 1795/96, 1. Jg., 1. Stück, S. 49–52; hier: S. 51 f.

[...]

Europens Söhne, zaudert so lang ihr woll't,
Der Barsche Frank zerbrache voll Muth das Joch
Der stolzen Könige, und schlug das
Heer der Tyrannen hinweg vom Rhenus

Und wir sind frei – frei, nennen Urvater dich
Nur Herr, dein Tempel ist das Gefielde der
Franzosen, dein Altar das Herz des
Freien, – Tyrannen Mord dein Brandopfer!

Mit Sklavenblut ist Belgien angefeuch't,
Despoten Leichen wälzet gen Albion
Der Rhenus hin, – die beiden Meere
Beugen den Vesten der Freiheit willig

Den stolzen Nacken – selbst der ergrimmte Nord
Umwehet sanft den Baum mit dreifacher Flagg',
Und selbsten Philomela schlaget
Stolzer die Lieder im Land der Freiheit.

[...]

Biergans greift hier stilistisch hoch hinaus – zu den Sternen, wenn man so will: Vorbild ist unverkennbar, wie in Wallrafs *Hymnus an die Natur*, die Odendichtung Klopstocks. Das lag umso näher, als Klopstock die Französische Revolution zunächst begeistert begrüßt hatte. Sein Gedicht *Die Jakobiner* von 1793, das die Abwendung signalisiert, mochte Biergans seinerzeit noch nicht kennen – allgemein zugänglich wurde es erst 1798 durch die Publikation im zweiten Band der Oden. Klopstocks hohen, erhabenen Ton jedenfalls adaptiert der Nachfolger genauso wie das von jenem häufig verwendete Formmodell: den reimlosen Vierzeiler der alkäischen Strophe mit jeweils elf, neun und zehn Silben und zahlreichen Enjambements. Allerdings mutet das naturreligiös unterfütterte Pathos samt der sprachlichen Hochrüstung mithilfe der zeitüblichen Anleihen bei der Antike (Albion für England, Philomele für Nachtigall) gewaltsam, erzwungen und dadurch schon wieder unfreiwillig komisch an. Es kommt zu peinlichen Brüchen in der Bildlichkeit – »Meere« beugen den »stolzen Nacken« –, und die Stereotypie der Freiheitsfeier ermüdet den Leser rasch. Durchaus unkomisch ist die Blutrünstigkeit des Textes, der auf dem Rhein »Despotenleichen« treiben lässt. Das ist ein Bildfeld, das bereits auf Kleists berüchtigte Ode *Germania an ihre Kinder* vorausweist, in der dann allerdings die Franzosen Objekt der Aggression werden.

So oder so ist offenkundig, dass sich hier ein Dilettant an seinem Gegenstand wie an dessen dichterischer Ausformung verhebt – fortschrittliche Gesinnung allein macht eben noch keine gute Literatur. Gelungener sind Biergans' humoristische Gedichte, die in ihrem Tonfall geschmeidiger und natürlicher wirken. Es ist gerade die genrebedingte Vermeidung des Genus sublime, die ihnen zum Vorteil gereicht. Zitiert seien hier einige Strophen aus dem ironischen Rollengedicht *Die Mutter an ihren nach Köln reisenden Sohn*[19]. De facto gestaltet Biergans in diesem *Lied in Knittelversen* die verzweifelte Klage eines enthusiastischen Revolutionärs – also seine eigene – über eine Lebenswelt, deren bräsiger Traditionalismus und fehlender Wille zur Veränderung für ihn eine kaum zu knackende Nuss darstellt. Sie verschmilzt übrigens mit damals bereits wohletablierten Anti-Köln-Topoi, die Heine ein halbes Jahrhundert später in *Deutschland. Ein Wintermärchen* mit ähnlicher Motivik, aber künstlerisch ungleich virtuoser wieder aufgreifen sollte.

[...]

Trinkst du gern ein Gläschen Wein,
willst en schönes Mädchen haben
geh in nächstes Klösterlein –
kannst du Leib und Seele laben,
kommt den Seelchen hier im schlechten Stand
Pater Beicht'ger ist ja bei der Hand
Der wird dich absolviren.

Köln ist reich an Pfaffen, und –
Reich an Venus-Priesterinnen
Beide leben ziemlich bunt,
sind durch wenig zu gewinnen:
Doch die Bettler sind impertinent,
zahlst du nicht, so wirst du ausgeschändt,
und das – mit Rathes Bewilligung.

Sollt ich noch von Hexerei
von dem Alp und von Gespenstern
von der Mönchs-Betrügerei
und von den Rossen in den Fenstern
Dir erzählen, traun bei meiner Gürt!
Glaub es mir mein lieber Sohn, ich würd
In Jahr, und Tag nicht fertig.

19 Biergans: *Brutus*, 1. Jg., 11. Stück, S. 253–256; hier: S. 255 f.

[...]

Biergans' weiteres literarisches und politisches Wirken im Rheinland zeichnete sich durch eine bemerkenswerte, die Umschwünge der kommenden Jahre geschmeidig mitvollziehende Anpassungsfähigkeit aus. In unterschiedlichen beruflichen Positionen begrüßte er den Aufstieg Napoleons genauso wie dessen Sturz und den Beginn der preußischen Herrschaft 1815. Ob hier purer Opportunismus oder ein substanzieller Einstellungswandel vorlag, ist im Nachhinein schwer zu beurteilen. Immerhin gibt es prominente Parallelfälle: Auch Joseph Görres, rheinisch-katholischer Publizist und Naturphilosoph, wandelte sich vom glühenden Anhänger der Revolution zum Napoleon-Hasser, Judenfeind und großdeutschen Nationalisten.

Johann Heinrich Frambach (1771–1821)[20], aus Düsseldorf gebürtig, tauchte 1795 in Köln auf, wo er sich als Adjunkt beim Zahlenamt der französischen Nordarmee verdingte. 1799 ersteigerte er für sich einen Posten als Steuereintreiber. In der Gruppe der Kölner Revolutionsfreunde markiert er den Gegenpol zu Biergans, als dessen dezidierter Gegner er sich in seinem bereits im Jahr der Ankunft in Köln publizierten satirischen Schauspiel *Kreuz- und Queerzüge, Leben und Heldentod des Ritters Gänsebier* exponierte. Biergans, dessen verschlungenen Lebensweg zwischen Kloster und Krieg, Politik und Publizistik Frambach aufs Korn nimmt, erscheint hier als eine lächerliche Kreuzung aus Don Quijote und Faust. Neben persönlichen Antipathien dürften bei dieser Attacke auch tiefgreifende politische Divergenzen eine Rolle gespielt haben: Gehörte Biergans sozusagen zur Kölner jakobinischen »Linken«, so Frambach eher zur girondistischen »Rechten«. Diese Position lässt sich auch aus dessen Theaterstücken erschließen, mit denen er ein von Biergans nicht bestelltes literarisches Gattungsfeld beackerte. Kurzzeitig – 1801/02 – amtierte er sogar, nach der Gründung einer eigenen Schauspielergesellschaft, in Köln als Theaterdirektor.

Während Frambachs 1798 in Köln aufgeführtes Trauerspiel *Die Inquisition* in zeitüblicher Weise »Priesterherrschaft« und »Fanatismus« geißelt, die »Fackel der Aufklärung« leuchten lässt und sich solchermaßen im weitesten Sinn als Parteinahme für die Französische Revolution lesen lässt, vermittelt sein bereits 1793 in Köln publizierter Einakter *Der Flüchtling* ein sehr viel differenzierteres Bild: Ein vor den Ereignissen in seinem Heimatland nach Deutschland geflohener und verarmter französischer Graf wird durch die Intrige eines Hofbeamten an einer Fürstenresidenz um den Rest seines Vermögens gebracht. Der Fürst höchstpersönlich deckt das Verbrechen auf und verhilft dem Geprellten zu seinem Recht. Das unverkennbar an Schillers *Kabale und Liebe* orientierte Stück – auch Frambach wartet mit einem abstoßenden Hoflakaien namens Wurm auf – ist nicht einmal Revolutionsdichtung. Als Autorposition darf man vielmehr einen gemäßigten Konstitutionalismus vermuten: Während die Gräuel der Revolution in drastischen Farben gemalt werden, repräsentiert der idealisiert dargestellte Fürst ein humanes Herrschertum im Sinn des aufgeklärten Absolutismus.

20 S. zu Leben und Werk Wegener: *Literarisches Leben*, Bd. 1, S. 115–118, 248 f.

Von hier aus wäre prinzipiell auch der Weg zu einer konstitutionellen Monarchie frei, nicht aber der zu einer in Strömen von Blut errichteten Republik. Mag er als Dramatiker auch höchstens zweitklassig, mögen Dramaturgie und Charakterzeichnungen schematisch sein – als Figur mit offensichtlich sehr eigenständigem politischem Profil ist Frambach interessant. Erneut lässt sich an ihm zeigen, dass es problematisch ist, der Szene der Kölner Franzosenfreunde in den 1790er Jahren umstandslos das Etikett »Jakobiner« aufzukleben.

4.3 1848/49

Meine Geschäfte waren bald gemacht, da man jetzt gar keine macht, und ich eilte daher nach Köln, wo ich alle meine alten Bekannten in den Volksversammlungen auf dem Gürzenich antraf und mich nicht wenig darüber erfreute, dass sie die errungenen Freiheiten trefflich zu benutzen wissen. Nachdem wir über Errichtung einer neuen Zeitung in Köln verhandelt hatten, kehrte ich gestern, Sonntag, den 26., hierher zurück.[21]

Dieser Brief Georg Weerths vom 27. März 1848 aus Brüssel an seine Mutter informiert uns darüber, dass der dortige Vertreter des Hamburger Textilhauses Emanuel & Sohn und zugleich nach dem 1883 niedergeschriebenen Urteil seines Freundes Friedrich Engels »erste[.] und bedeutendste[.] Dichter des deutschen Proletariats«[22] mit dabei war, als im nämlichen Jahr auch Köln von den Unruhen des Revolutionsjahres erfasst wurde und sogar zur Zentrale der rheinischen Revolutionsbewegung wurde.[23]

Die *Kölnische Zeitung* hatte zuerst am 25. Februar 1848 vom Ausbruch der Februarrevolution in Paris berichtet, die dort rasch zum Ende der Julimonarchie und zur Errichtung einer Republik führte. In Köln setzte die Revolution am 3. März ein, einen Tag nach Weiberfastnacht, mit einer u. a. von dem Armenarzt Andreas Gottschalk geführten Demonstration von Arbeitern und Handwerkern, die den zeitgleich tagenden Kölner Stadtrat aufforderten, sich für politische und soziale Reformen ein- und diese auch durchzusetzen. Weil der Rat größtenteils aus nach Zensuswahlrecht bestimmten liberal-konservativen Honoratioren bestand (ihm gehörten mit dem Arzt Karl d'Ester und dem Kaufmann Franz Raveaux allerdings auch radikale Demokraten an), traten sich hinsichtlich der politischen Orientierungen und Ziele sogleich Gräben zwischen den Akteuren auf.

21 Georg Weerth: *Vergessene Texte. Werkauswahl* (2 Bde.), hrsg. von Jürgen-W. Goette/Jost Hermand/Rolf Schloesser, Bd. 1, Köln 1975, S. 102.

22 Friedrich Engels: *Georg Weerth, der erste und bedeutendste Dichter des deutschen Proletariats*, in: Karl Marx/Friedrich Engels: *Werke* (44 Bde.), Bd. 21: *Mai 1883 – Dezember 1889*, Berlin (Ost) 1962, S. 5.

23 Zur Geschichte des Revolutionsjahres in Köln Jürgen Herres: *1848/49. Revolution in Köln*, Köln 1998; ders.: *Köln in preußischer Zeit. 1815–1871* (= *Geschichte der Stadt Köln*, Bd. 9), Köln 2012, S. 237–288.

Der Fortgang der Revolution in Köln kann nicht Gegenstand dieser Darstellung sein; festzuhalten ist, dass Weerth bereits gut drei Wochen nach dem Beginn der Bewegung vor Ort war, und das ausweislich des zitierten Briefes nicht nur aus allgemeiner Begeisterung, sondern mit dem konkreten Ziel, die Revolution in Deutschland auf die für einen politischen Autor naheliegende Weise – konkret: durch die Gründung einer Zeitung – zu befördern. Zeitgleich schrieb Weerth in diesem Sinn einen Brief an Karl Marx, den er seit 1845 kannte und mit dem er im 1847 in London gegründeten geheimen *Bund der Kommunisten* zusammenarbeitete:

> Bürgers, d'Ester sprechen von einer neuen Zeitung. Die Fonds, welche man zu erhalten glaubt, scheinen mir aber noch zweifelhaft. Statt in Paris zu sitzen, wäre es gewiss gut, wenn du hierher kämst usw. Denn jedenfalls ist jetzt viel zu machen. Die Polizei ist sehr kaduk [sc. hinfällig, gebrechlich, d. Verf.], und die Amnestie scheint bis jetzt wirklich zu existieren.[24]

Tatsächlich kam Marx mit etlichen Getreuen Anfang April 1848 nach Köln, um dort das von Weerth beschriebene Zeitungsprojekt voranzutreiben. Die Ortswahl lag insofern nahe, als Marx mit der neuen Zeitung an einen Vorgänger, die ebenfalls in Köln publizierte *Rheinische Zeitung*[25], anknüpfen konnte, deren De-facto-Chefredakteur er 1842/43 bis zu ihrem Verbot durch die preußischen Behörden gewesen war. Außerdem war Köln die Metropole der ökonomisch fortgeschrittensten Region in Preußen mit einer sich bereits in Ansätzen formierenden proletarischen Bewegung. Und die Praxis der Rechtsprechung folgte hier, im Unterschied zu Berlin, noch den liberal-progressiven Maßgaben des Code Napoléon.

So konnte die von Marx als Chefredakteur geleitete *Neue Rheinische Zeitung* am 1. Juni erstmals erscheinen – und sich halten bis zu ihrer Einstellung am 19. Mai 1849, die durch die Niederlage der Revolution in der Reichsverfassungskampagne sowie den gescheiterten Aufständen des Frühjahrs 1849 und durch den sich darin manifestierenden Sieg der Reaktion erzwungen wurde. Ein Publikationsverbot bestand auch während des Belagerungszustandes für Köln vom 16. September bis zum 12. Oktober 1848. Die am Heumarkt »residierende« *NRhZ* setzte sich für die Errichtung einer demokratischen deutschen Republik ein, für allgemeines Wahlrecht, Rede-, Presse- und Koalitionsfreiheit, eine Verbesserung der Arbeitsbedingungen für die abhängig Beschäftigten in der Industrie und die öffentliche Finanzierung des Schulwesens. In diesem Sinne strebte sie eine Allianz mit dem fortschrittlichen Bürgertum gegen die bröckelnde Adelsherrschaft und die sozialen Residuen des Feudalismus an. Die Propagierung einer proletarisch-kommunistischen Revolution unterblieb hingegen, weil Marx, der diese als Fernziel durchaus im Auge hatte, die aktuellen Realisierungschancen angesichts der einstweiligen Klassenschwäche des Proletariats für geringhielt und weder das Bündnis mit dem progressiven Bürgertum noch

24 Weerth: *Texte*, Bd. 1, S. 101.

25 Zur *Rheinischen Zeitung* s. Wegener: *Literarisches Leben*, Bd. 3: *1840–1850*, bearbeitet von Enno Stahl, Köln 2008, S. 80–84.

die publizistische Breitenwirkung seines Organs gefährden wollte. Das verhinderte nicht, dass die *NRhZ* schon bald in einen scharfen Gegensatz zum bürgerlich-liberalen und zugleich antirepublikanischen Mainstream des Paulskirchenparlaments geriet.

Dieser etwas ausführlichere Blick auf die neue Zeitung war insofern notwendig, als auch die im engeren Sinn literarische Produktion Georg Weerths (1822–1856), der seit dem ersten Erscheinungstag das Feuilleton leitete, und Ferdinand Freiligraths (1810–1876), der seit Oktober 1848 für das Auslandsressort verantwortlich zeichnete, mit ihrer Berufstätigkeit als Redakteure eng verflochten war.[26] Beide verkörpern den bereits für die 90er Jahre des 18. Jahrhunderts nachgewiesenen, dann im Vormärz und in der Revolutionszeit erneut und verstärkt auftretenden Typ des »Dichter-Journalisten«.[27] Im Zeichen dieser Verbindung rückten zum einen zunächst unterschiedlichen Produktionssphären zugehörige Textformen wie Reportage und Satire eng zusammen. Publikationstechnisch zeigte sich die tendenzielle Verschmelzung im Fortsetzungsroman und im Fortsetzungsfeuilleton. Darüber hinaus verdankte sich ihr der unverkennbare Aufschwung der politischen Lyrik bis hin zur Agitationslyrik in den Jahren vor und um 1848.[28] Einschlägig orientierte Autoren nutzten, wenn sie für eine Zeitung schrieben oder gar dort beschäftigt waren, dieses Publikationsforum, um (tages-)aktuelle politische Forderungen oder Kritik mit literarischen Mitteln zu artikulieren und auch politisch-publizistische Gegner zu attackieren.

Vor diesem Hintergrund wird verständlich, warum ausgerechnet und verschärft seit den 40er Jahren die Pressefreiheit ins Zentrum der von der politischen Opposition erhobenen Forderungen rückte. Und weil sie die ungehinderte Publikation von politischer Dichtung ermöglichen sollte, wurde sie ihrerseits zu deren Thema. Ein prominentes Beispiel dafür ist Freiligraths Gedicht *Freie Presse* aus dem Zyklus *Ça ira!* von 1846. Im originellen Bild der zu Bleikugeln umgeschmolzenen Lettern (»Doch – welch Mittel ist noch übrig, und wie kann es anders sein?/ Nur als Kugel mag die Type dieser Tage sich befrein!«[29]) zeigt der operative, auf praktische Veränderung zielende Literaturbegriff dabei auch die Zähne der Militanz – und legt die Frage nach einer spezifischen Dialektik nahe, die die Theoriedebatte um eine politisierte Literatur noch und

26 S. dazu zusammenfassend Wegener: *Literarisches Leben*, Bd. 3, S. 127–151.

27 Der prominenteste Vertreter dieses Phänotyps ist unstrittig Heinrich Heine. Er wurde als solcher posthum prominent angegriffen von Karl Kraus, der ihm die Verflachung der Literatur im Zuge ihrer Amalgamierung mit Feuilleton und Journalismus vorwarf. Adorno aktualisierte diese Kritik in seinem 1956er Vortrag *Die Wunde Heine*.

28 S. dazu Giuseppe Farese: *Lyrik des Vormärz*, in: Bernd Witte (Hg.): *Vormärz: Biedermeier, Junges Deutschland, Demokraten 1815–1848* (= *Deutsche Literatur. Eine Sozialgeschichte* (10 Bde.), hrsg. von Horst Albert Glaser, Bd. 6 [= rororo, Bd. 6255]), Reinbek 1980, S. 227–244; allgemein zur politischen Lyrik des Vormärz Horst Denkler: *Zwischen Julirevolution (1830) und Märzrevolution (1848/49)*, in: Walter Hinderer (Hg.): *Geschichte der politischen Lyrik in Deutschland*, Stuttgart 1978, S. 179–209.

29 Ferdinand Freiligrath: *Ça ira!* in: F. F.: *Werke in einem Band*, hrsg. von Werner Ilberg, Berlin/Weimar 1980, S. 94–96; hier: S. 95.

sogar verstärkt in der 1968er-Zeit begleitete: Hebt Dichtung, die unmittelbar in politische Praxis übergeht (in Marx' Worten: die zur »materiellen Gewalt« wird), sich nicht selbst auf?

Auch Weerth schrieb Gedichte, in denen er seine Tätigkeit als literarisch tätiger Zeitungsredakteur performativ reflektierte. Zu ihnen gehört die Lyriksatire *Heute morgen fuhr ich nach Düsseldorf*, zuerst erschienen in der *NRhZ* vom 14. Juli 1848.[30] Es handelt sich dabei um den fiktiven Dialog des dem empirischen Ich des Autors sehr nahen lyrischen Sprechers mit einem reaktionären, aber offensichtlich die *NRhZ* lesenden Zeitgenossen, dessen Feindschaft gegen deren »Kommunismus« durch hemmungslose Übertreibung ins Lächerliche gezogen wird.

Heute morgen fuhr ich nach Düsseldorf
In sehr honetter Begleitung:
Ein Regierungsrat – er schimpfte sehr
Auf die Neue Rheinische Zeitung.

»Die Redakteure dieses Blatts«,
So sprach er, »sind sämtlich Teufel;
Sie fürchten weder den lieben Gott
Noch den Ober-Prokurator Zweiffel.

Für alles irdische Missgeschick
Sehn sie die einzige Heilung
In der rosenrötlichen Republik
Und vollkommener Güterteilung.

Die ganze Welt wird eingeteilt
In tausend Millionen Parzellen;
In so viel Land, in so viel Sand

Und in so viel Meereswellen.
[...][31]

30 S. zu realhistorischen Hintergründen und Interpretation Michael Vogt: *Poesie als Rhetorik – Georg Weerths Spottgedicht »Heute morgen fuhr ich nach Düsseldorf«*, in: M. V. (Hg.): *Georg Weerth und das Feuilleton der »Neuen Rheinischen Zeitung«* (= *Forum Vormärz Forschung e. V. – Vormärz-Studien*, Bd. 2), Bielefeld 1999, S. 57–68.

31 Weerth: *Heute morgen fuhr ich nach Düsseldorf* in: G. W: *Texte*, Bd. 2, S. 55–57; hier: S. 55.

Es kann im Folgenden nicht darum gehen, Weerths und Freiligraths dichterisches Werk in Gänze zu würdigen.[32] Der Blick richtet ich zuerst auf jenes Kölner Jahr – 1848/49 –, das in beider Biografie nur eine Episode war[33], aber zugleich die Begründung dafür liefert, dass diese Autoren in einer Kölner Literaturgeschichte erscheinen. Sie tun dies auch, weil sie – wie es die *NRhZ* überhaupt praktizierte, etwa in der Steuerverweigerungskampagne im November 1848 – gezielt auf lokale und regionale Ereignisse reagierten oder ihrerseits politische Entwicklungen anzustoßen suchten. Die einzelnen, sich häufig auf Tagesgeschehnisse beziehenden Texte sind dabei zumeist mit zahlreichen aktuellen Anspielungen gespickt, die damalige, mit der Situation vertraute Leser ohne weiteres entschlüsseln konnten, während dazu heute eine genaue Rekonstruktion der Realgeschichte notwendig ist.

Weerth war – das ist auch dem oben zitierten Brief des frisch Angekommenen an seine Mutter zu entnehmen – 1848/49 nicht zum ersten Mal in Köln. Als Sohn eines Generalsuperintendenten wie Freiligrath in Detmold geboren, hatte er nach kaufmännischer Ausbildung bereits 1840/41 in einem Kölner Kontor gearbeitet. 1842 ging er nach Bonn, um dort in der Baumwollspinnerei und Weberei Weerth & Peill zu wirken. Sie gehörte einem Verwandten, Kommerzienrat Friedrich aus'm Weerth. Gefördert durch Hermann Püttmann, bis 1844 Feuilletonredakteur der *Kölnischen Zeitung*, veröffentlichte Weerth erste Gedichte in diesem nachmaligen bürgerlichen Konkurrenzblatt der *NRhZ*. 1843 bis 1846 arbeitete er als Kontorist einer Textilfirma im britischen Bradford, wo er sich unter der Erfahrung des verbreiteten Arbeiterelends und unter dem Einfluss seines neuen Freundes Friedrich Engels politisch im Sinn einer sozialistischen Orientierung radikalisierte.

Tatsächlich führte Weerth – Engels nicht unähnlich – eine bemerkenswerte Doppelexistenz als »kapitalistischer« Kaufmann und revolutionärer Schriftsteller. Den Posten des *NRhZ*-Feuilletonchefs konnte er nicht zuletzt deshalb übernehmen, da im Revolutionsjahr 1848 die Handelsgeschäfte auf breiter Front zum Erliegen kamen. Weil er dank seiner primären Profession einen nachdrücklichen Einblick in die Strukturen und Verhältnisse der europäischen Klassengesellschaften der 30er und 40er Jahre in ihrer ganzen Breite hatte gewinnen können, war er in der

32 S. zu Weerth Florian Vaßen: *Georg Weerth. Ein politischer Dichter des Vormärz und der Revolution von 1848/49*, Stuttgart 1971; Friedrich Sengle: *Biedermeierzeit. Deutsche Literatur im Spannungsfeld zwischen Restauration und Revolution 1815–1848* (3 Bde.), Bd. 2: *Die Formenwelt*, Stuttgart 1972, S. 178 f.; zu Freiligrath Sengle: *Biedermeierzeit* (Bd. 2), S. 545–548; Michael Vogt (Hg.): *Karriere(n) eines Lyrikers: Ferdinand Freiligrath* (= *Forum Vormärz Forschung e. V. – Vormärz-Studien*, Bd. 25), Bielefeld 2012.

33 S. zu Weerths Kölner Episode Florian Vaßen: *Georg Weerth als Feuilletonredakteur der »Neuen Rheinischen Zeitung«*, in: G. W.: *Texte*, Bd. 2, S. 23–37; Wolfgang Büttner: *Georg Weerth – Feuilletonchef der »Neuen Rheinischen Zeitung«*, in: Michael Vogt (Hg.): *Georg Weerth (1822–1856). Referate des I. Internationalen Georg-Weerth-Colloquiums*, Bielefeld 1993, S. 129–147; Michael Vogt (Hg.): *Georg Weerth und das Feuilleton der »Neuen Rheinischen Zeitung«*; zu Freiligrath Anselm Weyer: *Ferdinand Freiligrath und der Kölner Kommunismus* in: Vogt (Hg.): *Freiligrath*, S. 259–275.

Lage, diese in seinen Feuilletons für die *NRhZ* nicht nur »von oben«, sondern eben auch »von unten« kritisch darzustellen.

In seinen *Humoristischen Skizzen aus dem deutschen Handelsleben* zum Beispiel stellt er phänomenologisch die Existenz eines typischen Kaufmanns der frühkapitalistischen Ära dar, die allein dank des gewählten Namens – der Mann heißt »Preiss« und ist de facto eine Karikatur seines Bonner Verwandten mit dem genauso sprechenden Namen Weerth – zur satirisch angeschärften Allegorie tendiert. Darin geht sie aber nicht auf, sie wirkt vielmehr bemerkenswert frisch und realitätshaltig. Die Pointe dieser *Skizzen*: Weil sich die kompletten Weltbeziehungen des Herrn Preiss an den Maximen der Gewinnmaximierung orientieren, verfehlt er auf tragische Weise ein lebenswertes Leben – die obwaltende Wirtschaftsordnung zerstört nicht nur die von ihr Ausgebeuteten, sondern auch ihre vermeintlichen Nutznießer.

Leben und Taten des berühmten Ritters Schnapphahnski[34] sind hingegen eine Adelssatire, in deren Hintergrund die Skandalbiografie des Fürsten Felix von Lichnowsky steht – als Mitglied des Paulskirchenparlaments kam er bei den Frankfurter Septemberunruhen von 1848 ums Leben. Dieser Schlüsselroman weist insofern einen massiven Köln-Bezug auf, als die beiden letzten Kapitel – *Das Domfest* und *Der Gürzenich* – die Feiern am 18. August 1848 zum 600. Jahrestag der Grundsteinlegung aufs Korn nehmen. Sie zogen auch jenseits des Feuilletons Ablehnung und massiven Spott auf sich. Ertrinkt das eigentliche Domfest, die propagandistische Selbstfeier einer Melange aus Adel und Kirche, Preußen und Österreich, verdientermaßen in einem sintflutartigen Regen, so entlarven sich die geladenen Gäste im Gürzenich durch die materialistische Gier, mit der sie über die aufgefahrenen Speisen und Getränke herfallen.

Im Ergebnis nicht schmeichelhafter fiel Weerths Urteil über den Kölner »an und für sich« aus:

> Man ist verraten und verkauft, wenn man mit diesen Leuten in ernster Weise anbinden will. Der Spaß ist der Grundzug ihres Charakters, und dieser Spaß kitzelt sie auch bei jeder Gelegenheit, die ganze Welt existiert nur für sie, damit Späße darüber gerissen werden. Ein Kölner ist mit seinem alten holprigen Köln so verwachsen wie ein Großvater mit seinem Schlafrock. Ein humoristischer Großvater und ein humoristischer Schlafrock. Ein Kölner ist ganz unglücklich, wenn er nicht außer seinem Karneval jedes Jahr wenigstens zwei oder drei recht gründliche Feste in seinen Mauern feiert.[35]

Der Kosmopolit Weerth, der in England das fortgeschrittenste Stadium des damaligen Kapitalismus hatte studieren können und in Paris Zeuge des von der progressiven Bourgeoisie wie vom Proletariat an den Tag gelegten revolutionären Aktivismus wurde, stand in Köln – wie schon sein Kollege Biergans in den 1790er Jahren – ratlos und befremdet vor einem engen, spießbürgerlichen Quietismus, der die Revolution ablehnte, weil er ungestört Wein trinken und Kar-

34 Weerth: *Texte*, Bd. 2, S. 135–261.

35 Ebd., S. 235 f.

neval feiern wollte. Der Kölner anthropologische Zoo, so wie Weerth ihn wahrnahm, wurde weithin bevölkert von der rheinischen Version des deutschen Michel.

Als Weerths großes Vorbild ist nicht von ungefähr wiederholt Heine geltend gemacht worden.[36] Diese Modellfunktion lässt sich bis in Details hinein verfolgen. Die Figur des Ritters Schnapphahnski etwa übernahm Weerth aus Heines Versepos *Atta Troll*. Ein Gedicht wie das zitierte *Heute morgen fuhr ich nach Düsseldorf* ähnelt Heines *Deutschland. Ein Wintermärchen* nicht nur in seinem erzählenden Charakter, sondern auch in der Vers- und Strophenform (abwechselnd vier- und dreihebige Zeilen mit Senkungsfreiheit, nur die zweite und vierte in jeder Strophe sind Reimzeilen), vor allem aber in der aggressiv-satirischen, auf den Adel wie auf den Bourgeois zielenden Grundhaltung, zu deren sprachlichem Signal immer wieder die so erfindungsreichen wie amüsanten, in ihrem Kontrastwillen banal-kunstvollen Reimwörter (»Teufel« – »Zweiffel«) werden.

Auch die gewählten Themen sind teils identisch – Heine wie Weerth bearbeiteten zum Beispiel literarisch den schlesischen Weberaufstand. Der schonungslose Blick auf die Verwerfungen in der zeitgenössischen Gesellschaft des sich formierenden industriellen Kapitalismus auch im Licht seiner möglichen revolutionären Überweindung ist ihnen gemeinsam – wohinter bei beiden naheliegend der Einfluss des gemeinsamen Bekannten und Freundes Marx steht. Die Darstellung und Veranschaulichung dumpfer, unerlöster Proletarierexistenz gelang Weerth, etwa in seinen *Liedern aus Lancashire* (1845/46), besser als Heine – weil er sie, hierin Friedrich Engels ähnlich, aus seinen eigenen englischen Erfahrungen kannte.

Ebenso wie Heine war Weerth kein asketischer, sondern ein hedonistischer Revolutionär. Revolution hatte auch bei ihm sinnlichen »Genuss« zu bereiten, das Revolutionsmotiv verbindet sich in seiner Lyrik wie in seiner Prosa immer wieder mit Weinkonsum sowie, vor allem, sexueller Befreiung und Ekstase: »Ich behaupte, dass es nie Revolutionen in Paris gegeben hätte, wenn die zierlichen Beine der Grisetten nicht so herrlich revolutionär über die ganze gute bürgerliche Sitte des Jahrhunderts hinweggesprungen wäre.«[37] Dennoch bleibt die Gemeinsamkeit zwischen beiden relativ, findet ihre Grenze an der grundsätzlichen Einstellung zur sozialen Umwälzung. Während Weerth mit ihr keine Probleme hatte, stand Heine ihr ambivalent gegenüber. Er mochte ihre geschichtsphilosophisch begründete Notwendigkeit sehen und anerkennen, aber er befürchtete von ihr den Terror der Tugend, die Unterdrückung individueller Freiheit und den Untergang der »Poesie«.

Weerths lyrische Produktion kam während seiner Redakteurszeit bei der *NRhZ* nahezu zum Erliegen, es scheint, als habe er damals diesbezüglich die Stafette an Freiligrath übergeben. Überhaupt scheint es verfehlt, mit Blick auf die Literatursituation im Vormärz wie in der Revolution Weerth und Freiligrath in einem Atemzug zu nennen – tatsächlich gibt es beträchtliche Unter-

---

36 S. Vaßen: *Weerth*, S. 138 f.; Sengle: *Biedermeierzeit*, Bd. 2, S. 178; Farese: *Lyrik*, S. 241; Hans Bender: *Anmerkungen zu Georg Weerths »Schnapphahnski«*, in: G. W.: *Texte*, Bd. 2, S. 123–134; hier: S. 132 ff.

37 Weerth: *Punch, Harlequin und Henneschen*, in: G. W.: *Texte*, Bd. 1, S. 94–100; hier: S. 94.

schiede zwischen ihnen in der Lebensgeschichte, in der intellektuellen Entwicklung und auch in ihrer Physiognomie als Künstler.

Anders als Weerth »startete« Freiligrath als Autor in entschiedener Gegnerschaft zur demokratischen Opposition und ihrem »parteilichen« Dichtungsverständnis. Ein Gedicht wie das 1842 entstandene und gemeinsam mit Eduard Duller verfasste *1862. Zum Besten des Kölner Dombaus*[38] zeigt seine damalige Position deutlich genug auch vor dem Hintergrund, dass sich gerade am 1840 wieder aufgenommenen Vollendungswerk die politischen Geister schieden – darunter die Autoren, die sich dem Thema widmeten. Die deutsche »Linke«, für die hier paradigmatisch Heine mit *Deutschland. Ein Wintermärchen* stehen mag, lehnte das Projekt als Inbegriff einer falschen Verquickung von Sakralität und Nationalismus sowie eines freiheitsfeindlichen Katholizismus mit einem ebenso autoritär-machtimprägnierten preußisch-protestantischen Staatskirchentum ab. Die durch Heine repräsentierte Kritiktradition sollte sich bis hin zu Heinrich Böll fortsetzen.

Ganz anders die »affirmative« Lesart des Kölner Dombaus in Freiligraths Gedicht[39]: Es handelt sich dabei um eine lyrische Zukunftsvision, die den Torso als bereits fertiggestellten imaginiert: Von hoch oben, wohl von der Kreuzblume eines der Domtürme, fällt der Blick ins weite deutsche Land. Die mythologisch als »Germania« drapierte Nationalidee empfängt im Zeichen der Domvollendung ihren sakralen Segen und verbindet sich zugleich – so originell wie gewagt – mit der Apotheose des technischen Fortschritts in Gestalt des hier ebenfalls noch als Zukunftsmusik intonierten Eisenbahnbaus.

Von 1843 an näherte sich Freiligrath, publizistisch bis dato eng mit der *Kölnischen Zeitung* verbunden, zusehends der demokratischen und sozialrevolutionären Opposition an – was 1845 zu seiner Flucht in die Schweiz führte. In diesem Jahr lernte er in Brüssel Karl Marx kennen, dessen Geschichts- und Gesellschaftsdiagnose ihn auch in seinem weiteren lyrischen Schaffen erkennbar beeinflusste. Der bereits erwähnte Gedichtzyklus *Ça ira!* enthält mit *Von unten auf!* ein Poem, das die etablierten Motive der Rhein- und Rheinschifffahrts-Romantik mit der Allegorie des Staatsschiffs kombiniert und aus der Sicht der bevorstehenden proletarischen Revolution konterkariert: Diese verkörpert sich, wiederum allegorisch komprimiert, in der Gestalt des Heizers im Bauch des Schiffes, das der an Deck feiernden und prassenden Feudalgesellschaft einschließlich des preußischen Königs den Untergang voraussagt.[40]

38 Erstmals vollständig abgedruckt in Thomas Parent: *»Dom-Science-Fiction«. Anmerkungen zu einem verdrängten Dom-Gedicht von Eduard Duller und Ferdinand Freiligrath*, in: *Kölner Domblatt* 51 (1986), S. 99–120.

39 Zur Interpretation siehe Walter Hinck: *Der Kölner Dom in der deutschen Literatur seit der Epoche des Vormärz*, in: Otto Dann (Hg.): *Religion – Kunst – Vaterland. Der Kölner Dom im 19. Jahrhundert*, Köln 1983, S. 121–133; hier: S. 124.

40 Zur Interpretation s. Rudolf Drux: *Schiffe mit Proletariern. Zu einem charakteristischen Bildkomplex in Ferdinand Freiligraths Revolutionsgedichten*, in: Vogt (Hg.): *Freiligrath*, S. 243–257.

Freiligraths revolutionärer Enthusiasmus verflüchtigte sich dann übrigens nach der gescheiterten Revolution wieder, und das Jahr 1870/71 sollte ihn als antifranzösischen Hurra-Patrioten und entschiedenen Propagandisten der kleindeutschen Reichsgründung »von oben« sehen. Die Gedichte, die er in Köln als Redakteur der *NRhZ* schrieb, gehören allesamt seiner relativ kurzen »Fortschrittsphase« an. Der Unterschied zwischen Weerths und Freiligraths Revolutionsdichtung liegt auf der Hand: Wo jener, in der Nachfolge Heines, lapidar und trocken »zulangt«, in ironisch-satirischer Pointierung und Fokussierung, da wird Freiligraths lyrischer Sprecher zum apokalyptischen Seher und Boten. Pathetisch in Bildsprache und Rhetorik und aufgerüstet mithilfe biblischer, mythologischer und literaturgeschichtlicher Anspielungen, kommen diese Gedichte schwergepanzert einher. So alludiert die erste Strophe im *Abschiedswort der »Neuen Rheinischen Zeitung«*[41] in deren letzter, in blutroten Lettern gedruckter Ausgabe am 19. Mai 1849 – es begründet das Aus für das Organ nicht in einer informierenden Mitteilung, sondern eben in Gedichtform – unüberhörbar an die Nibelungensage und Siegfrieds heimtückische Ermordung:

Kein offner Hieb in offner Schlacht –
Es fällen die Nücken und Tücken,
Es fällt mich die schleichende Niedertracht
Der schmutzigen West-Kalmücken!
Aus dem Dunkel flog der tötende Schaft,
Aus dem Hinterhalt fielen die Streiche –
Und so lieg ich nun da in meiner Kraft,
Eine stolze Rebellenleiche!

Das Verbot der *NRhZ* durch die preußische Regierung sowie die Vertreibung und Verfolgung der Redaktionsmitglieder waren auch für die Kölner Literaturgeschichte eine einschneidende Zäsur. Weerth wurde wegen seines *Schnapphahnski* – genauer: weil er seine Satire über den gewaltsamen Tod des Angegriffenen hinaus hatte drucken lassen – noch 1849 in einem Beleidigungsprozess zu drei Monaten Gefängnis verurteilt. Weil er sich eine Zukunft als Geschäftsmann in Deutschland nicht verbauen wollte, saß er sie auch 1850 im Klingelpütz ab. Freiligrath sollte im Kölner Kommunistenprozess von 1852 angeklagt werden, entzog sich allerdings einer Verhaftung durch die Flucht nach England. Jenseits der Tatsache, dass die wieder eingeführte Zensur wie im Vormärz literarische Produktion generell behinderte und lähmte,[42] wurde durch diesen Aderlass sogleich deutlich, dass das Aufblühen der örtlichen Literaturszene im Revolutionsjahr im Wesentlichen den »Importen« im Zuge der Zeitungsgründung zu verdanken

41 Freiligrath: *Werke*, S. 140 f.

42 S. dazu Bernd Kortländer/Enno Stahl (Hg.): *Zensur im 19. Jahrhundert. Das literarische Leben aus Sicht seiner Überwacher*, Bielefeld 2012.

gewesen war. Jetzt kam es zu einem jähen Absturz, und es »folgte tatsächlich die finsterste Zeit in der Kölner Literatur […]«[43].

Die Namen der heute vergessenen Roderich Julius Benedix, Wolfgang Müller von Königswinter, Heinrich Kruse und Gustav Pfarrius bezeichnen das Mittelmaß einer neuen, quasi biedermeierlichen Beschaulichkeit, die es weithin vermeiden wollte, politisch anzuecken. Bemerkenswert wegen ihrer zeittypischen Züge ist immerhin die Vita eines Autors wie Müller von Königswinter (1816–1873, eigentlich Peter Wilhelm Karl Müller)[44], der nach seiner Übersiedlung 1853 von Düsseldorf nach Köln dort zur Kristallisationsfigur einer auch literarischen Gruppenbildung wurde. Der ausgebildete Arzt hatte als gemütstiefer Sänger der rheinischen Landschaft begonnen, bevor seine etwa in der *Rheinischen Zeitung* (unter ihrem Chefredakteur Karl Marx) publizierten Gedichte der 40er Jahre in Richtung auf vormärzlichen Radikalliberalismus politisch Fahrt aufnahmen. Nach dem Scheitern der 48er-Revolution kehrte Müller zu seinem unpolitischen Preis der rheinischen Heimat – jetzt auch in Prosa und Drama – zurück, um während des Deutsch-Französischen Krieges von 1870/71 doch noch wieder politisch zu werden – diesmal, wie Freiligrath, auf der Linie eines flammenden Reichsnationalismus.

»Die literarischen Akzente dieses Kreises«, so Wegeners begründetes Urteil über Müller von Königswinter und sein Umfeld, »waren […] eher rückwärts gerichtet. Während andernorts die Moderne eingeläutet wurde, hielt man in Köln am Alten und Überkommenen fest.«[45] Auch in den folgenden Jahrzehnten gingen die Entwicklungen in der deutschen und internationalen Literaturwelt – vom realistischen Gesellschaftsroman über den Naturalismus bis hin zum frühen Expressionismus – an Köln größtenteils vorüber. Hier initiierte Johannes Fastenrath[46], Jurist, Übersetzer spanischer Literatur und 1893 Begründer der *Literarischen Gesellschaft*, zur Förderung der rheinischen und westfälischen Dichtung 1899 mittelalterlich-anachronistische *Blumenspiele*, die sich bis 1914 halten konnten. In deren Vollzug nahmen die beteiligten Dichter als Troubadoure ihre Preise im Gürzenich aus den Händen der jeweils präsidierenden »Blumenkönigin« entgegen. Thomas Mann karikierte diese Veranstaltung in seinem Roman *Königliche Hoheit*, wo sie als »Maikampf« bezeichnet wird.[47]

Es führt kein Weg an der Erkenntnis vorbei, dass das literarische Köln zwischen 1850 und 1918 mehr oder weniger eine Wüste war. Es bedurfte einer abermaligen politischen Eruption – der Kriegsniederlage von 1918 samt anschließender Revolution und der Ablösung des Kaiserreichs durch die Weimarer Republik –, um die Stadt und ihre Lebenswelt für die kulturelle Mo-

43 Enno Stahl: *Nachwort: Bausteine*, S. 265–287; hier: S. 277.

44 S. zu Person und Werk Wegener: *Literarisches Leben*, Bd. 3, S. 80–126, 248–251.

45 Ebd., S. 229.

46 S. zu Person und Wirken Ursula Vones-Liebenstein: *Johannes Fastenrath (1839–1908)*, in: *Rheinische Lebensbilder*, Band 12, hrsg. von Franz-Josef Heyen, Köln 1991, S. 157–178.

47 Thomas Mann: *Königliche Hoheit*, Frankfurt/M. 1986, S. 126 f. Der Kölner Kritiker Hajo Steinert hat Fastenraths *Blumenspielen* in seinem Roman *Blumenspiel* (München 2019) ein literarisches Denkmal gesetzt.

derne zu öffnen und damit auch ihrem Literaturleben einen neuerlichen, wenn auch abermals kurzzeitigen Aufschwung zu ermöglichen.

4.4 1918/19

Die zweite deutsche Revolution nach 1848/49 lief in Köln vergleichsweise unspektakulär und auch unblutig ab:

> Köln im November 1918 ist ein schönes Beispiel für die Transformation einer Militärrevolte, die sich unter Führung der Sozialdemokratie zu einer Volksbewegung für Frieden und Demokratie in eine bürgerliche Republik wandelte. Die örtliche Sozialdemokratie und Wilhelm Sollmann beherrscht zusammen mit dem Oberbürgermeister Konrad Adenauer vom Zentrum mit guten Beziehungen zur einheimischen Wirtschaft die Situation. Der Arbeiter- und Soldatenrat erhält vom Rathaus mit einem Büro und anderen infrastrukturellen Hilfen Unterstützung; die Bürgerlichen werden in den Wohlfahrtsausschuss eingebunden. Man sorgt gemeinsam für Ruhe, Sicherheit und Ordnung – die Stadt ist ja voll von demobilisierten Soldaten, die nach dem Waffenstillstand den Rückzug angetreten haben, und in Köln werden die dort einst stationierten Truppenteile unter Glockengeläut empfangen.[48]

Dennoch waren die politisch-soziale Erschütterung und die plötzliche Erosion der überkommenen Machtverhältnisse vehement genug, um gerade auch im Kulturbereich die Schleusen für massive, ja revolutionäre Innovationsschübe zu öffnen. Zwischen Spätsommer 1919 und Frühjahr 1920 etablierte sich um die Künstler Max Ernst, Johannes Theodor Baargeld sowie Angelika und Heinrich Hoerle eine Dadaistengruppe, die durch den zeitweilig in Köln anwesenden Hans Arp, den Mitbegründer von Dada Zürich, im Sinn der neuen Kunstrichtung inspiriert und ausgerichtet wurde.

Der Dadaismus, ein europaweites Phänomen mit Zentren in Zürich, Berlin und Paris, das in Köln über einen starken »Ableger« verfügte,[49] war nach Maßgabe der Begrifflichkeit des Literaturwissenschaftlers Peter Bürger insofern eine »klassische« Avantgardebewegung, als hier »das gesellschaftliche Teilsystem Kultur in das Stadium der Selbstkritik« eintrat. Der Dadaismus übte

---

48 S. Helga Grebing: *Das Rheinland in der Zeit des Umbruchs während und nach der Revolution 1918 bis 1920*, in: Karl Riha/Jörgen Schäfer (Hg.): *Fatagaga-Dada. Max Ernst, Hany Arp, Johannes Theodor Baargeld und der Kölner Dadaismus*, Gießen 1995, S. 7–16; hier. S. 10.

49 S. dazu das Kapitel *Dada in Köln* mit Überblicksdarstellungen von Werner Spiess und Werner Lippert sowie Dokumentationen in: *Vom Dadamax bis zum Grüngürtel. Köln in den 20er Jahren*. Katalog zur Ausstellung des Kölnischen Kunstvereins vom 15. März bis 11. Mai 1975, Braunschweig 1975, S. 30–76; Walter Vitt: *Kunst als Ausdauer der Hinterbliebenen. Zur Kölner Dada-Geschichte/Neues über Dada-Baargeld*, in: W. V. (Hg.): *Bagage de Baargeld. Neues über den Zentrodada aus Köln*, Starnberg 1985, S. 9–65.

»nicht mehr Kritik an dem ihm vorangegangenen Kunstrichtungen, sondern an der *Institution Kunst*, wie sie sich in der bürgerlichen Gesellschaft herausgebildet hat.«[50] Auch für Dada in Köln bedeutet dies, dass in der Programmatik und Ausrichtung der Gruppe ästhetische und kunsttheoretische Motive sich mit kunst- und allgemeinpolitischen Motiven verbanden, beide einander überlagerten und durchdrangen. Diesbezüglich galt übrigens das besondere Augenmerk der Gruppe der Beschaffung einer breiten Publizität mittels Veröffentlichung von Programm, Bulletin, Manifest etc. Von Februar 1919 bis zu ihrem von der britischen Besatzungsmacht verhängten Verbot bereits im März 1919 erschien zudem eine von Baargeld herausgegebene »prä-dadaistische«[51] Wochenschrift mit dem Titel *Der Ventilator*. Dezidiert als dadaistische Programmzeitschrift kam dann ein Jahr später unter reger Beteiligung der Pariser Avantgarde *die schammade* heraus.

Der Ventilator vertrat allgemeinpolitisch einen marxistisch imprägnierten Linkssozialismus mitsamt der Perspektive auf eine revolutionäre Beseitigung der bürgerlichen Klassengesellschaft. Für diese Linie als Herausgeber und Financier maßgeblich verantwortlich war der Kölner Großbürgersohn Baargeld (1892–1927), der eigentlich Alfred Ferdinand Gruenwald hieß, sich aber nach dem Krieg das vielsagende Pseudonym zulegte. Er betätigte sich zugleich als leitender örtlicher Funktionär der USPD. Der gebürtige Brühler Max Ernst (1891–1976) publizierte, wenngleich politisch nicht so exponiert wie Baargeld, ebenfalls im *Ventilator*. Nach den biografischen Motiven für diese links-oppositionelle Position muss man nicht lange suchen. Hier ist vor allem der gerade zu Ende gegangene Weltkrieg geltend zu machen, der den ursprünglichen Kriegsfreiwilligen Baargeld bereits 1917 zum Pazifisten hatte werden lassen. Ernst wiederum beschrieb das verwandelnde Erlebnis des barbarischen Massenschlachtens mit diesen Worten: »Max Ernst starb am 1. August 1914. Er kehrte zum Leben zurück am 11. November 1918 als junger Mann, der hoffte ein Magier zu werden, um die Mythen seiner Zeit zu finden.«[52]

Vor allem aber propagierten die Kölner Dadaisten eine neue Kunstpolitik und Kunstauffassung: Befreiung der Kunst von staatlicher Bevormundung, Demokratisierung des Kunstbetriebs, Kunstvermittlung für die breite Masse, Einebnung des Gefälles von Kunst und alltäglicher Lebenswelt – *Dilettanten erhebt euch* lautete nicht von ungefähr der Untertitel der provokativ den kreativen Nichtprofessionellen feiernden *schammade* – sowie das Ideal einer gemeinschaftlichen Kunstproduktion, die die überkommene Leitvorstellung des einsam schaffenden Individualgenies ablösen sollte.[53]

Der Kölner Dadaismus – der sich als solcher allerdings erst im November 1919 mit dem Katalog *Bulletin D* zur Ausstellung der aus der *Kölner Gesellschaft der Künste* sezessionierenden

50 Peter Bürger: *Theorie der Avantgarde* (= *edition suhrkamp*, Bd. 727), Frankfurt/M. 1984, S. 28 f.

51 Dies die zutreffende Charakterisierung von Vitt: *Kunst als Ausdauer*, S. 15.

52 Max Ernst: *Einige Dinge zur Kindheit von M. E. Von ihm selbst erzählt*, in: M. E.: *Die Schriften*, hrsg. von Gabriele Wix, Köln 2022, S. 449–453; hier: S. 453.

53 S. dazu Angela Merte: *Dilettanten erhebt euch – Dada siegt! Dada Kölns aktionistische Momente*, in: Riha/Schäfer (Hg.): *Fatagaga-Dada*, S. 59–68.

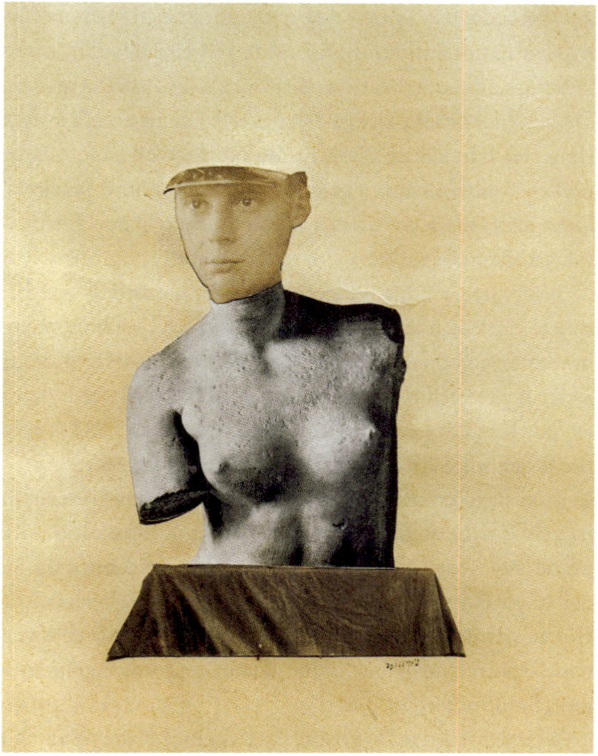

Abb. 7 Theodor Baargeld, Selbstbildnis (Dada-Baargeld), 1920.

Gruppe D sozusagen offiziell machte – lieferte auch für den von Bürger geltend gemachten Angriff auf die »Institution Kunst« skandalträchtige Beispiele. Sie machen zudem deutlich, dass die neue Richtung zwecks Selbstdefinition und -profilierung sehr wohl auch auf eine polemische Abgrenzung gegen »vorangegangene Kunstrichtungen« angewiesen war. Es begann im Februar 1919, als ein Auftritt des Kölner Schauspielers Otto Sander, der expressionistische Lyrik vortrug, massiv gestört wurde.[54] Wobei sich der Protest vor allem gegen den pathetischen Vortragsstil, womöglich aber auch gegen Sanders Agenda zu richten schien. Die Identität der Störer ist nach wie vor nicht eindeutig geklärt, aber der bereits damals geäußerte Verdacht bis heute nicht ausgeräumt, dass sie aus dem Kreis um Ernst und Baargeld kamen (die sich, es sei wiederholt, zu diesem Zeitpunkt noch nicht als Dadaisten bezeichneten) bzw. der von diesen damals stark geprägten *Gesellschaft der Künste*.

Erwiesen, weil durch ihn selbst bestätigt, ist Ernsts Teilnahme am berühmten Kölner »Theaterskandal« vom 4. März 1919.[55] Anlass war eine Aufführung des Trauerspiels *Der junge König*

54 S. dazu Vitt: *Kunst als Ausdauer*, S. 13 f.

55 S. ebd., S. 19–22; Merte: *Dilettanten*, S. 59–63.

aus der Feder des Kölner Autors Raoul Konen im Schauspielhaus. Hier war es offensichtlich die massive nationalistisch-borussische Tendenz des konventionell gearbeiteten Stücks, die – in Platzierung und Koordination offensichtlich sorgfältig geplante – lautstarke Proteste (»Das ist ein Drecksstück!«) bei einem Teil des Publikums provozierte. Jenem Teil, das dem untergegangenen Kaiserreich in keiner Weise nachtrauerte. Weil andere Zuschauer die Aufführung unbehelligt genießen wollten, kam es zwischen Besuchern und Wachpersonal zu Rangeleien und Prügeleien. Diese aktionistische Attacke auf die »bürgerliche« Kunst wie den »bürgerlichen« Kunstbetrieb war tatsächlich (Kölner) Dada avant la lettre.

Nach dem bislang Ausgeführten werden auffallende Parallelen des Kölner Dadaismus zu anderen in diesem Kapitel und diesem Buch beschriebenen künstlerisch-politischen Aufbruchsbewegungen erkennbar: Die ausgeprägte Publizitätsorientierung, die etwa zur Gründung neuer Zeitschriften führte, teilt der Kölner Dadaismus mit den Franzosenfreunden des ausgehenden 18. Jahrhunderts und den Revolutionären von 1848/49, deren Sprachrohr in Köln maßgeblich die frisch ins Leben getretene *Neue Rheinische Zeitung* war. Der »Theaterskandal« hingegen weist strukturell deutlich voraus auf die XScreen-Affäre von 1968 und den mit ihr verbundenen Angriff auf die etablierte bürgerliche Traditionskultur – hier in Gestalt eines »unbeeindruckt« weiterlaufenden Opernbetriebs.[56] Überhaupt scheint die Strategie des inszenierten Skandals, der als programmatische Antikunst seinerseits wiederum Kunstcharakter annimmt, der Happening-Kultur der 68er-Avantgarde zu präludieren – wie dies generell die intendierte Verschmelzung von »Kunst und Leben« und das Bekenntnis zu einem »kollektivistischen« Konzept künstlerischer Produktion tun.

Weil der Kölner Dadaismus samt seiner Protagonisten Ernst und Baargeld mit Blick auf die spektakulären Ausstellungen der *Gruppe D* im November 1919 und *Dada-Vorfrühling* im April/Mai 1920 immer noch weithin als ein Phänomen der bildenden Kunst aufgefasst wird, liegt an dieser Stelle die Frage nahe, was er in einer Literaturgeschichte zu suchen hat. Die erste und zudem komplett in deutscher Sprache präsentierte Veröffentlichung von Ernsts literarischem Gesamtwerk 2022 durch Gabriele Wix macht eindrucksvoll deutlich, dass der Maler mit seiner fiktionalen Prosa, den Gedichten und den Texten in einer für ihn eigentümlichen Grauzone zwischen Fiktion und Nichtfiktion sehr wohl zur Geschichte der Literatur (auch einer Köln-bezogenen) gehört. Ernst als Literat[57] – dieser Aspekt war bislang in Deutschland auch deshalb stets unterbelichtet, weil ein großer Teil des einschlägigen Werksegments auf Englisch und Französisch verfasst wurde. Was die Kölner Dada-Jahre anbelangt, so trat die dichterische Produktion allein wegen ihres schmalen Umfangs im Vergleich zu Malerei und Grafik in der Rezeption lange Zeit in den Hintergrund. Ebenfalls überschaubar blieb – selbst über die kurze Dada-Zeit hinaus

56 In diesem Buch S. 225f.; s. zur offenkundigen »Ähnlichkeit« der Ereignisse auch Enno Stahl: *»Kulturkampf« in Köln. Die XScreen-Affäre 1968*, in: *Geschichte im Westen. Zeitschrift für Landes- und Zeitgeschichte* 22 (2007), S. 177–200; hier: S. 193.

57 S. dazu Gabriele Wix: *Max Ernst. Maler, Dichter, Schriftsteller*, München 2009.

und wiederum neben Malerei und Grafik – Baargelds dichterisches Œuvre, das zum ersten Mal in seiner Breite von Walter Vitt erschlossen wurde.[58]

Selbstredend waren Ernst und Baargeld als bildende Künstler keine anderen »Subjekte« denn als Dichter. Vielmehr bietet die jeweilige Personalunion die Möglichkeit zu untersuchen, ob und, wenn ja, wie sich Intentionen und Impulse des bildkünstlerischen Schaffens ins literarische Werk und damit in ein grundsätzlich anderes Medium transformieren.[59] Tatsächlich fallen Gemeinsamkeiten von bildender Kunst und Literatur ins Auge. Hier wie dort praktizieren Ernst und Baargeld eine Collagetechnik, die Zusammenhänge auseinanderreißt und die Bestandteile – man könnte auch mit einem keineswegs zufälligen Blick auf die Erfahrungswelt des gerade überstandenen Krieges sagen: die Trümmer – neu kombiniert. Dies geschieht auf eine Weise, dass jene zwar als solche erkennbar bleiben, durch die neuen Kontexte aber jede übergreifende diskursive Rationalität verloren geht. Es zerbricht das Gefüge des traditionelles Verstehen ermöglichenden semiotischen Dreiecks aus Signifikant, Signifikat und Referent, also aus Zeichen, Begriff und Realitätsentsprechung. Das Bild oder der Text, die Diskurse zitieren, ohne sich auf ihre Ebene zu begeben oder selbst welche zu sein, werden vielmehr – und das ist ein Aspekt ihres »Sinns« – performativ zum Protest gegen ein etabliertes Sinnverstehen und Verstehenwollen.[60] Zugleich etabliert sich – sozusagen auf einer Mikroebene – ein spielerischer Umgang mit dem Text und mit der »Materialität der Zeichen«[61] – durch Silbenpermutationen, Wortverballhornungen, lautliche Assoziationen.

Ein »klassisches« Exempel für die Kölner Dada-Phase ist Baargelds 1920 in *die schammade* veröffentlichtes Gedicht *Bimmelresonnanz II*.[62]

---

58 Alfred F. Gruenwald/Johannes Theodor Baargeld/Jesaias: *Gedichte – Dada-Gedichte – Sprichwörter-Collagen*, in: Vitt: *Bagage*, S. 67–75.

59 S. zum literarischen Schaffen von Ernst und Baargeld Karl Riha: *»Ich habe kein Kissen für meine Urne«. Zu den Gedichten von Alfred Gruenwald alias J. Th. Baargeld*, in: Vitt (Hg.): *Bagage*, S. 77–81; ders.: *Fatagaga-Dada. Zur künstlerisch-literarischen Kooperation von Hans Arp und Max Ernst*, in: Dieter Breuer (Hg.): *Die Moderne im Rheinland. Ihre Förderung und Durchsetzung in Literatur, Theater, Musik, Architektur, angewandter und bildender Kunst 1900–1933. Vorträge des Interdisziplinären Arbeitskreises zur Erforschung der Moderne im Rheinland*, Köln 1994, S. 75–84; Jörgen Schäfer: *»Himmel Höll und Klotzkapöll – Dreifach lyrisches Gebröll«. Die literarischen Texte von Johannes Theodor Baargeld, Max Ernst und Heinrich Hoerle in der »schammade«*, in: Riha/Schäfer (Hg.): *Fatagaga-Dada*, S. 143–154; Stefanie Poley: *Max Ernst und Hans Arp 1914–1921*, in: Riha/Schäfer (Hg.): *Fatagaga-Dada*, S. 215–229; Jörgen Schäfer: *Max Ernst*, in: Bernd Kortländer (Hg.): *Literatur von nebenan. 1900–1945. 60 Portraits von Autoren aus dem Gebiet des heutigen Nordrhein-Westfalen*, Bielefeld 1995, S. 78–82; ders.: *Johannes Theodor Baargeld*, in: Kortländer: *Literatur von nebenan*, S. 37–42.

60 S. dazu zusammenfassend Harald Henzler: *Spiel und Ernst. Zum »Typoskript-Manifest« von Max Ernst und Johannes Theodor Baargeld*, in: *Fatagaga-Dada*, S. 168–177.

61 Ebd., S. 172.

62 Baargeld: *Bimmelresonnanz II* in: Vitt (Hg.): *Bagage de Baargeld*, S. 71.

Bergamotten flotten im Petroleumhimmel
Schwademasten asten Schwanenkerzen
Teleplastisch starrt das Cherimbien Gewimmel
In die überöffneten Portierenherzen
Inhastiert die Himmelbimmel

Feldpostbrief recochettiert aus Krisenhimmel
Blinder Schläger sternbepitzt sein Queerverlangen
Juste Berling rückt noch jrad die Mutterzangen
Fummelmond und ferngefimmel
Barchenthose flaggt die Kaktusstangen

Lämmergeiger zieht die Wäscheleine
Wäschelenden losen hupf und falten
Zigarrinden sudeln auf den Alten
Wettermännchen kratzt an ihrem Beine
Bis alle Bimmeln angehalten

Die provokative Verweigerungshaltung gegenüber einer konventionellen hermeneutischen Annäherung beginnt schon beim Titel: Logischem Denken legt er auf Anhieb die Existenz eines Vorgängergedichts mit der Überschrift *Bimmelresonnanz I* nahe. Das aber gibt es nicht (wohl das Gedicht *Bimbamresonnanz I*). Weiterhin zwingt Baargeld seine Lyrik in eine äußerlich gezügelte Form, definiert durchs Althergebrachte: Das Gedicht besteht aus drei Fünfzeilern mit regelhaftem Kreuzreim-Schema. Umso verstörender ist der Inhalt, in dem durch Kombination und Umstellung von Silben und Wörtern aus bekannten Zusammenhängen neue Wortgebilde entstehen, die einen entschlüsselungsfähigen Sinn nicht mehr zu tragen scheinen. Auffällig sind immerhin die zahlreichen Assoziationen an Militärisches (»Feldpostbrief«, »Krisenhimmel«, »Barchenthose«, »flaggt«). Mit »Berling« in der zweiten Strophe dürfte Gustav Berling gemeint sein, einer der maßgeblichen Entwickler der deutschen U-Boot-Waffe vor dem Ersten Weltkrieg.

Hinter dem Rücken des offensichtlichen Unsinns kann sich dann allerdings doch wieder ein Sinn »zweiten Grades« einschleichen, der unbestimmt und diffus bleiben mag, aber sich nicht gänzlich einer Erschließung entzieht. Dafür ist Ernsts ebenfalls 1920 in der *schammade* publiziertes Gedicht *Gertrud*[63] ein Beispiel:

miesmaus mieskatze miesmauschel
schießen salut zur abschaffung des guten geschmacks

63 Ernst: *Die Schriften*, S. 379. – Zur Interpretation s. Schäfer: *»Himmel Höll und Klotzkapöll«*, S. 144 f.

serviergeneräle welche schon speicheljahresringe ansetzten
plaudertaschentücher kusshandtücher
geben den gebackenen korallenchoral zu protokoll
kolik – faux col
walkürie Eliassohn b-moll

Jenseits der offensichtlichen schweren Verstöße gegen die überkommenen Parameter von Orthografie, Satzbau und Grammatik lässt sich in diesem Fall die Dada-typische Collagentechnik durchaus in Richtung einer Sinnkonstitution beschreiben: Die Neologismen der ersten Zeile – laut-assoziativ gewonnen aus »Miesmuschel« und »mauscheln« – signalisieren die (wohl begrüßenswerte) Abschaffung des »guten«, d. h. konventionell-überkommenen (Sprach-) Geschmacks. Wie bei Baargeld gibt es auch hier Anspielungen auf den überstandenen Krieg, der semantisch mit den Usancen einer erstarrten, überholten Adels- und Bürgergesellschaft »gekreuzt« wird (»serviergeneräle welche schon Speicheljahresringe ansetzten«). Der erstarrten Gesellschaft entspricht die erstarrte Kultur in der Form des »zu protokoll« gegebenen »korallenchorals«. Dieser (in »Koralle« ist übrigens das Wort »Choral« bereits enthalten) leitet wiederum assoziativ hinüber zur »musikalischen« Schlusszeile: In »walkürie Eliassohn b-moll« kommen – vielleicht im Sinne eines Angriffs auf die Sakralität und Profanität ideologisch verschmelzende Kunstreligion des 19. Jahrhunderts – in verdichtender Überschneidung, sozusagen in »Übereinanderfotografie« Wagners Oper *Die Walküre*, das *Kyrie* des Messordinariums, der Name Mendelssohn und das Mendelssohn-Oratorium *Elias* zusammen.

Ein dezidiert humoristisches Beispiel dadaistischer Lyrik liefert schließlich das von Ernst und Arp während eines Aufenthalts in Tarrenz (Tirol) im September 1921 gemeinsam verfasste Gedicht *s'Fatagagalied*.[64]

Erblickest Erna du darin,
Man's nur am stiere findet;
Verstehn muss es die Stickerin,
Wenn Erna draus verschwindet.

Der zunächst völlig unverständliche Wortsalat formiert sich tatsächlich zu einem sprachlichen Suchbild, einem Rätsel, dessen Auflösung – kongenial wiederum in Gedichtform – wir Raoul Schrott zu verdanken haben.[65] Das Wort, nach dem hier gesucht wird, ist »Stiernacken«. Es

64 Ernst: *Die Schriften*, S. 387. – »Fatagaga« ist ein von Ernst verwendetes Anagramm aus »Fabrication des Tableaux Gazometriques Garantis«, einer Formel, mit dem er die gemeinsame Collagenproduktion von Arp und ihm selbst bezeichnete – S. Poley: *Max Ernst und Hans Arp*.

65 Raoul Schrott: *Dada 21/22. Musikalische Fischsuppe mit Reiseeindrücken. Eine Dokumentation über die beiden Dadajahre in Tirol*, Innsbruck 1988, S. 86.

enthält in der Mitte den Namen »Erna«. Nimmt man ihn heraus, bleibt als Rumpfwort »Sticken« übrig. Hat man diese Konstellation erfasst, erschließt sich der Gedichtinhalt ohne weiteres. Was aber geschieht hier aus poetologischer Sicht: Jenseits transportierter semantischer Inhalte wird Sprache in ihrer reinen äußeren »Materialität der Zeichen« wahrgenommen, als Baukasten sozusagen, aus dem sich einzelne Steine mit dem Ergebnis herausnehmen lassen, dass sich nicht nur die Lautgestalt, sondern auch die Bedeutung radikal ändert. Oder im Grafik-Code formuliert: Aus einem längeren Wort wird ein in ihm zufällig enthaltenes kürzeres herausgeschnitten und isoliert hingestellt. Dabei ist besagter Bedeutungswandel, den diese Schnitttechnik induziert, als solcher offenkundig nicht von Interesse, er führt keineswegs zu hermeneutischen Weiterungen. Wer hier zusätzlich nach einem »höheren Sinn« fahndet, dürfte scheitern.

Die kurzlebige Kölner Dada-Phase fand ein abruptes Ende, als Ernst 1922 nach Paris ging. Auch Baargeld zog sich komplett aus der Szene zurück, um ein Studium der Volkswirtschaft aufzunehmen und sich dann ausgiebig dem alpinen Bergsteigen zu widmen. Arp hatte bereits 1920 Köln den Rücken zugewandt. Für Ernsts Wegzug waren einerseits persönliche Gründe maßgeblich, andererseits mochte er sich auf die Dauer nicht wohlfühlen angesichts der »Apathie einer Kulturstadt, deren kulturelle Höhepunkte in Vortragsabenden und Rezitationen bestanden. Köln musste Max Ernst zu eng erscheinen, forderte ihn nicht geistig, sondern nur persönlich.«[66]

4.5 Abschwung: Weimarer Republik und Nazizeit

Die Dada-Künstler wurden zwar nicht vertrieben, dennoch wiederholte sich in gewisser Weise die Konstellation der Zeit nach 1848/49: Der Weggang prominenter Protagonisten der örtlichen Literaturszene sorgte für einen jähen Abfall in Richtung Provinzialität. Dabei lebten im Köln der fortschreitenden 20er Jahre gar nicht mal so wenige Autoren, dazu solche sehr unterschiedlicher Provenienz zwischen Spätexpressionismus und Heimatkunst. Aber wer kennt heute noch Schriftsteller wie Paul Bourfeind, Otto Brües, Jakob Kneip, Ludwig Mathar, Alfons Paquet, Detmar Heinrich Sarnetzki, Theodor Seidenfaden?[67] Horst Matzerath kommt aus dem Blickwinkel seines Geschichtszeitraums, der beginnenden Nazizeit, zu diesem ernüchterten Befund: »Köln war in den 1920er Jahren kein Zentrum der Literatur gewesen.«[68] Eine Bestätigung findet er in den autobiografischen Schriften des 1907 in Köln geborenen deutsch-jüdi-

66 Spiess: *Dada Köln*, in: *Vom Dadamax bis zum Grüngürtel*, S. 30–34; hier: S. 30.

67 S. zur Kölner Literaturszene der Weimarer Zeit den freilich nicht sonderlich ergiebigen Aufsatz von Ursula Dustmann: *Literatur und literarisches Leben in den zwanziger Jahren*, in: *Vom Dadamax bis zum Grüngürtel*, S. 204–208.

68 Horst Matzerath: *Köln in der Zeit des Nationalsozialismus. 1933–1945* (= *Geschichte der Stadt Köln*, Bd. 12), Köln 2009, S. 314.

schen Schriftstellers und »Großintellektuellen« Hans Mayer[69], der als frühreifer Jugendlicher das örtliche Kulturleben der 20er Jahre aufmerksam verfolgte. Während die Musikszene von ihm teils begeistert gewürdigt wird, kommt Kölner Literatur dieser Zeit schlicht und einfach nicht vor. Erwähnt werden bezeichnenderweise ausschließlich »Importe«: Gastauftritte und -lesungen renommierter auswärtiger Autoren wie Ernst Toller, Kurt Tucholsky und Jakob Wassermann.[70]

Trotz des im Wesentlichen berechtigten Negativurteils lohnt es sich, ein wenig genauer hinzuschauen – auch innerhalb insgesamt niveauermäßigter Verhältnisse können deutliche Rangunterschiede auftreten. Deshalb schließt sich an die Darstellung der Dada-Blüte zu Beginn des Jahrzehnts noch ein knapper Überblick über die 20er Jahre. Zunächst: Jenseits der konstatierten Diversität gab es auch übergreifende Merkmale und Trends in der Kölner Literaturszene der Weimarer Periode. Auffällig ist, dass sich unter den Literaten zahlreiche Lehrer befanden, die ihr literarisches Schaffen dann auch gerne mit volkspädagogischen Intentionen verbanden. Und da ging es dann bevorzugt um Themen aus der rheinischen und kölnischen Geschichte – dies eine Linie, auf der auch die Mundartdichtung eine neue Blüte erlebte.[71] Politisch zumeist eher deutschnational-konservativ ausgerichtet, standen viele Autoren von Haus aus der katholischen Erneuerungsbewegung nahe.[72]

Während nach 1933 viele Kollegen abtauchten oder sich nolens volens arrangierten, schwenkten einige Kölner Schriftsteller wie Brües, Seidenfaden und Heinz Steguweit seinerzeit aktiv auf den Nationalsozialismus ein und betätigten sich auch im Sinn der NS-Kulturpolitik, etwa durch Treuegelöbnisse auf Adolf Hitler und die Teilnahme an einer Bücherverbrennung oder an der »Reinigung« von Bibliotheken. Zu einer Hochburg der NS-Literatur wurde Köln allerdings nicht. Als Beispiele für die Liaison mit dem braunen Un- und Widergeist seien an dieser Stelle etwas ausführlicher zwei Autoren in den Blick genommen, die wiederum unterschiedlicher kaum sein konnten: Paul Bourfeind (1886–1968) und Ernst Bertram (1884–1957).

Seit 1890 in Köln ansässig, arbeitete der gebürtige Solinger Bourfeind[73], der in Bonn Philologie studiert und in Germanistik promoviert hatte, von 1922 bis 1945 als Studienrat am Realgymnasium in Lindenthal. Von seinem Hintergrund her gläubiger Katholik, wurde er 1919 Mitglied

69 S. zu Mayer in diesem Buch ausführlich S. 160–163.

70 S. vor allem *Ein Deutscher auf Widerruf. Erinnerungen* (2 Bde., Frankfurt/M. 1982/1984), *Gelebte Musik. Erinnerungen* (Frankfurt/M. 1999) und *Der pessimistische Aufklärer Kurt Tucholsky*, in: H. M.: *Zur deutschen Literatur der Zeit. Zusammenhänge, Schriftsteller, Bücher*, Reinbek 1968, S. 155–165. – Zu Tucholskys Köln-Aufenthalten s. außerdem Mario Kramp: *Man hat etwas gegen Sie vor. Kurt Tucholsky in Köln 1928/29*, Köln 2022.

71 Dustmann, *Literatur*, S. 206.

72 Stahl: *Nachwort*, Bd. 1, S. 284.

73 Zur Biografie und zur Rolle im NS-Staat s. Martin Hollender: *Vom Sozialisten zum Nationalsozialisten. Der Kölner Schriftsteller Paul Bourfeind (1886–1968)*, in: *Jahrbuch des Kölnischen Geschichtsvereins* 74 (2003), S. 213–218.

der SPD und saß für diese Partei von 1922 bis 1924 im Stadtrat, wo er sich vorrangig mit schulpolitischen Fragen befasste. Außerdem entfaltete er – etwa als Vorsitzender der Freien Volksbühne sowie als Initiator und Organisator der *Rheinischen Literatur- und Buchwochen* – eine rege kulturpolitische Aktivität. In seinem Privathaus in Lindenthal unterhielt er einen literarischen Salon, in dem auch Thomas Mann und Alfred Döblin zu Gast waren.

1929 trat er aus der SPD aus und 1933 in die NSDAP ein. Diese Kehrtwende machte sich auch in seinem literarischen Schaffen bemerkbar, das sich in den frühen 20er Jahren in den Genres Erzählung, Roman, Drama und Lyrik umfangreich entfaltet hatte. Zeigen seine Arbeiten aus der Zeit um 1920 noch eine revolutionär-sozialistische Tendenz, so pries er jetzt den germanischen Bauern und die deutsche Weihnacht. Obwohl er noch 1961 mit dem Erzählerpreis des *Westdeutschen Autorenverbandes* ausgezeichnet wurde, fand er nach 1945 nicht mehr in den Kulturbetrieb zurück und auch kaum mehr Verleger für seine Schriften.

Dennoch verbieten sich wohlfeile Pauschalurteile gleich zu welcher Schaffensphase, zumal Bourfeinds Lebensweg und literarisches Œuvre insgesamt wenig erschlossen sind.[74] So vermittelt zum Beispiel die Lektüre des Prosabandes *Der Schrecken von Paris. Schattenbilder aus der Französischen Revolution* (Köln 1921) einen anderen Eindruck als den, der angesichts des Publikationsjahres zu erwarten gewesen wäre. Zur Darstellung kommen in diesen Skizzen Szenen vorzugsweise aus der Zeit der jakobinischen Terrorherrschaft, die aus der imaginierten Perspektive historischer Realfiguren wie Marie Antoinette, Condorcet, Adam Lux und Robespierre reflektiert wird, alptraumartige Existenznöte im Schatten der allgegenwärtigen Guillotine. Ein Bekenntnis zur »praktischen« Revolution – im naheliegend-zeitbezogenen Transfer auch zur proletarischen – lässt sich diesen Texten nicht entnehmen, eher meint man eine Warnung vor ihrer Entgleisung in Richtung Diktatur und blutige Gewalt zu vernehmen.

Literarischer Wertung wollen diese Skizzen weder als eine Glanzleistung noch als eine Katastrophe erscheinen. Bourfeind erzählt flüssig und gekonnt in der Bahn eines konventionellen Realismus, der gelegentlich, etwa in der Skizze *Der Mann mit dem langen Barte*, allegorisch überhöht wird. Die Bildlichkeit bleibt insgesamt etwas stereotyp, die Charakterdarstellung vergleichsweise flach, und auch die szenische Dramatik findet nicht entfernt zu jener Kraft, wie sie etwa Stefan Zweigs elf Jahre später erschienene *Marie Antoinette* an den Tag legt.

Wurde Thomas Mann von Bourfeind in seinem Salon empfangen, so war der Germanist, Erzähler, Lyriker und Aphoristiker Bertram[75] sogar mit ihm befreundet – und Taufpate der 1918 geborenen Tochter Elisabeth. Die Freundschaft hatte sich entwickelt, seit Bertram 1909 Manns

74 Bourfeinds Nachlass befindet sich Historischen Archiv der Stadt Köln unter der Bestandsnummer 1303.

75 Zur Biografie und zur Rolle im NS-Staat s. Karl Otto Conrady: *Völkisch-nationale Germanistik in Köln. Eine unfestliche Erinnerung*, Schernfeld 1990, S. 10–55; Reinhard Kiefer: *Ernst Bertram*, in: Kortländer: *Literatur von nebenan*, S. 49–56; Norbert Oellers: *Ernst Bertram – mit dem Strom und gegen ihn*, in: Dieter Breuer/Gertrude Cepl-Kaufmann (Hgg.): *Moderne und Nationalsozialismus im Rheinland. Vorträge des Interdisziplinären Arbeitskreises zur Erforschung der Moderne im Rheinland*, Paderborn 1997, S. 213–227.

Roman *Königliche Hoheit* zustimmend gewürdigt hatte. Viel von sich selbst erkannte der Verfasser der *Betrachtungen eines Unpolitischen* schließlich in Bertrams 1918 erschienener Studie *Nietzsche. Versuch einer Mythologie* wieder, mit der sich der gebürtige Elberfelder ein Jahr später an der Uni Bonn im Fach Neuere Literaturgeschichte habilitierte. 1922 folgte die Berufung auf den Lehrstuhl für Neuere Literaturgeschichte an der Uni Köln.

Während sich Thomas Mann in dieser Zeit zu einem dezidierten Anhänger der Weimarer Republik entwickelte, verharrte Bertram, traumatisiert durch den nicht verwundenen Ausgang des Ersten Weltkriegs, in einer völkisch-nationalistischen Demokratiefeindschaft, die ihn schließlich – in einer universitären Vorlesung – die Machtübertragung an die Nationalsozialisten enthusiastisch begrüßen ließ. Er nahm auch teil an der Kölner Bücherverbrennung am 17. Mai 1933, in deren Vorfeld er – am Ende vergeblich – versucht hatte, die Übergabe der Schriften Thomas Manns an die Flammen zu verhindern. Und anlässlich der Bücherverbrennung in Bonn wurde als »Flammenspruch« Bertrams 1932 entstandenes Gedicht *Feier der Jugend* vorgetragen. Die Freundschaft zwischen Bertram und Mann, die schon während der späteren 20er Jahre von sukzessiver Entfremdung aufgezehrt wurde, zerbrach über diesen Ereignissen endgültig.

Während Bertrams wissenschaftliche Arbeit nach 1920 mehr oder weniger zum Erliegen kam, entfaltete sich seine lyrische Produktion mit einiger Beharrlichkeit. Die handwerkliche Technik der Versifizierung beherrschte der Germanist und Kenner der etablierten Versformen mit einiger Virtuosität, die sich indes mit kunstgewerblicher Epigonalität verband. Bertrams Idol Stefan George, dessen Kreis er nahegestanden, wenn auch nicht im engeren Sinn angehört hatte, steht allenthalben im Hintergrund, auch zum Beispiel in der bevorzugten Wahl der Zweizeiler-Strophe mit paargereimten Versen aus jambischen Fünfhebern. Inhaltlich wird bei Bertram Georges elitärer Aristokratismus durch eine verschwurbelte, neuartig-reaktionäre deutsch-nordische Mythologie aufgeladen, die – in einem Gedicht aus dem 1925 erschienenen *Nornenbuch* – in Gestalt eines hymnischen Katechismus die todestrunkene Selbstauflösung als »Gesetz« des blond-germanischen Volkes feiert:

Höchstes Gesetz dir, Volk in Weizenhaaren,
Verhängt vom Gott: Du sollst dich nicht bewahren!

In keiner Grenze sollst du dir behagen,
sollst jede Form, die du errangst, zerschlagen.

Du sollst im Tode nur dein Höchstes sprechen,
Du sollst an deinem reinsten Lied zerbrechen.

[…][76]

76 Ernst Bertram: *Das Nornenbuch*, Leipzig 1925, S. 14.

Als Bertram dieses mythenkitschige und daher für heutige Leser schwer erträgliche Elaborat verfasste, dauerte es noch acht Jahre bis zu Hitlers Machtübernahme. Das Gedicht ist auch nicht pure nationalsozialistische Ideologie in Versform. Aber es befindet sich sozusagen auf dem Weg dorthin, es ist anschlussfähig. Einsichtig wird, dass jemand, der sich in solchen Vorstellungswelten bewegte, der Diktatur, als sie dann kam, inneren Widerstand kaum entgegensetzen konnte.

1946 wurde Bertram aus seinem Professorenamt entlassen. Im Zuge der Überprüfung seines Entnazifizierungsverfahrens erlangte er schließlich eine Einstufung, die 1950 zu einer »ehrenvollen« Emeritierung führte. Der neuerliche Zugang zur Lehre an der Universität blieb ihm allerdings verwehrt.

Am Schluss dieses Kapitels soll ein Blick auf den vielleicht bedeutendsten Dichter im Kölner Umfeld der 20er Jahre fallen, auf Josef Winckler (1881–1966)[77] – unter dem Vorbehalt, dass sich eine enge wohnräumliche Verbindung zu Köln erst in späteren Lebensjahren herstellte. Bis 1925 hatte der in Bentlage bei Rheine Geborene und in Bonn Promovierte Praxen als niedergelassener Zahnarzt in Moers und Homberg am Niederrhein. Aus dieser Tätigkeit zog er sich nach dem großen Publikumserfolg seines Romans *Der tolle Blomberg* allerdings zunehmend zurück, um, wohnhaft an verschiedenen Orten im Rheinland, das Leben eines schriftstellernden Großbürgers zu führen. Seit 1943 wohnte er in Köln-Bayenthal, seit 1946 in Bensberg.

Winckler begann als von dem Jugendstilautor Richard Dehmel geförderter Lyriker, der in seinen *Eisernen Sonetten* (Leipzig 1914), im Anfangsjahr des Ersten Weltkriegs erschienen, die moderne Industriewelt, wie sie sich ihm in Gestalt des wohnortnahen Ruhrgebiets darstellte, in eine dem Expressionismus nahe Bildlichkeit überführte.[78] Unter anderem mit dem 1921 nach Köln gezogenen Autor Jakob Kneip hatte er bereits 1912 den rheinischen Autorenkreis »Werkleute auf Haus Nyland« (in Hopsten/Kreis Steinfurt) gegründet, der es sich zum Ziel setzte, die zeitgenössische Industrie- und Arbeitswelt zum Gegenstand der Literatur zu machen – und dabei übrigens programmatisch den Expressionismus ablehnte. Mit »Arbeiterliteratur« im Sinne der späteren Dortmunder *Gruppe 61* oder des *Werkkreises Literatur der Arbeitswelt* hatte das alles nichts zu tun[79]: Für ein überwiegend bürgerliches Publikum schrieben da meist bürgerliche Autoren, denen es nicht um die Darstellung von Ausbeutungsverhältnissen in der Perspektive ihrer möglichen revolutionären Überwindung ging, sondern um die Ästhetisierung industrieller Pro-

77 Zu Leben und Werk s. Wolfgang Delseit/Franz Rudolf Menne (Hg.): *Josef Winckler 1881–1966. Leben und Werk*, Köln 1991; Wolfgang Delseit: *Josef Winckler (1881–1966)*, in: *Rheinische Lebensbilder*, Bd. 13, hrsg. von Franz-Josef Heyen, Köln 1993, S. 297–312; ders.: *Josef Winckler*, in: Kortländer: *Literatur von nebenan*, S. 397–404.

78 S. zur literaturgeschichtlichen Situierung Gertrude Cepl-Kaufmann: *»Es summt der Dynamo ...«. Josef Wincklers ›Eiserne Sonette‹ im Kontext des Expressionismus*, in: *Das Doppelgesicht der Großstadt. Carlo Mense, Josef Winckler und die Werkleute auf Haus Nyland*, Steinfurt 2002, S. 112–123.

79 Wenig triftig ist daher Delseits Einschätzung, Winckler und andere hätten mit dieser frühen Industrieliteratur »den späteren Arbeiterschriftstellern den Weg in eine bürgerliche Rezeption« (in: Kortländer: *Literatur von nebenan*, S. 400) geebnet.

duktion, um die pathetische Verklärung eines neuen Heldentums, die bereits auf Ernst Jüngers *Arbeiter* vorausweist.

Auf den Ersten Weltkrieg reagierte Winckler mit patriotischen Gedichten, auf sein Ende mit nihilistischen Anwandlungen und zeitweiligen Depressionen. Aus diesem Tief riss ihn die Hinwendung zum humoristischen Heimatroman, der dann mit dem *Tollen Blomberg*[80] Gestalt annahm. Die – sich an einem historischen Vorbild orientierende – Titelfigur, eine Kreuzung aus Eulenspiegel und Münchhausen, zeichnet sich, obwohl dem westfälischen Adelsstand zugehörig, durch eine libertär-anarchistische, gegen staatliche Obrigkeit und traditionelle soziale Ordnungen opponierende Widerborstigkeit aus, die in zahlreichen Episoden vorgestellt wird. Nicht nur hier, sondern auch in seinen Novellen behauptet sich Winckler als begabter, sprachlich origineller und fantasievoller Erzähler, der sich auch heiklen Themen zuwendet. In dem Zyklus *Pumpernickel. Menschen und Geschichten um Haus Nyland* (Stuttgart 1925) etwa findet sich mit der Erzählung *Das Judenbegräbnis*[81] eine eindringliche Darstellung dumpfer Judenfeindschaft in der Provinz. *Das Ferienkind*[82] aus der *Trilogie der Zeit* (Rudolstadt 1924) thematisiert die Erschütterung eines Stadtkindes durch die in einem bäuerlichen Betrieb selbstverständlich praktizierte Tierquälerei, *Das verlorene Kind*[83] aus der Sammlung *Die goldene Kiepe* (Berlin 1939) das beunruhigende, da letztlich nicht erklärte Verschwinden eines Kleinkindes.

In der Nazizeit musste Winckler lavieren – wegen der jüdischen Herkunft seiner aus Köln stammenden Ehefrau war er erpressbar geworden. Er erbrachte zweifellos Anpassungsleistungen, versuchte aufs Ganze gesehen, die braunen Jahre unauffällig, ohne das Maß des Notwendigen sprengende Bekenntnisse zu Führer und Führerstaat zu überstehen. Obwohl in Köln und im Kölner Umkreis ansässig, verstand er sich weiterhin als westfälischer Dichter. Diese Selbstauffassung kam auch in den zahlreichen Ehrungen zum Ausdruck, die ihm nach dem Krieg zuteilwurden. 1953 zum Beispiel erhielt er für sein erzählerisches Gesamtwerk den Annette-von-Droste-Hülshoff-Preis.

80 Winckler: *Gesammelte Werke* (8 Bde. geplant), Emsdetten 1984 ff., Bd. 2, hrsg. von Hans Günther Auch.

81 In: J. W.: *Gesammelte Werke*, Bd. 5: *Pumpernickel. Menschen und Geschichten um Haus Nyland*, hrsg. von Hans Günther Auch, S. 204–207.

82 Wieder abgedruckt in: *Josef-Winckler-Lesebuch*, zusammengestellt und mit einem Nachwort versehen von Ralf Drost (= *Nylands Kleine Westfälische Bibliothek*, Bd. 4), Köln 2003, S. 33–50.

83 In: Winckler: *Gesammelte Werke*, Bd. 3: *Im Teufelssessel. Die goldene Kiepe*, hrsg. von Hans Günther Auch, S. 81–87.

5. Emigration und Exil

Eine »andere« Kölner Literaturgeschichte

5.1 Feindliche Heimat

Es mag auf Anhieb paradox erscheinen, wenn dem Thema »Emigration und Exil« im Rahmen einer lokal fokussierten Literaturgeschichte ein eigenes Kapitel gewidmet wird. Schließlich, so könnte eingewandt werden, formiert sich eine solche Geschichte durch die An-, nicht die Abwesenheit der Akteure vor Ort. Nun berücksichtigt, so wäre dem entgegenzuhalten, dieses Buch selbstverständlich auch Autoren, die nicht in Köln geboren wurden und/oder ihr Leben beendigten, die im Extremfall hier nur für ein paar Jahre ihre Zelte aufschlugen, um dann weiterzuziehen – aber dennoch in der Literaturlandschaft der Stadt Spuren hinterließen. Emigration und Exil sind ein scharf abzugrenzender Sonderfall des verbreiteten und selbstverständlichen Phänomens, dass Menschen ihre Aufenthaltsorte wechseln. Denn jetzt sind es keine privaten, okkasionellen Gründe, die zum Weggang führen, sondern allgemeine, übergeordnete, politische – sie verwandeln den (in der Wertung neutralen) Ortswechsel in eine (negativ konnotierte) Flucht. Naheliegenderweise beeinflusst dieser fundamentale Bruch in einer Biografie auch das Schaffen betroffener Schriftsteller. Für eine Kölner Literaturgeschichte wie für jede andere bedeutet dies, dass der Weggang und seine Umstände selbst Gegenstand der Darstellung werden müssen. Auch auf die Frage einer möglichen »Rückkehr nach Köln« wird in diesem Zusammenhang einzugehen sein. Seine Daseinsberechtigung findet das vorliegende Kapitel zudem in der Überlegung, dass die Lebensform Köln die einschlägigen Autoren je nach dem auch nach der wie auch immer gearteten Flucht nicht »losließ«, sie »ihr« Köln, dem sie in Sehnsucht und Verlusttrauer oder auch in hasserfüllter Enttäuschung verbunden waren, als emotionales Gepäck, als einen Gegenstand fortdauernder Befassung mit in die Fremde nahmen.

Zum sprichwörtlichen Sehnsuchtstopos wurde Köln in Willi Ostermanns letztem, 1936 kurz vor seinem Tod geschriebenem Lied *Heimwih noh Kölle* mit dem legendären Refrain

> Wann ich su an ming Heimat denke
> un sin d'r Dom su vör meer ston,
> mööch ich tireck op heim an schwenke,
> ich mööch zo Foß no Kölle gon.[1]

---

1 Willi Ostermann: *Heimweh nach Köln*, in: W. O.: *Ein Leben für den Frohgesang am Rhein. Gesamtausgabe.* Textgestaltung: Thomas Liessem, Köln 1958, S. 110 f.

Dieses Lied aber hat mit Emigration und Exil nichts zu tun. Ostermann selbst als Verfasser war kein Vertriebener, hatte sich der 1933 angebrochenen »neuen Zeit« wie viele andere geschmeidig angepasst. Es entstand auch nicht in der Fremde, sondern am Ort, in einem Kölner Krankenhaus. Es handelt sich also um – romantische Sehnsuchts- und Heimatmotive aufgreifende – Rollenlyrik. Man könnte sich den lyrischen Sprecher als Handwerksburschen vorstellen, den seine Walz weit weg von Köln geführt hat. Eine Rückkehr scheint in der Gegenwart schwierig, wird aber auch nicht grundsätzlich ausgeschlossen. An dieser Stelle könnte eingewandt werden, dass die historische Realsituation insofern verfehlt wird, als um 1935 niemand mehr von woher auch immer »zo Foß« nach Köln reisen musste. Die Fußreise gehörte in dieser Interpretation zum Ensemble jener imaginären Vergangenheit im Sinne einer vergangenen »guten, alten Zeit« – man könnte sogar sagen: einer utopischen Zeitlosigkeit –, wie sie für die mundartliche Heimatdichtung weithin bezeichnend ist.[2]

Diese Deutung ist allerdings nicht zwingend. Denkbar ist auch die Auffassung des »zo Foß« im Sinne einer gesteigerten, ja unbedingten Sehnsucht: Wenn es keine Alternativen mehr gibt, bleibt immer noch die fußläufige Heimkehr. Für viele gebürtige, aber durch den Krieg aus der Stadt vertriebene Kölner wurde diese übrigens 1945 und danach zur praktischen Lebensnotwendigkeit. Ostermanns Lied konnte ihnen als nahezu seherische Vorwegnahme der eigenen Situation erscheinen – weshalb es auch gerade damals seine intensivste Wirkung entfaltete.

Wie auch immer: An keiner Stelle drängt sich die Vermutung auf, das Ich des Liedes sei zum Verlassen seiner Heimat genötigt worden. Um solchen Zwang soll es im Folgenden gehen. Der konnte unterschiedliche Stärkegrade haben, subjektiv empfunden werden oder objektive Gestalt annehmen – mit einem breiten Spektrum an Übergängen zwischen diesen Polen. Um hier schon einmal zwei prominente Bespiele aus der Kölner Emigration zur NS-Zeit zu nennen, die im Fortgang noch ausführlich behandelt werden: Während etwa Irmgard Keun, wäre sie bereit gewesen wäre, auf schriftstellerische Tätigkeit und politische Statements zu verzichten, nach 1933 allen zunächst erlittenen Behinderungen und Schikanen zum Trotz wohl weitgehend unbehelligt in Deutschland und in Köln hätte »überwintern« können (tatsächlich kehrte sie bereits 1940, wenngleich unter falschem Namen, in ihre Heimatstadt zurück), war der Anbruch der Diktatur für den Juden, Linken und Homosexuellen Hans Mayer ganz persönlich ein Ereignis mit schon damals potenziell lebensbedrohenden Folgen, das die sofortige Flucht aus Deutschland unabweisbar machte.

An diese Biografien knüpft sich das Problem einer weiteren begrifflich-typologischen Unterscheidung, die zunächst müßig scheint, dies aber auch in der Perspektive der Betroffenen entschieden nicht war: die zwischen Emigration und Exil.[3] Brecht zum Beispiel hat sich in seinem

---

2 S. dazu das einschlägige Kapitel in diesem Buch, S. 340–372.

3 S. dazu Walter Hinck: *Gesang der Verbannten. Deutschsprachige Exillyrik von Ulrich von Hutten bis Bertolt Brecht*, Stuttgart 2011, S. 77–81; s. zur Exildichtung der Nazizeit Wulf Koepke/Michael Winter (Hg.): *Exilliteratur 1933–1945* (= *Wege der Forschung*, Bd. 647), Darmstadt 1989, darin auch Gert Sautermeister: *Irmgard*

Gedicht *Über die Bezeichnung Emigranten* gegen die Gleichsetzung verwahrt: Die von Hitler Vertriebenen seien keine »Auswandrer [...] nach freiem Entschluss«[4]. Sicher sind auch hier die Übergänge fließend, dennoch legt der Terminus »Exil« gegenüber dem der »Emigration« einen verschärften Zwangscharakter des Geschehens nahe. Mayer ging 1933 zweifellos ins Exil (zunächst nach Straßburg, dann nach Paris und in die Schweiz), während man darüber streiten kann, ob Keun 1936 nach Ostende ins Exil reiste oder emigrierte.

Emigration von Autoren aus Köln (die zumindest seit dem 19. Jahrhundert mit der Emigration aus Deutschland zusammenfiel), ist allerdings kein ausschließliches Phänomen der Nazizeit. Auch aus der Zeit davor sind Fälle bekannt, dass Schriftsteller die Stadt verlassen mussten – sei es, weil eine dort obwaltende kollektive Mentalität und amtlicher Verfolgungsdrang ihnen den Aufenthalt verleideten; sei es, weil allgemeine deutsche Entwicklungen und Verhältnisse auf Köln »durchschlugen« und den Weggang unvermeidlich machten; sei es, weil beides zugleich geschah. Ein Sonderfall ist sicher Friedrich Spee von Langenfeld[5], der 1632 von Köln nach Trier wechselte – primär nicht aus eigenem Antrieb, sondern weil ihn der zuständige Provinzial zu seinem eigenen Vorteil und gegen den Willen des Ordensgenerals aus der Schusslinie bringen wollte: In Köln drohten ihm wegen der Auseinandersetzung um sein gegen die Hexenprozesse gerichtetes Werk *Cautio criminalis* der Ausschluss aus dem Jesuitenorden und weitere schwere Sanktionen. Im Übrigen blieb Spee auch an seinem neuen Wirkungsort Trier seiner rheinisch-katholischen Herkunftswelt verbunden, musste weder in einer neuen Kultursphäre noch in einer neuen Sprache »ankommen«. All dies legt eine negative Antwort auf die Frage nahe, ob er tatsächlich von Köln nach Trier »emigrierte«.

Eindeutig eine Emigrationsgeschichte enthält hingegen die Biografie des in Köln geborenen niederländischen Dichters und Spee-Zeitgenossen Joost van den Vondel (1587–1679). War seine Familie wegen ihres mennonitischen Glaubens vor der Gegenreformation aus Antwerpen nach Köln geflohen, so wurde sie vom katholisch-gegenreformatorischen Furor 1596 auch von dort vertrieben. Sie ließ sich schließlich in Amsterdam nieder. Trotz dieser Exilierung bewahrte Vondel zeitlebens eine gute Erinnerung an seine Kölner Kinderzeit. 1639 verarbeitete er die Legende von der heiligen Ursula und ihren 11.000 Jungfrauen zu seiner Tragödie *Maeghden.* Und als der Schwedenkönig Gustav Adolf 1632, also im Dreißigjährigen Krieg, Köln bedrohte, bat ihn Vondel in einem Gedicht, seine Heimatstadt zu verschonen.[6]

Eindeutig liegt die Sache auch im Fall von Georg Weerth und Ferdinand Freiligrath[7], der beiden politischen Lyriker der Vormärzzeit und der 48er-Revolution. Eben diese Revolution

Keuns Exilroman »Nach Mitternacht« (S. 451–475); Sonja Klein/Sikander Singh (Hg.): *Die deutsche Exil-Literatur 1933–1945. Perspektiven und Deutungen*, Darmstadt 2015.

4 Bertolt Brecht: *Die Gedichte*, hrsg. von Jan Knopf, Frankfurt/M./Leipzig 2008, S. 350 f.

5 Ihm widmet sich ausführlich das Kapitel *Von der Reformation bis zum 18. Jahrhundert* dieses Buches (S. 50–78).

6 S. Barbara und Christoph Driessen: *Köln. Eine Geschichte*, Köln 2015, S. 145 ff.

7 S. zu beiden oben S. 123–129.

Abb. 8 Friedrich Spee von Langenfeld, zeitgenössisches Porträt, nach 1634.

hatte sie nach Köln geführt, wo sie als Redakteure der von Karl Marx geleiteten Neuen Rheinischen Zeitung arbeiteten – und die ihr Scheitern dann 1849 aus Köln – und tendenziell auch aus Deutschland – vertrieb. Freiligrath emigrierte nach England (kehrte allerdings später nach Deutschland zurück), Weerth reiste im Dienst einer Hamburger Firma durch ganz Europa, kehrte aber zwecks Sicherung seiner geschäftlich benötigten Bewegungsfreiheit, 1850 noch einmal nach Köln zurück – um dort, im Klingelpütz, eine dreimonatige Haftstrafe wegen der Beleidigung des Nationalversammlungsabgeordneten Fürst Lichnowsky abzusitzen.

Die endgültige Etablierung demokratischer Verhältnisse wenigstens im deutschen Westen nach dem Zweiten Weltkrieg machte eine literarische Emigration aus Köln im Wesentlichen obsolet (in der DDR gab es bekanntlich nach wie vor Anlässe zum erzwungenen Verlassen des Landes, die auch, etwa im Fall der Ausbürgerung von Wolf Biermann 1976, konkrete einschlägige Folgen hatten). Günter Wallraff ist ein Beispiel dafür, dass selbst härteste und streitbarste Opposition gegen die politischen und sozialen Zustände in der Bundesrepublik ihren Repräsentanten und schriftstellerischen Wortführer nicht mehr ins Exil trieb.

Das Thema einer subjektiv als notwendig empfundenen »Flucht« (der Begriff kann jetzt legitimerweise nur noch metaphorisch verwendet werden) hatte sich allerdings nicht erledigt.

Heinrich Bölls lange Irlandaufenthalte zwischen 1953 und 1973 – teilweise viermonatige Sommerferien auch mit der Familie, seit 1958 in einem gekauften Haus an der irischen Nordwestküste – waren ein Stück weit auch »Fluchten« aus Köln. Dabei ging es nicht nur um dringend benötigte Gelegenheiten, ohne Telefonanschluss, ja überhaupt in nur sporadischem Kontakt mit der »Heimat« konzentriert und ungestört schriftstellerisch arbeiten zu können.

Vielmehr lieferte Irlands relative Armut, aber auch das durch den Krieg nicht zerstörte Gesicht des Landes einen für Böll attraktiven und willkommenen Kontrast zur rheinischen Lebenswelt. Außerdem war Irland katholisch, aber dieser Katholizismus wies in seiner Verbindung von Volksverbundenheit und Prunkverzicht, wie Böll sie empfand, eine ganz andere Physiognomie als der des prosperierenden Wirtschaftswunderlandes Bundesrepublik auf – eine Physiognomie, die seine enthusiastisch-verklärende Zustimmung fand.[8] In seinem *Irischen Tagebuch* von 1957 nahm diese Faszination eine allgemein bewunderte und übrigens nachweislich auch den deutschen Irlandtourismus der Folgejahre befördernde Gestalt an.

1982 verlegte Böll seinen Wohnsitz von Köln nach Bornheim-Merten. Aber auch diesen Ortswechsel kann man schwerlich als »Emigration« bezeichnen. Für den Umzug sind subjektive, keine objektiven Gründe geltend zu machen – niemand »vertrieb« Böll damals aus Köln.

Und selbstredend hatte auch Bölls irisches »Exil«, zumal er von dort regelmäßig nach Köln zurückkehrte, nichts mit dem Exodus deutscher und auch Kölner Autoren aus dem nationalsozialistisch verfinsterten Deutschland zu tun: »Mehr als zweihundert Schriftsteller, nicht nur jüdische, mussten ihr Land verlassen; mancher entkam der drohenden Verhaftung im letzten Augenblick.«[9] Für sehr unterschiedliche Kölner Emigranten- oder Exilschicksale stehen exemplarisch die Namen der Romanautorin Irmgard Keun, des Literaturwissenschaftlers und Essayisten Hans Mayer sowie der Lyrikerin Hilde Domin. Sie seien im Folgenden ausführlicher dargestellt.

5.2 Irmgard Keun

Irmgard Keun (1905–1982) stammte nicht aus Köln, sondern aus Berlin.[10] An den Rhein kam sie 1913, weil ihr Vater Teilhaber und Geschäftsführer der neugegründeten Cölner Benzin-Raffinerie in Braunsfeld wurde. Seit 1921 wohnte die Familie in einem eigenen Haus in der Eupener Straße in unmittelbarer Nähe des väterlichen Arbeitsplatzes. Nach Lyzeum in Köln, Besuch einer Handelsschule im Harz und einer Ausbildung zur Stenotypistin besuchte Keun – zwischen 1925 und 1927 – die Kölner Schauspielschule und trat anschließend in Theatern in

8 S. zu Böll und Irland Gisela Holfter: *Heinrich Boll and Ireland*, Newcastle upon Tyne 2011.

9 Hinck, *Gesang der Verbannten*, S. 76.

10 S. zur Biografie u. a. Hiltrud Häntzschel: *Irmgard Keun* (= *rowohlts monographien*, Bd. 50452), Reinbek 2001. Das Thema »Keun und Köln« behandelt Jürgen Egyptien: *Irmgard Keun in Köln* (= *Stationen*, Bd. 25), Heidelberg 2019.

Abb. 9 Irmgard Keun, 1932.

Köln, Hamburg und Greifswald auf. 1929 kehrte sie nach Köln zurück und verfasste in den Folgejahren mit *Gilgi – eine von uns* und *Das kunstseidene Mädchen* zwei Romane, die in der untergehenden Weimarer Republik zu Bestsellern wurden, der Autorin die Anerkennung von Kollegen wie Tucholsky und Döblin einbrachten und ihre Person als Medienereignis bis in die Klatschspalten der Boulevardpresse transportierten.

Das Jahr 1933 beendete jäh diese glanzvolle Frühkarriere. Die Nazis rechneten ihre Bücher der von ihnen geschmähten »Asphaltliteratur« zu und setzten sie auf die Liste des »schädlichen und unerwünschten Schrifttums«. Dies bedeutete de facto das Publikationsverbot, gegen das Keun in der Folgezeit verstieß, insofern sie – teils unter vollem Namen, teils mit Kürzel – kleinere Geschichten in unterschiedlichen Zeitungen und Zeitschriften platzierte. Dennoch wurde ihr, zumal man auch ihren Antrag von Anfang 1936 auf die dafür obligatorische Aufnahme in die Reichsschrifttumskammer abschlägig beschied, die Arbeit als Schriftstellerin in Deutschland zusehends unmöglich gemacht. Hinzu kamen, weil Keun mit ihrer Ablehnung des Regimes nicht hinter dem Berg hielt, Probleme mit der Gestapo.

Im Mai 1936 emigrierte sie zunächst ins belgische Nordseebad Ostende, wo sie sich der dort bereits etablierten deutschen Exilkolonie anschloss und in teils engen Kontakt zu Joseph Roth,

Hermann Kesten, Egon Erwin Kisch und Stefan Zweig trat. In den Jahren danach reiste sie, vorzugsweise mit Roth, durch das noch nicht von Deutschland besetzte Europa, besuchte auch in den USA ihren dorthin emigrierten langjährigen Freund Arnold Strauss. Die Besetzung der Niederlande durch die Wehrmacht 1940 brachte sie in akute Existenznot, die die Entscheidung reifen ließ, zu ihren Eltern nach Köln zurückzukehren. Begünstigt wurde der waghalsige Schritt – Keun war aus Regimesicht spätestens seit ihrem 1937 bei Querido in Amsterdam publizierten Roman *Nach Mitternacht* »reif« fürs KZ – durch zwei Umstände: Ihr gelang es, Ausweispapiere auf den Namen »Charlotte Tralow« zu erhalten – Charlotte war ihr zweiter Vorname, Tralow der Name ihres ersten Ehemannes, von dem sie 1937 geschieden wurde. Und weil eine Zeitung über ihren Selbstmord berichtet hatte, konnte sie einstweilen ihre Nichtexistenz fingieren. Zwischen 1940 und 1945 war Irmgard Keun die meiste Zeit über in Braunsfeld »abgetaucht«, genauer: in einer Unterkunft in der Raschdorffstraße ganz in der Nähe des elterlichen Wohnhauses. Tatsächlich war diese Unauffälligkeit in hohem Maße angebracht, denn es ist schwer vorstellbar, dass niemand – auch bei der Gestapo – wusste, wer sich hinter dem Namen »Charlotte Tralow« verbarg. Mit »Heimweh« und »Heimkehr nach Köln« hatte diese Rückkehr nichts zu tun – Keun griff in ihrer Verzweiflung nach dem einzigen Anker in Sichtweite, der Rettung versprach.

Nach der Kriegsniederlage des nationalsozialistischen Deutschlands, die Keun zunächst als Erlösung empfunden haben muss, konnte sie ihre Erfolgslaufbahn aus der Zeit zwischen 1931und 1933 nicht fortsetzen – obwohl jetzt neben den frühen auch ihre Exilbücher verfügbar waren. Der letzte Roman, *Ferdinand, der Mann mit dem freundlichen Herzen* von 1950, wurde von der Literaturkritik zurückhaltend gewürdigt und kam beim Lesepublikum nicht an. Die Autorin, erneut wohnhaft im (bombenzerstörten) Elternhaus auf der Eupener Straße, hatte sich schon vorher der kleinen Form zugewandt, schrieb Beiträge für eine Kabarettsendung des NWDR und Geschichten für Illustrierte und eine Werkzeitschrift. Gesundheitlich angeschlagen und notorisch mit schweren Alkoholproblemen kämpfend, verschwand sie, dann auch literarisch zusehends unproduktiv, in der Folgezeit mitunter jahrelang in Heilanstalten. Ihr Urteil über das Nachkriegsdeutschland, das auch der *Ferdinand*-Roman unüberhörbar transportiert und mit dem sie die eigene literarische Erfolglosigkeit begründete, stand schnell fest:

> Die Menschen in Deutschland sind genauso, wie sie immer waren. Sie tragen keine Hakenkreuze mehr am Anzug, aber sonst hat ich nichts mit ihnen geändert. An Köln ist das beste, daß es kaputt ist. So was darf ich aber noch nicht mal den paar Leuten sagen, die keine Nazis sind und auch keine waren.[11]

Ende der 70er Jahre – Keun wohnte damals in einem kommunalen Apartment im Haus Baden in der Kölner Trajanstraße, das ihr der Kölner Theaterkritiker und Journalist Wilhelm Unger

11 Keun an Kesten am 10. Oktober 1946, in: I. K.: *Das Werk* (3 Bde.), hrsg. von Heinrich Detering und Beate Kennedy, Göttingen 2017, Bd. 3: *Nachkriegszeit und Bundesrepublik. 1946–1962*, S. 14–20; hier: S. 19.

beschafft hatte[12] – endete dann doch noch Keuns Verschollenen- und Vergessenenstatus im zeitgenössischen Literaturbetrieb. Reportagen und Aufsätze zu Leben und Werk erschienen, der Düsseldorfer Claassen-Verlag druckte ihre Bücher nach. Den 75. Geburtstag beging die Kölner Zentralbibliothek mit einer ihr gewidmeten Veranstaltung, bei der Elfriede Jelinek die Einführung sprach. Wolf Gremm verfilmte *Nach Mitternacht* – mit Desirée Nosbusch in der Rolle der Hauptfigur und der Autorin selbst in einer kleinen Nebenrolle.

Die späte Rehabilitierung – begünstigt sowohl durch ein neues Interesse an der deutschen Exilliteratur als auch an schreibenden Frauen sowie generell durch den Wandel des Zeitgeistes[13] – erübrigt nicht die Frage nach den Gründen, weshalb nach 1945 eine Korrektur des Karrierebruchs von 1933 ausblieb. Üblicherweise wird an dieser Stelle Keuns Widerständigkeit gegen den Geist der Wirtschaftswunder- und Restaurationszeit geltend gemacht – die einst verfemte Autorin sei zum personifizierten schlechten Gewissen einer deutschen Durchschnittsgesellschaft geworden, die mit ihrem eigenen politischen und moralischen Versagen nur wenige Jahre zuvor nicht konfrontiert werden wollte. Die Triftigkeit dieser Hinweise soll nicht grundsätzlich in Abrede gestellt werden, doch reüssierten andere Autoren, die ebenso »oppositionell« eingestellt waren, seit den frühen 50er Jahren sehr wohl, konnten sich im Fahrt aufnehmenden westdeutschen Literaturmarkt langfristig und nachhaltig etablieren. Zu ihnen gehört an erster Stelle Keuns »Mit-Kölner« Heinrich Böll (das Verhältnis Böll – Keun wird im Zusammenhang mit Keuns letztem Roman noch ausführlicher erörtert). Diese Überlegung legt die Suche nach anderen Motiven für Keuns Erfolglosigkeit auch nach dem Ende des Hitlerregimes nahe.

Tatsächlich kann belegt werden, dass die Autorin selbst – gezeichnet, traumatisiert und in hohem Maße scheu und misstrauisch geworden durch die Erlebnisse der hinter ihr liegenden Jahre – auch wohlmeinende Versuche abbügelte, ihr den Weg zurück in die literarische Öffentlichkeit zu bahnen. Max Burghardt, der erste Kölner Nachkriegsintendant des NWDR, berichtet in seiner Autobiografie über die äußerst reservierte bis ablehnend-feindselige Reaktion Keuns, als er sie 1946 für die Mitarbeit beim Sender zu gewinnen suchte – zu der es dann, wie erwähnt, trotzdem kam.[14] Und »noch jetzt«, erinnerte sich Hans Bender im Jahr 2000 in seiner Dankesrede zur Verleihung des Kölner Kulturpreises, »ärgert mich, dass ich Irmgard Keun nicht kennenlernen konnte, weil sie ausblieb beim verabredeten Treffen in einer Kneipe in Köln-Lindenthal.«[15] Auch in Jürgen Beckers *Hörspiel am Meer* taucht Irmgard Keun auf,

12 Im selben Haus wohnte auch der Kunstkritiker und Essayist Albrecht Fabri.

13 S. dazu Ursula Krechel: *Anstiftung zur Kühnheit*, in: Keun: *Das Werk*, Bd. 1: *Weimarer Republik. 1931–1933*, S. 7–35; hier: S. 8 f.

14 Max Burghardt: »Ich war nicht nur Schauspieler«. Erinnerungen eines Theatermannes, Berlin/Weimar [3]1983, S. 267.

15 Hans Bender: *Ich erzähle, Ich erinnere mich*, in: *In der Stadt, wo du lebst … Hans Bender in Köln*, hrsg. von der Stadtbibliothek Köln, ausgewählt, zusammengestellt und bearbeitet von Gabriele Ewenz (= *lik 01*), Köln 2013, S. 17–29; hier: S. 23.

und im Bericht eines »Erzählers« darf man in diesem Fall – sonst wäre die Stelle sinnlos – die Stimme des Autors hören:

> *Interviewerin*: Sie haben Irmgard Keun nicht kennengelernt?
> *Erzähler:* Irgendwo in einer Kneipe habe ich sie mal sitzen sehen.
> *Interviewerin:* Und dann?
> *Erzähler:* Nichts dann. Sie ist später dann gestorben. Ein Kapitel mehr in der Geschichte der Versäumnisse.[16]

Die Gründe für seine Hemmungen benennt der »Erzähler« nicht, man kann sie aber mutmaßen: In der »Kneipe« hatte er die Autorin in einem derangierten Zustand erlebt und deshalb nicht ansprechen wollen.

Anderes, von ihren persönlichen Ambitionen Unabhängiges kam hinzu, das das Scheitern zu erklären vermag, wenn auch handfeste »Beweise« fehlen. In der äußeren Erscheinung war Keun – allein die überlieferten Fotos dokumentieren es – 1945 nicht mehr der strahlende Stern mit jenem Jungmädchen-Appeal, der sie 1931 zu einem medialen Selbstläufer selbst dort gemacht hatte, wo man ihre Bücher vielleicht gar nicht las. Das – nach der persönlichen Katastrophe der Nazijahre alles andere als überraschende – Image verbitterten Alterns mochte sie jetzt unattraktiv machen für eine nach dem Krieg erst recht auf positive visuelle Reize fokussierte Kultur- und Unterhaltungsindustrie. Außerdem rebellierte Keun, als sie am 3. Juli 1951 im *Kölner Stadt-Anzeiger* die uneheliche Geburt ihrer Tochter Martina anzeigte,[17] provokativ-genüsslich gegen die konservative Gesellschafts- und Gendermoral der frühen Adenauer-Republik. Tatsächlich war der weibliche Phänotyp, den Irmgard Keun repräsentierte und der in der Weimarer Republik durchaus »ankam«, in den 50er Jahren »out«. Nach der kurzeitigen Emanzipation in der Trümmerfrauenzeit hatte ein massives sozialmoralisches Rollback eingesetzt. Irmgard Keun musste vor diesem Hintergrund als gesellschaftlich »unmögliche« Femme fatale erscheinen, deren Außenseitertum die Angepassten zu meiden hatten.

Solchermaßen lassen sich in der Gegenüberstellung bereits an dieser Stelle Keuns Erfolglosigkeit und Bölls Erfolg nach 1945 ein gutes Stück weit erklären. Auf Böll bezogen: Er war ein männlicher Newcomer, kein »abgetakeltes« Relikt der Weimarer Zeit; er hatte als Soldat am Krieg teilgenommen, und er war nicht emigriert, hatte also nicht das betrieben, was die ehemaligen Hitler-Anhänger für genau das zu halten geneigt waren: die Fahnenflucht in ein »beque-

16 Jürgen Becker: *Bahnhof am Meer*, in: J. B: *Kaleidoskop der Stimmen. Ein Gespräch mit Leo Kreutzer und das Hörspiel »Bahnhof am Meer«* (= *Reihe Salon*, Bd. 5), Hannover 1998, S. 21–49; hier: S. 33 – Weitere aufschlussreiche Zeitzeugenberichte über Irmgard Keun nach dem Krieg in Heike Beutel/Anna Barbara Hagin (Hg.): *Irmgard Keun. Zeitzeugen, Bilder und Dokumente erzählen*, Köln 1995.

17 Die Anzeige ist abgedruckt in Egyptien: *Irmgard Keun in Köln*, S. 52.

mes« Exil.[18] Schließlich: Böll war anders als die religiös gleichgültige Keun überzeugter Katholik selbst dort, wo er die Amtskirche hart kritisierte. Das machte ihn der katholisch imprägnierten Bonner Jung-Republik anschlussfähig. Von all dem abgesehen geht es allerdings erkennbar auch um eine Generationsphänomen: Während Böll zu Beginn der Nazizeit mit 16 Jahren »zu jung« war, als dass diese sein eigenes Leben von Grund auf hätte beschädigen können (dies selbstredend immer unter der Maßgabe einer »lebenden« Rückkehr aus dem Krieg), wirkte die Zäsur bei Keun zerstörerisch, weil sie nahezu in die Mitte ihres Lebens fiel und die Möglichkeiten eines späteren Neuanfangs naturgemäß limitiert waren.

Irmgard Keuns Romane sind ganz überwiegend Zeitromane, und zwar in zweierlei Wortbedeutung: Sie suchen die Physiognomie einer Epoche und ihrer Lebenswelt in der Breite zu erfassen, und sie lassen die Zeit der fiktiven Handlung und die Zeit der Niederschrift im Wesentlichen zusammenfallen. Allein aus diesem Grund konnten, ja mussten die Zäsuren in Keuns Biografie für ihre Bücher thematisch wirksam werden – was im Folgenden an drei Romanen erläutert sei, die zugleich Keuns unterschiedliche Schaffensphasen repräsentieren. Tatsächlich sind die beiden ersten Romane *Gilgi – eine von uns* und *Das kunstseidene Mädchen* in der ausgehenden Weimar Republik angesiedelt. *Nach Mitternacht*, 1937 im Amsterdamer Exilverlag Querido erschienen, ist die vielfigurige Erzählung über unterschiedliche Verhaltensoptionen im Dritten Reich – von begeistertem Mitmachen über pragmatische Anpassung bis hin zu Auflehnung und Emigration. Ein Höhepunkt, an dem das Regime als grauenvolle Farce beschrieben wird, ist die Beschreibung eines Hitler-Besuchs in Frankfurt/M. Keun benutzt hier ihr eigenes Erleben des Kölner Karnevals für ein kontrastives allegorisches Framing mit dem Diktator als Karnevalsprinz. Anders als viele Exilautoren, die bei der Darstellung der Verhältnisse in Hitlers Deutschland auf Hörensagen angewiesen waren, auf Zweit- und Drittquellen zurückgreifen mussten, wusste Keun aus eigener Erfahrung, worüber sie schrieb – weil sie eben nicht gleich 1933 Deutschland verlassen hatte. Es ist auch dieser Positionsvorteil gegenüber vielen Kollegen in der nämlichen Situation, der den beachtlichen Erfolg des Buches in der internationalen Emigrantenszene erklärt. Keuns letzter Roman schließlich, *Ferdinand, der Mann mit dem freundlichen Herzen* von 1950, hat die Währungsreform und das beginnende Wirtschaftswunder – aus »linker« Sicht: die Fahrt aufnehmende westdeutsche »Restauration« – zum Hintergrund.

Gilgi – eine von uns – Keuns erster Sensationserfolg von 1931 – spielt zur Gänze in Köln, er endet in dem Augenblick, da die Titelfigur, die Kleinbürgertochter und Stenotypistin Gisela, die sich selbst Gilgi nennt, am Hauptbahnhof in den Zug nach Berlin steigt. Dort will sie ein neues

---

18 Paradigmatisch für die einschlägige, aus heutiger Sicht nur mit tiefsitzenden Traumata, Ressentiments und Verdrängungen erklärbare und daher epochenphysiognomisch außerordentlich erhellende Diskussion ist die Nachkriegs-Kontroverse zwischen Thomas Mann auf der einen und Walter von Molo und Frank Thiess auf der anderen Seite um die Rückkehr oder Nichtrückkehr der Emigranten nach Deutschland. S. dazu Marcus Hajdu: *»Du hast einen anderen Geist als wir!«. Die »große Kontroverse« um Thomas Mann 1945–1949*, Gießen 2002 (https://core.ac.uk/download/pdf/56347759.pdf).

Leben beginnen. Berlin statt Köln, die Hauptstadt anstelle der Provinz – Keuns zweiter Roman, *Das kunstseidene Mädchen* von 1932, nimmt, allerdings in die Ich-Perspektive wechselnd, den Faden an der Stelle wieder auf, wo er in *Gilgi* liegen blieb.

Dem Buch selbst ist als Handlungszeit das erste Halbjahr 1931 zu entnehmen – genauer: die Wochen zwischen Karneval und fortgeschrittenem Frühjahr. Gilgi erwähnt an einer Stelle, dass Spanien Republik geworden sei,[19] und bezieht sich damit auf ein Ereignis im April des nämlichen Jahres. Politik spielt in dem Buch vordergründig kaum eine Rolle – Zusammenstöße zwischen Nazis und Kommunisten werden erwähnt, und die kapitalismusfeindlichen Ansichten von Gilgis früherem Freund Pit lassen vermuten, dass er der KPD nahesteht. Allemal aber schlägt auf den Roman das aufgeheizte Krisenklima der letzten Weimarer Jahre mit Massenarbeitslosigkeit und -elend sowie politischer Radikalisierung durch. Von ihm wird auch das hektische Leben der Hauptfigur erfasst, die gleich an mehreren Fronten zu kämpfen hat: Die Mitteilung ihrer »Eltern«, sie seien gar nicht die leiblichen Erzeuger, treibt die 21-Jährige in eine aufreibende einschlägige Suche. Zeitgleich zieht sie bei ihren Adoptiveltern aus und wehrt sich auch nicht gegen die Kündigung als Sekretärin durch ihren in wirtschaftliche Existenznot geratenen Arbeitgeber. Ermuntert zu dieser Berufsaufgabe wird sie durch ihren neuen Freund, den hedonistischen »Schriftsteller« Martin, der von bürgerlichen Berufs- und Erwerbszwängen nicht viel hält. Dies wiederum kollidiert letztlich mit Gilgis eigenem Lebensentwurf – als sie schwanger von Martin wird, trennt sie sich von ihm, obwohl sie ihn liebt.

Das Buch ist unter Einbeziehung von Stilmitteln wie innerer Monolog und erlebter Rede überwiegend aus Gilgis, an wenigen Stellen aus Martins Perspektive erzählt, darüber hinaus bringt sich auch eine teils ironische Erzählerstimme ein, die nicht mit der der Autorin identisch ist.[20] Der Roman zeichnet die Protagonistin mit spürbarer Anteilnahme, ja Zustimmung,[21] aber es wäre verfehlt, in ihr ein Selbstporträt der Verfasserin zu sehen. Ein Identifikationsangebot formuliert bereits der Buchtitel: Tatsächlich entspricht Gilgi einem Frauenbild auf der Höhe der Zeit, einem neuen Typ, dessen Möglichkeit sich erst den Bedingungen demokratischer Modernität nach dem Ersten Weltkrieg verdankte. Trinkend und rauchend, selbstbewusst, unsenti-

19 Keun: *Gilgi – eine von uns*, in: *Das Werk*, Bd. 1: *Weimarer Republik. 1931–1933*, S. 37–226; hier: S. 165.

20 Claudia Stockinger: *»daß man mit ein bisschen Nachdenken sich vieles selber erklären kann«. Irmgard Keuns Verfahren der reflektierten Naivität*, in: *Irmgard Keun* (= *Text + Kritik*, hrsg. von Heinz Ludwig Arnold, H. 183), München 2009, S. 3–14; hier: S. 11, verfehlt diesen für den Roman wichtigen Aspekt einer narrativen Mehrstimmigkeit. S. zur Interpretation weiterhin Christoph Deupmann: *Die Angestellten, der Glanz und das Kino. Zu Irmgard Keuns Romanen »Gilgi« und »Das kunstseidene Mädchen«*, in: ebd., S. 15–25. Zu Keuns Erzählstrategien generell Beate Kennedy: *Irmgard Keun: Zeit und Zitat* (= *Deutsche Literatur. Studien und Quellen*, Bd. 17), Berlin 2014.

21 Das unterscheidet Gilgi vom *Kunstseidenen Mädchen* Doris, deren fanatischer, von Selbstüberschätzung geleiteter und zugleich von kollektiven Träumen induzierter, abhängiger und damit erkenntnisdefizitärer Wille, ein fetischartig besetzter »Glanz« zu werden, auf der Textebene erkennbar ironisiert wird. Dem Stilmittel einer »reflektierten Naivität« (Stockinger) kommt dabei eine Schlüsselfunktion zu.

mental, durchsetzungsfähig, instrumentell-berechnend in ihrem Verhalten gegenüber tendenziell übergriffigen Männern, »egoistisch« und »amoralisch«, wie sie sich selbst einschätzt, wird sie zu einer emanzipierten Frau avant la lettre. Bemerkenswert etwa die Coolness, mit der sie die Enthüllungen der Adoptiveltern in Betreff ihrer Herkunft wegsteckt. Gerade deren Ungewissheit bedingt allerdings auch eine ausgeprägte Statusunsicherheit, die sie zwischen Klein- und Großbürgertum, Proletariermilieu und Bohème pendeln lässt, ihrerseits ein Symptom dafür ist, in welch hohem Maße die Zeit überkommene Schichten- und Genderzuschreibungen ins Rutschen gebracht hat.

Gilgi wurde, wie auch die folgenden Keun-Romane, immer wieder der Stilrichtung der Neuen Sachlichkeit zugeschlagen, die hier allerdings durch eine bemerkenswerte Frische im Blick auf die Menschen und ihre jeweilige Welt wie die Unverbrauchtheit der Sprache, ihre Bilder- und Metaphernoriginalität »aufgemischt« wird. Der Neuen Sachlichkeit gehört der Roman allerdings nur zum Teil zu. In Schlüsselmomenten ihres jungen Lebens verzichtet Gilgi nämlich durchaus darauf, »Verhaltenslehren der Kälte«[22] zu beherzigen, und bringt sich selbst damit in eine dilemmatische, sie in Schuld verstrickende Lage. Und in ihren »großen monologisierenden Gefühlsausbrüchen« und den mit ihnen verbundenen ekstatischen Wortschöpfungen in der zweiten Romanhälfte wirkt massiv das Erbe des Expressionismus.[23]

Nicht zuletzt ist *Gilgi* aber eben auch ein Köln-Roman – die Stadt und ihre Lebenswelt avancieren zu heimlichen Protagonisten. Gilgi erlebt sie, erschließt sie sich in ihrer extremen sozialräumlichen Heterogenität zwischen heruntergekommener Altstadt und noblem Kaiser-Wilhelm-Ring, Lindenthal, Friesenstraße und Thieboldsgasse, zwischen elenden Kaschemmen und Nobelrestaurants. Sie begegnet ihr auch in den ausgeprägten Soziolekten der Bewohner. Die Schrift der Stadt wird, ohne dass dies im narrativen Raum des Romans revolutionäre Abhilfen nahelegte, lesbar im Sinn einer rigiden Klassengesellschaft in der Krise. Eigentümlich gemildert erscheinen deren Züge allerdings durch den Karneval, der in Gestalt von Ostermanns »Mösch«-Lied die Stadt horizontal durchherrscht. Das katholische Köln hingegen, das nach dem Krieg Bölls scharfer Kritik anheimfällt, spielt bei Keun keine Rolle.

Der erste Exilroman, *Nach Mitternacht*[24], zeigt sehr deutlich, dass die neue Schreibsituation der Autorin, nicht nur auf die Thematik – Leben im Dritten Reich – durchschlägt, sondern auch auf Keuns Stil. Diesbezüglich ergibt sich ein markanter Unterschied gegenüber den noch in Deutschland geschriebenen Büchern – ohne dass man von einem radikalen Bruch spre-

---

22 Dies der Titel der genialen Epochenanalyse von Helmut Lethen: *Verhaltenslehren der Kälte. Lebensversuche zwischen den Kriegen* (= *edition suhrkamp*, Bd. 2776), Berlin 1994.

23 So zu Recht Häntzschel: *Irmgard Keun*, S. 30.

24 S. zur Interpretation die postkoloniale und gendertheoretische Denkmodelle aufnehmende Analyse von Xenia Wotschal: *Irmgard Keun: »Nach Mitternacht« (1937)*, in: Bettina Bannasch/Gerhild Rochus (Hg.): *Handbuch der deutschsprachigen Exilliteratur. Von Heinrich Heine bis Herta Müller*, Berlin/Boston 2013, S. 358–363.

chen müsste. Der Roman ist erneut aus einer Ich-Perspektive erzählt, diesmal der der 19-jährigen Sanna Moder. Die Haupthandlung konzentriert sich auf zwei Frankfurter Tage des Jahres 1936, umgreift in der der Rückblende allerdings auch die beiden Jahre, die sie in Köln verbringen musste – bei ihrer »Tant Adelheid«, einer fanatischen Hitler-Begeisterten. Unter anderem durch den Gegensatz zu dieser engen Verwandten, die sie wegen einiger unbedachter Äußerungen bei der Gestapo denunziert, schürzt sich der dramatische Knoten, der sich am Ende durch Sannas Flucht aus Deutschland löst.

Das Buch ist reich an Szenen entlarvender Satire, die sich aus Sannas böse-unbestechlichem Blick auf die Verhältnisse ergeben – von der gespenstischen Farce des Hitler-Auftritts war bereits die Rede. Ein anderes Beispiel ist der Auftritt eines »Stürmermannes«, der stürmisch um die Freundschaft ausgerechnet des jüdischen Arztes Breslauer wirbt, weil der im Sternzeichen des Löwen geboren ist – »Nie könnte ein Löwegeborener Jude sein; bei den Juden setzt dieses Tierkreiszeichen nämlich aus.«[25] Im Buch setzt die Satire an bestimmten Stellen bezeichnenderweise aus: Wenn sich Sanna daran erinnert, bei der Vorbeifahrt am Kölner Klingelpütz Kommunisten bei ihrer Hinrichtung schreien gehört zu haben, dann ist das ein Vorgang, der jede satirische Verfremdung als verfehlt erwiese. Das Dritte Reich verfügt über Räume, die – jedenfalls im Rahmen von Keuns Darstellungsmitteln und -maximen – selbst einem Entlarvungslachen unzugänglich sind.[26]

Ausgeprägt, nahezu durchgängig als Erzählsatire angelegt ist dagegen wiederum der *Ferdinand*-Roman.[27] Die ironischen Doppelbödigkeiten beginnen schon mit dem Buchtitel, denn ein »freundliches Herz« ist wohl das letzte, das man dem Protagonisten attestieren kann. Ferdinand Timpe kommt zutiefst illusionslos (der Begriff »desillusioniert« wäre hier falsch, denn Ferdinand hat sich nie Illusionen gemacht) aus dem verhassten Soldatendasein, aus Krieg und Gefangenschaft ins zerstörte Köln, wo er sich, ärmlich behaust, mit Gelegenheitsarbeiten durchschlägt. Dabei erfasst er – ein trauriger Picaro genauso wie ein Verwandter von Hašeks »bravem Soldaten Schwejk« – seine menschliche Umwelt vorzugsweise mit einem dezidiert bösen Blick »von außen« wie »von unten«. Mit ihm entlarvt er die Lebenslügen, Arrangements und Anpassungsbemühungen der entnazifizierten Nazis, Opportunisten, Kriegsgewinnler und lebenstüchtigen Schieber im Nachkriegsdeutschland. Wiederholt, als Leitmotiv, erscheint das Bild der

25 Keun: *Nach Mitternacht*, in: *Das Werk*, Bd. 2: *NS-Deutschland und Exil. 1933–1940*, S. 274–416; hier: S. 369.

26 Das in *Nach Mitternacht* (S. 404) geschilderte einschlägige Ereignis ist authentisch: Am 30. November 1933 wurden auf dem Gefängnishof Klingelpütz auf Befehl Hermann Görings sechs Kommunisten mit dem Handbeil hingerichtet. Auch Heinrich Böll verarbeitet diesen Vorgang in seinem Roman *Billard um halb zehn* (*Werke*, Bd. 11, hrsg. von Frank Finlay und Markus Schäfer, Köln 2002, S. 57, Stellenkommentar S. 400) und in seinem autobiografischen Text *Was soll aus dem Jungen bloß werden? Oder: Irgendwas mit Büchern* (*Werke*, Bd. 21, hrsg. von Jochen Schubert, Köln 2006, S. 389, 402 f.). S. dazu James H. Reid: *Die verspätete Nachwelt. Irmgard Keun, Heinrich Böll und ihre fingierten Briefe*, in: *Irmgard Keun* (*Text + Kritik*), S. 77–85; hier: S. 77.

27 Zur Interpretation Stefan Scherer: *»Vor« und »nach der Währungsreform«. Irmgard Keuns »Ferdinand, der Mann mit dem freundlichen Herzen«*, in: *Irmgard Keun* (*Text + Kritik*), S. 65–76.

»blühenden Ruinen«, einer bitteren Verballhornung des berühmten Verses aus Schillers *Wilhelm Tell*: »Und neues Leben blüht aus den Ruinen.« In Keuns Roman blüht eben kein neues Leben, sondern es blühen auf gespenstische Weise die Ruinen selbst, also die Realsymbole einer auch im übertragenen Sinn so umfassenden wie andauernden und mit Blick auf ihre Ursachen unbearbeiteten Verwüstung.

Es kann nicht strittig sein, dass Keun hier auch im Sinne einer Abrechnung mit dem Ausbleiben einer Erneuerung, die diesen Namen verdient, ihre eigenen Beobachtungen und Urteile ihrer Hauptfigur anvertraut. Zum ersten Mal in ihrem Romanschaffen allerdings entwirft sie im *Ferdinand* ein männliches Rollen-Ich, dem sie ihre eigene weibliche Perspektive nicht anverwandeln kann. Dem Roman ist dieser Kunstgriff nicht gut bekommen: Ferdinand bleibt ein Konstrukt, das unübersehbar eine lebensarme Künstlichkeit mit sich herumträgt – er degradiert tendenziell zum Sprachrohr von Zeitdiagnose und Sozialkritik.[28] Deren Zielrichtung ist markant genug: Die Währungsreform signalisiert keinen Neubeginn, sondern vielmehr eine Art politisch-gesellschaftlichen Sündenfall: Sie ermöglicht erst recht das gedeihliche, von Selbstzweifeln unbehelligte Fortkommen derer, die immer schon, auch zwischen 1933 und 1945, auf der Sonnenseite des Lebens standen, während der Skeptiker Ferdinand, der sich dem grassierenden Aufstiegs- und Wohlstandwillen verweigert, von Zeitgeist als »unbrauchbar« aussortiert wird. Er ist »kein Mann für normale Zeiten«[29].

Weiterhin leidet der Roman unter einem Fehler in der narrativen Konstruktion: Die Schnur der zentralen Handlung ist zu dünn, als dass sie ihn in seiner Gänze überzeugend halten könnte. Der Plot gilt Ferdinands Bemühen, seine Braut, an die ihn nichts bindet, an einen »würdigeren« Partner loszuwerden. Er wird aber immer wieder überwuchert und verdrängt durch den erkennbaren Autorwillen, im Interesse der Erfassung einer breiten Wirklichkeit ein figuren- und episodenreiches Zeitpanorama zu entwerfen. Dem dient u. a. die Einbeziehung von Ferdinands zahlreicher und in sich äußerst heterogener Verwandtschaft. Solchermaßen tendiert der Roman zum epischen Stationendrama, das durch den Ich-Protagonisten als integrierende Klammer eher notdürftig zusammengehalten wird.

Zwiespältig muss auch das Urteil über das satirische Potenzial des Buches ausfallen, das sich bereits in der Komik der Namensgebung – Henrich Liebezahl, Hugo Moppe, Bobby Ampel – zur Geltung bringt. Immer wieder leuchten Keuns kritischer Sprachwitz (etwa bei der erörternden Analyse des Begriffs »Heim-Kehrer«) und ihre kraftvolle Fantasie in der Erfindung absurder Situationen und Konstellationen auf: etwa wenn eine Trauerfeier mitsamt der fälligen Lobreden auf den Verblichenen auf dessen Lebzeiten »vorgezogen« wird, damit er noch in den leibhaf-

28 Künstlerische Ehrenrettungen des Romans – etwa durch Scherer: *Ferdinand*, S. 67 – leugnen freilich dezidiert ein Nachlassen von Keuns Gestaltungskraft und führen den Misserfolg beim Lesepublikum einzig auf die unwillkommene politische »Botschaft« zurück. Solchermaßen spiegelt sich in Ferdinands Außenseitertum das Schicksal des Buches, nimmt es gewissermaßen vorweg. Beide Aspekte schließen einander nicht aus.

29 Keun: *Ferdinand, der Mann mit dem freundlichen Herzen*, in: *Das Werk*, Bd. 3, S. 176–369; hier: S. 359.

tigen Genuss solcher Wohltaten kommen kann. Anderes hingegen ist bemüht und langatmig, erreicht nicht den »komischen Zündpunkt«.

Auf der Suche nach Gründen für den Misserfolg des Romans, der paradigmatisch stehen mag für Irmgard Keuns Scheitern im Nach-45er Literaturbetrieb, jenseits möglicher künstlerischer Defizite empfiehlt sich ein einbeziehender Blick auf das Umfeld. *Ferdinand* vertritt vom Sujet her unstrittig den seinerzeit verbreiteten Typus des Heimkehrerromans, wie ihn etwa auch Walter Kolbenhoffs *Heimkehr in die Fremde* und Bölls *Der Engel schwieg* repräsentieren. Zum künstlerischen Höhepunkt der Heimkehrerliteratur avancierte schon damals allerdings nicht ein Roman, sondern ein Theaterstück: Wolfgang Borcherts *Draußen vor der Tür*. Für Keuns Behandlung dieses Themas ist nun allerdings die Ironisierung bezeichnend, der, wie schon erwähnt, bereits der Begriff »Heimkehrer« anheimfällt: »Ehrlich gesagt«, lässt sich Ferdinand Timpe verlauten, das Wort »Heimkehrer« widerstrebt mir. Es hat etwas von einer Markenbezeichnung für Teppichkehrmaschinen oder Staubsauger. Kehrer! Heim-Kehrer. Der ideale Heimkehrer. Das Wort hat auch was, was nach Heim riecht und nach Betreuung. Heim für Obdachlose, Heim für gefallene Mädchen, Heim für entlassene Sträflinge, Heim für verwahrloste Kinder.[30]

Diese satirische Ironisierung hintertreibt destruktiv und wirkungsvoll das Pathos, das die Heimkehrerliteratur der Zeit üblicherweise grundiert – diejenige Borcherts genauso wie diejenige Bölls.[31] Es lässt sich nicht beweisen, liegt aber auf der Hand, dass weite Kreise der Nachkriegsleserschaft es nicht goutieren mochten, wenn solchermaßen das eigene und am eigenen Leib erlittene Elend nicht nur nicht ergriffen gewürdigt, sondern sogar noch zum Gegenstand des Spotts wurde. Auch der obwaltenden Trostlosigkeit der Wohnverhältnisse wuchs etwa in Bölls Roman *Und sagte kein einziges Wort* ein existenziell bedeutsamer Ernst in einer Weise zu, wie ihn Ferdinands Behausung im Flur der Witwe Stabhorn keinesfalls ereilt. Keuns Roman ist auch, wenngleich immer wieder von Trümmern die Rede ist, keine Trümmerliteratur im engeren Sinn. Zweifellos spielt der Roman in den Ruinen von Köln, aber dieser Ruinenaspekt schlägt nicht durch auf die Handlungs- und Figurenmotivation. Sie werden vielmehr entrückt, gefrieren sogleich zu Symbolen nicht einer sinnlich erfahrbaren und erleidbaren, sondern einer Zerstörung im übertragenen Sinn.

Wie wir mittlerweile wissen,[32] kannten Keun und Böll seit der Nachkriegszeit einander recht gut, wenngleich diese Bekanntschaft in beider Äußerungen kaum dokumentiert ist. Eine ausgedehnte Briefkorrespondenz mochte sich allerdings auch deshalb erübrigen, weil sie nur wenige Minuten voneinander entfernt wohnten – Böll in der Müngersdorfer Belvederestraße, Keun in der Eupener Straße in Braunsfeld. Böll verschaffte Keun auch den Kontakt zu der literarischen Agentur Ruhr-Story, die ihre einschlägigen Texte von 1956 an betreute. Er unterließ es aber – wie in anderen Fällen auch –, der Kollegin den Weg zu Kiepenheuer & Witsch zu bahnen, seinem

30 Keun: *Ferdinand*, S. 195.

31 So auch Reid: *Keun, Böll*, S. 79.

32 Ebd., S. 79 ff.

eigenen hochpotenten Verlag.[33] Wenn jene im Formular für ihre Anmeldung in Haus Baden als aktuellen Tätigkeitsbereich den »Verlag Kiepenheuer« angab,[34] dann mochte da neben dem ihr geläufigen Fiktionsspiel mit der eigenen Biografie auch ein Sehnsuchtsmotiv im Spiel sein. Irgendwann jedenfalls riss auch der Kontakt zu Böll ab, der Grund dafür ist unbekannt.

Immerhin gedieh auf dem Boden der zeitweise freundschaftlichen Beziehung zwischen Oktober 1955 und Januar 1956 ein gemeinsames Veröffentlichungsprojekt: der *Briefwechsel für Nachwelt*.[35] Es handelt sich dabei um zwölf Briefe; den Vorspann und den ersten Brief schrieb Keun, dann wechseln die Partner einander ab. Es handelt sich dabei um ein satirisches Projekt – was zugleich bedeutet, dass Keun und Böll dabei Rollen übernahmen. Gegenstand der Satire sind die als solche erkannten politischen und gesellschaftlichen Defizite der Nachkriegsentwicklung – die Restauration, die Wiederbewaffnung bzw. die atomare Bewaffnung der Bundeswehr, der oberflächliche Materialismus des Wirtschaftswunderlandes, das Wiederauftauchen alter Nazis. Zielscheibe der Attacken ist vor allem immer wieder Bundeskanzler Adenauer als der personifizierten Allianz von Macht und Kapital.

Der *Briefwechsel* sollte in der Düsseldorfer Zeitung *Mittag* erscheinen, die nach Sichtung des Typoskripts die Publikation – aus Angst vor Beleidigungsklagen, wie man mitteilte – von einer gründlichen Überarbeitung seitens der Autoren abhängig machte. Weil die dann nicht in der gewünschten Form erfolgte bzw. die Verfasser sich zu substanzielleren Änderungen nicht bereitfanden und auch andere Publikationsorgane abwinkten, »wurde das Projekt schließlich fallengelassen«[36]. Vor dem Hintergrund, dass die in der nämlichen Zeit entstandene Böll-Satire *Doktor Murkes gesammeltes Schweigen* nicht nur, in den *Frankfurter Heften*, problemlos veröffentlicht werden konnte, sondern sich auch zu einem wesentlichen Bestandteil in der Erfolgsgeschichte des Autors entwickelte, ist das Scheitern des Keun/Böll-Unternehmens bemerkenswert. Dort ging es allerdings auch, anders als im Fall von *Murke* oder *Nicht nur zur Weihnachtszeit*, um konkrete Namen, deren Träger in der Tat gegen ihre Kritiker bzw. ihre Publikationsorgane hätten zurückschlagen können. In der Rückschau drängt sich der Eindruck auf, dass dieses eine Mal der spätere Nobelpreisträger in den Sog jener Erfolglosigkeit geriet, die nicht die seine, aber eben Irmgard Keuns Nachkriegsexistenz verdüsterte.

33 Reinhold Neven Du Mont im Gespräch mit d. Verf. am 17. August 2022.

34 Abgedruckt bei Egyptien: *Irmgard Keun*, S. 58.

35 Publiziert in Heinrich Böll: *Werke. Kölner Ausgabe* (27 Bde.), Köln 2002–2010, Bd. 9: *1954–1956*, hrsg. von James H. Reid, S. 334–370.

36 Reid: *Keun, Böll*, S. 85.

5.3 Hans Mayer

Hans Mayers (1907–2001) Lebensweg wie auch seine Position in der Literaturstadt Köln sind vom »Fall Keun« grundverschieden. Zum einen war Mayer nicht Verfasser fiktiver Literatur, sondern Literatur- und Musikwissenschaftler, Kritiker, Übersetzer, Essayist – er selbst bezeichnete sich bevorzugt als »Schriftsteller«. Deshalb könnte auch gefragt werden, ob und inwieweit er überhaupt einen Platz in einer Kölner Literaturgeschichte beanspruchen kann. Jedoch wäre es angesichts seiner überragenden Bedeutung für die deutsche (Bundesrepublik wie DDR) und internationale Literaturwelt in der zweiten Hälfte des 20. Jahrhunderts unangebracht, den gebürtigen Kölner an dieser Stelle unberücksichtigt zu lassen. Und der »erweiterte Literaturbegriff«, zu dem sich der Autor dieses Buches schon anlässlich seiner Würdigung Günter Wallraffs bekannte, mag die Entscheidung erst recht plausibel machen.

Zum anderen aber war Mayer zum Zeitpunkt seiner Flucht aus Deutschland im August 1933 einschlägig noch kaum hervorgetreten. Als erste diesbezügliche Arbeit entstand im Exil zwischen 1935 und 1938 das große Werk *Georg Büchner und seine Zeit* (es wurde allerdings erst nach dem Krieg veröffentlicht). Ihm folgte im Lauf der Jahrzehnte eine dichte Phalanx an Monografien und Aufsatzsammlungen – zu Thomas Mann und Brecht, zu Frisch und Dürrenmatt, zu Goethe und Schiller, zu Wagner und zur Historie der Oper, zur Geschichte der DDR und zur Geschichte der Juden in Deutschland. Als Leuchtturm in dieser Reihe darf wohl der Großessay *Außenseiter* von 1975 bezeichnet werden. Mayer blieb übrigens, bereits erblindet, bis in die letzte Lebenszeit hinein dank seines phänomenalen Gedächtnisses schriftstellerisch tätig.

Gedruckt lag seit 1931 Mayers Kölner juristische Dissertation vor: *Die Krisis der* deutschen *Staatslehre und die Staatsauffassung Rudolf Smends*. Tatsächlich hatte der im Belgischen Viertel als Sohn eines wohlhabenden Kaufmanns Geborene und später bis zur Emigration in Neuehrenfeld Ansässige an der Kölner Uni und in Berlin Jura studiert und dieses Studium noch kurz vor der Flucht mit dem zweiten Staatsexamen in Berlin erfolgreich abgeschlossen (unmittelbar darauf wurde ihm per Urkunde die Entlassung aus dem preußischen Staatsdienst mitgeteilt).

In Köln war in dieser Zeit das Pflaster für den Juden sowie bekennenden Linkssozialisten (Mitglied in der rechtskommunistischen KPD-O) und Marxisten (diese Prägung erfolgte früh durch die Lektüre von Marx' *Kapital* und Georg Lukács' *Geschichte und Klassenbewusstsein*) bereits zu heiß geworden. Weil Mayer als Gerichtsreferendar und Beisitzer beim Kölner Amtsgericht 1931 an einem Beleidigungsprozess gegen Robert Ley teilgenommen hatte, den Kölner Gauleiter der NSDAP und Herausgeber des Westdeutschen Beobachters, stand er ziemlich hoch oben auf der Verfolgungsliste der neuen Machthaber: »Im April erschienen die Braunen, um mich abzuholen. Da ich in Berlin nicht bei Verwandten wohnte, sondern mir ein Zimmer gemietet hatte, wußten die Eltern wirklich nicht, wo ich zu erreichen sei.«[37] Der Vater organisierte

37 Mayer: *Ein Deutscher auf Widerruf*, Bd. 1, S. 161 f.

dann die Flucht »an Köln vorbei« über die Eifel nach Belgien – Straßburg wurde die erste Exilstation, später ging es nach Paris und Genf.

Mayer ist nie wieder nach Köln zurückgekehrt – in dem Sinne, dass er hier erneut seinen Wohnsitz aufgeschlagen hätte. Nach der Rückkehr aus dem Schweizer Exil ging er zunächst als Agenturredakteur und später als politischer Chefredakteur beim Radio nach Frankfurt/M. und übernahm 1948 eine Professur für Literaturwissenschaft an der Uni Leipzig. Zunehmende, in organisierte Kampagnen mündende Konflikte mit der SED-Parteihierarchie erzwangen 1963 die zweite Emigration in die Bundesrepublik, wo er zwischen 1965 bis 1973 einen neugegründeten germanistischen Lehrstuhl an der TH (später TU und Universität) Hannover innehatte. Als ersten Wohnort wählte er allerdings Tübingen, wo bereits sein Freund Ernst Bloch und das ihm vertraute Ehepaar Walter und Inge Jens ansässig waren. Nach seinem Tod fand er die letzte Ruhestätte nicht auf Melaten, sondern auf dem Dorotheenstädtischen Friedhof in Berlin. Seinen Nachlass vermachte er allerdings dem Kölner Stadtarchiv.

In seiner Dankesrede zur Verleihung des Kölner Literaturpreises 1980 beschrieb Mayer die erste Wiederbegegnung mit der völlig zerstörten Stadt nach den braunen Jahren:

Man soll nicht zurückschauen. Das sagt sich so leichthin. Jeder Blick, den ich meiner Vaterstadt zuwandte seit dem ersten Wiedersehen im Frühsommer des Jahres 1946, als ich in den Trümmern stand, auch vor den Überresten dieses schönen Rathauses, war schmerzhaft aufgerissen durch das Einst und das Jetzt.[38]

Ein Jahr später konkretisierte sich dieser schmerzhafte Riss, als Mayer das Haus seiner Familie in der Neuehrenfelder Siemensstraße aufsuchte:

> Im Jahre 1947 stand ich in Köln vor dem schönen Familienhaus meiner Großmutter und meiner vertriebenen Eltern. Die entsetzten und feindseligen Blicke der damaligen Bewohner, als ich mich als Erbe zu erkennen gab. Ich habe dann diese Erbschaft nicht antreten wollen. Ein Widerruf des Widerrufs war nicht möglich.[39]

In Mayers Geschichtsbild bezeichneten die Denkfiguren des »Widerrufs« und der »Zurücknahme«, eingebettet in den Kontext der »gescheiterten bürgerlichen Aufklärung«, den Kern der deutsch-jüdischen Tragödie im 20. Jahrhundert, das mit dem Ortsnamen Auschwitz evozierte katastrophale Scheitern der jüdischen Emanzipation in Deutschland. Hinter dieses Scheitern führte für ihn nach 1945 kein Weg zurück. Diese Erkenntnis betraf Deutschland als Ganzes, in besonderer Weise aber eben auch, weil biografisch definiert, die Heimatstadt Köln: »So gab es zwar seit den Kreuzzügen keine Pogrome mehr zu Köln am Rhein, aber es wurden auch wenig Beispiele bekannt, dass sich Kölner bemüht hätten, nach 1933, das Schicksal der

38 Ders.: *Dankrede in Köln (1980)*, in: H. M.: *Aufklärung heute. Reden und Vorträge 1978–1984*, Frankfurt/M.1985, S. 125–132; hier: S. 125.

39 Ders.: *Der Widerruf. Über Deutsche und Juden*, Frankfurt/M. 1994, S. 442.

Kölner Juden wenigstens in einzelnen Fällen abzuwenden. Köln war nicht Amsterdam.«[40] Und Jürgen Becker erwähnte in seiner Laudatio auf Mayer dessen Rede im Großen Sendesaal des WDR drei Jahre zuvor, in der »Hans Mayer kaum Worte zu Köln [einfielen]«. Er habe nur vermerkt: »An den Wänden stehen zu viele Tote.«[41]

Dennoch war Mayers Verhältnis zu Köln ambivalent und widersprüchlich – wie bereits der Schlusssatz seiner Kölner Dankesrede zeigt: »Es ist Heimkehr, trotz allem, was ich jetzt empfinde.«[42] »Doch glaube ich immer noch«, führte er in seiner *Münchner Rede über das eigene Land* im November 1985 aus, »meine eigene Landschaft zu besitzen. Die liegt am Rhein: Jede Fahrt zwischen Mainz und dem Niederrhein macht es mich spüren. Auch die Vaterstadt ließ sich nicht widerrufen: das hat sich gezeigt.«[43] Diese Ambivalenz hatte wohl im Wesentlichen zwei Gründe: Spätestens seit den 60er Jahren wurden die personell definierten Bande, die Mayer nach Köln zurückführten, immer stärker: Seit 1959 fest etablierter Kritiker bei den Treffen der Gruppe 47, schloss er dort Bekanntschaft und Freundschaft auch mit Kölner Autoren: mit Heinrich Böll und Jürgen Becker. Unabhängig von der Gruppe ergaben sich gute Kontakte zu Hans Bender und Günter Wallraff. Diese persönlichen Bindungen führten dazu, dass Mayer vergleichsweise häufig nach Köln kam – auch etwa, um hier mit den Bekannten und Freunden am Ort seinen Geburtstag zu feiern.[44] Und es gab in dichter werdender Folge offizielle Anlässe: Von der Verleihung des Kölner Literaturpreises war bereits die Rede; 1981, ein Jahr später, hielt er im Rathaus die Laudatio auf seinen Preisnachfolger Peter Weiss. Im selben Jahr wurde er Kölner Ehrenbürger. 1987 beging die Stadt mit einem Festakt den 80. Geburtstag.[45]

Jenseits dieser okkasionellen Aspekte wurzelte Mayers ambivalente Haltung offenkundig in der von ihm so gesehenen Ambivalenz des Phänomens Köln selbst (eine Essay-Überschrift wie *Köln: eine Stadt, die auch ihr Gegenteil ist* fasst sie in eine hegelianische Prägung). Dabei ging

40 Ders.: *Köln: eine Stadt, die auch ihr Gegenteil ist*, in: H. M.: *Stadtansichten. Berlin. Köln, Leipzig, München, Zürich*, Frankfurt/M. 1989, S. 31–51; hier: S. 43 f.

41 Jürgen Becker: *»Rückkehr zur einfach menschlichen Anständigkeit«. Laudatio auf Hans Mayer zur Verleihung des Heinrich-Böll-Preises der Stadt Köln am 16.12.1980*, in: J. B.: *Gelegenheiten. Aufsätze und Gespräche, Reden und Rezensionen*, hrsg. und mit einem Nachwort versehen von Gabriele Ewenz (= *suhrkamp Taschenbuch*, Bd. 4831), Berlin 2018, S. 281–292; hier: S. 283.

42 Mayer: *Dankrede*, S. 132.

43 Ders.: *Reden über das eigene Land: Deutschland*, in: H. M.: *Abend der Vernunft. Reden und Vorträge 1985–1990*, Frankfurt/M. 1990, S. 13–32; hier: S. 32.

44 S. etwa Hans Bender: *Ich erzähle, ich erinnere mich*, S. 28.

45 Der in Köln lebende Germanist Leo Kreutzer, in Hannover Mayers Assistent, von 1970 bis 1973 Literaturredakteur beim WDR und von 1974 bis 2003 Mayers Nachfolger auf dessen Lehrstuhl, berichtet, dass Mayer, um Kreutzers Köln-Affinität wissend, sich bei ihm sehr oft nach den dortigen Verhältnissen erkundigt habe, bei einschlägigen Gesprächen auch in den rheinischen Dialekt gefallen sei und gemeinsame Abendessen gerne mit der Aufforderung »Lommer jon« beendet habe (Gespräch mit d. Verf. am 26. Juli 2022). S. auch L. K.: *Ein Hannoveraner auf Widerruf. Mit Hans Mayer an der Technischen Universität Hannover*, Hannover 2022.

es um eine Ambivalenz, die sich ihm in geschichtlichen Entwicklungen, kollektiven Mentalitäten und Prägungen zeigte. In diesem Sinne widerspricht er etwa Heines Abrechnung mit Köln als dem Hort der katholischen Reaktion in seinem Versepos *Deutschland, ein Wintermärchen*: »Allein Heinrich Heines Wahrheit über Köln ist eine halbe Wahrheit, also keine.«[46] Köln war in Mayers Sicht nicht nur eine Metropole der Gegenaufklärung, sondern immer auch des Widerstandes dagegen: die Stadt der Dunkelmänner um den »mächtigen Mönch«[47] Ortvinus Gratius, aber auch die eines Karl Marx und seiner Neuen Rheinischen Zeitung; der Kommunistenprozesse und der »süßen Anarchie« im Karneval; der antagonistischen Konstellation Konrad Adenauer – Heinrich Böll. Die Klammer »Literatur der kleinen Leute« verbindet bei Mayer Willi Ostermann und Böll: »Nichts ging verloren von der plebejischen Tradition, von der Parteinahme für die kleinen Leute, vom Neinsagertum und von der Widersetzlichkeit.«[48]

5.4 Hilde Domin

Während der gemeinsamen Kölner Jugendzeit war Hans Mayer ihrer Erinnerung zufolge einer der Tanzstundenpartner der zwei Jahre jüngeren Hilde Domin (1909–2006)[49], die das Gesicht der »neuen deutschen Lyrik« nach dem Zweiten Weltkrieg wesentlich prägen sollte. Davon unabhängig weisen beider frühe Biografien Ähnlichkeiten auf: Wie Mayer stammte auch Hildegard Dina Löwenstein aus dem wohlhabenden und zugleich kulturaffinen jüdischen Bürgertum – ihr Vater war ein angesehener Rechtsanwalt und Justizrat. Ihr Geburtshaus – Riehler Straße 23 – stand in einer seinerzeit noch nicht lange als Wohnquartier erschlossenen »guten« Gegend. In einer autobiografischen Erinnerung aus dem Jahr 1968 beschreibt Domin das Erlebnis eines nahezu ungetrübten Kindheitsglücks mit vom Vater begleiteten Besuchen im Wallraf-Richartz-Museum und Schwimmen in einer in den Rhein eingelassenen Badeanstalt.[50] Wie bei Mayer wurde auch bei Domin früh eine intellektuelle Hochbegabung erkennbar – die Schullaufbahn absolvierte sie als Überfliegerin –, und wie der spätere Literat schlug sie nach dem Abitur eine »poesieferne« akademische Richtung ein, studierte von 1929 an in Heidelberg, Köln und Berlin Jura und Ökonomie. Eine weitere Gemeinsamkeit war die frühe politische Links-Orientierung, die Domin allerdings nicht zum Kommunismus, sondern zur Sozialdemokratie führte.

---

46 Mayer: *Dankrede*, S. 129.

47 Ebd., S. 130.

48 Ebd., S. 131 f.

49 Marion Tauschwitz: *Hilde Domin. »Dass ich sein kann, wie ich bin«. Biografie*, München 2015, S. 32 Merkwürdigerweise – und obwohl sich in Mayers Nachlass im Historischen Archiv der Stadt Köln ein umfangreicherer Briefwechsel mit Domin zwischen 1980 und 1994 befindet (HAStK Best. 1333, A 10/28) – fällt der Name der Autorin in seinen zweibändigen Erinnerungen *Ein Deutscher auf Widerruf* kein einziges Mal.

50 Hilde Domin: *Mein Vater. Wie ich ihn erinnere*, in: H. D.: *Gesammelte autobiographische Schriften. Fast ein Lebenslauf* (= *Fischer-Taschenbuch*, Bd. 14071), Frankfurt/M. 1998, S. 10–20.

Abb. 10 Hilde Domin, 1969.

Mit ihrem Kommilitonen und künftigen Ehemann Erwin Walter Palm trat Domin bereits 1932, also noch vor der »Machtergreifung«, die sie hellsichtig hatte kommen sehen[51], ein Auslandsstudium in Rom an. Es war de facto die vorgezogene Emigration, die etwas später auch ihren Eltern gelang. Die nächsten Jahre verbrachten beide in Italien und England, 1939 flüchteten sie vor dem Weltkrieg in die Dominikanische Republik. Deren rassistischer Diktator Rafael Trujillo[52] hatte ausgerechnet aus Europa geflohenen Juden die Ansiedlung angeboten, weil er die Bevölkerung des Landes »aufweißen« wollte. Die deutsche Emigrantin machte sich über den Charakter des Regimes keine Illusionen, dennoch wählte sie aus Dankbarkeit für ihre Errettung, seit sie in Deutschland nach dem Krieg ihre ersten Gedichte veröffentlichte, das Pseudonym »Hilde Domin«. Domin kehrte 1954 erstmals nach Deutschland zurück, lebte danach aber auch in Spanien, ehe sie sich 1961 endgültig in Heidelberg niederließ.

51 S. dazu Tauschwitz, S. 52.

52 Mario Vargas Llosa hat dieser in jeder Hinsicht abstoßenden Figur in seinem 2000 erschienenen Roman *La fiesta del chivo* ein eindrucksvolles »Denkmal« gesetzt.

Seit 1954, da sie erstmals seit den Exiljahren nach Köln kam und bei dieser Gelegenheit auch ihr mittlerweile baulich stark verändertes Elternhaus in der Riehler Straße aufsuchte, weilte Domin immer wieder in der Geburtsstadt, hatte 1961 im Stadtmuseum ihre erste Dichterlesung und auch Kontakt zur örtlichen Literaturszene, insbesondere zu Heinrich Böll. Eine endgültige »Heimkehr« fasste sie allerdings – da mochten ähnliche Motive wie bei Mayer wirksam sein – nicht ins Auge, weil die Stadt nach allem, was geschehen war, diese Heimat nicht mehr sein konnte. »Köln ist«, schrieb sie 1981 an ihren Verleger Klaus Piper, »die Stadt meiner Kindheit, in Köln kann ich noch meinen Eltern auf der Straße begegnen, in Köln spricht man Kölsch, Köln ist nicht ganz wirklich für mich, hat den Traumcharakter nie ganz verloren. Lebte ich dort, es wäre anders.«[53] Generell hatte sich für Domin nach Vertreibung und Exil der Heimatbegriff verwandelt, im Sinne von Metaphorisierung »entortet« und entsinnlicht. Zur »Heimat«, die man ihr nicht hatte nehmen können, war für sie einzig die deutsche Sprache geworden.

Domin hat Kölns »Traumcharakter« mehrmals in ihren Gedichten beschworen. Mit dem Baum in *Wo steht unser Mandelbaum?* ist auch das einschlägige Gewächs gemeint, das einst vor dem Geburtshaus stand und bei einem späteren Besuch in Köln vermisst wurde.[54] Die Zeit hatte den ursprünglichen, den Text der in Kindheit und Jugend gelesenen Text der Stadt überschrieben. *Hier*, der dritte Lyrikband von 1964, enthält dann das 1961 entstandene und Böll gewidmete Gedicht *Köln*.

Die versunkene Stadt
für mich
allein
versunken.
Ich schwimme
in diesen Straßen.
Andere gehn.
Die alten Häuser
haben neue große Türen
aus Glas.
Die Toten und ich
wir schwimmen
durch die neuen Türen
unserer alten Häuser.[55]

53 Hilde Domin: *München bei der Rückkehr 1954/55. Brief an Klaus Piper*, in: *Für Klaus Piper zum 70. Geburtstag: 27. März 1981*, München/Zürich 1981; wieder abgedruckt in: H. D.: *Autobiographische Schriften*, S. 53–62; hier: S. 59.

54 S. dies.: *Meine Wohnungen – »Mis moradas«*, in: ebd., S. 71–138; hier: S. 79.

55 Dies.: *Köln*, in: H. D.: *Sämtliche Gedichte*, hrsg. von Nikola Herweg und Melanie Reinhold, Frankfurt/M.

Näheres Hinsehen erweist diese Verse als ein mithilfe einprägsamer Bildmotive kunstvoll gesponnenes Netz miteinander verkoppelter Gegensatzpaare – besser und genauer vielleicht sogar: Ambivalenzen. »Alt« und »Neu«, »Tote« und Lebende, »Ich« und »Andere«, »Schwimmen« und »Gehen« verweisen auf den übergeordneten gedanklichen Kontrast von Vertrautheit und Fremdheit, Einst und Jetzt, Mythos und Realität. Die Begegnung mit der Geburtsstadt ist nicht vollends unmöglich geworden, aber sie erfolgt – muss erfolgen – über einen nicht mehr zu schließenden Abgrund hinweg, der sich dieser Begegnung selbst einschreibt. Das lyrische Ich macht auch gleich im zweiten Vers deutlich, dass es seinen Erfahrungsraum nicht mit anderen – mutmaßlich: den aktuellen Stadtbewohnern – teilen kann: »Versunken« ist die Stadt nur »für mich«. Nur in den Augen der Sprecherin verbindet sich mit Köln der Vineta-Mythos, der Mythos der versunkenen Handelsstadt an der vorpommerschen Ostseeküste.

Diese Übertragung legt zugleich nahe: In den Wassern versunken ist das »eigentliche« Köln, das neue »gibt« es in einem radikalen Sinn gar nicht – auch Vineta existiert nicht mehr, oder allenfalls in mythischer Erinnerung. Das Motiv des Schwimmens bezieht sich auf dieses Versunkensein im Wasser – für wen Köln kein Vineta ist, der kann sich an die übliche Fortbewegungsart des »Gehens« halten. Der Schwimmende mit seinen »Toten« wird darüber fast zum Außenseiter, zum Ausgestoßenen, der den »Anderen« nicht mehr verständlich machen kann, warum er eben »schwimmt« und nicht »geht«. Und dennoch ist es möglich, »durch die neuen Türen unserer alten Häuser« zu schwimmen: Die »neuen Türen aus Glas« als Symbole einer modernisierenden Wiederauferstehung wie auch der wassergleichen Durchlässigkeit der Gegenwart zur Vergangenheit hin sind trotz allem irgendwie ebenfalls »real«. Dieser Widerspruch wird nicht aufgelöst, er durchhallt als Dissonanz das Gedicht.

Das »alte« Köln ist – dieses inhärente Wissen wird nicht explizit mitgeteilt, aber beim Leser vorausgesetzt – nicht im Wasser, sondern in den Feuerstürmen der Bombennächte untergegangen. Mit diesen Bombennächten wird zugleich deren Ursache evoziert – die NS-Herrschaft in Deutschland, in deren Vollzug Köln für das lyrische Ich zu Vineta wurde. Die »Toten« des Gedichts sind auch nicht die Opfer der Bomben, sondern die Toten der Sprecherin – die Opfer der Judenverfolgung und -vernichtung. Dennoch: Domins Verse mögen von Trauer grundiert sein, aber sie formieren sich nicht zu einer unversöhnlichen Anklage. Die »anderen« mögen die Sicht der Sprecherin nicht teilen, vielleicht sogar auf problematische Weise unempfänglich und unsensibel sein, aber sie werden dafür nicht getadelt oder gar verdammt. An dieser Stelle geht das ästhetische Ich des Gedichts in das empirische Ich seiner Verfasserin über: Hilde Domin weilte nach allem, was wir wissen, bei ihren Nachkriegsbesuchen ohne Vorbehalte und ohne Groll in der Stadt ihrer Kindheit.

2009, S. 119 f. – S. zur Interpretation Domins eigene Deutung ihres Gedichts in Walter Wittkämper (Hg.): *Kleine kölsche Anthologie. Gedichte und Interpretationen*, Bergisch Gladbach 1998, S. 24 f.; außerdem Walter Hinck: *Rückkehr nach Vineta*, in: Marcel Reich-Ranicki (Hg.): *Frankfurter Anthologie. Gedichte und Interpretationen*, Bd. 12, Frankfurt/M., 1989, S. 207–209.

6. Konstellationen der Nachkriegszeit
Heinrich Böll und Dieter Wellershoff

6.1 Eine Generation, unterschiedliche Profile

Denkbar und triftig wären auch andere Konfigurationen als »Heinrich Böll und Dieter Wellershoff«[1], wenn man nach prägend-zentralen Gestalten der Kölner Literaturszene in der zweiten Hälfte des 20. Jahrhunderts fragt. Unstrittig dürfte immerhin sein, dass keine einschlägige Darstellung am Nobelpreisträger Heinrich Böll (1917–1985) in seiner in jeder Hinsicht herausragenden Bedeutung vorbeikäme – er müsste der unbestrittene Fixpunkt einer jeden Konstellation oder gar als Paarbildung veranstalteten »Engführung« sein. Das literarische Köln jener Jahrzehnte wurde gerade auch aus überregionaler Sicht weithin mit dem gebürtigen Kölner Böll identifiziert. Ja, mit ihm dürfte die Metropole am Rhein überhaupt zum ersten Mal als Literaturstadt ins Bewusstsein vieler deutscher wie internationaler Leser gerückt sein. Das galt selbst für Kölner Literaturexperten, etwa für den Böll-Freund Freund und renommierten Literaturkritiker Heinrich Vormweg (1928–2004), der zwar aus dem Siegerland stammte, in Köln aber über viele Jahrzehnte hinweg seinen Lebens- und Arbeitsmittelpunkt hatte. »Es kommt hinzu«, schreibt er in seiner 2000 erschienenen Böll-Biografie, »und ist zugleich schon eine Erklärung für die Sonderstellung Bölls, dass die Urbanität seiner Heimatstadt zutiefst aliterarisch war.«[2] »Aliterarisch«, so ist hinzuzufügen, bis eben Böll »kam«. Die Triftigkeit solcher Auffassung wird in diesem Buch u. a. am Schluss noch einmal ausführlich diskutiert,[3] hier ist lediglich ihre Wirksamkeit in der Breite zu konstatieren.

Die Wahl des zweiten »Pols« besagter Paarbildung könnte Widerspruch provozieren. Tatsächlich erreichte Dieter Wellershoff (1925–2018), in Neuss geboren, aber seit den 60er Jahren

---

1 Die persönliche und geistige Beziehung der beiden Autoren harrt noch einer systematischen Gesamtdarstellung. Einem Teilaspekt widmet sich James H. Reid: *Dieter Wellershoff, Heinrich Böll und der Kriminalroman*, in: Werner Jung (Hg.): *Literatur ist gefährlich. Dieter Wellershoff zum 85. Geburtstag*, Bielefeld 2020, S. 65–76.

2 Heinrich Vormweg: *Der andere Deutsche. Heinrich Böll. Eine Biografie*, Köln 2000, S. 28 – Vormweg wiederholt das, der Hinweis ist ihm offensichtlich wichtig, in seiner Biografie noch mehrmals mit ähnlichen Formulierungen. Böll wird solchermaßen, metaphorisch gesprochen, zur spektakulären ersten Blume in einer weitläufigen Wüste. In Vormwegs 1993 gehaltenem Vortrag *Köln als Literaturstadt* (abgedruckt in: *Jahrbuch des Kölnischen Geschichtsvereins* 64/1 (1993), S. 163–172) ist dann allerdings aus der Wüste ein fruchtbarer Garten geworden – keine Rede mehr von »aliterarischer Urbanität«. Diese Umstellung von Diagnose und Wertungsperspektive ist in hohem Maße bezeichnend – in ihr spiegelt sich nicht etwa ein Einstellungswandel des Autors, sondern vielmehr eine objektive Veränderung der Kölner Wirklichkeit.

3 S. S. 443–447.

an unterschiedlichen Wohnsitzen in Köln sesshaft, über lange Jahre bei weitem nicht die Präsenz und Repräsentanz des Kollegen, stand in regionaler wie überregionaler Perspektive in dessen Schatten.[4] Erst dem 74-Jährigen gelang, 15 Jahre nach Bölls Tod, mit dem Roman *Der Liebeswunsch* ein Bestseller[5] in einer Dimension, die an Bölls erfolgreiche Romane heranreicht. Die Metaphorik des »Im-Schattens-Stehens« verweist jedoch auf eine – wenn auch zunächst negativ definierte – Nahbeziehung, die zwischen Böll und Wellershoff tatsächlich bestand. Denn von 1959 bis 1981 (seit 1964 allerdings nur noch in Teilzeit und seit 1971 im Interesse eigener Schreibtätigkeit noch einmal deutlich reduziert[6]) war der promovierte Germanist, der 1958 ebendort die seine Bonner Dissertation fortführende Studie *Gottfried Benn. Phänotyp dieser Stunde* veröffentlicht hatte, Lektor in Bölls Verlag Kiepenheuer & Witsch, dem damals einzigen überörtlich maßgeblichen Kölner Literaturverlag. In dieser Funktion war er nicht nur zuständig für ein neuartiges Wissenschaftsprogramm, das dann in der *Gelben Reihe* der *Neuen Wissenschaftlichen Bibliothek* Gestalt annahm, sondern auch für die deutschsprachige Literatur – und damit für Böll, den unbestritten prominentesten deutschen Autor des Hauses. In dieser Funktion betreute er unter anderem die Romane *Ansichten eines Clowns*, *Gruppenbild mit Dame* (worüber er mit dem Autor ein ausführliches, 1972 veröffentlichtes Gespräch führte[7]) und *Fürsorgliche Belagerung*. Die Titel der beiden letztgenannten Bücher gehen sogar auf Wellershoff zurück.[8]

Auch im Abstand der Jahre will es scheinen, als gehörten Böll und Wellershoff unterschiedlichen Generationen an – Böll einer älteren, Wellershoff einer jüngeren. Die biografischen Leitzahlen geben eine solche Einordnung aber nicht her. Zwischen den Geburtsdaten – 1917 und 1925 – liegen lediglich acht Jahre, außerdem ist beiden, jenseits der Herkunft aus dem rheinischen Raum, der langjährigen Beheimatung in der nämlichen Stadt und der beruflich bedingten Zusammenarbeit,[9] eine lebensgeschichtliche Matrix gemeinsam, deren Bedeutsamkeit auch für das jeweilige schriftstellerische Werk kaum überschätzt werden kann: die Erfahrung des Wehrmachtssoldaten im Zweiten Weltkrieg. Böll nahm am Krieg von 1940 bis zur Gefangennahme im April 1945 teil – mit Einsätzen in Frankreich, Polen, Russland, Ungarn und Deutschland, Wellershoff von 1943 bis zur Gefangennahme ebenfalls 1945 an der Ostfront, unter anderem in Litauen. Beiden drängten sich angesichts desaströser traumatisierender Erfahrungen im Nach-

---

4 S. dazu Bernd Happekotte: *Dieter Wellershoff, rezipiert und isoliert. Studien zur Wirkungsgeschichte* (= *Europäische Hochschulschriften*, Reihe 1: *Deutsche Sprache und Literatur*, Bd. 1496), Bern 1995.

5 Reinhold Neven Du Mont: *Mit Büchern und Autoren. Mein Leben als Verleger*, Köln 2016, S. 79.

6 Dieter Wellershoff: *Wohnungen, Umgebungen*, in: *Werke* (9 Bde.), hrsg. von Keith Bullivant und Manfred Durzak, Köln 1996–2011, Bd. 3: *Autobiografische Schriften*, S. 182–249, hier: S. 228.

7 Heinrich Böll: *Werke. Kölner Ausgabe* (27 Bde.), Köln 2002–2010, Bd. 24: *Interviews I 1953–1975*, hrsg. von James H. Reid und Ralf Schnell, S. 250–266.

8 S. dazu zusammenfassend Ralf Schnell: *Heinrich Böll und die Deutschen*, Köln 2017, S. 80.

9 Die übrigens produktiv und atmosphärisch störungsfrei verlaufen zu sein scheint, wie nicht zuletzt Wellershoffs Glückwunsch zu Bölls 60. Geburtstag zeigt: *Mehrere Aussagen über Wirklichkeit. Heinrich Böll zum 60. Geburtstag*, in: D. W.: *Werke*, Bd. 4: *Essays, Aufsätze, Marginalien*, Köln 1997, S. 513–518.

Abb. 11 Heinrich Böll, 1977.

Abb. 12 Dieter Wellershoff, 2005.

hinein vergleichbare Erkenntnisse auf – die Wellershoff im Abstand von 40 Jahren so zusammenfasste:

> Die zweite [sc. Erfahrung, d. Verf.] ist die Einsicht in die Zufälligkeit meiner Existenz. Ich weiß, dass ich nur zufällig am Leben geblieben bin und daran weder durch Geschick noch Tugend noch irgendein sonstiges Verdienst einen Anteil hatte.[10]

In der »politischen« wie schriftstellerischen Bewältigung und Bearbeitung der einschneidenden und prägenden Jugenderlebnisse gingen sie dann aber sehr unterschiedliche Wege. Ablesbar wird dies im unterschiedlichen Modus ihrer Thematisierung: Bei Böll sind der Krieg, sind kriegsbedingte Zerstörungen und Versehrungen von den frühen, noch vor 1945 entstandenen Erzählungen über die erste Nachkriegsprosa wie *Der Zug war pünktlich*, *Wanderer, kommst du nach Spa ...*, *Der Engel schwieg* und *Wo warst du, Adam?* bis hin zu den Romanen der Reifezeit wie *Billard um halb zehn* und *Gruppenbild mit Dame* zentrale Motive, während die einschlägigen Erfahrungen bei Wellershoff erst spät, 1995, in seinem umfangreichen autobiografischen Bericht *Der Ernstfall. Innenansichten des Krieges* zündeten. In seinen vorangegangenen wie folgenden Romanen und Erzählungen hingegen kommt die Zeit vor 1945 im Wesentlichen nicht vor.

10 Wellershoff: *Der Ernstfall. Innenansichten des Krieges*, in: D. W.: *Werke*, Bd. 3, S. 657–898; hier: S. 897 f.

Einen Grund dafür könnte man in der Tatsache vermuten, dass Wellershoff als Autor eines umfangreicheren Prosawerks vergleichsweise spät debütierte: 1965, also rund 20 Jahre nach Bölls einschlägigem Einstieg, mit dem Roman *Ein schöner Tag*. Zu dieser Zeit lag der Krieg ebenso lange zurück, Köln und andere Städte waren keine Trümmerlandschaften mehr, die Anlass hätten geben können, Heimkehrer-Tristesse zu beschwören und – im Sinne einer schonungslosen literarischen Bestandsaufnahme deutscher Zustände im analogen wie im übertragenen Sinn nach zwölf Jahren Diktatur und Krieg – »Trümmerliteratur« zu verfassen.[11] Insofern wäre der Verzicht auf die Kriegsthematik Folge eines gegenüber Böll »versetzten« Karrierebeginns, vielleicht auch Aspekt jener bereits erwogenen generationellen Verschiebung.[12]

Diese Erklärung greift aber aus zwei Gründen zu kurz: Auch in Wellershoffs Essays und Hörspielen der 50er Jahre spielen Krieg und Nach-Krieg eine durchaus untergeordnete Rolle.[13] Vor allem aber zeigt das Handlungs- und Motivgefüge von Romanen wie *Ein schöner Tag, Die Schattengrenze, Einladung an alle* und *Die Schönheit des Schimpansen*, dass und warum das Kriegsthema dort keine Rolle spielen konnte. Im Zentrum dieser Werke stehen mit sich und ihrer Umwelt krisenhaft zerfallene Figuren, deren scheiternde Lebensläufe in unterschiedlich dimensionierte Katastrophen führen. Die Ursachen für diese Katastrophen sind nicht traumatisierende Kriegserlebnisse, sondern liegen in individuellen Dispositionen sowie in unbewältigten familiären Konfliktsituationen auch der frühen Kindheit. Solchermaßen »privatisiert« sich das Konfliktdesign und legt in einer Weise, wie es bei Böll in dieser Form eigentlich nie geschieht, psychologische und psychoanalytische Deutungsmuster nahe.

Zum großen Thema wird die Kriegserfahrung dann in Wellershoffs autobiografischer Darstellung *Der Ernstfall*. Auffällig aber ist in jedem Fall der Unterschied zu Bölls »Kriegsbildern«: Während dieser in kritisch-aufklärerischer und erkennbar auf ein »Nie wieder« zielender Intention die Funktionsmechanismen der Kriegsmaschine unter den Leitmotiven von Kadavergehorsam, Ideologiewahn, Zynismus und Unmenschlichkeit beschreibt, ihr Fortleben in einer sich zügig berappelnden westdeutschen Nachkriegsgesellschaft thematisiert und sie solchermaßen »moralisiert«, verfährt Wellershoff auf eine ernüchternde Weise phänomenologisch: Ihm

11 Siehe dazu Bölls offensives *Bekenntnis zur Trümmerliteratur* von 1952, in: H. B.: *Werke*, Bd. 6: *1952–1953*, hrsg. von Árpád Bernáth, S. 58–62.

12 Weitere Aspekte dieser »Phasenverschiebung« sind das Einsetzen von Preisverleihungen und renommeeträchtigen Einladungen etwa zu den Tagungen der Gruppe 47. Böll las dort das erste Mal 1951, Wellershoff erst 1960. Wellershoffs Tochter Irene weist aber zu Recht darauf hin, dass auch ihr Vater nach dem Krieg und somit nur kurz nach Böll als Autor fiktionaler Texte gestartet sei, diese Tätigkeit aber unter dem Zwang, Geld zu verdienen, zugunsten von Rundfunkfeatures etc. vorläufig habe zurückstellen müssen (Mitteilung an d. Verf. vom 19. Januar 2023).

13 Reinhold Neven Du Mont bestätigt in seiner Verlegerbiografie *Mit Büchern und Autoren*, dass es hier nicht um Zufall, sondern um bewusste künstlerische Entscheidungen im Sinne von Neuorientierungen ging: »Die ›Trümmerliteratur‹, die Aufarbeitung von Krieg und dem Elend der Jahre nach 1945, war für ihn [sc. Wellershoff, d. Verf.] ein abgeschlossenes Kapitel.« (S. 25)

geht es primär nicht um die für ihn selbstverständliche und als solche nicht weiter begründungsbedürftige Ablehnung der vom nationalsozialistischen Deutschland entfesselten Barbarei samt des mit ihr verbundenen Völkermords, sondern um Erkenntnis der Sache und dessen, was sie mit den Menschen macht: »Schau dir das an, das ist der Krieg«.[14] In diesem Sinne wollte der Autor in seinem 70. Lebensjahr noch einmal konzentriert Zeugnis ablegen in einer Situation, da die Generation der Kriegsteilnehmer im Abtreten begriffen war und in absehbarer Zeit Zeugen des Geschehens nicht mehr zur Verfügung stehen würden.

Diese Differenz in der Bearbeitung des Kriegsthemas ist bezeichnend für den generell gegensätzlichen politisch-sozialmoralischen wie im engeren Sinn literarischen Habitus von Böll und Wellershoff. Beide bilden – das ist der Grund für ihre »Engführung« in diesem Kapitel – eine Konstellation, die man als Komplementarität von Gegensätzen bezeichnen könnte. Zugleich prallen hier Verschiedenheiten in der Welterfassung und -deutung aufeinander, die gleichermaßen für Entwicklung und Erscheinungsform der Kölner Literaturszene nach 1945 signifikant sind. Wellershoff hat sie übrigens – anders als Böll – nach dem Tod des Kollegen im Rückblick auf die gemeinsame Arbeit bei Kiepenheuer & Witsch unbeschadet der persönlichen Wertschätzung offen angesprochen:

> Er [sc. Böll, d. Verf.] galt als schwierig. Alles hing nun davon ab, dass ich sein Vertrauen gewann und erfolgreich mit ihm arbeiten konnte. In vielen Hinsichten waren wir grundverschiedene Menschen. Das war ihm auch bewusst. Ich spürte es an der abwartenden, ja defensiven Haltung, in der er mich empfing. Man hatte mich wohl als Existenzialisten, Atheisten oder Rationalisten angekündigt, weit entfernt jedenfalls von seinen Bindungen an das katholische Milieu seiner Herkunft und Léon Bloys mystischer Verklärung der Armut, die ihn tief beeindruckt hatte und Ausgangspunkt seiner antagonistischen Weltsicht wurde, in der reich und arm, oben und unten als unvermischte Wesenheiten einander gegenüberstanden. Von vornherein war mir klar, dass diese in der Empfindungswelt des Autors verankerten Denkmuster nicht zur Disposition standen, denn sie waren es, die seine Wahrnehmung der Welt bestimmten und seine Phantasie in Bewegung setzten. Sie waren der Quellgrund seiner Kreativität.[15]

6.2 *Ansichten eines Clowns* und *Die Schönheit des Schimpansen* – zwei Romane im Vergleich

Wie sich diese Differenzen im Habitus, im intellektuellen und schriftstellerischen Profil niederschlugen, das sei jetzt kurz anhand zweier Romane und ihrer Gegenüberstellung erläutert:

14 Das Zitat liefert den Titel für die drei CDs umfassende Hörbuch-Produktion (Label supposé), in der Wellershoff sein Leben als Soldat erzählt (Regie: Thomas Böhm, Klaus Sander).

15 Wellershoff: *Das richtige und das falsche Leben. Zum Werk Heinrich Bölls (1998)*, in: D. W.: *Werke*, Bd. 8: *Essays, Reden, Gespräche*, S. 547–549; hier: S. 548 f.

Bölls *Ansichten eines Clowns* von 1963 und Wellershoffs *Die Schönheit des Schimpansen* von 1977. Beide Werke trennen entstehungsgeschichtlich nur 14 Jahre, außerdem sind die zentralen Plots – es geht in beiden Fällen um einen in der deutschen Gegenwartsgesellschaft scheiternden Außenseiter – gut vergleichbar. Vor dem Hintergrund der Gemeinsamkeiten zeichnen sich die Verschiedenheiten in Darstellungsintention wie in narrativer Konstruktion und Stilbildung umso schärfer ab.

Im Zentrum von Bölls aus der Ich-Perspektive der Hauptfigur erzählten Roman[16] steht der Berufsclown Hans Schnier, der an einem Märzabend des Jahres 1962 aus Bochum, wo er sich bei einem Bühnenauftritt verletzt hat, an seinen Wohnort Bonn zurückkehrt. Die dürre Gegenwartshandlung wird immer wieder durch ausführliche monologische Rückblenden in die nähere und fernere Vergangenheit (der Nazi- und Kriegszeit) aufgebrochen, um nicht zu sagen: überwuchert. Sie motivieren biografisch-historisch die Außenseiterposition des in eine wohlhabende rheinisch-protestantische Fabrikantenfamilie Hineingeborenen im prosperierenden Wirtschaftswunderland der ausgehenden Adenauer-Zeit, die Distanz, ja das Rebellentum gegenüber der eigenen Familie wie gegenüber den tonangebenden Kräften in Staat und Gesellschaft der frühen Bonner Republik. Im Mittelpunkt der problematischen Familiensituation steht Schniers Mutter, die einst als fanatische Nationalsozialistin den Tod von Schniers Schwester Henriette bei einem Einsatz als Flakhelferin verschuldete, diese Vergangenheit nach 1945 aber verdrängt und verleugnet und sich in opportunistischer Anpassung an den Zeitgeist als fortschrittliche Musterdemokratin geriert.

Auf den aktuellen beruflichen Absteigerkurs, der ihn, inmitten des Karnevalstreibens um ihn herum, als Bettler im Clownskostüm auf den Stufen des Bonner Hauptbahnhofs enden lässt, bringt Schnier seine gescheiterte Liebesbeziehung zu der jungen Katholikin Marie Derkum, der Tochter eines seinerseits unangepassten Kleinwarenhändlers. Schnier hat diese als allein durch die unverbrüchliche wechselseitige Liebe als gültige eheliche Verbindung auch ohne kirchlichen und staatlichen Segen angesehen, ist damit allerdings auf Ablehnung nicht nur seitens einer konventionellen Gesellschaftsmoral, sondern auch Maries gestoßen, die auf eine Legitimierung des Verhältnisses wie auf die katholische Erziehung der zu erwartenden Kinder drängte. Sie hat Schnier mittlerweile verlassen und Heribert Züpfner geheiratet, einen ökonomisch erfolgreichen »fortschrittlichen« Verbandskatholiken mit CDU-Parteibuch und besten Verbindungen in die

16 Die *Kölner Ausgabe* der Böll-Werke bringt den Roman als Bd. 13, hrsg. von Árpád Bernáth/Hans J. Bernhard/Robert C. Conard; zur Interpretation s.u. a. Karl Heinz Götze: *Heinrich Böll: ›Ansichten eines Clowns‹*, in: *Romane des 20. Jahrhunderts. Interpretationen* (2 Bde.), Bd. 2 (= *Reclams Universalbibliothek*, Bd. 8809), Stuttgart 1993, S. 186–211; Bernd Balzer: *Das literarische Werk Henrich Bölls. Einführung und Kommentare* (= *dtv-Taschenbuch*, Bd. 30650), München 1997, S. 248–269; Günter Blamberger: *Ansichten eines Clowns*, in: Werner Bellmann (Hg.): *Heinrich Böll. Romane und Erzählungen. Interpretationen* (= *Reclams Universalbibliothek, Bd.* 17514), Stuttgart 2000, S. 200–221.

Bonner Politik und Wirtschaft. Schnier sieht darin, in nur scheinbar paradoxer Verkehrung des konventionellen Begriffs, den Tatbestand des Ehebruchs.

Unverkennbar bestätigt dieser Roman Bölls von Wellershoff als solche bezeichnete »antagonistische Weltsicht«. Ist eine umstandslose Identifizierung des Ich-Erzählers mit dem Autor-Ich methodisch insofern unzulässig, als sie den Kunstcharakter des Romans unterschlüge, so kann kein Zweifel daran bestehen, dass dieser seine Figur zum Sprachrohr der eigenen – schließlich auch in anderen Kontexten geäußerten – Gesellschaftskritik macht. Diese Kritik gilt einer antiquierten katholischen Ehe- und Sexualmoral, vor allem aber und in Verbindung damit den Deformationen der bundesrepublikanischen Demokratie durch das Machtkartell aus katholischer Kirche, Wirtschaft und Unionsparteien sowie der verschwiemelten und interessegeleiteten Absage an eine allfällige individuelle wie kollektive Aufarbeitung der NS-Vergangenheit, die diesen Namen tatsächlich verdient. Damit erfährt das seit dem 19. Jahrhundert im deutschen Roman virulente Thema des Künstler/Bürger-Gegensatzes und -konflikts eine aktualisierende und dezidiert politische Ausrichtung. Der maskierte Clown Schnier wird zum Ankläger, der die Masken der »anderen« aus Lüge und Heuchelei (Karl Marx hätte vielleicht von »Charaktermasken« gesprochen) herunterreißt.

Im Interesse einer klaren und eindeutigen Verteilung von Weiß und Schwarz, Licht und Schatten, Moral und Unmoral erstarrt Schnier mitsamt seiner (vielleicht nicht vom Autor intendierten, aber jedenfalls auf Leserseite so wahrnehmbaren) wehleidig-selbstgerechten Unduldsamkeit zu einer Allegorie der absoluten Verweigerung – wie andererseits die monströse Figur der Mutter oder die Amtskirchenvertreter in ihrer süßlich-abstoßenden Bonhomie eine karikaturenhafte Überspitzung ereilt (Böll selbst machte in einer Selbstinterpretation eine satirische Absicht geltend[17]). Es ist gerade die im Interesse einer unmissverständlichen politischen Aussage vorgenommene Modellierung der Figurenprofile, die den realistischen Anspruch des Romans ein Stück weit hintertreibt.

Auch Wellershoff Roman *Die Schönheit des Schimpansen*[18] ist eine beruflich-gesellschaftliche »Absteigerballade«. Ein Vorspruch des auktorialen Erzählers – eine emblematische subscriptio – reißt den allgemeinen Problemhorizont auf, vor dem sich die Romantragödie entfaltet, und beschreibt zugleich die quasi experimentelle Situation, die die folgende Handlung narrativ ausfüllen und beglaubigen soll: »Das kunstvolle Gleichgewicht, in dem ein Mensch lebt, ist manchmal nichts anderes als der angehaltene Moment vor seinem unvermeidlichen Sturz.«[19] Nach dieser Einleitung gleitet die Erzählung geschmeidig in eine radikal perspektivische Sicht hinüber: die

---

17 Heinrich Böll: *Nachwort 1985 zu ›Ansichten eines Clowns‹*, in: H. B.: *Werke*, Bd. 23: *1984–1985*, hrsg. von Hans Joachim Bernhard und Klaus-Peter Bernhard, S. 486–490; hier: S. 486.

18 Die Wellershoff-Werkausgabe bringt den Roman in Bd. 1: *Romane*, S. 535–741; zur Interpretation u. a. Werner Jung: *Im Dunkel des gelebten Augenblicks. Dieter Wellershoff – Erzähler, Medienautor, Essayist*, Berlin 2000, S. 203–220.

19 Wellershoff: *Werke*, Bd. 1, S. 537.

des personalen Erzählers Klaus Jung. Der sieht, da einige berufliche Termine geplatzt sind, unvermutet einem verlängerten freien Wochenende entgegen, das er nicht zuhause in Köln zu verbringen gedenkt – bei seiner Frau, die er wohl nicht unbegründet der ehelichen Untreue verdächtigt. Er aktiviert stattdessen eine zurückliegende Zufallsbekanntschaft und macht sich auf den Weg zu ihr nach Duisburg. Am Ende des Zusammentreffens, das am Schluss des Buches beschrieben wird, ermordet er die Frau und nimmt sich anschließend selbst das Leben, indem er die Abgase seines Pkw bemerkenswerterweise wie durch eine pervertierte Nabelschnur in das Wageninnere leitet. Zwischen Anfang und Ende des Romans schiebt sich die Vorgeschichte dieses grausigen Finales, das das scheinbar Grundlose und Unbegreifliche verständlich machen soll.

Klaus Jung ist in jeder Hinsicht ein gesellschaftlicher Verlierer. Nach einem aufgedeckten Täuschungsversuch von der Universität geflogen – er hat seine Arbeit über das *Tibetanische Totenbuch* aus Fremdquellen abgeschrieben –, schlägt er sich in einer trostlosen, teils kriminalitätsnahen Berufssphäre mit schlechter Entlohnung als Mitglied einer Zeitschriften-Drückerkolonne, später als Automatenaufsteller durch. Beziehungen zu Frauen misslingen oder verbleiben in einem Stadium trister Unerfülltheit. Motivational kommt in der finalen Gewalttat mehreres zusammen: Zum einen wird dort der fortglimmende Hass auf die Mutter, die einst seinen Vater mit dem Onkel betrog, an einem stellvertretenden Opfer ausgelebt. Zum anderen und vor allem stellt sie sich dar als der Versuch, die eher dumpf geahnte denn wirklich gewusste Lebenskatastrophe zu beenden, den Zirkel von Entfremdung und Selbstzerstörung in seiner scheinbaren Aussichtslosigkeit auf eine ihrerseits extrem destruktive Weise zu sprengen. Tatsächlich signalisiert der Tötungsakt eine Art Katharsis, den endlichen, wenn auch zu spät vollzogenen Durchbruch zu einem authentischen, unreglementierten Weltbezug – in seiner Attacke liegt eine »jäh und plötzlich erlöste Kraft«[20], während der durch das Kohlenmonoxid letal Vergiftete »eine rote, gesund aussehende Gesichtsfarbe«[21] aufweist.

Für den Leser wird der Sog zum Abgrund suggestiv erlebbar durch die zahlreichen vorausdeutenden Todessymbole, mit denen Wellershoff in einer an Thomas Manns *Tod in Venedig* erinnernden Weise sein Buch ausgestattet hat. In diesen Reigen gehören das *Tibetanische Totenbuch* schon dank seines Titels genauso wie das wiederholte Motiv des wie erstarrt und zugleich obszön offenstehenden Mundes und – zentral – die titelgebende hölzerne Skulptur mit dem in den Anblick eines Totenschädels versunkenen Schimpansen. Wie dem verständnislosen Affen im Schädel der eigene Tod erscheint, so wartet dieser auf Jung als letzter Ausweg aus nicht begriffenen, geschweige denn bewältigten Lebensproblemen. Aufgrund der radikal perspektivischen Anlage der Erzählung muss sich Jungs gestörte und beschädigte Weltbeziehung in ihrem Darstellungsstil niederschlagen. Tatsächlich etabliert Wellershoff in diesem Sinne eine an rasche Filmsequenzen erinnernde szenische Schnitttechnik, die einzelne Wahrnehmungsdetails scharf konturiert und grell beleuchtet, sie aber nicht mehr zu einem als in sich sinnvoll zu begreifenden

20 Ebd., S. 731.
21 Ebd., S. 741.

Ganzen zusammenschließt. Der Desintegration des Subjekts korrespondiert der Zerfall seiner Wirklichkeit.

6.3 Das Politische, das Private und der »Realismus«

Ein Vergleich zwischen Bölls Hans Schnier und Wellershoffs Klaus Jung zeigt nun in der Tat sehr deutlich die Unterschiede nicht nur in der Anlage der Figuren, sondern auch in den dahinterstehenden Erkenntnis- und Darstellungsinteressen ihrer Autoren. Beide, Schnier und Jung, sind scheiternde Außenseiter. Während Bölls Clown diese Außenseiterrolle im Widerstand gegen als falsch erkannte politische und gesellschaftliche Zustände und Entwicklungen bewusst, selbstbestimmt und souverän annimmt, wird Wellershoffs Ich-schwacher, von den Bedingungen der Lebenswelt nahezu überrollter, in seiner Bewältigungskapazität überforderter ehemaliger Student zum Opfer eines nicht verstandenen Verhängnisses einschließlich des eigenen gestörten Realitätsbezugs. Dieser Unterschied ist übrigens nicht derselbe wie der von Hans Mayer in seinem Großessay *Außenseiter* entwickelte zwischen »intentionalen« und »existenziellen« Außenseitern[22]. Hans Schnier ist ein intentionaler, Klaus Jung aber, insofern er nicht Mitglied einer diskriminierten sozialen oder sonst wie definierten Minderheit ist, keineswegs ein existenzieller Außenseiter. Zum Außenseiter, der einen Weg ins definitive gesellschaftliche Abseits antritt, wird er, weil es ihm nicht gelingt, dem Druck standzuhalten, den eine hochkomplexe moderne Lebens- und Arbeitswelt zweifellos auf die Chancen einer konsistenten, rollensicheren, krisenhafte Dissoziation vermeidenden Ich-Bildung ausübt.

In diesem Sinne könnte man aus einem Roman wie *Die Schönheit des Schimpansen* und mehr noch aus Wellershoffs folgendem Roman, *Der Sieger nimmt alles* von 1983, sehr wohl eine Kritik an allgemeinen Zuständen – konkret: am unerträglichen Normenzwang einer marktbedingten Konkurrenz- und Leistungsgesellschaft – heraushören, die das Scheitern von Lebensentwürfen begünstigen. Diese Kritik, so sie denn vorliegt, verschärft sich bei Wellershoff nicht wie bei Böll zum polarisierenden Angriff auf einen politisch und sozial mehr oder weniger genau identifizierbaren Gegner. Im Vordergrund steht bei dem Jüngeren vielmehr beharrlich die Phänomenologie von individuellen Lebenskrisen, die auch aufgrund ihrer Ursachenvielfalt in Gesellschaftskritik nicht aufgeht.

Gestützt werden diese Beobachtungen gleichermaßen durch einen Blick auf Bölls und Wellershoffs Verhalten und jeweilige Positionierung als Staatsbürger und politische Zeitgenossen wie ihre grundlegenden Auffassungen zu Aufgabe und Funktion von Literatur. Böll, der sein dichterisches und publizistisches Wirken stets als Einheit betrachtete, wurde in den 50er Jahren zum Exponenten einer teils aggressiv geäußerten Kritik am »CDU-Staat«, an der sozial und politisch affirmativen Rolle der katholischen Kirche, an den mentalen, institutionellen und personellen Überhängen aus dem Dritten Reich in die Demokratie. Diese Kritik entzündete sich stets aufs

22 Hans Mayer: *Außenseiter*, Frankfurt/M. 1977, S. 13–18.

Neue an konkreten Anlässen: der Karriere alter Nazis in der Bonner Regierungsblase, der Notstandsgesetzgebung der Großen Koalition, den in Bölls Augen unverhältnismäßigen und rechtsstaatgefährdenden Regierungsmaßnahmen gegen den RAF-Terror. Sein abwägender *Spiegel*-Beitrag *Will Ulrike Gnade oder freies Geleit?*[23] führte zu einer Hetzkampagne der *Springer*-Presse und der *Bild*-Zeitung gegen den vermeintlichen Terrorsympathisanten, die auch, ja sogar erst recht im Abstand der Jahrzehnte Abscheu auszulösen vermag.[24] In den letzten Lebensjahren galt Bölls Antiengagement dann der angesagten Nato-Nachrüstung samt der drohenden Stationierung von US-Mittelstreckenraketen in Deutschland. Fiktive Erzähltexte wie *Die verlorene Ehre der Katharina Blum* und *Fürsorgliche Belagerung* sind Verarbeitungen solcher realpolitischen Erfahrungen, die den Schriftsteller zunächst an die Seite der SPD in einer Zeit führte, da Willy Brandt deren ikonische Leitfigur war, später dann der Grünen.

Angesichts der beharrlicheren und stärker prononcierten Interventionen Bölls könnte es naheliegen, den »politischen« Böll gegen den »privaten« Wellershoff abzugrenzen oder gar auszuspielen. Tatsächlich mischte sich Wellershoff nie so vehement wie der Kollege in den politischen Tageskampf ein. Das vor Zeiten teils mit Abwertungstendenz ausgepinselte Bild vom »privatistischen«, an Politik und Gesellschaft nicht interessierten Wellershoff[25] ist allerdings falsch, es gibt diesbezüglich genügend Gegenbeispiele. Zumindest bis zum Ende der 70er Jahre konnte Wellershoff wie Böll der intellektuellen Linken in der Bundesrepublik zugerechnet werden. Wie der Kollege wandte auch er sich etwa 1968 öffentlich gegen die im Bundestag verhandelten Notstandsgesetze. Der Titel der auf dem Kölner Neumarkt und in der Kölner Universität gehaltenen Rede ist bezeichnend: *Die Idylle wird bösartig.*[26]

Ulla Hahns 2014 erschienenem autobiografischem Roman *Spiel der Zeit* ist eine szenische Vergegenwärtigung der Neumarkt-Rede zu verdanken, die auch die Spezifik von Wellershoffs Einmischungsmodus verdeutlicht – aggressiv-grobschlächtige, alle Differenzierungen aufgebende Pauschalkritik war bereits damals nicht seine Sache, gegenüber den geläufigen Protestformen der 68er wahrte er auffällige Distanz:

> Dieter Wellershoff stand da, wo vor nahezu einem Jahr Erwin Scheuch seine prophetische Rede gehalten, zur Besonnenheit aufgerufen und vor Gewalt gewarnt hatte. Beide Seiten. Ein Demagoge war Wellershoff nicht. Lehrerhaft versuchte er die Gründe darzulegen, die seines Erachtens zu den Notstandsgesetzen geführt hatten: die Notstandsgesetzgebung sei das sich bewaffnende schlechte Gewissen, ein Symptom der Angst vor den eigenen Versäumnissen, vor der Rückkehr der versäumten Realität. Mit Sätzen wie diesem ließ sich

23 Der Text, für den Böll selbst die Überschrift *So viel Liebe auf einmal* vorgesehen hatte (*Werke*, Bd. 18: *1971–1974*, hrsg. von Viktor Böll und Ralf Schnell, S. 41–49), wurde in der *Spiegel*-Ausgabe vom Januar 1972 unter dem heute allgemein bekannten Titel publiziert.

24 S. dazu u. a. Schnell, *Böll und die Deutschen*, S. 142–155.

25 Siehe dazu Happekotte: *Dieter Wellershoff*, S. 22 f. und passim.

26 Wellershoff: *Werke*, Bd. 4: *Essays, Aufsätze, Marginalien*, S. 19–24.

keine Revolution machen, und wir traten ungeduldig von einem Fuß auf den anderen, als weitere, sprachlich deutlich weniger geschliffene Verdammnisse der Bonner Politik folgten.[27]

Distanz hielt Wellershoff tendenziell zur Friedensbewegung der frühen 80er Jahre. In der Werkausgabe findet sich unter dem Titel *Zum Ostermarsch* ein seinerzeit unveröffentlichter Brief vom Januar 1984 »an die Friedensversammlung Rheinland, z. Hn. Gert Samuel«[28] mit kritischen Anmerkungen zu einem Begleittext für den geplanten Sternmarsch nach Köln. Der Absender warnt darin vor antiamerikanischem »Schwarz-Weiß-Denken« und – von der DKP instrumentalisierbarer – »einseitige[r] politische[r] Propaganda«. Anders als Böll nahm Wellershoff auch nicht an der legendären Blockade des amerikanischen Militärstützpunkts Mutlangen im September 1983 teil – man hätte sich eine Teilnahme in seinem Fall auch kaum vorstellen können.

Letztlich lassen sich die im Ergebnis nicht zu leugnenden Unterschiede im Charakter der politischen Präsenz beider Autoren auf jene Verschiedenheit der jeweiligen intellektuellen Matrix zurückführen, die Wellershoff in dem erwähnten Böll-Aufsatz *Das richtige und das falsche Leben* selbst anspricht. Tatsächlich gehörte, seit er 1936 seine Schrift *Das Blut des Armen* gelesen hatte, das Werk des französischen Schriftstellers, Sprachphilosophen und prominenten Vertreters des Renouveau catholique Léon Bloy zu Bölls zentralen Inspirationsquellen. Der Einfluss zeigt sich bereits in dem frühen Roman *Der Engel schwieg* und verlor sich auch später nicht.

»Bloys nahezu mittelalterlicher Extremismus«, schreibt Vormweg in seiner Böll-Biografie, seine Apotheose einer Existenz in Gott und der Armut, die den Hass kannte und unmissverständlich auch die geschlechtliche Liebe anerkannte, hatte für Böll eine große Anziehungskraft, die in Krieg und Nachkrieg nicht nachließ, obwohl ein geradezu unmenschlicher Ausbruch an Deutschenhass bei Bloy während des ersten Weltkriegs Böll schockierte, als er ihm bekannt wurde. Bloy machte Heinrich Böll die Armut, die er jahrelang lebte, nicht erträglicher, doch er gab ihr Würde, einen Sinn. Und Bloy begründete für Böll den explosiven Antagonismus von hoher Gläubigkeit des Katholiken und radikaler Kritik an der Institution Kirche. Schon Bloy hatte glaubensstark viele Priester gehasst.[29]

Unschwer lassen sich Bloys Denkmotive und -impulse in Bölls literarischem wie publizistischem Werk wie seinen Eingriffen ins politische Zeitgeschehen wiedererkennen. Seine lebenslange, auch aktivistisch geprägte und persönlich schmerzhafte Auseinandersetzung mit der katholischen Kirche, der er beharrlich ihre Fallhöhe zwischen Anspruch und Wirklichkeit vorhielt und die mit dem Kirchenaustritt von 1976 zu einem lediglich äußeren Abschluss kam, ist ohne diese früh erfolgte Prägung nicht verständlich. Sich mit allgemeinpolitischen Überzeugungen verbindend, führte sie ihn auf die Position eines institutionenfeindlichen, gesinnungsethischen und zugleich »antibürgerlich«-radikaldemokratischen Links-Katholizismus.

27 Ulla Hahn: *Spiel der Zeit*, München 2014, S. 503 f.

28 Wellershoff: Werke, Bd. 4, S. 46–48.

29 Vormweg: *Der andere Deutsche*, S. 218.

Für Wellershoff, sozialisiert in einem protestantischen, dabei dezidiert kirchenfernen, agnostischen bis atheistischen Familienumfeld, spielten diese Lebens- und Schaffensmotive hingegen von vornherein keine Rolle. Das Thema Glauben und Kirche, bei Böll obsessiv präsent, war für Wellershoff vielleicht nicht irrelevant, entbehrte bei ihm aber der existenziellen Dringlichkeit und kommt deshalb in seinen Erzählungen und Romanen kaum vor – eine Ausnahme ist der letzte Roman mit dem bezeichnenden Titel *Der Himmel ist kein Ort*. Es konnte auch nicht zum Fokus einer politisch-sozialkritisch erweiterten Auseinandersetzung werden. Weniger der direkte Einfluss von Camus und Sartre als vielmehr die Verarbeitung der eigenen Kriegserfahrungen, seine Erkenntnis eines nur zufälligen Überlebens und der daraus resultierende unbedingte Wille, aus diesem »Geschenk« unbedingt »etwas [zu] machen«[30], führten bei Wellershoff zu einer existenzialistischen Grunddisposition. Sie artikulierte sich nach dem Krieg zunächst in einer »Ohne mich«-Haltung und begründete die lebenspraktische Maxime einer individuellen Selbst-Verantwortlichkeit. Negativ äußerte sie sich als tiefes Misstrauen gegen jegliche Form kollektiver Inanspruchnahme und Vereinnahmung selbst durch eine tatsächlich oder angeblich »gute Sache«. Es wurde eines von Wellershoffs zentralen biografischen Motiven.

Von seiner mentalen Struktur her war – naheliegend bei einem Autor dieses Formats – auch Böll »Individualist«. Diese Haltung kollidierte mit der Einsicht, dass als notwendig erkannte gesellschaftliche Veränderungen nur durch den Druck der vereinten Vielen bewirkt werden könnten, Assoziierung mit anderen etwa in Verbänden und Bürgerinitiativen also unumgänglich war. Böll selbst thematisierte dieses Dilemma mehrfach, etwa anlässlich der Gründungsversammlung des *Verbands Deutscher Schriftsteller* im Kölner Gürzenich im Juni 1969. In einer vielbeachteten Rede rief er zum »Ende der Bescheidenheit« auf: Der Staat möge »darauf gefasst sein, dass er uns nicht länger auf dem Umweg über einen Pseudo-Individualitätskult zerspalten und zersplittert halten und einzeln abfertigen kann«[31]. Auf dem ersten Schriftsteller-Kongress der neuen Gewerkschaft ein Jahr später platzierte Böll dann explizit die paradoxe Formel von der notwendigen »Einigkeit der Einzelgänger«.

Erwartbar schlagen die beschriebenen Unterschiede der beiden Autoren auch auf ihre Literaturauffassung und ihr literarisches Œuvre durch – Lebens- und Werkmotive schießen da zu einer Einheit zusammen. In Sachen literarische Theoriebildung äußerte sich Böll zwar sporadisch und meistenteils unsystematisch – und wenn, dann bevorzugt in eigener Sache. Eine partielle Ausnahme sind die im Rahmen einer Poetik-Dozentur an der dortigen Universität gehaltenen *Frankfurter Vorlesungen* von 1964. Insgesamt aber brachte er ihr wenig Interesse und Neigung entgegen. So äußerte er etwa zum französischen Nouveau Roman:

---

30 *»Jetzt musst du nicht mehr sterben«*. Dieter Wellershoff im Gespräch mit d. Verf., in: *Kölner Stadt-Anzeiger* vom 7. Mai 2015, S. 21.

31 Heinrich Böll: *Ende der Bescheidenheit. Zur Situation der Schriftsteller in der Bundesrepublik*, in: H. B.: *Werke*, Bd. 16: *1969–1971*, hrsg. von James H. Reid, S. 93–106; hier: S. 105.

> Ich kenne nur die Ergebnisse der Theorie des »nouveau roman«, nicht die Theorie selbst, die ich ziemlich langweilig finde. Ich kann so was nicht lesen, ich mag theoretisches »Über« nicht, aber Ergebnisse interessieren mich. Ich kenne also Robbe-Grillet und Butor und auch Sarraute, soweit sie überhaupt zum »nouveau roman« gehört, und [...] das hat mich sehr fasziniert und beeindruckt.[32]

Dass Böll an dieser Stelle ausgerechnet auf das Anregungspotenzial des Nouveau Roman zu sprechen kommt, ist insofern bemerkenswert, als die genannten Autoren ebenso wie Faulkner und Joyce auch für Wellershoff wichtige Vorbilder waren – gerade das erzählerische Frühwerk bis zur *Schönheit des Schimpansen* ist stark von ihnen beeinflusst. Allerdings ging mit dieser produktiven praktischen Rezeption anders als bei Böll eine intensive Theoriebildung einher – unter anderem in den Essaybänden *Literatur und Veränderung* sowie *Literatur und Lustprinzip*. Teils lag sie ihr auch voraus. In der Wahrnehmung der Öffentlichkeit hatte sie zur Folge, dass man in Wellershoffs Romanen und Erzählungen seit *Ein schöner Tag* Anwendungsfälle eines womöglich zuvor entworfenen abstrakten Modells sah. Solche waren jene der Autorintention zufolge allenfalls zum Teil – so dass auch die Frage, ob und inwieweit besagte Umsetzung »gelang« oder »scheiterte«, auf falschen Voraussetzungen beruhte und beruht.

In den Debatten um eine »neue« Literatur nach dem Krieg, die verbrauchte und ideologisch kompromittierte Begriffe, Sprachbilder und Darstellungsformen ersetzen sollte, ging es immer wieder um die »Wirklichkeit« und einen wie auch immer in Einzelnen gearteten »Realismus«. In der Tat verdeckte die verbreitete Forderung nach einer »realistischen« Literatur, dass unter diesem Leitbegriff höchst Unterschiedliches, ja Gegensätzliches verstanden wurde.[33] Dies betrifft auch die einschlägigen Vorstellungen Bölls und Wellershoffs. Bölls Begriff literarischer Wirklichkeit ist konstruktiv, hat nichts mit einem Abbildrealismus zu tun: »Ein Autor nimmt nicht Wirklichkeit«, heißt es in den *Frankfurter Vorlesungen*,

> er hat sie, schafft sie, und die komplizierte Dämonie auch eines vergleichsweise realistischen Romans besteht darin, daß es ganz und gar unwichtig ist, was an Wirklichem in ihn hineingeraten, zusammengesetzt, verwandelt sein mag. Wichtig ist, was aus ihm an geschaffener Wirklichkeit herauskommt und wirksam wird.[34]

---

32 Stellenkommentar zu *Werkstattgespräch mit Horst Bienek*, in: Böll: *Werke*, Bd. 24, S. 602. Das Zitat stammt dem Kommentar zufolge aus einem Rundfunkgespräch, das Böll am 27. August 1969 im Süddeutschen Rundfunk im Rahmen der Sendereihe *Bücher und ihre Autoren* mit Johannes Poethen führte.

33 S. dazu Werner Jung: *Wellershoff, Born und die Kölner Schule*, in: Jan-Pieter Barbian/Erhard Schütz (Hg.): *Die »Utopie des Alltäglichen«. Nachdenken über Nicolas Born (1937–1979)*, Hannover 2019, S. 17–31; hier: S. 17 ff.

34 Böll: *Frankfurter Vorlesungen*, in: *Werke*, Bd. 14: *1963–1965*, hrsg. von Jochen Schubert, S. 139–201; hier: S. 161.

Zentraler Orientierungspunkt einer so verstandenen Literaturwirklichkeit ist eine »Ästhetik des Humanen«, die sich dem Alltäglichen und »Kleinen« zuwendet – Böll nennt »das Wohnen, die Nachbarschaft und die Heimat, das Geld und die Liebe, Religion und Mahlzeiten«[35]. Diese Realität erscheint für ihn wesentlich in der Formation der Sprache, die für ihn wichtiger ist als der »Stoff«. Die Suche »nach einer bewohnbaren Sprache in einem bewohnbaren Land«[36] sei die zentrale Herausforderung an die Autoren nach den Verheerungen der NS-Diktatur.

Das von Böll betonte Moment der Konstruktion in der Entstehung künstlerischer Wirklichkeit öffnet die Literatur für Darstellungsformen, die eine Definition von Realismus im Sinne einer planen Abbildlichkeit sprengen. Zu ihnen können dann durchaus auch »unrealistische« Genres wie die Satire gehören, in der Böll – erwähnt seien die Erzählungen *Nicht nur zur Weihnachtszeit* und *Doktor Murkes gesammeltes Schweigen* – schon früh eine bis heute anerkannte Meisterschaft erreichte. Sie erweist sich zum Beispiel jeweils im dramaturgisch wirkungsvoll gehandhabten Kunstgriff der eskalationsträchtigen Wiederholung. In der Satire, in der Schiller zufolge »die Wirklichkeit als Mangel dem Ideal als der höchsten Realität gegenübergestellt« wird,[37] kommen Bölls »erweiterte« Realismus-Konzeption und die Intentionen seiner »materialen« Gesellschaftskritik auf eine in seiner Sicht ideale Weise zur Deckung.

Die verbreitete Suche nach einem Neuen Realismus war Böll genauso bekannt, wie es die Initiativen waren, die sein Lektor Wellershoff bei Kiepenheuer & Witsch unter dem Begriffsetikett startete.[38] In diesem Zusammenhang sprach er »wie selbstverständlich« von einer »Kölner Schule«, »die tatsächlich so aber gar nicht bestanden hat«[39]. Bereits 1962 hatte Wellershoff im Verlag die Erzählanthologie *Ein Tag in der Stadt. Sechs Autoren variieren ein Thema* veröffentlicht, in der er von ihm entdeckte und geförderte Jungschriftsteller vorstellte (die meist nicht oder nur wenig jünger waren als er selbst). Das Konzept eines Neuen Realismus, das er dann drei Jahre später in Form eines Aufsatzes für die Hauszeitschrift *Die Kiepe* vorstellte,[40] reflektiert die Resultate dieses Projekts genauso wie die eigenen Erfahrungen mit den Problemen einer zeitgemäßen Wirklichkeitserschließung, die sich ihm bei der Arbeit an seinem ersten Roman – *Ein schöner Tag* – ergeben haben mochten. Gerahmt wurde der Text von Fotoporträts der Autoren Rolf Dieter Brinkmann, Nicolas Born, Günter Seuren, Günter

35 Ebd., S. 139.

36 Ebd., S. 159.

37 Friedrich Schiller: *Über naive und sentimentalische Dichtung*, in: F. S.: *Sämtliche Werke* (5 Bde.), hrsg. von Gerhard Fricke und Herbert G. Göpfert, München [6]1980, Bd. 5: *Erzählungen. Theoretische Schriften*, S. 694–780; hier: S. 722.

38 S. dazu Helmut Peitsch: *»Kleine Schritte« zum Neuen Realismus: Dieter Wellershoff als Leser und Lektor*, in: Manfred Durzak/Hartmut Steinecke/Keith Bullivant (Hg.): *Dieter Wellershoff. Studien zu seinem Werk*, Köln 1990, S. 58–88.

39 Jung: *Wellershoff, Born*, S. 17.

40 Wellershoff: *Werke*, Bd. 4, S. 843 f.

Steffens, Günter Herburger und Paul Pörtner. Tatsächlich legte diese Inszenierung eine durch verwandte Schreibstile und Darstellungsintentionen beförderte Gruppenbildung nahe – die es aber, wie gesagt, so nicht gab.

Dazu passt, dass die meisten der genannten Autoren weder aus Köln stammten noch dort lebten. Eine Zeitlang oder sogar für viele Jahre am Ort ansässig waren lediglich Steffens (1974 bis 1979) und Brinkmann (1962 bis 1975). Steffens schrieb mit seinem 1976 erschienenen und Wellershoff gewidmeten Roman *Die Annäherung an das Glück* ein von seinem Lektor thematisch und stilistisch deutlich beeinflusstes und im Übrigen stark autobiografisches Prosawerk. Es geht um die Geschichte eines Mannes, der durch die letale Krebserkrankung seiner Frau aus der Bahn geworfen wird. Der Sog der Erzählung zum Tod hin, die Beschreibung des allmählichen, aber unaufhaltsamen Verfalls und die krisenhafte Veränderung der Zweierbeziehung – all das erinnert sehr an die auch in Wellershoffs Prosa immer wieder zentrale Verfalls-, Abstiegs- und Katastrophenthematik und entwickelt doch einen ganz eigenen fesselnden »Sound«. Der Literaturrebell Brinkmann war – besser: wurde – zweifellos der bekannteste Autor der Sechsergruppe, die keine war. Er, der heute zu den bedeutendsten deutschen Lyrikern nach dem Zweiten Weltkrieg zählt, wird in diesem Buch an anderer Stelle gewürdigt.[41]

Langfristig konnte auch das Verlagslabel nicht einigend oder vereinheitlichend im Sinn einer Schulbildung wirken. Kiepenheuer-&-Witsch-Verleger Reinhold Neven Du Mont erinnert sich:

> Wellershoffs Autoren nahmen den Roman [sc. *Ein schöner Tag*, d. Verf.] als Musterbuch für den von ihm proklamierten Neuen Realismus. Anders war die Reaktion drei Jahre später bei Veröffentlichung der *Schattengrenze*. Jetzt wurde klar, dass Wellershoff es mit seinen Ambitionen als Schriftsteller ernst meinte. Ihr Lektor wurde zum Konkurrenten. Günter Seuren, Günter Herburger, Nicolas Born, Renate Rasp und Rolf Dieter Brinkmann sahen sich nach anderen Verlagen um. Anfang der 70er Jahre war kein Autor aus dem »Pflanzkasten« mehr bei Kiepenheuer & Witsch.[42]

Wie auch immer: Eine Proklamation, das Manifest einer programmatischen literarischen Neulanderschließung war Wellershoffs Aufsatz *Neuer Realismus* in der Tat gewesen. Naheliegend dominieren in diesem Text die Hinweise auf das, was der Neue Realismus *nicht* sein will – das Neue definiert sich in erster Linie über den Modus der Abgrenzung. »Literatur hat«, schreibt Wellershoff,

> in den vergangenen Jahren vor allem in Deutschland einen starken Zug ins Phantastische oder Groteske gehabt oder hat sich der Herstellung gegenstandsentlasteter Textmuster gewidmet. Mir scheint, daß jetzt

41 S. S. 229–242.

42 Neven Du Mont: *Mit Büchern und Autoren*, S. 78. – Irene Wellershoff bestreitet allerdings, dass Born, Brinkmann und Steffens in ihrem Vater einen Konkurrenten gesehen hätten (Mitteilung an d. Verf. vom 19. Januar 2023).

eine andere Arbeitsrichtung wieder möglich wird, die ich als neuen Realismus bezeichnen möchte. Einige Charakteristika einer modernen realistischen Literatur lassen sich skizzieren.

Sie hat keine metaphysischen Ansprüche, auch nicht auf dialektische Weise, indem sie das Ende der Metaphysik behauptet oder beklagt oder herbeiruft, sie setzt es vielmehr voraus. Anstelle der universellen Modelle des Daseins, überhaupt aller Allgemeinvorstellungen über den Menschen und die Welt tritt der sinnlich konkrete Erfahrungsausschnitt, das gegenwärtige alltägliche Leben in einem begrenzten Bereich. Der Schriftsteller will nicht mehr durch Stilisierung, Abstraktion oder Projektion seiner Erfahrungen in ein Figurenspiel eine abgeschlossene Geschichte, Allgemeingültigkeit und beispielhafte Bedeutung erreichen, sondern versucht möglichst realitätsnah zu schreiben, mit Aufmerksamkeit für die Störungen, Abweichungen, das Unauffällige, die Umwege, also den Widerstand der Realität gegen das vorschnelle Sinnbedürfnis. [...] Die phantastische, groteske, satirische Literatur hat die Gesellschaft kritisiert, indem sie ihr ein übersteigertes verzerrtes Bild gegenüberstellte, der neue Realismus kritisiert sie immanent durch genaues Hinsehen.[43]

Angesichts dieses Zitats erweist sich die griffige Antithese »Böll sucht Aufklärung, Wellershoff Irritation«[44] ebenfalls als zu simpel. Auch Wellershoff will – durch eine Veränderung der Wahrnehmungsformen – »aufklären«, allerdings lässt sich diese Aufklärungsintention nicht auf die Flasche einer politischen Didaktik ziehen.

Ehrlicherweise musste sich die hier bekundete Ablehnung der »grotesken, phantastischen und satirischen Literatur« auch gegen Böll richten, zu dessen zentralen gestalterischen Arbeitsmitteln die Gesellschaftssatire schließlich gehörte. Wellershoff selbst zog diese Konsequenz unübersehbar – und mit einer dann doch erstaunlichen affektiven Wucht der Distanzierung – in dem schon mehrfach erwähnten Böll-Porträt *Das richtige und das falsche Leben*:

Es ist typisch für eine so motivierte Schreibweise [sc. diejenige Bölls, d. Verf.], dass sie zu moralisch zugespitzten Situationen und zu Ironie und Satire drängt, aber in die Nähe einer abstrakten Konturiertheit gerät, wenn sich in einer zunehmend komplexer werdenden Welt die einfachen, sinnfälligen Situationen nicht mehr an jeder Straßenecke ergeben.[45]

43 Wellershoff: *Werke*, Bd. 4, S. 843 f.

44 Reid: *Wellershoff, Böll*, S. 70.

45 Wellershoff: *Werke*, Bd. 8, S. 549. – Reinhold Neven Du Mont (Gespräch mit d. Verf. am 28. Juni 2022) hält es für »denk-, allerdings nicht beweisbar«, dass hinter dieser kaum verhüllten »Abrechnung« ein neidbeladenes Ressentiment steckte, gespeist aus der Frustration angesichts der eigenen »Böll-relativen« Erfolglosigkeit. Wellershoff habe an ihr gelitten und sie als unbegründet und ungerecht empfunden. Als er dann mit dem *Liebeswunsch* einen zu Böll aufschließenden durchschlagend-spektakulären und entsprechend auflagenträchtigen Erfolg erzielte, sei das für den 75-Jährigen eine vitalisierende Glückserfahrung gewesen. Irene Wellershoff (Mitteilung an d. Verf. vom 19. Januar 2023) betont hingegen, ihr Vater sei auf Böll nicht »neidisch« gewesen, habe sich ihm gegenüber als Lektor vielmehr »äußerst loyal« verhalten und Böll auf eine Weise unterstützt, wie es umgekehrt durchaus nicht der Fall gewesen sei. Ein Blick auf die Erwähnungen Wellershoffs in der *Köl-*

Offene Kritik an dem Kollegen zieht auch dessen behaupteter Verstoß gegen den »Detailrealismus seiner frühen Romane und Erzählungen« auf sich:

> Wenn ich mir zum Beispiel so eine Novelle »Wanderer kommst du nach Spa« von Heinrich Böll ansehe: Da liegt jemand im Lazarett, das ist ausgerechnet die Aula seiner eigenen Schule. Der möchte gerne eine Zigarette rauchen, und man gibt ihm eine, schiebt sie ihm in den Mund. Und dann erfährt man: Er hat nicht nur einen Arm verloren, er hat beide Arme verloren! Und dann erfährt man aber auch, dass er beide Beine abhat! Und da muss ich sagen: Diese Verwundung hat es nicht gegeben! Wie soll die zustande gekommen sein? Das ist moralische Exemplifizierung, wie schrecklich der Krieg ist! Das ist doch Effekthascherei! Wenn man den Leuten sagen will, wie es gewesen ist, dann muss man sich die Sache genauer angucken.[46]

Positiv gewendet lässt sich aus dieser Kritik ein wichtiges Qualitätskriterium für den Neuen Realismus entnehmen: Er musste in der Darstellung der Außenwelt den Konditionen der Wahrscheinlichkeit genügen.

Wellershoff baute in den Jahren nach 1965 seine Literaturtheorie sukzessiv aus – unter Rekurs auf den russischen Formalismus genauso wie auf die Institutionenlehre Arnold Gehlens und später die Systemtheorie Niklas Luhmanns. In dem Roman *Der Liebeswunsch* wird diese sogar direkt handlungswirksam: Eine lange Textstrecke – ein wissenschaftlicher Vortrag des Richters Leonhard, einer der Hauptfiguren – ist durchweg von Luhmann inspiriert. Schlüsseltexte besagten Theorieausbaus sind unter anderem die Essays *Wiederherstellung der Fremdheit*[47], *Zu privat. Über eine Kategorie der Verdrängung*[48], *Die Verneinung als Kategorie des Werdens*[49] und *Der Roman als Krise*[50]. In diesen Texten entfaltet der Autor sein Konzept von Literatur als einem Probehandeln, einem »Simulationsraum«, in dem stellvertretend und den Rezipienten entlastend wie bereichernd jene entgrenzenden Erfahrungen gemacht, jene Impulse ausagiert werden können, denen sich die Menschen, Autoren wie Leser, in ihrem realen Leben im Interesse von Existenzerhaltung und -sicherung versagen müssen. Denn die Verlockungen des Lustprinzips und einer ekstatischen

---

ner Ausgabe der Böll-Werke bestätigt diesen Befund: Böll scheint seinen Lektor als so kompetenten wie fairen Gesprächspartner anerkannt und auch geschätzt zu haben. Wellershoffs Tonband-Interview mit Böll über dessen Roman *Gruppenbild mit Dame* (in: H. B.: *Werke*, Bd. 24, S. 251–266) wiederum lässt nicht oder allenfalls in Spuren die Distanz des Fragenden gegenüber Bölls Selbstauffassung und poetischer Praxis erkennen.

46 Zitiert bei Gisa Funck: *Verhängnis-Erforscher der westdeutschen Nachkriegswelt. Zum Tod von Dieter Wellershoff*, DLF am 15. Juni 2018 (https://www.deutschlandfunk.de/zum-tod-von-dieter-wellershoff-verhaengnis-erforscher-der-100.html). Die Autorin gibt zu dieser Stelle, offenkundig einem Auszug aus einem Interview, allerdings keinen Quellenbeleg.

47 Wellershoff, *Werke*, Bd. 4, S. 231–240.

48 Ebd., S. 241–249.

49 Ebd., S. 317–336.

50 Ebd., S. 519–528.

Intensität und Authentizität durchlöchern zwar scheinbare Selbstverständlichkeiten, eingefahrene Routinen und Lebenskompromisse, sprengen aber unter Umständen auch Halt gebende Institutionen katastrophal auf.

Unübersehbar ist, dass Wellershoff in seiner Theorie seine eigene Tätigkeit als Verfasser fiktionaler Texte reflektiert – wenn sich auch, wie gesagt, Theorie und poetische Praxis nicht umstandslos kurzschließen lassen, das eine nicht die Eins-zu-eins-Erläuterung bzw. Umsetzung des anderen ist. Die beschriebene Diskrepanz zwischen Realitäts- und Lustprinzip, Lebens- und Todestrieb sucht Wellershoffs erfundene Figuren selbst heim, etwa jenen Professor Elsheimer in der Erzählung *Die Sirene*[51], der eine die Basis der eigenen Existenz zerrüttende, aber eben auch faszinierende erotische Bedrohung am Ende mit festlicher Barockmusik, also legitimierter Traditionskultur, aus seinem Dasein hämmert. Der Preis für die triumphierende Selbstbewahrung aber ist hoch: »Warum fühlte er sich so leer?«[52] lautet der letzte Satz. Fraglos begründet sich aus Wellershoffs theoretischen Interessen auch der »erkenntnispraktische[.] Vorrang der Krise vor dem Normalzustand: »Wenn man«, so der Autor, »wissen will, was an den Menschen dran ist, musst man sie in Schwierigkeiten bringen.«[53]

Um auf den zu Beginn dieses Kapitels erwähnten, wenngleich abgewiesenen Eindruck eines »Generationengefälles« zwischen Böll und Wellershoff zurückzukommen: Er lässt sich ein Stück weit aus den vorangehenden Positionsbeschreibungen erklären. Bölls moralisierende Bewältigungsliteratur und sein Verständnis von einer im Sinn konkreter politischer und Gesellschaftskritik und -veränderung »eingreifenden« Kunst entsprach dem Mainstream deutschsprachiger Literaturproduktion in den 60er und 70er Jahren. Er war sozusagen »der richtige Mann zur richtigen Stunde«, während Wellershoff – eigentümlich quer zum hegemonialen kulturellen Diskurs liegend – mit seinen Erkenntnisinteressen und narrativen Strategien einstweilen im Windschatten eines von Böll und anderen absorbierten Publikums- und Kritikerinteresses segeln musste. Seine Stunde schlug erst mit dem Abebben einer politisch akzentuierten Zeitkritik, dem Versickern der 68er-Impulse und der allgemeinen Erschöpfung utopischer Energien in den 80er Jahren und erst recht nach dem Zusammenbruch des realexistierenden Sozialismus 1989. Wohl erst vor dem Hintergrund dieser allgemeinen Konstellation konnte ein »privater« Ehe- und Beziehungsroman wie *Der Liebeswunsch* mit seinen starken intertextuellen Bezügen zu Goethes *Wahlverwandtschaften* zum Bestseller werden.

---

51 Wellershoff: *Werke*, Bd. 2: *Romane, Novellen, Erzählungen*, S. 579–710.

52 Ebd., S. 710.

53 *»Guckt euch an, wer ihr seid«*. Dieter Wellershoff im Gespräch mit d. Verf., in: *Kölner Stadt-Anzeiger* vom 3. November 2005, S. 36.

6.4 Verhältnis zu Köln

Böll und Wellershoff waren Kölner – der katholische Handwerkersohn von Geburt an, der Abkömmling aus einer niederrheinisch-protestantischen Honoratiorenfamilie dank seines nicht widerrufenen Zuzugs im vierten Lebensjahrzehnt. Und sie begriffen sich auch als solche. Wobei die spezifische, klischeeanfällige »Kölner Prägung« bei dem in der politischen Auseinandersetzung streitbaren, im persönlichen Umgang unkomplizierten, jovialen, humorvollen und auch der Selbstironie fähigen Böll stärker durchschlug als in Wellershoffs auf Anhieb eher zurückhaltendem, distanziertem, distinguiertem Naturell und Auftreten. Und während Bölls Tonfall entschieden »kölsch« war, begleitete der »Singsang« des rheinischen Dialekts Wellershoffs Sprachperformance allenfalls als eine wenngleich erkennbare Beimischung.[54] So oder so war das Verhältnis zwischen Stadt und Person bei beiden Autoren, besonders aber bei Böll, komplex, auf jeden Fall aber eng im Sinn einer intensiven Wechselbeziehung: Sie wirkten in die Stadt hinein, waren in ihrer Lebenswelt vielfältig präsent, wie sie andersherum selbst Impulse – nicht zuletzt auch für ihre schriftstellerische Arbeit – aus dem »Biotop Köln« empfingen.

Aktiv, »sichtbar« in der Stadt waren beide – anlässlich von Lesungen, Vorträgen, Podiumsdiskussionen, offiziellen Kulturveranstaltungen, bürgerschaftlichen Aufrufen, von ihnen verfassten Beiträgen und Interviews in der Lokalpresse, vom in Köln beheimateten WDR produzierten Sendungen. Böll war es wohl dank seiner persönlichen Prominenz sowie grundsätzlichen und zunehmend von außen provozierten Einmischungsbereitschaft ungleich stärker als Wellershoff. Gleich einer seiner ersten »Auftritte«, ein gemeinsam mit Paul Schallück bestrittener Publikumsabend zum Thema *Warum Trümmerliteratur?* im Juli 1952 im Wartesaal des Hauptbahnhofs – die Veranstaltung fand statt im Rahmen der legendären, von dem Bahnhofsbuchhändler Gerhard Ludwig initiierten *Mittwochsgespräche* –, sorgte für erregte Diskussionen unter den Zuhörern.[55]

Eine kulturpolitische Großtat Bölls in seinem Kampf gegen Geschichtsvergessenheit und neuen Antisemitismus im Lande war, Anfang 1959, die von ihm stark beförderte vereinsförmige Gründung der *Germania Judaica. Kölner Bibliothek zur Geschichte des deutschen Judentums* Anfang 1959 – sie startet mit einem Bestand von 180 Bänden, den die in London ansässige Wiener Library gestiftet hatte. Böll übernahm zusammen mit Schallück den Vorsitz. Bereits im Vorjahr hatte sein Einsatz dazu geführt, dass die *Kölnische Gesellschaft für Christlich-Jüdische Zusammenarbeit* gegründet wurde. Später gelang es ihm, wie erwähnt, den VS-Gründungskongress nach Köln zu holen. Dass Bölls Verhältnis zur Lebensform Köln keineswegs spannungsfrei war, zeigte sich 1982, als seine Ehefrau und er ihre Wohnung in der Hülchrather Straße aufgaben und nach Bornheim-Merten zogen. Das war, wie sich Bölls langjähriger Verleger Reinhold Neven Du Mont erinnert, auch ein Akt der Missbilligung des und Distanzierung vom eh misstrauisch wahr-

---

54 Reinhold Neven Du Mont im Gespräch mit d. Verf. am 28. Juni 2022.

55 S. zusammenfassend Jochen Schubert: *Heinrich Böll*, Darmstadt 2017, S. 102 f.

genommenen »offiziellen« Köln[56], das es – besonders in Gestalt des damaligen Oberbürgermeistern John van Nes Ziegler – verabsäumt hatte, sich angesichts der neuerlichen Hetzkampagne gegen Böll im Zuge des »Deutschen Herbstes« 1977 verteidigend und schützend vor seinen prominenten Bürger zu stellen.[57]

Alles andere als reibungslos waren auch die Umstände der im selben Jahr – 1982 – erfolgten Verleihung der Ehrenbürgerwürde der Stadt an Böll.[58] Der dem Rat vorliegende Urkundentext löste heftigen Streit aus. Die CDU-Fraktion war zwar bereit, den »meisterhaften Erzähler und Schriftsteller von internationalem Rang« zu würdigen, nicht aber den »mutigen Verteidiger der freien Meinungsäußerung« und den »kritischen und engagierten Beobachter gesellschaftlicher Fehlentwicklung«. Die dieser Ablehnung zugrundeliegende Unterscheidung zwischen dem »reinen« Dichter und dem politisch engagierten Zeitgenossen wurde damals heftig kritisiert und auch als methodisch unzulässig zurückgewiesen, war aber aus Sicht der Partei verständlich: Sie, die Bölls allgemein- und gesellschaftspolitische Überzeugungen meistens abgelehnt hatte und ihrerseits vom Ehrenbürgerkandidaten seit Jahren beharrlich und scharf angegriffen worden war, hätte mit der Zustimmung zu besagter Formulierung ihrem Gegner Recht gegeben – was wohl auch in dieser Situation ein wenig zu viel verlangt war.[59]

Böll, der die besagte Trennung ebenfalls nicht akzeptieren mochte und gegen sie dann auch noch einmal in seiner Dankesrede[60] anlässlich der Verleihung argumentierte, signalisierte daraufhin, dass er unter diesen Umständen auf die Ehrung verzichten würde. Es war dem Geschick des amtierenden sozialdemokratischen Oberbürgermeisters Norbert Burger zu verdanken, dass der sich abzeichnende Skandal ausblieb: Formulierungen wurden ausgearbeitet, mit denen sowohl die CDU als auch Böll leben konnten, so dass die Verleihungsfeier dann am 29. April 1983 im Rathaus reibungslos über die Bühne ging.

War Böll zu Lebzeiten in Köln gleichermaßen berühmt und umstritten, so änderte sich Letzteres de facto unmittelbar nach seinem Tod. Der seit 1980 vergebene Literaturpreis der Stadt wurde in *Heinrich-Böll-Preis* umbenannt, und im Figurenprogramm des Rathausturms ist der Dichter ebenfalls vertreten. Die Überführung des Dichters ins Pantheon der Klassizität bewerkstelligte die Stadt einigermaßen elegant. Der Böll-Preisträger des Jahres 1988 sollte dann übrigens Dieter Wellershoff heißen.

56 Böll unterschied besagtes »offizielles« Köln von dem der »kleinen Leute« – welche Begriffsprägung er allerdings ihrerseits nicht goutierte.

57 Gespräch mit d. Verf. am 28. Juni 2022.

58 S. dazu zusammenfassend Schubert: *Böll*, S. 276 f.

59 Tatsächlich ist auch die Trennung zwischen der Qualität der Dichtung und den politischen Auffassungen des Autors nicht so abstrus, wie es zunächst scheint. Goethe kann schließlich auch für denjenigen »groß« bleiben, der seine Ablehnung der Pressefreiheit zurückweist.

60 *Ich han dem Mädchen nix jedonn, ich han et bloß ens kräje*, in: H. B.: *Werke*, Bd. 22: *1979–1983*, hrsg. von Jochen Schubert, S. 221–228.

Böll äußerte sich in Reden, Interviews und Aufsätzen vielfach zu Köln,[61] ohne dass darin aufs Ganze gesehen eine uniforme Tendenz erkennbar wäre. Diese Uneinheitlichkeit ist Indiz für die tiefsitzende Ambivalenz der Gefühle und Erkenntnisse seiner Vaterstadt gegenüber. Die wurde bereits dadurch befördert, dass es aus seiner Sicht *ein* Köln gar nicht geben konnte:

> Aber wenn Sie mich nach Heimat fragen, denke ich an das Köln vor [19]33, das Köln meiner Kindheit und meiner Jugend. Ein zweites Köln war schon das Köln zwischen 1933 und 1939, also ein rein von Nazi-Gauleitern und SA-Truppen bestimmtes. Das dritte Köln war das zerstörte Köln, ein viertes ist das wiederaufgebaute.[62]

Solchermaßen wird der Stadtphysiognomie eine Tiefenschichtung zuteil, in der wie bei einem Palimpsest immer wieder Vergangenes unter der Gegenwärtigkeit sichtbar wird. Diese Erfahrung aber stiftet nicht Vertrautheit, sondern Fremdheit: »Vielleicht wende ich mich jetzt«, heißt es in einem 1977er Interview mit Heinrich Vormweg, mehr dem Rhein zu, weil die Stadt so fremd geworden ist, ganz fremd, bis auf ein paar Erkennungszeichen, ein paar alte Kirchen und hier und da mal ein Gebäude. Es gibt eben sehr viele Köln. In meiner Erinnerung, drei, vier, fünf Köln, und das gegenwärtige ist mir schon durch den Autoverkehr fremd, völlig fremd. Ich finde die Stadt auch zerstört durch die riesigen lauten Straßen.[63]

Befördert wurde diese Wahrnehmungsambivalenz zweifellos durch Bölls zahlreiche Wohnungswechsel, die – zwischen Südstadt, Raderberg und Ringen, Bayenthal, Müngersdorf und Agnesviertel – gerade auch dem Spaziergänger stets neue und sehr diverse Aspekte von Urbanität erschlossen. Diese auch in ihren altmodischen und abseitigen Aspekten werde, so Böll bereits zu Beginn der 70er Jahre, durch das profitgesteuerte Wirken der Abbruchhammer zerstört. Bölls melancholischer Blick auf entschwindende Qualitäten hatte nichts mit nostalgischer Köln-Tümelei zu tun. Ein Heimatschriftsteller zu werden, so der Literaturhistoriker Ralf Schnell zu Recht,[64] war der Dichter nie »gefährdet«.

Aber nicht einmal zur Architektur gewordenen Sakralität der Stadt mochte er sich vorbehaltlos zu bekennen. Er bevorzugte entschieden die romanischen Kirchen, nicht aber den gotischen Dom, den er als monumentalen Fremdkörper in der Stadt und – hier kam ein ausgeprägter antipreußischer Affekt zum Durchbruch – im Zustand seiner Vollendung als Machtdemonstration

---

61 S. dazu die Textsammlung von Viktor Böll (Hg.): *Heinrich Böll und Köln. Mit einer Wanderung durch Heinrich Bölls Köln von Martin Stankowski* (= *KiWi-Taschenbuch*, Bd. 336), Köln 1994.

62 *Was ist Heimat?*, in: Alexander Mitscherlich/Gert Kalow (Hg.): *Hauptworte – Hauptsachen. Zwei Gespräche: Heimat Nation* (= *Serie Piper*, Bd. 16), München 1971, S. 11–56, hier: S. 13.

63 Böll/Vormweg: »*Weil die Stadt so fremd geworden ist*«. *Gespräch mit Heinrich Vormweg (1977)*, in: H. B.: *Werke*, Bd. 25: *Interviews II 1976–1979*, hrsg. von Robert C. Conard und Werner Jung, S. 207–218, hier: S. 216 f.

64 Schnell: *Böll und die Deutschen*, S. 87.

des Hohenzollernstaates im katholischen Westen bzw. des »von oben« durchgesetzten und von Preußen dominierten deutschen Einheitsstaates sah. Und ablehnte. Für ihn war die Kathedrale in dieser Stadt nahezu ein Fremdkörper: »Der Dom ist viel weniger kölnisch als andere Kirchen; [...]«.[65] Der Affekt gegen die Kathedrale setzte sich literarisch sogar in eine und sei es ironische Zerstörungsfantasie um – eine Fantasie, die die Fertigstellung im 19. Jahrhundert sozusagen rückabwickelt: »Die Türme des Kölner Doms werden nun doch abgetragen. [...]«[66]

Naheliegend war das Pontifikalamt für den verstorbenen Konrad Adenauer von 1967 ein Ensemble alles dessen, was Böll politisch, mental und spirituell in hohem Maße verhasst war. Der Essay *Deutsche Meisterschaft*[67] von 1969 versammelt die entsprechenden Motive als realsymbolisches Kondensat: Adenauer, Amtskirche, Bonner Politik, Ritterkreuzträger – und alles zusammen im »preußischen« Kölner Dom. Vollends überzeugend im Sinn einer wechselseitigen Bezogenheit und Verstärkung der einzelnen Motive ist diese Parade nicht: Adenauer war schließlich wie Böll selbst Preußenhasser, Antimilitarist, Nazigegner.[68] Das Gebäude von Bölls politischen Überzeugungen zeigt an dieser Stelle logische Risse.

Markant anders als Bölls verlief Wellershoffs »Köln-Aneignung«. Das hing auch damit zusammen, dass die Stadt, als er sich dort mit seiner Familie endgültig niederließ, die unmittelbare Aufbauphase nach dem Krieg bereits hinter sich hatte. Wie Böll praktizierte auch er einen stereoskopischen Tiefenblick – etwa durch das sakrale mittelalterliche Köln hindurch auf das heidnisch-römische Köln – aber dieser konnte in seinem Fall nicht mehr durch die unmittelbare eigene Erfahrung verschiedener historischer Stadtwirklichkeiten gesteuert sein. Wellershoff »wusste« selbstverständlich, dass bei Kriegsende der Bereich innerhalb der Ringe zu 93 Prozent und außerhalb der Ringe zu 40 Prozent zerstört war, hatte auch bei der Durchfahrt von Bonn nach Grevenbroich 1952 die »provisorische, budenartige Bebauung« in der Innenstadt gesehen – »ein schockierendes, heute unvorstellbar gewordenes Bild«. Aber seine intensive Begegnung mit Köln setzte eben ein, als diese Periode schon Geschichte war. Insgesamt fiel sein Urteil über die Entwicklung des Nachkriegs-Köln übrigens deutlich positiver aus als das des älteren Kollegen: »Der Wiederaufbau der Stadt ist trotz aller seiner Unzulänglichkeiten und städtebaulichen Fehler ein großes Wunder.«[69]

Im Prinzip Böll nicht unähnlich lernte Wellershoff dank mehrerer Wohnungswechsel zwischen Rodenkirchen, Sülz und der Südstadt – er reflektiert sie in dem bereits erwähnten Text

65 Böll: *Was ist kölnisch?*, in: *Werke*, Bd. 12: *1959–1963*, hrsg. von Robert C. Conard, S. 67–71: hier: S. 68.

66 Böll: *Deutsche Utopien I*, in: *Werke*, Bd. 20: *1977–1979*, hrsg. von Ralf Schnell und Jochen Schubert, S. 232–234; hier: S. 233.

67 Böll: *Werke*, Bd. 16: *1969–1971*, hrsg. von James H. Reid, S. 75–81.

68 S. dazu Hans Mayer: *Adenauer und Böll*, in: H. M.: *Die umerzogene Literatur. Deutsche Schriftsteller und Bücher 1945–1967*, Berlin 1988, S. 81–92.

69 Wellershoff: *Köln – die wiedererstandene Stadt. Gespräch mit Olaf Petersenn*, in: D. W.: *Werke*, Bd. 8, S. 410–427; hier: S. 412.

Wohnungen, Umgebungen – diverse Aspekte der Metropole kennen. Auch als leidenschaftlicher Spaziergänger erschloss er sich sein jeweiliges Wohnumfeld. Davon zeugt sein Buch *Pan und die Engel. Ansichten von Köln*[70] von 1990, das den Versuch darstellt, mittels der Erfahrungen mit Räumen und Menschen den »Text« der Stadt zu »lesen«. Es mündet in eine verhaltene und doch vergleichsweise vorbehaltlose Liebeserklärung an Köln als Lebensform. Dabei handelt es sich nicht um einen systematischen Stadtführer – versammelt sind hier ohne allzu großen kompositorischen Ehrgeiz seit 1976 entstandene Aufsätze, Berichte und Impressionen – auch historisch-analytische Tiefenbohrungen –, geschmückt mit eigenen Zeichnungen.

Ein Paradestück der flanierenden Köln-Erschließung sind die *Nachtspaziergänge in der Südstadt*. Der Verfasser beschreibt das in seinen Grenzen mehr oder weniger genau konturierte »Revier«, das er durchsteift, um den eigenen tagsüber am Schreibtisch entwickelten »Phantasiegestalten« zu entkommen. Das »Biotop« der Südstadt ist darin reichhaltig und ergiebig – in der Diversität seiner Räume zwischen gastronomischer Verdichtung am Ubierring und Stadtnatur im Friedenspark, seiner Bevölkerung mit »gewöhnlichen« Leuten und Originalen jedweder Profession, die allesamt in einer von Wellershoff als »kölnisch« empfundenen Melange aus Gleichgültigkeit und Toleranz ihren Platz finden:

> Bei meinen Spaziergängen habe ich mir manchmal die Frage gestellt, was es bedeuten würde, wenn ich das Viertel nicht verlassen dürfte. Nun, es wäre natürlich eine unzumutbare Internierung, aber überleben könnte ich hier. Alles, was man zum täglichen Leben braucht, aber auch das Ausgefallene und Besondere, ist in den Grenzen des Viertels zu finden.[71]

Im Unterschied zu Böll wertet Wellershoff den gotischen Dom nicht gegenüber den romanischen Kirchen ab. Der Grund dafür ist erkennbar, dass dem agnostischen Protestanten einerseits der antipreußische Affekt des anderen abgeht, aber auch die Feindseligkeit, die aus der persönlichen Nachstellung resultiert. Der Dom ist keine imperiale Zwingburg und als solche ein Fremdkörper in der Stadt, sondern wird als anheimelnd-vertraute »Vatergestalt« anthropomorphisiert.[72]

Nicht überraschend – dass Autoren den Stoff für ihre Bücher bevorzugt aus der ihnen vertrauten Erfahrungswirklichkeit gewinnen, mutet selbstverständlich an – erscheint Köln als räumlich-geografische Matrix allenthalben auch in Bölls und Wellershoffs fiktionalen Texten. Dabei ist es irrelevant, ob die Stadt als solche genannt wird – was oft der Fall ist, aber nicht immer. In Wellershoffs *Liebeswunsch*[73] etwa wird der Ort der zentralen Handlung kein einziges Mal erwähnt, dennoch lässt er sich aus indirekten Hinweisen erschließen. Marlenes und Pauls Haus, in

70 Ebd., S. 271–410.

71 Ebd., S. 296.

72 *Der Dom als Vatergestalt*, in: *Werke*, Bd. 3, S. 276–280.

73 Wellershoff: *Werke*, Bd. 7: *Romane, Erzählungen*, Köln 2011, S. 11–319.

dem sich der Knoten einer überkreuz laufenden Beziehungskrise zwischen zwei Paaren dramatisch schürzt, steht offensichtlich in Marienburg, während sich Pauls einsam-zielloses Flanieren im ersten Kapitel im Innenstadtraum zwischen den Kinos auf den Ringen und der Breite Straße (Café Fromme) begibt.

Noch enger und konkreter ist der Bezug auf Köln jetzt im Sinne eines extremen Nahbereichs im Fall der Novelle *Die Sirene*. In der Beschreibung von Elsheimers Wohnung orientierte sich Wellershoff unverkennbar an seiner langjährigen eigenen Wohnung in der Südstadt (Mainzer Straße 45). Der Blick aus dem Fenster, die Telefonzelle, in der die verhängnisvollen »Sirenengespräche« geführt werden – es spiegelt abbildrealistisch Wellershoffs unmittelbares Wohnumfeld. Köln ist auch im Romanerstling *Ein schöner Tag* der Ort der desaströsen Familienkonstellation, aus der der Sohn Günther – der Erstling in Wellershoffs langen Reihe der sozial Scheiternden – auch durch geografische Distanzierung, um nicht zu sagen: Flucht, wenngleich vergeblich auszubrechen sucht.

Genauso offensichtlich ist Köln als zerstörte wie unwirtlich wiederaufgebaute oder im Wiederaufbau befindliche Rheinmetropole in Bölls Œuvre nahezu mythisch präsent – seit dem 1992 erstmals veröffentlichten ersten Roman *Der Engel schwieg*, der die Heimkehr eines Deserteurs in eine zerbombte Großstadt beschreibt und damit und auch sonst zentrale Motive der späteren Bücher bereits einführt. Köln ist unverkennbar der Handlungshintergrund der frühen Werke *Und sagte kein einziges Wort* und *Haus ohne Hüter*. In *Billard um halb zehn* erhalten das Hotel Excelsior und das Café Reichard zwar neue Namen, sind aber ohne weiteres zu identifizieren. Nämliches gilt für die gotische Kathedrale St. Severin, auf die im Roman der Dom sozusagen verschoben wird. Köln bleibt in diesem Kontext als stadträumliche »Grundschrift« lesbar. In *Ansichten eines Clowns* befindet sich eine Wohnung von Hans Schnier und Marie Derkum in Ehrenfeld unweit des dortigen Bahnhofs. Auch in *Gruppenbild mit Dame* stellen Kölner Verhältnisse »urbanes Hintergrundmaterial und städtisches Interieur« bereit: »Stadtbezirke und Straße, Friedhöfe und Klöster, Wohnstätten und Wohnungen, von einer zum Fliegerhorst Merheim gehörenden Kaserne bis zum Grundrisse des Domizils in der Hülchrather Straße 7«[74]. In *Fürsorgliche Belagerung* schließlich wird die Stadt auf das Unicenter als »unmenschlich gezeichnete Wohnmaschine« reduziert.[75]

Von Kölns literarischer Erscheinungsform als Tatsache bei Böll und Wellershoff unabhängig ist die Frage, ob und inwieweit sie lediglich akzidentell bleibt oder für die narrative Form, die Darstellungsintention und die Aussageabsicht der Texte tatsächlich konstitutiv ist. Diesbezüglich wird man bei Böll und Wellershoff zu unterschiedlichen Antworten kommen müssen. Der ebenfalls in Köln gebürtige Hans Mayer fällte in Bezug auf Böll bereits 1968 diesbezüglich ein dezidiertes Urteil:

Köln ist nicht der Kosmos Heinrich Bölls. Er ist bloßer Schauplatz vieler Geschichten dieses Schriftstellers, aber die Situierung erfolgte aus Gründen des literarischen Handwerks, weil sich

74 Schnell: *Böll und die Deutschen*, S. 86 f.

75 Volker Neuhaus: *Köln als literarische Provinz*, S. 85.

Böll in seiner Vaterstadt gut auskennt, nicht jedoch aus Gründen der Affinität des Kölners Böll zu seinen Landsleuten und Mitbürgern.[76]

Dieser Auffassung ist zu widersprechen. Neben anderem band sich die bei Böll früh virulente Kritik am Herrschaftskartell von Amtskirche, Wirtschaft, CDU und Adenauer-Staat sowie den unbearbeiteten personalen und mentalen Residuen der Nazizeit paradigmatisch an einen geografisch identifizierbaren Kultur- und Sozialraum: an das Rheinland mit Bonn als Regierungssitz und Machtzentrale – und damit unvermeidlich auch an die Verhältnisse im Erzbistum Köln.

Ein Beispiel dafür ist die Beschreibung einer Prozession – mutmaßlich einer Fronleichnamsprozession um den Kölner Dom – in dem Roman *Und sagte kein einziges Wort*:

> Der Bischof war sehr groß und schlank, und sein dichtes weißes Haar quoll unter dem knappen Käppi heraus. Der Bischof ging gerade, hatte die Hände gefaltet, und ich konnte sehen, daß er nicht betete, obwohl er die Hände gefaltet hatte und die Augen geradeaus gerichtet hielt. Das goldene Kreuz auf seiner Brust baumelte leicht hin und her im Rhythmus seiner Schritte. Der Bischof hatte einen fürstlichen Schritt, weit holten seine Beine aus, und bei jedem Schritt hob er die Füße in den roten Saffianpantöffelchen ein wenig hoch, und es sah wie eine sanfte Veränderung des Stechschrittes aus. Der Bischof war Offizier gewesen. Sein Asketengesicht war photogen. Es eignete sich gut als Titelblatt für religiöse Illustrierte.[77]

Böll entwickelt hier eine symbolisch verdichtete (und teils auch satirisch überhöhte) Bildersprache, die ohne besagten Ortsbezug so nicht vorstellbar ist. Die zitierte Szene wäre zu dieser Zeit – der Roman erschien 1953 – in Hamburg, Frankfurt oder Berlin, aber wohl auch in München »falsch« platziert gewesen. »Der Romancier«, beschreibt Schnell zutreffend die Transformation, die der Köln-Flaneur Böll seinen Erfahrungen in der Fiktion zuteilwerden lässt,

> nutzt solche Beobachtungen des Spaziergängers, um sie in die Komposition seiner Werke einzufügen. Er verschmilzt sie mit den Biografien der Figuren und den Elementen der Handlung, um hieraus ein eigenartiges, literarisch einzigartiges Städtebild zu formen, das die Anregungen aus seinem Herkunftsort nicht verleugnet und doch nicht auf sie zu reduzieren ist.[78]

Anders verhält es sich mit Wellershoffs Prosa, auf die Mayers Bemerkung schon eher zuzutreffen scheint. Selbst wenn seine Erzählungen und Romane in Köln »spielen« – ihr Generalthema, die Darstellung von individuellen Krisensituationen und Identitätsverlusten in einer komplex-ausdifferenzierten zeitgenössischen Lebenswelt ohne verbindliche Leitbilder, ist »ortsneutral«.

76 Hans Mayer: *Köln und der Clown*, in: Marcel Reich-Ranicki (Hg.): *In Sachen Böll. Ansichten und Einsichten* (= *dtv-Taschenbuch*, Bd. 730), München [6]1977, S. 15–20; hier: S. 16.

77 Böll: *Werke*, Bd. 6: *1952–1953*, hrsg. von Árpád Bernáth, S. 373.

78 Schnell: *Böll und die Deutschen*, S. 84.

Das Katastrophenfinale in Romanen wie *Die Schönheit des Schimpansen*, *Der Sieger nimmt alles* und *Der Liebeswunsch* braucht auch deshalb nicht in Köln stattzufinden, weil es dieser Situierung funktional nicht bedarf.

7. *»Neun Autoren – Wohnsitz Köln«*

Zur Kölner Literatursituation um 1970

7.1 Keine Literaturstadt?

»Ich habe«, bemerkte Heinrich Böll in einem im Dezember 1977 mit Heinrich Vormweg geführten Interview,

> natürlich Kollegen hier, Freunde sind hier, Verlage sind hier, und es müßte sich ja eigentlich ein ständiges oder gelegentliches Treffen herausbilden. Das ist nie geschehen, obwohl wir – wir, sage ich, auch Freunde, Bekannte von mir – immer gedacht haben: Wir leben alle hier, aber wir sehen uns selten, es ist alles so disparat, wir müssen das organisieren oder etwas improvisieren. Es ist nie dazu gekommen; man trifft sich eben nur bei professionellen Gelegenheiten, sagen wir: bei einem Gespräch im Rundfunkt oder bei einer Diskussion, jedenfalls nur bei Veranstaltungen. Nie, fast nie außerhalb des Professionellen; man besucht sich natürlich gegenseitig, wenn auch nicht sehr häufig. Ich kann mir das nicht erklären. Ich weiß nicht, ob es mit Köln zu tun hat.[1]

Diese Ausführungen waren die Antwort auf Vormwegs Gesprächseröffnung mit dem Hinweis auf den Schweizer Essayisten und Literaturkritiker François Bondy, der das Café Reichard am WDR in Köln als legitimen Nachfolger des Pariser Literatencafés Aux deux Magots bezeichnet hatte. Böll wies Bondys Diagnose mehr oder weniger zurück: »Ich habe eigentlich das literarische Leben in der Stadt Köln, wie jetzt Bondy das – wie ich finde – etwas euphemistisch darstellt, nie entdeckt.«[2]

Andere Kenner der Kölner Szene in den Jahrzehnten nach dem Krieg bis in die 80er Jahre hinein bestätigen Bölls Eindruck. Hans Bender, immerhin eine ihrer zentralen Gestalten, äußerte noch 1987 auf eine entsprechende Interviewfrage hin: »Aus gegenseitigem Kennenlernen, aus Begegnungen und überhaupt dem Wunsch, sich zu begegnen, könnte ein literarisches Leben, wie ich es mir vorstelle, entstehen, Aber so, wie man es sich wünscht, verläuft es nicht.«[3] Leo Kreutzer etwa, der, zwischen 1970 und 1973 Literaturredakteur beim WDR, seinerzeit einen guten Überblick auch über das örtliche Geschehen hatte, konstatiert im Rückblick lapidar: »Da war

---

1 Böll: *Werke*, Bd. 25: *Interviews II 1976–1979*, hrsg. von Robert C. Conard und Werner Jung, S. 207 f.

2 Ebd., S. 207.

3 *Literarisches Leben in Köln. Christoph Gottwald im Gespräch mit Hans Bender*, in: Jupp Emons/Thomas Maier (Hg.): *Köln zwischen Himmel un Ääd 2*, Köln 1987, S. 181–186; hier: S. 181.

nichts.«[4] Gabriele Ewenz, die Leiterin des LiK-Archivs in der Stadtbibliothek, nennt die damals produktiven Kölner Autoren »solitäre Existenzen«[5].

Diese Beobachtungen lassen sich ein Stück weit objektivieren. Schaut man etwa auf veröffentlichte Briefkontakte und wechselseitige Bezugnahmen in Reden, Aufsätzen, Rezensionen und sonstigen Verlautbarungen in der Kölner Literatenszene, so lässt sich nicht behaupten, dass da überhaupt »nichts war«: Wellershoff schrieb über Hans Bender, Böll (mit dem er als sein Lektor eh einen engen professionellen Umgang hatte) und Rolf Dieter Brinkmann; Böll über Bender, Paul Schallück, Jürgen Becker und Günter Wallraff. Becker steuerte zu einer 1972er TV-Sendung über Böll ein *Kölner Fernseh-Gedicht* bei, und bereits 1950 fanden sich Böll und Schallück mit Bender zu einer gemeinsamen Rundfunkarbeit zusammen. Zudem war Bender als Mitherausgeber der 1953 gegründeten und rasch über einen ausgezeichneten Ruf verfügenden Literaturzeitschrift *Akzente* ein gefragter Adressat von Kölner Autoren wie Becker sowie wiederum Böll und Schallück. Becker und Wellershoff schickten Bender ihre *Notizbuch*-Texte zum Gegenlesen. Aber es sind all dies vergleichsweise dünne Fäden von interpersonalen Beziehungen, die zudem meist bilateral blieben und sich nicht zur Gruppenbildung, zu einem wie auch immer gearteten kommunikativen Netz verdichteten.

Bondy mochte sich in der von Vormweg mitgeteilten Bemerkung auf eine Initiative Benders bezogen haben: Der hatte 1964 einen offenen wöchentlichen Literatenstammtisch ins Leben gerufen, zu dem sich Böll, Albrecht Fabri, Vormweg selbst und Becker, Brinkmann, Wellershoff und Gerhard Zwerenz einfanden. Bezeichnenderweise aber schlief »dieses Engagement [...] ein, als Bender für zehn Monate als Lektor nach München ging«[6].

Ähnliches scheinen die überlieferten Fotodokumente auszusagen: Man sieht dort Böll, Wellershoff und Brinkmann auf einem Autorentreffen von Kiepenheuer & Witsch im Sommer 1964 in Kronenburg (Eifel);[7] oder Böll und Wallraff (mit Klaus Staeck und Klaus Thüsing) wohl in den 70er Jahren;[8] oder Wellershoff, Becker und Bender auf einer Feier zum 75. Geburtstag des Buchhändlers Gerhard Ludwig im Juni 1984[9]. Aber diese Bilder wirken okkasionell, vermitteln jedenfalls meistenteils nicht den Eindruck eines hinter der versammelnden Aufnahme stehenden Gruppenimpulses.

---

4 Gespräch mit d. Verf. am 27. Juli 2022 – Kreutzer gab u. a. 1972 den Suhrkamp-Band *Über Jürgen Becker* heraus.

5 Gespräch mit d. Verf. am 9. August 2022.

6 Stahl: *Nachwort*, in: *Autorenlexikon*, Bd. 2, S. 335 f. Der von Bender installierte Treffpunkt war nicht das Reichard, sondern das Café Kranzler am Hohenzollernring (s. *Köln zwischen Himmel un Ääd 2*, S. 182; Ewenz: *Zur Einführung*, in: *In der Stadt, wo du lebst*, S. 9 f.).

7 S. das Ausstellungs-Begleitheft von Carl Paschek: *»... den verborgenen Text sprechbar machen«. Dieter Wellershoff*, Frankfurt/M./Köln 1996, S. 39.

8 S. Klaus Schröter: *Heinrich Böll in Selbstzeugnissen und Bilddokumenten* (= *rororo-Bildmonographien*, Bd. 310), Reinbek 1982, S. 108.

9 Paschek: *Wellershoff*, S. 42.

Von Vormweg nach den Gründen für dieses Fehlen eines Wir-Gefühls gefragt, reagiert Böll im Interview zunächst ratlos, betreibt dann aber doch tentativ Ursachenforschung. Zum einen wird die desaströse Nachkriegssituation geltend gemacht:

> Außenseiter und Einzelgänger war fast jeder, der damals in Köln lebte, 1945, nicht nur der Literat und potenzielle Literat. Es war da ja erst mal in einer völlig zerstörten Stadt zu versuchen, Nachbarschaft und Freunde wiederzufinden.[10]

Böll merkt allerdings sofort, dass sich aus dieser Beschreibung eine Köln-Spezifik nicht ableiten lässt – andere Großstädte lagen bei Kriegsende schließlich ebenfalls am Boden:

> Ich höre es von Frankfurt oder München ähnlich. Man denkt immer, da hocken die alle, die treffen sich dauernd. Das trifft nicht zu. Ich vermute, dass solches Leben: Literatencafés, permanente Treffpunkte, wo man also sagen kann, wenn ich dahin gehe, treffe ich wenigstens einen oder zwei garantiert, wenn ich Glück habe, sogar fünfzehn, die gibt es nur in Hauptstädten, nur in klassischen Hauptstädten bildet sich das.[11]

Eine genauere Antwort auf die Frage nach den lokalen Faktoren der auch von ihm als »disparat« bezeichneten Kölner Situation bleibt Böll schuldig. Jedenfalls habe auch die starke Präsenz der »kulturproduzierenden Industrien« in Köln – Verlage, vor allem aber gleich mehrere Rundfunkanstalten, die Köln seinerzeit nachweisbar gerade für junge und materiell ungesicherte Autoren als Lebens- und Arbeitsort attraktiv machten – diese »Disparatheit« nicht neutralisieren oder auflösen können.

In der Rückschau lässt sich das von Böll und Vormweg bezeichnete Defizit sehr wohl aus der lokalen Lage heraus erklären – genauer: aus einer schärferen Fassung des Phänomens der Disparität. Tatsächlich zeigte die Kölner Literaturszene der 60er, 70er, 80er Jahre, zeigte das Feld ihrer Repräsentanten ein bemerkenswertes Maß an Diversität, ja extremen Unterschieden in den jeweiligen Literaturauffassungen, aber auch in den allgemeinen Lebenskonzepten und politischen Orientierungen, das ein produktives Miteinander über Zweierbeziehungen hinaus und erst recht eine wie immer auch geartete Gruppenbildung als kaum aussichtsreich, geschweige denn produktiv erscheinen ließ. Was wollte etwa der angehende Romancier Wellershoff, der in seinen 1988 veröffentlichten Vorlesungen *Der Roman und die Erfahrbarkeit der Welt*[12] der Gattung und ihrer Zukunftsfähigkeit eine engagierte, historisch wie ästhetisch begründete Verteidigungsrede angedeihen ließ, mit einem Kollegen wie Becker anfangen, der in seinem (später revidierten) 1964er

---

10 Böll: *Werke*, Bd. 25, S. 207.

11 Ebd., S. 208.

12 In Wellershoff: *Werke*, Bd. 5, S. 251–784.

Statement *Gegen die Erhaltung des literarischen Status quo*[13] diese Zukunftsfähigkeit kategorisch bestritten hatte? Was wiederum Becker mit einem Autor wie Schallück, von dessen ideologiekritischer Invektive gegen *Die falschen Avantgardisten*[14] er sich, ohne dass dort konkrete Namen genannt worden wären, im Vorgriff durchaus mitgemeint empfinden konnte?

Nun liegt auch hier der Einwand nahe, ähnliche Hindernisse habe es in anderen deutschen Großstädten ebenfalls gegeben. In dieser pauschalen Zuspitzung ist er allerdings falsch. So war zum Beispiel West-Berlin seit den ausgehenden 60er Jahren ein literarisches Biotop mit vielfach untereinander vernetzten Autoren. Zweifellos beförderte die Insellage der geteilten Stadt und die angesichts auch der lokalen Umstände wohl stärkere Politisierung des gesellschaftlichen Klimas die Kommunikations- und Kooperationsbereitschaft der Schriftsteller. Im Vorfeld der Bundestagswahlen von 1965 etwa initiierten Grass und Hans Werner Richter ein »Wahlkontor«, in dem Klaus Wagenbach, Peter Härtling, Friedrich Christian Delius, Peter Schneider und andere Reden und Parolen für SPD-Politiker und für deren Kanzlerkandidaten Willy Brandt erarbeiteten, der in Personalunion als Regierender Bürgermeister von Berlin amtierte.[15] Sicher engagierten sich auch in Köln Böll und Schallück in Wählerinitiativen für die SPD – etwa in den Bundestagswahlkämpfen zwischen 1965 und 1972 –, aber die Breite der Autorenszene wurde davon nicht erfasst. Ein dezidiert parteipolitisches Engagement wäre auch von Kollegen wie Becker und Bender kaum zu erwarten gewesen.

Stand im Gespräch, das Böll 1977 mit Vormweg führte, ein Kölner literarisches Leben im engeren Sinne zur Diskussion, nicht aber mehr die Tatsache, dass die Stadt mittlerweile zahlreiche »Literaturschaffende« beheimatete, so war Letzteres dem bekannten Kritiker fünf Jahre früher immerhin noch eine ausführliche Erwähnung wert gewesen. Es geht um seine Einleitung zu dem bei Kiepenheuer & Witsch publizierten Band *Notizbuch. Neun Autoren – Wohnsitz Köln*, die – auch insofern die erwähnte Bondy-Bemerkung schon dort erscheint – thematisch dem Böll-Interview präludiert. »Eines nämlich ist«, schrieb er,

> bei einiger historischer Kenntnis ganz und gar ungewöhnlich: daß sich überhaupt neun Schriftsteller mit Wohnsitz Köln gefunden haben, die durchweg auch außerhalb Kölns bekannt und teils in der ganzen Welt berühmt sind, dass ferner sogar eine Kritik an dem Buch *Wohnsitz Köln* davon ausgehen könnte, man habe zu wenige der in Köln lebenden Schriftsteller zur Mitarbeit eingeladen, und es sei deshalb nicht hinreichend repräsentativ.[16]

13 In *Maßstäbe und Möglichkeiten der Kritik*. Sonderheft von: *Sprache im technischen Zeitalter*, hrsg. von Walter Höllerer, H. 9–10 (1964), S. 694–698; wieder abgedruckt in: Leo Kreutzer (Hg.): *Über Jürgen Becker* (= *edition suhrkamp*, Bd. 552), Frankfurt/M. 1972, S. 13–19.

14 In: Paul Schallück: *Zum Beispiel. Essays* (= *Sammlung res novae. Veröffentlichungen zu Politik, Wirtschaft, Soziologie und Geschichte*, Bd. 14), Frankfurt/M. 1962, S. 74–78.

15 S. dazu u. a. Peter Schneider: *Rebellion und Wahn. Mein '68. Eine autobiografische Erzählung*, Köln 2008.

16 Heinrich Vormweg: *Eine Stadt für Schriftsteller*, in: Becker/Bender/Böll/Deters/Faecke/Hoffmann/Schallück/Wallraff/Wellershoff: *Notizbuch. Neun Autoren – Wohnsitz Köln*, Köln 1972, S. 7–9; hier: S. 7.

Diese Sorge war unbegründet, tatsächlich versammelt der Band nicht nur, aber auf weite Strecken Autoren, die auch im Abstand der Jahrzehnte noch als maßgeblich gelten müssen und – so sie damals in ihren Anfängen standen – ihre literarische Dignität und Potenz in der Folgezeit nachdrücklich unter Beweis stellten. In der Reihe jener neun in Köln wohnhaften Schriftsteller – es handelt sich um Jürgen Becker, Hans Bender, Böll, Heiko Deters, Peter Faecke, Gerd E. Hoffmann, Paul (und Ilse) Schallück, Günter Wallraff und Wellershoff – fehlt neben Dieter Kühn (auf ihn wirft der Schluss dieses Kapitels einen Blick) als prominenter Name eigentlich nur Rolf Dieter Brinkmann. »Brinkmann hat kein Telefon«, schreibt Bender in seinem Stück: »Er hat Recht, aber manchmal möchte man mit ihm sprechen.«[17] Wenn das Fehlen des Telefons nicht ein arg plattes Realsymbol wäre, könnte man sagen: Es steht für die beschriebene Kommunikationslosigkeit zwischen den Kölner Autoren.

7.2 Köln im Tagebuch

Die Grundidee des *Notizbuchs* bestand in der Aufforderung an einen jeden Beteiligten, »einen Monat lang« zu notieren, »was er getan und was er erfahren hat«[18] – man »einigte sich auf den Monat Mai, […].«[19] Bemerkenswert ist die extreme Unterschiedlichkeit, die die Autoren bei der Umsetzung des Auftrags walten ließen. Becker schreibt ein *Programmiertes Gedicht*[20]– de facto ein frühes Exempel jener »Journalgedichte«, deren Form als einer nur ihm zugehörenden poetischen Gattung der Verfasser bis in seine Spätzeit hinein pflegen sollte.[21] Dazu weiter unten mehr. Der Aufenthaltsort des Verfassers, der hier in dichterischer Gestalt objektiviert wird, ist übrigens Berlin, nicht Köln. Böll hingegen bleibt in seinem Gedicht *Köln III. Spaziergang am Nachmittag des Pfingstsonntags 30. Mai 1971* am Ort, es ist das Journal eines Tages mit besagtem Spaziergang, dessen Itinerar sich anhand der realen Stadtlandschaft mühelos rekonstruieren lässt. Diese verdichtet sich in den Spiegelreflexionen des Gehenden und Beobachtenden zeichenhaft, schießt zu einem kritisch-komplexen, mit Zustimmung und Ablehnung gleichermaßen und teils ironisch bedachten Köln-Bild zusammen. Benders *31 Tage* entsprechen in ihrer parataktischen Folge mitsamt den abbreviatorisch notierten jeweiligen Ereignissen noch am ehesten den Erwartungen an ein Tagebuch. Er ist übrigens der Einzige, der – mit kollegialem Augenzwinkern – Namen der übrigen Projekt-Beiträger fallen lässt: Becker, Faecke, Wellershoff. So stellt sich eine Beziehung her, die in den anderen Stücken durchaus fehlt, sie sind in einen echolosen Raum hineingeschrieben.

17 Ebd., S. 36.

18 *Notizbuch*, Klappentext.

19 Becker: *Poesie und Praxis. Jenaer Vorlesung*, in: J. B.: *Gelegenheiten*, S. 327–346; hier: S. 333.

20 Becker ließ das Werk dann unter dem Titel *Berliner Programm-Gedicht; 1971* seinen 1974 publizierten Lyrikband *Das Ende der Landschaftsmalerei* eröffnen.

21 S. Becker: *Die Rückkehr der Gewohnheiten. Journalgedichte*, Frankfurt/M. 2021.

Auch hier gilt: Dass sie in Köln leben und allein aufgrund dieser Tatsache hier gemeinsam zwischen zwei Buchdeckeln erscheinen, ist tendenziell das Einzige, das diese Schriftsteller verbindet.

Wellershoff legt einen im Prinzip ähnlich aufgebauten Text vor: *Tagebuch: Mai 1971*. Dieser Beitrag ist ebenfalls »realistisch«, aber weniger lapidar als derjenige Benders und zeigt mit Blick auf geschilderte Krisenzustände, Alltagsirritationen und Kommunikationsstörungen eine hohe sensorische Empfindlichkeit. Mit einem *Mai-Tagebuch* warten auch Schallück und seine Ehefrau Ilse auf – es löst aber, naheliegend, die sonst anzutreffende Ich-Zentrierung des Verfassers in ein »Wir« auf, das die Perspektive verändert – jetzt geht es um eine geteilte Wahrnehmungswelt. Wallraffs *Krupp-Protokolle* hingegen sind kein persönliches Tagebuch, sondern reportieren – auf der Linie seiner *Unerwünschten Reportagen* – die Gespräche mit zwei »Kruppianern«, in denen die Ausbeutungsverhältnisse im Unternehmen schonungslos aufgedeckt werden. Der Industrie-Gigant quetscht seine Mitarbeiter demzufolge wie Zitronen aus, um sie am Ende als wertlos gewordenen »Menschenmüll« zu entsorgen.

Längst nicht alle »Notizbücher« haben Köln zum Hintergrund – Becker und Wallraff gar nicht, andere nur zum Teil (dies bei Bender und Schallück allein deshalb, weil in den Zeitraum ihrer jeweiligen Tagebuchnotizen Reisen fielen). Bei Bender und Wellershoff wird zudem die Stadt als öffentlicher Raum nicht thematisiert, insbesondere Wellershoff geht es nicht um Köln als eine spezifische Erfahrungen ermöglichende Lebenssphäre, sondern – hier sei der Titel einer seiner späteren autobiografischen Arbeiten zitiert – generell um die »Arbeit des Lebens«. In anderen Texten hingegen wird ein unmissverständlich wiedererkennbares Bild der Rheinmetropole als Existenzraum entworfen. Auffällig in dieser Hinsicht im Sinn einer Motivgemeinschaft ist nun, dass dieses meist nicht sonderlich schmeichelhaft ausfällt. Köln wird immer wieder zum Anwendungsfall einer Ästhetik des Hässlichen – womit sich die Verfasser in eine lang etablierte Tradition literarischer wie unliterarischer Herabwürdigung stellen.

> die Stadt
> in freudloser Sonne
> verödet
> wieder mal aufgewühlt
> im dreißigjährigen Krieg
> der Bauplaner

– so beginnt Bölls Gedicht *Köln III*. Da ist kein Lob am Werk, der Hinweis auf die wuchernde Bautätigkeit weitet sich vielmehr aus zur poetischen Kritik an der profitorientierten Vernutzung des öffentlichen Raumes im Zuge eines nicht gelingenden Wiederaufbaus nach den Kriegsverwüstungen. In der Perspektive des Gedichts gerät dieser vielmehr zur Fortsetzung des vorangegangenen Krieges – auf den Zweiten Weltkrieg folgt direkt ein neuer »dreißigjähriger Krieg« – und bedeutet damit neuerliche Zerstörung.

Das ist allerdings noch gar nichts gegen die Anti-Köln-Tirade in Heiko Deters' Text:

> Wer liebt denn Köln? Tausende vegetieren in Kalk – und krepieren. Hunderte in Sonderschulen verkümmern. Toni liebt es – aus anderen Gründen. Manche behaupten es – und gehen. Aber so einfach ist das nicht. Zu viele kommen gar nicht erst oder gehen sofort. Andere leben im Landkreis und lieben ihre Postleitzahl. Haben Arbeit hier und hassen die Stadt. Bleiben, weil sie hier sind. [...] Man stinkt, wenn man aus Köln kommt; und da hilft kein Super-Deo-Spray, die Leute rümpfen die Nase. Wer ist Kölner? Statistisch kein Problem; aber man finde mal einen, der es zugibt. Man ist in der Stadt und lebt in Gedanken anderswo. [...] Die Stadt ist zerfallen; ihre Vergangenheit Ballast. Der Dom steht als Reliquie herum, und die Bürger sind Museumswärter. Man schlachtet die Häuser aus, aber man liebt sie nicht. Und mit Recht! [...] Niemand scheint zu wissen, was die Stadt will; sie liebäugelt mit der Kunst, krankt am FC, wirft die Pflastermaler raus, renoviert die Museen und baut Autobahnen um sich herum. Das Ziel ist Ordnung und das Resultat Klüngelei.[22]

Nun wird der Textstelle eine Interpretation, die sie in einen ausschließlich diskursiven Zusammenhang stellt, nicht gerecht. Dieses Köln-Bashing ist in seiner kalkuliert-karikaturhaften Maßlosigkeit als Argumentation nicht ganz ernst zu nehmen, ist vielmehr das Ergebnis einer spielerischen Fiktionalisierung – nicht ganz unähnlich Peter Handkes *Publikumsbeschimpfung* und den kunstvollen Österreich-Lästerungen Thomas Bernhards. Der Sprecher wird darüber zum Verfasser von Rollenprosa, der keineswegs identisch mit dem Autor zu sein braucht. Vorgestellt wird – zudem im Kontext einer narrativen Erfindung – der Modus einer formel- und versatzstückhaften, zum Klischee geronnenen Beschimpfung, nicht eine Kritik im »Echtzeit-Maßstab«. Damit ergibt sich zwischen den Texten von Böll und Deters sogar eine reizvolle Überkreuz- oder Komplementärstellung: Das Böll-Stück stellt als Gedicht seinen Kunstcharakter unmissverständlich heraus – was aber nicht verhindert, dass hier ein diskursiver Zusammenhang besteht, der auch jenseits der lyrischen Form artikuliert und diskutiert werden kann. Deters hingegen erweckt in seinem Beitrag den Eindruck eines solchen Zusammenhangs, also einer »seriösen« Argumentation, von der bei näherem Hinsehen keine Rede sein kann – seine Polemik ist »Kunst«.

Es bezeichnet das damalige intellektuelle Klima in der Stadt, auch das Missverhältnis von literarischer Produktion und Rezeption, dass diese Intention gerade vom offiziellen Köln oft nicht verstanden wurde. Dieses sah sich unfair behandelt und zu einer beleidigten Reaktion vor allem vor dem Hintergrund herausgefordert, dass die Stadt für jeden Beiträger des *Notizbuches* einen Honorarzuschuss in Höhe von 1550 Mark gewährt hatte. Hier werde also, so der Tenor, die wohltätige Hand nicht nur nicht gestreichelt, sondern sogar noch gebissen. FDP-Bürgermeister Friedrich Jacobs etwa bezeichnete Deters im *Express* als einen »Verrückten, der nicht alle Tassen im Schrank hat«. Man habe, ließ Oberbürgermeister Theo Burauen (SPD) verlauten, »Ware« bestellt und »ein Nest voll fauler Eier« bekommen.[23]

---

22 *Notizbuch*, S. 65.

23 S. den Bericht von Friedrich K. Kurylo: *Tünnes und Böll*, in: Die Zeit, Nr. 15/1972, online unter: https://www.zeit.de/1972/15/tuennes-und-boell.

Von heute aus gesehen ist die Lächerlichkeit dieser Auseinandersetzungen genauso unübersehbar wie die Einsicht fällig, dass Vormweg wie Kiepenheuer & Witsch bei der Wahl der Autoren einen guten Griff getan hatten. Bender, Böll, Schallück (der damals nur noch gut drei Jahre zu leben hatte) und Wellershoff waren im Betrieb teils schon lange etablierte Größen, da wurden keine Katzen im Sack gekauft. Beckers und Wallraffs große Zeiten sollten allerdings erst noch kommen. Mit Bender, Schallück, Becker und Wallraff – die Reihenfolge entspricht er Chronologie der Geburtsdaten – seien jetzt exemplarisch vier Schriftsteller vorgestellt, die tatsächlich die literarische Physiognomie der Stadt nach dem Zweiten Weltkrieg auf sehr unterschiedliche Weise, aber doch allesamt maßgeblich prägten (die Konstellation Böll – Wellershoff in ihrer Besonderheit wird im siebten Kapitel erörtert, Faecke im zwölften).

7.3 Hans Bender

Wer nach einem bedeutenden Entdecker, Vermittler und Kommunikator in der Kölner Literaturszene der zweiten Jahrhunderthälfte fragt, stößt unweigerlich auf Hans Bender (1919–2015). Wobei sich diese kommunikative Qualität bezeichnenderweise vorrangig nicht auf Kölner Autoren beziehen konnte – mit dem Projekt eines einschlägigen Literatenstammtisches scheiterte Bender, wie oben dargestellt. Vielmehr wirkte er von Köln aus in die Breite der deutschen Literaturlandschaften und darüber hinaus. Vor allem als langjähriger alleiniger oder Mitherausgeber der *Akzente* (1955 bis 1980, der zweite Herausgeber war von 1954 bis 1967 Walter Höllerer, seit 1976 Michael Krüger) saß Bender in seiner Wohnung in der Taubengasse, die zugleich Redaktionsbüro war, wie eine Spinne im Netz. Von dort aus machte er im tagtäglichen Einsatz im Sinne der Akquise von Beiträgen die *Akzente* »zum wichtigsten und aktuellsten Forum der Nachkriegsliteratur«.[24]

Vor allem leistete er dank seiner exzellenten Vernetzung im Literaturbetrieb von der jeweiligen Gegenseite dankbar anerkannte »Hebammendienste«[25] für die Karriere jüngerer Autoren wie Peter Rühmkorf, Guntram Vesper, Thomas Bernhard, Hugo Dittberner und Jürgen Theobaldy. Generell deutet allein das Absenderverzeichnis der von Volker Neuhaus betreuten und 1984 erschienenen Dokumentation *Briefe an Hans Bender* auf dessen eindrucksvoll engagierte Betriebsamkeit. Andersch, Ausländer, Canetti, Celan, Doderer, Fleißer, Frisch, Grass, Kesten, Koeppen, Lenz, Nossack, Pinthus, Walser, Weiss – das Register liest sich sie ein Who's who nicht nur der jüngeren Schriftsteller, sondern auch derjenigen, die das Dritte Reich überstanden hatten und nun wieder Publikationsmöglichkeiten und Anschluss an die Öffentlichkeit suchten.

24 Volker Neuhaus: *Porträt im Spiegel. Zu den Briefen an Hans Bender*, in: V. N. (Hg.): *Briefe an Hans Bender*, München 1984, S. 9–11; hier: S. 9.

25 Ebd., S. 10.

Abb. 13 Hans Bender, 1993.

Bemerkenswert ist die Vielseitigkeit, ja Gegensätzlichkeit in den persönlichen und literarischen Profilen der Korrespondenzpartner. Tatsächlich lässt die Liste der Briefpartner, mit denen Bender in vielen Fällen befreundet war, keinerlei künstlerische oder politische Vorlieben erkennen. Bender »konnte«, wenn nicht mit allen, so doch mit den meisten Kollegen. Er war nach verbreitetem Urteil unkompliziert im Umgang (eine Eigenschaft, die man Literaten im Allgemeinen nicht zu attestieren geneigt ist): korrekt und doch verbindlich im Urteil, freundlich-liberal in seinen Verkehrsformen, ohne sich je dem Verdacht eines wetterwendischen Opportunismus auszusetzen. Solchermaßen erwarb sich Bender eine überragende menschliche wie professionelle Achtung in der Zunft, ein »fraktionsübergreifendes« Vertrauen, das mit der Zeit auch zu multipler Mitgliedschaft in literarischen Jurys und Gremien führte.

Im legendären Fragebogen des FAZ-Magazins gab Bender im Dezember 1988 auf die Frage, wo er leben wolle, die lapidare Antwort: »In der Taubengasse in Köln.«[26] Sie war umso bemerkenswerter, als er nicht aus Köln stammte, sondern aus Mühlhausen im Kraichgau, wo er als Sohn eines Gastwirts und Metzgermeisters geboren wurde. Ein begonnenes geisteswissenschaftli-

26 *Frankfurter Allgemeine Zeitung* vom 16. Dezember 1988 (Magazin).

ches Studium in Erlangen unterbrach die Einberufung zur Wehrmacht – den Zweiten Weltkrieg erlebte er an der Ostfront. Nach der Entlassung aus vierjähriger sowjetischer Kriegsgefangenschaft 1949 nahm er sein Studium in Heidelberg wieder auf, in dieser Zeit debütierte er auch als Erzähler und Lyriker in Zeitschriften und beim Rundfunk. 1952 bis 1954 gab er *Konturen. Blätter für junge Dichtung*, den Vorgänger der *Akzente*, heraus, 1959 wurde er Feuilletonredakteur der *Deutschen Zeitung und Wirtschaftszeitung* in Köln, wohin er aus diesem Anlass übersiedelte. 1962 bis 1964 war er Chefredakteur von *magnum*, einer seinerzeit einflussreichen im Verlag DuMont Schauberg publizierten Vierteljahreszeitschrift »für das moderne Leben« und Fotografie. Abgesehen von zahlreichen Vortragsreisen, Gastdozenturen und längeren Auslandsaufenthalten blieb Köln Benders Wohnsitz bis zum Tode.

Wirft man einen Blick auf sein umfangreiches Veröffentlichungsverzeichnis, so fällt der hohe Anteil an Herausgeberschaften auf. Tatsächlich waren thematisch gebundene Anthologien der Spiegel von Benders literarischem Networking im Bereich der Publikationsformen. In diesem Sinne vermittelnd tätig zu sein, ohne die eigene Person zu sehr ins Zentrum zu stellen – es entsprach in der Tat in hohem Maße dem persönlichen Habitus des engagierten Netzwerkers. Er selbst sah sehr deutlich, dass seine eigene dichterische Produktivität darunter litt.[27] Auch in der Rückschau tritt sie in den Hintergrund, Bender konnte es, obwohl auch er viele Auszeichnungen erhielt, in Sachen literarischer Prominenz mit – um nur einmal den Blick ins Kölner Umfeld zu lenken – Böll genauso wenig aufnehmen wie später mit Wellershoff und Becker. Seinen Grund hat das auch in Benders »bescheidenem« Naturell.

Ein Zweites kam hinzu. Bender publizierte zwar in seiner Frühzeit als Autor zwei Romane, fand aber sehr schnell und dezidiert zur unspektakuläreren kleinen Form: in der Prosa neben autobiografischen Texten zur von amerikanischen Vorbildern inspirierten Kurzgeschichte, in der üblicherweise begrenzte Textmengen favorisierenden Lyrik zu einer noch einmal lapidar-verknappten Formung in Gestalt des in seiner Spätzeit bevorzugten Vierzeilers[28]. Formale Innovationen, Sprachexperimente, ausgeprägte Avantgardeansprüche waren dabei von Bender nicht zu erwarten; er bewegte sich, versiert und geschmeidig, im Horizont einer realistischen Schreibweise, die ihre Darstellungsmittel im Wesentlichen aus dem 19. Jahrhundert bezieht. Möglicherweise war es auch diese Traditionsverhaftung, verbunden mit der bevorzugten schmalen Form, die Benders durchschlagenden Erfolg als Autor bei einem literarischen Publikum behinderte, das Neuerungen genauso erwartete wie die Bedienung des Genres »Großer Roman«. Außerdem waren Benders Themen – darunter vor allem der überstandene Weltkrieg – zwar unbestreitbar zeitgeschichtlich und zeitdiagnostisch relevant, indessen zeitigte ihre Gestaltung – anders als bei Böll und Schallück, hingegen in diesem Punkt ähnlich wie bei Wellershoff und Becker – nicht den Appeal einer engagierten (partei-)politischen Stellungnahme.

27 Ewenz: *Zur Einführung*, S. 9.

28 Mehrere einschlägige Gedichtbände seit *schwarz auf weiß. Vierzeiler*, Warmbronn 1998.

Das Historische verschränkt sich bei Bender – in den Erzählungen, aber auch in der Lyrik – mit dem Autobiografischen, verarbeitet werden offensichtlich nachwirkende lebensgeschichtliche Traumata: die Gymnasialzeit in einem katholischen Internat und dann – naheliegend – Benders Erlebnisse als Soldat und russischer Kriegsgefangener. Eine Geschichte wie *Spalierbäumchen* aus dem zuerst 1961 erschienenen Erzählungsband *Der Hund von Torcello* knüpft an die Tradition schulkritischer Prosa von Robert Musil über Hermann Hesse bis Leonhard Frank an und thematisiert autoritär-reaktionäre Erziehungsmethoden und eine menschenfeindliche Sexualmoral. Teils nimmt die hier wirksame Gemeinschaftsideologie mitsamt ihres Konformitätsdrucks bereits den heraufziehenden Nationalsozialismus vorweg. Der Stil der aus der personalen (nicht: Ich-)Perspektive des Schülers Edgar erzählten Geschichte entbehrt dabei durchaus des Empörungsgestus – was die Wirkung noch erhöht. Gedrängte, nüchterne, in ihrer Bauart übersichtliche Beobachtungssätze und Dialogpartien reihen sich aneinander, das Leserurteil wird nicht gelenkt, sondern soll sich allein aus der Faktizität der Ereignisse ergeben.

Auch in seinen Kriegsgeschichten neigt Bender zum Understatement, es unterbleibt die ausführliche »detailblutige« Darstellung von Kampfhandlungen, Verletzungen, begangenen Grausamkeiten. »Doch auf dem Weg dorthin, an einer unübersichtlichen Stelle, wurde er erschossen«[29] – so wird am Schluss der Erzählung *Iljas Tauben* in äußerster Verkürzung der Tod eines rücksichtslosen, als Figur somit negativ gezeichneten Wehrmachtsleutnants notiert. Derjenige, der bislang durch seine exzessive Taubenjagd Bewohner der Krim de facto beraubte, muss am Ende seinerseits dran glauben.

Im Handlungsaufbau seiner Geschichten greift Bender wiederholt zu diesem Mittel der »motivischen Inversion«: Ein Anfangsmotiv kehrt im Verlauf der Erzählung in völlig verändertem Kontext wieder – wie zum Beispiel auch in *Forgive me*[30], einer Geschichte aus den letzten Kriegstagen, in der einer unverbindlichen Situation aus dem schulischen Englischunterricht auf einmal tödlicher Ernst zuwächst. Dies geschieht auch in Benders wohl berühmtester Erzählung, die es ob ihrer kargen »Klassizität« in die Schulbücher schaffte. *Die Wölfe kommen zurück*[31] weist einen Plot auf, der aus Benders Erfahrungen in der Kriegsgefangenschaft destilliert worden sein dürfte. Die symbolische Aufladung des Geschehens signalisiert eine spezifische Kunstanstrengung, die das Ganze aus der Zufälligkeit einer Autobiografie heraushebt. Die deutschen Armeen sind geschlagen und vertrieben, im russischen Hinterland ist der Frieden eingekehrt. Währenddessen bricht nun ein neuer Krieg aus – nicht mehr von Menschen gegen Menschen, sondern der Natur gegen die Menschen: Aus Sibirien sind die durch den Krieg vertriebenen Wölfe zurückgekehrt und bedrohen elementar die Einwohner. Russen und (kriegsgefangene) Deutsche, eben noch erbitterte Feinde, werden im Kampf gegen diese neue Bedrohung zu Verbündeten.

---

29 Bender: *Iljas Tauben*, in: H. B.: *Ausgewählte Werke* (10 Bde.), Bd. 4: *Der Hund von Torcello. 32 Geschichten*, Aachen 2007, S. 19–25; hier: S. 25.

30 Ebd., S. 60–62.

31 Ebd., S. 53–59.

Neben solche »Bewältigungserzählungen« treten bei Bender teils ironisch-humoristische Geschichten, die mitunter erkennbar die berufliche Kölner Existenz des Autors zum Hintergrund haben. In *Im Hochland von Abessinien*[32] wird der Ich-Erzähler, hingebungsvoll in die Lektüre von Ennio Flaianos Roman *Tempo di uccidere* vertieft, wiederholt von hartnäckigen Telefonanrufen gestört. Er nimmt zwar den Hörer nicht ab, stellt aber stattdessen ausgiebige Mutmaßungen über den potenziellen Anrufer an, die ihrerseits den Fortgang der Lektüre blockieren. Die Pointe des Textes: Indirekt kommt es – vor dem Hintergrund einer Spiegelfigur, der zufolge *Im Hochland von Abessinien* auch Text über einen Text ist – zu einer Identifikation des Erzähl-Ichs mit dem Romanhelden, der verschiedene lebensgefährliche Situationen zu bestehen hat. Davon kann selbstredend im Fall des Erzählers keine Rede sein – er sitzt, wenn auch immer wieder belästigt, in einem bequemen Lesesessel.

Zwei »Vierzeiler« mögen den spezifischen Gestus von Benders lyrischem Sprechen erhellen:[33]

Heinrich Böll zu Ehren
Hoch auf den Rathausturm
Hat man seine Statue gestellt.
Mir wäre er lieber unten
Als Streiter in seiner Stadt.

Taubenbrunnen vor dem Kölner Dom
Einen schönen Brunnen
Hat Mataré ihnen gestaltet.
Ich sehe sie trinken
Nebenan aus den Pfützen.

Auf engstem Raum gelingt es Bender hier, fundamental Paradoxes und Gegensätzliches im Leben ins Bild zu setzen – konkrete Phänomene der Kölner Stadtwirklichkeit weiten sich dank des durchdringenden Tiefenblicks zum Symbolischen hin. Böll, buchstäblich versteint im Figurenprogramm des Rathausturms – was er dadurch an »hoher« Repräsentativität gewinnt, verliert er an öffentlicher Wirksamkeit »unten«. Solchermaßen zum Kulturgut neutralisiert, ereilt ihn die »durchschlagende Wirkungslosigkeit« (Max Frisch) der Klassizität. Dann die gleichgültigen Tauben rund um den ihnen gewidmeten Brunnen – die Natur schert sich nicht um die Kunst, und der Kunstfreund hat es amüsiert, in ironischem Schmerz zur Kenntnis zu nehmen.

---

32 In: Bender: *Bruderherz. Erzählungen*, München 1987, S. 102–118.
33 Beide in: H. B.: *Auf meine Art. Gedichte in vier Zeilen*, München 2011, S. 10 f.

Verarbeitet wurden in solchen Gedichten zugleich Eindrücke, die sich dem begeisterten und aufmerksamen urbanen Flaneur Bender aufdrängen mussten.[34] Dabei ging es dann nicht nur um das kulturelle Erbe Kölns, das Bender in den romanischen Kirchen – vor allem der nahe seiner Wohnung befindlichen Pantaleonskirche – genauso lebendig wurde wie in den Museen. Es ging stets auch um den städtischen Naturraum, um Bäume, Pflanzen und Tiere, die er von seiner Wohnung aus beobachten konnte. Und ähnlich wie Wellershoff in *Pan und die Engel* las auch Bender die Stadt als Palimpsest – etwa wenn er unter den idyllischen Hügeln am Aachener Weiher die Trümmerlandschaft und damit die Kriegsvergangenheit sichtbar machte.

7.4 Paul Schallück

Ein ganz anderes Profil als Bender zeigt Paul Schallück (1922–1976)[35], zu Anfang der 50er Jahre der neben Böll wohl einzige Kölner Nachkriegsautor, der überregionale Aufmerksamkeit auf sich ziehen konnte. Wie Böll hatte Schallück zunächst bei Middelhauve in Opladen veröffentlicht, war dann aber nicht zum ortsansässigen Kiepenheuer-&-Witsch-, sondern zum Frankfurter S.-Fischer-Verlag gewechselt. In seiner literarischen und publizistischen Wirksamkeit stand er von Anfang an hinter dem fünf Jahre Älteren zurück – ein Abstand, der sich mit den Jahren bis zu Schallücks frühem Tod noch vergrößerte. Der ungleich größere Erfolg des Kollegen hätte gerade angesichts des räumlich identischen Wirkungskreises (beide Autoren wohnten sogar lange Jahre in Müngersdorf in unmittelbarer Nachbarschaft) Ressentiments wecken können – was aber nach allem, was man weiß, nicht der Fall war. Vielmehr verband Böll und Schallück eine durchaus belastbare Freundschaft, die in ähnlichen Lebenserfahrungen und Überzeugungen sowie einer jeweils in vielerlei Hinsicht übereinstimmenden intellektuellen Matrix wurzelte.[36]

Beide kamen aus einem tief katholischen Hintergrund – der junge Schallück hatte sogar Missionar werden wollen. Und für beide wurde der Zweite Weltkrieg, den sie als Soldaten mitmachen mussten, zu einem einschneidenden, den weiteren Lebensweg konditionierenden Erlebnis – bei Schallück allein äußerlich erkennbar an einer Gehbehinderung als Folge einer Beinverletzung, die er 1944 bei einem Partisanenangriff im besetzten Paris erlitten hatte. Beide zogen aus diesen

---

34 Zahlreiche Beispiele für Benders gehende »Stadtlektüren« in: *In der Stadt, wo du lebst …*; s. dort auch Ewenz, *Zur Einführung*, S. 11.

35 Ein schöner, abwägender Porträtvortrag stammt von Walter Hinck: *Paul Schallück – Schreiben gegen das Vergessen*, in: Kölnische Gesellschaft für Christlich-Jüdische Zusammenarbeit (Hg.): *Zur Erinnerung an den vor 30 Jahren verstorbenen Kölner Schriftsteller Paul Schallück. Veranstaltung am 13. Juni 2006 in Zusammenarbeit mit dem Literaturhaus Köln (= Schriftenreihe der Kölnischen Gesellschaft für Christlich-Jüdische Zusammenarbeit*, Neue Serie, Bd. 3), Köln 2006, S. 11–19.

36 S. dazu zusammenfassend Andreas Burtscheidt: *Paul Schallück. Schriftsteller und Publizist (1922–1976)*, in: https://www.rheinische-geschichte.lvr.de/Persoenlichkeiten/paul-schallueck-/DE-2086/lido/5e1ddb5614cdf0.48124298.

Abb. 14 Paul Schallück, 1973.

Erfahrungen die nämlichen Schlussfolgerungen. Dazu gehörte ein unbedingter, moralisch begründeter Widerstand gegen das Vergessen und Verdrängen der NS-Zeit und der mit ihr verbundenen Verbrechen in einer nur oberflächlich demokratisierten, die fällige kollektive Erinnerung pathologisch in einen frohgemuten Aufbauwillen umleitenden westdeutschen Nachkriegsgesellschaft. Wie Böll verstand sich Schallück als kritisch-politischer Schriftsteller, als Vertreter einer offensiv-unbequemen, »eingreifenden«, unter den gegebenen Verhältnissen oppositionellen *littérature engagée*.

Dies zeigt sich darin, dass auch Schallück als Autor jenseits von im engeren Sinn literarischen Textsorten wie Roman, Erzählung, Hörspiel und politischer Lyrik ein breites Spektrum nichtfiktionaler Formen wie Rundfunkessay, Kommentar und politische Rede bediente. Als engagierter Bürger beteiligte er sich an Initiativen zum Schutz sozialer Minderheiten, an der Ostermarschbewegung gegen die Atombewaffnung der Bundeswehr, an der außerparlamentarischen Opposition gegen die Notstandsgesetze sowie in Wählerinitiativen zugunsten der SPD, für die er sich in mehreren Bundestagswahlkämpfen als Redner einsetzte.

Ein besonderes Anliegen war Schallück, den die Schriften des jüdischen Religionsphilosophen Matin Buber stark beeindruckt hatten, die deutsch-jüdische Verständigung »nach Auschwitz«.[37] Wiederum in enger Kooperation mit Böll sowie dem Theaterkritiker Wilhelm Unger, dem Verleger Ernst Brücher und dem Buchhändler Karl Keller gelang 1959 in Köln die vereinsförmige Gründung der *Germania Judaica*, einer Bibliothek zur Geschichte des Judentums und des jüdischen Lebens in Deutschland samt Schriftenreihe und begleitendem Veranstaltungsprogramm. Einen Anstoß dazu dürfte auch die Bekanntschaft mit dem jüdischen Lyriker und Holocaust-Überlebenden Paul Celan – dem womöglich bedeutendsten deutschsprachigen Lyriker nach Hölderlin – gegeben haben.

Kennengelernt hatten ihn Böll und Schallück 1952 auf der Niendorfer Tagung der Gruppe 47, deren Treffen Letzterer bis in die 60er Jahre hinein relativ regelmäßig besuchte. Weitere, teils auch familiär geprägte persönliche Kontakte ergaben sich bei vergleichsweise häufigen Köln-Besuchen des Wahl-Parisers Celan. Während allerdings dessen Beziehung zu den »rheinischen Freunden«[38] Böll und Rolf Schroers (Romanautor und Wellershoffs Vorgänger als Lektor bei Kiepenheuer & Witsch) problematisch war bzw. wurde – den Kontakt zu Schroers brach Celan, als dessen SS-Vergangenheit bekannt wurde, abrupt und begründungslos ab, während derjenige zu Böll immerhin eine schwere Belastungsprobe zu überstehen hatte –, blieb die zu Schallück ungefährdet. Man wird diesen Umstand der außerordentlichen Sensibilität des Kölner Autors im Umgang mit dem aus naheliegenden Gründen empfindlichen und schwierigen Briefpartner zugutehalten können.

Anders als Böll stammte Schallück nicht aus Köln, sondern aus dem westfälischen Warendorf. Erst 1947 kam er in die zerstörte Rheinmetropole, um an der dortigen Universität unter anderem Theaterwissenschaft zu studieren – was er zugunsten seiner sich rasch entwickelnden Schriftstellerkarriere und Rundfunktätigkeit (beim damaligen NWDR) aber bald aufgab. Aus der »heilen« Provinz in die zertrümmerte Großstadt – für Schallück war das den überlieferten Quellen zufolge weniger ein Schock als vielmehr eine Erlösung ähnlich jener, die dann 15 Jahre später Brinkmann im Zuge seiner »Flucht« aus dem heimatlichen Vechta nach Köln erlebte – wenn auch nur zunächst. Die »Lebensform Warendorf« erscheint in Schallücks Schilderungen immer wieder nahezu als Inbegriff katholischer Enge und Provinzialität – wobei sich der sozialkulturell dominierende Katholizismus mit einem verbreiteten Schweigen über die NS-Jahre gut verträgt. Tatsächlich war Schallück, insofern seine aus Russland stammende Mutter allein aus diesem Grund beharrlichen Anfeindungen seitens der Kleinstadtbevölkerung ausgesetzt war, von diesen unaufgeklärten Strukturen und Mentalitäten persönlich betroffen. Das Verhältnis zu seinem Heimatort wurde durch die – teils satirisch gefasste – Kritik des »Nestbeschmutzers«

37 S. dazu Jochen Grywatsch: *Aufarbeitung, Dialog, Symbiose. Das Wirken Paul Schallücks für christlich-jüdische Verständigung*, in: Hartmut Steinecke/Iris Nölle-Hornkamp (Hg.): *Jüdisches Kulturerbe in Westfalen. Spurensuche zu jüdischer Kultur in Vergangenheit und Gegenwart* (= *Veröffentlichungen der Literaturkommission für Westfalen*, Bd. 33), Bielefeld 2009, S. 213–236.

38 Aufschlussreich dazu: *Paul Celan – Briefwechsel mit den rheinischen Freunden Heinrich Böll, Paul Schallück und Rolf Schroers*, hrsg. und kommentiert von Barbara Wiedemann, Berlin 2011.

über Jahre hinaus vergiftet. In dem 1959 publizierten Roman *Engelbert Reineke* fand sie eine definitive literarische Gestalt.

Sehr viel ungebrochener und vorbehaltloser als Böll akzeptierte, ja liebte Schallück Köln, seit er hier wohnte, als ein »Anti-Warendorf«, als »Archetyp einer freiheitlich-liberalen und offenen Lebenswelt«[39]. Nun war Köln zwar auch »katholisch«, und Schallück machte sich keine Illusionen darüber, dass die offiziell immer wieder beschworene Widerständigkeit der Bevölkerung gegenüber der braunen Versuchung ein schaler Mythos war.[40] In seinen Augen aber wurde dieser Gesichtspunkt durch andere Aspekte überlagert und konterkariert. In heutiger Sprache: Köln war in den Augen des Autors schon damals »divers« und in dieser schillernd-faszinierenden Diversität auch nicht auf einen Begriff zu bringen:

> Köln dringt zu mir herein mit Glockengeläut und Motorengesumm, Hubertushörnern und Rasenmähern, Straßenbahngeknirsch, Hundegebell und Massengebrüll, wenn im nahen Stadion der Ball in den Kasten gepfeffert wurde. Kölns Luft atme ich ein, ein Gemisch aus Landgeruch und Chemiedünsten, Industriegasen und Blumendüften. Ich gehe in die Stadt, in der eine sonderbare, lebendige, aus Mittelhochdeutschem, aus dem Rom der Römer und Italiener, aus Frankreich, Spanien und den Niederlanden angereicherte Sprache gesprochen wird. Mein Platz hängt auch im Netz der kölnischen Mundart, in der vieles gegenwärtig ist: Geschichte und Gegenwart, der Bauer und der Großstädter, der Dom und Rosenmontag, der Rhein und die Mädchen.[41]

Wie Böll wiederum war Schallück ein Autor der Trümmer- oder Kahlschlagliteratur – dies auch im Sinn einer bewussten und begründeten Parteinahme, wie unter anderem bei einem von beiden gemeinsam bestrittenen »Mittwochsgespräch« der Kölner Bahnhofsbuchhandlung Ludwig unter dem Titel *Warum Trümmerliteratur?* im Juli 1952 deutlich wurde. Tatsächlich spielt nicht nur die Handlung von Schallücks frühen Romanen – *Wenn man aufhören könnte zu lügen*, *Ankunft null Uhr zwölf* und *Die unsichtbare Pforte* – in einem ungeschminkt dargestellten Trümmerumfeld, das dem Autor als Thema durch seine frühen Köln-Erfahrungen geläufig war und entsprechend »realistisch« beschrieben werden konnte (wenngleich der Einfluss von Wolfgang Borcherts Theaterstück *Draußen vor der Tür*, das Schallück tief beeindruckt hatte, erkennbar ist). In Trümmern lagen in diesen Büchern auch individuelle Lebensentwürfe, kollektive Orientierungen, metaphysische Gewissheiten. In der Darstellungsform erhoben sie sich auf

39 Jochen Grywatsch: *»Zum Beispiel dies, zum Beispiel das«. Essays über die Zeit, den Ort, das Schreiben und die Kunst*, in: Walter Gödden/J. G. (Hg.): *»Wenn man aufhören könnte zu lügen«. Der Schriftsteller Paul Schallück* (= *Veröffentlichungen der Literaturkommission für Westfalen*, Bd. 5), Bielefeld 2002, S. 181–22; hier: S. 213.

40 S. etwa Schallücks am 29. Mai 1965 im WDR gesendeten Radioessay *Exodus aus Köln*. Auszüge in: Ingrid Scheffler: *Zwischen Journalismus und Literatur. Der Schriftsteller Paul Schallück im Hörfunk des NWDR/WDR*, in: Gödden/Grywatsch (Hg.): *»Wenn man aufhören könnte zu lügen«*, S. 247–260; hier: S. 255.

41 Paul Schallück: *Der Platz, an dem ich schreibe*, in: P. S.: *Zum Beispiel*, S. 175–177; hier: S. 176.

den Trümmern von verlogenem Pathos, unbrauchbar gewordenen Begriffen und ideologischer Vereinnahmung – angesagt war eine Sprache neuer Kargheit und Ehrlichkeit.

Schallücks vielleicht bedeutendster Roman, *Engelbert Reineke*, behält den Gestus der Ernüchterung bei, vollzieht aber insofern einen Bruch mit dem Frühwerk, als er nicht mehr der Trümmerliteratur im engeren Sinne zuzuordnen ist. Das hat im Wesentlichen zwei Gründe: 1959, im Jahr der Publikation, war die unmittelbare bundesdeutsche Aufbauphase abgeschlossen – Trümmerliteratur, wie sie zehn Jahre zuvor entstanden war, musste da anachronistisch erscheinen. Vor allem aber: Der Ort des Geschehens – die Kleinstadt Niederhagen, hinter der als Referenz unübersehbar Warendorf auftaucht – war vom Krieg verschont worden. Bezeichnenderweise liegt im Buch nicht einmal mehr die in der Reichspogromnacht zerstörte Synagoge am Boden, die zur Handlungszeit – es ist die Zeit der Romanniederschrift – kein jüdisches Gotteshaus mehr ist, sondern ein ansehnliches Café. Der Autor fasst hier die Substanz seiner Vorbehalte gegen die westdeutsche Wiederaufbauphase – die fatale Verbindung von Restauration und Verdrängung – in ein einprägsames symbolisches Bild. Gesellschaftskritik ersetzt jetzt, wie eine süffisante Bemerkung zu einem »existenziellen Sartre-Tag«[42] zeigt, den auch beim frühen Schallück noch virulenten Existenzialismus.

Nach Niederhagen – genauer: ans örtliche Gymnasium als Studienassessor – kehrt die Titelfigur nach Jahren der Abwesenheit zurück. Sein Vater, ebenfalls Lehrer an der Schule, war im Dritten Reich wegen seiner oppositionellen Haltung bei der Gestapo denunziert und ins KZ Buchenwald gesteckt worden, wo er ermordet wurde. Diejenigen, die ihn dorthin brachten, sind jetzt Engelberts Kollegen, die gegen den unwillkommenen, weil »wissenden« Neuling intrigieren, ihn von der Schule zu vertreiben suchen. Der ersten folgt, um den Titel des 1987 erschienenen Buches von Ralph Giordano aufzunehmen, die »zweite Schuld«. Seine Verlobte beschwört Engelbert, die Stadt um seines und ihres Friedens willen zu verlassen, aber er entschließt sich, auszuharren und den Kampf aufzunehmen – der auch einer um Interpretation, Stellenwert und Bedeutung der Vergangenheit ist. Der Ausgang bleibt offen.

Die Haupthandlung erstreckt sich über einen einzigen Tag, wird aber aufgesprengt durch zahlreiche Rückblenden – das Gewesene droht, unbearbeitet, wie es ist, die Gegenwart zu vergiften und zu ersticken. Zum zentralen Zeichen macht Schallück in diesem Sinne die – dem Sohn hinterlassene – Taschenuhr des Vaters mit ihren stehengebliebenen Zeigern: Sie wird zum Symbol einer Verweigerung gegenüber dem Lauf der Zeit wie der verbreiteten kollektiven Unfähigkeit, besagte Vergangenheit tatsächlich durch Aufklärung zu »bewältigen«. Manchmal knirscht es im Motivationsgefüge des Romans, aber aufs Ganze gesehen überzeugt das Buch auch heute noch nicht nur thematisch, sondern in seiner internen Dramaturgie zwischen Analyse und Synthese.

Von Schallücks letztem, 1967 veröffentlichten Roman, *Don Quichotte in Köln*[43], lässt sich das leider nicht rundum sagen. Der Autor vollzieht hier, insofern er sich auf das Gelände des humo-

42 Schallück: *Engelbert Reineke. Roman* (= *Fischer-Bücherei*, Bd. 275), Frankfurt/M. 1959, S. 82.

43 S. zur Interpretation Alan Frank Keele: *Paul Schallück and the Post-War German Don Quixote. A Case-History*

ristischen Romans begibt, gegenüber seinen Vorgängerbüchern eine radikale stilistische Kehrtwende. Leseranreden, Illusionsdurchbrechungen, fantastische Entgrenzungen, Spiegelspiele mit unterschiedlichen Erzähler- und Autorrollen (unter anderem tritt Schallück selbst auf), die Thematisierung der Textentstehung als solcher, also des Fiktionscharakters von Handlung und Figuren auch auf der Realitätsebene des Buches – für all dies gibt es Vorbilder, von denen im Roman mit Lawrence Sterne nur eines bezeichnet wird.[44] Genauso nahliegend sind aber Jean Paul und E. T. A. Hoffmann, die Meister der sogenannten romantischen Ironie als einer Weise der Selbstrepräsentation von Kunst. Trotz dieser unübersehbaren Modellorientierung ist die Anlage des Romans auf Anhieb erfindungsreich, ja virtuos. Ein komplexes Gewebe aus intertextuellen Bezügen und Montagen von bereits vorliegenden Schallück-Werken wird gesponnen, Cervantes' Klassiker auf die Kölner Lebenswelt der End-60er Jahre appliziert[45] und das Paar Don Quichotte/Sancho Pansa mit den kölschen Dioskuren Tünnes/Schäl verschränkt.

Hauptfigur des Romans ist der Rundfunkredakteur Anton Schmitz, der viele Züge Schallücks trägt – die spürbare Vertrautheit des Autors mit den damaligen Usancen im WDR-Funkhaus lässt den Leser übrigens immer wieder an Bölls Satire *Doktor Murkes gesammeltes Schweigen* denken. Schmitz hat nun, dies die Auskunft Schallücks in einer Selbstinterpretation,

> sieben Jahre lang über den Sender von all den schönen, auch notwendigen, von all den helfenden Dingen, Ideen und Idealen hat sprechen lassen, die man in dem Begriff Humanität zusammenfasst. Aber eines Tages bricht er aus seiner sozusagen theoretischen Existenz aus. Er will nicht mehr nur reden über Humanität, er will sie verwirklichen, durch Leben und Wahrheit ergänzen. Er versucht, die humanen Forderungen im Alltag einer deutschen Großstadt zu realisieren, in einer Gesellschaft, die von Humanität unendlich viel redet, ihre Praktizierung aber als Anachronismus betrachtet. [...] Man wird böse, man schlägt ihn körperlich, man verletzt ihn beinahe in jeder Szene.[46]

Tatsächlich gerät demzufolge – hier macht sich ein resignativer Grundzug geltend – ein Einsatz für Gerechtigkeit und Menschenliebe auch in modernen Zeiten zu einem Kampf gegen Windmühlenflügel. Dulcinea, das weibliche Traumbild von Cervantes' Ritter, wird bei Schallück zu

Prolegomenon to the Literature of the Federal Republic (= *Utah Studies in Literature and Linguistics*, Bd. 5), Bern 1976.

44 Schallück: *Don Quichotte in Köln. Roman*, Frankfurt/M. 1967, S. 111.

45 Eine Anregung, Don Quichotte und Köln literarisch zu verbinden, könnte Schallück durch Georg Weerth erhalten haben: Im Kapitel *Der Gürzenich* aus dessen 1848/49 als Fortsetzungsroman in der *Neuen Rheinischen Zeitung* erschienener Prosasatire *Leben und Taten des berühmten Ritters Schnapphahnski* berichtet der Ich-Erzähler darüber, einmal zur Karnevalszeit den Don Quijote gespielt zu haben (Weerth: *Texte*, Bd. 2, S. 239). Siehe zu Weerth in diesem Buch S. 123–128.

46 Schallück: *Nachruf zu Lebzeiten*, in: Karl Heinz Kramberg (Hg.): *Vorletzte Worte. Schriftsteller schreiben ihren eigenen Nachruf*, Frankfurt/M. 1970, S. 228–235; hier: S. 234 f.

einer Claudia, einer Abbreviatur der Colonia Claudia Ara Agrippinensis – Schmitz sucht also, übrigens ebenfalls vergeblich, Köln.

Das kompositorische Problem des Romans ist nicht Einfallsarmut, sondern vielmehr seine nur mangelhaft integrierte und fokussierte thematische wie formale Überfülle. Zeitgeschehen, politische, Sozial- und Sprachkritik (etwa an einem von Vertretern der Amtskirche bevorzugt gehandhabten pathetisch-humanistisch-verquasten Redehabitus, den Adorno als »Jargon der Eigentlichkeit« auf den Begriff brachte), Milieuschilderung, Situationskomik, Lustspiel- und Satiremotive, Traum und Wirklichkeit, und das in den unterschiedlichsten Stillagen – vor allem zum Ende hin zerfasert und verläuft sich alles im Ungefähren und Unverbindlichen. Dem Autor scheinen die Zügel zu entgleiten.

Für den heutigen Leser wartet das Buch mit einem instruktiven, atmosphärisch dichten Einblick in die äußerst heterogene, eben »diverse« Kölner Lebenswelt jener Tage auf – zwischen WDR-Funkhaus, Heinzelmännchenbrunnen und schäbiger Ehrenstraßen-Halbwelt, Dom und Hauptbahnhof, Ringstraßen, Klingelpütz und Agnesviertel wird die Stadt als Text lesbar. Die dialektale Einfärbung vieler Dialoge sorgt für ein herzlich-unaufdringliches Lokalkolorit. Zugleich wird die Dynamik dieser Zeit spürbar, in der Modernisierungsschübe im konservativen Korsett der späten Adenauerzeit markante Risse verursachten – nicht nur in Gestalt des U-Bahn-Baus, sondern auch und vor allem der sich formierenden intellektuellen Revolte, des Jugendprotests, des Widerstandes gegen etablierte Lebensformen und politische Denkverbote.

7.5 Jürgen Becker

Der Weg – oder auch der Sprung – von Schallück zu Jürgen Becker (1932 in Köln geboren) könnte kaum weiter sein. Das mag auch mit den Geburtsdaten zusammenhängen. Während Schallück die Nazizeit und den Krieg, an dem er als Soldat teilnahm, als junger Erwachsener sehr bewusst erlebte, war diese durch Selbstverständlichkeit ausgezeichnete Erfahrungsdimension in Beckers Fall allein dadurch limitiert, dass er bei Kriegsende erst zwölf Jahre alt war. Unstrittig waren die Jahre zwischen 1939 und 1947, die er aufgrund der Berufstätigkeit seines Vaters im thüringischen Erfurt verbrachte, eine prägende Formationsphase, samt Jungvolkkarriere, Fliegeralarm und im Luftschutzkeller erlebten Bombennächten. Becker hat das nicht nur wieder und wieder festgestellt, vielmehr sind die Bildräume gerade auch seiner Lyrik durch ihre beharrliche assoziative Öffnung zu dieser Kriegsvergangenheit hin geprägt.[47] Trotzdem stellte sich beim Autor, als er nach dem Mauerfall Erfurt erstmals wieder besuchte, ein fundamentales Gefühl der Fremdheit ein – nicht nur gegenüber dem nur vermeintlich Vertrauten, sondern auch und vor allem gegenüber einer früheren Version des eigenen Ich: »[...], aber es war zu-

47 S. dazu u. a. Marion Poschmann: *Nachwort* zu: Becker: *Gesammelte Gedichte*, hrsg. von M. P., Frankfurt/M. 2022, S. 1041–1061; hier: S. 1046 f.

Abb. 15 Jürgen Becker, 1998.

gleich wie ein Gehen im Halbschlaf. Immer auf der Suche nach einem kleinen Jungen, der damals da gelebt hat und den es so nun nicht mehr gibt.«[48] Damit ist ein Lebensthema Beckers aufgeworfen: die Frage nach der Authentizität bzw. dem Nichtauthentischen von Erinnerung; positiv formuliert: ihrem notwendig konstruktiven Moment, dem Moment nicht des Gegebenen, sondern des Hergestellten – vor allem wenn sie die eigene Existenz und deren Identität verbürgenden Kern betrifft.

Dieses Motiv verbindet sich bei Becker mit einem radikalen Zweifel an der Erkennbarkeit von Wirklichkeit überhaupt, an ihrer Übereinstimmung mit dem »Wirklichkeitsbild«[49]. Assoziiert mit der Weigerung, nach den traumatischen Erfahrungen der NS-Zeit noch einmal einer »Ideologie-Fahne« hinterherzulaufen,[50] führte er auch zu dezidierter Abstinenz gegenüber jenem politisch engagierten Literatentum der 68er- und Nach-68er-Zeit, wie es idealtypisch Böll und Günter Grass repräsentierten:

48 Wolfgang Heidenreich: *Selbstauskunft. Ein Werkstattgespräch mit Jürgen Becker*, in: J. B.: *Gelegenheiten*, S. 207–239; hier: S. 237.

49 Ebd., S. 234.

50 Renatus Deckert: *Gespräch mit Jürgen Becker*, in: J. B.: *Gelegenheiten*, S. 240–265; hier: S. 261.

> Ich war mir nie so sicher in der Beurteilung dessen, was vor sich geht. Ich habe immer mehr Fragen als Gewissheiten. Ich bewundere Kollegen sehr, die schnell reagieren können. Manchmal frage ich mich allerdings auch: Woher nehmt Ihr diese Selbstgewissheit und manchmal auch diese Selbstgerechtigkeit?[51]

Diese Einstellung macht sich künstlerisch unmittelbar in Beckers Textsortenwahl bemerkbar: »Politische Lyrik« ist aus seiner Feder nicht überliefert.

Eng benachbart war und ist Beckers Erkenntniszweifel dem Zweifel an der zuverlässigen, wiederum »authentischen« Umsetzung von Erfahrungen in der menschlichen Sprache. »Das Repertoire der avancierten Techniken und Methoden«, konstatierte er 1964, »zeugt [...] von der Schwierigkeit, die Wirklichkeit im Wort zu fassen«.[52] Becker setzte also »tiefer« an als Schallück und Böll, die die Sprache zwar nach den Verwüstungen der NS-Zeit reinigen und erneuern wollten, dies aber bei grundsätzlicher Anerkennung ihrer mimetischen Leistungsfähigkeit. Becker ist nicht der absehbaren Aporie seiner für sich genommen nicht sonderlich originellen Erkenntnis (Sprachskepsis und Sprachnot begleiteten die Literatur der Moderne spätestens seit Hofmannsthals *Chandos-Brief*) entgangen: nämlich als sprachkritischer Schriftsteller doch im Gehäuse der Sprache verbleiben, Sprachzweifel in sprachlicher Form artikulieren zu müssen. Vor allem in seinem Frühwerk hat er diesen performativen Selbstwiderspruch auf zweierlei Weise zu lösen versucht: durch die beharrliche Reflexion auf das poetische Verfahren und seine Mittel im Text selbst und durch die radikale Abkehr von allen etablierten Gattungsnormen sowie an herkömmlicher Grammatik und Syntax orientierten Sprachbildern und -mustern.

Die dieser frühen experimentellen Phase zuzurechnenden Werke – *Felder* von 1964, *Ränder* von 1968 und *Umgebungen* von 1970 – entziehen sich bezeichnenderweise jeder Genrezuweisung. Die Texte weisen Züge des Lyrischen und der Erzählprosa auf, scheinen formal teils gebunden, gehen darin aber nicht auf und verweigern sich sogar der Vorstellung einer Gattungsmischung. Der Beginn von Abschnitt 35 der *Felder* macht deutlich – die auffällige Dekonstruktion der Konventionen von Satzbau und Interpunktion dient unmittelbar dieser Absicht –, dass dichterisches Sprechen als solches nicht mehr selbstverständlich ist, sondern dem Schweigen, dem Nichts abgerungen werden muss: »[...] wie weiter, was sprechen, wie fortsetzen was und eine Gelegenheit, hier, setzen als Punkt und wohin im Vielleicht oder schrägen Vorbei von was einem Ding da ist keins aber waren ja Dinge da im damals winterlichen Einst; [...].«[53]

Der Eindruck, dass sich hier jede Welthaltigkeit subjektivistisch auflöst, täuscht. Unverkennbar situiert die schreibende Person, das seine Erfahrungen übermittelnde Ich – Döblins *Berlin Alexanderplatz* und Joyce' *Ulysses* (mit Bezug auf Dublin) können hier durchaus als Modelle geltend gemacht werden – seine Beobachtungen vorzugsweise im Großstadtraum Kölns, in der

---

51 *»Die Kindheit rückt näher«*. Jürgen Becker im Gespräch mit Martin Oehlen, in: *Kölner Stadt-Anzeiger* vom 7. Juli 2012, S. 30.

52 Becker: *Gegen die Erhaltung des literarischen status quo*, in: Kreutzer (Hg.): *Über Jürgen Becker*, S. 15.

53 Becker: *Felder* (= *edition suhrkamp*, Bd. 61), Frankfurt/M. 1964, S. 33 f.

City um Dom und Hauptbahnhof. Straßennamen und Detailbeschreibungen lassen ein dichtes topografisches Netz entstehen – solche »Ortsangaben halten empirischer Nachprüfung also stand«[54].

Die Schwebe zwischen »Konkretheit und Entgrenzung«[55], die dennoch entsteht, erklärt sich durch die Schreibintention: Das beschreibende Ich will, dass sich die Erfahrungsgegenstände in der Sprache selbst vortragen: »[…] die Stadt erzählt sich in den Sätzen von mir.«[56] Damit wird auch der Grund erkennbar, warum eben nicht eine traditionelle Sprachgestalt, sondern nur Beckers »offene« Schreibweise dieser Intention gerecht werden kann. Eine Schreibweise, in der dissoziative Vielstimmigkeit herrscht, Bildfiguren einander überlagern und gegeneinander alogisch verschieben, als Rollenprosa auch Dialekt-Einsprengsel und redensartliche Passanten-Weisheiten montiert werden. Zum einen vermag die Konvention kraft des sie konstituierenden Prinzips eines geregelten, von Unter- und Überordnung gesteuerten Nacheinanders nicht die Reizüberflutung, das sämtliche Sinne beanspruchende Zugleich, die überwältigenden Simultaneitäten vor allem der modernen Metropole »abzubilden«. Zum anderen vermag sie kaum die in die aktuelle Erfahrung einschießenden Assoziationen des schreibenden Ich zu verarbeiten – seine Erinnerungen, Déjà-Vus, historischen Reminiszenzen, die besagte Erfahrung rahmen, konditionieren, einordnen, ja ganz wesentlich formen.

Für Becker selbst war sehr schnell klar, dass er den Stil der *Felder* nicht würde weiterpraktizieren können – weil er, naheliegend genug, die Gefahr sah, dass der experimentelle, antikonventionelle Avantgardegestus seinerseits Gefahr lief, zur Konvention, zur »Mache« zu erstarren. Tatsächlich ereignet sich der Bruch bereits innerhalb der initialen »Prosa«-Trilogie; Schon *Ränder* heben sich von *Felder* durch einen insgesamt stärker glättenden, sich grammatikalischen Üblichkeiten anbequemenden Sprachduktus ab, aber auch »durch ihre stärkere Formalisierungstendenz, ja ihren Konstruktivismus«[57]. Beckers basaler Impuls nötigte ihn, bei jedem neuen Schreibprojekt ohne Rücksicht auf und sei es von ihm selbst etablierte Muster neu zu beginnen – als sei vorher nichts gewesen. Das bei ihm ubiquitäre Motiv des »Weißen« im Sinne auch des weißen, unbeschriebenen Blattes auf dem Schreibtisch verweist auf diese Konstellation.

Heute wird Becker in erster Linie als Lyriker wahrgenommen. Das rührt daher, dass der Autor selbst in den 70er Jahren seine Ablehnung von oder Gleichgültigkeit gegenüber etablierten Gattungen relativierte und in diesem Sinn auch nach eigenem, durchaus eigenwilligem Verständnis fortan »Lyrik«[58] und »Prosa«, ja »Romane« schrieb. Wichtiger als diese Bereitschaft zur

---

54 Walter Hinck: *Die »offene Schreibweise« Jürgen Beckers*, in: *Basis. Jahrbuch für deutsche Gegenwartsliteratur*, Bd. 1 (1970), S. 186–203; hier zitiert nach Kreutzer (Hg.): *Über Jürgen Becker*, S. 119–139; hier: S. 132.

55 Ebd.

56 Becker: *Felder*, S. 143.

57 Hinck: *Die »offene Schreibweise«*, S. 136.

58 Der 2022 bei Suhrkamp erschienene Band *Gesammelte Gedichte. 1971–2022* umfasst die Gedichtbände von *Schnee* (1971) bis *Die Rückkehr der Gewohnheiten* (2022) und hat im Textteil nicht weniger als 1039 Seiten.

Akzeptanz überkommener Genres scheinen allerdings die Gemeinsamkeiten zu sein, die Beckers Textproduktion insgesamt zu einem konturierten Ganzen fügen.

Durchgehend ist sein Verzicht auf »Fiktion« im engeren Sinne:

> Außerstande, die in einem Text auftauchenden Realitäten aus dem Nichts heraus zu erfinden, also auf die Fiktion zu setzen, kann ich immer nur von der umgebenden Wirklichkeit ausgehen, von Zimmer, Haus, Straße, Garten, Ort und Landschaft, von den Räumen der täglichen Erfahrung. Das Augenblickliche spricht dabei ebenso mit wie das Vergangene; das Hier und Jetzt korrespondiert ständig mit einem Dort und einem Damals.[59]

Allerdings wird das beobachtende und schreibende, sich als solches allerdings nur selten outende Ich darüber durchaus zu einer »Kunstfigur«, fiktionalisiert sich also ein Stück weit – als ästhetisches Subjekt steht es dem empirischen des Autors nahe, ist aber nicht unbedingt mit ihm identisch. Das allein schon deshalb nicht, weil die Erzählerstimme sich aufspaltet, auf eine den Leser zunächst verwirrende Weise auf andere Figuren übergeht, die Alter Egos sein mögen (zum Beispiel »Jörn Winter«).

Tatsächlich wird Beckers Schreiben wesentlich durch Alltagserfahrungen stimuliert, auf die es »warten« muss – beim Blick aus dem Fenster, beim Durchstöbern alter Truhen, beim Einkauf im Dorfladen, bei der täglichen Zeitungslektüre, beim TV-Abend. Insofern diese Erfahrungen unvermutet, disruptiv, verändernd und erweiternd in das Kontinuum des Lebens einbrechen, lassen sich diese Texte auch im Horizont der von Karl Henz Bohrer entwickelten »Ästhetik des Plötzlichen« interpretieren.[60] Zugleich nähert die Technik der isolierten, gegeneinander geschnittenen Bilder seine Schreibtechnik der Fotografie an – und damit einem Prinzip von Multimedialität, das Becker in Zusammenarbeit mit seiner Ehefrau, der Malerin Rango Bohne, und seinem Sohn, dem Fotografen Boris Becker, wiederholt umgesetzt hat.

Für seine Schreibweise verwendet Becker bevorzugt den Begriff »Journal« – nach wie vor überwölben also die von ihm kreierten Kunstformen des »Journalgedichts«, des »Journalromans« und der »Journalsätze« die Grenzen der traditionellen Gattungspoetik. Das literarische »Tagebuch« – dem sich auch das *Programmierte Gedicht* im *Notizbuch* zurechnen lässt – impliziert eine reihende, parataktische Verarbeitung von Erfahrungen, die funktional nicht zusammenhängen, keine narrative Kontinuität stiften und sich prinzipiell als voneinander getrennte Fragmente übermitteln lassen. Der von Becker selbst zusammengestellte Band *Wie es weiterging. Ein Durchgang. Prosa aus fünf Jahrzehnten. Mit einem Nachwort des Autors* (Frankfurt/M. 1961) zeigt, dass bei einer Präsentation von Auszügen womöglich im Sinne eines »Best of« kompositorisch Entscheidendes verloren geht. So etwa die triptychonartig-achsensymmetrische Anlage

---

59 Heidenreich: *Selbstauskunft*, S. 333 f.

60 Karl Heinz Bohrer: *Plötzlichkeit. Zum Augenblick des ästhetischen Scheins* (= *edition suhrkamp*, Bd. 1058), Frankfurt/M. 1981.

des Journalromans *Schnee in den Ardennen*.[61] Verloren geht dabei auch die Ökonomie der Motive, über die sich Naturvorgänge immer wieder mit Geschichte aufladen. Etwa des obwaltenden Schnee-Motivs, das der Erzähler, Raum und Zeit entgrenzend, mit der scheiternden Ardennen-Offensive der Wehrmacht im Winter 1944/45 und damit mit dem für ihn auch biografisch zentralen Ende des Dritten Reiches zusammenbringt. Oder des Gewitterdonner-Motivs, das die Erinnerung an nahende feindliche Bomberformationen wachruft.

Ein Aspekt von Beckers Motivökonomie ist das der kalkulierten Wiederholung. Bestimmte Motivreihen – Schnee und andere Witterungserscheinungen im Wechsel der Jahreszeiten, fallende Birnen, Pappeln, Häher, Rehe – erscheinen geradezu obsessiv auch über Werkgrenzen hinweg, knüpfen ein dichtes intertextuelles Netz und lassen Beckers Œuvre als eine Stationenfolge, als Momentaufnahmen in einem fortwährenden und tendenziell unabschließbaren Schreibprozess erscheinen. Zugleich werden diese Motive, insofern sich ihre Kontexte und die durch sie herbeigerufenen Assoziationen beständig verschieben, zu Prüfsteinen einer fortlaufenden Vergewisserung angesichts der Frage, was es denn mit der subjektiven wie der objektiven Realität auf sich habe.

Die bleibt auf jeden Fall mehrdeutig – und in ihrer Mehrdeutigkeit faszinierend –, wie allein ein Buchtitel wie *Erzählen bis Ostende* zeigt, der ein Zeitphänomen, das Erzählen, mit einem Ortstopos verbindet, dem belgischen Nordseebad. Ein weiter Deutungsspielraum eröffnet sich da: Möglich wäre die Imagination einer Bahnfahrt nach Ostende, in deren Zuge jemand einem Mitreisenden etwas erzählt. Beim Ausstieg am Terminal, dem Gare Maritime in Ostende, wird die Erzählung abgebrochen. Weil im Ortsnamen Ostende ein »Ende« steckt, bringt sich zugleich die Vorstellung eines immerwährenden Erzählens ins Spiel, eines Erzählens bis ans Ende aller Tage – womit sich in der Titelformulierung zugleich eine apokalyptische Dimension auftut. Schließlich führt die Fahrt nach Ostende an den Ardennen vorbei – was auch hier die einschlägige Assoziation an die Kriegsvergangenheit wecken könnte. Tatsächlich nimmt Becker diesen Geschichtsfaden explizit in seinem Hörspiel *Bahnhof am Meer* von 1995 auf. Hier geht es unter anderem um Ostende als einen – sich »am Ende« als Sackgasse erweisenden – vorläufigen Zielort der deutschen Emigration in den 30er Jahren, darunter, wie an anderer Stelle in diesem Buch beschrieben, Irmgard Keuns.[62]

Jürgen Becker ist als maßgeblicher Repräsentant deutscher Gegenwartsliteratur weit über Köln hinaus etabliert – seine Bücher erscheinen seit den 60er Jahren im Suhrkamp-Verlag, und unter den zahlreichen Auszeichnungen, die er erhielt, befindet sich nicht nur der Kölner Heinrich-Böll-Preis, sondern auch der – noch renommiertere – Georg-Büchner-Preis. Seiner dennoch verbreiteten Klassifizierung als Kölner Autor hat er allerdings selbst nicht widersprochen: »Nun gut, man hat mich immer als Kölner Autor gesehen. Ganz sicher ist, dass ich hier im Rhein-

61 Das 2003 erstmals publizierte Buch war 2009 im Rahmen der von *Kölner Stadt-Anzeiger* und *Literaturhaus Köln* gemeinsam initiierten Aktion *Ein Buch für die Stadt*.

62 S. S. ###–###.

land sehr viele Wurzeln habe.«[63] Tatsächlich verbrachte Becker in Köln nicht nur seine frühe Kindheit, sondern, seit er 1950 in die damals noch weithin zerstörte Stadt zurückkehrte, den größten Teil seines Erwachsenenlebens. Zwischenzeitig Lektor im Rowohlt-Verlag und Lektor im Suhrkamp-Theaterverlag, führte ihn die Übernahme einer Stelle als Hörfunkredakteur beim Deutschlandfunk 1974 endgültig nach Köln zurück.

In Dellbrück geboren, wohnte Becker viele Jahren abwechselnd in Brück und in einem bergischen Fachwerkhaus in Odenthal-Glöbusch (das Zweitdomizil hat er mittlerweile aufgegeben). Gemäß seiner konkrete alltägliche Erlebnisse aufgreifenden und dabei mit topografischen Situierungen nicht geizenden Schreibweise kann man diese »Daseinsorte« in der Dichtung allesamt wiedererkennen – sei es, dass im Gedicht der als solcher identifizierbare Blick aus dem Bürofenster im DLF-Hochhaus auf die Kölner Bucht verarbeitet wird – oder der auf den Glöbuscher Garten als einen gar nicht mal so verschwiegenen hortus conclusus oder locus amoenus (Motive überkommener Naturlyrik sind bei Becker, auch wenn sie stark transformiert werden, durchaus noch wirksam).

Der spannungsvolle Kontrast zwischen Köln und Odenthal, zwischen Stadt und Land, zwischen traditionaler Lebensweise und industrieller Moderne bildet in Beckers Lyrik und Prosa einen eigenen bedeutsamen Motiv- und Themenkreis, der sich am Ende des Gedichts *Zeit verging am Sonntagnachmittag* aus dem Lyrikband *Erzähl mir nichts vom Krieg* von 1974 in diesem Kontext überraschend mit Geschichte auflädt – jüngste Vergangenheit wird zur fernen, und umgekehrt, eine utopische Zuständlichkeit greift Platz, die das lapidare, nahezu durchgehaltene Prinzip »Ein Satz, eine Zeile« noch verstärkt. Zugleich kommt es zu der für Becker insgesamt charakteristischen Bildverschiebung: Nicht der Fluss »glitzert«, sondern die Raffinerie – sie schickt sich an, zweite Natur zu werden.

Dies waren die Wiesen am Fluss.
So verlief der Weg über das Feld.
In der Ferne glitzernd die Raffinerie.
Hier stand die Bank.
Es waren zwei Frauen, zwei Kinder,
vorübergehend im Gespräch.
Mehr war und geschah nicht.
Damals, vor einer Stunde.[64]

Beckers Stadt/Land-Kontrastbildung verbindet sich allerdings mit der gleichfalls und immer wieder im dichterischen Werk bearbeiteten melancholischen, aber nicht wehleidigen Erkenntnis, dass die fortschreitende Zersiedelung des ländlichen Raumes diesen Gegensatz wiederum

63 Heidenreich: *Selbstauskunft*, S. 235 f.
64 Becker: *Gesammelte Gedichte*, S. 160.

auch einebnet, Dörfer immer mehr zu Vorstädten werden. »In den Gedichten dieses Bandes«, schreibt er im Vorwort zu einer thematisch einschlägigen Zusammenstellung, »spricht die Kölner Bucht mit, kommt ihr Monströses, ihre beschädigte Schönheit, ihr Reichtum an Widersprüchen, an Bildern und gleichbleibenden Geräuschen, eine nicht nachlassende Faszination zu Wort. Ich finde darin meine Motive, mein Material.«[65]

7.6 Günter Wallraff

Der Enthüllungsjournalist Günter Wallraff (1942 in Burscheid geboren, seit 1967 in Ehrenfeld wohnhaft) ist der einzige *Notizbuch*-Autor dieses Kapitels, für den NS-Zeit und Zweiter Weltkrieg lebensgeschichtlich keine, auch keine traumatisierende Bedeutung mehr entwickeln konnten. Tatsächlich speiste und speist sich Wallraffs scharfe Kritik an den obwaltenden politischen und sozialen Verhältnissen in der Bundesrepublik aus anderen Quellen als etwa in Bölls und Schallücks Fall. Es waren die Erfahrungen, die er als Arbeiter, dann als Journalist in Industriebetrieben machte, die sein Interesse an und seine Sensibilität für Ausbeutungsverhältnisse in der bundesdeutschen Arbeitswelt wachriefen und schärften und ihn zu einer kapitalismuskritischen, klassenkämpferischen, von marxistischen Denk- und Interpretationsfiguren inspirierten Position führten.

Davon unabhängig mag sich die Frage aufdrängen, ob und inwieweit ein Verfasser von Reportagen, also von dokumentarischer Prosa, in einer Literaturgeschichte Platz beanspruchen sollte. Aufgeworfen ist also die Frage nach dem spezifischen Kunstcharakter von Wallraffs schriftstellerischer Arbeit bzw. überhaupt nach dessen »Vorhandenheit«. Abgrenzungen mögen im einzelnen Fall schwierig sein, indessen wurde besagter Kunstcharakter von dem gebürtigen Kölner Hans Mayer, der zu Wallraffs 1987 publiziertem Sammelband *Vom Ende der Eiszeit und wie man Feuer macht. Aufsätze, Kritiken, Reden* das Vorwort schrieb, nachdrücklich behauptet und verteidigt:

> Wenn man es genau analysiert, so gehört Günter Wallraff mit seiner besonderen und singulären Arbeitsweise durchaus nicht zum Klischee »Literatur der Arbeitswelt«. Er arbeitet anders, und seine Thematik ist gar nicht so weit entfernt von den großen Traditionen der epischen Literatur. Seine Bücher sind gerade auch dort, wo sie den Leser erschüttern müssen, zugleich so etwas wie Schelmenromane. Günter Wallraff tritt in seinen Rollen bisweilen auch als Moralist der falschen Couleur, wie ein neuer Hochstapler Felix Krull, auf die literarische Szene. Nur: seine Bücher sind nicht Erzeugnisse der Einbildungskraft, ersonnen am Schreibtisch.[66]

65 Ders.: *Vorbemerkungen* zu: J. B.: *Aus der Kölner Bucht. Gedichte* (= *suhrkamp taschenbuch*, Bd. 4155), Frankfurt/M. 2009, S. 7–11; hier: S. 10.

66 Hans Mayer: *Schreib das auf, Wallraff!*, Vorwort zu: Günter Wallraff: *Vom Ende der Eiszeit und wie man Feuer*

Zuvor hatte Mayer – unter Bezugnahme auf Wallraffs Text *Kisch und Ich heute*, in dem der Autor gleichermaßen Nähe und Distanz zu seinem legendären Vorgänger beschreibt – die Literarizität von Wallraffs Reportagen eben mit dem Hinweis auf den »rasenden Reporter« Egon Erwin Kisch begründet. Tatsächlich hat die Literaturwissenschaft, damit überkommene ideologische, sich an vermeintlich »seriösen« und »unseriösen« Textgenres orientierende Blockaden auflösend, Kisch längst als »würdiges« Beschäftigungsobjekt anerkannt. In der gebotenen Kürze – von Wallraff war bereits in dem Kapitel *Revolution und Revolte* die Rede – seien daher unter Aufnahme solcher Spuren die im engeren Sinn narrativen Strategien dieses Grenzgängers in der literarischen Formenwelt beleuchtet.

Den erwähnten Sammelband eröffnet ein Schulaufsatz des 16-Jährigen mit dem Titel *Vorzüge und Nachteile eines »Ideal-Berufes«*, in dem Wallraff mit der Übernahme der Narrenrolle und damit einer fremden Identität sympathisiert: »Stülpen wir uns die Narrenkappe über und treten wir auf im ganzen großen Zirkus, wir Hans-Würste, Clowns und Harlekine.«[67] In der Rezeption ist dieser Vorsatz, der in Wallraffs zahlreichen Rollenadaptionen vom Türken »Ali« in *Ganz unten* bis zum *Bild*-Journalisten Hans Esser in *Der Aufmacher* im Dienst seiner Undercover-Recherchen zündete, gegenüber dem, sei es zustimmend oder ablehnend aufgenommenen, Entlarvungsgestus seiner Bücher stets in den Hintergrund getreten. Wallraff selbst hat diesen komischen Aspekt seines Tuns etwa im Gespräch mit Elfriede Jelinek nachdrücklich herausgestellt:

> Heute formuliert er es kurz und bündig: »Ich habe das auch für mich getan.« Und: »Es war ein Spiel.« Günter Wallraff hat mit den Jahren zu einer Leichtigkeit, die auch mit Humor zu tun hat, gefunden. Es freue ihn, wenn Leser ihm schreiben, sie hätten über das eine oder andere in seinen Büchern gelacht. Der berühmte Germanist Hans Mayer habe an ihm eine satirische Begabung entdeckt. Es sei doch komisch, wenn er, wie in *Ganz unten* beschrieben, als angeblich todkranker Türke in einem Bestattungsinstitut seine Einsargung und Überführung in die Heimat bestelle. »Wo wollen Sie beerdigt werden?« frage ich. »Gar nicht!« ruft er. Er wolle in einer Baumkrone sterben und von Geiern gefressen werden. Aber leider gebe es ja keine Geier in Deutschland.[68]

Wallraffs Selbstinszenierung als Clown ist vielschichtig. Er ist kein harmloser Spaßvogel, sondern böse und subversiv. Und das Lachen, das seine Vorstellungen provozieren mögen, ist geeignet, im Hals des Lesers stecken zu bleiben. Als allegorische Kunstfigur, die durch ihren Schein die Scheinhaftigkeit[69] einer schlechten Gesellschaft sichtbar macht, steht Wallraffs Clown

macht. Aufsätze, Kritiken, Reden (= *KiWi-Taschenbuch*, Bd. 142), Köln 1987, S. I–VII; hier: S. VI.

67 Wallraff, *Vorzüge und Nachteile eines »Ideal-Berufes«*, in: G. W: *Vom Ende der Eiszeit*, S. 9–11; hier: S. 11.

68 Elfriede Jelinek: *Besuch bei Günter Wallraff*, in: *Weltwoche* vom 13. Mai 2004, online unter: http://elfriedejelinek.com/andremuller/besuch%20bei%20guenter%20wallraff.htm.

69 Der Begriff wird hier in Anlehnung an Hegels Definition des Scheins als Nichtigkeit und gesetzte Negativität verwendet.

übrigens Bölls Hans Schnier genauso nahe wie Schallücks Don Quichotte. Ausbuchstabieren lässt sich das Motiv bis in Buchtitel hinein: Reportagen mögen »unerwünscht« sein, weil sie Dinge ans Licht holen, die der öffentliche Mehrheitsdiskurs nicht gerne thematisiert sieht, unterdrückt. Aber er kann auch nicht verhindern, dass der kostümierte Narr seine missliebigen Wahrheiten ausspricht.

Auf der anderen Seite ist Mayer rechtzugeben, wenn er konstatiert, dass bei Wallraff

> *nicht der Ausdruckszwang [...]* Vorrang besitzt, sondern die Erforschung verborgener Wirklichkeiten. Überaus hellsichtig und selbstkritisch hat Wallraff, um den Gegensatz zu Kisch auszudrücken, seine eigene literarische Inspiration in folgendem Satz zusammengedrängt: »Ich muss selbst erst zum Betroffenen, notfalls zum Opfer werden, um über die Situation der Opfer dieser Gesellschaft schreiben zu können.[70]

In der Tat markiert Wallraffs Autorenexistenz den extremen Gegensatz zu einem selbstgenügsamen Ästhetizismus. Er will aufrütteln, politische Öffentlichkeit herstellen, auf die Beseitigung von als solche erkannten Missständen in der kapitalistischen Arbeitswelt hinwirken – in scharfer Konfrontation mit denjenigen, die an der Aufrechterhaltung dieser Missstände ein ureigenes Interesse haben. Die polemische, ja agitatorische Geste seiner Bücher geht dabei, in ihrer operativen Direktheit, über die Linie einer *littérature engagée*, wie sie die Traditionslinie Zola – Sartre repräsentiert, tendenziell noch deutlich hinaus.

Wallraff hat den Stil seiner Reportagen im Lauf der Jahre weiterentwickelt, aber in der Essenz ist er schon in *13 unerwünschte Reportagen*, einem »Frühwerk« von 1969, im Sinn individueller Wiedererkennbarkeit »da«. Das gilt zunächst für die Themen, die hier über den Bereich der industriellen Produktion hinaus ausgeweitet werden: Da geht es etwa um die nichtöffentliche Zusammenarbeit von Staat und Industrie, die Allianz von Kirche und Kapitalismus, die skandalöse Benachteiligung von Minderheiten. Um die Schranken vor diesen Bereichen zu durchbrechen, praktiziert Wallraff auch hier sein »Einschleichverfahren«: Er mimt einen Obdachlosen, der in einem Asyl um Beherbergung bittet; einen Ministerialrat, um die Industrie zur Ausbildung des Werkschutzes im Sinn einer Notstandsvorsorge auszuforschen; und einen gewissensbewegten Chemieunternehmer, um die Doppelmoral der Amtskirche hinsichtlich der Produktion von Napalm und dessen Einsatz in Vietnam zu entlarven.

Indes werden Wallraffs Texte nicht nur durch ihre Themen charakterisiert. Sie darüber hinaus auszeichnend ist die kongeniale Entsprechung und wechselseitige Beförderung von Gegenständen, Darstellungsdesign und ideologischer Hintergrunddisposition. Wer selbst – bevorzugt – in die Rolle eines Underdogs »ganz unten« schlüpft und die Lebenswelt aus dessen Perspektive wahrnimmt, ja de facto wahrzunehmen gezwungen ist, der ordnet nahezu automatisch die eigenen Umstände in ein Schema, das diese in den Kategorien von Klassenkampf und -antagonismus

70 Mayer: *Schreib das auf, Wallraff!*, S. IV.

interpretiert.[71] Für Differenzierungen und Grautöne jenseits einer Schwarz-Weiß-Schablonierung, für Rollenübernahmen auf der »anderen« Seite bleibt da wenig Raum. Wallraffs Reportagen sind nicht »objektiv« – wollen das auch dezidiert nicht sein –, sondern »parteilich« insofern, als sie dezidiert einen »Klassenstandpunkt« beziehen. Und dieser Intention macht der Autor eben immer wieder auch genuin künstlerische Mittel dienstbar: die der Montage und Dramatisierung, der Auswahl der Realitäten durch eine ausgefeilte Schnitt- und Kontrasttechnik.

Wallraff zog lange Jahre Feindschaft und Hass auf eine Weise auf sich, die über das in seinem Fall erwartbare und auch legitime Maß politischer Gegnerschaft weit hinausreichte – und gelegentlich die Frage nahelegte, wie es um die Haltbarkeit einer liberalen Toleranzkultur im Lande tatsächlich bestellt sei. Dass die »Opfer« seiner Entlarvungen immer wieder den Gerichtsweg einschlugen, um den unliebsamen Kritiker mundtot zu machen, war gleichfalls absehbar. Wallraff konnte allerdings die meisten der gegen ihn angestrengten Prozesse – prominent etwa den des Springer-Konzerns als des Verlags der *Bild*-Zeitung – zu seinen Gunsten entscheiden. Die meisten, nicht alle: 2012 etwa sprach ein Gericht einen Unternehmensgeschäftsführer frei, der aufgrund von angeblich unzumutbaren Arbeitsbedingungen in seiner Großbäckerei angeklagt worden war – auf der Grundlage von Wallraffs Undercover-Recherche. Dieser, so befand der Richter, habe die Zustände »überzeichnet«[72].

Wallraffs Reportagen haben in den allermeisten Fällen nicht Köln zum Hintergrund. Sein wohl bekanntestes und auch international erfolgreiches Buch zum Beispiel, *Ganz unten* von 1985, »spielt« in Duisburg. Dennoch ist der bekennende Ehrenfelder in der Stadt, in der sich auch sein Verlag, Kiepenheuer & Witsch, befindet, aktiv und in unterschiedlichen Kontexten – vor allem auch medial – präsent, in den vergangenen Jahren noch verstärkt dank seines Einsatzes für verfolgte türkische Intellektuelle. In einer Kölner Literaturgeschichte darf er vor allem einen Platz als maßgeblicher Repräsentant des »anderen« Köln beanspruchen: eines aufsässigen, rebellischen, obrigkeitsfeindlichen, subversiven, revolutionären Köln, das stets aufs Neue den wohlfeilen Mythos der rheinischen Gemütlichkeit konterkariert.

7.7 Nicht im *Notizbuch*: Dieter Kühn

Außer Brinkmann »fehlt« im *Notizbuch* auf jeden Fall, obwohl er gut hineingepasst hätte, Dieter Kühn (1935–2015). Während Brinkmann im Kontext »1968« gewürdigt wird,[73] sind zu

71 *Ihr da oben – wir da unten* lautet der nahezu emblematisch gewordene Titel eines Buches, das Wallraff und Bernt Engelmann als Gemeinschaftsarbeit 1973 veröffentlichten.

72 S. dazu *Gericht spricht Brotfabrikanten frei*, in: *Süddeutsche Zeitung* vom 6. September 2012, online unter: https://www.sueddeutsche.de/panorama/prozess-nach-wallraff-recherchen-gericht-spricht-brotfabrikanten-frei-1.1460466.

73 S. S. 229–242.

Kühn an dieser Stelle einige Bemerkungen unabdingbar. Gebürtiger Kölner, lebte er nach dem (mit einer Bonner Dissertation über Robert Musil abgeschlossenen) Studium lange Jahre in Düren, Köln (am Wiener Platz in Mülheim) und – zuletzt – in Brühl. Dieser außerordentlich vielseitige und produktive Autor, der übrigens gut mit Böll und seiner Ehefrau Annemarie bekannt war und von Böll als Kollege sehr geschätzt wurde, hatte damals zwar erst zwei Romane vorgelegt – *N.* (über Napoleon) und *Ausflüge im Fesselballon* –, war aber bereits als Hörspielautor und Essayist hervorgetreten. Dies eine, wie auch das Beispiel Wellershoff zeigt, seinerzeit alles andere als untypische Genrereihenfolge auf dem Weg zu einer individuellen literarischen Profilbildung.

Bereits die frühen Erzählwerke zeigen das später abgewandelte, aber im Prinzip immer wieder angewandte Verfahren der von Kühn selbst als solche bezeichneten »Halbfiktion«[74]. In einem oft mehr oder weniger bekannten, aber von Kühn noch einmal penibel recherchierten historischen Kontext – vorzugsweise der Biografie geläufiger Gestalten der Kultur- und allgemeinen Geschichte – erschließt Kühn Felder, Lücken der Potenzialität, die er mit dichterischer Imagination schließt. Dem »Möglichen« wird eine Rangerhöhung gegenüber dem historisch »Wirklichen« dergestalt zuteil, dass im Ergebnis der Aufbau der traditionellen Biografie mit ihrer Fixierung auf das Überlieferte und anhand von Quellen Belegbare kritisch dekonstruiert wird. Die Grenze zwischen Roman und Biografie zerfließt auf diese Weise – wobei dieses Zerfließen seinerseits wieder Gegenstand eines hintersinnigen narrativen Spiels wird.[75] In seinem Roman *Beethoven und der schwarze Geiger* (Frankfurt/M. 1990) etwa[76] interpoliert er in Beethovens ereignisarmes Lebensjahr 1814 eine fiktive Schiffsreise mit George Augustus Polgreen Bridgetower – der Geigenvirtuose war der ursprüngliche Widmungsträger der Violinsonate op. 47, der *Kreutzersonate* – nach Afrika, also zum Erdteil der Vorfahren des Künstlers. Es wird an keiner Stelle des Buches behauptet, diese Reise habe tatsächlich stattgefunden. Vielmehr erscheint sie im Fiktionsraum der Dichtung wiederum als Fiktion: als fantastischer Tagtraum des Komponisten.

Kühn hat sich auf dieser Linie Gestalten der Literatur- (Goethe, Karl Philipp Moritz, Schiller) und Musikgeschichte (Clara Schumann[77], Mozarts Sohn Franz Xaver Wolfgang), aber auch des

---

74 Gespräch mit d. Verf. am 4. März 1991 – S. dazu Werner Klüppelholz/Helmut Scheuer (Hg.): *Dieter Kühn* (= *suhrkamp taschenbuch materialien*, Bd. 2113), Frankfurt/M. 1992.

75 Die Romanbiografien etwa eines Stefan Zweig scheiden angesichts von Kühns sehr besonderer Erzähltechnik als Vorbilder weitgehend aus.

76 S. dazu Verf.: *Halbfiktion und literarische Form. Zu Dieter Kühns Roman »Beethoven und der schwarze Geiger«*, in: Klüppelholz/Scheuer (Hg): *Kühn*, S. 249–265.

77 Im Fall von *Clara Schumann, Klavier. Ein Lebensbuch* (Frankfurt/M. 1996) führten offensichtliche Irritationen über Kühns charakteristisches Montageverfahren zu einem Streit mit der Kölner Musikwissenschaftlerin und Schriftstellerin Eva Weissweiler, die dem Autor vorwarf, ihr Buch *Clara Schumann. Eine Biografie* (Hamburg 1990) plagiiert zu haben. Kühn wies dies mit dem Hinweis zurück, Weissweiler könne nicht zwischen »Plagiat« und »Zitat« unterscheiden (s. dazu Verf.: *Kölner Literaten-Zank*, in: *Kölner Stadt-Anzeiger* vom 3. Mai 1996, S. 10).

Mittelalters gewidmet. Mit seinen saftigen Erzählungen über und so farbigen wie behutsam aktualisierenden Übersetzungen von Wolfram von Eschenbach, Neidhart von Reuental, Gottfried von Straßburg und Oswald von Wolkenstein erreichte er einen großen Leserkreis und trug damit nicht wenig zur allgemeinen Mittelalterrenaissance in den 80er Jahren bei.

Seine Kölner Herkunft thematisiert Kühn in einigen seiner Bücher direkt: »Von Köln nach Wolkenstein – längst schon liegt die Reiseroute fest [...]« – das ist der Beginn von *Ich Wolkenstein.*[78] Vollends spielt die Handlung von *Der König von Grönland* (Frankfurt/M. 1997) – es handelt sich bei diesem »Künstlerroman« einmal nicht um eine »Halb«-, sondern um eine vollständige Fiktion – in Köln. Der Plot ist, vielleicht aus diesem Grund, fantastisch genug – und enttäuscht gerade deshalb.

Ein Ausstellungstechniker – mittlerweile nur noch Aufseher im Rautenstrauch-Joest-Museum – träumt von einem sehr speziellen künstlerischen Projekt, das er in der Stunde der Zeitumstellung am letzten Septemberwochenende des Jahres 1992 durchführen will: Während in der Nacht zum Sonntag zwischen zwei und drei Uhr der Zeiger stillsteht, wird er in einem Turm der Südbrücke am Ostufer des Rheins eine »Manifestation«, eine »Grönland-Stunde« in Gestalt von Sky Art inszenieren. Mithilfe einer grönländischen Rabenstatuette will er eine »Tulivkap«-Linie, eine magisch-magnetische Verbindung zwischen der Kölner Bucht und einer Bucht der Nordmeer-Insel Kuhn auf dem 75. Breitengrad etablieren unter Assistenz einer von dort entführten Schamanin. Aus dem Bannkreis der thematischen Unverbindlichkeit und Unmaßgeblichkeit des Abseitig-Skurrilen, das mit all dem vorgegeben ist, findet das Buch bis zum Ende nicht heraus – eindringliche Bilder und sorgfältiges Arrangement vermögen diesen grundständigen Mangel nicht zu neutralisieren.

78 Dieter Kühn: *Ich Wolkenstein. Eine Biographie.* Neue, erweiterte Ausgabe (= *Insel-Taschenbuch*, Bd. 497), Frankfurt/M. 1988, S. 9.

8. Brüchige Allianzen

Das literarische Köln 1968

8.1 Gärende Szene

»Paris brennt, Köln pennt« – diesen Slogan fand der Politikwissenschaftler Claus Leggewie, seinerzeit Student an der Kölner Alma Mater, im Mai 1968 nach eigener Auskunft als Gekritzel auf dem Pult eines dortigen Hörsaals.[1] Tatsächlich wird auch in der Rückschau von vielen Zeitzeugen und Historikern das Ausmaß, in dem der »Geist von 1968« samt Folgen die Dommetropole erfasste, als eher bescheiden eingeschätzt – im Gegensatz nicht nur zu Paris, sondern auch zu deutschen Universitätsstädten wie Berlin und Frankfurt/M. Köln zählte, so der seinerzeit dort lehrende spätere »Historikerpapst« Hans-Ulrich Wehler, in den betreffenden Jahren zu den »ruhigen« Universitäten.[2] Dieses Urteil muss differenziert werden: Es gab in Köln keine tagelangen Straßenschlachten zwischen revolutionären Studenten und Polizei wie in Berlin und auch kein »Praktischwerden« jener Kritischen Theorie, die, ausgehend vom legendären Institut für Sozialforschung, weite Teile der Geistes- und Sozialwissenschaften und ihrer Studierenden an der Frankfurter Uni »infiziert« hatte. Dennoch »pennte« Köln in jenen Tagen und Jahren keineswegs. Wobei allerdings in Rechnung zu stellen ist, dass wichtige Impulse seinerzeit nicht (nur) von der Kölner Hochschule, sondern auch von der florierenden örtlichen Kunst- und Kulturszene und überhaupt von den politisierten Teilen der Stadtgesellschaft ausgingen. In diesem Sinne kam es vielerorts erstmals auch zu einer Vernetzung und Zusammenarbeit der Initiativen und Protestaktionen aus sehr unterschiedlichen Milieus und sozialen Bewegungsfeldern.[3]

Auch in der Kölner Literaturszene führte »1968« zu Kooperations- und Solidarisierungseffekten unter Beteiligung von Autoren, die von Haus aus nicht viel miteinander zu tun hatten. Die Bildung der Großen Koalition und die parlamentarischen und außerparlamentarischen Debatten um die Notstandsgesetze und ihre Verabschiedung verstärkten zunächst erkennbar das

1 Claus Leggewie: *50 Jahre '68. Köln und seine Protestgeschichte*, Köln 2018, S. 7.

2 Hans-Ulrich Wehler: *Entsorgung der deutschen Vergangenheit.? Ein polemischer Essay zum »Historikerstreit«* (= *Beck'sche Reihe*, Bd. 360), München 1988, S. 21.

3 S. zum Thema vor allem Michaela Keim/Stefan Lewejohann (Hg.): *Köln 68! Protest, Pop, Provokation. Begleitband zur Ausstellung des Kölnischen Stadtmuseums und der Universität zu Köln im Kölnischen Stadtmuseum vom 20. Oktober 2018 bis zum 24. Februar 2019*, Mainz 2018. S. weiterhin die von Kurt Holl und Claudia Glunz herausgegebene materialreiche, aber im Detail unzuverlässige und außerdem parteiisch-verklärende Dokumentation *1968 am Rhein. Satisfaction und Ruhender Verkehr*, Köln 1998.

einschlägige zivilgesellschaftliche Engagement von Schriftstellern, die seit den 50er Jahren in entschiedener Opposition zur Bonner Politik und der gesellschaftlichen Entwicklung der Nachkriegszeit gestanden hatten. Heinrich Böll hielt beim vom *Kuratorium Notstand der Demokratie* initiierten legendären Sternmarsch zum Bonner Hofgarten am 11. Mai 1968 eine Rede mit dem Titel »Radikale für Demokratie«, solidarisierte sich mit den von der Springer-Presse verteufelten Studierendenprotesten und bezeichnete sich selbst als »Teil der APO«, ohne sich mit deren Zielen und Aktionsformen doch vollends zu identifizieren.[4] Böll saß auch im Initiativkreis für das Politische Nachtgebet, das seit Oktober 1968 einmal monatlich in der Kölner evangelischen Antoniterkirche stattfand. Ähnlich wie der nachmalige Nobelpreisträger artikulierte sich auch Paul Schallück, der mit seiner Rede bei der »Woche der Brüderlichkeit der Kölnischen Gesellschaft für Christlich-Jüdische Zusammenarbeit« 1969 hart die Neigung der Staatsmacht kritisierte, auf berechtigte Proteste der akademischen Jugend nicht mit Argumenten, sondern mit Polizeigewalt zu reagieren.[5] Dem öffentlichen Widerstand gegen die Notstandsgesetzgebung schloss sich jetzt auch ein Autor wie Dieter Wellershoff an, der seit den 50er Jahren eine dezidierte »Ohne mich«-Position für sich reklamiert hatte und dessen Literaturtheorie und -praxis gleichfalls den Weg zu einem moralgesteuerten politischen Engagement im engeren Sinn eher versperrte denn öffnete.[6] Am 8. Mai 1968 hielt er auf dem Kölner Neumarkt eine – wenige Tage später an der Uni wiederholte – Rede mit dem markanten Titel *Die Idylle wird bösartig*, in der er vor der »Entstehung einer Diktatur im Wirtskörper unserer demokratischen Verfassung«[7] warnte.

Unvermutete Allianzen stiftete weniger die Diskussion um die Notstandsgesetze als vielmehr ein sehr Köln-spezifisches Ereignis im 1968er-Kontext. Am 16. Oktober 1968 hatte eine Einsatzgruppe der Kölner Polizei das Filmfestival »Underground Explosion« gesprengt, eine Rahmen-, aber auch Konkurrenzveranstaltung der Gruppe XScreen zum simultan stattfindenden zweiten Kölner Kunstmarkt in der U-Bahn-Baustelle am Neumarkt, Veranstalter und Besucher kontrolliert und teils in Gewahrsam genommen sowie 26 Filme konfisziert, darunter vier als sitten- und ordnungsgefährdend eingestufte Werke des Wiener Aktionskünstlers Otto Muehl. Zu den zu erkennungsdienstlichen Zwecken Abgeführten gehörte auch Rolf Dieter Brinkmann.[8]

---

4 Jochen Schubert: *»Als Schriftsteller zähle ich von Natur zur außerparlamentarischen Opposition«. Heinrich Böll und die Studentenbewegung*, in: Keim/Lewejohann (Hg): *Köln 68!*, S. 345–349.

5 Jochen Grywatsch: *Auf dem Rummelplatz der bundesrepublikanischen Gesellschaft«. Politisches Engagement in Reden, Vorträgen und Aufsätzen*, in: Gödden/J. G. (Hg.): *»Wenn man aufhören könnte zu lügen«*, S. 301–323; hier: S. 312 ff.

6 S. in diesem Buch S. 168–171.

7 Dieter Wellershoff: *Die Idylle wird bösartig. Rede zur Notstandsgesetzgebung*, in: D. W.: *Werke*, Bd. 4, S. 19–24; hier: S. 19.

8 S. zum XScreen-Eklat Enno Stahl: *»Kulturkampf« in Köln*; außerdem Wilfried Reichart: *Neue Wege des Films. XSCREEN*, in: Keim/Lewejohann (Hg.): *Köln 68!*, S. 353–359; Holl/Glunz (Hg.): *1968 am Rhein*, S. 220 f.

Gegen dieses vom Kölner Polizeipräsidenten Theodor Hochstein initiierte Vorgehen erhob sich noch am Abend des Geschehens wütender Protest. Die Demonstranten zogen zum Opernhaus, sprengten dort eine *Troubadour*-Aufführung und erzwangen eine – vom Opernpublikum in dieser Situation und womöglich auch generell abgelehnte – Diskussion über Kunstfreiheit und staatliche Willkür. Kölns Kulturdezernent Kurt Hackenberg und Generalintendant Claus Helmut Drese suchten zu vermitteln und den Opernfreunden die legitimen Motive der »Eindringlinge« nahezubringen.

Diese Versuche einer diskursiven Versachlichung führten nicht zu spontaner Beruhigung der Situation. Und in den Chor der anhaltend Protestierenden mischten sich in den Folgetagen laut und vernehmlich auch die Stimmen der prominenten Kölner Schriftsteller Brinkmann, Schallück und Jürgen Becker. Der rasch wieder aus Polizeigewahrsam entlassene Brinkmann rief mit Gleichgesinnten aus der Filmszene in der Kunsthalle Megaphon-bewehrt die Galeristen des Kunstmarkts zur Solidarität mit XScreen auf – die einschlägigen Fotos gehören bis heute zum kollektiven Bildgedächtnis –, während Schallück sich in einem Betrag für den *Kölner Stadt-Anzeiger* nachdrücklich für die Freiheit der Kunst starkmachte: »Kunst ist Provokation sui generis. Ich verteidige nicht den beschlagnahmten Film, ich verteidige das Recht der Filmleute, ihre Filme zu machen, sie zu zeigen, also der öffentlichen Diskussion auszusetzen.«[9] Anlässlich der Buchschau *Novitäten '68* im *studio dumont* kam es dann zu einer emotionalen Kontroverse zwischen Schallück und dem amtierenden SPD-Oberbürgermeister Theo Burauen: Auf Schallücks Vorwurf hin, er habe angesichts der Ereignisse im U-Bahnhof mit »dem Rückzug ins Formale und Fantasielosigkeit« reagiert, sprang das Stadtoberhaupt erregt auf und konterte, sein Kritiker wisse nichts »von Recht, Gesetz und der Verteilung der Machtbefugnisse«. Alfred Neven DuMont, Verleger des *Kölner Stadt-Anzeiger*, kam daraufhin Schallück zu Hilfe: »Wir sollten eine solche Diskussion begrüßen. Wir brauchen solche Aufklärer.«[10]

Auch in der Rede, die Becker anlässlich der Verleihung des Kölner Kunstpreises 1968 an ihn am 26. Oktober hielt, zitterte die Erregung über den XScreen-Vorfall mehr als nur nach:

> In der vergangenen Woche hat es mir die Feder aus der Hand geschlagen. Ich schrieb an dieser Rede, und ich wollte darin beispielsweise sagen, dass in dieser Stadt die Künste dafür, dass sie machen, was sie wollen, nicht verfolgt, sondern, im Gegenteil, öffentlich gefördert und gepriesen werden. Die Maßnahmen der Kölner Polizei jedoch hinderten mich daran, im Sinne dieses Satzes weiter an einer Rede zu schreiben, von der ich nicht wusste, ob ich sie noch halten kann. Denn in meiner ersten Reaktion hatte ich die Absicht, meine Teilnahme an dieser Feier abzusagen und Ihnen mitteilen zu lassen, dass mir diese

9 Schallück: *»Ich verteidige nicht den Film, sondern das Recht der Filmleute«*, in: *Kölner Stadt-Anzeiger* vom 20. November 1968, S. 8.

10 Bericht unter dem Titel *Das erregte Theo Burauen* im *Kölner Stadt-Anzeiger* vom 8. November 1968.

> Feier als eine Farce erscheint, wenn die Stadt Köln mit der einen Hand Kunstpreise verteilt und mit der anderen die Freiheit der Kunst abwürgt.[11]

Becker verwies dann allerdings auch gleich auf jenes »andere« Köln in den ermutigenden und Hoffnung spendenden Gestalten eines einsatzfreudigen Kulturdezernenten und eines couragierten Opernintendanten, das ihn vom Vorhaben der Preisablehnung dann doch habe Abstand nehmen lassen. Dass den finanziell klammen Autor auch das Preisgeld in Höhe von 10.000 D-Mark nicht gleichgültig ließ, gab er in späteren Jahren unumwunden zu.[12]

Zu den engagierten Kritikern der Kunstpreis-Verleihung an Becker gehörte nun ausgerechnet Brinkmann, in dem jener eigentlich einen durch persönliche Betroffenheit in der XScreen-Sache beflügelten Mitstreiter hatte mutmaßen dürfen. Die Tatsache, dass Brinkmann dies mitnichten war, verweist auf die Brüchigkeit jener Allianzen und ihre Anfälligkeit für Missverständnisse, die Zeitgeist und Zeitumstände damals kurzfristig zu stiften vermochten. »Ist nicht«, schrieb Brinkmann in den *Informationen des Republikanischen Clubs Köln e. V.* vom Dezember 1968,[13]

> die Polizeiaktion gegen die XScreen-Veranstalter und die Filme Otto Muehls ein notwendiger Akt zum Schutz der »Demokratie« gewesen, die man sich nicht durch Vulgäres, Obszönes »kaputt« machen lassen möchte, durch Bilder, die Leute zeigen, die pinkeln und scheißen? Und ist nicht die Verleihung eines Kunstpreises im Namen der Stadt Köln ein wahrhaft »demokratischer« Akt? Wer verleiht denn diesen Preis? Die Stadt Köln, sagt man, jene, die sich ihr Weltverständnis nicht »beschmutzen« lassen möchten. Deshalb der feierliche Rahmen einer Preisverleihung, der im Grunde das vorgelegte Werk eines »ausgezeichneten« Künstlers entschärft. Das jedoch ist ein eindeutiger und anti-demokratischer Effekt. [...] Was immer Heinrich Böll vor den schwarzen Leuten in seiner Festrede sagen wird, es dient letztlich ihrer Bestätigung – sie lassen ihn ja »singen«! Und was immer Jürgen Becker, [...], geschrieben hat, es zählt nicht gegenüber der Demonstration der Macht, die sich mit derartigen Feierstunden dokumentiert.

Brinkmanns Argumentation, die ihre Bestandteile unverkennbar aus der Kapitalismus-Analyse der Neuen Linken bezieht, lässt sich in deren Terminologie etwa folgenermaßen fassen: Weil das »System« selbst härtesten Widerspruch kulturindustriell zu neutralisieren und oppositionelle Impulse durch »repressive Toleranz« (Herbert Marcuse) dem Interesse seiner Selbststabilisierung dienstbar zu machen vermag, bleibt als letzter Ausweg nur die »große Weigerung«,

11 Becker: *Kunst und Gesellschaft. Eine Rede anlässlich der Verleihung des Kölner Kunstpreises 1968*, in: J. B.: *Gelegenheiten. Aufsätze und Gespräche, Reden und Rezensionen*, hrsg. und mit einem Nachwort versehen von Gabriele Ewenz (= *suhrkamp Taschenbuch*, Bd. 4831), Frankfurt/M. 2018, S. 268–273; hier: S. 268.

12 Hartmut Wilmes: *Mit viel Elan in die Sackgasse*, in: *Kölnische Rundschau* vom 20. Juli 2018, S. 29.

13 Dokumentiert in Holl/Glunz (Hg.): *1968 am Rhein*, S. 252.

dieses Spiel mitzuspielen. Wer es wie Böll und Becker mitspielt, besorgt hingegen das Geschäft der herrschenden Gewalten.

Tatsächlich ist der Unterschied unübersehbar: Wo Beckers Opposition »relativ« bleibt und dem Opponenten den »Versöhnungsweg« offenhält (den Becker dann in den Folgejahren auch tatsächlich beschreiten sollte), ist diejenige Brinkmanns radikal und absolut. Bemerkenswert ist, dass Brinkmanns großes »Nein« ihn nun mitnichten auf die Seite einer marxistisch inspirierten Systemrevolution führte, sondern diese vielmehr in jenes »Nein« einschloss, sie zur Zielscheibe eines »fundamentalrebellischen« Impulses machte. So fand er keinen Zugang zur Studentenrevolte und zum SDS – was schlagend sein Auftritt beim Teach-in am 5. Februar 1969 in der Kölner Uni bewies.[14] Eingeladen von Germanistik-Professor Walter Hinck, sollte Brinkmann über »abgerichtetes Bewusstsein« sprechen. Der SDS sprengte die Veranstaltung mit der gerade in diesem Zusammenhang zweifelhaften Begründung, angesichts der amtlichen Repressionsmaßnahmen gegen die Studenten sei der folgenlose Genuss literarischerer Produkte »reaktionär«. Brinkmann beschimpfte darob die Genossen seinerseits als »Abgerichtete« und »Frustrierte« und zog schließlich fluchend von dannen.

Ein weiteres Mal fanden mit anderen prominenten Intellektuellen auch die Schriftsteller Böll, Schallück, Wallraff und Wellershoff Anfang 1969 in einem Spendenaufruf der von Jurastudenten gegründeten *Republikanischen Hilfe* zusammen.[15] Er galt der Unterstützung von Kommilitonen, die wegen der Teilnahme an den Protestaktionen des abgelaufenen Jahres juristisch belangt wurden – wegen Haus- und Landfriedensbruchs, Amtsanmaßung, Beleidigung etc. »Wir glauben«, heißt es in dem Aufruf, »daß auch liberale Demokraten eine Justiz schwerlich zu verstehen mögen, die NS-Verbrechen milde beurteilt oder verjähren lässt, gegen die kleine radikaldemokratische Opposition aber rücksichtslos einschreitet.« Wenig später war es dann aber vorbei mit der Ära der gemeinsam unterschriebenen Resolutionen. Die Studentenbewegung zerfiel in das Sektierertum verschiedener untereinander verfeindeter Gruppen,[16] und die Kölner Literaten gingen wieder verstärkt ihre je eigenen Wege.

Im Folgenden sollen einige Autoren auch in ihrer spezifisch literarischen Produktivität ausführlicher vorgestellt werden, deren Namen sich bis heute mit dem Ereigniskomplex »1968 in Köln« verbinden. Es wird dabei nicht mehr so sehr um aktuelle politische Interventionen gehen als vielmehr um die Frage, ob und inwieweit der wie auch immer geartete »Aufbruch« und die gesellschaftlichen Transformationsprozesse, die sich mit dieser Jahreszahl verbinden, die Literaturproduktion im engeren Sinn in der Themenwahl wie in den künstlerischen Gestaltungsmitteln beeinflusst oder gar geprägt hat. Und selbstredend auch, inwieweit etwa die Befürwortung

14 S. dazu den Bericht von Detlef Kritschil: *Demokratie muss schließlich sein*, in: *Kölnische Rundschau* vom 7. Dezember 1969.

15 Dokumentiert in Holl/Glunz (Hg.): *1968 am Rhein*, S. 285.

16 S. dazu generell Gerd Koenen: *Das rote Jahrzehnt. Unsere kleine deutsche Kulturrevolution 1967–1977*, Köln 2001.

einer operativen, »eingreifenden« Rolle von Literatur und die mit ihr verbundenen allgemeinen Hintergrundüberzeugungen für eine solche Befassung »anfällig« machten – wie es etwa bei Peter Weiss (*Viet Nam Diskurs* von 1968), Uwe Timm (*Heißer Sommer* von 1974) und Bernward Vespers (*Die Reise* von 1977) unstrittig der Fall war. Bei Schallück ist der Zusammenhang ohne weiteres erkennbar: noch nicht in seinem 1967 erschienenen Roman *Don Quichotte in Köln*, in dem allerdings die Ostermarschbewegung und ihre Protestformen ausführlich zur Sprache kommen, wohl aber in seinem Spätwerk nach 1968, das mit politischer Agitationslyrik dem von ihm präferierten Formenkanon noch ein neues Genre hinzufügt.[17]

In Bölls Romanen und Erzählungen kommt »1968« hingegen kaum vor, allenfalls im Vorgriff in *Ende einer Dienstfahrt* (1966), wo die Verbrennung eines Bundeswehr-Geländewagens im Zeichen eines bereits zeitgemäß erweiterten Kunstbegriffs als Happening bewertet und juristisch in diesem Sinn milde geahndet wird. Der 1971 erschienene Roman *Gruppenbild mit Dame* (1971) widmet sich, wieder einmal, der Auseinandersetzung mit Drittem Reich und Zweitem Weltkrieg – es ist diese thematische Fixierung und durchaus nicht etwa eine von ihm behauptete Irrelevanz des Politischen für die Kunst, die bei Böll offensichtlich in diesem Fall die Hereinnahme aktueller literarischer Gegenstandsbereiche blockiert. Im Erzählwerk der 70er Jahre wirkt die 68er-Zeit insofern nach, als – etwa in *Die verlorene Ehre der Katharina Blum* (1974) und *Fürsorgliche Belagerung* (1979) – Teile des Personals phänotypisch diese Zeit repräsentieren. Auch die zentrale Thematik, deren Wahl gesteuert wird durch die kritische Auseinandersetzung mit der Terroristenverfolgung in der Bundesrepublik, hängt mittelbar mit der 68er-Zeit zusammen.

Im literarischen Werk von Autoren wie Bender, Becker und Wellershoff spielt »1968« gleichfalls so gut wie keine Rolle. Dass dies kein Zufall ist, sondern eine Folge der individuellen Disposition, zeigt sehr deutlich das Beispiel Wellershoff. In dessen Büchern ist zwar der scheiternde Akademiker eine häufig anzutreffende Figur, aber er wird bei ihm nicht durch die an der Universität herrschenden oder auch allgemein-gesellschaftlichen Verhältnisse aus der Bahn geworfen, sondern in der Folge individueller Verfehlungen, so schwerer wie unbewältigter Lebensprobleme und mitunter in die Kindheit zurückreichender Traumata.

8.2 Rolf Dieter Brinkmann

Als personale Ikone des Komplexes »1968 in Köln«, insoweit es den Kultur- und Literaturbereich betrifft, figuriert nach wie vor Rolf Dieter Brinkmann (1940–1975). Wenngleich diese umstandslose Zu- und Einordnung nachdrücklich hinterfragt und zumindest stark differenziert werden muss, erheischt das Phänomen in diesem Kontext eine einlässliche Erörterung –

17 S. Walter Gödden: »*In diesem Land/ wo die Wölfe die Pelze nach innen kehren*«. *Der* »*Gebrauchslyriker*«, in: Gödden/Grywatsch (Hg.): »*Wenn man aufhören könnte zu lügen*«, S. 223–246; hier: S. 237–246.

Abb. 16 Rolf Dieter Brinkmann mit Megaphon beim zweiten Kölner Kunstmarkt, 1968.

ganz abgesehen davon, dass Brinkmann längst zu einem Klassiker der (post-)modernen deutschen Lyrik avanciert ist. Wobei ihn der Begriff »Klassiker« sowohl von der Struktur seiner Persönlichkeit und dem Profil seiner Schriften wie seinem Selbstverständnis als Autor her eklatant verfehlt. Jedenfalls wäre er wohl nur in einem stark erweiterten Bedeutungsspielraum akzeptabel, aus dem sämtliche herkömmliche Allusionen an »Klassizität«, die Anmutungen zeitenthobener Vorbildlichkeit und Gediegenheit, auch eines affirmativen »Werk«-Begriffes, ausgeschieden sind.

Brinkmann, in der »tiefschwarzen« Provinz des niedersächsischen Vechta geboren und aufgewachsen, war, nach dem frühen traumatisierenden Erlebnis des qualvollen Krebstodes seiner Mutter, nach abgebrochener Gymnasiallaufbahn und einer Buchhändlerlehre in Essen, bereits 1962 nach Köln gekommen – mit der Option, an der hiesigen Pädagogischen Hochschule ein Studium aufzunehmen, das die abgeschlossene Berufsausbildung trotz fehlenden Abiturs ermöglichte.[18] Zudem mochte dem mittellosen Jungautor, der seit seiner Jugend Gedichte und

18 Biografischer Überblick von Markus Fauser: *Biographischer Abriss*, in: M. F./Dirk Niefanger/Sibylle Schönborn (Hg.): *Brinkmann-Handbuch. Leben – Werk – Wirkung*, Stuttgart 2020, S. 3–17; zu den Köln-Aspekten

Prosastücke geschrieben hatte, die neugeknüpfte Verbindung zum Verlag Kiepenheuer & Witsch und eine Arbeit in der Universitätsbuchhandlung Witsch Köln als Lebensmittelpunkt attraktiv erscheinen lassen. In den Verlag gezogen wurde Brinkmann durch Wellershoff, seit 1959 dort Lektor, der auf ihn durch erste Veröffentlichungen aufmerksam geworden war und ihn im Sinne seines literaturtheoretisch begründeten Programms eines »Neuen Realismus«[19] etablieren wollte. Tatsächlich findet sich Brinkmann in der ersten einschlägigen Anthologie – *Ein Tag in der Stadt* von 1962 – mit seinem ersten umfangreichen Prosatext *In der Grube*, dessen poetologische Basis der 22-jährige Autor dort selbst beschreibt: »Der Zustand der Person ist der einer wachen Ohnmacht, hervorgerufen durch die Anonymität und Gleichgültigkeit der Stadt und die Fixierung eines Erinnerungsstroms.« Alles sei »durchaus gewöhnlich: der Stadt, der Augenblick, die Person«. Sie werde in personaler Erzählhaltung »vorgeführt und gleichzeitig aufgesaugt von einem Allgemeineren, das sie zu benennen versucht.«[20] In den folgenden Erzählbänden *Die Umarmung* (1965) und *Raupenbahn* (1966) sowie in *Keiner weiß mehr* (1968, alle zuerst bei Kiepenheuer & Witsch), Brinkmanns einzigem Roman und letztem gattungsdefiniertem Prosatext, wurden die 1962 formulierten Intentionen fortgeführt und ausgebaut.

Brinkmann selbst bezeichnete den Neuen Realismus später mit durchaus despektierlichem Unterton als von Wellershoff erfundenen »Werbeslogan«, mit dem er selbst »nichts zu tun« habe.[21] Wie er es überhaupt kategorisch zurückwies, einer Gruppe anzugehören und in diesem Sinn über ein »feststehendes theoretisches Programm«[22] zu verfügen. Vielmehr reklamierte er für sich den Status eines »Einzelgängers« in der zeitgenössischen deutschen Literaturszene.[23] Dennoch und trotz der schroffen Ablehnung eines der Beteiligten lohnt es sich, Brinkmanns Beziehung zum Neuen Realismus im Allgemeinen und zu Wellershoffs theoretischen Positionen wie auch zu seiner Literaturpraxis noch einmal nachzugehen. Denn auf Anhieb und auch im Licht seiner oben zitierten Selbstinterpretation lassen sich Brinkmanns frühe literarische Arbeiten durchaus in den Horizont jenes Programms stellen, das Wellershoff 1965 formuliert hatte: In einer »modernen realistischen Literatur« trete an die Stelle

> der universellen Modelle des Daseins, überhaupt aller Allgemeinvorstellungen über den Menschen und die Welt [...] der sinnlich konkrete Erfahrungsausschnitt, das gegenwärtige alltägliche Leben in einem

von Brinkmanns Biografie außerdem Roberto di Bella: *Break on Through [to the other side]. Rolf Dieter Brinkmanns Kölner Erkundungen zwischen Pop, Provokation und neuer Sensibilität*, in: Keim/Lewejohann (Hg.): *Köln 68!*, S. 331–341.

19 S. in diesem Buch S. 180–183.

20 Rolf Dieter Brinkmann: *Erzählungen*, Reinbek 1985, S. 409.

21 Brinkmann: *Briefe an Hartmut 1974–1975. Mit einer fiktiven Antwort von Hartmut Schnell*, Reinbek 1999, S. 126.

22 Ebd., S. 124.

23 Ebd., S. 138.

> begrenzten Bereich. Der Schriftsteller will nicht mehr durch Stilisierung, Abstraktion, Projektion seiner Erfahrungen in eine Figurenspiel eine abgeschlossene Geschichte, Allgemeingültigkeit und beispielhafte Bedeutung erreichen, sondern versucht möglichst realitätsnah zu schreiben, mit Aufmerksamkeit für die Störungen, Abweichungen, das Unauffällige, die Umwege, also den Widerstand der Realität gegen das vorschnelle Sinnbedürfnis.[24]

Es fällt nicht schwer, in Brinkmanns frühem Prosawerk Wellershoffs »Issues« wiederzufinden: die radikale Perspektivierung der Wahrnehmung, die scharfe Ausleuchtung wahrgenommener Details aus einer als Ganzes nicht mehr »verfügbaren« und auch nicht gedeuteten Erfahrungswelt, das Eigenleben der Dinge, die Zersetzung sinnstiftender narrativer Kontinuität durch die hereinbrechenden Erinnerungsbilder und Tagtraumschübe, schließlich die Krise des überforderten und zur Sinnintegration nicht mehr fähigen Subjekts. Zunächst ist sogar der Tatbestand einer Beeinflussung wenigstens erwägenswert – übrigens einer wechselseitigen, denn tatsächlich geht Brinkmanns Frühprosa Wellershoffs Romandebüt mit *Ein schöner Tag* (1966) voraus, während er seinen einzigen eigenen Roman zwei Jahre danach publizierte. Die Annahme ist allerdings nicht zwingend, Übereinstimmungen in Stil und literarischer Technik lassen sich bei beiden Autoren auf ein Tertium Comparationis zurückführen: auf beider unübersehbare Orientierung am französischen *Nouveau Roman* in der Nachfolge von Alain Robbe-Grillet und Nathalie Sarraute.[25] Brinkmann hatte sich während seiner Buchhandelslehre breite Kenntnisse in französischer, englischer und amerikanischer Gegenwartsliteratur zugelegt, die auch die Verlagsmitarbeiter anlässlich seines »Aufschlagens« bei Kiepenheuer & Witsch beeindruckten.[26]

Trotzdem gibt es bemerkenswerte und teils bis zu den verwendeten Begriffen reichende Motivübereinstimmungen zwischen Wellershoff und Brinkmann, die allein aus den gemeinsamen Vorbildern kaum zu erklären sind. Thematisch auffällig ist bei beiden das Interesse an gesellschaftlich abweichendem Verhalten bis hin zu offener Kriminalität – bei Wellershoff etwa in dem Roman *Die Schattengrenze* von 1969, bei Brinkmann in der Titelgeschichte seines Erzählbandes *Raupenbahn* und in dem Hörspiel *Auf der Schwelle* (1970). In diesem Zusammenhang gewinnt vor allem die Phänomenologie des Gewaltakts an Bedeutung, den beide Autoren durchaus jenseits »beruhigender« sozialmoralischer Ordnungskategorien darzustellen und zu reflektieren suchen. Für Wellershoff sei in diesem Zusammenhang auf die Schlusssequenz des Romans *Die Schönheit des Schimpansen* mit einem Mord und einem Selbstmord verwiesen,[27] für Brinkmann erneut auf das erwähnte Hörspiel, in dessen Vorrede er dieses äußert: »Ihr [sc. der Faszination,

---

24 Wellershoff: *Neuer Realismus*, S. 843.

25 S. zu Brinkmanns einschlägiger Abhängigkeit Albert Meier/Ole Petras: *Kontexte. Französische Moderne*, in: *Brinkmann-Handbuch*, S. 33–36.

26 S. Frank Möller: *Dem Glücksrad in die Speichen greifen. Joseph Caspar Witsch, seine Autoren, sein Verlagsprogramm und der Literaturbetrieb der frühen Bundesrepublik*, Köln 2015, S. 249.

27 S. dazu ausführlicher S. 173–175.

die von einem Gewaltakt ausgeht, d. Verf.] grausamer Ausdruck spricht den menschlichen Körper stärker an, als es das Begreifen wahrhaben möchte. Das geschieht auf einer nichtverbalen Ebene. Der Körper beginnt zu träumen.«[28] Wellershoff-Leser werden an dieser Stelle aufmerken: Der Ältere griff Brinkmanns Formulierung für die Titelgeschichte seines Erzählbandes *Der Körper und die Träume* (1992) direkt auf – es ist schwer vorstellbar, dass es sich bei dieser Übereinstimmung um einen Zufall handelt.

Während Wellershoff als empirische Person stets ein affektkontrollierter, berechenbarer, freundlicher, im Auftreten dem »bürgerlichen« Comment in jeder Hinsicht genügender Zeitgenosse war und blieb und destruktive Fantasien, so sie vorhanden waren, in seiner als Entlastungsraum aufgefassten Literatur auslebte bzw. dieses Ausleben den erfundenen Figuren als Stellvertretern überließ,[29] setzte Brinkmann seine Aggressionen, sein inwendiges Potenzial an Wut und Hass mit ungehemmtem Impuls im »wirklichen« Leben um. Tatsächlich galt Brinkmann, für seine »Auftritte« so legendär wie berüchtigt, nicht nur als Enfant terrible der seinerzeit aktuellen Literatur, sondern eben auch des Kultur- und Literaturbetriebs. Der »zweifellos bekannteste und bis heute prägende Skandal«[30] ereignete sich im Rahmen einer Berliner Podiumsdiskussion im November 1968: Brinkmann schleuderte bei seiner Lesungen den anwesenden Kritikern Rudolf Hartung und Marcel Reich-Ranicki den in verschiedenen Fassungen überlieferten Satz entgegen: »Wenn ich ein Maschinengewehr hätte, würde ich Sie jetzt niederschießen.« Der dem Autor, wie seine Rezensionen zeigen, wohlgesonnene Reich-Ranicki bewahrte die Fassung und interpretierte den Auftritt als geplante Provokation und medienwirksame Inszenierung aus dem Geist der Zeit – was sie, wenigstens zum Teil, zweifellos auch war.[31]

In solchen Aktionen brach sich auch ein wohl authentischer Widerwille gegenüber dem bundesdeutschen Literatur- und Verlagswesen Bahn, dessen Zeuge der von Brinkmann später als »Kleinkrämer und Bubi«[32] verunglimpfte Kiepenheuer-&-Witsch-Verleger Reinhold Neven Du Mont wurde.[33] Vom Verlag eingeladen zu einer Lesung des österreichischen Dramatikers Wolfgang Bauer, begann Brinkmann bei dieser Gelegenheit zu krakeelen: »Mensch Bauer, weißt du überhaupt, wie lächerlich du dich hier machst? Du prostituierst dich vor diesen pickeligen Azubis!« Von der Verlagsmitarbeitern »rausbugsiert«, habe Brinkmann draußen weiter randaliert und Bücher aus dem Handlager in die Einfahrt des Verlagshauses geschmissen.

28 Brinkmann: *Vorrede* zu *Auf der Schwelle*, in: *wdr-Hörspielbuch 9* (1971), S. 49.

29 S. zu Wellershoffs Literaturtheorie S. 183f.

30 Fauser: *Biographischer Abriss*, S. 10.

31 Gunter Geduldig/Marco Sagurna (Hg.): *too much. Das lange Leben des Rolf Dieter Brinkmann*, Vechta 1994, S. 132.

32 Brief an Nicolas Born vom 20. Oktober 1974, in: Maleen Brinkmann (Hg.): *Rolf Dieter Brinkmann* (= *Rowohlt Literatur Magazin*, Bd. 36), Reinbek 1995, S. 120 f.; hier S. 120.

33 Den Vorgang schildert Neven Du Mont in: *Mit Büchern und Autoren*, S. 45.

Solche ein Happening-Design annehmende Selbstinszenierungen »passten« zweifellos in die Zeit, allerdings machten sie Brinkmann beim näheren Hinsehen noch nicht zum »68er« in einem spezifischen, eng gefassten Sinn. Das gilt zumal für sein Verhältnis zur Studentenrevolte, von dem bereits kurz die Rede war. Tatsächlich ging er »zu universitären Protestgeneration nach einem heftigen, aber kurzen Flirt bald auf Distanz«[34]. Der rebellische Impuls des Autors richtete sich, kurz gesagt, gegen alle Autoritäten – damit aber auch zwangsläufig gegen »linke« –, die einen situativen, spontanen Zugang zur Erfahrungswelt in ihrer Disparität und Widersprüchlichkeit, ein Gegenwarts-Leben in einem emphatischen Verständnis durch festgelegte Interpretationsmuster und historisch-gesellschaftliche Großtheorien zu blockieren drohten. »Hätte ich eine Theorie anzubieten«, schrieb Brinkmann im *Unkontrollierten Nachwort zu meinen Gedichten* von 1974,[35]

> ein Weltbild, eine Ansicht, eine Ideologie, wäre mir zu schreiben leichter gefallen. So aber ist nichts außer dem einen Augenblick, an dem ich schrieb, da gewesen. Und so ist immer der jeweils letzte geschriebene Satz ein Ende gewesen, von dem ich mit jedem Mal neu beginnen mußte, [...]. Zusammenhänge sehe ich keine.

Erneut zeigt sich an dieser Stelle die Nähe zu Wellershoff, der für sich selbst die Vorstellung einer operativen, auf politische Veränderung zielenden Literatur dezidiert ablehnte:

Das menschliche Leben, das, was Menschen mit ihrem Körper, ihrem Geist, ihrer Seele, ihren Ängsten und Wünschen machen – das ist das eigentlich Spannende, was es zu erzählen gibt. Literatur als etwas ›Höheres‹ – das war für mich immer eine spießige Idee. Ebenso falsch wie der Glaube, es gebe einen gesellschaftlichen Auftrag für die Literatur.[36]

Allerdings radikalisierten sich im Zuge der Beschäftigung mit Sprachtheoretikern wie Fritz Mauthner und Alfred Korzybski[37] sowie mit Nietzsche[38] Brinkmanns Zweifel an der Erkenntnisfunktion und den Erkenntnismöglichkeiten von und durch Sprache überhaupt in einer Weise, wie es bei Wellershoff nicht der Fall war – geschweige denn bei Autoren wie Böll, Schallück und Wallraff. Die Einsicht, dass »in der Sprache keine Erkenntnisse zu machen sind«[39], führte ihn in seiner eigenen literarischen Praxis zu einer medialen Entgrenzung, die tatsächlich zu immer stärkeren Integration selbstgefertigten Fotomaterials in seine (späten) Arbeiten führte: Er atta-

34 Uwe Schweikert: *»Sehen heißt heute erleben«. Notizen bei der Lektüre von Rolf Dieter Brinkmann*, in: Maleen Brinkmann (Hg.): *Brinkmann*, S. 198–207; hier: S. 199.

35 Brinkmann: *Ein unkontrolliertes Nachwort zu meinen Gedichten (1974/1975)*, in: R. D. B.: *Westwärts 1 & 2. Gedichte. Mit Fotos und Anmerkungen des Autors. Erweiterte Neuausgabe*, Reinbek 2005, S. 256–330; hier: S. 263.

36 Wilmes: *Mit viel Elan in die Sackgasse.*

37 S. dazu Matthias Bauer: *Wissensgeschichte I: Sprachkritik*, in: *Brinkmann-Handbuch*, S. 50–54.

38 S. dazu Dirk Niefanger: *Wissensgeschichte II: Nietzsche*, in: *Brinkmann-Handbuch*, S. 55–57.

39 *Ein unkontrolliertes Nachwort*, S. 238.

ckierte traditionelle Sprachlichkeit vom Bildmedium her, unterminierte sie, um »in Bildern zu sprechen« – im Sinn dessen, was man in Anlehnung an Richard Wagners Bemerkung über Beethovens neunte Sinfonie als die Erlösung des Wortes durch das Bild bezeichnen könnte. Davon wird noch die Rede sein.

Ein nietzscheanischer Duktus durchwaltet unverkennbar auch das 1979 posthum veröffentlichte Genre-unspezifische Spätwerk *Rom, Blicke*, in dem sich ein markanter Elitismus mit Antiakademismus und Intellektuellenfeindschaft sowie wiederholten Attacken gegen den »miesen Zwang zum Sozialismus und zur Demokratie«[40] verbindet, gegen die »Massendemokratie, die alle Formen und Bewußtseinszustände verschmiert«[41]. Dies brachte Brinkmann anlässlich der Erstpublikation den Ehrentitel eines »D'Annunzio aus Vechta/Oldenburg«[42] ein – wie überhaupt, allerdings fälschlich und nur aus der seinerzeit herrschenden Freigebigkeit im Umgang mit dem Faschismusbegriff erklärbar, der Vorwurf der Faschismusnähe schon früher, so 1970 von Martin Walser,[43] gegen Brinkmann erhoben worden war.

Konkret lassen sich viele der vorgestellten allgemeinen Aspekte in Brinkmanns erzählerischem Hauptwerk, dem Roman *Keiner weiß mehr*, verfolgen, der auch deshalb an dieser Stelle eingehender in den Blick genommen werden soll, weil er aufschlussreich für die Positionierung des Autors im Kontext von »1968« ist und zudem in seiner Schaffensbiografie eine »Achse« zwischen Abbruch und Neubeginn markiert.[44]

Im Zentrum des Buches steht eine junge dreiköpfige Kleinfamilie in der Krise: »Er«, aus dessen Perspektive der Text in erlebter Rede bis auf wenige Ausnahmen erzählt wird, ist ein möglicherweise schriftstellerisch tätiger Studienabbrecher, »sie« ist mit »Schreibarbeiten« befasst, mit denen sie ganz wesentlich die materielle Subsistenz der Gemeinschaft sichert. Dann gibt es da noch das kleine – nicht einmal in seiner Geschlechtsidentität benannte, sondern zum Neutrum degradierte »Kind«, das »sie weder gewollt noch verhindert haben«[45] und für ihn zu einer Quelle ständiger Belästigung und Störung wird. Auf sie reagiert er mit zunehmender Ablehnung und Aggression, die sich in nachträgliche Abtreibungsfantasien umsetzt. Angespannt und gestört ist auch die emotionale und sexuelle Beziehung zu seiner Frau wie die Möglichkeit einer kommu-

40 Brinkmann: *Rom, Blicke* (= *dnb*, Bd. 225094), Reinbek 1979, S. 138.

41 Ebd., S. 209.

42 Hermann Peter Piwitt: *»Rauschhafte Augenblicke«. Über Rolf Dieter Brinkmann: »Rom, Blicke«*, in: *Der Spiegel* Nr. 38, 1979, S. 252. – Dazu die treffende Antikritik von Bernd Witte: *Vechta. Ein Ort für Rolf Dieter Brinkmann*, in: *Rolf Dieter Brinkmann* (= *Text + Kritik*, hrsg. von Heinz Ludwig Arnold, H. 71), München 1981, S. 7–23; hier: S. 8 f.

43 Martin Walser: *Über die Neueste Stimmung im Westen*, in: *Kursbuch* 20 (März 1970), S. 19–41; hier: S. 36.

44 Kompakte Interpretationen stammen von Oliver Kobold: *Keiner weiß mehr (1968)*, in: *Brinkmann-Handbuch*, S. 225–234; sowie Genia Schulz: *Sich selbst suchend sehen*, in: Maleen Brinkmann (Hg.): *Brinkmann*, S. 167–181; hier: S. 168–173; Olaf Selg: *Essay, Erzählung, Roman und Hörspiel: Prosaformen bei Rolf Dieter Brinkmann*. Aachen 2001, S. 226–232.

45 Zitiert wird nach Brinkmann: *Keiner weiß mehr. Roman* (= *rororo*, Bd. 23934), Reinbek 2005, S. 13.

nikativen Bearbeitung der Situation – was in ihm neben seltenen Augenblicken einer »Rest-Zuneigung« immer wieder starke Gefühle von Abneigung, ja Hass entstehen lässt. Alles andere als entspannend wirkt auch die ärmlich-beengte Wohnsituation in den drei Zimmern eines innerstädtischen Altbaus in einem von Schäbigkeit, Hässlichkeit und Verwahrlosung geprägten Umfeld, die immer wieder Fluchtinstinkte weckt. Sie treiben sie und ihn zu gelegentlichen Alleinreisen etwa an die Nordsee oder (ihn) nach Hannover (zu einer Lesung), ihn aber vor allem stets aufs Neue zu Spaziergängen in die City, wo er junge Passantinnen als mögliche Sexualobjekte taxiert und sich seine unbefriedigten Wünsche auch bei Prostituierten erfüllt.

Zu diesem Tableau treten noch zwei seiner Freunde – der Erotomane Gerald und der homosexuelle Rainer –, die teils auch in der Behausung mitwohnen. Hinzu kommen Bekannte, mit denen man in Clubs, Schnellrestaurants oder Kinos in der Nähe geht. Prinzipiell aber wird die Paarsituation nicht durch interessierte Konkurrenten gefährdet – was die Sache kaum besser macht: So findet man erst recht nicht aus Wiederholungszwängen, aus dem abtötenden Zirkel eines Immergleichen heraus.

Dünn ist der narrative Faden – auch dank des Mangels an markanten Ereignissen und eines flachen Spannungsbogens. Handlungszeit sind rund fünf Monate zwischen Spätsommer und Weihnachtszeit – wobei das fallende Jahr die obwaltende atmosphärische Tristesse noch verstärkt. Das erzählerische Kontinuum wird durch Rückblenden, tagtraumartige Fantasien und Reflexionen stark aufgebrochen, ja geradezu ausgetrocknet. Der Roman endet offen, doch gibt es auch Signale eines möglichen Auswegs und Neuanfangs, die allerdings unbestimmt bleiben: »In seiner nur ungeschickt zurückgehaltenen Verlegenheit kam plötzlich eine Zärtlichkeit auf, die ihn noch unsicherer machte, [...].«[46]

Unverkennbar bearbeitet der Roman, zu dem es eine Vorstufe in Gestalt der Erzählung *Das Alles* von 1966 gibt,[47] auch im Sinn von Autobiografie Brinkmanns Lebenssituation in der zweiten Hälfte der 60er Jahre – samt der finanziellen Misere, der schäbigen Wohnung im vierten Stock des Altbaus Engelbertstraße 65 in Köln, den Problemen mit seiner Frau Maleen und mit dem behinderten Sohn Robert. Der Freund »Rainer« trägt Züge von Brinkmanns Freund und Mitarbeiter Ralf-Rainer Rygulla. Ohne weiteres erschließt sich aus den Angaben im Roman selbst, aus dem »Itinerar« der Figuren ihr Bewegungsrevier zwischen Ringen, Innenstadt und Aachener Weiher. Allerdings sind die Romangestalten, das muss betont werden, nicht identisch mit der Brinkmann-Familie, sondern aus verschiedenen Bestandteilen der Brinkmann'schen Lebenswelt montierte Kunstfiguren.[48]

Überhaupt ist der Kunstcharakter des Buches, sind die erzählerischen Mittel, mit denen der Autor seine Intentionen verfolgt, bis jetzt nicht beschrieben. Brinkmann musste es zum einen

46 Ebd., S. 250.

47 In: Brinkmann: *Der Film in Worten. Prosa, Erzählungen, Hörspiele, Fotos, Collagen 1965–1974*, Reinbek 1982, S. 77–83.

48 S. Selg: *Essay, Erzählung*, S. 226 f.

darum gehen, für das obwaltende Handlungsprinzip eines Stillstands im Wechsel, eines leerlaufenden Wiederholungszirkels aus Ausbruchsversuchen und resignativen »Heimkehren«, in dem sich die Figuren hilf- und perspektivlos bewegen, ein Darstellungsäquivalent zu finden. Diesbezüglich fallen einige Besonderheiten, Abweichungen von »normaler« Erzählprosa auf: Brinkmann setzt immer wieder Sätze mit Endlos-Charakter, deren Perioden sogar die üblichen Abschnittszäsuren überwölben. Dadurch und durch den häufigen Gebrauch des Partizips Präsens entsteht so etwas wie eine absolute Gegenwart. Zugleich reagiert diese Schreibweise auf die Erkenntnis, dass das zwangsläufige »Nacheinander« des üblichen Erzählens die verwirrende Simultaneität der Sinneseindrücke gerade in einem großstädtischen Erfahrungsraum nicht abbilden kann. Brinkmanns späte Lyrik wird daraus dann allein in ihrer äußeren Erscheinungsform – einer Grafik des Nebeneinanders – die radikale Konsequenz ziehen.

Zum anderen verweist das Partizip Präsens auf einen tendenziell auf Dauer gestellten Vorgang, einen Verlauf, der sich nicht verändert – er gefriert zum festgestellten Bild. Tatsächlich gehört die versprachlichende »Abbildung« von erinnerten, im Bewusstsein gespeicherten Bildern zu Brinkmanns zentralen Darstellungsinteressen. Die Realitätserfassung in *Keiner weiß mehr* ist im Kern fotografischer Natur, die Sprache wird darüber zum Transportmittel eines visuellen Mediums. Tatsächlich sind Brinkmanns Stadtspaziergänge mit der Super-8-Kamera legendär – er beschaffte sich auf diese Weise das Material auch für seine Literatur.

Zum Kunstcharakter des Romans gehört weiterhin bereits der enigmatisch-elliptische Titel, der wohl vom Autor selbst stammt und die zunächst geplante Überschrift *Nackt* ersetzte. Tatsächlich greift er konterkarierend den Titel eines Kriminalromans von Raymond Chandler auf: *Einer weiß mehr*.[49] Dabei lässt Brinkmanns Titel, je nachdem wie die einzelnen Wörter betont werden, mehrere Bedeutungsschließungen zu: »Keiner weiß <u>mehr</u> (als der andere)« wäre genauso möglich wie »Keiner <u>weiß</u> mehr (weiter oder alles oder etwas)«. Für den Romaninhalt laufen beide Konkretisierungen auf das Nämliche heraus: Tatsächlich sind die Figuren füreinander nichtwissende Fremde, unfähig zur empathisch-erkennenden Einfühlung, unfähig, einen Ausweg aus der Situation zu finden und zu zeigen. Aber auch unabhängig von den privaten Befindlichkeiten ist es die streng perspektivische Wahrnehmung, die jeden Anspruch desavouiert, statt der Teile das Ganze, die gesetzhafte Ordnung der Welt erfassen zu können.

Die Frage, ob *Keiner weiß mehr* ein 68er-Roman ist, stellt sich vor diesem Hintergrund mit einiger Dringlichkeit. Sie ist differenziert zu beantworten: Aus einer im engeren Sinn politischen Sicht ist er sicherlich keiner, das Private ist hier in einer Weise »privat«, dass es nicht »politisch« wird. Eine wie auch immer »weltanschaulich« unterfütterte revolutionäre Stoßrichtung ist ihm völlig fremd. Dennoch hat auch Brinkmanns Buch, das übrigens noch vor dem Umbruchsjahr entstand, teil am Geist der Zeit. Das zeigt sich zunächst an der Negativität, an der unbändigen Wut, mit der der Protagonist auf Traditionen und Autoritäten, eigentlich auf alles und jedes reagiert – im Sinn des schon oben als solches bezeichneten Fundamentalrebellen-

49 Kobold: *Keiner weiß mehr*, S. 229.

tums. Es zeigt sich an der inwendigen Kritik der Warenästhetik und des über sie transportierten Terrors der Wunschbilder in einer kapitalistischen Wohlstandswelt, an deren Pforten die arme Familie eh als Außenseiter stehenbleiben muss. Es zeigt sich an einer neuen, provozierenden und obszönen, an einer von Tabus befreiten Sprache für Sexualität[50] und – dieser Aspekt kann kaum überbewertet werden – an der engagierten Öffnung des Horizonts ästhetischer Wahrnehmung für die englische und amerikanische Popkultur und -musik.

Keiner weiß mehr markiert eine Zäsur in Brinkmanns Werk – nicht nur, weil es seine letzte Prosaarbeit ist. Vielmehr ging es um grundsätzliche Veränderungen in der literarischen Produktion, die sich simultan zu einer Umstellung der persönlichen Lebensverhältnisse vollzogen. Nach 1970 »verschwand« Brinkmann aus der Kölner Kulturszene, hielt sich in seinen wenigen ihm verbleibenden Jahren bis zu seinem Unfalltod in London oft im Ausland auf – in Rom mit einem Stipendium für die Villa Massimo, im texanischen Austin mit einem Lehrauftrag für Literatur. Wellershoff beschrieb in seinem ausführlichen Nachruf für die *Akzente* aus der Nahsicht eine verschärfte Krisensituation: »Er zerstörte seine Arbeitsbeziehungen, vertrieb seine Freunde und Bekannten durch Wutausbrüche, Beleidigungen und einen wirren, paranoiden Monolog, der allmählich jede vernünftige Verständigung und Auseinandersetzung unmöglich machte.«[51]

Diese Verwerfungen, zu denen der Verlegerwechsel von Kiepenheuer & Witsch zu Rowohlt und März gehörte, zeigen sich auch darin, dass Brinkmann in jenen fünf Jahren kaum mehr etwas publizierte. Die Annahme einer Schreibkrise wird dadurch stark relativiert, dass in dieser Zeit mit dem umfangreichen, Lyrik und Bilder kombinierenden Band *Westwärts 1 & 2* sowie dem ebenfalls mehrmedialen Reisebuch *Rom, Blicke* zentrale Arbeiten seines Œuvres entstanden. Sie wurden allerdings erst nach seinem Tod veröffentlicht. Die starke Konzentration auf die Lyrik markiert darüber hinaus den endgültigen Abschied vom Neuen Realismus und seiner Ästhetik, die im Wesentlichen eine der Prosa-Literatur war – Wellershoffs Gedichtschaffen zum Beispiel ist im Kontext seines Gesamtwerks durchaus randständig.

Es fällt auf Anhieb leichter zu sagen, was Brinkmanns (spätere, nach 1968 entstandene) Lyrik nicht ist, als sie positiv zu charakterisieren. Erkennbar ist der radikale Bruch mit der einschlägigen europäischen, vor allem der deutschen Tradition. Diesbezüglich konnte allenfalls Gottfried Benn noch einiges Anregungspotenzial bereitstellen. Vorbilder, zu denen sich Brinkmann explizit bekannte, waren hingegen Vertreter des aktuellen amerikanischen Literaturpop und der

---

50 S. dazu Hanno Ehrlicher: *Ästhetik der Entblößung. Rolf Dieter Brinkmanns literarische Nacktheitsinszenierungen zwischen Sinnkrise und Sinnlichkeitsutopie*, in: Kerstin Gernig (Hg.): *Nacktheit. Ästhetische Inszenierungen im Kulturvergleich* (= *Literatur – Kultur – Geschlecht: Kleine Reihe*, Bd. 17), Köln/Weimar/Wien 2002, S. 273–299.

51 Dieter Wellershoff: *Destruktion als Befreiungsversuch. Über Rolf Dieter Brinkmann (1975)*, in: D. W.: *Werke*, Bd. 4, S. 501–512; hier: S. 507. – Gegen diese Sicht polemisiert Witte (in: *Vechta. Ein Ort für Rolf Dieter Brinkmann*, S. 7) aus nicht ganz erfindlichen Motiven. Wellershoff mag einige Aspekte in seinem Porträt unterbelichtet lassen, aber das kann kein Grund für eine Zurückweisung in toto sein.

Underground-Lyrik wie Frank O'Hara und Ted Berrigan. Sie machte er mit seinen Übersetzungen in den Anthologien *Acid* (mit Ralf-Rainer Rygulla) und *Silver Screen* (beide 1969) recht eigentlich erst bekannt. Besagter Bruch zeigt sich konzeptionell in der Absage an Symbolisierung, Hermetik, Kunstsprache, Abstraktion, absolute Form und einen emphatischen Anspruch auf »Wahrheit«, in dem Brinkmann eine undemokratische Bevormundung des zur Selbsttätigkeit aufgerufenen Lesers sah.[52] Brinkmanns »postmoderne« Ästhetik macht unter dem Produktions- wie unter dem Rezeptionsaspekt Kunst und Nichtkunst, Kunst und alltägliche Lebenswelt füreinander durchlässig, sie gehen ineinander über.[53] Zugleich ist sie eine Ästhetik der »bedeutungslosen«, also nicht von sich selbst aus in eine »Tiefe« weisenden Oberfläche – was eine mögliche literarische Wertung mit einer neuen binären Codierung ausstattet, die die herkömmliche von »schön« und »hässlich« ersetzt:

> [...] ich finde gewöhnliche Sachen schön, weil sie nichts bedeuten, und dass sie nichts bedeuten, ist ihre Tiefe [...]. Es ist eine Tiefe, für die bisher nicht mehr geltende literarische Kategorien nicht mehr zutreffen. Um sie charakterisieren zu können, muss zu Bezeichnungen wie »Attraktivität« oder »Un-Attraktivität« gegriffen werden.[54]
>
> Zentral für die neue poetische Praxis wird jetzt das Paradigma des fotografischen Blicks – das Gedicht ahmt die Kamera nach, das Gedicht wird zur Momentaufnahme, zum Snapshot eines Hier und Jetzt, »erstarrt zu einem facettenreichen, vielschichtigen Bild. Der konkrete Monet des während des Schreibvorgangs Aufgenommenen verdichtet sich zu einer breiten Fläche aus mehreren sich gegenseitig überlagernden Wirklichkeitsebenen. Da Gedicht dehnt sich so nicht mehr vertikal, sondern horizontal aus; es splittert Gegenwart in ihre einzelnen Elemente und Ausschnitte auf, die gleichberechtigt und unverbunden nebeneinanderstehen und in vielfältigen Kombinationen zusammengesetzt werden können.[55]

Wo die Kamera das menschliche Auge und damit die Instanz sinnstiftender Subjektivität ersetzt, droht naheliegend der »Tod des Autors«[56]. Die Ausschaltung des Subjekts als Zielpunkt von Brinkmanns neuer Poetik bleibt selbstredend eine Illusion. Denn schon der Bildausschnitt der Kamera muss festgelegt werden (von wem?). Bereits der Roman *Keiner weiß mehr* zeigt, wie die quasi fotografisch, »objektiv« festgehaltene Detailrealität durchsetzt wird von Triebschüben, die sich aus mit ihr verbundenen Assoziationen, Tagträumen und Erinnerungen speisen – das

52 S. dazu und zum Folgenden Sibylle Späth: *Die Entmythologisierung des Alltags. Zu Rolf Dieter Brinkmanns lyrischer Konzeption einer befreiten Wahrnehmung*, in: *Rolf Dieter Brinkmann*, S. 37–49.

53 Damit schwamm Brinkmann freilich in einem breiten – übrigens auch gerade in Köln sehr präsenten – Strom der zeitgenössischen Kunstprogrammatik und -entwicklung mit. S. Wellershoff: *Die Auflösung des Kunstbegriffs. Salzburger Vorlesungen (1974)*, in: D. W.: *Werke*, Bd. 5: *Vorlesungen, Gespräche*, S. 100–250.

54 Rolf Dieter Brinkmann: *Vanille*, in: *März Texte 1*, Darmstadt 1969, S. 106–144; hier: S. 142.

55 Späth: *Entmythologisierung*, S. 44 f.

56 Roland Barthes: *Der Tod des Autors*, in: R. B.: *Das Rauschen der Sprache. Kritische Essays IV* (= *edition suhrkamp*, Bd. 1695), Frankfurt/M. 2006, S. 57–63.

verbannte Subjekt kehrt triumphal und katastrophal zugleich zurück. Dieser unaufgelöste Widerspruch gehört, ohne in irgendeiner Weise ihren Rang zu mindern, essenziell zu Brinkmanns Dichtung.

Es ist völlig unmöglich, an dieser Stelle den Kosmos seiner Lyrik im Reichtum und in der Vielfalt seiner Erscheinungsformen, auch in den durchaus markanten Stadien seiner internen Entwicklung auszuleuchten.[57] Exemplarisch vorgestellt sei hier das wohl nicht von ungefähr bereits mehrfach interpretierte[58] Gedicht *Einer jener klassischen* aus dem Band *Westwärts 1 & 2*[59]. Drei Gründe mögen dafürsprechen: die relative Kürze, die Tatsache, dass sich hier tatsächlich einige allgemein-prägende Merkmale dieser Verskunst versammelt zeigen, und, nicht zuletzt, der Umstand, dass es sich eindeutig um ein Köln-Gedicht handelt.

Deshalb vorab noch einige Bemerkungen über Brinkmanns Verhältnis zu jener Stadt, in der er mit einigen Unterbrechungen die unstrittig produktivsten Jahre seines Lebens verbrachte. Um es kurz zu machen: Brinkmanns Köln-Beschimpfungen sind notorisch und berühmt-berüchtigt, ziehen sich im Übrigen durch das dichterische Werk – auch, wie bereits angedeutet, den Roman *Keiner weiß mehr* – wie durch seine Lebensäußerungen. Hier ein Beispiel in der Transkription einer Tonbandaufnahme vom Dezember 1973:[60]

> Was ich von Köln in zehn Jahren gesehen und gehört hab' an Menschen und Dingen, an Verhaltensweisen, Neuerungen, Umbauten, das erscheint mir nur noch wie eine riesige Kloake. Eine Kloake von einer Million Menschen, hier in Köln, an einem stinkenden Rheinfluss, wo nichts mehr stimmt. Ich konnte es zehn Jahre lang sehen. Ein mieses, verseuchtes, katholisch verpestetes Stückchen Erde in Westdeutschland.

Zum Inbegriff des Objekts dieser hasserfüllten Ablehnung, die dem urbanen Raum genauso gilt wie der Mentalität der Bewohner, wird übrigens – das kann nach dem oben Gesagten nicht mehr vollends überraschen – Heinrich Böll: Er steht Brinkmann nicht nur für eine von ihm radikal abgelehnte Literaturauffassung, sondern insgesamt im Leben wie in der Dichtung für jene provinzielle Enge und Spießigkeit, aus der er, Brinkmann, sich mit Leib und Seele fortsehnt:

---

57 S. dazu zusammenfassend das von verschiedenen Autoren verfasste Kapitel *Poesie* in: *Brinkmann-Handbuch*, S. 137–205.

58 S. etwa Michael Zeller: *Hyperion in der Vorstadt*, in: Marcel Reich-Ranicki (Hg.): *Frankfurter Anthologie. Gedichte und Interpretationen*, Bd. 4, Frankfurt/M. 1979, S. 258 f.; Thomas Zenke: *Der Augenblick der Sensibilität*, in: Walter Hinck (Hg.): *Gedichte und Interpretationen*, Bd. 6: *Gegenwart* (= *Reclams Universalbibliothek*, Bd. 2895), Stuttgart 1982, S. 387–393; Walter Hinck: *Aufatmen für einen Moment*, in: W. H.: *Stationen der deutschen Lyrik. Von Luther bis in die Gegenwart – 100 Gedichte mit Interpretationen*, Göttingen 2000, S. 230–232.

59 Rolf Dieter Brinkmann: *Westwärts 1 & 2*, S. 35.

60 https://www.youtube.com/watch?v=RacsxZPrpwo.

> [...] insofern kann ich die Biederkeit z. B. eines Böll in Deutsch nicht ertragen! Mal ganz abgesehen davon, dass ich nach zehn Jahren Aufenthalt in Köln die Nase voll habe mit dieser Kölner rheinländischen Menschlichkeit, die als human gilt und verbrämt wird, diese Sorte von Menschlichkeit ist nichts als Schlampigkeit, und wir haben sie oft zu spüren bekommen, bereits ihre Sprache ist schleimig, und es ekelt einen nur, sie in den Läden zu hören [...]. [...], alles vernuttet und verloddelt, sie schiffen in Hauseingänge und verkoten das Trottoir, Pack, ganz einfach katholisch verseuchtes Pack, und mir fällt es schwer, nicht daran zu denken, wenn ich Böll höre.[61]

Die einzelnen Motive dieser Abrechnung lassen sich in der Geschichte des Köln-Bashing allesamt nachweisen, sie waren seinerzeit längst zu literarischen und außerliterarischen Topoi geronnen und wirken in diesem Sinn bis in die Gegenwart. Die Verve und Monstrosität der Attacke befremdet trotzdem und legt die Frage nahe, warum Brinkmann die Stadt allen materiellen Zwangslagen zum Trotz nicht verließ. Die Antwort muss wohl letztlich lauten: weil er anderswo wohl kaum zufriedener, geschweige denn glücklicher gewesen wäre. Was er etwa *in Rom, Blicke* über die »ewige Stadt« schreibt, das destruiert lustvoll die notorische deutsche Italomanie in einer Weise, die bis in die einzelnen Motive hinein an die Köln-Beschimpfungen erinnert. Solchermaßen lösen sich in der Zusammenschau Brinkmanns Köln-Invektiven von ihrem Gegenstand, werden zu Metaphern eines prinzipiellen und sich zum Ekel steigernden Leidens an der Wirklichkeit, eines grundständigen und im Kern sehr romantischen Fremdseins in der Welt.

Hier jetzt das angekündigte Köln-Gedicht:

Einen jener klassischen
schwarzen Tangos in Köln, Ende des
Monats August, da der Sommer schon
ganz verstaubt ist, kurz nach Laden
Schluss aus der offenen Tür einer
dunklen Wirtschaft, die einem
Griechen gehört, hören, ist beinahe
ein Wunder: für einen Moment eine
Überraschung, für einen Moment
Aufatmen, für einen Moment
eine Pause in dieser Straße,
die niemand liebt und atemlos
macht, beim Hindurchgehen. Ich
schrieb das schnell auf bevor
der Moment in der verfluchten

61 Brief an Hermann Peter Piwitt vom 22. Juli 1972, in: Maleen Brinkmann (Hg.): *Rolf Dieter Brinkmann*, S. 92–101; hier: S. 99.

dunstigen Abgestorbenheit Kölns
wieder erlosch.

Das Gedicht ist im Sinn von Brinkmanns Lyrik-Theorie ein echter Snapshot, in dem allerdings Akustisches und Visuelles synästhetisch zusammenfließen. Die Formgestalt bildet die Epiphanie, das plötzliche Aufscheinen adäquat ab: Über acht Verspaare hastet die Sprache atemlos hinweg – als müsse sie unbedingt festhalten, was ja in der Tat sofort zu vergehen droht. Nicht einmal für eine Überschrift nimmt sie sich Zeit, Enjambements überwölben die Zeilen- und Strophengrenzen, erst am Schluss des sechsten Verspaares kommt die Satzperiode an einem ersten Punkt zur Ruhe. Im letzten Satz wird das Gedicht bzw. seine Verfassung zum Gegenstand seiner selbst, reflektiert seine Entstehungsbedingungen. Erstmals schiebt sich der lyrische Sprecher ins Bild, macht sich zum Bestandteil des lyrischen Gebildes.

Die Abneigung der empirischen Person Brinkmann gegen Köln schlägt auch hier durch: Die wahrscheinlich wegen ihrer Hässlichkeit und Gesichtslosigkeit zu Recht nicht »geliebte« Straße, die »verfluchte dunstige Abgestorbenheit« – es sind dies Bilder und Metaphern von Verwahrlosung und Verwesung, mit denen Brinkmanns Köln-Schelte auch sonst aufwartet. Das aber ist bezeichnenderweise nicht alles: Immerhin macht die negative Verfasstheit der urbanen Sphäre außergewöhnliche, nicht erwartete und zugleich beglückende Erfahrungen nicht unmöglich. Motivisch ist das Gedicht aus Gegensatzpaaren gebaut: Dem Draußen der Straße steht das Drinnen des Lokals gegenüber, dem Immergleichen städtischer Betriebsamkeit das intermittierende plötzliche Wunder, dem bloßen »Hindurchgehen« die ekstatisch-erotisch aufgeladene Tanzbewegung (Tango), der städtischen Enge die Anmutung von Weite und Internationalität, die die Allusionen an Griechenland und Lateinamerika mit sich führen. Dabei ist das »Wunder«, scheinbar paradox, nicht hell und leuchtend, sondern kommt vielmehr »schwarz« aus einer »dunklen Wirtschaft«. Hier schwingt vieles mit, auch die Erinnerung an koloniale Unterdrückung und das Thema Obristendiktatur, die während der Gedichtentstehung in Griechenland herrschte.

Bemerkenswert ist der Zeitpunkt dieser Erfahrung: Möglich scheint sie erst »nach Ladenschluss« zu werden – wenn die alles verschlingende Hektik der Waren-, Geld- und Tauschsphäre kurzzeitig aussetzt. Jene wird zum »Anderen« dieser Welt. Entscheidend aber ist, dass »die unheilige Trinität von Sex, Geld und Tod«[62] in den Emblemen von Brinkmanns Wirklichkeit nicht das letzte Wort hat. Als Lyriker war er auch ein beharrlich-utopischer Fahnder nach jenen Lücken in einer scheinbar betonierten Lebenswelt, aus denen ihn das Glück unerwartet anspringen und dank derer der Durchbruch zu authentischer Erfahrung trotz allem gelingen konnte.

62 Schweikert: *»Sehen heißt heute erleben«*, S. 201.

8.3 Jens Hagen

Zu den ikonischen, Brinkmann »überliefernden« Fotodokumenten gehört eine Aufnahme, die den Autor auf der Hohe Straße inmitten von Passanten beim Filmen mit seiner Super-8-Kamera zeigt. Brinkmann filmt niemand anderen als seinen Fotografen – Filmkamera und Fotokamera »duellieren« sich in einem quasi geschlossenen Kreis. Dadurch entsteht ein bemerkenswerter Spiegeleffekt der Autoreferentialität. Die Aufnahme legt ein persönliches Nahverhältnis von Filmer und Fotograf nahe, und tatsächlich gehörte dieser eine Zeitlang, sozusagen als Groupie, zu Brinkmanns Umfeld. Es handelt sich um den seit 1964 am Ort ansässigen Fotografen, Journalisten, Schriftsteller, politischen Aktivisten und Gewerkschaftler Jens Hagen (1944–2004), ohne dessen teilnehmend-dokumentierende Arbeit das Thema »1968 in Köln« heute im Wortsinn unterbelichtet wäre.[63]

Während sich Brinkmann nach 1968 aus der Protestszene zurückzog, war Hagen seit dieser Zeit und auch noch in den 70er Jahren einer ihrer profilierten Akteure. Er beobachtete, als Mitstreiter und Mitarbeiter von Günter Wallraff, die Polizei bei ihren Einsätzen gegen studierende Demonstranten und war Mitautor von Wallraffs 1973 erschienenen Reportage-Sammlung *Was wollt ihr denn, ihr lebt ja noch*. Er zählte zu den Mitbegründern der alternativen Kölner Stadt-Zeitung *Ana&Bela* sowie der *Sozialistischen Selbsthilfe Köln*, schrieb für mehrere linke Zeitschriften. Seinem umfangreichen literarischen Werk – Reportagen, Erzählungen, rund 20 zumeist vom WDR produzierten Hörspielen, Gedichten zumeist in der Kurzform des traditionellen japanischen Haiku und maschinenschriftlichen Miniaturen – hat sich dieser politische Aktivismus eingeschrieben.

Als Hagens Opus magnum darf sein 2014 unter dem Titel *Nie ankommen* erstveröffentlichtes *Köln Poem* bezeichnet werden, an dessen insgesamt vier »Kapiteln« Hagen zwischen 1981 und 2001 schubweise arbeitete. Es handelt sich dabei formal um ein Langgedicht, das sich durch Montagen, Szenen, Erzählfragmente, Balladeskes, Zitate, Notate, überhaupt die Integration diverser Textsorten, vor allem aber auch durch seine vom Autor selbst für die Performance als unabdingbar erachtete musikalische Rhythmisierung und Einbettung zu einem multimedialen Gesamtkunstwerk eigener Art »auswächst«, dem Hörspiel genauso nahe wie der Lyrik.

Es sei ihm bei der Arbeit an diesem Poem, so zitiert die Herausgeberin und frühere Lebensgefährtin Dorothee Joachim in ihrer Nachbemerkung zum Buch, nicht allein darum gegangen,

> [...] Teile und Zusammenhänge von Realität zu sehen, hören, riechen, Menschen, Tiere, Pflanzen, Straßen, Plätze, Häuser und ihr (und auch meine) Geschichte und Geschichten (die natürlich nicht nur in der Stadt und in dieser Stadt stattgefunden haben und stattfinden) zu erleben, erinnern, imaginieren, Vergangenes, Gegenwärtiges, Zukünftiges in Wörtern und Sätzen zusammenzubringen, sondern auch – beim Ergehen und Erfahren der Stadt, zum Beispiel – Weite und Beengung, Ruhe, Hast, Gelassenheit,

63 S. zu Hagen Di Bella: *Break on through*, S. 338 f.

> Aufgeregtheit [...] zu erleben, also die Rhythmen der Stadt (und meinen Rhythmus darin) zu spüren und in Sprachgebilde, Worte, Sätze, Verse, Lautbilder, Sprachmusik umzusetzen[64].

Tatsächlich sucht dieses *Köln Poem* die vielen dissonanten Stimmen der Metropole und ihrer Bewohner in seiner eigenen Vielstimmigkeit einzufangen: Köln im Widerspruch zwischen Historie und Gegenwart, Erhabenheit und Hässlichkeit, Konsum und Obdachlosigkeit, Ratten und Hunden, Protest und Karneval, Aufbegehren und Opportunismus.

Wie Brinkmann, an den *Köln Poem* ausdrücklich erinnert (»Der Geist von Rolf DB taucht auf. Trägt unterm Arm ein Manifest der Ungeduld: [...]«[65]) war auch Hagen ein »Köln-Wanderer«, der sich den urbanen Lebensraum vorzugsweise bei Nacht erschloss. Mit Brinkmann teilt Hagen auch die Affinität zu Pop und Underground. Anders als jener lädt er seinen Text mit einer dezidiert parteiisch-politischen Stellungnahme auf. Spürbar wird das in der – als solche konkret identifizierbaren – Nachreflexion der 68er-Zeit, in der legitime Kritik in eintönig-fantasieloser Wiederholung mit »Klatsch, Wumm, Wasserwerfer ...«[66] beantwortet wurde. Hagens Köln ist eben auch eine von Herrschaft durchsetzte Klassengesellschaft, der der lyrische Sprecher notorisch seine anarchistische Utopie entgegenhält: »Niemand unter mir niemand über mir«[67]. Das »Nie Ankommen« wird zur Figur einer letztlich romantischen Sehnsucht.

8.4 Erasmus Schöfer

Hagen wird somit zu einer Art Bindeglied zwischen der »generalrebellischen« Brinkmann-Sphäre und einer Kölner Hardcore-Linken, die mit jener wenig bis gar nichts zu tun hatte und entschieden das Konzept einer operativ eingreifenden, im Sinne gesellschaftlicher Veränderung wirksamen Literatur vertrat. Für sie steht außer Günter Wallraff vor allem Erasmus Schöfer (1931–2022), der aus der Nähe von Berlin stammte, allerdings in Köln und Bonn studiert hatte und sich, nach einem vierjährigen Aufenthalt in München, just 1968 in Köln niederließ, um dort mit einigen Unterbrechungen (Zweitwohnsitz in Griechenland) bis zu seinem Lebensende zu bleiben. Weil Schöfer als einmischungsbereiter Bürger in der Stadtgesellschaft durch Lesungen, Protestaktionen, Demonstrationen etc. überaus präsent war und außerdem eine von mehreren Richtungen innerhalb der diversen 68er-Bewegung markant vertritt, soll auf ihn an dieser Stelle ein ausführlicherer Blick geworfen werden.

---

64 Dorothee Joachim: *Nachbemerkung*, in: Jens Hagen: *Nie ankommen. Köln Poem. Text- und Tondokument*, hrsg. von Dorothee Joachim, Köln 2014, S. 93 f.

65 Jens Hagen: *Köln Poem*, S. 37.

66 Ebd., S. 76 f.

67 Ebd., S. 79 ff.

Schöfer hatte 1962 in Bonn mit einer Arbeit über die Sprache Heideggers promoviert, zwischenzeitlich allerdings auch – über drei Jahre hinweg – in Berliner und Kölner Fabriken gearbeitet, kannte also die »Arbeitswelt« aus eigener Erfahrung. Danach arbeitete er als freier Schriftsteller und Journalist für verschiedene Zeitungen und Sendeanstalten. Politisiert wurde er in den Auseinandersetzungen um den Vietnamkrieg der USA und die von der Großen Koalition geplante Verabschiedung der Notstandsgesetze sowie in der Ostermarschbewegung der Atomwaffengegner. Eigener Auskunft zufolge[68] wurde er in München Mitglied der damals (seit 1956) noch verbotenen KPD, dann, in den 70er Jahren, der 1968 als Nachfolgeorganisation etablierten DKP, die er erst 1989 verließ. »Ich bin«, so Schöfer in einem Gespräch mit Günter Wallraff, der um 1968 zweifellos DKP-nah war, aber nie Mitglied wurde, »in diese Partei, die DKP, gegangen, weil ich denke, man kann nicht als Einzelner etwas verändern, sondern man braucht Genossen.«[69]

In Köln gründete Schöfer, der bislang als Autor von Hörspielen und Theaterstücken zwar produktiv, aber nicht sonderlich erfolgreich gewesen war, mit Heinrich Pachl und seiner Frau, der Schauspielerin Christiane Bruhn, das Industrietheater *Der wahre Anton*, für das er ebenfalls Texte schrieb. Vor allem aber gehörte er zu den Initiatoren des *Werkkreises Literatur der Arbeitswelt*, der 1969 in Dortmund gegründet wurde und »getauft in Köln im März siebzig«[70]. Der *Werkkreis* entstand, so Schöfer, als Ableger der bestehenden Dortmunder Gruppe 61 um Fritz Hüser und Max von der Grün, als »proletarisches Kuckucksei« in ihrem »Nest«[71]. Auf deren Jahrestagung im November 1968, an der Schöfer zunächst (nur) als Journalist teilnahm, wurde – u. a. vonseiten von der Grüns, Wallraffs, Erika Runges, des nachmaligen DKP-»Parteidichters« Peter Schütt sowie Schöfers selbst – massive Kritik an ihrer zu »literarischer« Ausrichtung laut, an deren Stelle die Einbeziehung schreibender Arbeiter und eine klare Ausrichtung auf den proletarischen Klassenkampf zu treten hätten. Die Abwehr dieses kommunistischen »Putschversuchs«[72] in der finalen Abstimmung führte dann zur »Ausgründung« des *Werkkreises*. Das Konzept: In bundesweit zu etablierenden »Werkstätten« sollten schreibende Arbeiter von Be-

---

68 Erasmus Schöfer: *Die Kinder des Sisyfos. Romantetralogie*, Berlin 2008, Bd. 4: *Zwielicht. Zeitroman*, S. 525 f. – Die Tatsache, dass Schöfer hier in Gestalt eines Interviewpartners selbst als Romanfigur (s. dazu unten S. ###) auftritt, blockiert auf Anhieb die Möglichkeit, deren Aussagen »eins zu eins« zu nehmen. Allerdings legt das – fiktive – Interview als Ganzes die Vermutung nahe, dass es sich hierbei um authentische und daher auch als biografische Quelle verwendbare Selbsterläuterungen handelt. Eine literarische »Verfremdung« des eigenen Lebenslaufes an dieser Stelle wäre auch literarisch »dysfunktional«.

69 *Der Werkkreis Literatur der Arbeitswelt*. Erasmus Schöfer im Gespräch mit Günter Wallraff, in: Volker Dittrich (Hg.): *Unsichtbar lächelnd träumt er Befreiung. Erasmus Schöfer unterwegs mit Sisyfos*, Berlin 2006, S. 170–189; hier: S. 173.

70 Ebd., S. 529.

71 Schöfer: *Die Kinder des Sisyfos*, Bd. 4, S. 526.

72 So Schütts Rückblick: *Schlagt die blaue Blume tot*, in: *Die Welt* vom 13. Mai 2000 (auch: https://www.welt.de/print-welt/article543729/Schlagt-die-blaue-Blume-tot.html).

rufsautoren geschult und literarisch »entwickelt« werden. In erster Linie ging es dabei um die Öffentlichmachung von unhaltbaren Ausbeutungsverhältnissen in der industriellen Arbeitswelt – die proletarische Textproduktion sollte selbst zu einem Produktivfaktor im Kampf für die Überwindung des Kapitalismus werden. Parallelen zum in der DDR beschrittenen *Bitterfelder Weg* wiesen Schöfer und andere zurück.[73] Der *Werkkreis* sei keine »von oben« gesteuerte, sondern eine selbstverwaltete »Graswurzelbewegung« gewesen.

Schöfer, der selbst die Leitung der Kölner Werkstatt übernahm, arbeitete im *Werkkreis* bis in die 80er Jahre hinein mit – bis er feststellen musste, dass es in den Werkstätten »keine weiteren Qualifizierungen«[74] gab und sich damit das Scheitern des Projekts einer ernstzunehmenden Arbeiterliteratur auf breiter Front ankündigte. Weil es gelungen war, mit dem Fischer-Verlag einen potenten Verleger zu gewinnen, der in einer eigenen Taschenbuch-Reihe bis 1985 50 (zum Teil von Schöfer herausgegebenen) Titel mit Texten aus den Werkstätten des *Werkkreises* veröffentlichte, hatte dieser zunächst eine beachtliche Breitenwirkung entfaltet – wobei die Leser der auflagenstarken Editionen im Wesentlichen allerdings nicht aus dem proletarischen, sondern aus dem linken Akademiker-, Studenten- und Lehrermilieu kamen.

Im dritten Teil seines Romans *Zwielicht* von 2004 stellt Schöfer die Vorgänge um die Gründung und die Arbeit des *Werkkreises* dar – leicht fiktionalisiert, aber »realitätshaltig« bis an die Grenze zum Dokumentarischen. *Zwielicht* ist der zweite Band der zwischen 2001 und 2008 entstandenen und mehr als 2000 Seiten umfassenden Romantetralogie *Die Kinder des Sisyfos*, in der der Autor aus dem Schatz seiner eigenen Lebenserfahrungen heraus die Kämpfe der 68er von diesem »Sturmjahr« bis zum Epochenbruch von 1989 darstellen wollte: »Niemand hat wirklich gerecht und umfassend über sie und ihre Absichten geschrieben.«[75] Der dritte Band – *Sonnenflucht*, der größtenteils in Griechenland spielt – war in einer Frühfassung unter dem Titel *Tod in Athen* bereits 1986 erschienen.[76]

Der Untergang der DDR und des »real existierenden Sozialismus« 1989 und danach stürzte Schöfer nach eigener Auskunft in eine tiefe Krise: »Ein halbes Jahr war ich völlig ratlos, es ging mir sehr schlecht.«[77] Im Nachgang räumte der Autor die »Fehler« und »Verbrechen« des gestürzten Regimes ein, gestand auch zu, selbst schweren Irrtümern aufgesessen zu sein. Zu einer

73 Siehe etwa *Der Werkkreis Literatur der Arbeitswelt*, S. 177.

74 Ebd., S. 180.

75 *Eine unbekannte Wirklichkeit*. Erasmus Schöfer im Gespräch mit Arnold Schölzel, in: Dittrich: *Befreiung*, S. 198–204; hier: S. 201.

76 Dazu gibt es einen aufschlussreichen Brief, in dem Heinrich Böll Schöfers Ansinnen, den Roman im Lamuv-Verlag seines Sohnes René herauszubringen, rundheraus ablehnt (*Es fällt mir nicht leicht* vom 10. September 1984 in Dittrich (Hg.): *Befreiung*, S. 82–85). In diesem Brief übt der Nichtkommunist Böll u.a. Kritik daran, dass die Auseinandersetzung zwischen Bliss und Anklam »notwendigerweise etwas dürftig, zu obenhin, gelegentlich schablonenhaft« bleibt. Generell spürt der heutige Leser hier die Ablehnung der gesamten »Tendenz«.

77 Ebd., S. 200.

grundsätzlichen Abwendung, zu der Einsicht, dass das kommunistische Herrschaftssystem keine Fehler »gemacht« hatte, sondern selbst der Fehler »war«, führten diese Erkenntnisse allerdings nicht. Die Revolution von 1989 war für Schöfer bis ans Ende seiner Tage in erster Linie der Sieg des verhassten Kapitalismus, nicht etwa die Überwindung einer menschenverachtenden Diktatur. Ideologische Blockaden und die durch sie induzierte intellektuelle Erfahrungsverweigerung machten eine prinzipiell revidierende Umstellung seiner politischen Denkkoordinaten offenkundig unmöglich.

Dieses Defizit schlägt auch auf die Faktur und Substanz seines gewaltigen Hauptwerks durch, besagter Tetralogie, die allerdings erfreulicherweise zum Teil mehr »weiß«, als es die Äußerungen des Autors nahelegen. »Von 1968«, bemerkt Schöfer in einem weiteren Interview,[78] »denke ich, wird man hundert Jahre später reden wie man heute über 1848 redet, nämlich von einem unterdrückten Aufstand der Demokraten«. Nun findet sich etwa im ersten Band der *Kinder des Sisyfos* mit dem Titel *Ein Frühling irrer Hoffnung* die »Analyse« eines bayerischen Kommunisten, der die – nun unstrittig demokratische – Reformbewegung des Prager Frühlings als destabilisierende Machenschaften westlicher Geheimdienste diffamiert.[79] Dieser Kommunist gehört zwar erkennbar zur 68er-Bewegung, aber er ist genauso offensichtlich kein Demokrat. Anders als Schöfer es wahrhaben will, waren »1968« und »Demokratie« keineswegs identisch.

Der Tetralogie-Titel suggeriert – bezogen auf jene historischen Prozesse, um die es geht – eine unablässige Folge absurden Scheiterns, geschichtsphilosophisch formuliert: keine Linearität, sondern einen unaufhebbaren Zirkel der Aussichtslosigkeit. Diese Deutung weist Schöfer allerdings – ohne auf Camus' Proklamation eines »glücklichen Menschen« Sisyphos zurückzugreifen – programmatisch zurück: »Mir geht es bei dem Sisyphos-Mythos nicht um die Vergeblichkeit, sondern um die Beständigkeit in dem Versuch, den Stein auf den Berg zu bringen und sich nicht entmutigen zu lassen.«[80] Tatsächlich liefern die Ereignisse und Entwicklungen des Romanzyklus, der sich implizit an Peter Weiss' Monumentalepos *Die Ästhetik des Widerstands* orientiert, hinsichtlich dieser gedanklichen Kernfigur die Probe aufs Exempel.

Schöfer stellt drei (männliche!) Protagonisten ins Zentrum der weitverzweigten Handlung, die einerseits im Rahmen eines jeden der vier Bände zu einem relativen Abschluss gebracht wird, andererseits aber auch über die »Buchgrenzen« hinweg verbindende Fäden spinnt. Dabei wechseln allerdings nicht nur Orte und Kontexte, sondern auch die jeweiligen Handlungsanteile des Personals. Besagte Protagonisten sind der Münchner Universitätsdozent und spätere –am Radikalenerlass scheiternde – Lehrer Victor Bliss, der Kölner Betriebsrat Manfred Anklam und der angehende Journalist Armin Kolenda (der erst ab Band 2 in Erscheinung tritt). Sie alle beteiligen sich an politisch-gesellschaftlich relevanten und signifikanten Auseinandersetzungen der

78 *Die linken Hoffnungen gehen in den Untergrund.* Erasmus Schöfer im Gespräch mit Jürgen Lodemann, in: Dittrich (Hg.): *Befreiung*, S. 158–167; hier: S. 159.

79 Schöfer: *Die Kinder des Sisyfos*, Bd. 1: *Ein Frühling irrer Hoffnung. Roman*, S. 194 ff.

80 Ders.: *Eine unbekannte Wirklichkeit*, S. 198.

End-60er bis 80er Jahre – vom Kampf gegen die Notstandsgesetze über den Widerstand gegen den Bau des Atomkraftwerks Whyl bis hin zu einer umstrittenen Betriebsübernahme seitens der Belegschaft und den Konflikt um Erhalt oder Schließung des Krupp-Stahlwerks in Duisburg-Rheinhausen. Dabei erleiden sie Verletzungen im realen wie übertragenen Sinn, ohne doch aufzugeben und zu resignieren. Während in der Silvesternacht 1989/90 am Brandenburger Tor eine vorweggenommene euphorische Vereinigungsparty steigt, lassen die geschundenen Kämpen über dem aufgelassenen Duisburger Stahlwerk trotzig einen »roten Fetzen«[81] steigen.

Im Fortgang sei der erste, in München spielende Band der Tetralogie etwas ausführlicher beschrieben. Victor Bliss ist von Marburg in die bayerische Metropole gezogen – im Schlepptau seiner Frau Lena, die eine Stelle als »Gewandmeisterin« der Münchner Kammerspiele gefunden hat. Das Ehepaar wird in die notorischen Auseinandersetzungen des Jahres 1968 hineingezogen: Bliss beteiligt sich im Nachgang zum Mordversuch an Rudi Dutschke an der Blockade der *Bild*-Zeitungsauslieferung in München, während im Ensemble der Kammerspiele – wo der einstweilen arbeitslose Bliss im Gespräch für eine historische Beratertätigkeit bei Peter Steins Inszenierung von Weiss' *Viet Nam Diskurs* im Gespräch ist – Überlegungen im Gang sind, eine Vorstellung (oder mehrere) mit einer Protestaktion gegen die Notstandsgesetze zu unterbrechen. Im engen Austausch mit Lena ist er in die Vorbereitungen involviert. Die Sache steigt: Während der Aufführung einer Komödie des britischen Dramatikers Peter Shaffer (des nachmaligen *Amadeus*-Autors) verlesen die Schauspieler einen Protestbrief und treten in einen zehnminütigen »Warnstreik«.

Der Katzenjammer nach revolutionärem Hochgefühl folgt auf dem Fuß: Lena wird die Nichtverlängerung ihres Vertrages mitgeteilt, und der Bundestag verabschiedet ungerührt in dritter Lesung die Notstandgesetze. Es existiert keine wie auch immer definierte »revolutionäre Situation«. Das Ehepaar Bliss wird nicht nur dadurch in eine schwere Krise gestürzt: Anlässlich eines Kurzurlaubs am Starnberger See bricht der Konflikt um vergangene beidseitige sexuelle Eskapaden offen aus – Drucksituationen hält die diesbezüglich im 68er-Geist obwaltende wechselseitige Großzügigkeit offensichtlich nicht stand. Der Name des Hauptakteurs – Victor heißt »Sieg«, Bliss (englisch) »Glück« – gerät zum ironischen Verweis auf das, was eben gerade nicht der Fall ist.

Schöfer entwickelt dieses Konfliktszenario nach allen Regeln der Kunst: Die – historisch beglaubigten – unterschiedlichen Positionen innerhalb der Linken, die nur kurze Zeit später zu unheilbaren Brüchen führen, sind hier in szenisch lebendigem Austausch vergegenwärtigt. Die fiktiven Erzählmotive samt ihrem Personal werden konzis in ein verifizierbares realhistorisches Umfeld montiert – dergestalt, dass Fiktion und Faktizität ineinander zu schwimmen neigen. Das reicht von Bliss' Schülerschaft bei dem legendären Marburger Politologen Wolfgang Abendroth bis zum – namentlich benannten – Ensemble der Münchner Kammerspiele. Davon abgesehen hat Schöfer seinen nichtheldischen Helden starke autobiografische Anteile mitgegeben, seine eigenen Professionen – Wissenschaftler, Malocher, Journalist – sozusagen auf drei Figuren verteilt. Im zweiten Buch erscheint der Autor übrigens selbst als Kolendas Interviewpartner: Da

81 Ders.: *Winterdämmerung*, Berlin 2008, S. 619.

unterhält sich Schöfer dann sozusagen mit sich selbst. Ein erzählstrategischer Salto mortale im Gefolge der romantischen Literatur eines Tieck und E. T. A. Hoffmann.

Die Spannungskurve hin zur »Störung« der Münchner Aufführung ist exzellent gebaut. Und die promiskuitiven erotischen Partien der Erzählung zeigen überzeugend, dass es 1968 eben nicht nur um Politik, sondern auch um sexuelle Befreiung ging. Der Darstellungsstil ist »realistisch«, »unpsychologisch«, arbeitet aber auch mit perspektivischen Brechungen und mit den inneren Monologen der Beteiligten (vor allem Bliss'). Entsprechend enden Bewusstseinsvorgänge sprachlich immer wieder in Ellipsen, und in den Dialogen gibt es viele – zum Teil auch dialektal eingefärbte – Strecken in phonetischer Umschrift. Bei der Rechtschreibung lässt der Autor eh seine eigenen Regeln walten – ein individuelles Signal des Widerstandes.

Indes fallen auch die Negativa unweigerlich ins Auge: Schöfer wollte, wie er mehrfach betonte,[82] die 68er-Zeit aus der Perspektive der unmittelbar Beteiligten schreiben – ohne Kenntnis der Folgegeschichte. Das Problem dabei: Der Autor kann den Beteiligten diese Perspektive vorschreiben – er selbst weiß zwangsläufig, was aus all dem wurde. Insofern sind *Die Kinder des Sisyfos*, die der Autor selbst »Zeitromane« nennt und damit Aktualität wie aktuelle Relevanz betont, auch keine 68er-Romane im engeren Sinne. Sie stehen nicht mehr im Gravitationsfeld der geschilderten Ereignisse, wie es bei den erwähnten Werken von Weiss, Vesper und Timm der Fall ist, sondern wurden in deutlichem zeitlichem Abstand zum Ereigniskomplex verfasst. Diesen Abstand schließt das seit Walter Scott etablierte traditionelle Konzept des Zeitromans keineswegs aus – es beruht gerade auf der wie auch immer artikulierten Spannung zwischen Erzählzeit und erzählter Zeit, Historie und Verfassergegenwart, die als solche ins Bewusstsein von Autor und Leser dringt. Die Option einer Thematisierung der Zeitebenen-Kaskade 1968–1989–2001 (Beginn der Niederschrift) bis 2008 im Roman aber schlägt Schöfer aus. Das Ergebnis: Es klafft ein unbewältigter Hiatus zwischen dem Figurenbewusstsein und dem Bewusstsein des Erzählers/Autors, der sich selbst schließlich nicht künstlich dümmer machen kann, als er ist.

Schöfer wollte, wie er mehrfach betonte, ein Komplettbild, eine Totale der westdeutschen Protestbewegung zwischen 1968 und 1989 liefern. Bei näherem Hinsehen kann allerdings keine Rede davon sein, dass dieser Anspruch eingelöst wurde. Die »Biotope« von SPD und FDP etwa, die schließlich an »68« ebenfalls stark beteiligt waren, fehlen in seiner Darstellung völlig. Dass erbitterte Diskussionen um Reform und Revolution, um Strategie und Taktik, um die Positionierung zu DDR und Prager Frühling im kommunistischen Umfeld ebenfalls stattfanden und auch entsprechend dargestellt werden, kann diesen Mangel nicht wettmachen. Es bleibt bei Schöfer alles in einer mehr oder weniger manifesten kommunistischen Blase, in einem geschlossenen Echoraum tendenziell ohne Verbindungen nach »draußen«.

Erst recht gilt das für die Seite des »Gegners« oder auch – Carl Schmitt lässt grüßen – »Feindes«: Die »Kapitalfraktion«, die der »herrschenden« Produktionsmittel-Eigner erscheint so gut wie nie als lebendiges Personal aus Fleisch und Blut – die Kapitalisten bleiben

82 S.u.a. Schöfer: *Die linken Hoffnungen gehen in den Untergrund*, S. 158 und passim.

»Charaktermasken« im Sinne der Marx'schen Definition (eine Ausnahme ist allenfalls der Fabrikant Süßmuth im zweiten Band der Tetralogie). Das Ergebnis ist Dämonisierung genauso wie Abstraktion: Der Feind hat kein Gesicht mehr, er wird zum Feind »an sich«. Damit etabliert sich eine dichotomische Weltsicht, die den Vorteil einer klaren binären Codierung für sich hat, aber auch fragwürdig simplifiziert, das Design einer komplexen, widersprüchlichen Wirklichkeit verfehlt: Schwarz steht gegen Weiß, Gut gegen Böse. Schöfer hat diese Defizite mit dem Fehlen einer eigenen Nähe zur Sphäre der Mächtigen erklärt[83] – eine dürftige Rechtfertigung angesichts des mit seinem Projekt verbundenen Anspruchs.

An diese Mängel knüpfen sich unweigerlich weitere, die in der Rezeption auch bereits benannt wurden: »Es fehlt dem Buch eine zutreffende Analyse der Frage, was der Stalinismus war und warum er scheiterte.«[84] Vice versa finden sich keinerlei Hinweise darauf, wie ein von seinen demokratischen Defiziten befreiter Sozialismus in der Wirklichkeit aussehen könnte. In der Mitte von Erasmus Schöfers Epochenbild klafft ein schwarzes Loch.

8.5 Ulla Hahn

Im Kapitel »Köln 1968« sollte schließlich die Lyrikerin und Romanautorin Ulla Hahn nicht fehlen[85] – obwohl sie mit Blick auf ihre Zugehörigkeit zu einer Kölner Literaturgeschichte zweifellos einen Grenzfall markiert: 1945 im Sauerland geboren und in Monheim aufgewachsen, studierte sie Ende der 60er Jahre, also in der Hochzeit der Studentenbewegung, in Köln Germanistik (u.a. bei Gerhard Fricke und Walter Hinck), Soziologie und Geschichte. Als Autorin fiktionaler Literatur trat sie damals – altershalber – noch nicht in Erscheinung, ihr einschlägiges Debüt mit dem Gedichtband *Herz über Kopf* erfolgte erst 1981. Zu dieser Zeit lebte Hahn nicht mehr in Köln, sondern – seit 1972 – in Hamburg, wo sie nach wie vor ihren Lebensmittelpunkt hat.

Wenn sie in diesem Buch trotzdem kurz erscheint, dann wegen der sehr eindringlichen und auch in einem dokumentarischen Sinn belangvollen Köln-Kapitel in *Spiel der Zeit*, dem dritten Band ihrer autobiografisch geprägten Romantetralogie mit der aus der Ich-Perspektive erzählenden katholischen Proletariertochter Hilla Palm im Zentrum. Das Buch erschien 2014, im Abstand von fast 50 Jahren zu den geschilderten Ereignissen. In seinen nichtfiktionalen Bestandteilen ist es also, insoweit der thematisch benachbarten Prosa Schöfers vergleichbar, Erinnerungsliteratur. Der Abstand eines halben Jahrhunderts zwischen Geschichts- und Berichtszeit hat sich

83 Ebd., S. 161 f.

84 *Sascha Staničić: In Gedenken an Erasmus Schöfer (1931–2022),* online unter: https://solidaritaet.info/2022/06/in-gedenken-an-erasmus-schoefer-1931-2022/.

85 S. dazu *»... wie die Steine am Rhein«. Über Geborgenheit, Heimat und Sprache. Ulla Hahn*, ausgewählt, zusammengestellt und bearbeitet von Gabriele Ewenz (= *lik 06*), Köln 2021.

Abb. 17 Ulla Hahn, 2017.

dem Text eingeschrieben, etwa in Gestalt dezenter Ironiesignale, die die Darstellung der Zeit und ihrer Akteure begleiten. Auch die Verfasserin des Buches ist erkennbar nicht mehr die Hilla Palm des Jahres 1968.

Wie Schöfer gehörte übrigens auch Hahn, in ihrer Hamburger Zeit, der DKP an, allerdings nur ein paar Jahre lang. Durch eine Reise in die DDR praktisch belehrt über diesen als solchen erkannten Irrtum und Irrweg, verließ sie die Partei geraume Zeit vor dem Systembankrott von 1989. Das ist auch der Grund, warum *Spiel der Zeit* jener Attitüde der Selbstrechtfertigung und -verteidigung entbehrt, wie sie in Schöfers *Sisyfos*-Bänden anzutreffen ist. Ulla Hahn hat sich in ihrem Roman selbst historisiert, das Interesse an ihrem früheren Ich ist weder vom Willen zur Verherrlichung noch dem zur Abrechnung und Verdammung imprägniert.

Hahn beschreibt die nachvollziehbare Politisierung der Germanistikstudentin Hilla Palm im Zuge des KVB-Streiks, durch die Ermordung von Benno Ohnesorg, den Vietnam-Krieg, die Diskussionen um Atombewaffnung und Notstandsgesetze – und ihre Teilnahme an den einschlägigen Demonstrationen der Kölner Studentenschaft. In ihrem einige Jahre nach *Spiel der Zeit* mit Gabriele Ewenz geführten Gespräch über ihre Kölner Vergangenheit und ihr Verhältnis zu Köln[86] ergänzt sie, Motive aus ihrem Roman in wörtlicher Übernahme aufgreifend, diese um einige aufschlussreiche Erinnerungen und Beobachtungen, die sich dort so nicht finden. Dazu gehört z. B. der Bericht von einer Kränkung, für die die aufstiegswillige, von den Segnungen der

86 »*Köln, das ist (m)ein Sehnsuchtsort*«. Gabriele Ewenz im Gespräch mit Ulla Hahn, in: »*... wie die Steine am Rhein*«, S. 58–79.

Wohlstandsgesellschaft einstweilen abgeschnittene Arbeitertochter ein feines »klassenspezifisches« Sensorium entwickelt hatte. So erlebt sie auf einem ihrer Studentenjobs, als Sprechstundenhilfe in einer HNO-Praxis, dass ausschließlich die Kinder von Privatpatienten mit Bonbons für »braves« Verhalten belohnt werden. Als sie diese auch an die nicht privilegierten Kinder verteilt, feuert sie der Arzt. Politische und Sozialkritik greifen ineinander.

»1968« beinhaltete für Hilla nicht nur Protest und Demonstrationen, sondern auch die – meist von Skepsis und Ablehnung grundierte – Bekanntschaft mit alternativen Geselligkeits-, Wohn- und Lebensformen samt Drogenkonsum und promiskuitivem Sexualverhalten. Im Gespräch mit Ewenz wird noch einmal explizit der spezifisch »rheinische« Charakter der örtlichen Protestbewegung herausgestellt:

> Fanatisch, radikal wie in vielen anderen Städten, ging es in Köln ganz selten zu. [...] Anders als beispielsweise in Paris – »Die Phantasie an die Macht« – führte unser Unmut meist nicht zum revolutionären Schulterschluss auf den Straße, sondern zum gemütlichen Schulterklopfen in den Kneipen: Drink doch ene mit! Auch das ist mein Köln.[87]

Ulla Hahn, die auch Gedichte in kölnischer Mundart verfasste, wurde nach eigenem Bekunden erst in Hamburg zur Kölnerin, wobei sich diese Identifikation zentral über das Medium der Sprache vollzog, im selbstbewussten Geschehenlassen des rheinischen Zungenschlags. Köln selbst wurde über der räumlichen Distanz zum »Sehnsuchtsort«, mitsamt seinem in einer langen Tradition emblematisch verfestigten Zubehör:

> Sobald der Zug aus dem Norden über die Deutzer Brücke rollt und ich die zwei Zacken des Doms und den eckigen Kopf von Groß-Sankt Martin sehe, stellt sich diese Erregung ein, wie beim Wiedersehen mit einem geliebten Menschen. Dann ist es wieder da, dieses Leben im Augenblick, das ich nirgends so verspüre wie in dieser Stadt, diese lebende Zuversicht.[88]

87 Ebd., S. 68 f.
88 Ebd., S. 74 f.

9. Köln auf der Durchreise

Die Stadt im Blick »auswärtiger« Schriftsteller

9.1 Der »fremde« Blick

Nicht nur Kölner Autoren haben über Köln geschrieben, und Literatur über Köln ist nicht nur in Köln entstanden. Diese Feststellung verliert ihre Trivialität, wenn sie im Zusammenhang mit der bereits in der Einleitung erörterten Frage konstatiert wird, was überhaupt zu einer Kölner Literaturgeschichte gehört – oder in einer ihr gewidmeten Darstellung gehören sollte. Das leidige Abgrenzungsproblem stellte sich schon mehrfach in diesem Buch angesichts von Autoren, deren biografische Verbindung zur Stadt locker war: Goethe z. B., Annette von Droste-Hülshoff und Johanna Schopenhauer, aber auch Georg Weerth und Ferdinand Freiligrath, deren kurzzeitige Köln-Residenzen sich ausschließlich dem Revolutionsjahr 1848/49 verdanken.

In diesem Kapitel soll es dezidiert um – deutsche und internationale – Autoren gehen, die auf der Durchfahrt waren, für die Köln nur eine und je nachdem sogar fakultative Station auf dem weitläufigen Plan einer Deutschland- oder Europareise war, die an diesem Tag eintrafen und die Stadt vielleicht schon am folgenden wieder verließen. Im Extremfall geht es sogar um Schriftsteller, die sich über Köln äußerten, ohne je leibhaftig am Ort gewesen zu sein. Noch einmal: Gehören sie zu einer Kölner Literaturgeschichte? Allein die Existenz des vorliegenden Kapitels zeigt, dass der Autor, ohne die Causa starr-dogmatisch behandeln zu wollen, auf diese Frage mit »ja« zu antworten geneigt ist.

Vor allem folgende Überlegung leitet ihn: Gerade weil es in diesem Buch immer wieder um die dialektische Wechselbeziehung zwischen der Lebenswelt der Rheinmetropole und ihrer literarischen Gestaltwerdung geht, drängt sich die Frage auf, wie der auswärtige Besucher diese sieht und empfindet; der Gast, der von der Position fehlender Vertrautheit aus – kulturanthropologisch gesprochen: der Alterität – die ihren Einwohnern bekannte Stadtwirklichkeit wahrnimmt. Und ihr dadurch möglicherweise Aspekte abgewinnt, die wiederum im Licht von Köln-Bildern der Innenperspektive so ungewohnt wie erhellend sein können.[1]

Weil Köln über die Jahrhunderte von vielen illustren Schriftstellern angesteuert wurde, ist an dieser Stelle eine strikte Auswahl angezeigt. Leiten lässt sie sich in der Tat von der Frage, ob und inwieweit aus der Begegnung einer Subjektivität mit einem ihr unvertrauten Vorgefundenen etwas Neues entsteht, der »fremde Blick« Köln tatsächlich »verändert«. Trotzdem bleibt die Auswahl nach strengen Kriterien willkürlich – sie kann nicht verhindern, dass dieser Leser etwas

1 Ähnlich Jochen Schimmang in: J. S. (Hg.): *Köln, Blicke. Ein Lesebuch*, Köln 1998, S. 9.

vermisst und jenem etwas überflüssig erscheint. Und sie kann auch nicht verhindern, dass in der chronologischen Folge zwischen Texthäufungen auf kurzen Zeitstrecken Lücken von Jahrzehnten und Jahrhunderten klaffen.

9.2 Von Petrarca bis Chotjewitz – Köln in literarischen Reiseberichten

Einen frühen Höhepunkt erreicht die lange Liste von Reiseberichten aus der Feder berühmter dichtender Köln-Touristen mit einem lateinisch verfassten Brief aus Lyon vom 9. August 1333,[2] den Francesco Petrarca (1304–1374) an seinen Gönner sandte, den Kardinal Colonna in Avignon. Er handelte von Besuch in der Stadt (im Zuge einer ausgedehnten Reise durch Frankreich, Belgien und Deutschland) Ende Juni 1333 und stellt dem spätmittelalterlichen Köln – bemerkenswert vor dem Hintergrund der verbreiteten Herabwürdigung in späteren Jahrhunderten – ein rundum positives Zeugnis aus.[3] Inwieweit dichterische Imagination Petrarca die Feder führte und dabei auch reale Erlebnisse überformte, ist kaum mehr zu ermitteln. Schön jedenfalls, schreibt er, sei der Anblick der Stadt, gesetzt die Haltung der Männer, schmuck das Benehmen der Frauen. Gebührend stellt er als Italiener die römische Gründung Kölns heraus.

Am Abend des Johannistages, des 24. Juni, wurde Petrarca Zeuge eines Vorgangs, den er in ein mythisch aufgeladenes Bild fasst: Er beobachtete von einem erhöhten Standpunkt aus, wie eine »glänzende Schar von Frauen« in den reißenden Wassern des Rheins Hände und Arme wusch. Diese rituelle Reinigung einmal im Jahr werde, so erläuterte man ihm den Brauch, dem Glauben der Beteiligten zufolge Unheil von ihnen abhalten.

Goethe war zweimal – 1774 und 1815 – in Köln. Der zweite Aufenthalt war bereits Gegenstand des Wallraf gewidmeten Kapitels, so dass er hier übergangen werden kann. Der erste passt insofern gut zum Kontext des vorliegenden, als Goethe ihn in seinem autobiografischen Alterswerk *Dichtung und Wahrheit* verarbeitete, das aber wie im Fall Petrarcas ein Janusgesicht zeigt: Die Konjunktion »und« im Titel verweist dabei auf ein komplexes Verhältnis der durch die beiden Substantive bezeichneten Sphären, das keineswegs als Ausschließung, sondern eher als eines der Komplementarität und wechselseitigen Spiegelung zu interpretieren ist. Spiegel-, aber auch Differenzeffekte ergeben sich allein aus der Tatsache der breiten Kluft zwischen Geschichts- und Berichtszeitraum: Die Ereignisse und Verhältnisse, über die Goethe schrieb, lagen zum Teil ein halbes Jahrhundert zurück. Der Autor begegnete sich beim Schreiben selbst als einem »nahen Fremden«. Das eigene Leben als »gedichtetes« und »gedeutetes« Leben wird darüber hinaus

2 Francesco Petrarca: *Familiaria. Bücher der Vertraulichkeiten* (2 Bde.), hrsg. von Berthe Widmer, Bd. 1, Berlin 2005, S. 28–32.

3 S. dazu Reiner Speck: *Petrarca in Köln*, in: R. S./Florian Neumann (Hg.): *Francesco Petrarca 1304–1374. Werk und Wirkung im Spiegel der Biblioteca Petrarchesca Reiner Speck*, Köln 2004, S. 9–14.

Abb. 18 Petrarca von Andrea del Castagno, um 1450.

in Goethes Darstellung einer spezifischen narrativen Form mit einer eigenen impliziten Poetik unterworfen.[4]

Goethe kam auf der Lahn- und Rheinreise dieses Jahres zusammen mit den Düsseldorfer Brüdern Friedrich Heinrich und Johann Georg Jacobi sowie dem Autor Wilhelm Heinse, der mit Georg Jacobi die Zeitschrift *Iris* herausgab, am 24. Juli 1774 von Elberfeld her über Bensberg nach Köln,[5] wo man im Gasthaus *Zum heiligen Geist* am Thurnmarkt übernachtete (dort steht heute ein Gebäudekomplex, der das 2022 geschlossene Brauhaus *Im roten Ochsen* umfasste). Der nächtliche, von Goethes Balladenvortrag begleitete Blick über den Rhein auf das mondbeschienene Siebengebirge sollte sich dem Gedächtnis der Köln-Touristen tief und lebenslang einprägen.

4 S. dazu zuletzt Wilhelm Voßkamp: *Zweite Gegenwart. Poetologische Lektüren zu Goethes ›Dichtung und Wahrheit‹*, Göttingen 2022.

5 S. zu Goethes erstem Köln-Aufenthalt Conrady: *Goethe. Leben und Werk* (2 Bde.), Bd. 1: *Hälfte des Lebens*, Königstein/TS. 1982, S. 237 ff.; Nicholas Boyle: *Goethe* (3 Bde., bislang zwei erschienen), Bd. 1: *1749–1790*, München 1995, S. 219; Stehkämper: *Goethe und Köln*.

Bereits am folgenden Montagmorgen verließ man die Stadt – die Jacobis kehrten nach Düsseldorf zurück, Goethe fuhr nach Bad Ems.

Ein äußerst kurzer Aufenthalt also – mit dem Ergebnis einer notwendig sehr oberflächlichen Erschließung des Stadtraumes, zumal Goethe in *Dichtung und Wahrheit* selbst das Fehlen eines kundigen Führers bedauert, der ihm dann 1815 mit Wallraf zuteilwerden sollte. Obligatorisch war für den Bewunderer der Gotik des Straßburger Münsters der Besuch des Dom-Torso:

> Die Ruine des Doms (denn ein nichtfertiges Werk ist einem zerstörten gleich) erregte die von Straßburg her gewohnten Gefühle. Kunstbetrachtungen konnte ich nicht anstellen, mir war zu viel und zu wenig gegeben, und Niemand fand sich, der mir aus dem Labyrinth des Geleisteten und Beabsichtigten, der Tat und des Vorsatzes, des Erbauten und Angedeuteten hätte heraushelfen können, wie es jetzt wohl durch unsere fleißigen beharrlichen Freunde geschieht. In Gesellschaft bewunderte ich zwar diese merkwürdigen Hallen und Pfeiler, aber einsam versenkte ich mich in dieses, mitten in seiner Erschaffung, fern von der Vollendung schon erstarrte Weltgebäude immer mißmutig. Hier war abermals ein ungeheuerer Gedanke nicht zur Ausführung gekommen![6]

In *Dichtung und Wahrheit* stellte Goethe seinen Köln-Aufenthalt unter die gedankliche Leitfigur der »Empfindung der Vergangenheit und Gegenwart in Eins« – dies »eine Anschauung, die etwas Gespenstermäßiges in die Gegenwart brachte«[7]. Sie grundierte nicht nur das Dom-Erlebnis, sondern auch den Besuch im Haus der Familie des legendären Kölner, später Pariser Finanzmannes und Kunstsammlers Eberhard Jabach (1618–1695) in der Sternengasse,[8] wo er das dort nach wie vor aufbewahrte, von Charles Le Brun 1660 gemalte Familienporträt der Jabachs besichtigte:

> Man führte mich in *Jappachs* Wohnung, wo mir das was ich sonst nur innerlich zu bilden pflegte, wirklich und sinnlich entgegentrat. Diese Familie mochte längst ausgestorben sein, aber in dem Untergeschoß, das an einen Garten stieß, fanden wir nichts verändert. [...] Was nun aber die hiedurch wundersam aufgeregten Empfindungen überschwenglich vermehrte und vollendete, war ein großes Familiengemälde über dem Kamin. Der ehemalige reiche Inhaber dieser Wohnung saß mit seiner Frau, von Kindern umgeben, abgebildet: alle gegenwärtig, frisch und lebendig wie von gestern, ja von heute, und doch waren sie schon alle vorübergegangen.[9]

---

6 Goethe: *Sämtliche Werke,* Bd. 14: *Aus meinem Leben. Dichtung und Wahrheit,* hrsg. von Klaus-Detlef Müller, S. 678 f.

7 Ebd., S. 678.

8 Der Standort des Hauses befand sich auf dem heutigen Gelände der ehemaligen *Kaufhof*-Zentrale in der Leonhard-Tietz-Straße.

9 Goethe: *Sämtliche Werke,* Bd. 14, S. 679.

Die durch das Kunsterlebnis stimulierte Aufhebung der Zeit im Zeichen des zitierten »Ineins von Vergangenheit und Gegenwart«, die das Abbild noch »da« sein lässt, wenn das Urbild längst verschwunden ist, darf als eine Urerfahrung Goethes bezeichnet werden, die die spätere Entwicklung seines Symbolbegriffs beeinflusste und auch Hauptfiguren seines dichterischen Werkes wie Wilhelm Meister, Ottilie und Helena heimsuchte.[10] Nicht zuletzt entspricht diesem Köln-Erlebnis ein wesentliches Strukturmoment von *Dichtung und Wahrheit* selbst: Bei der Vergegenwärtigung von Vergangenheit im Vorgang der Niederschrift und in der Spiegelung vergangenen Erlebens an der (Schreib-)Gegenwart kam es auch für den Autor selbst zu einem unvermeidlichen »Ineins von Vergangenheit und Gegenwart«.

Auch den Schriftsteller und Weltreisenden Georg Forster (1754–1794) führte sein Köln-Besuch während einer mit dem jungen Alexander von Humboldt von seinem damaligen Wirkungsort Mainz aus unternommenen Reise im Frühjahr 1790 zuerst in den Dom. Seine einschlägigen Impressionen und Reflexionen legte er in seinem zwischen 1791 und 1794 veröffentlichten Reisebericht *Ansichten vom Niederrhein, von Brabant Flandern, Holland, England und Frankreich, im April, Mai und Junius 1790* nieder:

> Wir gingen in den Dom und bleiben darin, bis wir im tiefen Dunkel nichts mehr unterscheiden konnten. So oft ich Kölln besuche, geh ich immer wieder in diesen herrlichen Tempel, um die Schauer des Erhabenen zu fühlen. Vor der Kühnheit der Meisterwerke stürzt der Geist voll Erstaunen und Bewunderung zur Erde; dann hebt er sich wieder mit stolzem Flug über das Vollbringen hinweg, das nur Eine Idee eines verwandten Geistes war. [...] Die Pracht des himmelan sich wölbenden Chors hat eine majestätische Einfalt, die alle Vorstellung übertrifft. In ungeheurer Menge stehen die Gruppen schlanker Säulen da, wie die Bäume eines uralten Forstes: nur am höchsten Gipfel sind sie in eine Krone von Ästen gespalten, die sich mit ihren Nachbaren in spitzen Bogen wölbt, und dem Auge, das ihnen folgen will, fast unerreichbar ist.[11]

Auf Anhieb klingt das Zitat nach einem Echo von Goethes früher Gotik-Begeisterung. Das ist es allerdings nur sehr bedingt. Goethe selbst (der Forsters Buch übrigens schätzte) hatte im Zug seiner durch Winckelmann-Lektüre und Italien-Reise unterfütterten und beglaubigten »klassizistischen Wende« einen kunsttheoretischen Paradigmenwechsel vollzogen, so dass Forster mit seinem Enthusiasmus für die Gotik zu spät kam und »von vorne« beginnen musste – im Widerspruch zum klassizistisch gestimmten Zeitgeist mit seiner einseitigen Orientierung an der Kunst der Antike.

Der Autor war sich dieser Konstellation übrigens sehr bewusst, wie aus seiner Beschreibung des Kölner Doms hervorgeht. »Die griechische Baukunst ist unstreitig«, so heißt es, »der In-

10 S. dazu Werner Keller: *Goethes dichterische Bildlichkeit. Eine Grundlegung*, München 1972, S. 130–135.

11 Georg Forster: *Ansichten vom Niederrhein, von Brabant Flandern, Holland, England und Frankreich, im April, Mai und Junius 1790*, in: G. F.: *Werke* (4 Bde.), hrsg. von Gerhard Steiner, Bd. 2: *Schriften zur Naturgeschichte, zur Länder- und Völkerkunde*, Frankfurt/M. 1969, S. 45.

begrif des Vollendeten, Übereinstimmenden, Beziehungsvollen, Erlesenen, mit einem Worte: des Schönen.« Diese Anerkennung führt bei Forster aber nicht zu einer Abwertung des in der mittelalterlichen Baukunst Erreichten. Angesichts der gotischen Gewölbe »schwelgt der Sinn im Übermuth des künstlerischen Beginnens«[12]. Die griechischen Gestalten schlössen sich an alles an, was menschlich sei, die gotische Architektur stünde »wie Erscheinungen aus einer andern Welt«[13] da.

Zwar appliziert Forster unter der Hand noch gedankliche Zentralfiguren des Klassizismus auf sein Gotik-Erlebnis, er spricht von »majestätischer Einfalt« und beschwört in zahlreichen Metaphern die Naturgleichheit des Dombaus. Dennoch ist unübersehbar, wie sich hier typologische Antithesen formieren, die kurze Zeit später zentral für den ästhetischen und geschichtsphilosophischen Diskurs zwischen Klassizisten und Romantikern wurden und die einschlägige Diskussion darüber bis heute prägen: Vollendung vs. Unendlichkeit,[14] Schönheit vs. Erhabenheit, das Übereinstimmende vs. das »Excentrische«, Immanenz vs. Transzendenz.

Betrat Forster mit seiner Begeisterung für den Kölner Dom damals noch (oder wieder) Neuland, so entspricht das Urteil über die Stadt weithin den abfälligen Würdigungen der aufgeklärten Zeitgenossen: »Das finstre, traurige Kölln haben wir recht gern verlassen.«[15] Es folgt das übliche Kopfschütteln über die Scharen von zerlumpten Bettlern, die Masse der Geistlichen auf den Straßen, die Unterdrückung der Protestanten, allgemein gefasst: die Herrschaftskumpanei von Klerisei und Pöbel, die dank ihrer fehlenden Produktivität auch den wirtschaftlichen Aufschwung der Stadt blockiere.

Der unstrittige Modernisierungsschub, der die Stadt in der Franzosenzeit ereilt hatte, verwandelte das Köln-Bild in den Augen seiner Besucher weder sogleich noch unbedingt ins Angenehme. Seit der Jahrhundertwende und verstärkt dann nach 1815 kamen vor allem betuchte Briten an den Rhein, denen – darunter Mary Shelley, Lord Byron und William Turner – die Rheinromantik zu einem Gutteil ihre Entstehung verdankt. Zu ihnen gehörte auch der 19-jährige William Makepeace Thackeray (1811–1863), der in den Jahren 1830 und 1831 erstmals Deutschland bereiste. Seine Route folgte einem mittlerweile etablierten Standard. Sie führte von Holland aus den Rhein hinauf bis nach Frankfurt – mit dem Dampfer, der seit 1827 auf dem Strom als Linienschiff verkehrte. Dabei machte Thackeray Station auch in Köln – und war nicht begeistert, wie ein Brief an seine Mutter vom 6./7. September 1830 zeigt. Die Stadt dünkte ihm »[...] in size considerable, in aspect unpromising, & in smell odious«[16]. Angetan war er hingegen

12 Ebd., S. 45 f.

13 Ebd.

14 S. dazu den einprägsamen Titel von Fritz Strichs Buch *Deutsche Klassik und Romantik oder Vollendung und Unendlichkeit. Ein Vergleich*, Bern 1949.

15 Forster: *Werke*, Bd. 2, S. 53.

16 William Makepeace Thackeray: *The Letters and Private Papers* (4 Bde.), hrsg. von Gordon N. Ray, Cambridge/Mass. 2014, Bd. 1: *1817–1840*, S. 120.

von dem adretten, gewerbefleißigen und ihn irgendwie britisch anmutenden Elberfeld. End- und Zielpunkt des Deutschland-Trips war dann Weimar – wo der Autor auch den alten Goethe besuchte. Die Weimar-Erfahrungen verarbeitete er satirisch in seinem großen Gesellschaftsroman *Vanity Fair*.

Relativ unergiebig als Köln-Impression ist der Bericht Alexandre Dumas' d. Ä. (1803–1870), der 1838 von Belgien über Aachen nach Köln und dann den Rhein stromaufwärts gereist war. Er schilderte seine einschlägigen Erlebnisse in den drei Jahre später publizierten *Excursions sur les bords du Rhin.*[17] Der Autor berichtet über seine spätabendliche Ankunft in Köln und die Schwierigkeiten des Kutschers, den Weg zur Herberge durch die verwinkelten Gassen der Altstadt zu finden. Komme man, so Dumas, in einem deutschen Hotel zur Unzeit an, sitze man dort bei verschlossenen Türen bis zum nächsten Morgen wie in einer Mausefalle. Man besichtigte, selbstverständlich, den Dom, darüber hinaus die Kirchen St. Peter und St. Ursula. Über die städtische Lebenswelt »dazwischen« erfährt der Leser nichts, stattdessen wartet der Verfasser mit einer Exkursion zur Geschichte der Stadt und mit Nacherzählungen der Legenden vom Teufelspakt des ersten Dombaumeisters und von der heiligen Ursula samt ihrer 11.000 Jungfrauen auf.

Bemerkenswert an diesem Bericht ist seine patriotische, um nicht zu sagen: nationalistische Tendenz. Als gewaltsam und historisch falsch wird die Einverleibung des katholischen-linksrheinischen Köln ins protestantischen Preußen nach Napoleons Niederlage gerügt. Dumas stand damit nicht allein, sein Landsmann Hugo ließ sich zwei Jahre später ganz ähnlich vernehmen – als der von beidseitigem Nationalismus befeuerte Konflikt um die Rheingrenze zwischen Frankreich und dem Deutschen Bund hochkochte. Was deutsch-protestantische Köln-Besucher eher befremdet und abschätzig konstatierten – die katholische Prägung der Stadt –, wurde von Reisenden aus dem westlichen Nachbarland positiv aufgenommen in dem Sinn, dass Köln ja »eigentlich« zu Frankreich gehöre und es der Stadt im Vergleich zur preußischen unter französischer Herrschaft in jeder Hinsicht besser ergangen sei. Zunächst ideell, de facto aber künftige Konflikte antizipierend, reetablierte man solchermaßen erneut den Rhein als französische Ostgrenze.

Im Sommer 1840 also besuchte der Romantiker Victor Hugo (1802–1885) Köln im Zuge einer mit seiner Geliebten Juliette Drouet unternommenen Rheinreise. In *Le Rhin, lettres à un ami*, dem 1842 erstveröffentlichten und dann berühmt gewordenen Bericht in Gestalt von Briefen an einen daheimgebliebenen Freund (de facto seine Ehefrau Adèle), inszenierte er sich allerdings als solitär Reisenden – was auf die Strategie der Teilfiktionalisierung verweist, die auch in diesem Buch praktiziert wird. Dumas' Itinerar folgend, reiste Hugo von Aachen her mit der Postkutsche nach Köln, das damit zur ersten Station der Rhein-Tour wurde. Eigentlich hatte Hugo zwei Wochen am Ort verweilen wollen, verkürzte den Aufenthalt jedoch wegen Dauerregen und Unwetter auf eine Woche. Weiter ging es dann mit dem Dampfschiff nach St. Goar, also ins Herz des »romantischen« Mittelrheins.

17 Alexandre Dumas: *Excursions sur les bords du Rhin* (3 Bde.), Paris 1841/42, Bd. 2, S. 32–97.

Unterkunft hatte der Dichter im Deutzer Gasthaus *Hotel Bellevue* gefunden – das linksrheinische Zentrum war von dort über eine Schiffbrücke gut zu Fuß zu erreichen. Die eindrucksvolle Sicht auf die mit Kirchtürmen gespickte Stadtsilhouette wusste auch Hugo zu genießen: Es sei, so ließ er in seinem Brief aus Andernach vom 11. August humorig verlauten, besser, in Deutz zu wohnen und Köln zu sehen, als in Köln zu wohnen und Deutz zu sehen.[18] Infolge der Aufenthaltskürzung musste das Besuchsprogramm abgespeckt werden. Übrig blieben – wiederholte – Besichtigungen des Domes (dessen Weiterbau damals noch nicht begonnen hatte) und des Rathauses. Naheliegend interessierte den Autor, der mit seinem 1831 erschienenen Roman *Notre-Dame de Paris* nicht nur dem Wahrzeichen von Paris, sondern auch der gotischen Kirchenbaukunst ein Denkmal gesetzt hatte, der Kölner Dom-Torso in besonderer Weise. In *Le Rhin* bekommt er einen dramentauglichen Auftritt: Sich am Abend zunächst im Gewirr der Altstadtgassen verlaufend, findet der Gast den Dom auf einmal in der Dämmerung wie eine Geistererscheinung vor sich auftauchen.

Am nächsten Morgen besichtigt Hugo, nachdem er das Spalier der Bettler vor der Kathedrale überstanden hat, das Kircheninnere, bewundert dort, ähnlich wie Forster, den »forêt de piliers, de colonnes et de colonnettes«[19], steuert Historisches aus dem Reiseführer bei, konstatiert beträchtliche Verfallssymptome. Anlässlich der Rathaus-Besichtigung fällt Hugo der baugeschichtlich bedingte Stil-Mischmasch auf. Die Einzelbeobachtungen sollen an dieser Stelle nicht interessieren, bemerkenswert ist die Art und Weise, wie der Autor seine Erkundungen perspektiviert: Köln erscheint ihm aus der Ferne und aus der Nähe, von »unten« und von »oben« (nach notwendiger Turmbesteigung). Und er bettet sie sehr viel stärker als andere Besucher ein in den urbanen Lebenskontext. Von den Bettlern war bereits die Rede, beim Verlassen des Rathauses fällt ihm ein – man könnte sagen: echt »kölsches« – Original auf: ein Heldengedichte verfassender Poet, der seine Existenz in Kölner Kneipen fristet. Dem Berichterstatter gerät er zu einer »romantischen« Erscheinung, die auch in *Notre-Dame de Paris* ihren Platz hätte finden können.

Ansonsten sieht Hugo den romantischen Geist zusehends aus Köln schwinden, eine feine Antenne signalisiert ihm den allmählichen Eintritt der Metropole in eine neue Zeit. Was aus modernisierungstheoretischer Sicht als überfälliger Abschied der Stadt vom Mittelalter erscheinen mag, weckt bei dem traditionalistischen Besucher aus Frankreich Unbehagen und Verlustgefühle:

> L'esprit du *positivisme* et de l'*utilitarisme*, comme parlent les barbares d'à présent, la pénètre et l'envahit; les nouveautés s'engagent de toutes parts dans le labyrinthe de son antique architecture; les rues neuves font de larges trouées à travers cet entassement gothique; le »bon goût moderne« s'y installe, y bâtit des façades-Rivoli et y jouit bêtement de l'admiration des boutiquiers; il y a des rimeurs ivres qui conseillent

18 Victor Hugo: *Le Rhin, lettres à un ami* (= *Oeuvres complètes* (45 Bde.), Abt. 4 (2 Bde.), Bd. 1), Paris 1885, S. 142.

19 Ebd., S. 148.

> à la cité de Conrad le Panthéon de Soufflot. Les tombeaux des archevêques tombent en ruine dans cette cathédrale continuée aujourd'hui par la vanité, non par la foi.[20]

Als besonders nachdrückliches Beispiel für einen literarischen Reisebericht über Köln im Zustand seiner absoluten Zerstörung sei hier die einschlägige Schilderung des britischen Autors Stephen Spender (1909–1995) angeführt. Der Autor besuchte die Stadt im Zuge einer Reise durch das Rheinland im Juli und August 1945, die ihn vom Ruhrgebiet an den Rhein führte. Erst in Köln habe er, schreibt Spender, erfasst, was völlig Vernichtung bedeute:

> There are plenty of walls but these walls are a thin mask in front of the damp, hollow, stinking emptiness of gutted interiors. Whole streets with nothing but the walls left standing are worse than streets flattened. They are more sinister and oppressive.[21]

Spenders Erzählgestus ist betont nüchtern, dennoch schlägt das Entsetzen immer wieder durch – auch in einer Metaphorik, die an Drastik nichts zu wünschen übriglässt. Spender beschreibt Köln als verfaulenden Leichnam einer Stadt – was impliziert, dass an eine »Wiederauferstehung« nicht zu denken ist. Dieser Tod ist endgültig. Und die Diagnose eines totalen Zusammenbruchs gilt Köln genauso wie seinen Bewohnern. Einzig der vergleichsweise unversehrte Dom verleihe der Stadt noch einen Rest von Charakter.

Am Schluss seines Köln-Kapitels weitet Spender seine Beschreibung des zerstörten Köln ins Allgemeine – hin zu einer kulturpessimistischen Bestandsaufnahme der geschichtlichen Gegenwart:

> The effect of these corpse-towns is a grave discouragement which influences everyone living and working in Germany, the Occupying Forces as much as the German. The destruction is serious in more senses than one. It is a climax of deliberate effort, an achievement of our civilization, the most striking result of co-operation between nations in the twentieth century. It is the shape created by our century as the Gothic cathedral is the shape created by the Middle Ages.[22]

Die Sprache der Steine in Deutschland, so Spender, predige den Nihilismus.

Am Schluss dieser »Köln von außen«-Prosa soll ein Text von Peter O. Chotjewitz (1934–2010) stehen, der aus Berlin stammte und seit 1996 in Stuttgart lebte, aber davor zehn Jahre lang in Köln seinen Wohnsitz hatte. Trotzdem wird sein 1997 entstandenes Stadtporträt *Noch'n Kölsch, bitte! Köln, die vollgekackte Stadt* vom Blick des staunenden Ortsfremden geleitet, der sich eines rätselhaften Phänomens versichern muss. Chotjewitz startet mit einem Paukenschlag:

---

20 Ebd., S. 166.

21 Stephen Spender: *European Witness*, London 1946, S. 21.

22 Ebd., S. 23 f.

> Ursprünglich hätte ich mir nie träumen lassen, nach Köln zu ziehen. Ich war 'n paarmal da, früher, schon in den sechziger Jahren, aber wenn mir diese Frau nicht begegnet wäre, die irgendwie nicht dazugehörte, die paßte überhaupt nicht zu dieser städtebaulichen Mißgeburt, dieser kriminellen Anhäufung von Palazzo Prozzi und Scheußlichkeiten in Beton und Sandstein, aber mit einem Schuß Alt-Nürnberg. Ein völlig verbautes Kaff, dieses Köln. Dagegen sind Wolfsburg, Pforzheim und Berlin-Mitte urbanistische Perlen, und die sind schon ein Fanal für den Untergang des Abendlandes. Denk nur mal an die Reichsparteitagsarchitektur vom Gerling-Konzern.[23]

So geht es dann weiter mit einer teils szenisch aufgelockerten Stadtbeschimpfung, die sich durch Übertreibung als Satire ausweist – mitunter ist es zur gehobenen Büttenrede nicht mehr weit. Allerdings kann nicht übersehen werden, dass der Autor und Jurist, Dario-Fo-Übersetzer, RAF-Anwalt und bekennende Kommunist sehr traditionsreiche Topoi des Köln-Bashing aufgreift, ihnen allenfalls einige teils originelle modernistische Akzente verpasst. Köln als »Pissoirlandschaft« mit »vollgekackten Bürgersteigen« – hier kehrt die Jahrhunderte alte Klage über die verdreckte Stadt wieder. Hinzu kommt der Lebensqualität zerstörende fahrende wie ruhende Verkehr, den Chotjewitz auf den Autofetischismus der Einwohner zurückführt: »Ihr Köter ist ihnen heilig. Der Köter und das Auto. Je größer, desto besser, weil dann noch mehr Scheiße rumliegt. Nur in Köln ist es mir passiert, daß ein Nachbar zu mir sagt: ›Oh! Kann man zum neuen Auto gratulieren?‹«[24]

Schließlich das Kopfschütteln über den niveauermäßigten, aber öffentlich und von der Lokalpresse offensiv verfochtenen Kulturbegriff:

> Das ist genau wie mit der Kunst. Kunst und Köter, da lassen sie nichts drauf kommen. Was die Kölner Stadtverwaltung für Kunst hält, das ist wie der ruhende Verkehr auf den Bürgersteigen. Werden ja permanent irgendwelche Denkmäler aufgestellt und in der Lokalpresse bejubelt. HA Schult und sein Flügelauto zum Beispiel. Das ist Köln, wie es singt und lacht. Überall auf der Welt muß der Halter sein Fahrzeug ordentlich entsorgen, wenn er's nicht mehr durch den TÜV kriegt und stillegen will. Nur in Köln darf er es auf den Turm des Stadtmuseums stellen und behaupten, es wäre Kunst.[25]

Der Verfasser nimmt – und auch diese Perspektive ist in der Geschichte des literarischen Köln-Tourismus eine geläufige Erscheinung – die fiktive Rolle des Ethnologen ein: »Die wahren Abartigkeiten liegen nicht in der Südsee, am Polarkreis oder in Schwarzafrika. Die find'st du hier

23 Peter O. Chotjewitz: *Noch'n Kölsch, bitte! Köln, die vollgekackte Stadt, in: Jürgen Roth/Rayk Wieland (Hg.): Öde Orte. Ausgesuchte Stadtkritiken: von Aachen bis Zwickau (= Reclam-Bibliothek, Bd. 1625), Leipzig 1998, S. 128–132.*

24 Ebd., S. 129.

25 Ebd., S. 131.

in Köln. Ein Eldorado für Ethnologen. Na, dann Prost. Bevor die Nordsee kommt. Mein Vorschlag: Zaun drum, Schild davor, Eintritt nehmen!«[26]

9.3 Köln in der Lyrik – von Zacharias Werner bis Hermann Kesten

Im Zentrum dieses Kapitels über die Köln-Bilder »durchreisender« Dichter soll nicht der und sei es fiktionalisierte Reisebericht stehen, sondern die Lyrik. Dies geschieht aus der Erwägung heraus, dass im lyrischen Bild wesentliche und auch für die Nachwelt erhellende Eindrücke und Erkenntnisse womöglich prägnanter, konziser, gedrängter gefasst werden konnten und können als in der Prosa.

Die Tradition der lyrischen Köln-Bilder aus dem deutschen Sprachraum hebt bezeichnenderweise nicht in der Romantik, sondern danach an. Die romantischen Lyriker – Friedrich Schlegel, Brentano, auch Eichendorff wären hier zu nennen – feierten den romantischen Rhein, genauer: den burgenbesetzten Mittelrhein.[27] Der Strom wurde dabei wie später in Wagners *Rheingold* mythisch aufgeladen im Sinne eines Uranfänglichen, Uralten, Urzeitlichen. Geschichte geriet solchermaßen zur Naturgeschichte. Historisch konkreter konnte besagte »Urzeit« allerdings insofern werden, als die hoch über den Rheinufern thronenden Burgruinen das Mittelalter mit den anhängenden Assoziationen evozierten. Die Befreiungskriege gegen Napoleon und die Folgezeit führten dann zu einer nationalistischen Instrumentierung des Mythos Rhein – der sich damit naheliegend vom Bild- und Motivspender Mittelrhein löste.

Wie auch immer: Köln liegt nicht am Mittel-, sondern am unspektakulär-»unromantischen« Niederrhein, welche Situierung die Attraktivität gerade für Lyriker blockiert haben mag. Im Übrigen stand der Köln-Feier im Gedicht lange Zeit der – im Wallraf-Kapitel dieses Buches beschriebene – schlechte überregionale Leumund der Stadt entgegen, dem erst Schlegel im Zuge seines vierjährigen Aufenthalts am Ort eine alternative Wahrnehmung entgegensetzte. Die allerdings – es sei wiederholt – damals literarisch noch kaum zündete.

Zu den Ausnahmen gehört Zacharias Werners (1768–1823) Sonett *Der Cölner Dom* von 1808, eigentlich auch kein Köln-, sondern ein Dom-Gedicht. Es ist das Produkt einer im selben Jahr unternommenen Rheinreise des aus Königsberg gebürtigen romantischen Dramatikers, der 1811 zum Katholizismus konvertieren sollte. Die Verse lassen dem Erschauern vor »diesem Weltenembryon von Steine«[28] die Einsicht in die schwächliche Unfähigkeit der jetztzeitigen Menschen folgen, das begonnene Wunderwerk zu vollenden. Wie in den Bildern Caspar David Friedrichs mit ihren gotischen Ruinen wird hier eine glorreiche Vergangenheit einer desaströsen Gegenwart konfrontiert.

26 Ebd.

27 S. dazu Karl-Heinz Göttert: *Der Rhein. Eine literarische Reise*, Stuttgart 2021.

28 Zacharias Werner: *Der Cölner Dom*, in: *Zacharia Werner's Sämmtliche Werke* (13 Bde.), hrsg. von seinen Freunden, Bd. 1: *Gedichte bis zum Jahre 1810*, Grimma 1842, S. 162.

Die triadische Formation der romantischen Geschichtsauffassung wird erkennbar, es fehlt – wohl auch angesichts von Napoleons unabsehbarer Herrschaft in weiten Teilen Europas – die Hoffnung auf eine bessere Zukunft. Im gedanklichen Design berührt sich Werner mit einem weiteren Dom-Sonett, William Wordsworths (1770–1850) *In the Cathedral at Cologne*[29]. Dabei handelt es sich um den künstlerischen Nachhall einer *Tour On the Continent* – de facto einer Reise den Rhein hinauf bis in die Schweiz –, die der englische Dichter 1820 unternommen hatte. Hier werden die Engel Gottes angerufen, die die Vollendung des Torsos ins Werk setzen sollen.

Heinrich Heines (1797–1856) *Im Rhein, im heiligen Strome* zählt bis heute (nicht zuletzt dank Schumanns Vertonung) zu den berühmtesten Köln-Gedichten – wohlgemerkt: aus der Feder eines (hier wohl fiktiven) Besuchers, nicht aus der lokalpatriotischen Mundart-Tradition. Der Autor integrierte es in das 1827 veröffentlichte *Buch der Lieder*, eine Frühfassung lag aber – als Teil des *Lyrischen Intermezzo* – bereits fünf Jahre früher vor.[30] Bei näherem Hinsehen stellt sich die Frage, ob es sich überhaupt um ein Köln-Gedicht handelt. Denn die Stadtwirklichkeit kommt nicht in den Blick – Rhein, Stadt und Dom werden vielmehr als topografische Marken herbeizitiert, ohne irgendein individuelles, durch konkrete Erfahrung gesättigtes Gepräge zu gewinnen. Tatsächlich: Obwohl der lyrische Sprecher das Gedicht-»Geschehen« dort situiert, geht es zentral nicht um Köln.

Immerhin signalisieren besagte Topoi – schöner Strom, großes, heiliges Köln – eine »positive« Wertung, die dem Schmähurteil entgegenzustehen scheint, das Heine dann 1844 in seinem Epos *Deutschland, ein Wintermärchen* sowohl über die Stadt als einen Hort finsterer katholischer Reaktion als auch den wiederaufgenommenen Dombau ergehen ließ. Eine genaue Analyse der frühen Verse aber gibt die Feststellung eines manifesten Widerspruchs nicht her – was wiederum nicht heißen soll, dass Heines Hintergrundüberzeugungen in jener Spanne von mehr als 20 Jahren zwischen den beiden Entstehungsdaten unverändert geblieben wären.

Im Rhein, im schönen Strome,
Da spiegelt sich in den Welln,
Mit seinem großen Dome,
Das große, heilige Cöln.

Im Dom da steht ein Bildnis,
Auf goldenem Leder gemalt;
In meines Lebens Wildnis
Hats freundlich hineingestrahlt.

---

29 William Wordsworth: *The Poetical Works* (7 Bde.), Boston 1854, Bd. 3, S. 141.

30 S. dazu den Kommentar in Heinrich Heine: *Sämtliche Schriften* (6 Bde.), hrsg. von Klaus Briegleb, Bd. 1, München [2]1975, S. 709.

Es schweben Blumen und Englein
Um unsre liebe Frau;
Die Augen, die Lippen, die Wänglein,
Die gleichen der Liebsten genau.[31]

Der lyrische Sprecher geht in diesem jeweils aus den vier jambischen Dreihebern der Volksliedstrophe gebauten Gedicht im Zuge eines imaginären Spaziergangs einen motivisch genau konzipierten Weg: von außen nach innen, von der Natur zur Kultur, von räumlicher Weite zu räumlicher Enge, vom Großen zum Kleinen, vom Gewaltigen zum Intimen, vom Erhabenen zum Lieblichen, vom Heiligen zum Profanen, auch von der »subjektlos«-unpersönlichen Beschreibung zur Selbstaussage (aber der Mitte der zweiten Strophe). Die Kaskade der verwendeten Adjektive (von »groß« und »heilig« zu »freundlich« und »lieb«), schließlich die Diminutive der letzten Strophe (»Englein«, Wänglein«) markieren diese Veränderung nachdrücklich.

Wieder einmal geht es in dem Gedicht um die Visite des Lochner-Altars im Dom. Die Einzelheiten der Bildbeschreibung stimmen nicht – das Triptychon ist auf Holz, nicht »auf goldenem Leder« gemalt, und es schweben vielleicht »Englein«, aber keine »Blumen« um die Muttergottes. In der Verkündigungsszene, die auf den Außenflügeln des Alters zu sehen ist, fehlen beide. Heine selbst hatte das Kunstwerk allerdings nicht an Ort und Stelle gesehen, sondern lediglich in der Kupferstich-Reproduktion in Grootes und Carovés *Taschenbuch für Freunde altdeutscher Zeit und Kunst auf das Jahr 1816*.[32] Letztlich werden die Fehler Bestandteile des Kunstcharakters: Der lyrische Sprecher (samt Verfasser) vermittelt mit dieser Nachlässigkeit, dass es ihm auf solche Details nicht ankommt. Überhaupt interessiert ihn der artistische Aspekt der Altarmalerei überhaupt nicht. Anders als die Sonette von Dorothea Schlegel, Groote und Carové handelt es sich bei *Im Rhein, im schönen Strome* nicht um Kunst über Kunst.

Worum es geht und was alles andere unwichtig macht, ist die Mitteilung einer bannenden Erfahrung: die in petrarkistischer Formelsprache artikulierte Ähnlichkeit der dargestellten Frau mit der Geliebten. Subtil – weil es nicht mehr explizit erscheint – kehrt hier das Spiegelmotiv der ersten Strophe wieder: Wie sich der Dom im Rhein spiegelt, so das Lochner-Bild am Bild der Geliebten, welches von jenem aus der Erinnerung herbeigerufen wird.

Nun ist Maria die zentrale Gestalt des katholischen Heiligenhimmels – weshalb sich die Heiligkeit des Bildgegenstandes in der Sache bruchlos an die in der ersten Strophe behauptete Heiligkeit der Stadt Köln anschließt. Der lyrische Sprecher und damit der Autor aber blenden den sakralen Status der Muttergottes auf eine schon blasphemisch zu nennende Weise aus, verweigern ihr, zum Thema zu werden. Die »liebe Frau« ist nicht mehr als eine konventionelle Devotionsformel, außerdem übertrumpft der Superlativ der »Liebsten« die (lediglich) »liebe

31 Ebd., S. 79.
32 Ebd., S. 709 (Kommentar). – S. weiterhin oben S. 88–90.

Frau«. Der Profanierung des Sakralen korrespondiert dabei die Sakralisierung des Profanen: Es ist – in der Tendenz – die Geliebte, die zur »angebeteten« Heiligen wird.

Damit aber kann von einer affirmativen Köln- und Domauffassung bei Heine bereits hier keine Rede sein. Der lyrische Sprecher wie der Autor schmähen die Stadt (noch) nicht, aber sie verweigern sich dem ehrfürchtigen Kniefall vor dem Grandiosen und Numinosen, der Anerkennung und Bestätigung der offiziellen und nicht zuletzt von der Stadt selbst gestifteten und verbreiteten Köln-Imago. Das Gedicht wird damit auf eine charmante Weise subversiv. Es eröffnet einen alternativen Diskurs um das Lochner-Bild: den der privaten sinnlichen Liebe gegen die erwartete – und verlangte – katholische Frömmigkeit (samt der damit verbundenen Triebsublimierung). Insofern schrieb Heine dann doch, wenn man so will, zumindest indirekt ein »kritisches« Köln-Gedicht.

Zwei dezidiert negative Köln-Gedichte verfasste hingegen der Brite Samuel Taylor Coleridge (1772–1834), der im Sommer 1828, zusammen mit seinem Freund Wordsworth, einen Urlaub auf dem Rhein verbrachte. Der Tonfall erinnert an die nur kurze Zeit später entstandenen Berichte ihres Landsmanns Thackeray (s. oben). Überhaupt betätigte sich Coleridge im Nachgang zu seiner Reise als nüchterner Entzauberer jener Rheinromantik, zu deren Entstehung, wie erwähnt, gerade Briten maßgeblich beigetragen hatten. In dem Poem *Cologne*[33] identifiziert Coleridge 72 Arten von Gestank, erwähnt Mönche, Knochen, Ratten, alte Frauen und hässliche Mädchen. Der Rhein wasche zwar die Stadt, wer aber werde – eine Frage, die hellsichtig künftige Umweltprobleme antizipiert – den Rhein waschen? »Mister Mum's Rudesheimer« und die Kirche »St. Geryon« (sic!) seien das einzig Erwähnenswerte am Ort, heißt es in dem Limerick-nahen Abschiedsgedicht *On my Joyful Departure. From the Same City*[34].

In der Folgezeit häuften sich wieder, naheliegend vor allem in der deutschsprachigen Lyrik, die dem Kölner Dom gewidmeten Gedichte. Der Grund dafür war die intensive Auseinandersetzung um eine mögliche Vollendung, die bereits vor der Grundsteinlegung zum Weiterbau 1842 einsetzte und nach dessen Beginn keineswegs abebbte. Weil sich das Für und Wider in dieser Causa immer auch mit allgemeinpolitischen Positionen und Optionen verband – die staatstragende »Rechte« in widerspruchsvoller Allianz von preußisch-protestantischem Königtum und Kölner »Klerisei« war dafür, die oppositionelle »Linke« dagegen –, wurde der Streit mit bemerkenswerter Schärfe geführt.

Textgenres der Auseinandersetzung waren dabei nicht nur die genuin publizistischen Formen der Polemik und Satire, sondern immer wieder auch appellativ platzierte Gedichte. Die Namen derer, die sich in großer Zahl einschlägig betätigten, klingen auch heute noch glanzvoll: Joseph von Eichendorff, Theodor Fontane, Franz Grillparzer, Georg Herwegh, August Wilhelm Schlegel, Levin Schücking und Ludwig Uhland sind nur einige von ihnen. Weil dieses Thema aber

33 Samuel Taylor Coleridge: *Cologne*, in: S. T. C.: *The Complete Poetical Works* (2 Bde.), hrsg. von Ernest Hartley Coleridge, London/New York/Toronto 1967, Bd. 1: *Poems*, S. 477.

34 Ebd.

in den Kapiteln 3 und 4 dieses Buches bereits ausführlicher bearbeitet wurde, sei hier auf eine Wiederaufnahme verzichtet. Stattdessen erfolgt jetzt ein deutlicher Zeitsprung an den Beginn des 20. Jahrhunderts.

Im Sommer 1901 reiste der französische Dichter Guillaume Apollinaire (1880–1918) von Paris aus ins Rheinland, um dort ein Jahr lang als Französischlehrer die Tochter der Madame de Milhau auf den Gütern der Familie in Honnef und in Bennerscheid bei Oberpleis als Hauslehrer zu unterrichten. Elinor de Milhau war eine geborene Hölterhoff und entstammte damit dem rheinischen Großbürgertum, das in diesem Fall auch Wurzeln in Köln hatte – ein Palais in der Severinstraße war bis 1871 die Residenz des Familien-Hauptzweiges gewesen.

Sein Aufenthalt im Rheinland, der auch zwei Urlaube mit Reisen durch Deutschland bis nach Prag und Wien einschloss, inspirierte Apollinaire zu zahlreichen Gedichten, die später – als *Rhénanes* – fast die Hälfte seines 1913 publizierten Lyrikbandes *Alcools* ausmachen sollten. Dieser Band bezeichnet in der Schaffensbiografie den Durchbruch des Dichters in der öffentlichen Wahrnehmung und Anerkennung. Von Honnef und Bennerscheid aus fuhr Apollinaire auch mindestens sechs Mal ins nahgelegene Köln,[35] wo er nicht nur den Dom, die Kirchen und Museen besuchte, sondern im Februar 1902 auch am Karneval teilnahm. Bei dieser Gelegenheit schlug man ihm mit einer Fastnachtspritsche den Hut ein. So oder so spreizten sich Apollinaires Köln-Erlebnisse zwischen der Hochkultur und der Lebenswelt der Gassen, Schenken, Tanzlokale und wohl auch zweifelhaften Etablissements. In seine spätere dichterische Produktion gingen mehr als nur Spuren dieser Erfahrungen ein – wobei sich die Sphären diffus verschränkten. *Les onze mille verges*, 1907 erstmals anonym veröffentlicht, ist ein erotischer Roman, spielt aber bereits im Titel auf die Kölner Legende der heiligen Ursula und ihrer 11.000 Jungfrauen an. Tatsächlich wird Köln für Apollinaire »Nährboden für sein Bild von der Frau zwischen Heiliger und Hure, Ursula und Marizibill«[36].

Tatsächlich eignete sich Apollinaire Namensprägungen aus der Mundartsphäre wie Drickes und Maritzebill an, die ihm dann wie im Hänneschen-Theater zu Typen im Sinne von repräsentativer Verkörperung der »gewöhnlichen« Kölner Bevölkerung wurden. Aber trotz solcher Stilisierung durch die Stereotypen einer – was Frauen anbelangt – unreflektierten männlichen Perspektive kommt bei dem französischen Autor endlich einmal die Realität der Kölner Lebenswelt ins Blickfeld, jenseits von Dom und Lochner-Altar.

In dem Gedicht *Marizibill*[37] (sic!), 1912 erstmals publiziert, ist die Namensträgerin eine junge Prostituierte, die auf der Hohe Straße ihrem trostlosen Gewerbe nachgeht. Der Blick

35 S. dazu Kurt Roessler (Hg.): *Köln im Werk Guillaume Apollinaires.* Zur Ausstellung *Die lyrische Stadtlandschaft. Der Dichter Guillaume Apollinaire in Köln 1901–1902.* 16. Februar bis 2. Juni 2002 Brauhaus Töller, Weyerstraße 96, Köln, Bornheim 2002.

36 Reiner Speck: *Apollinaire in Köln*, in: Roessler (Hg.): *Köln im Werk Apollinaires*, S. 89–97; hier: S. 91.

37 Guillaume Apollinaire: *Marizibill*, in: G. A.: *Alcools. Poèmes 1898–1913*, Paris 1913, S. 58; s. zur Interpretation Wilhelm Woltermann: *Marizibill*, in: Roessler (Hg.): *Köln im Werk Apollinaires*, S. 99 f.

auf die Frau, die wie in einem Käfig bis zur Erschöpfung auf und ab wandert, offenbart keinen freundlichen Köln-Folklorismus, sondern schließt ohne jede Verklärung die Sphäre der sozialen Randgruppen in der Großstadt der Zeit auf. Zu ihnen gehört auch der rothaarige, nach Knoblauch riechende jüdische Zuhälter, dem das Mädchen zu Willen zu sein hat. Das gemeinsame Schicksal, aus der bürgerlichen Gesellschaft ausgestoßen zu sein, stiftet mitnichten Solidarität unter den Betroffenen.

Aus der zweiten Strophe erfährt der Leser, dass der Zuhälter die Frau einst in einem Bordell in Shanghai aufgetan hat. Die Auskunft verweist in diesem Kontext keineswegs auf mondänen Kosmopolitismus, sondern auf eine depravierende Wurzel- und Heimatlosigkeit in der Welt. Der lyrische Sprecher konstatiert all das ohne auch nur einen Anflug von Herabwürdigung oder Verachtung. Und wenn schon kein Mitleid im Spiel ist, dann doch das klare Bewusstsein für die Schattenseiten der modernen Metropole, die sich selbst in diesem Spiegel nur ungern sehen möchte.

Technikrevolution, Industrialisierung und Modernisierung vor dem Ersten Weltkrieg stellten auch die Literatur und insbesondere die Lyrik vor die Herausforderung, für die neue Erfahrungswirklichkeit eine neue, adäquate Sprache zu finden. Das Bewusstsein, dass die überkommenen Form- und Darstellungsmuster diesbezüglich nicht mehr ausreichten, schrieb sich der Dichtung selbst im Sinne eines inwendigen Reflexionsprozesses ein. Ein Beispiel dafür ist Ernst Stadlers (1883–1914) *Fahrt über die Kölner Rheinbrücke bei Nacht* aus dem Jahr 1913.[38]

Das Gedicht des expressionistischen Dichters imaginiert die Fahrt mit einem Schnellzug durch eine Industrielandschaft. Natur (»Kein Stern will vor«) und Menschen sind aus ihr verbannt, es dominieren »Förderstellen«, »Schlote«, »Kugellampen«. Auch im metaphorischen Feld herrschen Bergwerksmotive vor.[39] Deshalb lässt sich der Beginn der Fahrt im Ruhrgebiet verorten, Köln mit dem Rheinübergang kommt erst als zweite Station »dran«. Im chronologischen Nacheinander der Eindrücke bildet sich die Fahrt als solche ab, das Rattern der Jamben in den sogar gereimten Langzeilen mag die »unendliche Folge der Schienenstöße«[40] umsetzen. Das »wir«, später »ich« des lyrischen Sprechers hat man sich als Fahrgast vorzustellen, der, in Fahrtrichtung sitzend, aus dem Zugfenster schaut.

---

38 S. zur Interpretation Jürgen Viering: *›Aufbruch‹ und ›Einkehr‹. Über Ernst Stadlers ›Fahrt über die Kölner Rheinbrücke bei Nacht‹*, in: Harald Hartung (Hg.): *Gedichte und Interpretationen: Vom Naturalismus bis zur Gegenwart* (= *Reclams Universalbibliothek*, Bd. 7894), Stuttgart 1998, S. 186–198; Gerhard Kaiser: *Geschichte der deutschen Lyrik von Heine bis zur Gegenwart. Ein Grundriß in Interpretationen*, Frankfurt/M. 1991, S. 558–564; Michael Braun: *›Fahrt über die Kölner Rheinbrücke bei Nacht‹ von Ernst Stadler. ›Aufbruch‹ und ›Untergang‹*, in: Walter Wittkämper (Hg.): *Kleine Kölsche Anthologie*, S. 62–68; Christian Ebbertz: *Stadler verstehen: Fahrt über die Kölner Rheinbrücke bei Nacht (Gedichte-Karaoke 150)*, https://www.youtube.com/watch?v=YtKKom6XcLM.

39 Ernst Stadler: *Fahrt über die Kölner Eisenbahnbrücke bei Nacht*, in: E. S.: *Der Aufbruch und andere Gedichte*, hrsg. von Heinz Rölleke (= *Reclams Universalbibliothek*, Bd. 8528), Stuttgart 1982, S. 37.

40 Kaiser: *Geschichte der deutschen Lyrik*, S. 558.

Dabei wird durch das Tempo der Fortbewegung die gewohnte Perzeption irritiert. Die am Fenster vorbeirauschende Außenwelt löst sich auf in eine Folge unzusammenhängender, aufkommender und verschwindender Licht-, genauer: Hell-/Dunkel-Effekte. Das ist de facto eine apokalyptische Vision, die dennoch das Potenzial – im subjektiven Empfinden: die Erwartung – eines Begeisterung und Ekstase auslösenden großen Augenblicks in sich birgt. Der kommt dann in der Tat mit der Überquerung der Rheinbrücke: Der Sprecher wähnt zu fliegen, Allmachtsfantasien bemächtigen sich seiner (»Wir fliegen, aufgehoben, königlich, durch nachtentrissne Luft, hoch übern Strom.«). Das mag man einen »ikarischen« Moment nennen, den eingelösten Traum vom Fliegen in einer historischen Situation, da das Besteigen eines Flugzeugs für den Normalbürger noch etliche Jahre voraus lag.

Die einem Orgasmus nahekommende Ekstase – ausgelöst wohlgemerkt nicht durch eine sexuelle Begegnung, sondern seitens des technischen Fortschritts bereitgestellte Erfahrungsmöglichkeiten, der Drang zu wollüstiger Hingabe, Verschmelzung und Auflösung in den letzten Versen bringt nicht nur die Raum- und Zeitorientierung ins Wanken, sondern auch die Sprachgestalt der Dichtung: Die Syntax zerbricht, es gibt keine geordneten Satzgefüge mehr, sondern nur noch in emphatischer Reihung hervorgestoßene Partikel, die Lustschreien gleichkommen. Tragische Ironie: Der hier gefeierte Fortschritt optimierte auch die Zerstörungskraft jener Kriegsmaschine, der der Autor ein Jahr nach der Niederschrift des Gedichts – gleich nach dem Ausbruch des Ersten Weltkriegs – als Soldat zum Opfer fallen sollte.

Ist die »Rheinbrückenfahrt« ein Köln-Gedicht? Die Frage lässt nur eine sehr zurückhaltende Antwort zu. Zweifellos ist es kein Zufall, dass Stadler seine poetische Auseinandersetzung mit der avancierten Technik-Moderne ausgerechnet mit Köln in Verbindung brachte. Die preußische Rheinprovinz gehörte seit dem 19. Jahrhundert zu den technisch-industriell wie ökonomisch fortgeschrittensten Regionen des deutschen Sprachgebietes bzw. seit 1871 des Deutschen Reiches. Und Köln war die Metropole dieser Region. Hier lieferte die Realität in großer Dichte die Bilder, die Stadler für sein Gedicht »brauchte«.

Andererseits kommt die Stadt in ihrer individuellen Gestalt überhaupt nicht in den Blick. Allein der Titel situiert das Gedicht, aus diesem selbst ist weder zu entnehmen, dass es sich um eine Eisenbahnfahrt handelt, noch, dass der Zug über eine Kölner Rheinbrücke fährt. Topologische Erkennungssignale fehlen, und selbst der Dom wird ausgespart. Das aber ist in diesem Zusammenhang alles andere als »erstaunlich«[41]: Stadler ging es nicht um die Evokation einer als solcher wiedererkennbaren urbanen Identität. Ihm ging es um eine Phänomenologie der technischen Moderne im lyrischen Bild – ausgerechnet die Kathedrale als Monument einer archaischen Vorzeit hätte da nicht hineingepasst. Weil aber Fabrikschlote und Eisenbahnbrücken über Flüsse überall gleich aussehen und insofern zu einer Nivellierung geschichtlich-kulturell gewachsener Unterschiede zwischen geografischen Räumen führen, verbot es sich sogar, der Zugfahrt über den Rhein einen konkreten Ort zu geben. Nur so konnte ihre mythische Aura gewahrt werden.

41 So Walter Hinck: *Stationen der deutschen Lyrik*, S. 142.

Das Eisenbahnmotiv verbindet Stadlers Vision mit Yvan Golls (Isaac Lang, 1891–1950) Gedicht *Kölner Dom* aus dem Jahre 1924, in dem allerdings der bei Stadler ausgeblendete Dom – die Überschrift sagt es bereits – als zentraler Köln-Topos wieder auftaucht. Sonst verbindet beide Werke so gut wie nichts: Auf Stadlers Ekstase folgt Golls unbeteiligte, ja zynische Nüchternheit, auf den Expressionismus die Neue Sachlichkeit. Zwischen beiden Gedichten lag die Epochenkatastrophe des Ersten Weltkriegs, deren Schockwellen das Pathos der Vorkriegslyrik zu einer neuen Lebenskultur der Kälte herabstimmten.[42]

Kölner Dom
Rheinkohle statt Gold
Die Fische und die nackten Nymphen
Sterben im romantischen Wasser aus
Über die Brücke fahren nur Trauerzüge
In Särgen wird das letzte Gold geschmuggelt
Der Osten exportiert seine Frühsonne
Aurora ist kein Frauenname mehr
Doch paßt er gut für eine Aktiengesellschaft
Wir kamen von Frankreich
Über den Bahnhof hinaus fuhr unser Zug in den Kölner Dom
Die Lokomotive hielt vor dem Allerheiligsten
Und kniete sanft
Zehn Tote kamen direkt ins Paradies
Petrus »English spoken« auf dem Ärmel, bekam ein gutes Trinkgeld
Die glasgemalten Engel telephonierten
Und flogen hinüber zur Cox-Bank
Rosa Dollarschecks einzulösen
Gegen Mittag wurde ein neuer Zug gen Warschau gebildet.[43]

Die Pointe des Gedichts besteht in der gewaltsamen Durchdringung von Haus aus radikal getrennter Sphären: des Archaisch-Heiligen, welches der Dom, und der technizistischen Moderne, welche der in den Hauptbahnhof einfahrende Zug repräsentiert. Die Voraussetzung dafür war in Köln tatsächlich im 19. Jahrhundert geschaffen worden – weshalb sich die Rheinmetropole für die Situierung des Gedichts anbot. Weil dort mit dem Alten Botanischen Garten die einzige einschlägig nutzbare Freifläche in der Innenstadt zur Verfügung stand, rückte der anstelle der Grün-

42 S. erneut die Studie von Lethen: *Verhaltenslehren der Kälte.*

43 Yvan Goll: *Kölner Dom*, in: I. G.: *Dichtungen. Lyrik, Prosa, Drama*, hrsg. von Claire Goll, Darmstadt 1960, S. 159; zur Interpretation s. Walter Hinck: *Die Botschaft des Geldes. Yvan Goll: ›Kölner Dom‹*, in: W. H.: *Stationen der deutschen Lyrik,* S. 141 f.

anlage errichtete Hauptbahnhof – zunächst, bis zum Neubau von 1894: »Centralbahnhof« – in die unmittelbare Nähe der gotischen Kathedrale. Das zentrale Ereignis, das die zweite Strophe des Gedichts schildert, kann allerdings realiter in der von Goll beschriebenen Weise nicht stattfinden – es ist von den lokalen Gegebenheiten her unmöglich, bleibt eine poetische (Alptraum-)Vision.

Es handelt sich um einen Unfall mit katastrophalen Folgen, der aber ohne jede Anteilnahme berichtet wird. Immerhin saß der lyrische Sprecher, hier zum »wir« entindividualisiert, im Zug, hätte selbst zu den Opfern gehören können. Jener, von Frankreich kommend, entgleist also im Bahnhof und rauscht in den Dom. Die Lokomotive tötet dabei zwar zehn Menschen, bequemt sich aber in ihrem anthropomorphen Verhalten der ungewohnten Umgebung an: Sie hält, dies Golls genial erfundenes Bild, »vor dem Allerheiligsten/ Und kniete sanft«. An der gewaltsamen und darin schockierenden Kolonisierung des Sakralen durch die Technik ändert das nichts.

Sie ist nur eine Variante zweier anderer, ausgreifender und ihrerseits miteinander verquickter Phänomene der Moderne: Tourismus und Geldwirtschaft. Für die touristische Indienstnahme des Heiligen steht die Herabwürdigung des Apostels Petrus zum trinkgeldempfangenden Fremdenführer. Die Gäste aus Frankreich und der englischsprechende Guide – sie stehen für die kultur- und herkunftsneutrale Internationalität eines Massentourismus, der nach dem Ersten Weltkrieg erst so richtig in Schwung kam.

Den Engeln in den Glasfenstern ergeht es nicht besser: Sie werden zu Bankboten, die »die Botschaft des Geldes«[44] überbringen. Diese sorgt schon vorher, in der ersten Strophe, für eine tiefgreifende Transformation der Lebenswelt, die auf breiter Front der von Max Weber als solche bezeichneten »Entzauberung« zum Opfer fällt. Wagners mythisches Rheingold wird durch das schwarze Gold der Kohle ersetzt; Aurora ist nicht mehr die Göttin der Morgenröte, sondern der Name eines Wirtschaftsunternehmens.

Sogar Zeitgeschichte wird, wie es aussieht, in Golls Gedicht lebendig: Die Gäste kommen aus, die Züge mit den Kohlen fahren über die Hohenzollernbrücke mutmaßlich nach Frankreich. Der Abtransport der Steinkohle aus dem Ruhrbergbau gehörte zu den Reparationsleistungen des Deutschen Reiches für den verlorenen Krieg. Die angeblich zu zögerliche Belieferung Frankreichs war ein Grund für die Besetzung des Ruhrgebiets zwischen 1923 und 1925.

Form und Inhalt werden in Golls Gedicht kongruent. Die unsentimentale Rationalität der geschilderten Abläufe – im Getriebe von Waren- und Menschenverkehr ist die Katastrophe nur eine lästige Unterbrechung (»Gegen Mittag wurde ein neuer Zug gen Warschau gebildet«) – findet ihr Pendant in der Sprache und Haltung des lyrischen Sprechers. Diese Entsprechung verhindert es, dass das Gedicht auf der Darstellungsebene wahrnehmbare Distanzsignale aussendet, sich zu seinem Gegenstand kritisch verhält. Der jüdisch-französisch-deutsche Autor übertreibt die inszenierte Pose der Härte und Kälte satirisch – sie wird zum Zitat ihrer selbst und der Sprecher zum Rollen-Ich, das nicht die Identifikation seitens des Lesers erheischt. Auf der Rezep-

44 Hinck: *Botschaft*, S. 142.

tionsebene öffnet sich so dann doch der Weg zu einer Kritik an jenem Potenzial an Inhumanität, das der technischen Evolution innewohnt.

Während Köln am Ende des Zweiten Weltkriegs in Trümmern lag, hatte seine Kathedrale den Bombenkrieg relativ glimpflich überstanden – der Dom ragte als steinernes Hoffnungssymbol aus der ihn umgebenden Zerstörung heraus. Aktiviert wurde dieses Hoffnungspotenzial zum ersten Mal mit breiter öffentlicher Wirkung am feierlich begangenen 700. Jahrestag des Baubeginns 1948. Zu diesem Anlass steuerte Elisabeth Langgässer (1899–1950) ihr Langgedicht *Kölnische Elegie* bei.

Die Elegie als literarische Form ist ein Trauergesang, und tatsächlich ist Langgässers Rekapitulation der Domgeschichte – besondere Aufmerksamkeit finden die »erzählenden« Aspekte des geschnitzten Chorgestühls – im Licht des gerade Überstandenen von Trauer grundiert. Die allerdings behält nicht das letzte Wort, vielmehr schwenkt der (mit der Verfasserin wohl identische) lyrische Sprecher relativ vorbehaltlos auf die mit den Feiern von 1948 verbundene Idee einer christlichen Renovatio des geschundenen Europa ein:

> Es berühren mich Worte. Worte des Grußes und der Ermutigung.
> [...]
> Und das Echo, das diese Berührung erweckt, heißt Hoffnung, Liebe und Freude.[45]
> Dann das so offensive wie versöhnungsbereite Bekenntnis zu einer erneuerten Zugehörigkeit:
> Und auch ich, die gemarterte Stimme Europas,
> Will wieder einfallen in das Lied und den Jubel der Hochzeitsleute.[46]

Diese Verse sind kaum verständlich ohne den biografischen Hintergrund der Autorin. Die gebürtige Pfälzerin war einerseits überzeugte Katholikin, andererseits im Rassenjargon der Nazis »Halbjüdin« – als welche sie während der NS-Jahre auch drangsaliert und mit Schreibverbot belegt worden war. Diese schwierige Doppelidentität kann erklären, was bei einer aktuellen Lektüre des Textes Anlass zu Befremden geben mag: Das beharrlich proklamierte christliche Europa in den Zukunftsdebatten nach 1945 konnte auch als ideologischer Deckmantel dienen, unter dem die jüngste Vergangenheit vergleichsweise elegant und auf den ersten Blick unverdächtig entsorgt werden konnte. Langgässers *Kölnische Elegie* setzt solcher möglichen Ideologisierung jedenfalls keinen Widerstand entgegen.

Ganz anders das Poem eines weiteren jüdischen Autors, Paul Celans (1920–1970) im Oktober 1957 in Paris entstandenes Gedicht *Köln, Am Hof*. Hier fehlen »versöhnende« Gesten durchaus, auch wenn Krieg und Völkermord gar nicht einmal explizit zum Thema werden. Unstrittig ist das später in den Lyrikband *Sprachgitter* integrierte Werk, wenngleich auch nur in Teilaspekten,

45 Elisabeth Langgässer: *Kölnische Elegie*, in: E. L.: *Gesammelte Werke* (5 Bde.), Hamburg 1959, Bd. 3: *Gedichte*, S. 173–186; hier: S. 180.

46 Ebd., S. 183.

ein Köln-Gedicht – nicht nur wegen des Titels, der sich auf die gleichnamige Straße unmittelbar an der Südseite der Kathedrale bezieht, sondern auch, weil die Motive »Ihr Dome« und »ihr Ströme« unmissverständlich auf die traditionellen ikonisch-topografischen Bestandteile der Stadtlandschaft anspielen. Sie werden allerdings eingebunden in eine hermetische Bildersprache, die der Entschlüsselung bedarf, sich ihr allerdings auch nicht grundsätzlich widersetzt.[47]

Köln, Am Hof
Herzzeit, es stehn
die Geträumten für
die Mitternachtsziffer.
Einiges sprach in die Stille, einiges schwieg,
einiges ging seiner Wege.
Verbannt und Verloren
waren daheim.
Ihr Dome.
Ihr Dome ungesehn,
ihr Ströme unbelauscht,
ihr Uhren tief ins uns.[48]

Darüber hinaus und vor allem aber ist es die poetisch verschlüsselte Reflexion einer Liebesbegegnung mit Ingeborg Bachmann – in der Straße *Am Hof* befand sich das Hotel, in dem beide im Anschluss an eine Tagung des *Wuppertaler Bundes* die Nacht vom 14. auf den 15. Oktober 1957 verbrachten.[49] Als Interpret hat man sich mit der Tatsache abzufinden, dass dieses Wissen aus dem Deutungsvorgang selbst nicht mehr zu verbannen ist – niemand kann sich gewaltsam uninformiert machen – und die Arbeit des Verstehens tatsächlich erleichtert. Ohne besagtes Wissen bliebe das Gedicht womöglich eine nicht zu entziffernde Rätselschrift. Die ist es, vergegenwärtigt man sich die teils extrem unterschiedlichen Lesarten seiner Interpreten, freilich zum Teil immer noch.

Aus dem Doppelaspekt von Lokalität und Ereignis entsteht jedenfalls eine merkwürdige Struktur, in der der Stadtraum durch Abwesenheit seine Anwesenheit zeigt: Weil es zentral um anderes geht, weil der Treffpunkt Köln zufällig bleibt und man dorthin kommt, um gleich am nächsten Tag wieder auseinanderzugehen und damit auch die zur Transitstation »degradierte« Stadt zu verlas-

47 S. zur Interpretation Birgit J. Lermen: ›*Köln, Am Hof*‹ *von Paul Celan*, in: Walter Wittkämper (Hg.): *Kleine Kölsche Anthologie. Gedichte und Interpretationen*, Bergisch Gladbach 1998, S. 48–54; Christian Ebbertz: *Celan verstehen: ›Köln, Am Hof‹ (Gedichte-Karaoke 95)*, https://www.youtube.com/watch?v=eviwqouHEKk.

48 Paul Celan: *Die Gedichte. Neue kommentierte Gesamtausgabe*, hrsg. von Barbara Wiedemann, Berlin 2018, S. 108.

49 S. zum biografischen Hintergrund Wiedemanns Kommentar in Celan: *Gedichte*, S. 760 f.

Abb. 19 Paul Celan, 1967.

sen, bleiben die »Dome« »ungesehn«, d. h. unbesucht, und die »Ströme« »unbelauscht« – ein Gang ans nahe Rheinufer findet nicht statt. Der »falsche« Plural signalisiert dabei eine bewusste Wahrnehmungsvernachlässigung, die die familiäre »ihr«-Anrede eher noch verstärkt als konterkariert. Es gibt in Köln nur einen, *den* Dom und nur einen Strom, *den* Rhein. Nein, einen Eigenwert als Erfahrungstatsache erhält die Stadt hier nicht, sie erscheint weder als Objekt einer wie auch immer gearteten Identifikation noch als eines der Ablehnung, eher schon wie eine Kulisse.

Vollends zu befriedigen vermag diese Interpretation nicht. Immerhin werden »Ihr Dome« zweimal apostrophiert – wodurch der Eindruck der Emphase entsteht. Nicht auszuschließen ist, dass hier auch ein »kommendes« Heiliges weniger benannt als beschwörend umkreist wird – in jener Tradition jüdischer Mystik und Geschichtstheologie, die Celan mit Walter Benjamin verbindet.[50] Es bleibt hier – in der Terminologie der Rezeptionsästhetik – eine von etlichen »Leerstellen«, die unterschiedliche Füllungen ermöglicht.

Das ändert aber nichts daran, dass in diesem Gedicht tendenziell die Außenwelt über der Intensität der intimen Zweierbegegnung versinkt, Das undeutliche, aber als »uns« identifizierbare

50 S. zur Beziehung Benjamin – Celan Ulisse Doga: *»Port Bou – deutsch?«. Paul Celan liest Walter Benjamin*, Aachen 2009.

Liebespaar hat Augen, Ohren und Sinne im Wesentlichen nur für sich selbst. Auffällig ist allerdings der Umstand, dass die letzte Verszeile »Ihr Uhren tief in uns« grammatikalisch die Zeilen »Ihr Dome ungesehen« und »Ihr Ströme unbelauscht« aufgreift, fortführt, variiert. Dies zeigt dann doch eine Verbindung von Innen und Außen dergestalt an, dass »Dome« und »Ströme« in die »u«-gesättigte dunkle Innerlichkeit des Gedichtschlusses hineingezogen werden. Möglicherweise ist es der mitternächtliche Glockenschlag der Kathedrale, der »tief in uns« widerhallt.

Diese Allusion verweist auf die »Mitternachtsziffer« der dritten Zeile, die sich dadurch auszeichnet, dass auf der »12« Stunden- und Minutenzeiger zusammenkommen (das Gedicht hat übrigens, die Überschrift hinzugerechnet, zwölf Zeilen), aber nur für einen ephemeren Augenblick, ehe jeder Zeiger wieder »seiner Wege« geht. Solchermaßen würde die Manifestation vergehender Zeit, auch der »Herzzeit«, im Stand der Uhrzeiger – dies das Kernmotiv des Gedichts – zur Metapher für ein ebenfalls nicht auf Dauer gestelltes Liebesverhältnis, welches das zwischen Bachmann und Celan ja bekanntlich auch war. Der »Stille« wird Sprache abgerungen, aber weil die Möglichkeiten der Kommunikation limitiert sind, wird nicht nur gesprochen, sondern auch geschwiegen. Zugleich rückt die grammatische Neutralisierung (»Einiges ...«) den Vorgang in die Sphäre eines Überpersönlichen, eines objektiv Verhängten, dem die Betroffenen ausgeliefert sind. In der letzten Zeile wirkt darüber die »Wiederherstellung des Subjekts« in der 1. Person Plural (»uns«) nahezu wie eine Erlösung.

Die Gründe für dieses Schweigen mag der Leser ahnen, das Gedicht selbst liefert einen Hinweis: »Verbannt und Verloren waren daheim.« Das radikale Paradox lässt sich mit Blick auf die Biografie der Liebenden auflösen: Celan war der »verbannte«, noch so gerade dem Holocaust entronnene Jude aus der Bukowina, Bachmann die »verlorene« Tochter aus einem nazistischen Klagenfurter Elternhaus. Beides gebiert eine fundamentale Fremdheit in der Welt – die Großschreibung der Partizipien »Verbannt« und »Verloren« personalisiert sie geradezu, macht sie zu Namen der von Verbannung und Verlorenheit Geschlagenen –, stiftet aber zugleich eine Gemeinsamkeit und Zweisamkeit, die als Heimat empfunden werden kann.

Auch das letzte der hier vorgestellten Köln-Gedichte stammt von einem Autor jüdischer Herkunft. In Galizien geboren, später in Berlin ansässig, überlebte Hermann Kesten (1900–1996) die Nazi-Herrschaft erst im europäischen, dann im amerikanischen Exil. 1949 nahm er die US-Staatsbürgerschaft an und wohnte fortan in Rom, später in Basel. 1972 bis 1976 wirkte er als Präsident des Pen-Zentrums der Bundesrepublik. Seine Verbindung zu Köln gründete in der Ortsansässigkeit seines Verlags, Kiepenheuer & Witsch, wie in der nach 1945 aufrechterhaltenen Verbindung zu Irmgard Keun, die er während der gemeinsamen Exilzeit im belgischen Ostende kennengelernt hatte.

Sein 1974 erstmals publiziertes Langgedicht *Stefan Lochner malte mich* gewinnt dem traditionellen Besuch des Altarbilds im Dom einige originelle Zugänge und Aspekte ab.[51] Der lyri-

51 S. zur Interpretation Anneliese Senger: ›*Stefan Lochner malte mich*‹ *von Hermann Kesten*, in: Wittkämper: *Kleine kölsche Anthologie*, S. 36–45.

sche Sprecher rekapituliert ausführlich die Rezeptionsgeschichte des Bildes von den Brüdern Boisserée bis hin zu Heinrich Böll und Hans Bender, die er in die Kölner Stadthistorie einbettet. Damit wird der Text autoreferenziell, denn Teil dieser fortlaufenden Rezeption ist er schließlich selbst. Dabei krankt er an zahlreichen sachlichen Fehlern – die heilige Ursula hatte 11.000, nicht 12.000 Gefährtinnen, und der Altar steht nicht seit 500 Jahren, sondern erst seit 1809 im Dom. Zu erwägen ist ein gezieltes Versteckspiel mit der »wahren« Historie, denn die wird auch beim Kernmotiv des Gedichts ausgehebelt.

Im Gegensatz zu vielen seiner Vorgänger unter den Bildbetrachtern – die er für ihre einseitige Wahrnehmung kritisiert – lenkt Kesten (?) den Blick einmal nicht auf die Anbetungsszene im Zentrum des Triptychons, sondern auf die Abbildung des heiligen Gereon und seiner Mitstreiter auf dem rechten Flügel:

> Da erkannte ich mich.
> Mitten unter ihnen
> Stand ich in einem blauen Mantel,
> Der Legionär aus Jerusalem. Das war ich,
> Ein Jude, aus Irrtum zum Märtyrer gemacht.
> In der Tiefe des Bildes stand ich, seit etwa 1440,
> Stefan Lochner malte mich.[52]

Der lyrische Sprecher bricht hier die konventionelle und historisch-moralisch unsensible Perspektive der nicht-jüdischen Lochner-Bewunderer auf. Sein durch die eigene Biografie schmerzlich geschärfter Blick erkennt in dem Gereon-Begleiter samt seines Märtyrer-Status einen ihm selbst die Identifikation nahelegenden Glaubensgenossen, der zugleich die Geschichte des jüdischen Volkes und seiner jahrhundertelangen Verfolgung auch durch eine christliche Mehrheitsgesellschaft repräsentiert. Die betrachtete Figur (die übrigens auf dem Gereon-Flügel nicht eindeutig zu identifizieren ist und solchermaßen ein Stück weit Phantom bleibt) wird zu einer spezifischen Variante Ahasvers, des Ewigen Juden.

9.4 Köln – Erfahrung und Klischee

Am Ende dieses kursorischen Ganges durch die »Köln von außen«-Dichtung sei noch einmal gefragt: Lassen sich aus den hier vorgestellten Texten deutscher und deutschsprachiger wie internationaler Autoren verallgemeinerbare Rückschlüsse auf das soziale und kulturelle »Biotop« Köln überhaupt und nicht zuletzt auch auf die Literaturstadt Köln ziehen? Sie ist aus

52 Hermann Kesten: *Stefan Lochner malte mich*, in: H. K.: *Ich bin der ich bin. Verse eines Zeitgenossen*, München 1974, S. 52–55; hier: S. 53.

mehreren Gründen schwierig zu beantworten. Zweifellos hat sich Köln im Lauf der Jahrhunderte stark verändert – und zwar in einer Weise, die vielleicht sogar denkbare Kontinuitäten aushebelte. Die Frage wäre also seriöserweise für jede Epoche der Stadtgeschichte neu zu stellen. Sodann steuert die individuelle Vorprägung eines jeden Köln-Besuchers, steuern spezifische Erwartungen und Perzeptionsmuster die Wahrnehmung der Stadtwirklichkeit – das gerade von auswärtigen Schriftstellern vermittelte Köln-Bild sagt mindestens genauso viel über diese selbst aus wie über die Stadt.

All dieser Vorbehalte eingedenk lassen sich in der literarischen Köln-Bearbeitung, sei es nun im Reisebericht oder im Gedicht, wiederkehrende Motive und Themen ausmachen. Nachhaltiger Faszination erfreut sich durch Zeiten und Zeitenwechsel hindurch der über Jahrhunderte hinweg Torso gebliebene und dann doch noch vollendete Dom, an dessen Würdigung sich immer wieder die konkrete Erfahrung überhöhende kulturtheoretische und geschichtsphilosophische Überlegungen anschließen. Im späten 18. und frühen 19. Jahrhundert häufen sich die Klagen über den Verfall des Stadtraumes, über Verwahrlosung, Schmutz, soziale Immobilität und wirtschaftliche Unproduktivität infolge der lähmenden Liaison von Bettlertum und katholischem Klerus. Beobachter des fortgeschrittenen 19. und frühen 20. Jahrhunderts nehmen dann den vielleicht verspätet gestarteten, aber nachdrücklich vollzogenen Aufbruch der Stadt in die technisch-industrielle Moderne wahr.

So gut wie nie aber wird in den Reiseschilderungen bis ins 20. Jahrhundert hinein die Existenz eines satisfaktionsfähigen intellektuellen und literarischen Lebens in Köln thematisiert. Dies fällt angesichts der naheliegenden Vermutung auf, dass gerade reisenden Literaten die Kontaktaufnahme mit Kollegen am Ort ein starkes Bedürfnis gewesen sein dürfte. Von ihr aber ist im Geschichtszeitraum dieses Kapitels nirgendwo die Rede – mit der bezeichnenden Ausnahme des jüngsten der behandelten Texte, Kestens Gedicht *Stefan Lochner malte mich*, in dem Bender und Böll erwähnt werden. Man wird diesbezüglich kaum von einem Zufall sprechen dürfen – es geht hier um ein realhistorisches Nicht-Vorhandensein. Das Schlusskapitel dieses Buches wird sich noch einmal konzentriert auf die Suche nach den Gründen begeben.

10. Köln kriminell (und anderes)

Die Stadt im Unterhaltungsroman

10.1 Warum die U-Literatur in diesem Buch einen Platz hat

Seit Mitte der 80er Jahre gedeiht – mit andauerndem und teils beträchtlichem Erfolg am Buchmarkt – das Genre Köln-Krimi. Der Kölner Emons-Verlag verdankt seinen unternehmerischen Sukzess mit bislang – Stand Anfang 2023 – rund hundert einschlägigen Büchern ganz wesentlich ihm. Zwar ist der Köln-Krimi »nur« die lokale Version einer sich in der nämlichen Zeit insgesamt entfaltenden regionalistischen Literatur mit dem Schwerpunkt Krimi.[1] Der Autor Christoph Gottwald darf allerdings für sich in Anspruch nehmen, mit *Tödlicher Klüngel* (1984) nicht nur den ersten in Köln situierten, sondern den ersten Regionalkrimi überhaupt geschrieben zu haben.[2]

Der Begriff des Regionalen bezeichnet in diesem Kontext

> einerseits den Protest oder Widerstand gegen zentralistische Planungen, gegen die Metropolen, auch gegen Globalisierung, und andererseits ein neues, heutigen Mentalitäten und Lebensgewohnheiten angepasstes Konzept der Beeinflussung und Steuerung von Bevölkerung und Konsumenten.[3]

Begriffsgeschichtlich gesehen scheint die »Region« ein unverfänglicher Erbe der durch den Missbrauch in der NS-Zeit diskreditierten »Heimat« zu sein. Wobei Region und Heimat auch in der Sache wohl nicht identisch sind – die meisten Verfasser von Regionalkrimis dürften sich nicht nur wegen der allfälligen Assoziationen dagegen wehren, als Heimatschriftsteller klassifiziert zu werden.

Zu Recht wurde festgestellt, dass der deutschen Literatur nach 1945 insgesamt ein starker regionalistischer Zug eignet – gleich, ob es um Bölls Köln, Martin Walsers Bodensee, Uwe Johnsons Mecklenburg oder Günter Grass' Danzig geht.[4] Allerdings macht ein Vergleich etwa zwischen Bölls Roman *Billard um halb zehn* und einem beliebigen Köln-Krimi dieser Tage den

1 S. dazu jetzt den Überblick bei Wolfgang Brylla/Maike Schmidt (Hg.): *Der Regionalkrimi. Ausdifferenzierungen und Entwicklungstendenzen* (= *Andersheit – Fremdheit – Ungleichheit. Erfahrungen von Disparatheit in der deutschsprachigen Literatur*, Bd. 9), Göttingen 2022.

2 Die häufig gegebene Auskunft, die Wiege des Regionalkrimis stehe im Ruhrgebiet, ist falsch – *Das Ekel von Datteln*, verfasst von Reinhard Junge und Leo P. Ard, erschien erst vier Jahre später.

3 Jochen Vogt: *Regionalität und Modernisierung in der neuesten deutschsprachigen Kriminalliteratur (seit 1990). Nebst einigen Lektüreempfehlungen*, in: Brylla/Schmidt (Hg.): *Der Regionalkrimi*, S. 19–46; hier: S. 21. – Zur Theorie und Phänomenologie des regionalen Romans s. Mecklenburg: *Erzählte Provinz.*

4 Ebd., S. 23.

Unterschied sofort deutlich: Obwohl *Billard um halb zehn* unleugbar in Köln spielt, sucht der Autor diesen Umstand eher zu verschleiern, er muss von Leserinnen und Lesern ermittelt werden. Im Köln-Krimi hingegen wird – das gehört zu seiner Raison d'Être – der Lebensraum der Rheinmetropole nicht nur ungefähr und pauschal hingestellt, sondern bis in die Details von Straßennamen und Hausnummern hinein im empirisch exakten Eins-zu-eins-Format.

»Die praktische Nachverfolgbarkeit der Lokalitäten, ihre Wiedererkennbarkeit durch den Leser gehört«, so Emons-Verleger Hejo Emons, »zum Erfolgskonzept des Regionalkrimis – und es wird von ihm auch eingefordert.«[5] Wenn die Details nicht stimmten, sei Kritik zu gewärtigen, und Veränderungen im Stadtbild, soweit es für die Romanhandlung von Belang sei, würden in der Regel bei Neuauflagen der Köln-Krimis berücksichtigt. Daraus folgt: Mindestens in den Augen ihrer Leserschaft ist die Verlässlichkeit der Angaben zur Welt »vor ihrer Haustür« ein Qualitätskriterium für den Regionalkrimi – ein Wertungsaspekt, der in anderen Genres keine Rolle spielt. Dass man die Bäckerei, vor der im Roman eine Leiche liegt, aus eigener, möglicherweise tagtäglicher Anschauung und Erfahrung kennt – es ist für Leserinnen und Leser des Köln-Krimis wesentliches Stimulans ihres Lektürevergnügens. Wer einen Böll-Roman liest, erwartet solche Stimulantien billigerweise gar nicht erst.

Das mögliche Argument, dass die Handlung eines Köln-Krimis wie die eines jeden Romans Fiktion sei und deshalb auch Details der Topografie nicht zu »stimmen« brauchten, zieht hier insofern nicht, als die implizite Poetik des Regionalkrimis gerade dieses »Stimmen« als Qualitätskriterium geltend macht – und also an ihm gemessen werden will. Dass das Kriterium ein außerliterarisches ist, spielt dabei keine Rolle.

Diese Konstellation hat eine unvermeidbare Konsequenz, derer sich auch Emons bewusst ist: Ein zentrales Prinzip des Köln-Romans – die Wiedererkennbarkeit eines real-vertrauten Nahbereichs – schränkt den Leserkreis mehr oder weniger auf die Stadtbewohner ein. Den trotz dieser absehbaren Publikumsbegrenzung bemerkenswerten Erfolg der Köln-Krimis begründet der Verleger mit der »Selbst-Besoffenheit« der Kölner, die man auch im Karneval antreffe.[6] Das sei »ja von Haus aus auch nichts Schlimmes«. Zumal diese Selbstfaszination Negatives durchaus einschließe: Köln ist in dieser Perspektive »gemütlich, knüselig, unaufgeräumt, zusehends schlechter verwaltet«. Das spezifische Kölnische, als mentale Prägung gefasst, sei eine Leerstelle, die von jedem Leser auf seine Weise gefüllt werde. In dieser Hinsicht könne sich der Köln-Krimi Normierungen auch gar nicht leisten. Das von Emons für seine Krimis geforderte »Köln-Gefühl« und das »Rheinische« der Figuren – wenn diese Merkmale konkret gefasst werden sollen, neigen sie zum Zerbröseln.

5 Hejo Emons im Gespräch mit d. Verf. am 1. Februar 2023 (daraus stammen alle einschlägigen Zitate in diesem Kapitel). Emons ist am 20. August 2023, nur wenige Monate später und viel zu früh, verstorben.

6 Zu fragen ist dabei allerdings stets, inwieweit hinter dem Erfolg von Ruhrgebiets-, Hamburg- oder München-Krimis nicht ebenfalls eine regionalistische »Besoffenheit« steht.

Für das gewichtige Subgenre, den historischen Köln-Krimi, gilt das Gesagte ebenso, mit leichten, von der Sache erzwungenen Verschiebungen. Die genaue Rekonstruktion des untergegangenen historischen – also z. B. des mittelalterlichen – Stadtbildes dürfte hier in den wenigsten Fällen möglich sein. Darüber hinaus wäre sie, weil sie die Erfahrungswelt des zeitgenössischen Lesers eh verfehlte, redundant. Zu den Leser-Erwartungen, die im historischen Regionalkrimi bedient werden müssen, gehört die Situierung der fiktiven Romanhandlung in einem exakt recherchierten und nach Maßgabe geschichtswissenschaftlicher Erkenntnis fehlerfrei präsentierten historischen Umfeld. Die Einschmelzung der Krimi-Handlung in einen solchen Rahmen sichert dieser, was ein wichtiges inwendiges Gütekriterium des historischen Krimis zu sein scheint: die Möglichkeit des Dargestellten.[7] Was nur im Roman geschieht, hätte in der Realgeschichte immerhin geschehen können.

Generell besteht unabhängig von einer ausgeprägten regionalen Situierung ein fundamentaler Unterschied zwischen dem Gegenwarts- und dem historischen Krimi: Es gibt bis zum 19. Jahrhundert keine institutionell basierte und geregelte Strafverfolgung und damit auch nicht das vergleichsweise scharf umrissene Typenprofil des – in der Regel bei einer Mordkommission arbeitenden – Kriminalkommissars. Autoren fiktionaler Literatur steht es aber frei, jeweils einen dienstlich befassten Ermittler sozusagen als Inspektor avant la lettre einzuführen – was in historischen Köln-Krimis auch immer wieder geschieht.

Erst recht gilt das für die Figur des institutionell nicht eingebundenen Privatdetektivs, die auch literarisch erst auf der Grundlage eines nicht vor dem 19. Jahrhundert vollends durchgesetzten rationalistisch-analytischen Weltbezugs möglich wurde – bei Edgar Allan Poe (C. Auguste Dupin) und Arthur Conan Doyle (Sherlock Homes). Wie eine spielerisch-ironische, weil historisch, phänotypisch und mentalitätsgeschichtlich nicht wirklich plausible Transformation der modernen Detektivgestalt ins Mittelalter funktionieren kann, zeigt eindrucksvoll William von Baskerville, der Ermittler in Mönchskutte aus Umberto Ecos Roman *Il nome della rosa* (Milano 1980, deutsch Der Name der Rose). Dessen motivisches Anregungspotenzial für den neueren Mittelalterkrimi kann generell kaum überschätzt werden.

Unstrittig gehört der Köln-Krimi allein dank seines Genreetiketts zu einer Kölner Literaturgeschichte (verstanden als historische Ereignisfolge wie ihre Darstellung). Er tut es umso mehr, als seine Autorinnen und Autoren nicht durchweg, aber doch zumeist am Ort bzw. in der geografischen Nachbarschaft leben und arbeiten oder enge private bzw. berufliche Beziehungen zu Köln unterhalten. Dies gilt indes nicht nur für Köln-Krimis, sondern überhaupt für Texte – in der Regel sind es Romane –, in denen der Schauplatz Köln bzw. die Situierung der Romanhandlung in Köln eine für diese essenzielle Rolle spielt. Nicht jeder Köln-Roman ist ein Köln-Krimi.

---

7 S. dazu Barbara Korte/Sylvia Paletschek (Hg.): *Geschichte im Krimi. Beiträge aus den Kulturwissenschaften*, Köln/Weimar/Wien 2009; darin vor allem Korte/Paletschek: *Geschichte und Kriminalgeschichte(n): Texte, Kontexte, Zugänge*, S. 7–27.

Der so verstandene Köln-Roman wird in diesem Kapitel dem Genre des Unterhaltungsromans zugeschlagen. Dies geschieht versuchsweise und unter Vorbehalt, denn die Konstituierung eines Genres »Unterhaltungsliteratur« ist außerordentlich voraussetzungsreich und damit auch problematisch.[8] Die Komplexität des Gegenstandes erfordert an dieser Stelle eine kurze theoretische Vergewisserung. Die Konzeption einer Literatur als Unterhaltung ruft unweigerlich die Kategorie einer »nicht-unterhaltenden« Literatur als ihren Gegenbegriff auf den Plan. Eine kulturgeschichtlich tiefsitzende binäre Codierung definiert diese als »hohe«, jene als »niedere« Literatur,[9] überführt damit aber eine beschreibende Terminologie in ein – die zweite Kategorie diskriminierendes – Werturteil. Ein rigider Ausschließungsdiskurs findet hier statt: Unterhaltungsliteratur wird zu einer defizitären Erscheinungsform des Literarischen – und »Unterhaltung« zu einem »falschen« und insofern korrekturbedürftigen Leseranliegen.

Versuche, im Rahmen eines Dreischichtenmodells literarischer Qualität die Unterhaltungsliteratur zu »entdiskriminieren« und sie als eine mittlere Kategorie zwischen »hoher« und Trivialliteratur als »Bodensatz« zu etablieren,[10] entschärfen das Problem kaum: Die Abwertung der Unterhaltungs- gegenüber der »Kunstliteratur« bleibt, diese liefert die normativen Maßstäbe, denen die beiden anderen Sparten nicht genügen. Immerhin machen sie auf ein Problem aufmerksam, das die rigorose Zweiteilung des Feldes in hohe (Kunst-) und niedere (Unterhaltungs-) Literatur verdrängt: Sie polarisiert ein mutmaßlich von Abstufungen und Übergängen geprägtes Textterrain wie auch dessen Rezipienten willkürlich, wie es aussieht, nach den Extremen hin.[11]

Ein nur oberflächlicher Blick in die Literaturgeschichte zeigt die sachliche Inadäquanz der einschlägigen Kategorienbildung: Charles Dickens wird üblicherweise der »hohen« Literatur zugeschlagen, obwohl die publikumsorientierten Motive sentimentalen oder trivialen Charakters im Werk des notorischen Vielschreibers der viktorianischen Epoche unübersehbar sind. Und Romane der Postmoderne wie z. B. Thomas Pynchons *Gravity's Rainbow (Die Enden der Parabel)* verweigern sich programmatisch und lustvoll der von außen an sie herangetragenen Frage, ob sie nun zur »hohen« oder »niederen« Literatur gehören, lassen sie ins Leere laufen. Gerade die Besichtigung der amerikanischen Literaturlandschaft zeigt übrigens, dass besagte Dichotomisierung ein sehr europäisches und besonders ein Phänomen der deutschen Kulturtradition ist.[12]

Vor allem aber ist sie zutiefst historisch begründet und vermittelt, hatte sich stets konkurrierender Konzepte und Prinzipien literarischer Wertung zu erwehren und gegen sie durchzu-

---

8 S. dazu Helmut Schmiedt: *Dr. Mabuse, Winnetou & Co. Dreizehn Klassiker der deutschen Unterhaltungsliteratur*, Bielefeld 2007, S. 7–12 (*Einleitung*).

9 S. dazu Christa Bürger/Peter Bürger/Joachim Schulte-Sasse (Hg.): *Zur Dichotomisierung von hoher und niederer Literatur* (= *edition suhrkamp*, Bd. 1089), Frankfurt/M. 1982.

10 S. Gero von Wilpert: *Sachwörterbuch der Literatur*, Stuttgart [8]2001, S. 862.

11 S. dazu Gert Mattenklott: *Gibt es U- und E-Leser?*, in: Herbert Heckmann (Hg.): *Angst vor Unterhaltung? Über einige Merkwürdigkeiten unseres Literaturverständnisses* (= *Dichtung und Sprache*, Bd. 5), München 1986, S. 34–40.

12 S. dazu Herbert Heckmann: *Die Angst vor dem Vergnügen*, in: Heckmann: *Angst vor Unterhaltung?*, S. 11–22.

setzen. Bekanntlich hatte Horaz Zweck und Aufgabe der Poesie auf die Formel »delectare et prodesse« – erfreuen und nutzen – gebracht. Dieser Devise zeigte sich dann die Aufklärung des 18. Jahrhunderts in dem Sinn verpflichtet, dass sie die Zugänglichkeit von Kunst und Literatur »für alle« propagierte und damit nicht nur auf die Einebnung der Kluft zwischen »hoher« und »niederer« Literatur zielte, sondern auch derjenigen zwischen Experten und Banausen auf der Rezipientenseite. Das ästhetische Urteil sollte spontane Empfänglichkeit, nicht ein von gesellschaftlicher Bildung abhängiges Vermögen sein.[13] Hinter diesem Projekt der Popularaufklärung stand nicht zuletzt der – immerhin nachvollziehbare – Verdacht, dass die Einteilung des Lesepublikums in Kenner und Nichtkenner nur die kulturelle Kapitalbildung (im Sinne Pierre Bourdieus) der herrschenden Schichten fördere und damit der Stabilisierung überwindungsbedürftiger gesellschaftlicher Zustände zu Diensten sei.

Gegen das aufklärerische Brauchbarkeitskriterium setzte die Weimarer Klassik samt der sie begleitenden Kunsttheorie und Ästhetik (Karl Philipp Moritz, Immanuel Kant) dann folgenreich das Konzept der Autonomieästhetik durch. Postulate der Aufklärungsliteratur wie moralische Bildung, lebenspraktische Unterweisung, aber eben auch »Unterhaltung« (was immer das im konkreten Fall heißen mochte) wurden als Imperative einer kunstfremden Heteronomie delegitimiert und aus der ästhetischen Produktion genauso wie aus einer ästhetischen Erfahrung verbannt, die diesen Namen verdienen sollte.

Autonomieästhetik im 20. Jahrhundert fand ihren wohl einflussreichsten und auch rigidesten Repräsentanten in Theodor W. Adorno. »Ernste Kunst«, heißt es in der gemeinsam mit Max Horkheimer verfassten *Dialektik der Aufklärung*,

> hat jenen sich verweigert, denen Not und Druck des Daseins den Ernst zum Hohn macht und die froh sein müssen, wenn sie die Zeit, die sie nicht am Triebrad stehen, dazu benutzen können, sich treiben zu lassen. Leichte Kunst hat die autonome als Schatten begleitet. Sie ist das gesellschaftlich schlechte Gewissen der ernsten.[14]

Unverändert kehrt in Adornos später, unvollendet gebliebener *Ästhetischer Theorie* die Forderung wieder, dass Kunst, wenn sie einen emphatischen Begriff von sich selbst und ihren Anspruch auf eine Negation des schlechten Bestehenden retten will, sich allen von außen an sie herangetragenen Verpflichtungen – und sei es den »gut gemeinten« auf Aufklärung und sozialen Fortschritt – radikal verweigern müsse. Sie führte den Philosophen zu jener normativ aufgeladenen Hermetik des Ästhetischen, in dessen Zeichen allein noch wenige Vertreter der avancierten Moderne vollends satisfaktionsfähig schienen: Beckett, Joyce, Proust in der Literatur, die Repräsentanten der Schönberg-Schule in der Musik. Zwar sah der Philosoph selbst das

13 Christa Bürger: *Einleitung: Die Dichotomie von hoher und niederer Literatur. Eine Problemskizze*, in: Bürger/Bürger/Schulte-Sasse (Hg.): *Zur Dichotomisierung*, S. 9–39; hier: S. 17.

14 Theodor W. Adorno: *Gesammelte Schriften*, Bd. 3: *Dialektik der Aufklärung. Philosophische Fragmente*, S. 157.

Gefängnis, in das ihn die eigenen Denkvoraussetzungen und -figuren führten, sehr deutlich – am Gestus bildungsbürgerlich-elitärer Pauschalverachtung der »leichten«, der Unterhaltungskunst samt ihren Konsumenten konnte diese Erkenntnis aber nichts ändern.

Nicht unerwähnt bleiben darf, dass Adornos Auffassungen zu seiner Zeit selbst im Lager einer marxistisch-oppositionellen Kunsttheorie keineswegs durchweg akzeptiert waren. Erinnert sei an die im Umfeld von Benjamin und Brecht entworfene Perspektive einer nachauratischen Massenkunst.[15] Auch in der einschlägigen neueren marxistisch inspirierten Theorie wird auf die utopischen Gehalte, auf die wie auch immer beschädigten und verdrängten Wunschbilder und Fantasien hingewiesen, die jener innewohnten und die die starre Dichotomisierung von hoher und niederer Literatur – und Kunst überhaupt – als fragwürdig und revisionsbedürftig erscheinen lasse.[16]

Auch das vorliegende Buch entzieht sich, wenngleich aus anderen Gründen, einem »adornistisch« geprägten Zugang zum Thema »Köln im Unterhaltungsroman«. Der Gegenstand wird hier nicht mit dem Vorsatz einer generellen Herabwürdigung erörtert, die es sich damit auch erspart, im Einzelfall genau hinzusehen. Tatsächlich begleitet, mit einiger rezeptionstechnisch begründeter Verspätung, eine je nachdem unversöhnliche Ideologiekritik den Regionalkrimi als Genre, in der die Fernwirkung Adornos immer noch spürbar ist. »Der Regionalkrimi widmet sich«, konstatiert etwa Uta-Maria Heim, fokussiert auf den baden-württembergischen Regionalkrimi,

> mit Feuereifer der Bekräftigung des Bestehenden; er tradiert die Normen, die in der kollektiven Volksseele verankert sein sollen. Überraschung wird vermieden. Alles Konservative obsiegt. Das schenkt der wachsenden Kundschaft Überlegenheit und Heimat. [...] Er [sc. der Regionalkrimi, d. Verf.] stellt die ideale Ordnung der Verhältnisse wieder her. Nur im Regionalkrimi kann man sich wirklich noch darauf verlassen, dass man seine Sicht der Dinge wiederfinden, sich mit den Helden identifizieren und am Schluss durchblicken und aufatmen darf. Das Happyend wird nur hier noch garantiert.[17]

Dieselbe Autorin an anderer Stelle:

> Das Bestehende soll [sc. im »fundamentalistischen« Regionalkrimi, d. Verf.] wieder erkannt und bekräftigt werden. Der Schritt hin zur ästhetischen Verfremdung wird erst gar nicht versucht, geschweige

---

15 S. Walter Benjamin: *Das Kunstwerk im Zeitalter seiner technischen Reproduzierbarkeit*, in: W. B.: *Das Kunstwerk im Zeitalter seiner technischen Reproduzierbarkeit. Drei Studien zur Kunstsoziologie* (= *edition suhrkamp*, Bd. 28), Frankfurt/M. 61973, S. 7–63.

16 S. etwa Frederic Jameson: *Verdinglichung und Utopie in der Massenkultur*, in: Bürger/Bürger/Schulte-Sasse (Hg.): *Zur Dichotomisierung*, S. 108–141.

17 Uta-Maria Heim: *Eine Heimat wie eine Fertigpizza*, in: *Stuttgarter Zeitung* vom 18. November 2013 (https://www.stuttgarter-zeitung.de/inhalt.uta-maria-heim-ueber-das-phaenomen-regionalkrimi-eine-heimat-wie-eine-fertigpizza.acf1c606-5628-47ed-8f3d-9f5ff3ddece6.html).

> denn geleistet. Die Katharsis wird nicht (wie im klassischen Kriminalroman) auf dialektischem Wege hergestellt, sondern steht a priori als Behauptung bereit. Es dreht sich, um es mal weniger elaboriert zu sagen, einfach um die Eroberung eines neuen Markts mit plakativen Mitteln. Und weil dies gelingt, ist dieses Subgenre, das ein verfressenes Antigenre ist, so erfolgreich. [...] Ziel ist nicht, gespannt in (erfundene) Abgründe zu blicken, sondern in die Scheiben des Nachbarhauses. Sie sollen mit genau dem gleichen Mittel geputzt sein, das die Nachbarin nimmt, und auch der Aufdruck auf ihrem T-Shirt sollte stimmen.[18]

Die Stoßrichtung dieser Kritik ist offensichtlich: Der Regionalkrimi ist in dieser Sicht ein ideologisches Placebo, mit dessen Hilfe der Leserschaft die Überschaubarkeit und die heile oder doch heilbare Ordnung einer Lebenswelt vorgegaukelt wird, die in den Stürmen der Rationalisierung, Modernisierung und Globalisierung längst untergegangen ist. Die Errichtung eines literarischen Potemkin-Dorfes gerate zum in hohem Maß verkaufsträchtigen Betrug. Die klare und harte Eindeutigkeit solcher Diagnosen zu einem kompletten Genre wird allerdings erkauft mit der mangelnden Berücksichtigung des konkreten Textes. Was Heim *dem* schwäbischen Krimi zuschreibt, trifft auf einen Großteil der Köln-Krimis, was immer man im Einzelfall von ihnen halten mag, nachweislich nicht zu. Unterschlagen wird auch die Existenz »kritischer« Regionalkrimis, in denen je nachdem die Unterdrückung und Ausgrenzung von Minderheiten, politische Korruption und nicht aufgearbeitete braune Vergangenheiten im regionalen Umfeld zum Thema werden.

Der von den Zitaten nahegelegte Verdacht, dass es sich dabei um Alibi-Veranstaltungen handelt – genauer: dass die kritische Tendenz lediglich ein aufgesetzter und mit der Romanhandlung nicht verbundener Effekt ist –, wäre wenigstens genauer zu überprüfen. Selbstredend macht die Themenwahl allein – das ist allerdings eine verallgemeinerungsfähige Erkenntnis – noch keinen guten Roman. Und ein Urteil strikt auf der Spur von Adornos Verweigerungsästhetik ließe sich, wie gesagt, auch von inhaltlicher »Fortschrittlichkeit« nicht beeindrucken.

Andere Kritiker gehen nicht so weit wie Heim. Sie qualifizieren nicht ein Genre ideologiekritisch pauschal ab, sondern bemängeln die handwerkliche Qualität vieler Regionalkrimis. Sie begründen diese Defizite mit der niedrigen Hemmschwelle angesichts einer angeblich anspruchsreduzierten Literaturgattung, die jetzt auch mindertalentierte Lokaljournalisten und Lehrer zur Feder greifen lasse. Immerhin wird eingeräumt: »Aber natürlich gibt es in der Masse der Regionalkrimis auch ein paar wahre Kleinode. Regionalkrimis sind eben im Guten wie im Schlechten immer ›down to earth‹«.[19]

---

18 Dies.: *Die Bekräftigung des Bestehenden. »Was bleibt mir denn noch?« – Adam Davies: ›Goodbye Lemon‹* (http://culturmag.de/crimemag/kopfschuss-n%C2%B012-von-uta-maria-heim/2165).

19 Reinhard Jahn: *Was ist ein Regionalkrimi? Eine Autopsie.* Vortrag, gehalten am 8. Januar 2000 in der Thomas-Morus-Akademie Bergisch-Gladbach Bensberg (http://krimiblog.blogspot.com/2009/09/was-ist-ein-regionalkrimi-eine-autopsie.html).

Der Regionalkrimi wäre demnach also nicht einfach deshalb »schlecht«, weil er ein Regionalkrimi ist. Akzeptiert man diese Position, dann stellt sich die Frage, was seine Qualität oder Nicht-Qualität (und darüber hinaus generell die des Unterhaltungsromans) definiert, mit verschärfter Dringlichkeit. »Was fehlt – bei Kritikern wie Lesern –, ist«, so wird zu Recht angemerkt,

> ein Verständnis für die Kriterien, formale wie inhaltliche, nach denen man Literatur beurteilt. Was ist eigentlich gemeint mit dieser Latte, die man höher oder tiefer hängen kann, wenn man Bücher rezensiert? Als einziges populäres Genre hat der Krimi es geschafft, der Nischenexistenz des Genres zu entkommen. Krimis sind gesellschaftsfähig, schon lange. Und doch scheint es, als brauchte der Krimi eine Rechtfertigung, die über das Genre hinausgeht, um als Literatur anerkannt zu werden.[20]

In jedem Fall sollte einsichtig sein, dass die Wertkriterien aus den Strukturgesetzen des jeweiligen Genres selbst entwickelt werden müssten. Ein Beispiel für ein solches genrespezifisches Kriterium ist die – auf der Rezipientenseite psychologisch durch Angstlust geförderte – »Spannung«. Während sie in Romanen des literarischen Höhenkamms nicht erwartet werden kann und von den Lesern auch nicht, jedenfalls nicht in einem planen Verständnis, erwartet wird – in ihrer internen Wertehierarchie gilt sie seit dem 19. Jahrhundert sogar als minderwertig, als »ordinär« und kollidiert auf jeden Fall mit den Forderungen der Autonomieästhetik –, wäre ihre Abwesenheit im Krimi inakzeptabel. Die Frage, wer der Täter ist bzw. wie er zur Strecke gebracht wird, bezeichnet ein Erwartungsmuster, das unter allen Umständen bedient werden muss. Der binäre Code »spannend – nicht spannend« wird damit zum zentralen Bestandteil einer aus anderen möglichen Wertmaßstäben systemisch ausdifferenzierten Skala für ein Qualitätsurteil über Krimis.

Mit der Ökonomie von Spannung und Lösung, die moralpsychologisch prinzipiell mit einem ebenfalls binär codierten Wertesystem (»Gut« vs. »Böse«) unterfüttert wird, dürfte auch zu tun haben, dass das Happyend der Regelschluss (nicht nur) des Regionalkrimis ist. Der Tod des Ermittlers und das Entkommen des Täters steigerten zwar Wirklichkeitsnähe und Wahrscheinlichkeit der Romanhandlung. Und gerade im Regionalkrimi mit seinem betont »realistisch« konzipierten Aktionsumfeld macht das »notwendige« Happyend den Fiktionscharakter letztlich besonders auffällig. Wahrscheinlichkeit aber verletzte in diesem Fall fundamental die Genregesetze.

Diese konzipieren die kriminelle Handlung – gemeinhin den Mord – als eine zweifellos stimulierende Störung der geordneten Lebensnormalität auch im Sinne einer Irritation des Lesers, die aber vorübergehend zu sein hat und eine beruhigende »Heilung« in Gestalt einer rational

20 Lisa Kuppler: *Das U und E des deutschen Krimis*, in: *Frankfurter Allgemeine Zeitung*, Ausgabe vom 14. April 2015 (https://www.faz.net/aktuell/feuilleton/buecher/kriminalromane-das-u-und-e-des-deutschen-krimis-13534198.html).

zufriedenstellenden Aufklärung finden muss. Krimi und Tragödie schließen einander tendenziell – ausweislich des schlichten statistischen Befundes – aus.[21] Die Auflösung von Vieldeutigkeit und die Komplexitätsreduktion im »klassischen« Krimischluss bringt, pejorativ formuliert, jenen »Banalisierungseffekt« mit sich, der mit dafür verantwortlich ist, dass das Genre der Unterhaltungsliteratur zugeschlagen wird.[22]

Eine gesteigerte Komplexität und psychologische Ausdifferenzierung von Charakteren, aber auch eine symbolische Aufladung der Bildlichkeit gehören demgegenüber und angesichts der unabweisbaren Plot-Fokussierung der Gattung nicht zu den Erwartungen, die der Regionalkrimi – und jeder andere Krimi – erfüllen muss. Angesichts des darstellerischen Interessenschwerpunkts, der auf der Aufklärung eines Kriminalfalles liegt, sollte auch der weitgehende Verzicht auf modernistische Formen der Narration, auf polyperspektivisches und nichtlineares Erzählen, auf erlebte Rede und Bewusstseinsstrom, auf Selbstreferenzialität und dekonstruktivistisches Rollenspiel mit einem »unzuverlässigen« Erzähler nicht per se negativ bewertet werden. Vielmehr könnte ihr forcierter Einsatz sogar ein störendes Ungleichgewicht von Form und Inhalt, den Effekt einer desintegrativen Überinstrumentierung zeitigen. Unbedingt erforderlich wiederum sind jeweils eine strikte und auch im Rückblick als solche nachvollziehbare Logik in der Erzählkonstruktion, in der es keine Brüche oder »blinden«, d. h. für den Handlungsverlauf irrelevanten Motive geben sollte.

Solche gattungsbezogene Ausdifferenzierung der Wertskalen ermöglicht es übrigens umgekehrt auch, Texte, die a prima vista zur »hohen« Literatur gehören, als ästhetisch minderrangig zu klassifizieren. In diesem Buch tauchten diesbezüglich bereits einige – Kölner – Beispiele auf. Ferdinand Franz Wallrafs Hymnus *An die Natur*[23] etwa gehört ob seines intellektuellen Anspruchs und der (formalen wie inhaltlichen) intertextuellen Bezüge zu antiken Modellen zweifellos dem literarischen Höhenkamm zu – er ist definitiv keine »Unterhaltungsliteratur«. Weil er aber dessen Wertkriterien allein handwerklich nicht erfüllt, wird man hier kaum von »guter« Literatur sprechen können.

Es ist unmöglich, im Rahmen dieser Literaturgeschichte das Thema »Köln im Unterhaltungsroman« in all seinen Verzweigungen darzustellen. Wie bei den anderen Gegenstandsbereichen kann es nur um exemplarische Fokussierungen gehen, mit denen sich allenfalls der Anspruch verbindet, möglichst viele Aspekte, Optionen und Möglichkeiten der konkreten Umsetzung eines Gattungskonzepts vorzustellen. Autorenprominenz und einschlägiger Output spielen dabei eine Rolle, nicht allerdings tut es das Qualitätskriterium. Vielmehr vermögen auch Fälle eines offen-

21 Diese Aussage gilt nicht grundsätzlich, denn tatsächlich haben Autoren wie Jan Costin Wagner und Friedrich Ani die prinzipielle Vereinbarkeit von »Krimi und Tragödie« in der schriftstellerischen Praxis erwiesen.

22 S. dazu Wellershoff: *Vorübergehende Entwirklichung. Zur Theorie des Kriminalromans*, in: *Werke*, Bd. 4, S. 337–394; außerdem Jochen Vogt (Hg.): *Der Kriminalroman. Poetik, Theorie und Geschichte* (= *UTB*, Bd. 8147), München 1998.

23 S. oben S. 82–84.

sichtlichen Scheiterns erhellende Einsichten zu eröffnen. Weil der Köln-Krimi quantitativ dominiert und sich auch, wie bereits angemerkt, des Zuspruchs einer beträchtlichen Lesergemeinde erfreut, liegt hier der Schwerpunkt der folgenden Ausführungen.

10.2 Von Christoph Gottwald bis Brigitte Glaser

Am Anfang des Genres also steht Christoph Gottwalds Roman *Tödlicher Klüngel.* Gottwald (1954 geboren), Kölner Journalist, Autor und in seiner Zeit als Germanistikstudent Theatermacher an der unversitären Studiobühne, hatte den Roman erfolglos anderen Verlagen angeboten, ehe Hejo Emons, auf der Suche nach einem zündenden Start für eine geplante Köln-Krimi-Reihe in seinem neuen Verlag, auf eine Kneipenempfehlung hin zugriff: »Davon haben wir dann direkt über 10.000 Exemplare verkauft. Und uns gesagt: Wenn das so gut geht, können wir weitermachen.«

Über Schreibhintergründe und -intentionen gibt der Autor in einem Vorwort (»Wie alles begann«) zu *Tödlicher Klüngel* in der neuen, auf Überarbeitungen beruhenden Sammelausgabe seiner drei zwischen 1984 und 1994 publizierten Köln-Krimis um den Privatdetektiv Manni Thielen Auskunft:

> Da ich fasziniert war von Raymond Chandlers Held Philip Marlowe, der sich lakonisch durchs nächtliche Los Angeles der dreißiger Jahre schlug, erfand ich einen Helden, der auf ähnliche Art seinen Weg gehen muss, allerdings ohne Revolver und Handschellen in den Taschen seines Trenchcoats: Manni Thielen, achtundzwanzig Jahre alt, ein frecher Loser mit dem Herz am rechten Fleck, der sich getrieben von Geldnot und Abenteuerlust in fatale Zusammenhänge verstrickt, aus denen er sich nur befreien kann, indem er die wahren Schuldigen überführt.[24]

Der Plot von Gottwalds Erstling »lebt« ganz wesentlich davon, dass sich im Handlungsverlauf die Dinge als grundlegend anders herausstellen, als sie zunächst scheinen. Das ist im Kriminalroman ein gebräuchliches Strukturmoment, wird hier aber auf eine originelle und fantasievolle Weise umgesetzt. Weil das Buch konsequent aus Mannis personaler Sicht erzählt ist, also auf mehrperspektivische Brechung verzichtet, ist der Leser nie »schlauer« als der Held und wird von den Peripetien im Ablauf, die durch schlagartig hereinbrechende neue Erkenntnisse ausgelöst werden, genauso überrascht wie die Hauptfigur selbst.

Manni Thielen, ein zwielichtiger Hallodri, übernimmt zwecks Abwendung einer finanziellen Katastrophe Hilfsdienste für einen Privatdetektiv, dem er auch gleich einen lukrativen Auftrag »ausspannt«: Ein gut situierter Geschäftsmann wird mit Fotos seines erotischen Fremdgangs erpresst, und Manni soll die Sache unauffällig bereinigen. In dem Liebesnest in einem Apartment

24 Christoph Gottwald: *Tödlicher Klingel. Drei Köln Krimis*, Köln 2022, S. 14.

in Weiden, das Manni ausfindig macht, findet er einen Erschossenen vor, und wenig später versucht jemand, ihm den Mord in die Schuhe zu schieben, indem er die Tatwaffe in seinem Pkw platziert und diesen dann abfackelt. Das misslingt, weil Mannis gewitztem Freund und Sidekick Charly, einem Taxifahrer, etwas schwant und er die Pistole rechtzeitig vor Eintreffen der Polizei aus dem Autowrack entfernen kann. Der Geschäftsmann ist mittlerweile wie vom Erdboden verschluckt, Manni war auf eine fingierte Existenz hereingefallen.

So oder so ist ihm klar, dass er jetzt selbst gefährdet ist – der Jäger wird zum Gejagten und bleibt trotzdem im Wettlauf gegen die Schachzüge der anderen Seite Jäger. Die Sache nimmt Fahrt auf, als eine Todesanzeige im *Kölner Stadt-Anzeiger* erscheint, die dem Erschossenen, einem Immobilienunternehmer, einen natürlichen Tod attestiert. Manni findet heraus, dass der Arzt, der den Totenschein ausstellte, seinerseits von den Hintermännern des Verbrechens erpresst wird. Dann muss auch noch der Privatdetektiv dran glauben, der, wie sich herausstellt, als Komplize des Auftraggebers auf die Idee gekommen war, den ahnungslosen Arbeitslosen der Polizei ans Messer zu liefern. Letztlich Opfer eines Kampfes im Raubtierkäfig des Immobiliengeschäfts, kann Manni am Ende (wohl) mit knapper Not sein Leben retten.

Der Vorzug von Gottwalds Roman ist nicht zuletzt seine lapidare Kürze. Schnörkellos und temporeich nimmt die Story ihren Fortgang, brennt sozusagen wie ein Feuerwerk ab. Immer wieder baut der Autor kleine Beschleunigungsmomente ein, die dem Leser als solche und auch in ihrer faktischen Unwahrscheinlichkeit kaum auffallen: Bei Telefonanrufen wird zumeist sofort abgehoben, kein Verkehrsstau (in Köln!) behindert die Bewältigung der zu abzufahrenden Strecken, Fake-Anfragen bei Ämtern werden zügig beantwortet, ohne dass das Gegenüber Verdacht schöpft und dem Ermittler Steine in den Weg legt. Der »Handlungsmotor« dieses Krimis ist gut geschmiert.

Trotz des dramatischen Sogs gelingt es dem Verfasser, seine Geschichte glaubhaft im urbanen Raum der Rheinmetropole zu verankern. Es ist vorzugsweise das schmuddelige, schäbige Köln der nördlichen Hauptbahnhofsgegend, der sinistren Kellerbars und Stundenhotels, das hier in seiner ganzen Trostlosigkeit, zugleich aber auch unbezwingbaren Vitalität lebendig wird. Von diesem Zwielicht wird nicht zuletzt die zentrale Figur erfasst. Manni ist als Identifikationsfigur entworfen, wird darüber aber keineswegs zum »klassischen« Helden. Als Raucher, Säufer und Fast-Food-Konsument einer ungesunden Lebensweise frönend, je nach dem zur Gewalttätigkeit neigend, schnoddrige Umgangs- und Konversationsformen pflegend, stets mit moralneutraler Schlitzohrigkeit auf den eigenen materiellen Vorteil bedacht, wird er selbst zum Repräsentanten jenes Großstadtdschungels, in dessen Überlebenskampf er sich zugleich behaupten muss. Insofern kommt er tatsächlich aus der Schule der »hardboiled detectives«, jener unsentimentalen und zugleich »fehlerhaften« Ermittlergestalten, wie sie die Romane der US-Autoren Chandler und Dashiell Hammett bevölkern.

Gottwald gelang mit seinen Manni-Romanen eine überaus erfolgreiche Verbindung von rasanter Story, genau und zugleich traditionsreich typisiertem Detektiv und einem unverkennbar kölnischen Milieu. Angesichts dieser »Platzbesetzung« mussten Köln-Krimiautoren »nach

Gottwald«, wollten sie nicht in der Sackgasse unattraktiver Wiederholung landen, in Thematik, Darstellung und Stil andere Wege einschlagen. Die eindrucksvolle Diversität des Köln-Krimis der vergangenen Jahrzehnte zeigt, dass diese Herausforderung angenommen wurde – wenn auch nicht durchweg erfolgreich. Zwei neuere, vom Gottwald-Modell stark abweichende Realisationen des Genres seien hier in der gebotenen Kürze vorgestellt.

Myriane Angelowski, 1963 in Köln geboren und dort auch wohnhaft, darf als eine Vertreterin des »kritischen« Köln-Krimis bezeichnet werden. Möglicherweise angeregt durch ihre frühere berufliche Tätigkeit als Referentin für Gewaltfragen bei der Stadtverwaltung, widmen sich die von ihr verfassten Bücher mit den Kölner Kommissarinnen Maline Brass und Lou Vanheyden im Zentrum bevorzugt den – hier eben auch polizeilich relevanten – sozialen Problemen, die die Anerkennungsverweigerung gegenüber »abweichenden« Lebensformen, Geschlechterdiversität, der Verflüssigung etablierter Rollenmuster mit sich bringt. Das »kritische« Moment entsteht durch die Dekonstruktion der verbreiteten Imago Kölns als einer der angeblich tolerantesten Städte Deutschlands. Eine Stadt, in der die in den Romanen beschriebenen und sei es fiktiven Kriminalfälle möglich werden, ist – das könnte Angelowksis implizit übermittelte »Botschaft« sein – jedenfalls nicht toleranter als der deutsche Durchschnitt.

Jenseits des Rheins, 2021 erschienen, ist der sechste Brass/Verheyden-Krimi. Der Titel bezieht sich auf die Tatsache, dass sich der Fall, um den es diesmal geht, im rechtsrheinischen Poll entwickelt – auf der vernachlässigten und aus dem offiziellen Stadtbild gerne verdrängten »schäl Sick« also. Womit sich die Idee eines »anderen« Köln in eine topologische Symbolik umsetzt. Diese Symbolik, zu verstehen im Sinne einer zeichenhaften Konfrontation links- und rechtsrheinischer Stadtteile, kommt dann noch markant anlässlich des stressig-geheimen Doppellebens zum Einsatz, das der Vater der Hauptfigur führt: Er hat eine Familie in Poll und eine zweite im linksrheinischen Esch – jeweils mit Frau und Kind(ern).

Besagte Hauptfigur ist der 14-jährige Lenni, der eines Tages spurlos verschwindet. Seine Mutter glaubt, dass ihm etwas zugestoßen ist, kann damit allerdings die Polizei vorerst kaum interessieren – Jugendliche, so wird ihr bedeutet, tauchen halt schon mal ab und dann auch wieder auf. Interpoliert in die langsam fortschreitende und von einigen Nebenaktionen begleitete Gegenwartshandlung wird die Vorgeschichte bis zu dem Punkt, an dem – auf den Schluss zu – beide Zeitlinien konvergieren. Erst durch die Zusammenschau erschließt sich dem Leser das Drama, das mit Lennis Verschwinden seinen Höhepunkt erreicht.

Lenni wurde, weil er gerne Mädchenkleider anzog, sich schminkte und seine Nägel lackierte, von Mitschülern massiv erpresst, gemobbt und gequält – ohne dass Eltern und Lehrer dies gemerkt hätten, geschweige denn eingeschritten wären. Der einzige Ausweg aus dieser Hölle führt ihn zu einem anderen Außenseiter, der in seinem Haus Puppen um sich versammelt, die er als lebendige Wesen behandelt. Während dieser, von seinem »normalen« Bruder unter Druck gesetzt, Selbstmord begeht, betritt Lenni am Schluss tatsächlich wieder die Romanbühne – um sich gegen seine Quälgeister gewaltsam zur Wehr zu setzen. Die Polizei verhindert möglicherweise gerade noch ein Blutbad.

Der Roman ist überzeugend konstruiert, aus den sukzessiv erschlossenen Details der Vergangenheit und Jetztzeit setzt sich allmählich ein lückenloses Puzzle zusammen. Angelowskis Stil ist eloquent und geschmeidig, die Dialogführung und Szenenentwicklung gekonnt, der Spannungsaufbau hinlänglich bewältigt. Immerhin eine Gefahr für die Konsistenz der Erzählung ist die aufdringliche und darin fast schon didaktisch anmutende Häufung von Fällen der Gender- und Rollendiversität, die den Kriminalfall (der, wie sich final zeigt, im engeren Sinn keiner ist) zu überwuchern droht. Das Verhältnis von Krimi und kritischer Sozialstudie steht hier in der Gefahr, in eine Unwucht zu geraten.

Einen völlig anderen Zugang zum Genre Köln-Krimi wählt Brigitte Glaser in ihrer zwischen 2003 und 2013 publizierten siebenteiligen Romanreihe mit der Kölner Köchin Katharina Schweitzer im Zentrum. Diese ersetzt, insofern sie sich in die Aufklärung von Mordfällen einmischt, den nur noch eher beiläufig auftauchenden Kripo-Beamten. Glaser, geboren 1955 in Offenburg, studierte in Freiburg Pädagogik, ist aber seit Jahrzehnten in Köln ansässig und arbeitete hier als Medienpädagogin in der Erwachsenenbildung. Inzwischen zählt sie zu den produktivsten und erfolgreichsten Autorinnen und Autoren der Rheinmetropole. 2016 veröffentlichte sie mit dem Roman *Bühlerhöhe*, in dem es um einen – im Kern auf historischen Fakten beruhenden – Mordanschlag des israelischen Untergrundes auf Adenauer geht, einen gelungenen historischen Thriller.

Thrillerqualitäten weist *Himmel un Ääd*, der 2012 erschienene vorletzte Titel aus der Schweitzer-Reihe, nicht auf. Es geht in diesem Buch im Wesentlichen um kumulierende Krisen im Leben der gelernten Spitzenköchin und Mülheimer Restaurantbesitzerin, die sie zeitweilig aus der Bahn zu werfen drohen, am Ende aber dank der stabilen Konstitution der Ich-Erzählerin resolut gemeistert werden.

Die Ermordung ihrer aus Polen stammenden Spülkraft Minka (sie wird eines Tages tot aus dem Rhein gefischt) ist nur eines der ins Kontor schlagenden Ereignisse, und bezeichnenderweise wird der Umstand ihres Todes erst auf Seite 82 und ihrer Ermordung nach Suizid-Ausschluss auf Seite 92 mitgeteilt – also proportional zur Textlänge von 294 Seiten sehr spät. Motivisch genauso wichtig sind die offensichtliche Untreue ihres aus Wien stammenden Freundes und Mitarbeiters Ecki, als solche erkannte Versuche der Betriebsspionage in ihrem Restaurant, verbunden mit dem Plan einer »feindlichen Übernahme« durch eine konkurrierende und expandierende Gastronomie-Kette, sowie das Damoklesschwert der Nichtverlängerung ihres Pachtvertrages seitens der Mülheimer Hauseigentümerin. All das verbindet sich bei Schweitzer unter dem lastenden Druck sommerlicher Hitze zu einem Gefühl ubiquitärer Bedrohung, deren Bestandteile aufeinander verweisen und zugleich Raum für nicht oder nur schwer belegbare Vermutungen und Verdächtigungen geben.

Nicht zur Verbesserung ihrer Situation bei trägt ein weiterer Mord: Besagte Eigentümerin wird unter Verwendung einer Monokelkobra, einer Giftschlange, getötet. Giftschlangen spielen auch am Schluss des Romans eine Rolle, wo deren Besitzer – und zugleich der zweifache Mörder – Schweitzer und den untreuen Ecki in seinem Apartment im Ehrenfelder Herkules-Hochhaus einschließt. Bis zu diesem traditionelle (und auch abgegriffene) Motive des Tierhorrors spektakulär aktivierenden Showdown hat es Weile: Über viele Seiten schleppt sich die Handlung tempoarm dahin – was einerseits mit der Dominanz der krimifernen Kochrezept- und Restaurantmaterie zu tun hat, aber auch mit dem Wirken des ermittelnden Kommissars, der es auch für den Leser provozierend geruhsam angehen lässt.

Einwände legt bereits Glasers basales Design nahe – allein der Verzicht auf eine berufliche Anbindung an die Kriminalitätssphäre zeitigt unübersehbare Probleme. Anders als bei einem Mitglied der Mordkommission will nicht einleuchten, dass ausgerechnet eine Köchin es notorisch mit Schwerkriminalität zu tun bekommt. Überhaupt mutet die bei vielen Lesern beliebte konzeptuelle Verbindung von Mord und Kulinarik[25] – die eben noch dadurch forciert wird, dass Schweitzers Kochrezepte in Glasers Reihe ausführlich thematisiert werden – erzwungen und gewaltsam an.

Dabei ist *Himmel und Ääd* ein sympathisches Buch – genauso wie seine emanzipierte »Heldin«. In der Deutzer Kasemattenstraße in einer Vierer-WG wohnend und ihr Restaurant in der Keupstraße betreibend, repräsentiert Katharina Schweitzer tatsächlich etwas vom Lebensgefühl der vernachlässigten rechtsrheinischen Stadtteile. Multikulturell wie ihre Küche ist ihr persönliches Umfeld – da finden Menschen aus aller Herren Länder zueinander. Köln wird tatsächlich zu jenem Biotop, als welches es in der Utopie einer aufgeklärten Gesellschaftsmoral aufscheinen mag. In diesem Sinne kommt in einigen lyrischen Passagen eine unverhohlene Liebe zu dieser geschundenen Stadt zum Ausdruck, die nicht nur die der Köchin sein mag:

> Ein zarter Grauschleier kündigte das Ende der Nacht an, und auf dem Rhein hing silberner Tau. Die Deutzer Brücke gehörte nur mir allein. Auf der anderen Seite des Flusses ragten die imposanten Kranhäuser übers Wasser, dahinter verschwamm das Siebengebirge im morgendlichen Dämmerlicht. Köln war selten so schön wie in dieser sommerlichen Frühe. Nur da besaß die Stadt die Eleganz einer in Würde gealterten Dame, die Neuem gegenüber durchaus aufgeschlossen war.[26]

10.3 Der historische Krimi: Frank Schätzing und andere

Mit Aplomb geriet Emons ein gutes Jahrzehnt nach *Tödlicher Klüngel* auch der Einstieg in ein Subgenre des Köln-Krimis: den historischen Krimi. 1995 erstveröffentlichte er Frank Schätzings Roman *Tod und Teufel*, der, ungewöhnlich für einen Regionalkrimi, auch jenseits von Köln starke Beachtung fand. Seinen internationalen Durchbruch erzielte Schätzing, 1957 in

25 Den »Archetyp« dieser Kombination dürfte Johannes Mario Simmels Roman *Es muss nicht immer Kaviar sein* (1960) liefern.

26 Brigitte Glaser: *Himmel und Ääd. Köln Kimi*, Köln 2012, S. 21.

Abb. 20 Frank Schätzing, 2009.

Köln geboren, dort nach wie vor lebend und beruflich von Haus aus als Werbefachmann tätig, bekanntlich dann 2004 mit seinem Wissenschaftsthriller *Der Schwarm*.

Tod und Teufel ist ein Mittelalterkrimi – mit welcher Epochenfixierung er viele Nachfolger finden sollte. Über die Bevorzugung gerade des Kölner Mittelalters als »Krimi-Ära« kann nur spekuliert werden. Von der Gegenwart trennt die mittelalterliche Lebenswelt die Distanz des Exotischen, während es wiederum nicht so »weit weg« ist, dass die Leser ihre Jetztzeit in ihm nicht wie in einem »fernen Spiegel«[27] wahrnehmen könnten. Nämliches gilt für die Kölner Stadtlandschaft in ihrer Fremdheit wie in ihrer punktuellen Wiedererkennbarkeit (Kirchen, Straßennamen) für den heutigen Leser. Unstrittig war das Kölner Mittelalter – und gerade auch das späte Mittelalter – eine Zeit erbitterter innerstädtischer Kämpfe zwischen unterschiedlichen um Macht und Einfluss ringenden Personen und gesellschaftlichen Gruppen etwa im Dreieck von Erzbischof, Geschlechtern und Gemeinde unter der Rahmenbedingung extremer sozialer und rechtlicher Ungleichheit.[28]

27 *A Distant Mirror* ist der Titel des bekannten, 1978 erschienenen Buches der US-amerikanischen Historikerin Barbara Tuchman über das 14. Jahrhundert.

28 S. dazu das erste Kapitel dieses Buches.

Dass die immer wieder auch gewaltsamen Auseinandersetzungen den idealen Hintergrund für Krimi-Plots liefern, liegt auf der Hand. Schließlich mag der Widerspruch zwischen der in Kölns Selbstvermarktung beschworenen »Heiligkeit« und dem dort in der jeweiligen Romanhandlung grassierenden Verbrechen ein literarisches Darstellungsinteresse stimulieren.

Tod und Teufel spielt im September des Jahres 1260. Die Handlung wird dabei auf fünf Tage zusammengedrängt – was zu einer erheblichen dramatischen Verdichtung und Intensivierung der Abläufe führt. Es gibt in diesem Buch für alle Beteiligten keine »Pausen«, auch und gerade die Nächte sind angefüllt mit Geschehnissen. Im Fokus des Romans steht ein Mordkomplott Kölner »Patrizier« – darunter aus der Familie Overstolz – gegen den amtierenden Erzbischof Konrad von Hochstaden. Der Konflikt zwischen beiden ist historisch beglaubigt, wenn auch nicht ein konkreter Mordplan von Angehörigen der sich gegen den Stadtherrn auflehnenden Oberschicht. Das erste Opfer im Roman ist Dombaumeister Gerhard, der vom Gerüst des allmählich wachsenden gotischen Kathedralbaus in die Tiefe gestoßen wird.

Das Todesdatum im Roman, der 11. September 1260, ist aus Historikersicht nachweislich falsch und der Mord, der einen unkooperativen Mitwisser der Verschwörung beseitigt, immerhin nicht belegt. Die Lizenz zu einem Teil seiner Freiheiten erwirbt sich der (mit dem Autor nicht ohne weiteres identische) Erzähler durch eine ironische Volte: durch den Hinweis, dass sämtliche Beteiligten seinerzeit Stillschweigen vereinbart hätten und damit eine spätere quellenbezogene Beglaubigung vereitelt worden sei. Wie auch immer: Ein Verbrechen rückt – das ist Schätzings basale Entscheidung – an jene Stelle, an der in einem wichtigen Strang der Dombaumythologie der Selbstmord des Gründungsbaumeisters infolge einer verlorenen Teufelswette steht.

Die Romanhandlung kommt weniger durch den Mord als vielmehr durch die Tatsache in Gang, dass es einen von der Verschwörung nicht eingeplanten Zeugen der Tat gibt: den pikaresken, liebenswert-verschlagenen Dieb und Herumtreiber Jacop der Fuchs, der im Garten des Erzbischofs Äpfel stehlen will, um seinen ärgsten Hunger zu stillen – eine burleske Variante des Sündenfalls im Paradies. Auch Jacop bekommt sein Genuss vom Baum der Erkenntnis schlecht, denn er muss damit rechnen, dass der Mörder ihn gesehen hat und jetzt danach trachtet, auch ihn aus dem Weg zu räumen. Die Befürchtung erweist sich als berechtigt: Ein Kumpan und eine Hure, denen er sein Erlebnis berichtet und damit der offiziell in die Welt gesetzten Version eines bedauerlichen Unfalls widerspricht, werden unter Verwendung einer kleinen Armbrust erschossen. Jacop, aufgrund seiner roten Haare auffällig genug und in den Mauern des spätmittelalterlichen Köln ohne reale Fluchtmöglichkeit wie in einer Falle sitzend, befindet sich fortan in einem permanenten Überlebenskampf gegen einen ihm weiter nicht bekannten Feind.

Der Leser kennt – die multiperspektivische Anlage des Romans macht es möglich – diesen Feind hingegen im Prinzip seit dem ersten Kapitel: Es handelt sich um den aus Schottland stammenden Auftragskiller Urquhart, der auf Vermittlung des Grafen von Jülich der Kölner Mordverschwörung gegen gute Bezahlung zu Diensten ist. Der ehemalige Kreuzzügler Urquhart, eine diabolische Figur, die ohne Leidenschaft, mit dem Instinkt eines Raubtiers, mit »sachlicher« Grausamkeit und Skrupellosigkeit zu Werke geht, erinnert übrigens stark an Frederick Forsyths

»Schakal«, der, unbeeindruckt von äußeren Störungen, mit der Präzision eines Planeten auf seiner Umlaufbahn den im Ergebnis mit Leichen gepflasterten Weg zum Attentat auf den französischen Staatspräsidenten findet.

Die naheliegende Mutmaßung, dass die frühzeitige Bekanntmachung des Täters einen spannungsabbauenden Konstruktionsfehler darstellt, bestätigt sich hier übrigens nicht. Der insgesamt beträchtliche Thrill verlagert sich von der Frage »Wer ist der Verbrecher?« auf diejenige, ob und wie es Jacop gelingt, seinem unerbittlichen und auf Anhieb auch überlegenen Verfolger zu entkommen. Auf der Basis einer das Ganze in Retardationen und Beschleunigungen geschickt rhythmisierenden Erzähltechnik hält er durch bis zum Showdown, da in den Gerüsten des Dombaus die Ermordung Konrads von Hochstaden im letzten Augenblick verhindert wird.

Letztlich entgeht Jacop dem Tod dadurch, dass ihm immer wieder menschliche Schutzengel zur Seite springen: die Färbertochter Richmodis, ihr Vater Goddert und ihr Onkel Jaspar, Dechant und Physikus, der Jacop seinen verletzten Arm einrenkt und in geistlichen Dingen eine für diese Zeit bemerkenswerte (und in dieser Form wohl auch unwahrscheinliche) kirchenkritische Unabhängigkeit und Aufmüpfigkeit sowie bei der Aufhellung der Verbrechenshintergründe einen außerordentlichen detektivischen Scharfsinn an den Tag legt.

Die Anlage des Romans lässt es zu, dass die thrillerhafte Handlung trotz ihrer Zuspitzungen und Engführungen immer wieder in eine plastische und auch als solche vermittelte urbane Lebenswelt eingebettet wird, die nicht zur Staffage erstarrt. Jacops eulenspiegelhafter Wurstdiebstahl auf dem Fleischmarkt setzt diesbezüglich gleich zu Beginn eine atmosphärische Wegmarke. Nicht nur räumlich – in Straßen und Gassen, Mauern und Kirchen, Bordellen und Märkten – entfaltet sich eine Stadtlandschaft, die zuweilen unter der dem heutigen Leser bekannten wie ein Palimpsest durchscheint. Der Roman erschließt vielmehr die stark stratifizierte Stadtgesellschaft der Geschichtszeit in ihrer ganzen Breite und Diversität. Jacop als Hauptfigur erfasst sie mit dem vom Willen zum Überleben gesteuerten Blick »von unten«. Aber die Sphäre der Priester und Handwerker kommt ebenso eindringlich in den Blick – und die der um ihren Status kämpfenden »Patrizier« samt ihren eingebildeten und dünkelhaften Sprösslingen.

Schätzing schrieb vor dem *Schwarm* noch weitere Köln- oder doch mit Köln verbundene Krimis, die allerdings, anders als *Tod und Teufel*, durchweg in der Gegenwart oder in einem futuristischen Ambiente spielen. Nicht durchweg erreicht er dabei die Dichte und Dringlichkeit seines Mittelalterromans. *Mordshunger* (Köln 1996) etwa arbeitet mit einer unbestritten zugkräftigen Grundidee: Weil dem Hauptverdächtigen ein Double beigegeben ist, verirrt sich der Leser in einem Spiegelkabinett verschwimmender Identitäten – bis hin zu den letzten Seiten mit einem erneut fulminanten Showdown, diesmal im Raubtiergehege des Kölner Zoos. Ein Köln-Roman ist *Mordshunger* allerdings nur sehr bedingt: Seine abstrakte Konstruktion ist umgebungsneutral, während die programmatischen Ausflüge ins Kulinarische (vor Brigitte Glaser) beliebig und für die Handlung verzichtbar erscheinen.

Zur Lawine von Kölner Mittelalterkrimis, die *Tod und Teufel* auslöste, zählt die sechsbändige *Adelina*-Reihe der schriftstellerisch sehr produktiven Petra Schier (geboren 1978), die aus Groß-

Gerau stammt, an der Fernuni Hagen Literatur und Geschichte studierte und gegenwärtig in einem Eifeldorf lebt. Die Bücher erschienen zwischen 2005 und 2016, decken historisch wiederum einige Jahre des Spätmittelalters ab (1395 bis 1408) und folgen dem gerade im Regionalkrimi auch anderweitig frequentierten Serienprinzip mit einer markant-zentralen Identifikationsfigur – für ihre Köln-Krimis beherzigen es, wie erwähnt, auch Gottwald und Glaser. Schier etabliert in diesem Sinne die Kölner Apothekertochter und Arztgattin Adelina, die Schier um bestimmte Lokalitäten konzentrierte Mordfälle aufklären lässt.

Das Sequel-Verfahren wurde dadurch nahegelegt, dass gerade die fiktive »Detektivin« offensichtlich einen großen Leserkreis anzusprechen vermag – gleich der erste Band der Reihe, *Mord im Beginenhaus*, zeitigte einen Bestsellererfolg. Schreibökonomisch war das insofern von Belang, als die im Mittelpunkt der Ereignisse stehende Gestalt in den Folgebänden nicht mehr aufwändig entwickelt werden musste. Die Berufszuweisung wiederum lag auf der Hand, weil wahrscheinlich zu machen war (was bei Glaser misslingt), dass jemand ohne einschlägige amtliche Zuständigkeit über sechs Bände hinweg beharrlich mit Mordfällen konfrontiert und befasst wird. Ein Mord hat eben immer auch einen medizinischen Aspekt.

Ein Vergleich des zweiten Adelina-Romans, *Mord im Dirnenhaus* (Reinbek 2007), mit *Tod und Teufel* zeigt allerdings, dass Schier Schätzings »Drive« und Intensität, auch die teils sehr direkte Brutalität der Darstellung, vor allem aber die einen eigenen Lektüresog begründende konzeptionelle Schlüssigkeit seines Plots nicht einholt – das Mittelalter als Handlungsraum allein sorgt eben noch nicht für Farbenkraft und Spannung. Der Beginn ist vielversprechend: In einem Kölner Bordell ereignen sich drei Morde – zwei Ratsherren und eine Prostituierte werden vergiftet aufgefunden. Weil das Ganze in politisch aufgewühlter Zeit spielt – im Herbst 1396, also zur Zeit der Inkraftsetzung des Verbundbriefs –, liegt a prima vista die Vermutung eines Mordkomplotts in Ratskreisen bzw. vonseiten der gestürzten Geschlechter nahe, die die laufenden Verhandlungen mit dem Erzbischof torpedieren wollen. Schiers Figuren erörtern diese Konstellation so vage und ungenau, dass den Leser rasch der Verdacht beschleicht, hier werde eine falsche Spur gelegt.

Tatsächlich hat die Giftpräparation von Pralinen, die aus der Apotheke Adelinas stammen – was diese selbst zeitweise einem schweren Verdacht aussetzt –, keinen politischen Hintergrund. Sie ist das Werk einer eifersüchtigen Base, die es nicht ertragen kann, dass ihr Vetter sich einem Freudenmädchen liebend zuwendet, und dieses darum beseitigen will. Dass es den Ratsherrn selbst und zwei weitere Unbeteiligte trifft – ein böser Zufall. Die tatsächliche Mörderin, auf die das Buch erst spät den Verdacht lenkt, fliegt auf, als sie auch noch die – scheiternde – Vergiftung von Adelina und ihrer Familie ins Werk setzt. Diese Stelle zeitigt einen der wenigen dramatischen Höhepunkte des Romans. Ihre kriminalistische Überführung gerät allerdings nicht wirklich überzeugend – die Verdächtige gibt zu schnell zu, was sie durchaus plausibel abstreiten könnte.

Angefüttert wird der stoffhalber magere Hauptstrang der Handlung durch ein ausführliches Sittenbild von Adelinas Familie. Das herzig-bemühte Geturtel der Apothekerin mit ihrem Ehemann Neklas vermag auf die Dauer zu enervieren – abgesehen davon, dass die sprachlichen Möglichkeiten der Autorin generell begrenzt sind, Szenen und Dialoge oft wie die Montage von Versatzstücken wirken. Und einen Bildbruch wie »Dieses Kichern war Balsam für ihre angeschlagenen Nerven«[29] hätte der Verlagslektor keineswegs durchgehen lassen dürfen.

Grundsätzlich kann jede Epoche den historischen Rahmen für eine Krimihandlung liefern. Marco Hasenkopf (1973 in Hamm geboren, heute als Schriftsteller und Theaterproduzent in Köln lebend) etwa wählte sich für seinen 2021 erschienenen Roman *Eisflut 1784* Kölns ausgehende reichsstädtische Zeit. 1784 – da war es bis zum Beginn der Franzosenherrschaft nur noch ein Jahrzehnt hin. Den wirkungsstarken Rahmen für den Kriminalplot setzt eine historisch authentische und in zeitgenössischen Quellen gut dokumentierte Naturkatastrophe in den ersten Monaten besagten Jahres: Extreme Kälte bewirkte damals ein Durchfrieren des Rheins, auf das bei wieder steigenden Temperaturen ein Eisbruch und eine Schmelzwasserflut mit verheerenden Auswirkungen auf Köln wie auf die benachbarten Städte und Ortschaften in Flussnähe folgten.[30] In das Ereignis hinein und in die vorausgehenden Wochen, in denen dieses seine von den meisten Zeitgenossen allerdings ignorierten Vorzeichen schickt, platziert Hasenkopf die Ermittlungen des fiktiven Jülich-Bergischen Amtsmannes Henrik Venray, der, behindert durch Schnee, Eis und die lebensbedrohliche Kälte, drei Mordfälle aufklären muss: an zwei katholischen Ordensleuten und einem Kind, das bestialisch enthauptet wurde.

Zugleich mit einem Deichbau gegen die drohende Flut im nahen Handelsstädtchen Mülheim befasst, wird Venray von der Spur des Täters nach Köln geführt. Dort behindert ihn nicht nur interessierte Auskunftsblockade, sondern auch die Tatsache, dass er in der Reichsstadt als Untertan des in Düsseldorf (de facto als pfälzischer und bayerischer Kurfürst in München) residierenden Wittelsbacher Herzogs Karl Theodor keinerlei Amtsbefugnisse hat. Als Sidekick steht ihm die resolute Mülheimer Apothekerwitwe Anna-Maria Scheidt bei, die sich bei der Leichenschau – auch dies avant la lettre – als scharfsinnige Forensikerin betätigt.

In Köln stößt Venray auf eine ihn als Vertreter der Aufklärung befremdende bis anwidernde Melange aus Doppelmoral, Korruption und Frauenfeindschaft, aus religiösem Aberglauben und katholischem Fanatismus, der sich im zeitgleich stattfindenden Karneval auf unheimliche Weise orgiastisch-vitalistisch entgrenzt. Hasenkopf reproduziert hier – durch die Brille Venrays – das von vielen aufgeklärten Besuchern des späten 18. Jahrhunderts verbreitete Köln-Bild einer verbreiteten mentalen, sozialen und wirtschaftlichen Rückständigkeit und Immobilität.

Der Romanaufbau ist nicht ganz frei von Schwächen: Venrays anfänglicher Kampf mit Banditen im Bergischen ist mit der folgenden Krimihandlung kaum vermittelt, und die Motivation für die Morde fällt, was den Täter anbelangt, schwach und unglaubwürdig aus. Es setzt auch Einfältig-Treuherziges wie diesen Satz: »Doch wenn es ein Gefühl gab, auf das sich Venray unum-

29 Peta Schier: *Mord im Dirnenhaus. Historischer Roman* (= *rororo*, Bd. 24329), Reinbek 2007, S. 279.

30 S. dazu zusammenfassend Schwerhoff: *Köln im Ancien Regime*, S. 371–391.

stößlich verlassen konnte, dann war es sein Gespür für Unrecht, Böses und Verbrecher.«[31] Aber in Verbindung mit der atmosphärisch bannenden ubiquitären Eisszenerie gelingt dem Autor eine spannende Handlung genauso wie ein eindrückliches Bild der Lebensform Köln. Und es gelingt die darstellende Vermittlung einer zur Explosion drängenden gesellschaftlichen Gärungssituation. Das finale Hochwasser wird solchermaßen symbolisch überhöht zu einer zweiten Sintflut, die – ihrerseits ein »naturalistischer« Vorbote der Französischen Revolution – eine Welt hinwegspült, die es nicht anders verdient hat.

Nur teilweise amüsant sind die vom Autor auffällig platzierten Motive einer Parallelisierung von 18. Jahrhundert und Kölner Gegenwart: Ob es um den Missbrauch von Kindern durch geistliche Würdenträger geht, um die »Feindschaft« zwischen Köln und Düsseldorf oder um das parodistische Auftreten der Stadtsoldaten im Rahmen von Karnevalsveranstaltungen – dem Leser begegnen hier etliche gute Bekannte. Anachronismen werden dabei in Kauf genommen: Wenn die emanzipierte Apothekerwitwe »Gleichheit« und »Gerechtigkeit« fordert[32] und damit unverhohlen die Parolen der Revolution formuliert, dann liegt hier trotz der zeitlichen Nähe des Epochenbruchs wohl doch eine Verfrühung vor.

10.4 Von Köln nach Berlin: Volker Kutscher

Volker Kutscher (geboren 1962) ist insofern ein Sonderfall unter den in Köln lebenden Krimiautoren, als er in den 90er Jahren, damals noch hauptberuflich als Lokalredakteur der *Kölnischen Rundschau* in Wipperfürth tätig, mit »Bergischen Krimis« startete, dann aber, innerhalb des Genres, einen doppelten Sujet-Schwenk vornahm: von der Köln-nahen Region Bergisches Land nach Berlin[33] und von der Gegenwart in die Zeit der späten Weimarer Republik und der ersten NS-Jahre. 2008 erschien unter dem Titel *Der nasse Fisch* der erste Band einer auf zehn Teile konzipierten Reihe von historischen Kriminalromanen mit dem Kommissar Gereon Rath als zentraler Figur.

Die Köln-Connection des ersten Bandes ist trotz der demonstrativen Standort-Verlegung manifest: Gereon Rath stammt aus Köln, raucht Zigaretten der in Köln produzierten Marke Overstolz, und bereits der Vorname – wie auch die Vornamen seines Vaters Engelbert (eines hochrangigen Kölner Kriminalbeamten) und seiner Geschwister – sind von Kölner Geschichte durchtränkt. Sie verweisen auf die katholische Imprägnierung der Familie, mit der sich ein erster Kontrast zwischen der Kölner Lebenswelt und dem protestantischen bis atheistischen Berlin der 20er Jahre aufbaut. Tatsächlich wird, mit Bezug auf Rath, die Figuration Köln–Berlin samt der angeschlossenen Gegensatzpaare wiederholt thematisch wirksam. Die rheinische Metropole gerät in Raths

31 Marco Hasenkopf: *Eisflut 1784. Historischer Kriminalroman*, Köln 2021, S. 177.

32 Ebd., S. 99.

33 Wo der Autor neuerdings ebenfalls einen Wohnsitz hat.

Abb. 21 Volker Kutscher, 2021.

vergleichendem Rückblick zur »Provinzstadt«[34], während Berlin als die »wirkliche« Metropole figuriert, auch als diejenige des Verbrechens. Der Kommissar macht sich nach ersten Gehversuchen und einschlägigen Erfahrungen klar, dass er in einem völlig anderen Biotop überleben muss: »In dieser kalten, großen Stadt herrschte eine andere, härtere Gangart als in Köln.«[35]

Raths Ortswechsel nach Berlin – dort zunächst zur Sittenpolizei, dann zur Mordkommission – wird von Kutscher hinlänglich mit einer Pressekampagne gegen ihn nach einem problematischen Todesschuss auf seinem Kölner Posten motiviert. Über seinen basalen Entschluss, die projektierte Krimireihe nicht am Rhein, sondern an der Spree zu situieren, gab er selbst Auskunft:

> Diese beiden Welten miteinander zu verbinden, die amerikanische Gangster-Welt, also die Welt von Chandler und Hammett, mit der von Döblin und Kästner, um einfach einmal ein paar Schlagworte in den Raum zu werfen, das war so der erste Antrieb.[36]

34 Volker Kutscher: *Der nasse Fisch. Gereon Raths erster Fall* (= *KiWi-Taschenbuch*, Bd. 1059), Köln 2008, S. 104.

35 Ebd., S. 33 – S. dazu Nikolas Buck: *Im Dschungel von Spree-Chicago. Zur handlungskonstitutiven Bedeutung des Raums in Volker Kutschers historischem Berlin-Krimi »Der nasse Fisch«*, in: Brylla/Schmidt (Hg.): *Der Regionalkrimi*, S. 317–344; hier: S. 320–328.

36 *HR2 Doppelkopf: Am Tisch mit Volker Kutscher, »Kriminal-Historiker«*, am 11. April 2017.

Der Grund für die Berlin-Wahl liegt damit auf der Hand: Die deutsche Hauptstadt der 20er und 30er Jahre ist für Kutscher auch als Ort von Krimi-Handlungen ungleich attraktiver und ergiebiger als Köln. In Berlin bündelten sich die Energien und Impulse einer explosiv-widersprüchlichen und darin faszinierenden Moderne nach dem Ersten Weltkrieg: eine libertär gelockerte Sozialmoral auch im Zeichen fortgeschrittener Säkularisierung, die Anonymität des Individuums in einer Massengesellschaft, die »Coolness« einer avantgardistischen Großstadt-Technik, die Verlockungen einer hektisch-zwielichtigen Vergnügungskultur, aber auch das verbreitete Elend der Unterschichten. Das alles verband sich mit dem Szenario einer verstetigten Krise, einer bürgerkriegsträchtigen Radikalisierung und Polarisierung der politischen Kräfte, einem Klima zusehends aufgeheizter Gewaltbereitschaft, in dem dann Ereignisse wie der Berliner Blutmai mit den Toten einer von der SPD-geführten Polizei niedergeschlagenen KPD-Demonstration möglich wurden.

Auf der Basis sorgfältiger historischer Quellenrecherche gelingt es Kutscher nun, dieses Umfeld dergestalt für die Romanhandlung um den fiktiven Kommissar Rath zu aktivieren, dass es nicht zur unverbindlichen Kulisse wird, sondern mit dem Kriminalplot substanziell verschmilzt. Bei der Leserschaft scheint der Verfasser damit einen Nerv getroffen zu haben – *Der nasse Fisch* avancierte rasch zum Bestseller.[37]

Dabei sind Kutschers oben zitierte Hinweise auf seine Referenztexte ernst zu nehmen: In deutlicher Bezugnahme auf Döblins Roman etwa ist auch bei Kutscher der Alexanderplatz ein topologisches Zentrum der Romanhandlung, und Rath ermittelt bevorzugt in den Milieus, in die Döblin seinen Franz Biberkopf stellt. Die radikale Modernität der Döblin'schen Montagtechnik findet im *Nassen Fisch* hingegen keine Nachfolge.[38] Die Techniken des personalen und multiperspektivischen Erzählens werden äußerst zurückhaltend praktiziert, sie beeinträchtigen nicht die von den Genregesetzen vorgegebene Konzentration auf den Plot und die Kompatibilität mit dem »realistischen« Geschmack eines breiten Lesepublikums.

Aufschlussreich ist auch der Hinweis auf die »Ahnen« Gereon Raths bei Chandler und Hammett, die ihn wiederum zu einem »Bruder« von Gottwalds Ermittler Manni machen. Zwar ist Rath kein Privatdetektiv, aber im *Nassen Fisch* betätigt er sich zunächst quasi als solcher, insofern er sich in einen Fall der Mordkommission drängt, der ihn als Kommissar bei der »Sitte« professionell nichts anzugehen hat. Ausgestattet mit vielen Zügen eines »Anti-Helden«, personifiziert Rath zum einen die epochentypische Mentalität der emotionsreduzierten Neuen Sachlichkeit, zum anderen steht er für die normativ verstörende Auflösung einer starren Grenze zwi-

---

37 Kutschers Gereon-Rath-Romane sind bekanntlich die Vorlagen für die gleichfalls äußerst erfolgreiche TV-Serie *Babylon Berlin*.

38 Thomas Kniesche: *Der historische Kriminalroman als Verführung zur Beschäftigung mit der Geschichte des deutschen Faschismus: Volker Kutschers Gereon Rath-Romane*, in: Martin Genç/Christof Hamann (Hg.): *Kriminographien. Formenspiele und Medialität kriminalliterarischer Schreibweisen*, Würzburg 2018, S. 45–65; hier: S. 54 f., 63.

schen Verbrechen und Verbrechensbekämpfung, damit aber auch der für das Genre »an sich« konstitutiven Dichotomie von Gut und Böse. Er kann nicht nur einen Kollegen als Mörder enttarnen, sondern ist auch selbst tief in gesetzeswidrige Vorgänge verstrickt, sieht sich wie Kleists Dorfrichter Adam genötigt, gegen sich selbst ermitteln. Für die Darstellung solcher Ambivalenzen in dem gewählten zeithistorischen Kontext konnte das »zurückgebliebene« Köln in den Augen des Autors offensichtlich kein geeignetes Umfeld liefern. Es ist bei Kutscher somit nur als abwesendes anwesend: als »Negation« von Berlin.

10.5 Jenseits des Krimigenres: Hans Werner Kettenbach und andere

Viele Köln-Romane unserer Tage sind Krimis, aber, wie bereits festgestellt, nicht alle. Dabei wird die strukturelle Nähe zum Kriminalroman und seinen Gesetzen oft auch dort gewahrt, wo es nicht um einen kriminalistischen Plot im engeren Sinn geht. Beispiele dafür liefern etliche Romane des Kölner Autors Hans Werner Kettenbach (1928–2018), der als 50-Jähriger tatsächlich mit einem Krimi debütiert hatte – dem dann in dichter Sequenz bis 2009 13 Romane mit ganz unterschiedlicher Thematik folgten. Hinzu kamen Hörspiele und ein Dutzend Drehbücher, unter anderem für die vom WDR produzierten TV-Krimis mit Willy Millowitsch in der Rolle des Kommissars Klefisch. Kettenbach, promovierter Historiker, war von Haus aus Journalist und zuletzt stellvertretender Chefredakteur beim *Kölner Stadt-Anzeiger*. Die Berufsprägung durch das politische Metier schlug sich in seinen Büchern genauso nieder wie seine zeitweilige Korrespondententätigkeit in New York – einige Kettenbach-Romane spielen in den USA.

Etliche aber sind unverkennbar, auch wenn der Stadtname nicht genannt wird, in Köln situiert. Als Beispiel sei an dieser Stelle *Die Konkurrentin* (Zürich 2002) etwas ausführlicher gewürdigt – nicht nur weil Kettenbach hier mit »Köln« und »Politik« zwei ihm in gleicher Weise vertraute Sphären zusammenbrachte, sondern auch wegen der verdichteten Präsenz einiger für diesen Autor typischer Erzählmotive und -strategien.

Bürgermeisterin Lene Auweiler will die Kandidatin ihrer Partei (der CDU?) für das Oberbürgermeisteramt einer westdeutschen Großstadt werden. Auf dem Weg dorthin liegen innerparteiliche Stolpersteine. So ist nicht abzusehen, dass der Platzhirsch Günther Nelles gegenüber der unwillkommenen weiblichen Konkurrenz einfach klein beigeben wird. Eine Schlammschlacht steht also ins Haus, die die attraktive Lene durchaus zu fürchten hat. Denn in ihrer Vergangenheit gibt es einige blinde Flecken, und ihre elf Jahre ältere Schwester Edda, als Vorbestrafte das schwarze Schaf der Familie, ist auch nicht gerade imagefördernlich. Ehemann Raimund, pensionierter Arzt, aus dessen Perspektive das Buch erzählt ist, sieht diese möglichen Komplikationen mit Sorge. Aber er weiß aus seiner beruflichen Tätigkeit, dass auch Nelles Leichen im Keller hat. Wird er sie, um seiner Frau zu helfen, ans Licht holen?

Dieser Politthriller ist, wie stets bei Kettenbach, sorgfältig konstruiert: Auf den ersten 150 Seiten werden die Tretminen gelegt, die dann nach und nach hochgehen. Die Frage, wie und wann sie explodieren, sorgt für eine nicht nachlassende Spannung, die das Buch kürzer als seine 528 Seiten erscheinen lässt. Flüssig, schnörkellos, direkt, mit einer Sprache hart am Alltag der Dinge und Menschen, in konzis gebauten Dialogen und mit griffig entworfenen Charakteren entwickelt sich die Story. Zugleich wird das Politik-Thema so geschickt wie unentwirrbar mit anderen Themen verflochten: mit dem des ungleich verteilten Lebensglücks (die Biografien der beiden Schwestern), mit den Verwerfungen der deutschen Geschichte (Flucht und Vertreibung), mit dem Problem der alternden Männlichkeit (der Ich-Erzähler). So weitet sich die politische Bühne zur Bühne des Lebens. Und deren Grundfarbe ist nicht schwarz oder weiß, sondern grau.

Am Schluss der *Konkurrentin* ist eines von Kettenbachs Markenzeichen platziert: die Implosion des Plots. Auweilers Konkurrent zieht die eigene Kandidatur zurück, ohne dass der Leser die Gründe dafür erfährt. Die im und vom Krimi erwartete Auflösung der von den Beteiligten zuvor gehegten Verdächtigungen, Mutmaßungen, Konstruktionen wird hier geradezu programmatisch verweigert. Auf der Suche nach der »Wahrheit« lässt der Autor seine Figuren wie seine Leser allein. Tatsächlich bringt sich mit Kettenbachs Enthaltsamkeit gegenüber einer bündigen Auflösung das epistemologische Problem schlechthin ein, das die Struktur- und Verlaufsgesetze des »klassischen« Kriminalromans und Thrillers aushebelt, ja streng genommen das Design des Unterhaltungsromans sprengt: die grundsätzliche Fehlbarkeit menschlicher Erkenntnis, die prinzipielle Unmöglichkeit, zum »Ding an sich« vorzustoßen. Mit ihr sehen sich auch Erzähler und Autor konfrontiert, die die von ihnen hingestellte Welt in das Licht einer teils satirisch angespitzten Ironie tauchen, aber auf Botschaften und Belehrungen verzichten.

Das beschriebene Erkenntnisproblem verschärft sich dadurch, dass Kettenbachs ganz überwiegend im Zürcher Diogenes-Verlag erschienenen Romane nicht nur von anerkennungshungrigen Aufsteigern, resignierenden Alten, Kriminellen, Gescheiterten und Zukurzgekommenen bevölkert werden, sondern gerade auch und immer wieder von so selbstgerechten wie fanatischen Wahrheitssuchern. Am Ende stehen diese – etwa in den Romanen *Der Feigenblattpflücker* (1992), *Davids Rache* (1994) und *Kleinstadtaffäre* (2004) – gedemütigt, entblättert, lächerlich da. »Man kann«, so beschrieb Kettenbach selbst das außerliterarische Motiv hinter seinen Plots, »versuchen, die Wahrheit zu erkennen, aber man muss aufpassen, dass man dabei nicht Schiffbruch erleidet.«[39]

Neben dem historischen Köln-Krimi nimmt der historische Köln-Roman, der wiederum Züge des Kriminalromans annehmen kann, einen beträchtlichen Platz im Bereich unterhaltenden Köln-Belletristik ein. Tilman Röhrig, 1945 im Hunsrück geboren, hat nach vielen Jugendbüchern zahlreiche und vielgelesene historische Romane geschrieben, darunter Romanbiografien über bildende Künstler, aber auch (Stand 2023) drei Bücher mit starkem Köln-Bezug: *Die Ballade vom Fetzer* (Bergisch Gladbach 2005), *Der Sonnenfürst* (München 2011) und *Die Könige von Köln* (München 2014). Diese Themenwahl hängt erkennbar mit Röhrigs Biografie zusammen: Als ausgebildeter Schauspieler war er acht Jahre lange Mitglied im Ensemble von Schau-

39 Verf.: *Grand mit vieren und vielen Folgen*, in: *Kölner Stadt-Anzeiger* vom 17. April 2003, S. 27.

spiel Köln, bevor er sich als freier Autor ganz der Schriftstellerei zuwandte. Gegenwärtig lebt er in Hürth-Sielsdorf unmittelbar im Weichbild der Metropole.

In *Die Könige von Köln* greift Röhrig eine der für die Stadtgeschichte ereignisreichsten und am stärksten einschneidenden Perioden auf: die der französischen Besatzung, genauer: deren ersten Abschnitt von 1794 bis 1804. Der zentrale Plot des Buches ist die »Evakuierung« des mittelalterlichen Dreikönigenschreins samt den darin befindlichen Reliquien ins Rechtsrheinische angesichts des unaufhaltsamen Eroberungszuges der französischen Revolutionstruppen auf dem linken Rheinufer. Der Roman endet mehr oder weniger mit der Rückführung von beiden nach Köln im Jahr 1803 – vor dem Hintergrund eines grundsätzlichen Wandels auch der französischen Politik: Im Zeichen der schließlich in die Kaiserkrönung mündenden Herrschaft Napoleons wurden die antiklerikalen bis antichristlichen Impulse und Initiativen der Revolution zugunsten des Ausgleichs mit der traditionellen Glaubensmacht liquidiert.

In diesen korrekt hingestellten zeithistorischen Hintergrund montiert Röhrig die Romanhandlung, in der zahlreiche ihrerseits authentische Figuren der Kölner Stadtgeschichte auftauchen, darunter Ferdinand Franz Wallraf als Hüter der bedrohten katholischen Tradition. Die Zentralfigur ist hingegen der erfundene Tagelöhner Arnold Klütsch, der ob seiner Bärenkräfte Wallraf bei der Rettung von Schrein, Domschatz und Gebeinen zur Hand geht. Im Personenregister sind die Nahtstellen von historischer Faktizität und Fiktion genau bezeichnet.

Röhrigs Darstellung der damaligen Kölner Lebenswelt im Widerstreit von jahrhundertealten »schmuddeligen« Selbstverständlichkeiten und von der Besatzungsmacht teils rücksichtslos und konfliktträchtig erzwungener Modernisierung ist weithin lebendig und anschaulich, wenn auch der Stil wenig ambitioniert, etwas treuherzig und glanzlos bleibt. Zu schematisch gerät die Exposition der Figuren samt ihrer stereotypen Reaktionsformen (»das Lächeln gefriert im wohlgenährten Gesicht«[40]). Das stärkste Profil gewinnt in der Tat der Tagelöhner Arnold, während Wallraf als historische Gestalt bemerkenswert blass gerät. Fehler gibt es auch, die allerdings, wie immer wieder zu konstatieren ist, in diesem Metier selbst peniblen Quellenarbeitern leicht unterlaufen.[41] Die Straße mit dem Pfarrhaus von St. Peter hieß damals noch nicht »Jabachstraße«[42], sondern »Schoelgässchen«, die heute gültige Umbenennung erfolgte 1884. Und historisch falsch ist die Intonation des »erzprotestantischen« Kirchenliedes »Lobe den Herren« bei einer katholischen Trauung im Köln der Wende vom 18. zum 19. Jahrhundert.[43] Unwahrscheinlich angesichts der rigiden Stratifizierung und der geringen Durchlässigkeit der damaligen Kölner Stadtgesellschaft ist darüber hinaus die Freundschaft zwischen dem angehenden Juristen Norbert und dem Tagelöhner Arnold.

40 Tilman Röhrig: *Die Könige von Köln*, München 2014, S. 165.

41 Carl Diemars *Tod des Königs* (Köln 2005) scheint zu den wenigen Krimis aus dem mittelalterlichen Köln zu gehören, in denen das historische Umfeld nach Maßgabe der Möglichkeiten fehlerfrei rekonstruiert ist.

42 Röhrig: *Die Könige von Köln*, S. 87.

43 Ebd., S. 397.

Schwerer als die beschriebenen Defizite wiegt ein prinzipieller Mangel in der Konstruktion der Romanhandlung. Tatsächlich tritt die »Hauptaktion« um das Schicksal von Schrein und Reliquien immer wieder in den Hintergrund, macht einer Reihe von mit ihr kaum verbundenen Nebenhandlungen Platz – etwa der Werbung von Arnolds »Freund« und Rivalen Norbert um die Schneidertochter Walburga –, die jene zu überwuchern drohen. Es scheint fast, als habe sich Röhrig konzeptionell nicht entscheiden können zwischen der Dreikönigengeschichte und einer erzählten Köln-Chronik besagten Jahrzehnts, gespiegelt am Wirken und an den öffentlichen wie privaten Schicksalen historischer und erfundener Figuren.

Röhrigs Roman erliegt somit ein Stück der Gefahr, die dem historischen Roman immer wieder droht: sich in der Unentschiedenheit zwischen einer packenden Handlung und einer Historie in Romanform für stadtgeschichtlich interessierte Leser zu verfangen. Zugunsten der Stadthistorie nahezu gewaltsam aufgelöst erscheint dieses Problem in Thomas R. P. Mielkes (geboren 1940) zuerst 2003 bei Bastei Lübbe, 2008 dann in überarbeiteter Neuausgabe bei Emons erschienenem Buch *Colonia*, das im Untertitel als *Roman einer Stadt* bezeichnet wird – womit die Autorintention unmissverständlich umrissen ist.

Der Grundeinfall ist nicht unoriginell, aber »an den Haaren herbeigezogen«: Der Keltenjunge Rheinold (sic!), der die Geschichte(n) erzählt, und seine Freundin Ursa schaffen es dank der Magie eines Amuletts, immer wieder von den Toten aufzuerstehen und als Zeitreisende in jeweils verwandelter Gestalt Zeugen von Schlüsselmomenten der Kölner Stadtgeschichte zu werden – von der (vorrömischen) Vorzeit bis zur Gegenwart (2007). Ein Schwerpunkt liegt dabei im frühen und hohen Mittelalter, während andere Epochen – das 17. und 18. Jahrhundert – kaum (warum?) Berücksichtigung finden. Die Lektüre einzelner Kapitel vermag zu amüsieren, von der ersten bis zur letzten Seite gelesen, ermüdet der Roman durch das Immergleiche und Voraussehbare seiner Machart und die letztlich höhepunktlose Episodenreihung.

Ein Beispiel für eine allenfalls zum Teil gelungene Bewältigung jener Struktur- und Darstellungsprobleme, die dem Verfasser oder der Verfasserin eines historischen Köln-Romans auflauern, ist auch Karina Kulbach-Frickes *Der Kaufmann von Köln* (Köln 2002). Das Buch eröffnet eine mehrbändige Familiensaga in Romanform, die bis jetzt mit *Der Münzmeister von Köln* (Köln 2004) und *Die Tuchhändlerin von Köln* (München 2009) zwei Fortsetzungen gefunden hat und (bislang) einen Bogen über das Hohe Mittelalter schlägt – genauer: vom ausgehenden 11. bis ins spätere 12. Jahrhundert. Die heute in Freiburg lebende Autorin (Jahrgang 1944), die in Köln die Schule besuchte und Geschichte studierte, ist engagierte Ahnenforscherin, die in ihren Büchern die eigene Familienhistorie aufarbeitet. Der Kaufmann Eckebrecht, die zentrale Gestalt des ersten Bandes, ist ein Vorfahr von ihr und somit eine authentische historische Figur,[44] die allerdings zur Romangestalt fiktionalisiert wird.

44 S. den Eintrag des Online-Magazins *Histo-Couch* zu Karina Kulbach-Fricke: https://www.histo-couch.de/autoren/1056-karina-kulbach-fricke/.

Der Plot des *Kaufmann* ist gut gewählt, weil er das Zeug zu einer dramatischen Individualgeschichte hat, die gleichwohl zum Kreuzungspunkt einer unheilvollen Kollektivgeschichte wird. Deren Fäden lassen sich darüber hinaus bis ins 20. Jahrhundert verlängern. Eckebrecht, der ursprünglich den Namen Constantin trägt, wächst als Sohn einer jüdischen Kaufmannsfamilie in Köln auf, die – wie nahezu die gesamte Kölner Gemeinde – dem Pogrom im Umfeld des Ersten Kreuzzuges von 1096 zum Opfer fällt. Constantin, der wie durch ein Wunder überlebt, wird von einem christlichen Kölner Kaufmann und dessen Ehefrau adoptiert und liebevoll aufgezogen. Der »Preis« für diese Errettung, angesichts der Umstände unweigerlich zu entrichten, ist die Taufe. Aus Constantin wird Eckebrecht.

Die Autorin macht das damit aufgeworfene Lebensproblem – die unsichere Identität im Spannungsfeld zwischen der früheren und der neuerworbenen Religions- und Kulturzugehörigkeit – durchaus zum Thema: Wiederholt sieht sich Eckebrecht mit seinen früheren Glaubensbrüdern konfrontiert und zu eigener Positionierung herausgefordert. Zu einer krisenhaften Verdichtung und Zuspitzung dieses Motivs kommt es allerdings nicht: Eckebrecht ist geschäftlich erfolgreich, heiratet zweimal in die führenden Kreise der Stadt, schart eine wachsende, dabei glückliche und harmonische Familie um sich und gewinnt beträchtlichen politischen Einfluss.

Dieser Lebensroman einer vielleicht allzu glatten und gelungenen Integration, in dem alles irgendwie gut wird, krankt an diversen Mängeln: Kulbach-Fricke sucht Eckebrechts Biografie mit der wechselvollen Kölner Stadtgeschichte zwischen 1096 und 1150 zu verbinden. Das gelingt aber nur zum Teil. Immer wieder droht der Roman in die Richtung einer Kölner Geschichtsstunde, einer Lektion über das in der Tat komplexe und permanenten Schwankungen unterliegende Dreiecksverhältnis zwischen Stadt – genauer: ihrer in den historischen Quellen der Zeit nur selten und in den literarischen Quellen so gut wie gar nicht greifbar werdenden Bürgerschaft –, erzbischöflichem Stadtherrn und König/Kaiser abzurutschen. Ein Geschichtsroman aber ist – die Autorin hat diesen Unterschied nicht durchweg beachtet – ein anderes Genre als eine Geschichtsdarstellung.

Anders als in Schätzings *Tod und Teufel* gewinnt die mittelalterliche Lebenswelt Kölns wenig Konturen und Farben, bleibt atmosphärisch dünn, weil arm an beschriebenen Details. Die Ereignisdichte des Buches wiederum gerät in der chronikalischen Abfolge zu einer kleinteilig-ermüdenden und am Ende doch pauschalen, wenig elaborierten Aufzählung. Hochzeiten, Geburten, Todesfälle – der ohne Sinn für die notwendige Konzentration und dramaturgische Rhythmisierung präsentierten Familiengeschichte gebricht es an Spannung und Kurzweil. Die Dialogführung ist hölzern und bemüht, die Figurendarstellung selbst an den limitierenden Genremaßstäben gemessen flach und schematisch, die Sprache betulich. Und diese Defizite bestehen unabhängig von dem zu erwägenden Grundproblem, dass die penible Ahnenforscherin der Romanautorin in die Quere kam.

Nicht nur Krimi und historischer Roman suchen die regionale Verankerung, sondern dies tut auch, seit einigen Jahren, der Fantasy-Roman. Dem in Köln situierten Fantasy-Roman widmet der Emons-Verlag seit etlichen Jahren eine eigene Buchreihe. In ihr erschien 2009 auch Oliver

Buslaus *Vampir von Melaten*. Dieses Buch mag hier als Beispiel für ein Erzählmodell stehen, dessen Attraktivität in einer extremen Fallhöhe der narrativ erschlossenen Sphären besteht: Ausgerechnet in eine detailrealistische, in den lokalen Bezügen genau erfasste urbane Sphäre bricht das »Wunderbare« ein.

Der Verfasser, 1962 in Gießen geboren und seit 1992 in Bergisch Gladbach ansässig, studierte in Köln und Wien Musikwissenschaft und Germanistik und arbeitete danach zunächst als Verlagsredakteur und freier Autor von Musiktexten. Seit 1999 schreibt er Kriminalromane, darunter *Bergische Krimis* um den Wuppertaler Privatdetektiv Remigius Rott sowie Krimis im Umfeld der klassischen Musik. Seit 2017 ist er auch als Autor der bei Bastei-Lübbe erscheinenden *Jerry-Cotton*-Heftromanreihe tätig.

Die finanziell klamme Kölner Journalistin Gardis Schönborn hofft, so beginnt das Buch, mit einer Personality Story über den legendären Pianisten Luc d'Auber, der sich anschickt, in der Kölner Philharmonie ein Solokonzert zu geben, wieder ins Geschäft zu kommen. Annäherungsversuche an den Künstler, den eine verschworene Gothic-Szene als Publikum abschirmt, misslingen aber bezeichnenderweise – wie überhaupt Handfestes über den Mann nicht zu erfahren ist. Eintrittskarten erhält nur, wer an einer Stelle auf dem Friedhof Melaten einen Codezettel hinterlässt. Kurzum: Um Luc d'Auber ist es nicht geheuer, und ein Raubvogel, der über eine Amsel herfällt, gerät Gardis zum leitmotivischen Vorzeichen heraufziehenden Unheils. Versuche zweier Helfer, des Pianisten als Person habhaft zu werden, enden für diese tödlich.

Sukzessiv kommt es zu einer magisch-traumhaften Entgrenzung von Raum und Zeit: Unter oder jenseits der »ersten« Realität des Friedhofs Melaten gibt es eine »zweite«, ein Schloss, in dem der Vampir Luc d'Auber mit seiner eifersüchtigen Partnerin haust. Und ein Zeitflug versetzt die Akteure ins Köln der Wende vom 19. zum 20. Jahrhundert, als »alles begann«. Dramatische Intensität gewinnt der Plot schließlich durch eine agonal-explosive Dreierkonstellation: Gardis sieht sich zwischen den Vampir, über dessen Gut- oder Bösartigkeit einstweilen noch nicht entschieden ist, und eine fanatische vampirjagende Nonne gestellt.

Das Motiv der doppelten, genauer: der mit der Alltagswelt verschränkten fantastischen Wirklichkeit als deren Anderem konnte Buslau der deutschen Romantik entnehmen. Als Modell für seinen Roman ist die Erzählung *Der goldene Topf* von E. T. A. Hoffmann geltend zu machen, der übrigens im vierten Band seiner *Serapionsbrüder* auch eine Geschichte über Vampirismus platzierte. Romantisch – in der Nachfolge etwa von Wagners *Fliegendem Holländer* – ist auch das Motiv der Erlösung, zu deren Werkzeug d'Auber Gardis als das archetypische »liebende Weib« macht. Denn besagte Erlösung soll möglich werden durch die Ermittlung eines unbekannten Musikstücks, das zu finden der Vampir die Journalistin beauftragt. Die Suche nach dem unbekannten »Text« wiederum greift ein etabliertes Thema durch neostrukturalistische Theoriebildung inspirierter Literatur auf: An Ecos *Nome della rosa* wäre dabei genauso zu denken wie an den Roman *Presto con fuoco* (Die verlorene Partitur) des italienischen Autors Roberto Cotroneo.

Nicht nur gewinnt der Autor der Vampir-Poesie einige originelle Aspekte hinzu, vielmehr integriert er seine Themen und Sujets in einen kompakten und – vorausgesetzt, der Leser akzeptiert die Genreusancen – in sich weithin schlüssigen narrativen Kosmos. Dabei wirkt die Kölner Urbanität zwischen Philharmonie und Melaten keineswegs aufgesetzt, sie ist vielmehr mit der »zweiten« Wirklichkeit dicht verwoben. Auch bei Buslau liegt auf gewisse Weise unter dem »Pflaster« der »Strand«. Der Strand ist bei ihm das Vampirschloss, das Pflaster die Weinsbergstraße.

11. Literatur in Köln – institutionell

Initiative und Förderung

11.1 Dürftige Voraussetzungen

Literatur entsteht nicht im luftleeren Raum, sondern bedarf, wenn sie gedeihen will, eines »entgegenkommenden« Umfelds, einer sie materiell wie »moralisch« unterstützenden und fördernden Infrastruktur. Die Kölner Literaturgeschichte von den Anfängen bis in die Gegenwart hält für diese Binsenweisheit viele eindrucksvolle Beispiele bereit. Das über lange Jahrhunderte hinweg unbestreitbar bescheidene literarische Profil der Domstadt dürfte, diese Vermutung liegt auch angesichts der historischen Bestandsaufnahme in der vorliegenden Darstellung nahe, nicht zuletzt mit dem breitflächigen Fehlen einschlägiger Voraussetzungen zu tun haben. Sie herzustellen, fehlte es in der Stadtgesellschaft offensichtlich immer wieder an Willen und Interesse.

Umgekehrt ist die eindrucksvolle Entwicklung der Kölner Literaturszene nach dem Zweiten Weltkrieg und seit dem letzten Viertel des 20. Jahrhunderts kaum denkbar ohne die Etablierung eines sukzessiv dichter geknüpften Netzes fördernder Institutionen (dessen Vielfalt in diesem Kapitel gar nicht dargestellt werden kann).[1] Die leidige Frage, was zuerst da war – die Literatur oder ihre Förderung –, ist im Fall Kölns relativ leicht, weil empirisch verifizierbar, zu beantworten: Es waren ganz eindeutig die veränderten Umstände vor Ort, die nach 1945 das Aufblühen einer Kölner Literaturszene »triggerten« (um es modern zu formulieren). Eine kaum zu überschätzende Rolle spielten in diesem Sinn die am Ort ansässigen Rundfunksender – allen voran der NWDR und spätere WDR. Als potenzielle Arbeitgeber für freischaffende Literaten wirkten sie immer wieder wie Magneten,[2] die sie zum »Hierbleiben«, oder, so sie nicht in Köln gewohnt hatten, zum Umzug in die Rheinmetropole veranlassten. Davon wird ausführlich die Rede sein.

Gewiss fehlte es auch vorher in Köln nicht gänzlich an öffentlicher, halbprivater oder privater Literaturförderung – wobei das offizielle Köln dabei tatsächlich kaum in Erscheinung trat. Erwähnt wurden bereits das Mäzenatentum eines Erzbischofs wie Rainald von Dassel, die »Olympische Gesellschaft« im Umfeld von Wallraf und de Noël, die – 1893 von Johannes Fastenrath gegründete, auch nach dem Zweiten Weltkrieg zeitweise sehr aktiv-anspruchsvolle, aber 2021 aufgrund rechtlicher Probleme aufgelöste – Literarische Gesellschaft Köln e. V., die Literatur-

1 S. dazu die Überblicksdarstellung von Vormweg: *Köln als Literaturstadt.*

2 Von »Magnetwirkung« spricht auch Rainer Steinberg: *Die zögerliche Entdeckung des Vorhandenen. Literatur in Köln nach dem zweiten Weltkrieg*, in: *Historisches Archiv der Stadt Köln* (Hg.): *Kunst und Kultur in Köln nach 1945*, Köln 1996, S. 207–239; hier: S. 229 f.

salons noch in der Zeit der Weimarer Republik. Hinzu kamen kurzlebige Veranstaltungen wie eine 1816 von Aloys Franz Joseph Dumbeck gegründete »Gesellschaft von Literaturfreunden«[3] oder gar Phantomvereinigungen wie die gleichfalls bereits genannte »Gesellschaft Literaturfreunde« des Baron von Hüpsch. Viele dieser einschlägigen Initiativen aber waren – das lässt sich durch die Jahrzehnte und Jahrhunderte verfolgen – nicht nachhaltig und scheiterten über kurz oder lang an der verbreiteten Gleichgültigkeit. Und während in der Aufklärungsepoche »Lesegesellschaften« überall im deutschen Sprachraum wie die Pilze aus dem Boden schossen – auch zum Beispiel im benachbarten Bonn –, konnte sich eine derartige Institution im Köln des 18. Jahrhunderts nicht etablieren.

11.2 Die Bedeutung der Rundfunkanstalten

Zu einer grundständigen Veränderung der Verhältnisse kam es, wie gesagt, erst nach dem Zweiten Weltkrieg. Mehr oder weniger von der ersten Stunde an wurde das Funkhaus Köln des im September 1945 von der britischen Militärregierung gegründeten Nordwestdeutschen Rundfunks (NWDR) mit Hauptsitz in Hamburg nicht nur zur Anlaufstelle von Schriftstellern, sondern ging seinerseits mit Sendeformaten wie »Wir rufen die neuen Autoren!« aktiv auf die sich neu formierende Szene zu (die allerdings weithin noch nicht durch »neue Autoren«, sondern durch »Überhänge« aus Weimarer Republik, Exil und innerer Emigration dominiert wurde). Die einstweilen zu konstatierende Personalnot auf der Angebotsseite war auch dadurch bedingt, dass viele der potenziellen Mitarbeiter keine Rundfunkerfahrung hatten.[4]

Tatsächlich verband sich mit dem Hörfunk gerade auch hinsichtlich literarischer und literaturbezogener Texte eine spezifische Ästhetik ihrer Produktion und -vermittlung, die Medium-eigene Genres wie das Hörspiel betraf, sich aber auch in traditionellen Textsorten wie Essay, Kommentar und Buchrezension zur Geltung brachte. Chancen – auch die einer experimentellen Aufweichung traditioneller Hörgewohnheiten – und Risiken (des Scheiterns im Sinn einer Verfehlung der »Gesetze« des Mediums) lagen da dicht beieinander. Die zentrale Bedeutung des Hörspiels für die Literaturproduktion der Nachkriegszeit ergab sich allein aus den Gegebenheiten der kulturellen Infrastruktur: Während Kinos und Theatersäle nach der flächendeckenden Zerstörung erst wieder hergerichtet werden mussten, konnten die neu organisierten Rundfunkanstalten ihren Sendebetrieb zügig aufnehmen und mit ihren Formaten auch auf ein großes Publikumsinteresse zählen.

So oder so ist die Zahl von Dichtern und Kritikern aus dem rheinischen Raum, die in der Zeit des Neuanfangs im NWDR Köln zu Wort kamen, beachtlich – auch wenn die von Rainer Stein-

3 S. dazu Wegener: *Literarisches Leben in Köln*, Bd. 2, S. 56–65.

4 S. dazu Ingrid Scheffler: *Schriftsteller und Literatur im NWDR Köln (1945–1955). Personen – Stoffe – Darbietungsformen* (= *Veröffentlichungen des Deutschen Rundfunkarchivs*, Bd. 40), Potsdam 2005, S. 84–105.

berg genannten Namen[5] zu einem Großteil heute kaum mehr bekannt sind: Herbert Eulenberg, Stefan Andres, Oscar-Herbert Pfeiffer, Detmar Heinrich Sarnetzki, Hans Schmitt-Rost, Hans Dohrenbusch, Carl Oscar Jatho, Käthe Jatho, Heinz Weniger, Curt Hohoff, Julius Zerfass, Lis Böhle und Otto Heim. Im Folgenden sei das Augenmerk exemplarisch auf die Rundfunktätigkeit einiger prominenter Kölner Autoren gelenkt, für deren Karriere oder doch zumindest Lebenssicherung der NWDR auch dank der vergleichsweise üppigen Honorare, die für Hörspiele und Hörfolgen gezahlt wurden, eine bedeutsame Rolle spielte.

Erst recht gilt das für den Westdeutschen Rundfunk (WDR), der sich 1956 als selbstständige, damit kapazitätserweiterte und deshalb auch auf Sendemanuskripte besonders »hungrige« Anstalt neben dem NDR etablierte. Und es gilt auch, in etwas geringerem Maße, für zwei weitere Rundfunksender, mit deren Gründung 1953 bzw. 1960 Köln endgültig zur Medienstadt wurde: für Die Deutsche Welle (DW) und den Deutschlandfunk (DLF).

Nicht mehr zum Neustart einer Karriere, wohl aber zu einer »existenziellen Grundversorgung« trug der (N)WDR im Fall von Irmgard Keun bei, die der erste Kölner Nachkriegsintendant Max Burghardt gegen ihren anfänglichen Widerstand für die Mitarbeit am Sender gewinnen konnte.[6] Bereits am 31. Mai 1946 konnte sie in einer eigens ihr gewidmeten Sendung über ihre Emigrationserfahrungen berichten. Die größte Reichweite erzielte sie dann wohl mit ihren Dialog-Sketchen *Wolfgang und Agathe* – darin geht es um zwei frisch entnazifizierte Kleinbürger, die in zeittypischer Abwehrhaltung eine wehleidige Schuldumkehr betreiben –, die der Sender im Zwei-Wochen-Abstand in der Reihe *Kabarett der Zeit* ausstrahlte.

1947, also ein Jahr später als Keun, startete Heinrich Böll seine Zusammenarbeit mit dem NWDR (was Arbeiten für andere Sender keineswegs ausschloss).[7] Zu seinen Beiträgen gehörten Rezensionen und Essays genauso wie ein Hörspiel, die Themenpalette reichte von der Literatur und Zeitdiagnostik bis hin zu religiösen und kirchlichen Fragen. Auch Bölls Erzählprosa wurde im (N)WDR vorgestellt und gelesen – was dann zu den zeitüblichen Friktionen führte, wenn der Autor, im Fall von *Haus ohne Hüter*, den Erstabdruck bereits an eine Zeitung verkauft hatte.

Zeigte sich in Bölls frühen Rundfunkarbeiten noch nicht die aggressive Kirchen- und Sozialkritik späterer Jahre, so änderte sich das mit der an Weihnachten 1953 ausgestrahlten Satire *Nicht nur zur Weihnachtszeit*, die zu Anfeindungen und einer veritablen publizistischen Fehde führte: Hans Werner von Meyenn, Leiter der kirchlichen Rundfunkzentrale in Bethel, warf dem Autor vor, seine »beißende Zeitsatire« sei »lieblos, unbarmherzig, unmenschlich«, eine Verunglimpfung des deutschen Gemüts« und eine »Kritik ohne Verantwortung«. Getadelt wurde in

---

5 Steinberg: *Die zögerliche Entdeckung*, S. 229.

6 S. dazu das Kapitel »Literatur und Exil«, S. 144–166; außerdem Lutz Kuessner: *Sie war eine Menschenfängerin*, in: Beutel/Hagin (Hg.): *Irmgard Keun*, S. 59–65; Scheffler: *Schriftsteller und Literatur*, S. 135 f.; Häntzschel: *Irmgard Keun*, S. 121 ff.

7 S. dazu Scheffler: *Schriftsteller und Literatur*, S. 229–233.

diesem Zusammenhang bezeichnenderweise auch der Sender, der seinem Auftrag nicht gerecht geworden sei.[8] Eine weitere berühmte Erzählsatire, *Doktor Murkes gesammeltes Schweigen* (1958), thematisiert in Gestalt der Titelfigur, eines jungen Rundfunkredakteurs, direkt jene professionelle Sphäre, mit der Böll mittlerweile intim vertraut war. Sogar der legendäre Paternoster-Aufzug im Funkhaus am Wallrafplatz erscheint gleich zu Beginn als untrügliches »Wiedererkennungsemblem«.

Er taucht bezeichnenderweise auch in Paul Schallücks Roman *Don Quichotte in Köln* auf[9] – und damit bei einem weiteren Autor, dessen schriftstellerische Anfänge aufs engste mit seiner Arbeit für den Kölner Sender zusammenhängen.[10] Schallück war im Unterschied zu Böll ein »Zugereister«, war, 1947, zunächst »nur« zum Studium aus seinem Heimatort Warendorf (über Münster) nach Köln gezogen. Die langfristigen Verdienstmöglichkeiten beim (NWDR) dürften indessen ein nicht unwesentlicher Beweggrund gewesen sein, dann bis zum Lebensende am Ort auszuharren. Rund 80 Schallück-Erstsendungen im (N)WDR sind nachweisbar – wobei die Genres (Hörspiel, Feature, Essay, Rezension, auch Schulfunksendung) und die Themenbereiche (Geschichte und Zeitgeschichte, Zeitkritik, Kunst, Literatur, Film) eine ähnliche Breite wie bei Böll aufweisen. Seit Mitte der 50er Jahre gehörte er zu den präsentesten Autoren der Anstalt, und als ihn sein schlechter Gesundheitszustand 1964 arbeitsunfähig machte, unterstützte sie ihn finanziell.[11]

Dabei hatte die Zusammenarbeit gar nicht einmal sonderlich harmonisch begonnen: Schallücks frühe »antifaschistische« Hörspiele *Das jüdische Mädchen* und *Gericht über Kain* wurden 1949 vom Sender als nicht mehr up to date abgelehnt.[12] Dieser folgte damit möglicherweise dem auf Verdrängung und Wiederaufbau einschwenkenden Zeitgeist der Wirtschaftswunder-Ära, zu dem der Autor sich prinzipiell asynchron verhielt. Schallück fügte sich aber ein Stück weit den Gegebenheiten und schrieb eine Zeitlang Sendungen, die sich – im Unterschied zu seinen simultan entstandenen zeitkritischen Romanen – politisch eher bedeckt hielten. Das änderte sich dann gegen Ende der 50er Jahre und erst recht in den 60ern. Der wahrnehmbare politische »Linkskurs« des WDR spiegelte sich in der entsprechenden Positionierung Schallücks genauso, wie dieser ein Stück weit als ihr Promotor und Exponent gewirkt haben mag.

Schaffensbiografisch kann – das klang bereits an – die zentrale Bedeutung des Rundfunks für Böll und Schallück daran festgemacht werden, dass an ihrem Anfang, parallel zur anhebenden Produktion von Erzählungen und Romanen oder ihnen sogar vorausgehend, das Genre Hörspiel stand. Das lässt sich mit Blick auf Autorenkarrieren der Nachkriegszeit bis in die 60er Jahre hinein ein Stück weit verallgemeinern. Erst das Hörstück, dann die große Erzählform – diese Reihenfolge lässt sich signifikant etwa bei Dieter Kühn beobachten, dessen literarische Produk-

8 Abgedruckt in Böll: *Werke*, Bd. 6, S. 747–751.

9 Schallück: *Don Quichotte*, S. 157.

10 S. zum Folgenden Scheffler: *Schriftsteller und Literatur*, S. 233–239.

11 Scheffler: *Zwischen Journalismus und Literatur*, S. 250.

12 Ebd., S. 248 f.

tion 1960 mit dem Hörspiel *Das Transparent* begann. Das Werk wurde vom WDR produziert – womit auch in diesem Fall die Geburtshelferrolle des Kölner Senders beim Karrierestart eines Kölner Autors erwiesen ist.

Auch am Beginn von Dieter Wellershoffs literarischer Laufbahn standen Hörspiele – er schrieb sie seiner Selbstauskunft zufolge noch in der ausgehenden Bonner Zeit nach der Familiengründung.[13] Der erste dieser Texte, *Die Sekretärin* (1956)[14], präludiert übrigens bereits einer typischen Wellershoff-Thematik: Im inneren Monolog einer jungen Frau entfaltet sich eine psychische Krisensituation, die auf der unbearbeiteten und -bewältigten Kollision unterschiedlicher Ich-Entwürfe zwischen sozial erwünschter Anpassung und libidinösem Ausbruchsverlangen beruht. Hörfunkarbeit erwies sich somit als Matrix eines kommenden dichterischen Œuvres. Diese frühen Hörspiele wurden übrigens allesamt nicht vom WDR, sondern von anderen Sendeanstalten produziert. Der Kontakt zum Kölner Sender stellte sich, jedenfalls im Hörspielbereich, erst später her. Als Wellershoff dann 1961 von Bonn nach Köln (genauer: nach Rodenkirchen) zog, hatte das jedenfalls nicht mit angestrebten engeren Arbeitsbeziehungen zu Kölner Sendern zu tun, sondern mit seiner neuen Tätigkeit als Lektor bei Kiepenheuer & Witsch.

Die »Magnetwirkung« gerade der Hörspielredaktion des WDR und ihrer Aufgeschlossenheit für experimentelle, komplexe und vielschichtige Methoden der Realisation, die auch dank der avancierten technischen Ausstattung der Tonstudios möglich wurde, ließ in den folgenden Jahrzehnten nicht nach. Ein prominentes Beispiel ist der österreichische Autor, bildende Künstler, Komponist, Essayist, Rezitator und Performer Gerhard Rühm (geboren 1930), herausragender Vertreter einer »experimentellen Kunstpraxis« (Rühm selbst schätzt diesen Begriff nicht) im Grenzbereich von Musik, Sprache, Gestik und Visualität mitsamt ihren multimedialen Überblendungen und Verschränkungen.[15]

Zuvor Mitglied der legendären, an die Wiener Vorkriegsavantgarde anknüpfenden Wiener Gruppe um Hans Carl Artmann und von 1972 bis 1996 Professor an der Hamburger Hochschule für bildende Künste, hat er seit 1976 seinen ständigen Wohnsitz in Köln (von wo aus er sich ausdauernd auf weitläufige Reisen begibt). Hier hatte er in dem WDR-Redaktionsleiter Klaus Schöning – er baute seit 1968 das Hörspielstudio in WDR 3 auf, das, von 1991 an unter dem Namen »Studio Akustische Kunst«, als ein Zentrum internationaler Ars Acustica gilt – einen frühen Spannpartner bei der Umsetzung des von ihm und anderen projektierten »Neuen Hörspiels«. Seit 1973 realisierte der Autor seine Arbeiten am Sender allerdings nahezu ausnahmslos selbst.

13 Wellershoff: *Werke*, Bd. 3, S. 224 f.

14 In: ders.: *Werke*, Bd. 6: *Hörspiele, Drehbücher, Gedichte*, S. 11–40.

15 S. Zu Biografie und Werk Kurt Bartsch/Stefan Schwar (Hg.): *Gerhard Rühm* (= Dossier 15), Graz 1999; Thomas Eder/Paul Pechmann (Hg.): *Die Sprachkunst Gerhard Rühms* (= *Text und Kritik. Neo Avantgarden*, Band 15), München 2023.

Als Vertreter einer Konkreten Poesie stellt Rühm den Materialcharakter von Sprache und ihre »Bearbeitbarkeit«, die Besinnung auf den einzelnen Laut und das einzelne Wort in das Zentrum seines künstlerischen Tuns. Es kommt dabei zu einer reduktionistischen Entblößung des Sprachzeichens von jenen Bedeutungszusammenhängen, die ihm in größeren syntaktischen Zusammenhängen zwangsläufig zuwachsen. Damit verbindet sich eine Tiefenirritation auch des gewohnten linearen Lesens: Rühms Texte lassen sich, jenseits einer sich sukzessiv entfaltenden »Mitteilung«, häufig als Schriftbilder rezipieren, senkrecht oder diagonal, als mehrdeutige Ereignisse in der Fläche.

Dieser dekonstruktivistische Zugang zur Sprache, der eine Wiederaufnahme konventioneller Erzählmuster oder etwa der Erlebnislyrik verwehrt, gilt auch der literarischen Tradition, die bei Rühm immer wieder Gegenstand eines verfremdenden, eines respektlos-erhellenden Angriffs wird. Ein Beispiel dafür ist die Bearbeitung von Wilhelm Müllers durch Schubert vertonter *Winterreise*, deren erstes Lied (»Fremd bin ich eingezogen,/ Fremd zieh' ich wieder aus./ Der Mai war mir gewogen/ Mit manchem Blumenstrauß.«) er unter Beibehaltung der Vokalfolge zu einer Kontrafaktur des Originals macht:

kämmt wind in feinen wogen,
kämpft knie sich nie heraus.
verzeih, dass dich betrogen
die lacher zum applaus.[16]

Immer wieder exponierte sich Rühm auf dieser Linie – in Chansons, Moritaten und Fotocollagen – als Meister eines schwarzen Humors, der ihn als Geistesverwandten seines »Mit-Wieners« Georg Kreisler erweist.

Allein dieser Schaffensaspekt macht die zuweilen geäußerte Kritik an Rühms angeblich neutralisierendem Formalismus gegenstandslos. Gerade seine Hörstücke, deren spezifischer »Kompositionscharakter« mit Gleichzeitigkeiten, Lautexperimenten und performativen Sprachreflexionen sich einem Referat entzieht, weisen ein erhebliches zeit- und sozialkritisches Potenzial auf. Das gilt zum Beispiel für *Wald – ein deutsches Requiem*, eine komplexe radiophone Collage zum Thema Waldsterben, für die er 1983 den Hörspielpreis der Kriegsblinden erhielt.

Literaturfördernd und -affin waren der WDR und die anderen Kölner Sender in den frühen Jahren der Bundesrepublik nicht nur, insofern sie Autoren für ihre Arbeit in unterschiedlichen Genres vergleichsweise großzügig entschädigten. Es gab vielmehr mehrere Fälle einer Personalunion von »Dichter« und Journalist dergestalt, dass Schriftsteller festangestellte Redakteure der jeweiligen Anstalt waren. Die sonst wirksame institutionelle Trennung von Literaturproduktion und Literaturverbreitung (per Sendung) konnte in dieser Konstellation nur unter der Bedingung entfal-

16 Gerhard Rühm: *Die Winterreise dahinterweise: Neue Gedichte und Fotomontagen zu Franz Schuberts Liederzyklus*, Klagenfurt 1991, S. 99.

len, dass die Redakteure fiktionale Texte für den jeweils eigenen Sender schrieben – was allerdings meistens nicht der Fall war. Jürgen Becker, von 1974 bis 1993 Leiter der Hörspielabteilung des DLF, verfasste in dieser Zeit selbst zahlreiche Hörspiele, die nicht dort gesendet wurden, sondern u. a. im WDR. Weil Becker als Autor in einem anderen Kapitel dieses Buches ausführlich gewürdigt wird,[17] sei an dieser Stelle der Typ des dichtenden Senderredakteurs an drei Beispielen aus dem WDR etwas ausführlicher dargestellt: an Werner Koch, Peter Faecke und Wolfgang Schiffer.

Werner Koch (1926–1992),[18] in Mülheim/Ruhr gebürtig, war nach einem geisteswissenschaftlichen Studium zunächst Feuilletonredakteur der *Rheinischen Zeitung*, von 1954 bis 1961 dann Dramaturg und Regisseur an den Kölner Städtischen Bühnen. Anschließend wechselte er zum WDR, wo er zunächst das TV-Magazin *Spektrum* leitete und später die Programmgruppe Kultur. Auf diesem Posten produzierte er auch eigene TV-Sendungen, darunter viele zu Themen des arabischen Kulturraums. Zugleich war er in der Kölner Literaturszene präsent, hatte gute Kontakte zu Bender und Böll.

Koch, Sohn eines Pfarrers, schrieb mehrere Bücher, in denen er sich mit grundlegenden Fragen des christlichen Glaubens und mit den quälenden Paradoxien der Religion auseinandersetzte. Dieses Thema ist auch in seiner erzählenden Prosa präsent, etwa in der *See*-Trilogie *(See-Leben I, Wechseljahre oder See-Leben II, Jenseits des Sees)*, die zwischen 1971 und 1979 erst bei Neske, dann bei Suhrkamp publiziert wurde.

See-Leben I startet mit einem Ausstieg, ja Ausbruch. Der Ich-Erzähler, im »Konstruktionsbüro« einer Kölner Baufirma angestellt, lehnt es nach einem an einem Allgäuer See verbrachten Urlaub ab, an seinen Arbeitsplatz zurückzukehren, und setzt bei der Firmenleitung – vorerst – dessen Verlegung in seine spartanische, aber in einer Naturidylle gelegene Hütte bzw. auf seinen direkt am Seeufer platzierten Schreibtisch durch. Eine frühe Form von Homeoffice, deren Realisierung im vor-digitalen Zeitalter Probleme mit der Arbeitsökonomie zeitigen und die innerbetrieblichen Abläufe behindern muss.

Generell stößt das Ansinnen ob seiner vermeintlichen Exotik bei Vorgesetzten und Kollegen auf Befremden und Widerstand – die der Ich-Erzähler wiederum mit einem trocken-ironischen, sprachlich kurz angebundenen Distanzton zur Kenntnis nimmt. Hingegen verwirklicht sich für ihn, der sich seine täglichen Werkstunden »am See« selbstbestimmt einteilen kann – es soll sein Leistungs-Output zählen, nicht die auf einem Bürosessel totgeschlagene Zeit –, mit der Verlagerung des Lebensmittelpunkts eine Utopie: nicht etwa die des Faulenzens, sondern die einer »befreiten« – marxistisch gesprochen: nichtentfremdeten – Arbeit.

Der Ich-Erzähler ist nicht mit dem Verfasser identisch, obwohl man vermuten darf, dass Koch in seiner *See*-Trilogie auch das eigene Missvergnügen an zermürbender beruflicher Routine im

---

17 S. S. 211–218.

18 S. zu Kochs »Typenprofil« und künstlerischem Schaffen Gudrun Bießmann: *Werner Koch – ein Literat im Fernsehen*, in: Jörg Hucklenbroich/Reinhold Viehoff (Hg.): *Schriftsteller und Rundfunk* (= *Jahrbuch Medien und Geschichte* 2002), Konstanz 2002, S. 183–212; Scheffler: *Schriftsteller und Literatur*, S. 253, Anm. 842.

WDR samt den mit diesen Erfahrungen verbundenen Fluchtgedanken reflektierte. Nicht von ungefähr wird als »Gegensphäre« zum »See« – es dürfte sich um den Rottachspeicher bei Kempten handeln, der als solcher nicht genannt wird, weil es hier nicht um einen konkreten, sondern sozusagen um den »See an sich« geht – die Lebensform Köln aufgebaut:

> Man denkt um, wenn man den Dom wieder vor Augen hat von der Altstadt verschluckt wird, und sobald man die Tiefgarage befahren, die Aufzüge bestiegen und die nicht enden wollenden Büros der Firma wieder betreten hat, gibt es keinen Weg zurück.[19]

In der für Kochs Bildlichkeit zentralen Wasser-Metaphorik wird der »achtlos« dahinfließende Rhein dem in sich selbst ruhenden See gegenübergestellt, dem es »genügt [...], da zu sein«.[20]

Hier ist allerdings wohl kein spezifischer Anti-Köln-Affekt wirksam, sondern der ortsneutrale Widerstand gegen das, was in der Terminologie der Kritischen Theorie »Verwaltete Welt« heißt. Die Rheinmetropole ist lediglich die urbane Chiffre einer universalen Entfremdungserfahrung in der technisch-industriellen Moderne. »Heimat« und »Freiheit« werden darüber zu einander ausschließenden Kategorien.

Allerdings verweigert sich der anarchische – nicht anarchistische – Ausbruch des Ich-Erzählers dem Weg in eine radikale »linke« Gesellschaftskritik. Nahe an die Satire etwa führt der in *Wechseljahre oder See-Leben II* berichtete Versuch der Firmenmitarbeiter, ihr vor der Pleite stehendes Unternehmen in »sozialistischer« Eigenregie fortzuführen. Trotzdem fällt z. B. die Beobachtung der fortschreitenden Umweltzerstörung selbst in der See-Umgebung für die Zeit der Werkentstehung bemerkenswert präzise, dezidiert und hellsichtig aus.

Dem plattitüdenträchtigen Konvergenzmodell, demzufolge Utopie zu Alltag und Alltag zu Utopie wird, verweigert sich Koch hintersinnig, insofern er in die See-Sphäre ironisch Märchenmomente einbaut: Seine Katzen unterhalten sich philosophisch mit ihm, und ein Bekannter lebt »rückwärts«, wird von der Grabesauferstehung an immer jünger, um am Ende im Mutterleib zu verschwinden: Urbild einer lebensgeschichtlichen Regression und Alptraum einer Existenz, die Anfang und Ende ihrer selbst von vornherein kennt. Der dritte Band schließlich entledigt sich vollends der »realistischen« Bande: Es handelt sich um Totengespräche, die der im See ertrunkene Erzähler im jenseitigen »Terrain« führt. Dort herrscht ein sanft-wohlwollender »Meister«, der die drängenden Fragen der ihm Anvertrauten allerdings auch nur sehr bedingt beantworten kann.

Peter Faecke (1940–2014)[21] war von 1965 bis 1990 Redakteur in der WDR-Abteilung Kultur und Wissenschaft, wo er vor allem für Themen der Dritten Welt zuständig war. Für den WDR

---

19 Werner Koch: *See-Leben I* (= *suhrkamp taschenbuch*, Bd. 132), Frankfurt/M. 1973, S. 21.

20 Ders: *Wechsel-Jahre oder See-Leben II* (= *suhrkamp taschenbuch*, Bd. 412), Frankfurt/M. 1977, S. 168.

21 Ein Porträt anlässlich seines Todes veröffentlichte Uli Kreikebaum unter dem Titel *Der Aufschreiber* im *Kölner Stadt-Anzeiger* vom 26./27. Juli 2014, S. 34.

schrieb er auch zahlreiche Hörspiele. Nach seinem Ausscheiden blieb er bis zum Lebensende – von allerdings ausgedehnten Auslandsaufenthalten abgesehen – als Autor und Verleger in Köln wohnen. Das geschah wohl nicht zufällig: Faecke schätzte die Rheinmetropole, »weil sie mich in Ruhe lässt und weil es relativ wenig Aggression in ihr gibt«[22].

Den Weg zum Sender hatte dem gebürtigen Niederschlesier, der in Hannoversch Münden aufgewachsen war und in Göttingen, Berlin, Hamburg und Paris Germanistik, Romanistik und Philosophie studiert hatte, womöglich ein früher Romanerfolg zwei Jahre zuvor geebnet: *Die Brandstifter*, 1963 erschienen, waren vom Feuilleton gelobt oder wenigstens aufmerksam-anerkennend registriert worden und wurden dann auch übersetzt. In diesem Buch, das – wie die folgenden Romane – Motive aus Faeckes eigener Familienhistorie verarbeitet, widmet sich der Autor einem seiner aus einer politisch dezidiert »linken« Perspektive aufgearbeiteten Schlüsselthemen: den Kontinuitäten deutscher Geschichte über den Epocheneinschnitt von 1945 hinweg, hier dargestellt am Lebenslauf eines konformistischen Sägewerkbesitzers, der, in der Nazizeit »groß« geworden, auch in der Bundesrepublik wiederum auf alle Viere fällt. Es ist der verstoßene Sohn, der schließlich gegen diesen Vater katastrophenträchtig rebelliert.

Den Erfolg des ersten Romans konnte Faecke allerdings nicht wiederholen, weder mit seinem zweiten Roman, *Der rote Milan* (1965), noch mit seinem siebenteiligen Romanzyklus *Das Kowalski-Projekt* (2002 bis 2007), dessen erste Bände bereits seit 1982 erschienen waren, das der mit etlichen Preisen und Stipendien bedachte Autor dann aber noch einmal angesichts der sinkenden Verlagsinteressen an seinen Büchern im eigenen, 2003 gegründeten Verlag *Edition Köln* (bis 2010) aufgriff und zum Ende führte. Auch hierbei handelt es sich um eine großangelegte Familiensaga zwischen Drittem Reich und Bundesrepublik. In der Community im engeren Sinn – so es sie überhaupt gab – war Faecke übrigens durchaus anerkannt. So ist er etwa, neben Becker, Böll, Schallück, Wallraff und Wellershoff, in der (in diesem Buch an anderer Stelle besprochenen[23]) von Heinrich Vormweg herausgegebenen und 1972 bei Kiepenheuer & Witsch publizierten Tagebuch-Anthologie *Notizbuch. Neun Autoren – Wohnsitz Köln* vertreten.

Der Roman *Flug ins Leben*, der 1988 erstmals und dann wieder 2001 erschienene zweite Band der Kowalski-Reihe, zeigt auf Anhieb, warum Faecke kein Bestsellerautor werden (und auch als Verleger einer ähnlich gepolten Literatur nicht erfolgreich sein) konnte – nicht aus thematischen Gründen, sondern aus solchen der Stilistik und Erzähltechnik. Die Geschichtszeit ist das Jahr 1977, die gespiegelt wird im einschlägigen Lebensabschnitt des Kölner Lehrers Fred Kowalski. Dieser ist erkennbar als Identifikationsfigur des Erzählers und wohl auch des Autors angelegt. 1977 war das bundesrepublikanische Krisenjahr des »Deutschen Herbstes«, der (Kölner) Entführung und Ermordung des Arbeitgeberpräsidenten Hanns Martin Schleyer durch die RAF sowie der staatlichen Reaktionen, schließlich des Todes von Andreas Baader, Gudrun Ensslin und Jan-Carl

22 Zitiert bei Thomas Linden: *Griff über den Zaun riskiert. Verleger Peter Faecke erfüllte sich mit »Edition Köln« einen Traum*, in: *Kölnische Rundschau* vom 2. September 2005, S. 25.

23 S. 193–223.

Raspe am 18. Oktober in der Justizvollzugsanstalt Stuttgart-Stammheim. Im Buch selbst werden – aus Kowalskis Perspektive – die damals in der linksradikalen Opposition tatsächlich virulenten Zweifel an der offiziell verbreiteten Suizid-Version geäußert, die heute allerdings als in der Sache korrekt gelten muss. Das Narrativ vom »Staatsmord« konnte jedenfalls nicht erhärtet werden.[24]

Für die Romanhandlung ist das insofern von Belang, als auf einer Firmenjubiläumsfeier im Sauerland die Karossen der Gäste mit Blättern zugeklebt werden, auf denen der am 25. April 1977 publizierte »Buback-Nachruf« des »Göttinger Mescalero« abgedruckt ist. Der anonyme Autor nahm in diesem Text zur zeitgenössischen Gewalt-Diskussion differenziert Stellung, erhitzte aber die Gemüter vor allem (und zu Recht, wie man nicht nur im Nachhinein sagen muss) durch die geäußerte »klammheimliche Freude« am »Abschuss« des Generalbundesanwalts Siegfried Buback durch die RAF. Weil im Roman die Gastgeber in dem Linken Kowalski den Urheber dieser feiersprengenden Attacke vermuten, führt der Eklat zum sofortigen Ende der Beziehung zwischen Kowalski und seiner neuen Freundin, der Unternehmerwitwe Linde. Individuelle Lebensgeschichte und Zeitgeschichte verschränken sich.

Kowalski fährt weiterhin von Köln aus ins Sauerland, um dort mithilfe von auf Tonband aufgenommenen Interviews ein regionales Geschichtsprojekt voranzutreiben. Im Rahmen dieser Arbeit werden die biografischen, wirtschaftlichen und institutionellen Linien sichtbar, die aus dem Dritten Reich in das prosperierende Wirtschaftswunderland führen. Im Sauerland betreibt auch Freds angepasster Vater eine Baumschule, mit deren Produkten die Autobahnen begrünt werden. Ein markantes Symbol für eine kollektive mentale Verfassung: Domestizierte Natur muss dazu herhalten, das ganz und gar Naturferne und -widrige zu camouflieren und erträglich zu machen.

Es ist ein abstoßend-einprägsames Szenenbild der Kölner Hohe Straße als Einkaufsstraße, in dem die inwendige Kritik am transzendenzlosen Vulgärmaterialismus der etablierten Wohlstandswelt einen starken Höhepunkt erreicht:

> [...] ein glitschig begehbarer Ladenwurm, ein Darm mit krebsigen Zysten in die Querstraßen hinein, ein Priel mit schwarzem Wasser, das mit abnorm hoher Strömungsgeschwindigkeit dahintrieb: das Geschluffe und Geschiebe, die kleinen Schreie der Gier und der Not spritzten gegen die Schaufenster, zerplatzten auf dem bewaffneten Glas, den unbeweglichen Gesichtern von etwas erhöht stehenden Verkäufern und Ladenbesitzern, und hämmerten zurück auf die Ohren dieser Schluffer und Schieber, [...].[25]

Es bezeichnet allerdings die Eigenart dieses Romans, dass mit einer konventionellen Inhaltsangabe über ihn und seinen Kunstcharakter kaum etwas ausgesagt wird. Schwierig wird die Lektüre von *Flug ins Leben* durch die rigorose Aufsprengung der Handlungskontinuität und eines chronologisch definierten Erzählzusammenhangs durch radikale Perspektivierung und Subjektivierung (»Wer spricht?«), durch die Vervielfältigung der Erzählerinstanzen (auch der »Erzähler«

24 S. dazu Stefan Aust: *Der Baader-Meinhof-Komplex*, Hamburg 2005.

25 Peter Faecke: *Flug ins Leben. Roman*, Zürich 1988, S. 104.

selbst führt sich dabei ein), durch Elemente von Montage, Collage und Protokoll, schließlich eine exquisit-verschachtelte Syntax mit die »üblichen« Ausmaße überflutenden Satzgebilden. Faulkner, Joyce und der Nouveau Roman scheinen hier als Vorbilder durch. Trotzdem ist Faecke kein erfindungsschwacher Epigone. Sein Text hat einen individuellen »Tinta«, eine sehr eigene, nur diesem Autor zugehörige Bild- und Motivsprache von zugleich entschiedener Modernität.

Wolfgang Schiffer, 1946 am Niederrhein geboren, kam nach Philosophie- und Literaturstudium in Köln 1976 als Dramaturg zum WDR und wurde 1991 Leiter der Programmgruppe Hörspiel und Feature, der einschlägig größten innerhalb der ARD. 2011 in den Ruhestand verabschiedet, lebt er seitdem in Köln und Prag. Besonders engagierte sich Schiffer für den internationalen Austausch der Radiokunst und erwarb sich große Verdienste um die Vermittlung isländischer Literatur in Deutschland. Im Kölner Kulturleben ist und war er u. a. als Vorstandsmitglied, zeitweise auch stellvertretener Vorsitzender des Literaturhauses präsent. Die von ihm mitherausgegebene Anthologie *Bilanz* (2017) mit in NRW entstandenen Hörspielen seit der Nachkriegszeit ist in Teilen auch eine »Bilanz« seiner eigenen beruflichen Tätigkeit.

Schiffer ist selbst als Autor von Romanen, Gedichten und – naheliegend – Hörspielen hervorgetreten, die sich immer wieder mit den Problemen der Identitätskonstitution und des Ich-Zerfalls unter den Bedingungen einer hochkomplexen modernen Lebens- und Arbeitswelt befassen. Zweimal werden Arbeitslosigkeit und ihre Folgen zum Thema. Ein Hörspiel wie *Kronstadts Bericht* von 1983 nutzt die spezifischen Möglichkeiten des Genres für ein virtuoses Vexierspiel mit Stimmen, die sich zu einem verwirrenden audiophonen Schachtel- und Spiegelkabinett konfigurieren: Ein Figurenpaar hört jemanden anderen sprechen (genauer: es will dieses Sprechen hören), der aber seinerseits das Gespräch von Dritten belauscht, die wiederum über nicht anwesende Personen berichten. Die personale Substanz von hörenden Sprechern und sprechenden Hörern rutscht angesichts dieser Staffelung der »Indirektheiten« ins Imaginäre.

Institutionell nicht direkt mit dem (N)WDR verbunden waren die legendären »Kölner Mittwochgespräche«,[26] die Gerhard Ludwig (1909–1994), Inhaber der Buchhandlung in der Ruine des Hauptbahnhofs, 1950 initiierte und über sechs Jahre hinweg ebendort, im sogenannten dritten Wartesaal, veranstaltete und leitete. Die Liste der zu den einschlägigen Terminen eingeladenen Referenten zeigt allerdings beachtliche Überschneidungen mit jenen Autoren, die dem Sender in den Anfangsjahren sein intellektuelles Profil gaben. Böll und Schallück gehörten genauso dazu wie Andres, Rudolf Krämer-Badoni, Günther Weisenborn und Hermann Kesten. Zudem bearbeitete der WDR die Aufzeichnungen, die Ludwig selbst seit dem 44. Gespräch auf eigenen Tonbändern angefertigt hatte, technisch und inhaltlich und erstellte daraus sechs 1993 ausgestrahlte Sendungen.

Die Bedeutung der Mittwochgespräche, deren Konzeption Ludwig zusammen mit dem Dichter Jakob Kneip entwickelt hatte (Kneip war auch der Referent des ersten Gesprächs am 6. Dezember 1950 unter dem Titel »Die Aufgabe des Dichters in unserer Zeit«), für die öffentliche

26 S. dazu Historisches Archiv der Stadt Köln (Hg.): *Freier Eintritt – Freie Fragen – Freie Antworten. Die Kölner Mittwochgespräche 1950–1956*, Köln 1991; außerdem Scheffler: *Schriftsteller und Literatur*, S. 180.

Debattenkultur und die geistig-mentale Neuorientierung eines breiteren Publikums nach den Verwüstungen durch Diktatur, Krieg und Massenverbrechen im Deutschland der frühen 50er Jahre kann kaum überschätzt werden:

> Weniger die Vorträge standen im Mittelpunkt des enormen Publikumsinteresses als vielmehr die in diesem Rahmen gegebene Möglichkeit, auf der Basis der im Vortrag entwickelten Argumente frei und ungezwungen zu diskutieren, zu streiten und miteinander ins Gespräch zu kommen.[27]

Die Themenpalette war breit angelegt: Es ging um Kunst, um Theater, um Funktion und Auftrag der Presse, um Städtebau, aber auch um zeithistorische und philosophische Grundsatzfragen wie die Konditionen eines demokratischen Gemeinwesens, die Möglichkeit von Frieden, die Chancen einer deutschen Wiedervereinigung und das Für und Wider in Sachen Todesstrafe. Eine Auflistung der eingeladenen Diskutanten zeigt, dass Ludwig die Akquise maßgeblicher Repräsentanten der zeitgenössischen bundesdeutschen Intelligenz quer durch die politischen Lager und fachlichen Orientierungen gelang: Adorno, Carlo Schmid und Theodor Eschenburg kamen genauso nach Köln wie Friedrich Sieburg, Gustaf Gründgens und Ernst von Salomon.

Die »Mittwochgespräche« waren also keine ausschließlichen Literaturgespräche. Dennoch ging es immer auch um die Chancen und Risiken einer literarischen Gegenwartskunst »auf der Höhe der Zeit« zwischen Tradition und Fortschritt, Bewahrung und Aufbruch – und naheliegend um die Frage, welche Bestände der Vergangenheit überhaupt noch als durch den Nationalsozialismus nicht korrumpiert aufgefasst und entsprechend aktiviert werden könnten.[28] Vom Diskussionsabend mit Böll und Schallück am 23. Juli 1952 unter dem Titel »Warum Trümmerliteratur?« war bereits die Rede,[29] prominente auswärtige Literatur-Gäste waren Kesten, Hans Henny Jahnn und Wolfgang Koeppen.

11.3 Kiepenheuer & Witsch

Wiederholt als Referent zu den »Mittwochgesprächen« eingeladen war Joseph Caspar Witsch (1906–1967), der Gründer des Verlagshauses Kiepenheuer & Witsch.[30] Mit ihm verbindet sich

---

27 Rainer Steinberg: *Kölns »Kopfbahnhof«. Die Mittwochgespräche 1950–1956*, in: Historisches Archiv der Stadt Köln (Hg.): *Freier Eintritt – Freie Fragen – Freie Antworten*, S. 10–31; hier: S. 15 f.

28 S. dazu ders.: *Von Mittelstürmern, Wildwesthelden, Kriegen und Büchern. Die literarischen Gesprächsabend im Kölner Hauptbahnhof*, in: Historisches Archiv der Stadt Köln (Hg.): *Freier Eintritt – Freie Fragen – Freie Antworten*, S. 70–87.

29 S. S. 185.

30 S. zu Biografie und Wirken Frank Möller: *Das Buch Witsch. Das schwindelerregende Leben des Verlegers Joseph Caspar Witsch*, Köln 2014; ders.: *Dem Glücksrad in die Speichen greifen.*

wie mit keinem anderen Unternehmen der Branche die auch überregionale Wahrnehmung von Köln als Literaturstadt in den Nachkriegsjahrzehnten. Witsch stammte aus Köln-Kalk, hatte in Köln und Leipzig studiert und in der Nazizeit als Bibliothekar in Jena amtiert. 1948 floh er in den Westen und gründete 1949 zusammen mit dem Leipziger Verleger Gustav Kiepenheuer (der noch im selben Jahr starb) das neue Unternehmen.

Firmenstandort war zunächst Hagen, aber dank der beharrlichen Initiative des Wirtschaftsdezernenten Max Adenauer, der den gebürtigen Kölner unbedingt wieder am Ort haben wollte, fiel im Spätsommer 1949 (nach der Beilegung eines erbitterten Konflikts mit den Kiepenheuer-Erben) die Entscheidung für die Domstadt. Die Familie Witsch bezog im November eine Wohnung in Klettenberg, der Verlag im Januar 1950 ein Domizil in einem Hochbunker in Riehl, Ende des Jahres eine Gründerzeitvilla am Hansaring.[31] 1953 konnte er dann für lange Jahre in ein eigenes Haus auf der Marienburg umziehen.

Witsch gelang es trotz des Mangels an Eigenkapital, sein Unternehmen rasch auf die Erfolgsspur zu setzen:

> Sicher brachte Witsch geeignete persönliche Voraussetzungen mit: Er war gebildet, belesen, durchsetzungsstark und ehrgeizig, er besaß Verhandlungsgeschick und verstand es, Menschen für sich und seine Anliegen im direkten Gespräch einzunehmen wie kaum ein Zweiter seiner Branche [...].[32]

Von Anfang an stellte er den Verlag breit auf, beschränkte das Portfolio nicht auf Belletristik, sondern versammelte politische und wissenschaftliche Titel und integrierte noch einen Theater- und einen Kunstverlag.

Zum Starautor des Verlags stieg in den 50er Jahren Heinrich Böll auf, den Witsch bei Middelhauve in Opladen abwerben konnte. »Witsch hat sich«, erinnert sich Reinhold Neven Du Mont, sein Schwiegersohn, Assistent und Nachfolger zunächst als Geschäftsführer, dann, seit 1969, als Firmeneigner, »unglaublich für Böll eingesetzt. Ohne Witsch wäre er möglicherweise nicht Böll geworden.« Der habe das gewusst und dem Verlag gegen Abwerbungsversuche die Treue gehalten: »Eine solche Abwerbung wäre allerdings auch für den Verlag verheerend gewesen – und das hat Böll genauso gewusst.«[33]

Als zweiter Autor aus der örtlichen Szene – er lebte zwischen 1961 und 1978 in Köln – fand Ende der 50er Jahre der aus der DDR in den Westen gewechselte Gerhard Zwerenz (1925–2015), früherer Leipziger Schüler von Ernst Bloch, zu Kiepenheuer & Witsch. Dort veröffentlichte er bis in die 60er Jahre hinein etliche Romane, Erzähl- und Essaybände. Seinen ersten Bestseller – den Roman *Casanova oder der Kleine Herr in Krieg und Frieden* publizierte 1966 dann allerdings der Münchner Scherz-Verlag. Dabei hätte ausgerechnet dieses Buch zu Kiepenheuer & Witsch

31 S. dazu Möller: *Das Buch Witsch*, S. 291 ff.

32 Ebd., S. 297.

33 Reinhold Neven Du Mont im Gespräch mit d. Verf. am 17. August 2022.

gepasst, denn es handelt sich dabei – neben anderem – um einen als solchen umstandslos identifizierbaren Köln-Roman.

Dessen Held Michel Casanova ist ein (fiktiver) Abkömmling des legendären Frauenhelden aus dem 18. Jahrhundert und verhält sich genauso, wie »man« es von einem Träger dieses Namens (nicht unbedingt des Vornamens) erwartet. Eulenspiegelhaft anarchisch, mit dem fröhlich-bösartigen Blick »von unten« und insofern ein naher Verwandter von Günter Grass' Oskar Matzerath, revoltiert er – vor dem Hintergrund des überwiegend nächtlichen Kölner Stadtraums und mit etlichen Anspielungen auf sich in ihm bewegende Realfiguren – nicht nur gegen die verkrusteten politischen und sozialen Verhältnisse der frühsaturierten Bundesrepublik, sondern auch gegen die herrschende Sexualmoral in ihrer Prüderie und Verlogenheit. Sie mischt er – in der Darstellung begleitet von einem lustvollen Priapismus – in fortgesetzten praktischen Handlungen skandalträchtig auf. Hier sind bereits jene Impulse der sexuellen Befreiung am Werk, die dann kurze Zeit später im antiautoritären Segment der Studentenbewegung auf breiter Front durchbrechen sollten.

In Witschs Todesjahr 1967 befand sich der Verlag nach Aussage von Neven Du Mont »in einer Krise« – vor allem mit Blick auf das deutschsprachige Programm, »wo es neben Böll und Zwerenz wenig gab«. Allerdings hatte sich Dieter Wellershoff in seiner Eigenschaft als Verlagslektor bereits einige Jahre zuvor auf die Suche nach jungen deutschen Autoren begeben, die für das Unternehmen zu gewinnen wären. Diese Suche gestaltete sich erfolgreich, ansässig in Köln waren oder wurden die unter dem Firmenlogo »Neuer Realismus« akquirierten Schriftsteller[34] nicht – abgesehen von Rolf Dieter Brinkmann und (zeitweise) Günter Steffens. Mit Günter Wallraff, dessen *13 unerwünschte Reportagen* er 1970 veröffentlichte, gelang es Neven Du Mont dann, einen auch langfristig publikumswirksamen und verkaufsstarken Kölner an sein Haus zu binden.

Auch in späteren Jahren kamen immer wieder Kölner und in der Stadtgesellschaft präsente Autoren zu Kiepenheuer & Witsch – jedenfalls zeitweise. Zu ihnen gehören so unterschiedliche Charaktere wie Liane Dirks und Hanns-Josef Ortheil, die im Folgenden exemplarisch vorgestellt seien. Liane Dirks (1955 in Hamburg geboren) arbeitete nach dem Studium zunächst als Diplom-Verwaltungswirtin in den Arbeitsämtern von Düsseldorf und Essen, ehe sie sich 1985 für eine Laufbahn als freie Schriftstellerin entschied. Von 1986 an lebte sie in Köln, zeitweise auch in Berlin. Sie arbeitete als Dozentin für Creative Writing, schrieb Drehbücher für den WDR und war von 1997 bis 2002 feste Mitarbeiterin des Deutschlandfunks, wo sie die Sendungen *Büchermarkt* und *Studio LCB* aus dem Literarischen Colloquium Berlin moderierte. In der Kölner Literaturszene war bzw. ist sie vielfältig präsent – u. a. als Mitglied im Vorstand des Literaturhauses und, von 2010 bis 2020, als Co-Moderatorin des Literatur-Ateliers Köln.

Dirks veröffentlichte bislang sechs Romane, fünf erschienen bei Kiepenheuer & Witsch (drei als Erstpublikationen, zwei waren zunächst unter abweichenden Titeln in anderen Verlagen er-

34 S. dazu S. 180f.

schienen). Der erste Titel bei K&W war *Vier Arten meinen Vater zu beerdigen* (2002), der das Thema ihres Debüt-Romans *Die liebe Angst* (Hamburg 1986) wieder aufgriff: den – angesichts des einschlägigen Skandals innerhalb der katholischen Kirche mehr denn je aktuellen – sexuellen Missbrauch von Kindern. Diese Obsession ist in Dirks' Biografie begründet: Sie wurde als Kind vom eigenen Vater missbraucht. Eine Reduktion dieser Romane auf ein Bewältigungsprojekt in eigener Sache aber wird dem mit ihnen verbundenen Kunstanspruch und -charakter in keiner Weise gerecht. Dirks gelingt es vielmehr, die Traumata der eigenen Vergangenheit erzählerisch zu einem beispielhaften Fall zu destillieren – und auch zu sublimieren –, der die privaten Schmerzerfahrungen durchscheinen lässt.

Der Titel von *Vier Arten meinen Vater zu beerdigen* bezieht sich auf die im Buch selbst mitgeteilten »vier Arten, sich von einem Toten zu trennen«[35]. Die frühere Nanny der Ich-Erzählerin erzählt dieser davon, als sie zur Beerdigung des Vaters auf die karibische Insel Barbados zurückkehrt, wo die Familie einige Jahre verbracht hatte. Zum Buchtitel avanciert, gewinnt dieses vierstufige Trennungsverfahren eine symbolische Bedeutung: Es geht um ein Loswerden und Loslassen, um eine definitive und entschieden bekräftigte Überwindung – der Sargdeckel wird auch in einem übertragenen Sinn geschlossen, der verfluchte und betrauerte Tote soll keine Macht mehr über das eigene Leben haben. Die »vierte Art« ist übrigens das Erzählen der Geschichte – der Roman setzt sie performativ um.

Der Ich-Erzählerin wird dieser bewusste Abschied an einem bestimmten Ort ermöglicht. Damit ergeht es ihr womöglich besser als der Autorin, aus deren realem Leben der Vater irgendwann spurlos verschwand.[36] Nicht nur, aber vor allem der Romanschluss macht die Transformation eines biografischen Verhängnisses in Literatur sichtbar – Realität und Fiktion begeben sich auf getrennte Wege.

Das verhindert nicht, dass sich das Buch auf weite Strecken an die tatsächliche Biografie des Hamburger Meisterkochs Günther Andreas Johannes Dirks anlehnt. Die Erzählerin berichtet sie von Anfang an. Was auch bedeutet, dass sie als Person – im Roman heißt sie Alma – erst spät in Erscheinung tritt: »Das Baby bin ich«[37] heißt es angesichts der 1955er-Geburt wie bei der Besichtigung eines Familienfotos – nach nahezu zwei Dritteln des Buches. Diese »Verzögerung« und damit auch der späte Einstieg in die Vater-Tochter-Katastrophe hat allerdings einen kompositorischen und auch argumentativen Aspekt und Sinn: Gewalt- und Missbrauchserfahrungen zeugen sich in dieser Familie intergenerationell fort. Genauer: Dem Vater erging es dereinst nicht besser.

---

35 Liane Dirks: *Vier Arten meinen Vater zu beerdigen. Roman*, Köln 2002, S. 233.

36 S. dazu Volker Hage: *Geliebtes Monster. In ihrem neuen Roman erzählt die Autorin Liane Dirks die wüste Lebensstory eines Meisterkochs und Kinderschänders – es ist die Geschichte ihres eigenen Vaters*, in: *Der Spiegel* vom 5. Mai 2002, online unter: https://www.spiegel.de/kultur/geliebtes-monster-a-de12376e-0002-0001-0000-000022328752?context=issue.

37 Dirks: *Vier Arten*, S. 155.

Schließlich die unstete Kochkarriere in Drittem Reich und Zweitem Weltkrieg, die prekäre Familiengründung in der Nachkriegszeit mit beruflichem Neuanfang in einem Spitzenhotel auf Barbados und die Rückkehr nach Deutschland nach einem zerstörerischen Hurrikan. Exzess und die Ruhelosigkeit eines Fliegenden Holländers als Daseinsmotiv – und dazwischen immer mal wieder die Schändung der zweiten Tochter und eines Nachbarskindes, für die er endlich auch mal ins Gefängnis muss.

Die Erzählerin – und Autorin –, die sonst in der Darstellung sexueller Details nicht zimperlich ist, wird übrigens, wenn es um den Missbrauch geht, einsilbig, indirekt – er bleibt das schwarze Loch, das sich der »Textwerdung« entzieht: »Wenn Günther Zeit hatte und es brauchte, nahm er die Prinzessin und ging mit ihr in den Keller. Dort lag ein Tuch, das Tuch war alt und roch nach ihm. Es hatte Flecken, die wurden immer größer und mehr.«[38]

Dirks (als Autorin und Erzählerin) verweigert sich in diesem lapidar und unsentimental erzählten, durch das Staccato seiner kurzen protokollartigen Sätze beherrschten Buch dem simplen Ausweg: eines Porträts des Vaters als Scheusal. Und legt dessen lebensgeschichtliche Vorschädigung die Frage nach der individuellen Verantwortlichkeit nahe. Jene mag zur Erklärung taugen, wenn auch nicht zur Entschuldigung. Besser jedenfalls werden die Dinge dadurch nicht, auf der Anklagebank sitzt eine Gesellschaft, die weithin blind für das war, was da in ihrer Mitte geschah.

Hanns-Josef Ortheil (1951 geboren), einer der produktivsten und meistgelesenen Vertreter der deutschsprachigen Gegenwartsliteratur, veröffentlicht seine Bücher seit vielen Jahren nahezu durchgängig bei Luchterhand. Bei K&W ist bislang lediglich *Der Typ ist da* von 2017 erschienen. Das ist kein Zufall – die dezidierte Köln-Fokussierung gerade dieses Romans empfahl ihn für die Publikation in einem ortsansässigen Verlag. Tatsächlich ist hier nicht nur die Handlung in Köln situiert, vielmehr wird die »Lebensform Köln« in ihren unterschiedlichen Aspekten und Besonderheiten lebendig und, vor allem, explizit zum Thema. Dabei ist *Der Typ ist da* keineswegs das einzige Ortheil-Buch mit Köln als topografischem Zentrum. *Die geheimen Stunden der Nacht* (2005), der mutmaßliche Schlüsselroman über eine potente Verlegerdynastie und die in ihr aufbrechenden generationellen Verwerfungen, spielt hier genauso, wie es zwei Kapitel aus *Lo und Lu* (2001) tun. In diesem »Roman eines Vaters« beschreibt der Erzähler-Autor erste Köln-Erkundungen mit seinen beiden Kindern. Zum großen Teil an die Stadt gebunden, wenn auch ohne genaue Bezeichnung der Lokalitäten, ist schließlich Ortheil autobiografischer Roman *Die Erfindung des Lebens* (2009).

All das muss nicht weiter erstaunen, denn Ortheil hat seinen Lebensmittelpunkt zwar in Stuttgart, aber er ist gebürtiger Kölner, wuchs am Nippeser Erzbergerplatz als Sohn eines Bundesbahnbeamten auf. Mit fortschreitenden Lebensjahren scheint die Bindung an seine Heimatstadt immer enger zu werden – er hat mittlerweile eine Zweitwohnung in Nippes und ist (Stand 2023) im kulturellen Leben der Stadt beharrlich präsent, u. a. mit einer regelmäßigen Kolumne im *Kölner Stadt-Anzeiger*. Bemerkenswert ist die Ungebrochenheit von Ortheils auch in Essays

38 Ebd., S. 187.

und Interviews geäußerter Zustimmung zum »Phänomen Köln«, dem sich die traditionellen Motive des Köln-Bashings – die Kritik an stadträumlicher Verwahrlosung und einer gleichgerichteten mentalen Verfassung der Einwohner – kaum zugesellen.

Vielmehr aktiviert Ortheil immer wieder Köln-Aspekte, die in der Aufklärungsperspektive traditionell ein Ferment der Ablehnung waren oder im Zuge von Modernisierung und Säkularisierung ihre Bedeutung für das allgemeine Köln-Bild zusehends verloren. Dazu gehört zentral – bei dem bekennenden Katholiken Ortheil immerhin nicht überraschend – die Namhaftmachung des »heiligen Köln« in der Gestalt seiner die Kriegszerstörungen überlebenden sakralen Denkmäler in Kunst und Baukunst. Auf Ablehnung hingegen stößt bei Ortheil – und dies wohl nicht nur im fiktionalen Design seiner Romane – der verbreitet achtlose Umgang mit diesem Erbe seitens eines Massentourismus, der es zu einer verständnisarm rezipierten »Sehenswürdigkeit« neutralisiert und herabwürdigt.

Der Typ ist da ist in dieser Hinsicht und gerade auch im Vergleich zu ganz anders instrumentierten Köln-Romanen aufschlussreich. Die Studentin Mia, die zusammen mit zwei anderen jungen Frauen – einer Buchhandlungsangestellten und einer Café-Betreiberin – in einer Nippeser WG wohnt, hat anlässlich eines Auslandsaufenthalts in Venedig dort oberflächlich den jungen Restaurator Matteo kennengelernt. Der steht eines Tages, Mias leichthin ausgesprochene Einladung nach Köln tatsächlich annehmend, vor der Wohnungstür. Bescheiden, sich überall nützlich machend und zugleich erotischen Avancen gegenüber zurückhaltend, mischt er die Frauen-WG trotzdem in den folgenden Tagen zusehends auf.

Wobei sein Verhalten die zunächst unfreiwilligen Gastgeberinnen zugleich befremdet und fasziniert: Matteo ist seinem Selbstverständnis nach kein Köln-Tourist, sondern ein Pilger, der auf der »Achse« Venedig – Köln seinem eigenen Dasein eine neue spirituelle Dimension erschließen will. Entsprechend sucht er in Köln nicht die Einkaufszonen auf und auch nicht die ortsspezifische Gastronomie – bis auf eine Ausnahme: einen kurzen Stopp mutmaßlich in Ortheils Stammlokal *Em golde Kappes* auf der Neusser Straße, wo er von der dort versammelten »kölschen« Community problemlos »eingemeindet« wird. Sein Interesse gilt vielmehr der sakralen Kunst im gotischen Dom (Gero-Kreuz, Lochner-Altar, Dreikönigenschrein), in der Marienkapelle von St. Kolumba (»Madonna in den Trümmern«) und in der Antoniterkirche (Barlachs »Schwebender«). Dort versenkt er sich, sie mit professioneller Sorgfalt zeichnend, in die von der Masse der Besucher übersehenen Details – und verändert sie dabei in produktiver Anverwandlung.

Ein dichtes Netz von Spiegelungen und kontrastiven Verschränkungen ist durch den Roman gespannt: Es geht um die Gegensätze von Venedig und Köln, Italien und Deutschland, Süden und Norden (wobei das »nördliche« Köln in Gestalt des Stadtteils Nippes noch einmal seinen eigenen »Norden« erhält), zugleich aber auch um deren Aufhebung in unterschiedlichen Konstellationen. So wird Matteo, als er Barlachs Engel entdeckt, daran erinnert, dass sein Vater vor Jahrzehnten genau diese Figur zeichnete und im weiblichen Kopf seine spätere Frau porträtierte. Das Verschränkungsmotiv stellt sich auch sonst auf der familiären Ebene ein: Lisa, eine der drei Frauen, hat vor kurzem ihre Mutter verloren, Matteo seinen Vater. Die Familien sind genauso »unvollständig« wie die von Matteo im Zeichenvorgang komplettierten (»restaurierten«) Kunstwerke.

Eine komplementäre Ergänzung besorgt aber vor allem der narrative Grundeinfall des Buches, demzufolge Köln einem Venezianer binnen weniger Tage zur zweiten Heimat wird:

> *Venezia – Colonia …* – das gehörte in seinen Augen plötzlich sehr eng zusammen. Die beiden Kathedralen berührten und ergänzten einander, und die Figuren Kölns reihten sich ein in den Bund der Figuren Venedigs, den es seit seiner Kindheit gab. Zusammen mit seinem Vater hatte er ihn restauriert und gezeichnet, und jetzt besteht er aus den Figuren des Südens und denen des Nordens.[39]

Ortheils Bemühen, unter den Läsuren der Moderne ein »altes«, »eigentliches« Köln sichtbar und erfahrbar zu machen, ist eindrucksvoll und wird mit klug disponierendem Kunstverstand ins Werk gesetzt. Vorbehaltlos geglückt ist das Unternehmen trotzdem nicht: Dem Erzählstil, der allerdings Satz für Satz als »ortheilisch« identifizierbar ist, eignet teils eine ironiefreie Behäbigkeit ohne starke sinnliche Intensitäten (dafür aber mit gelegentlichen mystischen Anwandlungen). Nämliches gilt für die Figurendarstellung: Zwar hat Matteo der Auskunft des Verfassers[40] zufolge ein reales Vorbild, aber in seiner Zurichtung als quasi mönchische Existenz, als säkularer Heiliger gefriert er zu einer etwas lebensarmen Allegorie. Abgründiges, unrettbar Verlorenes, gar Böses gibt es in Ortheils Welt nicht – alles ist in diesem gepflegten Garten des Humanen irgendwie »nett«, »schön« und »gut«.

11.4 Die Entwicklung des Verlagswesens

Kaum bestreitbar hatte Kiepenheuer & Witsch in den drei Jahrzehnten nach 1950 die Position eines »Platzhirschs« unter den Kölner Literaturverlagen inne. Dennoch war die Verlagsstadt Köln in der Nachkriegsperiode keineswegs mit diesem Unternehmen einfach identisch.[41] Das hing auch damit zusammen, dass es ihr gelang, mit dem Angebot einer Beihilfe Verlage aus der sowjetischen Besatzungszone anzulocken – K&W war, wie beschrieben, der wohl prominenteste, aber nicht der einzige Fall. Im Zuge solcher politisch motivierten Standortwechsel kamen etwa Diederichs, Jakob Hegner und Böhlau an den Rhein. Zudem konnten ortsansässige wie die auf Coloniensa spezialisierten Verlage Greven und Bachem nach Lizenzerteilung wieder ihre Produktion aufnehmen. Die allermeisten dieser Firmen hatten keinen belletristischen Programmschwerpunkt und müssen daher an dieser Stelle nicht weiter gewürdigt werden. Etlichen

39 Hanns-Josef Ortheil: *Der Typ ist da. Roman*, Köln 2017, S. 253.

40 *»Köln ist Geborgenheit für die Seele«*. Hanns-Josef Ortheil im Gespräch mit Joachim Frank, in: *Kölner Stadt-Anzeiger* vom 17. August 2017, S. 20.

41 S. dazu zusammenfassend Steinberg: *Die zögerliche Entdeckung*, S. 211–217.

Neuverlegern gelang es darüber hinaus nicht, die schwierige Nachkriegszeit wirtschaftlich zu überstehen.

Auf der anderen Seite kamen mit den Jahren für das Thema dieses Buches relevante Verlage hinzu, die sich langfristig am Markt behaupten konnten. 1949 gegründet, entwickelte sich Wienand zu einem – immer wieder auch Köln-bezogene Titel produzierenden – potenten Kunstbuch-Verlag mit den Schwerpunkten Klassische Moderne und zeitgenössische Kunst. Seit 1984 besteht der von Hejo Emons gegründete Verlag, in dem – mit Christoph Gottwalds *Tödlicher Klüngel* – der erste deutsche Köln-Krimi erschien.[42] Ursprünglich stark nach Köln orientiert, spielen die Emons-Regionalkrimis mittlerweile in vielen Regionen – und seit 2009 auch im Ausland (Österreich, Schweiz, Spanien, Italien). 1990 gründete Volker Dittrich den gleichnamigen Verlag mit den Schwerpunkten Theater- und Musikhistorie, aber eben auch Belletristik – Erasmus Schöfer, Anne Dorn und Roland E. Koch gehören zu den prominenten Kölner Autoren, die bei Dittrich erscheinen (seit 2023 auch, mit dem in Köln angesiedelten Roman *Alexandra Minderop*, Reinhold Neven Du Mont). 2003 zog der Verlag allerdings nach Berlin um, sein heutiger Standort ist Weilerswist-Metternich.

Nach Köln – genauer: nach Mülheim – wechselte hingegen 2010 die vorher in Bergisch Gladbach ansässige Verlagsgruppe Bastei-Lübbe, die sich 2013 als Aktiengesellschaft aufstellte. Seit den 50er Jahren mit Romanheftserien (darunter der legendären Jerry-Cotton-Reihe) groß geworden, galt das Unternehmen aus hochkultureller Sicht lange Zeit als ein nicht satisfaktionsfähiger Vertreiber von Schundliteratur. Loswerden konnte der Verlag dieses Image seit den 80er Jahren, als er sein Portfolio sukzessiv erweiterte und zur Publikation anspruchsvollerer Belletristik und Sachbuchliteratur überging. 2010 gründete Bastei Lübbe in Berlin den Quadriga-Verlag für politische Literatur, 2011 konnte die Gruppe den renommierten Frankfurter Eichborn-Verlag übernehmen.

1956 rief Ernst Brücher, über seine Heirat mit Majella Neven DuMont mit der gleichnamigen rheinischen Verlegerdynastie verschwägert (Majella ist die Schwester von Alfred und Reinhold Neven DuMont bzw. Du Mont), in Köln den DuMont-Buchverlag ins Leben, der anfänglich als reiner Kunstbuch- und Kalender-Verlag arbeitete und in den 1970er Jahren den Bereich Reiseführer als wichtigstes Programmsegment etablierte. Seit 1998 verlegt er auch literarische Titel – in der erfolgreichen Frühphase von 1997 bis 2006 war Gottfried Honnefelder geschäftsführender Gesellschafter –, während der Bereich Reisebuch 2004 verkauft wurde. Heute verbindet der DuMont-Buchverlag die Programmbereiche Literatur, Kunst und Sachbuch. Das Literaturprogramm schließt deutschsprachige und internationale Gegenwartsliteratur, Spannungsliteratur sowie Lyrik ein. DuMont ist der deutsche Verlag der internationalen Bestsellerautoren Michel Houellebecq und Haruki Murakami.

Die Liste von in Köln lebenden und arbeitenden Schriftstellerinnen und Schriftstellern bei DuMont ist überschaubar. Allerdings gehört zu ihnen mit Thomas Kling, von dem der Verlag zwischen 1999 und 2006 mehrere Bände veröffentlichte, der mutmaßlich bedeutendste deutsch-

42 S. dazu in diesem Buch das Kapitel 10 (S. 278–306).

sprachige Lyriker seiner Generation. Er findet in diesem Buch seinen Platz im abschließenden Kapitel »Köln divers« – genauso wie Marcel Beyer, der bei DuMont zwischen 2000 und 2006 Prosa, Gedichte und Essays platzierte. Diese Gleichzeitigkeit war übrigens nicht zufällig, sondern verbunden mit der Person des Lektors und Programmleiters Christian Döring, der bei seinem Wechsel von Suhrkamp zu DuMont Kling und Beyer »mitnahm«.

2008 gelang es dem Verlag, ausgerechnet mit dem Debütroman einer damals im Agnesviertel, heute am Stadtrand von Köln wohnenden Autorin einen Scoop zu landen: *Feuchtgebiete*, das Buch der britischen (mittlerweile auch einen deutschen Pass besitzenden) TV-Moderatorin Charlotte Roche (geboren 1978) wurde mehr als eine Million Mal verkauft, das Buch stand zudem mehr als sieben Monate an der Spitze der Literatur-Charts.[43] In Deutschland war *Feuchtgebiete* das meistverkaufte Buch des Ersterscheinungsjahres. Der Roman war zunächst Kiepenheuer & Witsch angeboten worden, der ihn allerdings als pornografisch ablehnte. DuMont griff dann mit sicherem verlegerischem Gespür für Timing, Zeitgeist und Leserinteressen zu.

Feuchtgebiete gehört zu jenen eine illustre Reihe formierenden Büchern, die durch die Magie des ersten Satzes in Bann ziehen. Er entfaltet auch hier eine eigene thematische und darstellerische Aura, setzt die »Duftmarke« und den Leser damit unentrinnbar auf die Spur: »Solange ich denken kann, habe ich Hämorrhoiden.«[44] Nachdem sie sich durch eine rabiate Rasur eine schmerzhafte und auch medizinisch gefährliche Analfissur zugezogen hat, liegt die 18 Jahre alte Schülerin Helen Memel auf der Inneren Abteilung einer Klinik, wo sie wegen der unabweisbar gewordenen Operation mehrere Tage lang bleiben muss. Sie beschreibt aus der Ich-Perspektive die teils szenisch-burlesk aufgelockerten Begegnungen mit dem Klinikpersonal, das durch die unkonventionelle Patientin überfordert scheint. Dazwischen platziert sie immer wieder ausgedehnte selbstgesprächsartige Erinnerungen und Reflexionen zu den Themen weibliche Sexualität, Intimhygiene, Prostitution sowie anale und vaginale »Feuchtgebiete« samt den jeweils zuzuordnenden Sexualpraktiken. Darüber hinaus äußert sie wiederholt die Hoffnung, die geschiedenen Eltern mögen sich an ihrem Krankenbett versöhnen – tatsächlich steht die Trennung ihrer Erzeuger als unbewältigtes Lebenstrauma im Motivationshintergrund der Romanhandlung.

Die naheliegende Mutmaßung, die Erzählerin sei mit der Autorin schlicht identisch, hat Roche zurückgewiesen und den autobiografischen Anteil ihres Romans auf 70 Prozent quantifiziert.[45] Tatsächlich scheint er auf Strecken ein Experimentierfeld sexueller Fantasien zu sein, durch deren sprachliche Gestaltwerdung gesellschaftliche Tabus provokativ und mit der Kalkulation eines Skandaleffekts abgeräumt werden – in kritischer Wendung auch »gegen die sterile Ästhetik der Frauenzeitschriften, gegen den standardisierten Umgang mit dem weiblichen Körper

43 S. den Online-Eintrag: https://www.diepresse.com/440649/bestseller-des-jahres-fazit-feuchtgebiete.

44 Charlotte Roche: *Feuchtgebiete*, Köln 2008, S. 8.

45 S. *»Ich bin gar nicht so frech«*. Charlotte Roche im Gespräch mit Moritz von Uslar und Claudia Voigt, in: *Der Spiegel* vom 25. Februar 2008, online unter: https://www.spiegel.de/spiegel/a-537317.html.

und seiner Sexualität«[46]. Solchermaßen wird *Feuchtgebiete* zum Dokument eines generationsspezifisch instrumentierten neuen »sexpositiven Feminismus«.

Roche hat – das ist ihr kaum bestreitbares Verdienst – das Feld des in diesem Metier bislang als »sagbar« Erachteten energisch, radikal und auch brutal erweitert. Im Buch findet diese Grenzüberschreitung, die im Leser »antwortende« sexuelle Fantasien genauso wie »Ekellust«[47] stimulieren mag, in nicht nachlassender Intensität statt (in struktureller Hinsicht bietet sich der Vergleich mit einem Roman wie Henry Millers 1983 erstmals publiziertem *Opus Pistorum* an). Zugleich aber zeitigt die absichtsvolle Fixierung auf ein Thema, das in stets neu anbrandenden Wellen »hochgehalten« werden muss, in the long run Übersättigung und Langeweile. Man muss kein verklemmter Spießer sein, um von dieser Monotonie des Erwarteten auf die Dauer abgestoßen zu werden. Der lustvoll und zweifellos gekonnt inszenierte Tabubruch allein garantiert noch kein genuin ästhetisches Gelingen. Und die Annahme, dass es Roche auf dieses Gelingen gar nicht ankam, macht den Einwand nicht gegenstandslos.

Mit der Erzählerin Mariana Leky, die DuMont seit 2011 verlegt, schaffte es das Unternehmen, eine weitere Erfolgsautorin zu entwickeln, die (1973) in Köln geboren wurde und aufwuchs, mittlerweile allerdings in Berlin lebt. Ihr Roman *Was man von hier aus sehen kann*, 2017 als ihr fünftes DuMont-Buch veröffentlicht, stand 65 Wochen lang auf der *Spiegel*-Bestsellerliste und wurde 2021 verfilmt. Leky studierte in Tübingen Germanistik und Empirische Kulturwissenschaften, woran sich noch ein Studium an der Uni Hildesheim in Ortheils Studiengang Kreatives Schreiben anschloss.

Mit *Was man von hier aus sehen kann* kehrt Leky literarisch in ihre rheinische Heimat zurück, allerdings nicht nach Köln, sondern in ein westerwäldisches Dorf. Ein starker autobiografischer Bezug stellt sich dadurch her, dass Lekys Eltern im Westerwald ein Wochenendhaus besaßen, in dem auch die Tochter viel Zeit verbrachte.[48] Eine »Dorfgeschichte« also, erzählte Provinz ist dieser Roman, der mit den Traditionen des Genres – Idylle im Sinne von Nicht-Urbanität, Überschaubarkeit und Intensität der sozialen Beziehungen, Provinzialität auch in einem ironisch-negativen Verständnis – spielt, gegen sie aber durchaus auch innovative Akzente setzt. Die Tradition der »kritischen« Dorfgeschichte, in der hinter den Geranienkästen der verdrängte und nie wirklich überwundene Faschismus oder sonst gesellschaftlich Böses lauert und die Lebensform »Dorf« zur kleinen Hölle auf Erden wird – sie allerdings, die in jüngster Zeit noch einmal in wiederum sehr unterschiedlicher Weise etwa von Juli Zeh oder Eva Menasse aktiviert wurde, lässt Leky links liegen. Es gibt Trauriges in dem Buch, aber »böse«, gar politisch böse, ist diese rurale Welt nicht.

46 Dies die Formulierung im Klappentext.

47 S. dazu die herausragende Darstellung von Winfried Menninghaus: *Ekel. Theorie und Geschichte einer starken Empfindung*, Frankfurt/M. 1999.

48 S. dazu *»Es gibt Vorurteile gegenüber der Bestsellerliste«*. Mariana Leky im Gespräch mit Anne Burgmer, in: *Kölner Stadt-Anzeiger* vom 16. Dezember 2019, S. 22.

Erzählt wird der Roman aus der Perspektive der jungen Luise, die in den drei Teilen, die jeweils 1983, 1995 und nach der Jahrtausendwende spielen, den Weg vom Kindes- ins Erwachsenenalter antritt. Sie, die nach der Schulzeit am Ort eine Buchhändlerlehre antritt, ist der Autorin zweifellos nahe (ihr Geburtsjahr ist bezeichnenderweise 1973, Lekys Geburtsjahr), wenn auch nicht mit ihr identisch. Das Handlungsfeld wird weithin von den skurrilen, teils mit Märchenmotiven ausgestatteten Gestalten bevölkert, die die Dorfgemeinschaft formieren. Allen voran ist da Luises Großmutter Selma, die über eine bemerkenswerte Eigenschaft verfügt: Immer wenn sie von einem Okapi träumt (einer seltenen Waldgiraffe aus dem zentralen Afrika), stirbt am nächsten Tag jemand im Dorf. Aber auch die anderen Figuren – der von inneren Stimmen verfolgte Optiker, Luises weltreisender Vater, der permanent »Oh, du schöner Westerwald« singende Dorftrottel, eine stets missgelaunte Marlies und eine enervierend abergläubische Elsbeth – sind mit Emblemen der Wiedererkennbarkeit im Charakter von Running Gags ausgestattet. Dazu gehören vor allem Redestereotypen, deren Wiederholung zu den strukturbildenden Prinzipien des Buches gehört. Sie bezeichnen die Dauer im Wechsel.

Der Wechsel wird durch die drei Todesfälle bezeichnet, von denen sich einer pro Buchteil ereignet. Zum Todesmotiv, das die obwaltende leicht ironische Heiterkeit der Erzählung abtönt, tritt das der Liebe: der unerfüllten zwischen Selma und dem Optiker und der wohl gleichfalls scheiternden zwischen Luise und einem zum Buddhismus konvertierten jungen Mann. Der lebt in einem japanischen Kloster, kreuzt aber eben zuweilen auch im Westerwald auf. Ein weiteres, dabei auch sehr aktuelles Sujet ist die Dialektik von Nähe und Ferne, von behüteter, aber auch beengender Lokalität (Dorf) und globaler Entgrenzung (Okapi, Buddhismus, Globetrottertum).

Ihre zahlreichen Motive, Metaphern und Symbole – darunter das Leitmotiv der »Windschiefheit« von Haus und Regal – baut Leky zu einer geschickt rhythmisierten Erzählsequenz zusammen. Allerdings gibt der Roman auf die Frage nach seinem »großen« Thema jenseits der disparaten Einzelaspekte keine Antwort. Es fehlt auch ein als solcher identifizierbarer und konturierter Handlungskern im engeren Sinne. Das Fehlen von Dramatik in dieser Westerwaldsphäre, in der selbst die Konflikte ungefährlich bleiben, schlägt auf ihre narrative Vergegenwärtigung durch. Es plätschert humorig, aber höhepunktlos dahin, in einer angenehmen, aber auch etwas SEDierenden Harmlosigkeit.

11.5 Das »offizielle« Köln und die Literatur

Reinhold Neven Du Mont konstatiert im Rückblick für weite Strecken seiner verlegerischen Tätigkeit das Desinteresse des »offiziellen« Köln an Literatur:

> Kiepenheuer & Witsch operierte in Köln zunächst in einer literaturpolitischen Wüste. Es gab keine lit.Cologne, keine »Literatur in den Häusern«, kein Literaturhaus. Der damalige langjährige Kulturde-

> zernent Kurt Hackenberg war an Bildender Kunst, aber nicht an Literatur interessiert. Wir haben den jeweiligen Oberbürgermeister regelmäßig zu unseren Verlagsfesten eingeladen – aber da ist nie jemand gekommen.[49]

Bedeutende internationale Autoren, die zu Gast im Verlag waren, seien in der Stadt nicht zur Kenntnis genommen worden.

Dieses Urteil ist allerdings zu differenzieren – die vermeintliche Wüste begann bereits in den 70er Jahren (zunächst verhalten) zu blühen. Nicht verschwiegen werden darf der Einsatz Hackenbergs und seines Nachfolgers Peter Nestler (unter dessen Ägide erstmals ein Posten zur Förderung der Freien Literaturszene im Etat des Kulturdezernats eingerichtet wurde) zugunsten der Sicherung des Böll-Archivs für die Stadt – von ihr wird noch die Rede sein. Darüber hinaus verweisen Zeitzeugen immer wieder auf Winfried Gellner, von 1979 bis 2008 zuständiger Referent im städtischen Kulturamt, der stets ein offenes Ohr für die Belange gerade auch der Freien Szene gehabt und sich erfolgreich für ihre bessere finanzielle Unterstützung eingesetzt habe.

Die Wirkung eines gesteigerten Inputs seitens der Stadt ließ nicht auf sich warten. So wurde seinerzeit, als eigenständige Abteilung innerhalb der Stadtbibliothek, die bis heute zahlreiche Literaturveranstaltungen durchführt, das »Archiv Literatur in Köln« (LiK) gegründet.[50] Tatsächlich geschah dies im verbreiteten Bewusstsein eines Mangels: Das literarische Leben in Köln sei nicht dokumentiert und könne somit in seiner Vielfalt auch nicht allgemein wahrgenommen werden. Nachlässe von Kölner Autorinnen und Autoren waren ungesichert und gelangten in auswärtige Bibliotheken oder Archive.

Unter seiner Gründungsleiterin, der Bibliothekarin Uta Biedermann, und ihrer Nachfolgerin, der Literaturwissenschaftlerin Gabriele Ewenz, entwickelte sich LiK zu einer zentralen und wirkmächtigen Institution der Dokumentation und Erforschung von Kölner Literatur. Der Bestand bildete und bildet sich aus Schriften von und über Kölner Autoren, Banken von biografischen und bibliografischen Daten, Manu- und Typoskripten sowie Nachlässen. Daneben wurden Lesungen, Vortragsreihen und Ausstellungen konzipiert. Auf große Resonanz stieß die Publikationsreihe des LiK, die zeitungsähnlichen LiK-Hefte, die von 1974 an in unregelmäßiger Folge in Einzelporträts Kölner Autorinnen und Autoren einer breiten Öffentlichkeit vorstellten.

Dem Engagement nicht nur des Kulturdezernats, sondern auch der Stadtbibliothek verdankt es sich, dass Heinrich Böll, der 1979 die Festrede zur Eröffnung der neuen Zentralbibliothek am Josef-Haubrich-Hof hielt, ihr, wie erwähnt, sein Archiv als Dauerleihgabe (die 1984 durch Ankauf in das Eigentum der Stadt überging) überließ; zuvor hatte es im Massachusetts Institute of Technology in Boston gelagert. Das (aktuell gleichfalls von Gabriele Ewenz geleitete) Heinrich-Böll-Archiv[51] wurde in der Folge zur wichtigsten internationalen Forschungseinrichtung in

49 Reinhold Neven Du Mont im Gespräch mit d. Verf. am 22. August 2022.

50 S. dazu die Online-Info unter: https://literaturinkoeln.de/about/.

51 S. dazu die Online-Info unter: https://literaturinkoeln.de/heinrich-boll-archiv/.

Sachen Böll. Es war auch wesentlich beteiligt an der Erstellung der zwischen 2002 und 2010 bei Kiepenheuer & Witsch publizierten kritischen *Kölner Ausgabe* der Böll-Werke. In der zweiten Etage der Zentralbibliothek entstand ein Bereich für Böll-bezogene Ausstellungen, außerdem ist hier, in Dauerpräsentation, Bölls mit originalen Einrichtungsgegenständen teilrekonstruiertes Arbeitszimmer aus seiner letzten Wohnung in Bornheim-Merten zu sehen.

Um 1980 kam es zu einer signifikanten Verdichtung von Literatur-Aktivitäten in Köln: Bereits 1976 hatten Böll, Carola Stern und Günter Grass die politisch-literarische Zeitschrift *L 76* gegründet (später: *L 80*), die bis 1988 vierteljährlich erschien und von dem Kölner Kritiker Vormweg redigiert wurde. 1982 dann organisierte Gerd E. Hoffmann mit der *Interlit.'82* den ersten internationalen Schriftstellerkongress mit einer großen Zahl Seminaren und Veranstaltungen ausländischer Schriftsteller.

1980, ein Jahr nach der Einrichtung des Böll-Archivs und in deren Konsequenz, kam es auch zu einer Wiederbelebung eines repräsentativen von der Stadt vergebenen Literaturpreises. Nachdem der »Literatur- und Musikpreis der Stadt Köln« zwischen 1957 und 1968 fünfmal vergeben worden, dann aber erloschen war – letzter Preisträger war Jürgen Becker gewesen –, erfolgte 1980 erstmals die Vergabe eines Nachfolgers, des »Literaturpreises der Stadt Köln«. Der erste Autor, dem er verliehen wurde, war der in Köln geborene Literaturwissenschaftler und -kritiker Hans Mayer. Zunächst jährlich, seit 1993 im Zweijahres-Rhythmus vergeben, trägt er seit 1985, Bölls Todesjahr, den Namen des Kölner Nobelpreisträgers. Der Auswahljury gehören der Satzung zufolge[52] Oberbürgermeister(in), Mitglieder des Kulturausschusses, Kulturdezernent(in), Stadtbibliotheksdirektor(in) sowie Literaturwissenschaftler, Autoren und Kritiker an. Der Preis ist gegenwärtig (2023) mit 30.000 Euro dotiert und die renommierteste von der Stadt verantwortete Auszeichnung.

Dieser Bedeutung korrespondiert, dass sich die Liste der Preisträger – geehrt werden satzungsbedingt nur deutschsprachige Autoren – auf Strecken wie ein Who's who der repräsentativen deutschen Gegenwartsliteratur liest. Unter anderem stehen auf ihr Peter Weiß, Uwe Johnson, Hans Magnus Enzensberger, Elfriede Jelinek, Rainald Goetz, Alexander Kluge, Ralf Rothmann, Christoph Ransmayr, Uwe Timm, Eva Menasse, Herta Müller und Ilija Trojanow. Bei Gelegenheit kamen auch Kölner oder mit Köln verbundene Autoren zum Zuge: 1988 Dieter Wellershoff, 1995 (erneut) Jürgen Becker, 2001 Marcel Beyer.

Der Böll-Preis ist nicht die einzige Auszeichnung, die die Stadt Köln an Literaten vergibt. Ihm steht ein 1971 eingerichtetes, jährlich vergebenes und mit jeweils 12.000 Euro dotiertes Förderstipendium zur Seite, das an höchstens 35-jährige, in NRW lebende und arbeitende Autoren adressiert ist. Seit 1985 heißt es »Rolf-Dieter-Brinkmann-Stipendium«. Bedingung für auswärtige Preisträger ist, dass sie für die Dauer des Stipendiums Köln als Lebensmittelpunkt ansehen. Schaut man auf die Liste der Preisträger, dann fällt bis in die Gegenwart der große Anteil von mit

52 S. die Online-Info unter: https://www.stadt-koeln.de/politik-und-verwaltung/presse/mitteilungen/23427/index.html.

der Stadt so oder so längerfristig verbundenen Autoren auf. Exemplarisch erwähnt seien Marcel Beyer, Liane Dirks, Yannic Han Biao Federer, Gunther Geltinger, Dieter M. Gräf, Jens Hagen, Norbert Hummelt, Thomas Kling, Roland E. Koch, Wolfgang Schiffer und Julia Trompeter. Der Zusammenhang von öffentlicher Förderung und (angesichts der Stipendienbedingungen nicht ganz freiwilliger) »Standortwahl« seitens der Autoren scheint angesichts dieses Befundes unabweislich. Das Brinkmann-Stipendium wurde zu einem echten »Brandbeschleuniger« in der Entwicklung der Kölner Literaturszene.

Seit 2018, dem Todesjahr des Namensgebers, schreibt das Kölner Literaturhaus außerdem zwei altersunabhängige, von der Stadt jeweils mit gleichfalls 12.000 Euro ausgestattete »Dieter-Wellershoff-Arbeitsstipendien« aus. Hinzu sind 2019 im selben Umfang zwei Arbeitsstipendien für professionelle Autorinnen und Autoren im Bereich der Kinder- und Jugendliteratur hinzugekommen. Zu ihnen leistet die Imhoff Stiftung einen erheblichen Beitrag. Privater Initiative verdankte sich der »Heimito-von-Doderer-Literaturpreis«, den der in Köln lebende Autor, Übersetzer und Mäzen Henner Löffler zum 100. Geburtstag des österreichischen Romanciers gestiftet hatte und der von 1996 bis 2010 elf Mal verliehen wurde.

11.6 Literaturhaus, lit.Cologne und vieles andere

Der nächste große Schritt, Literatur in Köln nachhaltig sichtbar und erfahrbar zu machen, erfolgte 1996 mit der Gründung des Literaturhauses. Auch diesbezüglich konstatiert Reinhold Neven Du Mont für die »Inkubationsphase« die eher »langen Zähne« des offiziellen Köln:

> Obwohl es in Berlin, Hamburg und Frankfurt längst erfolgreiche Literaturhäuser gab, stieß ein entsprechendes Ansinnen hier lange Zeit auf hinhaltende Reaktionen. Erst auf meinen Hinweis hin, dass die Landeshauptstadt Düsseldorf Köln zuvorzukommen drohe, kamen die Dinge dann in Bewegung.[53]

Andere aktive Zeugen der Gründungsphase haben diesbezüglich allerdings eine abweichende Erinnerung. Die Kulturdezernentin Kathinka Dittrich van Weringh habe ihn seinerzeit, so der Kölner Rechtsanwalt und FDP-Kulturpolitiker Ulrich Wackerhagen, gefragt, warum es in Köln eigentlich kein Literaturhaus gebe. Das sei während der Vorbereitung einer Podiumsdiskussion des Liberalen Kulturforums zu eben diesem Thema gewesen, die im März 1995 stattfand und im Ergebnis zu einer einhelligen Befürwortung des Projekts in der städtischen Kulturszene führte.[54]

53 Reinhold Neven Du Mont im Gespräch mit d. Verf. am 22. August 2022. – Auf verschiedentliche einschlägige Vorstöße seit Mitte der 80er Jahre, die aber allesamt erfolglos geblieben seien, verweist auch Winfried Gellner im Gespräch mit d. Verf. am 25. April 2023.

54 Ulrich Wackerhagen im Gespräch mit Bettina Fischer in: *literaturhaus köln. Zeitung zum 25. Jubiläum des Literaturhauses Köln 1996–2021*, hrsg. vom Literaturhaus Köln, Köln 2021, S. 4.

Abb. 22 Das Kölner Literaturhaus, 2015.

Wackerhagen selbst, Neven Du Mont, Wellershoff, Gellner, der Buchhändler Klaus Bittner und Wolfgang Schiffer vom WDR waren die treibenden Kräfte hinter der Gründung des gemeinnützigen Trägervereins Literaturhaus Köln e. V., aber auch hinter der Akquise von Geldmitteln – an eine finanzielle Förderung seitens der Stadt war zunächst kaum zu denken – sowie der Suche nach einer geeigneten Immobilie. Die war noch nicht in Sicht bei der Gründungsversammlung im Belgischen Haus im Februar 1996, auf der Neven Du Mont zum ersten Vorsitzenden und Bittner zu seinem Stellvertreter gewählt wurden (Wackerhagen war dann, nach Gottfried Honnefelder, von 2008 bis 2021 Vorsitzender). Die ersten Veranstaltungen der neuen Institution –

darunter das Lyrikfestival »*Atlas der neuen Poesie*« und eine Lange Nacht mit dem Gastland der Frankfurter Buchmesse – fanden an wechselnden Orten statt, u. a. im Deutschlandfunk. 1999 gelang es dann mithilfe der Kölner Sparkasse, ein repräsentatives Domizil im Mediapark zu beziehen, zu dessen Eröffnung der damalige Bundespräsident Johannes Rau eine Rede hielt und Thomas Kling aus seinen Gedichten vortrug.

Angesichts der nach wie vor prekären finanziellen Situation aber waren die Mietkosten zu hoch. 2007 bezog das Haus Räumlichkeiten im Forum für Fotografie in der Schönhauser Straße in Bayenthal, welcher Standort sich allerdings wegen seiner City-Distanz als nachteilig erwies. Seit 2014 »residiert« das Literaturhaus mit Büro- und Veranstaltungsräumen erneut im Stadtzentrum: im denkmalgeschützten Haus Bachem am Großen Griechenmarkt, dem einzigen erhaltenen historischen Gebäude in einer im Zweiten Weltkrieg weithin zerstörten Umgebung.

Längst sind Stadt und Land, die auch einen Großteil der Personalkosten übernehmen, mit festen und über die Jahre hinweg auch verstetigten und gesteigerten Förderbeträgen an der Finanzierung des Literaturhauses beteiligt. Hinzu kommen die Beiträge der Vereinsmitglieder, Drittmittel, Spenden und die Einnahmen aus Eintrittsgeldern. Diese Mittel ermöglichen moderierte Lesungen und Diskussionen mit deutschen und ausländischen Autorinnen und Autoren, darüber hinaus Stipendien für junge Schriftsteller sowie Lesekreise und spezielle Veranstaltungen im Bereich Kinder- und Jugendliteratur. Diesbezüglich wurde 2007 das Junge Literaturhaus unter der Programmleitung von Ines Dettmann ins Leben gerufen. Daneben werden innovative Formen erprobt, so das interdisziplinäre Lyrikfestival »Satelliten« und ein Comic-Festival, die jährlich alternierend stattfinden, oder die »Zwischenmiete Köln«, ein Lesungsformat für Junge Literatur, das in den Räumen wechselnder Wohngemeinschaften realisiert wird.

Als zentralen Programmauftrag sieht Bettina Fischer, in der Nachfolge von Thomas Böhm und Insa Wilke seit 2012 Programmleiterin (und bereits seit 2000 Geschäftsführerin), die »Sichtbarmachung von Literatur in der Stadtgesellschaft auf der Basis einer niederschwelligen Zugänglichkeit«[55]. Zugleich betont sie die »integrative Funktion« des Literaturhauses: »Wir haben z. B. vor der Coronazeit einmal im Monat eine ›Mittagssuppe‹ für Autoren angeboten, da haben sich viele überhaupt erst kennengelernt.« Die Integrationsfunktion des Literaturhauses zeige auch seine Beteiligung an der Gründung zweier Förderinstitutionen im Jahr 2018: des Vereins Literaturszene Köln e. V. mit Fischer als Vorsitzender, der seit 2019 die Kölner Literaturnacht (mit mehr als 130 Akteuren an über 40 Orten beim ersten Mal) veranstaltet; und des Schreibraums im Pantaleonsviertel mit zehn Schreibtischen und Rückzugsräumen, den derzeit, gegen einen Monatsbeitrag von jeweils 35 Euro, 30 Autoren und Autorinnen zu eigener Produktion, aber auch zu kollegialem Austausch nutzen. Weiterhin ist das Literaturhaus, zusammen mit der Initiative Kölner Jazz Haus e. V., Veranstalter des Literarischen Salons im Stadtgarten, wo Guy Helminger und Navid Kermani zu Lesungen internationaler Autoren aus eigenen und Fremdtexten einladen.

55 Bettina Fischer im Gespräch mit d. Verf. am 6. April 2023.

Das Haus am Griechenmarkt beheimatet mittlerweile auch wieder das Literatur-Atelier Köln,[56] das bereits 1989 auf Anstoß der damaligen LiK-Leiterin Uta Biedermann hin ins Leben gerufen worden war. Einmal im Monat versammeln sich dort 15 bis 20 Autorinnen und Autoren zu Werkstattgesprächen, in denen sie ihre noch unveröffentlichten Texte vorstellen und in freundschaftlicher Atmosphäre von den Kollegen diskutieren lassen. Die Moderation liegt in den Händen von Ekkehard Skoruppa, dem stark Köln-orientierten langjährigen SWR-Hörspielchef. Ihm gesellten sich über die Jahre wechselnde Co-Moderatoren zu: Norbert Hummelt, Martin Hielscher, Jo Lendle sowie, wie erwähnt, Liane Dirks. Das Funktionieren dieser Text-Werkstatt zeigt die Liste jener Atelierteilnehmer an, die später noch mit preisgekrönten Arbeiten im Literaturbetrieb »groß herauskamen«, darunter als der wohl prominenteste Marcel Beyer.

Die Arbeit des Ateliers ist dokumentiert in der sechsbändigen »Edition Kölner Texte«, die die SK-Stiftung Kultur ermöglicht hatte, bis 2010 finanzieller Förderer und Träger der Initiative, der auch Werkstattgespräche mit Autoren wie Jürgen Becker, Friederike Roth und Jochen Schimmang unterstützte (seit besagtem Jahr fehlen ein Träger und auch eine nachhaltige Finanzierungsperspektive). Hinzu kam 2019 aus Anlass des 30-jährigen Bestehens eine Anthologie mit 44 Prosa-, Lyrik- und essayistischen Texten der Ateliermitglieder.[57]

Nicht zuletzt ist das Literaturhaus Kooperationspartner der vom *Kölner Stadt-Anzeiger* initiierten Aktion »Ein Buch für die Stadt«, in deren Rahmen einmal jährlich zwei Wochen lang ein von einer Jury ausgewähltes literarisches Werk aus Vergangenheit oder Gegenwart auf der Basis einer preiswerten Sonderausgabe Gegenstand des kulturellen Stadtgesprächs wird – mit Lesungen und Diskussionen teils mit der Autorin oder dem Autor im Schauspielhaus, in den Buchhandlungen der Stadt und der Region samt einschlägiger Vor- und begleitender Berichterstattung in der Zeitung.

Das erste »Buch für die Stadt« war 2003 Irmgard Keuns *Das kunstseidene Mädchen*, Jürgen Becker (2009), Norbert Scheuer (2010), Jovan Nikolić (2011) und Volker Kutscher (2023) waren weitere Kölner oder mit der Kölner Region verbundene Autoren. Die Buchauswahl greift dezidiert ins Internationale, Weltliterarische: Unter den gefeierten Verfassern befinden sich Italo Calvino, Haruki Murakami, Rafael Chirbes und Rafik Schami. 2013 war der Österreicher Michael Köhlmeier mit der Erzählung *Idylle mit ertrinkendem Hund* am Zug. Anlässlich seines Empfangs im Rathaus schrieb er ins Gästebuch der Stadt: »Köln ist die Literatur-Hauptstadt Deutschlands.«

Nur wenige Jahre nach der Gründung des Literaturhauses erfuhr der Literaturstandort Köln eine weitere massive Verstärkung und Aufwertung: Seit 2001 findet jedes Jahr im März die lit. Cologne statt, ein immer wieder hochkarätig besetztes internationales Literaturfestival mit Lesungen, Diskussionen, Gesprächsforen sowie Theater und Kabarett. Mit jeweils bis zu 200 Ver-

56 S. dazu Ekkehard Skoruppa: *Einleitung*, in: Bettina Hesse/Liane Dirks (Hg.): *Über die Verhältnisse. 30 Jahre Literatur-Atelier Köln*, Weilerswist-Metternich 2019, S. 8 f.

57 Hesse/Dirks (Hg.): *Über die Verhältnisse.*

anstaltungen in Theatern und Spielorten im gesamten Kölner Stadtgebiet und einem eigenem Programm für Kinder (lit.kid.Cologne) ist sie das mutmaßlich größte europäische Literaturfestival – eine eindrucksvolle Schau künstlerischer Produktivität, auch wenn sie etwas »jahrmarktartig[.]«[58] ausfallen mag.

Die lit.Cologne ist weithin privatwirtschaftlich finanziert, Sponsoren spielen eine große Rolle. Allemal zeigten und zeigen Namen und Positionen der Veranstalter die enge Verflechtung mit der seinerzeit bereits florierenden Kölner Literaturszene: Zusammengetan zur Trägerinstitution »kom GmbH« hatten sich seinerzeit Werner Köhler, Geschäftsführer der Mayerschen Buchhandlung, Silke Müller-Reutler, Programmleiterin Literatur im Fischer-Taschenbuchverlag, und Rainer Osnowski, Lektor und Herausgeber bei Kiepenheuer & Witsch. Im Beirat des Unternehmens saßen Buchhändler Klaus Bittner, Literaturhaus-Programmleiter Thomas Böhm und K-&-W-Lektor Martin Hielscher. Von den Gründern der lit.Cologne ist heute – Stand 2023 – noch Osnowski als Festival-Chef dabei, die langjährigen Mitgeschäftsführer Köhler und Edmund Labonté schieden 2019 aus. Die Stadt half von Anfang an bei der Raumsuche: Die Eröffnungsgala 2001 des Festivals konnte unter der Moderation von Elke Heidenreich in der Kölner Philharmonie stattfinden.

Der Publikumsansturm bereits der ersten Ausgabe überwältigte die Organisatoren: Statt der erwarteten 20.000 kamen 30.000 Besucher zu den insgesamt 62 sich über fünf Tage erstreckenden Veranstaltungen u. a. mit den Autorenlegenden Nick Hornby, Louis Begley und Wladimir Kaminer. Dass die lit.Cologne in den Folgejahren bei Dauer wie bei Autoreneinladungen und den Eintrittskartenzahlen expandieren würde, war bereits damals abzusehen – 2014 wurde die 100.000-Besucher-Schallmauer durchbrochen. Seit 2011 gibt es zudem ein Zusatzfestival jeweils im Herbst, parallel zur Frankfurter Buchmesse: die lit.Cologne spezial. Die Stadt Köln weiß, was sie an der lit.Cologne hat: Als deren Existenz während der Coronakrise gefährdet war, sprang sie mit einem Unterstützungsbeitrag in Höhe von 500.000 Euro ein.

Anpassungsfähigkeit als Überlebenselixier: Tatsächlich scheint es bei den Machern der lit.Cologne ein starkes Bewusstsein dafür zu geben, dass es für den langfristigen Erfolg nicht ausreicht, prominente Schriftsteller einzuladen. So haben sich nicht nur mit den Jahren die Formate des Festivals weiterentwickelt. Vielmehr ist es dadurch gekennzeichnet, dass sich das Programm – auf der Basis eines prinzipiell politischen Kulturverständnisses – nicht nur politischen Globalthemen wie etwa der Klimakatastrophe widmet, sondern flexibel auch auf aktuelle Ereignisse reagiert. So wurde etwa 2022 kurzfristig eine Veranstaltung zu Russlands Krieg gegen die Ukraine mit den eigens dazu eingeladenen Gesprächspartnern Navid Kermani, Sasha Marianna Salzmann, Vladimir Sorokin, Denis Yücel und Olga Scheps ins Programm genommen.

Der lit.Cologne zur Seite steht die Crime Cologne, ein Festival der Krimiliteratur, das 2012 von Hejo Emons, dem Krimiautor Edgar Franzmann und dem Unternehmer Achim Mantscheff initiiert wurde. Seitdem findet es jedes Jahr mit deutschsprachigen und internationalen Autoren statt (2023 fiel es allerdings aus). Dabei wird seit 2015 auch der mit 3000 Euro dotierte Literatur-

58 Dies die Kritik von Enno Stahl: *Nachwort*, in: *Das Kölner Autoren-Lexikon*, Bd. 2, S. 341.

Abb. 23 Bei einer Veranstaltung von »Literatur in den Häusern«, 2011.

preis »Crime Cologne Award« verliehen. Das Kulturamt der Stadt Köln unterstützt das Ganze mit jeweils 25.000 Euro.

2001, zeitgleich mit der lit.Cologne, fiel in Köln der Startschuss für ein weiteres Festival: die vom KunstSalon e. V. jeweils im Frühsommer veranstaltete Reihe »Literatur in den Häusern der Stadt«. Das Konzept: Private Gastgeber (Interessenten können sich beim Veranstalter melden) laden Publikum und in der Regel prominente Autoren, Schauspieler und Sprecher zu Lesungen in ihre Gärten, Höfe und Wohnzimmer ein. Vortragende, Gastgeber und Publikum begegnen einander in jener intimen Atmosphäre, die sich bei Großveranstaltungen schwerlich herstellt.
Mit all diesen Institutionen, Initiativen und Ereignissen ist die Reichhaltigkeit der Kölner Literaturszene bei weitem nicht erfasst.[59] Einige Institutionen und Akteure müssen aber – in der gebotenen Kürze – unbedingt noch erwähnt werden. Traditionell – und das heißt: seit den 40er Jahren – große Verdienste um Lesekultur in der Stadtgesellschaft, um Literaturvermittlung – und -verbreitung haben, neben den städtischen Bibliotheken mit ihren einschlägigen Programmen, die zahlreichen Buchhandlungen.[60] Die Bahnhofsbuchhandlung Ludwig wurde bereits als Beispiel dafür erwähnt, dass sich mit dieser Institution im besten Fall mehr als Verkauf

59 Hilfsweise sei hier auf Stahls Überblick bis zur Jahrtausendwende in seinem *Nachwort* zum *Autoren-Lexikon*, Bd. 2, S. 340–342, verwiesen.

60 S. für die Nachkriegszeit zusammenfassend Steinberg: *Die zögerliche Entdeckung*, S. 218–223.

verbindet, nämlich die Initiierung und zugleich räumliche Bindung eines breitenwirksamen literarischen, intellektuellen und politischen Diskurses. Etliche große und gut etablierte Kölner Buchläden wie etwa Gonski oder die Bücherstube am Neumarkt (davor: am Dom) überlebten den Strukturwandel der Branche nicht. Dominant in Köln ist mit sieben Filialen, darunter mit dem mehrstöckigen Geschäft am Neumarkt, die Mayersche Buchhandlung, die 2019 mit Thalia fusionierte. Renommierte Adressen in der City im Sinne eines über das Verkaufsgeschäft hinausgehenden Engagements für die Literaturstadt Köln sind die inhabergeführten Buchhandlungen Klaus Bittner (mit angeschlossenem Verlag, in dem u. a. auch die vom LiK-Archiv der Stadtbibliothek herausgegebene Broschürenreihe über mit Köln verbundene Autoren erscheint) und die Lengfeld'sche (die vor allem für die von ihr veranstalteten voluminösen Prosawerken der Weltliteratur gewidmeten Lesezyklen bekannt ist).

Lesungen, Matineen, wissenschaftliche Vorträge bis hin zu Symposien, Workshops und Exkursionen für ihre Mitglieder, dazu Publikationsreihen bieten auch die zahlreichen in Köln beheimateten Literaturgesellschaften an, die sich meist einem einzigen Autor sowie der Pflege seines Werks und Umfelds verschrieben haben. Meistenteils handelt es sich dabei um Ortsvereinigungen von Gesellschaften, deren Zentrale sich andernorts befindet. In Köln ansässig ist hingegen die Marcel-Proust-Gesellschaft e. V., die der Kölner Urologe und Kunstsammler Reiner Speck 1982 ins Leben rief und deren Präsident er bis zur Stunde ist.

Ein beachtlicher Input für das literarische Leben in Köln geht schließlich von den Kölner Hochschulen aus. Seit den 60er Jahren waren und sind etwa Dozenten der universitären Germanistik in der städtischen Literaturszene präsent – als Referenten, Juroren und Teilnehmer an Podiumsdiskussionen, als Literaturkritiker im Rundfunk und in den lokalen Zeitungen. Exemplarisch seien hier für das ausgehende 20. Jahrhundert die Uni-Professoren Walter Hinck, Karl Otto Conrady, Werner Keller und Volker Neuhaus genannt. In seiner Autobiografie macht Hinck keinen Hehl daraus, dass die Verbindung der Hochschule zur aktuellen literarischen Produktionssphäre erst hergestellt werden musste, aus ihrem Traditionsverständnis heraus alles andere als selbstverständlich war: »Heute sind Poetik-Dozenturen und Schriftstellerlesungen an Universitäten nichts Ungewöhnliches mehr. Aber um 1968 waren sie eine Rarität, und es standen für sie in Köln keine Mittel zur Verfügung.«[61] Die Veranstaltungsreihe »Schriftsteller der Gegenwart in der Diskussion« im Hörsaal I der Kölner Uni konnte Hinck nur mithilfe des Vereins ihrer Freunde und Förderer finanzieren.

Unter den Gästen waren auch Kölner Autoren, darunter Rolf Dieter Brinkmann, der am 5. Februar 1969 einen seiner legendären Skandalauftritte hinlegte – und dabei ausgerechnet vom SDS gestört wurde.[62] Hinck, der vergleichsweise enge Beziehungen zu Böll, Becker, Bender und Wellershoff unterhielt, gehörte dann auch zu den Pionieren von Creative-Writing-Lehrformaten an der Uni: In den 80er Jahren hielt er in jedem Sommersemester Übungen zu »schriftstelleri-

61 Walter Hinck: *Im Wechsel der Zeiten. Leben und Literatur*, Bonn 1998, S. 195.

62 Hinck schildert das Ereignis ebd., S. 193 f.

sche[n] Versuche[n] von Studenten«, in denen auch später erfolgreiche Autoren wie der Erzähler Jochen Langer und der Lyriker Norbert Hummelt saßen.[63]

1980 bereits war an der Kölner Universität – auf Initiative des damaligen Germanistik-Studenten und späteren WDR3-Programmchefs Karl Karst – die »Kölner Autorenwerkstatt« entstanden.[64] Karst wollte zunächst ein »offenes Lektorat« für die von ihm gegründete Zeitschrift, *Das Heft. Zeitschrift für Kulturarbeiten* (später: *Das Kölner Heft*) etablieren, aus dem sich dann zusätzlich ein Diskussionsforum für Schreibende ohne Publikationsinteresse aus dem Umfeld von Studiobühne und Filmwerkstatt der Uni entwickelte. Es wurde im Vorlesungsverzeichnis »für Hörer aller Fakultäten« angeboten. 1984 veranstaltete Karst mit einigen Teilnehmern der Autorenwerkstatt die Reihe »Lektionen« in der Alten Uni-Mensa, an der u. a., getragen von beträchtlichem Publikumsinteresse, Erich Fried teilnahm. Seit dem Wintersemester 1990/91 ist die Autorenwerkstatt ein Seminar des Instituts für deutsche Sprache und Literatur.

Das Design der Veranstaltung: Bei den allwöchentlichen Treffen tragen jeweils zwei Autoren selbst verfasste Texte vor – handle es sich nun um Kurzprosa und Romanauszüge oder um Lyrik, Dramatisches und Essayistisches. Für die folgende Diskussion gibt es nur eine Regel: Der Autor darf sich erst an ihrem Ende äußern, während der Debatte muss sich der Text sozusagen selbst verteidigen. Am Ende eines jeden Semesters stehen öffentliche Lesungen mit rund zehn Autoren. Die Arbeit der Werkstatt zwischen 1980 und 2004 – frühere Teilnehmer sind u. a. wiederum Marcel Beyer und Norbert Hummelt, außerdem Ulla Lenze, Agnieszka Lessmann, Sabine Schiffner und Johanna Walser – ist in zwei Anthologien dokumentiert; sie präsentieren eine Auswahl der vorgestellten Texte.[65]

Davon unabhängig führen sowohl die Uni Köln als auch die Kölner Kunsthochschule für Medien (KHM) im Lehrangebot Seminare für Literarisches Schreiben und Gastdozenturen für Poetik. An der Uni konzipierte der Autor und Germanistik-Professor Christof Hamann den Master-Studiengang »Theorien und Praktiken professionellen Schreibens« und führte 2015 auch die Poetik-Dozentur transLIT ein – mit Marcel Beyer als erstem Dozenten. An der KHM gibt es seit dem Wintersemester 2017/18 unter der begleitenden Beratung von Navid Kermani den Studienschwerpunkt Literarisches Schreiben. Professorinnen sind (Stand 2023) Monika Rinck und Kathrin Röggla, die erste Gastprofessur übernahm seinerzeit Ulrich Peltzer. Bereits im Wintersemester 2015/16 hatte Hanns-Josef Ortheil eine Poetik-Gastdozentur wahrgenommen.

Seit 2015 veranstaltet die Kölner Uni (in Kooperation mit der Deutschen Akademie für Sprache und Dichtung sowie Kölner Kultureinrichtungen) auch ein internationales Literaturfestival

63 Ebd., S. 192.

64 S. dazu Ekkehard Skoruppa: *»Wir haben die Schublade voll!« Ein Bericht über die Autorenwerkstatt an der Universität Köln*, in: Hans Arnold Rau (Hg.): *Kreatives Schreiben an Hochschulen* (= *Konzepte der Sprach- und Literaturwissenschaft*, Bd. 42). Tübingen 1988, S. 25–35.

65 Norbert Hummelt (Hg.): *Weiter im Text. 10 Jahre Kölner Autorenwerkstatt. 1980–1990*, Köln 1991; Bernd Weiden (Hg.): *Noch weiter im Text. 24 Jahre Kölner Autorenwerkstatt. 1980–2004*, Bielefeld 2004.

mit dem Schwerpunkt Lyrik. Das Konzept für die »Poetica« entwickelte der Kölner Germanistik-Professor Günter Blamberger, der das Festival (zunächst Teil des ebenfalls an der Uni angesiedelten internationalen und interdisziplinären Kollegs »Morphomata«) bis heute leitet. Das Besondere im Veranstaltungsmodus: Ein Autor bzw. eine Autorin kuratiert und moderiert jeweils das Festival und lädt zu einem Leitthema bis zu zehn prominente Dichterinnen und Dichter aus aller Welt ein. Charakteristisch für die »Poetica«, die durch die Universität, das Ministerium für Kultur und Wissenschaft NRW sowie die Kunststiftung NRW finanziert wird, ist die Präsenz der Autoren bei den Veranstaltungen der Festivalwoche sowie die Vielfalt ihrer Orte und Formate, von Diskussionen in der Universität und einer Schreibwerkstatt für Studierende über Lesungen bis hin zur szenischen Umsetzung von Poesie im Schauspiel Köln. Die literarischen Texte werden bei allen Veranstaltungen in der jeweiligen Originalsprache durch die Autoren und in deutscher Sprache durch Schauspieler vorgetragen.

12. »För uns kölsche Sproch«

Kölner Mundartliteratur, Köln in der Mundartliteratur

12.1 Ist die Mundart literaturfähig?

Im Fall der Literatur in kölnischer Mundart kehrt die Frage wieder, die bereits im Kapitel über den Unterhaltungsroman mit Köln-Bezug aufgeworfen wurde: Gehört sie im engeren Sinne (was auch immer das heißen mag) zu einer Kölner Literaturgeschichte? Übrigens stoßen wir sogleich auf unübersehbare Gemeinsamkeiten zwischen beiden Textkörpern: Der Köln-Krimi richtet sich an ein Publikum, das mit der Kölner Topografie vertraut ist und sie – solches bezeichnet einen Gutteil der Erwartungen, die es an ihn richtet – im Roman wiederfinden und -erkennen will. Solchermaßen schränkt sich der Kreis potenzieller Leser von vornherein ein: auf solche aus Köln und der Region. Münchner oder Hamburger Freunde von Regionalkrimis werden naheliegend zu Hamburg- und München-, nicht aber zu Köln-Krimis greifen. Für die Produktion, Rezeption und Distribution der Texte, für Verlagskalkül, Auflagenhöhe und Werbestrategien hat all das Folgen – hier gelten andere Usancen als im Fall der nicht regional gebundenen Literatur, handle es sich nun um Hoch- oder Unterhaltungsliteratur.

Hinsichtlich der – notwendig jeweils regional definierten – Mundartdichtung gilt das ebenso, und sogar noch verschärft, denn der geschriebene Dialekt ist, leserbezogen, ein Ausschlusskriterium, das noch rigoroser wirkt als die strukturrelevante Bezugnahme auf eine lokale Topografie. Mundartliteratur hat »ihre spezifischen Funktionen, ihre eigenen Produktions- und Rezeptionsregeln und, auf der Ebene der Institutionen, ihr eigenes Interaktionsnetz, […]«[1]. Genauso wirken die Ausschlussmechanismen in der umgekehrten Richtung: Viele Leser hochsprachlicher Literatur rezipieren Dialekttexte nicht nur nicht, weil sie sie nicht verstehen, sondern auch, weil sie es überhaupt ablehnen, in diese Sphäre einzutauchen. Vielen – nicht allen – »Gebildeten« dürfte Dialektdichtung als eine defizitäre, nicht satisfaktionsfähige Gestalt des Literarischen erscheinen. Dass sie das grundsätzlich ist, kann aber bereits unter Verweis auf zwei herausragende Dialektdichter bezweifelt werden, die ganz unstrittig eine hochliterarische Reputation genießen: Johann Peter Hebel und Fritz Reuter.

Dieser Umstand macht die Frage nach der Angemessenheit herkömmlicher Literaturkritik allerdings noch nicht gegenstandslos. Ähnlich wie im Fall des Köln-zentrierten Unterhaltungsromans stellt sich das Problem von sachadäquaten Maßstäben des Werturteils auch für die Mund-

---

1 Norbert Feinäugle: *Beobachtungen und Überlegungen zum Stellenwert der Mundartliteratur in der Region*, in: Eva-Maria Schmitt/Achim Thyssen (Hg.): *Einstellungen und Positionen zur Mundartliteratur. Internationales Mundartarchiv »Ludwig Soumagne« des Kreises Neuss 1992*, Frankfurt/M. 1993, S. 21–51; hier: S. 46.

artliteratur.[2] Tatsächlich ist diese eben nicht Literatur »wie jede andere auch«. Sie kann weder unter Ausblendung des regionalen Bezugs gelesen werden noch so, als sei die Dialekt-Gestalt ein akzidenteller und also zu vernachlässigender Faktor. Vielmehr gewinnt sie ihre besondere ästhetische Form erst aus dem Dialekt – sie kann ihn nicht ablegen wie ein Hemd. Auch die Schreibintention der Autoren ist eine andere als bei hochsprachlichen Dichtern. Nun kann zwar die Autorintention generell für eine literarische Wertung nicht ausschlaggebend sein, aber sie sollte auch nicht als belanglos abgetan werden. Eine »ästhetizistische« Rezeption jedenfalls wird von vielen Mundartautoren überhaupt nicht angestrebt:

> Aus vielen Untersuchungen und programmatischen Äußerungen ist immer wieder zu belegen, daß der Wunsch, die eigene Mundart zu erhalten und zu pflegen, das wichtigste Motiv dafür ist, daß Mundart in literarischer Form geschrieben, gelesen oder gehört wird.[3]

So oder so sollte das Problem der Entwicklung plausibler Wertungskriterien, die es zulassen, »gute« von »schlechter« Mundartdichtung zu unterscheiden und diese nicht allein deshalb »schlecht« zu finden, weil sie eben Mundartdichtung ist, nicht unterschätzt werden. Beispielsweise wird man es der Mundartliteratur nicht ankreiden können, dass in ihr im engeren Sinn philosophische Diskurse nicht stattfinden können. Ein nur oberflächlicher Blick in Adam Wredes legendären dreibändigen *Neuen Kölnischen Sprachschatz*[4] belehrt darüber, dass Begriffe und Begriffskombinationen wie »Frustrationstoleranz«, »binäre Codierung« oder »kognitive Dissonanz« dort nicht zu erwarten sind – auch nicht in mundartlicher Umformung. Sie haben im dialektalen Lexikon schlicht keinen Platz. Ob sie hochsprachlicher Literatur zur Zierde gereichen, sei dahingestellt – sie sind dort aber prinzipiell möglich.

Das Vokabular der – in diesem Fall kölnischen – Mundart und also auch Mundartliteratur ist »konkretistisch«: Es zielt auf den verständigungsorientierten Gebrauch in der alltäglichen kommunikativen Lebenswelt des urbanen Raums – in der Familie und der Nachbarschaft, auf der Straße und in der Kneipe, beim Bäcker und bei der Polizei. »Philosophie« kann in diesem Kontext und Milieu durchaus »stattfinden«, aber sie wird herabgestimmt zur Lebensweisheit im Horizont des nachbarlichen Common Sense. Das ist auch ein Grund dafür, dass es experimentell-avantgardistische Text- und Sprachstrategien in der (kölnischen) Mundartdichtung schwer haben – sie sprengen den »realistischen« Bezugsrahmen, den diese Literatur voraussetzt und von Haus aus auch nicht überschreitet. Wer diese Beschränkung mit Blick auf Darstellungssujets

2 S. dazu die grundsätzlichen Überlegungen von Jürgen Hein: *Ist Dialektliteratur Literatur? Zur literarischen Qualität der Dialektdichtung*, in: Armin Klein/Heinrich J. Dingeldein/Joachim Herrgen (Hg.): *Dichten im Dialekt. Marburger Literaturtag am 16. November 1985. Referate der wissenschaftlichen Tagung und Textbeiträge der teilnehmenden Autoren*, Marburg 1985, S. 29–57.

3 Ebd., S. 46.

4 Dem Autor liegt er in der elften Auflage (Köln 1993) vor.

und -mittel als negatives Qualitätskriterium geltend machen wollte, verfehlte ganz offensichtlich die Raison d'Être der regionalen Dialektliteratur.

Mit Blick auf andere Textelemente hingegen dürften sich die Kriterien der Kritik von Hoch- und Mundartliteratur einander annähern – wobei es um formale, inhaltliche und gehaltliche Aspekte gleichermaßen geht. Gelungene oder misslungene Versgestalt, Originalität oder Konventionalität der Motiv- und Bilderwahl, Konsistenz oder Inkonsistenz des formalen Baus, Plausibilität oder Fragwürdigkeit des diskursiven »Kerns« – es ist kein Grund in Sicht, warum man solche Gesichtspunkte »normaler« Literaturkritik im Fall der Mundartliteratur für unangemessen halten sollte.

Die Frage, ob diese – so man dem Dialekt überhaupt »Literaturfähigkeit« zugesteht – in einer Kölner Literaturgeschichte einen Platz haben soll, ist nach dem Gesagten zumindest implizit beantwortet: Zweifellos gehört sie dazu – und sei es allein deshalb, weil sich hier, mit Blick auf das in der Einleitung entwickelte Quadrantenmodell,[5] der Köln-Bezug von Autoren und Texten in seltener Eindeutigkeit manifestiert: Die Autoren leben und arbeiten in der Regel in Köln, und ihre Texte in kölnischer Mundart handeln von Köln und den Kölnern.

12.2 Anfänge im Umfeld Wallrafs

Die Geschichte der Kölner Mundartdichtung beginnt im Kontext der »Olympischen Gesellschaft« mit ihren Protagonisten Wallraf und de Noël.[6] Mehr oder weniger.[7] Am Anfang steht der überwiegend im Dialekt verfasste Schwank *Der verlorene Sohn*, mit dessen Aufführung mehrere »Olympiker« ihren Stifter Johann Caspar Schug an dessen Namenstag ehrten, dem Dreikönigstag 1811. Zweimal, am 23. Und am 27. Februar, wurde das Stück dann in erweiterter Fassung und in größerem Rahmen wiederholt.[8] Die (von Wegener minutiös aufgearbeitete) komplizierte Entstehungs- wie Überlieferungs- und Publikationsgeschichte dieses Textes samt ihren Verwerfungen kann an dieser Stelle nicht rekapituliert werden. Es soll der Hinweis genügen, dass *Der verlorene Sohn* im Wesentlichen eine Pasticcio-artige Gemeinschaftsproduktion

5 S. S. 13.

6 S. dazu ausführlich Wegener: *Literarisches Leben*, Bd. 1, S. 179–227.

7 Die Einschränkung gilt der Tatsache, dass es sporadisch auch schon vorher kölnische Mundartliteratur gab. Mehr als nur Dialekt-Spuren zeigen die Hagen'sche Reimchronik und das um 1500 entstandene Liederbuch der Nonne Anna von Köln. Auch Heinrich Lindenborn benutzte – in satirischer Absicht – Kölsch als Rollenprosa. S. dazu Joseph Klersch/Ernst Mömkes: *Unsere Mundart*, in: J. K./E. M. (Hg.): *Kölnisches Glockenspiel. Vortrags- und Lesebuch in kölnischer Mundart*, Köln [2]1968, S. 13–36.

8 S. dazu Heribert A. Hilgers: *Matthias Joseph DeNoël und seine Zeit. Ein vielfach verdienter Kölner, Stammvater der kölnischen Mundartliteratur, starb vor 150 Jahren*, in: *Krune un Flamme. Mitgliederzeitschrift Alt-Köln*, H. 13 (1999), S. 11–41; hier: S. 13 ff.

von Schugs Schwager Joseph Schug(t), de Noël und Wallraf war. Die Handlung[9]: Hänneschen, ein Königssohn, darf sein geliebtes »Clörchen« nicht heiraten – der Vater verbietet die Mesalliance. Er flieht unter Mitnahme der königlichen Kasse aus seiner Heimat, kommt aber nach Jahren, als dem Vater seine Sehnsucht nach dem Sohn wie dem Geld unrettbar den Lebensnerv geschädigt hat, als König aus dem Morgenland zurück. Am Ende steht eine große Versöhnung.

Die Dramaturgie dieses Vaudevilles hapert erheblich, und die Trivialität und Abgegriffenheit der zentralen Handlungsmotive ist unübersehbar. Allerdings eignet dem Ganzen auch ein stark parodistischer Zug, der eine poetische Hardcore-Kritik ins Leere laufen lässt: Im von de Noël verfassten kölschen Vorspiel etwa, das auf den offensichtlich von Goethes *Faust* inspirierten hochdeutschen Prolog eines Theaterdirektors folgt, sinniert Hänneschen über die »Dramaturgick« der Theaterheroen Shakespeare, Kotzebue, Schiller und Goethe und vergleicht sie mit einer Wurstfabrik, die in ihren Produkten gute und schlechte Zutaten mischt.

Parodistisch angelegt – mit lockeren Bezugnahmen auf die Totengräber-Szene in *Hamlet* – ist auch der gleichfalls von de Noël gedichtete Monolog »Hänneschen aufm Kirchhof in Meditation versunken«.[10] Die Hauptfigur, soeben nach 20 Jahren aus der Fremde in die Heimat zurückgekehrt, sinniert dort melancholisch über das Vergehen der Zeit:

Was die Zeit
Doch vergeit!
We Zekunden
Sin verschwunden
Täg und Stunden.
Zwanzig Johren
Han sich durch de Welt gedrevven.
Keiner weiss mieh, wo se wohren
Oder sin geblevven!
Und de Lück
Uus der Zick,
denne jeez kein Ohr mieh tüüt,
Wo mer keine Stätz vun süht,
Doh kei Minsch sich mieh vör bäht,
Ligen he eröm begraven.
Et es doch
't es doch en der Welt nicks wäht!

9 S. die im Historischen Archiv der Stadt Köln aufbewahrte Niederschrift von de Noël (HAStK: Best. 1078, Nr. 1, Bl. 72–93).

10 Ebd., Bl. 85v–86v.

Wie bei Shakespeare, so steht auch bei de Noël, angesichts des gewählten Lokals naheliegend, der Topos der Vergänglichkeit alles Irdischen im gedanklichen Mittelpunkt. Was aber im fünften Akt von Shakespeares Drama, wo der Protagonist auf dem Kirchhof Yoricks Schädel ansichtig wird, zu einer barocken Allegorie der *Vanitas* gerät, stimmt die Parodie im Prinzip zur Erinnerung an vergangene Kirmesfreuden herab. Der komische Effekt entsteht aus der Fallhöhe zwischen der – stets durchscheinenden – Vorlage und der parodistischen Adaption, und sie betrifft nicht nur die »trivialisierende« Verkleinerung des Themas, sondern auch die sprachliche Gestalt. Shakespeares Genus sublime wird entschieden ins dialektale Genus humile überführt. Genauer: Es ist die »Vermundartlichung« der Kirchhofszene, die ganz wesentlich jene Dissonanz von Sujet und Präsentation generiert, die als komisch empfunden wird oder doch empfunden werden soll. Die Kölner Dialektdichtung sollte aus diesem Grund – das wird noch zu zeigen sein – immer wieder auf das Mittel parodistischer Verfremdung zurückgreifen.[11]

In einem anderen Sinn signifikant für die – kommende – Kölner Mundartdichtung ist ein Wallraf-Text, der, schwach motiviert, in den *Verlorenen Sohn* integriert wurde: Der König will sich von seinem Kummer durch die Lektüre einer alten Chronik ablenken, in der ein Schlachttag bei einer Patrizierfamilie im alten reichsstädtischen Köln, in der Mitte des 18. Jahrhunderts, beschrieben wird.[12] Diese Beschreibung ist nichts anderes als der erste Teil aus einer frühen Fassung von Wallrafs umfangreichem Mundartgedicht *Das Schweineschlachten* – auch: *Et Verkesschlachten* –, an dem der Autor in den Folgejahren noch intensiv feilen sollte.[13] Hier ist der Anfang:

Wann ihmohls staats Lück hant e Ferke geschlaach,
Dat wohr för de Nohbernn ne löstigen Dag
Dann quohmen se kicken, ov't Deerchen [???] fett
Ov't fresch wöhr und auch en de Lünten gut hätt?[14]

Dem aus katalektischen daktylischen Vierhebern bestehenden Gedicht eignet keine lyrische Qualität im engeren Sinn, die mitteilenden, erzählenden, beschreibenden Bestandteile – auch die einer szenischen Verdichtung – überwiegen bei weitem. Es geht um die detaillierte, aber auch verklärende Schilderung »eines historischen Brauchtums der Stadtgesellschaft«, in der die poetische Diskursivität lediglich eine »Ersatzfunktion« hat.[15] Und bereits in diesem frü-

11 S. die reichhaltige Anthologie von Hilgers/Max-Leo Schwering (Hg.): *Kölsche Parodien*, Köln ²1985.

12 HAStK: Best. 1078, Nr. 1, Bl. 83–84.

13 S. eine Fassung von 1813 bei Josef Bayer: *Wallraf als Dichter*, in: Verein Alt-Köln (Hg.): *Alt-Köln-Kalender*, Jg. 1 (1913), S. 37–45, mit Auslassungen nachgedruckt in: *Glockenspiel*, S. 29–36.

14 De Noëls Schrift ist stellenweise schwer zu lesen, weshalb für die Korrektheit der obigen Transkription keine hundertprozentige Garantie übernommen werden kann. Auch die Handschriftenexperten des Stadtarchivs mussten an einigen Stellen passen.

15 Markus May: *Die Geschichte der Kölner Mundartdichtung. Entstehung und Auflösung einer endlichen literarischen Reihe*, Aachen 1981, S. 82. – Die anregende, gedanklich und sprachlich anspruchsvolle Aachener Dis-

hen Stadium der Kölner Mundartdichtung erscheint der für diese zentrale Topos der »laudatio temporis acti«, den das bekannte Ostermann-Lied »Och, wat wor dat fröher schön doch en Colonia« (1930) dann auf eine denkbar drastische Kurzformel bringen sollte. Die Verherrlichung des Gewesenen als Moment aktueller kollektiver Identitätsbildung – auch auf dieses so zentrale wie problematische Motiv der Kölner Mundartliteratur wird noch einzugehen sein.

Warum entstand die Kölner Dialektdichtung ausgerechnet im frühen 19. Jahrhundert, in der ausgehenden Franzosenzeit? Diese Frage lässt sich nur mit begünstigenden Veränderungen der allgemeinen historischen und geistesgeschichtlichen Rahmensituation beantworten. Die Aufklärung in ihrem Willen, universalistisch-allgemeinen Vernunftgesetzen auch und gerade im gesellschaftlichen Leben Geltung zu verschaffen, war sprachpolitisch tendenziell ein Gegner der Dialekte als unerwünschter Erscheinungsformen irrationaler und rückschrittlich-unterentwickelter Partikularität gewesen. Auch deshalb hatte der aufklärerische Sprachgelehrte Johann Christoph Adelung (1732–1806) zwischen 1774 und 1786 mit erheblichen praktischen Folgen ein fünfbändiges *Grammatisch-kritisches Wörterbuch der hochdeutschen Mundart* publiziert, in dem das Meißner Kanzleiidiom als Norm einer allgemein geltenden hochdeutschen Schriftsprache festgelegt wurde. Die Kölner Olympiker diskutierten dieses Werk übrigens – bezeichnenderweise in einer gewissen Abwehrhaltung. Sie fürchteten, dass die »Erhebung« des Meißnischen zu einer Abwertung und Unterdrückung aller anderen deutschen Dialekte führen könne.[16]

Eher ungünstig für die Dialekte war darüber hinaus der Prozess der europäischen Nationalstaatsbildung im 18. Und 19. Jahrhundert. 1792 verbot die revolutionäre französische Nationalversammlung sie per Dekret, weil sie, so die Argumentation, die Durchbildung des neuen Einheitsstaates behinderten. Das deutsche 19. Jahrhundert zeitigte nicht solche exzessiven Vernichtungstendenzen, aber es gab auch hier Beispiele dafür, dass Dialekte als Stolpersteine auf dem Weg zur nationalen Einheit gesehen wurden.[17]

Dem entgegen stand eine andere wirkmächtige Tendenz: die Entdeckung des (»einfachen«) »Volkes« – und damit des »Volksgeistes« und der »Volkspoesie« – durch die (Ansätze Herders aufnehmenden) Romantiker. Die Abwendung vom bis weit ins 18. Jahrhundert hinein maßgeblichen französischen Kulturvorbild hin zum »eigenen« Volk darf ein – durch die Napoleonischen Krieg noch beförderter – tiefgreifender Paradigmenwechsel in den deutschsprachigen

---

sertation stellt, am französischen Neostrukturalismus orientiert, die Kölner Mundart in ein weiträumiges Feld von poetologischen, sprachphilosophischen, zeichentheoretischen, kultursoziologischen und ideologiekritischen Überlegungen. Manches ist freilich auch spekulativ (erzwingt der vom Autor konstatierte »Zerfall des Raumes« tatsächlich das Ende der »literarischen Reihe«?. Der empirische Befund spricht jedenfalls dagegen), einseitig (negativ), teilweise auch in sich widersprüchlich (etwa wenn, nachdem die Kölner Mundartdichtung des 19. und frühen 20. Jahrhunderts zuvor mit einiger Härte herabgewürdigt wurde, völlig unvermittelt und unvermutet das artistische Niveau von Wilhelm Schneider-Clauß, Hans Georg Braun, Peter Gath und Peter Berchem gerühmt wird S. 252.

16 S. das Sitzungsprotokoll zum 13. Januar 1811 in HAStK: Best. 1105, Nr. 153, Bl. 39v.

17 S. dazu May: *Mundartdichtung*, S. 2–20.

Ländern genannt werden. Und wenn das »Volk« kein verachtenswerter »Pöbel« mehr war, sondern vielmehr die mythische Leerstelle eines unverfälschten und unverbildeten Originären füllte, dann zogen auf dieser Linie auch seine sprachlichen Äußerungsformen die positive Aufmerksamkeit der »Gebildeten« auf sich: Die Mundart war fortan kein Ausweis von Rückständigkeit und Provinzialität mehr, sondern wurde zum »Ort des Ursprungs«[18].

Die Bedingungen dieser Umcodierung schrieben sich auch der beschriebenen Entstehung der Kölner Dialektdichtung ein. Bemerkenswert ist, dass das »Volk« dabei »stumm« blieb, eine Stimme leihweise erhielt von solchen, die nicht zu ihm gehörten: Wallraf und de Noël waren Angehörige der schmalen Kölner Bildungsschicht. Wirft man einen Blick auf den sozialen Status der folgenden Generationen von Dialektpoeten bis hinein ins 20. Jahrhundert, so ändert sich an diesem Befund wenig. Der einigermaßen repräsentativen Anthologie *Kölsche Deechter un Gedeechte*[19] sind Kurzbiografien der abgedruckten Autoren beigegeben, die zeigen: Soziologisch gesehen war die Pflege der gedichteten Mundart in Köln eine Sache der »besseren Kreise«: Es dominieren unter den Verfassern Lehrer und andere Beamte, Professoren und Angehörige freier Berufe, Autoren, die wie Willi Ostermann aus »einfachen Verhältnissen« stammten, sind entschieden in der Minderheit.

Dennoch machte es sich zu einfach, wer hier von einer unerbetenen Anbiederung oder gar Usurpation spräche. Tatsächlich sprachen ja Wallraf und de Noël – um vorerst bei ihnen zu bleiben – nach allem, was wir wissen, selbst Kölsch. Dieses Patrizier-Kölsch aber hatte mit der Mundart der unteren Sozialschichten wenig zu tun:

> Das »häßliche« Kölsch der Arbeiterviertel, Märkte, Straßen und Fabriken, das nicht weich und gefühlvoll ist, sondern, hart, breit, aggressiv und vulgär klingen kann, war mit den ästhetischen Vorstellungen, die man von der Mundart als Dichtersprache hatte, nicht vereinbar.[20]

Von dem gehobenen »Bürger-Kölsch« wiederum, das sich dann in der Mundartdichtung objektivierte, gelang Wallraf und seinen Standesgenossen problemlos der Übergang zu einer – im Tonfall mutmaßlich rheinisch gefärbten – hochdeutschen Verkehrssprache. Kaum vorstellbar, dass Wallraf anlässlich von Goethes Köln-Besuch 1815 mit dem illustren Gast kölsch parlierte.

Insofern konnte auch der Dialekt nach wie einen Ausschließungsdiskurs in Gang setzen – oder, positiv gewendet, zum Ferment von sozialen »Distinktionsgewinnen« (Pierre Bourdieu) auf der Seite der Hochdeutsch Sprechenden werden. Ein nachdrückliches Beispiel für (rheinische oder Kölner) Mundart als Exklusionsmotiv hält die Biografie von Ulla Hahn bereit, in der erst die »Austreibung« des Dialekts den sozialen Aufstieg ermöglichte:

18 Ebd., S. 13.

19 *Kölsche Deechter un Gedeechte. Ein Lied- und Vortragsbuch in Kölner Mundart* (= *Beiträge zur kölnischen Geschichte, Sprache, Eigenart*, hrsg. vom Heimatverein Alt-Köln, Bd. 53), Köln 1971.

20 May: *Mundartdichtung*, S. 261.

Abb. 24 Willi Ostermann, um 1929.

> Bis zur Einschulung nur mit kölschem Dialekt aufgewachsen, brachte ich mir das »schöne Sprechen«, wie es in meinem Roman *Das verborgene Wort* heißt, erst auf der Realschule bei, um auch im hochsprachlichen Rahmen zu bestehen. [...] Auch Aufsteigen bedeutet Entfremdung, Verlust.[21]

Zumindest in ihren Anfängen sah sich die Mundartdichtung darüber hinaus mit einem Problem konfrontiert, das der Übergang von der Mündlichkeit zur Schriftlichkeit zwangsläufig erzeugte: Die ersten schreibenden Dialektdichter mussten die Aufgabe lösen, der Sprache eben in der Schrift eine objektive Gestalt zu geben, sie dort adäquat zu repräsentieren.[22] Dafür stand – abgesehen davon, dass es Kölsch »als solches« nicht gab und gibt, sondern vielmehr stadträumlich, historisch und schichtenspezifisch differenzierte Varietäten[23] – nur das Alphabet der

---

21 Hahn: *»Die Sprache ist das Haus des Seins«*, in: *»... wie die Steine am Rhein«*, S. 5–56; hier: S. 29 f.

22 S. dazu und zum Folgenden May: *Mundartdichtung*, S. 96 ff.

23 S. dazu Gabriele Reinert-Schneider: *Dialektrenaissance? Überlegungen und Analysen zu Funktionen der Substandardvarietäten in den Massenkommunikationsmitteln, untersucht am Beispiel des Kölner Raumes*, Köln 1987, S. 52–54 und passim. – Die Autorin, die auf ihre erkenntnisleitende Frage nach der aktuellen (1987)

Hochsprache zur Verfügung. Das aber wurde, weil es stark auf sie bezogen war, den phonetischen Besonderheiten des Kölner Dialekts nicht gerecht, konnte eine Übereinstimmung von Schriftbild und Phonem nicht erzielen und musste also Klang und »Melodie« der Mundart verfehlen. Das Problem besteht im Prinzip bis heute fort: Niemand, der Mundartdichtung nur liest, kann aus dem Schriftbild eine zutreffende Vorstellung von der gesprochenen Gestalt gewinnen. Umgekehrt gilt das Nämliche: Wer des Kölschen als Umgangssprache mächtig ist, wird die »Orthografie« der oben zitierten Auszüge aus den frühen Poemen Wallrafs und de Noëls möglicherweise befremdlich finden – weil »weit weg« vom gesprochenen Kölsch.

Benötigt wurde also ein Adelung für die kölnische Mundart. Der fand sich dann in der Tat: 1877, 80 Jahre vor Wrede, veröffentlichte der Kölner Unternehmer und produktive Dialektdichter Fritz Hönig ein *Wörterbuch der Kölner Mundart*, das nicht zuletzt im orthografischen Wildwuchs bei der Verschriftlichung der Mundart Einhalt gebieten und für ein gewisses Maß an Verbindlichkeit für das schriftliche Kölsch sorgen sollte. Dennoch vermochte sich »der Hönig« in Köln nie in der Weise durchzusetzen, wie es Adelung in der hochdeutschen Sphäre gelungen war. Viele spätere Kölner Mundartdichter folgten nach wie vor ihren selbstverfertigten Schreibregeln, und das Problem einer »korrekten« kölschen Schriftsprache ist mehr oder weniger bis zur Stunde aktuell.

Wäre es anders, müsste man den engagierten Bemühungen der 1983 gegründeten, von der SK-Stiftung Kultur der Stadtsparkasse Köln/Bonn getragenen *Akademie för uns kölsche Sproch* bescheinigen, sie seien überflüssig. Davon aber kann keine Rede sein. Die im Mediapark ansässige Institution veranstaltet nicht nur Seminare und Workshops zur praktischen Erlernung des Kölschen, sondern unterhält auch eine sprachwissenschaftliche Abteilung, zu deren Kernaufgaben die Kodifizierung des kölschen Wortschatzes und der Grammatik gehört. »Diese von studierten Germanisten durchgeführten Forschungen führten«, heißt es in der Selbstdarstellung der *Akademie*, »zu zahlreichen Publikationen, die eine bestimmte Standardisierung des Kölschen belegen und uns heute erlauben, beim Kölschen von einer Regionalsprache in Abgrenzung zum Dialekt zu sprechen.«[24] Im Sinne dieses Vorhabens hat die *Akademie* im Kölner Bachem-Verlag nicht nur viele Text-Anthologien herausgegeben, sondern auch zahlreiche sprachdidaktische

---

Überlebensfähigkeit von Dialekt und Dialektliteratur eine durch empirische Sozialforschung unterfütterte Antwort zu geben sucht, liefert auch einen anregenden und auf jeden Fall diskussionswürdigen Ansatz zur Typologie der Dialekt-Varietäten, die zudem diachrone Veränderungen berücksichtigt (S. 95–97): Sie ordnet drei linguistischen Varietäten (»tiefer Dialekt«, »Regionaldialekt« und »Neuer Substandard«) jeweils funktionale Klassifizierungen (»konservativ«, »gemäßigt konservativ« und »emanzipatorisch«) und sozialhistorische Referenzen zu (orientiert sich »an der langen Tradition der bildungsbürgerlichen konservativen Sprachpflege«, »an der Tradition der kleinbürgerlichen Milieupflege« und »an einer neuen überregionalen städtischen Subkultur«).

24 S. die Online-Info der *Akademie für uns kölsche Sproch* unter: https://www.sk-kultur.de/inhalte/themen/akademie-foer-uns-koelsche-sproch.

Standardwerke, darunter Christa Bhatts und Alice Herrwegens *Kölsches Wörterbuch* (2005) sowie Bhatts *Kölsche Schreibregeln* und Herrwegens Kurzgrammatik *De kölsche Sproch* (beide 2002).

Es ist im Rahmen dieses Kapitels nicht möglich, die Geschichte der Kölner Mundartliteratur auf dem Weg durch die Jahrzehnte und Jahrhunderte detailliert nachzuzeichnen. Sie schwoll übrigens erst in der Reichsgründungszeit zu einem breiten Strom an – wohl nicht zufällig, als Grund darf das Bedürfnis nach Identifikation mit dem begrenzten und abgeschlossenen, jedoch durch den modernen Nationalstaat bedrohten »heimatlichen« Raum vermutet werden.[25] Die Darstellung konzentriert sich im Folgenden auch weniger auf bekannte Autoren als vielmehr auf zentrale Formen, Genres, Themen und Motive, die die Kölner Dialektdichtung prägten und sich zum Teil bis in die Gegenwart durchhalten.[26]

12.3 »Rümcher« und »Verzällcher«

Eine kursorische Sichtung der in der Kölner Mundartdichtung bevorzugten Textsorten zeigt – diachron gesehen relativ konstant – bemerkenswerte Unterschiede gegenüber der hochsprachlichen Literatur. Die Dialektdichtung umfasst vorzugsweise Gedichte (in der mundartlichen Terminologie: »Rümcher«), Lieder (beide Genres sind benachbart, aber keineswegs identisch), Erzählungen (»Verzällcher«) und Theaterstücke. Es fehlt nahezu vollständig eine für die hochdeutsche Belletristik seit dem 18. Jahrhundert zentrale Gattung: der Roman. Eine Ausnahme bezeichnet in dieser Hinsicht *Alaaf Kölle!*, 1908 erstmals publiziert, aus der produktiven Feder von Wilhelm Schneider-Clauß (1862–1949).[27]

Er integriert – als roten Faden – eine erfundene Handlung um die Krise und den Neubeginn der Kölner Patrizierfamilie van Mender in einen spektakulären Ausschnitt der Stadtgeschichte. Der Roman spielt zwischen Gründonnerstag 1880 und Weihnachten 1885 und damit zur Zeit der Dombauvollendung. Reichhaltig und unter Verwertung zeitgenössischer Quellen ausgebaut ist die Schilderung des Dombaufestes am 15. Und 16. Oktober 1880 sowie des aus diesem Anlass organisierten Festzuges, der die Stadtgeschichte seit dem Mittelalter vergegenwärtigt. Es handelt sich bei Schneider-Clauß also um die Darstellung einer Darstellung. Ihr Gegenstand ist eine – als solche verherrlichte – Kölner Geschichtsteleologie mit dem Kulminationspunkt der Domvollendung. Diese wiederum wird unverhohlen mit der »deutschen Teleologie« der Reichsgründung zehn

25 S. dazu May: *Mundartdichtung*, S. 34 f.

26 Ein differenzierter Überblick bei Reinert-Schneider: *Dialektrenaissance?*, S. 55–97.

27 Wilhelm Schneider-Clauß: *Alaaf Kölle! En Schelderei us großer Zick*, in: W. S.-C.: *Gesamtausgabe der Werke in kölnischer Mundart* (bislang 7 Bde.), Köln 1967 ff., Bd. 5 (= *Beiträge zur kölnischen Geschichte, Sprache, Eigenart*, hrsg. vom Heimatverein Alt-Köln, Bd. 62). S. dazu die ausführliche Beschreibung von Hilgers: *Der Dom in der Kölner Mundartliteratur*, in: Otto Dann (Hg.): *Religion – Kunst – Vaterland. Der Kölner Dom im 19. Jahrhundert*, Köln 1983, S. 169–183; hier: S. 174–177.

Jahre zuvor parallelisiert. Lokal- und Nationalgeschichte greifen versöhnt ineinander – dies eine Denkfigur, die sich, wie zu zeigen sein wird, bis 1945 in der Kölner Mundartliteratur durchhält.

Die Frage, warum *Alaaf Kölle!* Mehr oder weniger ein Solitär in der Landschaft der Kölner Mundartliteratur blieb, ist nicht so einfach zu beantworten. Keine Rede kann davon sein, dass die Romanform »an sich« quer gelegen hätte zu den mutmaßlichen Sujet- und Darstellungsintentionen der Autoren. Eher sind praktische – rezeptions- und distributionsspezifische – Gründe anzunehmen: Den oben bereits genannten in der Dialektdichtung bevorzugten Gattungen wohnt ein starker Anwendungsbezug inne, die Aussicht auf rasche Erreichbarkeit für ein Publikum, das angesichts der obwaltenden Sprachbarriere eh begrenzt war. Schwänke für die Kölner Mundart-Bühnen, »Verzällcher« in der Zeitung, kölsche Liedproduktion für den Karneval – es handelt sich in sämtlichen Fällen um Gebrauchsliteratur, zu der der Roman gerade nicht gehörte. Zudem dürfte ein umfangreicher Roman auf Kölsch selbst für den einschlägig versierten Kölner Leser eine strapaziöse Herausforderung darstellen: »Meist sind wir native speakers, aber keine native readers des Kölschen.«[28]

Die Produktion von Theaterstücken in kölnischer Mundart war institutionell eng an die bestehenden oder sich etablierenden Mundartbühnen der Stadt gebunden.[29] Bereits 1802 begründete der gebürtiger Bonner Johann Christoph Winters das mit Stockpuppen bespielte Hänneschen-Theater (heute: »Puppenspiele der Stadt Köln«).[30] Die komische Typisierung der Figuren, die genauso auf die italienische Commedia dell'Arte wie auf das Wiener Volkstheater zurückweist, konditionierte die Bühnenhandlung in Richtung Komödie, Schwank und Posse. Zu den Autoren, die gezielt das Hänneschen-Theater mit Bühnenstücken versorgten, gehört der geläufige Mundartdichter Wilhelm Räderscheidt (1865–1926), dem es vor allem darauf ankam, in jenen das herüberzubringen, was er als kölsche Mentalität verstand und rühmte. Drastisch geschieht das in dem Stück *Die drei Wünsche*[31]: Drei von einer Fee gewährte Wünsche vertut die Hänneschen-Bagage mit Trivialitäten – was die Fee im Interesse einer heilsamen Verhinderung erneut auf den Plan ruft: Bei der erneuten Wunschrunde geht es dann um die entscheidenden immateriellen Werte: Gesundheit, Zufriedenheit und heiteren Lebensmut.

Auch die Millowitsch-Bühne begann als Stockpuppen-Theater, stellte sich aber am Ende des 19. Jahrhunderts auf »normale« Schauspieler um. Nach dem Zweiten Weltkrieg kamen u. a. die »Kumede«, die Spielschar des bereits 1902 gegründeten Heimatvereins Alt-Köln, und der »Altermarktspielkreis« (beide auf Amateurbasis) sowie Trude Herrs »Theater im Vringsveedel« hinzu.

Indes wurde Mundart-Dramatik nicht ausschließlich für die in der Stadt beheimateten Volkstheater geschrieben. Schneider-Clauß etwa belieferte zwar auch das Hänneschen-Theater, aber sein vieraktiges Volksschauspiel *Heimgefunge*! (Köln ²1913), eines von insgesamt sieben einschlä-

28 Volker Neuhaus: *Köln als literarische Provinz*, S. 83.

29 S. zusammenfassend Reinert-Schneider: *Dialektrenaissance?*, S. 59–70.

30 S. dazu Max-Leo Schwering: *Das Kölner »Hänneschen«-Theater. Geschichte und Deutung*, Köln 1982.

31 In: Wilhelm Räderscheidt: *Puppenspiele, besonders für das Kölner Hänneschen-Theater*, Köln 1920, S. 47–64.

gigen Stücken, wurde im Juni 1912 im Städtischen Schauspielhaus vor 1800 Zuschauern uraufgeführt. Mit einer Neuinszenierung des Werkes eröffnete man 1921 auch die »Schneider-Clauß-Bühne« – jetzt mit Laien-, nicht mehr mit Berufsschauspielern.[32]

Heimgefunge! Bedient nicht die Ansprüche eines niveauermäßigten Lachtheaters, sondern behandelt »ernste« Probleme individueller Selbstkonstitution und zugleich harmonischer Integration in ein »Volksganzes« vor dem Hintergrund der 70er Jahre des 19. Jahrhunderts. Besagte Harmonie besteht nicht von Anfang an, sondern muss erst hergestellt werden – Heimat im emphatischen Sinne des Begriffs ist erst noch zu finden. Dieser – dann auch bewältigten – Aufgabe sieht sich der Kölner Fabrikantensohn Franz Biergans gegenüber, der bei seiner Heimkehr mit zerrütteten Familienverhältnissen konfrontiert wird. Der soziale Sprengstoff einer rigiden urbanen Klassengesellschaft wird bei Schneider-Clauß durch die allseitige sozialmoralische Verpflichtung auf die »Volkseinheit« weniger entschärft als vielmehr verdeckt – ein aus heutiger Sicht problematische, aber für die Ideologie der zeitgenössischen Heimatbewegung durchaus repräsentative Strategie der Konfliktvermeidung und -verschiebung.

Die dominierende epische Gattung der Kölner Mundartdichtung ist, wie gesagt, nicht die romanhafte Großform, sondern das »Verzällche«, eine novellen- oder auch kurzgeschichtenartige, oft szenisch verdichtete Ereignisgeschichte aus dem stadtkölnischen Alltag oder aus dem Leben der Erzählerin oder des Erzählers – wobei die Differenz zwischen diesen und der Autorin bzw. dem Autor oft kaum auszumachen ist. Es geht in diesen meist humoristisch angetönten Erzählungen um interessante Begegnungen auf der Straße, um Missverständnisse, Misshelligkeiten und Streit in der Familie und in der Nachbarschaft, die sich am Ende zumeist aber in allgemeines Wohlgefallen auflösen.

Die Form hat bis in die Gegenwart Bestand, wie verschiedene aktuelle Anthologien zeigen. Aus einer von ihnen[33] sei an dieser Stelle Roswitha Kerstin-Gebels Geschichte *Pack schleiht sich, Pack verdräht sich ...*[34] herausgegriffen, die für das kölsche Verzällche einigermaßen exemplarisch ist. Ein Ehepaar wird beim Straßenspaziergang Zeuge des erbitterten und handgreiflichen Streits eines anderen Paares, in dem der Mann sich anschickt, die Frau aufs Nachdrücklichste zu verprügeln. Von der Ehefrau gedrängt, mischt sich der männliche Part des ersten Paares ein und befördert den Angreifer mit einem Stoß aufs Pflaster. Statt Dank für seine Hilfe wird ihm allerdings die wüste Beschimpfung der mit Prügel bedrohten Frau zuteil. Verwirrt nach dem Grund für die schlechte Behandlung gefragt, antwortet die Frau: »Dä darf dat, dat ess minge Mann.«

Die überraschende Pointe lehrt den ritterlichen, unversehens aber als düpierter Dummkopf dastehenden Helfer – darin könnte man sozusagen die Moral von der Geschichte sehen –, sich künftig nicht mehr ungebeten und uninformiert in einen auswärtigen Streit einzumischen. Im weitläufigen

32 S. dazu Klaus Goettert: *Vorwort* zu: *Schneider-Clauß. Gesamtausgabe*, Bd. 1: *Us unse Lotterbovejohre* (= *Beiträge*, Bd. 47), S. 5–12; hier: S. 9 f.

33 *Et hät noch immer god gegange. E kölsch Leseboch*, hrsg. von der *Akademie för uns kölsche Sproch*, Köln 2008.

34 Ebd., S. 130 f.

sozial-anthropologischen Zoo dieser Story ticken diese eben entschieden anders als jene. Problematisch mag allerdings sein, dass die Einsicht in die Unangemessenheit des eigenen Verhaltens vom eigentlichen moralischen Skandal ablenkt. Der besteht darin, dass ein Mann seiner Frau erkennbar aktionsbereit mit Prügel droht – und das erwartbar erneut tun wird, jenseits der Geschichte. Die Lizenz, die jene ihm dazu erteilt, ist nachrangig. Möglicherweise kommt die Entdramatisierung, die Auflösung des Konfliktknotens um des finalen Humoreffekts in dieser Erzählung zu früh.

War und ist das Mundarttheater die institutionelle Basis für Bühnenstücke auf kölsch, so lieferte und liefert sie der Karneval für einen Großteil, wenn auch nicht für die Gesamtheit des einschlägigen Liedgutes.[35] Das Genre Lied kann nicht ohne weiteres der Lyrik subsumiert werden – vom Kölner Mundartgedicht wird noch ausführlich die Rede sein –, denn die Vertonung und die damit gegebenen spezifischen Vortrags- und Aufführungsbedingungen trennen es markant von ihr. Auch das kölsche Gedicht erheischt tendenziell die einsame Lektüre, während das Lied bzw. seine Performance für Sänger wie Hörer essenziell an Geselligkeit gebunden ist.

Viele Lieddichter sowie -komponisten oder wenigstens -melodisten waren und sind im Karneval aktiv. Das zeigt für das frühe 20. Jahrhundert Schneider-Clauß' 1919 veröffentlichte Anthologie *Kölnisches Vortragsbuch*:

> Manchen mag überraschen, wie zahlreich Autoren aus dem Bereich des Fastelovends bei ihm vertreten sind: Capell, Dreesen, Hubert Ebeler, Gransöger, Jörrissen, Jülich, Klein, Krings, Küpers, Ostermann, Witt und Ziskoven sind da zu nennen. [...] Der Karneval war eben unter den politisch-sozialen Bedingungen des 19. Jahrhunderts ein bedeutender Raum stadtkölnischer Geselligkeit.[36]

Diese Bestimmung ist bereits der Form vieler Karnevalslieder zu entnehmen: Sehr oft handelt es sich um Refrainlieder, wobei bei der zündend-eingängigen Wiederholung das Publikum des Liedsängers einzufallen hat. Ohne Refrain funktioniert die Köln-spezifische Brauchliedgattung des »Krätzche« (Schneider-Clauß widmet ihm in seinem *Vortragsbuch* eine eigene Sektion). Beim Krätzche, dessen Anfänge im 19. Jahrhundert liegen und das bis in die Gegenwart von beliebten Karnevalssängern wie Marie-Luise Nikuta und Ludwig Sebus gepflegt wurde, handelt es sich um eine heitere, dabei versifiziert-mehrstrophige Erzählform mit Schlusspointe, zu der die Refrain-Anlage in der Tat schlecht passte.

Aus praktischen Gründen (jeweils eine überschaubare Textmasse) wie auch wegen der Repräsentativität ihrer Themen und Motive für die kölnische Mundartdichtung überhaupt soll jetzt ein intensiverer Blick auf die einschlägige Lyrik fallen – zunächst auf die Traditionslyrik, die in den 70er Jahren des vergangenen Jahrhunderts Konkurrenz durch das in Thematik und Ausrichtung teils deutlich veränderte »neue« Kölsch-Gedicht erhielt. Als weithin typische, d. h. in

35 S. zusammenfassend Reinert-Schneider: *Dialektrenaissance?*, S. 76–83.

36 Hilgers: Vorwort zu: *Schneider-Clauß. Gesamtausgabe*, Bd. 6: *Kölnisches Vortragsbuch* (= *Beiträge*, Bd. 66), S. 5 f.

der Textauswahl anderen Sammlungen in diesem Metier ähnliche Anthologie wird hier das von Joseph Klersch und Ernst Mömkes herausgegebene und erstmals 1954 im Greven-Verlag erschienene *Kölnische Glockenspiel* herangezogen, das den Untertitel *Vortrags- und Lesebuch in kölnischer Mundart* trägt.[37] Es enthält auch Prosatexte, aber der Schwerpunkt liegt eindeutig bei den Mundartgedichten, die zeitlich die Spanne zwischen Wallraf und de Noël und den der damaligen Gegenwart abdecken.

12.4 »Alaaf« für »Alt-Köln«

Die nach Themen geordneten Abteilungen des *Glockenspiels* sprechen für sich: Auf die entschieden lokalpatriotische Sektion »Alaaf Kölle« folgen »Vun Gott un singe Hellige«, dann die Jahreszeiten – inklusive des Fastelovends als fünfter Jahreszeit –, schließlich Abschnitte über kölsche Familie und kölsches Leben sowie über (Kölner) Geschichten und Sagen. Die letzte Abteilung schlägt den Bogen zum Beginn insofern zurück, als noch einmal, aber jetzt unter einem spezifischen Gesichtspunkt, die stadträumliche Situation in den Blick gerät: Die Stadt heißt jetzt ausdrücklich »Kölle am Rhing«. Eine eigene dem Kölner Dom gewidmete Sektion fehlt in dieser Anthologie merkwürdigerweise – schließlich sind Rhein *und* Dom in exakt dieser Paarung traditionell die zentralen topografischen Kennmarken der Stadt – auch in der Dialektdichtung.[38]

Bemerkenswert ist die kanonhafte Schwerpunktbildung, die Konzentration auf einige herausragende Sujets, die mit dem – gerade auch im Vergleich mit dem Motivarsenal hochsprachlicher Lyrik – spektakulären Fehlen anderer Gegenstände korrespondiert. Vor allem fällt die Naturalisierung der Zeitvorstellung auf: Zeit wird weniger als Entwicklung denn vielmehr zyklisch gedacht, als die Wiederkehr des Immergleichen: der Jahreszeiten, der im »heiligen Köln« naheliegend zumeist kirchlich konnotierten Feste, aber auch des nie aussetzenden Lebensrhythmus in der Wechselfolge von Geburt und Tod.[39] Zweierlei charakterisiert diese zyklische Zeitidee. Zum einen verbindet sie sich mit einer und sei es fatalistisch getönten Bereitschaft zur Bestätigung dessen, was ohnehin geschieht. Diese kommt auch dort zur Wirkung, wo sie durchaus nicht alternativlos ist. Es ist sinnlos, den Winter, nicht aber etwa, den Umgang mit dem alljährlichen Weihnachtsfest zu kritisieren. Weil solche Kritik im Kanon der Mundartdichtung tendenziell ein Fremdkörper ist, fällt es auf, wenn sie dann doch einmal kommt – und damit nachdrücklich demonstriert, dass der Dialekt in der einschlägigen Literatur nicht zwangsweise auf harmlose Idyllik hinausläuft. Hier sei als Beispiel auszugsweise Albert Schneiders (1905–1985) 1971 entstandenes *Anti-Weihnachtsmann-Leed* zitiert, das übrigens nicht im *Glockenspiel* enthalten ist.

37 Zitiert wird hier nach der erweiterten zweiten Auflage von 1968.

38 Tatsächlich ist der Dom ein zentrales Motiv der Mundartdichtung, s. dazu Hilgers (Hg.): *Der Dom op Kölsch. Gedichte und Erzählungen*, Köln 2002.

39 S. dazu May: *Mundartdichtung*, S. 237 ff.

Sein rebellischer Widerwille gegen die Infantilisierung und kommerzielle Veräußerlichung des Christfestes erinnert an Bölls Satire *Nicht nur zur Weihnachtszeit*, die ihm übrigens vorausging:

Warenhus, ov klein Geschäfte,
Jeder mäht noh singe Kräfte
Dat Gedöns öm »Chreßdags-Feschzog« met.
Wat för Kinder woren Dräumcher,
Waden ob de Dannebäumcher,
Dat verfolg se jitz ob Schrett un Trett.
Wann de Kasse klinge,
Deiht et ölig singe,
Un verloge Stemme knatschen em Duett:
»Morgen kommt d'r Weihnachtsmann«!
Jung, ich möch ene Knöppel han![40]

Mit seiner Naturalisierung hängt der zweite Aspekt von Zeitlichkeit im Kölner Mundart-Gedicht zusammen: Zeit ist dort wesentlich ahistorisch gedacht: »Bis auf einige exemplarische Ereignisse der Stadt- und Weltgeschichte wie der deutsch-französische Krieg, der erste Weltkrieg, die Zerstörung der Stadt, der Abriß der Stadtmauer usw. geht nichts von alledem, was in der ›Geschichte‹ passiert, in die Kölner Mundartdichtung ein.«[41] Bezeichnenderweise trägt der einschlägige Abschnitt im *Glockenspiel* die Überschrift »Us Geschichte un Sage«. Beides wird hier nicht systematisch geschieden, die Fiktionalisierung imprägniert letztlich ununterscheidbar das Geschichtsgedicht wie die Sage – Stadtgeschichte wird zu einer mythischen Erzählung.

Eigentümlicherweise ist der scheinbar geschichtsgetränkte Topos »Alt-Köln« ein Aspekt der beschriebenen Ahistorizität. In der Kölner Dialektlyrik ist er ubiquitär, das *Glockenspiel* wird mit drei *Alt-Kölle*-Gedichten nahezu eröffnet. Als Beispiel dafür, dass es dabei eben gerade nicht um Geschichte, sondern um einen Mythos geht, folgt hier Jakob Rasquins (1873–1941) *Alt-Kölle.*

Alt-Kölle! Als wann mer jemols künnt verzälle,
wat litt em hellige Woot: Alt-Kölle!

Eß uns dat nit, als däten Orgelstemme,
fän Glocketöön zo unsem Hätze klemme?

Als spröch et eeschte Mädche, leev und fing?
Als drünk mer stell ne starke, ale Wing?

40 Albert Schneider: *E Anti-Weihnachtsmann-Leed*, in: *Kölsche Deechter un Gedeechte*, S. 183.
41 May: *Mundartdichtung*, S. 51.

Als köm su heimelig der Mutter Rofe:
»Komm, Kind, un eß un bäät, dann geihs de schlofe!«[42]

In fast aufdringlicher Dichte sind hier die in der Mundartlyrik wieder und wieder aufgegriffenen und je nachdem kaum variierten Alt-Köln-Mythologeme versammelt: Am Anfang wird der Unsagbarkeitstopos bemüht, es folgen die – wiederum im Kontext des »heiligen Köln« naheliegende – Sakralisierung mit Orgel und Glocken, als deren Widerpart das sehr weltlich-sinnliche Wein-und-Weib-Motiv und am Schluss die Erinnerung an eine mütterlich geschützte Kindheitssphäre: Köln als imaginärer Sehnsuchtsraum, als eine in die Vergangenheit gewandte Utopie, als Metapher eines irdischen Paradieses, in dem zwei paradox-gegenstrebige Motive zur Einheit verklammert werden: Das »alte« Köln ist dasjenige, in dem man selbst »jung« war. Vor allem aber ist es – weil eine gestillte Sehnsucht aufhört, Sehnsucht zu sein – unwiederbringlich, unrettbar vergangen. Die je nachdem berechtigte Frage, ob die lyrischen Sprecher, von ihrer Gegenwart aus gesehen, tatsächlich in diesem alten Köln hätten leben wollen, wird darüber obsolet.

Offensichtlich ist, dass »Alt-Köln« keine konkrete historische Gestalt bezeichnet – obwohl es angesichts realhistorischer Verwerfungen und Umbrüche jedenfalls zu bestimmten Zeiten nahegelegen hätte, eine solche anzunehmen. Hier wäre vor allem die Erinnerung an die unzerstörte Stadt aus der Perspektive des Jahres 1945 zu nennen. Aber »Alt-Köln« war bereits in der Mundartlyrik des 19. und frühen 20. Jahrhunderts ein etablierter Topos. Das imaginäre »frühere« Köln gab es vom Standpunkt der lyrischen Sprecher aus »immer schon«, unabhängig von ihren Lebensdaten. Unbestritten ist, dass in die »Alt-Köln«-Vorstellung auch lebensgeschichtliche Erfahrungen einfießen konnten: Für Wallraf war das alte Köln seines *Verkesschlachten* das untergegangene reichsstädtische Köln, das er als Angehöriger des Jahrgangs 1748 noch sehr bewusst erlebt hatte. Für Schneider-Clauß war es das Köln vor der Niederlegung der Stadtmauern und dem dadurch bedingten Verlust des umgrenzten, noch mittelalterlich geprägten Raumes. »Alt-Köln« war bei diesen und anderen Autoren also das jeweils eine Generation zurückliegende Köln.

Es bezeichnet in diesem Sinne die Janusköpfigkeit der Köln- und der »Alt-Köln«-Lyrik, dass sie in verschiedene Richtungen ideologisch codierbar, oft weder eindeutig »fortschrittlich« noch »reaktionär ist (wobei sich der analytische Wert solch planer Ordnungsbegriffe eh als begrenzt erweist). Das Nämliche gilt für den Heimatbegriff, dem sich »Alt-Köln« aufs Engste verbindet. Ihre institutionelle Objektivierung fand diese Verbindung im 1902 gegründeten »Heimatverein Alt-Köln«,[43] dessen Satzung den Vereinszweck inklusive des sprach- und literaturpolitischen Hintergrundes so definiert:

42 Jakob Rasquin: *Alt-Kölle*, in: *Kölnisches Glockenspiel*, S. 38 f.

43 Der Verein hat sich allerdings im März 2023 auch ausweislich seiner Homepage in *Heimatverein Köln e. V.* umbenannt.

> Der Verein verfolgt den Zweck, die kölnische Sprache und Eigenart zu erhalten und zu pflegen sowie seine Mitglieder und weitere Kreise mit Geschichte, Kunst und Kultur vornehmlich der Stadt Köln und der Rheinlande bekanntzumachen. Das wird angestrebt durch öffentliche Veranstaltungen, Vorträge, Besichtigungen, Führungen und Studienfahrten; durch Veröffentlichungen vor allem wissenschaftlicher und literarischer Art; durch Unterhalten der Theaterspielgemeinschaft ›Kumede‹ sowie durch mundartliche Vortragsabende und Theateraufführungen.[44]

Die Überlegung mag auf Anhieb abwegig sein, ist es aber vielleicht doch wert, einmal angestellt zu werden: Warum gibt es eigentlich keinen »Heimatverein Neu-Köln«? Verweist dieses Fehlen etwa auf den Vorsatz, der jeweils aktuellen Stadt den Status als einer möglichen Heimat abzusprechen? Gibt es Heimat nur in der Vergangenheit? Mitunter scheint das zumindest implizit formuliert zu werden, etwa in Heribert Klars (1933–1992) Gedicht *Em neue Veedel.* Dort geht es dezidiert um das »Neu-Köln« einer beklagenswerten Unbehaustheit, »Alt-Köln« darf da immerhin als – als solcher nicht formulierter – Kontrast mitgedacht werden:

> Beton un Stohl
> Un Glas, e beßche Holz,
> hu opgetürmp
> op aach bes zwanzig Stock.
>
> Geduck donevve
> – Wie Zementsäck –
> Bungalows.
> Un zweschedren
> Nor asphaltee'te Schlange.
>
> Klein, wie ne Rähnwurm
> Läv dodren,
> dä dat erdaach hät
> un gebaut –
> der Minsch.
>
> Ieskale Wonnmaschine.
> Wä kann do
> wärm dren wäde?![45]

44 S. *Heimatverein Köln e. V.*, online unter: https://heimatverein-koeln.de/wir-uber-uns/satzung/.

45 Heribert Klar: *Däm Alldag en de Kaat gespingks. Gedeechte, Leedcher, Verzällcher*, Köln 1978, S. 13.

Bemerkenswert ist zunächst die Gestalt des Gedichts: Die in der Mundartdichtung verbreitete, ja oft geradezu beflissen befolgte Regelmäßigkeit von Versbau und Reimschema ist hier rigoros aufgebrochen: Die desaströse Erfahrung lässt ein konventionelles lyrisches Sprechen – und sei es im Dialekt – nicht mehr zu; gehacktes Stammeln, in dem sich das blanke Entsetzen manifestiert, sprengt nachvollziehbar die harmonische Form. Eine unreflektiert-reaktionäre Moderne-Verweigerung wird man Klars »Neu-Köln«-Gedicht nicht anlasten können. Seine Kritik richtet sich nicht gegen die Moderne per se, sondern gegen ihre kaum bestreitbaren Entgleisungen – hier in die Richtung eines inhumanen, wenngleich von Menschen betriebenen Städtebaus, der ihnen tatsächlich keine Heimat mehr sein kann. Damit liegt sie auf der Linie von Alexander Mitscherlichs 1965 erschienenem Bestseller *Die Unwirtlichkeit unserer Städte* – und nicht auf der einer Früher-war-alles-besser-Ideologie.

So oder so aber ist die Frage, warum »Neu-Köln« und »Heimat« im Dialektgedicht nicht zusammenfinden, wahrscheinlich falsch gestellt – und sei es aus dem Grund, dass in der Mundartdichtung das jeweilige Gegenwarts-Köln in 50 Jahren »Alt-Köln« und damit »Heimatanwärter« sein wird. »Alt-Köln« als »Heimat« ist kein räumliches, sondern ein zeitliches Dispositiv – im Sinne der Erinnerung eben an die eigene Kindheit als eine vergangene. Heribert A. Hilgers (1935–2012), Kölner Germanist und langjähriger Vorsitzender des »Heimatvereins Alt-Köln«, formulierte auf dieser Linie eine engagierte »Verteidigung« der Heimat wie auch der »Heimatdichtung« gegen ihre mit Ideologiekritik operierenden Verächter: »Heimat ist menschliche Wirklichkeit, ist da, wo man als Kind zuhause war, wo man sich geborgen fühlen durfte, ist das selbstverständliche Zentrum, wohin man immer wieder zurückkehrte.«[46]

Hilgers war zweifellos Verfechter einer konservativen Heimatidee, der in dem Bemühen, die Heimatdichtung vom Verdacht kritikwürdiger und leider auch politisch wirksamer Aberrationen reinzuwaschen, zu weit gegangen sein dürfte. Bemerkenswert ist immerhin, dass der zitierte Satz eine partielle Nähe zu den emphatischen Schlusssätzen aus *Das Prinzip Hoffnung* aufweist, dem Hauptwerk des Neomarxisten Ernst Bloch: »Hat er [sc. Der Mensch, d. Verf.] sich erfaßt und das Seine ohne Entäußerung und Entfremdung in realer Demokratie begründet, so entsteht in der Welt etwas, das allen in die Kindheit scheint und worin noch niemand war: Heimat.«[47] In der Tat kann allenfalls von einer gedanklichen Nähe die Rede sein, denn die utopische Perspektive von Blochs Idee der Heimat als einer erst werdenden und kommenden fehlt bei Hilgers. Prinzipielle Übereinstimmung besteht aber in der positiven Bewertung einer substanziell oder imaginär mit der »Kindheit« verbundenen Heimat.

46 Hilgers: *Kölsche Heimatdichtung*, in: Projektgruppe mund art e. V. (Hg.): *mund art ›80. Eine Dokumentation zum Mundartfestival vom 6. bis 8. Juni 1980 in Ladenburg*, Ladenburg/Mannheim 1980, S. 118–127; hier: S. 119.

47 Ernst Bloch: *Das Prinzip Hoffnung* (3 Bde.) (= *suhrkamp taschenbuch wissenschaft*, Bd. 3), Frankfurt/M. 1980, Bd. 3, S. 1628.

In der kölschen Traditionslyrik ist diese Heimat, bezeichnet mit der Chiffre »Alt-Köln«, aufs Engste mit der Dialektsprache verbunden, deren Legitimität sich im Mundartgedicht performativ begründet – dies auch insofern, als sie sich autoreflexiv zum Thema macht. In Räderscheidts Gedicht *Alaaf der kölsche Klaaf*[48] ist sie bezeichnenderweise »Muttersproch«, »Vattersproch«, »Kindersproch« und »Heimatsproch« zugleich. In der Schlussstrophe führt diese Sprachpanegyrik zu einer sakralisierenden Überhöhung:

Do kölsche Klaaf, ming Heimatsproch,
do blievs mie Leevs un Beß.
Ich well dich spreche, so ich kann,
beim Alldag wie beim Feß.
Un ov der Fremde en Mul drüvver mäht
Un mööch uns belehre, bekehre,
mer halden se huh, mer halden se wäät
un dun se wie hellig verehre.

[...]

Auffällig ist die – am Exempel Sprache exekutierte – Verbindung der Heimatliebe mit einer zumindest latenten Fremdenfeindlichkeit. Der »Fremde« – als solcher erkennbar eine Kunstfigur, ein ideologisches »Konstrukt« –, der sich abschätzig über die Kölner Mundart und damit zugleich ihre Sprecher äußert, ist ein fester Topos in einem aggressiven Selbstbehauptungsdiskurs, der auch als Kompensation eines Minderwertigkeitskomplexes interpretiert werden mag. In diesem Kontext wendet sich die von der Hochsprache »unterdrückte« Mundart gegen ihren Unterdrücker. Hier ein Auszug aus Laurenz Kiesgens (1869–1957) Gedicht *»Hochdeutsch« und Kölsch*[49]:

Et Huhdütsch steiht do, feinfriseet,
Gebügelt und geklätsch.
Se han et deraht haseleet
Et eß nor noch ne Tätsch.
Das Kölsch dagegen:
Beß grad un treu und schlich un fing,
Jungweil do vun Hätze küß,

48 Wilhelm Räderscheidt: *Alaaf der kölsche Klaaf*, in: *Kölnisches Glockenspiel*, S. 45 f.

49 Laurenz Kiesgen: *»Hochdeutsch« und Kölsch*, in: L. K.: *Vum ale Köln. Lebensweg und Lebenswerk. Gedeechte und Verzällche. Unter den Domtürmen – Erinnerungen* (= *Beiträge zur kölnischen Geschichte, Sprache, Eigenart*, hrsg. vom Heimatverein Alt-Köln e. V., Bd. 52), Köln 1970, S. 39.

beß wie der stelle Sonndagssching
Un beß en golde Büß.

Die polemische Opposition von Französisch und Deutsch als Kommunikationssprache, die aus dem sprachpolitischen Streit des 18. Jahrhunderts nicht fortzudenken ist, kehrt hier unter veränderten Vorzeichen wieder: Hochdeutsch ist vornehm, aber verlogen, während der Dialekt von Herzen kommt. Dabei geht es immer auch um die »kölsche Art« – modern ausgedrückt: um die Mentalität –, die in der Sprache ihren Ausdruck findet und umstandslos mit ihr kurzgeschlossen wird. Das geschieht etwa in Karl Mellers (1900–1972) Gedicht *Kölsch,*[50] das sich gegen die Vereinnahmung der Dialektsprache durch den Karneval und die Anmutungen eines platten Frohsinns wehrt. Hier folgt die Schlussstrophe:

Wer kölsche Aat well rääch verston,
muß do e beßchen deefer gon,
wo Gold zo grave sich renteet
un Ald un Eech weed noch hufeet.

Die Hochsprache ist in der Polemik gegen sie das Synthetische, Unechte, Hohle, Abgeleitete, während nur der Dialektsprache Alter und Authentizität zukommen – sie ist genauso wie ihr Sprecher näher am »Ursprung«. Dieser »Ursprung« ist hermeneutisch ein blinder Fleck, und die Frage, warum der Kölsch Sprechende ehrlicher, gutmütiger, humor- und charaktervoller, liebenswürdiger und zugleich »tiefer« sein soll als der »Hochdeutsche«, ist gleichfalls rational schlicht nicht zu beantworten. Es geht hier auch nicht um die Verteidigung einer in einem diskursiven Design satisfaktionsfähigen These als vielmehr um den Entwurf eines (naheliegend uneingeschränkt positiven) kollektiven Selbstbildes von Stadt und Bewohnern, das in der Außenwirkung unstrittig äußerst erfolgreich war (und ist).

Allerdings lässt es die Kölner Dialektdichtung durchaus nicht bei einer pauschalen Abwertung des Hochdeutschen bewenden. In ihr existieren zahlreiche Parodien auf hochsprachliche Vorlagen – von Gedichten und Balladen bis hin zu Dramen und Opernlibretti –, die zu diesen eine durchaus ambivalente Beziehung unterhalten. Die Parodie setzt die implizite Anerkennung von Rang und Bedeutung der Vorlage voraus, andernfalls wäre das Original nicht parodiewürdig. Erst recht setzt sie dessen allgemeine Bekanntheit, seinen »Ruhm« voraus: Eine Parodie muss von der Vertrautheit des Lesers mit dem – durch sie stets durchscheinenden – Parodierten ausgehen können, sonst wäre sie sinnlos.

Gleichzeitig betreibt sie eine gezielte Subversion und Dekonstruktion, löst die Bannkraft des Originals durch einen Akt der programmierten Respektlosigkeit. Ein zentrales Mittel in diesem Sinne ist die Pathos-Zerstörung, die zu bewirken allein schon das Gefälle zwischen Hochsprache

50 Karl Meller: *Kölsch*, in: *Kölnisches Glockenspiel*, S. 44 f.

und Mundart in der Lage ist – Kölsch ist per se unpathetisch. »Und die Parodie, die gute Parodie, also die, über die allein sich zu reden lohnt, ist«, führt Hilgers aus, »nichts anderes als der Versuch, gegenüber einem übermächtig gewordenen Anspruch des Pathos die Freiheit zurückzugewinnen, zumindest die Freiheit des Lachens.«[51]

Die kölnische Mundart-Parodie kann sich in sehr unterschiedlichen Gestalten verwirklichen, sie kann sich weit vom Original entfernen oder nahe an ihm »dranbleiben«. Ein repräsentatives Beispiel für letzteres ist Jakob Dreesens (1843–1907) *De Lorelei,*[52] eine Parodie auf Heines womöglich berühmtestes Gedicht. Dreesen adaptiert Heines Strophenform und Reimschema, auch das charakteristisch zwischen Jambus und Daktylos schwankende, also de facto Senkungsfreiheit praktizierende Metrum. Dadurch fallen die Unterschiede zwischen Original und Parodie umso stärker, ja geradezu signalartig ins Auge. Hier ist die dritte Strophe:

> Do bovven huh sitz e Wievge,
> Dat lock jede Chreß, jede Türk,
> Met Päle besatz eß ehr Lievge,
> sei kämb sich ehr fussige Pürk.

Heines »Jungfrau« wird zum »Weibchen«, ihr »goldenes Haar« zur »fussigen«, also roten Perücke«[53]. Der »goldene Kamm« wird in Dreesens vierter Strophe zum »Luskamm«, zum Läusekamm. Die Strategie des Autors ist also die einer drastischen Trivialisierung, die in der Schlussstrophe noch eine originelle Pointe zeitigt: Zwecks Bekämpfung des mörderischen Lorelei-Treibens ruft der empörte lyrische Sprecher nach der Polizei. Der romantische Mythos, in dessen Zentrum die Verbindung von Liebe und Tod steht, wird zu einem Gegenstand der Verbrechensbekämpfung herabmoduliert.

Die mythische Heimatlichkeit von Alt-Köln, die sich aus einer Topografie des Imaginären, aus Mundart und angeblicher »Mentalität« formt, hat – das fällt bei der Lektüre der einschlägigen Dichtung unweigerlich auf – keinen urbanen, sondern einen dörflichen Charakter. Es fehlen dort alle Hinweise auf die anonymisierenden Effekte der Lebensform Metropole, im Verkehr der Menschen untereinander ist das enge Netz der Nachbarschaftlichkeit auf engem Raum gespannt. Auch jene wirtschaftliche und soziale Mobilisierung und Modernisierung, wie sie für die moderne Großstadt typisch ist, wird ausgespart. In der Bildersprache herrscht eine spitzweghafte Idyllik vor, eine utopische Zuständlichkeit. Bezeichnenderweise ist der Handlungsort der Stücke der Hänneschen-Bühne gerade nicht Köln bzw. die Kölner City, wo das Theater bis heute seinen Standort hat, sondern das fiktive Knollendorf im agrarisch-bäuerlichen Umland.

---

51 Hilgers: *Vorwort* zu: *Kölsche Parodien*, S. 9 f.

52 Ebd., S. 111; Interpretation der Parodie bei May: *Mundartdichtung*, S. 136–140.

53 Die »Pürk« lässt allerdings auch die Übertragung auf das »natürliche Kopfhaar« zu, »besonders wenn dieses lang, ungepflegt, ungeordnet ist« (Wrede: *Neuer Kölnischer Sprachschatz* (3 Bde.), Köln [11]1993, Bd. 2, S. 323).

Der Mythos vom Ursprung, dem sich »Alt-Köln« verbindet, ist also nicht einer der Großstadt, sondern der Region, der Provinz. Damit gerät die Kölner Mundartliteratur, verstanden als gedichtete Provinz, in den Bann jener Antithetik – besser vielleicht: Dialektik – von Metropole und Provinz, von Moderne und Antimoderne, wie er (nicht ausschließlich) für die deutsche Literaturgeschichte seit dem 19. Jahrhundert überhaupt strukturbildend, allerdings erst in den 70er und 80er Jahren des vergangenen Jahrhunderts im Zuge einer neuen Aufmerksamkeit für die (literarische) Provinz Gegenstand intensiver germanistischer Forschung wurde.[54]

12.5 Im Fokus: Willi Ostermann

Tatsächlich sieht sich damit auch die Kölner Mundartliteratur in jene Diskussion um eine politische Ausrichtung der »Heimatkunst« verwickelt, die ein Teilbereich des Debattenfeldes »Literatur und Provinz« war und ist. Ist »Alt-Köln« die Chiffre für eine reaktionäre Verweigerung gegenüber der Moderne, für die Ausblendung jener Tendenzen und Konflikte, die auch und gerade im literarischen Feld der Bearbeitung harren? Oder vielmehr für ein – in seinem diskursiven Gehalt legitimes – zivilisationskritisches Gegenmodell zu einer alle Lebensbereiche kolonisierenden und egalisierenden Rationalisierung, Ökonomisierung und Industrialisierung?

Als Alternative formuliert, lässt sich die Frage deshalb schlecht beantworten, weil mundartliche Heimatdichtung von Haus aus und per se eben nicht entweder »reaktionär« oder »progressiv« ist. Sie kann beides sein – und sogar beides zugleich insofern, als sich die entsprechenden Potenziale erst in der jeweiligen Rezeption in der einen oder anderen Richtung entfalten, unterschiedlichen Codes dienstbar gemacht werden. In diesem Sinne konnten die regional akzentuierten Anti-AKW-Proteste der 70er Jahre als Ausweis hinterwäldlerischer Fortschrittsfeindschaft kritisiert oder als Umweltinitiativen auf der Höhe der Zeit gegen eine für diese Belange unsensible Legislative und Exekutive begrüßt werden. Mundart und Mundartdichtung können auf dieser Linie genauso Ausdruck und Vehikel einer sich gegen das »Fremde« aggressiv abschließenden Heimatideologie sein wie die Äußerungsform einer – marxistisch gesprochen – unterdrückten Klasse, die von »hochdeutschfähiger« Bürgerlichkeit aus dem approbierten Diskurs ausgeschlossen wird.

Wie in einem Brennglas erscheinen diese Ambivalenzen und Ambiguitäten in der Lieddichtung von Willi Ostermann (1876–1936), des wohl berühmtesten kölschen Volkssängers, dem es gelang, »Heimat« auch außerhalb Kölns als exotischen »Exportartikel«[55] zu vermarkten. Deshalb erheischt der »Fall Ostermann« im Kontext der vorstehenden Erörterungen eine ausführlichere Würdigung. Die Rezeptionsgeschichte ist fürwahr vielseitig und spektakulär divergent. Hans Mayer etwa entschied sich in seiner 1980er Dankesrede zur Verleihung des Kölner Lite-

54 S. dazu u. a. die Arbeiten von Mecklenburg, darunter *Erzählte Provinz* und *Die grünen Inseln.*

55 May: *Mundartdichtung*, S. 230.

raturpreises für die »progressive« Codierung: Ostermann als der »Poet der kleinen Leute« in einer dezidiert »plebejischen« Tradition, der Dichter der Genrebilder »von unvergleichlicher Echtheit«:

> Darin lebt noch das bäuerliche Köln, und das Volk zwischen Altermarkt und Rheinufer: arme Leute, oft auch reines Gesocks. Kurz bevor ich zur Welt kam, nach dem Fastelovend 1907, trat Ostermann zum ersten mal hervor und fand sogleich seine poetische Ausdrucksform: »Dem Schmitz sing Frau es durchgebrannt«. Eine Tragödie, die abgewehrt wird mit dem Spruch: »d'r Schmitz, dä laach sich halb kapott.« Und man sage mir nicht, es sei philologische Spinnerei, wenn ich dieselbe Thematik und auch Chansontechnik bei Offenbach wiederfinde: beim Auftrittslied des »Ritter Blaubart«, der seine lieben Gattinnen umzubringen pflegte: »Nie war je ein Ritter so, wie der Ritter Blaubart froh!«
>
> Es ist Literatur der kleinen Leute. In den besten Dialektliedern Ostermanns handelt es sich um eine schöne und echte Poesie. Die Wienanz mit ihrem fragwürdigen Hasenbraten, die Leute vom Kindtauffest Unter Krahnenbäumen, dat Schmitze Billa, die vielen anderen: es wird mir nicht schwer, sie wiederzuentdecken in den Geschichten von Heinrich Böll.[56]

Nahezu gegensätzlich fällt Mays Urteil über Ostermann aus: »Zwar finden wir«, heißt es über die einschlägigen Reaktionen auf den Ersten Weltkrieg und Ostermanns *Plattkölsche Kriegsgedichte über die großen Ereignisse im Jahre 1914*,

> bei fast allen Mundartdichtern Sprüche der nationalen Euphorie, aber nur wenige verstiegen sich zu jenem nationalistischen Größenwahnsinn, den wir bei Ostermann feststellen können. Bei Ostermann geht die MAD [sc. Mundartdichtung, d. Verf.] direkt und ohne Brüche in der reaktionärsten Heimatideologie auf. Sie ist aggressiv, rassistisch und steht in totaler Abhängigkeit von der wilhelminischen Idee eines Germaniens, das sich aus vielen Stämmen zusammensetzt. So ist Ostermann auch einer der eifrigsten Apologeten einer germanisch-rheinischen Stammesideologie. Seine Kriegsgedichte sind gespickt mit Appellen an die tapferen rheinischen Soldaten, das Reich und seine Grenzen zu verteidigen und seine Feinde zu bestrafen.[57]

Viele Leser werden es spontan nicht für möglich halten, dass in diesen Zitaten jeweils vom selben Autor die Rede ist. So oder so lässt sich der Widerspruch nur schwer mit dem Hinweis auflösen, dass jener Urteiler richtig, der andere aber eben falsch liegt. Einseitig nach entgegengesetzten Richtungen hin sind ohne Zweifel beide Statements, aber die Möglichkeit solcher extrem unterschiedlichen Wertungen – hier Zustimmung aufgrund einer »linken«, dort Ablehnung aufgrund einer »rechten« Codierung – liegt in der Sache selbst begründet, in der Deutungsoffenheit des Phänomens Ostermann.

---

56 Hans Mayer: *Dankrede*, S. 131.

57 May: *Mundartdichtung*, S. 232.

Vorab: Bedenkenswert ist Mays Hinweis auf die Möglichkeit einer Konvergenz von Haus aus tendenziell gegensätzlicher ideologischer Impulse, eines forcierten Regionalbewusstseins und eines die regionalen Unterschiede integrierenden und absorbierenden Reichsnationalismus:

> Bei Ostermann finden wir also eine Idee des Raumes, die voll und ganz von der herrschenden Ideologie des wilhelminischen Zeitalters dominiert wird. Die Eigenständigkeit der Provinzen, Landschaften und auch der alten Stadtlandschaften gilt nur insoweit diese sich als Teile des Reiches verstehen, und ihre »Eigenarten« als »völkische« verstehen.[58]

Auf dieser Linie gelang dann auch im Dritten Reich die Verbindung des scheinbar Inkompatiblen. Der Dialekt-Partikularismus – angeblich ein Hindernis nationalstaatlicher Einigung, tatsächlich aber wehrlos gegen seine gezielte ideologische Inanspruchnahme – fand den Weg zu »nationaler Zuverlässigkeit«: »Von den Nationalsozialisten wurde der Begriff ›Heimat‹ systematisch ideologisiert; seine im Kern antizentralistische Tendenz wurde neutralisiert und vollständig in den Dienst der groß-deutschen Idee gestellt.«[59]

Vor diesem Hintergrund ist es alles andere als überraschend, dass der Epochenbruch zwischen Weimarer Republik und Drittem Reich in Ostermanns persönlicher Biografie keinerlei Verwerfungen zeitigte – der Lieddichter machte im Wesentlichen in seinem hergebrachten Modus weiter. Ambivalenz und Ambiguität – exemplarisch können sie nachgewiesen werden anhand seines letzten und wohl bekanntesten Liedes, von dem bereits kurz im Kapitel »Köln und Exil« die Rede war.[60] *Heimwih noh Kölle* enthält außer dem legendären Refrain und drei »unverdächtigen« Strophen eine weitere – die zweite –, die (mit Gründen) weniger bekannt, dabei aber höchst aufschlussreich ist:

> Ich han su off vum Rhing gesunge,
> von unsem schöne, deutsche Strom.
> Su deutsch wie he ming Leeder klunge,
> Su deutsch bliev Köln met singem Dom.[61]

Hier ist, wenngleich ohne sonderlich aggressive Instrumentation, die oben beschriebene Verschmelzung von Regionalismus und Nationalismus sozusagen in einer Idealform zu beobachten. Rhein und Dom, die »klassischen« topografischen Ingredienzien der Köln-Imago, sind hier beides: »kölsch« und »deutsch«. Diese Ineinssetzung ist, wie gesagt, nicht nazistischen

58 Ebd.
59 Hans-Joachim Roth: *»Heimat« und Mundart als Faktoren kultureller Identität*, in: Schmitt/Thyssen (Hg.): *Einstellungen und Positionen*, S. 75–95; hier: S. 78.
60 S. S. 144f.
61 Willi Ostermann: *Heimweh nach Köln*, S. 110 f.

Ursprungs, sondern hat ihre aus Josef Nadlers Stammespoetik genährten Wurzeln im Wilhelminismus. Im Sinne einer Kontinuität von Ideologien aber schlägt sie unverkennbar eine Brücke zwischen Kaiserreich und Drittem Reich. Und es ist genau diese Kontinuität, die sich bei Ostermann im Biografieverlauf spiegelt.

Aber abgesehen davon, dass die damaligen Machthaber Ostermanns letztes Lied 1944 trotz seiner systemkonformen zweiten Strophe wegen »Wehrkraftzersetzung« auf den Index gesetzt haben sollen[62] – nicht bestritten werden kann, dass das beschriebene Amalgam von Regionalismus und Nationalismus in vielen Ostermann-Liedern nicht anzutreffen ist. Da kommt dann tatsächlich Mayers Lobrede auf den Poeten »der kleinen Leute« zum Zuge. Zu den berühmten einschlägigen Genreszenen zählt *Kutt erop!* von 1926, das ein häusliches Unglück in einem Haus in der Achterstraße im Severinsviertel zum Gegenstand hat.

Hier ist der legendäre Refrain:

Kutt erop! Kutt erop! Kutt erop!
Bei Palms, do es die Pief verstopp.
Et hät die ärm Frau Palm
die ganze Stuff voll Qualm.[63]

Im kleinbürgerlichen Umfeld dieser an das Hänneschen-Theater gemahnenden Straßenszene wächst sich der Kinderstreich, als welcher sich die Rohrverstopfung herausstellen wird, zu einer veritablen Katastrophe aus. Die »Kutt erop!«-Aufforderung gewinnt dank der zweimaligen Wiederholung einen alarmistisch-hysterischen Charakter – der sich übrigens in Ostermanns eigener Vertonung dergestalt zur Wirkung bringt, dass das basale melodische Modell große Ähnlichkeiten mit dem französischen Revolutionslied *Ça ira* aufweist. Letztlich stehen Ursache und Wirkung nicht in einem angemessenen Verhältnis – was den komischen Effekt zur Folge hat. Viel Lärm um nichts! Trotzdem ist die erzählte Szene nicht nur komisch. Der Leser/Hörer des Liedes wird auch Zeuge eines nachbarschaftlichen Voyeurismus, dem es nicht um Hilfe geht, sondern um den puren Sensationskitzel des Ereignisses. In engem Rahmen entwickelt sich hier eine Milieustudie von beträchtlicher Tiefenschärfe.

Mayer macht Heinrich Böll als Ostermanns legitimen Erben geltend. Inwiefern das berechtigt ist, sei dahingestellt, immerhin geißelte Böll mit Blick auf die NS-Zeit die »ganze kölsche Heimatscheiße, in Liedern, in der Sprache«, die ihm »spätestens ab 1941 unerträglich geworden«[64] sei. Die Diktatur kontaminierte – so lässt sich das Statement deuten – die komplette Tradition der Heimatdichtung. Sie raubte ihr die vermeintliche »Unschuld«, ließ sie unter die Herrschaft

62 Dies wird jedenfalls bis heute immer wieder kolportiert, wenngleich ohne genauen Beleg.

63 In: *Ein Leben für den Frohgesang am Rhein*, S. 90 f.

64 Böll in einer Diskussion im Abendstudio des Hessischen Rundfunks, in: Alexander Mitscherlich/Gerd Kalow (Hg.): *Hauptworte – Hauptsachen*, S. 21.

des Verdachts geraten. Näher als der Hinweis auf Böll liegt anlässlich der Frage nach einer so produktiven wie ideologisch unverdächtigen Ostermann-Rezeption derjenige auf die Kölner Mundartband Bläck Fööss (und ihre Nachfolger). Ein Song wie *Lange Samstag en d'r City* von 1977 atmet unverkennbar Ostermann'schen Geist.

12.6 Mundartliteratur progressiv – zwischen Bläck Fööss und BAP

Wie auch immer: Charakteristisch für die Kölner Mundartdichtung bis weit in die zweite Hälfte des 20. Jahrhunderts hinein ist ihre Abneigung gegen das »Politisieren«, gegen die kritische oder gar aggressive Auseinandersetzung mit als solchen erkannten allgemeinen Missständen, ihre Status-quo-Haltung und ihr prinzipielles Einverständnis mit der Welt in der jeweils aktuellen Beschaffenheit. Ein intimer Kenner der Materie wie Hilgers stimmt diesem Befund zu und wertet ihn zugleich positiv:

> Man [...] kann die Artikulation des Unbehagens vermissen, das kämpferische Engagement, den geharnischten Protest gegen was auch immer. [...] Argumentative Politik überläßt die Mundart besser der Hochsprache. Da hat sie ihr nichts voraus als die Möglichkeiten, zu parodieren und – zu schimpfen. Wer in Mundart politisiert, mißbraucht sie als Mittel zum Zweck.[65]

Hier werden freilich der Mundartdichtung Potenziale einigermaßen vorschnell abgesprochen, über die sie prinzipiell sehr wohl verfügt. Diesbezüglich ist ein Blick über die Kölner Region hinaus angezeigt. Die Literaturlandschaft Bayern etwa hält mit Marieluise Fleißer, Martin Sperr und Franz Xaver Kroetz Autorenbeispiele dafür bereit, dass sich Dialekt- oder dialektnahe Literatur mit schärfster Gesellschaftskritik verbinden kann (wobei allerdings, das sei konzediert, ein Unterschied besteht zwischen Dialektliteratur und dem Einsatz des Dialekts als Mittel der Figurencharakterisierung im Drama; der Dialekt wird dann nicht auf der Autor-, sondern auf der Darstellungsebene geschrieben bzw. gesprochen).

Nämliches gilt für das Wiener Volkstheater eines Johann Nestroy, dessen im aufklärerischen Blick »von unten« artikulierte Kritik an sozialen Missständen eine unversöhnliche Schärfe gewinnen kann. Dem Kölner Hänneschen-Theater geht diese weithin ab[66] – wobei sich ein Vergleich allein deshalb anbietet, weil dramaturgische Prinzipien und Typenarsenal jeweils die nämlichen Wurzeln haben: in der Commedia dell'Arte.

---

65 Hilgers: *Heimatdichtung*, S. 126.

66 S. dazu Reinert-Schneider: *Dialektrenaissance?*, S. 90: »Das Hänneschen-Theater ist von Anbeginn weit konservativer als das Dialekttheater anderer Städte. Das prägt den Werdegang der Kölner Dialektdramatik, in der bis heute nicht ein einziges kritisch-entlarvendes oder emanzipatorisches Signal auf der Grundlage sozialer Differenzierung gegeben wurde.«

Abb. 25 Die Bläck Fööss, 2022.

So wird man besondere lokale Verhältnisse dafür verantwortlich machen müssen, dass die Kölner Mundartliteratur den Weg zu einer »kritischen« Heimatkunst nicht nehmen konnte, jedenfalls nicht genommen hat. Der Sachverhalt kann hier nicht weiter analysiert werden, vermutet werden muss, dass in Köln schlicht die Ressourcen fehlten, die jene hätten befördern können – und zwar auf der Nachfrageseite (sprich: bei einem zwar an Mundart, nicht aber an Sozialkritik interessierten kleinbürgerlichen Publikum) genauso wie folgerichtig auch auf der Angebotsseite.

Die Verhältnisse änderten sich dann seit den frühen 70er Jahren des 20. Jahrhunderts, als der politisch-gesellschaftliche Aufbruch der 60er Jahre auch in Teile der Mundartszene hineinzuwirken und das bislang weithin unangefochtene Paradigma »Alt-Köln« auszuhebeln begann. Das frühe Beispiel eines kritisch-analytischen Einsatzes von Dialektsprache liefern die drei zwischen 1969 und 1972 vom WDR erstgesendeten Mundart-Hörspiele des Kölner Hochsprachеautors Dieter Kühn, die der Greven-Verlag 1976 unter dem Titel des ersten Hörspiels, *Op der Parkbank*, gesammelt veröffentlichte. Ausgerechnet Martin Sperr übersetzte übrigens *Op der Parkbank* ins Bayerische – was zeigt, dass Kühn hier im Sinne eines »nichtaffirmativen« Gebrauchs der Mundart anerkannt und sein Ausflug in den Dialekt keineswegs als einer in die traditionelle »Heimatdichtung« aufgefasst wurde.

Der Autor selbst gibt im Nachwort über die Konzeption von *Op der Parkbank* Auskunft:

> Die alte Frau, die »op der Parkbank« sitzt und spricht, ist nicht ausschließlich ein »Phantasieprodukt«. Bei Spaziergängen im Stadtwald von Düren hatte ich wiederholt eine alte Frau gesehen, wir begannen uns zu grüßen, zu den Grüßen kamen bald Fragen und Antworten, es entwickelten sich Gespräche. Als eins dieser Gespräche sich ausdehnte, lud mich die alte Frau ein, auf ihrer Bank Platz zu nehmen. Und sie erzählte! Freilich hat sie nur einen Text dessen erzählt, was Frau Bensberg im Monologtext sagt; weitere Materialien kamen aus anderen Quellen.[67]

Kühn zufolge ist also der Protokollcharakter des Hörspiels in Teilen fingiert, der Monolog der Frau Bensberg somit eine Collage, hinter der genuin künstlerische Darstellungsinteressen stehen. Dabei geht es um die Vergegenwärtigung der Lebenssituation in einem Altersheim aus dem Mund einer Betroffenen. Der komische Aspekt der Rede – das repetitive Kreisen um immer dieselben Motive, den Zustand der »Bronschijen« z. B. und die stinkende Zimmergenossin – verdeckt nicht die deprimierenden Aspekte eines Lebensabends, an dem teils mit Gewaltfantasien gespicktes ubiquitäres Schimpfen und Klagen über Menschen und Zustände lediglich selbst erlittene Kränkungen und Versehrungen kompensiert. Der Monolog selbst thematisiert diese Beziehung keineswegs, die psychologisch interpretierende Aktivität des Hörters oder Lesers muss sie erschließen.

Der Aufbruch der 70er Jahre in der Kölner Mundartdichtung fand aber vor allem im Lied statt, das seine spezifische Wirkung allerdings besonders in jenem Zusammenwirken von Text und Musik entfaltete, das in diesem Buch nicht analysiert werden kann. Die vorliegende Darstellung hat sich auf den Textaspekt zu beschränken. Ebenfalls nicht erschließen kann sie die schier unübersehbare Diversität und Vielfalt, zu der die einschlägige Szene in den vergangenen Jahrzehnten gefunden hat. Sie muss es im Folgenden bei zwei prominenten Beispielfällen belassen.

Auch das »neue« kölsche Lied etablierte sich – nicht ausschließlich, aber doch häufig – im institutionellen Kontakt mit dem Fasteleer. Es brach gezielt und bewusst mit der Tradition des seinerseits beharrlich fortlebenden Karnevalsschlagers. Dieses Phänomen lässt sich womöglich kaum besser beobachten als an der Geschichte und Repertoireentwicklung der Mundartgruppe Bläck Fööss.[68] Die 1970 gegründete Band, deren Mitglieder um den ersten Frontmann Tommy Engel in mehreren Vorläufer-Formationen gespielt hatten, vollzog gruppensoziologisch den Anschluss an britische Popbands und verabschiedete den überkommenen »Karnevalssolisten« Ostermann'scher Prägung. Musikalisch spiegelte sich die Neuausrichtung in einer stilistischen Viel-

67 Dieter Kühn: *Nachwort* zu: D. K.: *Op der Parkbank*, Köln 1976, S. 41–47; hier: S. 41 – S. auch Reinert-Schneider: *Dialektrenaissance?*, S. 85.

68 S. dazu Jürgen Pütz (Hg.): *Bläck Fööss – Lück wie ich un du*, Köln 1989; Peter Feierabend (Hg.): *50 Johr Bläck Fööss – Kölle es un bliev uns Heimat*, Berlin 2020.

seitigkeit, die über das konventionelle Karnevalslied weit hinausging und mit der Zeit Schlager, Pop, Jazz, Blues, Rock, Rock 'n' Roll, Disco, Funk und Reggae einbezog.

Ungewohnt gerade im Kontext des etablierten »bürgerlichen« Sitzungskarnevals war das »nicht-karnevalistische« Auftreten der Gruppenmitglieder in Jeans, mit langen Haaren und – gemäß dem Bandnamen – nackten Füßen. Bei konservativen Karnevalisten stieß diese Performance zunächst auf Befremden und Kritik – ein Symptom dafür, dass da zwei Sphären jedenfalls auf Anhieb nicht zusammenpassten bzw. die eine Seite sich den Erwartungen der anderen provokativ verweigerte. Nicht zuletzt zeigte sich diese Tendenz in der Erschließung neuer Themen, die es in der Kölner Mundartdichtung so bislang nicht gegeben hatte – und die konservative Alt-Köln-Vertreter weder für möglich noch für wünschenswert gehalten hatten und hielten. Lieder wie *Topp ävver beklopp*, eine Auseinandersetzung mit dem Flick-Spendenskandal, und *Am Arsch der Welt*, eine Kritik an den Absurditäten des seinerzeit verpflichtenden Grundwehrdienstes, stießen auf deutliche Ablehnung des karnevalistischen Traditionspublikums.[69]

Drei Hits der Bläck Fööss seien hier kurz vorgestellt, auf dass auch die sozial-politische Physiognomik des »neuen« Kölsch-Liedes konkreter gefasst werden kann. *En unserem Veedel*, von den Band-Mitgliedern Erry Stoklosa, Tommy Engel und Hartmut Priess 1973 geschrieben,[70] also noch in der Aufgangsphase der Band, aktiviert unstrittig viele Bestandteile der Alt-Köln-Mythologie: Überschaubarkeit des urbanen Umfelds, nachbarlicher Zusammenhalt, eine Sozialromantik des Miteinanders. Es gibt jedoch bezeichnende Unterschiede: Während »Alt-Köln« keine spezifische stadträumliche Differenzierung kennt, etabliert sich mit dem »Veedel« eine »Sub-Einheit«, die die Teilung, die Ausdifferenzierung des Lebensraums Stadt nicht nur konstatiert, sondern auch akzeptiert und befürwortet.

Vor allem aber artikuliert das Lied im Unterschied zur affirmativen Alt-Köln-Lyrik einen Protest: Es wendet sich gegen die Zerstörung der gewachsenen Veedel durch eine städtebauliche Modernisierung, die Schneisen wie die Nord-Süd-Fahrt durch gewachsene kleinräumliche Strukturen schlug und an den Rändern Trabantenstädte wie Chorweiler konzipierte und errichten ließ. Die Tendenz des Liedes ist – ähnlich wie des zitierten, sich einem »neuen Veedel« widmenden Gedichts von Heribert Klar, eines eher »konventionellen« Mundartdichters – nicht diffus nostalgisch, sondern kritisch. Dass sie im Verlauf ihrer begeisterten Rezeption zum Statement eines sentimentalen Köln-Gefühls umcodiert werden konnte, zeugt bis heute von dessen Absorptionsfähigkeit, der auch die Vereinnahmung selbst harter Köln-Kritik umstandslos gelingt.

---

69 *Eine Sehnsucht nach Gemeinsamkeit. Köln besingt sich selbst und ist sich oft auch selbst genug.* Kafi Biermann und Bömmel Lückerath im Gespräch mit Helmut Frangenberg, in: Helmut Frangenberg (Hg.): *Arsch huh, Zäng ussenander! Gegen Rassismus + Neonazis. Eine Stadt. Eine Bewegung. Ein Aufruf*, Köln 2012, S. 129–136; hier: S. 132.

70 Text online unter: https://www.blaeckfoeoess.de/page-23/page-41/index.html – S. dazu Horst Stellmacher: *Eine Kölner Hymne für die Ewigkeit*, in: *Kölner Stadt-Anzeiger* vom 6./7. Mai 2023, S. 25.

Ähnliches widerfuhr dem im nämlichen Jahr entstandenen Marsch-Hit *Mer loße d'r Dom in Kölle* der längst zu einer »kölschen Nationalhymne« avancierte und damit zum Opfer eines unwillkürlichen oder auch interessierten Missverständnisses wurde: »Text-Thema ist eigentlich nicht der Dom, sondern die Stadt-Baukonzeption, Hochhäuser des internationalen Betonstils bis an den Rand der Innenstadt heranzuziehen und damit, um der Skyline einer ›Weltstadt‹ willen, die Maßstäbe der Kölner Stadtarchitektur zu zerstören.«[71]

Legendär sind die Bläck Fööss aber auch für ihre auf Anhieb unpolitischen und doch sozialphysiognomisch scharfsichtigen »Milieustudien« – zu denen auch das bereits erwähnte, 1977 auf einen Text von Hans Knipp komponierte Lied *Lange Samstag en d'r City* gehört. Geschildert wird dort in einer rudimentären Erzählform der Großeinkauf einer dreiköpfigen Proletarierfamilie mit »Paps« monatlicher Lohntüte an einem verkaufsoffenen Samstag in der völlig überlaufenen Kölner City. Das (sich charmant auf »City« reimende) »Titti« ist dabei ein die Nerven strapazierender Faktor sui generis, der auch immer wieder köstliche, szenisch angespitzte Komikeffekte zeitigt.

Die Bereitschaft der Familie, sich unter offensichtlich widrigen Umständen dem obwaltenden Kauf- und Verkaufsrummel zu überlassen, mag man als Fähigkeit des Kapitalismus interpretieren, den linken »Klassenstandpunkt« im eigenen und gegen das Interesse der Betroffenen zur Auflösung zu bringen. Diese resignative Erkenntnis ist aber ganz offensichtlich nicht der Zielpunkt des Liedes. Als Einblick in die Lebenswelt urbaner Unterschichten wohnt ihm so oder so eine beträchtliche und sich unmittelbar mitteilende Prägnanz inne.

Ein Problem ist unübersehbar – es taucht auch in diesem Metier immer wieder auf: Für die Kölner Mundart im Sinne eines »tiefen Dialekts« kann der Liedtext kaum mehr stehen, sie wurde hier im Interesse einer überregionalen Verständlichkeit und damit auch der Verbesserung von Absatz- und Verkaufschancen »weichgespült«. Ein Beispiel liefert gleich die erste Strophe:

Lange Samstag en d'r City
Pap un Mam die jon mem Titti
Tata Teita durch de Stadt
Weil et Jeld jejeben hat.[72]

Mundartlich korrekt wäre in der vierten Zeile »jejovve hätt« gewesen. Dass diese Version den Reim ruiniert hätte, kann als Einwand nicht geltend gemacht werden – die kölsche Mundart verfügt von Haus aus über ausreichende Reimoptionen, so dass ein Ersatz ohne weiteres möglich gewesen wäre. Tatsächlich ist »jejeben hat« ein eindeutiger Verstoß gegen die einschlägigen Regeln, der Liedtext befindet sich hier bereits auf dem Weg zur standardisierten Hochsprache. Das Ergebnis ist ein unbefriedigender Zwitterzustand, der von »außerkünstlerischen«

71 Hilgers: *Der Dom in der Kölner Mundartliteratur*, S. 181.

72 Liedtext online unter: https://www.blaeckfoeoess.de/page-23/page-55/index.html.

Imperativen herbeigeführt wurde: Die Marktgesetze üben auch und gerade auf die Mundart gleich welcher Spielart den Druck der Uniformierung und Egalisierung aus.

Sehr viel eindeutiger, radikaler, aggressiver als im Fall der Bläck Fööss artikuliert sich ein dezidiert »linkes« politisches und soziales Engagement in den Liedern, die Wolfgang Niedecken (1951 in Köln geboren, lebt er bis zur Stunde im Kölner Süden) für seine 1976 gegründete Kölschrock-Band BAP textete und komponierte – und als Frontmann der Formation auch selbst sang. Der Titel der 1979 aufgenommenen LP *Wolfgang Niedecken's BAP rockt andere kölsche Leeder*, die zum überregionalen Durchbruch führte, ist Programm: Niedecken, zu dessen Vorbildern Neil Young, Leonard Cohen und Bruce Springsteen zählen, vor allem aber Bob Dylan, die Legende des amerikanischen Protestsongs, wendet sich mit seinen »anderen« Liedern gegen die Köln-tümelnde Dialektpflege des gewohnten Mundartliedes, die »dem Dialekt die Schärfe nimmt«[73], und entschieden auch gegen die institutionelle Verflechtung mit dem (abgelehnten) Karneval.

In diesem Sinne wird die Mundart, zu der bei Niedecken auch assimilierte Anglizismen gehören, zum Vehikel einer neuen, harten Ehrlichkeit, die subversiv wirkt, indem sie die Dinge beim Namen nennt:

> Das »Vortäuschen eines Veedels«, wohlwissend, dass das Viertel längst zerstört und als Objekt von Spekulationen zum Sanierungsgebiet erklärt wurde, hält er für unzulässig. Die Opposition gegen solche unterhöhlten Normen und Werte war für Niedecken zündendes Motiv, überhaupt Lieder zu machen.[74]

BAP hat sich in innerstädtische Auseinandersetzungen eingemischt – etwa mit dem *Stollwerck-Leed*[75] (1981), das den Konflikt um die geplante Sanierung und Besetzung des Stollwerck-Geländes im Severinsviertel beleuchtete. Dabei wird der in Köln gerne als Mentalitätsfaktor romantisierte und sentimentalisierte »Klüngel« als schlichte Korruption kenntlich. Noch ein Liedtext wie *Unger Krahnebäume*[76] aus dem Album *Sonx* von 2004 beklagt die autogerechte Zerstörung eines urbanen Quartiers durch die die Straße »amputierende« Nord-Süd-Fahrt.

Hinzu kamen beharrlich allgemeinpolitische Themen wie die Nato-Nachrüstungspläne in der Zeit der Friedensbewegung, die deutsche Asylrechtspolitik und immer wieder Rassismus, Rechtsradikalismus sowie die – von Niedecken jedenfalls so gesehene – Geschichtsvergessenheit, der sich das kollektive Deutschland im patriotischen Taumel der Wiedervereinigung überließ. Zu den emblematischen Stücken in Niedeckens Song-Lyrik gehört *Kristallnaach* aus *Vun drinne noh drusse*, dem 1982 erschienenen vierten BAP-Album. Der Autor schrieb es nach eigenem Be-

73 Reinert-Schneider: *Dialektrenaissance?*, S. 80.

74 Ebd., S. 100.

75 *BAP. Die Songs 1976–2006. Herausgegeben, ins Hochdeutsche übertragen und mit Einführungen versehen von Oliver Kobold*, Hamburg 2006, S. 62.

76 Ebd., S. 518.

kunden[77] in Griechenland vor dem atmosphärischen Hintergrund der noch nicht lange zurückliegenden Militärdiktatur. Der Titel und Kernbegriff, in den jede der sechs Strophen ausläuft, kündigt keine lyrische Deutung des historischen Geschehens an, Niedecken geht es vielmehr um die potenzielle Jederzeitlichkeit und damit auch bedrohliche Aktualität einer faschistisch explodierenden »Volksseele«, um die massenpsychologischen Mechanismen, die (immer noch) zum Pogrom führen (können), die gesellschaftlichen Spannungen, die sich in ihm entladen. Hier die zweite Strophe:

Enn der Ruhe vüürm Sturm, wat ess dat?
Janz klammheimlich verlööß wer die Stadt,
Honratioren inkognito
Hasten vorbei,
Offiziell sinn die nit jähn dobei,
Wenn die Volksseele, allzeit bereit,
Richtung Siedepunkt wütet un schreit:
»Heil Halali« und jrenzenlos geil
Noh Vergeltung brüllt, zitternd vüür Neid,
Enn der Kristallnaach.[78]

Die Prägnanz und Dichte von Motiven und Metaphern ist beeindruckend, die Beschreibung der »Ruhe vor dem Sturm« samt den die Stadt verlassenden Honoratioren geeignet, beim Leser eine auratische Beklemmung zu erzeugen – wenn auch die allzu umstandslose Kurzschließung der 1938er-Pogromnacht mit Gegenwartsentwicklungen Einwände des methodenbewussten Historikers provozieren mag. Die Frage, ob der kölnische Dialekt dem Thema angemessen ist, darf mit einem »Ja« beantwortet werden – wenngleich dieses zurückhaltend ausfallen muss. Immerhin verzichtet Niedecken darauf, zentrale Begriffe des Gedichts – Volksseele, Siedepunkt, Vergeltung in der zweiten Strophe – zu »verkölschen«. Solchermaßen wird der Dialektcharakter spürbar ausgedünnt. »Schuld« daran mag die gedankliche Abstraktion sein, unbestreitbar ein Strukturmoment von *Kristallnaach*. Sie lässt sich in den Dialekt als eine Kommunikationsform sinnlicher Konkretheit nicht umstandslos überführen. Davon unabhängig stellt sich die Frage nach dem Zusammenhang von Form und Inhalt: Worin bestand – in einem strengen Sinne – die »Notwendigkeit«, die *Kristallnaach* auf Kölsch und nicht auf Hochdeutsch zu verfassen?

Niedecken schrieb auch den Text zum Titelsong der CD *Arsch huh – Zäng ussenander!*, der der gleichfalls von ihm mitorganisierten Großveranstaltung auf dem Chlodwigplatz am 9. No-

77 Wolfgang Niedecken: *Verdamp lang her. Die Stories hinter den BAP-Songs – eine Art Fortsetzungsroman. Aufgezeichnet von Teddy Hoersch* (= *KiWi-Taschenbuch*, Bd. 524), Köln 1999, S. 64 f.

78 *BAP. Die Songs 1976–2006*, S. 120 f.; hier: S. 120.

vember 1992 (dem Jahrestag des nazistischen Judenpogroms) das Rahmenmotto lieferte. An diesem durch Prominenten-Reden ergänzten Konzert, das sich gegen den an Angriffen gegen Immigranten und Asylbewerber ablesbar zunehmenden Rechtsradikalismus in Deutschland wandte und auch im Sinn einer Selbstaktivierung zu Zivilcourage aufrief,[79] nahm ein großer Teil der »neuen«, seit den 70er Jahren entstandenen Mundartszene teil, u. a. Bläck Fööss, Zeltinger Band, BAP, The piano has been drinking, L. S. E., Viva La Diva, Brings, Höhner. Künstlerisch wie politisch verband diese Gruppen und Personen bei näherem Hinsehen wenig – gemeinsam aber war ihnen, dass sie sich von den Formen und Themen der überkommenen Heimatdichtung so gründlich wie folgenreich verabschiedet und gezeigt hatten, dass kölnische Dialektsprache und eine wie auch immer »progressive« politische Orientierung einander nicht ausschließen.

79 S. die Dokumentation *Arsch huh, Zäng ussenander!*.

13. Köln divers

Die Literaturszene um die Jahrtausendwende

13.1 Zu neuen Ufern – Tendenzen und Veränderungen

1972 veröffentlichte Kiepenheuer & Witsch die – von Heinrich Vormweg herausgegebene – Textsammlung *Notizbuch. Neun Autoren – Wohnsitz Köln*. Sie liefert den Rahmen für das einschlägige Kapitel in diesem Buch,[1] das sich mit maßgeblichen Kölner Schriftstellern der Jahre um 1970 befasst. Nun gab es seinerzeit zweifellos mehr in der Domstadt lebende und arbeitende Schriftstellerinnen und Schriftsteller, aber die Prominenz hatte Vormweg damals, wie es auch im Abstand der Jahrzehnte scheint, zu einem Gutteil »abgegrast«. 1992, also 20 Jahre später, erschien die von Uta Biedermann zusammengestellte und bearbeitete Anthologie *Autorinnen und Autoren in Köln. Vorgestellt in Text und Bild,*[2] die nicht weniger als 162 Namen verzeichnet. Vormwegs Autoren tauchen dort übrigens erneut auf – abgesehen von Heiko Deters und den 1976 bzw. 1985 verstorbenen Paul Schallück und Heinrich Böll.

Ein unmittelbarer Vergleich zwischen den beiden Editionen ist nicht möglich und daher auch die Differenz zwischen den Autorenzahlen – neun dort, 162 hier – für sich genommen wenig aussagekräftig. Biedermanns Zusammenstellung ist allein vom Anspruch her ungleich breiter und repräsentativer angelegt als diejenige Vormwegs, der seinerzeit gezielt Auszüge aus Köln-Tagebüchern versammelte. Sie geht auch über den engeren Belletristik-Bereich hinaus und berücksichtigt die Mundartliteratur. Dennoch und eingedenk dieser Vorbehalte spiegeln die eklatant unterschiedlichen Zahlen ein Stück weit die stürmische Entwicklung der Kölner Literaturszene in den beiden Jahrzehnten zwischen den Veröffentlichungen. Unstrittig gab es um 1990 »mehr« Schriftsteller in Köln als noch 20 Jahre zuvor. Und während Vormwegs *Notizbuch* ausschließlich mit männlichen »Biodeutschen« aufwartete, vermittelt allein das Inhaltsverzeichnis der späteren Anthologie einen Eindruck von der respektheischenden Vielfalt und Diversität der Kölner Autorenszene zur Zeit ihres Erscheinens: nicht nur unter Gendergesichtspunkten, sondern auch unter solchen der geografischen wie kulturellen Herkunft und Verwurzelung.

Ausschließlich in dieser Vielfalt und Diversität findet, dialektisch formuliert, die Kölner Literaturszene der Jahrtausendwende ihre Einheit. Sie mag damit, wenn man so will, zum Vorschein jenes »emanzipierten Gesellschaftszustandes« werden, in dem, nach einem Diktum aus Ador-

1 S. 199–223.

2 Literarische Gesellschaft Köln/Freunde der Stadtbücherei e. V./LiK-Archiv der Stadtbücherei Köln (Hg.): *Autorinnen und Autoren in Köln. Vorgestellt in Text und Bild. Zusammenstellung und Bearbeitung Uta Biedermann*, Köln 1992.

nos *Minima Moralia*, Menschen »ohne Angst verschieden sein«[3] können. Diversität bestimmt selbstredend auch die je individuelle Stoff-, Perspektiven-, Stil- und Formenwahl. Einfacher als positive Bestimmungsversuche scheinen Feststellungen darüber, was die Kölner Literatur vor und nach 2000 alles *nicht* ist. Auffällig und nahezu durchgängig zu beobachten ist die Erschöpfung utopischer Energien, ein Verlust am Interesse, politische Großerzählungen in eine künstlerische Form zu gießen. Diese Entwicklung kündigte sich allerdings bereits in den 70er Jahren an und nahm mit dem Zusammenbruch des Realsozialismus Ende der 80er Jahre noch einmal Fahrt auf. Kölner Literatur um die Jahrtausendwende –nicht nur sie, es geht hier unstreitig auch um einen ortsneutralen Generaltrend – überbringt keine wie auch immer gearteten »Botschaften«, die Tradition eines operativ-eingreifenden Literaturverständnisses, wie es für die Selbst- wie Fremdwahrnehmung etwa eines Böll oder Schallück essenziell war, setzt sich auch dort nicht fort, wo man dem Kölner »Lokalheiligen« Böll pflichtschuldig Reverenz erweist. Eine gewichtige Ausnahme ist allerdings das Umweltthema, das wiederholt in Gestalt apokalyptischer Dystopien bearbeitet wird.

Zu beobachten ist vielmehr immer wieder das implizite Bekenntnis zu einer neuen »Privatheit«, die sich thematisch in heterogenen Formen des Realitätsbezugs äußert: im Interesse an problematischen Familiengeschichten und Paarbeziehungen, an der Schwierigkeit, angesichts der fordernden Drucksituationen in einer spätmodernen urbanen Lebenswelt überhaupt noch zu einer krisenfesten Ich-Konstitution und -Auffassung zu gelangen, kurzum: einen »Platz in der Welt« zu finden. In der Literatur der Minderheiten – vor allem der der außereuropäischen Immigranten wie der LGBTQ-Community – artikulieren sich erwartbar auch die Verletzungen durch Anerkennungsverweigerung seitens der etablierten Mehrheitsgesellschaft. Womit ihr dann doch wieder ein im engeren Sinn politisches Potenzial zuwächst.

Einigermaßen beharrlich wird, insbesondere im Kontext analytisch angelegter Plots, in deren Fall die ausgelegten Erzählfäden in einer sich erst allmählich enthüllenden Vergangenheit zusammenlaufen, die Nazizeit thematisiert.[4] Dies aber geschieht jetzt naheliegend verstärkt aus der Sicht der Enkelgeneration – weshalb der moralische Anklagegestus gegenüber den »Vätern« mehr oder weniger ausbleibt.

Schließlich ist – wohl unter dem Einfluss semiotischer und poststrukturalistischer Theorien auch auf die poetische Praxis – in der quantitativ dominierenden Erzähldichtung eine experimentelle Erweiterung narrativer Strategien zu konstatieren, die als solche allerdings wiederum kein Köln-spezifisches Phänomen ist. Die in der traditionellen Poetologie approbierte Unterscheidung zwischen Autor und Erzähler etwa, empirischem und künstlerischem Subjekt wird immer wieder planvoll deskonstruiert, greift zusehends ins Leere. Autorschaft wird fiktiona-

3 Theodor W. Adorno: *Gesammelte Schriften*, Bd. 4: *Minima Moralia. Reflexionen aus dem beschädigten Leben*, S. 114.

4 Dies ist z. B. der Fall in den in diesem Kapitel behandelten Romanen von Doris Konradi, Husch Josten und Orkun Ertener.

lisiert und virtualisiert. Die kategoriale Beziehung zwischen Literatur und außerliterarischer Wirklichkeit verschwimmt, die Frage, inwieweit Wirklichkeit überhaupt nur noch als Zeichen organisierender Text erfahrbar ist, steht im Raum, ohne dass im Einzelfall eine definitive Antwort möglich wäre. An die Stelle des »einfachen« Erzähltextes tritt dessen Autorepräsentation: Der Text macht sich zum Gegenstand seiner selbst, wird zum potenzierten Text, zum Text des Textes.[5]

Einheit in der Diversität, Diversität in der Einheit – das soll Gegenstand dieses abschließenden Kapitels sein, das allerdings wieder einmal beide Aspekte in der wünschenswerten Ausführlichkeit bei weitem nicht abzubilden vermag. Erneut soll an die Stelle einer Vollständigkeit anstrebenden Aufzählung die Fokussierung auf einige zentrale, exemplarisch personalisierte Aspekte treten. Die allfälligen Auslassungen und Nicht-Eerwähnungen sind in diesem Fall besonders misslich und schmerzlich. Keine Frage, dass das literarische Köln um die Jahrtausendwende es verdient, Gegenstand einer umfangreicheren und ausschließlich ihm gewidmeten Darstellung zu werden.

13.2 Aufbruch in den 80ern

Die End-70er und 80er Jahre zeitigten für die Kölner Literaturszene mit Marcel Beyer, Jochen Schimmang und Roland Koch (später: »Roland E. Koch«, weil der Autor nicht mit dem seinerzeitigen hessischen Ministerpräsidenten verwechselt zu werden wünschte) die Zugänge von drei nachmalig weit über die Domstadt hinaus bekannt gewordenen Autoren (zur Stunde wohnt allerdings von ihnen nur noch Koch am Ort, Beyer lebt in Dresden, Schimmang in Oldenburg). Während Schimmang und Koch sich als herausragende Erzähler etablierten, ist Beyer gleichermaßen als Lyriker, Romancier und Essayist hervorgetreten, hätte also auch einen Platz im folgenden Abschnitt über die reich figurierte Kölner Lyrik-Szene des ausgehenden 20. Jahrhunderts finden können. Dennoch sei er – zusammen mit den genannten Kollegen – an dieser Stelle ausführlicher vorgestellt, weil alle drei, grundverschieden in ihrem jeweiligen literarischen und schaffensbiografischen Profil, aber gleichermaßen produktiv und auch präsent in der literarischen Stadt-Öffentlichkeit, in einem allgemeinen Verständnis von Aufbruch und Vielfalt für ein neues Kapitel der Kölner Literaturgeschichte stehen.

Wegen seiner herausragenden und auch weithin anerkannten Stellung in der Landschaft der deutschen Gegenwartsliteratur muss der Blick zunächst auf Marcel Beyer[6] fallen, obwohl er nur

---

5 Beispiele dafür sind die hier besprochenen Romane von Marcel Beyer, Navid Kermani, Yannic Han Biao Federer und – im Sinne eines extremen Anwendungsfalls – Bastian Schneider.

6 S. zu Leben und Werk Marc-Boris Rode (Hg.): *Auskünfte von und über Marcel Beyer* (= *Fußnoten zur Literatur*, Bd. 46), Bamberg 2000; Torsten Hahn/Christof Hamann (Hg.): *Marcel Beyer*, Köln 2016; Christof Hamann (Hg.): *Marcel Beyer* (= *Text + Kritik*, H. 218/219), München 2018; Christian Klein (Hg.): *Marcel*

einige Jahre – von 1987 bis 1996 – in Köln lebte und arbeitete. Geboren 1965 im württembergischen Tailfingen, aufgewachsen in Kiel und Neuss, studierte er an der Universität/Gesamthochschule Siegen Germanistik und Anglistik und war dort Mitarbeiter des Literaturwissenschaftlers Karl Riha, bei dem er auch seine Abschlussarbeit über Friederike Mayröcker schrieb. Die enge und auch durch persönliche Begegnungen intensivierte Beziehung zu der österreichischen Lyrikerin, darüber hinaus zu Repräsentanten der Wiener Gruppe, die in Beyers Poetik zu einer starken Betonung des Materialcharakters von Sprache gegenüber ihrem Mitteilungscharakter führte, und im Studium die nachhaltige Beeinflussung durch den Nouveau Roman und den französischen Poststrukturalismus (in Gestalt von Jacques Derridas und Roland Barthes' Zeichen- und Gérard Genettes Erzähltheorie) waren maßgeblich für die Entwicklung von Beyers spezifischem literarischem Profil.

Dieses wird mit der Nennung der theoretischen und textpraktisch verarbeiteten Impulse nicht erfasst – wie bereits der von Suhrkamp veröffentlichte Roman *Das Menschenfleisch* von 1991 zeigt. Es handelt sich dabei um Beyers Debüt im engeren Sinn (vorangegangen waren allerdings Gedichtpublikationen in Anthologien und Privatdrucken mit strikt limitierten Auflagen). Dieses Buch soll, zusammen mit dem zweiten Roman *Flughunde* von 1995, der starke Resonanz in breiten Leserkreisen fand und den Autor mit einem Schlag als einen führenden Repräsentanten der jungen deutschen Literaturgeneration etablierte, hier auch deshalb im Zentrum des Beyer gewidmeten Abschnitts stehen, weil diese beiden in Sprachgestalt und Inhalt sehr unterschiedlichen, wenn auch thematisch verknüpften Texte in seine Kölner Jahre fallen. Beyers Lyrik soll dann noch in Verbindung mit einem spektakulären Kölner Thema gewürdigt werden.

In einem »Anhang« zu *Das Menschenfleisch*[7] scheint der Autor sich selbstgefällig als Poeta doctus zu inszenieren, insofern er die Quellen der in diesem Roman vorwaltenden »Mehrstimmigkeit [...] als exzessive Intertextualität«[8] ausstellt. Von beflissenen Zitatnachweisen kann keine Rede sein, dafür sind die – zudem in ungewöhnlichem Fließtext aneinandergereihten – Angaben, die großen Teilen der literarischen Moderne und eben der Starautoren des Poststrukturalismus gelten, zu ungenau. Sinn und Bedeutung des »Anhangs« erschließen sich vielmehr erst, wenn der Leser ihn als Teil des Romantextes selbst auffasst. Tatsächlich lässt sich das Buch als Montage zahlreicher Prätexte verstehen, aus deren wechselseitiger Spiegelung und Weiterverarbeitung etwas Neues entsteht. Ihre Nennung gehört essenziell zur Romankonstruktion.

Zu diesen auf Anhieb verwirrenden Effekten der Spiegelung und der Uneigentlichkeit gehört auch der erste »Paragraph« des »Anhangs«:

Beyer. Perspektiven auf Autor und Werk (= *Kontemporär. Schriften zur deutschsprachigen Gegenwartsliteratur*, Bd. 1), Stuttgart 2018.

7 Marcel Beyer: *Das Menschenfleisch. Roman* (= *suhrkamp taschenbuch*, Bd. 2703), Frankfurt/M. 1997, S. 159–162.

8 Susanne Düwell: *»Husky voices« und »Mischmundarten«. Stimme und Klang in Texten Marcel Beyers*, in: Hamann (Hg.): *Marcel Beyer*, S. 82–99; hier: S. 92.

> Am Anfang war da eine Notiz, wahrscheinlich von Jacques Lacan, wo es heißt, der Mensch, sei von Beginn seiner Existenz an die Sprache gebunden, schon in der Gebärmutter umgeben von den Sprachpartikeln, die durch das Fleisch an sein Ohr dringen, oder auch nur Vibrationen des Gewebes, unverständlich alles, aber unüberhörbar. Diesen Textabschnitt verlor ich, suchte danach ohne Erfolg. [...] Auch bei anderen Autoren fand ich sie [sc. Die Textstelle, d. Verf.] nicht, und ich bezweifle, dass es sie je gegeben hat.[9]

Hier liegt ganz offensichtlich eines jener ironischen Vexierspiele vor, wie Beyer sie immer wieder veranstalten wird. Zweifellos wäre es dem professionellen Geisteswissenschaftler möglich gewesen, die Lacan-Stelle zu finden[10] – wenn es sie denn gibt. So aber wird – exemplifiziert anhand eines Textes, der seinerseits einen Ursprung beschreibt – der Ursprung zum blinden Fleck, zum schwarzen Loch, zur Anwesenheit einer Abwesenheit, zur »Leerstelle«[11], um die ein kompletter Erzähltext kreist. Die »physische Unmittelbarkeit von Sprache«, um die es hier geht, ist in höchstem Maße »vermittelt«[12].

Der Roman selbst hat keine lineare Handlung und sperrt sich auf diese Weise – nicht nur damit – gegen ein bequem-konsumierendes Lesen. Nur mühsam und indirekt lässt sich ein dünner narrativer Faden ermitteln: In ein dichtes Gewebe aus intertextueller Montage und poetologischer Metareflexion – der (mit Beyer identische?) Autor des Anhangs spricht von »parasitärem Schreiben«[13] – ist umrisshaft die Geschichte einer nicht zuletzt wohl an der Eifersucht des Mannes scheiternden Liebesbeziehung zwischen einem ungenannten Erzähler und einer mit »K.« bezeichneten Frau gefügt. Der Gegenstand der Eifersucht – ein konkurrierender Liebhaber – bleibt imaginär, den Realitätsgehalt der Erzählersicht (auf der Handlungsebene) unbestimmt.

Das Besitzverlangen des Mannes nimmt dergestalt obsessive Formen an, dass er sich den Körper wie die Sprache der Geliebten und ihren Körper als Sprache einverleiben möchte – das reicht hin bis zu kannibalistischen Gewaltfantasien. Die Zunge ist dabei das beiden Sphären zugehörige »Mittlerorgan« zwischen Sprache und Körper. Solchermaßen wird die Sprache selbst zum Körper, dieser aber wiederum zum potenziell lesbaren Text. An der Lektüre von K.s Körper aber scheitert der Erzähler wie an einer nicht entzifferbaren Geheimschrift – was wiederum seine Eifersucht stimuliert. Er verstrickt sich ausweglos in einem Dschungel der Signifikanten, die wiederum auf Signifikanten, aber nicht mehr auf Signifikate verweisen.

All dies schlägt massiv durch auf die Sprachgestalt des Romans, von der bezeichnenderweise kaum zu sagen ist, ob sie auf die Rechnung des Erzählers oder des Autors geht. Die für die Ana-

9 Beyer: *Menschenfleisch*, S. 159.

10 S. dazu Eva Erdmann: *Amorphe Textkörper. Das Menschenfleisch (1991) zwischen zwecklosen Sprachen und einer Literatur der Montage*, in: Klein (Hg.): *Marcel Beyer*, S. 97–110; hier: S. 106.

11 S. dazu Livia Kleinwächter/Nicolas Pethes: *Poetik der Leerstelle*, in: Hamann (Hg.): *Marcel Beyer*, S. 131–147.

12 Düwell: *Stimme und Klang*, S. 93.

13 Beyer: *Menschenfleisch*, S. 159.

lyse von Erzähltexten von Haus aus triftige Unterscheidung läuft im Fall von Beyers Romandebüt ins Leere. Im Bruch mit grammatikalischer Konventionalität, im harten Staccato von Satzsplittern, in der Entmachtung der Interpunktion mag sich die Krise des Erzählers artikulieren, der Zerfall eines konsistenten, mit sich selbst identischen Ich, dem es nicht mehr gelingt, eine eigene Sprache zu finden. Über seiner »Sprachverwundung«[14] scheint der Erzähler zu verschwinden, zu sterben.

Aber ist der Tod des Erzählers auch der »Tod des Autors« (Roland Barthes)? Diese Frage ist – bezogen auf Barthes' Theorieparadigma – schwer zu beantworten. Beyer bringt sich hier als destruktiv-konstruktiver Organisator seines Sprachmaterials nachdrücklich zur Geltung. Das geschieht z. B., wenn Metaphern immer wieder wörtlich genommen werden und metaphorischem Sprechen dadurch überhaupt der Boden entzogen wird. Oder wenn ein Symbol – der für die Eifersucht stehende Rabe – als solches benannt und ausgestellt und damit lustvoll-provokativ um jenen Kunstcharakter gebracht wird, der ihm in traditioneller Dichtung zuwuchs. Die Beobachtung, »[...] an den Rändern des Narrativen findet der Krieg statt [...]«[15], setzt der Roman performativ um. Sprache scheint er mit Sprache »bekämpfen«, skelettieren zu wollen, auf dass das Skelett am Ende doch noch auf eine neue Weise sprechen möge. Der »Krieg« an den »Rändern des Narrativen« ist nicht nur einer der Geschlechter (auf der Ebene der Erzählhandlung), sondern auch (auf der Autorebene) einer mit dem und an der Grenze des Unsagbaren.

Die Motive der Körperlichkeit von Sprache und der Lektüre des Körpers verbindet *Das Menschenfleisch* mit dem Folgeroman *Flughunde.* Hier hat Beyer – vielleicht aus der Erkenntnis heraus, eine Wiederholung könne zur »Entwertung« der hoch experimentellen Signatur des Debüts führen – einen mehr oder weniger linear ausgeführten Plot und damit eine auf Anhieb zugänglichere narrative Form gewählt. Erzählstrategien wie Intertextualität und Mehrstimmigkeit bewirken allerdings auch diesmal eine außerordentliche Dichte und Komplexität der Konstruktion, die immerhin subkutan bleibt.

Der Erzählgegenstand der *Flughunde* ist gleichfalls in einer spektakulär anderen Sphäre angesiedelt als in *Das Menschenfleisch*. Wurde hier das Körper/Text-Problem im Bereich einer geschichtslosen Privatheit gestaltet, so liegt mit dem zweiten Buch im weitesten Sinn ein Geschichtsroman vor, der sich zudem, angesiedelt in einem Zeitraum zwischen 1940 und 1945, auf die traumatischste Phase der deutschen Vergangenheit bezieht: auf das Dritte Reich und die mit ihm verbundenen definitiven Zivilisationsbrüche in Gestalt von Vernichtungskrieg und rassistisch begründeter Ermordung von Millionen Menschen.[16]

Als Holocaust-Roman der »dritten Generation« (wobei die NS-Massenverbrechen allerdings nur indirekt zur Sprache kommen) ist *Flughunde* das Buch eines Autors, der seinen Dar-

---

14 Ebd., S. 156.

15 Ebd., S. 104.

16 S. dazu Ulrich Simon: *Assoziation und Authentizität. Warum Marcel Beyers ›Flughunde‹ auch ein Holocaust-Roman ist*, in: Rode (Hg.): *Auskünfte*, S. 124–143.

stellungsgegenstand nur vermittelt kennen kann und sich zudem nicht mehr in das Korsett jener Bewältigungsstrategien gezwängt sieht, die den Diskurs von Opfern und Tätern, aber auch von anklagender jüngerer und verdrängend-schweigender älterer Generation nach 1945 dominierten. Vielmehr wird der Verdrängungsdiskurs der Täter selbst zu einem Thema, das auch die Sprache des Romans formt – es geht somit genauso um das Verdrängen selbst wie um das, was verdrängt wird. So oder so musste sich Beyer angesichts seiner Wahl veranlasst sehen, zum Thema und sei es indirekt Stellung zu nehmen – was im und durch den Text selbst auch geschieht.

Die Klassifikation als Geschichtsroman impliziert keinesfalls die Behauptung, der Autor habe entweder bekannte und allgemein anerkannte »Tatsachen« narrativ ausgestalten oder Historie so darstellen wollen, wie sie hätte gewesen sein können. Ungeachtet der Zitate aus belegbaren Quellen »stimmt« in *Flughunde* lediglich die geschichtliche Rahmenkonstellation, der Handlungskern ist fiktiv – trotz einiger diffuser Übergänge etwa hin zu historisch verbürgtem Personal.

Erzählt wird der Roman im Wesentlichen aus den wechselnden, reißverschlussartig einander abwechselnden und sich bespiegelnden Perspektiven des Akustikers Hermann Karnau und einer Helga, die, obwohl der Nachname ungenannt bleibt, unschwer als älteste Tochter des NS-Propagandaministers Goebbels zu identifizieren ist.[17] Als Fachmann für die Technik der Übertragung von öffentlichen Reden erwirbt sich Karnau die Sympathie des Ministers. Und weil sich um die Goebbels-Kinder niemand so recht kümmern kann, wird er quasi als deren Kindermädchen angestellt. In dieser Funktion verbleibt er bis zum (Selbst-)Mord (an) der Goebbels-Familie am 1. Mai 1945 im Berliner »Führerbunker« – seine Beteiligung an diesen Vorgängen bleibt unbestimmt.

Der Zugang zu den Größen des Regimes ermöglicht Karnau die Inangriffnahme eines langgehegten, abstrusen und in seinen Dimensionen faustischen Projekts: Er will – in einem Akt der doppelten Vermittlung vom Klang zur Aufnahme und von der Aufnahme zur Archivierung – ein Verzeichnis, eine Kartierung aller, d. h. noch so unscheinbarer menschlichen Laute erstellen, also nicht nur sprachlicher Äußerungen. Die Intention, solche Laute auch experimentell zu erzeugen, und die (wahnhafte) Idee, die Betätigung der Stimmorgane führe zu – den Rillen auf einer zunächst »leeren« Aufnahmewalze vergleichbaren – Verletzungen, führen ihn schließlich zu (medizinhistorisch für die NS-Zeit bekanntlich belegten) Versuchen an lebendigen Menschen, denen der Kehlkopf aufgeschnitten wird. Dabei ist Karnau keineswegs ein überzeugter Nationalsozialist, sondern vielmehr jemand, der für sich die vom Regime geschaffenen Freiräume skrupellos ausnutzt, um den Imperativen einer inhumanen, von allen moralischen Skrupeln befreiten »Wissenschaft« zu folgen.

Hinter diesem Forscherdrang steht die Überzeugung des Akustikers, die Untersuchungen führten ihn zum »Innersten« des Menschen, zu jenem »Ort der Seele«, den übrigens er selbst als »Mann ohne Eigenschaften« in sich nicht finden kann:

---

17 S. den zusammenfassenden *Kommentar* von Christian Klein in: Beyer: *Flughunde. Text und Kommentar* (= *Suhrkamp BasisBibliothek*, Bd. 125), Berlin 2012, S. 295–334.

> Ich bin ein Mensch, über den es nichts zu berichten gibt. So aufmerksam ich auch nach innen horche, ich höre nichts, nur einen dumpfen Widerhall von Nichts, [...]. Ein Mensch wie ein Stück Blindband, das vor Anfang des beschichteten Tonbandes angeklebt ist.[18]

Wie oft bei Beyer geht es also auch in *Flughunde* um die Leerstelle des unbesetzten Ursprungs – wobei die fanatische Suche nach ihm diesmal auf kriminelle Abwege führt. Und ins wissenschaftliche Aus: Als man Karnau darlegt, dass der Mensch womöglich Laute produziert, die er selbst nicht hören kann, muss er sein Projekt als gescheitert ansehen. In diesem Zusammenhang erschließt sich auch die Bedeutung der »Flughunde«, des Zentralsymbols für Karnaus »nächtliche« Existenz: Während Fledermäuse der Ultraschallorientierung fähig sind, trifft dies auf Flughunde – von wenigen Ausnahmen abgesehen – nicht zu.

Da Beyer – bis auf eine Ausnahme – keinen auktorialen Erzähler einsetzt, sondern Ich-Erzähler, stellt sich die Notwendigkeit von Distanzsignalen im vorgestellten Rollendiskurs selbst. Im Fall von Helga geschieht dies, insofern etwa aus der verfremdenden Perspektive des Kindes das hohle Pathos von Goebbels' berüchtigter Sportpalast-Rede von 1943 (»Wollt ihr den totalen Krieg?«) dekonstruiert wird. Bei Karnau geschieht es durch die Platzierung von Widersprüchen und Ungereimtheiten – das Rollen-Ich ist ein in hohem Maße »unzuverlässiger Erzähler« – sowie durch die implizite Kritik am (sich selbst kritisierenden) Sprachhabitus, an den vorgestellten Gesten des Beschweigens, der »sachlichen« Neutralisierung, der Selbstexkulpation und -stilisierung als »Opfer«. Auf subtile Weise führt der Autor hier Sprache als Lüge vor.

Bezeichnenderweise taucht Köln in Beyers Dichtung in einem Kontext auf, in dem es ebenfalls um die Anwesenheit einer Abwesenheit, um einen abhandengekommenen Ursprung, um eine Gedächtniskatastrophe, eine Leerstelle im Wortsinn geht. Die Rede ist vom Sturz des Kölner Stadtarchivs in die U-Bahn-Baustelle in der Severinstraße in der Mittagszeit des 3. März 2009, von welcher »unfaßbare[n] Tatsache«[19] der Autor der Selbstauskunft in einer Rede am 9. Dezember 2015 im Münchner Lyrik Kabinett zufolge auf einer Autobahnfahrt zwischen Köln und Neuss erfuhr – er hatte seinen früheren Wohnort gerade verlassen.

Beyer widmete dem Ereignis ein langes Gedicht (acht Abschnitte mit jeweils fünf vierzeiligen Strophen) unter dem Titel *Das Rheinland stirbt zuletzt,*[20] das in den 2014 erschienenen Gedichtband *Graphit* integriert wurde. Es reflektiert einen Besuch des lyrischen Sprechers an der Bergungsstelle (Beyers eigenen, er befand sich u. a., wie er schreibt, in der Nacht des 19. März 2009 an der Unglücksstelle[21]), bei dem sich ein sich umgangssprachlich artikulierendes Entsetzen mit dem Willen zur genauen Beobachtung paart. Unstet springt der Blick zwischen den Details

---

18 Beyer: *Flughunde. Roman*, Frankfurt/M. 1995, S. 16 f.

19 Ders.: *Muskatblut, Muskatblüt* (= *Zwiesprachen*, Bd. 1), Heidelberg 2016, S. 6.

20 S. zur Interpretation Frieder von Ammon: *»Muskatplüts Hofton ist hier unbekannt.« Marcel Beyer, das Mittelalter und die Germanistik*, in: Klein (Hg.): *Marcel Beyer*, S. 49–62; hier: S. 51 ff.

21 Beyer: *Muskatblut*, S. 10 f.

der Zerstörung, stoppelnd, sprunghaft reiht sie das Gedicht aneinander. Grammatikalisch zeigt sich diese Wahrnehmungsweise an der Abwesenheit von Verben – sie erscheinen lediglich in Partizipien des Perfekt Passiv –, grafisch in der Zersplitterung der Syntax durch den Zeilenfall:

> Himmel, hier sieht es aus.
> Blick aufs felsgraue,
> abschüssige Schuttfeld, die
> tristen, die tief-, die todgrau
>
> lackierten Blechwände der
> zerlegten, zerdrückten
> Aktenschränke Einschlüsse
> im Stein, im Untergrund
>
> eine künstliche Grotte, eine
> Kaverne, vollgestopft
> mit verkanteten Schachteln
> in sauberen Reihen,
>
> [...].[22]

Aufmerksam verfolgt der lyrische Sprecher auch die Bergungsarbeiten – und das rasch nachlassende Medieninteresse an ihnen. »Bergend« springt da das Gedicht ein, es tut selbst, in seinem Medium, das, was es beschreibt. Der Einsturz des Archivs veranlasste Beyer nämlich, sich intensiver mit einer der verschütteten Archivalien zu befassen: einer zeitgenössischen Handschrift mit 93 Liedern des spätmittelalterlichen Dichters Muskatblut oder Muskatblüt, die Eberhard von Groote 1815 von Paris nach Köln gebracht und 1852 in einer philologisch allerdings mangelhaften Fassung ediert hatte.[23]

In sein eigenes Gedicht hat Beyer nun Zeilen aus einem Muskatblut-Lied in freier Übersetzung montiert – was der Leser, zumal der Autor auch mit Wendungen im rheinischen Dialekt aufwartet, kaum merken dürfte. Allenfalls die Marienanrufung zu Beginn wird ihm »spanisch« vorkommen – auch sie ist die Umformung einer einschlägigen Muskatblut-Stelle. Erneut werden

---

22 Beyer: *Das Rheinland stirbt zuletzt*, in: M. B.: *Graphit. Gedichte*, Berlin 2014, S. 18–25; hier: S. 19.

23 Von ihr gibt es immerhin eine 1987 erstellte Faksimile-Ausgabe: *Muskatblut. Abbildungen zur Überlieferung: die Kölner Handschrift und Melodie-Überlieferung*, hrsg. von Eva Kiepe-Wilms. Melodie-Teil bearbeitet von Horst Brunner (= *Litterae*, Bd. 98), Göppingen 1987. Die Handschrift konnte übrigens aus der Einsturzgrube gerettet werden und ist im Stadtarchiv wieder zugänglich (HAStK, Best. 7020, Nr. 8).

also, diesmal im lyrischen Medium, die für diesen Autor typischen Spiegeleffekte der Intertextualität und Mehrstimmigkeit erzeugt:

> Wie in einem Palimpsest wird unter der Oberfläche des Beyer'schen Textes also in der Tat eine Textschicht erkennbar, die nicht weniger als 600 Jahre älter ist. Dabei entsteht auch eine Überblendung der Sprecherfiguren: Das Sprecher-Ich von Muskatbluts Lied ist hier auch das Sprecher-Ich von Beyers Gedicht, und umgekehrt. Da keine Anführungszeichen oder ähnliche Markierungen verwendet werden, werden die beiden Instanzen an dieser Stelle sogar ununterscheidbar.[24]

Jochen Schimmang, 1948 in Northeim geboren und in Leer aufgewachsen, kam bereits 1978 nach Köln und blieb dort 20 Jahre lang, in der Stadtgesellschaft präsent mit Lesungen und Diskussionen, als Kolumnist des *Kölner Stadt-Anzeiger* und Herausgeber der 1998 bei DuMont erschienenen, einen Brinkmann-Titel paraphrasierenden Anthologie *Köln, Blicke. Ein Lesebuch*. Schimmang hatte von 1969 bis 1974 an der FU Berlin Politikwissenschaft und Philosophie studiert und war damals intensiv mit den Ausläufern der sich in eine sektenhafte K-Gruppen-Szene zersplitternden Studentenbewegung in Berührung gekommen – dies eine Erfahrung, die in dem autobiografisch getönten Debütroman *Der schöne Vogel Phönix* von 1979 literarisch gestaltet wurde. Es ist dies nach der rückschauenden Einschätzung des Verfassers ein »klassischer Bildungsroman«[25], folgt also einem Konzept, das die ironische Distanz des Ich-Erzählers gegenüber sich selbst wie des Autors gegenüber seinem »Helden« einschließt. Etwas vordergründig klebte die Literaturkritik dem Autor das Etikett »Neue Subjektivität« auf.

Das Thema 1968 ließ Schimmang auch später nicht los. Zwei längere Erzähltexte aus Auf Wiedersehen, Dr. Winter (2005 in Köln erschienen) spiegeln im melancholischen Rückblick die ideologischen und auch praktischen Verirrungen der Revolte-Generation, *Adorno wohnt nicht mehr hier* aus dem gleichbetitelten Prosaband (Hamburg 2019) das Bedauern (des Erzählers wie wohl auch des Autors) darüber, in Frankfurts »großer« Zeit nicht am Ort gewesen zu sein. Über die Zentralfigur Adorno berühren übrigens Schimmangs Text und Beyers Essay *Die Waffen von morgen*[26] einander thematisch.

Eines der von ihm beharrlich traktierten Motive – die tragikomische Selbstbehauptung des desillusionierten, vereinsamten, sich in einer hedonistisch geprägten Nach-68er-Lebenswelt sehr wohl nach Partnerschaft sehnenden männlichen Intellektuellen – taucht auch in dem Roman *Die Geistesgegenwart* (Frankfurt/M. 1990) auf, nicht ohne sich mit einem anderen vom Autor bevorzugten Thema zu verschränken: der hintersinnigen Spiegelung der Literatur an bekannten

---

24 Ammon: *Hofton*, S. 56.

25 Jochen Schimmang: *Vorwort* zu: J. S.: *Der schöne Vogel Phönix. Roman* (Neuausgabe Hamburg 2013), S. 5.

26 Marcel Beyer: *Die Waffen von morgen*, in: M. B.: *Das blindgeweinte Jahrhundert. Bild und Ton*, Berlin 2017, S. 15–51.

Werken der Nachbarkünste, hier: der Malerei.[27] De facto ist dieser Roman also – auch – Kunst über Kunst.

Konkret geht es um Magrittes berühmtes Gemälde *Die Geistesgegenwart*, welches – die Hauptfigur des Romans, der Privatdetektiv Kleff, beschreibt es zu Beginn ausführlich anlässlich eines Museumsbesuchs – aus eben diesem Museum gestohlen[28] und durch eine sehr gelungene Fälschung ersetzt wird. Das erfahrungsgestützte Kalkül der Diebe wie der Museumsleitung: Gegen einen »Aufpreis« kann das originale Gemälde zurückerstattet werden. Allerdings scheitert die arrangierte Auslösung, der beauftragte Detektiv bleibt genauso verschwunden, wie das Bild und die Auslösesumme unauffindbar sind. An diesem Punkt kommt der in Sachen Spinoza, Valéry und moderne Lyrik versierte Privatdetektiv Kleff ins Spiel, der – erneut im Auftrag des Museums – dieser »Furie des Verschwindens« auf den Grund gehen soll. Er findet in Magrittes Lebenszentrum Brüssel mithilfe einer schönen jungen Frau, die in den obskuren Fall verwickelt ist, heraus, dass der verschwundene Kollege ein Ding auf eigene Rechnung machen wollte – was er zu guter Letzt mit dem Leben bezahlen musste.

Vieldeutig und rätselhaft wie das Bild ist der Fall, dem Kleff sich gegenübersieht und der in der Tat einige unvorhersehbare Wendungen nimmt. Bild und Romanhandlung spannt Schimmang in ein dichtes Netz intertextueller Verweise. So liest der Detektiv etwa einen (als solchen nicht ausgewiesenen) Roman des italienischen Autors Antonio Tabucchi mit dem Titel Il filo dell'orizonte (Milano 1986, deutsch *Der Rand des Horizonts*); besagter Horizontrand ist auch in Magrittes Bild ein Ferment der Irritation. Mit ihr verbinden sich motivisch philosophische Probleme der menschlichen Willensfreiheit, vor allem aber der Erkennbarkeit von Realität überhaupt, also die Frage, ob und inwieweit »die Welt« nichts anderes als das Produkt unserer Vorstellungskraft ist.

Das solchermaßen infrage gestellte Erkenntnisvermögen hat sich im Roman u. a. an der Aufgabe zu bewähren, eine perfekte Fälschung vom Original zu unterscheiden. Das scheint auf beunruhigende Weise unmöglich zu sein, die Kopie wird – in der Terminologie des Poststrukturalismus – zum Simulacrum des Originals. Die Romanform spiegelt dieses Phänomen, insofern sie ihrerseits den Kriminalroman simuliert und mit den Versatzstücken des Genres spielt. Diese konstruktivistischen und zugleich ironischen Momente treten allerdings – hier mag ein Ungleichgewicht vorliegen, das das vollendete Gelingen des Werkes hintertreibt – in den Hintergrund der spannenden, gut rhythmisierten, geschmeidig und temporeich erzählten Story.

---

27 Ein weiterer in diesem Zusammenhang zu nennender Erzähltext ist *Intimität oder das Mädchen mit dem Perlenohrgehänge* aus dem 1995 publizierten Prosaband *Königswege*, in dem es – auch – um das entsprechende Vermeer-Bild geht.

28 Der Verlust oder der Diebstahl eines Kunstwerks und die damit verbundenen narrativen und theoretischen Komplexitätsgewinne im Sinne möglicher Spiegeleffekte sind freilich in der modernen Belletristik keine Seltenheit. Genannt seien hier nur drei Romanbeispiele: Roberto Cotroneos *Presto con fuoco* (Milano 1995), Gerhard Roths *Der Plan* (Frankfurt/M. 1998) und Laurent Binets *La septième fonction du langage* (Paris 2015). Als Inspirationsquelle für diesen Motivkomplex darf erneut Ecos *Il nome della rosa* vermutet werden.

Die Hauptfigur des Romans lebt, das gehört zum autobiografischen Substrat des Buches, in Köln – der Stadtname wird nicht genannt, kann aber problemlos erschlossen werden, u. a. daraus, dass der Kleff kontaktierende Museumsmann in der Rondorfer Straße (in Marienburg) wohnt. Gleichfalls befindet sich das Magritte-Bild, um das es hier zentral geht, tatsächlich im Museum Ludwig (wurde dort allerdings noch nie entwendet und auch nicht gefälscht[29]). Trotzdem ist *Die Geistesgegenwart* kein Köln-Roman. Die Kernpartien der Erzählung spielen in Belgien – in Brüssel, Lüttich und Ostende –, und tatsächlich sind die Bewegungsimpulse des Protagonisten eher zentrifugal: Köln ist »da«, um immer wieder, beruflich wie privat, verlassen zu werden: vor allem in Richtung der erkennbar attraktiveren und außerdem nur zwei Stunden entfernten belgischen Hauptstadt, zuletzt sogar mit dem Ziel Buenos Aires.

Ein explizites Urteil über Köln kommt allerdings nicht aus Kleffs Mund, sondern aus dem des besagten Museumsmannes Dillinger:

> Er sieht aus dem Fenster, auf den Häuserwirrwarr der Innenstadt, ein Gemisch aus bemühter Stadterhaltung und kapitalkräftigem Wiederaufbau vom Typus frühe sechziger Jahre, alles überragt vom Hauptgebäude des örtlichen Rundfunksenders, das aussieht, als habe einer der Architekten Mussolinis es entworfen. – Mein Gott, sagt er, wie häßlich diese Stadt doch ist. Jedenfalls von hier aus.[30]

Wer hier auch die Stimme des Autors zu vernehmen glaubt, geht wohl nicht ganz fehl – der Kontext der Handlung legt ein solches Statement nicht unbedingt nahe, es zu platzieren war Schimmang, der Köln acht Jahre nach der Erstveröffentlichung des Romans verließ, also offensichtlich wichtig.

Seinem langjährigen Wohnort machte er in seinem zwischen Juli 1997 und Februar 1998 entstandenen tagebuchartigen Essay *Vertrautes Gelände, besetzte Stadt* dann noch ein alles andere als verbittertes Abschiedsgeschenk. Es geht dabei nicht nur, aber doch zentral um die Stadt am Rhein, deren Schrift der Flaneur und Beobachter Schimmang in der Nachfolge Walter Benjamins wieder und wieder zu lesen versucht – in U-Bahn-Stationen, Restaurants und auf den Straßen und in den Passagen der City, bei der Beobachtung von (meist weiblichen) Passanten. Da wird zuweilen hart geurteilt: »Die kölsche Viertelsseligkeit, [...] «, heißt es einmal, »ist eine der Hauptquellen für die Provinzialität und Mittelmäßigkeit der Stadt.«[31] Die auch in diesem Buch wiederholt thematisierte Dialektik von Metropole und Provinz erfährt bei Schimmang eine deprimierende Auflösung: Die Metropole ist provinziell, aber die Provinz, die versucht, die Großstadt zu imitieren, ist dies erst recht. Diese Diagnose ist aber nicht das letzte Wort: Immer wieder wendet sich der Autor dem Mediapark zu als dem Exempel einer möglichen neuen Form des

29 S. die Online-Info unter: https://museenkoeln.de/portal/bild-der-woche.aspx?bdw=2004_06.

30 Schimmang: *Die Geistesgegenwart. Roman*, Frankfurt/M. 1990, S. 113.

31 Ders.: *Vertrautes Gelände, besetzte Stadt*, Frankfurt/M. 1998, S. 11.

Urbanen, gekennzeichnet durch eine zunehmende Herrschaft des Virtuellen und Imaginären in der städtischen Lebenswelt.

Wieder anders stellt sich das literarische Profil von Roland E. Koch (geboren 1959 in Hagen) dar. Aus der 68er-Zeit stammende Impulse, die bei Schimmang – und sei es in ironischer Brechung – nachwirken, sind bei ihm generationsbedingt genauso wenig anzutreffen wie Beyers experimentelle Schreibweisen. Desgleichen verzichtet er auf Stilmittel der Fantastik sowie der Ironie und Satire und auf den Gestus politischer Moralisierung in der Böll-Tradition. Auf der Suche nach möglichen Vorbildern des im weitesten Sinne »realistisch« arbeitenden Autors, der, nach seiner Siegener Germanistik-Promotion mit einer Arbeit über Heimito von Doderer, seit 1986 in Köln lebt, stößt man allerdings auf einen weiteren Kölner: auf Dieter Wellershoff. Gleich zweimal – im Vorspruch zu dem Erzählband *Helle Nächte*[32] und im Zeitungs-Porträt anlässlich von Wellershoffs 75. Geburtstag[33] – zitiert Koch die nämliche Stelle aus dessen autobiografischem Erzählband *Die Arbeit des Lebens*: »[...] den verborgenen Text sprechbar zu machen, der unser Leben beherrscht und von dem wir fürchten und hoffen, dass die anderen ihn verstehen«. Tatsächlich dürfte damit eine zentrale Intention auch der eigenen schriftstellerischen Arbeit bezeichnet sein.

In diesem Sinne ähnelt das Themen- und Darstellungsdesign von Kochs Romanen und Erzählungen auf Anhieb demjenigen des älteren Kollegen. Auch in seiner Prosa geht es um die latente bis offene Gefährdung labiler Gleichgewichts- und nur scheinbarer »Normal«zustände in den privaten wie beruflichen Lebensumständen vorzugsweise akademischer Mittelständler. Es geht dabei um existenzielle Verunsicherungen und krisenhafte Einbrüche in den Alltag, zu deren Bewältigung ein stabiles und gesellschaftlich approbiertes Normengefüge nicht mehr ohne weiteres zur Verfügung steht. Auf der Suche nach einem zerbrechlichen Glück sind Kochs Figuren auf sich selbst gestellt, sie müssen »die Arbeit des Lebens« stets aufs Neue und ohne Erfolgsgarantie in Angriff nehmen.

In den Erzählungen des Bandes *Helle Nächte* etwa entgrenzt sich das jeweils unscheinbare Leben eines Ich-Erzählers auf magische Weise ins Traum- und Alptraumhafte, verwandeln sich Bekannte in Monster, verrätselt und verschließt sich eine nur scheinbar vertraute Umwelt in einer Weise, dass besagtes Ich in ihr keinen Halt mehr findet. Verdrängte Ängste, Phobien und Zwangsvorstellungen nehmen, so scheint es, objektive Gestalt an. Zu den wiederkehrenden Obsessionen des Erzählers gehört die Imagination eines Kafka-nahen »Downsizing«, eines körperlichen Schrumpfvorgangs, der ihn zum wehrlosen Spielball einer übermächtig gewordenen menschlichen Umgebung macht. Koch beschreibt das alles in einer präzisen, eindringlichen Sprache, immer wieder verweisen die gehetzten Satzkaskaden auf eine fundamentale Überforderung, auf die – scheiternden – Versuche der Selbstbehauptung und einer konsistenten Lebensführung.

32 Roland E. Koch: *Helle Nächte. Erzählungen*, Köln 1995, S. 8.

33 Ders.: *Deutsche Gegenwart*, in: *Kölner Stadt-Anzeiger* vom 3. November 2000, S. 8.

Ganz von den Signalen eines nahenden, aber einstweilen nicht konkret benennbaren Unheils erfüllt ist auch der 1998 wie *Helle Nächte* bei Kiepenheuer & Witsch erschienene Roman *Das braune Mädchen*. Die – sich dem Leser mitteilende, weil vom Autor geschickt platzierte – Drohung unter der Oberfläche eines nur scheinbar geordneten Lebens stattet das Buch mit einer beträchtlichen und nahezu bis zum Schluss durchgehaltenen Spannung aus.

Ein Stadt-müdes junges Ehepaar ist von Köln in ein günstig erworbenes Haus mutmaßlich (die platzierten Ortsnamen sind fiktiv) im Bergischen Land gezogen – an einen einsam-naturnahen Standort, an dem sich der (vom männlichen Ich-Erzähler permanent thematisierte) Wechsel von Jahreszeiten, Vegetationszyklen und Witterungsverhältnissen lebensbestimmend aufdrängt. Ganz Natur scheint auch das geheimnisvolle, anscheinend elternlose italienische Mädchen Giulia zu sein, das dem Paar eines Tages »zuläuft« und für welches zu sorgen sich die mit ihrer Situation und der Schwangerschaft der Frau eh schon überforderten und sich gegeneinander aggressiv verhärtenden Eheleute verpflichtet fühlen. Das »braune Mädchen« – als Verkörperung von Poesie wie von Alterität eine mythische Figur, in der unverkennbar die Mignon aus Goethes Roman *Wilhelm Meisters Lehrjahre* durchscheint – wirkt in dieser Situation allerdings wie ein Katalysator, der ein vorläufiges Happyend herbeiführt: Es stellt sich heraus, dass Giulia zwar nicht wie Mignon das Resultat eines Inzests, wohl aber Opfer eines Kindesmissbrauchs ist – eine Erkenntnis, die viele »liegengebliebene« Rätselhaftigkeiten mit einem Schlag auflöst. Die platte, helle kriminaltechnische Rationalität dieses Schlusses ist eine »Unterinstrumentierung«; die durch ihre atmosphärische Dichte in Bann ziehende Erzählung selbst und ihr Ausgang geraten in ein Leserenttäuschung förderndes Missverhältnis.

13.3 Neue Zeit für Lyrik

Einen beachtlichen Aufschwung erlebte zur nämlichen Zeit die in Köln entstehende Lyrik wie die Köln-Lyrik (beides ist, es sei erneut betont, nicht identisch), wobei auch in diesem Fall die Koexistenz unterschiedlichster, ja gegensätzlicher Formen, Inhalte und Stile – kurzum: die Diversität der einschlägigen Produktion – bemerkenswert ist. Für eine gemäßigte Moderne stehen die Gedichte der gebürtigen Kölnerin Margot Scharpenberg-Wellmann (1924–2020), die seit 1962 überwiegend in New York lebte und auch die US-Staatsbürgerschaft annahm, in ihrer Lyrik jedoch nicht nur weiterhin Deutsch schrieb, sondern dort auch wiederholt ihre Heimatstadt zum Thema machte, genauer: die Exponate des Römisch-Germanischen Museums[34] und die gotische Kathedrale samt ihrer Kunstwerke[35] (bezeichnenderweise unter Verzicht auf den

34 Margot Scharpenberg: *Fundort Köln. 25 Gedichte. Angeregt durch das Römisch-Germanische Museum in Köln. Mit Sachkommentaren von Walter Meier-Arendt und einem Vorwort von Hugo Borger*, Duisburg 1979.

35 Dies.: *Domgespräch. 25 Gedichte zum Kölner Dom. Mit Sachkommentaren von Arnold Wolff und einem Vorwort von Herbert Rode*, Duisburg 1980.

Lochner-Altar). Damit setzte sie programmatisch die Tradition des Kunstgedichts fort (verstanden als Kunst über Kunst), die in Köln – vor allem im beginnenden 19. Jahrhundert (Wallraf, Friedrich und Dorothea Schlegel, Groote) – stark ausgeprägt, inzwischen allerdings außer Kurs geraten war. Die Autorin dichtet keineswegs affirmative Devotionalien, und gleich das Eingangsgedicht des Dom-Zyklus *(Kölner Dom)* zeigt unmissverständlich und in einer an Yvan Golls titelgleiches Gedicht von 1924[36] erinnernden Weise, dass die Zeit frommer Kunstverehrung vorbei war:

Die Werbung perfekt
gleich neben dem Bahnhof
zwischen zwei Zügen der Dom

das Wunder wurde
längst säkular
der Bädekertext spricht in Zungen

[…][37]

Gelungene, weil in ihrer »inversiven« Bildlichkeit originelle lyrische Impressionen der Kölner Stadtlandschaft lieferte auch der 1951 in Wuppertal geborene, aber lange Jahre in Köln und seit 1985 in Rösrath lebende hauptberufliche Jurist Matthias Buth, etwa in seinem Gedicht *Nach Deutz*:

Köln regnet
Der Himmel beginnt
Mit der Kleinschreibung
Von Dächern und Passanten

Noch halten
Die Brücken
Den Rhein

Der Dom
Stürzt kopfüber
Nach Deutz[38]

36 S. dazu S. 270–272.

37 Scharpenberg: *Kölner Dom*, in: dies.: *Domgespräch*, S. 8 f.; hier: S. 8.

38 Mathias Buth: *Nach Deutz*, in: ders.: *Kopfüber nach Deutz. Gedichte*, Krefeld 1989, S. 28.

In eine andere Dimension des Poetischen führt aber zweifellos die innovativste und bedeutendste lyrische Stimme in der Kölner Literaturszene jener Jahre: diejenige von Thomas Kling (1957–2005).[39] Wie Marcel Beyer seit 1987 in Köln ansässig – also eine gute Dekade nach Brinkmanns Tod, ein Jahr nach der Veröffentlichung seines fulminanten und zum Durchbruch führenden Lyrikbandes *erprobung herzstärkender mittel* (debütiert hatte er allerdings bereits neun Jahre früher mit der Gedichtsammlung *der zustand vor dem untergang*) –, verließ Kling die Stadt Ende 1994 und zog mit seiner Ehefrau, der Künstlerin Ute Langanky, auf das Gelände der aufgelassenen Nato-Raketenstation Hombroich in Neuss-Holzheim. Dort wohnte er bis zu seinem frühen Krebstod.

Kling stammte aus Bingen, wuchs aber in Düsseldorf auf. In Köln und Düsseldorf studierte er – ohne Abschluss – Germanistik, Geschichte und Kunstgeschichte. Während eines längeren Wien-Aufenthalts erfuhr er prägende Eindrücke durch die Begegnungen mit Dichtern aus dem Umkreis der Wiener Gruppe – Hans Carl Artmann, Konrad Bayer, Ernst Jandl, Friederike Mayröcker und Reinhard Priessnitz. Weitere Anregungen kamen aus der deutschen Literatur des Mittelalters und des Barock (kaum hingegen aus dem 18. Und 19. Jahrhundert), aus Expressionismus und Dadaismus sowie von Paul Celan. Damit – und mit den Anregungspotenzial, das für beide Autoren der französische Poststrukturalismus bereithielt – ist eine intellektuelle Matrix beschrieben, die sich auffallend mit derjenigen von Beyer berührt. Tatsächlich dürfte auch die gemeinsame geistige Herkunft eine Freundschaft begründet haben, die über Klings Tod hinaus »hielt«: Beyer ist, damit ins (nie ganz verlassene) literaturwissenschaftliche Metier zurückkehrend, Mitherausgeber der 2020 erschienenen Kling-Werkausgabe bei Suhrkamp.

Zwei Aspekte sind für Klings Poesie wie für seine Poetik essenziell – Letztere entfaltet er in einem umfangreichen und den Einfluss von Barthes' Texttheorien zeigenden essayistischen Werk. Klings dichterischen Anfänge standen im Zeichen einer programmatisch-polemischen Abkehr von der dominierenden Betroffenheits-, Katastrophen- und Befindlichkeitslyrik der 70er Jahre und, im Gegenzug, der Etablierung einer »antisubjektivistischen« Schreibweise, in der das erlebende und empfindende Ich aus dem Text verbannt wurde. Interesse und Intensität galten fortan der Exposition und Collage des exakt recherchierten und verarbeiteten Sprachmaterials als solchen – und zwar eines ganz unterschiedlicher Herkunft, vom regionalen Dialekt über den Szenejargon bis zur Fachsprache. Dieses konstruktivistische Verfahren ließ, in der Folge von

39 S. aus der mittlerweile stark anschwellenden Sekundärliteratur zu Kling u. a. Hugo Dittberner/Hermann Korte u. a. (Redaktion): *Thomas Kling* (= *Text + Kritik*, H. 147), München 2000; Hubert Winkels: *Der Stimmen Ordnung. Über Thomas Kling*, Köln 2005; Frieder von Ammon/Peer Trilcke/Alena Scharfschwert (Hg.): *Das Gellen der Tinte. Zum Werk Thomas Klings* (= *Deutschsprachige Gegenwartsliteratur und Medien*, Bd. 9), Göttingen 2012; Kerstin Stüssel/Gabriele Wix (Hg.): *Thomas Kling. Zur Leitcodierung. Manhattan Schreibszene*, Göttingen 2013; Frieder von Ammon/Rüdiger Zymner (Hg.): *Gedichte von Thomas Kling. Interpretationen*, Paderborn 2019. – Informativ und instruktiv sind darüber hinaus die Nachworte von Gabriele Wix, Peer Trilcke, Marcel Beyer und Frieder von Ammon zu den vier Bänden der 2020 bei Suhrkamp erschienenen Gesamtausgabe.

Abb. 26 Thomas Kling, 1991.

Nichtlinearität, von Zertrümmerung und schöpferischer Neukombination, immer wieder Neologismen – legendär geworden ist etwa Klings Prägung der »Schlechtdraufität« – und ein Idiom entstehen, das sich von etablierten lyrischen Sprachen wie auch ihrer grafischen Repräsentation absetzte. Klings Werk gehört einer Avantgarde im radikalen Verständnis, zugleich aber keiner Schule an – in seiner individuellen Ausprägung steht es unverwechselbar für sich.

Klings Neuansatz vollzog sich nicht nur in Schreibweisen und Themen – zu denen eine »gelesene« Urbanität genauso wie die Natur gehören, aber auch die Geschichte (Erster Weltkrieg) und die bildende Kunst sowie eine Auseinandersetzung mit dem eigenen Sterben in seinem letzten Buch *Auswertung der Flugdaten* von 2005. Vielmehr verband sich damit die Wiederentdeckung der Mündlichkeit des gesprochenen und gehörten Vortrags. Der öffentliche Auftritt, das »Stimm-Ereignis«, die von Kling selbst als »Sprachinstallation« bezeichnete Performance, die er bereits in den 70er Jahren in der Düsseldorfer Szene, dann auch in Wien praktizierte, ist in seinem Fall keine beliebige, auf wohlfeile Publikumsresonanz zielende Zutat zum Eigentlichen, sondern dieses Eigentliche selbst. In Klings eigenen Worten: »Das Gedicht ist die Sprachinstallation *vor* der Sprachinstallation.«[40]

40 Thomas Kling: *Itinerar*, in: T.K: *Werke in vier Bänden*, hrsg. von Marcel Beyer in Zusammenarbeit mit Frieder

Erst in der Sprech-Situation widerfuhr dem »Sprachkörper« jener Schub der Vitalisierung, der zugleich, so Kling in einem Nietzsche-Zitat, ein Maximum in der »Energie der Zeichen«[41] ermöglichte. Glücklicherweise haben sich verfügbare Mitschnitte erhalten,[42] die die essenzielle Bedeutung einer transmedial, hin zu bildender Kunst und Musik (etwa in Klings Zusammenarbeit mit dem Jazzmusiker Frank Köllges) entgrenzten Sprachinstallation für eine adäquate Rezeption von Klings Gedichten erweisen. Die »stille Lektüre« vermag die Bedingungen einer solchen Rezeption nicht herzustellen.

War Kling – gerade auch aus Kölner Perspektive – ein »Brinkmann redivivus«? Unstrittig eigneten auch seinen Auftritten Züge eines provokativen Rebellentums. Das bricht, stark gezähmt, noch durch in seiner Rede vom Mai 2001 anlässlich seiner Aufnahme in die Darmstädter *Akademie für Sprache und Dichtung*, in der er sich ungeschminkt als »Studienabbrecher« einführt.[43] Wer will, mag hier eine ironische Ranküne des sich der eigenen Überlegenheit Bewussten gegenüber einer akademischen Wissenschaft und ihren Ritualen aufspüren – wie sie, in weitaus ordinärerer Form, auch in Brinkmanns verstörenden Kölner Uni-Auftritten wirksam war.[44] Wenn Kling aber ein Rebell war, dann auch einer gegen Brinkmann und dessen Verständnis von lyrischer Dichtung. Die Essays Klings, der sich in Köln möglicherweise einer imaginären Konkurrenz des verstorbenen Kollegen ausgesetzt sah, lassen jedenfalls spürbare und zuweilen auch drastisch ausformulierte Distanz erkennen. »Brinkmann hat in den frühen 70ern«, heißt es z. B. in einer Wiener Vorlesung über H. C. Artmann aus dem Jahr 2000, »die Text-Bild-Montage ziemlich haltlos und fahrig benutzt. Im Rom-Buch meint man einen manisch eintrittskartensammelnden Touristen vor sich zu haben, dabei ist es nur ein ausgeflippter Stipendiat, der Rom nicht aushält, ich nicht aushält, Tagesabfälle häuft und die Bild-Text-Montage (recte: *Auto-Décollage*) benutzt.«[45]

Jenseits solcher amüsanten Gehässigkeiten sind die Unterschiede zwischen Brinkmanns und Klings Poetik und Dichtungsauffassung in der Tat erheblich. Brinkmanns antiautoritären Impuls gegen die literarische Tradition z. B. – verdichtet in dem Satz »Man muß vergessen, daß es so etwas wie Kunst gibt! Und einfach anfangen«[46] – wird man bei Kling vergeblich suchen. Die durch frühe Lektüren erworbene umfassende Kenntnis auch abgelegener Literatur ist in Klings Texte eingegangen in Gestalt eines dichten Netzes an intertextuellen Verweisen, die ganz wesent-

von Ammon, Peer Trilcke und Gabriele Wix, Berlin 2020, Bd. 4: *Essays. 1974–2005*, hrsg. und mit einem Nachwort von Frieder von Ammon, S. 7–22; hier: S. 17.

41 Ebd., S. 19.

42 Ders.: *Die gebrannte Performance. Lesungen und Gespräche. Ein Hörbuch*, hrsg. von Ulrike Janssen und Norbert Wehr (= *Schriftenreihe der Kunststiftung NRW Literatur*, Bd. 5), Düsseldorf 2015 (4 CDs, 250 Minuten).

43 Thomas Kling: *o.T., »Vorstellung eines neuen Mitglieds, Thomas Kling«*, in: ders.: *Werke*, Bd. 4, S. 636 f.

44 S. S. 228.

45 Ders.: *Totentanzschrift, Fotomaterial. Wiener Vorlesung zur Literatur*, in: ders.: *Werke*, Bd. 4, S. 120–140; hier: S. 139.

46 Brinkmann: *Notiz*, in: ders.: *Standphotos. Gedichte 1962–1970*, Reinbek 1980, S. 185–187; hier: S. 186.

lich zu ihrer Kunstgestalt gehören. »Die Tradition der Avantgarden, […], bildet dabei nur den Ausgangspunkt für die zunehmend ausgreifende Historisierung der eigenen dichterischen Tätigkeit in Gedichten, in Essays oder in der Anthologie *Sprachspeicher*.«[47]

Zur teils sehr konkreten, wie von einer die Dinge heranzoomenden Kamera erfassten Welthaltigkeit der Kling-Lyrik, die angesichts des obwaltenden assoziationsgesteuerten Montageprinzips erschließungsbedürftig ist, gehört, dass es im Corpus der in den Kölner Jahren des Autors entstandenen Texten durchaus solche gibt, die als »Köln-Gedichte« identifizierbar und beschreibbar sind.[48] Allerdings mag, angesichts der Dichter-Biografie verständlich, die lokaltopografische Prägung nicht die Intensität von Klings ausgewiesenen »Düsseldorf-Gedichten« erreichen. Zu Klings Köln-Lyrik zählt neben *stollwerck: köln 1920*, *köln: eigelstein*, *kölner pegel* und *kölner postkarte* auch *letzter monat. Indirektes licht*, als dessen Entstehungsdatum der 2. Dezember 1992 ausgewiesen ist und das ein Jahr später in dem Band *nacht. sicht. gerät.* Veröffentlicht wurde. Aber nicht nur wegen des offensichtlichen Köln-Bezugs, sondern auch, weil das Poem wesentliche Merkmale des unverwechselbaren »Kling-Sound« zeigt, sei im Folgenden etwas genauer auf die Verse eingegangen.

Ungeschont; schon geht der rhein
(»ein unbeschuhter«, »biß«) knapp-
schwappend über die ufer. Eine
geschwindigkeit, dermaßn! Endlos
niedergehende wetter, medien, zwi-
schndurch scheints. Das anschaffn
am ebertplatz; serner ging hier
(narziss). Scheinwerfer. Seit ein-
bruch von der dunkelheit ganz un-
geeignet zum durchqueren. Drinnen,
theodor-heuss-ring, das heißt ver-
icherungn, -kanzlein, di wilhelmi-
nische Apotheke; licht gedimmt,
ein flackern, aufflackern, indi-
rektes zittern klar, das alles
vom notsitz aus[49]

---

47 Ammon/Peer Trilcke: *Einleitung* zu *Das Gellen der Tinte*, S. 10–21; hier: S. 15.

48 S. zum Folgenden Norbert Hummelt: *Kleiner Grenzverkehr. Thomas Kling als Dichter des Rheinlands*, in: Dittberner/Korte (Redaktion): *Thomas Kling*, S. 24–37; hier: S. 26 f.; ders: *Buchenkern. Regionale Bezüge in der Dichtung Thomas Klings*, in: Ammon/Trilcke/Scharfschwert (Hg.): *Das Gellen der Tinte*, S. 113–134; hier: S. 115 f.

49 Kling: *Werke*, Bd. 2: *Gedichte 1992–1999*, mit einem Nachwort von Peer Trilcke, S. 54.

Die wenigsten Leser werden wohl dieses Gedicht als leicht verständlich bezeichnen wollen. Interpretatorische Verfahren, die angesichts traditioneller Lyrik sinnhaft und fruchtbar scheinen, laufen hier eigentümlich ins Leere. Der genauen topografischen Verortung steht ein scheinbar freies Flottieren von Signifikanten und Signifikaten gegenüber, verbunden mit einer großen Zahl hermeneutischer Leerstellen. Die Textorganisation scheint darüber hinaus – davon war bereits grundsätzlich die Rede – weniger von sprachlicher Logik als vielmehr von assoziativer Fortspinnung ähnlicher Lautereignisse und damit der Klang-Körperlichkeit nicht des gelesenen, sondern vielmehr des gesprochenen und gehörten Wortes gesteuert. Diese Kettenbildung zeigt gleich der Texteinstieg – »ungeschont«, »schon«, »unbeschuht« –, der übrigens schlendernd-beliebig wirkt, wie von einem Aufnahmegerät kommend, das mitten in einem Vortrag und ohne Zusammenhang mit der Struktur der Rede angeschaltet wurde.

Tatsächlich führt das Gedicht allein durch die Praxis der die »offiziellen« Rechtschreibregeln missachtenden phonetischen Umschrift mündlicher Performanz – ein Beispiel ist die wiederholte Elision des »e« im Auslaut mehrsilbiger Wörter –einen Krieg gegen die »Zumutungen« der Verschriftlichung. In dieselbe Richtung weisen die extremen, die Wortgestalt aufsprengenden Enjambements. Die imaginierte Oralität, die auch in gezielten umgangssprachlichen Ungeschicklichkeiten wie »einbruch von der dunkelheit« zur Geltung kommt, wird somit ein Stück weit zum Selbstzweck: Die lyrische Sprache soll jene rauschhafte Intensität zurückerlangen, die ihre zähmende Bannung aufs Papier und der konventionelle Zeilenzwang der lyrischen Form zum Verschwinden brachte.

Erkennbar ist die Verknüpfung von *letzter monat. Indirektes licht* mit Klings anderen Köln-Gedichten. Das Hochwasser des nahen Rheins kehrt dort genauso wieder wie das lokale Umfeld. Anderweitig ist es der Eigelstein, jetzt der direkt benachbarte Ebertplatz. Ebertplatz, Theodor-Heuss-Ring und Rheinufer schießen erkennbar zu einem topografischen Kontinuum zusammen. Das geschieht nicht von ungefähr: Herbeizitiert wird Klings unmittelbares Wohnumfeld seiner Kölner Jahre – er wohnte damals, vor seinem Umzug in die Raketenstation Hombroich, in der Straße Thürmchenswall im Kunibertsviertel. Der Weg vom Rhein zum Ebertplatz oder umgekehrt bezeichnet einen möglichen Stadtspaziergang.

Charakteristisch für das Gedicht ist die Fragmentierung sowie Neuformierung und zusammensetzung der ortsbezogenen Realitätsaspekte – ohne dass dabei das arrangierende Subjekt des Gedichts als lyrischer Sprecher kenntlich würde: Der Ebertplatz wird zur No-go-Area mit gefahrenträchtiger Kriminalitätsdichte (»anschaffn«), der auch die Scheinwerfer nichts anhaben können. In einer Motivverklammerung sozusagen über Kreuz kann die Beleuchtung am sozial arrivierten Theodor-Heuss-Ring (dem bergenden »drinnen«, das sich gegen den Passanten verschließt) hingegen gedimmt, flackernd, indirekt, zitternd sein. »vom notsitz aus« in der letzten Zeile perspektiviert allerdings die Wahrnehmung bzw. potenziert diese Perspektivierung. Der »notsitz« verschränkt sich dabei assoziativ mit jenem »Notfall«, der das überstürzte Aufsuchen einer Apotheke mit nächtlichem »Notdienst« notwendig macht. So oder so nimmt urbaner Raum hier – als »topografisch wie atmosphärisch exakte Skizze einer kaum bewohnbaren Großstadtarchitektur«[50], die zudem stets von der Naturkatastrophe des Rhein-Hochwassers bedroht ist – etwas Alptraumhaftes an. Der Dichter entzieht es – typisch für Kling – einer anklagenden Moralisierung. Die These, dass er sich trotz der Distanz zu ihr in eine Kölner Tradition eingeschrieben habe – in das »Lied von der Rückseite der Stadt« als »Gegenstrophe zur Bonner Republik«[51] –, ist spekulativ, aber zumindest erwägenswert.

Diversität herrscht nicht nur in Klings Raumerschließung, sondern auch in der historischen Tiefenschichtung des Gedichts: Der Ebertplatz – genauer: Hansaring, Riehler Straße und Zoo – ist auch Ort der Erzählung *Narziss* aus der Feder des jüdischstämmigen Dadaisten Walter Serner (1889–1942), der von den Nazis mutmaßlich nach einem Transport von Theresienstadt nach Riga ermordet wurde. Allerdings »ging« in dieser Erzählung nicht Serner, sondern seine fiktive Gestalt Paul von Beisiegl in diesem Revier; der Sprecher des Gedichts (Kling?) schließt den Autor und seine Figur also absichtsvoll kurz. Wie auch immer: Insofern der – mit Ernst und Baargeld auch in Köln präsente – Dadaismus und gerade Serner für Kling ein nicht unerhebliches Anregungspotenzial bereitstellte, wird man hier eine sehr bewusste Hommage konstatieren dürfen. Die Erwähnung Serners wird zu einem in Poesie transformierten Stolperstein.[52]

Kling steht in der Kölner Literaturszene des ausgehenden 20. Jahrhunderts einzigartig da, konnte auch keine Schule bilden oder Nachfolger finden. Bemerkenswerterweise vertritt sein von ihm in Naturell und Disposition durchaus verschiedener Kollege Dieter M. Gräf – 1960 in Ludwighafen geboren, von 1991 an in Köln, seit 2005 allerdings in Berlin ansässig – ähnliche poetologische, den »Materialcharakter« der Sprache zulasten ihres Mitteilungscharakters betonende Positionen. »In der Tat sind«, schreibt Gräf in einem Zeitungsbeitrag,

> Gedichte anderen Kunstformen oft näher als einer handlungsorientierten, inhaltsfetischistischen Erzählhaltung, in der Sprache nur als Vehikel für eine Story eingesetzt wird. [...] Im Gedicht schauen wir viel stärker aufs Personal, das hier eh frei hat: der Materialcharakter der Sprache tritt auf. Die Wörter stehen nicht mehr als Arbeitssklaven am Fließband, sie müssen nicht mehr gar zu brutal gehorchen, und dadurch können sie sich eher bewegen, wie es ihnen entspricht. Sie sind auch nicht mehr so aneinander gekettet. Folglich können wir die Abstände zwischen ihnen besser spüren, das Luftige dazwischen. Sie sind nun nicht mehr derart ausgezehrt von der Fron, gewinnen an Fülle und Farbigkeit: Nebenbedeutungen können mitschwingen, die Herkunft eines Wortes macht sich manchmal bemerkbar, oder ein

50 Hummelt: *Kleiner Grenzverkehr*, S. 26.

51 Hugo Dittberner: *Wo ist das Gedicht? Zu Thomas Kling*, in: Dittberner/Korte (Redaktion): *Thomas Kling*, S. 91–98; hier: S. 97 f.

52 Serner hielt sich wohl im Mai 1909 in Köln auf und berichtete in der von seinem Vater herausgegebenen Karlsbader Zeitung von den Kölner Blumenspielen (Karlsbader Zeitung, Ausgabe vom 15. August 1909, S. 2-3). Weitere gesicherte Köln-Besuche sind nicht bekannt. Für die entsprechende Auskunft dankt d. Verf. Andreas Mosbacher, dem Gründer (2012) und Präsidenten der Berliner Walter-Serner-Gesellschaft.

Aspekt, der in einer Wendung ausgedrückt ist, von uns normalerweise aber nicht wahrgenommen wird, weil wir der Konvention, der Gewohnheit folgen, die das, was da ist, über-lagert.[53]

In der poetischen Praxis erinnern die radikale Befragung und Dekonstruktion des Wortmaterials, seine Aufladung mit Höfen assoziativ vermittelter Bedeutungen, die stilisierte Alogizität in der Verbindung des (scheinbar) nicht Zusammengehörenden, auch die Verweigerung gegenüber den grafischen Gepflogenheiten bei der Verschriftlichung konventioneller Lyrik an Kling. Die (scheinbare) Zersetzung und Verflüchtigung der Wirklichkeit antwortet dabei auf den Zeichen- und Bilderrausch der modernen Medien. Allerdings wirken Gräfs Gedichte, abgesehen von der individuellen Themenwahl, oft noch »intellektueller«, hermetischer, rätselhafter und in dieser Rätselhaftigkeit fordernder als diejenigen des Kollegen. Tatsächlich hilft der seinen Gedichtbänden jeweils beigefügte erläuternde »Appendix« nicht nur bei der Erschließung der Texte, er erscheint vielmehr absolut notwendig. Einmal auf die Spur gesetzt, wird der Leser dann ihrer »Tiefensättigung« im Sinn einer Auseinandersetzung mit Ideologie, Politik, Geschichte und Mythologie gewahr. Immer wieder geht es dabei auch um die deutsche Vergangenheit – vom »vorfaschistischen« Kleist über den Auschwitz-Kommandanten Rudolf Höß bis zum RAF-Terrorismus.

Es folgt hier – aus dem frühen Gedichtband *Rauschstudie: Vater + Sohn* mit *Ideale Rheinlandschaft* ein Gedicht, das Wagners mythisches Rheingold aus ökologisch-industrie-(und wohl auch kapitalismus-)kritischer Perspektive reformuliert – der neue Alberich ist ein »Aufsichtsratsvorsitzender«:

laufen aus der Industriestraße heraus,
in ein Standbild vom Fluß: eine Halle,
in der sie sich geißeln mit Aalen, zum,
großen, dem gekippten Bett, das, zubet
oniert, den Aufsichtsratsvorsitzenden
birgt. Wie sie, die Rheintöchter, ihm
zuprosten, dem abstehenden Kopf!, den
lassen sie nippeln am Flüßchen: blau
wird er, dann schwärzlich; er schmilzt
: ihnen ihr Gold aus den Zähnen zurück.[54]

Einen bemerkenswert eigenständigen Weg schlug der Lyriker, Übersetzer, Essayist und Publizist Norbert Hummelt ein. Der gebürtige Neusser des Jahrgangs 1962 lebte seit seinem Ger-

53 Dieter M. Gräf: *Poesie braucht Plakate*, in: *Kölner Stadt-Anzeiger* vom 21. Juli 2001, S. 37.

54 Ders.: *Ideale Rheinlandschaft*, in: ders.: *Rauschstudie: Vater + Sohn. Gedichte* (= *edition suhrkamp*, Bd. 1888), Frankfurt/M. 1994, S. 73.

manistik- und Anglistik-Studium bis zum 2006er-Wechsel nach Berlin in Köln (und Lohmar-Wahlscheid), wo er die Autorenwerkstatt der Universität (1988 bis 1992) und, zusammen mit Ekkehard Skoruppa, das Literatur-Atelier der SK-Stiftung Kultur leitete. Überhaupt war er in der örtlichen Literatur- und Publizistik-Szene sehr präsent und auch gut vernetzt – Letzteres in seiner Eigenschaft als regelmäßiger Mitarbeiter und TV-Kritiker im Feuilleton des *Kölner Stadt-Anzeiger* wie auch der alternativen *Stadt-Revue*. Eine intensive Kooperation und auch Freundschaft verband ihn mit Kollegen wie Thomas Kling und Marcel Beyer – mit letzterem, wie oben bereits erwähnt, im Rahmen der Performance- und Videoarbeit in dem Sprechduo *Postmodern Talking*.

Hummelt begann Ende der 80er Jahre mit experimentellen Gedichten in der Nachfolge von Kling, wandte sich aber seit *Singtrieb*, seinem zweiten Gedichtband von 1997, dezidiert traditionelleren Formen mit regelmäßigem Vers- und Strophenbau, teilweise auch mit Reimen zu – bis hin zum strengen poetologischen Regeln unterworfenen Sonett. Sehr heterogene Einflüsse sind erkennbar, die von Hölderlin, Eichendorff und Benn bis zu Mayröcker, Jandl und eben Kling reichen. Sie werden nicht nur geschmeidig und virtuos verarbeitet – Hummelt ist ein Meister des Binnenreims –, sondern auch mittels der Platzierung ironischer Distanzsignale; und stets in einer Weise, dass von unselbständigem Epigonentum keine Rede sein kann.

Die individuelle »Tinta« dieser Lyrik mag im Einzelnen schwer zu beschreiben sein, und auch die Themenwahl ist a prima vista unauffällig. Beharrlich geht es um die Verfahren und Probleme einer Ich-Verfertigung, die sich in der Auseinandersetzung mit einer gegenstrebigen Außenwelt genauso wie in Erinnerungen – immer wieder auch assoziativ erweiterten Kindheitserinnerungen –, teils mythologisch überformten Erzählungen und Träumen vollzieht, genauer: in dem Versuch, dem Flüchtigen und Vergänglichen durch eine feste Form Dauer zu verleihen. Man könnte genauso von einer autobiografischen Archäologie sprechen wie von einem »Ansingen« gegen den Tod. Tatsächlich sind Klang und Rhythmus von Hummelts Lyrik musikalisch »infiziert«; Schuberts *Winterreise* war eine »langjährige Obsession«[55].

Naheliegend erscheint Köln als Lebensraum in Hummelts Gedichten seit dem Umzug nach Berlin immer wieder als erinnerter Lebensraum. Der Beginn von *In hora mortis* aus dem Band *Fegefeuer* – »heut nacht im Traum bin ich zurück nach köln gegangen«[56] – überblendet die romantische Motivik der *Winterreise* mit der aus Ostermanns *Heimwih noh Kölle*. Hier wird Köln – Hummelt ist entschieden kein Heimatdichter – zum Erinnerungs-, nicht aber zum Sehnsuchtsraum.

Das ist auch auf Anhieb in *licht* aus *pans stunde*[57] nicht der Fall, einem expliziten Köln-Gedicht mit erzählendem Gestus, das die Ankunft des lyrischen Sprechers mit dem Zug im Kölner

55 Jürgen Röhrig: *Alltägliche Irritationen als Ausgangspunkte für lyrische Bilder*, in: *Kölner Stadt-Anzeiger*, Ausgabe Rhein-Sieg, vom 14. März 2003, S. 13.

56 Hummelt: *Fegefeuer. Gedichte*, München 2016, S. 38.

57 Ders.: *Pans Stunde. Gedichte*, München 2011, S. 29.

Hauptbahnhof beschreibt. Hummelts Technik der lyrischen Formgebung[58] lässt sich hier gut beobachten: Die Form wird bedient, indem sie zerstört, und zerstört, indem sie bedient wird. Genauer: Der Autor zwingt den Text in eine grafische Gestalt und einen Zeilenfall, die ihn nach konventionellem Verständnis nahezu vergewaltigen. Beide fallen eklatant auseinander. Hier sind die ersten beiden Strophen:

die blaue stunde brach eben an, als ich mit der regionalbahn
kam. Vom hansahochaus, dem backsteinbau, leuchtete
weit die klosterfrau. Der zug fuhr langsam, bald rollte er ein

nun kamen die häuser am eigelstein, da wußte man immer
gleich bin ich da, wenn man das zeichen der klosterfrau
sah. Doch auf der domplatte zog es wie sau. Unglaublich wie

Der äußerlich regelmäßige Strophenbau verdeckt, dass sich von Versbau und Reimschema her (Paarreime!) eine ganz andere Gliederung aufdrängt:

die blaue stunde brach eben an,
als ich mit der regionalbahn kam.
Vom hansahochhaus, dem backsteinbau,
leuchtete weit die klosterfrau.

Der zug fuhr langsam, bald rollte er ein
nun kamen die häuser am eigelstein,
da wußte man immer, gleich bin ich da,
wenn man das zeichen der klosterfrau sah.

Den Leiereffekt, der sich hier trotz der unregelmäßigen Senkungen zwischen den Vierhebern einstellt, wollte der Autor offensichtlich vermeiden. Der faktische Zeilen- und Strophenbau hingegen versperrt dem Leser die leichte Zugänglichkeit, er verheddert sich in den Widersprüchen zwischen der verfremdenden Grafik – dem »Augenbild« – und der Poesie.

Die Vermutung drängt sich auf, dass diese Sperrigkeit auf den Gegenstand des Gedichts, den Köln-Besuch des lyrischen Sprechers, übertragen werden kann. Dabei steht bereits infrage, ob es sich um einen solchen – in der Tradition der Köln-bezogenen Reiselyrik,[59] deren Motive mit Hauptbahnhof und Dom-Besuch immerhin zitiert werden – überhaupt handelt. Schließlich

58 Ihr Ähnliches lässt sich allerdings auch in Gedichten Marcel Beyers beobachten, etwa in dessen Lyrikband *Falsches Futter* (Frankfurt/M. 1997).

59 S. S. 263–276.

kommt das erzählende Ich nicht mit dem ICE, sondern mit der Regionalbahn nach Köln – was einen Wohnsitz entweder in der Stadt selbst oder in der geografischen Nachbarschaft nahelegt. Tatsächlich ist dieser Köln-Besucher alles andere als ein Fremder, sondern ein sich am Ort gewohnheitsmäßig Einfindender – zweimal erscheint in diesem Sinne das Adverb »immer«. Die Existenzform Köln wie die Umstände der Begegnung mit ihr gerinnen darüber zu einer zeitlichem Wandel enthobenen Zuständlichkeit.

Der Ankunft im Hauptbahnhof und dem Gang über die zugige Domplatte folgt das Betreten der Kathedrale – es ist dies jener Weg von außen nach innen, der als realsymbolisches Itinerar bereits Heines Gedicht *Im Rhein, im heiligen Strome* seine Struktur gibt.[60] Auch diesmal führt den Besucher, der eine Kerze anzündet, sein Weg zum Lochner-Altar (und zum Dreikönigenschrein). Das aktuelle Erlebnis weckt die Erinnerung an eine offensichtlich bannende Erfahrung: an eine Osternacht im Kölner Dom, da sich nach dem dreimaligen »lumen christi« in der Kathedrale ein »lichtermeer« ausbreitete. Motivisch schließt sich am Gedichtende der »Lichtkreis« zwischen der natürlichen Abenddämmerung der »blaue[n] stunde« und der »künstlichen« Lichtentstehung in der Osternacht.

Offenkundig geht es nicht um eine im engeren Sinn religiöse Erfahrung. Der Gedanke, »daß es Gott noch gab«, wird ironischerweise durch einen Domschweizer ausgelöst, der mit seinem Stab aufstampft und wohl die bevorstehende Schließung der Kathedrale ankündigt – er bleibt »kurz« und diffus. Es ist vielmehr das elementare und glückstiftende Erlebnis der Lichtwerdung – das Gedicht heißt schließlich *licht* –, dem am Ende dann wohl doch noch eine spirituelle Dimension zuwächst.

13.4 Stunde der Frauen

Der Aufschwung der Kölner Literaturszene am Ende des 20. Jahrhunderts ist – diese Beobachtung drängt sich auf – zu einem großen Teil das »Werk« schreibender Frauen. Zweifellos verweist dies auf einen Generaltrend – Emanzipation, Geschlechterrollen-Veränderung und die Auflösung jahrhundertealter, zäh verwurzelter kultureller Stereotype[61] –, der zunächst einmal nicht spezifisch kölnisch ist. Vergegenwärtigt man sich hingegen die Rolle von Frauen in der lokalen Literaturgeschichte in den Jahrhunderten und Jahrzehnten zuvor – sie marginal zu nennen ist, trotz Irmgard Keun und Hilde Domin, nahezu eine Beschönigung –, dann fällt der Unterschied auf, ja, er kann kaum anders denn als drastisch bezeichnet werden. Erst in dem in

---

60 Überhaupt wäre ein genauer Vergleich beider Gedichte fruchtbar und ergiebig, er kann an dieser Stelle allerdings nicht geleistet werden.

61 S. etwa für das 18. Jahrhundert die nach wie vor lesenswerte Studie von Silvia Bovenschen: *Die imaginierte Weiblichkeit. Exemplarische Untersuchungen zu kulturgeschichtlichen und literarischen Präsentationsformen des Weiblichen* (= *edition suhrkamp*, Bd. 921), Frankfurt/M. 1979.

diesem Kapitel behandelten Zeitraum schließt Köln, so scheint es, sozialkulturell auf breiter Front zu einer Moderne auf, die diesen Namen verdient. Aber nicht nur deshalb soll an dieser Stelle ein genauerer Blick auf die schreibenden Frauen fallen, sondern auch, weil der weibliche Blick auf die »Lebensform Köln«, so sie überhaupt thematisiert wird, möglicherweise neue, ungeläufige Aspekte zu erschließen vermag.

Anne Dorn (1925–2017) darf – weil sie lange Jahrzehnte (seit 1969) am Ort lebte, weil sie sehr alt wurde und bis in ihre letzten Jahre hinein literarisch produktiv blieb – als eine »Grand Old Lady« der Kölner Literaturszene bezeichnet werden. Anne Dorn stammte aus Wachau bei Dresden, jenem Dresden, das sie dank ihres Geburtsdatums noch vor seiner Zerstörung im Krieg bewusst und intensiv erleben konnte. Der Vernichtungsbrand der Stadt im Februar 1945 wurde für sie zu einem einschneidenden Erlebnis, das sie auf die Unsicherheit und Hinfälligkeit menschlicher Aktivität und Existenz überhaupt verwies. Das Kriegsende überstand sie allerdings im amerikanisch besetzten Österreich, und während ihre Eltern in der nachmaligen DDR blieben, wurde Dorn zu einer Wanderin zwischen den Welten – im politischen und übertragenen Sinn. Die Suche nach Heimat wie nach der eigenen personalen Identität unter dem Druck auch von außen induzierter lebensgeschichtlicher Verwerfungen wurde für die Autorin, die nach 1945 zunächst als Kostümbildnerin arbeitete und erst seit 1967 literarisch publizierte (damals wählte Ann Christa Schlegel bezeichnenderweise das Pseudonym Anne Dorn), zu einem Leitthema, das sie bis zu ihrem letzten Roman, *Spiegelungen* von 2010, nicht mehr losließ.

Für dieses – in einer detailgesättigten und poetisch reichhaltigen Sprache geschriebene – Buch wählte die Autorin ein interessantes, wenn auch zunächst verwirrendes konstruktives Prinzip: Es geht hier um die – auch im Darstellungsstil Lebensalter-spezifisch ausgewiesenen – Stationen eines Frauenlebens zwischen Vergangenheit und Gegenwart, vom frühen Kindes- bis ins Greisenalter. Sie fallen zusammen – die autobiografische Prägung wird an dieser Stelle unverkennbar – mit den einschneidenden Zäsuren deutscher Geschichte im 20. Jahrhundert: 30er Jahre in Dresden, Kriegsende, Flucht, Neustart im Westen, schließlich Ankunft in Köln (das als solches nicht genannt wird). Familiengründung, Beziehungsscheitern, Enttäuschungen, Ausbrüche und Neuanfänge lassen weitere Bruchlinien entstehen.

Die grundständige Erfahrung, dass jemand im Lauf seines Lebens »ein anderer« wird, und die damit aufgeworfene Frage nach Kontinuität und Kohärenz einer Biografie radikalisiert Dorn nun dergestalt, dass der Name der Frau, aus deren Perspektive jeweils erzählt wird, von Kapitel zu Kapitel wechselt – was zunächst vermuten lässt, dass hier tatsächlich von verschiedenen Frauen die Rede ist. Das ist allerdings nur bedingt der Fall: In der Hauptfigur des sechsten und letzten Kapitels – sie »heißt« Milehajucla, welches eine Montage aus den Anfangssilben der fünf zuvor eingeführten Namen ist (Minza, Lene, Hanna, Judith, Clara) ist – fließen die fünf Figuren mehr oder weniger zusammen. Das ändert aber nichts daran, dass der Rückblick aufs eigene Leben die Auffassung eines bruchlosen, sich aus sich selbst generierenden Fortschreitens verwehrt. Und unbeantwortet bleibt – ehrlicherweise – auch die Frage, ob die insistierende Glück-, Liebes- und Sinnsuche der Protagonistin(nen) in irgendeiner Weise erfolgreich war.

Im vierten Kapitel um die Hauptgestalt Judith platziert Anne Dorn auch ein Köln-Porträt, das weder überschwänglich noch desaströs ausfällt, aber von dem Willen der personalen Erzählerin zeugt, an dem Ort, an den es sie nun mal verschlagen hat, heimisch zu werden. Der macht es ihr allerdings schwer, der autogerechte Wiederaufbau erschwert seine Erschließung als Lebensraum:

> Sie geht zu Fuß, kilometerweit. Es soll ihre Stadt werden, das hat sie beschlossen. Überall wird gebaut, auch die Einheimischen sollten neugierig sein. [...] Auffällig fand Judith zunächst die halbkreisförmig angeordneten Straßen, die vom Strom aus in Häusermeer führen und im Bogen wieder zurück zum Strom. Wie Jahresringe haben sie die wachsende Stadt von Zeit zu Zeit umfasst und werden das weiter so tun. Aufgefallen sind ihr, wenn sie gefragt wird, die durch alles Alte kerzengerade hindurch geschlagenen Schneisen, die Schnellstraßen, flachgeklopfte Barrikaden, die jedem Fußgänger den Weg versperren. Judith ist froh, wenn sie während der viel zu kurz bemessenen Grün-Phase der Ampelanlage im Pulk die andere Straßenseite erreicht.[62]

Fast eine Generation jünger als Anne Dorn sind Angelika Mechtel und Elke Heidenreich. Auch Mechtel (1943–2000) stammte aus Dresden, wuchs aber im Rheinland und in Bayern auf. Ihre literarische Karriere hatte sie gestartet lange Jahre, bevor sie 1984 – mit ihrem Partner, dem Autor Gerd E. Hoffmann – von München nach Köln zog. 1965 war sie, die bereits 1958 erste Gedichte und Kurzgeschichten veröffentlicht hatte, zur Dortmunder Gruppe '61 gestoßen. Die Arbeitswelt, die dieser Autorenzirkel für die Literatur erschließen wollte, kannte sie aus eigener Anschauung – Mechtel hatte sich und ihre Familie u. a. als Zimmermädchen und Hilfsarbeiterin durchbringen müssen.

Mechtels Kölner Zeit wurde sehr bald überschattet von einer 1987 zum ersten Mal diagnostizierten Krebserkrankung, deren Folgen sie dann 13 Jahre später, erst 56 Jahre alt, erlag. Den Kampf gegen die Krankheit dokumentierte sie selbst mit beherzter Offenheit in *Jeden Tag will ich leben. Ein Krebstagebuch* (1990). Unter den Umständen litt naheliegenderweise ihre literarische Arbeit genauso wie ihr Engagement im literaturpolitischen Raum als Vize-Präsidentin des Pen-Zentrums der Bundesrepublik wie für verfolgte Autoren in vielen Ländern.

Bekannt wurde die vielfach ausgezeichnete Autorin 1968 mit ihrem Erzählband *Die feinen Totengräber*, der in einer für die damalige Zeit ungewöhnlichen Breite Frauenschicksale thematisierte. Kritik an der westdeutschen Wohlstandsgesellschaft und der Kraftlosigkeit der desillusionierten 68er-Linken prägten die folgenden Bücher. Der Wille, mit ihrer Literatur eine breitere Leserschaft zu erreichen, führten zur Aufgabe des experimentellen Frühstils zugunsten traditioneller Erzählformen – etwa in der späten Romanbiografie *Die Prinzipalin* (München 1994) über die deutsche Schaubühnenleiterin Friderike Caroline Neuber (1697–1760). Sie erscheint in diesem halbfiktionalen Kontext unverkennbar als Identifikationsfigur, als eine historisch verfrühte

62 Anne Dorn: *Spiegelungen. Roman*, Berlin 2020, S. 179.

Repräsentantin der Frauenbewegung. Das Buch versammelt noch einmal viele von Mechtels zentralen Themen: die Selbstbehauptung von starken Frauen in einer männerdominiert-feindseligen Umwelt und die Auseinandersetzung mit dem herannahenden Lebensende, das als Ostinato diese Geschichte vom Aufstieg und Niedergang einer weiblichen Karriere im 18. Jahrhundert grundiert. Zu ihrer Wahlheimat, die in ihren Texten kaum je einmal als solche vorkommt, unterhielt Mechtel übrigens eine intensive Liebesbeziehung. »Wenn New York«, so bekannte sie einmal, »ein Asyl für Wahnsinnige ist, dann ist Köln ein Biotop für Verrückte und damit genau das Richtige für mich.«[63]

Elke Heidenreich, 1943 in Korbach/Waldeck geboren und seit 1987 in Köln ansässig, gehört als Talkshow-Moderatorin, Kolumnistin, Kritikerin, Kabarettistin, Opernlibrettistin und – von 2009 bis 2013 – Herausgeberin der Musikbücher-Reihe *Edition Elke Heidenreich* zu den bekanntesten Figuren der örtlichen Literaturszene. Als Autorin ist sie mit – beim Lesepublikum sehr erfolgreichen – Erzählbänden wie *Kolonien der Liebe* (Reinbek 1992) und *Der Welt den Rücken* (München 2001) hervorgetreten, in denen es vorzugsweise um die Tragikomödien und Tragödien der Liebe in der Lebenswelt der Moderne geht, um scheiternde Paarbeziehungen, den Kampf der Geschlechter, die finale Unmöglichkeit, zueinander zu finden. Die sentimentale »Spitze« versteht sie stets aufs Neue durch die lapidare Schnörkellosigkeit, die »Sachlichkeit« ihres im Übrigen konventionellen Erzähltons abzubrechen; auch an »schweren« Themen erweist sie sich als eine Meisterin der »leichten« Form.

Manche von Heidenreichs Erzählungen mögen von Sujet und Importanz her nicht über den tatsächlich erreichten Umfang hinausreichen – die Verfasserin walzt ihren Stoff nicht aus, mit sicherem Gespür versucht sie, nicht mehr daraus zu machen, als drinsteckt. Trotzdem mag es verwundern, dass sie – bislang – noch nicht ein breiter angelegtes episches Panorama erstellt, sprich: einen Roman vorgelegt hat. Beharrlich erscheint bei Heidenreich – die autobiografische Dimensionierung ist unübersehbar – als Thema nicht nur die krisenanfällige Paarbeziehung, sondern auch, damit verschränkt, das gestörte Verhältnis der Altersgruppen in der Großfamilie, das explosiv durch das verdrängende Schweigen der Eltern und Älteren wird. Der Konflikt um Rollenmuster und -zuschreibungen verbindet sich mit der komplexen Beziehungskonstellation zwischen Kriegs- und Nachkriegsgeneration. Sie nun hätte in jeder Hinsicht das Zeug für einen großdimensionierten deutschen Zeit- und Familienroman.

Eine Generation jünger als Mechtel und Heidenreich und damit Altersgenossinnen von Beyer und Kling sind Doris Konradi, Sabine Schiffner, Ulrike Anna Bleier und Husch Josten. Konradi, 1961 in Köln geboren und hier bis zur Stunde ansässig, ist, nach einem literaturwissenschaftlichem und VWL-Studium sowie einer Tanz- und Drehbuchausbildung, seit 1997 als literarische Autorin tätig. In ihren Texten widmete sie sich wiederholt aktuell relevanten und politisch dimensionierten Zeitproblemen – der Roman *Aber die Insel* (Coesfeld 2022) etwa entwirft die negative Inselutopie einer ökologischen Katastrophe. Um eine konfliktträchtige weibliche

63 Verf.: *Angelika Mechtel tot*, in: *Kölner Stadt-Anzeiger* vom 9. Februar 2000, S. 9.

Glückssuche im Kontext problematischer Familienkonstellationen hingegen geht es in *Frauen und Söhne* (Köln 2007).

Bereits in ihrem Debütroman *Fehlt denn jemand*, wie *Frauen und Söhne* beim so ambitionierten wie kurzlebigen Kölner Verlag Tisch 7 erschienen, führt Konradi die von ihr traktierten Themen – Zeitgeschichte und Familiengeschichte – so zusammen, dass sie als Einheit gelesen werden können und müssen. Die zeitgeschichtliche Dimension betrifft – wieder einmal – die Überhänge des Nationalsozialismus, die ihre Schatten diesmal aber, im Rahmen einer sonst problematisch-explosiven Familienkonstellation, nicht auf die Kinder-, sondern auf die Enkelgeneration werfen (der die Autorin ja selbst zuzurechnen ist). Deren Angehörige holen die Rebellion nach, die – in diesem Fall – ihre Eltern versäumten. Weil diese die vermuteten Untaten der Vorderen beschweigen und decken, bekommen sie den Entlarvungsfuror der Enkel ebenfalls zu spüren.

Der Roman besteht aus zwei Handlungssträngen, die am Schluss zwar nicht erzähldramaturgisch zueinander finden, deren in der und durch die Vergangenheit gestiftete Verknüpfung aber sichtbar wird. Justin, nach zwei Töchtern der dritte Sprössling der gutsituierten, in einer westdeutschen Großstadt (Köln?) lebenden Familie Mertens reißt als 17-Jähriger Ende 1986 auf Nimmerwiedersehen von Zuhause aus, weil die Eltern seine Beziehung zu der deutlich älteren und dem Alternativ-Milieu zugehörigen Niederländerin Nelly ablehnen. Den mit falschen Papieren Ausgestatteten und Nelly verschlägt es nach Südamerika, wo man sich mit Gelegenheitsarbeiten über Wasser hält. Als Nelly schwanger wird, kehrt das Paar in deren Heimat zurück – Sohn Maarten kommt auf einem Hausboot in den Amsterdamer Grachten zur Welt. Versuche des antriebsarmen Justin, seinen Sohn zu legalisieren, treiben ihn, den Nobody ohne gültige Papiere, zu einem Ausweisfälscher, bei dem er mehr oder weniger zufällig die von der Familie verschwiegene Wahrheit über seinen »Nazi-Großvater« Justus und dessen Verhalten während der deutschen Okkupation der Niederlande erfährt.

Im Umkreis der Familie ist hingegen Justins Schwester Juliane geblieben. Die Regisseurin sieht der Premiere eines eigenen Theaterstücks über Ulrike Meinhof entgegen, die bekanntlich gegen die deutsche Vergangenheit und ihre Verdrängung auf ihre Weise rebellierte. Als Requisit für die Bühne möchte sie ein antikes Möbel aus ihrem Elternhaus requirieren, einen Tisch, den der jetzt im Altersheim lebende Großvater während des Krieges von einem Vorgesetzten für gute Dienste geschenkt bekam. An dieser Stelle kommen die Motive der Erzählung zusammen, der Tisch wird – etwas aufdringlich – zum zentralen Dingsymbol im Kontext von Verschweigen und Aufdecken. Am Martinstag, dem traditionellen Familienfeiertag der Mertens (!), eskalieren die Konflikte – Konradi folgt hier den literarischen Mustern für einen katastrophal verlaufenden Familientag, die noch ein Jahr vor *Fehlt denn jemand* John von Düffel in seinem Roman *Houwelandt* (Köln 2004) bedient hatte. Selbstredend aus einer anderen Perspektive.

Die Verknüpfung der Handlungsstränge ist zwar absehbar, geschieht aber doch etwas gewaltsam: Besagten Tisch entwendeten – so stellt sich am Ende heraus – Wehrmachtsangehörige bei der Widerstandsfamilie des erwähnten Fälschers aus Justins Amsterdamer Umfeld. Der von einem Major abgegebene Schuss durch den Tisch – das Schussloch ist bis zur Stunde zu sehen –

tötete damals die Schwester des Fälschers, welche niemand anderes war als die Geliebte des späteren Großvaters. Sie hätte, geht es Justin durch den Kopf, seine und der Geschwister Großmutter werden können.

Mit dieser Erzählung ist der Großvater »eigentlich« exkulpiert, im Licht der späten Offenbarung, die Justins Beziehung zu seiner Familie und damit auch dem eigenen Leben eine neue Richtung geben müsste, erweist sich die anmaßende Anklagepose der Enkel als gegenstandslos. Das alles führt Konradi allerdings nicht aus – wie überhaupt vieles indirekt bliebt, nicht ausgesprochen, der Deutungsfantasie des Lesers anheimgestellt wird. In diesen forcierten Auslassungs-Bedeutsamkeiten bringt sich ein Wille der Autorin zur künstlerischen Stilisierung ihrer Prosa zur Geltung, der gelegentlich übers Ziel hinausschießt. Die Originalität des Plots und die Dichte der Darstellung in Szenen und Dialogen werden dadurch aber nicht beschädigt, und immer wieder gelingen Konradi eindringliche lebensweltliche Beobachtungen – etwa wenn Juliane eine selbstgerechte, tratschsüchtig-bösartige Nachbarin allein durch feindseliges Zurückstarren in die Schranken weist und in diesem »Duell« als Siegerin vom Platz geht.[64]

Sabine Schiffner machte sich zunächst als Lyrikerin einen Namen, ehe sie mit *Kindbettfieber* (Frankfurt/M. 2005) und *Nachtigallentage* ihr literarisches Feld zum Roman hin erweiterte. Schiffner wurde 1965 in Bremen geboren und kam 1985 zum Studium der Theaterwissenschaft, Germanistik und Pädagogischen Psychologie nach Köln – wo sie mit ihrer Familie nach wie vor lebt. Bereits während ihrer Studienjahre führte sie an mehreren örtlichen Theatern Regie und betätigte sich darüber hinaus als Theater- und Literaturkritikerin sowie als Übersetzerin. Von 1992 an arbeitete sie als Regieassistentin und Darstellerin am Kölner Schauspiel. Es war dann ihr Kollege Norbert Hummelt, der sie als von Celan und anderen Exponenten der Moderne beeinflusste, in ihrer Bildsprache sehr eigenständige Lyrikerin »entdeckte«, ermutigte und ihr den Weg zur Veröffentlichung ihres ersten Gedichtbandes (*besteck im kopf*) ebnete. Er erschien 1994 als Band 3 der von Hummelt und Ekkehard Skoruppa bei Emons herausgegebenen *Edition Kölner Texte*.

Wie teils schon in früheren Gedichten Schiffners ist in denen des 2022 erschienenen sechsten und jüngsten Lyrikbandes *Wundern* die Köln-Connection unverkennbar, vor allem in der ersten Sektion *Wunder*. Details der Stadttopografie – seien es nun der Friesenplatz oder die Severinskirche – werden benannt und mitunter konkret ins Auge gefasst, was nicht ihre Entgrenzung ins Surreale, in poetische Schwebezustände wie ins Alptraumhafte blockiert. In dem Gedicht *durch den wind*[65] etwa, dessen vier Strophen jeweils mit der Zeile »ich bin wieder ein kind und [bzw. nun]« beginnen, öffnet die Selbstimagination der lyrischen Sprecherin als Kind die Domplatte als einen durch die eigene Ohnmacht definierten Horrorraum: Die übermächtige Kathedrale fällt über ihr zusammen, und der diese umtosende Wind trägt sie mit sich fort.

In Köln ist auch die Handlung von Schiffners zweiter Prosaarbeit *Nachtigallentage* situiert – wobei die Hauptfigur Sigune Vorinsfeld, aus deren Perspektive die aufgrund ihrer Kürze wie dra-

64 Doris Konradi: *Fehlt denn jemand. Roman*, Köln 2005, S. 177 f.

65 In: Sabine Schiffner: *Wundern. Gedichte*, Berlin 2022, S. 8.

maturgischen Anlage novellennahe Erzählung bereits in dem Bremer Generationenroman *Kindbettfieber* auftaucht. Sigune lebt mit ihrer Familie in einem alten, von einem weitläufigen Garten umgebenen Haus am westlichen Stadtrand – also wohl in Junkersdorf oder Weiden –, während sie die kriminellen Helfershelfer für eine ihrerseits hochkriminelle Aktion in Kalk rekrutiert. Verbunden werden die höchst brüchig-fadenscheinige Idylle des bürgerlich-saturierten Kölner Westens und das proletarische und benachteiligte Biotop im Osten durch die Straßenbahnlinie 1, die als Achse zwischen den polaren Sozialräumen der Metropole fungiert.

Sigune also, überfordert mit dem einzig von ihr geschulterten Familienverdienst und zwei permanent kranken kleinen Kindern sowie unglücklich mit ihrem gleichgültigen Ehemann Andreas, wendet eines Tages ihre Autoaggressionen (genauer: die sich selbst zugefügten Messerverletzungen) gegen diesen und ersticht ihn – wobei in der Schwebe bleibt, ob es sich um einen Unfall oder einen Totschlag bzw. Mord handelt. Ihr Trachten gilt fortan einer für sie folgenlosen Beseitigung der im Keller versteckten Leiche, während sie zugleich mit dem nach dem angeblich Vermissten fahndenden Kommissar der Kölner Kripo eine – glücklich erwiderte und von einer neuerlichen Schwangerschaft gesegnete – Liebesbeziehung eingeht. Auf die Dauer sind da ein paar Bälle zu viel in der Luft zu halten. Irgendwann bricht das mühsam errichtete Lügengebäude zusammen, und eines Tages erzählt Sigune dem neuen Partner alles (?) – die Darstellung dieser Geständnissituation ist eine zweite interpolierte Ebene im chronologischen Fortgang der Ereignisse.

Der Ausgang bleibt mehr oder weniger offen – genauso allerdings die Frage, ob es sich in diesem mörderischen Kammerspiel um Realität oder nicht vielleicht doch um Fantasie (auf der Fiktionsebene des Romans) handelt. »Es könnte so gewesen sein. Aber in Wirklichkeit war es ganz anders«[66], heißt es bereits einigermaßen kryptisch im Vorspruch. Die rasant erzählte, durch wenige Sprach-Ungeschicklichkeiten und etwas ungeschmeidige Dialoge kaum beeinträchtigte Story, die den Leser übrigens unweigerlich zur Identifikation mit der tatsächlich hochproblematischen, weil gegen ihre Lebenssituation völlig irrational rebellierenden Protagonistin drängt, changiert also genrehalber zwischen Krimi, Thriller und psychologisierender Traumfantasie – was nicht ihren geringsten Reiz ausmacht. Der paradoxale Titel *Nachtigallentage* (die Nachtigall singt, jedenfalls hauptsächlich, nachts) bezieht sich auf das immer wieder zeilenweise interpolierte anonyme Traditional »Nachtigall, ich hör dich singen«, von dem Achim von Arnim und Clemens Brentano in ihre romantischen Liedersammlung *Des Knaben Wunderhorn* eine eigene Fassung aufnahmen.

Mit Blick auf die emblematische Tradition kann die Nachtigall auch bei Schiffner unschwer als Symbol der Liebessehnsucht entschlüsselt werden. Gleichzeitig ist der Roman beziehungsreich von einer Vielzahl von Vögeln bevölkert – wobei das Motiv dicht mit dem Plot verwoben ist. Zu Beginn übersetzt Sigune ein Kochbuch mit Rezepten zu Singvögeln, die der barbarischen italienischen Jagdpraxis zum Opfer fallen. Aus Scham darüber, diesen Auftrag angenommen zu

66 Dies.: *Nachtigallentage. Roman*, Berlin 2023, S. 6.

haben, will sie, dass ihr Name im Buch nicht genannt wird. Zum ersten Mal gerät ihr hier die eigene Existenz zur »Fiktion« – der, wie beschrieben, weitere Fiktionen folgen.

Ulrike Anna Bleier, 1968 in Regensburg geboren, kam 1989 nach Köln, um an der hiesigen Universität Angewandte Sozialwissenschaften, Linguistik, Phonetik und Komparatistik zu studieren. Derzeit lebt sie in Köln und in der Oberpfalz. Ihr Debütroman *Schwimmerbecken* (Viechtach 2016) – er handelt von einer symbiotischen Geschwisterliebe – stand 2017 auf der Hotlist der zehn besten Bücher aus unabhängigen deutschsprachigen Verlagen. Nach dem zweiten Roman *Bushaltestelle* (Viechtach 2018) – dort geht es um die traumatische Lebensprägung einer Frau durch die offensive Lieblosigkeit der eigenen Mutter – legte Bleier 2022 mit dem opulenten Prosawerk *Spukhafte Fernwirkung* ihr bisheriges Opus magnum vor.

Form und Struktur des Romans sind auffällig und bemerkenswert: Zentrale Merkmale der Gattungstradition – eine kohärente zentrale Handlung in chronologischer Anordnung, eine durch eindeutige Hierarchiebildungen bestimmte Narration und eine mehr oder weniger genau umrissene Erzählerinstanz – finden sich bei Bleier nicht mehr. An die Stelle von »durchgezogenen« Haupt- und Nebenhandlungen jeweils mit Anfang und Ziel treten, in einer parataktischen, collageartigen und scheinbar problemlos erweiterbaren Reihungsform,[67] mitunter sehr kurze Episoden (das Modell des Episodenromans bediente Bleier übrigens schon in den Vorgängerromanen), Erfahrungsausschnitte, Szenen, Momentaufnahmen aus der alltäglichen Privat- und Berufswelt einer außerordentlich großen Zahl von Gestalten. Diese erscheinen teils immer wieder im Verlauf des Romans, teils aber nur einmal oder sehr selten, so dass der Leser sie »unterwegs« vergisst und sich bei ihrem Wiedererscheinen umständlich reorientieren muss.[68]

Nun sind große Figurenzahlen in der Romanliteratur häufig anzutreffen, etwa im realistischen Gesellschaftsroman des 19. Jahrhunderts – mag der Autor nun Balzac, Thackeray oder Tolstoi heißen. Während aber für das Verständnis dieser Texte der Nachvollzug der personalen Konstellationen unabdingbar ist, scheint es Bleier geradezu darauf anzulegen, dass der Leser den Überblick verliert. Seine – intendierte – Überforderung gerät solchermaßen zum rezeptiven Pendant einer von Bleier zur Darstellung gebrachten spätmodernen Lebenswelt, die extrem divers, heterogen, fragmentiert, kulturell globalisiert ist und in deren Dschungel sich auch besagte Figuren, wenn überhaupt, nur mühsam zurechtfinden. Das gilt für den Manager und den Chefredakteur genauso wie für die Studentin und die Krankenschwester, den Junkie und die Bettlerin – Bleiers Personalauswahl repräsentiert die komplette Breite der (bundesdeutschen) Gegenwartsgesellschaft.

Oft genug fordert ein prekärer Status – sei er durch Arbeitsplatzunsicherheit oder eine Familien- bzw. Beziehungskrise definiert – den Selbstbehauptungs- und Überlebenswillen der Men-

67 Tatsächlich entwickelte Bleier für *Spukhafte Fernwirkung* 2023 die interaktive Roman-App *Die 4. Perspektive*, mit deren Hilfe der Roman von Fremdautoren weitergeschrieben werden kann. Das Angebot richtet sich explizit auch an Teilnehmer, die kaum literarische Schreiberfahrungen haben.

68 Bleiers Verfahrensweise adaptiert filmische Schnitttechniken und erinnert in diesem Sinne konkret an Robert Altmans legendären Episodenfilm *Short Cuts* (1993).

schen bis zum Anschlag heraus. Die stressenden Imperative der Berufswelt führen dabei z. B. zu folgender nachvollziehbarer Bewertung des Wochenablaufs:

> Marion freut sich am Montag schon auf den Freitag. Am Donnerstag aber freut sie sich nicht auf den Freitag, ganz im Gegenteil! Der Freitag steht ganz im Zeichen des bedrohlich nahgerückten Montags. Worauf soll sie sich also am Freitag freuen? Auf die kommende Woche? Nein danke. [...] Der beste Tag ist eigentlich Mittwoch. Noch zwei Tage bis Freitag, das ist überschaubar.[69]

Die immerhin denkbare Einschätzung, hier setze sich das Chaos als Erzählprinzip durch, verfehlt bei näherem Hinsehen Bleiers genau disponierende künstlerische Strategie. Im Binnenraum der acht Großkapitel, in denen die Texte nach jeweils unterschiedlichen Ordnungsprinzipien platziert werden – Kilometerangaben, Jahreszahlen, physikalischen Formeln oder Blutdruckwerten –, verknüpfen sich die »Schicksale« der zunächst isoliert eingeführten Personen immer wieder. Es kommt zu überraschenden Begegnungen, Kreuzungen, Paarbildungen und Trennungen, zu einer Verflüssigung von Identitäten, zu Anziehungs- und Abstoßungseffekten. Der Roman inszeniert ein volatiles Beziehungsmobile.

Den Schlüssel zu diesen Figurationen liefert der Buchtitel: »Spukhafte Fernwirkung« zitiert eine Äußerung Albert Einsteins, der damit spöttisch-ablehnend auf Erkenntnisse der zeitgenössischen Quantenphysik reagierte: Ihnen zufolge beeinflusst die Zustandsänderung von Quantenteilchen sofort andere Teilchen, obwohl sie weit voneinander entfernt sind.[70] Dieses quantenphysikalische Phänomen überführt Bleier in einer experimentellen Anordnung in die soziale Lebenswelt. Immerhin vermuten darf man hier die »Fernwirkung« von Goethes *Wahlverwandtschaften*, in deren Fall Erkenntnisse der zeitgenössischen Chemie für die erzählerische Erschließung menschlicher Beziehungsprozesse fruchtbar gemacht werden.

Die ordnende Hand der Autorin zeigt sich auch darin, dass es in dieser scheinbar anarchischen Erzählwelt sehr wohl Schwerpunktsetzungen und Zentrierungen gibt. Ein topografischer Mittelpunkt etwa ist ein Einkaufszentrum, in dem naheliegend und auch dem grundständigen Romankonzept entsprechend viele Wege sich kreuzen, Alltagsleben einander berühren. Ausgerechnet in diesen Konsumtempel bricht nun in Gestalt eines Amoklaufs der (auch sonst in diesem Buch allgegenwärtige) Tod ein – das künstliche Paradies wird zur Hölle auf Erden.

Weiterhin werden aus der Fülle der Gestalten einige herausgehoben, um die herum sich dann je nachdem auch ein kohärenter Handlungsfaden spinnt. Da ist etwa die überforderte Journalistin Irma, die mit begrenzter Fortune bei einem Online-Magazin arbeitet. Zusammen mit einem

69 Ulrike Anna Bleier: *Spukhafte Fernwirkung. Roman*, Viechtach 2022, S. 185 f.

70 S. zum wissenschaftlichen Hintergrund *Einsteins spukhafte Fernwirkung erstmals auf Kamera* (Pressemeldung der Universität Wien vom 29. Mai 2013), in: https://medienportal.univie.ac.at/uniview/forschung/detailansicht/artikel/einsteins-spukhafte-fernwirkung-erstmals-auf-kamera. Dort auch weiterführende Literatur.

Kollegen faket sie schließlich in ihrer Verzweiflung eine Geiselnahme in der Redaktion, um als Autorin eines Livetickers endlich einmal groß herauszukommen.

Bleier identifiziert sich nicht mit ihren Figuren, obwohl sie ihnen nah bleibt und sie auch nicht ironisiert. Die Erzählperspektive ist, wenngleich es Stilzüge der erlebten Rede und des inneren Monologs gibt, weder personal noch auktorial, und die Verwechslung der Stadt Lünen mit der Lüneburger Heide[71] ist keine Fehlleistung eines Erzählers, sondern entspringt dem assoziierenden Bewusstseinsstrom der erzählten Figur – wie überhaupt den einzelnen Figuren individualisierende Sprachcharaktere zugeordnet werden. Die Frage nach der Erzählerinstanz ist damit noch nicht beantwortet. Die soeben vorgenommenen Verneinungen lassen letztlich nur einen Ausweg zu: Bleier schickt das Leben »an sich« los, sich selbst zu erzählen.

Husch Josten,[72] die 1969 in Köln geboren wurde (wo sie bis heute lebt), dort und in Paris Geschichte und Staatsrecht studierte, den Weg in den Medienbereich und Journalismus fand und schließlich Pressesprecherin der Köln-Arena wurde, hat sich seit ihrem Romandebüt mit *In Sachen Joseph. Ende einer Freundschaft* (Berlin 2011) zu einer der erfolgreichsten deutschen Autorinnen und Autoren der Gegenwart weit über die Rheinmetropole hinaus entwickelt. Ihr Sukzess bei einem großen Lesepublikum dürfte darauf zurückzuführen sein, dass sie, darin Konradi nicht unähnlich, Geschichten, in denen es um eine stets vom Straucheln bedrohte individuelle Suche nach Sinn, Wahrheit und Glück im Horizont der Endlichkeit menschlichen Lebens geht, mit Themen von allgemeiner und allgemein anerkannter politisch-gesellschaftlicher Relevanz weithin schlüssig kombiniert. Ihr Roman *Das Glück von Frau Pfeiffer* (Berlin 2012) etwa spielt im London der globalen Finanzkrise, die auf das Handlungsdesign des Buches durchschlägt. *Hier sind Drachen* (Berlin 2017) thematisiert das Leben im Zeichen geschehener und drohender Terroranschläge u. a. im Spiegel der Philosophie Ludwig Wittgensteins sowie, selbstbezüglich, die Möglichkeit oder Unmöglichkeit einer Versprachlichung des Unsagbaren.

Auch in ihrem fünften Roman, *Land sehen* von 2018, greift Josten, nach eigener Auskunft kritische Katholikin,[73] ein epochenphysiognomisch aktuelles, in säkularisierten Zeiten vielfach tabuisiertes Thema auf. Es geht dort um die Rolle von Glauben, Religion und Kirche im dialektischen Spannungsfeld von Freiheit und (selbstgewählter) Bindung – und das alles vor dem (im Roman mitgedachten, aber nicht ausgeleuchteten) Hintergrund des notorischen und bis heute nicht befriedigend aufgearbeiteten Missbrauchsskandals in der katholischen Kirche.

Das Buch beginnt damit, dass der (aus der Ich-Perspektive erzählende) Bonner Literaturprofessor Horand Roth einen Anruf von seinem einstmals geliebten, aber seit Jahrzehnten verschol-

---

71 Bleier: *Fernwirkung*, S. 245.

72 S. zu Leben und Werk Michael Braun: *Wittgenstein im Roman. Wahrheit und Freiheit im Erzählen von Husch Josten, Literaturpreisträgerin der Konrad-Adenauer-Stiftung 2019*, in: https://www.kas.de/de/web/die-politische-meinung/artikel/detail/-/content/wittgenstein-im-roman.

73 Lioba Lepping: *Von bösen Mächten und Monschauer Hecken*, in: *Kölner Stadt-Anzeiger* vom 25. Oktober 2019, Magazin, S. 2.

lenen Patenonkel Georg erhält. Der hatte sich im Zuge eines in seinen Hintergründen einstweilen ungeklärten Streites von der Familie losgesagt, um sich fortan einem intensiv-abwechslungsreichen Lebensstil zu überlassen. Horand erfährt dann aber, dass er mittlerweile Mönch geworden ist – nicht in irgendeinem Kloster, sondern ausgerechnet bei der reaktionär-fundamentalistischen und selbst vom Vatikan nicht anerkannten Piusbruderschaft. Diese ist im Begriff, in dem Eifelort Kalterherberg an der deutsch-belgischen Grenze das Anfang des 19. Jahrhunderts säkularisierte Koster Reichenstein zu sanieren und zu neuem spirituellen Leben zu erwecken (diese Vorgänge gehören zum Fakten-Rahmen von Jostens Fiktion). Georg (der über ein Domizil in der benachbarten deutschen Exklave Ruitshof verfügt, übrigens einem seit ihrer Kindheit bevorzugten Aufenthaltsort Jostens[74]) ist vom Orden freigestellt, im Rahmen eines Promotionsprojekts an der Bonner Uni die Geschichte des Klosters zu erforschen.

Die Wiederbegegnung des agnostischen Horand mit dem, wie es scheint, dogmatisch sattelfesten 70-jährigen Onkel verläuft wider Erwarten harmonisch und produktiv – Georg ist, wie sich schnell herausstellt, kein fanatischer Renegat und Bekehrer, sondern ein reflektierter und toleranter Zeitgenosse, der den Neffen in vielerlei Hinsicht zum Nachdenken bringt. Umso mehr fragt sich der Leser, was so ein Mann ausgerechnet in der Piusbruderschaft zu suchen hat. Darüber hinaus sind die Religionsgespräche zwischen den beiden und weiteren Diskussionspartnern über Glauben und Wissen und vieles andere langatmig, wirken wie mühsam in Dialoge überführte theologische Fachkontroversen. Auf die Dauer würde diese thematische Fokussierung ermüden, die narrative Form unrettbar auszehren.

Mit sicherem Gespür für die Techniken der Spannungserzeugung führt Josten in der zweiten Romanhälfte ein weiteres Thema ein, wodurch der Erzählfluss spürbar Fahrt aufnimmt und das Ganze zu einem fesselnden Finale bringt: Die Gründe für den besagten Familienstreit kommen ans Licht. Georg hatte noch einen weiteren, geistig behinderten Bruder – und Horand damit einen weiteren Onkel –, den die Eltern bzw. Großeltern in der Nazizeit mit ungerührtem Einverständnis dem unter dem Tarnnamen »T4« laufenden braunen Euthanasie-Mordprogramm überantworteten. Dies ein Vorgang, über den fortan der Mantel innerfamiliären Schweigens gebreitet wurde.

Georgs Weg aus der Verstörung über diese Vorgänge in die Piusbruderschaft – die den geistig allzu selbständigen Confrater am Schluss übrigens konsequenterweise verstößt –, scheint subjektiv und objektiv schwach motiviert, man hat ihn als Leser hinzunehmen. Trotzdem leiden unter diesem Manko die Erzähllogik und der motivische Konnex der beiden Gegenstandsbereiche. Den Makel der Gewaltsamkeit ihrer Zusammenführung wird das insgesamt geschmeidig und stilsicher erzählte, teils auch emotional berührende Buch bis zum Schluss nicht ganz los.

Nur erwähnt werden können an dieser Stelle die Romandebüts der 1975 in Siegburg geborenen Traudl Bünger (*Lieblingskinder*, Köln 2012) und der 1982 in Frechen geborenen Dana Bönisch (*Rocktage*, 2003) – auch deshalb, weil die Autorinnen im Wissenschafts- (Bünger pro-

74 Ebd.

movierte über narrative Computerspiele, Bönisch über Geopoetiken des Terrors) wie im Kulturbetrieb vielfältig unterwegs sind, Dichtung jeweils keineswegs ihr einziges Standbein und die einschlägige Produktion auch naheliegend (Stand Sommer 2023) überschaubar ist. *Lieblingskinder* ist ein Buch über eine problematische Familienkonstellation: über das komplexe Verhältnis von Kindern zu ihren Eltern im Spannungsverhältnis von Idolisierung, Kampf um Anerkennung und Selbstbehauptung, um das Finden des eigenen Ich in einer modernen Lebenswelt, die für die je individuelle Existenz keine approbierten Muster mehr zur Verfügung stellt. Eine als Staatsanwältin erfolgreiche junge Frau hat es zwar gelernt, sich von den (hier mit köstlichem Satire-Aplomb dargestellten) hingebungsvoll gepflegten politischen Verschwörungstheorien ihres Vaters zu emanzipieren – und fällt doch anlässlich von dessen plötzlichem Verschwinden in alte Verhaltensprägungen zurück.

Rocktage hingegen ist eine im Kölner Studenten-, Party- und Clubmilieu angesiedelte Dreiecksgeschichte, die, auch im tragischen Ende, Goethes *Werther* als Vorbild kaum verleugnen kann. Der dort im Sinn von Seelenverwandtschaft wie gemeinsamem Lebensgefühl beschworene Klopstock wird bei Bönisch zeitgemäß durch den *Ash*-Song Lose Control ersetzt, dem Opener aus dem Album *1977*.[75] Im atemlosen Staccato des bemerkenswert radikal perspektivierten Erzählens spiegelt sich sinnfällig die Achterbahnfahrt der Emotionen, die den exzentrisch-verschrobenen Protagonisten zwischen Rausch und Depression hin- und herwirft.

13.5 LGBTQ und Migranten – belebende Weiterungen

Köln gilt als Hochburg schwul-lesbischen Lebens in Deutschland. Einer 2019 veröffentlichten Studie[76] zufolge, die die Stadt auf Initiative der Arbeitsgemeinschaft Lesben, Schwule und Transgender in Auftrag gegeben hatte, bezeichneten sich 10,6 Prozent der Kölner im Alter zwischen 18 und 75 Jahren als lesbisch, schwul, bi-, trans-, intersexuell oder queer. Damit liegt der Anteil in Köln deutlich über dem Bundesdurchschnitt (6,9 Prozent). Überdurchschnittlich viele Mitglieder der LGBTQ-Community wurden auch nicht in Köln geboren, sondern zogen im Erwachsenenalter zu. Das gilt auch für Gunther Geltinger und Angela Steidele, die im Folgenden als Repräsentanten des LGBTQ-Segments der Kölner Literaturszene vorgestellt seien.

Geltinger, 1974 im unterfränkischen Erlebach geboren, studierte Drehbuch und Dramaturgie an der Universität für Musik und Darstellende Kunst in Wien und als Postgraduierter an der Kunsthochschule für Medien in Köln – wo er seitdem auch lebt. Bereits mit seinem zweiten Roman – *Moor* von 2013 – gelang ihm der Verlagswechsel zu Suhrkamp, wo sechs Jahre später auch sein dritter Roman mit dem Titel *Benzin* erschien. Dieses Buch zeichnet sich nicht nur durch

75 Dana Bönisch: *Rocktage. Roman* (= *KiWi-Taschenbuch*, Bd. 783), Köln 2003, S. 126.

76 Eine Zusammenfassung der Studie ist online nachzulesen auf: https://www.stadt-koeln.de/artikel/68361/index.html.

eine originelle, dichte und konzise Verschränkung sehr unterschiedlicher, politischer wie »privater« Themenkreise, sondern auch durch einen bemerkenswert sprachmächtigen und darin auch unverwechselbaren Erzählton aus – wobei die Probleme und Perspektiven sprachlicher Realitätsverarbeitung ihrerseits wieder zum Thema werden.

Gegenstand des Romans ist eine Südafrika-Reise eines schwulen Kölner Paares – des Biologen Alexander und des Schriftstellers Vinz, der, wie sein Autor, bereits zwei Romane geschrieben hat. Aus seiner Perspektive wird das Ganze erzählt. Nach vielen gemeinsamen Jahren ist das Verhältnis in eine Krise geraten. Sie zeigt sich auch darin, dass Vinz in Köln Manuel zurücklässt, in den er sich frisch verliebt hat. Dieser fährt als unsichtbarer Dritter mit auf dem Roadtrip durch Wüsten und Savannen, der eigentlich als Versuch eines Liebesresets angelegt ist. Dessen Ausgang bleibt übrigens unbestimmt. Zu einem weiteren Katalysator der Beziehung wird der einheimische Unami (aus dem Französischen als »ein Freund« zu übersetzen) – er dient sich den Deutschen als Guide an, nachdem er mutmaßlich von ihnen auf nächtlicher Straße angefahren und verletzt wurde. Alle drei zieht es vor allem zu den Victoriafällen im Nachbarland Simbabwe, aus dem Unami stammt, aber angesichts der dortigen politischen und wirtschaftlichen Verhältnisse nach Südafrika floh.

Damit etabliert sich in der Romanhandlung eine die Beziehungsproblematik überlagernde und sich mit ihr verquickende politische Dimension. In Simbabwe werden die Reisenden Zeugen der (nichtfiktiven, d. h. realgeschichtlich gesicherten) Revolution – de facto eines Militärputsches –, die im November 2017 zur Absetzung des Langzeitdiktators Robert Mugabe führte, womit der Zeitraum der Romanhandlung auch präzise umrissen wäre. Aus dieser Konstellation baut Geltinger nun ein starkes Gerüst aus narrativ entfalteten Motiven, deren Ambiguität und Gegenstrebigkeit eine aus Sicht der beiden Touristen fremde, ihnen verschlossene, auch moralisch uneindeutige Welt entstehen lassen. Für sie fehlen ihnen Beurteilungskriterien, die wirklich »greifen«.

Das titelgebende Benzinmotiv etwa, neben dem Leidenschaft und Chaos symbolisierenden und auch volksmythologisch überhöhten Wasserfall ein Leitthema des Buches: An Fahrbenzin fehlt es immer wieder in einem Land, wo es kaum Tankstellen gibt, es ist das Überlebenselixier in einer rätselhaften, die Gäste überfordernden, potenziell feindseligen natürlichen wie menschlichen Umwelt. Zugleich müssen sie erfahren, dass sich mit benzingetränkten Autoreifen eine in der Region beliebte Form der Lynchjustiz, der Hinrichtung von »Verrätern« verbindet: das sogenannte Necklacing.

Ihre eigene Herkunft als schwule Europäer führt Alexander und Vinz darüber hinaus in eine charakteristische kognitive Dissonanz. Ihrerseits Angehörige einer wegen ihrer sexuellen Orientierung auch »zuhause« noch in soziale Anerkennungskämpfe verstrickten Minderheit, kommen sie nach Afrika als Repräsentanten einer weißen, ehemals kolonialistischen »Herrenrasse«. Zugleich ist die allgemeine »Stimmung« in ihrem Gastland entschieden homophob – die ehemals Unterdrückten sind nun ihrerseits Unterdrücker.

Es gibt in diesem Buch alptraumartige Szenen, in denen sich die südafrikanische Lebenswelt verfremdet, zum bedrohlichen, von latenter Gewaltbereitschaft durchzogenen Anderen wird. In dieser Hinsicht gelingen Geltinger wiederholt äußerst eindringliche, eine eigentümliche Sogwirkung entfaltende Strecken. Mitunter spannt der ausgeprägte Perspektivismus der Erzählhaltung den narrativen Faden bis zum Zerreißen an; über gezielt platzierte Lücken hinweg hat sich – ein teils mühseliges Geschäft – der Leser den Handlungskontext zu erschließen. Anstrengend sind auch die unvermittelten Zeitsprünge. Die Erzählerfigur wird übrigens über all dem nicht unbedingt sympathisch: Vinz' ausgeprägte Hilflosigkeit gerade in sich immer wieder einstellenden Stresssituationen paart sich befremdlich mit dem obsessiven Willen, seine Reiseerlebnisse auch dort, wo die Situation ein anderes Verhalten nahelegt, als Material für den geplanten neuen Roman zu instrumentalisieren, ja zu missbrauchen.

Das spricht nicht gegen das Buch, der Erzähler ist auch nicht, trotz einiger offensichtlicher Übereinstimmungen, ohne weiteres mit dem Autor in eins zu setzen. Immerhin behandelt Geltinger hier ein Problem, das ihm selbst, wie vielen seiner Kollegen, alles andere als fremd sein dürfte: das eines ästhetizistisch neutralisierenden und neutralisierten Weltverhältnisses. Andere Gestaltungsaspekte hingegen vermögen in der Tat nicht zu überzeugen. Dazu gehören die der alphabetischen Ordnung folgenden Anfänge der Kapitelüberschriften (die Anfangs- und Endbuchstaben der Paarnamen Alexander und Vinz umschließen das Alphabet). Das »Z« fehlt in symbolischer Aufdringlichkeit – die Geschichte endet offen. Es sind dies verzichtbare formale Manierismen, die zum durchaus erheblichen Kunstanspruch des Buches wenig beitragen.

Unverkennbar verarbeiten auch die Bücher von Angela Steidele, insofern sie den jahrhundertelangen von Diskriminierung und Verfolgung geprägten Leidensweg lesbischer Paarbeziehungen thematisieren, in literarischer Transformation, die persönliche Lebenslage der Autorin. Steidele, 1968 in Bruchsal geboren, promovierte 2002 an der Uni Siegen mit einer Arbeit über weibliche Homosexualität in der Literatur zwischen 1750 und 1850. Es folgten die Biografie *In Männerkleidern. Das verwegene Leben der Catharina Margaretha Linck alias Anastasius Lagrantinus Rosenstengel, hingerichtet 1721* (Köln 2004) und *Geschichte einer Liebe: Adele Schopenhauer und Sibylle Mertens* (Frankfurt/M. 2010), die geografisch im rheinischen Umfeld von Steideles nun langjährigen Wohn- und Arbeitsort Köln situiert ist.

Ihr Buch über Catharina Margaretha Linck, die für ihre gelebte Homosexualität mit ihrer Hinrichtung im damals preußischen Halberstadt bestraft wurde, ist der Ausgangspunkt für Steideles Romandebüt von 2015: *Rosenstengel. Ein Manuskript aus dem Umfeld Ludwigs II.* Der Titel deutet bereits die Stoffausweitung, de facto auch die Fiktionalisierung des Sujets an. Genauer: Auf der Spur von Wolfgang Hildesheimers *Marbot* (1981), der fiktiven Biografie eines englischen Intellektuellen aus dem frühen 19. Jahrhundert, lässt die Autorin die Grenzen zwischen historischer Faktizität und eigener Erfindung spielerisch-virtuos verschwimmen. Der Leser muss mitunter tatsächlich aufpassen, dass er nicht aufs falsche Gleis gerät und in die Irre geführt wird.

Das Vexierspiel beginnt bereits mit dem Vorwort der Verfasserin in ihrer Eigenschaft als »Herausgeberin«. Im (seinerzeit noch nicht eingestürzten) Kölner Stadtarchiv will Steidele ein Depositum des (historisch authentischen) Nervenarztes Franz Carl Müller (1860–1913) gefunden haben: eine Sammlung von Briefen, zu deren Verfassern neben Müller selbst der bayerische

Märchenkönig Ludwig II., die österreichische Kaiserin Elisabeth (»Sisi«), Bismarck sowie der Pietist August Hermann Francke und sein Gegenspieler Christian Thomasius gehören. Aus ihnen formt sich das Buch – wobei Steidele Müller bei der Zusammenstellung der Briefe einen planenden dramaturgischen Willen unterstellt. Den offenbart die im Prinzip chronologische Folge der Schreiben tatsächlich – nur dass die kompositorische Intention eben nicht diejenige Müllers, sondern Steideles ist. Denn keineswegs existierte oder existiert besagtes Konvolut im Historischen Archiv der Stadt Köln.

In den Briefen stellen sich zwei parallellaufende Ereigniskomplexe dar: Da ist zum einen die von Müller aus Berliner Gerichtsakten recherchierte Geschichte der Catharina Margaretha Linck, die sich nach ihrer Kindheit in Franckes Hallenser Waisenhaus als Mann kleidet, als »Anastasius Rosenstengel« eine andere junge Frau heiratet und die Ehe auch mithilfe einer »ledernen Wurst« vollzieht. Als der vermeintliche Skandal auffliegt, muss Linck-Rosenstengel das Schafott besteigen – im Buch anno 1715.

Die zweite Geschichte betrifft Müller selbst: Als junger und mit der Behandlung des geisteskranken bayerischen Prinzen Otto befasster Irrenarzt hat er durch einen Zufall das Vertrauen von dessen Bruder, eben von König Ludwig, gewonnen. Über die Zeit entwickelt sich zwischen beiden eine schwärmerische Liebesbeziehung, die erst mit dem Tod des auf Betreiben seines Onkels Luitpold für geisteskrank Erklärten und als König Abgesetzten im Starnberger See endet. Der Link zwischen beiden Geschichten: Ludwig II. ist an Müllers Forschungen zu Linck-Rosenstengel brennend interessiert.

Der vom Leser mit der Autorin geteilte Spaß am Spiel mit den Fiktionen zwischen Verbergen und Enthüllen ist das Eine. Der Gegenstand selbst ist, wird er auch mit beachtlicher erzählerischer Verve und Intensität entfaltet, im Kern alles andere als humoristisch-komödiantisch: Hier wie dort geht es um die Geschichte des zu Zeiten buchstäblich mörderischen und bis heute fortwirkenden Vorurteils gegen Homosexualität (»konträre Sexualempfindung« nennen sie Müllers Kollegen). »Und wenn sie nun aus dem Wege geraümet würde, so bliebe doch dergleichen auf Erden«[77], gibt Linck-Rosenstengel kurz vor ihrem Tod selbstbewusst und reuelos zu Protokoll. Es fehlt – was die Sache eher noch schlimmer als besser macht – weder im 18. noch im 19. Jahrhundert an Stimmen der Vernunft, die sich gegen die verbreitete Homophobie wenden. Zu ihnen gehört genauso der Aufklärer Thomasius, der seinen nüchtern-sarkastischen Blick auf die verdunkelten Hirne seiner Zeit richtet, wie im fortgeschrittenen 19. Jahrhundert der Irrenarzt Müller, der die Vorurteile in der Medizin seiner Zeit attackiert.

Ganz ohne Gewaltsamkeit gelingt die Parallelisierung der beiden Schicksale allerdings nicht: Ludwig II. wurde – das jedenfalls ist die wahrscheinlichere Deutungsvariante – nicht abgesetzt, weil er schwul war, sondern weil seine Schlösserbauleidenschaft (in der man eine Entlastungsreaktion sehen kann) die Staatsfinanzen ruinierte.

77 Angela Steidele: *Rosenstengel. Ein Manuskript aus dem Umfeld Ludwigs II.*, Berlin 2015, S. 312.

Der amtlichen Statistik der Stadt Köln zufolge[78] besaßen im Jahre 2020 40 Prozent Kölner und Kölnerinnen einen Migrationshintergrund. Das bedeutet, dass fast 440.000 Menschen ihre familiären Wurzeln (auch) im Ausland haben, genauer: in 180 verschiedenen Nationen. Innerhalb dieser Gruppe hatten 210.900 Personen ausschließlich eine ausländische Staatsangehörigkeit. Das waren knapp 20 Prozent der Gesamtbevölkerung Kölns. Besonders der »Gastarbeiter«-Zuzug in den 1950er Jahren markierte den Beginn einer steigenden Diversifizierung der Bevölkerung. Den ersten Zuziehenden aus Italien folgten Arbeitssuchende aus Spanien, Griechenland, der Türkei und später Jugoslawien. Die größte ausländische Gruppe sind in Köln nach wie vor Personen mit türkischer Staatsangehörigkeit, allerdings mit abnehmender Tendenz. Sie machten im Jahr 2020 rund ein Viertel der ausländischen Bevölkerung aus.

Es wäre verwunderlich, wenn die beschriebenen Entwicklungen an der Kölner Literaturszene spurlos vorübergegangen wären. Tatsächlich ist dies auch keineswegs der Fall. Im Folgenden soll anhand einiger Beispiele dargestellt werden, dass und wie die Immigranten bzw. die Abkömmlinge aus Immigrantenfamilien das literarische Köln mit ihren in der je eigenen Situation gründenden Sichtweisen und deren künstlerischer Gestaltung beleben und bereichern.

Guy Helminger[79] in einem Kapitel über schreibende Köln-Immigranten zu platzieren, mutet auf Anhieb merkwürdig an. Nicht nur als produktiver Autor, sondern u. a. seit 2006 als Moderationspartner von Navid Kermani im Kölner Literarischen Salon gehört Helminger, der hauptsächlich (aber nicht nur) in deutscher Sprache schreibt, zu den alteingesessenen Repräsentanten der hiesigen Literaturszene. Tatsächlich kam er bereits 1985 zum Studium der Germanistik und Philosophie von Heidelberg nach Köln, wo er seitdem, abgesehen von zahlreichen längeren Auslandaufenthalten, lebt und arbeitet. Neben dem Schreiben übte er u. a. den Beruf des Barkeepers, des Schauspielers, des Regieassistenten und des 3D-Grafikers aus. Als Autor machte er sich zunächst mit Theaterstücken, Gedichten und Hörspielen einen Namen, ehe er mit *Rost* (Echternach 2001) einen ersten (Kurz-)Prosaband publizierte. Es folgten zahlreiche Erzählungen und Romane.

Helminger wurde indes nicht in Deutschland geboren, sondern, 1963, im luxemburgischen Esch-sur-Alzette, wo er auch zur Schule ging. Trotzdem ist er Immigrant allenfalls in einem weiten Sinn, vor allem die Gräben sprachlicher und kultureller Natur, mit denen sich außereuropäische Zuwanderer konfrontiert sehen, spielten in seiner Biografie keine Rolle. Allerdings: Helminger hat zwar den größten Teil seiner bisherigen Lebenszeit in Deutschland verbracht, aber er besitzt nach wie vor einen luxemburgischen, keinen deutschen Pass.[80] Außerdem ist er in seinem

---

78 Die entsprechenden und hier lediglich reportierten Zahlen sind online abrufbar unter: https://www.stadt-koeln.de/mediaasset/content/pdf15/statistik-einwohner-und-haushalte/bev%C3%B6lkerung_2022_factsheet.pdf.

79 S. zu Leben und Werk Rolf Parr/Thomas Ernst/Claude D. Conter (Hg.): *Guy Helminger. Ein Sprachanatom bei der Arbeit*, Heidelberg 2014.

80 Guy Helminger: *ICH. Und ist da noch wer? Die Biographie als Basis von Literatur. Dritte Poetik-Vorlesung*, in: Parr/Ernst/Conter (Hg.): *Helminger*, S. 55–69; hier: S. 69.

Heimatland mit Kultursendungen und -veranstaltungen kontinuierlich präsent. Sich selbst bezeichnet er als Angehörigen zweier Literaturen – womit Helminger also durchaus eine für das Zeitalter globaler Migration und Mobilität charakteristische kulturelle Hybrid-Existenz lebt.

Bemerkenswert ist sein Interesse an Phänomenen der Alterität, seine Sensibilität für das Thema Emigration und Immigration gerade auch in Verbindung mit seinem Heimatland Luxemburg, das z. B. in seinem Roman *Neubrasilien* (Frankfurt/M. 2010) literarisch zündete. Zwei Erzählstränge werden dort aneinander gespiegelt und miteinander verbunden: die Emigration einer armen Bauernfamilie im frühen 19. Jahrhundert aus Luxemburg nach Brasilien – sie scheitert, die als Remigranten jetzt auch in ihrer alten Heimat Unerwünschten verschlägt es schließlich nach Montenegro – und die Immigration einer montenegrinischen Flüchtlingsfamilie nach Luxemburg am Ende des 20. Jahrhunderts. Das kleine Großherzogtum wird solchermaßen, im Wechsel der Zeiten als Auswanderungs- und Einwanderungsland, zu einem »Labor für Europa«[81]. In beiden Fällen muss die grundstürzende Erfahrung gemacht und verarbeitet werden, dass ein Zurück in das alte Leben nicht mehr möglich ist. Fremde wird ubiquitär, zum Existenzmodus, weitet sich zu einem grundständigen Fremdsein in der Welt.

Überhaupt gehören die Abgründe des Alltags, die Brüchigkeit sozialer Bindungen und approbierter Gewohnheiten angesichts des Drucks, dem sich psychisch labile gesellschaftliche Randexistenzen ausgesetzt sehen, zu Helmingers wiederkehrenden Motiven. Sie verbinden sich – etwa in dem Erzählband *Etwas fehlt immer* (Frankfurt/M. 2005) und dem Roman *Morgen war schon* (Frankfurt/M. 2007) – mit der dschungelartigen Erfahrungssphäre der modernen Großstadt, als welche – zumindest in Morgen war schon – Köln figuriert. Helminger gestaltet all das in einer Sprache und Form, die seine selbstverständliche Vertrautheit mit explizit modernen Erzähltechniken zeigt: Den fließenden Wechsel der Ebenen, Fiktionsbrüche und radikale Perspektivität gibt es genauso wie den unzuverlässigen Erzähler und Selbstbezüglichkeiten des Textes. Trotzdem ereignet sich der Durchbruch des Surrealen in einer, wenn man so will, hyperrealistisch erfassten Lebenswelt. Hier tut sich eine Lücke auf, die sich z. B. bei der Figurendarstellung in den Leerstellen der Handlungsmotivation ausprägt. Diese wiederum sind geeignet, die ästhetische Erfahrung des Lesers nachhaltig zu irritieren.[82]

In seinem 2021 erschienenen, ebenfalls in Köln spielenden Roman *Lärm* z. B. lässt Helminger – ein Kunstgriff, der auf den englischen Roman des 18. Jahrhunderts genauso wie auf die Ironie im deutsch-romantischen Roman zurückweist – sich selbst auftreten: »Guy Helminger, stellte ich mich vor und streckte ihm die Hand entgegen«, heißt es gleich auf der zweiten Seite.[83] Und gegen Schluss:

---

81 Dieter Heimböckel: *Überall ist Fremde. Guy Helmingers »Neubrasilien«*, in: Parr/Ernst/Conter (Hg.): *Helminger*, S. 117–131; hier: S. 119.

82 Wilhelm Amann: *Zum Realismus in »Etwas fehlt« und »Morgen war schon«*, in: Parr/Ernst/Conter (Hg.): *Helminger*, S. 91–101; hier: S. 94 ff.

83 Guy Helminger: *Lärm. Roman*, Mersch 2021, S. 6.

> Auf meinen Roman sei er, Schnok, bereits sehr gespannt, unter anderem auch, weil er davon ausgehe, dass Schriftsteller sich immer für ein aufklärerisches Ende entschieden, da der Leser sich ansonsten unbefriedigt zurückgelassen fühle.[84]

Hier wird dem Autor von einer seiner Figuren die Poetik des eigenen Textes angedient.

Den geäußerten Erwartungen des den vorliegenden Kriminalfall untersuchenden Kriminalbeamten Gerd Schnok wird das Buch mit Vorsatz und auf virtuose Weise nicht gerecht. Der Autor will nicht »Aufklärung«, sondern vielmehr deren Unmöglichkeit darstellen, ihr Scheitern an einer vieldeutigen, verrätselten Welt, deren »Wahrheit« sich in einer Vielzahl einander widersprechenden Perspektiven verflüchtigt: »Die Rekonstruktion«, heißt es im »Nachwort«, »kann nur zu einem Ganzen führen, wenn man im Besitz aller Teile ist. Das ist hier nicht der Fall.«[85]

Besagter Kriminalfall: Der Psychotherapeut Konrad Schnittweg verschwindet im Sommer 2018 spurlos unter Hinterlassung eines Briefes, der ein Attentat gegen die »Handlanger« des obwaltenden Wirtschafts- und politischen Systems ankündigt. Das Startfanal – »Tod dem Faschismus. Tod dem Neoliberalismus« – zeigt den ideologischen Hintergrund an: Da scheint jemand in Fortschreibung des RAF-Terrorismus gewaltsam den schlechten Weltlauf korrigieren zu wollen. Naheliegend zieht die Sache polizeiliche Ermittlungen auf sich – eben diejenigen Schnoks, der mithilfe von Befragungen in Schnittwegs Umfeld herauszubekommen versucht, was für ein Mensch der Verschwundene ist oder war. Das vorrangige Interesse gilt dabei der Frage: Ist ihm das angekündigte Attentat zuzutrauen?

Allmählich webt sich aus den insgesamt 49 Fragmenten, die verschiedenen erzählten Zeiten angehören und auf Anhieb wenig miteinander zu tun haben (was den Leser und sein Erinnerungsvermögen zuweilen strapaziert), ein dichtes Netz wechselseitiger Beziehungen um den Untergetauchten. Es spinnt dessen Person aber ein und hintertreibt damit die Verdeutlichung der Figur – bis hin zu der Frage, ob er überhaupt der Autor des Drohschreibens sein kann.

Helminger gelingt es auch, die einzelnen Perspektiven jeweils mit einem überzeugenden eigenen Ton und Denkstil auszustatten: Der affektiert-selbstgefällige Polizist redet anders als die cool-schnoddrige Ex-Frau oder der pampige ehemalige Anti-Brokdorf-Demonstrant. Abgesehen davon sichern Berichte der Beteiligten über Pinochets Chile oder die Verhältnisse im postkolonialen Afrika dem Buch eine beachtliche kritische Welthaltigkeit.

Bleibt die Frage, ob *Lärm* überhaupt ein (sich womöglich der Herausgeberfiktion bedienender) Roman im engeren Sinn ist oder nicht doch lediglich das Arrangement und die Kompilation von Dokumentarmaterial. Wer auf der Spur dieses Verdachts Figuren, Örtlichkeiten und Vorgänge im Internet recherchiert, wird nicht fündig. Und der Name Helminger und sein Träger – sie werden möglicherweise zu Fiktionen ihrer selbst.

84 Ebd., S. 317 f.

85 Ebd., S. 323.

Nicht zuletzt die Schwierigkeit, hier wasserdichte Antworten zu geben, macht den Reiz des Buches aus. Die Unsicherheit der Erkenntnis affiziert die Form des Textes, der performativ sein eigenes Thema vorführt. Das Karussell der Unzuverlässigkeiten wiederum ist geeignet, beim Leser Schwindelgefühle hervorzurufen.

Navid Kermani,[86] Helmingers Sparringpartner im Kölner Literarischen Salon, ist definitiv kein Immigrant. 1967 in Siegen geboren, ging er dort zur Schule und absolvierte im Anschluss und neben journalistischer Tätigkeiten in Köln, Kairo und Bonn eine im Wesentlichen vom deutschen Wissenschaftsbetrieb geprägte universitäre Ausbildung in den Fächern Orientalistik, Philosophie und Theaterwissenschaft. 1998 wurde er in Bonn mit einer Arbeit über das ästhetische Erleben des Koran promoviert, es folgte 2006, gleichfalls in Orientalistik, die Habilitation mit der Untersuchung *Der Schrecken Gottes – Attar, Hiob und die metaphysische Revolte*. Kermani, der seit vielen Jahren im Kölner Eigelsteinviertel ansässig ist, zählt zu den vielseitigsten wie führenden Intellektuellen der Bundesrepublik – bekannt als Beteiligter wie leidenschaftlicher Beobachter und Kommentator des politischen Zeitgeschehens und in diesem Sinne auch aktiv in der Kölner Stadtgesellschaft, als Redner beharrlich im öffentlichen Raum präsent, mit hochkarätigen Preisen geehrt, aber auch umstritten, zeitweise als Kandidat für das Amt des Bundespräsidenten gehandelt. »Eigentlich« also hat er in einem Unterkapitel über die Literatur der Immigranten in Köln nichts zu suchen.

Allerdings: Kermani ist der Sohn einer iranischen Familie, die 1959 in die Bundesrepublik kam, und bis heute verfügt er über die deutsche wie die iranische Staatsbürgerschaft. Tatsächlich hat der Autor, der sich in der deutschen und europäischen Bildungs-, Kultur- und Religionswelt auskennt wie nur wenige »Biodeutsche«, bedingt durch Herkunftsprägung, persönliche Interessen und Studium ein starkes Standbein im persisch-muslimischen Kulturkreis und bekennt sich zu einem aufgeklärt-liberalen Islam. Seine (wenn man so will) hybride Identität macht er immer wieder und in unterschiedlichen Kontexten auch zum Thema seiner Selbstauslegung – in einer Weise, wie sie auch bei Immigranten im engen Wortsinn anzutreffen sein mag.

Für Kermani hat dieses Identitätsthema auch keineswegs nur erfreuliche, sondern vielmehr hochproblematische Aspekte. So sieht er sich in seinem Lebensumfeld mit unreflektiert-inadäquaten Kulturstereotypen konfrontiert – etwa wenn er »als Moslem« zum selbstverständlich kompetenten, quasi »geborenen« Interpreten und Ansprechpartner in Sachen Islamischer Terror erkoren wird.[87]

86 S. zu Leben und Werk Torsten Hoffmann (Hg.): *Navid Kermani* (= *Text + Kritik*, H. 217), München 2018.

87 Es gibt diesbezüglich in Kermanis Roman *Sozusagen Paris* (München 2016) eine Selbstaussage des Ich-Erzählers, die man wohl mit einiger Berechtigung dem Autor in die Schuhe schieben kann: »Mag sein, daß dem Leser – wohl nicht der Leserin – meine Sorge übertrieben vorkommt; aber man wird ja neurotisch bei all dem, was über den Orient gesagt wird, dem auch Jutta mich zuschlägt, selbst wenn sie glaubt oder nachdrücklich gesagt hätte, daß nicht ich gemeint sei. Selbst im Privaten spielen die Projektionen mit, die sich ein anderer womöglich gar nicht macht, weil man ihnen, so unbewußt auch immer, möglichst wenig entsprechen will; man

Nicht nur in seinen zahlreichen wissenschaftlichen Büchern, Essays, Reiseberichten und Reportagen hat Kermani das Phänomen kulturellen Selbstseins traktiert, sondern auch als Erzähler, der mittlerweile mit vier Romanen und zwei Geschichtensammlungen hervorgetreten ist. Nicht *Dein Name* (München 2011), eine monumentale, themenreich-vielsträhnige intellektuelle Autobiografie in Tagebuch- oder Protokollform, soll im Zentrum der folgenden Bemerkungen stehen, sondern das Roman-Diptychon aus den Teilen *Grosse Liebe* (München 2014) und *Sozusagen Paris*.

In *Grosse Liebe* berichtet ein Ich-Erzähler aus der distanzierten Erinnerungsperspektive des 30 Jahre älter Gewordenen über die sozialmoralisch tendenziell skandalöse Schulhofliebe des 15-Jährigen zu einer Abiturientin, die nach hartnäckigen Annäherungsversuchen sogar, in der Buchmitte, zur sexuellen Vereinigung und drei ekstatischen Liebesnächten führt – in der in einem besetzten Haus etablierten Wohnkommune, wo die junge Frau untergekommen ist. Dann gibt diese ihm, erwartbar, den Laufpass – was den Verlassenen in existenzielle Verzweiflung stürzt. Lächerlich ist an dieser Amour fou, dieser monströsen, verzehrenden, selbstzerstörerischen, absoluten und das Absolute wollenden Liebe trotz der spürbaren Erzählerironie gar nichts, es geht in diesem *Werther*-nahen Coming-of-Age-Roman vielmehr um eine ziemlich brutale und als solche auch nachdrücklich gestaltete und den Leser damit unmittelbar affizierende Einführung ins Leben.

Das Buch hat eine eigenartige Struktur: Es gibt keine Seiten-, sondern lediglich hundert Kapitelzahlen, die auf hundert Schreibtage verweisen – und wohl auch auf die hundert dabei verwendeten Blätter, weshalb die Zahl der Druckseiten überflüssig wird. So bringt sich der Schreibvorgang als solcher noch in der neutralisierenden Druckfassung zur Geltung. Die Phasen der Sehnsucht, der Annäherung, der Erfüllung und des scheiternden Endes sind nach dem Willen des Erzählers genau rhythmisiert.

Diese Schulhofliebe findet in einem zeitgeschichtlich genau situierten Umfeld statt. Die Romanhandlung begibt sich im Herbst 1983, während der letzten großen Demonstrationen gegen den Nato-Doppelbeschluss wie gegen eine geplante Stadtautobahn, an denen die Protagonisten teilnehmen – wobei sich Liebe und politisches Engagement diffus verbinden. Stricksocken, Marihuana und die Bereitschaft, alle älteren Andersdenkenden als »Faschisten« zu perhorreszieren – einprägsam wird die jugendliche Subkultur dieser Jahre noch einmal lebendig. So richtig sympathisch ist sie im Rückblick auch dem Erzähler nicht mehr. Ort der Handlung dürfte das protestantisch-südwestfälische Siegen sein, wo Kermani, wie erwähnt, zur Schule ging. Womit die Frage nach seinen autobiografischen Anteilen aufgeworfen wäre.

Sie stellt sich auch insofern, als der Erzähler (und Autor) den etwas trostlosen Kontext seiner vergangenen Leidenschaft mit Raucherecke auf dem Schulhof und Küchenchaos in der Kommune immer wieder mit langen Zitaten aus der islamischen Liebesmystik des Mittelalters kom-

strengt sich an mit seiner Liberalität und reagiert um so gereizter auf das Ressentiment, das man unterstellt, obschon es mit keinem Wort ausgesprochen worden ist.« (S. 254 f.)

biniert. In ihr wird die geschlechtliche Vereinigung als heiliger Vorgang, als eine Begegnung mit dem Göttlichen gefeiert. Kermanis Thema der hybriden Identität – im schroffen Nebeneinander des auf Anhieb Unvereinbaren, von alternativer Provinztristesse und einer durch die persische Liebesmystik evozierten Traumwelt werden mögliche Bruchlinien erkennbar und fühlbar. Das typisch romantische Schisma der zwei Welten ist hier interkulturell aufgeladen.

Mit noch größerer Dringlichkeit stellt sich die – letztlich unbeantwortete und auch wohl unbeantwortbare, sondern absichtsvoll in der Schwebe gehaltene – Frage nach dem Verhältnis von Erzähler und Autor, literarischer und außerliterarischer Wirklichkeit im Folgeroman *Sozusagen Paris*. Die narrative Strategie ist vertrackt genug: Der Erzähler – es ist erneut der aus *Grosse Liebe* – stellt just diesen von ihm geschriebenen und publizierten Roman während einer Lesereise in einer Kleinstadt vor. Nach der Lesung während der Signierstunde tritt eine Frau mit den Worten »Aber nicht für Jutta«[88] an seinen Tisch – es ist keine andere als die nun ebenfalls 30 Jahre älter gewordene Schulhofliebe von 1983.

Bereits hier stellt sich das Problem der Beziehung von Fiktion und Realität mit Nachdruck.[89] Mag der Inhalt des ersten (und zweiten) Romans (bis zu welchem Grad?) fiktiv sein, die Tatsache seiner Existenz zwischen zwei Buchdeckeln ist es nicht. Das Buch *Grosse Liebe*, in dem die geliebte Frau »Jutta« heißt, geschrieben von einem Autor namens Kermani, »gibt« es tatsächlich, in der »ersten« Realität. Die Frage nach der Kongruenz von Erzähler und Autor wird damit zur Pforte des Eintritts in ein verwirrendes, an Jean Pauls romantische Ironie erinnerndes Spiegelkabinett, das wesentlich den Kunstcharakter des Buches formiert. Auf der Ebene der Erzählung sind Erzähler und Autor insofern identisch, als der Erzähler ja unstrittig ein Autor ist. Aber ist es der Autor Navid Kermani?

Die – wie sich zeigen wird – mehr oder weniger unglücklich verheiratete Arztgattin »Jutta«, mehrfache Mutter und hochengagierte Bürgermeisterin ihres Städtchens amtiert, lädt den Erzähler-Autor im Anschluss an die Veranstaltung zu sich nach Hause ein, wo man dann eine lange alkoholgeschwängerte Nacht verbringt. Die Trostbewegung des männlichen Gastes nach intensiver Entblößung der ehelichen Misere, die eine solche allerdings nicht ganz und gar ist, führt nicht in »Juttas« Bett; frühzeitig stellt der Erzähler klar, dass der Leser diese von ihm wohl als trivial verschmähte Lösung nicht zu erwarten hat.

Erkennbar wird, dass sich die späte Begegnung mit der Frühgeliebten schon während des Besuchs im Kopf des Erzählers zu einem neuen Romanstoff, eben dem von *Sozusagen Paris*, formt. Dabei ergibt sich eine kalkulierte Unstimmigkeit: Der Leser hält das vollendete, im Hanser-Verlag erschienene Buch in Händen, das seinerseits aber den Prozess seiner Entstehung thematisiert. Auch dies ist eine gängige Praxis des romantischen Romans. Heikel wird sie bei Kermani insofern,

88 Kermani: *Sozusagen Paris*, S. 7.

89 S. dazu, allerdings ohne Bezugnahme auf *Sozusagen Paris*, Torsten Hoffmann: *Trennungsprobleme. Navid Kermanis Autofiktionen*, in: T. H. (Hg.): *Kermani*, S. 14–22.

als etwa die Interventionen des Verlagslektors als Künftiges beschrieben werden – wobei Futur I und II als Stilmittel eingesetzt werden –, sie aus Lesersicht aber in der Vergangenheit liegen.

Weiterhin zeichnet es die Romanhandlung aus, dass sie zeitlich wie räumlich von Texten nicht nur umstellt ist, sondern geradezu aufgesogen und dadurch selbst zum Text wird. Das ist sie als Roman sowieso, aber Kermani behauptet und exponiert ihren Textcharakter auch auf der zweiten, der Fiktionsebene. Im Dschungel der Intertextualität werden Handlung und Personal ihrerseits zu Texten.

Als Text wird *Grosse Liebe* durch *Sozusagen Paris* fortgeschrieben, wie die Handlung des zweiten Buches umgekehrt sich selbst, eben ihrer literarischen Gestaltung in *Sozusagen Paris*, präludiert. Darüber hinaus wandert die Literatur, die der Erzähler in »Juttas« Bücherwand findet – es sind die großen Franzosen des 19. Und 20. Jahrhunderts von Balzac über Flaubert und Maupassant bis zu Proust samt der von ihnen bevorzugt behandelten Liebes- und Ehethematik – in die Erzählhandlung. In ausgedehnten Digressionen und Zitatstrecken nimmt sie einerseits Rolle und Funktion der persischen Liebesmystik in *Grosse Liebe* ein – mit dem Ergebnis, dass dabei Erzählzeit und erzählte Zeit spektakulär auseinanderfallen. Andererseits affiziert der Gestus der Proust'schen *Recherche*-Prosa (bzw. deren deutscher Übersetzung durch Eva Rechel-Mertens und Luzius Keller) in ihrem Manierismus, in ihrer Detailfixierung, in der gesuchten Preziosität der langen Satzperioden unübersehbar den Stil des Buches.

Die narrative Strategie Kermanis ist ambitioniert, sein Erzählen hat sinnlich kraftvolle, in ihren Minimalbewegungen intensive Strecken. Im Ganzen aber vermag der zweite Roman nicht ganz zu überzeugen. Die »materiell« eh magere Handlung wird durch philosophische Reflexionen und essayistische Abschweifungen zum Phänomen der Liebe – mit Bezug auf die Literatur des Mittelalters würde man wohl von »Minnekasuistik« sprechen – weiter ausgezehrt und erstickt, so dass sich beim Lesen Langeweile und Überdruss einstellen. Der Erzähler kokettiert explizit mit diesem Effekt, wenn er bemerkt: »Ich fürchte, dem Leser kommen die ständigen Bezüge zur Literatur eher bemüht vor, ich fürchte es bereits, als ich auf Juttas Sofa grob den Roman skizziere, den ich schreiben werde.«[90] Der empirische Autor Kermani, nicht die Textfigur seines Erzähler-Autors, hätte gut daran getan, der hier aufblitzenden Intuition zu folgen. Ein Mangel wird nicht dadurch behoben, dass man ihn zum Thema macht.

Kermanis Wohnort Köln kommt nicht vor in diesen beiden Romanen, wohl aber in *Dein Name* und in dem Geschichtenband *Vierzig Leben* (Zürich 2004). In den 40 kurzen, teils skizzenhaften Erzählungen geht es immer wieder auch um die Kölner Lebenswelt zwischen Kneipen und Müngersdorfer Stadion, zwischen Sülz und Ossendorf. Sie wird lebendig in merkwürdigen Begebenheiten rund um stadtbewohnende Sonderlinge, die dem Erzähler über Dritte zugetragen werden. Kermanis Köln ist bunt, multikulturell, divers und zugleich von dichten Netzen menschlicher Beziehungen durchzogen – man wird dem schmalen Band auch eine implizite Begründung dafür entnehmen können, warum der Autor in diesem Biotop nicht ungern lebt.

---

90 Ebd., S. 141.

Im Unterschied zu Kermani ist Nava Ebrahimi tatsächlich eine iranische Immigrantin. Ihr Debütroman *Sechzehn Wörter* (2017) wurde als eindringlich-authentische Darstellung identitätsprägender Kulturkonflikte weithin gefeiert, kassierte etliche Auszeichnungen und war 2022 in Köln im Rahmen der gleichnamigen Aktion von *Stadt-Anzeiger* und Literaturhaus »Buch für die Stadt«. Ebrahimi, 1978 in Teheran geboren, kam bereits als Dreijährige – also nach dem revolutionären Sturz des Schah- und der Etablierung des nach wie vor im Iran herrschenden Mullah-Regimes – mit ihrer Familie nach Deutschland. In Junkersdorf besuchte sie die Grundschule, wuchs dann weiter im Westerwald auf, kehrte aber für ihr Journalismus- und VWL-Studium nach Köln zurück. Danach arbeitete sie u. a. als Redakteurin bei der *Financial Times Deutschland* und der Kölner *Stadt-Revue* sowie als Nahost-Referentin für die Bundesagentur für Außenwirtschaft. Seit 2012 lebt Ebrahimi, die 2020 mit *Das Paradies meines Nachbarn* einen weiteren Roman veröffentlichte, mit ihrer Familie in Graz.

Der Iran und Köln liefern die geografischen Klammern auch für die Handlung um die Ich-Erzählerin Mona in dem Roman *Sechzehn Wörter*, dem sich solchermaßen starke autobiografische Züge einschreiben – ohne dass jene mit der Autorin identisch wäre. Der Titel verweist auf das Aufbauprinzip des Buches: Die insgesamt 16 Kapitel sind jeweils mit einem persischen Wort überschrieben, um das es in ihnen zentral geht. Dabei verweist die fällige Übersetzung ins Deutsche auf das erzählerische gestaltete Grundproblem: Sie »erlöst« die Wörter von dem Bann, der in der Ursprungssprache über sie verhängt ist,[91] ohne dass die Übertragung bruchlos zu gelingen scheint: Es bleibt eine Restfremdheit zwischen beiden Versionen. »Kos« etwa heißt so viel wie »Scheide«, aber auch »Muschi« oder »Fotze«, ohne dass das deutsche Äquivalent – welches auch immer – in der Lage wäre, die besondere, eben kulturell getränkte Aura des persischen Originals einzufangen.

Mona also, in Köln wohnende Journalistin und Ghostwriterin, fliegt wieder einmal, mutmaßlich um die Jahreswende 2008/09, zusammen mit ihrer Mutter in den Iran, diesmal um an der Beerdigung ihrer dort gebliebenen Großmutter teilzunehmen. Es kommt dabei zu Begegnungen mit Verwandten und Bekannten und, zusammen mit ihrem iranischen Langzeitliebhaber Ramin, zu einem Roadtrip in die Stadt Bam, die fünf Jahre zuvor von einem Erdbeben zerstört wurde. Die von Mona wahrgenommene Lebenswelt des fremdgewordenen Herkunftslandes erscheint auf verwirrende Weise widersprüchlich, fügt sich auf keinen Fall den im Westen u. a. dank des Bestsellers *Nicht ohne meine Tochter* kursierenden Klischees. Als sie sich mit Ramin im stehenden Auto unterhält, werden beide von Angehörigen der berüchtigten Sittenpolizei festgenommen und kurzfristig inhaftiert. Auf der anderen Seite pflegen gerade die iranischen Frauen einen vitalen Frohsinn, einen freizügigen emanzipierten Lebensstil, der von patriarchaler Unterdrückung kaum etwas spüren lässt. Die verstorbene Großmutter etwa war eine Meisterin des obszönen Witzes. Der Iran ist – das ist eine der impliziten »Botschaften« des Buches – eben »anders«.

91 Nava Ebrahimi im *Prolog* zu N. E.: *Sechzehn Wörter. Roman*, München 2017, S. 7 f.

Die Gegenwartshandlung wird immer wieder aufgesprengt durch umfangreiche Rückblenden – Monas komplizierte Familiengeschichte setzt sich für den Leser nach und nach wie ein Puzzle zusammen. Diese Erzählstrategie ist kein Selbstzweck; sie signalisiert die Übermacht der Vergangenheit – und insbesondere lebensprägender Traditionen, die auch durch biografische Brüche existenziellen Ausmaßes nicht einfach ausgelöscht werden. Trotz der Zerstörung ist auch die »Urschrift« in den Ruinen von Bam noch erkennbar.

»Wenn ich in Köln-Bonn landete«, stellt die Erzählerin fest, »war alles weg. Als steige dort eine andere Mona aus.«[92] Was besagt, dass die Herstellung eines konsistenten Ich angesichts der unverfügbaren, weil aufgenötigten Doppelexistenz zu einer anstrengenden, stets aufs Neue fordernden Aufgabe wird. Im Interview freilich hat Ebrahimi deren Schwere mit Blick auf die globalen Lebenswirklichkeiten des beginnenden 21. Jahrhunderts relativiert: »Es ist Normalität, einen Migrationshintergrund zu haben, eine fluide Identität, und kaum noch jemand verlangt mehr von einem, dass man sich klar bekennt.«[93] Es bleibt die auch von Mona gestellte Frage, wie sich unter solchen Konditionen hier wie dort überhaupt stabile menschliche Beziehungen und Gefühle von Heimat im Sinn eines definitiven Dazugehörens entfalten können.

»Kein Ort kommt für mich näher an ›Heimat‹ heran als Köln«, bekundet die Autorin immerhin. Jeden Freitag habe sie den Schulgottesdienst in der Kirche besucht: »Ich war die einzige Schülerin, die nicht zur Kommunion gegangen ist. Aber ich habe immer aus voller Kehle die Lieder mitgesungen.« Nie habe sie sich ausgegrenzt gefühlt. »Ich habe Karneval mitgefeiert – und das war schon das Wichtigste für die Integration.«[94]

Die prominenteste Stimme der türkischen Immigration in die Kölner Literaturszene in den vergangenen Jahrzehnten dürfte bis zu seinem Tod Doğan Akhanlı (1957–2021) gehört haben. Anders als viele Angehörige der türkischen Community in der Domstadt war der in einem Dorf an der Schwarzmeerküste Geborene seinerzeit, 1992, erzwungenermaßen gekommen. Permanenter Verfolgungsdruck seitens des Militärregimes, das sich 1980 an die Macht geputscht hatte, Haft und Folter hatten ihn Anfang der 90er Jahre aus seinem Heimatland fliehen und in Köln Zuflucht suchen lassen. 1998 von der Türkei ausgebürgert, besaß er seit 2011 nur noch die deutsche Staatsbürgerschaft. Seine – positive – Beziehung zu Köln beschrieb Akhanlı, naheliegend vor dem Hintergrund seiner anderweitig erworbenen Erfahrungen, negativ: als die Abwesenheit von Lebensbedrohung: »Zur damaligen Zeit war nicht wichtig, wo ich leben wollte, sondern dass es ein Ort war, an dem meinen Kindern nichts zustoßen konnte. Köln hatte einen solchen Eindruck bei mir hinterlassen.«[95]

---

92 Ebd., S. 167.

93 *»Sich entscheiden zu müssen, treibt die Entwurzelung voran«*. Nava Ebrahimi im Gespräch mit Anne Burgmer, in: *Kölner Stadt-Anzeiger* vom 9. November 2022, Magazin, S. 3.

94 Martin Oehlen: *Existenzielle Zerrissenheit*, in: *Kölner Stadt-Anzeiger* vom 6. Oktober 2022, S. 20.

95 Doğan Akhanlı: *Verhaftung in Granada oder Treibt die Türkei in die Diktatur.* Aus dem Türkischen von Hülya Engin und mit einem Vorwort von Günter Wallraff (= *KiWi-Taschenbuch*, Bd. 1609), Köln 2018, S. 136.

Akhanlıs Konflikte mit seinem Herkunftsland – genauer: dessen Versuche, seiner habhaft zu werden und ihn unter Missbrauch der Strafjustiz aus dem Verkehr zu ziehen – waren damit nicht beendet: Als er 2010 zum Besuch seines Vaters in die Türkei reiste, wurde er wegen eines Raubüberfalls, der ihm nie nachgewiesen werden konnte, noch am Flughafen in Istanbul festgenommen und erst nach mehrmonatiger Untersuchungshaft freigelassen. Im August 2017 schließlich nahm die spanische Polizei Akhanlı in Granada auf Verlangen der Türkei fest. Dies geschah nach Angaben seines Anwalts auf Grundlage eines über Interpol gestellten Ersuchens.

Auch diese Initiative, gestartet von dem zusehends autoritären, von vielen Beobachtern als mehr oder weniger faschistisch beschriebenen Erdoğan-Regime, war nicht erfolgreich. Die spanische Regierung lehnte das Auslieferungsbegehren letztendlich ab, und Akhanlı konnte, unterstützt von einer breiten internationalen Solidaritätsbewegung, nach Deutschland zurückkehren. In seinem autobiografischen, aber mit vielen poetischen Erzählmomenten angereicherten Bericht *Verhaftung in Granada* von 2018 spiegelt Akhanlı die eigenen Erlebnisse der Jahre 1985, 2010 und 2017 aneinander, schließt sie im Sinn einer »Zeitkrümmung« kurz und zeigt somit die persistierenden gesellschaftlichen Pathologien und strukturell bedingten Demokratie-Defizite seines Heimatlandes auf.

Die Bestandteile dieser narrativ präsentierten Analyse sind auch der Grund für die unnachgiebige, hasserfüllte und durch strafrechtliche Bestimmungen mühselig legitimierte Verfolgung dieses bemerkenswerten Intellektuellen und Literaten seitens der Türkei und ihrer nationalistischen Politikkader. Seit seinem Studium in linker Opposition gegen die obwaltenden politischen, sozialen und kulturellen Verhältnisse, hatte Akhanlı es beharrlich unternommen, die offiziell approbierten Gründungsmythen der modernen Türkei als Nachfolgestaat des im Ersten Weltkrieg untergegangenen Osmanischen Reiches zu kritisieren und zu hinterfragen:

> Dass die Geschichte der Türkischen Republik die Geschichte einer Ansammlung von gewaltsamen Auseinandersetzungen ist, liegt daran, dass die Keller der »Befreiungsgeschichte« voller Leichname christlicher Staatsbürger sind und dass man sich dieser Geschichte der Massaker an den Armeniern nicht stellt, sondern an der Leugnung festhält.[96]

Tatsächlich, so Akhanlı, ist der von der jungtürkischen Modernisierungsdiktatur im Ersten Weltkrieg an den Armeniern begangene Genozid dank ideologischer und personeller Kontinuitäten in die Fundamente der modernen Republik eingelassen. Mit dieser Auffassung aber stellte er das offizielle Geschichtsbild der Türkei, quasi deren Staatsräson, infrage – was aus Sicht türkischer Nationalisten ein unverzeihliches Verbrechen war. Literarisch setzte er sein provozierend alternatives Narrativ in der 1998/99 zunächst sogar noch in einem Istanbuler Verlag in türkischer Sprache erschienenen Romantrilogie *Die verschwundenen Meere* um, deren letzter Teil, *Die Richter des Jüngsten Gerichts*, den Genozid an den Armeniern thematisiert – auf

96 Ebd., S. 145.

der Linie der Romane von Franz Werfel (*Die vierzig Tage des Musa Dagh*, 1933) und Edgar Hilsenrath (*Das Märchen vom letzten Gedanken*, 1989).

An Hilsenrath knüpft Akhanlı insofern an, als in *Die Richter des Jüngsten Gerichts* ein mit dem »Meddah«, dem Märchenerzähler des Vorgängers vergleichbarer »Zeitreisender« als Erzähler eingeführt wird. Allerdings ist dieses Erzähler-Ich nicht konsistent, es gibt – das Leserverständnis herausfordernde – Zeitsprünge, Identitätswechsel und -brüche. In deren Zug mutiert etwa der Türke Ümit Bey, der gegen die herrschende Amnesie ob der begangenen Verbrechen ankämpft, zu einem Armenier, also zu einer Figur in der von ihm erzählten Geschichtskatastrophe. Das Aufgeschriebene ist de facto nichts anderes als der Roman. Die sich aufdrängende Frage der Theodizee bleibt unbeantwortet in diesem bedrückenden, Historisches und Fiktives verbindenden Buch, in dem Akhanlı das Geschehen des Völkermords immer wieder in sehr konkret beschriebenen und zugleich alptraumhaften Szenen eindringlich Gestalt werden lässt.

Auf eine andere und womöglich noch radikalere Weise wird das immigrantentypische Identitätsproblem zum Thema in Orkun Erteners 2014 erschienenem umfangreichem Debütroman *Lebt* – der merkwürdig vieldeutige Titel lässt sich als Imperativ, aber auch als elliptisch formulierte Tatsachenfeststellung (er oder sie »lebt«) interpretieren. Inwieweit hier Erteners Biografie verarbeitet wird, muss offenbleiben. Er habe sich, schreibt der Autor in einer »Anmerkung« am Schluss, »beim Schreiben dieses Romans alle Freiheiten der Fiktion« genommen: »Figuren und Handlung sind reine Erfindung, die geschichtlichen Hintergründe leider nicht.«[97] Tatsächlich wird man die Figur des türkisch-stämmigen und in Köln lebenden Ich-Erzählers Can Evinman keinesfalls mit dem Buchverfasser gleichsetzen können und dürfen – obwohl der Leser immer wieder der einschlägigen Versuchung ausgesetzt wird.

Ertener, wie Evinman mit seiner Familie in Köln wohnend, wurde 1966 in Istanbul in eine Familie mit türkischen, deutschen und italienischen Wurzeln hineingeboren und lebt seit 1970 in Deutschland. Er wuchs in Rüsselsheim auf, studierte in Marburg Literatur- und Medienwissenschaft und arbeitet seit 1994 vor allem als TV-Drehbuchautor für Serien wie *Tatort* und *Stahlnetz* sowie als Entwickler teils prämierter Serien wie *Sinan Toprak ist der Unbestechliche*, *KDD – Kriminaldauerdienst* und *Neuland*.

Dieser Lebenslauf offenbart eine weitere, sehr allgemeine und in diesem Metier geläufige Übereinstimmung zwischen Verfasser und Erzähler: Schriftsteller sind sie beide. Evinman verdient allerdings seinen Lebensunterhalt vor allem als Ghostwriter, leiht – hier klingt das Motiv der prekären Identität erstmals auf – prominenten Figuren des Gesellschaftslebens seine Feder bei der Abfassung ihrer jeweiligen Autobiografie. Zu Beginn des Romans ist er einschlägig beschäftigt mit der Lebensbeichte der populären (von Haus aus als Ärztin ausgebildeten) Schauspielerin Anna Roth, die er in der Hamburger Konzernzentrale von Martin Geissler, ihres steinreichen Ehemanns, zu Arbeitsgesprächen aufsucht.

---

97 Orkun Erterer: *Lebt. Roman*, Frankfurt/M. 2014, S. 639.

Eine Mitarbeiterin dieses Herrn, die wie viele andere Grund hat, sich an ihm zu rächen, setzt Evinman dann auf eine brisante Spur: Die Familiengeschichten der Evinmans und der Roths hängen, von den Beteiligten zunächst unvermutet, in den Untiefen der neueren Geschichte zusammen, und der Kitt zwischen beiden besteht aus zahlreichen, aus der Familie des Ehemanns heraus und von ihm selbst verantworteten Mordanschlägen – auch die Informantin selbst wird, als Mitwisserin, einer einschlägigen Attacke zum Opfer fallen.

Während Annas Vater zu den Ermordeten gehört, kamen Cans früh verstorbene Eltern angeblich bei einer Wattwanderung ums Leben. Die nahegelegte Vermutung, dass auch sie gezielt getötet wurden, scheint sich immerhin am Ende nicht zu bestätigen. Can selbst wuchs bei Pflegefamilien auf, die, wie sich zeigt, im bezahlten Auftrag einer übermächtigen, ihre menschliche Umgebung wie ein Puppenspieler dirigierenden und manipulierenden Macht handelten. Die Ursachen für all diese Geschehnisse liegen in der Zeit der Weimarer Republik und der NS-Diktatur. Damals riss sich Martins mit der SS verbandelter Vater mit einer Intrige im griechischen Saloniki den dort versteckten unermesslichen Goldschatz in die Türkei geflohener Juden unter den Nagel – was den Grundstein für den Reichtum der Familie Geissler legte. Diese hat naheliegend auch nach der Jahrtausendwende keinerlei Interesse daran, dass diese Dinge ans Licht kommen.

Der Wille zur Aufklärung von Verbrechen und Vergangenheit treibt Anna und Can auf eine strapaziöse, ruhelose und gefährliche Reise durch halb Europa – u. a. nach Saloniki, Istanbul und Marseille. Die Wahrheit, so es überhaupt eine gibt, verbirgt sich dabei wie in der Schachtelkonstruktion einer russischen Puppe, und das Wenigste ist am Ende das, was es zunächst zu sein scheint. Ins Wanken gerät vor allem Cans Selbstbewusstsein. Je mehr er erfährt, desto rätselhafter wird ihm die eigene Herkunft, und ihm stellt sich die Frage aller Fragen: Wer bist du eigentlich?

Can ist, so viel stellt sich nach und nach heraus, Abkömmling einer Familie, die zur jüdischen Gemeinschaft der Dönme gehörte. Diese hing im 17. Jahrhundert den kabbalistischen Erweckungslehren ihres Messias Sabbatai Zwi an.[98] 1683 folgten Zehntausende wiederum seinem Beispiel und traten, auch unter dem Druck der osmanischen Obrigkeit, zum Islam über. Privat aber praktizieren die Dönme über die Jahrhunderte die jüdischen Rituale und sei es in angepasster Gestalt weiter. In den 20er Jahren des 20. Jahrhunderts mussten sie im Zuge des Bevölkerungstausches zwischen Griechenland und der Türkei aus Saloniki in diese emigrieren, weil sie dem Papier nach Muslime waren. Als 1941 die Wehrmacht in Griechenland einmarschierte und sich in ihrem Gefolge SS und SD in Saloniki breitmachten, galten die verbliebenen Mitglieder hingegen als Juden – sie erwartete die Ermordung in Auschwitz.

An diesem Punkt belädt Ertener seinen Roman mit einem strukturellen Problem, das dem einer stofflichen Überfrachtung korrespondiert: Die faszinierende Geschichte der Dönme wird als ausführliches und (in Interviews mit kundigen Informanten) nur mühsam kaschiertes

98 Einem breiteren Interessentenkreis in Deutschland bekannt wurde diese Figur durch die umfangreiche Darstellung des jüdischen Gelehrten Gershom Scholems, eines Freundes von Walter Benjamin: *Sabbatai Zwi. Der mystische Messias*, übersetzt von Angelika Schweikhart, Frankfurt/M. 1992.

historisches Kolleg in einem Buch ausgebreitet, das unverkennbar das Thriller-Design und die damit verbundenen Ansprüche an Drive und Spannung bedient. Dies geschieht ohne Zweifel immer wieder gekonnt und in der sprachlichen Ausformung eloquent und souverän. Kriminal- und Geschichtsroman gehen aber nicht vollends ineinander auf, das eine Erzählmodell kommt dem anderen in die Quere. Auch die erkennbar angestrebte motivische Verbindung der Sabbatai-Zwi-Geschichte mit der Gegenwartshandlung mutet gewaltsam an, hinzu kommen einige Ungereimtheiten auch bei der Vernähung der narrativen Fäden. Dabei wirkt die finale Auflösung der Ploträtsel nahezu banal, und die Figur des amoralischen Martin Geissler gerät zu einer etwas holzschnittartigen Allegorie des Bösen, die gleichermaßen Erinnerungen an Goethes Mephisto und Jean Pauls Rocquairol wachruft.

13.6 Offene Zukunft

Dieses Kapitel endet offen. Das ist zwangsläufig so, weil Geschichte stets zukunftsoffen ist – einordnender Beurteilung ist nur die Vergangenheit zugänglich. Deshalb verbieten sich an dieser Stelle auch Prognosen zur weiteren Entwicklung der Literaturstadt Köln. Wollte man den Ist-Zustand extrapolieren, wäre allerdings Pessimismus fehl am Platz. Weil sie in Richtung Zukunft sozusagen eine vorgeschobene Position einnehmen, seien in diesem Sinne zum Schluss, wiederum nur exemplarisch, einige Romane von Kölner Autorinnen und Autoren herausgestellt – Yannic Han Biao Federer, Bastian Schneider, Melanie Raabe und Susanne Abel –, die allesamt in den frühen 2020er Jahren erschienen, also in der allerjüngsten Vergangenheit. Das ist das Einzige, das sie verbindet. Themen, Darstellungsinteressen, Stillagen, narrative Strategien – all dies könnte heterogener nicht sein. Daran mag sich aufs Neue die Plausibilität der Diagnose zeigen, dass die Einheit der aktuellen Kölner Literaturproduktion vor allem in ihrer überbordenden Vielfalt aufzusuchen ist.

Dank seiner vielfach gelobten bei Suhrkamp erschienenen Romane *Und alles wie aus Pappmaché* (2019) und *Tao* (2022) gehört Yannic Han Biao Federer zweifellos zu den Shootingstars der jungen Literaturszene in Köln. 1986 als Sohn einer Indonesierin und eines Deutschen im südbadischen Breisach geboren, studierte er in Bonn, Florenz und Oxford Germanistik und Romanistik und wurde 2020 an der Bonner Uni mit der Arbeit *Masse & Apokalypse. Zur narrativen Entfaltung einer autoritären Konstruktion im Zombie-Genre* promoviert. Seit 2018 im Bereich Öffentlichkeitsarbeit im Kölner Literaturhaus und zugleich als Lehrbeauftragter an der Bonner Uni tätig, lebt er derzeit als freier Autor in Köln.

Ob seiner Herkunft mütterlicherseits könnte man versucht sein, Federer einen Platz im Abschnitt »Literatur der (Köln-)Immigranten« zuzuweisen. Weil er aber, es sei wiederholt, aus Deutschland stammt, wäre das verfehlt – wie nicht zuletzt sein Roman *Tao* in schon satirischer Zuspitzung zeigt. Dessen (zweifellos autobiografische Züge tragender) Ich-Erzähler sieht sich mit einiger Penetranz von seiner »biodeutschen« Umgebung nach seiner Herkunft befragt.

Abb. 27 Melanie Raabe, 2015.

Eine solche Fragestunde nimmt dann, in diesem Fall auf einer Hochzeitsfeier, idealtypisch folgende Richtung:

> Wo kommst du her?, fragte sie. Aus Köln, sagte ich. Naa, sie machte eine wegwerfende Geste, wo kommst du *eigentlich* her? Ach so. Freiburg. Noch immer der eindringliche Blick. Und deine Eltern? Auch, sagte ich. Ah geh, rief sie ärgerlich. [...], sag schon, Mutter oder Vater? Weil ganz bist du ja nicht was anderes, nur halb, oder?[99]

Die Frage, woher jemand kommt und wohin er gehört, stellen in *Tao* nicht nur taktlos-bornierte, mit hybrider Identitätsbildung in Zeiten der Globalisierung unvertraute Zeitgenossen; sie stellt sich vielmehr, und zwar mit einiger Dringlichkeit, auch der Ich-Erzähler selbst. Das beginnt schon bei seinem Namen. Gemeinhin heißt er Tobi, nur seine Freundin Miriam ruft ihn, wenn sie unter sich sind, mit dem chinesischen Tao. Dass das Identitätsproblem zentral mit der eigenen Herkunft zu tun hat, wusste bereits Taos Vater, der aus Deutschland nach Hong-

99 Yannic Han Biao Federer: *Tao. Roman*, Berlin 2022, S. 19.

kong gereist war, um den Geburtsort seines eigenen Vaters zu finden. Taos Großvater stammte aus einer chinesischen Familie, die ihre Armut dazu veranlasste, das Kind nach Indonesien zu verkaufen. Der Vater kommt unter ungeklärten Umständen in Hongkong ums Leben – Mutter und Sohn reisen nun ihrerseits in die südasiatische Metropole, um die Leiche dort abzuholen. Dabei geraten sie in die Auseinandersetzungen zwischen der Protestbewegung und den China-treuen Ordnungskräften, die im Auftrag der Pekinger Zentrale der Demokratie in der Sonderwirtschaftszone den Garaus machen sollen.

Es gibt weitere narrative Fäden: studentische Wohntristesse in Köln-Kalk, die Trennung von Miriam und die Trauer darüber, die Tao mit einem Autotrip quer durch Europa bewältigen will, eine ominöse dermatologische Behandlung von krebsverdächtigen Pigmentflecken, die, eine weitere Variante des Identitätsproblems, seine Haut erbleichen lässt. In einem einigermaßen atemlosen Reißverschluss-Verfahren – dem formalen Äquivalent des basalen Themas der Ich-Suche – wechselt der Erzähler (und der Autor) zwischen diesen Erzählsträngen. Auch dem Leser fällt die Orientierung zuweilen schwer.

Mit einer Inhaltsangabe ist der komplexe Kunstcharakter des lapidar, abbreviatorisch, Dinge und Vorgänge, auch Dialoge teils skelettierenden, dabei mit detailscharfer Genauigkeit erzählten Romans bei weitem nicht erfasst. Vielmehr setzt Federer in *Tao* ein intrikates Spiel der Selbstbezüglichkeiten mit mehreren Spiegel- und Schachteleffekten ins Werk, die das beschriebene Identitätsproblem potenziert wiederkehren lassen. Es beginnt damit, dass der beruflich an einer Uni (der Kölner?) beschäftigte Erzähler sich selbst als das entpuppt, was sein Autor ist: als Autor fiktionaler Texte. Dieser Umstand wird im Roman mehrfach ausdrücklich thematisiert. Während etwa Miriam alles andere als begeistert darüber ist, dass Tao ihre Biografie für seine literarische Arbeit benutzt, erregt es sein eigenes Missfallen, dass der gleichfalls schriftstellernde Freund Micha ihn – als Yán und damit mit einem weiteren Namen – in einem Hörspiel auftreten lassen will.

Damit nicht genug: Seine Reise nach Hongkong macht Tao seinerseits zum Gegenstand literarischer Fiktion, wobei die Grenze zwischen den Fiktionsebenen verschwimmt. Zentralfigur des interpolierten Textes ist kein Ich-Erzähler mehr, sondern eine Figur, die Tao ähnlich, aber nicht mit ihm identisch ist – und die naheliegend wieder einmal einen neuen Namen erhält: Alex. Am Schluss scheint Alex' Schicksal auf den Straßen Hongkongs mit dem traurigen Ende von Taos Vater zu verschmelzen. Alex ist somit eine Textfigur – was nichts Besonderes wäre, wenn es nicht die Aufmerksamkeit darauf lenkte, dass Tao selbst eine solche ist: als Bestandteil eines von dem Autor Federer generierten Textes. Letztlich ist damit das Grundproblem von poetischem Schreiben überhaupt angesprochen: die Auslieferung des authentisch Lebendigen (der eigenen Existenz) an die Differenzierungsmacht der Zeichen.

Bastian Schneiders Roman *Das Loch in der Innentasche meines Mantels*, 2022 im Wiener Sonderzahl-Verlag veröffentlicht, darf, auch, als ein – sehr gelungener – Extremfall angewandter poststrukturalistischer Literaturtheorie bezeichnet werden. Kermanis – anhand seines Romans *Sozusagen Paris* erläutertes – Spiel mit den Fiktionsebenen, mit der Autor-Erzähler-Beziehung, mit Intertextualität und Text-im-Text-Strategien mutet vergleichsweise zahm an angesichts von

Abb. 28 Guy Helminger und Navid Kermani, Datum unbekannt.

Schneiders Buch, dessen Entstehung u. a. seitens des Kölner Literaturhauses, des städtischen Kulturamts und des Landes NRW eine bemerkenswert geballte Förderung erfuhr. Sein Overkill an spektakulären, dabei teils hoch amüsanten Einfällen verrät zum einen eine große, ja explosive Kraft der literarischen Erfindung; zum anderen zieht er einem Leser, der an konventioneller Erzählprosa geschulte Erwartungen mitbringt, unrettbar den Boden unter den Füßen weg, setzt seine Erkenntniszuversicht einer Attacke aus, die ihn an vielem, wenn nicht »an allem« zweifeln lässt.

Vor allem daran, ob es den Autor Bastian Schneider überhaupt gibt – bzw. ob er identisch ist mit der Figur, die unter seinem Namen bei Lesungen etc. auftritt.[100] Zerstört – durch einen radikalen Nominalismus – werden hier der eingespielte Zusammenhang von Namen und Figur und überhaupt das Vertrauen in das identifizierende, d. h. die Identität einer Person oder Sache mit sich selbst postulierende Denken. Auch der Unterschied zwischen Original und Kopie verschwimmt im Sinn der von Barthes, Baudrillard und Derrida entfalteten Theorie des Simula-

100 S. dazu Martin Oehlen: *Premierenlesung im Literaturhaus Köln: Bastian Schneider (oder ist es sein Double?) präsentiert den Roman »Das Loch in der Innentasche meines Mantels«*, in: https://buecheratlas.com/2022/11/08/premierenlesung-im-literaturhaus-koln-bastian-schneider-oder-ist-es-sein-double-prasentiert-den-roman-das-loch-in-der-innentasche-meines-mantels/.

crums. Schneiders Prosa ist nicht zuletzt eine – und sei es destruktive – Schule der Wahrnehmung.

Der Name Kermani fiel soeben nicht von ungefähr, denn mit ihm teilt Schneider den Herkunftsort Siegen, wo er 1981 geboren wurde. Er studierte in Marburg und Paris Psychologie sowie Germanistik und Romanistik und lebt heute in Köln und Wien. An der Kölner Uni ist er Gastdozent für Literarisches Schreiben. 2016 erschien bei Sonderzahl sein Debüt *Vom Winterschlaf der Zugvögel*, es folgten u. a. die Bücher *Die Schrift, die Mitte, der Trost. Stadtstücke* (2018) sowie mit *Paris im Titel* (2020) ein dritter Band mit Kurzprosa. Diese Publikationen werden hier erwähnt, weil sie im dichten intertextuellen Gewebe seines ersten Romans – selbstverständlich, muss man fast sagen – wieder auftauchen.

»Bastian Schneider« – wer auch immer das sein mag, weshalb der Name hier in Anführungszeichen gesetzt wird – ist sowohl der Autor als auch der Erzähler und die Hauptfigur von *Das Loch in der Innentasche meines Mantels*. Mit einem Literatur-Stipendium der Stadt Köln ausgestattet, reist er im Jahr 2017 nach Istanbul, wo er in die Nachwehen des gescheiterten Putschversuchs und die einschlägigen Verfolgungsmaßnahmen des Erdoğan-Regimes hineingerät. Vor allem aber kommt es zu massiven Erschütterungen seines Selbstgefühls, seiner Ich-Identität: Nicht nur hat, wie er vom Portier seiner Pension erfahren muss, bereits ein »Bastian Schneider« vor ihm eingecheckt, vielmehr teilt ihm auch sein Verleger (»Sonder«, Schneiders Verlag heißt Sonderzahl) mit, in der Zeitschrift *Lettre International* stehe ein Artikel mit der Überschrift »Bastian Schneider«. Von diesem, den es tatsächlich in der außerliterarischen Wirklichkeit gibt,[101] weiß er gar nichts. Immerhin tritt der andere »Bastian Schneider« in diesem Text nach eigener Mitteilung »maskiert« auf. Geschrieben hat ihn nicht Schneider selbst, sondern der spanische Autor Enrique Vila-Matas – der sich damit als »Schöpfer« von »Bastian Schneider« einführt. Aber welches »Bastian Schneider«? Weiter tritt ein ominöser Verleger namens Orhan Terzi auf, in dessen Verlag noch kein Buch erschienen ist. Er gewinnt Schneider dafür, seine Istanbul-Erfahrungen in literarischen Miniaturen zu verarbeiten. Das ist übrigens geschehen: »Bastian Schneider« publizierte 2017 in der Istanbuler Edisyon Ekmek das Buch *İstanbul, harika*. So oder so sieht der Leser: Die vordergründig harmlos realistische Ebene eines Istanbul-Besuchs weist etliche Falltüren auf.

Es ist nicht möglich, an dieser Stelle eine zureichende Vorstellung von der motivischen Dichte, dem narrativen Reichtum und der Rasanz dieses Romans zu vermitteln. »Bastian Schneider« ist nur der Erzähler-Autor des ersten Teils. Er verschwindet dann aus dem Roman, vielleicht auch in seinem Text. Kein anderer als Vila-Matas will die entsprechenden Aufzeichnungen – hier wird die alte Herausgeberfiktion bemüht – in seinen Papieren gefunden haben, genauso wie die Aufzeichnungen eines weiteren »Schneider«, nämlich eines Pariser Änderungsschneiders mit dem sprechenden Namen Flaus Fadensain, die den zweiten kürzeren Teil des Buches füllen (der mit

101 Enrique Vila-Matas: *Bastian Schneider. Ein Intertextueller ergreift das Wort am Rand der letzten Klippe*, in: *Lettre International* 118 (Herbst 2017), S. 35–39.

dem ersten motivisch eng verknüpft ist). In diesem geht es wiederum um ein Notizbuch »Bastian Schneiders«, das Fadensain im Futter von dessen Mantel gefunden haben will. In diesem Notizbuch erscheint er, Fadensain, als Figur in einem entstehenden Roman.

Schwer ist es, in »Schneiders« unendlicher Flucht einander bespiegelnder Spiegel den Überblick zu behalten. Die basale Konstellation ist doch ziemlich konzis: »Bastian Schneider« wie Flaus Fadensain sind keine realen, sondern Textgestalten. Was sollen sie auch sonst sein, kann man fragen, schließlich tauchen sie in einem Roman auf. Darauf wäre zu antworten, dass der traditionelle »realistische« Roman den Fiktionscharakter der Dichtung zu verdecken sucht. Der dichtungstheoretische Knoten schürzt sich in *Das Loch in der Innentasche meines Mantels* nun gerade dadurch, dass die Fiktionalität auf der Fiktionsebene selbst noch einmal behauptet, thematisiert und damit potenziert wird – die fiktiven Figuren interpretieren sich selbst als fiktiv. Zugleich aber wird ihre Existenz in der ersten, der außerliterarischen Realität zumindest nicht ausgeschlossen – »Bastian Schneider« etwa hat einen *Wikipedia*-Eintrag. Dichtung macht hier die eigene Kernfrage, das Mimesisproblem, zum Gegenstand ihrer selbst – ohne sie zu beantworten.

»Bastian Schneiders« Leistung besteht – es sei wiederholt – nicht zuletzt darin, dass all das in seinem Roman durchaus nicht als angestrengt-verstiegene Kopfarbeit daherkommt. Literaturtheorie wird hier aufgelöst wie das Salz in der Suppe, der Leser hat stets aufs Neue Anlass, sich über packende Dialoge, herrlich erfundene Binnengeschichten und fesselnde Spannungsmomente zu freuen. Hat er sich einmal auf ihn eingelassen, brennt der Roman wie ein Feuerwerk vor ihm ab.

Ein ganz anderes literarisches Profil weist Melanie Raabe auf. Seit 2005, nach einem literatur- und medienwissenschaftlichen Studium in Bochum, wohnt sie, 1981 in Jena als Tochter eines aus Benin stammenden Afrikaners und einer Biodeutschen geboren und in der ausgehenden DDR wie dann im oberbergischen Wiehl aufgewachsen, im Kölner Belgischen Viertel. Einer größeren Leserschaft bekannt wurde sie als Autorin von Krimis, in welchem Genre sie mit dem Roman *Die Falle* (München 2015) erfolgreich debütierte – er wurde gleich in mehrere Sprachen übersetzt. Ihm folgten u. a. drei weitere Krimis und zuletzt, 2022, mit *Die Kunst des Verschwindens* ein Roman, der, neben solchen der Mystery Novel und des belletristischen Roadmovies, zwar Krimi- und Thrillerelemente integriert, eine eindeutige Gattungsfixierung aber verwehrt. Nicht zuletzt diese Ambiguität bedingt den unabweisbaren Lektürereiz – Raabe macht ihre handwerkliche Versiertheit im Aufbau von Spannungskurven einem Plot und seiner Entfaltung dienstbar, die das kriminalistische Schema von Verdacht und Entlarvung, Verbrechen und Strafe durchaus sprengen.

Ihren Anfang nimmt die Handlung in Berlin: In der Zeit zwischen den Jahren kommt es in der winterlich-unwirtlichen Metropole zu einer schicksalhaften Begegnung zweier im Anfang der 30er stehenden Frauen: Bei einem Abstecher in die nahe Kneipe trifft die Fotografin Nico, die nach einem schmerzhaften Abschied von ihrem Bühnentraum eine Zweitkarriere als Fotografin anzuleiern versucht, auf die Schauspielerin Ellen Kirsch. Die befindet sich nach gefeiertem Engagement an einem New Yorker Theater und dank einer Hauptrolle in einer international beachteten Serienproduktion auf dem Höhepunkt ihrer Karriere. Beide Frauen, aus deren wechselnden Perspektiven der Roman erzählt ist (wobei der Löwenanteil Plot-bedingt Nico zufällt), scheint eine Seelenverwandtschaft und überhaupt ein Schicksalsband zu verknüpfen – über das exakt identische Geburtsdatum hinaus. Umso mehr trifft es Nico, als die andere nach einigen weiteren Begegnungen einfach verschwindet – angeblich, um vor dem unerträglich gewordenen Rummel um ihre Person in eine neue Identität zu flüchten.

Die Suche nach Ellen führt sie u. a. nach Belgien und an die französische Küste. Wohl nicht zufällig zeitigt gerade ihr Aufenthalt in Brügge – der Lokalität von Georges Rodenbachs symbolistischem Roman *Bruges-la-Morte*, der wiederum Vorlage für Erich Wolfgang Korngolds Oper *Die tote Stadt* wie Hitchcocks *Vertigo*-Film wurde – eine ganz leichte Verschiebung, eine magische Entgrenzung des Realitätszusammenhangs. Schließlich trifft sie Ellen wieder, und die Begegnung führt zur Auflösung des Rätsels dieser sonderbaren Beziehung. Zugleich ist das Buch eine auf weite Strecken gelungene erzählerische Fallstudie darüber, wie unbearbeitete Traumata aus der Vergangenheit Lebensläufe unheilvoll konditionieren können – der Roman ist, auch, eine psychotherapeutische Sitzung für sein Personal.

Wie Melanie Raabe mit *Die Kunst des Verschwindens* kam auch Susanne Abel, die ebenfalls im Belgischen Viertel wohnt, mit ihren beiden ersten Romanen – *Stay away from Gretchen* (2021) und *Was ich nie gesagt habe* (München 2022) jeweils auf die *Spiegel*-Bestsellerliste. Anders als Raabe debütierte die 1971 im badischen Kork (bei Kehl) Geborene allerdings relativ spät. Abel begann beruflich als Erzieherin behinderter Kinder und Jugendlicher und wurde als Puppenspielerin ausgebildet, wechselte dann aber, nach einem Studium an der Deutschen Film- und Fernsehakademie Berlin, in die Filmwirtschaft. Insbesondere führte sie bei Doku- und Doku-Soap-Projekten der von Gisela Marx geleiteten Kölner Produktionsgesellschaft Filmpool Regie.

Die genannten Bücher fesseln weniger durch innovative Erzählpraxis und forcierten Kunstanspruch in der Form als vielmehr durch den jeweils entfalteten Plot. In beiden Fällen geht es um einen emotional bewegenden und moralisch in höchstem Maß empörenden Geschehenskomplex der jüngeren deutschen Geschichte, der zudem unzureichend aufgearbeitet wurde: um den schikanösen und inhumanen behördlichen wie gesellschaftlichen Umgang mit jenen Kindern und ihren Müttern, die den Verbindungen afroamerikanischer Soldaten mit jungen deutschen Frauen in der Besatzungszeit nach 1945 entstammten (»brown babies«). Hinzu kommt – wie in Jostens *Land sehen* – das Schicksal behinderter Kinder im Nationalsozialismus. Abel gewann das Material zu ihren Romanen teils aus ihrer eigenen Familiengeschichte, teils aus intensiver und sorgfältiger zeithistorischer Recherche. Das erste Buch sei an dieser Stelle etwas ausführlicher besprochen.

Abel etabliert zwei Erzählstränge, die sie im Reißverschlussverfahren geschickt kombiniert. Hauptfigur der Gegenwartshandlung ist der bei einem Kölner Privatsender angestellte Kölner Starmoderator Tom Monderath, der sich mit der Alzheimer-Diagnose für seine 84 Jahre alte Mutter Greta konfrontiert sieht. Deren notorische depressive Traurigkeit überschattete auch lange Phasen der eigenen Kindheit und Jugend. Der Fund von Fotos und Dokumenten aus der

Nachkriegszeit in Gretas Porzer Wohnung, der weitergehende eigene Recherchen auslöst, enthüllt ihm den Grund für Gretas Melancholie in einer tief traumatisierenden und nie aufgearbeiteten Erfahrung aus dieser Zeit: Greta hatte mit dem afroamerikanischen GI Robert Cooper eine Tochter, die ihr auf Betreiben der eigenen, sie als »Amihure« diffamierenden Familie, deutscher Behörden, aber auch einer einschlägigen US-Organisation gegen ihren leidenschaftlichen Widerstand abgenommen und zu Adoptiveltern in die USA gebracht wurde.

Tom hat also, wie er erkennt, eine Halbschwester – die er am Ende in den Staaten genauso findet wie ihren Vater, den ehemaligen GI, dessen weiteren Kontakt zu Greta deren Familie seinerzeit mit einer Intrige hintertrieb. Hinter all dem steht, Abel macht es unmissverständlich klar, der auch nach der Kriegsniederlage ungebrochen virulente Rassismus der NS-Zeit, den zu bekämpfen die amerikanischen Besatzer aufgrund ihrer eigenen einschlägigen Traditionen am allerwenigsten berufen waren.

Diese tragische Geschichte offenbart der zweite historische Erzählstrang, der von den 30er Jahren bis in die frühen 50er führt. Er beschreibt Gretas Jugend in der Nazizeit im ostpreußischen Preußisch Eylau, die Flucht der Familie bei Kriegsende nach Heidelberg und deren mühselige von Feindseligkeit begleitete Ankunft im Westen. Immer wieder lässt die Autorin sich beide Ebenen einander spiegeln. So »antwortet« auf die Ablehnung der damaligen Ost-Flüchtlinge der pogromträchtige Hass, den im Spätsommer 2015 – zu diesem Zeitpunkt setzt die Gegenwartshandlung ein – die Flüchtlingswelle aus dem Bürgerkriegsland Syrien nicht durchweg, aber eben auch und vor allem in den neuen Bundesländern auslöst.

Ist also nichts besser geworden? Doch, ist es. »›Kannst froh sein, dass du in diesem Deutschland nicht aufgewachsen bist‹«[102], bemerkt Tom im fiktiven Gespräch mit seiner Halbschwester – und meint damit die Bundesrepublik der 50er Jahre, nicht die gegenwärtige. Darin stimmt er, wie der »Dank« am Ende des Buches zeigt, mit der Autorin überein:

> Nachdem ich tief eingetaucht bin in die Lebensbedingungen des Zweiten Weltkriegs und der deutschen Nachkriegszeit, weiß ich, welches Glück ich habe, in einer Zeit geboren zu sein, in der zumindest in Deutschland Frieden, wirtschaftlicher Wohlstand und soziale Sicherheit herrschen. Einer Zeit, in der ich als Frau mein Leben frei gestalten kann.[103]

Das Buch liefert in seinem berichtenden Distanzstil, der trotzdem eine erhebliche Spannung produziert und den Leser einem unwiderstehlichen Sog aussetzt, keine Tiefenbegründung menschlicher Beziehungen – dass z. B. Greta und Bob sich ineinander verlieben, hat er als nicht weiter analysierte Tatsache hinzunehmen. Das ermöglicht es der Autorin, die ragenden Klippen der Sentimentalität zu umschiffen – abgesehen vom Schluss, der mit seinem utopischen Übermaß an spätem Vereinigungsglück die Kitschgefahr nicht vollends meistert. Einige kon-

102 Susanne Abel: *Stay away from Gretchen. Eine unmögliche Liebe. Roman*, München 2021, S. 435.
103 Ebd., S. 527.

ventionelle Baukastenformeln – »Als Tom sieht, wie Greta sie an sich klammert, ist er zutiefst gerührt«[104] – zeigen hier auch, dass Abels Sprachintensität Grenzen hat und der Wucht ihres Gegenstands nicht durchweg gewachsen ist.

Nicht von ungefähr spielen nicht nur große Teile der Gegenwartshandlung, sondern auch die Schlusssequenz in Köln – zwischen Toms Apartment im Gerling-Quartier, der Porzer Wohnung der Mutter und seinem Arbeitsplatz im Stadtzentrum mit Blick auf den Rhein. »Ganz Köln ist heute pures Glück«[105], postet Tom an seine künftige Lebenspartnerin. Köln als kollektive Lebensform ist offensichtlich auch für Abel Inbegriff eines Deutschland, das nach schwierigen Anläufen den langen und auch immer wieder gefährdeten Weg zu gesellschaftlicher Toleranz und aufgeklärter Zivilität gefunden hat. »Die Stadt ist manchmal anstrengend und im Belgischen Viertel, wo ich wohne, auch schmutzig und laut«, bekundete sie 2022 im Interview mit dem *Kölner Stadt-Anzeiger*. »Aber immer, wenn ich denke: Schluss jetzt, passiert mir etwas, was«, so resümiert sie die unerwartet empathische Begegnung mit einem Domschweizer, »mich mit allem versöhnt.«[106]

104 Ebd., S. 512.

105 Ebd., S. 513.

106 *»Meine Liebeserklärung an Köln«*. Susanne Abel im Gespräch mit Sarah Brasack in: *Kölner Stadt-Anzeiger* vom 3. Oktober 2022, S. 20.

Köln: Von der Literaturwüste zur Literaturmetropole

Der Schluss der vorliegenden Untersuchung widmet sich konzentriert jener Frage, die in der Einleitung als erkenntnisleitend ausgewiesen wurde und als Problemsub- und -kontext in vielen Kapiteln unterschwellig oder manifest präsent war, sozusagen »mitlief«: Wie war es möglich, dass eine Stadt, die als Ort der Literatur über Jahrzehnte und Jahrhunderte hinweg mehr oder weniger gesichtslos war, sich nach dem Zweiten Weltkrieg und erst recht dann im letzten Viertel des 20. Jahrhunderts zu einer der führenden deutschen Literaturmetropolen entwickelte – dies jedenfalls nach dem Urteil zahlreicher einheimischer wie auswärtiger Beobachter der einschlägigen Szene? Welche hemmenden Faktoren wurden zurückgedrängt oder entfielen, welche begünstigenden Umstände traten ein? Wie kam es, dass sich die kulturelle und intellektuelle Gesamtsituation der Stadt spät, dann aber effektiv und nachhaltig zugunsten literarischer Produktion, Rezeption und Distribution veränderte?

Bevor Antworten auf diese Frage versucht werden, seien exemplarisch zwei stark kontrastive »Stadtbilder« rekapituliert, anhand derer sich der weite Weg feststellen lässt, den das Gemeinwesen Köln in eine gesellschaftliche und kulturelle Moderne zurückgelegt hat. Der Blick fällt zunächst auf das späte 18. Jahrhundert, die ausgehende reichsstädtische Zeit, die im allgemeinen Urteil immer noch einen Tiefpunkt der Stadtgeschichte markiert. Zitiert werden die Urteile auswärtiger Besucher, die von Herkunft und Sozialisation oft, wenn auch bei weitem nicht ausschließlich der Kultur- und Lebenswelt eines aufgeklärten Protestantismus entstammten. Die von dieser Seite beharrlich geäußerte Kritik entsprach übrigens zum Teil derjenigen einschlägig interessierter Köln-Residenten, die von ihrer Anzahl her unbedeutend waren und sich selbst – wie etwa der Baron von Hüpsch[1] – wie einsame Rufer in einer Wüste vorkamen.

Das späte 18. Jahrhundert wurde hier aber nicht nur als Vergleichsepoche gewählt, weil aus dieser Zeit besonders drastische Verdammungsurteile über Köln stammen, sondern weil entsprechende Quellen damals üppig zu sprudeln begannen – in einer Weise, wie es zuvor nicht der Fall gewesen war. Viele sind in Bayers Dokumentensammlung *Köln um die Wende des 18. Und 19. Jahrhunderts*[2] versammelt, die auch der Autor dieses Buches dankbar nutzte.

Traditionsbildend in Thematik, Stil und Wertung wurden die *Briefe eines reisenden Franzosen über Deutschland an seinen Bruder in Paris* aus der Feder des Schauspielers und Schriftstellers Johann Kaspar Riesbeck (1754–1786), die er auf der Basis eigener Erlebnisse während einer 1780

1 S. dazu oben S. 75–77.

2 Bayer (Hg.): *Köln um die Wende des 18. Und 19. Jahrhunderts* – S. auch die Auswertung bei Brunn: *Franzosen in Köln*, S. 24 f., sowie Schlögl: *Friedrich Schlegel, Friedrich Spee und das katholische Köln um 1800*, S. 64–66.

unternommenen Reise von Stuttgart über Österreich, Süd- und Norddeutschland bis in die Niederlande 1784 veröffentlichte. Über Köln ist dort zu lesen:

> Köln ist in jedem Betracht die abscheulichste Stadt Deutschlands. In ihrem weiten Umfang von 3 Stunden findet man nicht Ein sehenswürdiges Gebäude. Die meisten Häuser drohen den Einsturz. [...] Einen Drittheil der Einwohner machen privilegirte Bettler aus. Diese bilden hier eine förmliche Zunft. [...] Einen anderen Drittheil der Einwohner machen die Pfaffen aus. [...] Nebst diesen wimmelt es hier von den Geistlichen, die man bei uns Abbés nennt, die hier aber von einer ganz andern Art sind. Sie bestehen hier nicht aus den bunten, geschmeidigen, niedlichen Geschöpfen, sondern aus groben, ungehobelten Klötzen, über und über mit Tobak und dem Ausfluss der Nase beschmiert, die im dicken Tobaksdampf in den offenen Bierhäusern mit den Bauern um Pfennige auf dem Brett oder mit Karten spielen. [...]
>
> Den letzten dritten Theil machen einige Patrizierfamilien, die Kaufleute und Handwerker aus, von denen die zwei andern Drittheile leben. Überhaupt ist Köln wenigstens noch um ein Jahrhundert hinter dem ganzen übrigen Deutschland zurück, Bayern selbst nicht ausgenommen. Bigotterie, Unsittlichkeit, Trägheit, Grobheit, Sprache, Kleidung, Meublen, kurz, alles zeichnet sie so stark vor ihren übrigen Landsleuten aus, dass man sie mitten in ihrem Vaterlande für eine fremde Kolonie halten muss. Ich habe nicht nöthig Dir zu sagen, dass es auch hier wie überall Ausnahmen giebt. Ich bin in einigen Häusern bekannt, wo der feinste Geschmack und die beste Lebensart herrscht; allein es sind der Ausnahmen doch sehr wenig. [...] Dieses düstere und schwerfällige Völkchen zeichnet sich ebenso stark durch religiöse als politische Schwarmerey vor allen übrigen Europäern aus. In verschiedenen Gegenden der Stadt erblickt man Schandsäulen, worauf Köpfe von Bürgermeistern und Ratsherren an eisernen Spiessen stecken, die das Opfer der politischen Begeisterung der hiesigen Bürgerschaft geworden sind. [...]
>
> Wenn man den Kölnern Vorwürfe wegen ihrer Intoleranz gegen diesen besseren Theil der Einwohner ihrer Vaterstadt [sc. Die Protestanten, d. Verf.] macht; wenn man ihnen die Stupidität, Trägheit und Armuth ihrer Bürger mit der Aufklärung, dem Fleiss, der Sparsamkeit und dem Reichthum dieser Beysassen in einen Kontrast stellt, so haben sie nicht nur keinen Sinn für diesen so auffallenden unterschied, sondern sie deuten ihn noch obendrein zum Nachtheil der Protestanten und ihrem eigenen Vortheil aus. »Diese Ketzer«, sagen sie, »sind verworfene Geschöpfe. Ihre Herzen hängen an den irdischen Gütern, die ihnen Gott zuwirft, damit ihre Verdammniss noch grösser würde.«[3]

Aus Riesbecks Reisebuch wurde hier so ausführlich zitiert, weil es – selbst dort, wo seine Nachfolger ihm in Details widersprachen – mehr oder weniger die Linie vorgab für den Duktus der (von Bayer dokumentierten) Berichte weiterer Köln-Besucher in den verbleibenden Jahren bis zum Ende des Jahrhunderts. Mitunter schrieb man gar aus den *Briefen eines reisenden Franzosen* aufwandarm ab. Riesbecks Köln-Schelte war jedenfalls so nachdrücklich und einflussreich, dass sie das Urteil späterer Gäste präformierte, sich eine von ihm unabhängige Sicht auf Köln nur schwer etablieren konnte. Das bedeutet nicht, dass die aufgeklärten Köln-Reisenden aus-

3 Bayer (Hg.): *Köln um die Wende des 18. Und 19. Jahrhunderts*, S. 22–28.

schließlich Opfer ihrer eigenen fremdinduzierten Vorurteile waren. Ein unabhängiger Geist wie Georg Forster z.B. hatte es nicht nötig, sich von einem Riesbeck auf die Spur setzen zu lassen. Sein Köln-Bashing[4] steht an unversöhnlicher Schärfe dem des Vorgängers kaum nach.

Nun müsste die von Köln-Besuchern jener Zeit immer wieder konstatierte städtebauliche Malaise für sich genommen noch kein Indikator für kollektive intellektuelle und mentale Defizite des Gemeinwesens und seiner Bewohner sein. Genau dies aber war der Fall, in der Sicht von Riesbeck und anderen Autoren spiegelten sich die materielle Verlotterung und die kulturelle Zurückgebliebenheit Kölns aneinander, eines wurde zum Ausweis des anderen. Es seien im Folgenden noch einige Statements zitiert, die auf den Stand des intellektuellen Lebens der Stadt und damit auch auf die (fehlenden) Voraussetzungen für eine prosperierende Literaturszene zielen. »Für Studia und Gelehrsamkeit scheint also hier«, heißt es in Philipp Wilhelm Gerckens 1786 publizierten *Reisen durch Schwaben, Baiern, die angränzende Schweiz, Franken, die Rheinische Provinzen und an der Mosel etc. in den Jahre 1779–1785, nebst Nachrichten von Bibliotheken, Handschriften, Archiven, Römisch Alterthümern, Polit. Verfassung, Landwirthschaft und Landesproducten, Fabriken, Manufacturen, Sitten, Kleidertrachten, Sprache etc.* über die Kölner Universität,

> zwar hinreichend gesorgt zu seyn. Dennoch will es mit dem Ruhm der Köllnischen Universität, die eine Tochter der Pariser und eine Mutter der zu Löwen in Brabant ist, nicht recht fort. Es herrscht noch bey ihr viel alter Schlendrian, auch die ohne Grund sehr hohen Kosten der Promotionen und der schlechte Gehalt der Professoren verursachet theils Mangel an eigner Schnellkraft, theils Zunftmässigkeit oder Monopolium der Gelehrsamkeit, welche Wissenschaften, die man ohne fremde Hülfe nicht kennen lernt, da nicht aufkommen lassen. [...]
>
> Buchläden sind hier verschiedne, worunter die Wittwe Metternich, Simonis, Langen und Odendall ihre eigne Druckereien haben, hernach noch Haass, Horst, Imhove, Gumbert, Eller etc. Hiernächst findet man auch hier einige Antiquarien oder Leute, die mit alten gebundnen Büchern handeln, bey welchen man zuweilen rare Bücher um einen guten Preis antrifft. Die strenge Censur schränkt überhaupt die Gelehrsamkeit und den Buchhandel sehr ein, und noch mehr die Durchsicht der hereingebrachten Bücher, wodran der daselbst sich aufhaltende päbstliche Nuntius besonders schuld ist.[5]

»Ohngeachtet aller dieser und unzähliger anderer Institute und Schulen ist jetzt Kölln«, so kann man in Joseph Gregor Langs 1789/90 veröffentlichter *Reise auf dem Rhein* lesen,

> im litterärischen Fache nicht das, was es wirklich sein könnte. Die Errichtung der neuen Universität zu Bonn, ihre nicht ganz angenehme Konrivalin, welche augenscheinlich von Jahre zu Jahre zunimmt, mag ihr sehr im Wege stehen und ihren alten Glanz verdunkeln. In den niederen Schulen herrschet auch noch der alte Schlendrian, und hundert Hindernisse, die der Köllner aus anklebenden alten Vorurthei-

4 S. in diesem Buch S. 258.

5 Bayer: *Köln um die Wende des 18. und 19. Jahrhunderts*, S. 39–47.

len nicht heben will und mag, hemmen das Ganze, welches man doch in den benachbarten Städten so gut und glücklich wirken sieht, in seiner Schwungkraft.[6]

Diesen Zeugnissen sei jetzt in hartem Schnitt eine Debatte gegenübergestellt, die gut 200 Jahre später stattfand – genauer: im Sommer 2005 im Feuilleton des *Kölner Stadt-Anzeiger*. Dabei ging es – aus Anlass eines Wegzugs von Köln nach Berlin – um Status und Rang der Literaturstadt Köln und darüber hinaus um das intellektuelle und kulturelle »Klima« der Stadt. Neun Kölner Autoren kamen dort zu Wort – ein Sample, mit dem sich keine Repräsentativität erreichen ließ, zumindest aber eine gewisse Signifikanz. Provoziert worden war die Auseinandersetzung durch den Lyriker Dieter M. Gräf, der in einem eröffnenden Beitrag seinen Umzug von Köln nach Berlin begründete:

> Im Jahre 1991 zog ich nach Köln, in eine literarisch so lebendige Stadt, dass man sie nur mit Ost-Berlin oder Wien vergleichen konnte. Autoren meiner Generation schrieben wichtige Texte, die in der Luft lagen, und ein unüberschaubares, sachkundiges Publikum goutierte sie an sehr verschiedenen Orten. Die Situation hat sich im Lauf der Jahre sehr verändert, so dass ich für mich hier keine Perspektive mehr sehe.

Als Schriftsteller brauche er

> ein Klima des lebendigen und aufrichtigen Interesses an den Künsten, und das scheint mir hier im Verlauf der Jahre verloren gegangen zu sein. Dialog, Auseinandersetzung, Kontroverse – all das verschwindet zugunsten eines raschen Einkaufens von dem, was gerade Rang und Namen hat. Ich hatte das Glück und Pech zugleich, dass mein Umzug nach Köln damals den Begriff der Neuen Kölner Schule lostrat. Mittlerweile sehe ich überhaupt nichts mehr Verbindendes zwischen dem literarischen Häufchen, das noch verblieben ist. Die Schriftsteller verschwinden, im Blickpunkt verbleiben die Vertreter des literarischen Betriebs.[7]

Bemerkenswert ist an Gräfs Statement mehreres: Köln erscheint dort als eine etablierte Literaturstadt, die diese Position allerdings zu verlieren droht. Der Verfasser differenziert weiterhin zwischen der urbanen Lebensform Köln – »die vielleicht sympathischste deutsche Stadt im Alltag« – und der Bedeutung und Ausstrahlung ihrer Literaturszene. Diesbezüglich läuft ihr – in Gräfs Augen – die frischgebackene Bundeshauptstadt der Nullerjahre den Rang ab. Die Sogkraft und Attraktivität Berlins in dieser Zeit gerade auf Autoren (auch Norbert Hummelt siedelte seinerzeit von Köln in die Hauptstadt über) bestätigen übrigens unterschiedliche Beobachter, auch Teilnehmer an der *Stadt-Anzeiger*-Diskussionsreihe. Es werden dafür teils Gründe geltend gemacht, die mit Literatur nichts zu tun haben – z. B. die niedrigen Berliner

6 Ebd., S. 62.

7 Dieter M. Gräf: *Es zählt, was Rang und Namen hat,* in: *Kölner Stadt-Anzeiger* vom 30. Juli 2005, S. 1.

Mieten[8] –, außerdem müsse, so der Tenor, Berlin die Erwartungen, die sich mit einer Niederlassung dort verbänden, erst noch einlösen.

Auch Liane Dirks betreibt in ihrer Antwort auf Gräf eine »laudatio temporis acti«, die deshalb hier zitiert sei, weil sie noch einmal die Gründe versammelt, aus denen Autoren gegen Ende des 20. Jahrhunderts Köln verstärkt zu ihrem Wohnsitz machten:

> Die Rundfunkanstalten versprachen Arbeit, und an der Uni, in der legendären Schreibwerkstatt, da war was los. Im »anderen Buchladen« wurde diskutiert, und wer bei Bittner las, der war geadelt. Im VS, dem Schriftstellerverband, der noch im Namen trug, wozu er gegründet wurde, bevor er als Vorreiter des Literaturbetriebs ins Allgemeine einer IG Medienlandschaft galoppierte, da wurde noch gestritten, dass die Fetzen flogen. Das Thema »Vergangenheitsbewältigung« zum Beispiel: ich hätte mich mit Jens Hagen fast geschlagen. Und du, lieber Dieter, hast auch gleich eine Lesung gekriegt im Bauturm-Theater zusammen mit Marcel Beyer. Und dann waren da ja auch noch Prof. Conrady und Walter Hinck. Benjamin von Stuckrad-Barre durchzog die Kölner Szene später quer, und Roland Koch erlebte »heiße Nächte«. Nee, wat war dat noch so schön.[9]

Dirks sah wie Gräf Verfall und Niedergang, rechnete das aber nicht den spezifischen Kölner Verhältnissen zu, sondern einer allgemeinen, also ortsneutralen Negativ-Entwicklung im Literaturbetrieb: »Aber reden wir hier noch von Köln? Der gesamte Literaturbetrieb (wie es so schön neudeutsch heißt, dieses Wort gab es früher nicht), er wird doch beherrscht von Oberflächlichkeit, es regieren die Macher, Bücher sind Ware und die ›Branche‹ stöhnt. Wie ein aufgegangener Hefeteig sitzen die Verwerter auf uns drauf und rauben uns die Luft.«

Die meisten Debattenbeiträger lehnten den »Früher war – auch in Köln – alles besser«-Standpunkt teils vehement ab. Guy Helminger etwa geißelte Selbstüberschätzung und »arrogante Maßlosigkeit« und sieht die beklagten Defizite bei den Künstlern selbst:

> Auf so gut wie keiner Lesung eines Kollegen ist ein Kollege anzutreffen. Es sei denn, man kennt sich gut. Es gibt in Köln Initiativen wie die Lesebühne in der Nylandstiftung: anwesende Autorenkollegen Fehlanzeige. Das Literaturhaus hat bereits vor einem Jahr ein monatliches Treffen im Crowne Plaza ins Leben gerufen. Ziel ist die Vernetzung von Autoren und anderen Künstler Kölns, damit die von Frau Dirks geforderte Auseinandersetzung stattfindet. Leider kommt fast niemand, Frau Dirks war bislang genauso wenig da wie Dieter M. Gräf.[10]

8 Stefan Weidner: *Gegen Wehleidigkeit und Selbstzufriedenheit*, in: *Kölner Stadt-Anzeiger* vom 3. August 2005, S. 21.

9 Liane Dirks: *Die Angst, provinziell zu sein*, in: *Kölner Stadt-Anzeiger* vom 2. August 2005, S. 21.

10 Guy Helminger: *Es lebe der Kindergarten*, in: *Kölner Stadt-Anzeiger* vom 4. August 2005, S. 24.

Roland E. Koch hingegen stimmte Gräf und Dirks teilweise zu, hatte aber auch einen konstruktiven Vorschlag in petto:

> Einmal im Jahr bin ich für knapp eine Woche in Bad Münstereifel zu Hause, mit einer Gruppe von Kollegen, die sich dort aus ihren neuen Manuskripten vorlesen, ohne Rummel, ohne Medien. Dort, in der Akademie der Friedrich-Ebert-Stiftung ist mein ›Kölner Literaturhaus‹, hier hat Literatur noch einen Wert, einen Inhalt, auch ein Gemeinschaftsgefühl entwickelt sich.
>
> Etwas Ähnliches würde ich mir für Köln wünschen, einen Ort für die Schriftsteller, der das Literaturhaus leider nicht geworden ist. Eine Akademie, in der Schreibende sich begegnen, etwa wie das Deutsche Literaturinstitut Leipzig, ein Haus, in dem Schriftsteller lernen und lehren, auf hohem Niveau, manchmal in der Stille, mit Hingabe und Ernsthaftigkeit. Ist es unvorstellbar, so etwas in Köln zu gründen? [...]
>
> Aber es wäre eine große Chance für Köln, ein Zentrum ernsthafter Beschäftigung mit Literatur zu werden, einer Kultur des Anregens und des kreativen Schreibens! Eine Stadt, in die wieder junge Schreibende kommen, um zu lernen, Austausch zu finden, andere Schreibende zu treffen, wie das schon einmal Anfang der 90er Jahre war. [...]
>
> Ich werde in Köln bleiben und schreiben, ich bin traurig über die wegziehenden Kollegen, ich habe hier begonnen, zu schreiben, die Stadt spielt eine Rolle in meinen Büchern. Ich treffe die »Tisch 7«-Verlegerin am Breslauer Platz, und ich spüre, es gibt eine Zukunft für die Literaturstadt Köln.[11]

Anne Dorn[12] und Dieter Wellershoff[13] machten nicht die Situation der Kölner Literaturszene, sondern die prekäre persönliche Situation von Dieter M. Gräf für dessen Entscheidung verantwortlich, der Stadt den Rücken zu kehren, während der Kritiker Hajo Steinert überhaupt Frust, Larmoyanz und Klagegesänge für unbegründet hielt:

> Es gibt kaum eine andere Stadt in Deutschland, wo Schriftsteller so ins literarische Leben einer Stadt eingebunden sind wie in Köln. Sogar ihre Verlage haben sie hier. Sowohl Liane Dirks als auch Roland Koch vertrauten ihre letzten Bücher dem Kölner Verlag Kiepenheuer & Witsch an. Aber vielleicht ist die Form der Kölner Nestwärme – manche sagen dazu Klüngel – gerade das Problem. Erreicht man mit seinem neuen Buch einmal nicht das Publikum und die Kritik und die Programmmacher im gewünschten Maße und ist man darüber hinaus wegen des ausbleibenden Verkaufserfolgs an die Grenzen

11 Roland E. Koch: *Eine Akademie als neue Chance*, in: *Kölner Stadt-Anzeiger* vom 6. August 2005, S. 31 – Acht Jahre später übrigens fiel Kochs Urteil über Köln als Ort der Literatur entschieden enthusiastischer aus: »Köln ist meine Mutter – eine gute Mutter«, wird er in einem Zeitungsbericht (mm: *Bühne für die Kölner Szene*, in: *Kölner Stadt-Anzeiger* vom 19. April 2013, S. 21) im Bericht über einen Abend im Literaturhaus zitiert, der fünf Schriftstellern der Stadt gewidmet war. Weiter heißt es dort: »Als er 1986 nach Köln zog, war Köln für Koch eine ›Literaturstadt‹, in der Autoren wie Marcel Beyer oder Thomas Kling zu Hause waren. Und immer noch gehören Köln und Schreiben für ihn zusammen.«

12 Anne Dorn: *Nicht daheim, aber gut dran*, in: *Kölner Stadt-Anzeiger* vom 9. August 2005, S. 21.

13 Dieter Wellershoff: *Der riskante Beruf des Schriftstellers*, in: *Kölner Stadt-Anzeiger* vom 13. August 2005, S. 34.

der Geduld des Verlegers und somit, wie im Falle Roland Kochs, ans Ende des Vertragsverhältnisses gestoßen – schon wird die ganze Welt dafür verantwortlich gemacht.[14]

Die zitierten Äußerungen, die ein kleines Kompendium möglicher Positionen zur Lage der Literatur in Köln rund um die Jahrtausendwende liefern, lassen sich ob ihrer Vielgestalt und Diversität, ja polemisch instrumentierten Gegensätzlichkeit nicht über einen Leisten schlagen. Trotzdem gibt es eine Gemeinsamkeit: Als Ort der Literatur und des intellektuellen Lebens sieht sich die Stadt nicht – wie von den aufgeklärten Besuchern am Ende des 18. Jahrhunderts – einfach abgeschrieben, sondern ernst genommen. Auch und gerade da, wo ortsansässige Autoren aus ihrer Sicht Defizite beschreiben, wird Köln an den Möglichkeiten und Potenzialen gemessen, die man ihm als Literaturstadt ganz selbstverständlich zubilligt. Im Extremfall mag man über die Provinzialität der Stadt schimpfen, aber diese Kritik versteht sich nicht mehr von selbst, stellt sich nicht in eine ungebrochene, mit festumrissenen Topoi ausgestattete und als selbstverständlich hingenommene oder gar akzeptierte Tradition, ist vielmehr begründungspflichtig geworden. Und sie muss mit Widerspruch rechnen.

Nun mag die Überschrift dieses Kapitels auf Anhieb als Versuch erscheinen, einem von Kontingenz grundierten Geschehen die Würde geschichtsphilosophischer Notwendigkeit zu geben. Um eine solche aber soll und kann es in den gegenwärtigen »nachmetaphysischen« (Jürgen Habermas) Zeiten keineswegs gehen. Dies allein deshalb nicht, weil es immerhin viele – darunter auch prominente – Autoren gibt, die, mitunter lange Jahre in Köln ansässig, der Stadt in den Jahren vor und nach der Jahrtausendwende den Rücken kehrten: Thomas Kling, Dieter M. Gräf und Norbert Hummelt wären hier genauso zu nennen wie Marcel Beyer und Jochen Schimmang.

Unterschiedliche Gründe waren da maßgebend, zu denen aber eben auch gehörte, dass man von Köln, salopp gesprochen, die Nase voll hatte. Schimmang nannte 1998 als Motiv für seinen Weggang nach mehr als 20 Jahren am Ort unumwunden die kulturelle und kulturpolitische »Provinzialität« und den mit dem verbreiteten Laisser-faire verbundenen »Dilettantismus«.[15] Im Saldo scheinen die Neuzugänge die Abgänge bei weitem zu überwiegen – und das ist schlicht eine empirische Beobachtung, die ohne ein philosophisches Gerüst auskommt, sehr wohl aber die Frage nach den Gründen nahelegt.

Grundsätzlich reicht für Schriftsteller ein ihrer Tätigkeit günstiges Umfeld möglicherweise noch nicht aus, um einen Ort für perspektivisch längere Zeit zu ihrem Lebens- und Arbeitsmittelpunkt zu machen. Wie anhand der Berichte aus dem 18. Jahrhundert zu zeigen war, konnte damals der Zustand der intellektuellen Szene und der urbanen Attraktivität umstandslos kurzgeschlossen werden – und wurde es auch: Kölns Schmutz und die städtebauliche Verwahrlosung,

14 Hajo Steinert: *Lasst doch die Kirche im Dorf!*, in: *Kölner Stadt-Anzeiger* vom 11. August 2005, S. 23.

15 *Tagtraum von den Heinzelmännchen.* Jochen Schimmang im Gespräch mit Martin Oehlen, in: *Kölner Stadt-Anzeiger* vom 15. August 1998, S. 37.

die soziale und wirtschaftliche Rückständigkeit und Immobilität gerieten zum Symptom oder Symbol der geistigen Nacht, die sich über die Stadt gesenkt hatte.

Liberalitätsdefizite und religiöse Intoleranz, eine das Gemeinwesen in diesem Sinn dominierende Mentalität und eine von Erstarrung heimgesuchte öffentliche Kultur sind heute allerdings trotz vieler nicht erfüllter Wünsche und der verbreiteten Kritik am Versagen der städtischen Kulturpolitik für hier lebende Autorinnen und Autoren allein deshalb kein Anlass zu einer grundständigen Ablehnung mehr, weil sie sich offensichtlich aufgelöst haben, definitiv der Vergangenheit angehören. Im schlechtesten Fall ist Köln nicht illiberaler und intoleranter als die meisten anderen deutschen Städte auch. Das schließt selbstredend nicht aus, dass die wiederaufgebaute Stadt verbreitet als »hässlich« empfunden wird.

Dennoch hält sie – das zeigen die Beiträge von Kölnern in einer neueren Anthologie mit um das Heimatthema zentrierten Impressionen von NRW-Autoren – vielleicht nicht in toto, auf jeden Fall aber auf der suburbanen Ebene Anker genug bereit, die die Entwicklung von Heimatgefühlen gestatten. Bei der Protestantin Liane Dirks etwa ist das nicht der Dom, sondern die Domplatte, bei Gunther Geltinger sind es die Rheinbrücken, bei Rainer Merkel ist es der Stadtwald. Zur »Heimat« wird solchermaßen nicht die Stadt »als Ganzes«, sondern der mit persönlichen Erinnerungen durchsetzte Einzelaspekt, der unmittelbar erfahrene Nahraum.

Die referierten Beschreibungen und Darstellungen aus zwei weit auseinanderliegenden Abschnitten der Stadtgeschichte lassen nicht nur Rückschlüsse auf die jeweilige Verfasstheit und Qualität des literarischen Lebens zu, sondern geben auch – in ihrer Kontrastivität – Hinweise auf die Ursachen jenes Wandels, der in der Kapitelüberschrift plakativ genug als ein solcher »von der Literaturwüste zur Literaturmetropole« bezeichnet wird. Was die beschriebenen Verhältnisse am Ende des 18. Jahrhunderts anbelangt, so kann es kaum verwundern, dass sich unter ihnen eine literarische Szene, die diesen Namen verdient, nicht entwickeln konnte. Dennoch: Weil es schwieriger ist, die Anwesenheit einer Abwesenheit als eine Anwesenheit zu begründen – warum etwas nicht existiert, als warum es existiert –, kann eine strenge Beweisführung in diesem Kontext kaum stattfinden. Man bleibt da ein Stück weit auf Hypothesen verwiesen,[16] die in diesem Fall aber einige starke empirische Plausibilität für sich in Anspruch nehmen können.

Die im Zusammenwirken von städtischen – sprich: dem Rat, genauer: seiner traditionalistischen, Reformimpulse ausbremsenden Mehrheit[17] – und kirchlichen Institutionen aktiv betriebene religiöse Intoleranz verhinderte ein intellektuelles Klima, in dem Autoren ohne Angst vor Repressionen hätten aktiv werden können. Die Stimmmeister als Amtsträger des Rates und die Universität als begutachtende Behörde blockierten als Bücher- und Zeitungszensoren die

16 Notwendigerweise tastend bleibt in diesem Sinne auch Gertrud Wegeners Versuch, am Schluss ihrer dreibändigen Darstellung die Dürftigkeit der Kölner Literaturszene um die Mitte des 19. Jahrhunderts herum zu erklären. S. Gertrud Wegener: *Literarisches Leben in Köln*, Bd. 3, S. 229 ff.

17 S. dazu Gisela Mettele: *Bürgertum in Köln 1775–1870. Gemeinsinn und freie Association* (= *Stadt und Bürgertum*, Bd. 10), Berlin 1998, S. 59.

Verbreitung und den Import protestantischer, insbesondere religionskritischer Literatur: »Dabei vermischten sich antiprotestantische Animositäten im Laufe des Jahrhunderts zunehmend mit dem Bemühen, libertäre oder allzu radikal aufklärerische Bücher aus der Stadt fernzuhalten.«[18] Gerade die allgemein als rückständig eingeschätzte Kölner Universität fiel als Initiator von Gegenimpulsen mehr oder weniger aus. Generell wirkte sich – davon war bereits in anderen Zusammenhängen die Rede[19] – das Fehlen einer Ressource wie des protestantischen Pfarrhauses im katholischen Köln als nachteilig bis katastrophal für die geistige Gesamtsituation aus.

Das offizielle Köln besaß kein Interesse an der Förderung von Literatur und verfügte nicht über einschlägig tätige Einrichtungen. Aber auch private Initiativen wie Wochenschriften und Lesegesellschaften hatten es in Köln schwer – im Unterschied zur kurfürstlichen Residenzstadt Bonn, die unter dem letzten Kurfürsten, dem Habsburger Kaiserbruder Maximilian Franz, zu einem Zentrum der katholischen Aufklärung wurde. Der gebürtige Bonner Johann Peter Eichhoff brachte 1778 das *Kölnische Literarische Wochenblatt* heraus, das nach nur einem Jahr sein Erscheinen einstellen musste; auch ein Nachfolgeunternehmen erreichte lediglich zwölf Ausgaben. Als Grund für diesen Misserfolg macht Gerd Schwerhoff jetzt nicht etwa die Zensur und sonstige kommunale Verhinderungsmaßnahmen, auch nicht kollektiven Religionsfanatismus und verbreitete Intoleranz gegenüber abweichenden Meinungen geltend, sondern das grundständige Fehlen von Interesse in der kölnischen Bürgerschaft: »Letztlich [...] deutet die Kurzlebigkeit fast aller Zeitschriftenprojekte darauf hin, dass es an einem hinreichend großen Rezipienten- und Käuferkreis mangelte.«[20] Angesichts der von Riesbeck konstatierten (und anderweitig bestätigten) sozialen Zusammensetzung der Kölner Bevölkerung mit ihrer »Drittelparität« von Bettlern, Geistlichen und Patriziat war die zahlungskräftige Bildungsschicht, die literarische Tätigkeit und ein literarisches Leben hätte tragen und unterstützen können, dafür zu schmal und zu schwach.

Ähnliche Befunde ergibt übrigens der Blick auf die Kölner Bücherproduktion und das Kölner Theaterleben im 18. Jahrhundert. »Am Ende des 18. Jahrhunderts hatte Köln«, konstatiert Klaus Müller,

> seine ehemals führende Stellung als Druck- und Verlagsort, für allem für das katholische Deutschland, längst eingebüßt. Im wirtschaftlichen Niedergang der Handelsstadt, im Rückgang der Nachfrage im durch den Dreißigjährigen Krieg verarmten Deutschland, in der zunehmenden Bedeutung der Nationalsprachen auch auf dem religiösen Büchermarkt sowie im Verzicht der meisten Kölner Verleger, die auf Kosten der traditionellen Frankfurter Buchmesse aufsteigende Leipziger Veranstaltung zu besuchen, wird man die wichtigsten Gründe für den Abstieg der einstigen ›Buchstadt‹ zu sehen haben. [...]

18 Schwerhoff: *Köln im Ancien Regime*, S. 301.

19 S. S. 50f.

20 Schwerhoff: *Köln im Ancien Regime*, S. 300.

> Seit den achtziger Jahren lässt sich [...] bis 1810 eine allmähliche, wenngleich schwankende Zunahme der Zahl der in Köln verlegten selbstständigen Schriften feststellen. Gemessen an dem Wachstum, das der nationale Büchermarkt in diesen Jahrzehnten erlebte, handelte es sich dabei allerdings um einen Aufschwung auf verhältnismäßig niedrigem Niveau.[21]

Die Entwicklung der Kölner Theaterszene[22] sah sich Behinderungen mehrerlei Art ausgesetzt: Ehe der Rat im Jahre 1783 auf Antrag des Bürgerhauptmanns und Wirts Caspar Rhodius den Neubau eines steinernen »Comoedien Hauß« in der Schmierstraße – der heutigen Komödienstraße – genehmigte, hatten die wandernden Schauspielertruppen in teils unansehnlichen und maroden hölzernen Etablissements auftreten müssen. Und immer wieder sahen sich die Gesellschaften veranlasst, wegen Publikumsmangel bzw. der einseitigen Fixierung der Besucher auf ein niveauermäßigtes Unterhaltungsprogramm ihre Zelte in Köln vorzeitig abzubrechen. Die Truppe des Schauspieldirektors Johann Heinrich Böhm z.B. spielte im Herbst 1784 viermal wöchentlich in der Residenzstadt Bonn, aber nur zweimal in Köln. Dieser Vergleich ist geeignet, Mutmaßungen den Boden zu entziehen, wonach die Existenzbedingungen für Schauspielertruppen im deutschen 18. Jahrhundert mehr oder weniger allerorts die nämlichen waren und keinen regionalen oder lokalen Unterschieden unterlagen.

Tatsächlich herrschte gerade in Köln – auch dies angesichts der obwaltenden Verhältnisse kein Wunder – ein tendenziell theaterfeindliches Klima:

> Der Klerus, [...], war ein strenger Feind der Schauspielerei und verhinderte durch kirchliche Verhaltensregeln langfristig die Einbeziehung der Komödianten in die bürgerliche Welt. Der kirchliche Kalender bestimmte die Theatersaison, so daß an Sonn- und Feiertagen, während der Osterfastenzeit und besonderer Feierlichkeiten – auch längerfristig – keine Vorstellungen stattfinden konnten.[23]

Pläne, in Köln ein dauerhaft stehendes deutschsprachiges »National-Theater« zu entwickeln, mussten unter diesen Konditionen scheitern:

Offenbar fehlte ihnen der genügende gesellschaftliche Rückhalt, war der gemeinsame Wille unter der angesprochenen »hohen Noblesse« und der »edlen Kaufmannschaft« zur Etablie-

---

21 Klaus Müller: *Köln von der französischen zur preußischen Herrschaft* (dort auch weitere Literatur).

22 S. dazu Katrin Kuhn/Jochen Arntz: *Kölner Theaterzettel von 1700–1794. Aspekte der Kölner Theatergeschichte im 18. Jahrhundert*, in: *Jahrbuch des Kölnischen Geschichtsvereins* 62 (1991), S. 109–153; Martina Switalski: *Wandlungen im Theater des 18. Jahrhunderts am Beispiel der Reichsstadt Köln*, in: Frank Günther Zehnder (Hg.): *Die Bühnen des Rokoko. Theater, Musik und Literatur im Rheinland des 18. Jahrhunderts* (= *Der Riss im Himmel*, Bd. 7), Köln 2000, S. 67–85; Schwerhoff: *Köln im Ancien Regime*, S. 273–283.

23 Switalski: *Wandlungen*, S. 75.

rung einer ständigen Bühne nicht stark genug. Eine spezifisch aufklärerisch-bürgerliche Soziabilität konnte sich unter diesen Bedingungen kaum entwickeln.[24]

Nahezu gleichlautend fällt Martina Switalskis resümierendes Urteil aus:

> Der Reichsstadt Köln konnte in der gezeigten Entwicklung der deutschen Theaterlandschaft kein innovativer Platz zugewiesen werden. Rat und Kirche verband eine ablehnende Politik gegenüber den wandernden Truppen, so daß bis zum Bau des Komödienhauses 1783 keine kontinuierliche Theaterarbeit möglich war. Damit einhergehend konnte auch keine Erziehung des Publikums zur Wertschätzung regelmäßiger Dramen und des gehobenen Spielstils stattfinden.[25]

Das Jahr 1797 brachte die vermutlich am stärksten einschneidenden Veränderungen in der nahezu 2000-jährigen Stadtgeschichte mit sich: Die französische Besatzung hob die alte reichsstädtische Verfassung auf und führte eine neue Munizipalverfassung ein, die auch Protestanten und Juden allgemeine Bürgerrechte und Freizügigkeit gewährte. Die Ära der institutionell begründeten und abgesicherten, das soziale und politische Leben prägenden Dominanz der katholischen Kirche in Köln ging damit zu Ende. Die neuen Verhältnisse samt der Neutralisierung überkommener religionspolitisch induzierter Sozialnormen hätten, diese Vermutung liegt nahe, zu besseren Bedingungen für die Literaturentstehung und -rezeption in der Stadt führen müssen. Das aber war offenkundig nicht der Fall – wie in diesem Buch dargestellt, änderte sich an der deplorablen Situation der Kölner Literaturszene bis ins 20. Jahrhundert hinein kaum etwas.

Die Beobachtung lässt nur einen Schluss zu: Das Nachlassen des von der katholischen Kirche ausgeübten sozial-normativen Drucks mag eine notwendige Bedingung für das Aufblühen einer nennenswerten literarischen Kultur gewesen sein – eine hinreichende war es nicht.[26] Tat-

24 Schwerhoff: *Köln im Ancien Regime*, S. 282.

25 Switalski: *Wandlungen*, S. 83.

26 Dazu gibt es übrigens einen interessanten, zeitlich früher gelagerten Parallelfall im deutschen Sprachraum, der hier allerdings nicht weiterverfolgt werden kann: Wien, die zutiefst katholisch geprägte habsburgische Metropole, wurde unter Kaiser Joseph II., der 1780, nach dem Tod seiner Mutter Maria Theresia, die Alleinregierung übernommen hatte, dank der von ihm angestoßenen weitreichenden Reformen für die Dauer eines Jahrzehnts zum intellektuellen Zentrum einer teils radikalen und auch antiklerikalen Spätaufklärung. Zu einer qualitativ nennenswerten Blüte der Literatur im engeren Sinn kam es in dieser Periode allerdings nicht (wohl aber bekanntermaßen zu einer der Musik mit Mozart als Gipfelgestalt). Ausgerechnet das Wien dieser Jahre wartet übrigens mit einem Beispiel dafür auf, dass sich Kölns Ruf als eines Hortes der Reaktion und Rückständigkeit weit über die Region hinaus verbreitet hatte. 1785 realisierte der dezidiert josephinisch gesinnte Publizist Johann Rautenstrauch ein so eigenwilliges wie kurzlebiges Zeitschriftenprojekt, das er *Scheißereyen* nannte und in »Klumpen« erscheinen ließ. Als fiktiver Erscheinungsort ist auf dem Titelblatt »Kölln« angegeben – was nur im Sinn hohnvoller Ironie verstanden werden kann. In Köln hätte Rautenstrauch im Jahrzehnt vor der Französischen Revolution für sein Produkt keinesfalls eine Drucklizenz erhalten. S. dazu Laurenz Lütteken: *Mozart. Leben und Musik im Zeitalter der Aufklärung*, München 2017, S. 79–81.

sächlich ging die Auflösung politischer Machtpositionen und des mit ihnen verbundenen Sanktionspotenzials nicht einher mit einer Erosion jenes katholischen Milieus der Stadt, das mental durch die vorangegangenen Jahrhunderte geprägt war und sich nicht sofort veränderte, weil das institutionelle Framing entfiel.[27] Und der katholische Bevölkerungsanteil sollte noch lange deutlich überwiegen – 1910 lag er bei 78 Prozent.[28] Das schließt nicht aus, dass die »Verbindlichkeit kirchlicher Verhaltensanforderungen« mit den Jahrzehnten deutlich nachließ: »Der Anteil der Katholiken, die regelmäßig Gottesdienste besuchten, ging zurück, vor allem in der zweiten Jahrhunderthälfte [sc. Des 19. Jahrhunderts, d. Verf.].«[29]

So wird man die Gründe für das Ausbleiben einer Kölner Literaturblüte im 19. (und frühen 20.) Jahrhundert sehr stark beim Fehlen eines entsprechenden Nachfrage-Inputs zu suchen haben – einem Mangel, der durch den Verlust der Universität, in deren Umfeld sich ein bildungsbürgerlich-intellektuelles »Biotop« hätte entwickeln können, zweifellos noch verstärkt wurde. Diese fehlende Nachfrage galt übrigens nicht der Kultur »als solcher«. Ausgelöst durch die Säkularisation, die Auflassung der Klöster und die »Überschwemmung« des Kölner Marktes mit Kunstwerken der Vergangenheit in der Folge, wurde Köln im 19. Jahrhundert zur Kunststadt, zu einem Paradies für Sammler und Händler.[30]

Zugleich nahm das Musikleben der Rheinmetropole einen starken, auch aus der Bürgerschaft unterstützten Aufschwung. Das den einschlägigen Aktivitäten gewidmete Vereinsleben, das nach 1815 eine neue, spezifische Form bürgerlicher Geselligkeit repräsentierte, expandierte erheblich.[31] Diese Vereine verschrieben sich der Förderung der Musik, des Theaters und der bildenden Kunst – Literaturgesellschaften hingegen sucht man in dieser Zeit weithin vergeblich.

Mit Blick auf die einschlägigen Rezeptions- wie Produktionsbedingungen in der zweiten Jahrhunderthälfte hat der französische Sozialhistoriker Pierre Ayçoberry das Fehlen einer anspruchsvollen Literaturszene und die nach wie vor starke katholische »Imprägnierung« nicht nur Kölns, sondern des Rheinlands überhaupt explizit in ein Bedingungsverhältnis gesetzt:

> Auch das Interesse an der Literatur scheint nicht größer. Die örtlichen Verleger bemühen sich erst gar nicht, mit Berlin oder Leipzig in Wettstreit zu treten. Lange beschränken sie sich auf Schul- und Frömmigkeitsbücher sowie Stadtgeschichte. […] Doch in diesem ganzen Vierteljahrhundert geht es nicht nur um das Publikum. Seit der Schlappe der romantischen Epigonen hat das Rheinland keine guten Schriftsteller

27 Zur Vitalität und Perspektiven des katholischen Milieus unter den veränderten Rahmenbedingungen der Franzosenzeit und der beginnenden preußischen (und das heißt auch und vor allem: protestantisch grundierten) Herrschaft s. Schlögl: *Friedrich Schlegel, Friedrich Spee und das katholische Köln um 1800*; außerdem vom selben Verfasser: *Glaube und Religion in der Säkularisierung. Die katholische Stadt – Köln, Aachen, Münster – (1740–1840)* (= *Ancien Régime, Aufklärung und Revolution*, Bd. 28), München 1995.

28 Thomas Mergel: *Köln im Kaiserreich. 1871–1918* (= *Geschichte der Stadt Köln*, Bd. 10), Köln 2018, S. 316.

29 Jürgen Herres: *Köln in preußischer Zeit*, S. 403.

30 S. dazu Müller: *Von der französischen zur preußischen Herrschaft*, S. 375–406.

31 S. dazu Mettele: *Bürgertum in Köln*, S. 157–226.

> mehr aufzubieten, während im übrigen Deutschland poetischer Realismus und Naturalismus zum Durchbruch kommen. Ist dafür die Vorherrschaft des Katholizismus verantwortlich zu machen? Zumindest scheint dies der der Feindseligkeit gegenüber den Katholiken wenig verdächtige Historiker Franz Schnabel zu denken. Ihre Literatur, so sagt er, sei zu schulmeisterlich. Außerdem verhinderten die Verurteilungen des Romans durch die Geistlichkeit lange Zeit die Entstehung von Werken mit Vorstellungskraft.[32]

Für dieses Verhinderungsdesign kann nicht ausschließlich der Katholizismus verantwortlich gemacht werden. Die Situation des 19. Jahrhunderts zeigt vielmehr nachdrücklich, dass die langlebige Kölner Literaturmisere eine multifaktorielle Erklärung erheischt – wobei sich die Gewichte der jeweiligen Aspekte in und mit der Zeit verändern konnten. Diesbezüglich empfiehlt es sich auch für das 19. Jahrhundert, exemplarisch die Entwicklung eines immerhin literatur-affinen Bereichs ins Auge zu fassen: der Kölner Theaterlandschaft. 1829 wurde in Köln ein neues Theaterhaus gebaut, in dessen Förderverein, dem Theater-Aktien-Verein, allerdings nicht das in Köln traditionell schwach entwickelte Bildungsbürgertum, sondern – jetzt eben nicht mehr nur katholische, sondern auch protestantische – Kaufleute und Bankiers, also die wirtschaftliche Oberschicht der Stadt, den Ton angaben.[33] Diese ließen naheliegend und in die Entscheidungen über die Auswahl zu spielenden Stücke auch die eigenen Interessen und Bedürfnisse einfließen. Die waren – so viel lässt sich cum grano salis sagen – weniger von einem genuin ästhetischen als vielmehr vom Interesse an Entspannung und Unterhaltung nach einem harten beruflichen Arbeitsalltag geprägt. Für den Vormärz bedeutete dies auf den Spielplänen die Bevorzugung der Lustspiele von Kotzebue und Iffland vor Lessing, Schiller und Goethe.[34]

Ein exemplarischer, weil seinerzeit in Köln außerordentlich beliebter und vielgespielter, heute vergessener Bühnenautor vor und nach 1848 war in diesem Sinn der seit 1842 am Ort lebende Roderich Julius Benedix (1881–1873),[35] der 1847 zum Technischen Direktor des Kölner Theaters avancierte. Seinen Bühnenerfolg verdankte er keineswegs einem ehrgeizigen Bildungstheater-Anspruch, sondern einem gut entwickelten Sinn für drastische Situationskomik anlässlich seiner Bühnenausflüge in eine eher kleinbürgerliche Lebenswelt. Benedix war zwar auch in anderen deutschen Theaterlandschaften populär, bediente also den literarischen und Bühnengeschmack eines breiten Publikums weit über Köln hinaus. Trotzdem drängt sich der Eindruck auf, dass es gerade die – im Vergleich zu anderen Regionen des Deutschen Bundes – überproportional dynamische industrielle Entwicklung des Rheinlands war, verbunden mit der Etablierung eines so finanzstarken wie repräsentationsbewussten Wirtschaftsbürgertums mit seinen spezi-

32 Pierre Ayçoberry: *Köln zwischen Napoleon und Bismarck*, S. 330 f.

33 S. dazu Mettele: *Bürgertum in Köln*, S. 220.

34 Ebd., S. 225 f.

35 S. zu Benedix Mettele: *Bürgertum in Köln*, S. 225 f.; Wegener: *Literarisches Leben*, Bd. 3, S. 228 f.

fischen Kulturinteressen,[36] was nicht Kölns Entwicklung zu einer Kunst-, wohl aber diejenige zu einer Literaturstadt hintertrieb.[37]

Diese Gesamtlage änderte sich auch im 20. Jahrhundert bis in die Zeit nach dem Zweiten Weltkrieg nicht. In der Weimarer Zeit konnte es das literarische Köln nicht entfernt mit Berlin aufnehmen (dessen Status als Reichshauptstadt stets in Anschlag zu bringen ist) und in den Jahren nach 1945 als Buch- und Verlagsstadt nicht mit Frankfurt/M. Auch im Bewusstsein von Autoren und Szene-Beobachtern war »Köln als Literaturstadt« noch um 1980 ein hoffnungsloser Fall – der Blick in die Vergangenheit schien eine optimistische Prognose nicht zu gestatten. Hans Mayer führte anlässlich seiner Kölner Literaturpreis-Rede vom Dezember 1980 die notorische Dürftigkeit des literarischen Köln auf unglückliche Zufälle zurück (es hätte demzufolge auch ganz anders kommen können) und entzog das Phänomen dadurch einer nach Gründen fragenden Analyse: »Meister der Weltliteratur hat Köln nicht hervorgebracht. Nur zu oft verflog sich der Genius beim Anflug. Dann kam Rubens in Siegen zur Welt, Beethoven in Bonn, Heine in der Altstadt von Düsseldorf.«[38] »Köln ist keine, war nie eine Stadt der Literatur«[39], hatte Jürgen Becker in seiner Laudatio zuvor bündig dekretiert. Drei Jahre früher hatten Heinrich Böll und sein Gesprächspartner Heinrich Vormweg einander die ihnen offensichtlich selbstverständliche, weil historisch gewachsene »A-Literarität« der Stadt und das Fehlen eines »literarischen Lebens« in der Gegenwart bestätigt.[40] Gründe für dieses Faktum benannten übrigens auch sie nicht.

Diese Statements sind bemerkenswert genug, nahmen die Sprecher doch, belehrt durch historische Erkenntnis und eigene Erfahrung, etwas als gegeben hin, welches genau dies nicht war – wie der imposante Aufschwung der Kölner Literaturszene in den Folgejahren bewies.

Die Ermöglichungsbedingungen dieses Aufschwungs waren und sind, wie gesagt, vielfältig – wohl aber mochten sie sich wechselseitig überlagern und verstärken. Zu konstatieren ist auf jeden Fall die fortschreitende Auflösung des zuvor sozialkulturell und -moralisch dominierenden katholischen Milieus der Stadt, für die im Wesentlichen zwei Gründe geltend zu machen sind: der verstärkte Zuzug »Andersgläubiger« durch die in der Folge der deutschen Kriegsniederlage 1945 in Gang gesetzten Flüchtlingsströme und, seit den 70er Jahren, aus außereuropäischen Herkunftsgebieten sowie der Generaltrend der Säkularisierung, die zu einer massiven Schwächung traditionaler konfessioneller Bindungen führte. Ende 2019 waren laut Einwohnerstatistik nur noch 32,8 Prozent der Einwohner Kölns katholisch, 14,4 protestantisch, und 52,8 Prozent ge-

36 S. dazu Klara von Eyll: *Kölns Wirtschaftsbürgertum im 19. Jahrhundert (bis 1914)*, in: Karl Möckl (Hg.): *Wirtschaftsbürgertum in den deutschen Staaten im 19. und beginnenden 20. Jahrhundert* (= *Deutsche Führungsschichte in der Neuzeit*, Bd. 21), München 1996, S. 251–279.

37 S. dazu Wegener: *Literarisches Leben*, Bd. 3, S. 229 f.

38 Mayer: *Dankrede*, S. 130.

39 Becker: *»Rückkehr zur einfach menschlichen Anständigkeit«*, S. 292.

40 Böll: *Werke*, Bd. 25, S. 207 ff.

hörten anderen Konfessionen oder Religionsgemeinschaften an oder waren konfessionslos.[41] Die damit einhergehende und mit deutlichen Liberalisierungsschüben verbundene Diversifizierung und Pluralisierung der urbanen Lebenswelt verbesserte zweifellos die Existenz- und Arbeitsbedingungen für Intellektuelle und Schriftsteller. Institutionell unterfütterte religionspolitische Intoleranz und Unterdrückung sind im Köln der Gegenwart kein Thema mehr.

Ein zweiter Grund ist die in dieser Form erstmals in ihrer Geschichte gewonnene Attraktivität der Stadt als Wohn- und Arbeitsort für Schriftsteller dank eines sich nach dem Krieg sukzessiv dichter knüpfenden Netzes von (vergleichsweise gut honorierenden) medialen Arbeitgebern (Rundfunkanstalten, Zeitschriften und Zeitungen) sowie (Stadt-)öffentlichen (Preise und Stipendien), halbprivaten und privaten Förderinstitutionen (Literaturhaus, Schreibwerkstätten, Verlage, Buchhandlungen) – davon war in diesem Buch ausführlich die Rede.[42] Eine einschlägige Magnetwirkung trat zum ersten Mal Ende der 40er und in den 50er Jahren auf, erreichte einen Höhepunkt aber erst in den letzten beiden Dekaden des Jahrhunderts, also sozusagen mit Zeitverzögerung. Heute leben in Köln mehr Schriftstellerinnen und Schriftsteller als je zuvor.

Der dritte Punkt betrifft ein Phänomen, das sich schwer quantifizieren lässt, aber aus der Erfahrung vieler Beteiligter unabweisbar ist. Nach Jahrhunderten der Gleichgültigkeit und des Desinteresses gibt es in Köln endlich ein breit aufgestelltes Lesepublikum, das nicht nur Bücher kauft und liest, sondern auch in nennenswerter Zahl zu Lesungen, Autorenvorstellungen, Podiumsdiskussionen und anderen Literaturevents geht und damit jenen Resonanzraum herstellt, auf den Autorinnen und Autoren im Interesse ihrer Arbeit und deren Wertschätzung dringend angewiesen sind. Die jahrhundertealte strukturelle Schwäche der Kölner Bildungsschicht scheint behoben. Allerdings hat sich auch das überkommene Bildungsbürgertum längst diversifiziert und in verschiedene Subkulturen mit unterschiedlichen Ansprüchen und Selbstdefinitionen auseinanderentwickelt. Von der Literaturwüste zur Literaturmetropole – vielleicht ist diese Formel doch mehr als nur ein knallig-überziehender Werbeslogan.

41 S. *Kölner Stadtteilinformationen. Zahlen 2018*, online unter: https://www.stadt-koeln.de/mediaasset/content/pdf15/statistik-standardinformationen/stadtteilinformationen_2019.pdf, S. 14–16.

42 S. S. 307–339.

Literaturverzeichnis

Sämtliche Weblinks wurden am 13.12.2023 geprüft.

Gedruckte und ungedruckte Quellen

Abel, Susanne: *Stay away from Gretchen. Roman*, München 2021

Dies.: *Was ich nie gesagt habe. Roman*, München 2022

Adorno, Theodor W.: *Gesammelte Schriften* (20 Bde.), hrsg. Von Rolf Tiedemann unter Mitwirkung von Gretel Adorno, Susan Buck-Morss und Klaus Schultz, Frankfurt/M. 1970–1986

Bd. 3: *Dialektik der Aufklärung. Philosophische Fragmente*

Bd. 4: *Minima Moralia. Reflexionen aus dem beschädigten Leben*

Bd. 11: *Noten zur Literatur*

Akhanlı, Doğan: *Die Richter des Jüngsten Gerichts. Roman*, aus dem Türkischen übersetzt von Hülya Engin, Klagenfurt 2007

Ders.: *Verhaftung in Granada oder Treibt die Türkei in die Diktatur.* Aus dem Türkischen von Hülya Engin und mit einem Vorwort von Günter Wallraff (= *KiWi-Taschenbuch*, Bd. 1609), Köln 2018

Angelowski, Myriane: *Jenseits des Rheins. Köln Krimi*, Köln 2021

Das Annolied. Mittelhochdeutsch/Neuhochdeutsch, hrsg, übersetzt und kommentiert von Eberhard Nellmann (= *Reclams Universalbibliothek*, Bd. 1416), Stuttgart [7]2010

Apollinaire, Guillaume: *Alcools. Poèmes 1898–1913*, Paris 1913

Historisches Archiv der Stadt Köln (HAStK)

Best. 1078 (Matthias Joseph de Noël)

Best. 1105 (Nachlass Ferdinand Franz Wallraf)

Best. 1303 (Nachlass Paul Bourfeind)

Best. 1333 (Nachlass Hans Mayer)

Best. 7020 (Handschriften W*)

Arndt, Ernst Moritz: *Briefe* (3 Bde.), hrsg. Von Albrecht Dühr (= *Texte zur Forschung*, Bde. 8–10), Darmstadt 1972

Arnim, Achim von/Clemens Brentano: *Des Knaben Wunderhorn. Alte deutsche Lieder* (3 Bde.), Heidelberg/Frankfurt/M. 1806

Die Lieder des Archipoeta. Lateinisch/Deutsch, Übersetzung und Nachwort von Karl Langosch (= *Reclams Universalbibliothek*, Bd. 8942), Stuttgart 1965

BAP. Die Songs 1976–2006. Herausgegeben, ins Hochdeutsche übertragen und mit Einführungen versehen von Oliver Kobold, Hamburg 2006

Barthes, Roland: *Der Tod des Autors*, in: R. B.: *Das Rauschen der Sprache. Kritische Essays IV* (= *edition suhrkamp*, Bd. 1695), Frankfurt/M. 2006, S. 57–63

Bayer, Josef (Hg.): *Köln um die Wende des 18. Und 19. Jahrhunderts (1770–1830). Geschildert von Zeitgenossen*, Köln 1912
Ders.: *Wallraf als Dichter*, in: Verein Alt-Köln (Hg.): *Alt-Köln-Kalender*, Jg. 1 (1913), S. 37–45, mit Auslassungen nachgedruckt in: *Kölnisches Glockenspiel*, S. 29–36
Becker, Jürgen, u. a.: *Notizbuch. Neun Autoren – Wohnsitz Köln*, Köln 1972
Ders.: *Gegen die Erhaltung des literarischen Status quo*, in: *Maßstäbe und Möglichkeiten der Kritik*. Sonderheft von: *Sprache im technischen Zeitalter*, hrsg. Von Walter Höllerer, H. 9–10 (1964), S. 694–698; wieder abgedruckt in Kreutzer (Hg.): *Über Jürgen Becker*, S. 13–19
Ders.: *Felder* (= *edition suhrkamp*, Bd. 61), Frankfurt/M. 1964
Ders.: *Gesammelte Gedichte*, hrsg. Von Marion Poschmann, Frankfurt/M. 2022
Ders.: *Gelegenheiten. Aufsätze und Gespräche, Reden und Rezensionen*, hrsg. Und mit einem Nachwort versehen von Gabriele Ewenz (= *suhrkamp Taschenbuch*, Bd. 4831), Berlin 2018
Ders.: *Kaleidoskop der Stimmen. Ein Gespräch mit Leo Kreutzer und das Hörspiel »Bahnhof am Meer«* (= *Reihe Salon*, Bd. 5), Hannover 1998
Ders.: *Kunst und Gesellschaft. Eine Rede anlässlich der Verleihung des Kölner Kunstpreises 1968*, in: J. B.: *Gelegenheiten*, S. 268–273
Ders.: *Die Rückkehr der Gewohnheiten. Journalgedichte*, Frankfurt/M. 2021
Ders.: *Vorbemerkungen* zu: J. B.: *Aus der Kölner Bucht. Gedichte* (= *suhrkamp taschenbuch*, Bd. 4155), Frankfurt/M. 2009, S. 7–11
Bender, Hans: *Auf meine Art. Gedichte in vier Zeilen*, München 2011
Ders.: *Bruderherz. Erzählungen*, München 1987
Ders.: *Fragebogen*, in: *Frankfurter Allgemeine Zeitung* vom 16. Dezember 1988 (Magazin)
Ders.: *schwarz auf weiß. Vierzeiler*, Warmbronn 1998
Ders.: *In der Stadt, wo du lebst ... Hans Bender in Köln*, hrsg. Von der Stadtbibliothek Köln, ausgewählt, zusammengestellt und bearbeitet von Gabriele Ewenz (= *lik 01*), Köln 2013
Ders.: *Ausgewählte Werke* (10 Bde.), Bd. 4: *Der Hund von Torcello. 32 Geschichten*, Aachen 2007
Benjamin, Walter: *Das Kunstwerk im Zeitalter seiner technischen Reproduzierbarkeit*, in: W. B.: *Das Kunstwerk im Zeitalter seiner technischen Reproduzierbarkeit. Drei Studien zur Kunstsoziologie* (= *edition suhrkamp*, Bd. 28), Frankfurt/M. [6]1973, S. 7–63
Bertram, Ernst: *Das Nornenbuch*, Leipzig 1925
Beutel, Heike/Anna Barbara Hagin (Hg.): *Irmgard Keun. Zeitzeugen, Bilder und Dokumente erzählen*, Köln 1995
Beyer, Marcel: *Flughunde. Roman*, Frankfurt/M. 1995
Ders.: *Falsches Futter*. Gedichte (= *edition suhrkamp*, Bd. 2005), Frankfurt/M. 1997
Ders.: *Graphit. Gedichte*, Berlin 2014
Ders.: *Das blindgeweinte Jahrhundert. Bild und Ton*, Berlin 2017
Ders.: *Das Menschenfleisch. Roman* (= *suhrkamp taschenbuch*, Bd. 2703), Frankfurt/M. 1997
Ders.: *Muskatblut, Muskatblüt* (= *Zwiesprachen*, Bd. 1), Heidelberg 2016
Biergans, Franz Theodor Matthias: (Hg.): *Brutus oder Der Tyrannenfeind. Eine Zehntagsschrift um Licht und Patriotism zu verbreiten*, Köln 1795/96
Bleier, Ulrike Anna: *Bushaltestelle. Roman*, Viechtach 2018
Dies.: *Spukhafte Fernwirkung. Roman*, Viechtach 2022

Dies.: *Schwimmerbecken*. Roman, Viechtach 2016

Bloch, Ernst: *Das Prinzip Hoffnung* (3 Bde.) (= *suhrkamp taschenbuch wissenschaft*, Bd. 3), Frankfurt/M. 1980

Böll, Heinrich: *Es fällt mir nicht leicht*, Brief vom 10. September 1984 am Erasmus Schöfer, in: Dittrich (Hg.): *Unsichtbar lächelnd träumt er Befreiung*, S. 82–85

Ders.: *Werke. Kölner Ausgabe* (27 Bde.), Köln 2002–2010

Bd. 6: *1952–1953*, hrsg. Von Árpád Bernáth

Bd. 9: *1954–1956*, hrsg. Von James H. Reid

Bd. 11: *Billard um halb zehn*, hrsg. Von Frank Finlay und Markus Schäfer

Bd. 12: *1959–1963*, hrsg. Von Robert C. Conard

Bd. 13: *Ansichten eines Clowns*, hrsg. Von Árpád Bernáth, Hans J. Bernhard und Robert C. Conard

Bd. 14: *1963–1965*, hrsg. Von Jochen Schubert

Bd. 16: *1969–1971*, hrsg. Von James H. Reid

Bd. 18: *1971–1974*, hrsg. Von Viktor Böll und Ralf Schnell

Bd. 20: *1977–1979*, hrsg. Von Ralf Schnell und Jochen Schubert

Bd. 21: *1979–1981*, hrsg. Von Jochen Schubert

Bd. 22: *1979–1983*, hrsg. Von Jochen Schubert

Bd. 23: *1984–1985*, hrsg. Von Hans J. Bernhard und Klaus-Peter Bernhard

Bd. 24: *Interviews I 1953–1975*, hrsg. Von James H. Reid und Ralf Schnell

Bd. 25: *Interviews II 1976–1979*, hrsg. Von Robert C. Conard und Werner Jung

Bönisch, Dana: *Rocktage. Roman* (= *KiWi-Taschenbuch*, Bd. 783), Köln 2003

Dat nuwe boich, hrsg. Von Hermann Cardauns, in: *Die Chroniken der niederrheinischen Städte. Cöln* (3 Bde.), Bd. 1 (= *Die Chroniken der deutschen Städte vom 14. Bis ins 16. Jahrhundert*, Hg. Durch die historische Kommission bei der Bayerischen Akademie der Wissenschaften (36 Bde.), Bd. 12), Göttingen 1968 [unveränderter Nachdruck der Ausgabe Leipzig 1875], S. 272–309

Boisserée, Sulpiz: *Briefwechsel* (2 Bde.), hrsg. Von Mathilde Boisserée, Stuttgart 1862

Bd. 1: *Lebensbeschreibung (Selbstbiographie bis 1808, Tagebuchauszüge, Briefwechsel)*

Bd. 2: *Briefwechsel mit Goethe*

Ders.: *Tagebücher 1808–1854* (5 Bde.), hrsg. Von Hans-J. Weitz, Darmstadt 1978, Bd. 1: *1808–1823*

Bourfeind, Paul: *Der Schrecken von Paris. Schattenbilder aus der Französischen Revolution* (Köln 1921)

Brecht, Bertolt: *Die Gedichte*, hrsg. Von Jan Knopf, Frankfurt/M./Leipzig 2008

Brinkmann, Maleen (Hg.): *Rolf Dieter Brinkmann* (= *Rowohlt Literatur Magazin*, Bd. 36)

Brinkmann, Rolf Dieter: Brief an Hermann Peter Piwitt vom 22. Juli 1972, in: Maleen Brinkmann (Hg.): *Rolf Dieter Brinkmann*, S. 92–101

Ders.: *Briefe an Hartmut 1974–1975. Mit einer fiktiven Antwort von Hartmut Schnell*, Reinbek 1999

Ders: *Erzählungen*, Reinbek 1985

Ders.: *Der Film in Worten. Prosa, Erzählungen, Hörspiele, Fotos, Collagen 1965–1974*, Reinbek 1982

Ders.: *Keiner weiß mehr. Roman* (= *rororo*, Bd. 23934), Reinbek 2005

Ders.: *Rom, Blicke* (= *dnb*, Bd. 225094), Reinbek 1979

Ders.: *Standphotos. Gedichte 1962–1970*, Reinbek 1980

Ders.: *Vanille*, in: *März Texte 1*, Darmstadt 1969, S. 106–144

Ders.: *Vorrede* zu *Auf der Schwelle*, in: *wdr-Hörspielbuch 9* (1971), S. 49

Ders.: *Westwärts 1 & 2. Gedichte. Mit Fotos und Anmerkungen des Autors. Erweiterte Neuausgabe*, Reinbek 2005
Bünger, Traudl: *Lieblingskinder. Roman*, Köln 2012
Burghardt, Max: *»Ich war nicht nur Schauspieler«. Erinnerungen eines Theatermannes*, Berlin/Weimar ³1983
Buslau, Oliver: *Der Vampir von Melaten*, Köln 2009
Buth, Mathias: *Kopfüber nach Deutz. Gedichte*, Krefeld 1989
Celan, Paul: *Briefwechsel mit den rheinischen Freunden Heinrich Böll, Paul Schallück und Rolf Schroers*, hrsg. Und kommentiert von Barbara Wiedemann, Berlin 2011
Ders.: *Die Gedichte. Neue kommentierte Gesamtausgabe*, hrsg. Von Barbara Wiedemann, Berlin 2018
Chotjewitz, Peter O.: *Noch'n Kölsch, bitte! Köln, die vollgekackte Stadt, in: Jürgen Roth/Rayk Wieland (Hg.): Öde Orte. Ausgesuchte Stadtkritiken: von Aachen bis Zwickau (= Reclam-Bibliothek, Bd. 1625), Leipzig 1998, S. 128–132*
Chronica regia Coloniensis (Annales maximi Colonienses), hrsg. Von Georg Waitz, in: *MGH SS rer. Germ. XVIII*, Hannover 1880, S. 1–299
Coleridge, Samuel Taylor: *The Complete Poetical Works* (2 Bde.), hrsg. Von Ernest Hartley Coleridge, London/New York/Toronto 1967, Bd. 1: *Poems*
Die Cronica van der hilliger stat van Coellen, hrsg. Von Severin Corsten, Köln 1972 [Faksimile der Ausgabe Köln 1499]. Kommentarband von Corsten, Hamburg 1982
Das erregte Theo Burauen, in: *Kölner Stadt-Anzeiger* vom 8. November 1968
Deckert, Renatus: *Gespräch mit Jürgen Becker*, in: Becker: *Gelegenheiten*, S. 240–265
Kölsche Deechter un Gedeechte. Ein Lied- und Vortragsbuch in Kölner Mundart (= Beiträge zur kölnischen Geschichte, Sprache, Eigenart, hrsg. Vom Heimatverein Alt-Köln, Bd. 53), Köln 1971
Dietmar, Carl: *Tod des Königs. Ein Krimi aus dem Mittelalter*, Köln 2005
Dirks, Liane: *Die Angst, provinziell zu sein*, in: *Kölner Stadt-Anzeiger* vom 2. August 2005, S. 21
Dies.: *Die liebe Angst. Roman*, Hamburg 1986
Dies.: *Vier Arten meinen Vater zu beerdigen. Roman*, Köln 2002
Domin, Hilde: *Sämtliche Gedichte*, hrsg. Von Nikola Herweg und Melanie Reinhold, Frankfurt/M. 2009
Dies.: *Köln*, in: Wittkämper (Hg.): *Kleine kölsche Anthologie*, S. 24 f.
Dies.: *Gesammelte autobiographische Schriften. Fast ein Lebenslauf (= Fischer-Taschenbuch*, Bd. 14071), Frankfurt/M. 1998
Dorn, Anne: *Nicht daheim, aber gut dran*, in: *Kölner Stadt-Anzeiger* vom 9. August 2005, S. 21
Dies.: *Spiegelungen. Roman*, Berlin 2020
Droste-Hülshoff, Annette von: *Sämtliche Werke* (2 Bde.), hrsg. Von Bodo Plachta und Winfried Woesler, Frankfurt/M. 1994, Bd. 1: *Gedichte*
»Jetzt musst du nicht mehr sterben«. Dieter Wellershoff im Gespräch mit d. Verf., in: *Kölner Stadt-Anzeiger* vom 7. Mai 2015, S. 21
Dumas, Alexandre [d. Ä.]: *Excursions sur les bords du Rhin* (3 Bde.), Paris 1841/42, Bd. 2
Dunkelmännerbriefe. Epistolae obscurum virorum an Magister Ortuin Gratius aus Deventer, hrsg. Von Karl Riha (= *Insel-Taschenbuch*, Bd. 1297), Frankfurt/M. 1991 [der Text folgt der 1904 in Gera erschienenen ersten deutschen Übersetzung von Wilhelm Binder]
Ebrahimi, Nava: *Sechzehn Wörter. Roman*, München 2017

Eichhoff, Johann Peter (Hg.): *Kölnisches Enzyklopedisches Journal*, Köln 1779
Engelmann, Bernt/Günter Wallraff: *Ihr da oben – wir da unten*, Köln 1973
»Sich entscheiden zu müssen, treibt die Entwurzelung voran«. Nava Ebrahimi im Gespräch mit Anne Burgmer, in: *Kölner Stadt-Anzeiger* vom 9. November 2022, Magazin, S. 3
Ernst, Max: *Die Schriften*, hrsg. Von Gabriele Wix, Köln 2022
Ders.: *Kölnisches Literarisches Wochenblatt oder Abhandlungen und Anzeigen aus dem Reiche der Gelehrsamkeit von einer Gesellschaft Literaturfreunden*, Köln 1778
Ertener, Orkun: *Lebt. Roman*, Frankfurt/M. 2014
Faecke, Peter: *Flug ins Leben. Roman*, Zürich 1988
Federer, Yannic Han Biao: *Und alles wie aus Pappmaché. Roman*, Frankfurt/M. 2019
Ders.: *Tao. Roman*, Frankfurt/M. 2022
Fischer, Bettina /Dagmar Fretter (Hg.): *Eigentlich Heimat. Nordrhein-Westfalen literarisch* (= *Schriftenreihe der Kunststiftung NRW. Literatur*, Bd. 3), Düsseldorf 2014
Forster, Georg: *Werke* (4 Bde.), hrsg. Von Gerhard Steiner, Bd. 2: *Schriften zur Naturgeschichte, zur Länder- und Völkerkunde*, Frankfurt/M. 1969
Frambach, Johann Heinrich: *Der Flüchtling. Ein Schauspiel in einem Aufzuge*, Köln 1793
Ders.: *Die Inquisition, ein Traurspiel in 5 Aufzügen*, Köln 1798
Ders.: *Kreuz- und Querzüge, Leben und Heldentod des Ritters Gänsebier. Dramatisch bearbeitet in 4 Handlungen*, Köln 1795
Frangenberg, Helmut (Hg.): *Arsch huh, Zäng ussenander. Gegen Rassismus + Neonazis. Eine Stadt. Eine Bewegung. Ein Aufruf*, Köln 2012
Freiligrath, Ferdinand: *Werke in einem Band*, hrsg. Von Werner Ilberg, Berlin/Weimar 1980
Geltinger, Gunther: *Benzin. Roman*, Frankfurt/M. 2019
Ders.: *Moor. Roman*, Frankfurt/M. 2013
Gericht spricht Brotfabrikanten frei, in: *Süddeutsche Zeitung* vom 6. September 2012, online unter: https://www.sueddeutsche.de/panorama/prozess-nach-wallraff-recherchen-gericht-spricht-brotfabrikanten-frei-1.1460466
Glaser, Brigitte: *Himmel un Ääd. Köln Krimi*, Köln 2012
Goethe, Johann Wolfgang: *Sämtliche Werke, Briefe, Tagebücher und Gespräche. Frankfurter Ausgabe* (40 Bde.), Frankfurt/M. 1986–2013
Bd. 2: *Gedichte 1800–1832*, hrsg. Von Karl Eibl
Bd. 14: *Aus meinem Leben. Dichtung und Wahrheit*, hrsg. Von Klaus-Detlef Müller
Bd. 15/1: *Italienische Reise*, T. 1, hrsg. Von Christoph Michel und Hans-Georg Dewitz
Bd. 20: *Ästhetische Schriften 1816–1820: Über Kunst und Altertum I – II*, hrsg. Von Hendrik Birus
Bd. 34: *Napoleonische Zeit II. 1812–1816*, hrsg. Von Rose Unterberger
Goethes Gespräche. Eine Sammlung zeitgenössischer Berichte aus seinem Umgang (5 Bde.), aufgrund der Ausgabe und des Nachlasses von Flodoard von Biedermann ergänzt und hrsg. Von Wolfgang Herwig, Bd. 2: *1805–1817*, Düsseldorf/Zürich 1969
Goll, Yvan: *Dichtungen. Lyrik, Prosa, Drama*, hrsg. Von Claire Goll, Darmstadt 1960
Gottwald, Christoph: *Tödlicher Klüngel. Drei Köln Krimis*, Köln 2022
Gräf, Dieter M.: *Poesie braucht Plakate*, in: *Kölner Stadt-Anzeiger* vom 21. Juli 2001, S. 37
Ders.: *Rauschstudie: Vater + Sohn. Gedichte* (= *edition suhrkamp*, Bd. 1888), Frankfurt/M. 1994

Gruenwald, Alfred F./Johannes Theodor Baargeld/Jesaias: *Gedichte – Dada-Gedichte – Sprichwörter-Collagen*, in: Vitt: *Bagage de Baargeld*, S. 67–75

»Guckt euch an, wer ihr seid«. Dieter Wellershoff im Gespräch mit d. Verf., in: *Kölner Stadt-Anzeiger* vom 3. November 2005, S. 36

Hagen, Gottfried: *Reimchronik der Stadt Köln*, hrsg. Von Kurt Gärtner, Andrea Rapp und Désirée Welter unter Mitarbeit von Manfred Groten. Historischer Kommentar von Thomas Bohn (= *Publikationen der Gesellschaft für Rheinische Geschichtskunde*, Bd. 74), Düsseldorf 2008

Hagen, Jens: *Nie ankommen. Köln Poem. Text- und Tondokument*, hrsg. Von Dorothee Joachim, Köln 2014

Hahn, Ulla: *Spiel der Zeit. Roman*, München 2014

Hansen, Joseph (Hg.): *Quellen zur Geschichte des Rheinlandes im Zeitalter der französischen Revolution 1780–1801* (= *Publikationen der Gesellschaft für Rheinische Geschichtskunde*, Bd. 42 [4 Bde.]), Bonn 1931–1938

Bd. 1: *1780–1791*

Bd. 2: *1792–1793*

Bd. 3: *1794–1797*

Hasenkopf, Marco: *Eisflut 1784. Historischer Kriminalroman*, Köln 2021

Heidenreich, Elke: *Kolonien der Liebe. Erzählungen*, Reinbek 1992

Dies.: *Der Welt den Rücken. Erzählungen*, München 2001

Heidenreich, Wolfgang: *Selbstauskunft. Ein Werkstattgespräch mit Jürgen Becker*, in: Becker: *Gelegenheiten*, S. 207–239

Heimatverein Köln e. V., online unter: https://heimatverein-koeln.de/wir-uber-uns/satzung/

Heine, Heinrich: *Sämtliche Schriften* (6 Bde., hrsg. Von Klaus Briegleb), Bd. 1, München ²1975

Helminger, Guy: *Etwas fehlt immer. Erzählungen*, Frankfurt/M. 2005

Ders.: *Ich. Und ist da noch wer? Die Biographie als Basis von Literatur. Dritte Poetik-Vorlesung*, in: Parr/Ernst/Conter (Hg.): *Helminger*, S. 55–69

Ders.: *Es lebe der Kindergarten*, in: *Kölner Stadt-Anzeiger* vom 4. August 2005, S. 24

Ders.: *Lärm. Roman*, Mersch 2021

Ders.: *Morgen war schon. Roman*, Frankfurt/M. 2007

Ders.: *Neubrasilien. Roman*, Frankfurt/M. 2010

Ders.: *Rost. Kurzgeschichten*, Echternach 2001 [Wiederveröffentlichung Mersch 2016]

Heringsdorf, Johannes: *Geistliches Psälterlein P. P. Societ. Jesu: in welchem die auserlesensten alten und neuen Kirchen- und Hausgesänge, liebreiche Psalmen Davids, verfasset ist*, Köln 1637

Hilgers, Heribert A. (Hg.): *Der Dom op Kölsch. Gedichte und Erzählungen*, Köln 2002

Ders./Max-Leo Schwering (Hg.): *Kölsche Parodien*, Köln ²1985

Die linken Hoffnungen gehen in den Untergrund. Erasmus Schöfer im Gespräch mit Jürgen Lodemann, in: Dittrich (Hg.): *Unsichtbar lächelnd träumt er Befreiung*, S. 158–167

Hüpsch, Johann Wilhelm Carl Adolph *Freiherr von [eigentlich:* Jean Guillaume Adolphe Fiacre Honvlez]: *Der Niederrheinische Zuschauer. Eine Sammlung Moralischer, Historischer und Dogmatischer Schriften, Rhenopolis [i. e. Köln] 1766*

Ders.: *Die Niederrheinische Zuschauerin. Eine Sammlung von Schriften über das Reich der Sitten*, Rhenopolis [i. e. Köln] 1770

Linksrheinische deutsche Jakobiner. Aufrufe, Reden Protokolle, Briefe und Schriften 1794–1801, hrsg. von Axel

Kuhn (= *Deutsche revolutionäre Demokraten: Darstellung und Dokumentation* (5 Bde.), Bd. 2), Stuttgart 1978

Hugo, Victor: *Le Rhin, lettres à un ami* (= *Œuvres complètes* (45 Bde.), Abt. 4 (2 Bde.), Bd. 1), Paris 1885

Hummelt, Nordert: *Fegefeuer. Gedichte*, München 2016

Ders.: *Pans Stunde. Gedichte*, München 2011

»Ich bin gar nicht so frech«. Charlotte Roche im Gespräch mit Moritz von Uslar und Claudia Voigt, in: *Der Spiegel* vom 25. Februar 2008, online unter: https://www.spiegel.de/spiegel/a-537317.html

Jelinek, Elfriede: *Besuch bei Günter Wallraff*, in: *Weltwoche* vom 13. Mai 2004, online unter: http://elfriede-jelinek.com/andremuller/besuch%20bei%20guenter%20wallraff.htm

Josten, Husch: *Hier sind Drachen. Roman*, Berlin 2017

Dies.: *Das Glück von Frau Pfeiffer. Roman*, Berlin 2012

Dies.: *In Sachen Joseph. Ende einer Freundschaft. Roman*, Berlin 2011

Dies.: *Land sehen*. Roman, Berlin 2018

Kant, Immanuel: *Werkausgabe* (12 Bde.), hrsg. von Wilhelm Weischedel, Frankfurt/M. 1977, Bd. 10: *Kritik der Urteilskraft* (= *suhrkamp taschenbuch wissenschaft*, Bd. 57)

Kermani, Navid: *Vierzig Leben*, Zürich 2004

Ders.: *Grosse Liebe. Roman*, München 2014

Ders.: *Dein Name. Roman*, München 2011

Ders.: *Sozusagen Paris. Roman*, München 2016

Kesten, Hermann: *Ich bin der ich bin. Verse eines Zeitgenossen*, München 1974

Kettenbach, Hans Werner: *Der Feigenblattpflücker. Roman*, Zürich 1992

Ders.: *Kleinstadtaffäre. Roman*, Zürich 2004

Ders.: *Die Konkurrentin*. Roman, Zürich 2002

Ders.: *Davids Rache. Roman*, Zürich 1994

Keun, Irmgard: *Das Werk* (3 Bde.), hrsg. von Heinrich Detering und Beate Kennedy, Göttingen 2017

Bd. 1: *Weimarer Republik. 1931–1933*

Bd. 2: *NS-Deutschland und Exil. 1933–1940*

Bd. 3: *Nachkriegszeit und Bundesrepublik. 1946–1962*

Kiesgen, Laurenz: *Vum ale Köln. Lebensweg und Lebenswerk. Gedeechte und Verzällche. Unter den Domtürmen – Erinnerungen* (= *Beiträge zur kölnischen Geschichte, Sprache, Eigenart*, hrsg. vom Heimatverein Alt-Köln e. V., Bd. 52), Köln 1970

»Die Kindheit rückt näher«. Jürgen Becker im Gespräch mit Martin Oehlen, in: *Kölner Stadt-Anzeiger* vom 7. Juli 2012, S. 30

Klar, Heribert: *Däm Alldag en de Kaat* gespingks, Gedeechte, Leedcher, Verzällcher, Köln 1978

Klersch, Joseph /Ernst Mömkes: *Kölnisches Glockenspiel. Vortrags- und Lesebuch in kölnischer Mundart*, Köln [2]1968

Kling, Thomas: *Die gebrannte Performance. Lesungen und Gespräche. Ein Hörbuch*, hrsg. von *Ulrike Janssen* und *Norbert Wehr* (= *Schriftenreihe der Kunststiftung NRW Literatur*, Bd. 5), Düsseldorf 2015 (4 CDs, 250 Minuten)

Ders.: *Werke in vier Bänden*, hrsg. von Marcel Beyer in Zusammenarbeit mit Frieder von Ammon, Peer Trilcke und Gabriele Wix, Berlin 2020

Bd. 2: *Gedichte 1992–1999*, mit einem Nachwort von Peer Trilcke

Bd. 4: *Essays. 1974–2005*, mit einem Nachwort von Frieder von Ammon

Knipp, Hans: *Lange Samstag in d'r City*, online unter: https://www.blaeckfoeoess.de/page-23/page-55/index.html

Ders./Tommy Engel/Erry Stoklosa: *Mer loße d'r Dom in Kölle*, online unter: https://www.blaeckfoeoess.de/page-23/page-59/index.html

Koch, Roland E.: *Eine Akademie als neue Chance*, in: *Kölner Stadt-Anzeiger* vom 6. August 2005, S. 31

Ders.: *Deutsche Gegenwart*, in: *Kölner Stadt-Anzeiger* vom 3. November 2000, S. 8

Ders.: *Das braune Mädchen. Roman*, Köln 1998

Ders.: *Helle Nächte. Erzählungen*, Köln 1995

Koch, Werner: *See-Leben I* (= *suhrkamp taschenbuch*, Bd. 132), Frankfurt/M. 1973

Ders: *Wechsel-Jahre oder See-Leben II* (= *suhrkamp taschenbuch*, Bd. 412), Frankfurt/M. 1977

»Köln ist Geborgenheit für die Seele«. Hanns-Josef Ortheil im Gespräch mit Joachim Frank, in: *Kölner Stadt-Anzeiger* vom 17. August 2017, S. 20

Konradi, Doris: *Frauen und Söhne. Roman*, Köln 2007

Dies.: *Aber die Insel. Roman*, Coesfeld 2022

Dies.: *Fehlt denn jemand. Roman*, Köln 2005

Kreuser, Johann Peter Balthasar: *Dichtungen*, Köln 1824

Kritschil, Detlef: *Demokratie muss schließlich sein*, in: *Kölnische Rundschau* vom 7. Dezember 1969

Kühn, Dieter: *Beethoven und der schwarze Geiger. Roman*, Frankfurt/M. 1990

Ders.: *Op der Parkbank*, Köln 1976

Ders.: *Der König von Grönland. Ein Künstlerroman*, Frankfurt/M. 1997

Ders.: *Clara Schumann, Klavier. Ein Lebensbuch*, Frankfurt/M. 1996

Ders.: *Ich Wolkenstein. Eine Biographie.* Neue, erweiterte Ausgabe (= *Insel-Taschenbuch*, Bd. 497), Frankfurt/M. 1988

Kulbach-Fricke, Karina: *Der Kaufmann von Köln. Historischer Roman*, Köln 2002

Dies.: *Der Münzmeister von Köln. Historischer Roman*, Köln 2004

Dies.: *Die Tuchhändlerin von Köln. Roman* (= *Goldmann-Taschenbücher*, Bd. 47179), München 2009

Kutscher, Volker: *Der nasse Fisch. Gereon Raths erster Fall* (= *KiWi*-Taschenbuch, Bd. 1059), Köln 2008

Langgässer, Elisabeth: *Gesammelte Werke* (5 Bde.), Hamburg 1959, Bd. 3: *Gedichte*

Literarisches Leben in Köln. Christoph Gottwald im Gespräch mit Hans Bender, in: Jupp Emons/Thomas Maier (Hg.): *Köln zwischen Himmel un Ääd 2*, Köln 1987, S. 181–186

»Meine Liebeserklärung an Köln«. Susanne Abel im Gespräch mit Sarah Brasack, in: *Kölner Stadt-Anzeiger* vom 3. Oktober 2022, S. 20

Lindenborn, Heinrich: *Der die Welt beleuchtende Diogenes. Die Fehler und Thorheiten der Menschen in Biblisch-Historisch-Poetisch- und Sittlichen Lustig- und ernsthaften Sin- und Traum-Bildern etc. darstellend* (2 Bde.), Köln 1742

Ders.: *Des Diogenes seltsame Erscheinungen in dem Reiche der Narren*, Köln 1743

Lohmeyer, Wolfgang: *Die Hexe. Roman*, München 1976

Ders.: *Der Hexenanwalt. Roman*, München 1979

Ders.: *Das Kölner Tribunal. Roman*, München 1981

Mann, Thomas: *Königliche Hoheit. Roman*, Frankfurt/M. 1986

Marx, Karl/Friedrich Engels: *Werke* (44 Bde.), Bd. 21: *Mai 1883 – Dezember 1889*, Berlin (Ost) 1962

Masen, Jacob: *Ars nova argutiarum*, Köln 1649
Ders.: *Palaestra eloquentiae ligatae* (3 Bde.), Köln 1654
Ders.: *Palaestra oratoria.* Köln 1659
Ders.: *Speculum imaginum veritatis occultae.* Köln [3]1681
Mayer, Hans: *Abend der Vernunft. Reden und Vorträge 1985–1990*, Frankfurt/M. 1990
Ders.: *Aufklärung heute. Reden und Vorträge 1978–1984*, Frankfurt/M.1985
Ders.: *Ein Deutscher auf Widerruf. Erinnerungen* (2 Bde.), Frankfurt/M. 1982/1984
Ders.: *Gelebte Musik. Erinnerungen*, Frankfurt/M. 1999
Ders.: *Stadtansichten. Berlin. Köln, Leipzig, München, Zürich*, Frankfurt/M. 1989
Ders.: *Der Widerruf. Über Deutsche und Juden*, Frankfurt/M. 1994
Mechtel, Angelika: *Die Prinzipalin. Roman*, München 1994
Mielke, Thomas R. P.: *Colonia. Roman einer Stadt*, Bergisch Gladbach 2003; überarbeitete Neuausgabe Köln 2008
mm: *Bühne für die Kölner Szene*, in: *Kölner Stadt-Anzeiger* vom 19. April 2013, S. 21
Ubiens Musentafel oder Kölnisches Taschenbuch auf das VII Jahr der Republik 1799 des übrigen Europa, Köln 1798
Nakatenus, Wilhelm: *Himlisch Palm-Gärtlein zur beständigen Andacht und Geistlichen Ubungen*, Köln 1664
Volker Neuhaus (Hrsg.): *Briefe an Hans Bender*, München 1984
Neven Du Mont, Reinhold: *Mit Büchern und Autoren. Mein Leben als Verleger*, Köln 2016
Ders.: *Alexandra Minderop. Roman*, Weilerswist-Metternich 2023
Ortheil, Hanns-Josef: *Die Erfindung des Lebens. Roman*, München 2005
Ders.: *Lo und Lu. Roman*, München 2001
Ders.: *Die geheimen Stunden der Nacht. Roman*, München 2005
Ders.: *Der Typ ist da. Roman*, Köln 2017
Niedecken, Wolfgang: *Verdamp lang her. Die Stories hinter den BAP-Songs – eine Art Fortsetzungsroman. Aufgezeichnet von Teddy Hoersch* (= *KiWi-Taschenbuch*, Bd. 524), Köln 1999
Ostermann, Willi: *Ein Leben für den Frohgesang am Rhein. Gesamtausgabe.* Textgestaltung: Thomas Liessem, Köln 1958
Petrarca, Francesco: *Familiaria. Bücher der Vertraulichkeiten* (2 Bde.), hrsg. von Berthe Widmer, Bd. 1, Berlin 2005
Piwitt, Hermann Peter: *»Rauschhafte Augenblicke«. Über Rolf Dieter Brinkmann: »Rom, Blicke«*, in: *Der Spiegel* Nr. 38, 1979, S. 252
Raabe, Melanie: *Die Falle. Roman*, München 2015
Dies.: *Die Kunst des Verschwindens. Roman*, München 2022
Räderscheidt, Wilhelm: *Puppenspiele, besonders für das Kölner Hänneschen-Theater*, Köln 1920
Roche, Charlotte: *Feuchtgebiete*, Köln 2008
Röhrig, Tilman: *Die Ballade vom Fetzer. Ein historischer Roman*, Bergisch Gladbach 2005
Ders.: *Die Könige von Köln. Historischer Roman*, München 2014
Ders.: *Der Sonnenfürst. Historischer Roman*, München 2011
Rudolf von Ems: *Der guote Gerhart. Mittelhochdeutsch/Neuhochdeutsch*, hrsg., übersetzt, kommentiert und

mit einem Nachwort versehen von Norbert Kössinger und Katharina Philipowski (= *Reclams Universal-bibliothek*, Bd. 19589), Stuttgart 2022

Rühm, Gerhard: *Die Winterreise dahinterweise: Neue Gedichte und Fotomontagen zu Franz Schuberts Liederzyklus*, Klagenfurt 1991, S. 99

Schätzing, Frank: *Mordshunger. Köln Krimi*, Köln 1996

Ders.: *Der Schwarm. Roman*, Köln 2004

Ders.: *Tod und Teufel. Ein Krimi aus dem Mittelalter*, Köln 1995

Schallück, Paul: *Die falschen Avantgardisten*, in: P. S.: *Zum Beispiel. Essays* (= *Sammlung res novae. Veröffentlichungen zu Politik, Wirtschaft, Soziologie und Geschichte*, Bd. 14), Frankfurt/M. 1962, S. 74–78

Ders.: *»Ich verteidige nicht den Film, sondern das Recht der Filmleute«*, in: *Kölner Stadt-Anzeiger* vom 20. November 1968, S. 8

Ders.: *Nachruf zu Lebzeiten*, in: Karl Heinz Kramberg (Hg.): *Vorletzte Worte. Schriftsteller schreiben ihren eigenen Nachruf*, Frankfurt/M. 1970, S. 228–235

Ders.: *Don Quichotte in Köln. Roman*, Frankfurt/M. 1967

Ders.: *Engelbert Reineke. Roman* (= *Fischer-Bücherei*, Bd. 275), Frankfurt/M. 1959

Scharpenberg, Margot: *Domgespräch. 25 Gedichte zum Kölner Dom. Mit Sachkommentaren von Arnold Wolff und einem Vorwort von Herbert Rode*, Duisburg 1980

Dies.: *Fundort Köln. 25 Gedichte. Angeregt durch das Römisch-Germanische Museum in Köln. Mit Sachkommentaren von Walter Meier-Arendt und einem Vorwort von Hugo Borger*, Duisburg 1979

Schier, Petra: *Mord im Dirnenhaus. Historischer Roman* (= *rororo*, Bd. 24329), Reinbek 2007

Schiffner, Sabine: *besteck im kopf. Gedichte* (= *Edition Kölner Texte*, hrsg. von Norbert Hummelt und Ekkehard Skoruppa, Bd. 3), Köln 1994

Dies.: *Kindbettfieber. Roman*, Frankfurt/M. 2005

Dies.: *Nachtigallentage. Roman*, Berlin 2023

Dies.: *wundern. Gedichte*, Berlin 2022

Schiller, Friedrich: *Sämtliche Werke* (5 Bde.), hrsg. von Gerhard Fricke und Herbert G. Göpfert, München [6]1980, Bd. 5: *Erzählungen. Theoretische Schriften*

Schimmang, Jochen: *Adorno wohnt nicht mehr hier. Erzählungen*, Hamburg 2019

Ders.: *Die Geistesgegenwart. Roman*, Frankfurt/M. 1990

Ders.: *Vertrautes Gelände, besetzte Stadt*, Frankfurt/M. 1998

Ders. (Hg.): *Köln, Blicke. Ein Lesebuch*, Köln 1998

Ders.: *Königswege*, Frankfurt/M. 1995

Ders: *Der schöne Vogel Phönix. Roman* (Neuausgabe Hamburg 2013)

Ders.: *Auf Wiedersehen, Dr. Winter. Erzählungen*, Köln 2005

Schlegel, Friedrich: *Kritische Friedrich-Schlegel-Ausgabe* (35 Bde. geplant), begründet von Ernst Behler, Paderborn 1958 ff.

Bd. 4: *Ansichten und Ideen von der christlichen Kunst*, hrsg. von Hans Eichner

Bd. 5: *Dichtungen*, hrsg. von Ernst Behler

Bd. 15/2: *Über Deutsche Sprache und Literatur*, hrsg. von Hans Dierkes 2006

Bd. 26/1/1: *Friedrich und Dorothea Schlegel: Pariser und Kölner Lebensjahre I: Juni 1802 – Dezember 1805*. Text, hrsg. von Hans Dierkes

Bd. 26/2/1: *Friedrich und Dorothea Schlegel: Kölner Lebensjahre II: Januar 1806 – Juni 1808*. Text, hrsg. von Barbara Otto

Schneider, Bastian: *Das Loch in der Innentasche meines Mantels. Roman*, Wien 2022

Schneider-Clauß, Wilhelm: *Gesamtausgabe der Werke in kölnischer Mundart* (bislang 7 Bde.), hrsg. vom Heimatverein Alt-Köln, Köln 1967 ff.

Bd. 1: *Us unse Lotterbovejohre* (= *Beiträge zur kölnischen Geschichte, Sprache, Eigenart*, Bd. 47)

Bd. 5: *Alaaf Kölle! En Schelderei us großer Zick* (= *Beiträge*, Bd. 62)

Bd. 6: *Kölnisches Vortragsbuch* (= *Beiträge*, Bd. 66)

Ders.: *Heimgefunge! Ein kölnisches Volksschauspiel in vier Akten*, Köln ²1913

Schöfer, Erasmus: *Die Kinder des Sisyfos. Romantetralogie*, Berlin 2008

Bd. 1: *Ein Frühling irrer Hoffnung*

Bd. 4: *Zwielicht*

Schopenhauer, Johanna: *Ausflug an den Niederrhein und nach Belgien im Jahr 1828* (2 Bde.), Leipzig 1830/31, T. 1

Dies.: *Der Bettler von Sankt. Columba*, zuerst in: *Penelope. Taschenbuch für das Jahr 1832* (Jg. 21), hrsg. von Theodor Hell, Leipzig 1832, S. 211–273

Schütt, Peter: *Schlagt die blaue Blume tot*, in: *Die Welt* vom 13. Mai 2000, online unter: https://www.welt.de/print-welt/article543729/Schlagt-die-blaue-Blume-tot.html

Eine Sehnsucht nach Gemeinsamkeit. Köln besingt sich selbst und ist sich oft auch selbst genug. Kafi Biermann und Bömmel Lückerath im Gespräch mit Helmut Frangenberg, in: Frangenberg (Hg.): *Arsch huh, Zäng ussenander*, S. 129–136

Spee von Langenfeld, Friedrich: *Sämtliche Schriften. Historisch-kritische Ausgabe* (4 Bde.), hrsg. von Theo G. M. van Oorschot), Tübingen/Basel ²2005

Bd. 1: *Trutz-Nachtigall*

Bd. 2: *Güldenes Tugend-Buch*

Bd. 3: *Cautio criminalis*

Spender, Stephen: *European Witness*, London 1946

Steidele, Angela: *Geschichte einer Liebe: Adele Schopenhauer und Sibylle Mertens*, Frankfurt/M. 2010

Dies.: *In Männerkleidern. Das verwegene Leben der Catharina Margaretha Linck alias Anastasius Lagrantinus Rosenstengel, hingerichtet 1721. Biographie und Dokumentation*, Köln 2004

Dies.: *Rosenstengel. Ein Manuskript aus dem Umfeld Ludwigs II.*, Berlin 2015

»... wie die Steine am Rhein«. Über Geborgenheit, Heimat und Sprache. Ulla Hahn, ausgewählt, zusammengestellt und bearbeitet von Gabriele Ewenz (= *lik 06*), Köln 2021

Steinert, Hajo: *Blumenspiel. Roman*, München 2019

Ders.: *Lasst doch die Kirche im Dorf!*, in: *Kölner Stadt-Anzeiger* vom 11. August 2005, S. 23

Stoklosa, Erry/Tommy Engel/Hartmut Priess: *En unserem Veedel*, online unter: https://www.blaeckfoeoess.de/page-23/page-41/index.html

Tagtraum von den Heinzelmännchen. Jochen Schimmang im Gespräch mit Martin Oehlen, in: *Kölner Stadt-Anzeiger* vom 15. August 1998, S. 37

Taschenbuch für Freunde altdeutscher Zeit und Kunst auf das Jahr 1816, Köln 1815

Thackeray, William Makepeace: *The Letters and Private Papers* (4 Bde.), hrsg. von Gordon N. Ray, Cambridge/Mass. 2014, Bd. 1: *1817–1840*

Ulenberg, Caspar: *Die Psalmen Davids in allerlei Teutsche gesangreimen bracht*, Köln 1582
Vila-Matas, Enrique: *Bastian Schneider. Ein Intertextueller ergreift das Wort am Rand der letzten Klippe*, in: *Lettre International*, Bd. 118 (Herbst 2017), S. 35–39
»Es gibt Vorurteile gegenüber der Bestsellerliste«. Mariana Leky im Gespräch mit Anne Burgmer, in: *Kölner Stadt-Anzeiger* vom 16. Dezember 2019, S. 22
Ulrich Wackerhagen im Gespräch mit Bettina Fischer in: *literaturhaus köln. Zeitung zum 25. Jubiläum des Literaturhauses Köln 1996–2021*, hrsg. vom Literaturhaus Köln, Köln 2021, S. 4
Wallraf, Ferdinand Franz: *Das berühmte Gemälde der Stadtpatronen Kölns, ein Werk altdeutscher kölnischer Kunst von 1410, in der hohen Domkirche daselbst*, in: *Taschenbuch auf das Jahr 1816*, S. 349–389
Wallraff, Günter: Vom Ende der Eiszeit und wie man Feuer macht. Aufsätze, Kritiken, Reden (= *KiWi-Taschenbuch*, Bd. 142), Köln 1987
Ders.: *Ganz unten. Beschreibung des Schicksals von illegal eingeschleusten Arbeitern*, Köln 1985
Ders.: *13 unerwünschte Reportagen. Die aufsehenerregenden Berichte aus dem nichtöffentlichen Deutschland*, Köln 1969
Ders.: *Vorzüge und Nachteile eines »Ideal-Berufes«*, in: *Vom Ende der Eiszeit*, S. 9–11
Walser, Martin: *Über die Neueste Stimmung im Westen*, in: *Kursbuch* 20 (März 1970), S. 19–41
Weerth, Georg: *Vergessene Texte. Werkauswahl* (2 Bde.), hrsg. von Jürgen-W. Goette/Jost Hermand/Rolf Schloesser, Köln 1975–1976
Weidner, Stefan: *Gegen Wehleidigkeit und Selbstzufriedenheit*, in: *Kölner Stadt-Anzeiger* vom 3. August 2005, S. 21
Wellershoff, Dieter: *Der riskante Beruf des Schriftstellers*, in: *Kölner Stadt-Anzeiger* vom 13. August 2005, S. 34
Des.: *Werke* (9 Bde.), hrsg. von Keith Bullivant und Manfred Durzak, Köln 1996–2011
Bd. 1: *Romane*
Bd. 2: *Romane, Novellen, Erzählungen*
Bd. 3: *Autobiografische Schriften*
Bd. 4: *Essays, Aufsätze, Marginalien*
Bd. 5: *Vorlesungen, Gespräche*
Bd. 6: *Hörspiele, Drehbücher, Gedichte*
Bd. 7: *Romane, Erzählungen*
Bd. 8: *Essays, Reden, Gespräche*
Der Werkkreis Literatur der Arbeitswelt. Erasmus Schöfer im Gespräch mit Günter Wallraff, in: Dittrich (Hg.): *Unsichtbar lächelnd träumt er Befreiung*, S. 170–189
Werner, Zacharias: *Sämmtliche Werke* (13 Bde.), hrsg. von seinen Freunden, Bd. 1: *Gedichte bis zum Jahre 1810*, Grimma 1842
Weyden, Ernst: *Köln am Rhein vor fünfzig Jahren. Sitten-Bilder nebst historischen Andeutungen und sprachlichen Erklärungen*, Köln 1862
Willmes, Peter Ludwig: *Gedanken und Betrachtungen auf der Wanderung von Köln am Rheine nach Göttingen*, Göttingen 1817
Winckler, Josef: *Eiserne Sonette*, Leipzig 1914
Ders.: *Gesammelte Werke* (8 Bde. geplant), Emsdetten 1984 ff.
Bd. 2: *Der tolle Blomberg*, hrsg. von Hans Günther Auch

Bd. 3: *Im Teufelssessel. Die goldene Kiepe*, hrsg. von Hans Günther Auch
Bd. 5: *Pumpernickel. Menschen und Geschichten um Haus Nyland*, hrsg. von Hans Günther Auch
Josef-Winckler-Lesebuch, zusammengestellt und mit einem Nachwort versehen von Ralf Drost (= *Nylands Kleine Westfälische Bibliothek*, Bd. 4)
Eine unbekannte Wirklichkeit. Erasmus Schöfer im Gespräch mit Arnold Schölzel, in: Dittrich: *Unsichtbar lächelnd träumt er Befreiung*, S. 198–204
Wordsworth, William: *The Poetical Works* (7 Bde.), Boston 1854, Bd. 3
Wrede, Adam: *Neuer kölnischer Sprachschatz* (3 Bde.), Köln [11]1993

Forschung und Publizistik

Akademie für uns kölsche Sproch, unter: https://www.sk-kultur.de/inhalte/themen/akademie-foer-uns-koelsche-sproch
Amann, Wilhelm: *Zum Realismus in »Etwas fehlt« und »Morgen war schon«*, in: Parr/Ernst/Conter (Hg.): *Helminger*, S. 91–101
Ammon, Frieder von: *»Muskatplüts Hofton ist hier unbekannt.« Marcel Beyer, das Mittelalter und die Germanistik*, in: Klein (Hg.): *Marcel Beyer*, S. 49–62
Ders./Peer Trilcke/Alena Scharfschwert (Hg.): *Das Gellen der Tinte. Zum Werk Thomas Klings* (= *Deutschsprachige Gegenwartsliteratur und Medien*, Bd. 9), Göttingen 2012
Ders./Rüdiger Zymner (Hg.): *Gedichte von Thomas Kling. Interpretationen*, Paderborn 2019
Historisches Archiv der Stadt Köln (Hg.): *Freier Eintritt – Freie Fragen – Freie Antworten. Die Kölner Mittwochgespräche 1950–1956*, Köln 1991
Arens, Anton: *Friedrich Spee und die ›Jesuitinnen‹ von Köln. Zur Entstehungsgeschichte des Güldenen Tugend-Buches*, in: Karl Hillenbrand/Medard Kehl (Hg.): *Du führst mich hinaus ins Weite. Freundesgabe Georg Mühlenbrock*, Würzburg 1990, S. 405–436
Aust, Stefan: *Der Baader-Meinhof-Komplex*, Hamburg 2005
Das Kölner Autoren-Lexikon 1750–2000 (2 Bde.), nach Vorarbeiten von Gertrud Wegener und unter Mitwirkung von Heribert A. Hilgers bearbeitet von Enno Stahl, Köln 2000–2002
Bd. 1: *1750–1900* (= *Mitteilungen aus dem Stadtarchiv von Köln*, hrsg. von Everhard Kleinertz, 88. Heft)
Bd. 2: *1900–2000* (= *Mitteilungen aus dem Stadtarchiv von Köln*, hrsg. von Everhard Kleinertz, 89. Heft)
Ayçoberry, Pierre: *Köln zwischen Napoleon und Bismarck. Das Wachstum einer rheinischen Stadt* (= *Kölner Schriften zur Geschichte und Kultur*, Bd. 20), Köln 1996
Balet, Leo/E. Gerhard [Eberhard Rebling]: Die *Verbürgerlichung der deutschen Literatur, Kunst und Musik im 18. Jahrhundert*, hrsg. und eingeleitet von Gert Mattenklott (= *Ullstein-Buch*, Bd. 2995), Berlin 1973
Balzer, Bernd: *Das literarische Werk Henrich Bölls. Einführung und Kommentare* (= *dtv-Taschenbuch*, Bd. 30650), München 1997, S. 248–269
Bartsch, Kurt/Stefan Schwar (Hg.): *Gerhard Rühm* (= Dossier 15), Graz 1999
Bauer, Barbara: *Jesuitische ›ars rhetorica‹ im Zeitalter der Glaubenskämpfe* (= *Mikrokosmos. Beiträge zur Literaturwissenschaft und Bedeutungsforschung*, Bd. 18), Frankfurt/M./Bern/New York 1986, S. 319–545
Dies.: *Masen, Jacob*, in: *Neue Deutsche Biographie* (28 Bde.), hrsg. von der Historischen Kommission bei der Bayerischen Akademie der Wissenschaften, Band 16, Berlin 1990, S. 353 f.

Bauer, Matthias: *Wissensgeschichte I: Sprachkritik*, in: *Brinkmann-Handbuch*, S. 50–54

Beckers, Hartmut: *Hagen, Gottfried*, in: *Verfasserlexikon*, Bd. 3, Sp. 384–387

Ders.: *›Koelhoffsche Chronik‹*, in: *Verfasserlexikon*, Bd. 5, Sp. 7–10

Beckmann, Karl: *Heinrich Lindenborn, der Kölnische Diogenes. Zu seinem 250. Geburtstag am 26. Juli 1956*, in: *Jahrbuch des Kölnischen Geschichtsvereins* 31/32 (1956/57), S. 280–286

Bergerhausen, Hans Wolfgang: *Köln in einem eisernen Zeitalter. 1610–1668* (= *Geschichte der Stadt Köln* (13 Bde.), hrsg. von Werner Eck, Bd. 6), Köln 2010

Bella, Roberto di: *Break on Through [to the other side]. Rolf Dieter Brinkmanns Kölner Erkundungen zwischen Pop, Provokation und neuer Sensibilität*, in: Keim/Lewejohann (Hg.): *Köln 68!*, S. 331–341

Bender, Hans: *Anmerkungen zu Georg Weerths »Schnapphahnski«*, in: Georg Weerth: *Texte*, Bd. 2, S. 123–134

Bernt, Günter: *Archipoeta*, in: *Verfasserlexikon*, Bd. 1, Sp. 423–430

Bestseller des Jahres: Fazit »Feuchtgebiete«, online unter: https://www.diepresse.com/440649/bestseller-des-jahres-fazit-feuchtgebiete

Bießmann, Gudrun: *Werner Koch – ein Literat im Fernsehen*, in: Jörg Hucklenbroich/Reinhold Viehoff (Hg.): *Schriftsteller und Rundfunk* (= *Jahrbuch Medien und Geschichte* 2002), Konstanz 2002, S. 183–212

Blamberger, Günter: *Ansichten eines Clowns*, in: Werner Bellmann: *Heinrich Böll. Romane und Erzählungen. Interpretationen* (= *Reclams Universalbibliothek, Bd.* 17514), Stuttgart 2000, S. 200–221

Bohrer, Karl Heinz: *Plötzlichkeit. Zum Augenblick des ästhetischen Scheins* (= *edition suhrkamp*, Bd. 1058), Frankfurt/M. 1981

Böll, Victor (Hg.): *Heinrich Böll und Köln. Mit einer Wanderung durch Heinrich Bölls Köln von Martin Stankowski* (= *KiWi-Taschenbuch*, Bd. 336), Köln 1994

Boge, Birgit: *Clemens August und seine Zeit im Spiegel der Zeitschriften des Kölner Satirikers Heinrich Lindeborn*, in: Mölich/Schwerhoff: *Köln als Kommunikationszentrum*, S. 211–226

Bovenschen, Silvia: *Die imaginierte Weiblichkeit. Exemplarische Untersuchungen zu kulturgeschichtlichen und literarischen Präsentationsformen des Weiblichen* (= *edition suhrkamp*, Bd. 921), Frankfurt/M. 1979

Boyle, Nicholas: *Goethe* (3 Bde., bislang zwei erschienen), Bd. 1: *1749–1790*, München 1995

Braun, Michael: *›Fahrt über die Kölner Rheinbrücke bei Nacht‹ von Ernst Stadler. ›Aufbruch‹ und ›Untergang‹*, in: Walter Wittkämper (Hg.): *Kleine Kölsche Anthologie*, S. 62–68

Ders.: *Wittgenstein im Roman. Wahrheit und Freiheit im Erzählen von Husch Josten, Literaturpreisträgerin der Konrad-Adenauer-Stiftung 2019*, in: https://www.kas.de/de/web/die-politische-meinung/artikel/detail/-/content/wittgenstein-im-roman

Breuer, Norbert: *Geschichtsbild und politische Vorstellungswelt in der Kölner Königschronik sowie der »Chronica S. Pantaleonis«*, Düsseldorf 1966

Brincken, Anna-Dorothee von den: dies.: *Geschichtsschreibung*, in: Ursula Liebertz-Grün (Hg.): *Aus der Mündlichkeit in die Schriftlichkeit. Höfische und andere Literatur 750–1320* (= *Deutsche Literatur. Eine Sozialgeschichte* (10 Bde.), hrsg. von Horst Albert Glaser, Bd. 1 [= *rororo*, Bd. 6250]), Reinbek 1988, S. 304–313

Dies.: *Der universalhistorische Rahmen der ›Koelhoffschen Chronik‹ und die bis 1499 im Druck zugängliche Chronistik*, in: Mölich/Neddermeyer/Schmitz (Hg.): *Spätmittelalterliche städtische Geschichtsschreibung*, S. 79–89

Rolf Dieter Brinkmann (= *Text + Kritik*, hrsg. von Heinz Ludwig Arnold, H. 71), München 1981

Brunn, Gerhard: *Franzosen in Köln. Ein Überblick*, in: *Geschichte in Köln* 26 (1989), S. 19–41

Brylla, Wolfgang/Maike Schmidt (Hg.): *Der Regionalkrimi. Ausdifferenzierungen und Entwicklungstendenzen* (= *Andersheit – Fremdheit – Ungleichheit. Erfahrungen von Disparatheit in der deutschsprachigen Literatur*, Bd. 9), Göttingen 2022

Buck, Nikolas: *Im Dschungel von Spree-Chicago. Zur handlungskonstitutiven Bedeutung des Raums in Volker Kutschers historischem Berlin-Krimi »Der nasse Fisch«*, in: Brylla/Schmidt (Hg.): *Der Regionalkrimi*, S. 317–344

Bürger, Christa: *Einleitung: Die Dichotomie von hoher und niederer Literatur. Eine Problemskizze*, in: Bürger/Bürger/Schulte-Sasse (Hg.): *Zur Dichotomisierung*, S. 9–39

Dies./Peter Bürger/Joachim Schulte-Sasse (Hg.): *Zur Dichotomisierung von hoher und niederer Literatur* (= *edition suhrkamp*, Bd. 1089), Frankfurt/M. 1982

Bürger, Peter: *Theorie der Avantgarde* (= *edition suhrkamp*, Bd. 727), Frankfurt/M. 1984

Bürkle, Susanne: *Erzählen vom Ursprung: Mythos und kollektives Gedächtnis im Annolied*, in: Udo Friedrich/Bruno Quast (Hg.): *Präsenz des Mythos. Konfigurationen einer Denkform in Mittelalter und Früher Neuzeit* (= *Trends in Medieval Philology*, Bd. 2), Berlin/New York 2004

Büttner, Wolfgang: *Georg Weerth – Feuilletonchef der »Neuen Rheinischen Zeitung«*, in: Michael Vogt (Hg.): *Georg Weerth (1822–1856). Referate des I. Internationalen Georg-Weerth-Colloquiums*, Bielefeld 1993, S. 129–147

Bumke, Joachim: *Geschichte der deutschen Literatur im hohen Mittelalter* (= *dtv-Taschenbuch*, Bd. 4552), München 1990

Ders.: *Mäzene im Mittelalter. Die Gönner und Auftraggeber der höfischen Literatur in Deutschland 1150–1300*, München 1979

Buschinger, Danielle: *Die ›Cronica van der hilliger stat van Coellen‹ oder Koelhoffsche Chronik‹* in: Claudia Wich-Reif (Hg.): *Strukturen und Funktionen in Gegenwart und Geschichte. Festschrift Franz Simmler*, Berlin 2007, S. 465–486

Burger, Harald: *Jacob Masen, Rusticus Imperans. Kritische Edition*, in: *Literaturwissenschaftliches Jahrbuch* N. F., Bd. 10 (1969), S. 53–94

Burkard, Thorsten: *Moralisierender jesuitischer Klassizismus. Jacob Masens ›Palaestra eloquentiae ligatae‹*, in: Beate Hinzten/Roswitha Simons (Hg.): *Norm und Poesie. Zur expliziten und impliziten Poetik in der lateinischen Literatur der Frühen Neuzeit* (= *Frühe Neuzeit*, Bd. 178), Berlin 2013, S. 81–110

Burtscheidt, Andreas: *Paul Schallück. Schriftsteller und Publizist (1922–1976)*, in: https://www.rheinische-geschichte.lvr.de/Persoenlichkeiten/paul-schallueck-/DE-2086/lido/5e1ddb5614cdf0.48124298

Cardauns, Hermann: *Einleitung* zu *Die Cronica van der hilliger stat van Coellen*, hrsg. von H. C. (= *Die Chroniken der niederrheinischen Städte. Cöln* (3 Bde.), Bd. 2 (= *Die Chroniken der deutschen Städte vom 14. bis ins 16. Jahrhundert*, hrsg. durch die historische Kommission bei der Bayerischen Akademie der Wissenschaften [36 Bde.], Bd. 13), Göttingen 1968 [unveränderter Nachdruck der Ausgabe Leipzig 1876], S. 211–252

Cepl-Kaufmann, Gertrude: *»Es summt der Dynamo…«. Josef Wincklers ›Eiserne Sonette‹ im Kontext des Expressionismus*, in: *Das Doppelgesicht der Großstadt. Carlo Mense, Josef Winckler und die Werkleute auf Haus Nyland*, Steinfurt 2002, S. 112–123

Chaix, Gérald: *Köln im Zeitalter von Reformation und katholischer Reform. 1512/13–1610* (= *Geschichte der Stadt Köln* (13 Bde.), hrsg. von Werner Eck, Bd. 5), Köln 2021

Conrady, Karl Otto: *Völkisch-nationale Germanistik in Köln. Eine unfestliche Erinnerung*, Schernfeld 1990

Ders.: *Goethe. Leben und Werk* (2 Bde.), Bd. 1: *Hälfte des Lebens*, Königstein/TS. 1982

Cramer, Thomas: *Geschichte der deutschen Literatur im späten Mittelalter* (= *dtv-Taschenbuch*, Bd. 4553), München 1990

Dada in Köln mit Überblicksdarstellungen von Werner Spiess und Werner Lippert sowie Dokumentationen in: *Vom Dadamax bis zum Grüngürtel. Köln in den 20er Jahren*. Katalog zur Ausstellung des Kölnischen Kunstvereins vom 15. März bis 11. Mai 1975, Braunschweig 1975, S. 30–76

Dann, Otto (Hg.): *Religion – Kunst – Vaterland. Der Kölner Dom im 19. Jahrhundert*, Köln 1983

Deeters, Joachim: *»Der Weg aus der Sklaverei zur Aufklärung« am Beispiel Ferdinand Franz Wallrafs*, in: *Rheinische Vierteljahrsblätter* 54 (1990), S. 142–163

Delseit, Wolfgang: *Josef Winckler*, in: Kortländer (Hrsg): *Literatur von nebenan*, S. 397–404

Ders.: *Josef Winckler (1881–1966)*, in: *Rheinische Lebensbilder*, Bd. 13, hrsg. von Franz-Josef Heyen, Köln 1993, S. 297–312

Ders./Franz Rudolf Menne (Hg.): *Josef Winckler 1881–1966. Leben und Werk*, Köln 1991

Dementi: Keine Fälschung im Museum Ludwig, online unter: https://museenkoeln.de/portal/bild-der-woche.aspx?bdw=2004_06

Denkler, Horst: *Zwischen Julirevolution (1830) und Märzrevolution (1848/49)*, in: Walter Hinderer (Hg.): *Geschichte der politischen Lyrik in Deutschland*, Stuttgart 1978, S. 179–209

Deupmann, Christoph: *Die Angestellten, der Glanz und das Kino. Zu Irmgard Keuns Romanen »Gilgi« und »Das kunstseidene Mädchen«*, in: *Irmgard Keun*, S. 15–25

Dierkes, Hans: *Einleitung zu Friedrich Schlegel: Vorlesungen und Fragmente zur Literatur*, 2. Teil: *Über Deutsche Sprache und Literatur*, hrsg. von H. D. (= *Kritische Friedrich Schlegel-Gesamtausgabe*, begründet von Ernst Behler (35 Bde. geplant), Bd. 15/2), Paderborn 2006, S. XIII–XCIII

Ders.: *»... sein belehrendes Gespräch...«: Friedrich und Dorothea Schlegel im Umgang mit Franz Ferdinand Wallraf in Köln*, in: *Neue Zeitung für Einsiedler. Magazin der Internationalen Arnim-Gesellschaft* 15 (2020), S. 12–32

Diederich, Toni: *Revolutionen in Köln. 1074–1918*. Katalog der Ausstellung des Historischen Archivs der Stadt Köln 25. April bis 13. Juli 1973, Köln 1973

Dietmar, Carl: *»Bürger« und Bürgerrecht im spätmittelalterlichen Köln, insbesondere im 14. Jahrhundert. Eine Spurensuche: Fragen und Überlegungen zu einem Forschungsproblem* (erscheint als Beiheft der Zeitschrift *Geschichte in Köln*)

Dittberner, Hugo: *Wo ist das Gedicht? Zu Thomas Kling*, in: Dittberner/Korte (Redaktion): *Thomas Kling*, S. 91–98

Ders./Hermann Korte u. a. (Redaktion): *Thomas Kling* (= *Text + Kritik*, H. 147), München 2000

Dittrich, Volker (Hg.): *Unsichtbar lächelnd träumt er Befreiung. Erasmus Schöfer unterwegs mit Sisyfos*, Berlin 2006

Div.: *Poesie*, in: *Brinkmann-Handbuch*, S. 137–205

Doga, Ulisse: *»Port Bou – deutsch?«. Paul Celan liest Walter Benjamin*, Aachen 2009

Driessen, Barbara und Christoph: *Köln. Eine Geschichte*, Köln 2015

Drux, Rudolf: *Schiffe mit Proletariern. Zu einem charakteristischen Bildkomplex in Ferdinand Freiligraths Revolutionsgedichten*, in: Vogt (Hg.): *Freiligrath*, S. 243–257

Düwell, Susanne: *»Husky voices« und »Mischmundarten«. Stimme und Klang in Texten Marcel Beyers*, in: Hamann (Hg.): *Marcel Beyer*, S. 82–99

Dumont, Franz: *Befreiung oder Fremdherrschaft? Zur französischen Besatzungspolitik am Rhein im Zeitalter der Revolution*, in: Peter Hüttenberger/Hansgeorg Molitor (Hg.): *Franzosen und Deutsche am Rhein 1789–1918–1945*, Essen 1989, S. 91–112

Dustmann, Ursula: *Literatur und literarisches Leben in den zwanziger Jahren*, in: *Vom Dadamax bis zum Grüngürtel*, S. 204–208

Ebbertz, Christian: *Celan verstehen: ›Köln, Am Hof‹ (Gedichte-Karaoke 95)*, https://www.youtube.com/watch?v=eviwqouHEKk

Ders.: *Stadler verstehen: Fahrt über die Kölner Rheinbrücke bei Nacht (Gedichte-Karaoke 150)*, https://www.youtube.com/watch?v=YtKKom6XcLM

Eck, Werner: *Köln in römischer Zeit. Geschichte einer Stadt im Imperium Romanum* (= *Geschichte der Stadt Köln* (13 Bde.), hrsg. von W. E., Bd. 1), Köln 2004

Eder, Thomas /Paul Pechmann (Hg.): *Die Sprachkunst Gerhard Rühms* (= *Text und Kritik. Neo Avantgarden*, Band 15), München 2023

Egyptien, Jürgen: *Irmgard Keun in Köln* (= *Stationen*, Bd. 25), Heidelberg 2019

Ehrlicher, Hanno: *Ästhetik der Entblößung. Rolf Dieter Brinkmanns literarische Nacktheitsinszenierungen zwischen Sinnkrise und Sinnlichkeitsutopie*, in: Kerstin Gernig (Hg.): *Nacktheit. Ästhetische Inszenierungen im Kulturvergleich* (= *Literatur – Kultur – Geschlecht: Kleine Reihe*, Bd. 17), Köln/Weimar/Wien 2002, S. 273–299

Enderle, Wilfried: *Die Buchdrucker der Reichsstadt Köln und die katholische Publizistik zwischen 1555 und 1648*, in: Mölich/Schwerhoff (Hg.): *Köln als Kommunikationszentrum*, S. 167–182

Ennen, Hubert: *Die Olympische Gesellschaft zu Köln. Ein Beitrag zur Kölner Literaturgeschichte der Neuzeit*, Würzburg 1880

Erdmann, Eva: *Amorphe Textkörper. Das Menschenfleisch (1991) zwischen zwecklosen Sprachen und einer Literatur der Montage*, in: Klein (Hg.): *Marcel Beyer*, S. 97–110

Escher, Clemens: *Ernst Moritz Arndt*, in: Wolfgang Benz (Hg.): *Handbuch zum Antisemitismus. Judenfeindschaft in Geschichte und Gegenwart* (8 Bde.), Bd. 2/1, Berlin 2009, S. 33–35

Et hät noch immer god gegange. E kölsch Leseboch, hrsg. von der *Akademie för uns kölsche Sproch*, Köln 2008

Eyll, Klara von: *Kölns Wirtschaftsbürgertum im 19. Jahrhundert (bis 1914)*, in: Karl Möckl (Hg.): *Wirtschaftsbürgertum in den deutschen Staaten im 19. und beginnenden 20. Jahrhundert* (= *Deutsche Führungsschichten in der Neuzeit*, Bd. 21), München 1996, S. 251–279

Farese, Giuseppe: *Lyrik des Vormärz*, in: Bernd Witte (Hg.): *Vormärz: Biedermeier, Junges Deutschland, Demokraten 1815–1848* (= *Deutsche Literatur. Eine Sozialgeschichte* (10 Bde.), hrsg. von Horst Albert Glaser, Bd. 6 [= *rororo*, Bd. 6255]), Reinbek 1980, S. 227–244

Fauser, Markus: *Biographischer Abriss*, in: *Brinkmann-Handbuch*, S. 3–17

Ders./Dirk Niefanger/Sibylle Schönborn (Hg.): *Brinkmann-Handbuch. Leben – Werk – Wirkung*, Stuttgart 2020

Feierabend, Peter (Hg.): *50 Johr Bläck Fööss – Kölle es un bliev uns Heimat*, Berlin 2020

Feinäugle, Norbert: *Beobachtungen und Überlegungen zum Stellenwert der Mundartliteratur in der Region*, in: Schmitt/Thyssen (Hg.): *Einstellungen und Positionen zur Mundartliteratur*, S. 21–51

Fellerer, Karl Gustav (Hg.): *Geschichte der katholischen Kirchenmusik* (2 Bde.), Kassel/Basel/Tours/London 1976, Bd. 2: *Vom Tridentinum bis zur Gegenwart*

Einsteins spukhafte Fernwirkung erstmals auf Kamera (Pressemeldung der Universität Wien vom 29. Mai 2013), in: https://medienportal.univie.ac.at/uniview/forschung/detailansicht/artikel/einsteins-spukhafte-fernwirkung-erstmals-auf-kamera

Finger, Heinz: *Kaspar Ulenberg – Lebensweg, Persönlichkeit, historische Bedeutung*, in: *Der Kolumbapfarrer Kaspar Ulenberg*, S. 97–124

Flasch, Kurt: *Meister Eckhart. Philosoph des Christentums*, München 2010

Franz, Gunther: *Die Druck- und Editionsgeschichte der Cautio Criminalis*, in: Spee: *Sämtliche Schriften*, Bd. 3, S. *Cautio Criminalis*, S. 497–557; hier: S. ###

Ders. (Hg.): *Friedrich von Spee zum 400. Geburtstag. Kolloquium der Friedrich-Spee-Gesellschaft Trier*, Paderborn 1995

Fried, Johannes: *Der Archipoet – ein Kölner Scholaster?*, in: Klaus Herbers/Hans Henning Kortüm/Carlo Servatius (Hg.): *Ex Ipsis Rerum Documentis. Festschrift für Harald Zimmermann zum 65. Geburtstag*, Sigmaringen 1991

Funck, Gisa: *Verhängnis-Erforscher der westdeutschen Nachkriegswelt. Zum Tod von Dieter Wellershoff*, DLF am 15. Juni 2018; online unter: https://www.deutschlandfunk.de/zum-tod-von-dieter-wellershoff-verhaengnis-erforscher-der-100.html

Geduldig, Gunter/Marco Sagurna: (Hg.): *too much. Das lange Leben des Rolf Dieter Brinkmann*, Vechta 1994

Zur Geschichte des Heinrich-Böll-Archivs, unter: https://literaturinkoeln.de/heinrich-boll-archiv/

Zur Geschichte des Literatur-in-Köln-Archivs, unter: https://literaturinkoeln.de/about/

Literarische Gesellschaft Köln/Freunde der Stadtbücherei e. V./LiK-Archiv der Stadtbücherei Köln (Hg.): *Autorinnen und Autoren in Köln. Vorgestellt in Text und Bild. Zusammenstellung und Bearbeitung Uta Biedermann*, Köln 1992

Glier, Ingeborg (Hg.): *Die deutsche Literatur im späten Mittelalter. 1250–1370*, 2. Teil: *Reimpaargedichte, Drama, Prosa* (= De Boor-Newald*: Geschichte der deutschen Literatur*, Bd. III/2), München 1987

Gödden, Walter: *»In diesem Land/ wo die Wölfe die Pelze nach innen kehren«. Der »Gebrauchslyriker«*, in: Gödden/Grywatsch (Hg.): *»Wenn man aufhören könnte zu lügen«*, S. 223–246

Ders./Jochen Grywatsch (Hg.*): »Wenn man aufhören könnte zu lügen«. Der Schriftsteller Paul Schallück* (= *Veröffentlichungen der Literaturkommission für Westfalen*, Bd. 5), Bielefeld 2002

Göttert, Karl-Henz: *Der Rhein. Eine literarische Reise*, Stuttgart 2021

Goettert, Klaus: *Vorwort* zu: *Schneider-Clauß. Gesamtausgabe der Werke in kölnischer Mundart* (bislang 7 Bde.), Bd. 1: *Us unse Lotterbovejohre* (= *Beiträge zur kölnischen Geschichte, Sprache, Eigenart*, hrsg. vom Heimatverein Alt-Köln, Bd. 47), Köln 1967, S. 5–12

Götze, Karl Heinz: *Heinrich Böll: ›Ansichten eines Clowns‹*, in: *Romane des 20. Jahrhunderts. Interpretationen* (2 Bde.), Bd. 2 (= *Reclams Universalbibliothek*, Bd. 8809), Stuttgart 1993, S. 186–211

Gotzen, Joseph: *Der erste Kölner Musenalmanach von 1795 und sein Verfasser Franz Theodor Matthias Biergans*, in: *Jahrbuch des Kölnischen Geschichtsvereins* 6/7 (1925), S. 153–172

Grab, Walter: *Ein Volk muss seine Freiheit selbst erobern. Zur Geschichte der deutschen Jakobiner*, Frankfurt/M./Olten/Wien 1984

Grebing, Helga: *Das Rheinland in der Zeit des Umbruchs während und nach der Revolution 1918 bis 1920*, in: Riha/Schäfer (Hg.): *Fatagaga-Dada*, S. 7–16

Griewank, Karl: *Der neuzeitliche Revolutionsbegriff. Entstehung und Geschichte* (= *suhrkamp taschenbuch wissenschaft*, Bd. 52), Frankfurt/M. 1973

Groß, Konrad: *Der Liedpsalter des Kaspar Ulenberg (1582)*, in: *Der Kolumbapfarrer Kaspar Ulenberg*, S. 125–158

Groten, Manfred: *Die nächste Generation. Scribners Thesen aus heutiger Sicht*, in: Mölich/Schwerhoff (Hg.): *Köln als Kommunikationszentrum*, S. 110–113

Ders.: *Volkssprachliche Geschichtsdichtungen im deutschen Reich im späten 13. Jahrhundert. Melis Stoke und Gottfried Hagen*, in: Johannes Laudage (Hg.): *Von Fakten und Fiktionen. Mittelalterliche Geschichtsdarstellungen und ihre kritische Aufarbeitung* (= *Europäische Geschichtsdarstellungen*, Bd. 1), Köln/Weimar/Wien 2003, S. 281–308

Ders.: *Klösterliche Geschichtsschreibung: Siegburg und die Kölner Königschronik*, in: *Rheinische Vierteljahrsblätter* 61 (1997), S. 50–78

Ders.: *Gottfried Hagen*, in: *Rheinische Lebensbilder*, Bd. 17, hrsg. von Franz-Josef Heyen, Köln 1997, S. 41–56

Grumbkow: Cornelius von: *Franz Theodor Mathias Biergans (1768–1842). Zu Leben und Werk eines rheinischen Jakobiners*, in: *Jahrbuch Demokratie und Arbeitergeschichte* 2 (1982), S. 108–119

Grunewald, Eckart/Nikolaus Gussone (Hg.): *Von Spee zu Eichendorff. Zur Wirkungsgeschichte eines rheinischen Barockdichters* (= *Schriften der Stiftung Haus Oberschlesien: Literaturwissenschaftliche Reihe*, Bd. 3), Berlin 1991

Grywatsch, Jochen: *Aufarbeitung, Dialog, Symbiose. Das Wirken Paul Schallücks für christlich-jüdische Verständigung*, in: Hartmut Steinecke/Iris Nölle-Hornkamp (Hg.), *Jüdisches Kulturerbe in Westfalen. Spurensuche zu jüdischer Kultur in Vergangenheit und Gegenwart* (= *Veröffentlichungen der Literaturkommission für Westfalen*, Bd. 33), Bielefeld 2009, S. 213–236

Ders.: *»Zum Beispiel dies, zum Beispiel das«. Essays über die Zeit, den Ort, das Schreiben und die Kunst*, in: Gödden/J. G. (Hg.): *»Wenn man aufhören könnte zu lügen«*, S. 181–22

Ders.: *Auf dem Rummelplatz der bundesrepublikanischen Gesellschaft«. Politisches Engagement in Reden, Vorträgen und Aufsätzen*, in: Gödden/J. G. (Hg.): *»Wenn man aufhören könnte zu lügen«*, S. 301–323

Gutknecht, Dieter: *Die Rezeption des Genfer Psalters bei Caspar Ulenberg*, in: Eckhard Grunewald/Henning P. Jürgens/Jan R. Luth (Hg.): *Der Genfer Psalter und seine Rezeption in Deutschland, der Schweiz und den Niederlanden, 16. – 18. Jahrhundert* (= *Frühe Neuzeit. Studien und Dokumente zur deutschen Literatur und Kultur im europäischen Kontext*, Bd. 97), Tübingen 2004, S. 253–262

Gutzmer, Karl: *Johann Peter Eichhoff. Ein rheinischer Republikaner (1755–1825)*, in: Edith Ennen/Dietrich Höroldt (Hg.): *Aus Geschichte und Volkskunde von Stadt und Raum Bonn. Festschrift Josef Dietz zum 80. Geburtstag*, Bonn 1973, S. 233–251

Haas, Alois Maria: *Deutsche Mystik*, in: Glier: *Die deutsche Literatur im späten Mittelalter*, 2. Teil, S. 234–305

Hajdu, Marcus: *»Du hast einen anderen Geist als wir!«. Die »große Kontroverse« um Thomas Mann 1945–1949*, Gießen 2002

Häntzschel, Hiltrud: *Irmgard Keun* (= *rowohlts monographien*, Bd. 50452), Reinbek 2001

Härting, Michael: *Das deutsche Kirchenlied der Barockzeit*, in: Fellerer: *Geschichte der katholischen Kirchenmusik*, Bd. 2, S. 108–118

Ders.: *Das deutsche Kirchenlied der Gegenreformation*, in: Fellerer: *Geschichte der katholischen Kirchenmusik*, Bd. 2, S. 59–63

Hage, Volker: *Geliebtes Monster. In ihrem neuen Roman erzählt die Autorin Liane Dirks die wüste Lebensstory eines Meisterkochs und Kinderschänders – es ist die Geschichte ihres eigenen Vaters*, in: *Der Spiegel* vom 5. Mai 2002, online unter: https://www.spiegel.de/kultur/geliebtes-monster-a-de12376e-0002-0001-0000-000022328752?context=issue

Hahn, Torsten /Christof Hamann (Hg.): *Marcel Beyer*, Köln 2016

Happekotte, Bernd: *Dieter Wellershoff, rezipiert und isoliert. Studien zur Wirkungsgeschichte* (= *Europäische Hochschulschriften*, Reihe 1: *Deutsche Sprache und Literatur*, Bd. 1496), Bern 1995

Heckmann, Heckmann (Hg.): *Angst vor Unterhaltung? Über einige Merkwürdigkeiten unseres Literaturverständnisses* (= *Dichtung und Sprache*, Bd. 5), München 1986

Ders.: *Die Angst vor dem Vergnügen*, in: Heckmann (Hg.): *Angst vor Unterhaltung?*, S. 11–22

Heim, Uta-Maria: *Die Bekräftigung des Bestehenden. »Was bleibt mir denn noch?« – Adam Davies: ›Goodbye Lemon‹, online unter:* http://culturmag.de/crimemag/kopfschuss-n%C2%B012-von-uta-maria-heim/2165

Dies.: *Eine Heimat wie eine Fertigpizza*, in: *Stuttgarter Zeitung* vom 18. November 2013, online unter: https://www.stuttgarter-zeitung.de/inhalt.uta-maria-heim-ueber-das-phaenomen-regionalkrimi-eine-heimat-wie-eine-fertigpizza.acf1c606-5628-47ed-8f3d-9f5ff3ddece6.html

Heimböckel, Dieter: *Überall ist Fremde. Guy Helmingers »Neubrasilien«*, in: Parr/Ernst/Conter (Hg.): *Helminger*, S. 117–131

Hein, Jürgen: *Ist Dialektliteratur Literatur? Zur literarischen Qualität der Dialektdichtung*, in: Armin Klein/Heinrich J. Dingeldein/Joachim Herrgen (Hg.): *Dichten im Dialekt. Marburger Literaturtag am 16. November 1985. Referate der wissenschaftlichen Tagung und Textbeiträge der teilnehmenden Autoren*, Marburg 1985, S. 29–57

Ders.: *Literarischer Regionalismus und Dialektliteratur. Eine Bestandsaufnahme*, in: Eva-Maria Schmitt/Achim Thyssen (Hg.): *Einstellungen und Positionen zur Mundartliteratur. Internationales Mundartarchiv »Ludwig Soumagne« des Kreises Neuss 1992*, Frankfurt/M. 1993, S. 53–73

Heitjan, Isabel: *Zur stadtkölnischen Bücherzensur am Ende des 18. Jahrhunderts*, in: *Gutenberg-Jahrbuch* 42 (1967), S. 204–207

Henn, Volker: *Städtische Geschichtsschreibung in Köln und im Hanseraum*, in: Mölich/Neddermeyer/Schmitz: *Spätmittelalterliche städtische Geschichtsschreibung*, S. 29–55

Ders.: *›Dye historie is ouch als eyn Spiegell zo underwijsen dye mynschen‹. Zum Welt- und Geschichtsbild des unbekannten Verfassers der Koelhoffschen Chronik*, in: *Rheinische Vierteljahrsblätter* 51 (1987), S. 224–249

Henzler, Harald: *Spiel und Ernst. Zum »Typoskript-Manifest« von Max Ernst und Johannes Theodor Baargeld*, in: Riha/Schäfer: (Hg.) *Fatagaga-Dada*, S. 168–177

Herborn, Wolfgang: *Bürgerliches Selbstverständnis im spätmittelalterlichen Köln. Bemerkungen zu zwei Hausbüchern aus der ersten Hälfte des 15. Jahrhunderts,* in: Werner Besch u. a. (Hg.): *Die Stadt in der europäischen Geschichte. Festschrift Edith Ennen*, Bonn 1972, S. 490–520

Ders./Carl Dietmar: *Köln im Spätmittelalter. 1288–1512/13* (= *Geschichte der Stadt Köln* (13 Bde.), hrsg. von Werner Eck, Bd. 4), Köln 2019

Herres, Jürgen: *1848/49. Revolution in Köln*, Köln 1998

Ders.: *Köln in preußischer Zeit. 1815–1871* (= *Geschichte der Stadt Köln* (13 Bde.), hrsg. von Werner Eck, Bd. 9), Köln 2012

Herweg, Mathias: *Ludwigslied, De Heinrico, Annolied. Die deutschen Zeitdichtungen des frühen Mittelalters im Spiegel ihrer wissenschaftlichen und Erforschung* (= *Imagines Medii Aevi. Interdisziplinäre Beiträge zur Mittelalterforschung*, Bd. 13), Wiesbaden 2002

Herzog, Urs: *Geistlicher »Augenblick«. Zu Friedrich Spees ›Liebgesang der Gesponß Jesu, im anfang der Sommerzeit‹*, in: Volker Meid (Hg.): *Gedichte und Interpretationen* (7 Bde.), Bd. 1: *Renaissance und Barock* (= *Reclams Universalbibliothek*, Bd. 7890, Stuttgart 1982), S. 271–280

Hesse, Bettina /Liane Dirks (Hg.): *Über die Verhältnisse. 30 Jahre Literatur-Atelier Köln*, Weilerswist-Metternich 2019

Heydebrand, Renate von: *Literatur in der Provinz Westfalen 1815–1945. Ein literarhistorischer Modellentwurf*, Münster 1983

Hilgers, Heribert A.: *Der Dom in der Kölner Mundartliteratur*, in: Dann (Hg.): *Religion – Kunst – Vaterland*, S. 169–183

Ders.: *Kölsche Heimatdichtung*, in: Projektgruppe mund art e. V. (Hg.): *mund art ›80. Eine Dokumentation zum Mundartfestival vom 6. bis 8. Juni 1980 in Ladenburg*, Ladenburg/Mannheim 1980, S. 118–127

Ders.: *Matthias Joseph DeNoël und seine Zeit. Ein vielfach verdienter Kölner, Stammvater der kölnischen Mundartliteratur, starb vor 150 Jahren*, in: *Krune un Flamme. Mitgliederzeitschrift Alt-Köln*, H. 13 (1999), S. 11–41

Ders.: *Vorwort* zu: *Kölsche Parodien*, S. 9 f.

Ders.: *Vorwort* zu: *Schneider-Clauß. Gesamtausgabe der Werke in kölnischer Mundart* (bislang 7 Bde.), Bd. 6: *Kölnisches Vortragsbuch* (= *Beiträge zur kölnischen Geschichte, Sprache, Eigenart*, hrsg. vom Heimatverein Alt-Köln, Bd. 66), Köln 1989, S. 5 f.

Hinck, Walter: *Aufatmen für einen Moment*, in: W. H.: *Stationen der deutschen Lyrik. Von Luther bis in die Gegenwart – 100 Gedichte mit Interpretationen*, Göttingen 2000, S. 230–232

Ders.: *Der Kölner Dom in der deutschen Literatur seit der Epoche des Vormärz*, in: Dann (Hg.): *Religion – Kunst – Vaterland*, S. 121–133

Ders.: *Gesang der Verbannten. Deutschsprachige Exillyrik von Ulrich von Hutten bis Bertolt Brecht*, Stuttgart 2011

Ders.: *Geschichte im Gegenlicht. Zur historischen Ballade der Droste, Heines und Fontanes*, in: Winfried Woesler (Hg.): *Ballade und Historismus. Die Geschichtsballade des 19. Jahrhunderts* (= *Beihefte zum ›Euphorion‹*, Bd. 38), Heidelberg 2000, S. 82–99

Ders.: *Rückkehr nach Vineta*, in: Marcel Reich-Ranicki (Hg.): *Frankfurter Anthologie. Gedichte und Interpretationen*, Bd. 12, Frankfurt/M. 1989, S. 207–209

Ders.: *Paul Schallück – Schreiben gegen das Vergessen*, in: Kölnische Gesellschaft für Christlich-Jüdische Zusammenarbeit (Hg.): *Zur Erinnerung an den vor 30 Jahren verstorbenen Kölner Schriftsteller Paul Schallück. Veranstaltung am 13. Juni 2006 in Zusammenarbeit mit dem Literaturhaus Köln* (= *Schriftenreihe der Kölnischen Gesellschaft für Christlich-Jüdische Zusammenarbeit*, Neue Serie, Bd. 3), Köln 2006, S. 11–19

Ders.: *Die »offene Schreibweise« Jürgen Beckers*, in: *Basis. Jahrbuch für deutsche Gegenwartsliteratur*, Bd. 1 (1970), S. 186–203; wieder abgedruckt in Kreutzer (Hg.): *Über Jürgen Becker*, S. 119–139
Ders. (Hg.): *Textsortenlehre – Gattungsgeschichte* (= *medium literatur*, Bd. 4), Heidelberg 1977
Ders.: *Im Wechsel der Zeiten. Leben und Literatur*, Bonn 1998, S. 195
Histo-Couch: *Karina Kulbach-Fricke*, unter: https://www.histo-couch.de/autoren/1056-karina-kulbach-fricke/
Hoffmann, Torsten (Hg.): *Navid Kermani* (= Text + Kritik, H. 217), München 2018
Ders.: *Trennungsprobleme. Navid Kermanis Autofiktionen*, in: T. H. (Hg.): *Navid Kermani*, S. 14–22
Holfter, Gisela: *Heinrich Boll and Ireland*, Newcastle upon Tyne 2011
Holl, Kurt/Claudia Glunz (Hg.): *1968 am Rhein. Satisfaction und Ruhender Verkehr*, Köln 1998
Hollender, Martin: *Vom Sozialisten zum Nationalsozialisten. Der Kölner Schriftsteller Paul Bourfeind (1886–1968)*, in: *Jahrbuch des Kölnischen Geschichtsvereins* 74 (2003), S. 213–218
Hummelt, Norbert: *Bucheckern. Regionale Bezüge in der Dichtung Thomas Klings*, in: Ammon/Trilcke/Scharfschwert (Hg.): *Das Gellen der Tinte*, S. 113–134
Ders.: *Kleiner Grenzverkehr. Thomas Kling als Dichter des Rheinlands*, in: Dittberner/Korte (Redaktion): *Thomas Kling*, S. 24–37
Ders. (Hg.): *Weiter im Text. 10 Jahre Kölner Autorenwerkstatt. 1980–1990*, Köln 1991
Jahn, Reinhard: *Was ist ein Regionalkrimi? Eine Autopsie*. Vortrag, gehalten am 8. Januar 2000 in der Thomas Morus-Akademie Bergisch-Gladbach Bensberg, online unter: http://krimiblog.blogspot.com/2009/09/was-ist-ein-regionalkrimi-eine-autopsie.html
Jameson, Frederic: *Verdinglichung und Utopie in der Massenkultur*, in: Bürger/Bürger/Schulte-Sasse (Hg.): *Zur Dichotomisierung*, S. 108–141
Jauss, Hans Robert: *Literaturgeschichte als Provokation der Literaturwissenschaft*, in: H. R. J.: *Literaturgeschichte als Provokation* (= *edition suhrkamp*, Bd. 418), Frankfurt/M. 1970, S. 144–207
Jenal, Georg: *Erzbischof Anno II. von Köln (1056–1075) und sein politisches Wirken. Ein Beitrag zur Geschichte der Reichs- und Territorialpolitik im 11. Jahrhundert* (2 Bde.) (= *Monographien zur Geschichte des Mittelalters*, Bd. 8), Stuttgart 1974/75
Joachim, Dorothee: *Nachbemerkung*, in: Jens Hagen: *Nie ankommen*, S. 93 f.
Jung, Werner: *Im Dunkel des gelebten Augenblicks. Dieter Wellershoff – Erzähler, Medienautor, Essayist*, Berlin 2000
Ders.: *Wellershoff, Born und die Kölner Schule*, in: Jan-Pieter Barbian/Erhard Schütz (Hg.), *Die »Utopie des Alltäglichen«. Nachdenken über Nicolas Born (1937–1979)*, Hannover 2019, S. 17–31
Kaiser, Gerhard: *Geschichte der deutschen Lyrik von Heine bis zur Gegenwart. Ein Grundriß in Interpretationen*, Frankfurt/M. 1991
Ders.: *Über den Umgang mit Republikanern, Jakobinern und Zitaten*, in: *Deutsche Vierteljahrsschrift für Literaturwissenschaft und Geistesgeschichte* 49 (1975). Sonderheft 18. Jahrhundert, S. 226–242
Kartschoke, Dieter: *Geschichte der deutschen Literatur im frühen Mittelalter* (= *dtv-Taschenbuch*, Bd. 4551), München 1990
Keele, Alan Frank: *Paul Schallück and the Post-War German Don Quixote. A Case-History Prolegomenon to the Literature of the Federal Republic* (= *Utah Studies in Literature and Linguistics*, Bd. 5), Bern 1976
Keim, Michaela/Stefan Lewejohann (Hg.): *Köln 68! Protest, Pop, Provokation. Begleitband zur Ausstellung*

des Kölnischen Stadtmuseums und der Universität zu Köln im Kölnischen Stadtmuseum vom 20. Oktober 2018 bis zum 24. Februar 2019, Mainz 2018

Keller, Werner: *Goethes dichterische Bildlichkeit. Eine Grundlegung*, München 1972

Kemper, Hans-Georg: *Bann-Strahlen der Poesie. Magie und Mystik in Spees ›Trutz-Nachtigal‹*, in: Franz: *Friedrich von Spee*, S. 197–212

Kennedy, Beate: *Irmgard Keun: Zeit und Zitat* (= *Deutsche Literatur. Studien und Quellen*, Bd. 17), Berlin 2014

Ketelsen, Thomas: *Wallraf im Kontext 1805, oder: »Die Anschauung eines höchsten ästhetischen Urbildes«*, in: *Wallraf im Fokus*, S. 198–209

Irmgard Keun (= *Text + Kritik*, hrsg. von Heinz Ludwig Arnold, H. 183), München 2009

Kiefer, Reinhard: *Ernst Bertram*, in: Kortländer (Hg.): *Literatur von nebenan*, S. 49–56

Klein, Christian (Hg.): *Marcel Beyer. Perspektiven auf Autor und Werk* (= *Kontemporär. Schriften zur deutschsprachigen Gegenwartsliteratur*, Bd. 1), Stuttgart 2018

Ders.: *Kommentar* in: Beyer: *Flughunde. Text und Kommentar* (= *Suhrkamp BasisBibliothek*, Bd. 125), Berlin 2012, S. 295–334

Klein, Sonja/Sikander Singh (Hg.): *Die deutsche Exil-Literatur 1933–1945. Perspektiven und Deutungen*, Darmstadt 2015

Kleinwächter, Livia /Nicolas Pethes: *Poetik der Leerstelle*, in: Hamann (Hg.): *Marcel Beyer*, S. 131–147

Klersch, Joseph/Ernst Mömkes: *Unsere Mundart*, in: J. K./E. M. (Hg.): *Kölnisches Glockenspiel*, S. 13–36

Klüppelholz, Werner/Helmut Scheuer (Hgg.): *Dieter Kühn* (= *suhrkamp taschenbuch materialien*, Bd. 2113), Frankfurt/M. 1992

Kniesche, Thomas: *Der historische Kriminalroman als Verführung zur Beschäftigung mit der Geschichte des deutschen Faschismus: Volker Kutschers Gereon Rath-Romane*, in: Martin Genç/Christof Hamann (Hg.): *Kriminographien. Formenspiele und Medialität kriminalliterarischer Schreibweisen*, Würzburg 2018, S. 45–65

Kobold, Oliver: *Keiner weiß mehr (1968)*, in: *Brinkmann-Handbuch*, S. 225–234

Koepke, Wulf/Michael Winter (Hg.): *Exilliteratur 1933–1945* (= Wege der Forschung Bd. 647), Darmstadt 1989

Der Kolumbapfarrer Kaspar Ulenberg und die Geschichte der Kolumbapfarre. Eine Ausstellung der Diözesan- und Dombibliothek Köln vom 5. September bis 15. Dezember 2007 (= *Libelli Rhenani*, Bd. 20), Köln 2007

Koenen, Gerd: *Das rote Jahrzehnt. Unsere kleine deutsche Kulturrevolution 1967–1977*, Köln 2001

Korte, Barbara: *Geschichte und Kriminalgeschichte(n): Texte, Kontexte, Zugänge*, in: Korte/Paletschek (Hg.): *Geschichte im Krimi*, S. 7–27

Dies./Sylvia Paletschek (Hg.): *Geschichte im Krimi. Beiträge aus den Kulturwissenschaften*, Köln/Weimar/Wien 2009

Korte, Hermann/Christof Hamann (Hg.): *Marcel Beyer* (= *Text + Kritik*, H. 218/219), München 2018

Kortländer, Bernd: *Annette von Droste-Hülshoff und die deutsche Literatur. Kenntnis – Beurteilung – Beeinflussung* (= *Veröffentlichungen der Historischen Kommission für Westfalen*, Bd. 34), Münster 1979

Ders. (Hg.): *Literatur von nebenan. 1900–1945. 60 Portraits von Autoren aus dem Gebiet des heutigen Nordrhein-Westfalen*, Bielefeld 1995

Ders./Enno Stahl (Hg.): *Zensur im 19. Jahrhundert. Das literarische Leben aus Sicht seiner Überwacher*, Bielefeld 2012

Mario Kramp: *Man hat etwas gegen Sie vor. Kurt Tucholsky in Köln 1928/29*, Köln 2022
Krechel, Ursula: *Anstiftung zur Kühnheit*, in: Keun: *Das Werk*, Bd. 1, S. 7–35
Kreikebaum, Uli: *Der Aufschreiber*, in: *Kölner Stadt-Anzeiger* vom 26./27. Juli 2014, S. 34
Kreutzer, Leo (Hg.): *Über Jürgen Becker* (= *edition suhrkamp*, Bd. 552), Frankfurt/M. 1972
Ders.: *Ein Hannoveraner auf Widerruf. Mit Hans Mayer an der Technischen Universität Hannover*, Hannover 2022
Krummacher, Christoph: *Denken und Fühlen. Theologie im Kirchenlied – Kirchenlieder als Theologie*, online unter: https://www.herder.de/hk/hefte/archiv/2014/5-2014/denken-und-fuehlen-theologie-im-kirchenlied-kirchenlieder-als-theologie/
Kühnen, Georg: *Die Poetiken von Martin Opitz und Friedrich Spee. Versuch einer Gegenüberstellung*, in: *Friedrich Spee. Priester, Mahner und Poet*, S. 171–184
Kuessner, Lutz: *Sie war eine Menschenfängerin*, in: Beutel/Hagin (Hg.): *Irmgard Keun*, S. 59–65
Kuhn, Axel: *Jakobiner im Rheinland. Der Kölner konstitutionelle Zirkel von 1798* (= *Stuttgarter Beiträge zur Geschichte und Politik*, Bd. 10), Stuttgart 1978
Kuhn, Katrin/Jochen Arntz: *Kölner Theaterzettel von 1700–1794. Aspekte der Kölner Theatergeschichte im 18. Jahrhundert*, in: *Jahrbuch des Kölnischen Geschichtsvereins* 62 (1991), S. 109–153
Kuppler, Lisa: *Das U und E des deutschen Krimis*, in: *Frankfurter Allgemeine Zeitung* vom 14. April 2015, online unter: https://www.faz.net/aktuell/feuilleton/buecher/kriminalromane-das-u-und-e-des-deutschen-krimis-13534198.html
Kurylo, Friedrich K.: *Tünnes und Böll*, in: Die Zeit, Nr. 15/1972, online unter: https://www.zeit.de/1972/15/tuennes-und-boell
Landau, Peter: *Der Archipoeta – Deutschlands erster Dichterjurist. Neues zur Identifizierung des politischen Poeten der Barbarossazeit* (= *Bayerische Akademie der Wissenschaften. Philosophisch-historische Klasse. Sitzungsberichte*, Jg. 2011, H. 3), S. 3–45
Leggewie, Claus: *50 Jahre '68. Köln und seine Protestgeschichte*, Köln 2018
Lepping, Lioba: *Von bösen Mächten und Monschauer Hecken*, in: *Kölner Stadt-Anzeiger* vom 25. Oktober 2019, Magazin, S. 2
Lermen, Birgit J.: *›Köln, Am Hof‹ von Paul Celan*, in: Wittkämper (Hg.): *Kleine Kölsche Anthologie*, S. 48–54
Lethen, Helmut: *Verhaltenslehren der Kälte. Lebensversuche zwischen den Kriegen* (= *edition suhrkamp* Bd. 2776), Berlin 1994
Liebertz-Grün, Ursula: *Zum Annolied. Atypische Struktur und singuläre politische Konzeption*, in: *Euphorion* 74 (1980), S. 223–256
Linden, Thomas: *Griff über den Zaun riskiert. Verleger Peter Faecke erfüllte sich mit »Edition Köln« einen Traum*, in: *Kölnische Rundschau* vom 2. September 2005, S. 25
Die deutsche Literatur des Mittelalters. Verfasserlexikon (14 Bde.), hrsg. von Gundolf Keil/Kurt Ruh/Werner Schröder/Burghart Wachinger/Franz Josef Worstbrock, Berlin/New York [2]1977–2008
Lückerath, Carl August: *Coloniensis ecclesia, Coloniensis civitas, Coloniensis terra. Köln in der Chronica regia Coloniensis und in der Chronica S. Pantaleonis*, in: *Jahrbuch des Kölnischen Geschichtsvereins* 71 (2000), S. 1–41
Lütteken, Laurenz: *Mozart. Leben und Musik im Zeitalter der Aufklärung*, München 2017

Martens, Wolfgang: *Die Botschaft der Tugend. Die Aufklärung im Spiegel der deutschen Moralischen Wochenschriften*, Stuttgart 1968
Mattenklott, Gert: *Gibt es U- und E-Leser?*, in: Heckmann (Hg.): *Angst vor Unterhaltung?*, S. 34–40
Matzerath, Horst: *Köln in der Zeit des Nationalsozialismus. 1933–1945* (= *Geschichte der Stadt Köln* (13 Bde.), hrsg. von Werner Eck, Bd. 12), Köln 2009
May, Markus: *Die Geschichte der Kölner Mundartdichtung. Entstehung und Auflösung einer endlichen literarischen Reihe*, Aachen 1981
Mayer, Hans: *Adenauer und Böll*, in: H. M.: *Die umerzogene Literatur. Deutsche Schriftsteller und Bücher 1945–1967*, Berlin 1988, S. 81–92
Ders.: *Der pessimistische Aufklärer Kurt Tucholsky*, in: H. M.: *Zur deutschen Literatur der Zeit. Zusammenhänge, Schriftsteller, Bücher*, Reinbek 1968
Ders.: *Außenseiter*, Frankfurt/M. 1977
Ders.: *Köln und der Clown*, in: Marcel Reich-Ranicki (Hg.): *In Sachen Böll. Ansichten und Einsichten* (= *dtv-Taschenbuch*, Bd. 730), München [6]1977, S. 15–20
Ders.: *Schreib das auf, Wallraff!*, Vorwort zu: Günter Wallraff: *Vom Ende der Eiszeit und wie man Feuer macht*, S. I–VII
Mecklenburg, Norbert: *Die grünen Inseln. Zur Kritik des literarischen Heimatkomplexes*, München 1986
Ders.: *Literaturräume. Thesen zur regionalen Dimension deutscher Literaturgeschichte*, in: Alois Wierlacher (Hg.): *Das Eigene und das Fremde. Prolegomena zu einer interkulturellen Germanistik* (= *Publikationen der Gesellschaft für interkulturelle Germanistik*, Bd. 1), München 1985, S. 197–211
Ders.: *Verfremdete Nähe – Aspekte des Problemfeldes »Literatur und Region«*, in: *Diskussion Deutsch*, Bd. 120 (1991), S. 337–347
Ders.: *Erzählte Provinz. Regionalismus und Moderne im Roman* (Königstein/Ts. 1982)
Meier, Albert/Ole Petras: *Kontexte. Französische Moderne*, in: *Brinkmann-Handbuch*, S. 33–36
Meier, Robert: *Die Darstellung der Gründung Kölns in Kölner Quellen des Spätmittelalters. Methodenwechsel in der Geschichtsschreibung?*, in: Peter Engels (Hg.): *Aus Überrest und Tradition. Festschrift Anna-Dorothee von den Brincken*, Lauf 1999, S. 128–140
Ders.: *Zeitgemäßes und Unzeitgemäßes. Die ›Koelhoffsche‹ Chronik und ihre Vorgängerin ›Agrippina‹ im Vergleich*, in: Mölich/Neddermeyer/Schmitz (Hg.): *Geschichtsschreibung*, S. 69–77
Menke, Johann Bernhard: *Geschichtsschreibung und Politik in deutschen Städten des Spätmittelalters. Die Entstehung deutscher Geschichtsprosa in Köln, Braunschweig, Lübeck, Mainz und Magdeburg*, in: *Jahrbuch des Kölnischen Geschichtsvereins* 33 (1958), S. 1–84, und 34/35 (1959/60), S. 85–194; hier: Jahrbuch 33, S. 22–42
Menninghaus, Winfried: *Ekel. Theorie und Geschichte einer starken Empfindung*, Frankfurt/M. 1999
Mergel, Thomas: *Köln im Kaiserreich. 1871–1918* (= *Geschichte der Stadt Köln* (13 Bde.), hrsg. von Werner Eck, Bd. 10), Köln 2018
Merte, Angela: *Dilettanten erhebt euch – Dada siegt! Dada Kölns aktionistische Momente*, in: Riha/Schäfer (Hg.): *Fatagaga-Dada*, S. 59–68
Mettele, Gisela: *Bürgertum in Köln 1775–1870. Gemeinsinn und freie Association* (= *Stadt und Bürgertum*, Bd. 10), Berlin 1998
Meuthen, Erich: *Die Epistolae obscurorum virorum*, in: Walter Brandmüller/Herbert Immenkötter/Erwin

Iserloh (Hg.): *Ecclesia militans. Studien zur Konzilien- und Reformationsgeschichte. Festschrift für* Remigius Bäumer (2 Bde.), Paderborn 1988, Bd. 2, S. 53–80

Miesen, Karl-Jürgen: *Friedrich Spee. Pater, Dichter, Hexen-Anwalt*, Düsseldorf 1987

Militzer, Klaus: *›Collen eyn kroyn boven allen steden schoyn‹. Zum Selbstverständnis einer Stadt*, in: *Colonia Romanica. Jahrbuch des Fördervereins Romanische Kirchen e. V.* 1 (1986), S. 15–32

Mitscherlich, Alexander/Gert Kalow (Hg.): *Hauptworte – Hauptsachen. Zwei Gespräche: Heimat Nation* (= *Serie Piper*, Bd. 16), München 1971

Mölich, Georg/Uwe Neddermeyer/Wolfgang Schmitz (Hg.): *Spätmittelalterliche städtische Geschichtsschreibung in Köln und im Reich. Die ›Koelhoffsche‹ Chronik und ihr historisches Umfeld* (= *Veröffentlichungen des Kölnischen Geschichtsvereins*, Bd. 43), Köln 2001

Möller, Frank: *Das Buch Witsch. Das schwindelerregende Leben des Verlegers Joseph Caspar Witsch*, Köln 2014

Ders.: *Dem Glücksrad in die Speichen greifen. Joseph Caspar Witsch, seine Autoren, sein Verlagsprogramm und der Literaturbetrieb der frühen Bundesrepublik*, Köln 2015

Müller, Klaus: *Köln von der französischen zur preußischen Herrschaft. 1794–1815* (= *Geschichte der Stadt Köln* (13 Bde.), hrsg. von Werner Eck, Bd. 8), Köln 2005

Ders.: *Studien zum Übergang vom Ancien Régime zur Revolution im Rheinland. Bürgerproteste und Patriotenbewegung in Aachen und Köln*, in: *Annalen des Historischen Vereins für den Niederrhein*, Bd. 46 (1982), S. 102–160

Ders.: *Ferdinand Franz Wallraf. Gelehrter, Sammler, Kölner Ehrenbürger*, Köln 2017

Muskatblut. Abbildungen zur Überlieferung: die Kölner Handschrift und Melodie-Überlieferung, hrsg. von Eva Kiepe-Wilms. Melodie-Teil bearbeitet von Horst Brunner (= *Litterae*, Bd. 98), Göppingen 1987

Nadler, Josef: *Literaturgeschichte der deutschen Stämme und Landschaften* (4 Bde.), Regensburg 1912–1918

Nellmann, Eberhard: *›Annolied‹*, in: *Verfasserlexikon*, Bd. 1, Sp. 366–371

Ders.: *Nachwort* zu: *Das Annolied*, S. 185–196

Neuhaus, Volker: *Köln als literarische Provinz* (= *Universität im Rathaus. Eine Schriftenreihe der Stadt Köln und der Universität zu Köln*, Bd. 2: Veranstaltungen im akademischen Jahr 1993/94), Köln 1993/94, S. 68–85

Ders.: *Porträt im Spiegel. Zu den Briefen an Hans Bender*, in: V. H. (Hg.): *Briefe an Hans Bender*, München 1984, S. 9–11

Neukirchen, Thomas: *Inscriptio. Rhetorik und Poetik der Scharfsinnigen Inschrift im Zeitalter des Barock* (= *Studien zur deutschen Literatur*, Bd. 152), Tübingen 1999, S. 26–52

Niefanger, Dirk: *Wissensgeschichte II: Nietzsche*, in: *Brinkmann-Handbuch*, S. 55–57

Niehues-Pröbsting, Heinrich: *Der Kynismus des Diogenes und der Begriff des Zynismus* (= *suhrkamp taschenbuch wissenschaft*, Bd. 713), Frankfurt/M. 1989

Oehlen, Martin: *Die Nischen im Saal sind der Clou. Bibliothek aus der Römerzeit, die bei Bauarbeiten im Antoniterquartier gefunden wurde, ist die älteste nördlich der Alpen*, in: *Kölner Stadt-Anzeiger* vom 25. Juli 2018, S. 21

Ders.: *Premierenlesung im Literaturhaus Köln: Bastian Schneider (oder ist es sein Double?) präsentiert den Roman ›Das Loch in der Innentasche meines Mantels‹*, in: https://buecheratlas.com/2022/11/08/premierenlesung-im-literaturhaus-koln-bastian-schneider-oder-ist-es-sein-double-prasentiert-den-roman-das-loch-in-der-innentasche-meines-mantels/

Ders.: *Existenzielle Zerrissenheit*, in: *Kölner Stadt-Anzeiger* vom 6. Oktober 2022, S. 20

Oellers, Norbert: *Ernst Bertram – mit dem Strom und gegen ihn*, in: Dieter Breuer/Gertrude Cepl-Kaufmann (Hg.): *Moderne und Nationalsozialismus im Rheinland. Vorträge des Interdisziplinären Arbeitskreises zur Erforschung der Moderne im Rheinland*, Paderborn 1997, S. 213–227

Ders.: *Geschichte der Literatur in den Rheinlanden seit 1815*, in: Franz Petri/Georg Droege (Hg.): *Rheinische Geschichte* (3 Bde.), Bd. 3: *Wirtschaft und Kultur im 19. und 20. Jahrhundert*, Düsseldorf 1979, S. 555–696

Oorschot, Theo G. M. van: *Nachwort* zu: Friedrich von Spee: *Trutz-Nachtigall. Kritische Ausgabe nach der Trierer Handschrift*, hrsg. von T. G. M. v. O. (= *Reclams Universalbibliothek*, Bd. 2596), Stuttgart 1985, S. 341–355

Ders. (Hg.): *Friedrich Spee (1591–1635). Düsseldorfer Symposium zum 400. Geburtstag. Neue Ergebnisse der Spee-Forschung*, Bielefeld 1993

Ders.: *Zwischen Zorn und Zärtlichkeit. Friedrich Spee* (= *Persönlichkeit und Geschichte*, Bd. 140), Göttingen 1992

Orth, Peter: *Jacob Masens Übungsplatz für die gebundene Beredsamkeit – Die ›Palaestra eloquentiae ligatae‹ (1654–1657)*, in: *Analecta Coloniensia*, Bd. 6 (2006), S. 171–196

Osterkamp, Ernst: *Im Buchstabenbilde. Zum Verfahren Goethescher Bildbeschreibungen* (= *Germanistische Abhandlungen*, Bd. 70), Stuttgart 1991

Pabst, Klaus: *Franz Ferdinand Wallraf. Opportunist oder Kölner Lokalpatriot?*, in: *Geschichte in Köln* 23 (1988), S. 159–177

Parent, Thomas: *»Dom-Science-Fiction«. Anmerkungen zu einem verdrängten Dom-Gedicht von Eduard Duller und Ferdinand Freiligrath*, in: *Kölner Domblatt* 51 (1986), S. 99–120

Parr, Rolf /Thomas Ernst/Claude D. Conter (Hg.): *Guy Helminger. Ein Sprachanatom bei der Arbeit*, Heidelberg 2014

Paschek, Carl: *»... den verborgenen Text sprechbar machen«. Dieter Wellershoff*, Frankfurt/M./Köln 1996

Peitsch, Helmut: *»Kleine Schritte« zum Neuen Realismus: Dieter Wellershoff als Leser und Lektor*, in: Manfred Durzak/Hartmut Steinecke/Keith Bullivant (Hg.): *Dieter Wellershoff. Studien zu seinem Werk*, Köln 1990, S. 58–88

Peters, Günter: *Das tägliche Brot der Literatur. Friedrich Schlegel und die Situation des Schriftstellers in der Frühromantik*, in: *Jahrbuch der Deutschen Schiller-Gesellschaft* 27 (1983), S. 235–282

Peters, Ursula: *Literatur in der Stadt. Studien zu den sozialen Voraussetzungen und kulturellen Organisationsformen städtischer Literatur im 13. und 14. Jahrhundert* (= *Studien und Texte zur Sozialgeschichte der Literatur*, Bd. 7), Tübingen 1983

Poley, Stefanie: *Max Ernst und Hans Arp 1914–1921*, in: Riha/Schäfer (Hg.): *Fatagaga-Dada*, S. 215–229

Poschmann, Marion: *Nachwort* zu: Jürgen Becker: *Gesammelte Gedichte*, Frankfurt/M. 2022, S. 1041–1061

Heinrich-Böll-Preis für Literatur, unter: https://www.stadt-koeln.de/politik-und-verwaltung/presse/mitteilungen/23427/index.html

Pütz, Jürgen (Hg.): *Bläck Fööss – Lück wie ich un du*, Köln 1989

Reichart, Wilfried: *Neue Wege des Films. XSCREEN*, in: Keim/Lewejohann (Hg): *Köln 68!*, S. 353–359

Reid, James H.: *Die verspätete Nachwelt. Irmgard Keun, Heinrich Böll und ihre fingierten Briefe*, in: *Irmgard Keun* (Text + Kritik), S. 77–85

Ders.: *Dieter Wellershoff, Heinrich Böll und der Kriminalroman*, in: Werner Jung (Hg.): *Literatur ist gefährlich. Dieter Wellershoff zum 85. Geburtstag*, Bielefeld 2020, S. 65–76

Reinert-Schneider, Gabriele: *Dialektrenaissance? Überlegungen und Analysen zu Funktionen der Substandardvarietäten in den Massenkommunikationsmitteln, untersucht am Beispiel des Kölner Raumes*, Köln 1987

Rémi, Cornelia: *Philomela mediatrix. Friedrich Spees Trutznachtigall zwischen poetischer Theologie und geistlicher Poetik.* (= *Mikrokosmos. Beiträge zur Literaturwissenschaft und Bedeutungsforschung*, Bd. 73), Frankfurt/M. u. a. 2006

Riha, Karl: *Fatagaga-Dada. Zur künstlerisch-literarischen Kooperation von Hans Arp und Max Ernst*, in: Dieter Breuer (Hg.): *Die Moderne im Rheinland. Ihre Förderung und Durchsetzung in Literatur, Theater, Musik, Architektur, angewandter und bildender Kunst 1900–1933. Vorträge des Interdisziplinären Arbeitskreises zur Erforschung der Moderne im Rheinland*, Köln 1994, S. 75–84

Ders.: *»Ich habe kein Kissen für meine Urne«. Zu den Gedichten von Alfred Gruenwald alias J. Th. Baargeld*, in: Vitt (Hg.): *Bagage de Baargeld*, S. 77–81

Karl Riha/Jörgen Schäfer (Hg.): *Fatagaga-Dada. Max Ernst, Hany Arp, Johannes Theodor Baargeld und der Kölner Dadaismus*, Gießen 1995

Rode, Marc-Boris (Hg.): *Auskünfte von und über Marcel Beyer* (= *Fußnoten zur Literatur*, Bd. 46), Bamberg 2000

Röhrig, Jürgen: *Alltägliche Irritationen als Ausgangspunkte für lyrische Bilder*, in: *Kölner Stadt-Anzeiger*, Ausgabe Rhein-Sieg, vom 14. März 2003, S. 13

Roessler, Kurt (Hg.): *Köln im Werk Guillaume Apollinaires.* Zur Ausstellung *Die lyrische Stadtlandschaft. Der Dichter Guillaume Apollinaire in Köln 1901–1902*, 16. Februar bis 2. Juni 2002 Brauhaus Töller, Weyerstraße 96, Köln, Bornheim 2002

Rosenfeld, Emmy: *Friedrich Spee von Langenfeld*, in: *Rheinische Lebensbilder*, Bd. 2, hrsg. Von Bernhard Poll, Düsseldorf 1966, S. 125–141

Roth, Hans-Joachim: *»Heimat« und Mundart als Faktoren kultureller Identität*, in: Schmitz/Thyssen (Hg.): *Einstellungen und Positionen*, S. 75–95

Ruh, Kurt: *Zu Meister Eckharts Kölner Predigten*, in: *Zeitschrift für deutsches Altertum und deutsche Literatur* 128 (1999), S. 42–46

Ders.: *Altdeutsche Mystik. Ein Forschungsbericht*, in: *Wirkendes Wort* 7 (1956/57), S. 135–146, 212–231

Rupp, Paul Berthold: *Die Bibliothek Ferdinand Franz Wallrafs (1748–1824). Entstehung und Fortbestand*, in: *Jahrbuch des Kölnischen Geschichtsvereins* 47 (1976), S. 47–114

Sautermeister, Gert: *Irmgard Keuns Exilroman »Nach Mitternacht«*, in: Koepke/Winter (Hg.): *Exilliteratur 1933–1945*, S. 451–475

Schäfer, Jörgen: *Max Ernst*, in: Kortländer (Hg.): *Literatur von nebenan*, S. 78–82

Ders.: *Johannes Theodor Baargeld*, in: Kortländer (Hg.): *Literatur von nebenan*, S. 37–42

Ders.: *»Himmel Höll und Klotzkapöll – Dreifach lyrisches Gebröll«. Die literarischen Texte von Johannes Theodor Baargeld, Max Ernst und Heinrich Hoerle in der »schammade«*, in: Riha/Schäfer (Hg.): *Fatagaga-Dada*, S. 143–154

Schanze, Helmut: *Erfindung der Romantik*, Stuttgart 2018

Ders.: *Leben und lehren im »deutschen Rom«*, in: *Kölner Stadt-Anzeiger* vom 27. August 2012, S. 24

Schaub, Gerhard: *Friedrich Spee: ein Dichter mehr als mancher Minnesänger – Zur Wirkungsgeschichte der ›Trutznachtigall‹ in der deutschen Romantik*, in: Georg Dröge/Wolfgang Frühwald/Ferdinand Pauly (Hg.): *Verführung zur Geschichte. Festschrift zum 500. Jahrestag der Eröffnung einer Universität zu Trier. 1473–1973*, Trier 1973, S. 323–346

Scheffler, Ingrid: *Zwischen Journalismus und Literatur. Der Schriftsteller Paul Schallück im Hörfunk des NWDR/WDR*, in: Gödden/Grywatsch (Hg.): *»Wenn man aufhören könnte zu lügen«*, S. 247–260

Dies.: *Schriftsteller und Literatur im NWDR Köln (1945–1955). Personen – Stoffe – Darbietungsformen* (= *Veröffentlichungen des Deutschen Rundfunkarchivs*, Bd. 40), Potsdam 2005

Scherer, Stefan: *»Vor« und »nach der Währungsreform«. Irmgard Keuns »Ferdinand, der Mann mit dem freundlichen Herzen«*, in: *Irmgard Keun* (*Text + Kritik*), S. 65–76

Schieffer, Rudolf: *Bleibt der Archipoeta anonym?*, in: *Mitteilungen des Instituts für Österreichische Geschichtsforschung* 98/1–2 (1990), S. 59–79

Schlöder, Christian: *Heinrich Lindenborn. Schriftsteller (1706–1750)*, in: https://www.rheinische-geschichte.lvr.de/Persoenlichkeiten/heinrich-lindenborn/DE-2086/lido/57c941b21771b1.81099619

Schlögl, Rudolf: *Glaube und Religion in der Säkularisierung. Die katholische Stadt – Köln, Aachen, Münster – (1740–1840)* (= *Ancien Régime, Aufklärung und Revolution*, Bd. 28), München 1995

Ders.: *Friedrich Schlegel, Friedrich Spee und das katholische Köln um 1800. Zum Verhältnis von Romantik und katholischer Religiosität*, in: Grunewald/Gussone (Hg.): *Von Spee zu Eichendorff*, S. 61–82

Schmale, Franz-Josef: *Chronica regia Coloniensis*, in: *Verfasserlexikon*, Bd. 1, Sp. 1255 f.

Ders.: *Chronica* (Annales) *S. Pantaleonis*, in: *Verfasserlexikon*, Bd. 1, Sp. 1251–1253

Schmiedt, Helmut: *Dr. Mabuse, Winnetou & Co. Dreizehn Klassiker der deutschen Unterhaltungsliteratur*, Bielefeld 2007

Schmitt, Eva-Maria/Achim Thyssen (Hg.): *Einstellungen und Positionen zur Mundartliteratur. Internationales Mundartarchiv »Ludwig Soumagne« des Kreises Neuss 1992*, Frankfurt/M. 1993, S. 21–51

Schmitz, Dirk: *Ausgrabungen an der Antoniterstraße – Neues zur Stadtentwicklung Kölns in römischer Zeit*, in: Trier/Naumann-Steckner (Hg.): *BodenSchätze*, S. 80–91

Schneider, Peter: *Rebellion und Wahn. Mein '68. Eine autobiografische Erzählung*, Köln 2008

Schnell, Ralf: *Heinrich Böll und die Deutschen*, Köln 2017

Schöne, Albrecht: *Säkularisation als sprachbildende Kraft. Zur Dichtung deutscher Pfarrersöhne* (= *Palaestra*, Bd. 226); Göttingen 1968

Schröder, Edward: *Die deutschen Alexander-Dichtungen des 12. Jahrhunderts*, in: *Nachrichten von der königlichen Gesellschaft der Wissenschaften zu Göttingen. Phil.-hist. Klasse* 1928, S. 45–92

Schröter, Schröter: *Heinrich Böll in Selbstzeugnissen und Bilddokumenten* (= *rororo-Bildmonographien*, Bd. 310), Reinbek 1982

Schrott, Raoul: *Dada 21/22. Musikalische Fischsuppe mit Reiseeindrücken. Eine Dokumentation über die beiden Dadajahre in Tirol*, Innsbruck 1988

Schubert, Jochen: *Heinrich Böll*, Darmstadt 2017, S. 102 f.

Ders.: *»Als Schriftsteller zähle ich von Natur zur außerparlamentarischen Opposition«. Heinrich Böll und die Studentenbewegung*, in: Keim/Lewejohann (Hg): *Köln 68!*, S. 345–349

Schulz, Genia: *Sich selbst suchend sehen*, in: Maleen Brinkmann: *Brinkmann*, S. 167–181

Schweikert, Uwe: *»Sehen heißt heute erleben«. Notizen bei der Lektüre von Rolf Dieter Brinkmann*, in: Maleen Brinkmann: *Brinkmann*, S. 198–207

Schwerhoff, Gerd: *Köln im Ancien Régime. 1686–1794* (= *Geschichte der Stadt Köln* (13 Bde.), hrsg. von Werner Eck, Bd. 7), Köln 2017

Ders.: *Heinrich Lindenborn (1706–1750). Der kölnische Diogenes*, in: Werner Eck (Hg.): *Für Köln. Leben für die Stadt. Gedenkschrift für Hanns Schaefer*, Köln 2014, S. 99–112

Schwering, Markus: *Grand mit vieren und vielen Folgen*, in: *Kölner Stadt-Anzeiger* vom 17. April 2003, S. 27

Ders.: *Halbfiktion und literarische Form. Zu Dieter Kühns Roman »Beethoven und der schwarze Geiger«*, in: Klüppelholz/Scheuer (Hg): *Kühn*, S. 249–265

Ders.: *Kölner Literaten-Zank*, in: *Kölner Stadt-Anzeiger* vom 3. Mai 1996, S. 10

Ders.: *Kommentar*, in: *Wilhelm Heinrich Wackenroder. Werke – Herzensergießungen eines kunstliebenden Klosterbruders, Phantasien über die Kunst*, hrsg. von M. S. (= *Taschenbücher zur Musikwissenschaft*, Bd. 153), Wilhelmshaven 2007, S. 275–348

Ders.: *Angelika Mechtel tot*, in: *Kölner Stadt-Anzeiger* vom 9. Februar 2000, S. 9

Ders.: *Symbol und Allegorie in der deutschen Romantik*, in: Helmut Schanze (Hg.): *Romantik-Handbuch*, Stuttgart [2]2003, S. 367–380

Schwering, Max-Leo: *Das Kölner »Hänneschen«-Theater. Geschichte und Deutung*, Köln 1982

Scribner, Robert W.: *Why was there no reformation in Cologne?*, in: *Bulletin oft he Institute of Historical Research* 49 (1976), S. 217–241; in deutscher Übersetzung als *Warum gab es in Köln keine Reformation?*, in: Georg Mölich/Gerd Schwerhoff (Hg.): *Köln als Kommunikationszentrum. Studien zur neuzeitlichen Stadtgeschichte* (= *Der Riss im Himmel. Clemens August und seine Epoche* (8 Bde.), Bd. 4), Köln 2000, S. 89–109

Selg, Olaf: *Essay, Erzählung, Roman und Hörspiel: Prosaformen bei Rolf Dieter Brinkmann*, Aachen 2001

Senger, Anneliese: *›Stefan Lochner malte mich‹ von Hermann Kesten*, in: Wittkämper: *Kleine kölsche Anthologie*, S. 36–45

Sengle, Friedrich: *Biedermeierzeit. Deutsche Literatur im Spannungsfeld zwischen Restauration und Revolution 1815–1848* (3 Bde.), Bd. 2: *Die Formenwelt*, Stuttgart 1972

Senner, Walter: *Meister Eckhart in Köln*, in: Klaus Jacobi (Hg.): *Meister Eckhart: Lebensstationen – Redesituationen* (= *Quellen und Forschungen zur Geschichte des Dominikanerordens*, N. F., Bd. 7), Berlin 1997, S. 207–237

Simon, Ulrich: *Assoziation und Authentizität. Warum Marcel Beyers ›Flughunde‹ auch ein Holocaust-Roman ist*, in: Rode (Hg.): *Auskünfte*, S. 124–143

Skoruppa, Ekkehard: *Einleitung*, in: Hesse/Dirks (Hg.): *Über die Verhältnisse*, S. 8 f.

Ders.: *»Wir haben die Schublade voll!« Ein Bericht über die Autorenwerkstatt an der Universität Köln*, in: Hans Arnold Rau (Hg.): *Kreatives Schreiben an Hochschulen* (= *Konzepte der Sprach- und Literaturwissenschaft*, Bd. 42), Tübingen 1988, S. 25–35

Späth, Sibylle: *Die Entmythologisierung des Alltags. Zu Rolf Dieter Brinkmanns lyrischer Konzeption einer befreiten Wahrnehmung*, in: *Rolf Dieter Brinkmann*, S. 37–49

Speck, Reiner: *Apollinaire in Köln*, in: Roessler (Hg.): *Köln im Werk Apollinaires*, S. 89–97

Ders.: *Petrarca in Köln*, in: R. S./Florian Neumann (Hg.): *Francesco Petrarca 1304–1374. Werk und Wirkung im Spiegel der Biblioteca Petrarchesca Reiner Speck*, Köln 2004, S. 9–14

Friedrich Spee. Priester, Mahner und Poet: Eine Ausstellung der Diözesan- und Dombibliothek Köln vom 11. Juni bis 9. Oktober 2008 (= *Libelli Rhenani*, Bd. 26), Köln 2008

Spiertz, Willi: *Eberhard von Groote. Leben und Werk eines Kölner Sozialpolitikers und Literaturwissenschaftlers (1789–1864)*, Köln/Weimar/Wien 2007

Spiess, Werner: *Dada Köln*, in: *Vom Dadamax bis zum Grüngürtel*, S. 30–34

Stadler, Ernst: *Der Aufbruch und andere Gedichte*, hrsg. von Heinz Rölleke (= *Reclams Universalbibliothek*, Bd. 8528), Stuttgart 1982

Kölner Stadtteilinformationen. Zahlen 2018, online unter:https://www.stadt-koeln.de/mediaasset/content/pdf15/statistik-standardinformationen/stadtteilinformationen_2019.pdf, S. 14–16

Stahl, Enno: *»Kulturkampf« in Köln. Die XScreen-Affäre 1968*, in: *Geschichte im Westen. Zeitschrift für Landes- und Zeitgeschichte*, Bd. 22 (2007), S. 177–200

Ders.: *Nachwort: Bausteine zu einer Kölner Literaturgeschichte*, in: *Das Kölner Autorenlexikon*, Bd. 1, S. 265–287

Ders.: *Nachwort: Bausteine zu einer Kölner Literaturgeschichte*, in: *Das Kölner Autoren-Lexikon*, Bd. 2, S. 329–342

Staničić, Sascha: In Gedenken an Erasmus Schöfer (1931–2022), online unter: https://solidaritaet.info/2022/06/in-gedenken-an-erasmus-schoefer-1931-2022/

Stefan, Ralf: *Missverstandene Sinnbilder?*, in: *Friedrich Spee. Priester, Mahner und Poet*, S. 141–170

Stehkämper, Hugo: *Goethe und Köln*, in: *Jahrbuch des Kölnischen Geschichtsvereins* 71 (2000), S. 113–132

Ders./Carl Dietmar: *Köln im Hochmittelalter. 1074/75–1288* (= *Geschichte der Stadt Köln* (13 Bde.), hrsg. von Werner Eck, Bd. 3), Köln 2016

Steidele, Angela: *Geschichte einer Liebe. Adele Schopenhauer und Sibylle Mertens*, Berlin 2010

Stein, Henrike: *Der Besuch Napoleons in Köln im Spiegel der Inschriften Ferdinand Franz Wallrafs*, in: *Geschichte in Köln* 66 (2019), S. 177–200

Steinberg, Rainer: *Die zögerliche Entdeckung des Vorhandenen. Literatur in Köln nach dem zweiten Weltkrieg*, in: *Historisches Archiv der Stadt Köln* (Hg.): *Kunst und Kultur in Köln nach 1945*, Köln 1996, S. 207–239

Ders.: *Kölns »Kopfbahnhof«. Die Mittwochgespräche 1950–1956*, in: Historisches Archiv der Stadt Köln (Hg.): *Freier Eintritt – Freie Fragen – Freie Antworten*, S. 10–31

Ders.: *Von Mittelstürmern, Wildwesthelden, Kriegen und Büchern. Die literarischen Gesprächsabend im Kölner Hauptbahnhof*, in: Historisches Archiv der Stadt Köln (Hg.): *Freier Eintritt – Freie Fragen – Freie Antworten*, S. 70–87

Stellmacher, Horst: *Eine Kölner Hymne für die Ewigkeit*, in: *Kölner Stadt-Anzeiger* vom 6./7. Mai 2023, S. 25

Stockinger, Claudia: *»daß man mit ein bisschen Nachdenken sich vieles selber erklären kann«. Irmgard Keuns Verfahren der reflektierten Naivität*, in: *Irmgard Keun*, S. 3–14

Stremmel, Jochen: *Der deutsche Dom und die deutschen Dichter*, in: Hugo Borger (Hg.): *Der Kölner Dom im Jahrhundert seiner Vollendung*. Katalog und Essays zur Ausstellung der Historischen Museen in der Josef-Haubrich-Kunsthalle 16. Oktober 1980–11. Januar 1981 (2 Bde.), Köln 1980, Bd. 2, S. 169–181

Strich, Fritz: *Deutsche Klassik und Romantik oder Vollendung und Unendlichkeit. Ein Vergleich*, Bern 1949

Stüssel, Kerstin/Gabriele Wix (Hg.): *Thomas Kling. Zur Leitcodierung. Manhattan Schreibszene*, Göttingen 2013

Switalski, Martina: *Wandlungen im Theater des 18. Jahrhunderts am Beispiel der Reichsstadt Köln*, in: Frank Günther Zehnder (Hg.): *Die Bühnen des Rokoko. Theater, Musik und Literatur im Rheinland des*

18. Jahrhunderts (= *Der Riss im Himmel. Clemens August und seine Epoche* (8 Bde.), Bd. 7), Köln 2000, S. 67–85

Tausch, Harald: *»Wo Liebhaber und Künstler patriotisch kunstverständig zusammen gewirkt«. Wallraf – Goethe – Boisserée*, in: *Wallraf im Fokus*, S. 210–219

Tauschwitz, Marion: *Hilde Domin. »Dass ich sein kann, wie ich bin«. Biografie*, München 2015

Trier, Trier/Naumann-Steckner (Hg): *BodenSchätze. Archäologie in Köln*. Begleitband zur Ausstellung im Römisch-Germanischen Museum 20. Juli bis 31. Dezember 2018, Köln 2018

Ubl, Karl: *Köln im Frühmittelalter. Die Entstehung einer heiligen Stadt 400–1100* (= *Geschichte der Stadt Köln* (13 Bde.), hrsg. von Werner Eck, Bd. 2), Köln 2022

Vaßen, Florian: *Georg Weerth. Ein politischer Dichter des Vormärz und der Revolution von 1848/49*, Stuttgart 1971

Ders.: *Georg Weerth als Feuilletonredakteur der »Neuen Rheinischen Zeitung«*, in: *Weerth: Texte*, Bd. 2, S. 23–37

Viering, Jürgen: *›Aufbruch‹ und ›Einkehr‹. Über Ernst Stadlers ›Fahrt über die Kölner Rheinbrücke bei Nacht‹*, in: Harald Hartung (Hg.): *Gedichte und Interpretationen: Vom Naturalismus bis zur Gegenwart* (= *Reclams Universalbibliothek*, Bd. 7894), Stuttgart 1998, S. 186–198

Vitt, Walter (Hg.): *Bagage de Baargeld. Neues über den Zentrodada aus Köln*, Starnberg 1985

Ders.: *Kunst als Ausdauer der Hinterbliebenen. Zur Kölner Dada-Geschichte/Neues über Dada-Baargeld*, in: W. V. (Hg.): *Bagage de Baargeld*, S. 9–65

Vogt, Jochen: *Regionalität und Modernisierung in der neuesten deutschsprachigen Krimiliteratur (seit 1990). Nebst einigen Lektüreempfehlungen*, in: Brylla/Schmidt (Hg.): *Der Regionalkrimi*, S. 19–46

Ders. (Hg.): *Der Kriminalroman. Poetik, Theorie und Geschichte* (= *UTB*, Bd. 8147), München 1998

Vogt, Michael (Hg.): *Karriere(n) eines Lyrikers: Ferdinand Freiligrath* (= *Forum Vormärz Forschung e. V. – Vormärz-Studien*, Bd. 25), Bielefeld 2012

Ders.: *Poesie als Rhetorik – Georg Weerths Spottgedicht »Heute morgen fuhr ich nach Düsseldorf«*, in: M. V. (Hg.): *Georg Weerth und das Feuilleton der »Neuen Rheinischen Zeitung«*, S. 57–68

Ders. (Hg.): *Georg Weerth und das Feuilleton der »Neuen Rheinischen Zeitung«* (= *Forum Vormärz Forschung e. V. – Vormärz-Studien*, Bd. 2), Bielefeld 1999

Vones-Liebenstein, Ursula: *Johannes Fastenrath (1839–1908), in: Rheinische Lebensbilder*, Bd. 12, hrsg. von Franz-Josef Heyen, Köln 1991, S. 157–178

Vormweg, Heinrich: *Der andere Deutsche. Heinrich Böll. Eine Biografie*, Köln 2000

Ders.: *Köln als Literaturstadt*, in: *Jahrbuch des Kölnischen Geschichtsvereins* 64/1 (1993), S. 163–172

Ders.: *Eine Stadt für Schriftsteller*, in: *Notizbuch*, S. 7–9

Voßkamp, Wilhelm: *Zweite Gegenwart. Poetologische Lektüren zu Goethes ›Dichtung und Wahrheit‹*, Göttingen 2022

Walliczek, Wolfgang: *Rudolf von Ems*, in: *Verfasserlexikon*, Bd. 8, Sp. 322–345

Ders.: *Rudolf von Ems: ›Der guote Gerhart‹*, in: Horst Brunner (Hg.): *Mittelhochdeutsche Romane und Heldenepen. Interpretationen* (= *Reclams Universalbibliothek*, Bd. 8914), Stuttgart 1994, S. 255–270

Ferdinand Franz Wallraf. Katalog der Ausstellung des Historischen Archivs der Stadt Köln vom 5. Dezember 1974 bis 31. Januar 1975, bearbeitet von Joachim Deeters, Köln 1974

Wallraf im Fokus. Wallrafs Erbe. Ein Bürger rettet Köln. Katalog der Ausstellung im Wallraf-Richartz-Museum & Fondation Corboud, Köln, 22. März bis 8. Juli 2018, hrsg. von Thomas Ketelsen, Köln 2018

Wegener, Gertrud: *Literarisches Leben in Köln 1750–1850* (3 Bde.), Köln 2000–2008
Bd. 1: *1750–1814* (= *Beiträge zur kölnischen Geschichte, Sprache und Eigenart*, hrsg. vom Heimatverein Alt-Köln, Bd. 74)
Bd. 2: *1815–1840* (= *Beiträge zur kölnischen Geschichte, Sprache und Eigenart*, hrsg. vom Heimatverein Alt-Köln, Bd. 78)
Bd. 3: *1840–1850* (bearbeitet von Enno Stahl)

Wehler, Hans-Ulrich: *Entsorgung der deutschen Vergangenheit.? Ein polemischer Essay zum »Historikerstreit«* (= *Beck'sche Reihe*, Bd. 360), München 1988

Weiden, Bernd (Hg.): *Noch weiter im Text. 24 Jahre Kölner Autorenwerkstatt. 1980–2004*, Bielefeld 2004

Weise, Wilhelm: *Der Hof der Kölner Erzbischöfe in der Zeit Kaiser Friedrich Barbarossas* (= *Studia humaniora. Düsseldorfer Studien zu Mittelalter und Renaissance*, Bd. 38), Düsseldorf 2004

Weissweiler, Eva: *Clara Schumann. Eine Biografie*, Hamburg 1990

Wenzel, Horst: *Aristokratisches Selbstverständnis im städtischen Patriziat von Köln, dargestellt an der Kölner Chronik Gottfried Hagens*, in: Gert Kaiser (Hg.): *Literatur – Publikum – historischer Kontext* (= *Beiträge zur Älteren Deutschen Literaturgeschichte*, Bd. 1), Bern/Frankfurt/M./Las Vegas 1977, S. 9–28

Weyer, Anselm: *Ferdinand Freiligrath und der Kölner Kommunismus* in: Vogt (Hg.): *Freiligrath*, S. 259–275

Wilmes, Hartmut: *Mit viel Elan in die Sackgasse*, in: *Kölnische Rundschau* vom 20. Juli 2018, S. 29

Wilpert, Gero von: *Sachwörterbuch der Literatur*, Stuttgart [8]2001

Windfuhr, Manfred: *Die unzulängliche Gesellschaft. Rheinische Sozialkritik von Spee bis Böll* (= *Texte Metzler*, Bd. 19), Stuttgart 1971

Winkels, Hubert: *Der Stimmen Ordnung. Über Thomas Kling*, Köln 2005

Witte, Bernd: *Vechta. Ein Ort für Rolf Dieter Brinkmann*, in: *Rolf Dieter Brinkmann*, S. 7–23

Wittkämper, Walter (Hg.): *Kleine kölsche Anthologie. Gedichte und Interpretationen*, Bergisch Gladbach 1998

Wotschal, Xenia: *Irmgard Keun: »Nach Mitternacht« (1937)*, in: Bettina Bannasch/Gerhild Rochus (Hg.): *Handbuch der deutschsprachigen Exilliteratur. Von Heinrich Heine bis Herta Müller*, Berlin/Boston 2013, S. 358–363

Wix, Gabriele: *Max Ernst. Maler, Dichter, Schriftsteller*, München 2009

Woltermann, Wilhelm: *Marizibill*, in: Roessler (Hg.): *Köln im Werk Apollinaires*, S. 99 f.

Zeim, Elisabeth Charlotte: *Die rheinische Literatur der Aufklärung (Köln und Bonn)* (= *Deutsche Arbeiten der Universität Köln*, Nr. 5), Jena 1932

Zeller, Michael: *Hyperion in der Vorstadt*, in: Marcel Reich-Ranicki (Hg.): *Frankfurter Anthologie. Gedichte und Interpretationen*, Bd. 4, Frankfurt/M. 1979, S. 258 f.

Zenke, Thomas: *Der Augenblick der Sensibilität*, in: Walter Hinck (Hg.) *Gedichte und Interpretationen*, Bd. 6: *Gegenwart* (= *Reclams Universalbibliothek*, Bd. 2895), Stuttgart 1982, S. 387–393

Zimmermann, Harro: *Friedrich Schlegel oder die Sehnsucht nach Deutschland*, Paderborn 2009

Zöller, Sonja: *Kaiser, Kaufmann und die Macht des Geldes. Gerhard Unmaze von Köln als Finanzier der Reichspolitik und der ›Gute Gerhard‹ des Rudolf von Ems* (= *Forschungen zur Geschichte der älteren deutschen Literatur*, Bd. 16), München 1993

Abbildungsnachweis

Abb. 1 © Römisch-Germanisches Museum der Stadt Köln / Foto: Ulrich Karas
Abb. 2 wikimedia commons
Abb. 3 Hessisches Landesmuseum Darmstadt, © Foto: Wolfgang Fuhrmannek
Abb. 4 © Wallraf-Richartz-Museum, Köln
Abb. 5 © wikimedia commons
Abb. 6 © Lippische Landesbibliothek Detmold, B 12 W
Abb. 7 © akg-images
Abb. 8 Kölner Gymnasial- und Stiftungsfonds. © Foto: Thomas Schindler
Abb. 9 © ullstein bild
Abb. 10 © akg-images / Keystone / GHISLENI
Abb. 11 © akg-images / picture-alliance / Heinz Wiesele
Abb. 12 © ullstein bild - B. Friedrich
Abb. 13 © Brigitte Friedrich/Süddeutsche Zeitung Photo
Abb. 14 © ullstein bild – B. Friedrich
Abb. 15 © akg-images / Bruni Meya
Abb. 16 © Jens Hagen / HAStK – Historisches Archiv der Stadt Köln, Best. 1753 (Hagen, Jens) // Verwertungsrechte: Dorothee Joachim
Abb. 17 © Johannes Schröer
Abb. 18 wikimedia commons
Abb. 19 © Renate von Mangoldt
Abb. 20 © akg-images / picture-alliance / Anke Fleig / SVEN SIMON
Abb. 21 © akg-images / Susanne Schleyer
Abb. 22 © Raimond Spekking
Abb. 23 © Foto: Thilo Schmülgen
Abb. 24 © Foto: Rheinisches Bildarchiv, rba d050682, © VG Bild-Kunst
Abb. 25 © Foto: Thilo Schmülgen
Abb. 26 © akg-images / Susanne Schleyer
Abb. 27 © Caterina Kirsten
Abb. 28 © privat

Personenregister

Nachwort

Köln braucht eine Literaturgeschichte

Mit der Literaturgeschichte Kölns schließt Markus Schwering eine Lücke in der Geschichtsforschung über die Stadt. Über vieles in der Kölner Geschichte ist bereits ausführlich geschrieben worden, aber in der neueren Zeit hat sich niemand der Literatur in Gänze angenommen. Gerne wurden Literaten zitiert, wenn es galt, die Schönheiten zu beschwören oder die negativen Seiten anzuprangern, aber die wissenschaftliche Beschäftigung mit dem Thema blieb aus. Während andere Themen – Politik, Religion, Wirtschaft – bereits Gesamtdarstellungen erhielten, verschwand die Geschichte der Literatur weitgehend im Dunkeln, unabhängig von lexikalischen Vorarbeiten. Dass auch in der hier vorgelegten Darstellung für die Zeit der Antike und des frühen Mittelalters nicht alles hell erscheint, liegt an der Quellenlage. Markus Schwering liefert mit der Literaturgeschichte einen Beweis dafür, dass Geschichte über große Zeiträume hinweg unterhaltend und profund geschrieben werden kann.

Zu den Veröffentlichungen des Kölnischen Geschichtsvereins

Dieser Band 53 der »Veröffentlichungen des Kölnischen Geschichtsvereins« ist zugleich der erste Band, der unter der Fortführung der Reihe durch die Historische Gesellschaft Köln e. V. vorgelegt wird. Sie setzt nach Auflösung des Kölnischen Geschichtsvereins im Jahr 2023 die renommierte Reihe und das Jahrbuch des 1907 gegründeten Vereins fort. Die Historische Gesellschaft gibt die 13bändige Stadtgeschichte heraus. Markus Schwering betont in seiner Einleitung, dass seine Literaturgeschichte keine Konkurrenz zur 13bändigen Stadtgeschichte sein soll. Das empfinden wir auch – sie ist eine lobenswerte und lesbare Komplementierung, die es parallel zur Stadtgeschichte zu studieren lohnt. Gleichzeitig erhoffen wir uns, dass dieser Band zu weiteren Forschungen anregt.

Prof. Dr. Jürgen Wilhelm
Vorsitzender
Historische Gesellschaft Köln e. V.

Dr. Ulrich S. Soénius
Herausgeber
Veröffentlichungen des Kölnischen
Geschichtsvereins